# 唐诗 宋词 元曲

郑红峰 编著

〔第一卷〕

光明日报出版社

**图书在版编目（CIP）数据**

唐诗宋词元曲：全6册/ 郑红峰编著. –北京：光明日报出版社，2015.6（2021.3重印）

ISBN 978-7-5112-8600-0

Ⅰ.①唐… Ⅱ.①郑… Ⅲ.①唐诗–诗集②宋词–选集③元曲–选集Ⅳ.①I222

中国版本图书馆CIP数据核字（2015）第125725号

**唐诗宋词元曲**

**TANG SHI SONG CI YUAN QU**

编　　著：郑红峰

责任编辑：曹　杨　刘景峰　　　　责任校对：傅泉泽

封面设计：张婷婷　　　　　　　　责任印制：曹　诤

出版发行：光明日报出版社

地　　址：北京市西城区永安路106号，100050

电　　话：010–63139890（咨询），010–63131930（邮购）

传　　真：010–63131930

网　　址：http://book.gmw.cn

E – mail：caoyang@gmw.cn

法律顾问：北京市德恒律师事务所龚柳方律师

印　　刷：北京德富泰印务有限公司

装　　订：北京德富泰印务有限公司

本书如有破损、缺页、装订错误，请与本社联系调换，电话：010–63131930

开　　本：170mm × 250mm　　　　印　　张：102

字　　数：1560千字

版　　次：2015年6月第1版

印　　次：2021年3月第3次印刷

书　　号：ISBN 978-7-5112-8600-0

定　　价：680.00元（全6册）

# 前言

唐代文化，是我国古代文化中极为光辉的一部分，而唐诗又是唐代文化最重要的组成部分，是我国古典诗歌发展历史的黄金时代。

明代高棅把唐代诗歌分为四个时期，即初唐、盛唐、中唐、晚唐。

初唐，是指从李渊称帝建立唐帝国到唐玄宗即位以前这一段时期。在这一时期内，唐诗还深受齐梁绮靡诗风影响，宫体诗是这一诗风的具体体现，代表人物有虞世南和上官仪。后“初唐四杰”的出现，打破了宫体诗垄断诗坛的局面。“四杰”是杨炯、卢照邻、骆宾王、王勃，他们用自己的诗歌创作为初唐诗坛吹进了一股清新刚劲的诗风。唐诗自此开始反映现实生活和抒发个人抱负。在理论和实践上都取得骄人成绩的是陈子昂，他倡导的革新运动为盛唐诗歌高潮的到来做了准备。

盛唐，通常指从唐玄宗开元到唐代宗大历以前这一段时期。这是唐诗发展的真正高潮，涌现了大量杰出诗人，形成了风格各异的流派。最著名的诗人有李白、杜甫、王维、孟浩然、高适、岑参。诗派则有以王、孟为代表的山水田园诗派；以高、岑为代表的盛唐边塞诗派。诗风为以李白为代表的浪漫主义诗风，以杜甫为代表的现实主义诗风。

中唐在延续盛唐余韵的同时又有自己的独特特点。刘长卿、韦应物、柳宗元等人的山水诗创作受到了王维、孟浩然的明显影响，而又能自出机杼，有自己独特的风格。卢纶等人的边塞诗则是盛唐边塞诗人的后继。而以韩愈、孟郊为代表的“韩孟诗派”则又以其用韵之险、用字之怪、立意之奇而独步诗坛，其中尤以韩愈最为杰出。韩愈善于用铺张夸饰的手法描写景物，诗的风格雄杰而豪放，其诗的结构和句法都明显地带有散文化的倾向，故后人评价他的诗是“以文为诗”。后来的李贺直接受到韩愈影响，而又能大胆创新，其风格以激越、冷艳、险怪而独树一帜。刘禹锡则以其清新明丽的民歌风格和沉郁苍凉而在中唐诗坛占有重要地位。

晚唐，指从太和年间到唐亡这一段时期。这一时期以政治腐化、各种矛盾尖锐对立为特征。故而代表诗人李商隐、杜牧都在自己作品中不同程度地表达了他们的忧国忧民感情。但杜牧影响后世最大的还是那些清新峻拔的抒情诗和写景诗。李商隐则以其隐晦缠绵的爱情诗而著名。皮日休、杜荀鹤、聂夷中等人则继承新乐府的现实主义传统，写出了一批反映现实、批判现实的诗作。

唐朝由于经济的发展，国家的昌盛和统治者的大力提倡，营造了一个极浓厚的诗歌创作风气，从而使三百年唐帝国成为我国诗歌发展的黄金时期。

宋词是继唐诗后出现的又一种文学代表性体裁，它兼有文学与音乐两方面的特点。每首词都有一个调名，叫作“词牌”，依调填词叫“依声”。词别名“长短句”（在宋代以后，可以说长短句是词的别名，但是在北宋时期，长短句却是词的本名；在唐代，长短句还是一个诗体名词）。

宋词的发展可分为北宋、南宋两大时期。

北宋前期在词的形成上是从小令向慢词过渡，题材较唐、五代有所扩展，词坛上呈现出贵族词与市民词，雅词与俚词，小令与长调双峰对峙的局面。贵族词的代表人物是晏殊、欧阳修。他们都官至宰辅大臣，词作侧重于反映士大夫阶层闲适自得的生活以及流连光景、感伤时序的情怀，词调以小令为主。词风近似南唐冯延巳，辞笔清丽，气度娴雅。晏殊的幼子晏几道也擅长小令，与其父并称为“二晏”。他因由贵公子而降为寒士，亲身经历了人世沧桑，故其词沉痛，胜于乃父。市井词的代表人物是柳永。其词作多描绘都市风光，传写坊曲欢爱，抒发羁旅情怀，内容略丰富于晏、欧，语言也因俚俗而颇合市民阶层的胃口。柳永精通音律，长期混迹秦楼楚馆，与乐工、歌妓密切合作，创作了许多新腔，其中大多数为慢曲长调。

北宋晚期，“豪放派”名家继苏轼后有晁补之和黄庭坚。“婉约派”名家则有秦观、周邦彦及贺铸。由此可见，北宋后期词家一般都令慢兼长，词作雅俗共赏，这一时期词坛分野明显，转而表现为“婉约派”与“豪放派”的两军对阵。

南宋是刀和剑的时代、仇与恨的时代、血伴泪的时代。反映国家存亡、民族耻辱、人民灾难的作品占了较大比重。南宋爱国词人的作品奏出了宋词的最强音，但南宋的局面终究是屈辱苟安的时期较多，所以中期以后的另一派词人，走的是讲求音律格调、注重辞藻字面的创作道路，如姜夔、史达祖、吴文英等，形成骚雅词派。姜夔精通音乐，他的词有十七首注明宫调和乐谱，音乐性强，词风清空古雅，如野云孤飞，去留无迹。至于史、吴二人的词，多数为适应歌姬口吻的合律之作，追求音律的协调和词句的秾丽，虽然字面华美，所表现的情感却似有难言之隐，以至于内容晦涩。但他们也时有写得空灵生动的佳篇。在南宋亡国前后，有文天祥、刘克庄、刘辰翁等爱国词人大声疾呼，气薄云天；而周密、王沂孙、张炎等遗民词人，发出凄凉叹息，借隐喻而抒写亡国之悲痛，已是“亡国之音哀以思”（《礼记·乐记》）了。

综观之，宋文人词的创作，除了对离别相思、婚恋生活、冶游狎邪、歌舞宴乐、都市风情这类带有香艳绮丽色彩题材进行表现之外，还从自然世界里的春夏秋冬、山川湖泊、风花雪月、鸟兽虫鱼、名胜古迹，到社会人生中的风土人情、社交友谊、宦游羁旅、旷放闲逸、幽默谑趣加以展现，从乡村风物到宫廷幽秘再到边塞军旅，从历史时空到梦幻天地再到艺术世界，涉及各个文化层面和生活领域。

元曲是我国各民族文化相互交流、融合的产物。中国的诗歌历来是和音乐联系在一起的，有一种因与音乐结合而发展、因与音乐脱离而衰落的内在规律，由诗而词，由词而曲，莫不如此。原来作为诗体解放的词，到宋朝末年，被文人带入了象牙之塔，既远离了社会生活，又不便习唱，失去了生机。恰在这时，金、元先后入主中原，兄弟民族的乐曲风靡中原地域，使中原人耳目一新，将之与固有的民间小调融汇在一起，于是，一种新声新词的新诗体——散曲，作为“活泼的民间之物”，应运而生，先是与词分道扬镳，终于后来居上，代之而起。

散曲的兴起，还促进了元杂剧的定型。原来的宋杂剧受大曲的影响，念一段、舞一段、唱一段，缺乏作为戏剧的整体性，不利于表现人物的多种情态。诸宫调的出现在很大程度上弥补了这一缺陷，开元杂剧之先声，然而，每一宫调却只有两三支曲牌，仍显得单调。散曲进入杂剧后，面貌为之一新，一折即一个套曲，可以包括十几支乃至二十几支曲牌，与宾白、科介相间，可以比较充分地表演一段情节。四折的结构，也大致符合戏剧冲突的形成、发展、高潮、解决的规律。这种同宫调中各曲牌的多种形式的组合，惟妙惟肖地反映了人物形神的变化，跌宕起伏，不仅为反映元代社会生活提供了生动活泼的艺术形式，而且形成了以唱、念、做、打的综合体为特征的中华民族的戏剧表演形式，这个功绩，在中国文艺史上是不可磨灭的。

有人曾指出：元曲是愤怒的艺术！这话并不过分。这种新兴的文体，闪现出新的思想光辉，它的主要思想倾向是和元代社会相对立的。许多作品，表现了元代这样一个封建专制统治的严酷现实，切切实实地反映了元代社会最底层人民的心声！如无名氏的小令“醉太平”，痛快淋漓地直斥当时腐败之极的“大元”政府以及其开河、变钞、法滥、刑重等苛政，一针见血地指出“贼做官，官做贼”的社会现实。这些散曲作品，有的借古讽今，直接揭露最高统治者皇帝的昏庸残暴、荒淫无耻；有的怀古咏史，总结历史兴亡的教训，向封建统治者发出了严重的警告；有的则直接鞭挞元代社会的各种邪恶丑习；有的描写人民身处黑暗社会的痛苦生活和悲惨遭遇，表现了对人民的深切同情，喊出了人民反抗的呼声。其题材之丰富，思想之深挚，艺术之精湛，都达到了非常高超的境界。

由于编者水平有限，遗漏和错误之处在所难免，我们诚恳地希望专家学者和广大读者不吝赐教、批评指正。

# 目　录

## 唐　诗

## 宋　词

## 元　曲

# 唐诗

# 虞世南

**【作者介绍】**

虞世南（558—638），凌烟阁二十四功臣之一，字伯施，越州余姚（今属浙江）人，唐初政治家，书法家，文学家。隋炀帝时官起居舍人，唐时历任秘书监（被封永兴县子，人称“虞永兴”）、弘文馆学士等。唐太宗称“世南一人，有出世之才，遂兼五绝。一曰忠谠，二曰友悌，三曰博文，四曰辞藻，五曰书翰”。其书法刚柔并重，骨力遒劲，与欧阳询、褚遂良、薛稷并称“唐初四大家”。其诗风与书风相似，清丽中透着刚健。传世墨迹有碑刻《孔子庙堂碑》《破邪论》等，旧摹墨迹本《汝南公主墓志铭》等。书法理论著作有《笔髓论》《书旨述》。编有《北堂书钞》一百六十卷、《群书理要》五十卷、《兔园集》十卷等，另有诗文集十卷行世，今存《虞秘监集》四卷。

## 【蝉】

**垂绥①饮清露②，流响③出疏桐④。**
**居高⑤声自远，非是藉秋风。**

**【注释】**

①垂绥：绥是古人结在领下的帽带下垂部分。蝉的头部有伸出的触须，形状似下垂的冠缨，所以称其为“垂绥”。②饮清露：古人认为蝉栖身高树，只喝清洁的露水，故说蝉是“饮清露”，在本首诗中用“饮清露”象征人的品格高洁。③流响：是指蝉鸣叫的声音时高时低而且时间很长，像流水的响声一样，故称其为“流响”。④疏桐：指稀疏的梧桐树。梧桐在古人的心目中是一种高贵而灵异的树，诗人以蝉自比，则其鸣声也就不同凡响。⑤高：“高”在诗中有两层含义：一是实指蝉所居的梧桐树高，二是暗指“饮清露”的品格之高。

【鉴赏】

这是一首托物寓意的小诗，是唐人咏蝉诗中时代最早的一首，很为后世人称道。

诗中句句写的是蝉的形体、习性和声音，而句句又暗示着诗人高洁清远的品行志趣。

首句“垂緌饮清露”表面上是写蝉的形状和食性，实际上是运用比兴的手法暗示自己的显要身份和清廉的品质。“垂緌”是古代官帽打结下垂的带子，暗示达官显贵的身份。显官的身份和地位在老百姓的心目中和“清”是有矛盾的，甚至是水火不相容的。但在作者的笔下，却把二者完美地统一在“垂緌饮清露”的蝉的形象中了。此句中“贵”与“清”的统一也为三、四句中的“清”无须依靠“贵”做了反铺垫，用笔非常巧妙。

第二句“流响出疏桐”写蝉的鸣叫声。梧桐在古人的心目中是一种高贵而灵异的树，而且梧桐是高树，其前加一个“疏”字，更见其枝干的清高挺拔，并与末句中的“秋风”相呼应。“流响”二字形容蝉声的抑扬顿挫和长鸣不已；“出”字把蝉声远播的意态形象化了，让人感受到了蝉鸣的响度和力度。这一句虽只写蝉声，但读者从中却可想见人格化了的蝉那种清华隽朗的高标逸韵。有了这一句对蝉声远传的生动描写，三、四两句的发挥才字字有根。

三、四句“居高声自远，非是藉秋风”，这是全篇的比兴寄托的点睛之笔。是在前两句的基础上引发出来的诗的议论。蝉鸣的声音向远处传播，一般人往往认为是借助秋风的传送，诗人却别有会心，强调这是由于“居高”而自然能向远处传播。这种独特的意境为读者解释了一个真理：品格高洁的人，并不需要某种外在的凭借（比如权势地位、有能力者的帮助），自然能声名远扬。这里所突出强调的是人格美的力量。两句中的“自”字、“非”字，一正一反，相互呼应，表达出对人内在品格的热情赞美和高度自信，表现出一种雍容不迫的风度气韵。

正如曹丕在《典论·论文》中所说的那样："不假良史之辞，不托飞驰之势，而声名自传于后。"此诗意由己出，不因袭落俗，十分可贵，为唐代咏物诗开创了一个不俗的风气。

# 魏 征

**【作者介绍】**

魏征（580—643），唐贞观时名相，以直谏著称。字玄成，巨鹿下曲阳（今河北晋州）人。出生于小官吏家庭，但因幼年丧父，家境较为清寒。隋末参加李密领导的农民起义军，后投唐辅佐唐太宗，直言敢谏。官至左光禄大夫，晋封郑国公，为唐初有名的政治家。

唐太宗以虚怀纳谏著称于世，贞观一朝谏臣云集，著名的有魏征、虞世南、王珪、刘洎、岑文本、褚遂良、马周等人，其中以魏征最为杰出。他素有胆智，忠心耿耿，敢于犯颜直谏，面折廷诤，前后所奏二百余事，其中大部分保留在《魏郑公谏录》和《贞观政要》两书中。

## 【述怀[1]】

**中原[2]初逐鹿[3]，投笔事戎轩[4]。**
**纵横计[5]不就，慷慨志[6]犹存。**
**杖策谒天子[7]，驱马出关[8]门。**
**请缨系南越[9]，凭轼下东藩[10]。**
**郁纡[11]陟[12]高岫[13]，出没望平原。**
**古木鸣寒鸟，空山啼夜猿。**
**既伤千里目，还惊九逝魂。**
**岂不惮[14]艰险？深怀国士[15]恩。**
**季布[16]无二诺，侯嬴[17]重一言。**
**人生感意气，功名谁复论。**

**【注释】**

①述怀：陈述自己的怀抱、志向。②中原：原指黄河南北一带地区，这里代指中国。③逐鹿：在本诗中比喻争夺政权。④戎轩：战车，诗中代指战争。

⑤纵横计："纵横"原本是指战国时苏秦、张仪的合纵连横主张。这里"纵横计"指魏征多次向李密进献谋取天下的计策。⑥慷慨志：指安国利民的远大抱负。⑦天子：指唐高祖李渊。⑧关：指潼关。⑨请缨系南越：以汉终军自喻。西汉时终军自请安抚南越，他向汉武帝表示："愿受长缨，必羁南越王而致之阙下。"意思是只要一根绳索就可把南越王捆来，后来终于说服南越王降汉。⑩凭轼下东藩：以郦食其自喻。楚汉相争时郦食其曾向汉高祖请命，劝降了齐王田广，"凭轼下齐七十余城"（见《汉书·郦食其传》），为汉之东藩。⑪郁纡：指山路曲折艰险。⑫陟：登，升。⑬岫：山峰。⑭惮：畏，怕。⑮国士：一国之中杰出的人才。⑯季布：西汉初人，以重信义而闻名关中。⑰侯嬴：战国时魏国人，信陵君的门客。

**【鉴赏】**

公元618年，唐高祖李渊称帝，但崤山函谷关以东还有李密的旧部不肯降唐。魏征"自请安辑山东"，以唐王朝使者的身份东出潼关去安抚、劝降，写下了这首政治抒情诗。诗中通过回忆投笔从戎的往事，着重表明自己不畏艰险，要以实际行动安抚山东，以报答唐高祖知遇之恩的情怀。慷慨激昂，抒情见于叙事，是这首诗的最大特点。

诗的前四句讲了作者投唐前的经历、胸怀和抱负。投唐前，魏征被隋武阳郡（治所在今河北大名东北）丞元宝藏任为书记，元宝藏举郡归降李密领导的起义军后，他又被李密任为元帅府文学参军，专掌文书卷宗。唐高祖武德元年（618），李密失败后，魏征随其入关降唐。写本诗时，魏征强烈自请安抚河北，诏准后，乘驿驰至黎阳（今河南浚县），去劝李密的黎阳守将徐世勣归降唐朝。虽然转侍三主，其谋划之策屡不见用，但献身于统一事业的决心依然存在。于是"杖策谒天子"，去投靠唐主李渊。隋大业十四年，隋朝灭亡，唐高祖李渊建立唐王朝，河南一带仍被李密旧部所据。这就是"驱马出关门。请缨系南越，凭轼下东藩"的意思。"杖策"，是挥鞭策马的意思，写出了魏征投靠李渊时的武人形象。"请缨系南越，凭轼下东藩。"二句，是作者以终军、郦食其自喻，说明这次出关门的任务。以上八句皆为叙事，并通过叙事表现自己为了国家的统一，投笔从戎，并自请安抚山东的政治抱负和豪情壮志。

接下来四句是写景"郁纡陟高岫，出没望平原。古木鸣寒鸟，空山啼夜猿。"即作者在赶赴山东的途中之所见。诗人把复杂的心情，都融汇到生动的旅途景物描写中，情景交融，形象地暗示了完成使命的艰难和诗人心情的沉重。因为在艰险曲折的山道上行走，有时高有时低，因此前面的平原，也即此行的目的地，忽隐忽现，鸟儿在古树上啼鸣，猿猴在空旷的山谷中哀叫，听得人心里阵阵发冷。这些景物构成了一幅深山老林的凄寒图景，同时也暗喻了诗人告别唐主后心情的孤寂。接下来“既伤千里目，还惊九逝魂”，是作者触景生情而发。是什么使得作者触目伤怀、惊心动魄？作者这次出关赴河南一带，沿途是战争的痕迹，农村破败，满目疮痍。对于一位忧国忧民的政治家来说，他不能不触目惊心。“九逝魂”，本指一夜之间几次梦回故都，此处单指思想感情受到震惊。路途如此艰险，任务又十分艰巨，他为什么还不畏艰险地去做说降工作呢？因为他深深地感激高祖李渊以国士待他的恩遇。这不仅是个人感情问题，魏征之所以投笔从戎，是要安定天下，恢复治平，但李密不听他的计策，致使失败。

如今唐高祖李渊建立新朝，势头正旺，实现了魏征的政治理想，又以国士之礼优待自己，他当然愿意为朝廷驰驱，既为国事，也报恩君，还管什么艰难不艰难呢？诗写到这里，诗人的感情再也抑制不住了，便直抒胸臆：“季布无二诺，侯嬴重一言。人生感意气，功名谁复论”表明了自己重视信义不图功名的内心情怀，他要像历史上的季布、侯嬴一样，说一不二，一定要实现向高祖皇帝许下的安抚山东的诺言。

# 王绩

**【作者介绍】**

王绩（589—644），字无功。绛州龙门（今山西河津）人。隋大业（605—616）中举孝悌廉洁科，授秘书省正字。初为六合县丞，因嗜酒被劾去职。唐初，以前朝官待诏门下省。曾任太乐丞，不久即弃官而去，隐居东皋，自号东皋子。王绩早年遭逢乱世，曾两度出仕，都因失意而归隐。他羡慕阮籍、陶渊明，寄情于酒。

著有《醉乡记》等文以见意。其文骈、散兼长，有魏晋人萧疏风致。诗多以田园山水为题材，描写隐居生活和饮酒的情趣，往往于旷达之中，流露抑郁不平之感。诗风清新朴素。《四库全书总目》说它“意境高古，气格遒健，皆能涤初唐排偶板滞之习。”这在当时是不可多得的，对后来唐诗的健康发展，有一定的影响。

其中《野望》一首，是早期出现的成熟五言律诗之一，最为人所传诵。《旧唐书·经籍志》、《新唐书·艺文志》著录《王绩集》五卷，《宋史·艺文志》著录陆淳编《东皋子集略》二卷，皆佚。今存其集有《东皋子集》（一名《王无功集》）五卷，《补遗》二卷，均录诗五十余首。事迹见新、旧《唐书》本传。

## 【野望】

**东皋①薄暮②望，徙倚③欲何依。**
**树树皆秋色④，山山唯落晖。**
**牧人驱犊⑤返，猎马带禽⑥归。**
**相顾⑦无相识，长歌怀采薇。**

**【注释】**

①东皋：诗人隐居的东皋村，在其故乡龙门。水边高地曰“皋”。②薄暮：黄昏。③徙倚：徘徊。④秋色：指树木凋零衰落的景象。⑤犊：小牛。

⑥禽：指猎获的禽、兽。⑦顾：回头看。

【鉴赏】

《野望》是一首五言律诗，是王绩隐居乡里时所作。写的是诗人在东皋观望山野秋景以及观望的心境。该诗文字质朴，写景如画，冲淡萧散而不无惆怅。

首联“东皋薄暮望，徙倚欲何依”点题，写出了地点：东皋，时间：薄暮，事：望、徙倚，情态：欲何依。“皋”是水边高地。诗人家在绛州龙门（今山西河津），自号东皋子，则东皋当是他家乡所在，也是其时时游眺之地。傍晚时分，漫步东皋，随意眺望。然而，“徙倚欲何依”，颇有彷徨之感。“徙倚”，是徘徊不前的意思。“欲何依”，乃反躬自问：想到哪里去呢？这正是作者落寞无着心理的反映。既求闲适，又怀惆怅，首联流露的复杂情怀，构成了全诗基调。

二、三联紧扣“望”字，写傍晚秋原所见之物。树的“秋色”，写树木摇落变衰的景象。“落晖”，指落日的余晖。此联“树树”“山山”重叠，可以看出诗人视线运动的轨迹，“皆”字与“唯”字的前后呼应，又显现出作者的心理感受。棵棵树都在变黄摇落，座座山都沉浸于惨淡的余晖中，萧瑟的山林在余晖的映照下，显得更加苍茫、空旷。在苍茫暮色中，诗人又看到牧人驱赶着小牛由远而近，猎人的马上亦挂着禽、兽满载而归。这是一个特写镜头，它不仅可以使人想象到牧人野散的情态，猎人得志的神情及犊鸣马嘶的情状，而且与上联搭配得非常和谐，使诗既有远景，又有近景；既有静态，又有动态，构成一幅有明有暗、有声有色、有形有神的山村秋晚图。

这几句诗，远景与近景，静态与动态，相得益彰。然而诗人却不能在这种田园生活中找到慰藉，希望能够追怀古代的隐士，与他们为友。这首诗首尾两联抒情言事，中间两联写景，深化诗意。

可以说王绩的《野望》，奠五言律诗之基，崛起于绮罗香泽之中，成熟于近体成型之先，号称名篇，岂虚语哉？

# 上官仪

【作者介绍】

上官仪（约608—665），字游韶，陕州陕县（今属河南）人。初唐宫廷作家，齐梁余风的代表诗人。长于南方寺院中，受南朝文化的熏陶和宫体诗影响，“文并绮艳”。仪擅五言，格律工整，内容多为应制奉命之作,歌功颂德，粉饰太平，形式上追求程式化。词藻华丽，绮错婉媚。因其位显，时人多仿效，世称“上官体”。他又归纳六朝以后诗歌的对偶方法，提出六对、八对之说，代表了当时宫廷诗人的形式主义倾向，但对律诗的定型有促进作用。《入朝洛堤步月》是上官仪较好的代表作。

## 【入朝洛堤步月】

**脉脉广川①流，驱马历②长洲③。**
**鹊飞山月曙④，蝉噪野风秋。**

【注释】

①广川：这里指洛水。②历：走过，经过。③长洲：指洛堤。洛堤是官道，路面铺沙，以便车马通行，故喻称“长洲”。④曙：天亮，破晓。

【鉴赏】

这是上官仪在东都洛阳皇城外等候开城门上朝时写的一首即景诗。唐初，百官上早朝没有待漏院可供休息，必须在破晓前赶到皇城外等候。东都洛阳的皇城，傍洛水，城门外是天津桥。唐代宫禁森严，天津桥入夜锁闭，断绝交通，到天明才开锁放行。因此上早朝的百官都在桥下洛堤上隔水等候放行入宫。上官仪在诗中写了他在等候时看到的景物，其中隐约蕴含着一种冷幽、冲淡之气。

诗的前二句写驱马沿洛堤来到皇城外等候。以洛水即景开头，淡淡月光下，洛水含情不语地流淌着，水是“脉脉”的，如含情的眼神，虽默默无语，但满蕴情意。所谓一切景语皆情语，此时诗人的内心应该是充满温情，极度放松的。所以下一句“驱马历长洲”写自己驱马洛堤时用了一个“历”字，“历”字说明前行速度之缓，态度之从容不迫，心态的放松，表现出一种心意悠然、清虚寡淡的风度。

后两句接着写此时看到的景象，只是视域更为广大一些，人气更少了一些。前两句写“广川”，写“长洲”，都只是眼前景，近前物，后两句则是带有一种远顾的意味。回头望去，只见明月西悬，鹊鸟偶尔飞过，似乎还听到蝉鸣的声音，从野林之中顺风传来，带着股秋的凉意。两句都突显出天将破晓时的冷幽。写月、鹊，与后世辛弃疾的“明月别枝惊鹊”有异曲同工之妙，可见环境之幽；写蝉声、写野风，又与“蝉噪林逾静”相似，野风中带着凉意传来蝉鸣，足见环境之冷寂。比之前两句的“脉脉广川”“驱马长洲”，绝少烟火气。

即兴下的创作带有极大的灵感，其清新冷幽完全不同于上官仪的其他作品，讲究辞藻格律，绮错婉媚，满含宫廷华贵雍容之气的诗作。这一首《入朝洛堤步月》完全即景抒情，不假雕饰，结果反压过了上官仪的其他诗作，历来被诗家称道。

# 骆宾王

**【作者介绍】**

骆宾王（627—684），字观光，汉族，婺州义乌（今属浙江）人。唐初诗人，与王勃、杨炯、卢照邻合称“初唐四杰”，又与富嘉谟并称“富骆”。唐龙朔初年，骆宾王担任道王李元庆的属官，后来相继担任武功主簿和明堂主簿。唐高宗仪凤四年（679），升任中央政府的侍御史官职。曾经被人诬陷入狱，被赦免后出任地方官临海县丞，所以后人也称他骆临海。武则天光宅元年（684），徐敬业起兵讨伐武则天，他作为秘书，起草了著名的《讨武曌檄》。

在四杰中他的诗作最多，尤擅七言歌行，名作《帝京篇》为初唐罕有的长篇，当时以为绝唱。骆宾王还曾久戍边城，写有不少边塞诗，如“晚风迷朔气，新瓜照边秋。灶火通军壁，烽烟上戍楼。”豪情壮志，见闻亲切。唐中宗复位后，诏求骆文，得数百篇。后人收集骆宾王诗文集颇多，以清朝陈熙晋之《骆临海集笺注》最为完备。

## 【在军登城楼】

**城上风威冷，江中水气寒。**
**戎衣[①]何日定[②]，歌舞入长安。**

**【注释】**

①戎衣：军服，战衣。②“何日定”句：化用“一戎衣而天下定”这句话。说周武王一穿军服，起来号召诸侯革命，于是商纣暴君政权崩溃，天下大定。

**【鉴赏】**

《在军登城楼》与《讨武曌檄》作于同一时期，可以说是檄文的高度艺术概括。

弘道元年（683），唐高宗去世，武则天把持朝政，废中宗（李哲）为庐陵王，立相王（李旦）为睿宗，重用武三思等人，排斥异己，刑法严苛，引起人民不满。不久，被贬为柳州司马的徐敬业提出“匡复唐室”的口号，在扬州起兵征讨武则天，一时响应者甚众，起兵十来天就聚集了十多万人，震惊了全国。被贬为临海丞的骆宾王也投奔徐敬业麾下，任匡复府的艺文令，负责军中宣传工作。在此期间，他草拟了著名的《代徐敬业传檄天下文》（《讨武曌檄》），义愤填膺地历数武则天“近狎邪辟，残害忠良，杀姊屠兄，弑君鸩母”之罪。其中有这样一段话可看作《在军登城楼》诗的注脚：“是用气愤风云，志安社稷，因天下之失望，顺宇内之推心。爰举义旗，誓清妖孽，南连百越，北尽三河。铁骑成群，玉轴相接。海陵红粟，仓储之积靡穷；江浦黄旗，匡复之功何远。班声动而北风起，剑气冲而南斗平。喑呜作山岳崩颓，叱咤则风云变色。以此致敌，何敌不摧；以此攻城，何城不克！”这就是诗人对当时政治、军事形势的分析和估计，也是本诗的创作背景。

诗歌以对句起兴，在深秋的一个清晨，诗人登上了广陵城楼，纵目远望，浮思遐想。此刻楼高风急，江雾浓重，风雨潇潇。“城上风威冷，江中水气寒”两句晓畅隽永，看似质朴平易不着笔力。诗人借用了《梁书·元帝纪》中“信与江水同流，气与寒风共愤”的典故，恰到好处地抒发了同仇敌忾的豪情与激愤。充分表现临战前的紧张、肃穆、庄严的气氛和将士们的进取、希望和信心。第三句诗“戎衣何日定”，“何日”意为“总有一天”，以否定表肯定，必胜之心力透纸背。这句诗借周武王讨伐殷纣王的故事隐喻徐敬业讨伐武则天是以有道伐无道，说明“匡复”是正义的，顺应民心、天意的，因此也必定会胜利。诗的最后一句，“歌舞入长安”，水到渠成轻松自然地作了结尾，表现出诗人必胜的信念及勇往直前、不成功则成仁的彻底反抗精神和大无畏气概。

这首诗工于用典且浑然一体，增强了诗的深度和概括力。这首小诗，属对工整，语言朴实，音韵和谐流畅，可称佳作。

## 【于易水①送人】

**此地别燕丹②，壮士发冲冠③。**
**昔时人已没④，今日水⑤犹寒。**

**【注释】**

①易水：河流的名字，也称易河，位于今河北省易县境内。②燕丹：是指战国末期燕国的太子丹。③冠：是指帽子。④没：同“殁”，是指死的意思。⑤水：是指易水之水。

**【鉴赏】**

《于易水送人》是初唐诗人骆宾王所写的五言绝句，亦称《于易水送人一绝》。易水是地名，本诗描述作者在易水送别友人时的感受，并借咏史以喻今。整首诗寓意深远，笔调苍凉。公元619年冬天，骆宾王遇赦出狱离开长安，北赴幽燕，写下了这首借古咏怀之作。诗人通过燕太子丹送别荆轲的故事，表明了他对古代英雄侠客的向往。

据史载，战国末年荆轲为燕太子丹复仇，欲以匕首威逼秦王，使其归还诸侯之地。临行时燕太子丹及高渐离、宋意着白衣冠（丧服）送于易水，高渐离击筑，荆轲应声而歌：“风萧萧兮易水寒，壮士一去兮不复还”。歌声悲壮激越，“士皆瞋目，发尽上指冠”。

诗的开头两句“此地别燕丹，壮士发冲冠”，就是写的这件事。“此地”，即诗题中的易水。“壮士发冲冠”，用来概括那个悲壮的送别场面和人物慷慨激昂的心情，表达了诗人对荆轲的深深崇敬之意。如今在易水边送别友人，想起了荆轲的故事，这是很自然的。但是，诗的这种写法却又给人一种突兀之感，它舍弃了那些朋友交往、别情依依、别后思念等一般送别诗的常见内容，而是芟夷枝蔓，直入史事。这种破空而来的笔法，反映了诗人心中蕴蓄着一股难以遏止的愤激之情，借怀古以慨今，把昔日之易水壮别和今日之易水送人融为一体，从而为下面的抒情准备了条件，酝酿了气氛。

接着，“昔时人已没，今日水犹寒”这两句用对仗的句式，由前一句自然地引出后一句，这后一句也就是全诗的中心所在。它寓情于景，景中带比，不仅意味着荆轲那种不畏强暴的高风亮节，千载犹存；而且还隐含了诗人对现实环境的深切感受。诗中用“已”“犹”两个虚词，既使句子变得自然流利，也使音节变得纡徐舒缓，读来给人一种回肠荡气之感，更有力地抒发了抑郁难申的悲痛。

本诗作者在送别友人之际，通过咏怀古事，表达对古代英雄的仰慕，也寄托自己对现实的深刻感慨，倾吐了自己满腔热血无处可洒的极大苦闷。

## 【在狱咏蝉】

**西陆[1]蝉声唱，南冠[2]客思深。**
**不堪玄鬓[3]影，来对白头[4]吟。**
**露重飞难进，风多响易沉。**
**无人信高洁，谁为表予心[5]？**

**【注释】**

①西陆：秋天。②南冠：代指囚禁中。③玄鬓：蝉翼。④白头：白发人。⑤予心：我的心。

**【鉴赏】**

此诗作于患难之中，情感充沛、意喻明确、用典自然、语意双关。全篇以蝉比兴，以蝉寓己，寄托遥深，蝉、人浑然一体，于咏物中寄情寓兴，由物到人，由人及物，达到了物我一体的境界，是咏物诗中的名作。

在本诗中，诗人的身世之慨寓于对蝉的描写中，充满了个人不能抒其高远志向的苦闷。诗中描写的对象是蝉，是作者在狱中所闻所感。全篇虽在写蝉，实则寄寓了作者苍凉的身世之慨，同时又没有因为当下的处境而哀叹自伤，反而更坚定以往所保持的操守。

诗的首联点明托喻之物和自己的对应关系，将作者悲苦、忧虑的心绪，借秋蝉宣泄而出，将秋蝉的生机将尽和作者朝不保夕的囚狱境遇联系在一起；颔联上句写蝉，下句写己，用描写蝉的“玄鬓”来对比自己的“白头”，写出了自己思国思民的忧虑之重。秋蝉生命将尽，自己前景难料，已堪哀痛，而秋蝉声声切切的嘶鸣，更引动人无限的怅惘。这一联在修辞上用的是流水对；颈联物我合一，表面是在写蝉，实则感发自己的处境，暗指自己仕途的不得志，就算自己空有才能，也有翼难振、心声难传；尾联则全然分不清是蝉是“我”，好像是赞美蝉的孤高贞洁，又似直抒胸臆，把自己的冤屈和为国忠贞之志，一并宣泄而出。

从骆宾王的《在狱咏蝉》所见到的具有强烈时代精神的文人的哀歌与愤怒中，我们可以认为，从“初唐四杰”才开始正视人生，敢于面对生命中的悲欢离合。骆宾王的《在狱咏蝉》把自己的人生感慨、悲愤沉痛都抒发于比兴之中，把客愁乡怨、人生苦短、壮志难酬，以及遭谗被诬的悲哀愤怒表现得淋漓尽致，很好地体现了“兴寄”“风骨”的特色。骆宾王和“初唐四杰”的其他三位为后人作出了榜样，开唐代诗风之变。

# 卢照邻

**【作者介绍】**

卢照邻（632—695），字升之，号幽忧子，幽州范阳（今河北省涿州市）人。他与王勃、杨炯、骆宾王以文词齐名，世称“王杨卢骆”，为“初唐四杰”之一。

卢照邻工诗，尤其擅长七言歌行，对推动七古的发展有贡献。其诗意境清迥，明代胡震亨说“领韵疏拔，时有一往任笔，不拘整对之意”（《唐音癸签》）。卢照邻代表作《长安古意》中“得成比目何辞死，愿作鸳鸯不羡仙”，乃千古名句。杨炯誉之为“人间才杰”（《王子安集序》）。诗笔纵横奔放，富丽而不浮艳，为初唐脍炙人口的名篇，但仍未摆脱六朝奢靡诗风影响。《旧唐书》本传及张鷟《朝野佥载》都说卢有文集二十卷。《崇文总目》等宋代书目均著录为十卷。今存其集有《卢昇之集》和明代张燮辑注的《幽忧子集》，均为七卷。《全唐诗》编录其诗二卷。徐明霞点校《卢照邻集》，即据七卷本《幽忧子集》，并作《补遗》。傅璇琮著有《卢照邻杨炯简谱》。

## 【长安古意】

**长安大道连狭斜[1]，青牛白马七香车[2]。**
**玉辇[3]纵横过主第[4]，金鞭络绎向侯家[5]。**
**龙[6]衔宝盖[7]承朝日，凤[8]吐流苏[9]带晚霞。**
**百尺游丝[10]争绕树，一群娇鸟共啼花。**
**游蜂戏蝶千门侧，碧树银台[11]万种色。**
**复道[12]交窗[13]作合欢[14]，双阙[15]连甍[16]垂凤翼[17]。**
**梁家画阁中天起[18]，汉帝金茎云外直。**
**楼前相望不相知，陌上相逢讵[19]相识？**
**借问[20]吹箫向紫烟[21]，曾经学舞度芳年。**
**得成比目[22]何辞死，愿作鸳鸯不羡仙。**

比目鸳鸯真可羡，双去双来君不见？
生憎[23]帐额[24]绣孤鸾[25]，好取门帘帖双燕。
双燕双飞绕画梁，罗帷[26]翠被[27]郁金香。
片片行云[28]着蝉鬓[29]，纤纤初月上鸦黄[30]。
鸦黄粉白车中出，含娇含态情非一。
妖童[31]宝马铁连钱[32]，娼妇盘龙金屈膝。
御史府中乌夜啼，廷尉门前雀欲栖。
隐隐朱城临玉道，遥遥翠幰[33]没金堤。
挟弹飞鹰杜陵北，探丸借客渭桥西。
俱邀侠客芙蓉剑，共宿娼家桃李蹊。
娼家日暮紫罗裙，清歌一啭口氛氲[34]。
北堂夜夜人如月，南陌朝朝骑似云[35]。
南陌北堂连北里[36]，五剧[37]三条[38]控三市。
弱柳青槐拂地垂，佳气红尘暗天起。
汉代金吾千骑来，翡翠屠苏鹦鹉杯。
罗襦[39]宝带为君解，燕歌赵舞为君开。
别有豪华称将相，转日回天[40]不相让。
意气由来排灌夫，专权判不容萧相。
专权意气本豪雄，青虬紫燕坐春风。
自言歌舞长千载，自谓骄奢凌五公[41]。
节物风光不相待，桑田碧海[42]须臾改。
昔时金阶白玉堂，即今惟见青松在。
寂寂寥寥扬子居，年年岁岁一床书。
独有南山桂花发，飞来飞去袭[43]人裾。

【注释】

①狭斜：狭窄的小巷。②七香车：用七种香木制成的车，贵妇人所乘。③玉辇：皇帝所乘的车。④主第：公主的宅邸。⑤侯家：王侯之家。⑥龙：指车盖刻成了龙形。⑦宝盖：玉辇上所树的华盖，盖柄雕作龙形，仿佛衔着车盖。⑧凤：是指车盖刻成了凤凰的形状。⑨流苏：用五彩羽毛或丝绸做成的垂饰，如同现在的彩缀子，车幔上绣着凤凰，垂着流苏，仿佛流苏是凤凰吐出来的。⑩游丝：蜘蛛网和丝，“百尺”二句实际是写贵族、仆从们一呼百诺、阿

谀奉承、攀龙附凤。⑪银台：原指仙境般的地方，此处是指贵人的居所。⑫复道：即阁道，是连接阁楼的架高的通道，用木制成。⑬交窗：木条纵横交错制成的窗。⑭合欢：即马缨花，象征夫妇和合欢洽；作合欢：是说复道的结构和窗棂的图案做出合欢的形状。⑮双阙：宫门两旁的望楼。⑯连甍：屋脊相连。⑰凤翼：比喻屋脊飞檐。⑱“梁家画阁天中起”：东汉顺帝外戚梁冀，在洛阳大道造宅第，台阁周通，柱壁窗牖皆雕镂，这里借代豪华的住宅。⑲讵：表示反诘，相当于“岂”“难道”。⑳借问：古诗中常见的假设性问语，一般用于上句，下句即作者自答。㉑吹箫向紫烟：春秋时秦穆公女儿弄玉，嫁给擅长吹箫的萧史，后来夫妻双双乘坐凤凰飞去成了神仙。这里借指怀春的贵族青年男女。㉒比目：比目鱼，两目生在一侧，成双游动。比喻情深挚爱的夫妻、情人。㉓生憎：最恨。㉔帐额：帐檐。㉕鸾：小凤凰，是传说中凤凰一类的鸟。㉖罗帷：罗帐。㉗翠被：绣有翡翠纹饰的华美的被子。㉘行云：流动的云，本诗中是指女子的头发。㉙蝉鬓：把鬓发梳成蝉翼般的样式就叫蝉鬓。㉚鸦黄：唐代妇女涂额的黄粉。上鸦黄就是古代妇女为了美观在额头上涂抹鸦黄。㉛妖童：是指市井间的轻薄少年。㉜铁连钱：是指马身毛色斑驳，有圆钱似的花纹。㉝翠幰：翠羽为饰的车幕。㉞氛氲：气盛的样子，这里是指妓女唱歌时所散发出来的浓郁的口脂香味。㉟北堂、南陌：泛指娼家居处。㊱北里：娼家聚居的平康里，在长安北门内。㊲五剧：是指纵横的街道。古时交错的道路叫作剧。㊳三条：三通的道路，如丁字路口。㊴罗襦：绸制成的上衣。㊵转日回天：极言势力之大。㊶五公：指汉代五个权贵：张汤、杜周、萧望之、冯奉世、史丹，这句的意思是说，专横跋扈的程度比五公有过之而无不及。㊷桑田碧海：大海变成农田，农田变成大海。比喻世事变化巨大。㊸衮：落到。

**【鉴赏】**

这是一首历来为人们所称道的七言诗。它铺排张扬，堂皇富丽，错彩镂金，一气呵成。尽管它还没有彻底脱掉宫体纤艳，却已然透出蓬勃坚劲的生命力量，为初唐诗坛吹来新鲜的空气，它的骇世惊俗恰在于其脱胎换骨般的内在生命气息。

闻一多先生在《宫体诗的自赎》里评价这首诗说：“在窒息的阴霾中，虚空而疲倦，忽然一阵霹雳，接着是狂风暴雨！虫吟听不见了，这样便是卢照邻《长安古意》的出现。这首诗在当时的成功不是偶然的。放开了粗豪而圆润的嗓子。”这段话生动形象地评价了《长安古意》在诗歌史上的地位和作用，同时概括地指出了这首诗的艺术特征。

全诗可以分为四部分，第一部分从“长安大道连狭斜”到“娼妇盘龙金屈膝”总写长安大街小巷的繁华，贵族们冶游之豪奢。作者利用铺陈的手法反复渲染，再衬托，把一个纸醉金迷、灯红酒绿的长安城描绘得鲜明生动、气派不凡。前六句从车水马龙、熙熙攘攘的场面描写起，玉辇金鞭，青牛白马；香车华盖，龙衔凤吐。又映衬以王侯之家、公主宅第的背景，再加上首句大街小巷纵横连贯，长安城的气象便被写得活灵活现了。

接下来“百尺游丝争绕树”到“汉帝金茎云外直”八句，作者的“镜头”摇动的速度加快，一句一景：晴绿绕树，娇鸟啼花，蝶戏宫门，绿荫白阶。下面写雕花的窗棂，翘起的飞檐，画栋雕梁，危楼入云，亦是一句一景，令人目不暇接。以上反复渲染的都是景物，突出的是豪奢骄纵和享乐有加。从“楼前相望不相知”一句开始，出现了人物的描写，“不相知”“讵相识”，都非常巧妙地写出了长安城的人海茫茫，摩肩接踵。“借问”一句用弄玉萧史事来表达爱情理想。“生憎”句是对孤守闺房的怨怅之词。接下来细致描摹的居室、衣饰、打扮，也是一派富贵气。“妖童宝马铁连钱，娼妇盘龙金屈膝”与篇首“青牛白马七香车”回应，标志对长安白昼热闹的描写告一段落。

第二部分（从“御史府中乌夜啼”到“燕歌赵舞为君开”）主要以市井娼家为中心，写形形色色人物的夜生活。诗人引用“乌夜啼”和“雀欲栖”两个典故说明执法衙门门庭冷落，无人过问。在经济繁荣的刺激下，初唐的长安已显示出畸形的发展。这就从一个侧面反映了当时人们追求满足情欲的社会病态。

第三部分自“别有豪华称将相”至“即今惟见青松在”，主要描述与揭露权贵们互相排挤、倾轧的丑行。贺裳在《载酒园诗话又编》里称赞说：“写豪狞之志，如‘意气由来排灌夫’，尚不足奇；‘专权判不容萧相’……俨然如见霍氏凌蔑车千秋，赵广汉突入丞相府

召其夫人跪庭下。”汉代外戚专政宦官弄权很严重，皇帝有时也无可奈何。他们“转日回天不相让”，气焰嚣张犯上作乱。他们“青虬紫燕坐春风”，穷奢极欲竞比豪强。他们“自言歌舞长千载，自谓骄奢凌五公”，狂妄自大至可笑的地步。

最后一部分共四句，“寂寂寥寥扬子居，年年岁岁一床书。独有南山桂花发，飞来飞去袭人裾。”是借汉代大学问家扬雄的典故，希望像扬雄那样终生致力于著述，远离尘世，与芳树为伴，不学干谒，洁身以自好。

在宫体余风尚热的初唐诗坛，卢照邻“放开了粗豪而圆润的嗓子”，唱出如此歌声，压倒那“四面细弱的虫吟”，在七古发展史上确是可喜的新声，而就此诗本身的艺术价值而论，也足使他被誉为“不废江河万古流”。

# 杜审言

**【作者介绍】**

杜审言（645—708），字必简，襄州襄阳（今属湖北襄樊）人，是大诗人杜甫的祖父。高宗咸亨元年进士，中宗时，被流放峰州。曾任隰城尉、洛阳丞等小官，后官修文馆直学士，少与李峤、崔融、苏味道齐名，称“文章四友”，是唐代“近体诗”的奠基人之一，作品多朴素自然。其五言律诗“体自整栗，语自雄丽”（许学夷《诗源辨体》）、“浑厚有余”（陆时雍《诗镜总论》）、“句律极严”（陈振孙《直斋书录解题》），“开诗家齐整平密一派门户”（钟惺《唐诗归》），对近体诗的成熟是有贡献的。《全唐诗》存其诗一卷。

## 【和①晋陵②陆丞③早春游望④】

**独有宦游人，偏惊⑤物候⑥新。**
**云霞出海曙⑦，梅柳渡江春⑧。**
**淑气⑨催黄鸟⑩，晴光转绿蘋⑪。**
**忽闻歌古调⑫，归思欲沾襟。**

**【注释】**

①和：依照别人诗词的格律或内容写诗和词就称作“和”。②晋陵：今江苏省常州市。③陆丞：是指姓陆的晋陵县丞。“丞”是县令下面的左使。④早春游望：是陆丞诗作的题目。⑤偏惊：反而感到惊心。⑥物候：是指景物和气候。它是指自然界因季节的变化而产生的景物和气候的变化。⑦海曙：海边的曙色。⑧渡江春：江南地暖，梅先开花，柳先舒叶，江北偏寒，如今梅柳春色也已降临。意思是江南、江北已经春色满眼。⑨淑气：春天和暖的气息。⑩催黄鸟：意思是说春天和暖的气息在催着黄莺儿婉转歌唱。⑪转绿蘋：是说春日的阳光使水中蘋草变得更加翠绿鲜艳。⑫古调：是指陆丞《早春游望》的诗，赞美它的诗有古人的格调。

【鉴赏】

这是一首酬答诗，和的是晋陵县丞的《早春游望》。

作者在这首诗中通过对早春景物的深刻感受和生动描写，不仅烘托出了一片清美、和煦的宜人春色，也真挚地表达了游人思归的深婉情致。画面优美、形象鲜明。

诗一开头就发出游人对异乡景物变化的感慨。首句“宦游人”点出唱和者的特殊身份，二句“物候新”点出了唱和者的特殊感受。意思是说只有长期在外做官的人，才特别容易因季节的变化对外界景物格外动心。题目已经点明这首诗写的是江南早春气候，而异乡游子对秀丽的江南景色特别敏感，这原本是人之常情，不过经过诗人的提示，就显得格外惊心醒目了。况且诗人又用“独有”和“偏惊”加以强调，无形中又加重了说话的语气和氛围，凝聚了引人入胜的兴味，自然会使读者产生对江南“物候”的向往之心。

中间两联就是对“物候新”的具体描述：在明亮的曙色中，那天边璀璨的云霞，像从海上涌起；春风吹拂着大江两岸，在清幽的梅花中间夹杂着丝丝绿柳，一片勃勃生机，准确而生动地表现了早春的特有气象。在此诗人别具一格，运用了反衬的手法，不仅没有使“宦游人”沉浸在春的快乐之中，反而引起了“宦游人”的归思之情。既照应了前面“独有宦游人”的思归主题，也点出了和诗的早春游望的情景。

另外，这首诗歌的用词也很有讲究，特别是动词的使用，更显得精到、传神。比如“催”字、“转”字，都极为生动地把“淑气”和“晴光”拟人化了，似乎它们都是“春之神”，在大地上撒布春光，生机盎然。

## 【渡湘江】

**迟日[①]园林悲昔游[②]，今春花鸟作边愁[③]。**
**独怜京国[④]人南窜，不似湘江水北流。**

**【注释】**

①迟日：出得比较晚的太阳。②悲昔游：作者旧游之地，因为被放逐再次经过的时候感到悲伤。③边愁：因为流放边远地区而产生的愁绪。④京国：京都、京城。

**【鉴赏】**

全诗描写作者在渡过湘江南下时，正值春临大地，花鸟迎人，看到滔滔江水正朝着与他们相反的方向北去，不禁想到自己的遭遇，追思昔游，怀念京都，悲思愁绪，不可遏制。杜审言是诗圣杜甫的祖父，曾经两次被贬官。此诗就是他在贬谪途中写的。

本诗的开头写由眼前的春光回忆起往昔的春游。在此作者用了一个“悲”字，这个“悲”字，是今天的悲，是从今天的悲追溯昔日的乐；也可以说正因为想起当时的游乐，更觉得当前处境的可悲。用现在的情移于过去的境，为昔日的欢乐景物注入了今天的悲痛之情。

接着写从昔日的游乐回忆到今天的边愁。在这首诗中，鸟语花香这些令人欢乐的景物却使作者回想起自己正在被流放去南国的边疆途中。这些景物只是在诗人的心中构成了远去边疆的哀愁。这是以心中的情移于眼前的景。“花鸟”和“边愁”形成对比，是从反面来衬托边愁。

第三句“独怜京国人南窜”是整首诗的中心，起承上启下作用。上两句，忆昔游而悲，见花鸟成愁，以及下一句为江水北流而感叹，这一句才交待出原因，这一切只因为诗人被贬南下，对于京国，诗人心中有太多的不舍。被贬途中总是悲苦的，特别是想到远离家国，狼狈奔赴无法预知的荒蛮之地，这种愁上心头的感情尤其强烈。

末句直接点出了所渡之“湘江”，而以“北水流”来衬托“人南窜”，也是用了反衬来加强第三句的中心内容。

纵观全诗，诗人通篇运用反衬、对比的手法。诗的前两句是今与昔的衬比，哀与乐的衬比，以昔日对照今春，以园游对照边愁；诗的后两句是人与物的衬比，南与北的衬比，以京国逐客对照湘江逝水，以斯人南窜对照江水北流。这是一首很有艺术特色的诗，而出现在七言绝句刚刚定型、开始成熟的初唐，尤其难能可贵。

# 王勃

**【作者介绍】**

王勃（650—676），字子安，绛州龙门（今山西河津）人。王勃与于龙以诗文齐名，并称“王于”，亦称“初唐二杰”。王勃也与杨炯、卢照邻、骆宾王齐名，并称“初唐四杰”，其中王勃是“初唐四杰”之冠。

王勃的文学崇尚实用，当时文坛盛行以上官仪为代表的诗风，“争构纤微，竞为雕刻”“骨气都尽，刚健不闻”，王勃“思革其弊，用光志业”（杨炯《王子安集序》）。他创作“壮而不虚，刚而能润，雕而不碎，按而弥坚”的诗文，对转变诗风起了很大作用。王勃的诗风也受到了王绩的影响，在扭转齐梁余风，开创唐风上的功劳尤大。在当朝，世人并不公认王勃以及“四杰”的诗文，但他的诗对后世诗人颇有影响，像“海内存知己，天涯若比邻”等佳句都是公认的唐诗极品，而“落霞与孤鹜齐飞，秋水共长天一色”更是千古绝唱。“诗圣”杜甫赞赏“四杰”的诗文是“不废江河万古流”。

王勃的诗文集原有三十卷，现仅存《王子安集》十六卷，存诗八十多首，文章九十多篇。他最著名的作品是骈文《滕王阁序》。

## 【滕王阁诗】

**滕王高阁临[①]江渚[②]，佩玉[③]鸣鸾[④]罢歌舞。**
**画栋[⑤]朝飞南浦[⑥]云，珠帘暮卷西山[⑦]雨。**
**闲云潭[⑧]影日悠悠[⑨]，物换星移几度秋。**
**阁中帝子[⑩]今何在？槛外长江空自流。**

**【注释】**

①临：靠近。②江渚：江边。③佩玉：古代系于衣带用作装饰的玉。④鸣鸾：卿大夫车前的銮铃，车走动时便会发出声响。⑤画栋：装饰华美的屋梁。⑥南浦：地名，在江西省南昌市西南，章江至此分流。⑦西山：山名，在今江

西省新建县西侧，一名南昌山，即古散原山。⑧潭：这里是代指长江。⑨悠悠：久远。⑩帝子：帝王之子，在本诗中是指滕王。

**【鉴赏】**

这首诗是王勃的名诗，作于唐高宗上元三年（676）。

诗人王勃二十七岁时，去交趾探父，路过洪州，参加了都督阎公举行的一次宴会，即席作赋，写成著名的《滕王阁序》，这首诗就附在序文的后面。

诗歌的前两句以高阁凌空的非凡气势把读者引入胜境。第一句中的"高"字写出了登临滕王阁后的第一个感受。这句话概括力极强，下文的南浦、西山、闲云、潭影和"槛外长江"都是由登高骋望生发出来的，这就为后文的展开做好了铺垫。接下来的第二句韵味忽转，由高亢转入低沉。滕王阁的地理形势虽如何之好，但现在已物是人非，当年修建这座辉煌高阁的滕王却已经死了，歌舞和盛宴久已消歇了。两相对应，意味深长，怅思难尽，给人以兴衰无常之感。

三、四两句紧承第二句，更加发挥。阁既无人游赏，阁内画栋珠帘当然冷落可怜，只有南浦的云，西山的雨，暮暮朝朝，与它为伴。这两句不但写出滕王阁的寂寞，而且画栋飞上了南浦的云，写出了滕王阁的居高，珠帘卷入了西山的雨，写出了滕王阁的临远，情景交融，寄慨遥深。

五、六句由阁内写出阁外，意境更加开阔。日悠悠的闲云潭影，与匆匆而去的物换星移形成鲜明对比。就是在这天光云影悠闲流动的时刻，却是物换星移，过了一年又一年，正是年华易逝，岁月无情，写出了"时维九月，序属三秋"的天光云影以及星移斗转的季节变化。

诗的最后两句以"阁中帝子今何在"的人生短暂映衬"槛外长江空自流"的悠长历史，其中有无奈，但是没有悲痛。一个"空"字概括收拢全文。表达了诗人登高望远，去国怀乡，满目苍凉的凄楚情绪，寄寓着诗人对人生易老、功业难就的深切感慨。

一般说来，对偶句多用来放在中段，起铺排的作用。而本诗的结尾用对偶句法作结，很有特色。这里用来作结束，而且不像两扇门一样地并列（术语称为扇对），而是一开一合，采取"侧势"，读者只觉其流动，而不觉其为对偶，显出了王勃过人的才力。后来杜甫的七言律诗，甚至七言绝句，也时常采用这种手法。

## 【送杜少府①之任蜀州】

城阙②辅三秦③，风烟望五津④。
与君离别意，同是宦游人⑤。
海内存知己，天涯若比邻⑥。
无为⑦在歧路⑧，儿女共沾巾⑨。

### 【注释】

①少府：官名。唐代称县令为明府，称县尉为少府。②城阙：指长安。③三秦：秦灭亡后项羽三分关中，封秦降将章邯为雍王，司马欣为塞王，董翳为翟王，合称三秦。后来指今陕西关中一带。这里是泛指长安附近一带。④五津：长江自湔堰至犍为一段五大渡口的合称。五津皆在蜀中，因此用以泛指蜀地。⑤宦游人：指离家在外做官之人。⑥比邻：是指邻居。古代五家相连为比。⑦无为："无"通"毋"，"无为"就是"不要"的意思。⑧歧路：岔路，诗中是指分手之处。⑨沾巾：指流泪。

### 【鉴赏】

此诗是送别诗中的名作。诗人在长安送别杜少府赴任蜀州，因此写这首诗作为临别赠言，与友人互勉奋进，情深意切，真挚感人。

诗人通过真正的友谊不会因为行迹的疏远而消减这层深意的表达，来赞美人世间友情之可贵，显示出了一种健康壮实的艺术美。

诗的前两句作者用"风烟""望"两个词语，将现实中的长安和想象中的蜀川连成一片，开拓出了一个无比广阔的空间。蜀州离长安千里之遥，自然是望不到的，这只能通过诗人的想象：在那风烟微茫的远方，正是友人所要去的地方。这两句话里，惜别之情溢于言表，然而隐忍不发。第三、四句隐含着时空的变迁。“与君离别”是在长安，而“同是宦游人”句有暗示诗人往昔的经历（过去生活环境所占有的时空）和友人将去的蜀地。这种时空的纵横交错，就使得诗歌的意象立体化了。第五、六句使得时空的拓展达到了极致：“海内”“天涯”是空间的无垠；而任何时代的“海内”“天涯”则是抽象意义上的时空交织的极限。诗人在此借用这种纵横交错的时空把感情推向了一个高峰，以高昂奋进的激情，唱出了友谊的赞歌。最后两句又重新回到现实中送别时的情景，多情的友人在即将分手的时候，流露了伤感的情绪。所以诗人劝解说：既然我们永远是朋友，所以不要在分手的岔路上，哭哭啼啼，泪湿佩巾。诗人在结尾处点出了“送别”的主题。

总体来看，这首诗开合顿挫，气脉流通，意境旷达。一洗以往送别诗中的悲凉凄怆之气，音调爽朗，清新高远，独树碑石。

# 杨 炯

**【作者介绍】**

杨炯（650—692），弘农华阴（今属陕西）人。唐高宗显庆六年（661），年仅十一岁的杨炯被举为神童，上元三年（676）应制举及第，授校书郎。后又任崇文馆学士，迁詹事、司直。武后垂拱元年（685），降官为梓州司法参军。天授元年（690），任教于洛阳宫中习艺馆。如意元年（692）秋后改任盈川县令，吏治以严酷著称，死于任所。因此后人称他为“杨盈川”。

杨炯与王勃、卢照邻、骆宾王齐名，并称“初唐四杰”。杨炯以边塞征战诗著名，所作如《从军行》《出塞》《战城南》《紫骝马》等，表现了为国立功的战斗精神，气势轩昂，风格豪放。其他唱和、纪游的诗篇则无甚特色，且未脱绮艳之风。另存赋、序、表、碑、铭、志、状等五十篇。

杨炯与王勃、卢照邻共同反对宫体诗风，主张“骨气”“刚健”的文风。他的诗也如“四杰”其他诗一样，在内容和艺术风格上以突破齐梁“宫体”诗风为特色，在诗歌的发展史上起到了承前启后的作用。他的诗篇不多，所写《从军行》等几首边塞诗，均表现出了雄健风格，很有气魄。

## 【从军行①】

**烽火②照西京③，心中自不平。**
**牙璋④辞凤阙⑤，铁骑⑥绕龙城⑦。**
**雪暗凋旗画，风多杂鼓声。**
**宁为百夫长⑧，胜作一书生。**

**【注释】**

①行：是古诗的一种体裁。行是乐曲的意思。唐代乐府诗题名为“行”的较多。从军行的内容为叙写军旅战争之事。②烽火：古代边防为报警而点起的烟火。③西京：即唐都长安（今陕西西安市）。④牙璋：是调兵的兵符，分两

块，分别掌握在朝廷和领兵之将的手中，主帅奉命调集军队时用的凭证。⑤凤阙：皇宫的代称。汉武帝所建建章宫的园阙上有金凤，故有此称。⑥铁骑：在本诗中是指我方的精锐骑兵。⑦龙城：在本诗中是指敌方的腹地。⑧百夫长：指低级军官。在古代百夫长所带的兵员并不是真正的一百人，一般情况下只有五十至七十个人组成。

【鉴赏】

这是一首五言律诗，写的是一位书生在国家危难之际投笔请缨深入敌方腹地艰苦战斗的事，叙事以时间和主人公的活动为线索，通过气氛的渲染、场面的描绘、环境的衬托和人物心理的刻画，对其投笔从戎、出塞作战的全过程作了跳跃式的点染，层次井然，但又不面面俱到，给人以丰富的想象余地，颇耐寻味。

前两句写边报传来，激起了志士的爱国热情。一个“照”字形象传神，表明敌情严重，形式十分危急，为书生投笔从戎的爱国热忱作了正面铺垫。“心中自不平”紧承“烽火”句，描写了边警传来后，书生心潮澎湃，激愤难抑，急欲投笔从戎的心情，显示出了一位爱国志士的精神境界。

三、四句“牙璋辞凤阙，铁骑绕龙城”是写军队出发并抵达前线，包围了敌人。“牙璋”“凤阙”二词庄重、典雅，显示出出师场面的神圣和隆重。从“辞凤阙”到“绕龙城”，诗人通过空间的大幅度跳跃，概述了我军出师后势如破竹、直捣敌人老巢、节节胜利的雄壮气势。“绕”字形象地描述了我军包围敌巢和志在必得的决心及敌方凭借险固、负隅顽抗的垂死挣扎。

五、六句是对战斗场面的描写，有视觉也有听觉，寥寥几字，尽显战斗激烈。“雪暗”“风多”是边塞的气候特征。“旗”“鼓”是军事行动的特征。诗人抓住这些特征，有声有色地描绘出塞外作战的典型环境，表现了出征将士不顾风雪、勇往直前、奋力杀敌的精神，展示出战争激烈悲壮的场面。

尾联直抒胸臆。通过对书生心理的刻画，不仅首尾相顾，使得全诗洋溢回荡着激愤昂扬的基调，而且也借此暗示了这场战争的结果。

此诗情调激昂，辞彩绮丽，在受齐梁萎靡诗风影响的初唐诗坛上，这种雄浑刚健、慷慨激昂的诗风很少见，可谓是开盛唐诗风之先声。

# 刘希夷

**【作者介绍】**

刘希夷，生卒年不详，字延之（一作庭芝），汝州（今属河南）人。上元进士，善弹琵琶。其诗以歌行见长，多写闺情，辞意柔婉华丽，且多感伤情调。《代悲白头翁》有“年年岁岁花相似，岁岁年年人不同”句，相传其舅宋之问欲据为己有，希夷不允，之问竟遣人将其杀害。希夷少有文华，落魄不拘常格，后为人所害，死时年未三十。原有集，已失传。

刘希夷善为从军闺情诗，辞藻婉丽，然意旨悲苦，未为人重。后孙昱撰《正声集》，以希夷诗为集中之最，由是大为时所称赏。代表作有《从军行》《采桑》《春日行歌》《春女行》《捣衣篇》《代悲白头翁》《洛川怀古》等。

## 【代悲白头翁】

**洛阳城东桃李花，飞来飞去落谁家？**
**洛阳女儿惜颜色，行逢落花长叹息。**
**今年落花颜色改，明年花开复谁在？**
**已见松柏摧为薪，更闻桑田变成海①。**
**古人无复洛城东，今人还对落花风。**
**年年岁岁花相似，岁岁年年人不同。**
**寄言全盛红颜子②，应怜半死白头翁。**
**此翁白头真可怜，伊昔③红颜美少年。**
**公子王孙④芳树下，清歌妙舞落花前。**
**光禄⑤池台文锦绣，将军楼阁画神仙。**
**一朝卧病无相识，三春行乐在谁边？**
**婉转蛾眉⑥能几时？须臾⑦鹤发乱如丝。**
**但看古来歌舞地，惟有黄昏鸟雀悲。**

【注释】

①桑田变成海：即沧海桑田。比喻世事的巨大变迁。②红颜子：是指年轻人。③伊昔：从前。④公子王孙：贵族子弟的统称。⑤光禄：官名，即光禄勋，是掌管宿卫侍从的官。⑥蛾眉：女子的秀眉，此处借指美女。⑦须臾：片刻，一会儿。

【鉴赏】

《代悲白头翁》又题作《代白头吟》，是汉乐府相和歌楚调曲旧题，古辞写女子与负心男子毅然决裂。这首诗从女子写到老翁，咏叹青春易逝，富贵无常。诗人以柔丽婉转的笔调，抒发了文人迟暮之情。

开头两句以传统的比兴手法写景。“飞来飞去”的动态描写反衬出此时潜在并由后文展示的观察者的静思，并且把空间领域由“洛阳城东”陡然缩小到“谁家”。而一个“谁”字又将具体之“家”虚化、泛化，暗示了后文的情感波动。两重隐含的意义为全诗确定了比古乐府旧题更加恢弘阔大的基调；“洛阳女儿惜颜色，行逢落花长叹息。”由景及事，同时又是由花及人，人花相对，“颜色”一词便有双关含义，为下文埋下伏笔；“今年落花颜色改，明年花开复谁在？”一句将抽象的时间由“今年”“明年”进一步具体化到花开花落这一典型事件，既形象鲜明，又承续前文而来，人花相对，由此产生出两重含义：一是时间变易，人事难测；二是联系上句“惜颜色”，可知由花衰念及人衰，进而人花互喻。这两种理解都可以导出朝不保夕的生命之喻；“已见松柏摧为薪，更闻桑田变成海。古人无复洛城东，今人还对落花风。”四句诗写的是松柏为薪，桑田变海，正是时间之轮碾碎了长盛不衰的迷梦。向读者反复展示了一种神秘然而实在的力量：变化的永恒与永恒的虚无；“年年岁岁花相似，岁岁年年人不同。”表达出了古往今来与人类有关的一切言之不尽的客观事实和永恒规律。年年岁岁，岁岁年年的回环往复恰到好处地对应着这些永恒无常的客观规律和意义，这种无奈令人悲恸，更让人警醒；“寄言全盛红颜子，应怜半死白头翁。此翁白头真可怜，伊昔红颜美少年。”四句用“寄言”二字一转，明确提出一种主张：古今已隔，但古今理同；人我不同，但人我理同，自身的全盛红颜，他人的头白可怜，现在的红颜少年，将来的半死老头；“公子王孙芳树下，清歌妙舞落花前。光禄池台文锦绣，将军楼阁画神仙。一朝卧病无相识，三春行乐在谁边？”六句写今之白头翁昔日也曾是翩翩美少年，花前树下，寻欢作乐，一朝年老卧病，则无欢乐可言。这是用生命换来的教训，沉痛不堪。结尾四句诗中，“娥眉”“鹤发”再次相对，“能几时”再次发出反问，“须臾”两字则概言前文中今年明年，少年老年，今人古人，沧海桑田之飞速变化，不可把捉。

全诗从红颜女子到白头老翁，抒发了一种青春易逝、富贵无常的感慨，以其深刻的内涵警示着后人。这首诗融进了汉魏歌行、南朝近体及梁、陈宫体的艺术元素，而脱落成别具一格的婉转风格。他汲取了乐府诗在叙事中发议论、古诗在叙事中抒情的手法，又巧妙地运用了各种对比手法，在艺术上取得了很突出的成就。

# 宋之问

**【作者介绍】**

宋之问（约656—712），字延清，一名少连，汾州（今山西汾阳市）人。一说虢州弘农（今河南灵宝县）人。初唐时期的著名诗人。唐高宗上元二年（675）进士，曾当过洛州参军、尚方监丞等。神龙元年（705）因为攀附张易之而被贬为泷州参军。后起为鸿胪主簿、考功员外郎等。不久，又因受贿被贬为越州长史。睿宗即位，再贬钦州。唐玄宗初，赐死于桂州。

宋之问与沈佺期一样长于文辞，时称“沈宋”。其诗多为宫廷应制之作，“平正典重，赡丽精严”（胡应麟《诗薮》）。与沈佺期相比，他的律诗较为“精硕”“缜密”，对律诗的定型起到了规范的作用。今有明人集《宋学士集》九卷，《全唐诗》录其诗三卷。

## 【渡汉江[1]】

**岭外音书[2]断，经冬复[3]历春。**
**近乡情[4]更怯，不敢问来人。**

**【注释】**

①汉江：指襄阳附近的一段汉水。②音书：书信，消息。③复：又，再。④情：心情。

**【鉴赏】**

这首诗是作者获罪被贬到岭南泷州（今广东罗定县），逃归途中经过汉江时写的（此诗一说为李频作，首句“断”作“绝”）。

诗歌的前两句追述岭南往事。贬谪荒蛮之地，和家人音信隔绝，彼此存亡未卜，时光流转，经冬历春，诗人依次层递，表现出了异乡游子那种贬居荒蛮期间孤独、苦闷的感情和对家乡、亲人的思念。由“断”字可以体会到诗人寂寞孤单的精神痛苦；由“复”字又能品味出他因生活枯燥而度日如年，备感时光久远漫长的心境。为后两句“近乡情更怯”的描述提供了背景，做了铺垫。

有了第一联的背景，第二联的抒情就显得字字有根了。二联叙述这时的心情，越是接近家乡，越是不敢向从家乡来的人打听家乡的消息。其实，宋之问的家乡离汉江还比较远，所谓“近乡”，充其量只是一种心理习惯，更何况此次宋之问并未逃归家乡，而是隐居到了洛阳城中。按照常理，应该是越接近家乡，越着急打听家乡的情况，但是仔细一想，又似乎只有像作者那样才更合乎情理，因为作者长期贬居岭南，家人音讯全无，他非常担心他们的命运，怕因为自己而使他们遭受什么不幸。时间越长，这种对家人的思念和担心越朝两极发展，到最后既期盼消息，又害怕得到什么不好的消息。现在到了接近家乡的地方，这种矛盾重重的心理更是有了戏剧化的发展。作者生怕自己原来的担心、不详的预感在路上通过家乡来的人得到验证，从而变成活生生的残酷现实。所以，原本该是“情更切”变成了“情更怯”，而“急欲问来人”变成了“不敢问来人”，透过这一联，读者的心理仿佛也随作者感觉到了焦急和折磨，这种抒写，是真切、实在和耐人寻味的。

这首诗所表现的长期客居异乡、久无家中音讯的游子，在行近家乡时所产生的那种忐忑不安、复杂微妙的特殊心理感情，具有很大的典型性与普遍性。这种具有典型性的精微表现，是这首诗脍炙人口、流传千古的魅力之所在。

## 【灵隐寺[①]】

**鹫岭[②]郁岧峣[③]，龙宫[④]锁寂寥。**
**楼观沧海日，门对浙江潮。**
**桂子月中落，天香[⑤]云外飘。**
**扪萝[⑥]登塔远，刳木[⑦]取泉遥。**
**霜薄花更发，冰轻叶未凋。**
**夙龄[⑧]尚遐异，搜对涤烦嚣。**
**待入天台[⑨]路，看余度石桥。**

【注释】

①灵隐寺：在今杭州市，是西湖胜景之一，该寺庙始建于东晋。②鹫岭：是印度灵鹫山之小岭，此处借指西湖边飞来峰。③岧峣：形容山势高峻。④龙宫：相传龙王曾经请佛祖到龙宫讲经说法，这里借指灵隐寺。⑤天香：是指灵隐寺中祭祀神佛所燃的香。⑥扪萝：是手扶藤萝的意思。⑦刳木：是一种用木头制成的取水工具。⑧夙龄：是指过去的日子。⑨天台：是佛教天台宗的发源地天台山，坐落在今浙江省天台县。

【鉴赏】

这是一首记游写景的诗作，是诗人在中宗时贬越州长史时之作。

诗歌的前两句写的是作者笔下的灵隐寺。这两句借用佛教掌故写山写寺，以显示其不凡，一个“郁”字突显了高峻山峰的郁郁葱葱；前一句写飞来峰山势高峻，树木葱茏；后一句写灵隐寺肃穆宁静，一个“锁”字更显空寂。

接下来的两句写的是：人在灵隐寺，登楼可以观沧海日出，出门便可见到浙江潮起，至此灵隐寺的佳景可谓登峰造极，而诗人的发现和描绘也堪称独具慧眼，妙笔生花。

“桂子月中落，天香云外飘。”两句进一步表现出了灵隐寺的飘逸、神奇。此句中再一次引用了动人的传说：在灵隐寺和天竺寺，每到金秋送爽的时刻，常常有似豆的颗粒从天而降，据说那是从月宫中飘落下来的桂子。这两句诗一写桂子从天而降，一写佛香直飘云霄，景象奇妙而神奇，使得这一佛教圣地更添一种空灵神奇。

本诗后半部分的前四句又为读者们叙写了另一番景象：“扪萝登塔远，刳木取泉遥。霜薄花更发，冰轻叶未凋。”诗人游览了灵隐寺，描绘了它的奇妙、壮丽的景象，然后又怀着极大的兴趣在灵隐山一带寻幽搜胜。

由此转到“夙龄尚遐异，搜对涤烦

嚣”。他自幼向往各处的奇山胜景，这次寻幽访胜如愿以偿了，使他忘了人世间的烦恼和焦燥。最后一联“待入天台路，看余度石桥”。这是写诗人的幻觉，他已经沉醉了，误把灵隐当作天台，竟有点飘飘欲仙了。

全诗以想象中的寻访胜景结束，不但给人以艺术表达上的新鲜感，同时也从另一侧面巧妙地烘托了全诗所歌咏的灵隐寺。

# 沈佺期

**【作者介绍】**

沈佺期（656—714），字云卿，相州内黄（今属河南）人。擅长写文章，尤其擅长写七言的文章，中进士以后，沈佺期在长安做官，担任通事舍人，准备修订《三教珠英》。沈佺期与宋之问齐名，并称“沈宋”。他们的近体诗格律谨严精密，史论认为是律诗体制定型的代表诗人。原有文集十卷，今已遗失，明人编辑有《沈佺期集》。沈佺期的代表作有《独不见》，这首诗是一首较早出现的优秀七言律诗。明代高棅在《唐诗品汇序》中有评论：沈佺期、宋之问的新诗，苏廷、张说的大手笔作诗，这些都在初唐之后慢慢兴盛起来。前人评论的沈佺期、宋之问，大都不赞成他们的品德、为人，但却肯定他们在律诗发展中所作出的贡献。

## 【夜宿七盘岭①】

**独游千里外，高卧七盘西。**
**山月临窗近，天河入户低。**
**芳春平仲②绿，清夜子规③啼。**
**浮客空留听，褒城④闻曙鸡。**

**【注释】**

①七盘岭：位于今四川省广元县东北部，有石磴七盘而上，岭上有七盘关口。②平仲：古时候对银杏的别称。③子规：即杜鹃鸟。④褒城：在今天的陕西省汉中北部，七盘岭在其西南部。

**【鉴赏】**

沈佺期这首五律写旅途夜宿七盘岭上的情景，抒发惆怅不寐的愁绪。本诗末句“褒城闻曙鸡”，褒城在今陕西汉中北，七盘岭在其西南。夜宿七盘岭，则已过褒城，离开关中，而入蜀境。这首诗或作于诗人此次入蜀之初。

这是一首记游诗，被认为是初唐时期五律的名篇。通篇对仗工整，构思巧妙，善于描写。写景抒怀，准确酣畅，含蓄深沉，具有很强的艺术感染力。

开头两句交代了作者的行踪：在远游途中，今晚住在七盘岭上。“独游”二字不但交代旅途的无伴相随，更包含着“独在异乡为异客”的孤寂冷清，人生旅途中的失意。颔联诗人向读者展示了“独游”“高卧”特有的情趣：山月仿佛就在窗前，银河也低得快要流入房中了。在这样情形下，诗人的所见所闻无不打上“自我”的烙印。

接着“芳春”点明时间是春天。浓绿的银杏有着洁白如银的果实。这里，诗人不写春天其他树木而独写银杏，意在寄托自己的清白。“清夜”二字衬托了暮春夜晚的清冷，在这清冷的夜晚，独自出游、高卧山上的诗人听到的是一声声杜鹃的悲啼，烘托出了作者此时的愁苦心境。尾联“浮客空留听，褒城闻曙鸡。”诗人把自己比作“浮客”，化用谢惠连《西陵遇风献康乐》“凄凄留子言，眷眷浮客心……靡靡即长路，戚戚抱遥悲”句意，充满了一种人生匆匆如过客的悲凉。“空留听”承上启下，既指杜鹃啼归人却难归，因而“空留听”，也指下文相距不远的褒城传来的雄鸡报晓声，诗人将抛下不眠之夜，闻鸡起程，褒城的鸡叫声也将越来越远，因为诗人已经入蜀，进入更加漫长的人生旅程的跋涉了。这就有点像贾岛《渡桑干河》诗中的意味了：“无端更渡桑干水，却望并州是故乡。”贾岛所怀念的本来是京城长安，因为愈走愈远，所以把半途上的并州当作“故乡”了。而沈佺期大概也是思乡心切，不想再往南行，而把七盘岭上的鸡鸣当作褒城的鸡鸣了。

本诗是初唐五律的名篇，格律已臻严密，但显然尚留发展痕迹。通篇对仗，力求工巧，有齐梁余风。它表现出诗人有较高的艺术才能，巧于构思，善于描写，工于骈偶，精于声律，是一篇佳作。

# 贺知章

【作者介绍】

贺知章（659—744），字季真，号四明狂客，越州会稽永兴（今浙江绍兴）人，贺知章诗文以绝句见长，除祭神乐章、应制诗外，其写景、抒怀之作风格独特、清新潇洒。

贺知章生性旷达豪放，善谈笑，好饮酒，又风流潇洒，为时人所倾慕。当看到李白的诗文，即赞为“谪仙人也”，后成为忘年之交，并把李白引荐给唐玄宗为官。贺晚年放荡不羁，自称“四明狂客”，又因其诗风豪放，人称“诗狂”。常与李白、李适之、李琎、崔宗之、苏晋、张旭、焦遂饮酒赋诗，时谓“醉八仙”。

贺知章诗文俱佳，且书法品位颇高，尤擅草隶，“当世称重”，好事者供其笺翰，每纸不过数十字，共传宝之。他与包融、张旭、张若虚等结为“吴中四士”。《咏柳》《回乡偶书》两首脍炙人口的作品，千古传诵。今尚存录入《全唐诗》共十九首。

## 【咏柳①】

**碧玉②妆成③一树高，万条垂下绿丝绦④。**
**不知细叶谁裁出，二月⑤春风似⑥剪刀。**

【注释】

①柳：是指柳树，此诗描写的是垂柳。②碧玉：是指碧绿色的玉，此处比喻春天嫩绿的柳叶。③妆成：是指装饰、打扮。④丝绦：是指一丝丝像丝带般的柳条。⑤二月：是指农历二月。⑥似：好像、似乎。

【鉴赏】

这是一首咏物诗，写的是早春二月的杨柳。贺知章奉诏回乡，百官送行。坐船经南京、杭州，顺萧绍官河到达萧山县城，越州官员到驿站相迎，然后再坐船去南门外潘水河边的旧宅，其时正是早春二月，柳芽初发，春意盎然，微风拂面。贺知章如脱笼之鸟回到家乡，心情自然格外高兴，看到河边的垂柳，忍不住诗兴勃发，作出这首咏柳诗。

写柳树，该从哪儿着笔呢？毫无疑问，它的形象美是在于那修长的枝条。一年一度，它长出了嫩绿的新叶，丝丝下垂，在春风吹拂下，有着一种迷人的意态。“碧玉妆成一树高”，一开始，杨柳就化身为美人而出现；“万条垂下绿丝绦”，这千条万缕的垂丝，也随之而变成了她的裙带。上句的“高”字，衬托出美人婷婷袅袅的风姿；下句的“垂”字，暗示出纤腰在风中摇摆。形象地描写出了早春柳树在风中的美丽姿态。

“碧玉妆成”引出了“绿丝绦”，“绿丝绦”引出了“谁裁出”，最后，那视之无形的不可捉摸的“春风”，也被用“似剪刀”形象化地描绘了出来。这“剪刀”裁制出嫩绿鲜红的花花草草，给大地换上了新装，它正是自然活力的象征，是春给予人们美的启示。从“碧玉妆成”到“剪刀”，我们可以看出诗人一系列艺术构思的过程。诗歌里所出现的一连串形象，是一环紧扣一环的。

这首诗寥寥数语，却成为千古传诵的名篇，读来朗朗上口，平易却耐人寻味。

## 【回乡偶书二首】

### 之一

**少小离家老大回，乡音无改鬓毛衰[1]。**
**儿童相见不相识，笑问客从何处来。**

之二

**离别家乡岁月多，近来[2]人事[3]半消磨。**
**惟有门前镜湖[4]水，春风不改旧时波。**

【注释】

①衰：稀疏的意思。②近来：在本诗中应该理解为近些年来。③人事：是指“访旧半为鬼”的人和“亲朋多沉沦”之事。④镜湖：山水风景区，在今浙江绍兴会稽山的北麓。

【鉴赏】

本诗是诗人八十六岁还乡后所作，感慨人生易老，世事沧桑。

第一首诗给人以妙手天成之感。生动逼真的生活场景，朴实无华的文字，自然流淌的感情，浑然一体。诗人对岁月的流逝，伤感却不消沉，无奈中有诙谐，表现出一种人生睿智。在第一、二句中，诗人置身于故乡熟悉而又陌生的环境之中，一路迤逦行来，心情颇不平静：当年离家，风华正茂；今日返归，鬓毛疏落，不禁感慨系之。首句用“少小离家”与“老大回”的句中自对，概括地写出了数十年久客他乡的事实，暗喻自伤“老大”之情。次句以“鬓毛衰”顶承上句，具体写出自己的“老大”之态，并以不变的“乡音”映衬变化了的“鬓毛”，从而为唤起下两句儿童不相识而发问做好了铺垫。

三、四句从充满感慨的一幅自画像，转而描写富于戏剧性的儿童笑问的场面。“笑问客从何处来”，在儿童这只是淡淡的一问，言尽而意止；在诗人却成了重重的一击，引出了他的无限感慨。全诗就在这有问无答之处悄然作结，而弦外之音却如空谷传响，哀婉备至，久久不绝。

第二首诗是第一首诗的续篇。两首诗意境和背景相同。在诗人回家后，通过与亲朋的交谈得知家乡人事的种种变化，在叹息久客伤老之余，又不免发出“人事无常”的感伤。“离别家乡岁月多”相当于第一首中的“少小离家老大回”。诗人不厌其烦地重复这个意思，无非是因为这一切感慨是由于数十年背井离乡而造成的，所以顺势转出下一句有关人事的议论。亲朋好友告诉他这些年来他所认识的旧友玩伴都去世了，有的也沉沦了，因此诗人发出了“近来人事半消磨”的沧桑之叹。用语看似抽象、客观，实则包含了触动心灵的相关事件。

接下来诗人宕开笔墨，目光从人事变化转到了对自然景物的描写上：只有门前的镜湖，没有改变在春风吹拂下泛起的阵阵水波。这实际是次句的岁月沧桑之叹，因为除了“湖波”未变之外，昔日的人和事都几乎变化尽了。“物是人非”的感触极其深刻。

这两首诗展现的是一片化境。作者的感情自然、逼真，语言仿佛从肺腑自然流出，朴实无华，读者在不知不觉中便被引入了诗歌的意境。像这种源于生活、发自于心底的好诗，是难能可贵的。

# 陈子昂

**【作者介绍】**

陈子昂（约661—702），初唐诗文革新人物之一。字伯玉，梓州射洪（今属四川）人。因曾任右拾遗，后世称为陈拾遗。光宅进士，历仕武则天朝麟台正字、右拾遗。受武三思所害，冤死狱中。

陈子昂是唐代初期诗歌革新的先驱，唐代初期诗歌沿袭六朝余习，风格绮靡纤弱，陈子昂挺身而出，力图扭转这种倾向。他反对“齐梁诗风”，提倡复兴“汉魏风骨”。陈子昂的诗歌，以其进步、充实的思想内容，质朴、刚健的语言风格，对整个唐代诗歌产生了巨大影响。

其存诗共一百多首，其中最有代表性的是《感遇三十八首》，《蓟丘览古赠卢居士藏用》和《登幽州台歌》。

## 【感遇三十八首】（其二）

**兰若①生春夏，芊蔚②何青青！**
**幽独空林色，朱蕤③冒紫茎。**
**迟迟白日晚，嫋嫋秋风生。**
**岁华尽摇落，芳意竟何成？**

**【注释】**

①兰若：兰是兰花，春天生于幽谷。若是杜若，草本药用植物，花香，夏初生于水滨。②芊蔚：形容枝叶繁茂。③朱蕤：指的是红色的花。

**【鉴赏】**

陈子昂的感遇诗共三十八首，是诗人暮年辞官归乡后所作。这首诗诗人以兰花和杜若自比，寄托了个人的身世之感。

开头两句描写春夏之间的香兰和杜若，枝繁叶茂，郁郁葱葱，青翠喜人，

但是香兰和杜若的美，固然在其花色的艳丽芬芳，可是花儿再芬芳美丽，还需要青翠茂盛的绿叶的扶植和陪衬。所以诗人在诗歌的第二句便叠用了“芊蔚”、“青青”两个重叠词来形容其茂盛，而中间又贯以“何”字，就使诗人面对秀丽芬芳的兰花和杜若，其内心的喜悦和赞美之情，托盘而出，溢于言表。

三、四句写兰若压倒群芳的资质：二者幽独地生于林中，有着空绝群芳的秀色，艳丽的朱红色的花垂下来覆盖在紫色的茎杆上面，鲜艳极了。诗人特意用了“幽独”二字来形容兰若的孤芳特立的形象姿态。这也正是诗人的抱负和人格的化身，足见诗人目空一切的豪气和风华正茂的自许。

五、六句由赞美兰若的秀色高洁转而感慨芳华摇落、好景不长。夏尽秋来，白日渐短，而红花绿叶也由盛逐渐衰落。“迟迟”二字便巧妙地写出了这种时序和花色逐渐变化的过程。写出了诗人内心的惋惜之情。

诗人在尾联借用了宋玉《九辩》中“萧瑟兮草木摇落而变衰”的句意，借花草之凋零来悲叹年华的流逝、理想的破灭，寄托了诗人的身世之感。可见写物正是写人，诗人不重字句雕饰，而求所写之物的浑成。这样的写法，正是诗人所追求的“汉魏风骨”的体现。全诗运用比兴，继承了阮籍《咏怀》的传统手法，借物言志，寄意深远，虽无繁缛富丽的辞藻，却清新自然，如同兰若一样。

这首诗运用传统的比兴手法，以香花香草比喻自己高洁的情怀，以“幽独空林色”压倒群芳的兰若风姿，比喻自己出众的才华。又以芳花的摇落无成，借以反映政治上的失意，不能有所作为的苦闷。全诗比兴寄托，寓意凄婉，感慨遥深，发人深思。

## 【感遇三十八首】（其三）

**苍苍[1]丁零塞[2]，今古缅[3]荒途[4]。**
**亭堠[5]何摧兀[6]，暴骨[7]无全躯。**
**黄沙漠南[8]起，白日隐西隅。**
**汉甲[9]三十万，曾以事匈奴[10]。**
**但见[11]沙场死，谁怜塞上孤。**

### 【注释】

①苍苍：旷远迷茫的样子。②丁零塞：丁零，我国古代的少数民族；丁零塞，是丁零人所居住的边塞之地。③缅：邈远之意。④荒途：道路荒芜，古今阻塞，实际是说从来就没有路。⑤亭堠：边塞上瞭望敌人的亭堡。⑥摧兀：荒废孤高的样子。⑦暴骨：弃于原野的尸骨。⑧漠南：蒙古大沙漠以南的地区，即今内蒙古一带。⑨汉甲：本诗中指的是汉兵。⑩事匈奴：意为与匈奴作战。⑪但见：只见。

### 【鉴赏】

这首诗大约作于公元686年，金微州（今蒙古一带）都督仆固始叛乱，南下烧杀掳掠，边境危急。同年四月，陈子昂怀着报国的热忱，参加了左豹韬卫将军刘敬同率领的北征军，在西北边陲战斗了三个月。这首诗，就是他在这次北征中所作。

第一句开门见山，勾勒出了边塞地区一派荒凉的景象：旷远迷茫、道路荒芜。第二句进一步描写边塞的惨象：荒废孤高的亭堡、被弃之原野的不完整的尸骨，极写战乱之伤。第三句表面上是在写塞北的风光：西北风卷扬黄沙，遮天蔽日，日月无光。实际上是在写叛军的嚣张气焰。在这里“黄沙”“白日”一语双关。第四句叙写汉代史事：汉高祖率三十万众讨伐匈奴，被困于白登（见《史记·高祖本纪》）；汉武帝时韩国安率三十万众击匈奴，徒劳无功（见《史记·韩长孺列传》）。汉代这两大规模的战事皆因不修边备，而未能取胜。诗人引用这两件事，意在引起统治者的注意，“感时思报国，拔剑起蒿莱”的赤子之心溢于言表。第五句诗人以发自肺腑的慨叹结尾，发人深思。这是诗人向最高统治者发出的质问，也是同情人民之情的自然流露，诗人渴望国家昌盛，渴望人民安居乐业。

这首诗描写了西北战场荒凉凄惨的景象，前几句写见闻，后面抒发感慨。表达了诗人对战死沙场的士兵的同情。在写作上饱含着沉郁悲壮之气，质朴顿挫，发人深省。

## 【燕昭王[①]】

**南登碣石馆[②]，遥望黄金台[③]。**
**丘陵[④]尽乔木，昭王安在哉?**
**霸图[⑤]今已[⑥]矣，驱马复归来。**

**【注释】**

①燕昭王：战国时期燕国的君主，他执政后，广招贤才，礼遇邹衍、乐毅、郭隗等，终于使燕国强盛起来，并连克当时的强国齐国七十余城，几乎灭齐。②碣石馆：又称碣石宫，是燕昭王为名士邹衍所建造之馆。③黄金台：又称金台、燕台，故址在今河北省易县东南。相传燕昭王筑台于此，置千金于其上，延请天下之士。④丘陵：指蓟丘，即蓟北楼，故址在今德胜门外。⑤霸图：霸，古代诸侯之长；霸图是指霸者的雄图。⑥已：停止、止息。

**【鉴赏】**

这是一首凭吊古迹的五言律诗。万岁通天元年（696），陈子昂随建安郡王武攸宜北征契丹，武攸宜不晓军事，陈子昂屡献奇计而不被理睬，反而遭到贬斥。诗人写这首诗是想通过对燕昭王的寻访、追怀抒发对明主贤君的仰慕和求之不得的怅然若失之感。

“南登碣石馆，遥望黄金台”，实写诗人对燕昭王留下的古迹的瞻仰。诗人亲自“登”碣石馆，又“遥望”黄金台，似乎又看到了燕昭王礼贤下士的感人场面。正是因为燕昭王的尊贤用贤才有了燕国的强盛。“登”和“望”形象生动地写出了诗人对古人的仰慕向往之情。

三、四句紧承一、二句中的“遥望”。景物虽在，人事已非，在这里已经看不到燕昭王礼贤下士的动人场面了，留下的只有长满乔木的丘陵在眼前起伏，饱含了作者无比复杂的感慨。

诗的最后两句紧扣这次凭吊古迹的过程，诗人感叹先贤一去不复返，国士的抱负不得实现，只得挂冠归还，发出“今已矣”的慨叹，反映了诗人对圣明帝王的追求，抒发了自己怀才不遇的感慨。据史载，诗人写此诗的前一年，契丹攻陷营州，并威胁着檀州诸郡，而朝廷派来征战的将领却如此昏庸，这怎能不令诗人为国运担忧呢？因而诗人只好感叹霸图难再，国事日非了。同时，面对危局，诗人的济世安邦之策，又不被武攸宜采纳，反遭压抑与排挤，这就更使诗人感到前途渺茫，知音难觅。诗从客观上揭露了唐朝统治阶级的昏庸腐朽。

这首诗借写古人抒发了对现实的感触，在平淡无奇的外表下蕴含着深沉博大的怀思。

## 【登幽州①台歌】

**前不见古人②，后不见来者。**
**念天地之悠悠③，独怆然④而涕下！**

**【注释】**

①幽州：古代九州之一，今河北省地。幽州台又称蓟北楼，位于燕国国都，故址在今北京西南。②古人：是指燕昭王那样的贤君。③悠悠：长久、遥远。④怆然：悲伤的样子。

**【鉴赏】**

这首古体诗，慷慨悲凉，大气磅礴，苍劲有力。全诗紧紧围绕思想感情表达的需要，完全挣脱了形式的羁绊，文意纵横恣肆。

陈子昂是一个具有政治见识和政治才能的文人。他直言敢谏，对武后朝廷的不少弊政，常常提出批评意见，不为武则天采纳，并曾一度因“逆党”株连而下狱。他的政治抱负不能实现，反而受到打击，这使他心情非常苦闷。万岁通天元年（696），陈子昂随建安郡王武攸宜北征契丹，担任参谋，武攸宜缺少谋略，屡战屡败，陈子昂多次给他提建议，他不但不听，反而把陈子昂降为军曹。雄才大略不得施展，远大抱负徒唤奈何。

在这样的背景下，陈子昂登上幽州台，有感于燕昭王为国家大业广揽贤才的故事，以一曲短诗抒发内心的孤独和激愤。

开篇“前不见古人，后不见来者”横空出世，一语惊人，突显了茕茕孑立于天地间的清高、孤傲和悲凉形象。两个“不见”，包含了万千思绪，有生不逢时、怀才不遇的愤慨，有壮志难酬的孤独寂寞，有对宇宙人生的深沉思索之情。

本诗的三、四句借景抒情，直抒物是人非的孤独凄凉与郁郁不得志的伤感之情。能够永恒的只有天地，只有自然，我们都不过是匆匆的过客。诗人登楼眺望，想到人生短暂，古人早已面目全非，而天地依然渺远，那种人类个体置身于历史长河的孤独寂寞，那种无人沟通的灵魂的孤独，使得诗人悲从心生，不由得潸然泪下。

诗中的感悟已经跳出了个人的悲欢，反映了人类对自身命运的普遍思考，具有超越时空的哲学意义，因而获得广泛的共鸣。其形式和内容都对后世诗歌的发展影响极大。

## 【晚次①乐乡县②】

**故乡杳③无际，日暮且孤征④。**
**川原迷旧国⑤，道路入边城⑥。**
**野戍⑦荒烟断，深山古木平。**
**如何此时恨，噭噭⑧夜猿鸣。**

**【注释】**

①次：停留。②乐乡县：唐时属山南道襄州，故城在今湖北荆门北九十里。③杳：遥远昏暗的样子。④征：远行。⑤旧国：指故乡。⑥边城：边远之城。乐乡县在春秋战国时属楚国，相对于中原地区来说是边远之地。⑦戍：边防戍区的营垒、城堡。⑧噭噭：猿猴的啼叫声。

**【鉴赏】**

这首诗是诗人十九岁从家乡梓州射洪县（今四川射洪县）起身前往东都洛

阳途经乐乡县时写下的抒写旅途感触的五言律诗。

第一句写离故乡越来越远，连边际都看不到了。第二句写天色已晚，诗人孤身一人仍然在赶路。这两句在开篇营造了一种孤独和伤感的氛围，这种氛围笼罩全篇。

三、四句看似写景，实际上是借写景来烘托诗人孤寂的情怀。前一句写眼前的山川原野，都与故乡的不同，令人迷惘，于是一种流落异乡仍然怀念故园的怅惘之情由然而生。后一句写诗人经过“孤征”劳累，终于到达乐乡县，望见有一席栖息之地。到此离乡之情与别国之绪便交织在一起。

诗的五、六句以“荒烟断”和“古木平”来写夜色，以夜色衬托乡愁，诗人运用白描的手法用十个字就把情景巧妙地交融在一起了，这就是其高明之处。

诗的第七句是诗人自己的心里话。前六句重在对周围环境的描写，这一句是诗人主观感受的抒发。浓重的夜色笼罩万物，却没能压抑作者隐忍已久的孤独。一个“恨”字饱含了诗人一日的旅途劳累和孤苦寂寞，还有千般的离乡情和万般的别国意。

最后一句没有直接写诗人内心的感受，而是借用沈约的诗句间接地表达了孤征的哀怨、离乡的惆怅，还有初登仕途的忧虑。

## 【送魏大[1]从军】

**匈奴犹未灭，魏绛[2]复从戎。**
**怅别三河道[3]，言追六郡雄[4]。**
**雁山[5]横代北，狐塞[6]接云中。**
**勿使燕然[7]上，惟留汉将功。**

**【注释】**

①魏大：姓魏，在兄弟中排行老大，即将出征，他是作者的友人。②魏绛：春秋时代晋国的谋臣，曾以“和戎”（与北方的少数民族讲和）政策消除了边患。③三河道：在“三河”的道路口。古称以黄河为基准，有河东、河内、河南之称，且皆设立郡，大致是指黄河中游一带。④六郡雄：本指六郡一带的豪杰，在这里专指西汉时在这一带立过战功的英雄赵充国，后受封地于今东北南充西充一带。⑤雁山：是指陕西的雁门山，横亘在代州的北面。⑥狐

塞：是指飞虎塞遥遥地与云中郡相连接。飞虎塞是河北境内的要塞，形势十分险峻。⑦燕然：是指燕然山，即今蒙古国境内的杭爱山。

**【鉴赏】**

这是一首慷慨壮志的赠别诗。作者在友人魏大从军时鼓励他学习先贤，立功沙场。

开头两句写出了唐代北方边境上军情紧急，让人感到作者鼓励请缨杀敌而激烈跳动的脉搏，读来震撼人心。首句暗用西汉威震敌胆的将军霍去病“匈奴未灭，何以家为”的典故，抒发了“以天下为己任”的豪情。次句把春秋时期消除了晋国北方边患的魏绛比作魏大。变“和戎”为“从戎”，典故活用，鲜明地表现出作者对这次出征的看法。

接着，“三河道”写明了送别的地点。用“六郡之雄”的赵充国将军来鼓励魏大，意思是我与你分别于三河之中的繁华帝都，彼此心里都不免有些惆怅和依恋；但为国效力，责无旁贷。你要像汉代名将、号称六郡雄杰的赵充国那样去驰骋沙场，杀敌立功。言语中虽然带有惆怅之情，但同时有着十分雄壮的气概。

五、六句写魏大从军所往之地形势的险要。一个“横”字描写出了雁门山地理位置的重要，一个“接”字勾画出了飞虎塞雄奇险峻的要塞位置，暗示了魏大此行环境之艰苦和责任之重大，为尾联做了良好的铺垫。

诗的结尾又一次鼓励友人，希望他扬名塞外，不要使燕然山上只留下西汉将军的姓名，也要在那里刻上我大唐将士，特别是你魏大的赫赫战功。这在语意上和首联相互呼应，加深了送别之旨。

全诗一气呵成，充满了奋发向上的激励之情。作者感情豪放激扬，语调慷慨悲壮，英气逼人，读来如同听见了战鼓轰鸣，气壮山河。

## 【春夜别友人二首[①]】（其一）

**银烛[②]吐青烟，金樽[③]对绮筵[④]。**
**离堂思琴瑟，别路绕山川。**
**明月隐高树，长河没晓天[⑤]。**
**悠悠[⑥]洛阳道[⑦]，此会在何年？**

【注释】

①这首诗约作于武则天光宅元年（684）春。时年二十六岁的陈子昂离开家乡四川射洪，奔赴东都洛阳，准备向朝廷上书求取功名。临行前，友人设宴欢送他。席间，友人的一片真情触发了作者胸中的思潮。这首离别之作，就从宴会的情景落笔。②银烛：是指晶莹洁白的蜡烛。③金樽：形容酒杯华贵。④绮筵：是指华美的筵席。⑤长河没晓天：是指银河消失在曙色之中。⑥悠悠：遥远。⑦洛阳道：是指通往洛阳的路。

【鉴赏】

这首律诗没有铺写别离的情景，而是以饯别宴上举杯之间的意念活动为主，写了独自远行的孤寂凄苦，借此反衬了与友人相聚的欢乐，表现了朋友之间难分难离的情谊。

首联用对起格，语言富于对称美，同时也使得眼前景物形象鲜明，在对比中显出色彩美。这一联遣词华丽，铺陈宴会隆重热闹场面，以烘托出友情的深厚。筵席虽然丰盛，但它是为送行而设，因此不免又笼罩上一层离别气氛，使在座的人于欢声笑语之外渐渐产生惆怅与伤感之意。

第二联承首联而引出离别的主题。这一联自谢朓《离夜》诗的“离堂华烛尽，别幌清琴哀”两句化出，但比谢诗显得出语更自然、意境更深远，明确地抒写出此时此地惜别的情景。

第三联并不是泛泛写景，而是借背景的扩展和时间的推移来进一步映衬别情。这一联表面看像是专写夜空，实则紧扣夜宴。月亮已隐没到高树之后，银河也消失在曙色之中了，人却没有散去，时间在不觉中逝去，通过夜宴之长，衬托别情之深，这种以景衬情的含蓄手法，比正面抒写离情更有感染力。

结尾以“悠悠洛阳道，此会在何年”的问句作结。这两句是说此去洛阳的道路十分遥远，这一分别，不知何时才能见面？这个结尾，感情真挚，语言质朴。全诗因反复渲染离情而浸上了一层淡淡的愁绪。

此诗通篇畅达优美，除了开头一联因场面描写之需而适当选用华丽辞藻外，其余用语都不加藻饰、平淡自然，他所追求的乃是整首诗的深厚。在结构上善于回环曲折地精心布局，情和景的安排上，先以浓丽之笔铺写宴会之盛，次以婉曲之调传达离别之愁，再以宏大的时空背景烘托出宴会之久与友谊之长，最后以展望征途来结束全篇，层次分明。

# 沈如筠

**【作者介绍】**

沈如筠，润州句容（今属江苏）人，约生活于武后至玄宗开元时，善诗能文，又著有志怪小说。沈如筠曾任横阳主簿，与著名道士司马承祯交情很深，著有《寄天台司马道士》一诗作为凭证。《丹阳集》收集了包括沈如筠、储光羲等在内的十八位诗人的诗，这本书今已遗失，《全唐诗》中记录了沈如筠的四首诗，断句两联，其中《闺怨》这首诗写得比较好。《闺怨》中为人称道的“愿随孤月影，流照伏波营”沈德潜认为其与沈佺期的“可怜闺里月，偏照汉家营”有异曲同工之妙。沈如筠还著有《异物志》《古异记》，但都已遗失。

## 【闺怨】

**雁[①]尽书难寄，愁多梦不成。**
**愿随孤月影，流照[②]伏波营[③]。**

**【注释】**

①雁：雁属于候鸟，春末深秋季节南来北往，《汉书·苏武传》有“孤雁传书”的典故，后世文学作品中将这一典故意象化，认为大雁可传递书信，表达相思。②流照：月光洒泻的样子。③伏波营：伏波将军的军营。伏波将军是后汉名将马援的军职，他领兵征交趾，大胜立功，被封为新息侯。这里用“伏波营”代指诗中征人所在的军营，是唐诗中以汉代唐的惯例。

**【鉴赏】**

这是一首写闺怨的诗，为思妇代言，表达了对征戍在外的情人的无限怀念之情。可是，春宵深寂，大雁都回到自己的故乡去了，断鸿过尽，传书无人，此情此景，更添离人愁绪。

诗的开头“雁尽书难寄”就用雁足传书的典故来表达闺妇想念征夫的心

情，十分贴切：在一个皓月当空的晚上，丈夫戍守南疆，妻子独处空闺，想象着凭借雁足给丈夫传递一封深情的家书；可是，春宵夜寂，大雁飞往南方的故乡停留，无雁传书。一个“难”字微妙地传递了闺妇的深思遐想和倾诉无人的隐恨。正是这无限的思念的愁绪搅得她难以入睡，因而想借助睡梦与情人作短暂的团聚，但也很难实现。“愁多”表明她感情丰富复杂，不能尽言。

闺妇难以入睡，穿上衣服起床，出门徘徊，看见一轮孤月高悬天际，于是她很自然地产生出一个念头：希望自己能像天上的那轮孤月，将月光洒在正在军营中的丈夫身上。“伏波营”是借用了东汉马援平南诏的典故，暗示着征人在南方边疆戍守。

全诗通过闺妇内心独白的方式，着眼于对主人公纯洁、高尚思想感情的描写，格调很高，的确可以称作闺怨的得意之作。

# 张若虚

**【作者介绍】**

张若虚（约660—约720），扬州（今属江苏）人。曾任兖州兵曹。生卒年、字、号均不详。事迹略见于《旧唐书·贺知章传》。中宗神龙（705—707）中，与贺知章、贺朝、万齐融、邢巨、包融俱以文辞俊秀驰名于京都，与贺知章、张旭、包融并称“吴中四士”。

其诗描写细腻，音节和谐，清丽开宕，富有情韵，在初唐诗风的转变中有重要地位。但受六朝柔靡诗风影响，常流露人生无常之感。诗作大部分散佚，《全唐诗》仅存两首，其一为《春江花月夜》，乃千古绝唱，它沿用陈隋乐府旧题，抒写真挚动人的离情别绪及富有哲理意味的人生感慨，语言清新优美，韵律宛转悠扬，洗去了宫体诗的浓脂艳粉，给人以澄澈空明、清丽自然的感觉。是一篇脍炙人口的名作，有“以孤篇压倒全唐”之誉；另一首诗是《代答闺梦还》。

## 【春江花月夜】

**春江潮水连海平，海上明月共潮生。**
**滟滟[①]随波千万里，何处春江无月明。**
**江流宛转绕芳甸[②]，月照花林皆似霰[③]。**
**空里流霜[④]不觉飞，汀上白沙看不见。**
**江天一色无纤尘，皎皎空中孤月轮。**
**江畔何人初见月？江月何年初照人？**
**人生代代无穷已[⑤]，江月年年只相似。**
**不知江月待何人，但见长江送流水。**
**白云一片去悠悠，青枫浦[⑥]上不胜愁。**
**谁家今夜扁舟子？何处相思明月楼？**
**可怜楼上月徘徊，应照离人妆镜台。**

**玉户帘中卷不去，捣衣砧上拂还来。**
**此时相望不相闻，愿逐月华流照君。**
**鸿雁长飞光不度，鱼龙潜跃水成文⑦。**
**昨夜闲潭梦落花，可怜春半不还家。**
**江水流春去欲尽，江潭落月复西斜。**
**斜月沉沉藏海雾，碣石潇湘⑧无限路。**
**不知乘月几人归，落月摇情满江树。**

**【注释】**

①滟滟：水波摇动的样子。②甸：原野。③霰：从天空中降落的小雪块儿或小冰粒。④空里流霜：是指月光在空中向大地撒下一片像霜露一样的银灰色。⑤已：停止。⑥青枫浦：地名。又名双枫浦。在今湖南省浏阳县南，是古浏阳八景之一。⑦文：同“纹”，波纹、涟漪。⑧碣石潇湘：碣石在海边，一般是指秦皇岛外海边的巨石；潇湘即潇水和湘水，在内陆，指湖南境内的长江二支流。碣石潇湘连在一起用，比喻天各一方，路途遥远。

**【鉴赏】**

《春江花月夜》，一千多年来使无数读者为之倾倒，被闻一多先生誉为“诗中的诗，顶峰上的顶峰”。张若虚在唐代诗坛并不太有名气，要不是《乐府诗集》收入了此诗，他的才气很有可能被历史淹没。

单看诗的题目就十分令人心驰神往，春、江、花、月、夜，这五种事物集中体现了世间最为动人的良辰美景，构成了诱人奇妙的艺术境界。

诗的开头为读者勾勒出了一幅春江花月夜的壮丽画面：江潮连海，月共潮生。一个“生”字，就赋予了明月与潮水以活泼的生命。江水弯弯曲曲地绕过花草遍生的春之原野，月色洒在花树上，就像撒上了一层洁白的雪一样。月光荡涤了世间万物的五光十色，将大千世界浸染成梦幻一样的银灰色。因而“流霜不觉飞”，“白沙看不见”，浑然只有皎洁明亮的月光存在。诗人细腻的笔触，创造了一个神话般美妙的境界，使得春江花月夜显得格外优美恬静。这八句诗，由大到小，由远及近，笔墨逐渐凝聚在一轮孤月上。

接着续写春江花月夜的景色之美并引出了“人”。清明澄澈的天地宇宙，仿佛使人进入了一个纯净的世界，也引起了作者的遐思冥想：江边的什么人最先见到月光，月光最先照见的又是什么人？诗人神思活跃，但又紧紧联系着人

生，个人的生命是短暂即逝的，而人类的生存却是绵延长久、代代无穷的。这是诗人从大自然的美景中感受到的一种欣慰。“江月待何人”是紧承上句“只相似”而来的。既然人生代代相继、江月年年如此，那么江月徘徊中天，像是在等待什么人似的这一愿望，是永远也不能实现的。随着江水的奔流，诗篇亦生波澜，将诗歌推向更高的境界。江月有限，流水无情，作者很自然地把笔触引到了下半篇男女相思的离愁别绪上了。

接下来的四句，即“白云一片去悠悠”四句，是总写春江花月夜中思妇与游子的两地相思之情。“白云”“青枫浦”是诗人托物寓情。白云飘忽，象征着“扁舟子”的行踪不定。“谁家”“何处”二句互文见义，正是因为不止一家、一处有离愁别绪，诗人才提出这样的设问。诗人用一种相思，牵出两地离愁，一往一复，诗情荡漾，曲折有致。

“可怜楼上月徘徊”八句承接“何处”句，写闺妇对离人“扁舟子”的思念。作者紧扣主题，用“月光徘徊”和“鸿雁不度”来间接烘托她的思念之情，悲泪自出。“徘徊”二字极其传神：一是浮云流动，故光阴明灭不定；二是月光怀着对思妇的怜悯之情，在楼上徘徊不肯离去。这里的“卷”和“拂”两个痴情的动作，生动地表现出思妇内心的惆怅和迷惘。共望月光也无法相知，只好托付明月遥寄相思之情。望长空，鸿雁远飞，飞不出月的光影，飞也徒劳；看江面，鱼在跳跃，跃不过三尺江面，只是激起阵阵波纹，跃也无用，这就更平添了几重痛苦和愁闷。

诗人在最后八句中用落花、流水、残月来烘托游子跋涉他乡，连做梦也在念叨归家。“沉沉”二字加重渲染了诗人的孤寂；“无限路”无限加深了他的乡思之情。他在想：在这美好的春江花月夜，不知道有几人能乘月回到自己的故乡。这种无着无落的离情伴着残月之光洒满了江边的树林，也洒在了读者的心上，情韵袅袅，摇曳生姿，令人陶醉。

本诗中间夹叙闺情别绪，增加了哀怨缠绵的感情，突破了哲理诗的枯燥。

诗人又善于反复变化，造成了诡谲恢奇的波澜，增加了诗的感染性，因而成为千古名篇。

# 张九龄

**【作者介绍】**

张九龄（678—740），唐开元尚书丞相，字子寿，一名博物，韶州曲江（今广东韶关市）人。长安年间进士。官至中书侍郎同中书门下平章事。后罢相，为荆州长史。诗风清淡，有《曲江集》。他是一位有胆识、有远见的著名政治家、文学家、诗人、名相。他忠诚尽职，秉公守则，直言敢谏，选贤任能，不徇私枉法，不趋炎附势，敢与恶势力作斗争，为唐的“开元之治”作出了积极贡献。他的五言古诗，以素练质朴的语言，寄托深远的人生抱负，对扫除唐初所沿袭的六朝绮靡诗风，贡献尤大。被誉为“岭南第一人”。

张九龄诗歌成就颇高，独具“雅正冲淡”的神韵，写出了不少留存后世的名诗，并对岭南诗派的开创起了启迪作用。张九龄才思敏捷，文章高雅，诗意超逸，其《感遇》《望月怀远》等更为千古传颂之诗。有《曲江集》二十卷传世。张九龄的诗早年词采清丽，情致深婉，为诗坛前辈张说所赞赏。被贬后风格转趋朴素遒劲。

## 【感遇十二首】（其一）

**兰叶春葳蕤①，桂华秋皎洁②。**
**欣欣③此生意，自尔④为佳节。**
**谁知林栖者⑤，闻风坐相悦。**
**草木有本心⑥，何求美人折！**

**【注释】**

①葳蕤：是指草木枝叶茂盛的样子。②皎洁：此处形容桂花蕊晶莹、明亮。③欣欣：是指草木繁茂而有生机的样子。④尔：如此。⑤林栖者：是指栖身于山林间的人。⑥本心：草木的根与芯。

【鉴赏】

诗一开始，用整齐的偶句，突出了两种高雅的植物——春兰与秋桂。兰开在春天，桂开在秋季，它们的叶子多么繁茂，它们的花儿多么皎洁。这种互文，实际上是兼包花叶，概括全株而言。春兰用葳蕤来形容，具有茂盛而兼纷披之意。而“葳蕤”二字又点出兰草迎春勃发，具有无限的生机与活力。桂用皎洁来形容，桂叶深绿，桂花嫩黄，相映之下，自觉有皎洁明净之感。而“皎洁”二字，又十分精练简要地点出了秋桂清雅的特征。

兰桂两句分写之后，用“欣欣此生意”一句一统，不论葳蕤也好，皎洁也好，都表现出欣欣向荣的生命活力。第四句“自尔为佳节”又由统而分。“佳节”回应起笔两句中的春、秋，说明兰桂都各自在适当的季节而显示它们或葳蕤或皎洁的生命特点。这里一个“自”字，不但指兰桂各自适应佳节的特性，而且还表明了兰桂各自荣而不媚，不求人知的品质，替下文的“草木有本心，何求美人折”埋下伏笔。

第五句用“谁知”突然一转，引出了居住于山林之中的美人，即那些引兰桂风致为同调的隐逸之士。“谁知”两字对兰桂来说，大有出人意料之外的感觉。美人由于闻到了兰桂的芳香，因而产生了爱慕之情。“坐”，犹深也、殊也，表示爱慕之深。诗从无人到有人，是一个突转，诗情也因之而起波澜。最后两句中的“何求”又作一转折。林栖者既然闻风相悦，那么，兰桂若有知觉，应该很乐意接受美人折花欣赏了。然而作者却不顺此理而下，忽开新意。兰逢春而葳蕤，桂遇秋而皎洁，这是它们的本性，而并非为了博得美人的折取欣赏。很明显，诗人以此来比喻贤人君子的洁身自好，进德修业，也只是尽他作为一个人的本分，而并非借此来博得外界的称誉提拔，以求富贵利达。全诗的主旨，到此方才点明；而诗文脉络也一贯到底。上文的“欣欣此生意，自尔为佳节”，与这里的“草木有本心”互为照应；上文的“谁知林栖者，闻风坐相悦”，又与“美人折”同意相见。这最后十个字，总结上文，滴水不漏。

## 【感遇十二首】（其七）

**江南有丹橘，经冬犹绿林。**
**岂伊[①]地气暖，自有岁寒[②]心。**
**可以荐[③]嘉客，奈何阻重深。**

运命唯所遇，循环不可寻。
徒言树桃李，此木岂无阴。

【注释】

①岂伊：岂唯之意。②岁寒：孔子有“岁寒然后知松柏之后凋也”语。后人常作砥砺节操的比喻。③荐：进献之意。

【鉴赏】

张九龄的诗，善用比兴的手法，完全没有绮丽的诗风。读张九龄这首歌颂丹橘的诗，很容易想到屈原的《橘颂》。屈原生于南国，橘树也生于南国，他的那篇《橘颂》一开头就说：“后皇嘉树，橘徕服兮。受命不迁，生南国兮。”其托物喻志之意，灼然可见。张九龄也是南方人，而他的谪居地荆州的治所江陵（即楚国的郢都），本来是著名的产橘区。他的这首诗一开头就说：“江南有丹橘，经冬犹绿林”，其托物喻志之意，尤其明显。借彼丹橘，喻己贞操。以一个“犹”字，充满了赞颂之意。三、四句用反诘，说明橘之高贵是其本质使然，并非地利之故。五、六句写如此嘉树佳果，本应荐之嘉宾，然而却重山阻隔，无法实现。七、八句叹惜丹橘之命运和遭遇。最后为桃李之被宠誉，丹橘之被冷遇打抱不平。

全诗表达诗人对朝政昏暗和身世坎坷的愤懑。诗平淡自然，愤怒哀伤不露痕迹，语言温雅醇厚。桃李媚时，丹橘傲冬，邪正自有分别。

## 【湖口[1]望庐山[2]瀑布泉】

万丈红泉[3]落，迢迢[4]半紫氛[5]。
奔流下杂树，洒落出重云。
日照虹霓[6]似，天清风雨闻。
灵山多秀色，空水共氤氲[7]。

【注释】

①湖口：江西省九江市下辖县，因地处鄱阳湖入口，故称湖口。②庐山：古名南嶂山，又名匡山、匡庐山，在今九江市南。③红泉：洪大的泉水，这里是指瀑布。④迢迢：遥远。⑤紫氛：紫色的水雾。⑥虹霓：古人认为虹有雌

雄，颜色鲜盛者为雄，曰虹；颜色浅淡者为雌，曰霓。⑦氤氲：云烟弥漫的样子。

**【鉴赏】**

张九龄在此之前，有一段曲折的经历。开元十一年（723），张说为宰相，张九龄深受器重，引为本家，擢任中书舍人。开元十四年（726），张说被劾罢相，他也被贬为太常少卿。不久，出为冀州刺史。他上疏固请改授江南一州，以便照顾家乡年老的母亲。唐玄宗“优制许之，改为洪州都督，俄转桂州都督，仍充岭南道按察使”（《旧唐书·张九龄传》）。这是一段使他对朝廷深为感戴的曲折遭遇。骤失宰相的依靠，却获皇帝的恩遇，说明他的才德经受了考验。为此，他踌躇满志，在诗中微妙地表达了这种情怀。

这首诗写从湖口远观瀑布，把一幅唯美的日照飞瀑图展现在我们眼前。

一、二句写远远望去，瀑布从高峻的庐山上滚滚而下，在阳光的映照下射出红色的光辉。“万丈”写出了瀑布的气势，同时也写出了庐山的高峻。诗人从湖口（即鄱阳湖湖口）远望，紫色的云气在半山腰弥漫。在此联中，“红泉”和“紫氛”相互映衬，更加显示出瀑布的光彩夺目。

三、四句是本诗中的传神之笔。“奔流”“洒落”与“杂树”“重云”之间，用“上”“下”连接，突出了景物之间的动静对比，写出了瀑布的气势。

颈联中“日照”句调动了读者的视觉器官，写瀑布飞溅出的水花在阳光的照耀下，像雨后的彩虹一样，绚丽多彩；“天清”句调动了读者的听觉器官，写的是瀑布奔流飞溅，如同风雨大作一般，震耳欲聋。

诗的尾联可以说是点题之笔。写的是瀑布好像是被挂在空中，水气和云烟融合在一起，弥漫天际。

总之，这首诗描写的是庐山瀑布水的远景，从不同角度，以不同手法，取大略细，写貌求神，重彩浓墨，渲染烘托，以山相衬，与天相映，写出了一幅雄奇绚丽的庐山瀑布远景图；而寓比寄兴，景中有人，象外有音，节奏舒展，情调悠扬，赏风景而自怜，写山水以抒怀，又处处显示着诗人为自己的写照。

## 【望月怀远[①]】

**海上生明月，天涯共此时。**
**情人[②]怨遥夜，竟夕[③]起相思。**
**灭烛怜光满，披衣觉露滋[④]。**
**不堪盈手赠，还寝梦佳期。**

**【注释】**

①怀远：怀念远方的亲人。②情人：多情的人。③竟夕：终夜，整夜。④滋：多。

**【鉴赏】**

诗中通过对月夜怀念亲人的形象刻画，表达了作者对亲人深沉怀念的诚挚之情，曲折地反映了诗人遭贬后的孤独冷漠处境和悲凉痛苦之情。全诗运用比兴手法，以明月起兴，以明月结篇，借月托情，抒写怀抱。

诗一开篇直接点题，点明望月怀远。首句境界雄浑阔大，气象非凡，是千古传诵的名句。这两句写出诗人与亲人远隔两地，天涯海角，但却共此明月，互相怀念。这是一笔写诗人与亲人双方，明月是联系纽带，也是展开想象的空间环境。

“情人怨遥夜，竟夕起相思”二句以情人怨恨夜长，整夜相思不寐，反衬自己对亲人的深深怀念。不说自己怀远，反说远方亲人见月思己，在转折反衬中表达对亲人真挚深厚的思情。这两句以“怨”字为中心，以“情人”与“相思”相呼应，以“遥夜”与“竟夕”相吻合，上承起首二句，一气呵成，而又浑然天成，不着斧凿痕迹。

“灭烛怜光满，披衣觉露滋”又转入写自己月夜怀远的情态。于是诗人灭烛，披衣步出门庭，光线（月光）还是那么明亮。这天涯共对的此时明月，竟是这般撩人心绪，使人看到她那姣美圆满的光华，更难以入眠。

最后两句，以“盈手”相赠，意即抓一把月光赠给远方的亲人。月可“盈手”，想象尤为奇特，更显情真意切。说“不堪”，正说“盈手赠”之不得实现，赠给对方一把月光，象征着赠给对方一团火热的情思。月光虽然是不能赠的，然而情思总是要寄托的，那就只好求之于梦中了，希望做一个好梦，实现佳期相会的心愿。结得哀婉缠绵，真挚动人。

# 王之涣

【作者介绍】

王之涣（688—742），是盛唐时期的诗人，字季凌，并州（今山西太原）人。祖籍晋阳（今山西太原），其五世祖迁今山西绛县。性格豪放不羁，常击剑悲歌，其诗多被当时乐工制曲歌唱。名动一时，常与高适、王昌龄等相唱和，以善于描写边塞风光著称，代表作有《登鹳雀楼》《凉州词》等。“白日依山尽，黄河入海流。欲穷千里目，更上一层楼”更是千古绝唱。

其诗用词十分朴实，然造境极为深远，令人置身诗境之中，回味无穷。他现存的六首诗，其中《登鹳雀楼》《凉州词二首》和《送别》三首皆著名，又尤以前两首最为脍炙人口，可谓“皤发垂髫，皆能吟诵”，也正是这两首诗给诗人赢得了百世流芳的显著地位。

## 【登鹳雀楼①】

**白日依②山尽，黄河入海流。**
**欲穷③千里目，更上一层楼。**

【注释】

①鹳雀楼：在今山西省蒲县西南，传说鹳雀经常栖息于此。②依：依依难舍。③穷：穷尽，看尽。

【鉴赏】

诗歌是语言的艺术，是最具音乐性的一种文学样式，情韵美、意境美又是通过语言来表达的。四句诗两两对仗，相得益彰，整齐工致而又自然流畅，明白如话又美妙如画，字词调度与运用看似寻常而又十分精巧。

开头两句，诗人用写意手法，仅仅几笔，便勾勒出登鹳雀楼所见到的苍山落日、大河奔流的壮观景象。其豪迈壮阔，令人心往神驰；意境之壮美，无以复加。同时，它的情韵也十分隽美。“依”字准确而生动地描绘出晚山落日依依难舍的特征；“流”字用联想加长了目力，传达出大河奔涌，一泻千里的动势；“入海”二字使意境远远超出画面，“黄”“白”二字给画面涂上了山河夕照的奇异色彩。

“欲穷千里目，更上一层楼”不仅描写出人们登高观景时所共有的那种不肯示弱、不甘后进的真实体会和情趣，而且与前面二句浑融无间，洋溢着豪情伟魄，寓含着只有站得高才能望得远的生活哲理，表达了奋发向上，不断发现新境界的进取精神。

三、四两句字面相互对仗，语意上下相承，如同大河流水，一脉贯通。这样精彩的流水对，使其蕴含的理趣，表现得警策而隽永，水乳交融，浑然一体。读之令人心扉顿开，过目成诵，不仅为诗人气吞寰宇的襟抱所感染，同时为祖国山川的雄伟壮丽而自豪，从而情不自禁地受到鼓舞，从中汲取到无穷无尽的精神力量！

## 【凉州词[1]】

**黄河远上白云间，一片孤城万仞山[2]。**
**羌笛何须怨杨柳[3]，春风不度玉门关。**

**【注释】**

①凉州词：又作《凉州曲》，即凉州地区流行歌曲的歌词。凉州：今甘肃省武威市。②仞：古代的长度单位，一仞相当于七尺或八尺。③杨柳：《折杨柳》曲。古诗文中常以杨柳喻送别情事。

**【鉴赏】**

诗的首句描绘出“黄河远上白云间”的动人画面：汹涌澎湃、波浪滔滔的黄河像一条丝带迤逦飞上云端。写得真是神思飞跃，气象开阔。方向与河的流向相反，意在突出其源远流长的闲远仪态，表现的是一种静态美。同时展示了边地广漠壮阔的风光，不愧为千古奇句。

次句“一片孤城万仞山”出现了塞上孤城，这是此诗的主要意象之一，属于“画卷”的主体部分。“黄河远上白云间”是它的远景，“万仞山”是它的近景。在远川高山的反衬下，愈见此城地势险要、处境孤危。“一片”是唐诗习用语词，往往与“孤”连文（如“孤帆一片”“一片孤云”等等），这里相当于“一座”，而在词采上多一层“单薄”的意思。这样一座漠北孤城，当然不是居民点，而是戍边的堡垒，同时暗示读者诗中有征夫在。第二句“孤城”意象先行引入，为下两句进一步刻画征夫的心理做好了准备。

诗起于写山川的雄阔苍凉，承以戍守者处境的孤危。第三句忽而一转，引入羌笛之声。羌笛所奏乃《折杨柳》曲调，这就不能不勾起征夫的离愁了。第三句以问语转出了如此浓郁的诗意，末句以“春风不度玉门关”相合，也就水到渠成了。用“玉门关”一语入诗也与征人离思有关。《后汉书·班超传》云：“不敢望到酒泉郡，但愿生入玉门关。”所以末句正写边地苦寒，饱含着无限的乡思离情。如果把这首《凉州词》与中唐以后的某些边塞诗（如张乔《河湟旧卒》）加以比较，就会发现，此诗虽极写戍边者不得还乡的怨情，但写得悲壮苍凉，没有衰飒颓唐的情调，表现出盛唐诗人广阔的心胸。即使写悲切的怨情，也是悲中有壮，悲凉而慷慨。“何须怨”三字不仅见其艺术手法的委婉蕴藉，也可看到当时边防将士在乡愁难禁时，仍意识到为国戍边责任的重大，方能如此自我宽解。也许正因为《凉州词》情调悲而不失其壮，所以能成为“唐音”的典型代表。

# 孟浩然

**【作者介绍】**

孟浩然（689—740），本名不详（一说名浩），襄州襄阳（今属湖北）人，字浩然，世称“孟襄阳”，与另一位山水田园诗人王维合称为“王孟”。以写田园山水诗为主。因他未曾入仕，又称之为“孟山人”。襄阳南门外背山临江之涧南园有他的故居，曾隐居鹿门山。

孟浩然诗歌绝大部分为五言短篇，题材不宽，多写山水田园和隐逸、行旅等内容。虽不无愤世嫉俗之作，但更多属于诗人的自我表现。他和王维并称，其诗虽不如王诗境界广阔，但在艺术上有独特造诣，而且是继陶渊明、谢灵运、谢朓之后，开盛唐田园山水诗派之先声。如《秋登万山寄张五》《夏日南亭怀辛大》《过故人庄》《春晓》《宿建德江》《夜归鹿门歌》等，自然浑成而意境清迥、韵致流溢。今有《孟浩然诗集》三卷传世，《全唐诗》编其诗二卷。

## 【望洞庭湖赠张丞相①】

**八月湖水平②，涵③虚④混太清。**
**气蒸云梦⑤泽，波撼⑥岳阳⑦城。**
**欲济无舟楫，端居⑧耻圣明⑨。**
**坐观垂钓者，徒有羡鱼情。**

**【注释】**

①张丞相：是指当时在相位的张九龄。②八月湖水平：八月秋水盛涨，几乎与湖岸齐平了。③涵：涵容，包含。④虚：太虚，指天空。⑤云梦：古代泽名，分跨长江南北，江北为云，江南为梦，面积约八九百里。⑥撼：摇动。⑦岳阳：即今湖南岳阳市，在洞庭湖东岸。⑧端居：闲居，隐居。⑨圣明：古代对皇帝的颂辞，这里是指因皇帝圣明而出现的太平盛世。

【鉴赏】

本诗抒发了作者积极入世的思想和希望在政治上得到荐引的心情，是孟诗中比较有代表性的一篇。

诗的前四句对洞庭湖的景色作了概括性的描写。开篇写秋水盛涨，八月的洞庭湖水天一色，润泽着千花万树，容纳了大大小小的河流。“波撼”二字放在“岳阳城”上，衬托出洞庭湖的波涛澎湃，非常有力度。

诗的后半部分，诗人以极其委婉的方式表达着自己想要出仕的心情。“欲济无舟楫”，是面对洞庭湖的湖面而发出的想法，由这样的想法自然就能联想到自己想做官而又无人引荐的苦衷。“垂钓者”在本诗中是指在官位者，自己不在官位，无职为政，只能坐在一旁观看别人钓鱼，空怀一腔羡慕得到鱼的心思了。诗人的言外之意是如果有人引荐，他就会由“坐观”而变为执竿而钓的人了。由此可以看出，后面这四句是抒怀言志。

这首诗在内容上不仅表现了一个有才之士欲盛世出仕建功立业的心志，而且还从一个隐微的侧面反映出即使是在封建社会的盛世也有才士不得志的憾事。全诗以望洞庭湖起兴，由“欲济无舟楫”自然过渡，写“端居耻圣明”的心志，而以“坐观垂钓者，徒有羡鱼情”比况作结，抒情而又不太直露。

## 【宿桐庐江[①]寄广陵[②]旧游[③]】

**山暝听猿愁，沧江急夜流。**
**风鸣两岸叶，月照一孤舟。**
**建德[④]非吾土[⑤]，维扬忆旧游。**
**还将两行泪，遥寄海西头[⑥]。**

**【注释】**

①桐庐江：是指钱塘江流经桐庐县境的部分。②广陵：指扬州，又称维扬。③旧游：老朋友之意。④建德：是指桐庐的邻县。这里泛指桐庐、建德一带江域。⑤非吾土：不是我的家乡。⑥海西头：邻近东海的地方称海西，这里指扬州。

**【鉴赏】**

全诗写江上景色和旅途悲愁，表现他乡虽好终不及故土之意，流露出奔波不定、颇不得志之情。诗的前半写景，后半写情，以景生情，情随景生。

这首五言律诗写得情真景切，朴质淡雅，简练而有内涵。诗人曾漫游吴越之间，他以自己深切的感受，描绘出一幅孤寂、空漠的月夜江宿图。这首诗在意境上显得清寂或清峭，情绪上则带着比较重的孤独感。

诗题点明是乘舟停宿桐庐江的时候，怀念扬州友人之作。“山暝听猿愁，沧江急夜流”两句，写出山色昏暗，猿声凄切，山水湍急，风声飒飒，树叶沙沙，一叶扁舟，月下孤泊。环境的清寂、情绪的悲凉，于一开始就表现出来了。这是以景托情、以动写静的手法。至于沧江的急流，本来已给舟宿之人一种寂寞、冷清的感受，再加上一个“急”字，这种不平静的感情，便简直要激荡起来了。它似乎无法控制，而像江水一样急于寻找它的归宿了。这起首二句，便透露了诗人旅途落寞的心境。

“风鸣两岸叶，月照一孤舟”是千古传诵的名句。风吹得树叶沙沙作响，风之急如同江水一般。月夜本来是美丽的，有月按说也还不失一种慰藉。但月光所照，唯沧江中之一叶孤舟，诗人的孤寂感就更加沉重了。我们不妨将前四句联系起来看，便可以进一步想象风声伴着猿声是作用于听觉的，月涌江流不仅作用于视觉，同时还必然有置身于舟上的动荡不定之感。这就构成了一个深远清峭的意境，而一种孤独感和情绪的动荡不安，都蕴含其中了。诗人写景，好像信手拈来，毫不雕琢，却又那样生动贴切，充满情趣。

诗人何以在宿桐庐江时有这样的感受呢？“建德非吾土，维扬忆旧游。”建德当时为桐庐邻县，这里即指桐庐江流域。维扬，扬州的古称。按照诗人的诉说，一方面是因为此地不是自己的故乡，“虽信美而非吾土”，有独客异乡的惆怅；另一方面，是怀念扬州的老朋友。这种思乡怀友的情绪，在眼前这特定的环境下，相当强烈，不由得潸然泪下。他幻想凭着沧江夜流，把自己的两行热泪带向大海，带给在大海西头的扬州旧友。

这四句，诗人构思奇特，凭托滚滚江水寄去他的眼泪，以解自己的孤寂和思念之心，并希望这种痛苦的心情能为朋友所理解。

## 【与诸子登岘山[①]】

**人事有代谢，往来成古今。**
**江山留胜迹，我辈复登临[②]。**
**水落鱼梁[③]浅，天寒梦泽[④]深。**
**羊公碑[⑤]尚在，读罢泪沾襟。**

**【注释】**

①岘山：一名岘首山，在今湖北襄阳南。②复登临：再一次登山观看。③鱼梁：沙洲名，在襄阳鹿门山的沔水中。④梦泽：古泽名，云梦泽，故址在今湖北安陆一带。⑤羊公碑：后人为纪念西晋名将羊祜而建。晋代羊祜镇守襄阳时，常与友人到岘山饮酒赋诗，有过江山依旧人事短暂的感伤。

**【鉴赏】**

本诗的前半部分具有一定的哲理性，后半部分描写景物，富有形象，充满激情。

首联直接说理。“人事有代谢，往来成古今”是一个平凡的真理：春去冬来，寒来暑往，随着时间的流逝，人事在不停地交替、变迁。这两句诗言语简单，道理深刻，包含着诗人几多沧桑的感觉。

颔联写登山之事。“江山留胜迹”是紧承“古”字；“我辈复登临”是紧承“今”字。江山如画，古人的胜迹仍在，今日“我”同诸子结伴登临，为的是凭吊先贤。但是此次登临毕竟与以往不同，诗人的万般感慨油然而生。

颈联描写诗人登山所见，抓住极为典型的物象，即水和鱼，以精练的语言描绘出来，字里行间流露出一缕淡淡的伤感情怀。落木萧萧的冬天，清浅的汉水使庞德公居住的鱼梁州更多地显露出水面，天空中弥漫着寒云冷雾，使辽阔的云梦显得渺茫深远。一个“寒”字既点明当时的时节是冬季，又表现出了诗人凄冷伤感的情怀。

尾联写的是登山后的感受。诗人联想到四百多年前的羊祜，为国为民作出贡献，名垂青史，而自己至今为“布衣”，无所作为，死后也会湮没无闻的，这与“尚在”的羊公碑相比，不免“泪沾襟”，心中异常的伤感。

本诗语言通俗易懂，感情真挚动人，以平淡深远见长。在诗的结尾引用典故，贴切自然，情趣盎然。

## 【晚泊浔阳望庐山】

**挂席①几千里，名山都未逢。**
**泊舟浔阳郭②，始见香炉峰③。**
**尝读远公④传，永怀尘外踪。**
**东林精舍近，日暮空闻钟⑤。**

**【注释】**

①挂席：意同“扬帆”。②郭：外城。古代的城市建筑分为内、外城。③香炉峰：是庐山最有名的一峰。④远公：是指东晋高僧慧远，曾在庐山隐居修行。⑤空闻钟：突然听到东林精舍传来的钟声。

**【鉴赏】**

诗人通过对庐山的观赏和描写，表达了自己悠远的情思。以及对隐逸生活的艳羡。然而尽管“精舍”很“近”，诗人却不写登临拜谒，笔墨下到“空闻”而止，“望”而不即，悠然神远。难怪主张“神韵”说的清人王士禛极为赞赏此诗，把它与李白诗《夜泊牛渚怀古》中“牛渚西江夜”一句并举，用以说明司空图《诗品》中所谓“不著一字，尽得风流”的妙境，还说：“诗至此，色相俱空，真如羚羊挂角，无迹可求，画家所谓逸品是也。”

首联和颔联主要叙事，对景色的描写比较少，在其中加注了诗人的感情。诗人的落笔空灵，气势非凡，大有尺幅千里、一气直下之慨。诗人用淡笔一挥，便把这江山胜处的风貌勾勒出来了，而且还传递了神情。诗人在那千里烟波的江上扬帆而下，一路上也并非无山，但总不见名山，直到船泊浔阳城下，头一抬，方见那挺拔秀丽的庐山就在眼前突兀而起。这里“挂席”，即扬帆。香炉峰是庐山的北峰，状如香炉，故名。孟浩然怡悦而安详地观赏，领略这山色之美。因而他用的纯乎是水墨的淡笔，那么含蓄、空灵。从悠然遥望庐山的神情中，隐隐透出一种悠远的情思。这四句诗不事雕饰、纯乎叙事，也不刻意去摹状庐山的景色，而是一气呵成，一个“始”字轻轻一点，才将诗人那欣然悦怡之情显示出来，落笔空灵自如。

颈联和尾联将自己的深情寄寓在对景色的描写之中。远公，即东晋高僧慧远。本姓贾，雁门娄烦人，他在庐山东林寺和隐士刘遗民等结白莲社，后世奉为莲宗初祖。东晋大诗人陶渊明和他也有交往。尾联的“东林精舍”，即东林寺，“精舍”，佛寺。这四句写香炉峰烟云飘逸，远“望”着的诗人，神思也随之悠然飘忽，引起种种遐想。诗人想起了东晋高僧慧远，他爱庐山，刺史桓伊为他在这里建造了一座禅舍，名“东林精舍”。

诗人在遐想，深深怀念这位高僧的尘外幽踪时，夕阳斜照，忽然隐隐约约听到从远公安禅之地的东林寺里传来阵阵钟声。高人不见，空闻钟声，诗人心中不免生起一种无端的怅惘。这里一个“空”字极富情韵，极为含蓄。它不仅含有不尽之意，余音袅袅，而且点出东林精舍正是作者向往之处。“日暮”二字说明闻钟的时刻，而“闻钟”又渲染了“日暮”的气氛，加深了诗的深远意境，流露出诗人对隐逸生活的倾羡。

## 【过故人庄】

**故人①具②鸡黍③，邀我至田家。**
**绿树村边合④，青山郭外斜⑤。**
**开轩面场圃⑥，把酒话桑麻⑦。**
**待到重阳日，还来就菊花⑧。**

**【注释】**

①故人：是指老朋友。②具：准备。③黍：黄米。④合：环绕。⑤郭：城；斜：倾斜。⑥场圃：打谷场和菜园。⑦桑麻：桑树和麻，在本诗中泛指农事。⑧就菊花：就，靠近，在本诗中是欣赏的意思；就菊花：意为欣赏菊花。

**【鉴赏】**

诗的首联如记事一般，用语极其平淡自然。故人“邀”而“我”“至”，文字上毫无渲染，招之即来，简单而随便。以“鸡黍”相邀，既显出田家特有风味，又见待客之简朴。本诗的开头不甚着力，平静而自然，但对于将要展开的生活内容来说，却是极好的导入，显示了气氛特征，又有待下文进一步丰富、发展。

颔联不但写出了层次分明的近景和远景，而且这围绕着村落的绿树与斜倚在绿树之外的青山，正是相映成趣地表现为一种和谐而单纯的美。那绿树像母亲的温柔，怀抱着这个村落；而那青山像一个岗哨，远远地也注视着这个村落。它们的心全在这个村落上，因而那城郭也就被冷落地丢在一边了。这里我们才明白，既然说"绿树村边合"，已经是在城郭之外了，为什么还要说"青山郭外斜"呢？这句正在于陪衬出城郭的不重要；青山、绿树、村落，那样水乳交融地连成一片，那城郭就只好若有若无地默默站在一边，这真是再亲切不过的一幅图画。这里难道没有农家的心吗？与此同时，通过那青山远处的顾盼，通过那绿树近处的凝视，对于这个村落，我们将感到多么熟悉啊，仿佛我们早就该认识它们了。于是我们感受到每一块草地的绿色，每一片庄稼的成长，每一条小路上的泥土气息。这些，诗中都并没有写，它却存在于青山的一瞥与绿树的拥抱之中。而我们的诗人，像一个贫困的孩子，忽然到了真正心爱的乐园，他要东看西看，东问西问。

颈联的"开轩"二字也似乎是很不经意写入诗中的，此处叙述人在屋里饮酒交谈，轩窗一开，就让外景映入屋内，更给人以心旷神怡之感。对于这两句，人们比较注意"话桑麻"，认为是"相见无杂言"，忘情在农事上了，这诚然不错。但有了轩窗前的一片打谷场和菜圃，话桑麻就更让你感到田园生活的气息。于是，我们不仅能领略到更强烈的农村风味、劳动生产的气息，甚至仿佛可以嗅到场圃上的泥土味，看到庄稼的成长和收获，乃至地区和季节的特征。有这两句和前两句的结合，绿树、青山、村舍、场圃、桑麻和谐地混成一片，构成一幅优美宁静的田园风景画，而宾主的欢笑和关于桑麻的话语，都仿佛萦绕在我们耳边。它不同于纯然幻想的桃花源，而是更富有盛唐社会的现实色彩。

从尾联来看，孟浩然深深为农庄生活所吸引，于是临走时，向主人率真地表示将在秋高气爽的重阳节再来观赏菊花。淡淡两句诗，故人相待的热情，做客的愉快，主客之间的亲切融洽，都跃然纸上了。

## 【春晓[①]】

**春眠不觉晓[②]，处处闻[③]啼鸟。**

**夜来风雨声，花落知多少？**

**【注释】**

①春晓：春天的早晨。②晓：天亮。③闻：听。

**【鉴赏】**

本诗语言非常自然，手到擒来，一气呵成。虽然语言简单，但内容和感情却很丰富。本诗像是从诗人心灵深处流出的一股泉水，晶莹透彻，灌注着诗人的生命，跳动着诗人的脉搏。本诗描绘了一幅一夜风雨后春天早晨绚丽的图景，抒发了诗人热爱春天、珍惜春光的美好心情。

首句中的“春”字点明了季节，写“春眠”的香甜，“不觉”是朦朦胧胧不知不觉，恰到好处地写出了“春眠”的酣畅。在这温暖静谧的春夜里，诗人睡得真香，以至于旭日临窗，才甜梦初醒，巧妙地流露出了诗人爱春的喜悦心情。

次句写春景，春天早晨的鸟语。“处处”是到处的意思，四面八方都是鸟叫。鸟儿喧闹于枝头，一派生机勃勃的景象。“闻啼鸟”即“闻鸟啼”，古诗为了押韵，词序作了适当的调整。这两句是说：春天来了，我睡得正香甜，不知不觉天已大亮。一觉醒来，只听见到处都有鸟儿在歌唱。

末两句诗人追忆昨晚的潇潇春雨，然后联想到花儿被风吹雨打、落红遍地的景象。诗人把爱春和惜春的情感寄托在对落花的叹息上，淡淡的喜悦之情浓缩于字里行间，耐人寻味。惜春其实也就是爱春，由此可见，喜悦才是全诗的感情基调。这首小诗有道是清新可爱，你看，春天来了，鸟语花香，一切都充满了新的生活气息，充满了生机勃勃的力量，多么美丽的春天，多么美好的春光！

本诗对于春景的描写不是通过所见，而是通过自己的所感、所悟而体现出来的。构思巧妙，着笔独到，极富情趣。

## 【宿建德江[①]】

**移舟泊[②]烟渚[③]，日暮客愁新。**
**野旷天低树，江清月近人。**

**【注释】**

①建德江：是指新安江流经今浙江建德的一段。②泊：是指停船靠岸。③渚：是指水中的小洲。

**【鉴赏】**

本诗通过自然地摄取适于表达旅途孤寂、漂泊之感的眼前景物，着墨轻淡地写来，却传达出了真切的情意。

第一句通过细致传神的景物描写，揭示出客观事物的特殊联系，同时表达了自己的独特感受。诗人先描绘暮霭迷茫的江边洲渚，指出夜宿建德江的时间、地点。

三、四两句，是非常精彩的景句。因为原野空旷，视野广阔，以致造成远天低于近树的错觉。因为江水清澈，月影浮荡在江中，人在船上，江月仿佛和人更接近了。这种只可意会，不可言传的景致，诗人只以十个字，便细致、逼真地描绘出来了。没有敏锐的观察力和传神的表现力，就不可能把由于野旷和江清而引起的天与树、月与人的关系变化描绘得那么准确、生动。

从借景抒情的角度看，诗人将自己的思乡之情有层次地表达了出来，具体说来，旅客遇到秋天，最容易触动愁思，这是第一层；在第一层中诗人没有正面表现，而是从“野旷”“江清”中透露的。在暮色苍茫中泊舟江渚，因为日暮而引出新愁，这是第二层。野旷造成天远的感觉，使旅人感到乡关万里，归程遥远；又因为野旷，万籁俱寂，更使行客觉得旅途孤寂凄凉，这是第三层。由于江水清澈，愈觉明月近人，见明月而倍加思念故乡，这是第四层。诗人由远及近地描写景色，却把自己的羁旅愁情由淡而浓、由浅入深地传达出来。

# 寒山

**【作者介绍】**

寒山（691—793），唐代首都长安人，出身官宦人家，多次投考不第，被迫出家，三十岁后隐居于浙东天台山，享年一百多岁。严振非《寒山子身世考》中更以《北史》《隋书》等大量史料与寒山诗相印证，指出寒山乃为隋皇室后裔杨瓒之子杨温，因遭皇室内的妒忌与排挤及佛教思想影响而遁入空门，隐于天台山寒岩。这位富有传奇色彩的唐代诗人，曾经一度被世人冷落，然而到了二十世纪，其诗却越来越多地被世人接受并广泛流传。正如其诗所写："有人笑我诗，我诗合典雅。不烦郑氏笺，岂用毛公解？"

寒山作为中国唐代少有的几位白话诗人之一，二十世纪以来一直受到日本学者的推崇。1905年起，寒山诗就在日本一版再版，并且有十多位学者对其诗作了大量研究、注释及翻译工作。日本著名小说家森鸥外（1862—1962）曾根据寒山诗集前闾丘胤的序言，写了名为《寒山拾得》的一篇小说，不少评论家认为是其最好的作品之一。

## 【杳杳寒山道】

**杳杳①寒山道，落落②冷涧滨③。**
**啾啾④常有鸟，寂寂⑤更无人。**
**淅淅⑥风吹面，纷纷⑦雪积身。**
**朝朝⑧不见日，岁岁⑨不知春。**

**【注释】**

①杳杳：形容颜色幽暗。②落落：形容山涧的空旷之感。③涧滨：山涧的边缘。④啾啾：鸟叫的声音。⑤寂寂：本诗中指山涧没有任何声音。⑥淅淅：描写风的动态之感。⑦纷纷：特指雪的飞舞状态。⑧朝朝：指时间，较"岁岁"短。⑨岁岁：亦指时间，但比"朝朝"长。

**【鉴赏】**

寒山是唐代一位带有传奇色彩的诗僧，贞观年间隐于寒岩（《三隐集记》）。本诗主要写他居住天台山寒岩时亲眼所见山路及其周围的景致。首二句“杳杳寒山道，落落冷涧滨”，即描述这条山道的形势和位置。一条幽深莫测、寒气侵人的山路，盘绕在寂寥冷落的山涧边。“杳杳”“落落”的叠字连用，把人引入冷森森的奇特境界。“啾啾常有鸟，寂寂更无人。”这是从声音上描摹寒山道的静寂宁远。诗中连用“啾啾”“寂寂”两个叠字句，更富于变化。“啾啾”言有声，以轻细的鸟语反衬出山路的清幽，“寂寂”指无声，以杳无声迹的冷寂说明人迹罕至。“啾啾”“寂寂”的强烈对比，与前人的“鸟鸣山更幽”有同样的艺术效果。如果说前四句以写山路的静态为主，那么以下两句“淅淅风吹面，纷纷雪积身”则已转向动态描画，着意表现顶风冒雪的自我形象。“淅淅”，指风吹时的形貌；“纷纷”，写雪飞时的情状，两者都处于流动飘舞之中。随着迎风踏雪而来的诗人，山路周围顿时充满生机，从而打破一直凝滞不动的氛围。“风吹面”“雪积身”，表明诗人正沿着这条寒山路攀登，进入深山，直上高峰。

最后两句：“朝朝不见日，岁岁不知春”，以抒写诗人的情怀作结，情中见景。“朝朝”“岁岁”，属长短不同的时间概念，而叠字连用，同样可言时间之悠长。也就是说，诗人长期置身于深山密林之中，经常见不到阳光，因而不知时序的变化，甚至分辨不出春去秋往，以示其超然物外的冷漠心情，与前面孤寂幽深的山路描写很自然地融合为一体。如果说前面六句是景中含情，那么结尾两句则是情中寓景。两种表现手法巧妙结合，正是本诗的一个艺术特色。

本诗使用叠字的效果，大抵像使用对偶排比一样，能获得整齐的形式美，增进感情的强度，寒山这首诗中的叠字，大都带有一种幽冷寂寥的感情色彩，接连使用，使诗笼罩着一层浓烈的气氛。再如，“朝”“岁”，单个的名词本来不带感情色彩，但一经叠用，出现在上述特定的气氛中，就显得时间的无限延长，心情的守一、执着，也就加强了诗意，具有感情色彩了。

本诗语言通俗浅近，口语俚词皆可入诗，具有质直素朴的特点。寒山所创作的诗歌在内容上主要以演绎佛理禅机，揭露世态人情为主，某些侧重景物描写的山水诗也别具意境。这首《杳杳寒山道》即可视为佳作。

# 王湾

**【作者介绍】**

王湾（693—751），唐代文学家，号为德，洛阳（今河南洛阳）人，他的诗现存十首。《次北固山下》就是其中最为著名的一首。

## 【次①北固山②下】

**客路③青山④外，行舟绿水前⑤。**
**潮平⑥两岸阔，风正一帆悬⑦。**
**海日生残夜，江春入旧年⑧。**
**乡书何处达？归雁洛阳边⑨。**

**【注释】**

①次：住宿，此指停泊。②北固山：在今江苏镇江市北，下临长江。③客路：旅途。④青山：指北固山。⑤绿水：长江；前：向前航行。⑥平：涨平，潮水涨得与岸齐平。⑦风正：风顺而和；悬：挂。⑧海日：海上的旭日；残夜：夜色已残，指天将破晓，夜将尽未尽的时候；旧年：未尽的一年。⑨乡书：家书；归雁：春天北归的大雁；边：唐代口语，意同“处”，泛指某处。

**【鉴赏】**

王湾，这位唐代开元年间的著名诗人，出生于北方的洛阳，往来于吴楚间，并受到当时吴中诗人清秀诗风的影响，写下了一些歌咏江南山水的作品，他为江南清丽山水所倾倒，为青山绿水的壮丽风光所激动而写成了这脍炙人口的佳篇。

开篇即为精丽的对偶句：作客南方的游子乘船在碧绿清莹的水面上向前（长江下游）航行，而遥遥的行程还在那巍巍青山之外……这一联先写“客路”而后写“行舟”，其人在江南而神驰故里的飘泊羁旅之情，已流露于字里行间，与末联的“乡书”“归雁”，遥相照应。“青山”“绿水”为世俗熟语，顺手引来置于一个北国南游者的行路视野之中，就显得自然、切贴，浓于生活气息，并为下面的状物、抒怀提供了背景缘由和壮阔的审美空间。于是，诗人接着以工笔细描来勾画北固山下水面上的特有景观：春潮涌涨，江水浩渺，放眼望去，江面似乎与岸齐平了，船上人的视野也因之开阔。这一句，写得恢弘阔大，下一句“风正一帆悬”，便愈见精彩。江风习习，风向顺正，天明悬帆起航时，可望一路畅达而心无忧虑。诗人不用“风顺”而用“风正”，是因为光“风顺”还不足以保证“一帆悬”。风虽顺，却很猛，那帆就鼓成弧形了。只有既是顺风，又是和风，帆才能够“悬”。这句诗的妙处，还在于它“以小景传大景之神”（清代王夫之《姜斋诗话》卷上）。本来，远离故乡而又行程遥遥，难免使游子心绪愁悒，却因大自然中“青山”“绿水”的美致使诗人转为欣悦，现在又加上奔涌的江潮把人的视线引向无限辽阔的境界，更兼江风喜人，不难想象，这使独具慧眼的航行者产生多么大的审美快感。果然，诗人灵感跃动，脱口吟诵出新奇工巧的一联佳句：海日生于残夜，将驱尽黑暗；江春，那江上景物所表现的“春意”，闯入旧年，将赶走严冬。不仅写景逼真，叙事确切，而且表现出具有普遍意义的生活真理，给人以乐观、积极、向上的艺术鼓舞力。诗人并非富商豪客，此行江南亦非浪迹天涯的飘然赏游，“志趣高远”（《唐才子传》对王湾的评语）的诗人并未沉醉于“江南佳丽地”而“乐不思蜀”，他那历朝古都的出生地洛阳，有乡亲，有家人，更有事业牵萦着诗人的游子之心，海日东升，春意萌动，诗人放舟于绿水之上，继续向青山之外的客路驶去。这时候，一群北归的大雁正掠过晴空。雁儿正要经过洛阳的啊！诗人想起了“雁足传书”的故事，还是托雁捎个信吧：雁儿啊，烦劳你们飞过洛阳的时候，替我问候一下家里人。这两句紧承三联而来，遥应首联，全篇笼罩着一层淡淡的乡思愁绪。

这首诗抒写诗人泛舟东行，停船北

固山下，见潮平岸阔、残夜归雁而引发的怀乡情思，熔写景、抒情、说理于一炉。诗人既倾心赞赏异域他乡的江南风光，又深深依念生他养他的北国故土，透露出诗人丰富、诚挚、热烈而深沉的心灵世界。全诗和谐优美，妙趣横生，堪称千古名篇。殷评说：“‘海日生残夜，江春入旧年’，诗人已来少有此句。张燕公（即宰相张说）手题政事堂，每示能文（能作诗文的人），令为楷式。”可见真正的佳篇美文，一定有知音赏识。

# 王昌龄

**【作者介绍】**

王昌龄（约698—约756），盛唐著名边塞诗人，字少伯，后人誉为“七绝圣手”。其籍贯有今山西太原和陕西西安两说。早年贫贱，困于农耕，年近不惑，始中进士。初任秘书省校书郎，又中博学宏辞，授汜水尉，因事贬岭南。开元末返长安，改授江宁丞。被谤谪龙标尉。安史乱起，为刺史闾丘晓所害。

其诗以七绝见长，尤以登第之前赴西北边塞所作边塞诗最著。他的边塞诗气势雄浑，格调高昂，充满了积极向上的精神。王昌龄有“诗家天子王江宁”之称，其诗歌体裁很大一部分是易于入乐的七言绝句。内容基本上选用乐府旧题来抒写战士爱国立功和思念家乡的心情。他善于捕捉典型的情景，有着高度的概括力和丰富的想象力。

其诗歌语言圆润蕴藉，音调婉转和谐，意境深远，耐人寻味。他的许多描写边塞生活的七绝被推为边塞名作，《出塞》一诗被推为唐人七绝的压卷之作。王昌龄存诗一百七十余首，作品有《王昌龄集》。今《全唐诗》编其诗四卷。

## 【从军行七首】（其一）

**烽火城[①]西百尺楼[②]，黄昏独坐海风秋。**
**更吹羌笛关山月，无那[③]金闺[④]万里愁。**

**【注释】**

①烽火城：指设置烽火台的边城。古时边境上筑高城以御敌，一旦敌人入侵，便于城垛上燃狼粪或柴草，白天以烟、夜间以火来报警。②百尺楼：是指边地戍楼。③无那：无奈的意思，是指无法消除思亲之愁。④金闺：女子闺阁的美称，这里借指家室。

【鉴赏】

本诗表达了守卫边疆的士兵对于家乡亲人的怀念之情。

此诗笔法简洁而富有蕴意，写法上很有特色。诗人巧妙地处理了叙事与抒情的关系。前三句叙事，描写环境，采用了层层深入、反复渲染的手法，创造气氛，为第四句抒情做铺垫，突出了抒情句的地位，使抒情句显得格外警拔有力。

首句点明了写作的地点是在青海烽火城西的瞭望台上。荒寂的原野四顾苍茫，只有这座百尺高楼，这种环境很容易引起人的寂寞之感；时令正值秋季，凉气侵入，正是游子思亲、思妇念远的季节；时间又逢黄昏，这样的时间常常触发人们思念于役在外的亲人。而此时此刻，久戍不归的征人恰恰"独坐"在孤零零的戍楼上。一个"独"字，既是征人背井离乡、远涉边地之孤独，也暗合结句闺中人因征人不归而独守空闺之孤独。

前两句所描写的还只是通过视觉来渲染，接着诗人写道："更吹羌笛关山月"，在寂寥的环境中，传来了阵阵呜咽的笛声，就像亲人在呼唤，又像是游子的叹息。这缕缕笛声，恰似一根导火线，使边塞征人积郁在心中的思亲感情，再也控制不住，终于来了个大爆发，引出了诗的最后一句——"无那金闺万里愁"。

作者从侧面表现出了诗人对亲人思念、对故土怀念的感情。而实际情形也是如此：妻子无法消除的思念，正是征人思归又不得归的结果。这一曲笔，把征人和思妇的感情完全交融在一起了。诚如清人李瑛所云："不言已之思家，而但言无以慰闺中思己，正深于思家也。"就全诗而言，这一句如画龙点睛，立刻使全诗神韵飞腾，而更具动人的力量了。

## 【从军行七首】（其二）

**琵琶起舞换新声①，总是关山②旧别情。**
**撩乱③边愁④听不尽，高高秋月照长城。**

【注释】

①新声：新的歌曲。②关山：边塞。③撩乱：心里烦乱。④边愁：久住边疆的愁苦。

【鉴赏】

作者在诗中把士卒的感情表现得情真意切。

从首句来看，“换新声”表现的就是“军营中将领的营房中歌舞欢宴”的情形。但戍边的士卒却无心欣赏音乐，而是终日思念家乡，与家人依依惜别，渡过万水千山前来戍边，不管琵琶弹奏什么乐曲，都改变不了萦绕心头的烦乱。

从次句的“总是”二字来看，它高度概括地说出了不管琵琶弹奏什么乐曲，在他们听来都是一样的，他们无法忘怀的仍然是“关山旧别情”。

第三句更进一层，具体说明听到弹奏琵琶声的感受。优美的乐曲声连续不断，但守边的士卒听起来却是“听不尽”的“撩乱”的嘈杂音，更加引起守边人的愁绪，因此说是“边愁”。

尾句通过士卒的感官烘托了凄凉惨淡的气氛，使全诗意境更觉冷清苍凉。王昌龄的诗在当时就很有名，他的边塞诗更具独到之处，本诗就是一例。作者把笔锋直接指向社会的下层，字里行间流露出深切的同情和关注，作为封建统治阶级中的上层人物，单就这一点来说，也是难能可贵的。

## 【从军行七首】(其四)

**青海①长云暗雪山，孤城遥望玉门关②。**
**黄沙百战穿金甲，不破楼兰③终不还。**

【注释】

①青海：是指青海湖，在今青海省。②玉门关：汉置边关名，在今甘肃敦煌县西。③楼兰：汉西域国名，在今新疆蜡羌县及罗布泊一带，此地代指唐西边境少数民族政权。

【鉴赏】

本诗通过对景色的描写，将作者的感情寄托于写景之中。

前两句展现出了一幅地域广阔的画面：青海湖上空，长云弥漫；湖的北面，横亘着绵延千里的隐隐的雪山；越过雪山，是矗立在河西走廊荒漠中的一座孤城；和孤城遥遥相对的是军事要塞——玉门关。这幅集中了东西数千里广阔地域的长卷，就是当时西北戍边将士生活、战斗的典型环境。它是对整个西北边陲的一个鸟瞰，一个概括。

这两句不仅描绘了整个西北边陲的景象，而且点出了“孤城”西拒吐蕃、北防突厥的极其重要的地理形势。这两个方向的强敌，正是戍守“孤城”的将士心之所系，宜乎在画面上出现青海与玉门关。与其说这是将士望中所见，不如说这是将士脑海中浮现出来的画面。这两句在写景的同时渗透丰富复杂的感情：戍边将士对边防形势的关注，对自己所担负的任务的自豪感、责任感，以及戍边生活的孤寂、艰苦之感，都融合在悲壮、开阔而又迷蒙暗淡的景色里。

后两句由情景交融的环境描写转为直接抒情。“黄沙百战穿金甲”，是概括力极强的诗句。戍边时间之漫长，战事之频繁，战斗之艰苦，敌军之强悍，边地之荒凉，都于此七字中概括无遗。“百战”是比较抽象的，冠以“黄沙”二字，就突出了西北战场的特征，令人宛见“日暮云沙古战场”的景象；“百战”而至“穿金甲”，更可想见战斗之艰苦激烈，也可想见这漫长的时间中有一系列“白骨掩蓬蒿”式的壮烈牺牲。但是，尽管金甲磨穿，将士的报国壮志却并没有消磨，而是在大漠风沙的磨练中变得更加坚定。“不破楼兰终不还”，就是身经百战的将士豪壮的誓言。上一句把战斗之艰苦，战事之频繁越写得突出，这一句便越显得铿锵有力，掷地有声。

前两句境界阔大，感情悲壮，含蕴丰富；三、四两句之间，显然有转折，两句形成鲜明对照。“黄沙”句尽管写出了战争的艰苦，但整个形象给人的实际感受是雄壮有力，而不是低沉伤感的。因此末句并非嗟叹归家无日，而是在深深意识到战争艰苦漫长的基础上所发出的更坚定、深沉的誓言，盛唐优秀边塞诗的一个重要的思想特色，就是在抒写戍边将士的豪情壮志的同时，并不回避战争的艰苦，本篇就是一个显例。

## 【出塞[①]二首】（其一）

**秦时明月汉时关，万里长征人未还。**
**但使[②]龙城飞将[③]在，不教胡马度阴山[④]。**

**【注释】**

①出塞：是唐代诗人写边塞生活的诗常用的题目。②但使：只要。③飞将：指汉朝名将李广。南侵的匈奴惧怕他，称他为“飞将军”，这里泛指英勇

善战的将领。④阴山：在今内蒙古自治区，古代常凭借它来抵御匈奴的南侵。

【鉴赏】

王昌龄本首边塞诗通过高度概括的手法对当时的边塞战争生活作了描述。他通过对于时间和空间的匠心经营，以及把写景、叙事、抒情与议论紧密结合，在四句诗里熔铸了丰富复杂的思想感情，使诗的意境雄浑深远，既激动人心，又耐人寻味。

首句展现出一幅壮阔的图画：一轮明月，照耀着边疆关塞。诗人只用大笔勾勒，不作细致描绘，却恰到好处地显示了边疆的寥廓和景物的萧条，渲染出孤寂、苍凉的气氛。尤为奇妙的是，诗人在“月”和“关”的前面，分别用“秦时”和“汉时”二词加以修饰，使这幅月临关塞图，变成了时间中的图画，给万里边关赋予了悠久的历史感。这是诗人对长期的边塞战争生活作了深刻思考而产生的“神来之笔”。

次句在叙事的过程中抒情，在深沉的感叹中暗示当时边防多事，表现了诗人对于久戍士卒的深切同情。而这一句，又从空间的角度点明边塞的遥远。这样，诗人便创造了时空交织的意象，把读者带到万里以外的边塞，引进漫长的历史河流中去回忆、体验、思考。这两句包含了多少言外之意啊！秦汉时的边关，至今在月下依然如故，而战争一直持续不断。已有多少士卒血洒沙场，至死未归；又有多少战士仍然戍守着边关，不能归来。诗人借助阔大、悠久的时空意象，表现战争给秦、汉以来历代人民带来的痛苦和灾难。立意既高，又看得深远，真可谓“发兴高远”。

诗人在末两句中融抒情与议论为一体，直接抒发戍边战士巩固边防的愿望和保卫国家的壮志，洋溢着爱国激情和民族自豪感。写得气势豪迈，铿锵有力，掷地有声。同时，这两句诗语带讽刺，表现了诗人对朝廷用人不当和将帅腐败无能的不满，其弦外之音，使人寻味无穷。

## 【长信秋词五首】（其三）

**奉帚平明金殿开①，且将团扇②共徘徊。**
**玉颜不及寒鸦色，犹带昭阳③日影④来。**

【注释】

①“奉帚”句：意为清早殿门一开，就捧着扫帚来打扫。②团扇：相传班婕妤曾作《团扇赋》。③昭阳：汉宫殿名，《三辅黄图·未央宫》：“武帝时，后宫八区，有昭阳……等殿”。班固《西都赋》：“昭阳特盛，隆于孝成”。吕向注：“昭阳，殿名，成帝作也”。汉成帝时赵飞燕得宠，先为婕妤，后为皇后，居昭阳殿，平帝即位后被废为庶人，自杀。④日影：这里也指皇帝的恩宠。

【鉴赏】

本诗被称为宫怨诗中的代表性作品。

前两句为我们展现了一幅画面，即：天色方晓，金殿已开，就拿起扫帚，从事打扫，这是每天刻板的工作和生活；打扫之余，别无他事，就手执团扇且共徘徊，这是一时的偷闲和沉思。徘徊，写心情之不定；团扇，喻失宠之可悲。说“且将”则更见出孤寂无聊，唯有袖中此扇，命运相同，可以徘徊与共而已。

后两句进一步用一个巧妙的比喻来发挥这位宫女的怨情，仍承用班婕妤故事。昭阳，汉殿名，即赵飞燕姊妹所居。时当秋日，故鸦称寒鸦。古代以日喻帝王，故日影即指君恩。寒鸦能从昭阳殿上飞过，所以它们身上还带有昭阳日影，而自己深居长信，君王从不一顾，则虽有洁白如玉的容颜，倒反而不及浑身乌黑的老鸦了。她怨恨的，是自己不但不如同类的人，而且不如异类的物——小小的、丑陋的乌鸦。

按照一般情况，“拟人必于其伦”，也就是以美的比美的，丑的比丑的，可是玉颜之白与鸦羽之黑，极不相类；不但不类，而且相反，拿来作比，就使读者增强了心理冲击力。因为如果都是玉颜，则虽略有高下，未必相差很远，那么，她的怨苦，她的不甘心，就不会如此深刻了，而上用“不及”，下用“犹带”，以委婉含蓄的方式表达了其实是非常深沉的怨愤。

## 【长信秋词五首】（其四）

**真成薄命①久寻思，梦见君王觉后疑。**
**火照西宫知夜饮，分明复道②奉恩时。**

【注释】

①真成薄命：是说想不到竟真是个命运不幸的失宠者。②复道：是指宫中楼阁间架空的通道。

【鉴赏】

本诗的开头显得有些突兀，让人感到其中有很多省略。宫嫔得宠与否，往往取决于君主一时好恶，或纯出偶然的机缘。因此这些完全不能掌握自己命运的宫嫔就特别相信命运。得宠，归之幸运；失宠，归之命薄。而且就在得宠之时，也总是提心吊胆地过日子，生怕失宠的厄运会突然降临在自己头上。“真成薄命”这四个字，恰似这位失宠宫嫔内心深处一声沉重的叹息，把她那种时时担心厄运降临，而当厄运终于落到头上时既难以置信，又不得不痛苦地承认的复杂心理和盘托出了。

失宠的命运降临之后，她陷入久久的寻思。因“思”而入“梦”，梦中又在重温过去的欢乐，表现出对命运的希冀，对君主的幻想，而在自己心中重新编织得宠的幻影。但幻梦毕竟代替不了现实，一觉醒来，眼前面对的仍是寂寞的长信宫殿，梧桐秋叶，珠帘夜霜，听到的仍是悠长凄凉的铜壶清漏。于是又不得不怀疑自己这种侥幸的希望原不过是无法实现的幻梦。以上两句，把女主人公曲折复杂的心理刻画得细致入微而又层次分明。

就在这位失宠者由思而梦，由梦而疑，心灵上备受痛苦煎熬的时刻，不远的西宫那边却向她展示了一幅灯火辉煌的图景。不用说，此刻西宫中又正在彻夜宴饮，重演“平阳歌舞新承宠”的场面了。这情景对她来说是那样的熟悉，使她一下子就唤起了对自己“新承宠”时的记忆，仿佛回到了当初在複道承受君主恩宠的日子。可是这一切此刻又变得那样遥远，承宠的场面虽在重演，但华美的西宫已经换了新主。“分明”二字，意在言外，耐人咀嚼。它包含了失宠者在寂寞凄凉中对往事历历分明的记忆和无限的追恋，也蕴含着往事不可再来的深沉感慨和无限怅惘，更透露出往事不堪回首的深刻哀伤。

这里隐含着多重对比。一重是失宠者与新承宠者的对比。一重是失宠者过去“複道奉恩”的欢乐和目前寂处冷宫的凄凉的对比；还有一重，则是新承宠者的现在和她将来可能遇到的厄运之间的对比。新承宠者今天正在重演自己的过去，焉知将来又不重演自己的今天呢？这一层意思，隐藏得比较深，但却可以意会。这重重对比映衬，把失宠宫嫔在目睹西宫夜饮的灯光火影时内心的复杂感情表现得极为细腻深刻，确实称得上是“深情幽怨，意旨微茫，令人测之无端，玩之无尽”（清代沈德潜《唐诗别裁集》），但却让人感到并未刻意雕琢，着力刻画。诗人似乎只是把女主人公此刻所看到、所自然联想到的情景轻轻和盘托出，只用“知”和“分明”这两个词语略略透露一点内心活动的消息，其余的一切全部蕴含在浑融的诗歌意境中让读者自己去玩索、体味。

## 【青楼曲二首】（其一）

**白马金鞍[1]随武皇，旌旗十万宿长杨[2]。**
**楼头少妇鸣筝坐，遥见飞尘[3]入建章[4]。**

**【注释】**

①白马金鞍：指皇帝身边的将军。②长杨：汉代行宫名，为皇帝的游乐场所。故址在今陕西周至县东南。③飞尘：游猎车马荡起的灰尘。④建章：指建章宫，汉武帝建造，在西汉都城长安的近郊。

**【鉴赏】**

本诗向人们展现了一幅大唐国力强盛的画面。

前两句描述的场景是：白马金鞍上的将军正率领着千军万马，在长安大道上前进，渐行渐远，最后只留下马后扬起的一线飞尘；紧接着两句展现的场景是长安大道旁的一角青楼，楼上的少妇正在弹筝，那优美的筝声并没有因楼外的热烈场景而中断，好像这一切早就在她意料之中。

诗人是怎样把两个不同的场景剪接在一个画面上的呢？这就是通过楼头少妇的神态，将长安大道上的壮丽场景，从她的眼神中反映出来。表面上她好像无动于衷，实际上却抑制不住内心的欣羡，于是就情不自禁地一路目送那马上将军和他身后的队伍，直到飞尘滚滚，人影全无，还没有收回她的视线。“楼头少妇鸣筝坐，遥见飞尘入建章。”我们仿佛还听到从她筝弦上流出的愉快的乐声。

长杨是西汉皇家射猎、校武的大苑，建章宫是汉武帝建造的，都在西汉都城长安的近郊。盛唐诗人惯以汉武帝比唐玄宗，此诗也如此。诗人是借用汉武帝时期的历史画卷反映盛唐时期的现实面貌。

诗里还映现了唐代都城长安的一片和平景象。不言而喻，这支强大的军队维护了人民和平美好的生活。从楼头少妇的眼中也反映出当时社会的尚武风气。唐代前期，汲取了西晋以来长期分裂的痛苦教训，整军经武，保持了国家的统一与强盛。

## 【闺怨】

**闺中少妇不曾①愁，春日凝妆②上翠楼。**
**忽见陌头杨柳色，悔教夫婿觅封侯。**

**【注释】**

①不曾：刘永济《唐人绝句精华》注：“不曾”一本作“不知”。作“不曾”与凝妆上楼，忽见春光，顿觉孤寂，因而起懊悔之意，相贯而有力。②凝妆：盛妆。

**【鉴赏】**

本诗展现了青年妇女后悔让自己的丈夫去从军远征追求封侯，从而使得自己独守空房。

题称“闺怨”，一开头却说“闺中少妇不曾愁”，似乎故意违反题意。其实，作者这样写正是为了表现这位闺中少妇从“不曾愁”到“悔”的心理变化过程。丈夫从军远征，离别经年，照说应该有愁。之所以“不曾愁”，除了这位女主人公正当青春年少，还没有经历多少生活波折，和家境比较优裕（从下句“凝妆上翠楼”可以看出）之外，根本原因还在于那个时代的风气。

唐代前期国力强盛，从军远征，立功边塞，成为当时人们“觅封侯”的一条重要途径。在这种时代风尚影响下，“觅封侯”者和他们的“闺中少妇”对这条生活道路是充满了浪漫主义幻想的。从尾句“悔教”二字看，这位少妇当初甚至还可能对她夫婿“觅封侯”的行动起过一点推波助澜的作用。一个对生活、对前途充满乐观展望的少妇，在一段时间内“不曾愁”是完全合乎情理的。

这首诗有两个曲折：

第一个曲折是第三句与第四句的关系。为什么她看到陌头柳色，就后悔不该让丈夫远行？这是因为柳色青青，表示春意浓厚，孤独的妇女，为春意所感动，迫切需要爱人在身边。觅封侯是没有把握的事情，而孤独无伴却是当前忍受不了的生活。她这时才觉悟到：牺牲青春的爱情，去追求无把握的富贵，完全是错误的。

第二个曲折是前两句和后两句的关系。这里，关键全在“忽见”二字。虽然在春天，她原先并没有什么感伤，照样打扮齐整，高高兴兴地上楼去望远景。这是她“忽见”以前的情况。“忽见”以后，情况大变，从“不知愁”剧变而为悔恨。四句诗刻画了一个出征军人妻子的心理过程。

## 【送魏二】

**醉别江楼橘柚香，江风引雨入舟凉。**
**忆君遥在潇湘①月，愁听清猿②梦里长。**

**【注释】**

①潇湘：水名，在今湖南省。湘水源出广西兴安县，至湖南零陵县西部与潇水汇合，称为潇湘。②清猿：凄清的猿猴啼叫声。

**【鉴赏】**

首句通过叙事写景来表达作者与朋友的依依惜别之情。送别魏二是在一个清秋的日子（从“橘柚香”见出）。饯宴设在靠江的高楼上，空中飘散着橘柚的香气，环境幽雅，气氛温馨。

次句字面上只说风雨入舟，却兼写出行人入舟；逼人的“凉”意，虽是身体的感觉，却也双关着心理的感受。“引”字与“入”字呼应，有不疾不徐，飒然而至之感，善状秋风秋雨特点。此句寓情于景，句法字法运用皆妙，耐人涵咏。

从后两句来看，诗人为行人虚构了一个境界：在不久的将来，朋友夜泊在潇湘之上，那时风散雨收，一轮孤月高照，环境如此凄清，行人恐难成眠吧。即使他暂时入梦，两岸猿啼也会一声声闯入梦境，令他睡不安恬，因而在梦中也摆不脱愁绪。诗人从视（月光）听（猿声）两个方面刻画出一个典型的旅夜孤寂的环境。月夜泊舟已是幻景，梦中听猿，更是幻中有幻。所以诗境颇具几分朦胧美，有助于表现惆怅别情。末句的“长”字状猿声相当形象，使人想起《水经注·三峡》关于猿声的描写：“常有高猿长啸，属引凄异，空谷传响，哀转久绝。”“长”字作韵脚用在此诗之末，更有余韵不绝之感。

诗的前半写实景，后半乃虚拟。它借助想象，扩大意境，深化主题。通过造境，在艺术构思上是颇有特色的。

## 【芙蓉楼①送辛渐②】

**寒雨③连江④夜入吴⑤，平明⑥送客楚山⑦孤⑧。**
**洛阳亲友如相问，一片冰心⑨在玉壶。**

**【注释】**

①芙蓉楼：原名西北楼，故址在今江苏镇江西北角，登临可俯瞰长江。②辛渐：王昌龄任江宁县丞时的诗友。③寒雨：寒冷的雨。④连江：满江。⑤吴：春秋时周朝的一个诸侯国，姬姓，位于今苏皖两省长江以南部分，后扩张到今苏皖两省全境及赣东北部地区。⑥平明：清晨。⑦楚山：古时吴、楚两地相接，镇江一带也称楚地，故其附近的山也可叫楚山。⑧孤：独自，孤单。⑨冰心：比喻内心的纯洁。

**【鉴赏】**

首句描绘了迷蒙的烟雨笼罩着吴地江天，织成了无边无际的愁网。夜雨增添了萧瑟的秋意，也渲染出离别的黯淡气氛。那寒意不仅弥漫在满江烟雨之中，更沁透在两个离人的心头。“连”字和“入”字写出雨势的平稳连绵，江雨悄然而来的动态能被人分明地感知，诗人因离情萦怀而一夜未眠的情景也自可想见。王昌龄却并不实写如何感知秋雨来临的细节，他只是将听觉、视觉和想象概括成连江入吴的雨势，以大片淡墨染出满纸烟雨，这就用浩大的气魄烘托了“平明送客楚山孤”的开阔意境。

次句为人们展现的画面是：清晨，天色已明，辛渐即将登舟北归。诗人遥望江北的远山，想到行人不久便将隐没在楚山之外，孤寂之感油然而生。在辽阔的江面上，进入诗人视野的当然不止是孤峙的楚山，浩荡的江水本来是最易引起别情似水的联想的，唐人由此而得到的名句也多得不可胜数。然而王昌龄没有将别愁寄予随友人远去的江水，却将离情凝注在矗立于苍莽平野的楚山之上。因为友人回到洛阳，即可与亲友相聚，而留在吴地的诗人，却只能像这孤零零的楚山，伫立在江畔，空望着流水逝去。一个“孤”字如同感情的引线，自然而然牵出了后两句临别叮咛之辞：“洛阳亲友如相问，一片冰心在玉壶”。

诗人在这里以晶莹透明的冰心玉壶自喻，正是基于他与洛阳诗友亲朋之间的真正了解和相互信任，这绝不是洗刷谗名的表白，而是蔑视谤议的自誉。因此诗人从清澈无瑕、澄空见底的玉壶中捧出一颗晶亮纯洁的冰心以告慰友人，这就比任何相思的言辞都更能表达他对洛阳亲友的深情。

本诗苍茫的江雨和孤峙的楚山，不仅烘托出诗人送别时的凄寒孤寂之情，更展现了诗人开朗的胸怀和坚强的性格。屹立在江天之中的孤山与冰心置于玉壶的比象之间又形成一种有意的照应，令人自然联想到诗人孤介傲岸、冰清玉洁的形象，使精巧的构思和深婉的用意融化在一片清空明澈的意境之中，所以浑然天成，不着痕迹，含蓄蕴藉，余韵无穷。

## 【送柴侍御[①]】

**流水通波接武冈[②]，送君不觉有离伤。**
**青山一道同云雨，明月何曾是两乡。**

**【注释】**

①这首诗是王昌龄被贬为龙标县尉时的作品。②武冈：今湖南武冈县。

**【鉴赏】**

本诗采用更加曲折、跌宕的抒情手法，将与友人的别离写得更有力、更具诗味。

首句点出了友人要去的地方，语调流畅而轻快。“流水”与“通波”蝉联而下，显得江河相连，道无艰阻，再加上一个“接”字，更给人一种两地比邻相近之感，这是为下一句作势。所以第二句便说“送君不觉有离伤”。“谁渭波澜才一水，已觉山川是两乡”（唐代王勃《秋江送别》），龙标、武冈虽然两地相“接”，但毕竟是隔山隔水的“两乡”。于是诗人再用两句申述其意，“青山一道同云雨，明月何曾是两乡”，笔法灵巧，一句肯定，一句反诘，反复致意，恳切感人。如果说诗的第一句意在表现两地相近，那么这两句更是云雨相同，“物因情变”，两地竟成了“一乡”。这种诗句，既富有浓郁的抒情韵味，又有它鲜明的个性。

本诗用丰富的想象去创造各种形象，以化“远”为“近”，使“两乡”为“一乡”。语意新颖，出人意料，然亦在情理之中，因为它蕴涵的正是人分两地、情同一心的深情厚谊。而这种情谊不就是别后相思的种子吗！所以这三、四两句，一面是对朋友的宽慰，另一面已将深挚不渝的友情和别后的思念，渗透在字里行间了。

从本诗中，我们可以感到诗人未必没有“离伤”，但是为了宽慰友人，也只有将它强压心底，不去触发、感染对方。更可能是对方已经表现出“离伤”之情，才使得工于用意、善于言情的诗人，不得不用那些离而不远、别而未分、既乐观开朗又深情婉转的语言，来减轻对方的离愁。这不是更体贴、更感人的友情吗？

# 高适

**【作者介绍】**

高适（700—765），边塞诗人。字达夫、仲武，沧州（今河北省景县）人，居住在宋中（今河南商丘一带）。少孤贫，爱交游，有游侠之风，并以建功立业自期。天宝八载（749），经睢阳太守张九皋推荐，应举中第，授封丘尉。天宝十一载（752），因不忍“鞭挞黎庶”和不甘“拜迎官长”而辞官，又一次到长安。次年入陇右、河西节度使哥舒翰幕，为掌书记。安史之乱后，曾任淮南节度使、彭州刺史、蜀州刺史、剑南节度使等职，官至渤海县侯。世称“高常侍”。永泰元年（765）卒，终年六十四岁，赠礼部尚书，谥号忠。

高适为唐代著名的边塞诗人，与岑参并称“高岑”。其作品笔力雄健，气势奔放，洋溢着盛唐时期所特有的奋发进取、蓬勃向上的时代精神。早年曾游历长安，后到过蓟门、卢龙一带，寻求进身之路，都没有成功。在此前后，曾在宋中居住，与李白、杜甫结交。其诗直抒胸臆，不尚雕饰，以七言歌行最富特色，大多写边塞生活。有《高常侍集》传世。

## 【燕歌行】

**汉家烟尘[①]在东北，汉将辞家破残贼。**
**男儿本自重横行[②]，天子非常赐颜色[③]。**
**摐[④]金伐鼓下榆关，旌旆[⑤]逶迤碣石间。**
**校尉[⑥]羽书飞瀚海，单于[⑦]猎火照狼山。**
**山川萧条极[⑧]边土，胡骑凭陵[⑨]杂风雨。**
**战士军前半死生，美人帐下犹歌舞。**
**大漠穷秋塞草腓[⑩]，孤城落日斗兵稀[⑪]。**
**身当恩遇恒轻敌，力尽关山未解围。**
**铁衣远戍辛勤久，玉箸[⑫]应啼别离后。**

少妇城南欲断肠，征人蓟北空回首。
边庭飘飖那可度⑬，绝域苍茫更何有。
杀气三时作阵云⑭，寒声一夜传刁斗。
相看白刃血纷纷，死节⑮从来岂顾勋。
君不见沙场征战苦，至今犹忆李将军。

【注释】

①烟尘：代指战争。②横行：任意驰走，无所阻挡。③非常赐颜色：超过平常的厚赐礼遇。④摐：敲击。⑤旌旆：旌是竿头饰羽的旗；旆是末端状如燕尾的旗。这里都是泛指各种旗帜。⑥校尉：次于将军的武官。⑦单于：匈奴首领的称号，也泛指北方少数民族首领。⑧极：到……的尽头。⑨凭陵：仗势侵凌。⑩腓：指枯萎。⑪斗兵稀：作战的士兵越来越少了。⑫玉箸：比喻思妇的眼泪。⑬度：越过相隔的路程，回归。⑭阵云：战场上象征杀气的云。⑮死节：指为国捐躯。

【鉴赏】

《燕歌行》不仅是高适的“第一大篇”，而且是整个唐代边塞诗中的杰作，千古传诵。

诗的主旨是谴责在皇帝鼓励下的将领因骄傲轻敌，荒淫失职，造成战争失败，使广大兵士受到极大的痛苦和牺牲。诗人写的是边塞战争，但重点不在于民族矛盾，而是同情广大兵士，讽刺和愤恨不恤兵士的将军。

全诗以浓缩的笔墨，写了一个战役的全过程：第一段八句写出师，第二段八句写战败，第三段八句写被围，第四段四句写死斗的结局。各段之间，脉理绵密。

诗的发端两句便指明了战争的方位和性质，有感而发。“男儿本自重横行，天子非常赐颜色”，貌似欲扬汉将去国时的威武荣耀，实则已隐含讥讽，预伏下文。这“横行”的由来，就意味着恃勇轻敌。紧接着描写行军：“摐金伐鼓下榆关，旌旆逶迤碣石间。”透过这金鼓震天、大摇大摆前进的场面，可以揣知将军临战前不可一世的骄态，也为下文反衬。战端一启，“校尉羽书飞瀚海”，一个“飞”字警告了军情危急：“单于猎火照狼山”，犹如“看明王宵猎，骑火一川明，笳鼓悲鸣，遣人惊！”（南宋张孝祥《六州歌头》）不意“残贼”乃有如此威势。从辞家去国到榆关、碣石，更到瀚海、狼山，八句诗概括了出征的历程，逐步推进，气氛也从宽缓渐入紧张。

第二段写战斗危急而失利。落笔便是“山川萧条极边土”，展现开阔而无险可凭的地带，带出一片肃杀的气氛。“胡骑”迅急剽悍，像狂风暴雨卷地而来。汉军奋力迎敌，杀得昏天黑地，不辨死生。然而，就在此时此刻，那些将军们却远离阵地寻欢作乐：“美人帐下犹歌舞”，这样残酷的事实对比，有力地揭露了汉军中将军和兵士的矛盾，暗示了必败的原因。所以紧接着就写力竭兵稀，重围难解，孤城落日，衰草连天，有着鲜明的边塞特点的阴惨景色，烘托出残兵败卒心境的凄凉。“身当恩遇恒轻敌，力尽关山未解围”，回应上文，汉将“横行”的豪气业已灰飞烟灭，他们的罪责也确定无疑了。

第三段写士兵的痛苦，实际是对汉将更深的谴责。应该看到，这里并不是游离于战争进程外的泛写，而是处在被围困的险境中的士兵心情的写照。“铁衣远戍辛勤久”以下三联，一句征夫，一句征夫悬念中的思妇，错综相对，离别之苦逐步加深。城南少妇，日夜悲愁，但是“边庭飘飖那可度”，蓟北征人徒然回首，毕竟“绝域苍茫更何有”，相去万里，永无见期，“人生到此，天道宁论”！更那堪白天所见，只是“杀气三时作阵云”；晚上所闻，唯有“寒声一夜传刁斗”，如此危急的绝境，真是死在眉睫之间，使人不由想到：把他们推到这绝境的究竟是谁呢？这是深化主题的不可缺少的一段。

最后四句总束全篇，淋漓悲壮，感慨无穷。“相看白刃血纷纷，死节从来岂顾勋”，最后士兵们与敌人短兵相接，浴血奋战，那种视死如归的精神，岂是为了取得个人的功勋！他们是何等质朴、善良，何等勇敢，然而又是何等可悲啊！

全诗气势畅达，笔力矫健，经过惨淡经营而至于浑化无迹。气氛悲壮淋漓，主旨深刻含蓄。

## 【人日[①]寄杜二拾遗[②]】

**人日题诗寄草堂[③]，遥怜故人思故乡。**
**柳条弄色不忍见，梅花满枝空断肠。**
**身在远藩[④]无所预，心怀百忧复千虑。**
**今年人日空相忆，明年人日知何处。**

一卧东山三十春，岂知书剑老风尘。
龙钟还忝⑤二千石⑥，愧尔东西南北人。

【注释】

①人日：汉族传统节日，时在农历正月初七。②杜二拾遗：即大诗人杜甫。③草堂：草庐；常指隐者所居的简陋茅屋。④远藩：古时的蜀地，今成都。⑤忝：谦辞，表示辱没他人，自己有愧。⑥二千石：汉太守官俸为二千石，故此为代称。

【鉴赏】

本诗通过将个人的命运与国家的际遇结合起来，意蕴深远。

起句便单刀直入点题。“遥怜故人思故乡”，“遥怜”的“怜”，正是表示二人感情的字眼，通篇都围绕这“怜”字生发展开。“思故乡”，既是从自己说，也是从杜甫说，满目疮痍的中原，同是他们的故乡。紧接着“柳条弄色不忍见，梅花满枝空断肠”，便是这思乡情绪的具体形容。春天到时，柳叶萌芽，梅花盛开，应该是令人愉悦的，但在漂泊异地的游子心中，总是容易撩动乡愁，而使人“不忍见”，一见就“断肠”，感情不能自已。

中间四句是诗意的拓展和深化，有不平，有忧郁，又有如大海行舟随波漂转不能自主的渺茫与怅惘，感情是复杂的。换用仄声韵，正与内容十分协调。“身在远藩无所预，心怀百忧复千虑。”“预”是参与朝政之意。当时国家多难，干戈未息，以高适的文才武略，本应参与朝廷大政，建树功业，可是偏偏远离京国，身在远藩。尽管如此，诗人的爱国热忱却未衰减，面对动荡不已的时局，自然是“心怀百忧复千虑”了。当时，不仅安史叛军在中原还很猖獗，即就蜀中局势而言，也并不平静，此诗写后的两三个月，便发生了梓州刺史段子璋的叛乱。这“百忧千虑”，也正是时局艰难的反映。“今年人日空相忆，明年人日知何处”，这个意思正承百忧千虑而来，身当乱世，作客他乡，今年此时，已是相思不见，明年又在何处，哪能预料呢？此忧之深、虑之远，更说明有志难酬。深沉的感喟中，隐藏了内心多少的哀痛！

诗人早年曾隐身“渔樵”，生活虽困顿，却也闲散自适，哪会知道今天竟辜负了随身的书剑，老于宦途风尘之中呢？“龙钟还忝二千石，愧尔东西南北人”，这是说自己老迈疲癃之身，辱居刺史之位，国家多事而无所作为，内心有愧于漂泊流离的友人。这“愧”的内涵是丰富的，它蕴含着自己匡时无计的孤愤和对友人处境深挚的关切。这种“愧”，更见得两人交谊之厚，相知之深。这首诗，没有华丽夺目的词藻，也没有刻意雕琢的警句，有的只是淳朴自然的语言，发自肺腑的真情流贯全篇。那抑扬变化的音调，很好地传达了起伏跌宕的感情。

## 【封丘作[1]】

**我本渔樵孟诸[2]野，一生自是悠悠者。**
**乍可狂歌草泽中，宁堪作吏风尘下？**
**只言小邑无所为，公门百事皆有期。**
**拜迎长官心欲碎，鞭挞黎庶令人悲。**
**归来向家问妻子，举家尽笑今如此。**
**生事应须南亩田，世情尽付东流水。**
**梦想旧山安在哉，为衔君命日迟回。**
**乃知梅福[3]徒为尔，转忆陶潜归去来。**

**【注释】**

①封丘作：本诗系诗人任封丘县尉所作。②孟诸：古代沼泽名，故址在今河南商丘东北。③梅福：西汉末隐者。

**【鉴赏】**

本诗写出了诗人任职期间在履行奉上欺下活动时内心的痛苦与矛盾，从侧面反映了安史之乱前夕阶级矛盾的日益激化。

开头四句的意思是：我原本在孟诸的乡野间以捕鱼打柴为生，一辈子安闲自得、无所牵挂，怎能够混迹于纷扰的世事之中，去充任一名向老百姓催租逼赋的酷吏呢？诗人首先追溯自己的身世经历，继而表明自己所希冀的生活理想。“乍可”“宁堪”的转折句式，表达了诗人对“作吏”后的失望心情。开头四句高亢激越，这是压抑已久的感情的迸发。县尉只不过是九品卑微之职，主管的无非是捕盗贼、察奸宄一类差使。对一个抱负不凡的才志之士来说，怎甘堕落风尘，做个卑微的小吏呢！他不由怀念起当年在孟诸（古泽薮名，故址在今河南商丘县东北，这里泛指梁宋一带）混迹渔樵，自由自在的生活。“乍可”“宁堪”相对，突出表现了诗人醒悟追悔和愤激不平的心情。不需要烦琐的描绘，一个忧愤满怀的诗人形象便突兀地站立在读者面前了。

“归来向家问妻子，举家尽笑今如此。生事应须南亩田，世情尽付东流水”，这四句写家人责备诗人愚笨、不通吏道的话，映照出世俗人们那麻木不仁的心理，并反衬出诗人心灵的纯真美好。诗人的痛苦在外不能倾诉，只好说给妻子儿女听，反而受到他们的耻笑，说现在的世事就是这样，我们要维持生计，有田要靠种田，无田可种只能进入公门，办事不要太认真了。这些话反映了封建吏治下人们心灵的自私和麻木，从这里我们可以看出诗人正直、纯朴的心灵，也可以看出诗人无力回天、无可奈何的心情。正是因为如此，使诗人感到消沉，避世、退隐之心悄然而生。

“梦想旧山安在哉，为衔君命日迟回。乃知梅福徒为尔，转忆陶潜归去来”，这四句是说：诗人梦想回到故乡去躬耕“南亩田”却又无地可耕，况且自己又受命于皇上，这种矛盾的心情久久地纠缠着诗人。

抚今追昔，突然，诗人彻悟了西汉末年梅福弃官的原因，想到东晋时“不为五斗米折腰”的陶渊明，他的《归去来辞》立刻又萦绕在耳畔。这里，诗人写出了忠君和退隐的矛盾与痛苦，含蓄地暗示了自己解脱矛盾的途径只有效仿前贤梅福、陶渊明。后来，高适果然弃封丘尉而去，转到河西节度使哥舒翰的幕下，但自此，他就平步青云，官运亨通。效仿前贤梅、陶的誓言，也就“尽付东流水”了。

这首诗歌感情真挚，刻画细腻，语言朴实，抒情具有内在的逻辑性，能够做到步步深入，层层展开，完整地塑造了心地善良、人格高尚的抒情主人公形象。“拜迎官长心欲碎”，揭示了诗人不愿摧眉折腰事权贵的品格；“鞭挞黎庶令人悲”表现了诗人不忍心欺下的善良；“归来向家问妻子”几句，侧面描绘了诗人不谙吏道、求真向善的纯真心灵；“梦想”“为衔”二句，表现了诗人选择退隐与忠于君命时心情之矛盾。

此外，这首诗结尾含蓄，扩大了诗歌的容量。诗以“乃知梅福徒为尔，转忆陶潜归去来”结束，既能使人想到西汉末年和东晋时期政治的腐败、社会的黑暗，从而与现实紧密联系，又能令人想到梅、陶人格的高洁；既有历史的广度，又有现实的深度，耐人寻味。

## 【送李侍御赴安西[1]】

**行子对飞蓬，金鞭指铁骢[2]。**
**功名万里外，心事一杯中。**
**虏障[3]燕支北，秦城太白东[4]。**
**离魂[5]莫愁怅，看取宝刀雄[6]。**

**【注释】**

①安西：是指安西都护府，治所在今新疆维吾尔自治区库车县。②骢：指黑色的骏马。③虏障：指防御工事。④太白东：具体指秦岭太白峰以东的长安。⑤离魂：指离别时的心情。⑥宝刀雄：指在边地作战建立军功的雄心壮志。

**【鉴赏】**

这首诗体现了这位盛唐大诗人的卓越诗风。

高适所送别的李侍御生平无考。“侍御”，官名，唐代为殿中侍御史或监察御史的俗称，专司纠察非法，也可出使州郡执行指定任务。“安西”，唐代的安西都护府，治所在今新疆维吾尔自治区库车县。

开篇揭题，直言对方即将乘战马离“我”远去。用语干脆利落，顿显爽健气魄。“行子”即出行的人，指李侍御。“飞蓬”，被秋风吹散而飘转不定的蓬草，古诗中常用以比喻游子，此处借以暗喻作者自己，因为高适常“客梁、宋间”而行踪不定，此时只是暂寓京城。说双方都是浪迹异乡的“行子”，显然含有劝慰对方之意。

颔联赞赏对方为建功立业而远途勇征的雄豪气概。诗境呈现出宾主临别时举杯畅饮、促膝谈心的亲热场景。作者与“行子”意气相投，都有共同的远大抱负。在作者衷心祝愿“行子”于万里之外取得事业成功的时候，既表达了他对朋友的赤诚之情，又显示了诗人自己的壮伟气度。涵韵俊激，对仗精工，遂使本联成为上好的警句。

颈联是上面两联的伸展，形象化描绘客主双方的地理环境。“行子”要去“燕支”以北更为遥远的“虏障”地带，而作者则在这“太白”山（秦岭高峰）以东的“秦城”（国都长安）。这就从山高路迥的地域上突出了这次送别的珍重情意，也强化了对方远奔“万里”以求“功名”的深广意蕴，同时为尾联向对方劝勉、激励而铺垫。“虏障”，即遮虏障，边境险要处为防捍寇掠而设的小城。这里指居延塞，是汉代李陵与匈奴作战的著名史迹，在今甘肃省额济纳旗东南。“燕支”山更有汉代霍去病讨伐匈奴大获全胜的光荣记载。诗篇标举这些地名，不仅昭示了“安西”的遥远，而且寓含着为国立功、早日凯旋的丰厚内涵，值得人们细加品味。

尾联的“离魂”即离情别绪。本来，悠远荒凉的大西北十分苦寒、孤寂，“春风不度玉门关”（唐代王之涣《凉州词》）曾使人凄然神伤。所以，诗人这里就特别强调不要因离别而失意悲伤，应当振作精神去开创业绩：好友啊，相信你一定会让宝刀充分发挥威力以实现自己安靖边疆、卓建功业的雄心壮志！

## 【营州[1]歌】

**营州少年厌[2]原野，狐裘蒙茸[3]猎城下。**
**虏酒千钟不醉人，胡儿[4]十岁能骑马。**

**【注释】**

①营州：是指唐代东北边塞，治所在今辽宁朝阳。②厌：同“餍”，饱。这里作饱经、习惯于之意。③蒙茸：蓬松杂乱的样子。④胡儿：少数民族的孩子。

**【鉴赏】**

唐代东北边塞营州（治所在今辽宁朝阳），原野丛林，水草丰盛，各族杂居，主要以牧猎为生，习尚崇武，风俗犷放。高适这首绝句有似风情速写，富有边塞生活情趣。

诗写营州地区少年的尚武精神及其豪迈气概。诗人采取即景手法，似身临其境，目之所见：少年纵马驰骋，往来于广袤的土地上。这里首句是说安于原野生活。既表现出对家乡土地的热爱，也隐示其性格趋向。一个“厌”字见其用字之妙。

次句对“少年”作具体描述，写的是他们的打猎生活。描写少年人的裘皮衣随风吹马跑而翻卷飘扬，显出纷乱状态，表现一派奔腾活跃的气势。让人不禁联想到苏东坡密州出猎时“锦帽貂裘，千骑卷平冈”以及“弄风骄马跑空立”那样一番景象，这里实际是说猎者奔驰于营州广阔的山川原野上。

猎后饮酒，是人们生活中的“必修课”，诗词中亦多如此写。但他在“酒”前加了一个“虏”字，这个字本义是对敌方的蔑称。但与“酒”字成辞，特有一种亲切之意。因为他们饮的是家乡酒，或许就是自制的酒。“千钟不醉”，表面看因酒味淡薄，但这里应是称赏人的纵饮豪放。最后再为营州少年添上一笔浓彩：“胡儿十岁能骑马”！这既与首两句呼应，从小过惯马背生活，更见其矫健勇武，虽“年少”而骑马习武已非一日了！

诗人善于抓住生活现象的本质和特征，并能准确而简练地表现出来，使诗中洋溢着生活气息和浓郁的边塞情调。在唐人边塞诗中，这样热情赞美各族人民生活习尚的作品，实在不多，因而这首绝句显得可贵。

## 【别董大①二首】（其一）

**千里黄云白日曛②，北风吹雁雪纷纷。**
**莫愁前路无知己，天下谁人不识君。**

**【注释】**

①董大：唐玄宗时代著名的音乐家董庭兰，他排行老大，故曰董大。②曛：日色昏黄。

**【鉴赏】**

本诗是一首慷慨悲歌、出自肺腑的诗作，以它的真诚情谊，坚强信念，为灞桥柳色与渭城风雨涂上了另一种豪放健美的色彩。

开篇云“千里黄云”，是由于北风劲吹，掀起地上的黄沙，弥漫天空，因此云也似乎变成了黄色。首句看似景色凄惨，天昏地暗，但另一面也透视出气象雄浑，风光奇峭，尤其“白日曛”三字，给“千里黄云”的辽阔浑茫画面，增加了奇情壮采。虽较“路转青山合，峰回白日曛”，仍有些黯淡，但恍如“甲光向日金鳞开”（唐代李贺《雁门太守行》）于云隙中射出来的日光，会给人以悲而壮的感觉。这句直译是：因千里黄云而白日昏暗。亦可译为：天空满布黄云，白日西沉。前两句虽写景，但仍是景中有情，以情写景，于寥落的场景和粗犷的笔势中，透露出绵绵悠远的情致。

诗的第三句一转，境界大开。“前路”，指前方的道路，即董庭兰一路经行之地。其当时名闻公卿，出入朝中大臣之门，尤受房的宠信。正因此，作者说“莫愁”，即前方的路上都会遇到知音，受到款待。而最后一收，力重千钧，“天下谁人不识君”语壮气雄，声势宏阔，前两句那种荒寒景象，一扫而去，表现出诗人的开朗胸怀。

这首诗意境高远，前两句绘雄阔苍茫之景，寓情于景，真挚深沉。后两句抒发慷慨之情，突出了董庭兰交游之广，隐含琴艺高超。他的乐音感动鬼神，得心应手地表现出百鸟、浮云、阴晴各种意象后，其所弹哀怨之声，如蔡文姬归汉时与所生“胡儿”的诀别情状；又仿佛汉朝乌孙公主之思故乡，唐文成、金城二公主之怨沙尘。从某种意义上说，本诗的后两句即含有李颀诗中所言之意，只不过高适的诗十分概括、凝练而且几乎不作任何描绘而已。

## 【听张立本女吟】

**危冠广袖楚宫妆①，独步闲庭②逐夜凉。**

**自把玉钗敲砌竹，清歌一曲③月如霜。**

**【注释】**

①危冠广袖楚宫妆：是一种高冠宽袖窄腰的南方贵族女装。②闲庭：反衬出少女的悠然神情。③清歌一曲：指张立本女吟之诗。

**【鉴赏】**

诗的内容似无深意，却创造了一种清雅空灵的意境。暗蓝色的天幕上一轮秋月高悬，凉爽的闲庭中幽篁依阶低吟。清冷的吟诗声和着玉钗敲竹的节拍，飘荡在寂静的夜空，在冰冷如霜的月光下勾勒出一个峨冠广袖的少女身影。意境是情与景的融合。

在这首诗里，景色全由人物情态写出，而人物意趣又借极简练的几笔景物点缀得到深化。由情见景，情景相生，是形成此诗佳境的显著特点。“危冠广袖楚宫妆”是一种高冠宽袖窄腰的南方贵族女装，这身典雅的装束令人清楚地想见少女亭亭玉立的风姿；从“独步”可见庭院的空寂幽静和她清高脱俗的雅趣，而“闲庭”又反衬出少女漫步低吟的悠然神情。“逐夜凉”则借其纳凉的闲逸烘染了秋爽宜人的夜色。夜静启开了少女的慧心，秋凉催发了少女的诗思。她情不自禁地从发髻上拔下玉钗，敲着阶沿下的修竹，打着拍子，朗声吟唱起来。以钗击节大约是唐宋人歌吟的习惯，晏几道《浣溪沙》词有“欲歌先倚黛眉长，曲终敲损燕钗梁”句，写的是一位歌女在“遏云声里送离觞”的情景，也颇妩媚。高适此诗中的少女，孤芳自赏，信手击竹，对月自吟，那种心声和天籁的自然合拍似更觉曼妙动听。诗题为“听张立本女吟”，故“清歌一曲”实是吟诗一首。古诗本来能吟能唱，此处直题“清歌”二字，可见少女的长吟听来必如清朗的歌声般圆转悦耳。前三句不写月色，直到一曲吟罢，方点出“月如霜”三字，不但为开拓诗的意境添上了最精彩的一笔，也渲染了少女吟诗的音乐效果。

诗人以满目如霜的月色来烘托四周的沉寂，使“霜”字与“夜凉”相应，并以此透露少女吟罢后心境的清冷和吟声给听者带来的莫名惆怅，从而在结尾形成“此时无声胜有声”的境界，留下了无穷的韵味。抒情的画意美和画面的抒情美融为一体，是盛唐许多名篇的共同特点。这首诗写女子而洗尽脂粉香艳气息，更觉神清音婉，兴会深长，超尘拔俗，天然淡雅，在盛唐诗中也是不可多得的佳作。

# 王维

**【作者介绍】**

王维（701—761），字摩诘，人称“诗佛”，名字合之为维摩诘（佛经中有《维摩诘经》，维摩诘为佛家著名在家菩萨）。王维生前，人们就认为他是“当代诗匠，又精禅上理”，死后更是得到了“诗佛”的称号。王维是盛唐时期的著名诗人，安史之乱时被迫投敌，但仍心系唐廷，从其所著《菩提寺私成口号》可窥见当时心境。后官至尚书右丞，崇信佛教，晚年居于蓝田辋川别墅。王维是唐代山水田园派的代表之一，与孟浩然并称“王孟”，因曾任尚书右丞，世称“王右丞”。王维在诗歌上的成就是多方面的，无论律诗还是绝句都有流传的佳篇。他的诗句被苏轼称为“味摩诘之诗，诗中有画，画中有诗”。他确实在描写自然景物方面，有独到的造诣。无论是名山大川的壮丽宏伟，还是边疆关塞的壮阔荒寒或是小桥流水的恬静，都能准确、精练地塑造出完美无比的鲜活形象，着墨无多，意境高远，诗情与画意完全融合成为一个整体。

## 【陇头[1]吟】

**长安少年游侠客，夜上戍楼看太白[2]。**
**陇头明月迥临关，陇上行人夜吹笛。**
**关西老将不胜愁，驻马听之双泪流。**
**身经大小百余战，麾下偏裨万户侯。**
**苏武才为典属国[3]，节旄落尽海西头。**

**【注释】**

①陇头：是指陇山一带，大致在今天陕西陇县到甘肃清水县一带。②太白：即金星。古人认为太白掌管着兵相，可以预测战事。③典属国：是指汉代掌管藩属国事务的官职。

【鉴赏】

这是王维用乐府旧题写的一首边塞诗，题目一作《边情》。

开头两句，先写一位充满游侠豪气的长安少年夜登戍楼观察“太白”（金星）的星象，表现了他渴望建立边功、跃跃欲试的壮志豪情。起句很有气势。

接下来描写凄清的月夜，荒凉的边塞，在这里服役的“陇上行人”正在用呜咽的笛声寄托自己的愁思。如果说，长安少年头脑里装的是幻想；那么，陇上行人亲自经受的便是现实，两者的差别何等悬殊！写到这里，作者的笔锋又一转，由吹笛的陇上行人，引出了听笛的关西老将。承转也颇顿挫有力。这位关西老将“身经大小百余战”，曾建立过累累军功，这不正是长安少年所追求的目标吗？然而老将立功之后又如何呢？部下的偏裨副将，有的已成了万户侯，而他却沉沦边塞。关西老将闻笛驻马而不禁泪流，这当中包含了多少辛酸苦辣。这四句，是全诗的重点，写得悲怆郁愤。关西老将为什么会有如此遭遇呢？诗中虽未明言，但最后引用了苏武的典故，是颇含深意的。苏武出使匈奴被留，在北海边上持节牧羊十九年，以致符节上的旄缨都落尽了，如此尽忠于朝廷，报效于国家，回来以后，也只不过做了个典属国，未封侯。表面看来，这似乎是安慰关西老将的话，但实际上，以苏武与关西老将类比，恰恰说明了关西老将的遭遇不是偶然的、个别的。功大赏小，功小赏大，朝廷不公，古来如此。这就深化了诗的主题，赋予了它更广泛的社会意义。

清人方东树推崇这首诗说：“起势翩然，关西句转收，浑脱沈转，有远势，有厚气，此短篇之极则。”（《昭昧詹言》）在十句诗中，作者把长安少年、陇上行人、关西老将这三种类型的人物，戍楼看星、月夜吹笛、驻马流泪这三个不同的生活场景，巧妙地集中在一起，自然而然地形成了鲜明的对照。这就很容易使人联想到：今日的长安少年，安知不是明日的陇上行人，后日的关西老将？而今日的关西老将，又安知不是昨日的陇上行人，前日的长安少年？诗的主旨是发人深省的。

## 【老将行】

**少年十五二十时，步行夺得胡马骑。**
**射杀山中白额虎，肯数[①]邺下黄须儿[②]。**
**一身转战三千里，一剑曾当百万师。**

汉兵奋迅如霹雳[3]，虏骑奔腾畏蒺藜[4]。
卫青[5]不败由天幸，李广无功缘数奇[6]。
自从弃置[7]便衰朽，世事蹉跎[8]成白首。
昔时飞箭无全目[9]，今日垂杨生左肘[10]。
路旁时卖故侯瓜[11]，门前学种先生柳[12]。
苍茫古木连穷巷[13]，寥落寒山对虚牖[14]。
誓令疏勒[15]出飞泉[16]，不似颍川[17]空使酒。
贺兰山[18]下阵如云，羽檄[19]交驰日夕闻。
节使三河募年少，诏书五道出将军。
试拂铁衣如雪色，聊持宝剑动星文。
愿得燕弓射天将，耻令越甲鸣吾君。
莫嫌旧日云中守，犹堪一战取功勋。

【注释】

①肯数：岂可只推。②邺下黄须儿：指曹彰，曹操第两子，须黄色，性刚猛，曾亲征乌丸，颇为曹操爱重，曾持彰须曰："黄须儿竟大奇也。"这句意为，岂可只算黄须儿才是英雄。邺下，地名，都邺（今河北临漳县西）。③霹雳：疾雷。④蒺藜：本是有三角刺的植物，这里指铁蒺藜，战地所用障碍物。⑤卫青：汉代名将，汉武帝皇后卫子夫之弟，以征伐匈奴官至大将军。⑥数奇：命运不好。⑦弃置：丢在一旁。⑧蹉跎：光阴虚度。⑨飞箭无全目：指射艺之精，能使飞雀双目不全。⑩垂杨生左肘：指双臂如生疡瘤。典出《庄子·至乐》。⑪故侯瓜：召平，本秦东陵侯，秦亡为平民，贫，种瓜长安城东，瓜味甘美。⑫先生柳：晋陶渊明弃官归隐，自号"五柳先生"。⑬穷巷：深巷。⑭虚牖：空寂的窗。⑮疏勒：指汉疏勒城。⑯飞泉：喷出的泉水。相传后汉耿恭与匈奴作战时曾被断水源，耿恭穿井后又祈祷，泉水喷涌而出。⑰颍川：指汉朝颍川郡人灌夫。⑱贺兰山：在今宁夏中部，唐代常为战地。⑲羽檄：紧急军书，上插鸟羽，以示加速。

【鉴赏】

全诗大量使用典故，采用铺叙的方法，塑造了一个一心为国，英勇善战的老将军形象。他年轻时英勇无比，无端被弃也没有消沉，仍然心系国事。当战事再次爆发，他不计前嫌，披挂上阵，为国立功。本诗结构严谨，语言感人。

本诗开头写的是老将青壮年时代的战功和不公正的遭遇。先说他年少时就有李广将军的大智大勇。曾徒步夺得敌人战马，轻引强弓射杀过山林中最凶猛的“白额虎”。“肯数邺下黄须儿”是改用了曹彰的故事，写老将不仅智勇过人，而且有突出的武将美德，不争名不求利，面对不公，丝毫未动摇其报国之志。诗人借用这两个典故，描绘老将的智勇才德。接下去，以“一身转战三千里”，见其征战劳苦；“一剑曾当百万师”，见其功勋卓著；“汉兵奋迅如霹雳”，见其用兵神速，如迅雷之势；“虏骑奔腾畏蒺藜”见其巧布铁蒺藜阵，克敌制胜。但这样难得的良将，却无寸功之赏，所以诗人又借用历史故事抒发自己的感慨。

接下来主要写老将被遗弃后的处境寂寥，生活的贫寒清苦并没改变其杀敌报国的一片丹心。“自从弃置便衰朽，世事蹉跎成白首”是写老将被弃后从外表到内心的变化：心情一直不佳，世路不平，头发都白了。“昔时飞箭无双目，今日垂扬生左肘”是写老将被弃后，一身本领也发生了变化：以前本领何等高超，弯弓搭箭射雀鸟专门射雀眼，使其双目不全，而现在双臂久不习武，如同长了疮瘤，不听使唤了。上句用后羿射箭的故事赞颂老将的本领非凡，下句是用寓言故事中支离叔“俄尔柳生其左肘”（《庄子·外篇·至乐》），说明老将双臂日渐迟钝。“路旁时卖故侯瓜，门前学种先生柳”是写老将苦于求生，于是以耕作为业以自给，见其生活窘迫。这里诗人连用两个典故：“故侯”者，“召平”也（《史记·萧相国世家》）；“先生柳”指陶渊明。“苍茫古木连穷巷，寥落寒山对虚牖”写老将家居环境，门庭周边气氛也早已不是从前。而得飞泉涌出，匈奴以为有神助而自行退兵。“不似颍川空使酒”，是反用灌夫发脾气之典表明老将不是灌夫，不会因个人受罚饮辱而空发牢骚，写出他的胸怀、气量。

最后的十句是从又一视角写老将虽被弃、被冷落，但一直未失将军志，始终满怀杀敌立功的报国真情。“贺兰山下阵如云，羽檄交驰日夕闻”是说地处甘肃境内的贺兰山一带边疆告急的军事公文不断送往京师。与此同时，调兵遣将的公文也不断地急传边境，说明战事紧张，边防吃紧。“节使三河募年少，诏书五道出将军”是紧承上句所烘托出的战争气氛，以最精练的语言，高度地概括出统治者面对前方战事所做的应急措施，写出朝廷急切地从河南、河内、河东三地征兵和整编后紧急分五路出征的紧迫情形。当此之时，老将早已按捺不住内心那跃跃欲试之情，于是先把早年征战的铠甲摩擦得雪亮，然后挥舞三尺龙泉，练起武功，“试拂铁衣如雪色，聊持宝剑动星文”正是此情此景。“愿得燕弓射天将”中的一个“愿”字使读者更进一步明确了老将终生所追求的不是荣华富贵，只想为国捐躯，舍生取义，毫无争名夺利之嫌。“莫嫌旧日云中守，犹堪一战取功勋”是借汉朝魏尚的故事，更进一步公开表明：只要朝廷用我，我会置个人得失于不顾，远弃宿怨，勇敢杀敌，精忠报国。

这首诗的艺术特点：一是大量用典；二是连续对偶。另外，对比手法也是它的突出特点。在军功面前，与贵戚得势与失势的对比；被弃前后处境不同的对比；失势前后生活状况的对比；与自己有同样或类似情况的代表人物不同心情的对比等。对比中处处有“变”，而一心杀敌报国之心一直未“变”。这一连串的对比融入全诗，对突出诗的主题和深化其主题都起到了补充、充实和升华的作用。

## 【辋川闲居赠裴秀才迪】

**寒山转①苍翠，秋水日潺湲②。**
**倚杖③柴门④外，临风听暮蝉。**
**渡头余落日，墟里上孤烟。**
**复值⑤接舆⑥醉，狂歌五柳⑦前。**

**【注释】**

①转：变换为。②潺湲：水流动的样子。③倚杖：拄着拐仗。④柴门：树枝编作的陋门。⑤复值：又碰上。⑥接舆：是春秋时代“凤歌笑孔丘”的楚国狂士，本诗中喻指裴迪。⑦五柳：指陶渊明。

**【鉴赏】**

本诗表现了诗人隐居生活的闲居之乐和对友人的真挚感情，体现出王维闲居辋川这一精神家园时内心生活之丰富及其所达到的深度。这首诗情景交融，不仅描写了辋川附近山水田园的优美景色，还刻画了诗人和裴迪两个隐士的形象，使人物和景物相映成趣。

首联“寒山转苍翠，秋水日潺湲。”写的是秋天山里的景色，既是寒山，表明秋意已浓，而以一“转”字到苍翠，从而使静态的山水画在色彩上呈现出动态的变化，水之潺湲，本来就为动态，日潺湲，就是日日潺湲，每日每时都在叮咚流动，一个“日”字则赋予了水的永恒特征，暗示了裴迪始终如一的高洁人格和精神的永恒，也对比表现出对人生命短暂的思索。

颔联“倚杖柴门外，临风听暮蝉。”主要写诗人的形象，传达了诗人的隐者身份和田园情趣。

颈联“渡头余落日，墟里上孤烟。”写的是暮色中的原野，夕阳，炊烟，这是典型的日落黄昏时田野乡村景色，给人一种宁静的感觉。颈联首句“渡头余落日”，渡头上仅“余”下了落日，余是短暂的，而作者却写出了落日即将与水交接的一刹那的景象，给人以无限的遐想和美感。首联和颔联作者写出了时间的两种形态：一种是无始无终，如水流一样未曾停滞的时间，就像首联中所写的“秋水日潺湲”；另一种是在某一刻度上瞬间存在的“切片”或片段，这就是“渡头余落日”。颈联第二句“墟里上孤烟”表现了黄昏第一缕炊烟缓缓上升到空中的景象，一个“上”字，不仅表现出炊烟缓缓上升之景，而更令人回味无穷。此联为我们勾勒出夕阳西下、夜幕将临之际，诗人面对的一幅恬然自乐的田野乡村之景。

尾联“复值接舆醉，狂歌五柳前。”写的是挚友裴迪的形象。“复”“更”二字表示诗人情感的加倍和递进。“接舆”喻指裴迪，“五柳”喻指自己。“醉”“狂歌”的动态描写刻画出了裴迪的放达与失态，同时也表明了王维对挚友的好感与欢迎。

在短短四十字的五言律诗里，既要遵守律诗的格律，又要兼顾诗中的种种复杂的关系，形成情景交融的艺术境界，我们不得不佩服伟大诗人王维在构思布局上的独运匠心。可以说，这是一首诗、画、音乐完美结合的五言律诗。

## 【山居[①]秋暝[②]】

**空山新雨后，天气晚来秋。**
**明月松间照，清泉石上流。**
**竹喧[③]归浣女[④]，莲动下渔舟。**
**随意[⑤]春芳[⑥]歇[⑦]，王孙[⑧]自可留。**

**【注释】**

①山居：山中的住所。②暝：黄昏。③喧：在本诗中是指洗衣女的欢笑

声。④浣女：洗衣的女子。⑤随意：在本诗中是“尽管”之意。⑥春芳：春草。⑦歇：逝去。⑧王孙：贵族的后裔，这里指隐居的高士。

**【鉴赏】**

此诗为王维山水诗中的名篇。雨后秋山明快舒朗、清新鲜洁的环境特点构成了全诗的基调。诗情画意中寄托了诗人高洁的情怀及对理想境界之追求。明月清泉，竹喧莲动，浣女归舟，层次鲜明，因果清晰，且有声有色、有静有动，构成一幅清晰和谐的雨夜秋山图。

开头两句：“空山新雨后，天气晚来秋”，是诗人用大手笔勾画的雨后山村的自然画卷。其清新、宁静、淡远之境如在眼前。一个“空”字，渲染出天高云淡，万物空灵之美。诗人隐居于此是何等的闲适！如此描绘山水田园之典型环境流露出诗人的喜爱之情。

接着写被雨水洗涤后的松林，一尘不染，青翠欲滴：“明月松间照，清泉石上流”，薄暮之景，山雨初霁，幽静闲适，清新宜人。山石显得格外晶莹剔透；就连月光也像被洗过一样，极其明亮皎洁；山雨汇成的股股清泉顿时流淌于拾级而上的石板上，又顺着山涧蜿蜒而下，发出淙淙的清脆悦耳的欢唱声，好似宛转的“小夜曲”奏鸣。“照”与“流”，一上一下，一静一动，静中有动，动中有静，仿佛让人感受到大自然的脉搏在跳动。此时此刻诗人也仿佛觉得自己被洗净了一般，自然的美与心境的美完全融为一体，创造出如水月镜花般不可凑波的纯美诗境。此种禅意非隐居者莫属。苏轼把此联誉为“诗中有画”的典范之秀句。

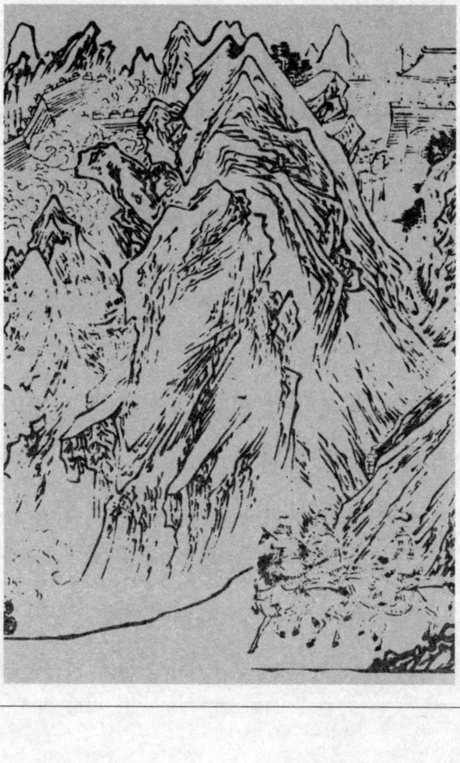

接下来，诗人采用了“未见其人，先闻其声”的写法。竹海之中传来女人们拨动夜露浸润的翠竹时发出的“沙沙”声响，又伴着她们银铃般的笑声，好一派欢声笑语的喧闹竟打破了如此宁静的夜空；再听水面莲叶波动，渔舟顺流而下，这便是渔夫要乘着今晚的月光去捕鱼。诗人触景生情，感慨油然而生：山民们戴月而作，随性而起，这般勤劳、朴素、开朗的性格，远比宦途官场清明、纯净许多。这些细节无不传达出诗人不仅喜爱这里的景美，更喜爱这里的人美。

最后两句“随意春芳歇，王孙自可留”，是诗人有感而发。虽然春光已逝，但秋景更佳，作者愿意留下来。王孙指诗人自己，这是诗人对《楚辞·招隐士》“王孙兮归来，山中兮不可以久留”的诗意的反其意而用之，是说春天的芳华虽歇，秋景也佳，自可久留。

这首诗一个重要的艺术手法，是以自然美来表现诗人的人格美和一种理想中的社会之美。表面看来，这首诗只是用“赋”的方法模山范水，对景物作细致感人的刻画，实际上通篇都是比兴。诗人通过对山水的描绘寄慨言志，含蕴丰富，耐人寻味。

## 【观猎】

**风劲角弓①鸣，将军猎渭城②。**
**草枯鹰眼疾③，雪尽马蹄轻。**
**忽过新丰市④，还归细柳营⑤。**
**回看射雕处，千里暮云平⑥。**

**【注释】**

①角弓：是指用兽角装饰的弓。②渭城：秦时咸阳城，汉改称渭城，在今西安市西北，渭水之北。③眼疾：目光敏锐。④新丰市：刘邦为其父创建，故址在今陕西省临潼县东北，是古代产美酒的地方。⑤细柳营：在今陕西省长安县，是汉代名将周亚夫屯军之地。⑥暮云平：傍晚的云层与大地相连。

**【鉴赏】**

本诗是王维前期的作品。其描写的是将军的一次狩猎活动，通篇洋溢着一种昂扬奋发的精神。

首句叙写在劲吹的寒风之中，以兽角装饰的硬弓声响处，一支飞箭呼啸而出，有力地射向猎物。未见其人，先闻其声，还没有写明主人公出场，可是通过风声和弓弦声，把紧张的气氛渲染得很足，人物射猎的雄姿和不凡的技艺已跃然纸上。

从颔联来看，渭城为秦时咸阳故城，在长安西北，渭水北岸，其时平原草枯，积雪已消，冬末的萧条中略带一丝春意。“草枯”“雪尽”四字如素描一般简洁、形象，颇具画意。“鹰眼”因“草枯”而特别锐利，“马蹄”因“雪尽”而绝无滞碍，颔联体物极为精细。三句不言鹰眼“锐”而言眼“疾”，意味猎物很快被发现，紧接着以“马蹄轻”三字则见猎骑迅速追踪而至。“疾”“轻”下字俱妙。两句使人联想到鲍照写猎名句：“兽肥春草短，飞鞚越平陆”，但这里发现猎物进而追击的意思是明写在纸上的，而王维却将同一层意思隐然句下，使人寻想，便觉诗味隽永。三、四句初读似各表一意，对仗铢两悉称；细绎方觉意脉相承，实属“流水对”。如此精妙的对句，实不多见。

以上写出猎，只就“角弓鸣”“鹰眼疾”“马蹄轻”三个细节点染，不写猎获的场面。一则由于猎获之意见于言外；二则射猎之乐趣，远非实际功利所可计量，只就猎骑英姿与影响写来自佳。

颈联紧接“马蹄轻”而来，意思却转折到罢猎还归。虽转折而与上文意脉不断，自然流走。“新丰市”在今陕西临潼县，“细柳营”在今陕西长安县，两地相隔七十余里。此二地名俱见《汉书》，诗人兴会所至，一时汇集，典雅有味，原不必指实。言“忽过”，言“还归”，则见返营驰骋之疾速，真有瞬息“千里”之感。“细柳营”本是汉代周亚夫屯军之地，此处用来就多一重意味，似谓诗中狩猎的主人公亦具名将之风度，与其前面射猎时意气风发、飒爽英姿形象正相吻合。这两句连接上两句，既生动描写了猎骑情景，又真切表现了主人公的轻快感觉和喜悦心情。

写到猎归，诗意本尽。尾联却更以写景作结，但它所写非营地景色，而是遥遥“回看”向来行猎处之远景，已是“千里暮云平”。此景遥接篇首。首尾不但彼此呼应，而且形成对照：当初是风起云涌，与出猎紧张气氛相应；此时是风定云平，与猎归后踌躇容与的心境相称。写景俱是表情，于景的变化中见情的消长，堪称妙笔。七句语有出典，《北史·斛律光传》载北齐斛律光校猎时，于云表见一大鸟，射中其颈，形如车轮，旋转而下，乃是一雕，因被人称为“射雕手”。此言“射雕处”，有暗示将军的臂力强、箭法高之意。诗的这一结尾摇曳生姿，饶有余味。

综观全诗，半写出猎，半写猎归，起得突兀，结得意远，中间两联一气流走，承转自如，有格律束缚不住的气势，又能首尾回环映照，体合五律，这是章法之妙。诗中藏三地名而使人不觉，用典浑化无迹，写景俱能传情，至如三、四句既穷极物理又意见于言外，这是句法之妙。“枯”“尽”“疾”“轻”“忽过”“还归”，遣词用字准确锤炼，又能照应，这是字法之妙。所有这些手法，又都巧妙展现了人物的意态与豪情。所以，此诗完全当得起盛唐佳作的称誉。

## 【使①至塞上②】

**单车③欲问边，属国过居延④。**
**征蓬⑤出汉塞，归雁入胡天。**
**大漠孤烟直，长河落日圆。**
**萧关⑥逢候骑，都护在燕然⑦。**

**【注释】**

①使：出使。②塞上：边塞之上。③单车：一辆车。④居延：城名，一称居延塞，在今甘肃张掖县西北。⑤征蓬：随风远去的枯蓬，此处为诗人自喻。⑥萧关：在今宁夏回族自治区固源县东南。⑦燕然：即杭爱山，在今蒙古国内。

**【鉴赏】**

首联写诗人肩负使命，轻车出行。自己独身前往，轻车简从，将要到边塞去慰问将士、察访军情。诗意是：我这次出使塞上，将要经过汉时的居延属国。

颔联写诗人行程辽阔，一路漂泊，说自己像是随风远飘的蓬草那样出临汉塞，又像是北雁回归似的奔向苍茫的大西北。王维这次奉命出塞，实际上是遭受奸党打击，被排挤贬逐的结果。曾受到张九龄器重和提拔的王维，在横遭权奸连累之后，必然自感沮丧，心怀怅恨。这两句诗正是诗人特定意绪的艺术化反映。它从一个侧面再现了盛唐历史的一幕悲剧。可贵的是，诗人并未一味低徊于个人的局促处境。一到大自然的怀抱中，在观照塞外风光时，就能以自己特有的艺术家的审美慧眼，敏感地把握住并能生动地刻画出祖国大西北雄奇壮丽的美好景致，

颈联“大漠孤烟直，长河落日圆”被近代大诗评家王国维赞为“千古壮

观”的名句。悠远的沙漠本来易使人产生冷淡寂寞的凄凉之感，但诗人冠以一个人人皆熟的“大”字，再配以昂然高耸的“直”字，则油然而生挺拔矫健之气；湍急浑浊汩汩泻去的黄河，经诗人轻巧地着一“长”字形容，与“圆”日相映相衬，相谐成趣，就化凶险为亲柔，给人以温润之美。

至此，诗人以欣闻捷报、喜望前程而轻快收尾。诗句借“燕然”表示从侦察骑兵传来的信息可知，都护已亲临最前线，战事即将取得决定性胜利。

诗人于自己心怀抑郁的旅程中，精心地构思运笔，精确地提练选用朴素自然的语言，塑造出动静相应、形神兼备的立体画像，引领读者对边塞将士奋发进取以至国势强盛的雄丽场景，产生身临其境的鲜明感受，从而产生审美愉悦。诗人这种可贵的人格气度和高超的艺术造诣，实足令后世钦敬。

## 【息夫人①】

**莫以今时宠，能忘旧日恩。**
**看花满眼泪，不共楚王言。**

**【注释】**

①息夫人：息妫，春秋时息国诸侯的夫人，楚国灭息国后，被楚文王掳为妾，生下两个儿子，但总不与楚王讲话。问她什么缘故，她说：“一个女子嫁了两个丈夫，只差一死，还有什么可说的呢？”息夫人事始载于《左传》，汉代刘向《烈女传》中则把她写成一个“守节而死”的烈女。历来诗人多有题咏。因后人又称她为桃花夫人，所以息夫人庙又称桃花庙。

**【鉴赏】**

王维这首诗歌以极短的篇幅涵盖了曲折、复杂的历史事件。

前两句是说不要以为你今天的宠爱，就能使我忘掉旧日的恩情。这像是息夫人内心的独白，又像是诗人有意要以这种弱小者的心声，去让那些强暴贪婪的统治者丧气。“莫以”“能忘”，构成一个否定的条件句，以新宠并不足以收买息夫人的心，反衬了旧恩的珍贵难忘，显示了淫威和富贵并不能彻底征服弱小者的灵魂。

从后两句来看，旧恩难忘，而新宠实际上是一种侮辱。息夫人在富丽华美的楚宫里，看着本来使人愉悦的花朵，却是满眼泪水，对追随在她身边的楚王始终不发一言。由于这一句只点出精神的极度痛苦，并且在沉默中极力地自我克制着，却没有交代流泪的原因，就为后一句蓄了势。“不共楚王言”，是在写她“满眼泪”之后，这个“无言”的形象，就显得格外深沉。这沉默中包含着人格的污损，精神的创痛，也许是由此而蓄积在心底的怨愤和仇恨。诗人塑造了一个受着屈辱，但在沉默中反抗的妇女形象。在艺术上别有其深沉动人之处。

王维在短短的四句诗里，实际上概括了类似这样一些社会悲剧。它不是叙事诗，但却有很不平常的故事，甚至比一些平淡的叙事诗还要曲折和扣人心弦。这种带有“小说气”的诗，有些类似折子戏，可以看作近体诗叙述故事的一种努力。

## 【鹿柴①】

**空山不见人，但②闻人语响。**
**返景③入深林，复照青苔上。**

**【注释】**

①鹿柴：王维居住的辋川别业附近的地名。②但：只。③返景：夕阳返照。

**【鉴赏】**

这首诗体现出诗、画、乐的结合：无声的静寂、无光的幽暗，一般人都易于觉察；但有声的静寂，有光的幽暗，则较少为人所注意。诗人正是以他特有的画家、音乐家对色彩、声音的敏感，才把握住了空山人语响和深林入返照的一刹那间所显示的特有的幽静境界。而这种敏感，又和他对大自然的细致观察、潜心默会分不开。诗里描绘的就是鹿柴附近的空山深林傍晚时分的幽静景色。

首句先正面描写空山的杳无人迹。王维似乎特别喜欢用“空山”这个词语，但在不同的诗里，它所表现的境界却有区别。“空山不见人”，则侧重于表现山的空寂清冷。由于杳无人迹，这并不真空的山在诗人的感觉中竟显得空阔虚无，宛如太古之境了。“不见人”，把“空山”的意蕴具体化了。

次句境界顿出。“但闻”二字颇可玩味。通常情况下，寂静的空山尽管

"不见人"，却非一片静默死寂。啾啾鸟语，唧唧虫鸣，瑟瑟风声，潺潺水响，相互交织，大自然的声音其实是非常丰富多彩的。然而，现在这一切都杳无声息，只是偶尔传来一阵人语声，却看不到人影（由于山深林密）。这"人语响"，似乎是破"寂"的，实际上是以局部的、暂时的"响"反衬出全局的、长久的空寂。空谷传音，愈见空谷之空；空山人语，愈见空山之寂。人语响过，空山复归于万籁俱寂的境界；而且由于刚才那一阵人语响，这时的空寂感就更加突出。

末两句由上面的描写空山传语进而描写深林返照，由声而色。深林，本来就幽暗，林间树下的青苔，更突出了深林的不见阳光，寂静与幽暗。虽分别诉之于听觉与视觉，但它们在人们总的印象中，却常属于一类，因此幽与静往往连类而及。按照常情，写深林的幽暗，应该着力描绘它不见阳光，这两句却特意写返景射入深林，照映在青苔上。猛然一看，会觉得这一抹斜晖，给幽暗的深林带来一线光亮，给林间青苔带来一丝暖意，或者说给整个深林带来一点生意。但细加体味，就会感到，无论就作者的主观意图或作品的客观效果来看，都恰与此相反。一味的幽暗有时反倒使人不觉其幽暗，而当一抹余晖射入幽暗的深林，斑斑驳驳的树影照映在树下的青苔上时，那一小片光影和大片的无边的幽暗所构成的强烈对比，反而使深林的幽暗更加突出。特别是这"返景"，不仅微弱，而且短暂，一抹余晖转瞬即逝之后，接踵而来的便是漫长的幽暗。如果说，一、二句是以有声反衬空寂；那么三、四句便是以光亮反衬幽暗。整首诗就像是绝大部分用冷色的画面上掺进了一点暖色，结果反而使冷色给人的印象更加突出。

## 【竹里馆①】

**独坐幽篁②里，弹琴复长啸③。**
**深林④人不知，明月来相照。**

**【注释】**

①竹里馆：辋川附近的地名。②幽篁：篁，竹林。幽篁，即幽邃的竹林。③啸：吹口哨。④深林：与"幽篁"同义。

【鉴赏】

这是王维晚年在辋川闲居时的作品。

就全诗的意思来看，他一会儿弹琴，一会儿引吭高歌，真是逍遥自在。独自坐在竹林里自得其乐，没有人知道他的存在，只有明月做伴，他欣赏着环境的冷漠，体验着内心的孤独，沉浸在寂静的欢乐之中。

这首五言绝句的意境优美恬淡，读后清新爽口而觉余味无穷。语言于平易中见清丽，寓雅淡于质朴之中，雅俗共赏，历来就为人们所称道。

诗中写到景物，只用六个字组成三个词，就是："幽篁""深林""明月"。这里，像是随意写出了眼前景物，没有费什么气力去刻画和涂饰。诗中写人物活动，也只用六个字组成三个词，就是："独坐""弹琴""长啸"。对人物，既没有描绘其弹奏舒啸之状，也没有表达其喜怒哀乐之情；对琴音与啸声，更没有花任何笔墨写出其音调与声情。

表面看来，四句诗的用字都是平平无奇的。但四句诗合起来，却妙谛自成，境界自出，蕴含着一种特殊的艺术魅力。它的妙处在于其所显示的是那样一个令人自然而为之吸引的意境，它不以字句取胜，而从整体见美。它的美在神不在貌，领略和欣赏它的美，也应当遗貌取神，而其神是包孕在意境之中的。就意境而言，给人以"清幽绝俗"的感受，而且使人感到：这一月夜幽林之景是如此空明澄净，在其间弹琴长啸之人是如此安闲自得、尘虑皆空，外景与内情是融为一体的。而在语言上则从自然中见隽味、从平淡中见高韵。以自然、平淡为特征的风格美又与意境美起了相辅相成的作用。

可以想见，诗人是在意兴清幽、心灵澄净的状态下与竹林、明月本身所具有的清幽澄净的属性悠然相会，而提笔成篇的。诗的意境的形成，全赖人物心性和所写景物的内在素质相一致，而不必借助于外在的色相。诗中描写周围景色，选择了竹林与明月，是取其与所要显示的那一清幽澄净的环境原本一致；诗中抒写自我情怀，选择了弹琴与长啸，则取其与所要表现的那一清幽澄净的心境互为表里。这既是即景即事，而其所以写此景，写此事，自有其酝酿成熟的诗思。从全诗的组合看，诗人在写月夜幽林的同时，又写了弹琴、长啸，则是以声响托出静境。至于诗的末句写到月来照，不仅与上句的"人不知"有对照之妙，也起了点破暗夜的作用。这些音响与寂静以及光影明暗的衬映，在安排上既是妙手天成，又是有匠心运用其间的。

## 【鸟鸣涧①】

**人闲②桂花落，夜静春山空③。**
**月出惊山鸟，时鸣春涧中。**

**【注释】**

①涧：夹在两山间的流水。②闲：安静。③空：空空荡荡。

**【鉴赏】**

这首诗是王维题友人所居的《皇甫岳云溪杂题五首》之一。皇甫岳是诗人的朋友，“云溪”是皇甫岳的别墅所在地。五首诗每一首写一处风景，接近于风景写生，而不同于一般的写意画。本诗写春天深夜的寂静，很有特色。

王维在他的山水诗里，喜欢创造静谧的意境，这首诗也是这样。但诗中所写的却是花落、月出、鸟鸣这些动的景物，既使诗显得富有生机而不枯寂，同时又通过动，更加突出地显示了春涧的幽静。动的景物反而能取得静的效果，这是因为事物矛盾着的双方，总是互相依存的。在一定条件下，动之所以能够发生，或者能够为人们所注意，正是以静为前提的。“鸟鸣山更幽”，这里面是包含着艺术辩证法的。

桂树枝叶繁茂，而花瓣细小。花落，尤其是在夜间，并不容易觉察。因此，开头“人闲”二字不能轻易看过。“人闲”说明周围没有人事的烦扰，说明诗人内心的娴静。有此作为前提，细微的桂花从枝上落下，才被觉察到了。诗人能发现这种“落”，或仅凭花落在衣襟上所引起的触觉，或凭声响，或凭花瓣飘坠时所发出的一丝丝芬芳。总之，“落”所能影响于人的因素是很细微的。而当这种细微的因素，竟能被从周围世界中明显地感觉出来的时候，诗人则又不禁要为这夜晚的静谧和由静谧格外显示出来的空寂而惊叹了。这里，诗人的心境和春山的环境气氛，是互相契合而又互相作用的。

“月出惊山鸟，时鸣春涧中。”谁都知道，月光出来是无声无息的，但却“惊”了那些入睡的山鸟，惹得它们都叽叽喳喳地叫起来。鸟儿的叫声是连续不断的，所以说“时鸣”。这是为什么呢？这说明鸟儿已经习惯了春夜的寂静，周围的情况稍微有点儿变化，就会惊动它们，甚至是月光的照射。所以，鸟的鸣，都是烘托涧的静的。

这首诗二十个字，扣紧题目，以动写静，达到出神入化的地步。在王维这首诗中，不仅可以看到春山由明月、落花、鸟鸣所点缀的那样一种迷人的环境，而且还能感受到盛唐时代和平安定的社会气氛。

## 【相思】

**红豆[①]生南国，春来发几枝。**
**愿君多采撷[②]，此物最相思。**

【注释】

①红豆：又名相思子。木本植物，于秋季开花，结实如豌豆，色鲜红。②撷：采摘。

【鉴赏】

诗的开篇作者开门见山地介绍“红豆”的产地是“南国”，即南方。这首诗题为“相思”，用的是红豆的寓意和传说，所以起始一句，也是起兴，引起相思之情的抒发，也起了破题的作用。

次句承得自然，寄语设问的口吻显得分外亲切。然而单问红豆春来发几枝，是意味深长的，这是选择富于情味的事物来寄托情思。表面上是询问“相思木”一年来能发几个新枝，能结多少红豆？实际上是说，随着岁月的流逝，相思之情能增加多少？既是提醒对方要珍重情意，切莫淡忘，又表明自己一往情深，矢志不移。这首诗托物言志，抓住富于情味的“红豆”的变化，寄托情思，开掘相思之意，令人神往。

末两句是说希望你多采摘一些，这东西最能表达相思的情意，似乎告诫人们切莫淡忘了情思。“此物最相思”是全诗中心思想之归结，“最”是诗人内心世界的剖白，并且把诗情推向高潮。诗人咏红豆以寄托相思，但对关于红豆的传说，那个思念丈夫的妇女的故事并不赘述，这样，这首诗说的“相思”，就不仅限于男女之情，也包括友情，这样，诗的境界就更为开阔了。

全诗洋溢着少年的热情，青春的气息，满腹情思始终未曾直接表白，句句话不离红豆，而又“超以象外，得其圜中”（唐代司空图《诗品·雄浑》），把相思之情表达得入木三分。它“一气呵成，亦须一气读下”，极为明快，却又委婉含蓄。在生活中，最情深的话往往朴素无华，自然入妙。王维很善于提炼这种素朴而典型的语言来表达深厚的思想感情。

## 【九月九日[①]忆[②]山东兄弟】

**独在异乡[③]为异客，每逢佳节倍思亲。**

**遥知兄弟登高[④]处，遍插茱萸[⑤]少一人。**

**【注释】**

①九月九日：指农历九月初九重阳节。民间很看重这个节日，在这一天有登高、插茱萸、饮菊花酒等习俗，传说能以此避灾。②忆：想念。③异乡：他乡。④登高：指民间在重阳节登高避邪的习俗。⑤茱萸：又名越椒，一种香气浓烈的植物，重阳节时有佩戴茱萸的习俗。

**【鉴赏】**

《九月九日忆山东兄弟》一诗，是王维十七岁时所作。王维少年时就与胞弟王缙离开家乡蒲州到西京长安和东都洛阳客游。

首句写身在异乡的诗人每到佳节倍加思念故乡的兄弟亲人。起句一个“独”字，造境突兀，既刻画出了诗人举目无亲、孑然孤单的形象，又传达出抒情主人公寂寞凄凉的心境。两个“异”字叠用，更加强了诗人的孤独之感，为诗的画面增添了凄楚的色彩。

次句是全诗的诗眼和感情主线。这里的“每逢”二字，突破了“九月九日”这一特定时间的局限，使人体会到诗中之情酝酿已久，今年九月九日的爆发只不过是碰到了重阳佳节这一导火索罢了，一个“倍”字，既渲染了今日思亲之情的强烈，又表明了平日思亲之频繁。这两句诗着重在写诗人节日的感受，由于诗题已经点明时值重阳佳节，埋下了热闹欢愉的节日场面的伏笔，因而就愈使人感到“身在异乡为异客”的孤寂的游子形象。

前两句，可以说是艺术创作的“直接法”。几乎不经任何迂回，而是直插核心，迅即形成高潮，出现警句。但这种写法往往使后两句难以为继，造成后劲不足。这首诗的后两句，如果顺着“佳节倍思亲”作直线式的延伸，就不免蛇足；转出新意而再形成新的高潮，也很难办到。作者采取另一种方式：紧接着感情的激流，出现一泓微波荡漾的湖面，看似平静，实则更加深沉。

从末两句来看，作者由自己思亲，想到亲人节日必然也在想念自己，从而更加深了诗人珍视兄弟手足之情、思念家乡亲人的情思。古时有重阳节佩茱萸登高饮菊花酒可以消灾避邪之说。这里，诗人巧妙地通过兄弟重阳佳节佩茱萸囊登高这一富有典型意义的生活细节来使兄弟思己之情具体化、形象化，用兄弟对登高行列缺了一人的遗憾心情来反射出诗人思亲的心曲，更使人感到诗情真挚，委婉动人。

本诗注重感受和细节的典型性，“每逢佳节倍思亲”的感受，既是诗人日常感受的升华，又是长期客居异乡的游子节日感受的概括和总结，有相当的普遍性和代表性。

## 【送元二使安西①】

**渭城②朝雨浥③轻尘，客舍青青柳色新。**
**劝君更尽一杯酒，西出阳关④无故人⑤。**

**【注释】**

①安西：即安西都护府的简称，是唐代设置的管辖西域地区的机构，这里是指它管辖的地区，在今新疆维吾尔族自治区境内。②渭城：秦朝都城咸阳，汉代时称渭城，其址在长安附近。这里用来指长安。③浥：沾湿，浸润。④阳关：古关塞名，在今甘肃敦煌西南，是通往西域的要道，因为在玉门关西南，故称之为“阳关”。⑤故人：是指老朋友。

**【鉴赏】**

本诗是作者送别友人去安西的送别诗。

起首两句写送别的时间、地点、环境、气氛。清晨，渭城客舍，自东向西一直延伸不见尽头的驿道，客舍周围、驿道两旁的柳树。这一切，都仿佛是极平常的眼前景，读来却风光如画，抒情气氛浓郁。

就前两句的细节来看，“朝雨”在这里扮演了一个重要的角色。早晨的雨下得不长，刚刚润湿尘土就停了。从长安西去的大道上，平日车马交驰，而现在，朝雨乍停，天气晴朗，道路显得洁净、清爽。“浥轻尘”的“浥”字是湿润的意思，在这里用得很有分寸，显出这雨澄尘而不湿路，恰到好处，仿佛天从人愿，特意为远行的人安排一条轻尘不扬的道路。客舍，本是羁旅者的伴侣；杨柳，更是离别的象征。选取这两件事物，自然有意切合送别。它们通常总是和羁愁别恨联结在一起而呈现出黯然销魂的情调，而今天，却因一场朝雨的洒洗而别具明朗清新的风貌——“客舍青青柳色新”。平日路尘飞扬，路旁柳色不免笼罩着灰蒙蒙的尘雾，一场朝雨，才重新洗出它那青翠的本色，所以说“新”，又因柳色之新，映照出客舍青青来。总之，从晴朗的天宇到洁净的道路，从青青的客舍到翠绿的杨柳，构成了一幅色调清新明朗的图景，为这场送别提供了典型的自然环境。这是一场深情的离别，但却不是黯然销魂的离别。相反的，倒是透露出一种轻快而富于希望的情调。“轻尘”“青青”“新”等词语，声韵轻柔明快，加强了读者的这种感受。

后两句是一个整体。要深切理解这临行劝酒中蕴含的深情，就不能不涉及“西出阳关”。处于河西走廊的阳关，和它北面的玉门关相对，从汉代以来，一直是内地通向西域的通道。唐代国势强盛，内地与西域往来频繁，从军或出使阳关之外，在盛唐人心目中是令人向往的壮举。但当时阳关以西还是穷荒绝域，风物与内地大不相同。朋友“西出阳关”，虽是壮举，却又不免经历万里长途的跋涉，备尝独行穷荒的艰辛寂寞。因此，这临行之际“劝君更尽一杯酒”，就像是浸透了诗人全部丰富深挚情谊的一杯浓郁的感情琼浆。

本诗所描写的是一种最有普遍性的离别。它没有特殊的背景，而自有深挚的惜别之情，这就使它适合于绝大多数离筵别席演唱，后来编入乐府，成为最流行、传唱最久的歌曲。

## 【送沈子福[①]之江东[②]】

**杨柳渡头行客稀，罟师[③]荡桨向临圻[④]。**
**惟有相思似春色，江南江北送君归。**

**【注释】**

①沈子福：作者的友人。②江东：长江自九江以下向东北方向流去，故称长江中下游地区为江东。③罟师：罟是渔网。罟师是渔父的意思。在本诗中是指船家。④临圻：地名，在今江苏省江阴一带。

**【鉴赏】**

渡头是送客之地，杨柳是渡头现成之景。唐人有折柳送行的习俗。这里写杨柳，不仅写现成之景，更是烘托送别气氛。行客已稀，借境地的凄清，反衬出送别友人的依依不舍之情。首句点明送别之地。第二句点出“归江东”题意。首二句点出送别的时间、地点。杨柳渡头是实写春景，既为下面的别后相思伏笔，又渲染送行的环境气氛。在杨柳依依的渡口，在春光烂漫的时候，与朋友分手，心情尤为抑郁。这是以美景反衬离情。古人有折柳送别的习俗，“杨柳”的意象又暗示离别。“行客稀”，表现别后渡头岑寂之景。行客越来越稀少了，只有诗人仍立在渡口，依依不舍地目送着友人远去。

后两句，描写友人已乘船远去，诗人眺望大江两岸，桃红柳绿，碧草如毡，春光怡人，此时，他突发奇想，感到心中无限依恋惜别之情，就如同眼前无处不在、无边无际的春色，从江南江北，一齐追随友人归去。

整体来看，友人乘船而去，诗人依依不舍，望着大江南北两岸，春满人间，诗人感觉到自己心中的无限依恋惜别之情，就像眼前春色的无边无际。诗人忽发奇想：让我心中的相思之情也像这无处不在的春色，从江南江北，一齐扑向你，跟随着你归去吧！“惟有相思似春色，江南江北送君归”，多么美丽的想象，多么蕴藉而深厚的感情。将自然界的春色比拟心灵中的感情，即景寓情，情与景妙合无间，极其自然。状难写之景如在目前，便算是诗家能事。这里借难写之景以抒无形之情，功夫当然又深了一层。

# 李白

**【作者介绍】**

李白（701—762），字太白，号青莲居士，又号“谪仙人”（贺知章评李白语，李白亦自诩）。祖籍陇西成纪（今甘肃省静宁县），一说生于西域的碎叶城（在今吉尔吉斯斯坦首都比什凯克以东的托克马克市附近），四岁迁居四川绵州昌隆县（今四川省江油市，这种说法以郭沫若为代表），一说生于四川省江油市青莲乡。

李白是我国唐代伟大的浪漫主义诗人，被后人尊称为“诗仙”，与杜甫并称为“李杜”。其诗风格豪放飘逸，想象丰富，语言流转自然，音律和谐多变。他善于从民歌、神话中汲取营养素材，构成其特有的瑰丽绚烂的色彩，是自屈原以来积极浪漫主义诗歌的新高峰。韩愈云：“李杜文章在，光焰万丈长。”（《调张籍》）。唐文宗御封李白的诗歌、裴旻的剑舞、张旭的草书为“三绝”。李白的剑术在唐朝可排第二（在裴旻之下），他与李贺、李商隐三人并称唐代“三李”。

李白的诗歌今存一千多首。诗歌题材是多种多样的。由于生于盛唐时期，诗歌以浪漫为主，豪气奔放，代表作有：七言古诗《蜀道难》《行路难》《梦游天姥吟留别》《将进酒》《梁甫吟》等；五言古诗《古风》五十九首、《长干行》《子夜吴歌》《宣州谢朓楼饯别校书叔云》等；七言绝句《望庐山瀑布》《望天门山》《早发白帝城》等。

## 【蜀道难】

噫吁[①]戏，危乎高哉！
蜀道之难，难于上青天！
蚕丛及鱼凫[②]，开国何茫然！
尔来四万八千岁[③]，不与秦塞[④]通人烟。
西当太白[⑤]有鸟道，可以横绝峨眉巅。
地崩山摧壮士死[⑥]，然后天梯石栈相钩连。
上有六龙[⑦]回[⑧]日之高标[⑨]，下有冲波逆折之回川。
黄鹤之飞尚不得过，猿猱欲度愁攀援。
青泥[⑩]何盘盘，百步九折萦岩峦。
扪参历井仰胁息[⑪]，以手抚膺坐长叹。
问君西游何时还？畏途巉岩[⑫]不可攀。
但见悲鸟号古木，雄飞雌从绕林间。
又闻子规[⑬]啼夜月，愁空山。
蜀道之难，难于上青天，使人听此凋朱颜[⑭]！
连峰去天不盈尺[⑮]，枯松倒挂倚绝壁。
飞湍瀑流争喧豗[⑯]，砯[⑰]崖转石万壑雷。
其险也如此，嗟尔远道之人，胡为乎来哉！
剑阁[⑱]峥嵘[⑲]而崔嵬，一夫当关，万夫莫开。
所守或匪亲，化为狼与豺。
朝避猛虎，夕避长蛇。
磨牙吮血，杀人如麻。
锦城[⑳]虽云乐，不如早还家。
蜀道之难，难于上青天，侧身西望长咨嗟！

【注释】

①噫吁：惊叹声。②蚕丛、鱼凫：是传说中的古蜀国的两个国王。③四万八千岁：是夸张的说法，极言时间的漫长。④秦塞：指秦地，即今陕西省中部地区，为古代秦国的发源地。⑤太白：是指太白山。⑥地崩山摧壮士死：《华阳国志》中“五丁开山”的典故。⑦六龙：是传说中太阳神的车子，由羲和驾着六条龙，每天在空中行驶。⑧回：迂回、绕道。⑨高标：指山中最高而

为一方标志者，极言蜀山之高，成为羲和回车的标志。⑩青泥：山岭名，位于今甘肃、陕西两省界上，是入蜀的要道，其岭悬崖万仞，上多云雨，行人常常碰上泥淖，故得名。⑪参、井：为星宿名，分别是蜀、秦的分野。⑫巉岩：险峻的山岩。⑬子规：杜鹃鸟。⑭朱颜：美好的容颜。⑮不盈尺：不到一尺。⑯喧豗：咆哮喧腾。⑰砯：冲击。⑱剑阁：又名剑门关，今四川省剑阁县以北，在大剑山和小剑山之间有一条三十里长的栈道，群峰如剑，连山耸立，峭壁中断如门，形成天然要塞。⑲峥嵘：形容山的高峻突兀。⑳锦城：即锦官城，成都的别称。成都以盛产锦著名，古代曾经设锦官于此，专理其事，故称之锦官城。

**【鉴赏】**

本诗表达的是诗人对自己不能够受到当朝统治者赏识的悲愤，通过写蜀道的艰险，来暗示自己仕途的坎坷。

全诗可以分为三个层次。从诗的开头到“然后天梯石栈相钩连”是第一个层次。其中，首句连用三个惊叹词，紧接着又用两个形容词加两个感叹词，点出了蜀道的两大特点：危、高。然后推出了本诗的主旨：蜀道难。以下四句从蜀国古代史讲起，间接地向读者说明了蜀道的险峻。“西当”四句，引用了两个神话传说，一个从秦蜀隔绝的角度言蜀道之艰险，一个从开山时付出重大牺牲的角度言蜀道之艰难。

“上有六龙回日之高标”到“使人听此凋朱颜”是本诗的第二个层次，主要描述攀登蜀道的艰难。“上有六龙回日之高标”一句极写山势之高；接着诗人又以“黄鹤之飞尚不得过”句反衬其山高；“猿猱欲度愁攀援”句反衬其路险，紧扣“危”“高”二字，用夸张的手法把绵延于崇山峻岭、峭壁山岩之间的蜀道写得令人惊心动魄、望而生畏。“青泥”四句抓住此地的特点写出了道路曲折盘旋之危险。“扪参历井仰胁息，以手抚膺坐长叹”，从行人感受的角度衬托蜀道之“高”“危”。“问君西游何时还”八句向读者透露出赠行的意旨，从旅愁的角度写蜀道之难。诗人用“悲”“号”“啼”“愁”这种主观色彩极为强烈的字眼描写自然景观，有力地渲染出悲凉荒寂的环境气氛，进而又反过来作用于人的心理，“使人听此凋朱颜”。接下来的四句从正面实写行人眼中的蜀道山水：“连峰去天”“枯松倒挂”“飞湍瀑流”“砯崖转石”。这四句写得有声有色，淋漓尽致，具有排山倒海之势，此时诗人的感情也发展到高潮。不禁大声发问：“其险也如此，嗟尔远道之人，胡为乎来哉！”

从“剑阁峥嵘而崔嵬”到结尾为本诗的第三个层次。在这部分，诗人在对剑阁险要形势的描写中，融汇了前人的诗句，晋人张载的《剑阁铭》中写道：“一夫荷戟，万夫趑趄，形胜之地，匪亲勿居。”诗人化用此意，从军事和政治的角度着笔，劝告行人“锦官虽云乐，不如早还家”，既扣合送人的题旨，又突出了蜀道之难的主题。

本诗中充满了诗人奇特的想象、壮丽的描写以及浪漫激情的洋溢，是李白极具代表性的作品之一。

## 【梁甫吟】

**长啸[1]梁甫吟[2]，何时见阳春？**
**君不见朝歌屠叟[3]辞棘津[4]，八十西来钓渭滨！**
**宁羞白发照清水？逢时壮气思经纶[5]。**
**广张三千六百钓[6]，风期暗与文王亲。**
**大贤虎变[7]愚不测，当年颇似寻常人。**
**君不见高阳酒徒[8]起草中，长揖山东隆准公[9]！**
**入门不拜骋雄辩，两女辍洗来趋风。**
**东下齐城七十二，指挥楚汉如旋蓬[10]。**
**狂客落魄尚如此，何况壮士当群雄！**
**我欲攀龙[11]见明主，雷公砰訇[12]震天鼓。**
**帝旁投壶多玉女[13]，三时大笑开电光，倏烁[14]晦冥起风雨。**
**阊阖[15]九门不可通，以额扣关阍者[16]怒。**
**白日不照吾精诚，杞国无事忧天倾[17]。**
**猰貐磨[18]牙竞人肉，驺虞[19]不折生草茎。**
**手接飞猱搏雕虎[20]，侧足焦原未言苦。**
**智者可卷愚者豪，世人见我轻鸿毛[21]。**
**力排南山三壮士，齐相杀之费二桃[22]。**
**吴楚弄兵无剧孟，亚夫咍尔为徒劳[23]。**
**梁甫吟，声正悲。**
**张公两龙剑[24]，神物合有时。**
**风云感会起屠钓[25]，大人峣屼[26]当安之。**

【注释】

①长啸：吟唱。②梁甫吟：别名《梁父吟》，借用了乐府古题。③朝歌屠叟：指吕尚（即吕望、姜太公）。④棘津：古代黄河津渡名。⑤经纶：《易经·屯卦》："君子以经纶"。这里经纶喻治理国家。⑥三千六百钧：指吕尚在渭河边垂钓十年，共三千六百日。⑦大贤：指吕尚。虎变：《易经·革卦》九五："大人虎变。"喻大人物行为变化莫测，骤然得志，非常人所能料。⑧高阳酒徒：西汉人郦食其。⑨隆准公：汉高祖刘邦的别称。⑩旋蓬：在空中飘旋的蓬草。⑪攀龙：《后汉书·光武帝纪》：耿纯对刘秀说："天下士大夫所以跟随大王南征北战，本来是希望攀龙鳞，附凤翼，以成就功名"。后人因以攀龙附凤比喻依附帝王建立功业。⑫雷公：传说中的雷神。砰訇：形容声音宏大。⑬帝旁投壶多玉女：《神异经·东荒经》载：东王公常与一玉女玩投壶的游戏，每次投一千二百支，不中则天为之笑。天笑时，流火闪耀，即为闪电。⑭倏烁：闪烁。⑮阊阖：神话中的天门。《离骚》："吾令帝阍开关兮，倚阊阖而望予"。这两句指唐玄宗昏庸无道，宠信奸佞，使有才能的人报国无门。⑯阍者：看守天门的人。⑰杞国无事忧天倾：《列子·天瑞》："杞国有人忧天地崩坠，身亡所寄，废寝食者。"二句意谓皇帝不理解我，还以为我是杞人忧天。此自嘲之意。⑱猰貐：古代神话中一种吃人的野兽。这里比喻阴险凶恶的人物。⑲驺虞：古代传说中一种仁兽，李白以驺虞自比，表示不与奸人同流合污。⑳接：搏斗。飞揉、雕虎：比喻凶险之人。焦原：传说春秋时莒国有一块约五十步方圆的大石，名叫焦原，下有百丈深渊，只有无畏的人才敢站上去。㉑"智者"二句：智者可忍一时之屈，而愚者只知一味骄横。世俗人看不起我。㉒"力排"二句：《晏子春秋》内篇卷二《谏》下载：齐景公手下有公孙接、田开疆、古冶子三勇士，皆力能搏虎，却不知礼义。㉓吴楚句：汉景帝时，吴楚等七国诸侯王起兵反汉。景帝派大将周亚夫领兵讨伐。周到河南见到剧孟（著名侠士），高兴地说：吴楚叛汉，却不用剧孟，注定要失败。哈尔：讥笑。㉔张公两龙剑：张公指西晋张华，相传张华曾获赠雷焕挖出的两把宝剑之中的干将。后来，张华去世，干将失落，雷焕的儿子雷华得到了另一把宝剑莫邪。在雷华路过水边时，宝剑莫邪突然跳进水中与干将会合，共同化为了蛟龙。㉕屠钓：宰牲和杀鱼，指以轻贱职业为生。㉖蜿屼：不安，指遭遇坎坷。

【鉴赏】

本诗中，诗人虽然处于仕途的困窘时期，仍然不磨灭自己的青云之志，目光长远，时刻激励鼓舞自己。

本诗整体上大致可以分为四个层次，从开头至“何况壮士当群雄”为本诗的一个层次。就该层次而言，诗的开头单刀直入，显示诗人此时心情极不平静，为全诗定下了感情基调。以下诗句，全是由此生发。接着，连用两组“君不见”提出两个历史故事：一是说西周吕望（即姜太公）长期埋没民间，五十岁在棘津当小贩，七十岁在朝歌当屠夫，八十岁时还垂钓于渭水之滨，钓了十年（每天一钓，十年共三千六百钓），才得遇文王，遂展平生之志。一是说楚汉相争时的郦食其，刘邦原把他当作一个平常儒生，看不起他，但这位自称“高阳酒徒”的儒生，不仅凭雄辩使刘邦改变了态度，后来还说服齐王率七十二城降汉，成为楚汉相争中的风云人物。

诗人引用这两个历史故事，实际上寄寓着自己的理想与抱负：“大贤虎变愚不测，当年颇似寻常人”，“狂客落魄尚如此，何况壮士当群雄”。诗人对前途有着坚定的信念，所以这里声调高亢昂扬，语言节奏也较爽利明快。

从“我欲攀龙见明主”开始为第二个层次，诗人一下子从乐观陷入了痛苦。加上改用了仄声韵，更使人感到犹如一阵凄风急雨劈面打来。这一段写法上很像屈原的《离骚》，诗人使自己置身于惝恍迷离、奇幻多变的神话境界中，通过描写奇特的遭遇来反映对现实生活的感受。你看，他为了求见“明主”，依附着飞龙来到天上。在这段描写中，诗人的感情表现得那么强烈，就像浩荡江水从宽广的河床突然进入峡谷险滩一样，旋涡四起，奔腾湍急，不可仰止。诗人在天国的遭遇，实际上就是在现实生活中的遭遇，他借助于幻设的神话境界，尽情倾诉了胸中的愤懑与不平。

第三个层次是从“吴楚弄兵无剧孟”句开始。在这段中，诗人通过各种典故或明或暗地抒写了内心的忧虑和痛苦，并激烈地抨击了现实生活中的不合理现象：皇上不能体察我对国家的一片精诚，反说我是“杞人忧天”。这一段行文其显著特点是句子的排列突破了常规。如果要求意思连贯，那么“手接飞猱”两句之后，应接写“力排南山”两句，“智者可卷”两句之后，应接写“吴楚弄兵”两句。可是诗人却故意把它们作上下错落的排列，避免了平铺直叙。诗人那股汹涌而来的感情激流，至此一波三折，成迂回盘旋之势，更显得恣肆奇横，笔力雄健。

第四个层次是从“梁甫吟，声正悲”至段末。本段的开首直接呼应篇首两句，语气沉痛而悲怆。突然，诗人又笔锋一折，“张公两龙剑”以下四句仍是信心百倍地回答了“何时见阳春”这一设问。诗人确信，正如干将、莫邪二剑不会久没尘土，我同“明主”一时为小人阻隔，终当有会合之时。既然做过屠夫和钓徒的吕望最后仍能际会风云，建立功勋，那自己也就应该安时俟命，等待风云际会那一天到来。饱经挫折的诗人虽然沉浸在迷惘和痛苦之中，却仍在用各种办法自我慰藉，始终没有放弃对理想的追求。

这首诗最大的艺术特色正在于布局奇特，变化莫测。它通篇用典，但表现手法却不时变换。

## 【将进酒】

**君不见黄河之水天上来，奔流到海不复回。**
**君不见高堂明镜悲白发，朝如青丝①暮成雪。**
**人生得意须尽欢，莫使金樽②空对月。**
**天生我材必有用，千金散尽还复来。**
**烹羊宰牛且为乐，会须③一饮三百杯。**
**岑夫子，丹丘生④，将进酒，杯莫停。**
**与君歌一曲，请君为我倾耳听。**
**钟鼓⑤馔玉⑥不足贵，但愿长醉不复醒。**
**古来圣贤皆寂寞，惟有饮者留其名。**
**陈王⑦昔时宴平乐⑧，斗酒十千恣欢谑。**
**主人何为言少钱，径须沽取对君酌。**
**五花马⑨，千金裘，呼儿将出换美酒，**
**与尔同销万古愁。**

**【注释】**

①青丝：在本诗中是指黑发。②金樽：金杯。③会须：一定。④岑夫子，丹丘生：岑夫子，岑勋。丹丘生，元丹丘。二者都是李白的朋友。⑤钟鼓：富贵人家宴会中奏乐使用的乐器。⑥馔玉：形容食物像玉一样精美，这里借指达官贵人。⑦陈王：三国时魏诗人曹植。⑧平乐：汉代宫观，平乐观。⑨五花马：毛色是五花纹的良马。

【鉴赏】

本诗写得气势磅礴，宏伟壮观，成为后世为人所称道的名篇。

诗人在诗的开篇运用了两个排比长句，如同挟天风海雨迎面扑来。上句写大河之水，势不可挡；下句写大河之去，势不可回。“君不见高堂明镜悲白发，朝如青丝暮成雪”，是时间范畴的夸张，诗人悲叹人生短促，将人生由青春到衰老的全过程说成“朝”“暮”之间的事，与前两句把本来壮观的说得更壮观，是“反向”的夸张。

接下来的五、六句在情感上发生了逆转，由“悲”转而写“欢”“乐”。“金樽”、“对月”两个词形象地向读者道出行乐不可无酒，而且也使饮酒诗意化了。接着诗人用乐观好强的口吻肯定人生，肯定自我：“天生我材必有用”。这是一个令人击节赞叹的句子，可以理解为诗人的人生价值宣言。“千金散尽还复来”是一个高度自信的句子，是说人可以驱使金钱而不为金钱所使，令凡夫俗子咋舌。至此诗人的狂放之情趋于高潮，诗的旋律加快。“岑夫子，丹丘生，将进酒，杯莫停”，这几个短句的忽然加入，使诗歌节奏富于变化。

接下来的八句可以说是诗中之歌。诗歌到此便由狂放转而为激愤。“钟鼓馔玉”的豪华生活，诗人不以为然，言下之意是一些人虽然富贵，却无德无能；诗人天生为有用之才，本应当位至卿相，却怀才不遇。诗人说古人“寂寞”，其实也是在说自己寂寞。诗人自己虽然一时寂寞，做个无奈的“饮者”，但诗人坚信，以己之才，定会留名于世的。

诗的最后一部分，诗人引用了“陈王”的故事：三国时的曹植曾经被封为陈王，他才华横溢，但常常任性而行，饮酒不节，最终没能得到父亲曹操的重用。后又遭兄、侄猜忌，虽然志向远大，终究郁郁不得志，死时年仅四十一岁。李白既欣赏其人，又同情他的遭遇。作者引用这个故事其实写的就是他自己，抒发了自己不受重用的惆怅之情。诗的最后一句与开篇之“悲”相呼应。

《将进酒》笔酣墨饱，情极悲愤而作狂放，具有震撼古今的气势与力量。

## 【长相思】

**长相思，在长安①。**
**络纬②秋啼金井阑，微霜凄凄簟③色寒。**
**孤灯不明思欲绝，卷帷望月空长叹。**
**美人如花隔云端。**
**上有青冥④之高天，下有渌水之波澜。**
**天长路远魂飞苦，梦魂不到关山难⑤。**
**长相思，摧心肝。**

**【注释】**

①长安：今陕西省西安市。②络纬：昆虫名，俗称纺织娘。③簟：凉席。④青冥：青云。⑤关山难：关山难渡。

**【鉴赏】**

这首《长相思》，大约是李白离开长安后于沉思中回忆过往情绪之作。全篇由痴男发声说话，描写了痴恋男子对长安情人别后的渴慕情思。

“美人如花隔云端”这个独立句把全诗分为篇幅均衡的两部分。前面由两个三言句发端，四个七言句拓展；后面由四个七言句叙写，两个三言句作结。

第一层次是从篇首至“美人如花隔云端”，写诗中人“在长安”的相思苦情。作者通过环境气氛层层渲染，来表现这一人物的感情。

就本层次而言，先写所闻——阶下纺织娘凄切的鸣叫。虫鸣则岁时将晚，孤栖者的落寞之感可知。其次写肌肤所感，正是“霜送晓寒侵被”时候，他更不能成眠了。“微霜凄凄”当是通过逼人寒气感觉到的。而“簟色寒”更暗示出其人已不眠而起。眼前是“罗帐灯昏”，愈增愁思。一个“孤”字不仅写灯，也是人物心理写照，从而引起一番思念。“思欲绝”（犹言想煞人）可见其情之苦。于是进而写卷帷所见，那是一轮可望而不可即的明月呵，诗人心中想起什么呢，他发出了无可奈何的一声长叹。这就逼出诗中关键的一语：“美人如花隔云端。”“长相思”的题意到此方才具体表明。这个为诗中人想念的如花美人似乎很近，近在眼前；却到底很远，远隔云端，与月儿一样，可望而不可即。由此可知他何以要“空长叹”了。值得注意的是，这句是诗中唯一的单句（独立句），给读者的印象也就特别突出，可见这一形象正是诗人要强调的。以下直到篇末便是第二段，紧承“美人如花隔云端”句，写一场梦游式的追求。这颇类屈原《离骚》中那“求女”的一幕。

再看下两句，从语意看，词序似应作：天长路远关山难（度），梦魂不到（所以）魂飞苦。写作“天长路远魂飞苦，梦魂不到关山难”，不仅是为合韵，且运用连珠格形式，通过绵延不断之声音以状关山迢递之愁情，可谓辞清意婉，十分动人。由于这个追求是没有结果的，于是诗以沉重的一叹作结：“长相思，摧心肝”！“长相思”三字回应篇首，而“摧心肝”则是“思欲绝”在情绪上进一步的发展。结句短促有力，给人以执着之感，诗情虽则悲恸，但绝无萎靡之态。

诗中将男女之间的这种相思苦情表现得淋漓尽致。

## 【日出入行】

**日出东方隈①，似从地底来。**
**历天又复入西海，六龙②所舍安在哉?**
**其始与终古不息，人非元气③，安得与之久徘徊?**
**草不谢荣于春风，木不怨落于秋天。**
**谁挥鞭策驱四运④？万物兴歇皆自然。**
**羲和⑤！羲和！汝奚汩没⑥于荒淫之波?**
**鲁阳⑦何德，驻景挥戈?**
**逆道违天，矫诬实多。**
**吾将囊括大块⑧，浩然与溟涬⑨同科！**

**【注释】**

①隈：山的曲处。②六龙：传说中日神的坐骑。③元气：中国古代哲学家常用术语，指天地未分前的混沌之气，被认为是最原始、最本质的因素。④四运：春夏秋冬。⑤羲和：传说中为日神驾车的人。⑥汩没：埋没、淹没。⑦鲁阳：《淮南子·冥览训》说鲁阳公与韩酣战，时已黄昏，鲁援戈一挥，太阳退三舍（一舍三十里）。⑧大块：自然天地。⑨溟涬：元气。

【鉴赏】

李白的这首诗闪烁着唯物主义的色彩，是古代朴素唯物主义的表现。

本诗的前六句为第一层次，该部分从太阳的东升西落说起，古代神话中说羲和每日赶了六条龙载上太阳神在天空中从东到西行驶。然而李白却认为，太阳每天从东升起，“历天”而西落，这是其本身的规律而不是什么“神”在指挥、操纵。否则，六条龙又停留在什么地方呢？“六龙安在”，这是反问句式，实际上否认了六龙存在的可能性。“徘徊”两字用得极妙，太阳东升西落，犹如人之徘徊，多么形象生动。在这一段中，诗人一连用了“似”“安在”“安得”这些不肯定、不确认的语词，并且连用了两个问句，这是有意提出问题，借以引起读者的深省。诗人故意不作正面的阐述而以反诘的方式提问，又使语气变得更加肯定有力。

第二个层次是本诗的中间四句，是说草木的繁荣和凋落，万物的兴盛和衰歇，都是自然规律的表现，这四句诗是全篇的点题之处、核心所在。“草不”“木不”两句，连用两个“不”字，加强了肯定的语气，显得果断而有力。“谁挥鞭策驱四运”这一问，更增强气势。这个“谁”字尤其值得思索。是谁在鞭策四时的运转呢？是羲和那样的神吗？读者的注意力很快就被吸引到作者的回答上来了：“万物兴歇皆自然”。回答是断然肯定的，不是神而是自然。此句质朴刚劲，斩钉截铁，给人以字字千钧之感。

第三个层次是本诗的最后八句。在这部分内容里，诗人首先连用了两个诘问句，对传说中驾驭太阳的羲和和挥退太阳的大力士鲁阳公予以怀疑，投以嘲笑：羲和呵羲和，你怎么会沉埋到浩渺无际的波涛之中去了呢？鲁阳公呵鲁阳公，你又有什么能耐挥戈叫太阳停下来？李白不单单是提出问题，更重要的是在回答问题。既然宇宙万物都有自己的规律，那么硬要违背这种自然规律（“逆道违天”），就必然是不真实的，不可能的，而且是自欺欺人的了（“矫诬实多”）。照李白看来，正确的态度应该是：顺应自然规律，同自然（即“元气”，亦即“溟涬”）融为一体，混而为一，在精神上包罗和占有（“囊括”）天地宇宙（“大块”）。人如果做到了这一点，就能够达到与溟涬“齐生死”的境界了。

诗篇采用了杂言句式，其中又或问或答，波澜起伏，表达了深刻的哲理，而且具有论辩性和说服力。

## 【关山月[①]】

明月出天山，苍茫云海间。
长风几万里，吹度玉门关。
汉下白登道[②]，胡[③]窥青海湾。
由来征战地，不见有人还。
戍客望边色，思归多苦颜。
高楼[④]当此夜，叹息未应闲。

【注释】

①关山月：乐府《横吹曲》调名。②白登道：指位于今山西大同的白登山。③胡：这里指吐蕃。④高楼：是指住在高楼中的戍客之妻。

【鉴赏】

本诗对战争做了深刻的思考，从中揭示了一定的哲理，很有启发意义。

本诗的第一个层次是开头四句。这部分内容可以说是一幅包含着关、山、月三种因素在内的辽阔边塞图景。何以说“明月出天山”呢？这是从征人角度说的。征人戍守在天山之西，回首东望，所看到的是明月从天山升起的景象。这样的境界，在一般才力薄弱的诗人面前，也许难乎为续，但李白有的是笔力。接下去“长风几万里，吹度玉门关”，范围比前两句更为广阔。宋代的杨齐贤，好像唯恐“几万里”出问题，说是：“天山至玉门关不为太远，而曰几万里者，以月如出于天山耳，非以天山为度也。”用想象中的明月与玉门关的距离来解释“几万里”，看起来似乎稳妥了，但李白是讲“长风”之长，并未说到明月与地球的距离。其实，这两句仍然是从征戍者角度而言的，士卒们身在西北边疆，在月光下伫立遥望故园时，但觉长风浩浩，似掠过几万里中原国土，横渡玉门关而来。

这样，连同上面的描写，便以长风、明月、天山、玉门关为特征，构成一幅万里边塞图。这里表面上似乎只是写了自然景象，但只要设身处地体会这是征人东望所见，那种怀念乡土的情绪就很容易感觉到了。

紧接着的四句是在前四句广阔的边塞自然图景上，叠印出征战的景象。下，指出兵。汉高祖刘邦领兵征匈奴，曾被匈奴在白登山（今山西大同市西）围困了七天。而青海湾一带，则是唐军与吐蕃连年征战之地。这种历代无休止的战争，使得自古出征的战士，几乎见不到有人生还故乡。这四句在结构上起着承上启下的作用，描写的对象由边塞过渡到战争，由战争过渡到征戍者。

就本诗的最后四句而言，战士们望着边地的景象，思念家乡，脸上多现出愁苦的颜色，他们推想自家高楼上的妻子，在此苍茫月夜，叹息之声当是不会停止的。“望边色”三个字在李白笔下似乎只是漫不经心地写出，但却把以上那幅万里边塞图和征战的景象，跟“戍客”紧紧联系起来了。所见的景象如此，所思亦自是广阔而渺远。战士们想象中的高楼思妇的情思和他们的叹息，在那样一个广阔背景的衬托下，也就显得格外深沉了。

诗人对战争并没有作单纯的谴责或歌颂，诗人像是沉思着一代代人为它所付出的沉重的代价！在这样的矛盾面前，诗人，征人，乃至读者，很容易激起一种渴望。

## 【长干行】

**妾[①]发初覆额，折花门前剧。**
**郎骑竹马[②]来，绕床[③]弄[④]青梅。**
**同居长干里[⑤]，两小无嫌猜[⑥]。**
**十四为君妇，羞颜未尝开。**
**低头向暗壁，千唤不一回。**
**十五始展眉[⑦]，愿同尘与灰。**
**常存抱柱信[⑧]，岂上望夫台。**
**十六君远行，瞿塘滟滪堆。[⑨]**
**五月不可触，猿声天上哀。**
**门前迟行迹，一一生绿苔。**
**苔深不能扫，落叶秋风早。**
**八月蝴蝶黄[⑩]，双飞西园草。**
**感此[⑪]伤妾心，坐愁红颜老。**
**早晚[⑫]下三巴，预将书报家。**
**相迎不道远[⑬]，直至长风沙[⑭]。**

**【注释】**

①妾：古代妇女自称。②骑竹马：儿童游戏时以竹竿当马骑。③床：指的

是井边的护栏。④弄：逗弄。⑤长干里：在今南京市，是当年船民集居之地。⑥无嫌猜：指天真烂漫。⑦始展眉：意谓才懂得些人事，感情也在眉宇间显现出来。⑧抱柱信：相传古代有个叫尾生的人，与一女子约会于桥下，届时女子不来，潮水却至，尾生为表示自己的信实，结果抱着桥柱，被水淹死。事见《庄子·盗跖》。《战国策·燕策》也以此为信行的范例。⑨瞿塘滟滪堆：瞿塘：峡名，长江三峡之一，在重庆市奉节县东。滟滪堆：瞿塘峡口的一块大礁石。每年阴历五月，江水上涨，滟滪堆被水淹没，船只不易辨识，易触礁致祸，故下云不可触。古乐府也有“滟滪大如袱，瞿塘不可触”语。⑩蝴蝶黄：明代杨慎说是秋天时黄蝶最多，恐系附会之说。黄：《全唐诗》作“来”。⑪此：指蝴蝶双飞。⑫早晚：何时。⑬不道远：不会嫌远。⑭长风沙：地名，在今安徽省安庆市东的江边上。据陆游《入蜀记》说，自金陵（南京）至长风沙有七百里。地极其湍险。

**【鉴赏】**

本诗写南方女子温柔细腻的感情，缠绵婉转，步步深入。诗人配合着舒徐和谐的音节，形象化的语言，在生活图景刻画、环境气氛渲染、人物性格描写上，显示了完整性、创造性。本诗的主题是商妇的爱情和离别。

本诗的开头四句，描写了女子回忆童年时与丈夫一起长大，彼此“青梅竹马”“两小无猜”的情景。“十四为君妇”四句，以极细腻的笔触写初婚时的情景。尽管对方是童年的伙伴，但出嫁时仍然羞涩不堪。

紧接着的“十五始展眉”四句，抒写夫妇间婚后发展起来的炽烈爱恋。而“十六君远行”四句，遥思丈夫远行经商，而所去的方向又是长江三峡那条险途，想到那哀猿长啸的环境，想到高浪急流下的暗礁滟滪堆，不由得为之担惊受怕。

接着“门前迟行迹”以下八句，触景生情，刻骨的相思在煎熬着少妇的心。门前伫立等待时留下的足迹已长满了青苔，盖上了落叶，再加上西园双飞的蝴蝶，格外叫人伤感，因为忧愁的煎熬，自己的容貌也不觉憔悴了。最后四句，寄语远方亲人：您不论什么时候回来，都要预先给家里捎封信，我好去迎您，即使到七百里外的长风沙去迎候，也不会嫌远。

本诗所写女子新婚时的“羞颜未尝开，低头向暗壁，千唤不一回”，没有其他女子因受封建婚姻迫害的愁苦，而是通过羞涩情态表现了她对于爱情的矜持和性格中淳厚的素质。她婚后“愿同尘与灰”“常存抱柱信”，以及与丈夫离别后的深刻思念，都鲜明生动地表现了真诚平等的相爱和对爱情幸福的热烈追求和向往。这种爱情多少带有一点脱离封建礼教的解放色彩。

本诗展示了女主人公的一部性格发展史。并且，随着人物的成长，写出了一对商人家庭的儿女带有解放色彩的婚姻和爱情。诗中的长干，是一个特殊的生活环境，其地在今南京市，本古金陵里巷，居民多从事商业。古代，在商人、市民中间，封建礼教的控制力量是比较弱的。这位长干女子，似乎从小就处于一个比较开放的生活环境，那种青梅竹马式的童年生活，对于心灵的健康发展是有利的。

## 【玉阶怨①】

**玉阶生白露，夜久侵罗袜②。**
**却下③水晶帘，玲珑望秋月。**

**【注释】**

①属乐府《相和歌辞·楚调曲》，从所存歌词看，主要是写“宫怨”的。②罗袜：丝织的袜子。③却下：放下。

**【鉴赏】**

本诗虽然全篇不着一字说怨，然而作者的语言之中却处处透露着幽怨之意。

就本诗的前两句而言，“罗袜”，见人之仪态、身份，有人有神。夜凉露重，罗袜知寒，诗中不直接写人而已见人之幽怨如诉。此二字似写实，实用曹植《洛神赋》中“凌波微步，罗袜生尘”意境。怨深，夜深，不禁幽独之苦，乃由帘外写至帘内，及至下帘之后，女主人公反又不忍使明月孤寂。似月怜人，似人怜月；若人不伴月，则又有何物可以伴人？月无言，人也无言。但读者却深知人有无限言语，月也解此无限言语，而写来却只是一味望月。此不怨之怨所以深于怨也。

而本诗的第三句中，“却下”二字，以虚字传神，最为诗家秘传。此一转折，似断实连；似欲一笔荡开，推却愁怨，实则经此一转，字少情多，直入幽微。“却下”，看似无意下帘，而其中却有无限幽怨。本以夜深、怨深，无可奈何而入室。入室之后，却又怕隔窗明月照此室内幽独，因而下帘。帘既下矣，却更难消受此凄苦无眠之夜，于更无可奈何之中，却更去隔帘望月。此时忧思徘徊，直如李清照“寻寻觅觅、冷冷清清、凄凄惨惨戚戚”之纷至沓来，如此情思，乃以“却下”二字出之。“却”字直贯下句，意谓：“却下水晶帘”“却去望秋月”，在这两个动作之间，有许多愁思转折反复，所谓字少情多，以虚字传神。中国古代诗艺中有“空谷传音”之法，似当如此。“玲珑”二字，看似不经意之笔，实则极见功力。以月之玲珑，衬人之幽怨，从反处着笔，全胜正面涂抹。

诗中不见人物姿容与心理状态，而作者似也无动于衷，只以人物行动见意，引读者步入诗情之最幽微处，故能不落言筌，为读者保留想象余地，使诗情无限辽远，无限幽深。以此见诗家“不著一字，尽得风流”真意。以叙人事之笔抒情，恒见，易；以抒情之笔状人，罕有，难。

这首诗设色淡雅，造境高妙，从玉阶、白露、罗袜，到水晶帘幕、玲珑秋月，一色的冰清玉洁、超凡脱俗。在这样的场景中，女主人公始而伫立玉阶，继而露侵罗袜，又继而入室下帘、隔帘望月，这一切究竟是为了什么？女主人公不便明言，作者也秘而不宣，全让读者去驰骋想象。言有尽而意无穷的妙处，从这类诗中可以领悟。

## 【静夜思】

**床①前明月光，疑②是地上霜。**
**举③头望明月，低头思故乡。**

**【注释】**

①床：即“窗”的通假字。②疑：怀疑，以为。③举：抬。

**【鉴赏】**

诗人在诗中将自己在孤寂的月夜对家乡的思念之情表达得淋漓尽致。

短短四句诗，写得清新朴素，明白如话。诗人所没有说的比他已经说出来的要多得多。它的构思细致而深曲，但又脱口吟成、浑然无迹。从这里，我们不难领会李白绝句的“自然”“无意于工而无不工”的妙境。

诗句从“疑”到“举头”，从“举头”到“低头”，形象地揭示了诗人内心活动，鲜明地勾勒出一幅生动形象的月夜思乡图。一个作客他乡的人，大概都会有这样的感觉吧：白天倒还罢了，到了夜深人静的时候，思乡的情绪，就难免一阵阵地在心头泛起波澜；何况是明月如霜的秋夜！月白霜清，是清秋夜景；以霜色形容月光，也是古典诗歌中所经常看到的。这首诗的“疑是地上霜”，是叙述，而非摹形拟象的状物之辞，是诗人在特定环境中一刹那间所产生的错觉。为什么会有这样的错觉呢？不难想象，这两句所描写的是客中深夜不能成眠、短梦初回的情景。这时庭院是寂寥的，透过窗户的皎洁月光射到床前，带来了冷森森的秋宵寒意。

就本诗的后两句来看，诗人朦胧地乍一望去，在迷离恍惚的心情中，好像地上铺了一层白皑皑的浓霜；可是再定神一看，四周的环境告诉他，这不是霜痕而是月色。月色不免吸引着他抬头一看，一轮秋月正挂在窗前，秋夜的天空是如此的明净！这时，他完全清醒了。秋月是分外光明的，然而它又是清冷的。对孤身远客来说，最容易触动旅思秋怀，使人感到客况萧条，年华易逝。凝望着月亮，也最容易使人产生遐想，想到故乡的一切，想到家里的亲人。想着，想着，头渐渐地低了下去，完全浸入沉思之中。

这首小诗，既没有奇特新颖的想象，也没有精工华美的辞藻；它只是用叙述的语气，写远客思乡之情，然而它却意味深长，耐人寻味，千百年来，如此广泛地吸引着读者。

## 【从军行】

**百战沙场碎铁衣①，城南已合数重围。**
**突营射杀呼延②将，独领残兵千骑归。**

**【注释】**

①碎铁衣：指身上穿的盔甲都支离破碎，其中有着夸张的成分。②呼延：是匈奴四姓贵族之一，这里指敌军的一员悍将。

【鉴赏】

本诗展示的是一位骁勇善战的将军，在敌众我寡、困难重重的情况下，仍为国家建立了不朽的功勋。

本诗的首句展示了将军的“铁衣”，它无言地诉说着将军的过去，写了将军过去的戎马生涯。伴随他出征的铁甲都已碎了，留下了累累的刀斑箭痕，以见证他征战时间之长和所经历的战斗之严酷。这句虽是从铁衣着笔，却等于从总的方面对诗中的主人公作了最简要的交代。

紧接着引出了诗的第二句，即敌军的“重围”，无言地宣告着形势的危急。战争在塞外进行，城南是退路。但连城南也被敌人设下了重围，全军已陷入可能彻底覆没的绝境。写被围虽只此一句，但却如千钧一发，使人为之悬心吊胆。

后两句表明了将军的勇冠三军以及他又完成了一次艰难的使命。呼延，是匈奴四姓贵族之一，这里指敌军的一员悍将。我方这位身经百战的英雄，正是选中他作为目标，在突营闯阵的时候，首先将他射杀，使敌军陷于慌乱，乘机杀开重围，独领残兵，夺路而出。“独领残兵千骑归”中的“独”字几乎有千斤之力，压倒了敌方的千军万马，给人以顶天立地之感。

所写的战争从全局上看，是一场败仗。但虽败却并不令人丧气，而是败中见出了豪气。诗中没有对这位将军进行肖像描写，但通过紧张的战斗场景，把英雄的精神与气概表现得异常鲜明而突出，给人留下难忘的印象。将这场惊心动魄的突围战和首句“百战沙场碎铁衣”相对照，让人想到这不过是他“百战沙场”中的一仗。这样，就把刚才这一场突围战，以及英雄的整个战斗历程，渲染得格外威武壮烈，让人感受到了这些从血泊中拼杀出来的英雄凛然可敬的精神。

读懂这首诗，可以窥知大诗人的巧于用笔和诗所蕴蓄的鼓舞力量。

## 【春思】

**燕[1]草如碧丝，秦[2]桑低绿枝。**
**当君怀归日，是妾断肠时。**
**春风不相识，何事入罗帏[3]？**

【注释】

①燕：今河北北部，辽宁西部。②秦：今陕西。燕地寒冷，草木迟生于较暖的秦地。③罗帏：是指丝织的帘帐。

【鉴赏】

全诗表达了思妇对自己夫君殷切的思念，以及他们之间忠贞的爱情。

本诗的头两句可以视作“兴”。诗中的兴句一般是就眼前所见，信手拈起，这两句却以相隔遥远的燕、秦两地的春天景物起兴，颇为别致。“燕草如碧丝”，当是出于思妇的悬想；“秦桑低绿枝”，才是思妇所目睹。把目力达不到的远景和眼前近景配置在一幅画面上，并且都从思妇一边写出，从逻辑上说，似乎有点乖碍，但从“写情”的角度来看，却是可通的。试想：仲春时节，桑叶繁茂，独处秦地的思妇触景生情，终日盼望在燕地行役屯戍的丈夫早日归来；她根据自己平素与丈夫的恩爱相处和对丈夫的深切了解，料想远在燕地的丈夫此刻见到碧丝般的春草，也必然会萌生思归的念头。见春草而思归。

本诗的三、四两句直承兴句的理路而来，故仍从两地着笔——“当君怀归日，是妾断肠时”。丈夫及春怀归，足慰离人愁肠。按理说，诗中的女主人公应该感到欣喜才是，而下句竟以“断肠”承之，这又似乎违背了一般人的心理，但如果联系上面的兴句细细体会，就会发现，这样写对表现思妇的感情又进了一层。旧时俗话说：“见多情易厌，见少情易变。”这首诗中的女主人公的可贵之处在于阔别而情愈深，迹疏而心不移。

而就本诗的最后两句来看，诗人捕捉了思妇在春风吹入闺房，掀动罗帐的一刹那的心理活动，表现了她忠于所爱、坚贞不二的高尚情操。从艺术上说，这两句让多情的思妇对着无情的春风发话，又仿佛是无理的，但用来表现独守春闺处于特定环境中的思妇的情态，又令人感到真实可信。春风撩人，春思缠绵，申斥春风，用以明志自警。以此作结，恰到好处。无理而妙是古典诗歌中一个常见的艺术特征。

从李白的这首诗中不难看出，所谓无理而妙，就是指在看似违背常理、常情的描写中，反而更深刻地表现了各种复杂的感情，此诗堪为无理而妙的典范。

## 【江上吟】

木兰[①]之枻[②]沙棠舟，玉箫金管坐两头。
美酒樽[③]中置千斛[④]，载妓随波任去留。
仙人有待乘黄鹤，海客无心随白鸥。
屈平词赋悬日月，楚王台榭空山丘。
兴酣[⑤]落笔摇五岳，诗成笑傲凌沧洲[⑥]。
功名富贵若长在，汉水[⑦]亦应西北流。

### 【注释】

①木兰：即辛夷，香木名。②枻：船舷。③樽：盛酒的器具。④斛：古时十斗为一斛。⑤兴酣：诗兴浓烈。⑥沧洲：即沧州，今河北省的一个地级市。⑦汉水：发源于陕西省宁强县，东南流经湖北襄阳，至汉口汇入长江。汉水向西北倒流，比喻不可能的事情。

### 【鉴赏】

本诗十二句，形象鲜明，感情激扬，气势豪放。读起来只觉得它是一片神行，一气呵成。而从全诗的结构组织来看，它绵密工巧，独具匠心。

开头是色彩绚丽的形象描写，立即把读者引入一个不寻常的境界。开头四句，虽是江上之游的即景，但并非如实的记叙，而是经过夸饰的、理想化的具体描写，展现出华丽的色彩，有一种超世绝尘的气氛。“木兰之枻沙棠舟”，是用珍贵而神奇的木料制成的；“玉箫金管坐两头”，乐器的精美可以想象吹奏的不同凡响；“美酒樽中置千斛”，足见酒量之富，酒兴之豪；“载妓随波任去留”，极写游乐的酣畅恣适。总之，这江上之舟是足以尽诗酒之兴，极声色之娱的，是一个超越了纷浊的现实的、自由而美好的世界。

中间两联，属对精整，而诗意则正反相生，扩大了诗的容量，诗笔跌宕多姿。“仙人”一联承上，对江上泛舟行乐，加以肯定赞扬；“屈平”一联启下，揭示出理想生活的历史意义。“仙人有待乘黄鹤”，即使修成神仙，仍然还有所待，黄鹤不来，也上不了天；而我之泛舟江上，“海客无心随白鸥”，乃已忘却机巧之心，物我为一，不知何者为物，何者为我，岂不是比那眼巴巴望着黄鹤的神仙还要像神仙吗？到了这种境界，人世间的功名富贵，荣辱穷通，就更不在话下了。因此，俯仰宇宙，纵观古今，便得出了与“滔滔者天下皆是也”的庸夫俗子相反的认识：“屈平词赋悬日月，楚王台榭空山丘”，泛舟江汉之间，想到屈原与楚王，原是很自然的，而这一联的精辟乃在于把屈原和楚王作为两种人生的典型，鲜明地对立起来。屈原尽忠爱国，反被放逐，终于自沉汨罗，他的词赋，可与日月争光，永垂不朽；楚王荒淫无道，穷奢极欲，卒招亡国之祸，当年奴役人民建造的宫殿台榭，早已荡然无存，只见满目荒凉的山丘。这一联形象地说明了：历史上属于进步的终归不朽，属于反动的必然灭亡；还有文章者不朽之大业，而势位终不可恃的这一层意思。

结尾四句，极意强调夸张，感情更加激昂，酣畅恣肆，显出不尽的力量。紧接“屈平”一联尽情发挥。“兴酣”二句承屈平辞赋说，同时也回应开头的江上泛舟，极其豪壮，活画出诗人自己兴会飚举，摇笔赋诗时藐视一切，傲岸不羁的神态。“摇五岳”，是笔力的雄健无敌；“凌沧洲”是胸襟的高旷不群。末句“功名富贵若长在，汉水亦应西北流”，承楚王台榭说，同时也把“笑傲”进一步具体化、形象化了。不正面说功名富贵不会长在，而是从反面说，对根本不可能的事情来一个假设，便加强了否定的力量，显出不可抗拒的气势，并带着尖锐的嘲弄意味。

一方面，这首诗的思想内容基本上是积极的，但另一方面，诗人把纵情声色、恣意享乐作为理想的生活方式而歌颂，则是不可取的。金管玉箫，携酒载妓，不也是功名富贵中人所迷恋的吗？这正是李白思想的矛盾。这个矛盾，在他的许多诗中都有明白的表现，成为极具个性特点的局限性。

## 【秋浦歌十七首】（其十五）

**白发三千丈，缘①愁似个②长？**
**不知明镜里，何处得秋霜③！**

**【注释】**

①缘：因。②个：这样。③秋霜：形容发白如霜。

**【鉴赏】**

本诗中，作者将其悲愤之情寄予诗中，成为千古流传的名篇。

前两句中，作者的感情似火山爆发，直接喷发而出，骇人心目。“三千丈”的白发是因愁而生，因愁而长！愁生白发，人所共晓，而长达三千丈，该有多少深重的愁思？十个字的千钧重量落在一个“愁”字上。以此写愁，不能不使人惊叹诗人的气魄和笔力。

前半部分暗藏照镜，后半部分就明白写出：“不知明镜里，何处得秋霜！”李白独辟蹊径，以“白发三千丈”之长喻愁之深之重，“尤为新奇”，“兴中有比，意味更长”。人们不但不会因“三千丈”的无理而见怪诗人，相反会由衷赞赏这出乎常情而又入于人心的奇句，而且感到诗人的长叹疾呼实堪同情。人看到自己头上生了白发以及白发的长短，是因为照镜而知。

其中，秋霜色白，指白发，似重复又非重复，它并具忧伤憔悴的感情色彩，不是白发的“白”字所能兼带。上句的“不知”，不是真不知，不是因“不知”而发出“何处”之问。这两句不是问语，而是愤激语、痛切语。诗眼就在下句的一个“得”字上。如此浓愁，从何而“得”？“得”字直贯到诗人半生中所受到的排挤压抑；所志不遂，因此而愁生白发，鬓染秋霜，亲历亲感，何由不知！李白有“奋其志能，愿为辅弼”的雄心，有使“寰区大定，海县清一”的理想，尽管屡遭挫折，未能实现，但他的志向始终不泯。

诗人发出“白发三千丈”的孤吟，使天下后世识其悲愤，并以此奇想奇句流传千古，可谓善作不平鸣者了。

## 【峨眉山月歌】

**峨眉山①月半轮秋②，影③入平羌江水流。**
**夜④发清溪⑤向三峡⑥，思君不见下渝州⑦。**

**【注释】**

①峨眉山：在今四川峨眉县西南。②半轮秋：半圆的秋月，即上弦月或下弦月。③影：月光。④夜：今夜。⑤清溪：指清溪驿，在四川犍为峨眉山附近。⑥三峡：指长江瞿塘峡、巫峡、西陵峡，在今重庆、湖北交界处。⑦渝州：今重庆一带。

**【鉴赏】**

整首诗的手法神韵清绝，表达了诗人对月的美好之情。

第一句，直接表明了远游在秋天。“秋”字因入韵关系倒置句末。秋高气爽，月色清明。以“秋”字形容月色之美，信手拈来。月只有“半轮”，使人联想到青山吐月的优美意境。在峨眉山的东北有平羌江，即今青衣江，源出于四川芦山县，流至乐山县入岷江。

而第二句中，“影”指月影，“入”和“流”两个动词构成连动式谓语。是指月影映入江水，又随江水流去。生活经验告诉我们，定位观水中月影，任凭江水怎样流，月影却是不动的。“月亮走，我也走”，只有观者顺流而下，才会看到“影入江水流”的妙景。所以此句不仅写出了月映清江的美景，同时暗点秋夜行船之事。意境可谓空灵入妙。

第三句则表达为：他正连夜从清溪驿出发进入岷江，向三峡驶去。“仗剑去国，辞亲远游”的青年，乍离乡土，对故国故人不免恋恋不舍。江行见月，如见故人。然明月毕竟不是故人，于是只能“仰头看明月，寄情千里光”了。

尾句虽然用语较短，但却表现出诗人依依惜别的情思。除“峨眉山月”之外，诗中几乎没有更具体的景物描写；除“思君”二字，也没有更多的抒情。然而“峨眉山月”这一集中的艺术形象贯穿整个诗境，成为诗情的触媒。由它引发的意蕴相当丰富：山月与人万里相随，夜夜可见，使“思君不见”的感慨愈加深沉。明月可亲而不可近，可望而不可即，更是思友之情的象征。凡咏月处，皆抒发江行思友之情，令人陶醉。

全诗空灵清绝，神异悠远，值得读者慢慢地品味和欣赏。

## 【赠孟浩然】

**吾爱孟夫子①，风流②天下闻。**
**红颜弃轩冕③，白首④卧松云。**
**醉月频中圣⑤，迷花⑥不事君。**
**高山⑦安可仰，徒此揖清芬。**

**【注释】**

①孟夫子：指孟浩然。②风流：古人以风流赞美文人，主要是指有文采，善词章，风度潇洒，不钻营苟且等。③轩冕：原指古时大夫以上官员的车乘和冕服，后引申为官位，泛指为官。④白首：白头，指老年。⑤中圣：“中圣人”的简称，即醉酒。古人称酒清者为圣人，酒浊者为贤人。⑥迷花：迷恋花草，此指陶醉于自然美景。⑦高山：言孟浩然品格高尚，令人敬仰。

【鉴赏】

本诗在对咏赞对象孟浩然进行勾勒的同时，更重要的是也表达了自己美好的人生理想和审美情结。

首联是总写，起着总括全局的作用。其中，“爱”字是贯穿全诗的抒情线索，“风流”二字已隐括了下文的形象内容。“风流”乃指孟浩然超然脱俗的风度人品和卓然不凡的文学才华。

颔联两句是从纵的方面描写孟浩然的生平经历。“红颜”而能摒弃“轩冕”，表明孟浩然从青年时代起就能超脱功名利禄，这在常人是难以做到的，因而更显出他的高洁不凡；“白首”而静卧“松云”，一幅高人隐逸图尽现眼底，松风白云毋宁是孟夫子潇洒风致与散淡神情的物化和象征。而且两相对照，不仅有色彩的美，时空的度与雅俗的分野，而且在比照与反衬中使人浮想联翩。

颈联两句则是从横的方面写他的现时状态——隐居生活。其采用的是由正及反之法，它使我们看到在皓月当空的清宵，孟夫子把酒临风，往往至于沉醉；有时则于繁花丛中流连忘返。句中用典自然，不露斧凿痕迹。“中圣”就是喝醉酒之意，与“事君”正好构成巧妙的对偶。

尾联“高山”一句暗用《诗经·小雅》中“高山仰止，景行行止”的典故，同时又是形象描写，即使读者不知其出处，也仍能欣赏其形象与诗情之美。

总的来看，本诗结构严密，过渡与转换顺理成章。具体说来，诗的开头提出“吾爱”，继而又通过具体描写揭出其“可爱”，最后归结到“敬爱”。

## 【赠汪伦[①]】

**李白乘舟将欲行，忽闻岸上踏歌[②]声。**
**桃花潭[③]水深千尺，不及汪伦送我情！**

【注释】

①汪伦：泾县（今属安徽）村民。天宝末年李白游泾县时，汪伦常以美酒招待李白，李白临行前即作此诗留别。②踏歌：民间流行的一种手拉手、两脚踏地为节拍的歌唱方式。③桃花潭：在泾县东南的一百公里处。

【鉴赏】

本诗写的是汪伦为李白送行，李白以诗回复友人的送行，表达留别之情，以及友人之间深挚的情意。

前两句叙事，先写离去者，再写送行者，向读者展示了一幅离别的画面。

第一句“乘舟”表明诗人离去走的是水道；“将欲行”表明轻舟即将出发。这句诗使我们仿佛看到了李白在正要出发的小船上与友人告别的场景。

第二句，作者用了曲笔，直说听见了歌声。一群人踏地为节拍，边走边唱来送行了，这出乎诗人的意料，因此用了“忽闻”，而不是用“遥闻”。

而诗的后两句是抒情。

第三句中，诗人说桃花潭水是那样的深湛，更触动了离人的情怀，难忘与汪伦的深情厚谊，水深情深自然地联系在一起。

结尾句“不及汪伦送我情”，诗人用比物的手法形象地表达了真挚纯洁的深情。“不及”二字极妙，将无形的情谊转化为生动的形象，空灵而有韵味，自然而又情真。

## 【金陵酒肆留别[①]】

**风吹柳花满店香，吴姬[②]压酒劝客尝。**
**金陵子弟[③]来相送，欲行[④]不行各尽觞[⑤]。**
**请君试问东流水，别意与之谁短长？**

【注释】

①金陵：今江苏省南京市。酒肆：酒店。留别：临别留诗给送行者。②吴姬：吴地的青年女子，这里指酒店中的歌女。③子弟：指李白的朋友。④欲行：要走的人，指李白自己。⑤尽觞：喝尽杯中的酒。

【鉴赏】

本诗的创作背景是在江南水村山郭的一家小酒店里，诗人独坐小酌，满怀别绪。

首句将风光的骀荡、柳絮的精神，以及酒客沉醉东风的情调，生动自然地浮现在纸面之上；而且又极洒脱超逸，不费半分气力，脱口而出。其给人的感觉就是，店中简直就是柳花的世界。柳花本来无所谓香，这里何以用一个

"香"字呢？一则"心情闻妙香"，任何草木都有它微妙的香味；二则这个"香"字代表了春之气息，同时又暗暗勾出下文的酒香。这里的"店"，初看不知何店，下句看完才知是指酒店。

次句描写的是当垆红粉遇到了酒客，场面上就出现人了。

紧接着，第三句写到等到"金陵子弟"这批少年一涌而至时，酒店中就更热闹了。别离之际，本来未必有心饮酒，而吴姬一劝，何等有情，加上"金陵子弟"的前来，更觉情长，谁能舍此而去呢？可是偏偏要去，"来相送"三字一折，直是在上面热闹场面上泼了一盆冷水，点出了从来热闹繁华就是冷寂寥落的前奏。

李白要离开金陵了，如此热辣辣的分离转而引出第四句。于是又转为"欲行不行各尽觞"，欲行的诗人固陶然欲醉，而不行的相送者也各尽觞，情意如此之长，于是落出了"请君试问东流水，别意与之谁短长"的结句，以含蓄的笔法，悠然无尽地结束了这一首抒情的短歌。

## 【黄鹤楼①送孟浩然之广陵②】

**故人西辞③黄鹤楼，烟花④三月下⑤扬州。**
**孤帆远影碧空尽，唯见长江天际流。**

**【注释】**

①黄鹤楼：故址在今湖北省武昌县蛇山黄鹄矶上（今已重建），下临长江。②广陵：今江苏扬州。③西辞：黄鹤楼在扬州的西面，所以称之为"西辞"。④烟花：形容春天花柳明媚、云气氤氲的景象。⑤下：从黄鹤楼去扬州是顺流而下，故称"下"。

**【鉴赏】**

本诗的创作背景是在很浓郁的畅想曲和抒情诗的气氛里进行的。

从首句来看，黄鹤楼是天下的名胜，两位诗人经常在此聚会，从而起到点题的作用。因此一提到黄鹤楼，就带出种种与此处有关的富于诗意的生活内容。而黄鹤楼本身呢？又是传说中仙人飞天的地方，这和李白心目中这次孟浩然愉快地去扬州，又构成一种联想，增加了那种愉快的、畅想曲的气氛。

细细品味本诗中的第二句，其中，"三月"上加"烟花"二字，把送别环境中那种诗的气氛涂抹得尤为浓郁。烟花者，烟雾迷蒙，繁花似锦也。给人的感觉绝不是一片地、一朵花，而是看不尽、看不透的大片阳春烟景。三月，固然是烟花之时，而开元时代繁华的长江下游，又何尝不是烟花之地呢？“烟花三月”，不仅再现了那暮春时节、繁华之地的迷人景色，而且也透露了时代气氛。此句意境优美，文字绮丽，清人孙洙誉为“千古丽句”。

本诗的后半部分写景，其中包含着一个充满诗意的细节。李白一直把朋友送上船，船已经扬帆而去，而他还在江边目送远去的风帆。李白的目光望着帆影，一直看到帆影逐渐模糊，消失在碧空的尽头，可见目送时间之长。帆影已经消逝了，然而李白还在翘首凝望，这才注意到一江春水浩浩荡荡地流向水天交接之处。

本诗的最后一句表面写的是眼前景象，但其中蕴含了诗人对朋友的绵绵情意。此时，诗人的心潮起伏犹如东去的春水一般。

## 【渡荆门送别】

**渡远荆门[①]外，来从楚国游。**
**山随平野[②]尽，江[③]入大荒[④]流。**
**月下[⑤]飞天镜，云生结海楼[⑥]。**
**仍怜故乡水，万里[⑦]送行舟。**

**【注释】**

①荆门：荆门山，在现在湖北宜都西北长江南岸，与北岸虎牙山对峙，形势险要，这一带在春秋战国时为楚国。②平野：平坦广阔的原野。③江：长江。④大荒：广阔无垠的原野。⑤下：移下。⑥海楼：海市蜃楼，这里形容江上云霞的美丽景象。⑦万里：比喻行程之远。

**【鉴赏】**

本诗是李白从蜀乘船向荆门之外的湖北、湖南楚国故地游览时，写下的一篇游览诗。

从首联来看，这两句诗描述的就是这一壮游。这时候的青年诗人，兴致勃勃，坐在船上沿途纵情观赏巫山两岸高耸云霄的峻岭，一路看来，眼前景色逐渐变化，船过荆门一带，已是平原旷野，眼界顿然开阔，别是一番景色。

就本诗的领联而言，第一句形象地描绘了船出三峡、渡过荆门山后长江两岸的特有景色：山逐渐消失了，眼前是一望无际的低平的原野。它好比用电影镜头摄下的一组活动画面，给人以流动感与空间感，将静止的山岭摹状出活动的趋向来。而第二句则写出江水奔腾直泻的气势，从荆门往远处望去，仿佛流入荒漠辽远的原野，显得天空寥廓，境界高远。其中，一“入”字，力透纸背，用语贴切。景中蕴藏着诗人喜悦开朗的心情和青春的蓬勃朝气。

颈联是诗人从不同角度描绘长江的近景与远景。长江流过荆门以下，河道迂曲，流速减缓。晚上，江面平静时，俯视月亮在水中的倒影，好像天上飞来一面明镜似的；日间，仰望天空，云彩兴起，变幻无穷，结成了海市蜃楼般的奇景。这正是从荆门一带广阔平原的高空中和平静的江面上所观赏到的奇妙美景。如在崇山峻岭的三峡中，如非亭午夜分，不见曦月，夏水襄陵，江面水流湍急汹涌，那就很难有机会看到“月下飞天镜”的水中影像；在隐天蔽日的三峡空间，也无从望见“云生结海楼”的奇景。这一联以水中月明如圆镜反衬江水的平静，以天上云彩构成海市蜃楼衬托江岸的辽阔，天空的高远，艺术效果十分强烈。

尾联是诗人思乡之情的倾泻与展现。通过前两联的描写，把生活在蜀中的人，初次出三峡，见到广大平原时的新鲜感受极其真切地写了出来。李白在欣赏荆门一带风光的时候，面对那流经故乡的滔滔江水，就不禁起了思乡之情。诗人不说自己思念故乡，而说故乡之水恋恋不舍地一路送我远行，怀着深情厚谊，万里送行舟，从对面写来，越发显出自己思乡深情。诗文以浓重的怀念惜别之情结尾，言有尽而情无穷。诗题中的“送别”应是告别故乡而不是送别朋友，诗中并无送别朋友的离情别绪。

本诗风格雄健，想象瑰丽。写得逼真如画，有如一幅长江出峡渡荆门长轴山水图，成为脍炙人口的佳句。

## 【金乡送韦八之西京】

**客从长安来，还归长安去。**
**狂风吹我心，西挂咸阳①树。**
**此情不可道②，此别何时遇？**
**望望③不见君，连山起烟雾。**

**【注释】**

①咸阳：指长安。②不可道：无法用语言表达。③望望：瞻望，盼望。

**【鉴赏】**

本诗是诗人在金乡遇友人韦八回长安之时，写下的送别诗。

从本诗的首联来看，韦八似是暂时来金乡做客的，所以说“客从长安来，还归长安去”。这两句诗像说家常话一样自然、朴素，好似随手拈来，毫不费力。

就本诗的颔联而言，这里的诗句想象奇特，形象鲜明，可谓神来莫测之笔，而且带有浪漫主义的艺术想象。诗人因送友人归京，所以思及长安，他把思念长安的心情表现得神奇、别致、新颖、奇特，写出了送别时的心潮起伏。其中，“狂风吹我心”不一定是送别时真有大风伴行，而主要是状写送别时心情激动。至于“西挂咸阳树”，把我们常说的“挂心”，用虚拟的方法，形象地表现出来了。“咸阳”指长安，因上两句连用两个长安，故此处用“咸阳”代之，避免了词语过多地重复使用。这两句诗表达出诗人的心已经追逐友人而去，很自然地流露出依依惜别的心情。

从本诗的颈联来看，孕育着深深之情，将离别时的千种风情，万般思绪，仅用“不可道”三字带过，犹如“满怀心腹事，尽在不言中”。

而本诗的尾联，写诗人伫立凝望，目送友人归去的情景。当友人愈去愈远，最后连影子也消失时，诗人看到的只是连山的烟雾，在这烟雾迷蒙中，寄寓着诗人与友人别后的怅惘之情。“望”字重叠，显出伫望之久和依恋之深。

本诗语言平易、通俗，没有一点斧凿痕迹，显示出诗人杰出的艺术才能。

## 【送友人】

**青山横北郭①，白水绕东城。**
**此地一为别②，孤蓬③万里征。**
**浮云④游子意，落日故人⑤情。**
**挥手自兹去，萧萧⑥班⑦马鸣。**

**【注释】**

①北郭：北城外。②为别：作别之意。③孤蓬：蓬是指蓬草，常常随风飘转，多用来比喻漂泊的人，孤蓬就是孤身漂泊的人。④浮云：飘浮不定的云，用来比喻友人。⑤故人：在本诗中是指诗人自己。⑥萧萧：是马嘶鸣的声音。⑦班：意为分别。

**【鉴赏】**

本诗表达了作者对友人送别之时的依依惜别之情。

首联交代了诗人与友人告别的地点。诗人已经送友人来到了城外，然而两人仍然并肩缓辔，不愿分离。其中，“青山”对“白水”，“北郭”对“东城”，别开生面；而且“青”“白”相间，色彩明丽。“横”字勾勒青山的静姿，“绕”字描画白水的动态。诗笔挥洒自如，描摹出一幅寥廓秀丽的图景。

就颔联的内容而言，主要表述了诗人与作者此地一别，离人就要像蓬草那样随风飞转，到万里之外去了。这两句表达了对朋友的深切关怀。落笔如行云流水，舒畅自然，不拘泥于对仗，别具一格。

颈联遣词造句特别值得考究，很有技巧性。其中，“浮云”对“落日”，“游子意”对“故人情”。同时，诗人又巧妙地用“浮云”“落日”作比，来表明心意。天空中一抹白云，随风飘浮，象征着友人行踪不定，任意东西；远处一轮红彤彤的夕阳徐徐而下，似乎不忍遽然离开大地，隐喻诗人对朋友依依惜别的心情。在这山明水秀、红日西照的背景下送别，特别令人留恋而感到难舍难分。这里既有景，又有情，情景交融，扣人心弦。

尾联表达了诗人对于友人的真情惬意。其中，“挥手”，是写了分离时的动作，那么内心的感觉如何呢？诗人没有直说，只写了“萧萧班马鸣”的动人场景。班马，离群的马。诗人和友人马上挥手告别，频频致意。那两匹马仿佛懂得主人心情，也不愿脱离同伴，临别时禁不住萧萧长鸣，似有无限深情。马犹如此，人何以堪！

诗中描述了一幅精彩的画面：山岭、流水、落日、浮云等云集一起，相互映衬，色彩璀璨。各种美交织在一起，洋溢着乐观畅快之情。

## 【送友人入蜀】

**见说[①]蚕丛路[②]，崎岖不易行。**
**山从人面起[③]，云傍马头生[④]。**
**芳树[⑤]笼秦栈，春流[⑥]绕蜀城。**
**升沉[⑦]应已定，不必问君平[⑧]。**

### 【注释】

①见说：唐代俗语，即“听说”。②蚕丛：蜀国的开国君王。蚕丛路：代称入蜀的道路。③山从人面起：人在栈道上走时，紧靠峭壁，山崖好像从人的脸侧突兀而起。④云傍马头生：云气依傍着马头而上升翻腾。⑤芳树：开着香花的树木。⑥春流：春江水涨，江水奔流。或指流经成都的郫江、流江。⑦升沉：进退升沉，即人在世间的遭遇和命运。⑧君平：西汉严遵，字君平，隐居不仕，曾在成都以卖卜为生。

### 【鉴赏】

本诗通过对蜀道的描写，将自己的感情寄予其中。

首联从蜀道之难开始写起，极力地展示了蜀道的艰辛。临别之际，李白亲切地叮嘱友人：听说蜀道崎岖险阻，路上处处是层峦叠嶂，不易通行。语调平缓自然，恍若两个好友在娓娓而谈，感情诚挚而恳切。

颔联对蜀道的崎岖进一步进行描写。蜀道在崇山峻岭上迂回盘绕，人在栈道上走，山崖峭壁宛如迎面而来，从人的脸侧重迭而起，云气依傍着马头而升起翻腾，像是腾云驾雾一般。“起”“生”两个动词用得极好，生动地表现了栈道的狭窄、险峻、高危，想象诡异，境界奇美，写得气韵飞动。

就本诗的颈联而言，其展现了蜀道优美动人的地方，即瑰丽的风光就在秦栈上。此联中的“笼”字是评家所称道的“诗眼”，写得生动、传神，含意丰满。主要包括两方面的内容：第一，从远处观看到的景色：山岩峭壁上突出的林木，枝叶婆娑，笼罩着栈道。其中，“笼”字准确地描画了栈道林荫是由山上树木朝下覆盖而成的特色；第二，与前面的“芳树”相呼应，形象地表达了春林长得繁盛茂密的景象。

尾联写得含蓄蕴藉，语短情长。诗人似乎已参透人生，因而对友人说：个人的官爵地位，进退升沉都早有定局，何必再去询问善卜的严君平呢！李白借用君平的典故，婉转地启发他的朋友不要沉迷于功名利禄之中，可谓谆谆善诱，凝聚着深挚的情谊，而其中又不乏自身的身世感慨。

本诗的风格清新俊逸，极力体现了五律在对偶上的艺术特点。

## 【山中问答】

**问余①何意栖碧山②，笑而不答心自闲③。**
**桃花流水窅然④去，别⑤有天地非人间。**

**【注释】**

①余：我。②碧山：在湖北省安陆县内，山下桃花岩是李白读书处。③闲：安然，泰然。④窅然：幽深遥远的样子。⑤别：另外。

**【鉴赏】**

本诗夹叙夹议，有实有虚，意境深远、幽邃。

就本诗的前两句而言，“碧山”是指山色的青翠苍绿。本诗以提问的形式开启，突出题旨，唤起读者的注意，当人们正要倾听答案时，诗人笔锋却故意一晃，“笑而不答”。第二句诗写得迷离，妙在不答，使诗增添了变幻曲折，自有摇曳生姿、引人入胜的魅力。其中，“笑”字值得玩味，它不仅表现出诗人喜悦而矜持的神态，营造了轻松愉快的氛围；而且还带有几分神秘的色彩，造成悬念，以诱发人们思索的兴味。而“心自闲”三个字，既是山居心境的写照，更表明这“何意栖碧山”的问题，对于诗人来说，既不觉得新鲜，也不感到困惑。

从本诗的后两句来看，其不仅仅是写“碧山”之景，而且也是“何意栖碧山”的答案。这种“不答”而答、似断实连的结构，加深了诗的韵味。诗虽写花随溪水窅然远逝的景色，却无一点“流水落花春去也”的衰飒情调，而是把它当作令人神往的美来渲染、来赞叹。这从上面写的“笑而不答”的神态，以及末句的议论都能体现出来。

细细品味本诗的字句，可以从中窥探出诗人愤世嫉俗和乐观浪漫的复杂情感。“碧山”之中这种不汲汲于荣、不寂寂于逝，充满着天然、宁静之美的“天地”，实非“人间”所能比！那么“人间”究竟怎样呢？这一回诗人真的不说了。然而只要稍稍了解一下当时黑暗的现实和李白的不幸遭遇，诗人“栖碧山”、爱“碧山”便不难理解了。可见，这“别有天地非人间”，隐含了诗人心中多少伤和恨。所以，要说这首诗是抒写李白超脱现实的闲适心情，恐怕未必贴切。诗中用一“闲”字，就是要暗示出“碧山”之“美”，并以此与“人间”形成鲜明的对比。

本诗的四句中包含了问答、叙述、描绘及议论，而且其间转接轻灵，活泼流利。用笔有虚有实，蕴意幽邃。

## 【把酒问月】

**青天有月来几时？我今停杯一问之。**
**人攀明月不可得，月行却与人相随。**
**皎如飞镜临丹阙[①]。绿烟[②]灭尽清辉发。**
**但见[③]宵从海上来，宁知[④]晓向云间没[⑤]？**
**白兔捣药[⑥]秋复春，嫦娥[⑦]孤栖与谁邻？**
**今人不见古时月，今月曾经照古人。**
**古人今人若流水，共看明月皆如此。**
**唯愿当歌对酒时[⑧]，月光长照金樽[⑨]里。**

**【注释】**

①丹阙：朱红色的宫门。②绿烟：指遮蔽月光的浓重的云雾。③但见：只看到。④宁知：怎知。⑤没：隐没。⑥白兔捣药：是古代的神话传说，西晋傅玄《拟天问》：“月中何有，白兔捣药”。⑦嫦娥：传说中后羿的妻子，她偷吃了后羿的仙药，成为仙人，奔入月中。见《淮南子·览冥训》。⑧当歌对酒时：在唱歌饮酒的时候。曹操《短歌行》：“对酒当歌，人生几何？”⑨金樽：精美的酒具。

**【鉴赏】**

本诗又是一篇写景抒情的诗篇，是李白的代表性作品之一。

全诗从酒写到月，从月归到酒；从空间感受写到时间感受。其中将人与月反反复复加以对照，又穿插以景物描绘与神话传说，塑造了一个崇高、永恒、美好而又神秘的月的形象，也显露着一个孤高出尘的诗人形象。

首句劈头一问，对那无限时空里的奇迹，大有神往与迷惑交驰之感。问句先出，继而具体写人神往的情态。这情态从把酒“停杯”的动作见出。它使人感到那突如其来的一问分明带有几分醉意，从而倍有诗味。次句语序倒装，以一问摄起全篇，极富气势感。从手持杯酒仰天问月写起，以下大抵两句换境，尽情咏月抒怀。明月高高挂在天上，会使人生出“人攀明月不可得”的感慨；然而当你无意于追攀时，它或许会万里相随，依依不舍。

两句一冷一热，亦远亦近，若即若离，道是无情却有情。写出明月于人既可亲又神秘的奇妙感，人格化手法的运用惟妙惟肖。回文式句法颇具唱叹之致。

紧接着的两句对月色作描绘：皎皎月轮如明镜飞升，下照宫阙，云翳（“绿烟”）散尽，清光焕发。试想，一轮圆月初为云遮，然后揭开纱罩般露出娇面，该是何等光彩照人！月色之美被形容得如可揽接。

接下来又以提问的形式将月的形象推远。月出东海而消逝于西天，踪迹实难测知，却偏偏能月月循环不已。“但见”“宁知”的呼应足传诗人的惊奇，他由此浮想联翩，推究那难以稽考的有关月亮的神话传说：月中白兔年复一年不辞辛劳地捣药，为什么？碧海青天夜夜独处的嫦娥，该是多么寂寞？语中对神物、仙女深怀同情，其间流露出诗人自己孤苦的情怀。这面对宇宙的遐想又引起一番人生哲理探求，从而感慨系之。今月古月实为一个，而今人古人则不断更迭。故二句备极重复、错综、回环之美，且有互文之妙。古人今人都只如逝水，然而他们见到的明月则亘古如斯。后两句在前两句基础上进一步把明月长在而人生短暂之意渲染得淋漓尽致。前两句分说，后两句总括，诗情哲理并茂，读来意味深长，回肠荡气。

最后两句回归到及时行乐的主题上来。末句“月光长照金樽里”，形象鲜明独特。从无常求“常”，意味隽永。至此，诗情海阔天空地驰骋一番后，又回到诗人手持的酒杯上来，完成了一个美的巡礼，使读者从这一形象回旋中获得极深的诗意感受。

## 【与夏十二登岳阳楼】

楼观岳阳①尽，川迥②洞庭开③。
雁引愁心去，山衔好月来。
云间连下榻④，天上接行杯⑤。
醉后凉风起，吹人舞袖回。

### 【注释】

①岳阳：清代乾隆年间著名学者王琦为《李太白全集》作注时写道：“岳阳，谓天岳山之阳（山之南面为阳），楼依此立名。洞庭一湖，正当楼前，浩浩荡荡，茫无涯畔，所谓巴陵胜状，尽在是矣。”巴陵山即天岳山。②迥：渺远貌。川迥，谓江水流向宽阔的远方。③开：开阔，广阔。④榻：即床。⑤行杯：传杯而饮。

### 【鉴赏】

本诗给人们展现了一幅雄伟壮观的画面。

首联写景，为人们展示了一幅这样的画面：登上这气势雄伟、巍峨壮观的岳阳楼，俯瞰天岳山南面一带，山林城市美好的风光都尽收眼底；遥瞻洞庭湖水，浩浩荡荡流向那一望无垠的远方。骋目敞怀，令人心胸开阔，神思悠畅。所以，目下得以赦归，登临览胜，其心境的欢欣激动自是油然而生，溢于言表。

颔联将诗人的感情倾泻其中。具体说来，诗人的情绪表现出：列队南飞的大雁啊，善良地体察人们的心意，把往日抑塞于人们心头的愁绪引带到远方去；蓊然吐翠的青山啊，友好地关怀人们的处境，着意从山口吐出一轮晶莹明月陪伴人们共度良宵。而今，诗人巧妙地将无感觉无思绪的自然界人格化、人情化、灵动化，让雁儿、山岭、月亮都与诗人互通人性、欢心共鸣。

颈联的意思是我们（诗人与夏十二）在耸入云间的岳阳楼停宿休憩，于高远蓝天传杯饮酒。从而表现出岳阳楼之高峻壮伟，更显诗人之气度不凡。而且，寄情诗酒正是李白的本色。

尾联生发为酒醉以后翩翩起舞，习习凉风吹拂舞袖的新意境。读者不难想象：在山岚轻漾、月光如水的高楼上，人影婆娑，酒香四溢；我们的抒情主人公正乐也陶陶，忘乎世间的宠辱，回荡摆动。本诗把李白追求自由、热爱河山、崇尚豪壮的超然气概和飞腾想象、奇妙夸张的浪漫主义特征，神采飞扬地呈现于纸面。

本诗通过各种手法的使用，从侧面展现岳阳楼周围景物的渺远、开阔、高耸等情状，显示出岳阳楼的楼高，可谓自然浑成，巧夺天工。

## 【秋登宣城谢朓①北楼】

**江城②如画里，山晚望晴空。**
**两水③夹明镜④，双桥落彩虹。**
**人烟寒橘柚，秋色老梧桐。**
**谁念北楼上，临风怀谢公。**

**【注释】**

①谢朓：是李白很佩服的南齐杰出诗人。谢朓北楼，即谢朓楼，为谢朓任宣城太守时所建，是宣城的登览胜地。这首诗作于天宝十三年（754），李白在长安为权贵所排挤，弃官而去，政治失意，漂泊流荡。②江城：泛指水边的城。③两水：是指句溪和宛溪。④夹明镜：是指两水绕城，水如明镜。

**【鉴赏】**

本诗通过对景色的描写，将自己的感情寄寓在写景之中。

开头两句，总摄全篇，诗人把他登览时所见景色概括地写了出来，将读者一同带进诗的意境中。

中间四句是具体的描写。这四句诗里所塑造的艺术形象，都是从上面的一个“望”字生发出来的。从结构的关系来说，上两句写“江城如画”，下两句写“山晚晴空”；四句是一个完整的统一体，而又是有层次的。“两水”指句溪和宛溪。宛溪源出峄山，在宣城的东北与句溪相会，绕城合流，所以说“夹”。因为是秋天，溪水更加澄清，它平静地流着，波面上泛出晶莹的光。用“明镜”来形容，是最恰当不过的。“双桥”指横跨溪水的上、下两桥。上桥叫作凤凰桥，在城的东南泰和门外；下桥叫作济川桥，在城东阳德门外，都是隋文帝开皇年间（581—600）的建筑。

秋天的傍晚，原野是静寂的，山冈一带的丛林里冒出人家一缕缕的炊烟，橘柚的深碧，梧桐的微黄，呈现出一片苍寒景色，使人感到是秋光渐老的时候了。我们不难想象，当时诗人的心情是完全沉浸在他的视野里，他的观察是深刻的、细致的；而他的描写又是毫不粘滞的。他站得高，望得远，抓住了一刹那的感受，用极端凝练形象的语言，在随意点染中勾勒出一个深秋的轮廓，深深地透露出季节和环境的气氛。他不仅写出秋景，而且写出了秋意。如果我们细心领会一下，就会发现他在高度概括之中，用笔是丝丝入扣的。

末尾两句与开头呼应，点明登览的地点是在“北楼上”；这北楼是谢朓所建的，从登临到怀古，李白就不免顺便说一句怀念古人的话罢了。这两句的意思，是慨叹自己“临风怀谢公”的心情没有谁能够理解。其中，“怀谢公”的“怀”，是李白自指，“谁念”的“念”，是指别人。

## 【望天门山】

**天门[①]中断楚江[②]开，碧水东流至此回[③]。**
**两岸青山相对出，孤帆一片日边来。**

**【注释】**

①天门：山名，在今安徽当涂县西南长江两岸。东面为博望山，西面为梁山，两山隔江对望，如同门户，故称之为天门山。②楚江：安徽是古时楚国的地域，故称流经这里的长江为楚江。③至此回：长江流至当涂，突然转向北流，故曰“至此回”。

**【鉴赏】**

本诗展现了一幅壮观伟丽的画面。

从首句来看，着重写出浩荡东流的楚江冲破天门奔腾而去的壮阔气势。它给人以丰富的联想：天门两山本来是一个整体，阻挡着汹涌的江流。由于楚江怒涛的冲击，才撞开了“天门”，使它中断而成为东西两山。在作者笔下，楚江仿佛成了有巨大生命力的事物，显示出冲破一切阻碍的神奇力量，而天门山也似乎默默地为它让出了一条通道。

就次句而言，其反过来着重写夹江对峙的天门山，对汹涌奔腾的楚江的约束力和反作用。由于两山夹峙，浩阔的长江流经两山间的狭窄通道时，激起回旋，形成波涛汹涌的奇观。如果说上一句是借山势写出水的汹涌，那么这一句则是借水势衬出山的奇险。

本诗的末两句是一个不可分割的整体。上句写望中所见天门两山的雄姿，下句点醒“望”的立脚点并表现诗人的淋漓兴会。诗人并不是站在岸上的某一个地方遥望天门山，他“望”的立脚点便是从“日边来”的“一片孤帆”。

读这首诗的人大都赞赏“两岸青山相对出”的“出”字，因为它使本来静止不动的山有了动态美，但却很少去考虑诗人何以有“相对出”的感受。舟行江上，顺流而下，望着远处的天门两山扑进眼帘，显现出愈来愈清晰的身姿时，“两岸青山相对出”的感受就非常突出了。“出”字不但逼真地表现了在舟行过程中“望天门山”时天门山特有的姿态，而且寓含了舟中人的新鲜喜悦之感。夹江对峙的天门山，似乎正迎面向自己走来，表示它对江上来客的欢迎。青山既然对远客如此有情，则远客自当更加兴致淋漓。“孤帆一片日边来”，正传神地描绘出孤帆乘风破浪，越来越靠近天门山的情景。

末句在叙事中饱含诗人的激情，这首诗便在描绘天门山雄伟景色的同时突出了诗人的自我形象。

## 【客中作】

**兰陵①美酒郁金香，玉碗盛来琥珀光。**
**但使②主人能醉客，不知何处是他乡。**

**【注释】**

①兰陵：地名。②但使：只要。

**【鉴赏】**

本诗虽题为《客中作》，抒写的却是作者的悲痛与欢愉夹杂的感受，将诗人豪放不羁的个性体现得淋漓尽致。

就前两句而言，诗人的作客之地是在兰陵。诗人把兰陵和美酒联系起来，带有一种使人迷恋的感情色彩。著名的兰陵美酒，是用郁金香加工浸制，带着醇浓的香味，又是盛在晶莹润泽的玉碗里，看去犹如琥珀般光艳。诗人面对美酒，愉悦兴奋之情自可想见了。

从后两句诗来看，给人一种既在意料之中，又出乎意料之外的感觉。说在人意料之中，因为它符合前面描写和感情发展的自然趋向；说出人意料，是因为“客中作”这样一个似乎是暗示要写客愁的题目，在李白笔下，完全是另一种表现。这样诗就显得特别耐人寻味。诗人并非没有意识到是在他乡，当然也并非丝毫不想念故乡。但是，这些都在兰陵美酒面前被冲淡了。一种流连忘返的情绪，甚至乐于在客中、乐于在朋友面前尽情欢醉的情绪完全支配了他。由身在客中，发展到乐而不觉其为他乡，正是这首诗不同于一般羁旅之作的地方。

本诗从压抑感情的流露中，隐现出作者内心深处的悲痛。前两句珠光宝气，一片华彩。这既是现实的也是虚幻的，因为它只是属于自己的“眼前景”，片刻之后就会消失了。后两句在痛苦中挣扎，目的是求得解脱，表现出诗人企图“乐以忘忧”，但也可见其忧之深。

## 【早发白帝城】

**朝辞白帝[①]彩云间[②]，千里江陵[③]一日还。**
**两岸猿声啼不住[④]，轻舟已过万重山。**

**【注释】**

①白帝：在今重庆奉节县东瞿塘峡口白帝山上。②彩云间：白帝城地势高峻，远望如在云中，再加上清晨云雾变化多彩，故称“彩云间”。③江陵：今湖北省江陵县，古时相传距白帝城一千二百里。④啼不住：是指猿猴的啼叫声此起彼伏，连绵不绝。

**【鉴赏】**

全诗洋溢的是诗人经过艰难岁月之后突然迸发的一种激情，又有豪情欢悦。快船快意，使人神往。

就本诗的首句来看，展现了白帝城地势之高，为全篇写下水船走得快这一动态蓄势。而“彩云间”也描绘了早晨的景色，显示出从晦冥转为光明的大好气象，而诗人便在这曙光初灿的时刻，怀着兴奋的心情匆匆告别白帝城。

次句中，“千里”和“一日”，以空间之远与时间之短作悬殊对比；其妙处却在那个“还”字。“还”，归来也，它不仅表现出诗人“一日”而行“千里”的痛快，也隐隐透露出遇赦的喜悦。一个“还”字，暗处传神，值得细细玩味。

紧接着的“两岸猿声啼不住”这句话，展现了猿声树影在耳目之间成为

"浑然一片"，这大抵就是李白在出峡时为猿声山影所感受的情景。身在这如脱弦之箭、顺流直下的船上，诗人是何等畅快而又兴奋啊！

从末句来看，为了形容船快，诗人除了用猿声山影来烘托，还给船的本身添上了一个"轻"字。

本诗不无夸张和奇想，写得流丽飘逸，惊世骇俗，美轮美奂，但又不假雕琢，随心所欲，自然天成。

## 【秋下荆门】

**霜落荆门江树空，布帆无恙[①]挂秋风。**
**此行不为鲈鱼鲙[②]，自爱名山入剡中[③]。**

**【注释】**

①无恙：晋代大画家顾恺之在荆州刺史殷仲堪幕作参军，请假东归，殷借布帆。路遇大风，信告殷"行人安稳，布帆无恙"。②鲈鱼鲙：据《晋书·张翰传》记载，晋朝张翰在洛阳做官时，"因见秋风起，乃思吴中菰菜、莼羹、鲈鱼鲙，曰：'人生贵得适志耳，何能羁宦数千里，以要名爵乎？'遂命驾而归"。张翰为思家乡之美味，便辞官回乡了，后来这个故事便形成了"莼鲈之思"这一成语典故。③剡中：浙江省嵊州市一带。

**【鉴赏】**

全诗洋溢着积极而浪漫的热情。

首句是写景，同时点出题中的"秋"和"荆门"。由于山空，江面也显得更为开阔。这个"空"字非常形象地描绘出山明水净、天地清肃的景象。

次句紧承上句"江"字，并暗点题中"下"字。作者借用了"布帆无恙"这一典故，不仅说明诗人旅途平安，更有一帆风顺、天助人愿的意味。这种秋风万里送行舟的景象，生动地写出了诗人无比乐观欣慰的心情。

诗的第三句很自然地顺承了上句中的"秋风"。据说西晋时吴人张翰在洛阳做官，见秋风起而想到故乡的莼羹、鲈鱼鲙，说："人生贵得适志耳，何能羁宦数千里，以要名爵乎！"遂命驾便归。李白"此行"正值秋天，船又是向着长江下游驶行，这便使他联想到张翰的故事，不过他声明"此行不为鲈鱼鲙"，此行目的与张翰不同，自己是远离家乡。句中"自"字，与上一句中

"不为"相呼应，两句紧相连贯，增强了感情色彩。

对于诗的第四句该如何解释呢？饱览剡中的名山佳水，诚然也是诗人所向往的，早在他出蜀之前这种兴趣就已经表露出来了，不过联系上一句来看，就不能仅仅局限于此了。这里的"自爱名山入剡中"，是在标榜诗人那种高人雅士的格调，是那种不同凡俗的生活情趣的一种艺术概括。这种乐观浪漫、豪爽开朗、昂扬奋发的精神，生动地表现了诗人的个性，以及盛唐时代的精神风貌。

全诗通过景、事、议的结合，集中地抒发了年轻诗人"仗剑去国"的热情，笔势变幻灵活，而又自然浑成。

## 【夜泊牛渚①怀古】

**牛渚西江②夜，青天无片云。**
**登舟望秋月，空忆谢将军③。**
**余亦能高咏，斯人④不可闻。**
**明朝挂帆⑤席，枫叶落纷纷。**

**【注释】**

①牛渚：山名，在今安徽当涂县西北。②西江：古称约自南京至今江西一段长江为西江，牛渚也在西江这一段中。③谢将军：东晋谢尚，今河南太康县人，官镇西将军，镇守牛渚时，秋夜泛舟赏月，适袁宏在运租船中咏己作《咏史》诗，音辞都很好，遂大加赞赏，邀其前来，谈到天明。④斯人：指谢尚。⑤挂帆：扬帆。

**【鉴赏】**

就本诗的首联来看，第一句直接写出了"牛渚夜泊"的主题。第二句描写牛渚的夜景，展现出一片碧海晴天、万里无云的境界。寥廓空明的天宇和苍茫浩渺的西江在夜色中融为一体，越发显出境界的空阔渺远。

颔联的描写从牛渚"望月"过渡到"怀古"。这种空阔渺远的境界非常容易触发对于古今的联想。空间的无垠和时间的永恒之间，在人们的意念活动中往往可以相互引发和转化。而今古长存的明月，更常常成为由今溯古的桥梁。因此，"望""忆"之间，虽有很大跳跃，读来却感到非常自然合理。"望"

字当中就含有诗人由今及古的联想和没有明言的意念活动。

颈联是诗人的感慨。具体说来，诗人的思绪，由眼前的牛渚秋夜景色联想到往古，又由往古回到现实，便情不自禁地感慨。“不可闻”回应“空忆”，寓含着世无知音的深沉感喟。

尾联展现的是诗人想象明朝挂帆离去的情景。在飒飒秋风中，片帆高挂，客舟即将离开江渚；枫叶纷纷飘落，像是无言地送着寂寞离去的行舟。秋色秋声，进一步烘托出因不遇知音而引起的寂寞凄清情怀。诗意明朗而单纯，并没有什么深刻复杂的内容，但却具有一种令人神远的韵味。

## 【山中与幽人①对酌】

**两人对酌山花开，一杯一杯复一杯。**
**我醉欲眠卿且去②，明朝有意抱琴来。**

**【注释】**

①幽人：是指隐居的高士。②我醉欲眠卿且去：据《宋书·陶潜传》载，陶渊明与人饮酒，若先醉，便对客人说：“我醉欲眠卿可去。”可见其性格之真率。

**【鉴赏】**

从首句来看，“山中”，对李白来说，是“别有天地非人间”的；盛开的“山花”更增添了环境的幽美，而且眼前不是“独酌无相亲”，而是“两人对酌”，对酌者又是意气相投的“幽人”。

次句不仅写出饮酒之多，而且展现出饮酒的痛快。由于贪杯，诗人许是酩酊大醉了，玉山将崩，于是打发朋友先走，从而引出“我醉欲眠卿且去”。

第三句话很直率，展现出了饮者酒酣耳热的情态。尽管颓然醉倒，诗人还余兴未尽，不忘招呼朋友“明朝有意抱琴来”。此诗表现了一种超凡脱俗的狂士与“幽人”间的感情，诗中那种随心所欲、恣情纵饮的神情，挥之即去、不拘礼节、自由随便的态度，在读者面前展现出一个高度个性化的艺术形象。

此诗的语言特点，在口语化的同时又不失艺术提炼，隽永有味。如“我醉欲眠卿且去”二句，作者一针见血地告诉朋友，今天的相聚因为本人的醉意袭来而结束，如果今天未尽兴的话，明天可以继续欢聚、畅谈，明白如话，却是化用一个故事。此诗第三句几乎用陶潜的原话，正表现出一种真率脱略的风度。而第四句的“抱琴来”，也显然不是着意于声乐的享受，而重在“抚弄”以寄其意、以尽其兴，这从其出典可以会出。

## 【独坐敬亭山①】

**众鸟高飞尽②，孤云③独去闲④。**
**相看两不厌，只有敬亭山。**

**【注释】**

①敬亭山：在今安徽宣城市北。②尽：没有了。③孤云：陶渊明《咏贫士诗》中有“孤云独无依”的句子。朱谏注：“言我独坐之时，鸟飞云散，有若无情而不相亲者。独有敬亭之山，长相看而不相厌也。”。④闲：形容云彩飘来飘去，悠闲自在的样子。

**【鉴赏】**

本诗写的是作者将自己孤独落寞的情感寄予在敬亭山的欣赏之中，是其寻求宽慰的心理写照。

诗的一、二句通过对眼前景色的描写，抒发了自己的孤独之感，为作者展现了一幅这样的画面：天上几只鸟儿高飞远去，直至无影无踪；寥廓的长空还有一片白云，却也不愿停留，慢慢地越飘越远，似乎世间万物都在厌弃诗人。

其中，“尽”“闲”两个字，把读者引入一个“静”的境界：仿佛是在一群山鸟的喧闹声消除之后格外感到清静；在翻滚的厚云消失之后感到特别的清幽平静。因此，这两句是写“动”见“静”，以“动”衬“静”。这种“静”，正烘托出诗人心灵的孤独和寂寞。这种生动形象的写法，能给读者以联想，并且暗示了诗人在敬亭山游览观望之久，勾画出他“独坐”时出神的形象，为下联“相看两不厌”做了铺垫。

诗的后半部分通过拟人的手法来展现作者对敬亭山的喜爱。鸟飞云去之后，静悄悄地只剩下诗人和敬亭山了。诗人凝视着秀丽的敬亭山，而敬亭山似乎也在一动不动地看着诗人。这使诗人很动情——世界上大概只有它还愿和我做伴吧！

其中，“相”“两”二字同义重复，把诗人与敬亭山紧紧地联在一起，表现出强烈的感情。结句中“只有”两字也是经过锤炼的，更突出诗人对敬亭山的喜爱。这两句诗所创造的意境仍然是“静”的，写了诗人与敬亭山相对而视，脉脉含情的静谧场景。

本诗中，诗人通过山的“有情”来反衬人的“无情”，这是其孤寂凄凉处境的生动体现。

# 崔颢

**【作者介绍】**

崔颢（约704—754），唐朝汴州（今河南开封市）人，唐玄宗开元十一年（723）进士。才思敏捷，善于写诗，《旧唐书·文苑传》把他和王昌龄、高适、孟浩然并提，但他宦海浮沉，终不得志。历史上对崔颢的记述不多，故里汴州也很少有关他的传说和故事流传下来。作品有《崔颢诗集》。

## 【黄鹤楼】

**昔人已乘黄鹤去，此地空余黄鹤楼。**
**黄鹤一去不复返，白云千载空悠悠。**
**晴川[①]历历[②]汉阳[③]树，芳草萋萋鹦鹉洲。**
**日暮乡关[④]何处是？烟波江上使人愁。**

**【注释】**

①晴川：指太阳照射下的汉江。②历历：分明的样子。③汉阳：今湖北省武汉市汉阳区，位于长江、汉水夹角地带。④乡关：故乡。

**【鉴赏】**

此诗写得意境开阔、气魄宏大，风景如画，情真意切。且淳朴生动，一如口语，不能不令人叹为观止。这首诗不仅是崔颢的成名之作，也为他奠定了一世诗名的基础。《唐诗三百首》是清代人编的著名唐诗的选集，就把崔颢这首诗列为七律诗中的第一首。可见对此诗的器重。

全诗大意为：曾经的仙人已经乘着黄鹤飞走了，这里只留下一个空空的黄鹤楼。黄鹤飞走了再也不会飞回来，千年来只能看见悠悠白云。太阳照耀下的汉江树木十分清晰，鹦鹉洲上有一片片绿色的芳草。天已经要黑了，我的故乡在哪里？在浩渺的江上有一片雾霭笼罩，这种情景使人有着深深的思乡愁绪。

这首诗是写人从楼上眺望汉阳城，鹦鹉洲的芳草绿树并由此而引起的乡愁。此诗前四句看似随意，黄鹤二字两次出现，按照律诗格律规则来讲。在本诗中却因为其气势奔腾而下，使读者察觉不到此词的重复出现。这是大忌。值得说明的是，这里是作者依据诗以立意为要和“不以词害意”的原则去进行实践的，所以才写出这样七律中罕见的高唱入云的诗句。

第三联是此诗转折处，格调上由变归正，境界上与前联截然异趣，恰好符合律法的这个要求。叙昔人已乘着黄鹤飘然而去，给人以飘渺不可知的感觉；忽一变而为晴川草树，历历在目，萋萋满洲的眼前景象，这一对比，不但能烘染出登楼远眺者的愁绪，也使诗歌因此而有起伏波澜。《楚辞·招隐士》曰：“王孙游兮不归，春草生兮萋萋。”诗中“芳草萋萋”之语亦借此透露出结尾乡关何处、归思难禁的意思。末联以写烟波江上日暮怀归之情作结，使诗意重归于开头那种渺茫不可见的境界，这样能回应前面，也是很符合律诗法度的。

## 【长干[1]曲】（其一）

**君家何处住[2]？妾住在横塘[3]。**
**停舟暂借问，或恐[4]是同乡。**

**【注释】**

①长干曲：属乐府《杂曲歌词》调名。其内容多抒发船家女子的思想感情。②君家在何处：一说“君家何处住”。③横塘：在今江苏省江宁县。④或恐：恐怕，或许。

**【鉴赏】**

全诗大意为：你家住在哪儿？我家就在横塘。停船暂且相问，或许我们还是同乡呢。本诗是一首女子向男子发问的诗，寥寥数语，形象地将女子既想结识对方，又怕露骨的心态描绘了出来。诗人巧妙地以口吻传达人的神态，用女子自报家门的急切程度，传达了其大胆、聪慧、天真无邪的音容笑貌，使诗饶有情趣。

本诗抓住了人生片段中富有戏剧性的一刹那，用白描的手法，寥寥几笔，就使人物、场景跃然纸上，栩栩如生。它不以任何色彩映衬，似墨笔画；它不用任何妆饰烘托，是幅素描；它不凭任何布景借力，犹如一曲男女声对唱；它截头去尾，突出主干，又很像独幕剧。题材是那样的平凡，而表现手法却是那样的不平凡。

先看这首诗的剪裁：一个住在横塘的姑娘，在泛舟时听到邻船一个男子的话音，于是天真无邪地问一下：你是不是和我是同乡？就是这样一点儿简单的情节，只用“妾住在横塘”五字，就借女主角之口点明了说话者的性别与居处。又用“停舟”二字，表明是水上的偶然遇合，就把女主角的音容笑貌写得活灵活现。他不像杜牧那样写明“娉娉袅袅十三余”（《赠别·其一》），也不像李商隐那样点出“十五泣春风，背面秋千下”。他只采用了问话之后，不待对方答复，就采用急于自报“妾住在横塘”的处理方式，自然地把女主角的年龄从娇憨天真的语气中反衬出来了。在男主角并未开口，而这位小姑娘之所以有“或恐是同乡”的想法，不正是因为听到了对方带有乡音的片言只语吗？这里诗人又省略了“因闻声而相问”的关节，这是文字之外的描写，所谓“不写之写”。

诗人不仅在纸上重现了女主角外露的声音笑貌，而且深深挖掘了她的个性和内心。这首诗还表现了女主角境遇与内心的孤寂。单从她闻乡音而急于“停舟”相问，就可见她离乡背井，水宿风行，孤零无伴，没有一个可共语之人。因此，她听得故乡音，且将他乡当故乡，就这样的喜出望外。

# 王翰

**【作者介绍】**

王翰（687—726），字子羽，晋阳人，考中进士，善于直言进谏，调为昌乐尉。再次考试成绩超类拔萃，被召为秘书正字。平时喜和有学问的人或豪侠畅饮游玩，其诗题材大多数为吟咏少年沙场征战、妙龄女子以及欢歌宴饮，表达了诗人对人生短暂的感叹和及时行乐的旷达情怀。他的诗词语似云铺绮丽、霞叠瑰秀；诗音如仙笙瑶瑟，妙不可言。代表作有《凉州词》二首《饮马长城窟行》《春女行》《古眉娥怨》等，其中以《凉州词》最负盛名。诗句“醉卧沙场君莫笑，古来征战几人回”中透露出来的那种豪迈和悲凉真有回肠荡气，洗心涤魄的感染力，令人三日犹闻其音。

## 【凉州词】

**葡萄美酒夜光杯[①]，欲饮琵琶马上催[②]。**
**醉卧沙场[③]君莫笑，古来征战几人回。**

**【注释】**

①夜光杯：玉石制成的酒杯，光可照夜。它和葡萄酒都是西北地区的特产。②催：出征。③沙场：战场。

**【鉴赏】**

这首诗的前两句言事，写将军战罢归营，设酒庆功。正欲开怀畅饮，琵琶弦音急促，催人出征。葡萄酒，夜光杯，琵琶声，都有着浓郁的边塞色彩和鲜明的军旅生活特征，诗人借以渲染出塞外军营的特有情调，一开始就把读者引入了塞外古战场紧张而热烈的气氛中。

诗的三、四句是写筵席上的畅饮和劝酒。《唐诗三百首》的编选者蘅塘退士认为这两句“作旷达语，倍觉悲痛”。还有人说：“故作豪饮之词，然悲感已极。”话虽不同，但都离不开一个“悲”字。后来更有用低沉、悲凉、感伤、反战等词语来概括这首诗的思想感情的，依据也是三、四两句，特别是末句。“醉卧沙场君莫笑，古来征战几人回”，这是在酣醉时的劝酒词，是说，醉就醉吧，醉卧在沙场上有什么呢，请不要见笑，从古至今征战的人有几个是活着回来的。这两句历来颇多分歧，有的认为是极为悲痛之词，有的认为是略带悲凉之意，但从盛唐时期将士们的豪情及全诗的风格来看，似不宜有忧伤情绪的。

诗中的形象鲜明，格调豪壮，它没有直接去描述人物形象，然而在全诗所渲染的景物和氛围中，一个有动作、有性格、内心世界十分丰富的边塞健儿的形象已跃然纸上。塞外景色单调，作者在平常的痛饮中蕴藉了壮美的豪情，悲凉的情调，随着催发的琵琶声一起激发出来，使天地光色都显得十分壮阔。正是这种粗线条的画面，一经点染便产生了震撼人心的力量。

盛唐边塞诗是唐王朝频繁进行边塞战争的反映。当时不少著名的诗人都长于用七言诗体描绘塞外绮丽的风光和壮观的战争场面，王翰却善于撷取具有典型意义的片段景象，用极为简约的绝句形式来表现同样的题材。他撇开正面的战争描写，由景入情，内容与形式十分协调，别具风姿。其中第二句“欲饮琵琶马上催”，打破了七言诗习用的音步，采用上二下五的句法，显得顿挫有致，增强了诗的感染力。

# 张谓

【作者介绍】

张谓（？—约778），字正言，大历年间潭州刺史，后官至礼部侍郎，三典贡举。其诗词思精意深，讲究格律，诗风清正，多饮宴送别之作。代表作有《早梅》《邵陵作》《送裴侍御归上都》等，其中以《早梅》为最著名，《唐诗三百首》等各选本多有辑录。“不知近水花先发，疑是经冬雪未消”，疑白梅作雪，写得很有新意，趣味盎然。《全唐诗》存其诗一卷。

## 【早梅】

**一树寒梅白玉条，迥[①]临村路傍[②]溪桥。**
**不知近水花先发[③]，疑是经冬雪未消。**

【注释】

①迥：远，距离远。②傍：靠近。③发：开放，指花儿的绽放。

【鉴赏】

张谓这首《早梅》诗，立意咏赞早梅的高洁，但作者并没有发一句议论和赞语，却将早梅的高洁品格和诗人的赞美之情清晰地刻画出来。

“一树寒梅白玉条”描写早梅花开的娇美姿色。“一树”实为满树，形容花开之密集而缤纷；“寒梅”指花开之早，还在冬末春初的寒冷季节，紧扣“早”字；“白玉条”生动地写出梅花洁白娇美的姿韵，像一块白玉似的晶莹醒目。这是对梅花外貌的描写，有形有神，令人陶醉。“迥临村路傍溪桥”，从生长环境中表现早梅的高洁品格。花草本无知，不会选择生长环境，但这里诗人在真实的景物中，融入人的思想意念，仿佛寒梅是有意远离村路，而到偏僻的傍溪近水的小桥边，独自悄悄地开放。这就赋予早梅以不竞逐尘世、无哗众取宠之心的高尚品格。这样就使诗的意境显得开阔，进一步突出了早梅的高洁。

梅与雪常常在诗人笔下结成不解之缘，如许浑《早梅》诗云："素艳雪凝树"，这是形容梅花似雪，而张谓的诗句则是疑梅为雪，着意点是不同的。对寒梅花发，形色的似玉如雪，不少诗人也都产生过类似的疑真的错觉。宋代王安石有诗云："遥知不是雪，为有暗香来"，也是先疑为雪，只因暗香袭来，才知是梅而非雪，和此篇意境可谓异曲同工。而张谓此诗，从似玉非雪、近水先发的梅花着笔，写出了早梅的形神，同时也写出了诗人探索寻觅的认识过程。并且透过表面，写出了诗人与寒梅在精神上的契合。读者透过转折交错、首尾照应的笔法，自可领略到诗中悠然的韵味和不尽的意蕴。

# 刘长卿

【作者介绍】

刘长卿（？—约789），字文房，河间（今属河北）人，玄宗天宝进士。肃宗至德间任监察御史、长洲县尉，贬岭南南巴尉，后返，旅居江浙。代宗时历任转运使判官，知淮西、鄂岳转运留后，被诬再贬睦州司马。他生平坎坷，有一部分感伤身世之作，但也反映了安史之乱后中原一带荒凉凋敝的景象。如《穆陵关北逢人归渔阳》《疲兵篇》《新息道中作》等，笔调苍凉沉郁。刘长卿诗以五七言近体为主，尤工五言。五律简练浑括，于深刻中见清秀。

## 【逢雪宿芙蓉山①主人】

**日暮苍山②远，天寒白屋③贫。**
**柴门④闻犬吠⑤，风雪夜归⑥人。**

【注释】

①芙蓉山：地名，在今江苏常州。②苍山：青黑色的山。③白屋：贫家的住所。房顶用白茅覆盖，或木材不加油漆叫白屋。④柴门：用树枝和柴火编制的简陋的门。后用来比喻穷苦人家。⑤吠：狗叫。⑥夜归：夜晚归来。

【鉴赏】

这首诗描绘的是一幅风雪夜归图。前两句，写诗人投宿山村时的所见所感。后两句写诗人投宿主人家以后的情景。描画出一幅以旅客暮夜投宿，山家风雪人归为素材的寒山夜宿图。

前两句，写诗人投宿山村时的所见所感。首句“日暮苍山远”，“日暮”点明时间正是傍晚。“苍山远”，是诗人风雪途中所见。青山遥远迷蒙，暗示跋涉的艰辛，急于投宿的心情。次句“天寒白屋贫”点明投宿的地点。“白屋”，主人家简陋的茅舍，在寒冬中更显得贫穷。“寒”“白”“贫”三字互相映衬，渲染贫寒、清白的气氛，也反映了诗人独特的感受。后两句写诗人投宿主人家以后的情景。“柴门闻犬吠”，诗人进入茅屋已安顿就寝，忽从卧榻上听到吠声不止。“风雪夜归人”，诗人猜想大概是芙蓉山主人披风戴雪归来了吧。这两句从耳闻的角度落墨，给人展示一个犬吠人归的场面。

就写作角度而言，前半首诗是从所见之景着墨，后半首诗则是从所闻之声下笔的。因为，既然夜已来临，人已就寝，就不可能再写所见，只可能写所闻了。“柴门”句写的应是黑夜中、卧榻上听到的院内动静：“风雪”句应也不是眼见，而是耳闻，是因听到各种声音而知道风雪中有人归来。这里，只写“闻犬吠”，可能因为这是最先打破静夜之声，也是最先入耳之声，而实际听到的当然不只是犬吠声，应当还有风雪声、叩门声、柴门启闭声、家人回答声等等。这些声音交织成一片，尽管借宿之人不在院内，未曾目睹，但从这一片嘈杂的声音足以构想出一幅风雪人归的画面。

## 【碧涧别墅喜①皇甫侍御相访】

**荒村带返照，落叶乱纷纷。**
**古路无行客，寒山独见君。**
**野桥经雨断，涧水向田分。**
**不为怜同病②，何人到白云。**

**【注释】**

①喜：欢喜，高兴。②怜同病：《吴越春秋·阖闾内传》有“同病相怜，同忧相救”语，此用其意。

**【鉴赏】**

本诗表现了对友人过访的惊喜。诗人精于造境，诗中先写荒寒、凄寂的晚景以此表现来客之希，再写路途之难以见来客之情真。然诗中于衰败景物描写中，也写出了自己栖隐中失意的心境与避世心态，诗人写友人独能于此中寻找自己。他仿佛已能从中体会主人这一心绪，这则突出了他们之间共同旨趣，作者以审美的态度将这一同病相怜的心理表现极有诗意。

诗中对于碧涧别墅周围环境的描写，使我们看到了当时石城山的山水是充满自然情趣的。刘长卿对这里情有独钟，看中的是在这里可以与“野寺”即大佛寺为邻（野寺长依止，田家或往还。老农开古地，夕鸟入寒山。——《偶然作》），可以与鼓山、沃洲山的先贤王羲之、支遁、谢灵运以及故去的李白、灵一等成为心灵上的朋友，可以与越州的诗人、朋友如皇甫曾、严维等以及诗僧灵澈、普门上人方便地来往，进行心灵上的倾诉与交流。这些在他的其他诗歌中都有反映。

从艺术上说，前人评论这首诗说："文房五言皆意境好，不费力气；此尤以不见意为长。"（清代乔亿《大历诗话》）含蓄蕴藉，不着痕迹，感激与感慨之情溢于言外，是这首诗的魅力所在。

## 【饯别①王十一南游】

**望君烟水②阔，挥手泪沾巾。**
**飞鸟没何处③，青山空向人④。**
**长江一帆远，落日五湖春。**
**谁见汀洲上⑤，相思愁白蘋⑥。**

**【注释】**

①饯别：设宴送行。②烟水：茫茫的水面。③没何处：侧写作者仍在凝望。没：消失。④空向人：枉向人，意思是徒增相思。⑤汀洲：水边或水中平地。⑥白蘋：水中浮草，花白色，故名。

**【鉴赏】**

这首送别诗写得情深意挚动人心弦。诗人送别友人，抒发自己对友人的真挚情意。诗人先描写了挥手远望直到陷入思念，愁肠百结。这首诗手法新颖，情景交融，首尾呼应，曲折婉转。望着你驶入浩渺的江水中，与你挥手告别泪水沾湿了手巾。飞鸟到哪里才是归宿？只有青山空对着我。长江上一叶孤帆远去，在落日的光辉中欣赏五湖的春色。谁看见站在汀洲上面"我"对着白蘋花心中充满无限愁思。

第三句是实写又是虚拟，诗中"飞鸟"隐喻友人的南游，写出了友人的远行难以预料，倾注了自己的关切和忧虑。"没"字，暗扣"望"。"何处"则点明凝神远眺的诗人，目光久久地追随着远去的友人，愁思绵绵，不绝如缕。真诚的友情不同于一般的客套，它不在当面应酬，而在别后思念。诗人对朋友的一片真情，正集聚在这别后的独自久久凝望中。这使人联想到《三国演义》描写刘备与徐庶分别时的情景。

朋友远去了，再也望不到了。别后谁来相伴？只见一带青山如黛，依依向人。一个“空”字，不只点出了被送的人走远了，同时烘托出诗人此时空虚寂寞的心境。回曲跌宕之中，见出诗人借景抒情的功力。五、六两句，从字面上看，似乎只是交代了朋友远行的起止：友人的一叶风帆沿江南去，渐渐远行，抵达五湖（当指太湖）畔后休止。然而，诗句所包含的意境却不止于此。友人的行舟消逝在长江尽头，肉眼是看不到了，但是诗人的心却追随友人远去，一直伴送他到达目的地。你看，在诗人的想象中，他的朋友不正在夕阳灿照的太湖畔观赏明媚的春色吗？诗人站在汀洲之上，对着秋水蘋花出神，久久不忍归去，心中充满着无限愁思。

# 杜甫

【作者介绍】

杜甫（712—770），河南巩县（今巩义市）人。字子美，自号少陵野老。盛唐诗人，现实主义诗人，代表作有“三吏”（《新安吏》《石壕吏》《潼关吏》）“三别”（《新婚别》《垂老别》《无家别》），以及《望岳》《茅屋为秋风所破歌》《闻官军收河南河北》等。原籍湖北襄阳，生于河南巩县。初唐诗人杜审言之孙。唐肃宗时，官左拾遗。后入蜀，友人严武推荐他做剑南节度府参谋，加检校工部员外郎。故后世又称他杜拾遗、杜工部。他忧国忧民，人格高尚，一生写诗一千五百多首，诗艺精湛，被后世尊称为“诗圣”。

## 【望岳】

**岱宗[①]夫如何？齐鲁[②]青未了。**
**造化[③]钟[④]神秀，阴阳[⑤]割[⑥]昏晓。**
**荡胸生层云[⑦]，决眦[⑧]入归鸟。**
**会当[⑨]凌绝顶，一览众山小。**

【注释】

①岱宗：泰山别名岱山，因居五岳之首，故尊为岱宗。②齐鲁：春秋时二国名，用来泛指山东地区。③造化：指天地、大自然。④钟：聚集。⑤阴阳：阴指山北，阳指山南。⑥割：分割。⑦层云：云气层层叠叠，变化万千。⑧决眦：形容极力张大眼睛远望，眼眶像要决裂开了。眦：眼眶。⑨会当：一定要。

【鉴赏】

泰山是如此雄伟，青翠的山色望不到边际。大自然在这里凝聚了一切钟灵神秀，山南山北如同被分割为黄昏与白昼。望着山中冉冉升起的云霞，荡涤着

"我"的心灵，极目追踪那暮归的鸟儿隐入了山林。"我"一定要登上泰山的顶峰，俯瞰那众山，而众山就会显得极为渺小。

《望岳》是中国古代诗歌中吟诵率较高的一首诗。大约在开元二十八年（740），杜甫二十九岁时，到兖州探望父亲后由齐入鲁，途经泰山，写下了这首诗。这是诗人仅存的少数早年作品之一。人们在品读此诗时，除了感受到泰山之雄伟外，恐怕更多的是被诗中那种"会当凌绝顶，一览众山小"的胸怀所感染，因为这既是盛唐时代精神的概括，又给人们留下很深的启示。前两联为第一层，着力写泰山的整体形象。"岱宗夫如何？齐鲁青未了"写远望所见。泰山位于古代齐、鲁两国之间，其北为齐，其南为鲁，齐、鲁之"青"，是泰山掩映的结果。"未了"即绵绵不尽之意。这里，诗人想说的是，你想知道泰山是个什么样子吗？请看，它那苍翠的山色掩映着辽阔无边的齐鲁大平原。这是借齐鲁两地来烘托泰山那拔地而起、参天耸立的形象。"造化钟神秀，阴阳割昏晓"，这是近望所见。上句写泰山的秀美，用的是虚笔。

后两联为第二大层，也写了泰山景物，但着力表现的是诗人的感受。"荡胸生曾云，决眦入归鸟"，写的是实景，乃细望所见。泰山极高，白日里可以望见山腰间的团团云气，层出不穷，又极幽深；黄昏时可以望见归巢的鸟儿渐渐隐入山谷之中。诗人抓住这两个景物细节表达了心情的激荡和眼界的空阔，然后顺理成章地写出了他心底的愿望："会当凌绝顶，一览众山小"，这是化用孟子的名言："登泰山而小天下"。但用在这里却有深刻的含义：它不仅是诗人要攀登泰山极顶的誓言，也是诗人要攀登人生顶峰的誓言。

## 【房兵曹①胡马】

**胡②马大宛③名④，锋棱⑤瘦骨成。**
**竹批⑥双耳峻⑦，风入四蹄轻。**
**所向无空阔，真堪⑧托死生⑨。**
**骁腾有如此，万里可横行。**

**【注释】**

①兵曹：兵曹参军的省称，是唐代州府中掌管军防、驿传等事的小官。房兵曹人名不详。②胡：此指西域。③大宛：汉代西域国名，其地在今乌兹别克斯坦境内，盛产良马。④名：大宛国的好马。⑤锋棱：锋利的棱角。形容马的

神骏健悍之状。⑥竹批：形容马耳尖如竹尖。⑦双耳峻：马双耳直峻峻，十分的精神。⑧堪：可以，能够。⑨托死生：马值得信赖，对人的生命有保障。

【鉴赏】

此诗约作于玄宗开元二十九年（741），时杜甫在洛阳。杜甫本善骑马，也很爱马，写过不少咏马诗。此诗"前半论骨相，后半并及性情"（清代沈得德潜《唐诗别裁》），可谓传神写意，自寓抱负，所以前人说是"为自己写照"（清代浦起龙《读杜心解》）。首联写其出身不凡，傲骨铮铮；次联写其峻健敏捷；第三联写其忠诚勇猛的品性；尾联期望骏马立功于万里之外，当是与房兵曹共勉之意。整首诗写得矫健豪放，沉雄隽永。清代仇兆鳌《杜诗详注》引明张綖语："此四十字中，其种其相，其才其德，无所不备，而形容痛快。"

这是一首咏物言志诗。注家一般认为作于开元二十八年（740）或二十九年（741），正值诗人漫游齐赵，裘马清狂的一段时期。诗的风格超迈遒劲，凛凛有生气，反映了青年杜甫锐志进取的精神。

诗人以极为精练的语言，对骁勇善战、义干青云的胡马进行了栩栩如生的刻画，使读者不仅欣赏到胡马的俊健的体形，更为它所呈现出的精神感奋不已。前四句重在写实，写马的形态。首句交代胡马的产地，来自"大宛"。二句写好马的形象、特征（瘦），"锋棱瘦骨"，把与人相若、神健气清、并夹裹着凌厉之风的神骏形象摆在读者面前。接着，三、四句从静动两方面续写马的形态，尖耳、蹄轻，生动地描写出马体态的俊健。后四句重在写虚，写马的精神。第五句写胡马勇往直前、所向无前，视空阔为无物的精神。这样一种凛然无畏的气度，有了它，人就可以临危不惧，可以生死相托了（第六句）。至此，马的豪迈之气，作者的赞许之心，便表露无遗。末句是有力的收束，总揽上文，给读者以阔大的想象空间。此诗章法有序，布局井然。一、二句写其骨相不凡，三、四句写其体态雄奇，五、

六句写其气概品质，七、八句总揽全篇，揭示主旨，而重点在于胡马的“不凡”，以此为主脉，描刻形容，不即不离。同时，句句写马，而又处处关人，以健马喻人、喻猛士，以马的大气象、大志向，来喻人的精神，喻杜甫的品格与志向——尽职尽忠、和对家国的责任感、使命感，豪迈之情溢于言表。体现了杜甫咏物诗“遗形取貌”的特点。

## 【兵车行】

**车辚辚[1]，马萧萧[2]，行人弓箭各在腰。**
**耶娘妻子[3]走相送，尘埃不见咸阳桥。**
**牵衣顿足拦道哭，哭声直上干[4]云霄。**
**道旁过者问行人，行人但云点行[5]频。**
**或从十五北防河[6]，便至四十西营田[7]。**
**去时里正与裹头[8]，归来头白还戍边。**
**边庭流血成海水，武皇开边意未已。**
**君不见汉家山东二百州，千村万落生荆杞。**
**纵有健妇把锄犁，禾生陇[9]亩无东西。**
**况复秦兵耐苦战，被驱不异犬与鸡。**
**长者虽有问，役夫[10]敢申恨?**
**且如今年冬，未休关西卒，**
**县官急索租，租税从何出?**
**信知生男恶，反是生女好。**
**生女犹得嫁比邻，生男埋没随百草!**
**君不见，青海头，古来白骨无人收。**
**新鬼烦冤旧鬼哭，天阴雨湿声啾啾。**

**【注释】**

①辚辚：车行声。②萧萧：马鸣声。③妻子：妻子和子女。④干：犯，冲。⑤点行：按丁口册上的行次点名征发。⑥防河：唐时吐蕃常犯边境，故征兵，驻防在河西（黄河以西之地）。⑦营田：即屯田，平时种田，战时作战。⑧里正：里长。唐制百户为一里，设里正管户口、赋役等事。裹头：古以皂罗三尺裹头作头巾。⑨陇：通“垄”，田埂。两句意谓壮男皆出征，即使有健

妇耕作，庄稼也种得不成行列，难辨东西，势必影响收成。⑩役夫：应兵役者自称。

**【鉴赏】**

这首诗是讽世伤时之作，也是杜诗中的名篇，为历代所推崇。它以目击者的身份，纯用客观叙述的表现手法，真实地揭露了唐玄宗统治后期穷兵黩武给人民带来的莫大灾难。诗的开头写军人家属送别儿子、丈夫或父亲出征的悲惨情景，描绘了一幅催人泪下的送别图。接着通过设问，役人直诉从军后妇女代耕，农村萧条零落的境况。最后写征夫久不得息，连年征兵，百姓唯恐生男和青海战场尸骨遍野，令人不寒而栗的情景。全诗把唐王朝穷兵黩武的罪恶，揭露得淋漓尽致。诗寓情于叙事之中，在叙述中张弛有序，前后呼应，严谨缜密。诗的字数杂言互见，韵脚平仄互换，声调抑扬顿挫，情意低昂起伏。既井井有条，又曲折多变，可谓“新乐府”诗的典范。

后一段的代人叙言，诗人激切奔越、浓郁深沉的思想感情，都自然地融于其中，诗人那种焦虑不安、忧心如焚的形象也仿佛展现在读者面前。其次，在叙述次序上参差错落前后呼应，舒得开，收得起，井然有序。第一段的人哭马嘶、尘烟滚滚的喧嚣气氛，给第二段的倾诉苦衷做了渲染铺垫；而第二段的长篇叙言，则进一步深化了第一段场面描写的思想内容，前后辉映，互相补充。同时，情节的发展与句型、音韵的变换紧密结合，随着叙述，句型、韵脚不断变化，三、五、七言，错杂运用，加强了诗歌的表现力。如开头两个三字句，急促短迫，扣人心弦。后来在大段的七字句中，忽然穿插上八个五字句，表现“行人”那种压抑不住的愤怒哀怨的激情，格外传神。用韵上，全诗八个韵，四平四仄，平仄相间，抑扬起伏，声情并茂。再次，在叙述中运用过渡句和习用词语，如在大段代人叙言中，穿插“道旁过者问行人，行人但云点行频。”“长者虽有问，役夫敢申恨？”和“君不见”“君不闻”等语，不仅避免了冗长平板，还不断提示，惊醒读者，造成了回肠荡气的艺术效果。诗人还采用了民歌的顶真手法，如“牵衣顿足拦道哭，哭声直上干云霄”。“道旁过者问行人，行人但云点行频”等，这样蝉联而下，累累如贯珠，朗读起来铿锵和谐，优美动听。最后，采用了通俗口语，如“耶娘妻子”“牵衣顿足拦道哭”“被驱不异犬与鸡”等，清新自然，明白如话，是杜诗中运用口语非常突出的一篇。前人评及此，曾这样说：“语杂歌谣，最易感人，愈浅愈切。”这些民歌手法的运用，给诗增添了明快而亲切的感染力。

## 【春日忆李白】

**白也诗无敌，飘然思不群。**
**清新庾开府①，俊逸鲍参军②。**
**渭北③春天树，江东④日暮云。**
**何时一樽酒，重与细论文⑤。**

**【注释】**

①庾开府：庾信。在北周官至骠骑大将军、开府仪同三司（司马、司徒、司空），世称庾开府。②鲍参军：指鲍照，南朝宋时任荆州前军参军，世称鲍参军。③渭北：渭水北岸，借指长安一带，当时杜甫在此地。④江东：指今江苏省南部和浙江省北部一带，当时李白在此地。⑤论文：即论诗。六朝以来，通称诗为文。

**【鉴赏】**

这首诗抒发了诗人对李白的赞誉和怀念之情，同时也充满着对李白诗文深深的赞颂。杜甫同李白的友谊，首先是从诗歌上结成的。这首怀念李白的五律，是天宝五年（746）或天宝六年（747）春杜甫居长安时所作，主要就是从这方面来落笔的。对李白奇伟瑰丽的诗篇，杜甫在题赠或怀念李白的诗中，总是赞扬备至。从此诗坦荡真率的赞语中，也可以看出杜甫对李白的诗作十分钦仰。这不仅表达了他对李白诗的无比喜爱，也体现了他们的诚挚友谊。清代杨伦评此诗说："首句自是阅尽甘苦上下古今，甘心让一头地语。窃谓古今诗人，举不能出杜之范围；惟太白天才超逸绝尘，杜所不能压倒，故尤心服，往往形之篇什也。"（清代杨伦《杜诗镜铨》）这话说得很对。

开头四句，一气贯注，都是对李白诗的热烈赞美。首句称赞他的诗冠绝当代。第二句是对上句的说明，是说他之所以"诗无敌"，就在于他思想情趣，卓异不凡，因而写出的诗，出尘拔俗，无人可比。接着赞美李白的诗像庾信那样清新，像鲍照那样俊逸。这四句，笔力峻拔，热情洋溢。首联的"也""然"两个语助词，既加强了赞美的语气，又加重了"诗无敌""思不群"的分量。表面看来，第三联两句只是写了作者和李白各自所在地之景。"春天树"和"日暮云"都只是平实叙出，未作任何修饰描绘。分开来看，两句都很一般，并没什么奇特之处。然而作者把它们组织在一联之中，却自然有了一种奇妙的紧密联系。也就是说，当作者在渭北思念江东的李白之时，也正是李白在江东思念渭北的作者之时；而作者遥望南天，唯见天边的云彩，李白翘首北国，唯见远处的树色，又自然见出两人的离别之恨，好像“春树”“暮云”，也带着深重的离情。这两句，看似平淡，实则每个字都千锤百炼；语言非常朴素，含蕴却极丰富，是历来传颂的名句。

清代浦起龙说：“此篇纯于诗学结契上立意。”（《读杜心解》），道出了这首诗在内容和结构上的特点。全诗以赞诗起，以“论文”结，由诗转到人，由人又回到诗，转折极其自然，通篇始终贯穿着一个“忆”字，把对人和对诗的倾慕怀念，结合得水乳交融。以景寓情的手法，更是出神入化，把作者的思念之情，写得深厚无比，情韵绵绵。

## 【丽人行】

**三月三日①天气新，长安水边多丽人。**
**态浓②意远淑且真，肌理细腻骨肉匀。**
**绣罗衣裳照暮春，蹙金孔雀银麒麟。**
**头上何所有？翠③为㔩叶垂鬓唇。**
**背后何所见，珠压腰衱④稳称身。**
**就中云幕椒房⑤亲，赐名大国虢与秦。**
**紫驼之峰⑥出翠釜，水精之盘行素鳞。**
**犀箸⑦厌饫⑧久未下，鸾刀缕切空纷纶⑨。**
**黄门飞鞚⑩不动尘，御厨络绎送八珍⑪。**
**箫鼓哀吟感鬼神，宾从⑫杂遝实要津。**
**后来鞍马⑬何逡巡⑭，当轩下马入锦茵。**
**杨花雪落覆白苹，青鸟飞去衔红巾。**
**炙手可热势绝伦，慎莫近前丞相嗔！**

**【注释】**

①三月三日：为上巳日，唐代长安士女多于此日到城南曲江游玩踏青。②态浓：姿态浓艳。③翠：一种翡翠鸟的羽毛。④腰衱：裙带。稳称身：十分贴切合身。⑤椒房：汉代皇后居室，以椒和泥涂壁。后世因称皇后为椒房，皇后家属为椒房亲。这句是指天宝七载（748）唐玄宗赐封杨贵妃的大姐为韩

国夫人，三姐为虢国夫人，八姐为秦国夫人。⑥紫驼之峰：即驼峰，是一种珍贵的食品。唐贵族食品中有“驼峰炙”。⑦犀箸：犀牛角做的筷子。⑧厌饫：吃饱后腻食。⑨鸾刀缕切空纷纶：“鸾刀”指带鸾铃的刀，“缕切”指细切；“空纷纶”指厨师们白忙一场。⑩飞鞚：即飞马。⑪八珍：形容珍美食品之多。⑫宾从：宾客随从。⑬后来鞍马：即指丞相杨国忠。⑭逡巡：欲进不进，此处指顾盼自得。

**【鉴赏】**

《丽人行》是一首“旧瓶装新酒”的七言乐府诗，诗题在汉代刘向《别录》中已有记载。但因其内容是直接针对当时的宰相杨国忠兄妹，不用古乐府借古喻今的惯例，所以中唐的元稹称其为“新乐府”，今天看来，可以视为杜甫新题乐府中的例外。这首诗大约作于天宝十二载（753）。此前一年，杨国忠官拜右丞相兼文部尚书，势倾朝野。《丽人行》是杜甫的名篇，描写的是一个春暖花开的时节，杨国忠兄妹在长安城南曲江游宴时的情景，讽刺了他们骄奢淫逸的丑行，也从侧面曲折地反映了唐玄宗的昏庸和时政的腐败。

《旧唐书·杨贵妃传》载：“玄宗每年十月，临幸华清宫，国忠姊妹五家扈从。每家为一队，着一色衣；五家合队，照映如百花之焕发。而遗钿坠舄，瑟瑟珠翠，璨瓓芳馥于路。而国忠私于虢国，而不避雄狐之刺；每入朝，或联镳方驾，不施帷幔。每三朝庆贺，五鼓待漏，靓妆盈巷，蜡炬如昼。”又杨国忠于天宝十一载（752）十一月为右相。这首诗当作于十二载（753）春，讽刺了杨家兄妹骄纵荒淫的生活，曲折地反映了君王的昏庸和时政的腐败。

成功的文学作品，它的倾向应当从场面和情节中自然而然地流露出来，不应当特别把它指点出来，作者的见解愈隐蔽，对艺术作品来说就愈好；而且作家不必把他所描写的解决社会冲突的办法硬塞给读者。《丽人行》就是这样的一篇成功之作。这篇歌行的主题思想和倾向倒并不隐晦难懂，但确乎不是指点出来而是从场面和情节中自然而然地流露出来。从头到尾，诗人描写那些简短的场面和情节，都采取像《陌上桑》那样的乐府民歌中所惯常用的正面咏叹方式，态度严肃认真，笔触精工细腻，着色鲜艳富丽，丝毫不露油腔滑调，也不作漫画式的刻画。但令人惊叹不已的是，诗人就是在这一本正经的咏叹中，出色地完成了诗歌揭露腐朽、鞭挞邪恶的神圣使命，获得了比一般轻松的讽刺更为强烈的艺术批判力量。

## 【月夜】

**今夜鄜州[①]月，闺中只独看。**
**遥怜[②]小儿女，未解忆长安。**
**香雾云鬟湿，清辉玉臂寒。[③]**
**何时倚虚幌[④]，双照[⑤]泪痕干？**

**【注释】**

①鄜州：今陕西省富县。当时杜甫的家属在鄜州的羌村，杜甫在长安。这两句设想妻子在鄜州独自对月怀人的情景。②怜：爱。③香雾云鬟湿，清辉玉臂寒：夜雾本无香，香从妻子的云鬟中散出；凄清的月光照在妻子的玉臂上，显得寒凉。湿、寒二字，写出夜已深而人未寐的情景。④虚幌：透明的窗帷。⑤双照：与上面的“独看”对应，表示对未来团聚的期望。

**【鉴赏】**

天宝十五载（756）六月，安史叛军攻进潼关，杜甫带着妻小逃到鄜州，寄居羌村。七月，肃宗即位于灵武（今属宁夏）。杜甫便于八月间离家北上延州（今延安），企图赶到灵武，为平叛效力。但当时叛军势力已膨胀到鄜州以北，他启程不久，就被叛军捉住，送到沦陷后的长安；望月思家，写下了这首千古传诵的名作。诗人望月想念家中的妻子，充满了深情也满怀忧虑与辛酸。这无尽的思念与盼望能双照泪干的愿望正揭示了离乱带给人们的痛苦。这首诗描写形象，情深意切。题为《月夜》，作者看到的是长安月。如果从自己方面落墨，一入手应该写“今夜长安月，客中只独看”。但他更焦心的不是自己失掉自由、生死未卜的处境，而是妻子对自己的处境如何焦心。所以悄焉动容，神驰千里，直写“今夜鄜州月，闺中只独看”。这已经透过一层。自己只身在外，当然是独自看月。妻子尚有儿女在旁，为什么也“独看”呢？“遥怜小儿女，未解忆长安”一联做了回答。妻子看月，并不是欣赏自然风光，而是“忆长安”，而小儿女未谙世事，还不懂得“忆长安”啊！用小儿女的“不解忆”反衬妻子的“忆”，突出了那个“独”字，又进一层。

这首诗借看月而抒离情，但所抒发的不是一般情况下的夫妇离别之情。作者在半年以后所写的《述怀》诗中说“去年潼关破，妻子隔绝久”；“寄书问三川（鄜州的属县，羌村所在），不知家在否”；“几人全性命？尽室岂相偶”！两诗参照，就不难看出“独看”的泪痕里浸透着天下乱离的悲哀，“双照”的清辉中闪耀着四海升平的理想。字里行间，时代的脉搏是清晰可辨的。

题为《月夜》，字字都从月色中照出，而以“独看”“双照”为一诗之眼。“独看”是现实，却从对面着想，只写妻子“独看”鄜州之月而“忆长安”，而自己的“独看”长安之月而忆鄜州，已包含其中。“双照”兼包回忆与希望：感伤“今夜”的“独看”，回忆往日的同看，而把并倚“虚幌”（薄帷）、对月舒愁的希望寄托于不知“何时”的未来。词旨婉切，章法紧密。如明末清初黄生所说：“五律至此，无忝诗圣矣！”

## 【春望】

**国[①]破山河在，城春草木深。**
**感时[②]花溅泪[③]，恨别鸟惊心[④]。**
**烽火[⑤]连三月，家书抵[⑥]万金。**
**白头搔更短[⑦]，浑[⑧]欲不胜簪[⑨]。**

**【注释】**

①国：指京城长安。②感时：感叹时事。③花溅泪：看见花就泪水飞溅。④鸟惊心：听到鸟的叫声使人心惊。⑤烽火：这里指战争。⑥抵：值。⑦短：短少。⑧浑：简直。⑨簪：古代男子成年后把头发绾在头顶上，用一根簪别住。

**【鉴赏】**

这是杜甫名篇之一。诗的前四句写都城败象，饱含感叹；后四句写心念亲人境况，充溢离情。全诗沉着蕴藉，真挚自然。

“国破山河在，城春草木深。”开篇即写春望所见：国都沦陷，城池残破，虽然山河依旧，可是乱草遍地，林木苍苍，一个“破”字，使人触目惊心。继而一个“深”字，令人满目凄然。司马光说“‘山河在’，明无余物矣；‘草木深’，明无人矣。”

“感时花溅泪，恨别鸟惊心。”这两句一般解释是，花鸟本为娱人之物，但因感时恨别，却使诗人见了反而堕泪惊心。另一种解释为，以花鸟拟人，感时伤别，花也溅泪，鸟也惊心。两说虽则有别，其精神却能相通，一则触景生情，一则移情于物，正见好诗含蕴之丰富。

诗的前四句，都统在“望”字中。诗人俯仰瞻视，视线由近而远，又由远而近，视野从城到山河，再由满城到花鸟。感情则由隐而显，由弱而强，步步推进。在景与情的变化中，仿佛可见诗人由翘首望景，逐步地转入了低头沉思。

“烽火连三月，家书抵万金。”自安史叛乱以来，“烽火苦教多信断”，直到如今春深三月，战火仍连续不断。多么盼望家中亲人的消息，这时的一封家信真是胜过“万金”啊！“家书抵万金”，写出了消息隔绝久盼音讯不至时的急切心情，这是人人心中所有的想法，很自然地使人产生共鸣，因而成了千古传诵的名句。

“白头搔更短，浑欲不胜簪。”烽火遍地，家信不通，想念远方的惨凄之象，眼望面前的颓败之景，不觉于极无聊之际，搔首踌躇，顿觉稀疏短发，几不胜簪。“白发”为愁所致，“搔”为想要解愁的动作，“更短”可见愁的程度。这样，在国破家亡，离乱伤痛之外，又叹息衰老，则更增一层悲哀。

## 【哀江头】

**少陵野老①吞声哭，春日潜行曲江②曲。**
**江头宫殿锁千门，细柳新蒲为谁绿。**
**忆昔霓旌③下南苑④，苑中万物生颜色。**
**昭阳殿里第一人，同辇⑤随君侍君侧。**
**辇前才人带弓箭，白马嚼啮黄金勒⑥。**
**翻身向天仰射云，一笑正坠双飞翼。**
**明眸皓齿今何在？血污游魂⑦归不得。**
**清渭⑧东流剑阁深，去住彼此无消息！**
**人生有情泪沾臆，江草江花岂终极？**
**黄昏胡骑尘满城，欲往城南望城北。**

**【注释】**

①少陵野老：杜甫自号。②曲江：又名江池，故址在今西安城南五公里

处，原为汉武帝所造。唐玄宗开元年间大加修整，池水澄明，花卉环列。其南有紫云楼、芙蓉苑；西有杏园、慈恩寺，是著名旅游胜地。③霓旌：一种皇帝仪仗用的霓虹般的彩色旌旗。④南苑：即芙蓉苑，因在曲江南而名。⑤辇：皇帝的车子。⑥勒：马衔的嚼口。⑦血污游魂：安史乱起，唐玄宗逃离长安，至马嵬驿（今陕西兴平县西）发生兵变，杨贵妃被缢死，年仅三十八。⑧清渭：马嵬驿南滨渭水，是杨贵妃死处。

**【鉴赏】**

唐玄宗天宝十五年（756）七月，安禄山攻陷长安。肃宗在灵武即位，改元至德。杜甫在投奔灵武途中，被叛军虏至长安。次年写此诗。诗旨在哀悼贵妃之死。因不敢直言，故借当年行幸江头以为题。

诗的开头首先写作者潜行曲江，忆昔日此地的繁华，而今却萧条零落，进而追忆贵妃生前游幸曲江的盛事。再转入叙述贵妃归天，玄宗上蜀，生离死别的悲惨情景。

全诗以“哀”字为核心。开篇第一句“吞声哭”，就营造出强烈的艺术氛围，接着写春日潜行是哀，睹物伤怀还是哀，最后，不辨南北更是极度哀伤的表现。“哀”字为题，以“哀”统领全面，笼罩全篇，沉郁顿挫，意境深远。

全诗的这种“哀”情，是复杂的、深沉的。诗人在表达出真诚的爱国激情的同时，也流露了对蒙难君王的伤悼。因此，我们说全诗是对国破家亡的深切巨恸，是李唐盛世的挽歌，也是国势衰微的悲歌。

诗的结构波折跌宕，纡曲有致。以“哀”起写，事事是哀。哀极生乐，写李、杨极度逸乐生活；又乐极生悲，写人死国亡，把哀恸推向高潮。这种由眼前到回忆，由回忆到现实的过程描述，给人造成一种波澜起伏，纡曲难伸，愁肠百结的感觉，情深情长，凄切哀惘，含隐无穷，读之令人肝肠寸断。

## 【曲江二首】

**一片花飞减却春[①]，风飘万点[②]正愁人。**
**且[③]看欲尽花经眼，莫厌伤[④]多酒入唇。**
**江上小堂巢翡翠，苑[⑤]边高冢卧麒麟。**
**细推[⑥]物理[⑦]须行乐，何用浮荣[⑧]绊此身？**

**朝回[⑨]日日典春衣，每日江头尽醉归。**
**酒债寻常行处有，人生七十古来稀。**
**穿花蛱蝶深深见，点水蜻蜓款款飞。**
**传语风光共流转，暂时相赏莫相违。**

**【注释】**

①减却春：减掉春色。②万点：形容落花之多。③且：暂且。④伤：伤感，忧伤。⑤苑：指曲江胜境之一芙蓉花。⑥推：推究。⑦物理：事物的道理。⑧浮荣：虚名。⑨朝回：上朝回来。

**【鉴赏】**

这两首诗总的特点，用我国传统的美学术语说，就是“含蓄”而有“神韵”。所谓“含蓄”与有“神韵”，就是留有余地。抒情、写景，力避倾囷倒廪，而要抒写最典型最有特征性的东西，从而使读者通过已抒之情和已写之景去玩味未抒之情，想象未写之景。“一片花飞”“风飘万点”，写景并不工细。然而“一片花飞”，最足以表现春减；“风飘万点”，也最足以表现春暮。一切与春减、春暮有关的景色，都可以从“一片花飞”“风飘万点”中去冥观默想。比如说，从花落可以想到鸟飞，从红瘦可以想到绿肥……。“穿花”一联，写景可谓工细；但工而不见刻削之痕，细也并非详尽无遗。例如只说“穿花”，不复具体地描写花，只说“点水”，不复具体地描写水，而花容、水态以及与此相关的一切景物，都宛然可想。

就抒情方面说，“何用浮荣绊此身”“朝回日日典春衣，……”，其“仕不得志”是依稀可见的。但如何不得志、为何不得志，却秘而不宣，只是通过描写暮春之景抒发惜春、留春之情；而惜春、留春的表现方式，也只是喝酒、赏花玩景来及时行乐。诗中的抒情主人公“每日江头尽醉归”。从“一片花飞”到“风飘万点”，已经目睹感受了春减、春暮的全过程，还“传语风光共流转，暂时相赏莫相违”，真可谓乐此不疲了！然而仔细探索，就发现本诗言外有意，味外有味，景外有景，情外有情，“测之而益深，究之而益来”，真正体现了“神余象外”的艺术特点。

## 【曲江对酒】

**苑外江头坐不归，水精宫殿转霏微。**
**桃花细逐杨花落，黄鸟时兼白鸟飞。**
**纵饮久判人共弃，懒朝真与世相违。**
**吏情更觉沧洲远，老大徒伤未拂衣。**

**【鉴赏】**

曲江，即曲江池，故址在今西安市东南，因池水曲折而得名，是当时京都的第一胜景。

前两联是曲江即景。“苑外江头坐不归”，苑，指芙蓉苑，在曲江西南，是帝妃游幸之所。坐不归，表明诗人已在江头多时。这个“不”字很有讲究，如用“坐未归”，只反映客观现象，没有回去，“坐不归”，则突出了诗人的主观意愿，不想回去，可见心中的情绪。这就为三、四联的述怀做了垫笔。

“水精宫殿转霏微”，水精宫殿，即苑中宫殿。霏微，迷蒙的样子。在“宫殿”“霏微”间，又着一“转”字，突出了景物的变化。这似乎是承“坐不归”而来的：久坐不归，时已向晚，故而宫殿霏微。但是，我们从下面的描写中，却看不到日暮的景象。最后抒发愁绪：“吏情更觉沧洲远，老大徒伤未拂衣”。沧洲，水边绿洲，古时常用来指隐士的居处。拂衣，指辞官。这一联是说：只因为微官缚身，不能解脱，故而虽老大伤悲，也无可奈何，终未拂衣而去。这里，以“沧洲远”“未拂衣”，和上联的“纵饮”“懒朝”形成对照，显示一种欲进既不能，欲退又不得的两难境地。杜甫虽然仕途失意，毕生坎坷，但“致君尧舜上，再使风俗淳”（《奉赠韦左丞丈二十二韵》）的政治抱负始终如一，直至逝世的前一年（769），他还勉励友人“致君尧舜付公等，早据要路思捐躯”（《暮秋枉裴道州手札率尔遣兴》），希望以国事为已任。可见诗人之所以纵饮懒朝，是因为抱负难展，理想落空；他把自己的失望和忧愤托于花鸟清樽，正反映出诗人报国无门的苦痛。

## 【日暮】

**牛羊下来[1]久，各已闭柴门。**
**风月自清夜，江山非故园。**
**石泉流暗壁，草露滴秋根。**
**头白灯明里，何须花烬繁[2]。**

**【注释】**

①下来：牛羊归圈。②烬繁：花朵掉落，开败。

**【鉴赏】**

大历二年（767）秋，杜甫在流寓夔州瀼西东屯期间，写下了这首诗。瀼西一带，地势平坦，清溪萦绕，山壁峭立，林寒涧肃，草木繁茂。黄昏时分，展现在诗人眼前的是一片山村寂静的景色。

“牛羊下来久，各已闭柴门。”夕阳的淡淡余晖洒满偏僻的山村，一群群牛羊早已从田野归来，家家户户深闭柴扉，各自团聚。首联从《诗经·君子于役》中“日之夕矣，羊牛下来”句点化而来。这就隐隐透出一种思乡恋亲的情绪。皓月悄悄升起，诗人凝望着这宁静的山村，禁不住触动思念故乡的愁怀。

“风月自清夜，江山非故园。”秋夜，晚风清凉，明月皎洁，瀼西的山川在月光覆照下明丽如画，无奈并非自己的故乡风物！淡淡二句，有着多少悲郁之感。“自”与“非”是句中关键字眼，一拗一救，显得波澜有致，正是为了服从内容的需要：江山美丽，却非故园，隐含着一种无可奈何的情绪和浓重的思乡愁怀。

夜愈深，人更静，诗人带着乡愁的眼光观看山村秋景，仿佛蒙上一层清冷的色彩。“石泉流暗壁，草露滴秋根”，这两句词序有意错置，意境是多么凄清而洁净！给人以悲凉、抑郁之感。词序的错置，不仅使声调更为铿锵和谐，而且突出了“石泉”与“草露”，使“流暗壁”和“滴秋根”所表现的诗意更加奇逸、浓郁。从凄寂幽邃的夜景中，隐隐地流露出一种迟暮之感。

景象如此冷漠，诗人不禁默默走回屋里，挑灯独坐，更觉悲凉凄怆：“头白灯明里，何须花烬繁。”诗人不但不觉欢欣，反而倍感烦恼，“何须”一句，说得幽默而又凄婉，表面看来好像是宕开一层的自我安慰，其实却饱含辛酸的眼泪和痛苦的叹息。

“情语能以转折为含蓄者，唯杜陵居胜。”清代王夫之《姜斋诗话》中对杜诗的评语也恰好阐明本诗的艺术特色。这样写确实婉转曲折，含蓄蕴藉，耐人寻味，给人以更鲜明的印象和深刻的感受，艺术上可谓达到炉火纯青的境地。

## 【赠卫八处士①】

**人生不相见，动如参与商②；**
**今夕复何夕？共此灯烛光。**
**少壮能几时，鬓发各已苍。**
**访旧半为鬼，惊呼热中肠。**
**焉知二十载，重上君子堂。**
**昔别君未婚，儿女忽成行③。**
**怡然敬父执④，问我来何方？**
**问答乃未已⑤，儿女⑥罗酒浆。**
**夜雨剪春韭，新炊间⑦黄粱。**
**主⑧称会面难，一举累十觞。**
**十觞也不醉，感子故意长。**
**明日隔山岳⑨，世事两茫茫⑩。**

**【注释】**

①处士：是隐居不仕的人，八是处士的排行。②参商：二星名，又作参辰，一出一没，永不相见，故以为比。动如，是说动不动就像。见得这情况是经常的。③行：成行，儿女众多。④父执：词出《礼记·曲礼》：“见父之执。”意即父亲的挚友。执是“接”的借字，接友，即常相接近之友。⑤乃未已：还未等说完。⑥儿女：一作“驱儿”。⑦间：读去声，掺和的意思。⑧主：主人，即卫八。⑨山岳：指西岳华山。这句是说明天便要分手。⑩世事两茫茫：世事，包括社会和个人。两茫茫，是说明天分手后，命运如何，便彼此都不相知了。极言会面之难，正见令夕相会之乐。这时大乱还未定，故杜甫有此感觉。根据末两句，这首诗乃是饮酒的当晚写成的。

【鉴赏】

唐肃宗乾元元年（758），杜甫因上疏救房琯，被贬为华州司功参军。冬天曾告假回东都洛阳探望旧居陆浑庄。乾元二年（759）三月，九节度之师溃于邺城，杜甫自洛阳经潼关回华州，路过奉先县，访问了居住在乡间的少年时代的友人卫八处士。一夕相会，又匆匆告别，不久，写下这动情之作赠给卫八处士，抒发了人生离多聚少和世事沧桑的感叹。

诗人是在动乱的年代、动荡的旅途中，寻访故人；是在长别二十年，经历了沧桑巨变的情况下与老朋友见面，这就使短暂的一夕相会，特别不寻常。于是，那眼前灯光所照，就成了乱离环境中幸存的美好一角；那一夜时光，就成了烽火乱世中带着和平宁静气氛的仅有一瞬；而荡漾于其中的人情之美，相对于纷纷扰扰的杀伐争夺，更显出光彩。“今夕复何夕，共此灯烛光”，被战乱推得遥远的、恍如隔世的和平生活，似乎一下子又来到眼前。可以想象，那烛光融融、散发着黄粱与春韭香味、与故人相伴话旧的一夜，对于饱经离乱的诗人，是多么值得眷恋和珍重啊！诗人对这一夕情事的描写，正是流露出对生活美和人情美的珍视，它使读者感到结束这种战乱，是多么符合人们的感情与愿望。

前十句主要是抒情。接下去，则转为叙事，而无处不关人世感慨。随着二十年岁月的过去，此番重来，眼前出现了儿女成行的景象。这里面当然有倏忽之间迟暮已至的喟叹。“怡然”以下四句，写出卫八的儿女彬彬有礼、亲切可爱的情态。诗人款款写来，始终流露出一种真挚感人的情意。卫八随其所有而具办的家常饭菜，体现出老朋友间不拘形迹的淳朴友情。“主称”以下四句，叙主客畅饮的情形。故人重逢话旧，不是细斟慢酌，而是一连就进了十大杯酒，这是主人内心不平静的表现。主人尚且如此，杜甫心情的激动，当然更不待言。“感子故意长”，概括地点出了今昔感受，总述上文。这样，对“今夕”的眷恋，自然要引起对明日离别的慨叹。末二句回应开头的“人生不相见，动如参与商”，暗示着明日之别，悲于昔日之别：昔日之别，今幸复会；明日之别，后会何年？低回深婉，耐人玩味。




## 【新安吏】

**客行新安道①，喧呼闻点兵。**
**借问新安吏：“县小更②无丁？”**

"府帖昨夜下，次[3]选中男行。"
"中男绝短小，何以守王城？"
肥男有母送，瘦男独伶俜[4]。
白水暮东流，青山犹哭声。
"莫自使眼枯，收汝泪纵横。
眼枯即见骨，天地终无情！
我军取相州[5]，日夕望其平。
岂意贼难料，归军星散营。
就粮近故垒，练卒依旧京[6]。
掘壕不到水，牧马役亦轻。
况乃王师顺，抚养甚分明。
送行勿泣血[7]，仆射[8]如父兄。"

【注释】

①新安：县名，今属河南。②更：岂。③次：依次。④伶俜：形容孤独。⑤相州：即"三男邺城戍"之"邺城"，今河南安阳。⑥旧京：指东都洛阳。⑦泣血：谓哀伤之极。⑧仆射：官名，此处指郭子仪。

【鉴赏】

唐肃宗乾元元年（758）冬，郭子仪收复长安和洛阳，旋即，郭和李光弼、王思礼等九节度使乘胜率军进击，以二十万兵力在邺郡（即相州，治所在今河南安阳）包围了安庆绪叛军，局势甚可喜。然而昏庸的肃宗对郭子仪、李光弼等领兵并不信任，诸军不设统帅，只派宦官鱼朝恩为观军容宣慰处置使，使诸军不相统属，又兼粮食不足，士气低落，两军相持到次年春天，史思明援军至，唐军遂在邺城大败。郭子仪退保东都洛阳，其余各节度使逃归本镇。唐王朝为了补充兵力，大肆抽丁拉夫。杜甫这时正由洛阳回华州任所，耳闻目睹了这次惨败后人民罹难的痛苦情状，经过艺术提炼，写成组诗"三吏""三别"。《新安吏》是组诗的第一首。新安，在洛阳西。

一方面，当时安史叛军烧杀掳掠，对中原地区生产力和人民生活的破坏是空前的。另一方面，唐朝统治者在平时剥削、压迫人民，在国难当头的时候，却又昏庸无能，把战争造成的灾难全部推向人民，要捐要人，根本不顾人民死活。这两种矛盾，在当时社会现实中尖锐地存在着，然而前者毕竟居于主要地

位。可以说，在平叛这一点上，人民和唐王朝多少有一致的地方。因此，杜甫的“三吏”“三别”既揭露统治集团不顾人民死活，又旗帜鲜明地肯定平叛战争，甚至对应征者加以劝慰和鼓励，读者也就不难理解了。因为当时的人民虽然怨恨唐王朝，但终究咬紧牙关，含着眼泪，走上前线支持平叛战争。

此篇记述作者所见的新安征兵情况。前十二句通过作者与新安吏的对话，记述了征兵场面，后十六句则是作者对征夫及其家属的劝勉，表明了作者的态度。

征兵的景象是凄惨的。作者丝毫没有掩饰战争的残酷：战争把许多家庭拆散，把未成年的“中男”推向死亡之线。而朝廷的公文和胥吏的催逼更显残酷无情，这一组景象把人的悲哀渲染得淋漓尽致！然而，作者笔锋一转，便开始他不得不说的劝告。这劝告又可分为三层，作者先是充满同情、十分冷静地宣布：这一切是不可改变的，不如想开点来面对这一事实。接着，作者便陈述战事胜而复败的情况，说明战争还不能很快结束，部分地解释了人民为何必须作出牺牲的原因。最后，作者便想出若干个理由来宽慰征夫及其家属。

作者在本诗中既是深深地动情，又近乎无情，而作者正是真实地表露了他的这种动情而无情，从而传达出了历史运动的深刻内容。

## 【石壕吏】

**暮投石壕村①，有吏②夜捉人。**
**老翁逾墙③走，老妇出门看。**
**吏呼一何④怒！妇啼一何苦！**
**听妇前致词⑤：“三男邺城戍。**
**一男附书至，二男新战死。**

存者且偷生[6]，死者长已矣[7]！
室中更无人[8]，惟有乳下孙。
有孙母未去，出入无完裙[9]。
老妪力虽衰，请从吏夜归[10]。
急应河阳役，犹得备晨炊。”
夜久语声绝，如闻泣幽咽。
天明登前途，独与老翁别。

【注释】

①石壕村：今河南三门峡东南。②吏：小官，这里指差役。③逾墙：翻墙而过，逃跑。④一何：多么。⑤前致词：走上前去（对差役）说话。致：对……说。⑥且偷生：苟活。且：苟且。⑦长已矣：永远完了。已：已经，这里引申为完结。⑧更无人：再没有别的（男）人了。⑨完裙：完整的衣裙。“裙”古代泛指衣服，多指裤子。⑩请从吏夜归：请让我今晚跟你一起回营去。

【鉴赏】

《石壕吏》是《三吏》中的一篇。全诗的主题是通过对“有吏夜捉人”的形象描绘，揭露官吏的横暴，反映人民的苦难。

仇兆鳌在《杜少陵集详注》里说：“古者有兄弟始遣一人从军。今驱尽壮丁，及于老弱。诗云：三男戍，二男死，孙方乳，媳无裙，翁逾墙，妇夜往。一家之中，父子、兄弟、祖孙、姑媳残酷至此，民不聊生极矣！当时唐祚，亦岌岌乎危哉！”就是说，“民为邦本”，把人民迫害成这个样子，统治者的宝座也就岌岌可危了。诗人杜甫面对这一切，没有美化现实，却如实地揭露了政治黑暗，发出了“有吏夜捉人”的呼喊，这是值得高度评价的。

在艺术表现上，这首诗最突出的一点则是精练。陆时雍称赞道：“其事何长！其言何简！”就是指这一点。全篇句句叙事，无抒情语，亦无议论语；但实际上，作者却巧妙地通过叙事抒了情，发了议论，爱憎十分强烈，倾向十分鲜明。寓褒贬于叙事，既节省了很多笔墨，又毫无概念化的感觉。诗还运用了藏问于答的表现手法。“吏呼一何怒！妇啼一何苦”概括了矛盾双方之后，便集中写“妇”，不复写“吏”，而“吏”的蛮悍、横暴，却于老妇“致词”的转折和事件的结局中暗示出来。诗人又十分善于剪裁，叙事中藏有不尽之意。

一开头，只用一句写投宿，立刻转入“有吏夜捉人”的主题。又如只写了“老翁逾墙走”，未写他何时归来；只写了“如闻泣幽咽”，未写泣者是谁；只写老妇“请从吏夜归”，未写她是否被带走；却用照应开头、结束全篇既叙事又抒情的“独与老翁别”一句告诉读者：老翁已经归家，老妇已被捉走；那么，那位吞声饮泣、不敢放声痛哭的，自然是给孩子喂奶的年轻寡妇了。正由于诗人笔墨简洁、洗练，全诗一百二十个字，在惊人的广度与深度上反映了生活中的矛盾与冲突，这是十分难能可贵的。

## 【潼关①吏】

**士卒何草草②，筑城潼关③道。**
**大城铁④不如，小城万丈馀。**
**借问潼关吏：“修关还备胡？”**
**要我下马行，为我指山隅：**
**“连云列战格，飞鸟不能逾。**
**胡⑤来但自守，岂复忧西都。**
**丈人视要处，窄狭容单车。**
**艰难奋长戟，万古用一夫。”**
**“哀哉桃林⑥战，百万化为鱼。**
**请嘱防关将，慎勿学歌舒！”**

**【注释】**

①潼关：在今陕西潼关县，为河南到长安的重要关口。时因洛阳失守，危及长安，故加强修备。②草草：辛劳疲惫。③筑城潼关：筑潼关，以防不测。④大城、小城：泛指建筑在山上的大小城。⑤胡：指安史叛军。⑥桃林：即桃林塞，今河南灵宝县以西至潼关一带。

**【鉴赏】**

乾元二年（759）春，唐军在相州（治所在今河南安阳）大败，安史叛军乘势进逼洛阳。如果洛阳再次失陷，叛军必将西攻长安，那么作为长安和关中地区屏障的潼关势必有一场恶战。杜甫经过这里时，刚好看到了紧张的备战气氛。开头四句可以说是对筑城的士兵和潼关关防的总写。漫漫潼关道上，无数的士卒在辛勤地修筑工事。“草草”，劳苦的样子。前面加一“何”字，更流露出诗人无限赞叹的心情。放眼四望，沿着起伏的山势而筑的大小城墙，既高峻又牢固，显示出一种威武的雄姿。这里大城小城应作互文来理解。一开篇杜甫就用简括的诗笔写出唐军加紧修筑潼关所给予他的总印象。杜甫作此诗的前三年，安禄山攻打潼关。在杨国忠的怂恿下，唐玄宗派宦官督师潼关，哥舒翰不得已领兵出战，结果二十万将士葬身黄河。本诗通过与潼关吏的问答，反映了当年哥舒翰失守潼关的情况；诗人告诫守关将士勿轻易出战，表露了诗人的爱国思想。

杜甫大量的诗篇除了具有高度的思想性外，还具有高度的艺术性。杜甫善于从丰富的社会生活中提炼主题，从普遍现象中概括出本质，塑造出许多具有时代特征的典型形象，并寄寓了自己的爱憎感情。在他的笔下，京城、山村、战场、旅途等环境无不逼真如画，他善于运用细节描写、气氛渲染及对话等表现手法。

与“三别”通篇作人物独白不同，“三吏”是夹带问答的。而此篇的对话又具有自己的特点。首先是在对话的安排上，缓急有致，表现了不同人物的心理和神态。“修关还备胡”，是诗人的问话，然而关吏却不急答，这一“缓”，使人可以感觉到关吏胸有成竹。关吏的话一结束，诗人马上表示了心中的忧虑，这一“急”，更显示出对历史教训的痛心。其次，对话中神情毕现，形象鲜明。关吏的答话并无刻意造奇之感，而守关的唐军却给读者留下一种坚韧不拔、英勇沉着的印象。其中“艰难奋长戟，万古用一夫”两句又格外突出，塑造出犹如战神式的英雄形象，具有精神鼓舞的力量。

## 【新婚别】

**兔丝[①]附蓬麻，引蔓故不长。**
**嫁女与征夫，不如弃路旁。**
**结发为君妻，席不暖君床。**
**暮婚晨告别，无乃太匆忙！**
**君行虽不远，守边赴河阳[②]。**
**妾身[③]未分明，何以拜姑嫜[④]？**
**父母养我时，日夜令我藏。**

生女有所归[5]，鸡狗亦得将[6]。
君今往死地，沉痛迫[7]中肠。
誓欲随君去，形势反苍黄[8]。
勿为新婚念，努力事戎行！
妇人在军中，兵气恐不扬。
自嗟贫家女，久致[9]罗襦裳。
罗襦不复施，对君洗红妆。
仰视百鸟飞，大小必双翔[10]。
人事多错迕，与君永相望[11]！

【注释】

①菟丝：即菟丝子，一种蔓生的草，依附在其他植物枝干上生长。比喻女子嫁给征夫，相处难久。②河阳：今河南孟县，当时唐军与叛军在此对峙。③身：身份，指在新家中的名份地位。唐代习俗，嫁后三日，始上坟告庙，才算成婚。仅宿一夜，婚礼尚未完成，故身份不明。④姑嫜：古代对丈夫的母亲和父亲的称呼，即指婆婆、公公。⑤归：古代女子出嫁称“归”。⑥将：带领，相随。这两句即俗语所说的“嫁鸡随鸡，嫁狗随狗”。⑦迫：煎熬、压抑。⑧苍黄：仓皇。意思是多所不便，更麻烦。⑨久致：许久才制成。⑩双翔：成双成对地一起飞翔。此句写出了女子的寂寞和对那些能够成双成对的鸟儿的羡慕。⑪永相望：永远盼望重聚。表示对丈夫的爱情矢志不渝。

【鉴赏】

这一首感人至深的千古佳作，其最大的闪光点就是对新娘这一叙事抒情主人公的塑造。一方面，在新娘的身上倾注了作者浪漫主义的理想色彩，另一方面，在具体刻画上，既鲜明地体现了现实主义精雕细琢的特点，同时也运用了大胆的艺术虚构：实际上杜甫未必有这样的生活经历，也不可能听到新娘子对新郎说的私房话，况且洞房之夜即是生离死别之夜，如此巧合，本是现实生活中可能有而不一定有的事。但诗中的这一主人公形象，有血有肉有发展，人物的语言生动而逼真，丝毫不感到勉强和抽象。她通过曲折剧烈的内心斗争，最后毅然勉励丈夫从军，表现战争环境中人物思想感情的发展变化，显得非常自然，符合事件和人物性格发展的逻辑。

这首诗采用独白的形式，全篇先后用了七个“君”字，都是新娘对新郎倾吐的肺腑之言，读来深切感人。这首诗大致可分为三段，也可以说是三层，但是这三层并不是平列的，而是一层比一层深，一层比一层高，而且每一层当中又都有曲折。这是因为诗中人物的心情本来就是很复杂的。这首诗写一对新婚夫妇，在结婚的次日清晨，新郎就要赴前线。全诗除开始两句“特用比兴发端”（黄生《杜诗说》）外，全是新妇赠别劝勉的独白之词，这与“三吏”的对话体有别。通过大段悲怨而又沉痛的自诉，塑造了一个承受着苦难命运、又懂得以国事为重的善良坚毅的青年妇女形象，深刻揭示了战争带给人民的巨大不幸。

本诗写得回肠荡气，明代高棅《唐诗品汇》引：“曲折详至，缕缕凡七转，微显条达。”明代周珽《唐诗选脉会通评林》引吴山民曰：“含几许凄恻，又极温厚。”《新婚别》的叙事抒情主人公是新娘，其倾诉对象为新郎。诗歌所述内容，主要是这对新婚夫妇暮婚晨别时的复杂情愫。清代浦起龙《读杜心解》说：“此诗以比体起，比体结，语出新人口，情绪纷，而语言涩。”情感与心理的发展主线上，只有悲与壮的起伏，所以，诗人的语言运用注重清淳、自然、朴实、雅正，集中体现了儒家温柔教厚、怨而不怒、哀而不伤的诗教要求。

## 【垂老别】

**四郊未宁静，垂老不得安。**
**子孙阵亡尽[①]，焉[②]用身独完！**
**投杖出门去，同行为辛酸。**
**幸有牙齿存，所悲骨髓干。**
**男儿既介胄，长揖别上官。**
**老妻卧路啼，岁暮衣裳单。**
**孰[③]知是死别，且复伤其寒。**
**此去[④]必不归，还闻劝加餐。**
**土门壁甚坚，杏园度亦难。**
**势异邺城下，纵死时犹宽。**
**人生有离合，岂择衰盛端！**
**忆昔[⑤]少壮日，迟回竟长叹。**

万国尽征戍，烽火被冈峦。
积尸草木腥，流血川原丹。
何乡为乐土？安敢尚盘桓！
弃绝蓬室[6]居，塌然[7]摧肺肝。

【注释】

①尽：都，全部。这里是指子孙都全部阵亡了。②焉：副词，如何。表示承接上文，得出结论。如焉能、焉得、焉敢、焉知、焉用。③孰：代词，谁。这里的意思是“谁不知道”，也就是“明明知道”的意思。④去：离去。这里指离开家远去。⑤昔：以前。这里的意思是回忆以前年轻的时候。⑥蓬室：茅屋。⑦塌然：肝肠寸断的样子，形容极度悲痛。

【鉴赏】

本诗大意为：四野硝烟真叫人一刻不安，栖身无所正当这风烛残年。子孙们在战场上尽都为国殉难，兵荒马乱又何需老命苟全。扔掉拐杖出门去拼搏一番，一路的人也为我流泪辛酸。庆幸牙齿完好胃口不减，悲伤骨瘦如柴枯槁不堪。男儿既披戴盔甲从戎征战，也只好长揖不拜辞别长官。

听到老伴睡在路上声声哀唤，严冬腊月仍然是裤薄衣单。明知道死别最后一次见面，贫贱夫妻怎么不怜她饥寒。今朝离去永不能回返家园，犹听她再三劝我努力加餐。土门关深沟高垒防守坚严，杏园镇天险足恃偷渡实难。形势变不比当年邺城之战，纵然是死去，时间也有宽限。人生世上都有个离合悲欢，饥寒交迫衰老病残。想以前少壮年华国泰民安，竟不免徘徊踟蹰长吁短叹。

普天下应征入伍戒备森严，战争的烽火已弥漫了岗峦。尸骸积山一草一木变腥膻，流血漂杵河流平原都红遍。战火遍地何处觅人间乐园，勤王杀敌又岂敢犹豫盘桓。毅然地抛弃茅棚奔赴前线，天崩地裂真叫人摧断肺肝！

这首叙事短诗，并不以情节的曲折取胜，而是以人物的心理刻画见长。诗人用老翁自诉自叹、慰人亦即自慰的独白语气来展开描写，着重表现人物时而沉重忧愤、时而旷达自解的复杂心理状态；而这种多变的情思基调，又决定了全诗的结构层次，于严谨整饬之中，具有跌宕起伏、缘情宛转之妙。清代浦起龙在《读杜心解》中评此诗叙别老妻，“忽而永诀，忽而相慰，忽而自奋，千曲百折，末段又推开解譬，作死心塌地语，犹云无一寸干净地，愈益悲痛”，是很有道理的。

杜甫高出于一般诗人之处，主要在于他无论叙事抒情，都能做到立足生活，直入人心，剖精析微，探骊得珠，通过个别反映一般，准确传神地表现他那个时代的生活真实，概括劳苦人民包括诗人自己的无穷辛酸和灾难。

## 【无家别】

**寂寞天宝①后，园庐但蒿藜②。**
**我里百余家，世乱各东西。**
**存者无消息，死者为尘泥。**
**贱子③因阵败，归来寻旧蹊④。**
**久行见空巷，日瘦气惨凄⑤。**
**但对狐与狸，竖毛怒我啼。**
**四邻何所有？一二老寡妻。**
**宿鸟恋本枝，安辞且穷栖。**
**方春独荷锄，日暮还灌畦⑥。**
**县吏知我至，召令习鼓鼙⑦。**
**虽从本州役，内顾无所携。**
**近行止一身，远去终转迷。**
**家乡既荡尽，远近理亦齐。**
**永痛长病母，五年委沟溪⑧。**
**生我不得力，终身两酸嘶⑨。**
**人生无家别，何以为蒸黎⑩！**

【注释】

①天宝：玄宗年号。自天宝十四年（755）起，天下开始动乱。②蒿藜：青蒿、蒺藜之类。泛指野草。③贱子：老兵自称。④旧蹊：旧路，借指故里。⑤日瘦气惨凄：日色黯淡无光，故里一片愁云惨雾。⑥灌畦：给每行畦的作物依次浇灌。⑦习鼓鼙：练习敲打军鼓。意即再征入伍。鼙，战鼓。⑧委沟溪：老母去世后被扔到山沟里，得不到儿子送终与安葬。委，丢弃。⑨终身两酸嘶：母亲死于九泉抱恨终天，自己活在人间也永远遗憾。酸嘶，悲哀。⑩蒸黎：百姓。

【鉴赏】

本诗大意为：天宝以后，农村寂寞荒凉，家园里只剩下蒿草蒺藜。我的乡里百余户人家，因世道乱离都各奔东西。活着的没有消息，死了的已化为尘土。因为邺城兵败，我回来寻找家乡的旧路。在村里走了很久只见空巷，日色无光，一片萧条凄惨的景象。只能面对着一只只竖起毛来向我怒号的野鼠狐狸。四邻还剩些什么人呢？只有一两个老寡妇。宿鸟总是留恋着本枝，我也同样依恋故土，哪能辞乡而去，且在此地栖宿。正当春季，我扛起锄头下田，到了天晚还忙着浇田。县吏知道我回来了，又征召我去练习军中的骑鼓。虽然在本州内服役，家里也没什么可带。近处去，我只有空身一人；远处去，终究也会迷失。家乡既已一片空荡，远近对我来说都是一样。永远伤痛我长年生病的母亲，死了五年也没有好好埋葬。她生了我，却得不到我的服侍，母子二人终身忍受辛酸。人活在世上却无家可别，这老百姓可怎么当？

《无家别》和“三别”中的其他两篇一样，叙事诗的“叙述人”不是作者，而是诗中的主人公。这个主人公是又一次被征去当兵的独身汉，既无人为他送别，又无人可以告别，然而在踏上征途之际，依然情不自禁地自言自语，仿佛是对老天爷诉说他无家可别的悲哀。

从开头至“一二老寡妻”共十四句，总写乱后回乡所见，而以“贱子因阵败，归来寻旧蹊”两句插在中间，将这一大段隔成两个小段。前一小段，以追叙发端，写那个自称“贱子”的军人回乡之后，看见自己的家乡面目全非，一片荒凉，于是抚今忆昔，概括地诉说了家乡的今昔变化。“寂寞天宝后，园庐但蒿藜”，这两句正面写今，但背后已藏着昔。“天宝后”如此，那么就会想到天宝前的情况。于是自然地引出下两句。那时候“我里百余家”，应是园庐相望，鸡犬相闻，当然并不寂寞，“天宝后”则遭逢世乱，居人各自东西，园庐荒废，蒿藜（野草）丛生，自然就寂寞了。一起头就用“寂寞”二字，渲染

满目萧条的景象，表现出主人公触目伤怀的悲凉心情，为全诗定了基调。“世乱”二字与“天宝后”呼应，写出了今昔变化的原因，也点明了“无家”可“别”的根源。“存者无消息，死者为尘泥”两句，紧承“世乱各东西”而来，如闻“我”的叹息之声，强烈地表现了主人公的悲伤情绪。

## 【佳人】

**绝代①有佳人，幽居②在空谷。**
**自云良家子，零落依草木。**
**关中昔丧乱，兄弟遭杀戮。**
**官高何足论，不得收骨肉。**
**世情恶衰歇，万事随转烛③。**
**夫婿轻薄儿，新人④美如玉。**
**合昏⑤尚知时，鸳鸯⑥不独宿。**
**但见新人笑，那闻旧人⑦哭。**
**在山泉水清，出山泉水浊。**
**侍婢卖珠⑧回，牵萝⑨补茅屋。**
**摘花不插发，采柏⑩动盈掬。**
**天寒翠袖薄，日暮倚修竹。**

**【注释】**

①绝代：冠绝当代，举世无双。②幽居：静处闺室，恬淡自守。③转烛：烛火随风转动，比喻世事变化无常。④新人：指丈夫新娶的妻子。⑤合昏：即夜合花，其花朝开夜合，故曰“尚知时”。⑥鸳鸯：水鸟，雌雄成对，日夜形影不离。⑦旧人：佳人自称。⑧卖珠：因生活穷困而卖珠宝。⑨牵萝：拾取树藤类枝条。也是写佳人的清贫。⑩采柏：采摘柏树叶。

**【鉴赏】**

本首诗作于乾元二年（759）秋季，安史之乱发生后的第五年。在此之前，杜甫被迫辞掉华州司功参军职务，为生计所迫，携带妻子，翻山来到边远的秦州。杜甫对大唐朝廷竭忠尽力，丹心耿耿，最后却落得弃官漂泊的窘境。即便是在关山难越、饥寒交迫的情况下，仍始终不忘国家民族的命运。这样的不平际遇，这样的高风亮节，和诗中女主人公是很相像的。因此，本诗既反映客观存在的社会问题，又体现了诗人的主观寄托。唐肃宗乾元元年（758）六月，杜甫由左拾遗降为华州司功参军。第二年七月，他毅然弃官，拖家带口，客居秦州，在那里负薪采橡栗，自给度日，《佳人》就写于这一年的秋季。

杜甫很少写专咏美人的诗歌，《佳人》却以其格调之高而成为咏美人的名篇。山中清泉见其品质之清，侍婢卖珠见其生计之贫，牵萝补屋见其隐居之志，摘花不戴见其朴素无华，采柏盈掬见其情操贞洁，日暮倚竹见其清高寂寞。诗人以纯客观叙述方法，兼采夹叙夹议和形象比喻等手法，描述了一个在战乱时期被遗弃的上层社会妇女所遭遇的不幸，并在逆境中揭示她的高尚情操，从而使这个人物形象更加丰满。

这首五言古体诗，从开篇一路下来，都是“说”，到了结尾两句，才以一幅画面忽然结束。作者的高明之处，就在这里。他没有用一个结局去迁就读者的胃口，而是用一个悬念故意吊着读者的胃口。读过这首诗的人，一闭上眼睛，就会在脑海里浮现出这样的画面：一位绝世美貌却格外不幸的佳人，在秋风中，在黄昏里，衣裳单薄，孤零零地站在那里，背靠着一丛竹，眼里流露着哀愁。

全诗文笔委婉，缠绵悱恻，绘声如泣如诉，绘影楚楚动人，“在山泉水清，出山泉水浊”深寓生活哲理。“佳人”并非写实，只是一种寄托，是诗人自己的身影。虽时世艰难，多遭不幸，仍不愿入染浊流。

## 【梦李白二首】

**死别已吞声，生别常恻恻。**
**江南瘴疠地[①]，逐客无消息。**
**故人入我梦，明[②]我长相忆。**
**君今在罗网，何以有羽翼？**
**恐非平生魂，路远不可测。**
**魂来枫林[③]青，魂返关塞黑。**
**落月满屋梁，犹疑[④]照颜色。**
**水深波浪阔，无使蛟龙[⑤]得！**

**浮云终日行，游子久不至。**
**三夜频⑥梦君，情亲见君意。**
**告归常局促，苦道来不易：**
**江湖多风波，舟楫恐失坠。**
**出门搔⑦白首，若负平生志。**
**冠⑧盖满京华，斯人独憔悴！**
**孰云网恢恢？将老⑨身反累！**
**千秋万岁名，寂寞身后事。**

**【注释】**

①瘴疠地：南方气候湿热，是疾病流行的地方。瘴疠：疾疫。李白于肃宗乾元元年（758）初被定罪流放夜郎（今贵州省桐梓县），所以诗称“江南”。②明：知道。“故人”二句谓故人知我长相思念而入我梦，则我之思念。③枫林：李白放逐的西南之地多枫林。④疑：仿佛。“落月”二句意谓梦醒时月光满屋，李白的容貌仿佛在月光下还隐约可见。⑤蛟龙：古代传说中能兴风作浪、发洪水的龙，这里比喻恶人。“水深”二句意谓江湖风波险恶，叮咛李白魂归要小心，不要被蛟龙攫取吞食。⑥频：多次，频繁。⑦搔：挠。此句抒发诗人“惺惺惜惺惺”的感慨。⑧冠盖满京华：冠即官帽；盖即车上的篷盖。冠盖，本指冠冕和车盖，这里指京城的达官显贵。此句意谓达官显贵们充斥长安。⑨将老：指李白时年五十九岁。

**【鉴赏】**

这两首诗是乾元二年（759）秋，杜甫流寓秦州时所作。李白与杜甫于天宝四载秋，在山东兖州石门分手后，就再没见面，但彼此一直深深怀念。至德二载（757），李白因曾参与永王李璘的幕府受到牵连，下狱浔阳（今江西省九江市）。乾元元年（758）初，又被定罪长流夜郎。乾元二年二月，在三峡流放途中，遇赦放还。杜甫这时流寓秦州，地方僻远，消息隔绝，尚不知放还之事，仍在为李白忧虑，不时梦中思念，于是写成这两首诗。

因担心李白遭遇不测，故语多凄惨，忧思深重。杜甫对李白深怀敬爱，又为他的怀才不遇而激愤不平，同时坚信他不论生前如何寂寞不幸，都会名垂千古。

本诗写得情深意切，真切感人，尤其善于从对方写起：“故人入我梦，明我长相忆”；“三夜频梦君，情亲见君意”等句，既表达了他为李白牵肠挂肚的情景，又很能说明李、杜之间的深厚友谊。《唐诗归》引钟曰：“是一片何等精神往来！”这种手法常被后人效仿。

清代徐增《而庵说唐诗》云：“子美作是诗，肠回九曲，丝丝见血，朋友至情，千载而下，使人心动。”朱光潜所著《诗论》云：“真朋友必无假性情。通性情者诗也，诗至《梦李白》二首，真极矣！非子美不能作，非太白亦不能当也。”

## 【天末怀李白】

**凉风起天末①，君子②意如何？**
**鸿雁③几时到，江湖秋水多④！**
**文章憎命⑤达，魑魅⑥喜人过。**
**应共冤魂⑦语，投诗赠汨罗⑧。**

**【注释】**

①天末：天的尽头。当时李白因永王李璘案被流放夜郎，途中遇赦还至湖南。②君子：指诗人李白。③鸿雁：指传送书信的鸿雁。④这是为李白的行程担忧之语。⑤命：命运，时运。这句意思是：有文才的人总是薄命遭忌。⑥魑魅：鬼怪，这里指坏人或邪恶势力。这句指魑魅喜欢幸灾乐祸。⑦冤魂：指屈原。屈原被放逐，投汨罗江而死。⑧汨罗：在今湖南湘阴，屈原投江处。

**【鉴赏】**

李白于至德二载（757）因永王未奉肃宗之命而动兵之罪受牵连，被流放夜郎，行至巫山遇赦得还。杜甫不知实情，于乾元二年（759）作此诗，眷怀李白，设想他当路经汨罗，因而以屈原喻之。其实，此时李白已遇赦，泛舟洞庭了。因凉风而念故友，望秋雁而怀思。文人相重，末路相亲，天涯沦落之感，跃然纸上，至今读之，令人潸然泪下。

对友人深沉的怀念，进而发为对其身世的同情。“文章憎命达”，意谓文才出众者总是命途多舛，语极悲愤，有“怅望千秋一洒泪”之痛。“魑魅喜人过”，隐喻李白长流夜郎，是遭人诬陷。此二句议论中带情韵，用比中含哲理，意味深长，有极为感人的艺术力量，是传诵千古的名句。高步瀛引邵长蘅评：“一憎一喜，遂令文人无置身地。”这两句诗道出了自古以来才智之士的共同命运，是对无数历史事实的高度总结。

这一联虽系想象之词，但因诗人对屈原万分景仰，觉得他自沉殉国，虽死犹存；而李白是亟思平定安史叛乱，一清中原，具有跟屈原一样的爱国忠诚，结果获罪远谪，虽遇赦而还，但仍有满腔的怨愤，自然会对屈原因秋风而寄意。这样，“应共冤魂语”一句，就很生动真实地表现了李白的内心活动。最后一句“投诗赠汨罗”，用一“赠”字，是想象屈原永存，他和李白千载同冤，斗酒诗百篇的李白，一定作诗相赠以寄情。这一“赠”字之妙，正如黄生所说：“不曰吊而曰赠，说得冤魂活现。”（清代施鸿保《读杜诗说》）

这首因秋风感兴而怀念友人的抒情诗，感情十分强烈，但并不奔腾浩荡、一泻千里地表达，而是千回百转，萦绕心际。吟诵全诗，如展读友人书信，充满殷切的思念、细微的关注和发自心灵深处的感情，反复咏叹，低回婉转，沉郁深微，实为古代抒情名作。

## 【月夜忆舍弟①】

**戍鼓②断人行③，边秋④一雁声。**
**露从今夜白⑤，月是故乡明。**
**有弟皆分散，无家问死生⑥。**
**寄书长⑦不达，况乃⑧未休兵⑨。**

**【注释】**

①舍弟：向别人说自己弟弟时用的谦称。②戍鼓：戍楼上的更鼓。③断人行：指鼓声响起后，就开始宵禁。④边秋：一作“秋边”，秋天的边地，边塞的秋天。⑤露从今夜白：指在气节“白露”的一个夜晚。⑥有弟皆分散，无家问死生：弟兄分散，家园无存，互相间都无从得知死生的消息。⑦长：一直，老是。⑧况乃：何况是。⑨未休兵：战争还没有结束。

**【鉴赏】**

这首诗是乾元二年（759）秋杜甫在秦州所作。这年九月，史思明从范阳引兵南下，攻陷汴州，西进洛阳，河北、河南都处于战乱之中。当时，杜甫的几个弟弟正分散在这一带，由于战事阻隔，音信不通，引起他强烈的忧虑和思念。

题目是“月夜忆舍弟”，作者却不从月夜写起，而是首先描绘了一幅边塞秋天的图景：“戍鼓断人行，边秋一雁声。”路断行人，写出所见；戍鼓雁声，写出所闻。耳目所及皆是一片凄凉景象。沉重单调的更鼓和天边孤雁的叫声不仅没有带来一丝生气，反而使本来就荒凉不堪的边塞显得更加冷落沉寂。“断人行”点明社会环境，说明战事频繁、激烈，道路为之阻隔。两句诗渲染了浓重悲凉的气氛，这就是“月夜”的背景。

“露从今夜白”这一句，则是写出了当时的节气，而白露又可以和下一句的明月相互呼应，如此一来，我们就可以由“白”这个颜色来感受出当时那种冷清的情境。最后四句，杜甫则是在描写他思念兄弟的情怀。因为战争的关系，他和自己的弟弟们都分散在不同的地方；最后两句，则描写出因为战争的关系，又收不到家书，因此对大家的安危感到十分忧心的心情。

“有弟皆分散，无家问死生”，诗由望月转入抒情，过渡十分自然。夜晚的月光常会引人遐想，更容易引起思乡之情。诗人今遭逢战乱，又在这清冷的月夜，自然更是别有一番滋味在心头。这两句诗也概括了安史之乱中人民饱经忧患丧乱的普遍遭遇。

“寄书长不达，况乃未休兵”，紧承五、六两句进一步抒发内心的忧虑之情。亲人们四处流散，平时寄书尚且常常不达，更何况战事频繁，生死茫茫当更难预料。含蓄蕴藉，一结无限深情。读了这首诗，我们便不难明白杜甫为什么能够写出“烽火连三月，家书抵万金”（《春望》）那样凝练警策的诗句来。深刻的生活体验是艺术创作最深厚的源泉。

## 【蜀相[①]】

**丞相祠堂何处寻，锦官城[②]外柏森森。**
**映阶碧草自春色，隔叶黄鹂[③]空好音。**
**三顾[④]频烦天下计，两朝[⑤]开济[⑥]老臣心。**
**出师未捷[⑦]身先死，长使英雄泪满襟。**

**【注释】**

①蜀相：指三国时蜀国丞相诸葛亮。②锦官城：古代成都的别称。③黄

鹂：黄莺。④三顾：指刘备三顾茅庐见诸葛亮事。⑤两朝：刘备、刘禅父子两朝。⑥开济：指帮助刘备开国和辅佐刘禅继位。⑦出师未捷：诸葛亮曾六次出兵攻魏，建兴十二年（234），与魏司马懿在渭南相拒百余日，病死于五丈原军中。

**【鉴赏】**

这是一首咏史诗。作者借游览武侯祠，称颂丞相辅佐两朝，惋惜他出师未捷而身死。既有尊蜀正统观念，又有才困时艰的感慨。他的悼惜英雄、感伤时事的悲痛情绪渗透在每一句每一字之间，但表现手法却颇有奇特之处。

首联第一句表现出杜甫对诸葛亮的强烈景仰和缅怀之情，并因人而及物，同时也表明丞相祠堂是诗人渴望已久、很想瞻仰的地方。后一句“锦官城外柏森森”自答。这是诗人望中所得的景象，写的是丞相祠堂的外景，点明祠堂的所在地，用来呼应前一句。“柏森森”三个字还渲染了一种安谧、肃穆的气氛。这两句直承“蜀相”的诗题，起得很得势，用的是记叙兼描述的笔墨。

“映阶碧草自春色，隔叶黄鹂空好音”这两句诗衬托出了祠堂的荒凉冷落，并含有诗人感物思人、追怀先哲的情味。它同时还含有碧草与黄鹂并不理解人事的变迁和朝代的更替这一层意思。对于这两句，杜诗的评注者们有的认为是写景，有的认为是“真正抒情，而非实在写景”，这两种说法当然都有一定的道理；但是，更确切些说，应当把这两句看成是“景语含情，情语寓景”。

“三顾频烦天下计，两朝开济老臣心”，杜甫用短短的两句诗概括了诸葛亮的一生。杜甫还有一首五绝《八阵图》中的两句：“功盖三分国，名成八阵图”堪与之媲美。这联写得格外厚重，含义十分丰富，既生动地表达出诸葛武侯的雄才大略、报国苦衷和生平业绩，也生动地表现出他忠贞不渝、坚忍不拔的精神品格。

“出师未捷身先死，长使英雄泪满襟”，最后一联在前面的基础上叙事兼抒情；再加上前面六句有力铺垫，使读者感到收束得既有精神，又有余味。清代王渔洋曾经说：“为诗结处总要健举。”沈德潜也认为“宕出远神”是诗歌结尾的一种好方法。所有这些妙处，都在本诗的结句中得到充分的体现。

## 【南邻】

**锦里先生乌角巾[①]，园收芋栗未全贫[②]。**
**惯看[③]宾客儿童喜，得食阶除鸟雀驯。**
**秋水才深四五尺，野航[④]恰受两三人。**
**白沙翠竹江村暮，相送柴门[⑤]月色新。**

**【注释】**

①乌角巾：黑色的头巾。角巾，是古时隐士们喜戴的头巾。②未全贫：家境不富裕。③惯看：习惯看到。④野航：乡村过渡的小船。⑤柴门：用树枝编扎为门，言其简陋。

**【鉴赏】**

这首七言律诗写的是杜甫到南边的近邻家去拜访的情景，这里用两幅画组成了一首诗。

前半部分展现出来的是一幅山居访隐图。远远看到主人头戴“乌角巾”的形象，进门看到满园成熟的芋头和栗子。虽然家境并不富裕，但从主人和他家人愉快的表情中可以看出，他们很满足现状，很喜欢这种朴素安静的田园生活。这位山人一反隐者的孤僻形象。通过孩子们笑语相迎，热情好客的样子以及台阶上啄食的鸟雀（看人来也不惊飞，因为平时并没有人去惊扰、伤害它们），表现主人耿介而不孤僻，诚恳而又热情的性格，这气氛是多么和谐、宁静！

下半篇描绘了一幅江村送别图。“白沙”“翠竹”，明净无尘，在新月掩映下，意境显得特别清幽。这就是这家人家的外景。由于是“江村”，所以河港纵横，“柴门”外便是一条小河。杜甫在主人的相送之下登上了“野航”的小船。从“惯看宾客儿童喜”到“相送柴门月色新”，我们不难感受主人的殷勤接待，客人的竟日淹留。中间虽然没有“具鸡黍”“话桑麻”这类具体的事情，但已展现了两人间的情谊。诗表达了羡慕、敬仰朱山人家境、品格的情怀。

## 【狂夫】

**万里桥[1]西一草堂，百花潭[2]水即沧浪[3]。**
**风含翠篠[4]娟娟净，雨裛[5]红蕖[6]冉冉香。**
**厚禄[7]故人书断绝，恒饥[8]稚子色凄凉。**
**欲填沟壑[9]唯疏放[10]，自笑狂夫老更狂。**

**【注释】**

①万里桥：在成都南门外，相传为诸葛亮送费祎处，名“万里桥”。②百花潭：在万里桥东，有“百花潭”（即浣花溪），这一带地处水乡，景致幽美。当年杜甫就在这里营建草堂。③沧浪：暗寓《孟子》中“沧浪之水清兮，可以濯我缨”句意，引起下文疏狂之意。④篠：细竹。⑤裛：古同“浥”，沾湿。⑥蕖：荷花的别名，亦作芙蕖。⑦厚禄：中性词，泛指职位高待遇优。⑧恒饥：经常挨饿。⑨填沟壑：即倒毙路旁无人收葬，意犹饿死。⑩疏放：放纵、不受约束。

**【鉴赏】**

这首诗作于杜甫客居成都时。诗题为“狂夫”，当以写人为主，诗却先从居住环境写来。前四句写草堂及浣花溪的美丽景色，令人陶然。然而与此并不那么和谐的是诗人现实的生活处境。“厚禄故人书断绝”即写初到成都时，他曾靠故人严武接济，分赠禄米，而一旦这故人音书断绝，他一家子免不了挨饿的情况。这就导致“恒饥稚子色凄凉”。颈联句法是“上二下五”，“厚禄”“恒饥”前置句首显著地位，从声律要求说是为了粘对，从诗意看，则强调“恒饥”的贫困处境，使接下去“欲填沟壑”的夸张说法不至于失实之感。

“填沟壑”，即倒毙路旁无人收葬，意犹饿死。这是何等严酷的生活现实啊。要在凡夫俗子，早从精神上被摧垮了。然而杜甫却不如此，他是“欲填沟壑唯疏放”，饱经患难，从没有被生活的磨难压倒，始终用一种倔强的态度来对待生活打击，这就是所谓“疏放”。诗人的这种人生态度，不但没有随同岁月流逝而衰退，反而越来越强。联系眼前的迷醉与现实的处境，诗人都不禁哑然“自笑”了：你是怎样一个越来越狂放的老头儿啊！（“自笑狂夫老更狂”）

《狂夫》值得玩味之处，在于它将两种看似无法调和的情景成功地调和起来，形成一个完整的意境。一面是“风含翠篠”“雨裛红蕖”的赏心悦目之景，一面是“凄凉”“恒饥”“欲填沟壑”的可悲可叹之事，全都由“狂夫”这一形象而统一起来。没有前半部分优美景致的描写，不足以表现“狂夫”的贫困不能移的精神；没有后半部分潦倒生计的描述，“狂夫”就会失其所以为“狂夫”。两种成分，真是缺一不可。因而，这种处理在艺术上是服从内容需要的，是十分成功的。

## 【恨别[1]】

**洛城[2]一别四千里，胡骑[3]长驱五六年。**
**草木变衰行剑外[4]，兵戈阻绝老江边。**
**思家步月清宵立，忆弟看云白日眠。**
**闻道河阳近乘胜，司徒[5]急为破幽燕[6]。**

**【注释】**

①这是杜甫上元元年（760）在成都写的一首七言律诗。②洛城：洛阳。③胡骑：指安史之乱的叛军。④剑外：剑阁以南，这里指蜀地。⑤司徒：指李光弼，他当时任检校司徒。⑥破幽燕：直捣叛军老巢幽燕，以打破相持局面。

**【鉴赏】**

这首诗作抒发了诗人流落他乡的感慨和对故园、骨肉的怀念，表达了他希望早日平定叛乱的爱国思想，情真语挚，沉郁顿挫，扣人心弦。

首联领起“恨别”，点明思家、忧国的题旨。“四千里”，恨离家之远；“五六年”，伤战乱之久。个人的困苦经历，国家的艰难遭遇，都在这些数量词中体现出来。诗人写此诗时，距天宝十四年（755）十一月安史之乱爆发已五六个年头。在这几年中，叛军铁蹄蹂躏中原各地，生灵涂炭，血流成河，这是诗人深为忧虑的事。

颔联两句描述诗人流落蜀中的情况。“草木变衰”，这里是指草木的盛衰变易，承上句的“五六年”，暗示入蜀已有多年，同时也与下一句的

"老"相呼应，暗比自己的飘零憔悴。诗人到成都，多亏亲友帮助，过着比较安定的草堂生活，但思乡恋亲之情是念念不忘的。由于"兵戈阻绝"，他不能重返故土，只好老于锦江之边了。"老江边"的"老"字，悲凉沉郁，寻味不尽。

颈联通过"宵立昼眠，忧而反常"（清代仇兆鳌《杜诗详注》）的生活细节描写，曲折地表达了思家忆弟的深情。杜甫有四弟，名为颖、观、丰、占，其中颖、观、丰散在各地，只有占随杜甫入蜀。此两句中的"思家"、"忆弟"为互文。月夜，思不能寐，忽步忽立；白昼，卧看行云，倦极而眠。诗人这种坐卧不宁的举动，正委婉曲折地表现了怀念亲人的无限情思，突出了题意的"恨别"。诗人不是抽象言情，而是用具体生动的形象说话，让读者自己去体会形象中所蕴含的忧伤之情。手法含蓄巧妙，诗隽永，富有情致。

尾联回应次句，抒写诗人听到唐军连战皆捷的喜讯，盼望尽快破幽燕、平叛乱的急切心情。上元元年（674）三月，检校司徒李光弼破安太清于怀州城下；四月，又破史思明于河阳西渚。这就是诗中"乘胜"的史实。当时李光弼又急欲直捣叛军老巢幽燕，以打破相持局面。杜甫盼望国家复兴，自己亦可还乡，天下可喜可乐事，孰有逾于此者乎？作品以充满希望之句作结，感情由悲凉转为欢快，显示诗人胸怀的开阔。这首七律用简朴优美的语言叙事抒情，言近旨远，词浅情深。诗人把个人的遭际和国家的命运结合起来写，每一句都饱含着浓郁的诗情，值得反复吟诵。

## 【客至】

**舍南舍北皆春水，但①见群鸥日日来。**
**花径不曾缘②客扫，蓬门③今始为君开。**
**盘飧④市远无兼味⑤，樽酒家贫只旧醅⑥。**
**肯与邻翁相⑦对饮，隔篱呼取尽余杯。**

**【注释】**

①但：只。②缘：因为。③蓬门：蓬草编织的门。④飧：熟食。⑤兼味：指饭菜不丰富。⑥旧醅：没过滤的陈酒。⑦相：即探望、相访。

【鉴赏】

一、二两句，先点明客人来访的时间、地点和来访前夕作者的心境。“舍南舍北皆春水”，把绿水缭绕、春意荡漾的环境表现得十分秀丽可爱。这就是临江近水的成都草堂。“皆”字暗示出春江水势涨溢的情景，给人以江波浩渺、茫茫一片之感。群鸥，在古人笔下常常作水边隐士的伴侣，它们“日日”到来，点出环境清幽僻静，为作者的生活增添了隐逸的色彩。“但见”，含弦外之音：群鸥固然可爱，而不见其他的来访者，不是也过于单调吗！作者就这样寓情于景，表现了他在闲逸的江村中的寂寞心情。这就为贯穿全诗的喜客心情，巧妙地做了铺垫。

颔联把笔触转向庭院，引出“客至”。作者采用与客谈话的口吻，增强了宾主接谈的生活实感。上句说，长满花草的庭院小路，还没有因为迎客打扫过。下句说，一向紧闭的家门，今天才第一次打开。寂寞之中，佳客临门，一向闲适恬淡的主人不由得喜出望外。这两句，前后映衬，情韵深厚。前句不仅说客不常来，还有主人不轻易宴客意，今日“君”来，益见两人交情之深厚，使后面的酣畅欢快有了着落。后句的“今始为”又使前句之意显得更为超脱，补充了首联两句。

以上虚写客至，下面转入实写待客。作者舍弃了其他情节，专挑出最能显示宾主情分的生活场景，重笔浓墨，着意描画。“盘飧市远无兼味，樽酒家贫只旧醅”，使我们仿佛看到作者宴客就餐、频频劝饮的情景，听到作者抱歉酒菜欠丰盛的话语：远离街市买东西真不方便，菜肴很简单，买不起高贵的酒，只好用家酿的陈酒，请随便进用吧！家常话语听来十分亲切，我们很容易从中感受到主人竭诚尽意的盛情和力不从心的歉疚，也可以体会到主客之间真诚相待的深厚情谊。字里行间充满了款曲相通的融洽气氛。

“客至”之情到此似已写足，如果再从正面描写欢悦的场面，显然露而无

味，然而诗人却巧妙地以“肯与邻翁相对饮，隔篱呼取尽余杯”作结，把席间的气氛推向更热烈的高潮。诗人高声呼喊着，请邻翁共饮作陪。这一细节描写，细腻逼真。可以想见，两位挚友真是越喝酒意越浓，越喝兴致越高，兴奋、欢快，气氛相当热烈。就写法而言，结尾两句真可谓峰回路转，别开境界。

## 【春夜喜雨】

**好雨[①]知时节，当春乃[②]发生。**
**随风潜[③]入夜，润物[④]细无声。**
**野径[⑤]云俱[⑥]黑，江船[⑦]火独[⑧]明。**
**晓看红湿处，花重[⑨]锦官城[⑩]。**

**【注释】**

①好雨：指春雨，及时的雨。②乃：就。③潜：暗暗的，静悄悄的。④润物：使植物受到雨水的滋养。⑤野径：田野间的小路。⑥俱：全，都。⑦江船：江面上的渔船。⑧独：独自，只有。⑨花重：花因沾着雨水，显得饱满沉重的样子。⑩锦官城：故址在今成都市南，亦称锦城。

**【鉴赏】**

“好雨知时节，当春乃发生。”雨水似乎知道季节的来临，当春天万物萌生之际便应时而发生。“好”字统摄全篇。诗人采用拟人化的写法，将春雨写得有情有知，善解人意，喜悦之情形于笔端。“随风潜入夜，润物细无声。”它随着微风悄悄地在夜间飘落，柔情地滋润万物，细微得听不到一点响声。这两句用拟人化手法，在无声之处，将雨的连绵滋润之态写得十分传神，把雨好、人喜写得含蓄而又生动。诗句不用“洒”或“落”，而用“潜”字，十分切和形象，准确传递了那种不知不觉的情境。“野径云俱黑，江船火独明。”四方郊野黑云密布，只有江中船上的渔火闪烁着一点光明。诗人又以开阔的夜景去描绘那听不见的细密春雨。前一句以乌云说明天阴雨长，正好满足了自然万物的需求。后一句与前一句形成对比，在无边的暗夜中跳出亮色调，色彩鲜明，富有画意。同时见出春天的雨势，虽然黑云密布，但并没有风雨飘摇之势，所以船上人才会那般平和。“晓看红湿处，花重锦官城。”等到天亮后，去看那被雨水滋润的红花丛，经雨而湿重的鲜花定会开满锦官城。这一联由雨夜想象天晴，花儿饱含雨水的感觉，如在目前，花枝经受不起花朵分量的情状，也呈现出来。说明这雨整整下了一夜，已经下透了。诗人的想象，极大地拓展了诗的情感与思维空间，使得诗意更深一层，喜悦之情也不言自明。

这首五律前两联用流水对，把春雨的神韵一气写下，末联写一种骤然回首的惊喜，格律严谨而浑然一体。诗人是按“倾耳听雨”——“举首望雨”——“闭目想象”的过程和角度，去表现春夜好雨的。诗人从听觉写至视觉，乃至触觉，从当夜想到清晨，结构严谨，描写细腻，语言锤炼精工，巧妙地运用了拟人、对比等具有较强表现力的艺术手法。诗中句句绘景，句句写情，表现出了喜悦的气息、明快的情调。

## 【茅屋为秋风所破歌】

**八月秋高[①]风怒号，卷我屋上三重茅。**
**茅飞渡江洒江郊，高者挂罥[②]长林梢。下者飘转沉塘坳[③]。**
**南村群童欺我老无力，忍能对面为盗贼[④]。**
**公然抱茅入竹去[⑤]，唇焦口燥呼不得，归来倚杖自叹息。**
**俄顷[⑥]风定云墨色，秋天漠漠向昏黑[⑦]。**
**布衾多年冷似铁，娇儿恶卧踏里裂。**
**床头屋漏无干处，雨脚如麻[⑧]未断绝。**
**自经丧乱少睡眠，长夜沾湿何由彻?**
**安得广厦千万间，大庇天下寒士俱欢颜，风雨不动安如山!**
**呜呼！何时眼前突兀[⑨]见此屋，吾庐独破受冻死亦足!**

**【注释】**

①秋高：秋深。②挂罥：挂着，缠绕。罥，挂。③沉塘坳：沉到池塘水中。塘坳，低洼积水的地方（即池塘）。坳，水边低地。④忍能对面为盗贼：竟忍心这样当面做“贼”。能，如此。⑤入竹去：走进竹林。竹，竹林。⑥俄顷：不久，一会儿，顷刻之间。⑦秋天漠漠向昏黑：指秋季的天空浓云密布，一下子就昏暗下来了。漠漠，阴沉迷蒙的样子。向，渐近。⑧雨脚如麻：形容雨点不间断，像下垂的麻线一样密集。雨脚：雨点。⑨突兀：高耸的样子。

【鉴赏】

安史之乱，杜甫流离成都。公元760年，经亲友帮助，在成都浣花溪边盖起了一座茅屋，总算有了一个栖身之所。不料到了第二年八月，大风破屋，大雨又接踵而至。诗人长夜难眠，感慨万千，写下了这篇脍炙人口的诗篇。

“八月秋高风怒号，卷我屋上三重茅。”起势迅猛，“风怒号”三字，音响宏大，犹如秋风咆哮。一个“怒”字，把秋风拟人化，从而使下一句不仅富有动作性，而且富有浓烈的感情色彩——面对风雨飘摇中的茅屋，诗人感到焦急万分。

第二段中共有五句，这是前一节的发展，也是对前一节的补充。

前节写“洒江郊”的茅草无法收回，除此以外，还有落在平地上可以收回的茅草，但却被“南村群童”抱跑了。“欺我老无力”五字着眼，如果诗人不是“老无力”，而是年当壮健有气力，自然不会受这样的欺侮。“忍能对面为盗贼”，意思是，群童竟然忍心在他的眼前做盗贼。所以，“唇焦口燥呼不得”，也就无可奈何了。

“归来倚杖自叹息”总收一、二两节。诗人大约是一听到北风狂叫，就担心盖得不够结实的茅屋发生危险，因而就拄杖出门，直到风吹屋破，茅草无法收回，这才无可奈何地走回家中。

第三段共八句，写屋破又遭连夜雨的苦况。“俄顷风定云墨色，秋天漠漠向昏黑”两句，用饱蘸浓墨的大笔渲染出暗淡愁惨的氛围，从而烘托出诗人暗淡愁惨的心境，而密集的雨点即将从漠漠的秋空洒向地面，已在预料之中。“布衾多年冷似铁，娇儿恶卧踏里裂”两句，没有穷困生活体验的作者是写不出来的。值得注意的是这不仅是写布被又旧又破，而是为下文写屋破漏雨蓄势。

“自经丧乱少睡眠，长夜沾湿何由彻”两句，一纵一收。一纵，从眼前的处境扩展到安史之乱以来的种种痛苦经历，从风雨飘摇中的茅屋扩展到战乱频繁、残破不堪的国家；一收，又回到“长夜沾湿”的现实。忧国忧民，加上“长夜沾湿”，诗人自然不能入睡。于是诗人由个人的艰苦处境联想到其他人的类似处境，水到渠成，自然而然地过渡到全诗的结尾。

“安得广厦千万间，大庇天下寒士俱欢颜，风雨不动安如山”，前后用七字句，中间用九字句，句句蝉联而下，而表现阔大境界和愉快情感的词如“广厦”“千万间”“大庇”“天下”“欢颜”“安如山”等等，又声音洪亮，从而构成了铿锵有力的节奏和奔腾前进的气势，恰当地表现了诗人从“床头屋漏无干处”“长夜沾湿何由彻”的痛苦生活体验中迸发出来的奔放激情和火热希望。表现了作者推己及人、舍己为人的高尚风格，诗人的博大胸襟和崇高理想，至此表现得淋漓尽致。

## 【绝句四首】（其三）

**两个黄鹂鸣翠柳，一行白鹭上青天。**
**窗含西岭①千秋雪②，门泊③东吴④万里船⑤。**

**【注释】**

①西岭：西岭雪山。②千秋雪：指西岭雪山上千年不化的积雪。③泊：停泊。④东吴：古时候吴国的领地。⑥万里船：不远万里开来的船只。

**【鉴赏】**

诗的上联是一组对仗句。草堂周围多柳，新绿的柳枝上有成对黄鹂在欢唱，一派愉悦景象，有声有色，构成了新鲜而优美的意境。“翠”是新绿，“翠柳”是初春物候，柳枝刚抽嫩芽。“两个黄鹂鸣翠柳”，鸟儿成双成对，呈现一片生机，具有喜庆的意味。次句写蓝天上的白鹭在自由飞翔。白鹭飞起来姿态优美，自然成行。晴空万里，一碧如洗，白鹭在“青天”映衬下，色彩极其鲜明。两句中一连用了“黄”“翠”“白”“青”四种鲜明的颜色，织成一幅绚丽的图景；首句还有声音的描写，传达出无比欢快的感情。

诗的下联也由对仗句构成。上句写凭窗远眺西山雪岭。岭上积雪终年不化，所以积聚了“千秋雪”。而雪山在天气不好时见不到，只有空气清澄的晴日，它才清晰可见。用“含”字，此景仿佛是嵌在窗框中的一幅图画，近在目前。观赏到如此难得见到的美景，诗人心情的舒畅不言而喻。下句再写向门外一瞥，可以见到停泊在江岸边的船只。江船本是常见的，但“万里船”三字却意味深长。因为它们来自“东吴”。当人们想到这些船只行将开行，沿岷江、穿三峡，直达长江下游时，就会觉得很不平常。因为多年战乱，水陆交通为兵戈阻绝，船只是不能畅行万里的。而战乱平定，交通恢复，才看到来自东吴的船只，“万里船”与“千秋雪”相对，一言空间之广，一言时间之久。诗人身在草堂，思接千载，视通万里，胸襟何等开阔！

全诗看起来是一句一景，是四幅独立的图景。而一以贯之，使其构成一个统一意境的，正是诗人的内在情感。一开始表现出草堂的春色，诗人的情绪是陶然的，而随着视线的游移、景物的转换，江船的出现，便触动了他的乡情。四句景语就完整表现了诗人这种复杂细致的内心思想活动。

## 【宿府】

**清秋幕府[1]井梧[2]寒，独宿江边蜡炬残。**
**永夜[3]角声悲自语，中天[4]月色好谁看?**
**风尘荏苒[5]音书绝，关塞萧条行路难。**
**已忍伶俜[6]十年事[7]，强移[8]栖息一枝安。**

**【注释】**

①幕府：即严武的将军府。②井梧：井边的梧桐。③永夜：整夜。④中天：中庭。⑤风尘荏苒：喻战乱不绝。荏苒：犹辗转。⑥伶俜：孤单、飘零之意。⑦十年事：十年的伶俜生活。⑧强移：用《庄子·逍遥游》“鹪鹩巢于深林，不过一枝”意，喻自己之入严幕，原是勉强以求暂时的安居。

**【鉴赏】**

这首诗是依人作客，抒写旅愁，有一种百无聊赖之情。前四句写景，后四句抒情。全诗表达了作者悲凉深沉的情感，流露了怀才不遇的心绪。

首联倒装。按顺序说，第二句应在前。其中的“独宿”二字，是一诗之眼。“独宿”幕府，眼睁睁地看着“蜡炬残”，其夜不能寐的苦衷，已见于言外。而第一句“清秋幕府井梧寒”，则通过环境的“清”“寒”，烘托心境的悲凉。未写“独宿”而先写“独宿”的氛围、感受和心情，意在笔先，起势峻耸。

颔联写“独宿”的所闻所见，诚如方东树所指出：“景中有情，万古奇警”。而造句之新颖，也令人叹服。七言律句，一般是“上四下三”，而这一联却是四、一、二的句式，每句读起来有三个停顿。翻译出来就是：长夜的角声啊，多悲凉！活托出一个看月听角、独宿不寐的人物形象，恰当地表现了无人共语、沉郁悲抑的复杂心情。

前两联写“独宿”之景，而情含景中。后两联则就“独宿”之景，直抒

"独宿"之情。

"风尘"句紧承"永夜"句。"永夜角声",意味着战乱未息。那悲凉的、自言自语的"永夜角声",引起诗人许多感慨。"风尘荏苒音书绝",就是那许多感慨的中心内容。"风尘荏苒"者,战乱不绝也。诗人时常想回到故乡洛阳,却由于"风尘荏苒",连故乡的音信都得不到!

这一联直抒"宿府"之情。但"宿府"时的心情很复杂,前两句无法表达出作者的感情,于是用"伶俜十年事"加以概括,根据诗人的经历,读者可以去拓展想象的空间。

尾联照应首联。作为幕府的参谋而感到"幕府井梧寒",这就会联想到《庄子·逍遥游》中所说的那个鷦鹩鸟来:"鷦鹩巢于深林,不过一枝。"自己从安史之乱以来,"支离东北风尘际,漂泊西南天地间",那饱含辛酸的"伶俜十年事"都已经忍受过来了,如今为什么又要到这幕府里来忍受"井梧寒"呢?

## 【旅夜书怀】

**细草微风岸,危樯[①]独夜[②]舟。**
**星垂[③]平野[④]阔,月涌大江流。**
**名岂文章著[⑤],官应老病休[⑥]。**
**飘飘[⑦]何所似[⑧]?天地一沙鸥。**

**【注释】**

①危樯:船上的高桅杆。②独夜:孤独的不眠之夜。③星垂:星辰低垂。④平野:天空和原野。⑤文章著:因文章而著名。⑥老病休:因年老衰病而离职。⑦飘飘:不定的样子。⑧何所似:所像的是什么?

**【鉴赏】**

诗的头四句写景。"细草微风岸,危樯独夜舟"这两句是从细处着眼,描写的是近景。岸上的小草在微风中飘摆,竖着高高桅杆的小船孤独地停泊在月夜的江面上。月夜孤舟,微风阵阵,寂静和孤独笼罩着一切,一个"独"字,情景交融,意蕴丰厚,不仅状写出小舟独泊的情景,更揭示了诗人浪游漂泊的孤清处境。颔联写远景,是历来传诵的名句。大笔勾勒,写得真切细腻,创造出一种阔大雄浑但又寂寞空旷的境界，从而再反衬诗人的孤独，景中见情，景与情融。

诗的后四句笔势急转，直抒情怀。颈联“名岂文章著，官应老病休”写出诗人极度愤慨之情，前句说明其志向未酬，反而因文章而扬名，读来令人心沉。这首诗既写旅途风情，更感伤老年多病，却仍然只能像沙鸥在天地间飘零。“名岂文章著”是反语，也许在诗人的内心，自认为还有宏大的政治抱负未能施展；后句诗人以自嘲口吻诙谐地说出自己政治理想不得实现的愤慨。“岂”“应”是关键字眼，上下关联。尾两句触景而情发，景以自况，运用形象的比喻收结全诗。诗人以天地间一只形单影孤的沙鸥来寄托自己功业未成的慨叹，有一种强烈的感染力量。

此诗通过旅途月夜景色的描写，抒发了诗人漂泊生活孤独凄凉的苦闷心情。诗人把这种心情写得含蓄不露，律细笔深，情景交融，浑然一体，不愧为千古名作。此诗虽然给读者一种凄苦之感，却毫无颓废之意，所以清代纪昀说：“通首神完气足，气象万千，可当雄浑之品。”

## 【秋兴八首】（其一）

**玉露①凋伤②枫树林，巫山巫峡气萧森③。**
**江间波浪兼天④涌，塞上⑤风云接地阴⑥。**
**丛菊两开⑦他日⑧泪，孤舟一系⑨故园心。**
**寒衣⑩处处催刀尺⑪，白帝城高急暮砧⑫。**

**【注释】**

①玉露：白露。②凋伤：使草木凋零衰败。③萧森：萧瑟阴森。④兼天：连天。⑤塞上：这里指夔州的山。⑥接地阴：风云盖地。⑦两开：第二次开放。这里是指第二次看到。杜甫去年秋天在云安，今年秋天在夔州，从离开成都算起，已历两秋。“开”字双关，一谓菊花开，又言时光流走。⑧他日：往日。指多年来的艰难岁月。⑨系：系舟上岸。⑩寒衣：冬天的衣服。⑪催刀尺：赶裁新冬衣。⑫急暮砧：黄昏时急促的捣衣声。砧，捣衣石。

**【鉴赏】**

公元759年，杜甫为避“安史之乱”，携妻儿由陕西入四川，寓居成都，依靠四川节度使严武等亲友的接济维持生活。765年四月，严武病逝，杜甫失去依凭，于是伴同家族，离开成都，乘舟沿江东下，先是寓居夔州，在夔州（今四川奉节）住了两年左右的时间，后转徙于湘鄂之间。公元770年冬，死在由长沙到岳阳的一条破船上。

这八首律诗是组诗，它从夔州的秋天景物说起，抒写了对长安想望的种种心情。《秋兴第八首》的第一首，是组诗领起之作，八诗之纲领。（清代浦起龙著《读杜心解》云："首章，八诗之纲领也。明写秋景，虚含兴意；实拈夔府，暗提京华。"）。诗人用铺天盖地的秋色将渭原秦川与巴山蜀水联结起来，寄托自己的故国之思；又用滔滔不尽的大江把今昔异代联系起来，寄寓自己抚今追昔之感。诗中那无所不在的秋色，笼罩了无限的宇宙空间；而它一年一度如期而至，又无言地昭示着自然的岁华摇落，宇宙的时光如流，人世的生命不永。

在《秋兴八首》里，也表现了作者艺术手法的多样化。用《秋兴》作为诗题，原是要抒写一种凄怆悲凉的情绪。但作者却偏在对长安的回忆中运用了不少辉煌华美的句子来烘托这种情绪，迸射出既沉郁而又绚烂的艺术色彩。例如第五首的"西望瑶池降王母，东来紫气满函关"，第六首的"珠帘绣柱围黄鹄，锦缆牙樯起白鸥"，第八首的"香稻啄馀鹦鹉粒，碧梧栖老凤凰枝"，所描绘的长安景色，正和前面几首诗里所叙写的"丛菊两开他日泪"，"听猿实下三声泪"那种凄怆情景成了鲜明的对照。在杜甫另一首的《曲江对雨》里也有同样的描写手法，它用"林花着雨燕支湿，水荇牵风翠带长"等华丽句子来反衬出曲江的凄清情景。凡此，都显示了诗人在律句方面所独创的多样化的艺术特色。

## 【秋兴八首】（其四）

**闻道长安似弈棋①，百年②世事不胜悲③。**
**王侯第宅皆新主，文武衣冠异昔时。**
**直北④关山金鼓震，征西车马羽书驰。**
**鱼龙寂寞⑤秋江冷，故国⑥平居有所思。**

**【注释】**

①奕棋：比喻权力争夺不休，局势变化不定。②百年：此处既指自己一辈

子，也指唐代社会。③不胜悲：是指国运民生和自己宦海浮沉身世所生的感慨。④直北：指长安以北。⑤鱼龙寂寞：相传龙类在秋季后蛰伏水底。⑥故国：指长安。

**【鉴赏】**

本首诗以安史之乱为中心描写长安近况，是八首的枢纽。

首联因听说长安政局变化很大即长安先破于安史，后陷于吐蕃，诗人因而反思国家和个人所经历的动乱与流亡，有说不尽的悲哀。“弈棋”言中央政权彼争此夺，反复不定，变化急促，比喻贴切而形象。“百年”此处既指自己一辈子，也指唐代社会。“不胜悲”是指国运民生和自己宦海浮沉身世所生的感慨。中四句承首联，皆“闻道”之事，具体写“似弈棋”的内容。颔联感慨世道的变迁，时局的动荡，着重内忧，国运今非昔比，老一辈文武官员都换成新主。中央的典章、文物、制度都已废弃，在政治上自己已经是一个被遗忘的人了。颈联忽然纵笔大开，大起波澜，侧重外患。“直北”即正北，“愁看直北是长安”，夔州的正北是长安、洛阳，亦即陇右关辅中原一带，此指长安以北。“直北”“征西”互文，“金鼓震”“羽书驰”言西北多事，吐蕃曾陷长安，后回纥入寇，党项、羌又犯同州，浑奴刺寇周至，故云。报军情的文件来往弛送，时局危急。

尾联写在这国家残破、秋江清冷、身世凄苦、暮年潦倒的情况下，昔日在长安的生活常常呈现在怀想之中。第七句“鱼龙寂寞秋江冷”结到“秋”字，《水经注》：“鱼龙以秋冬为夜。”写秋江即指诗人当前身在夔州之处境。第八句结到“思”字，领起下面洋洋洒洒四首律诗，写故国平居，均由“思”字生出，故国思与前面的故园心一脉相承，承上启下，大合大开，气势流转，笔有千钧之力。

## 【孤雁】

**孤雁不饮啄[1]，飞鸣声念群。**
**谁怜一片影，相失万重云[2]？**
**望尽似犹见，哀多如更闻[3]。**
**野鸦无意绪，鸣噪自纷纷。**

【注释】

①饮啄：喝水饮食。②万重云：云海弥漫，重重叠叠的云朵。③更闻：又一次听到。

【鉴赏】

一只离群的孤雁，它不喝水不啄食，只是一个劲地飞着叫着，思念和追寻着它的伙伴。又有谁来怜惜这浩渺天空中的孤雁呢？然而它和雁群相互迷失在云海弥漫间，它望尽天涯，仿佛伙伴们就在眼前；它哀鸣声声，好像听到了同类的呼唤，然而野鸦们全然不懂孤雁的心情，只顾在那里纷纷鼓噪不休。

依常法，咏物诗以曲为佳，以隐为妙，所咏之物是不宜道破的。杜甫则不然，他开篇即唤出“孤雁”，而此孤雁不同一般，它不饮，不啄，只是一个劲地飞着，叫着，声音里透出：它是多么想念它的同伴！不独想念，而且还拼命追寻，这真是一只情感热烈而执着的“孤雁”。清人浦起龙《读杜心解》评曰：“‘飞鸣声念群’，一诗之骨”，是抓住了要领的。次联境界倏忽开阔。高远浩茫的天空中，这小小的孤雁仅是“一片影”，它与雁群相失在“万重云”间，此时此际的心情该多么惶急、焦虑，又该多么迷茫啊！天高路遥，云海迷漫，将往何处去找失去的伴侣？此联以“谁怜”二字设问，这一问间仿佛打开了一道闸门，诗人胸中情感的泉流滚滚流出：“孤雁啊，我不正和你一样凄惶吗？天壤茫茫，又有谁来怜惜我呢？”诗人与雁，物我交融，浑然一体了。

三联紧承上联，从心理方面刻画孤雁的鲜明个性：它被思念缠绕着，被痛苦煎熬着，迫使它不停地飞鸣。它望尽天际，望啊，望啊，仿佛那失去的雁群老在它眼前晃；它哀唤声声，唤啊，唤啊，似乎那侣伴的鸣声老在它耳畔响；所以，它更要不停地追飞，不停地呼唤了。结尾用了陪衬的笔法，表达了诗人的爱憎感情。孤雁念群之情那么迫切，它那么痛苦、劳累；而野鸦们是全然不懂的，它们纷纷然鸣噪不停，自得其乐。“无意绪”是孤雁对着野鸦时的心情，也是杜甫既不能与知己亲朋相见，却面对着一些俗客庸夫时厌恶无聊的心绪。“知我者谓我心忧，不知我者谓我何求”（《诗经·王风·黍离》），与这般“不知我者”有什么可谈呢？

## 【登高】

**风急天高猿啸哀，渚[①]清沙白鸟飞回[②]。**
**无边落木[③]萧萧[④]下，不尽长江滚滚来。**
**万里悲秋常作客，百年[⑤]多病独登台。**
**艰难苦恨繁霜鬓，潦倒新停浊酒杯。**

**【注释】**

①渚：水中的小洲。②回：回旋。③落木：落叶。④萧萧：风吹树叶飘落的声音。⑤百年：人的一生，此指年老。

**【鉴赏】**

这首诗作于唐代宗大历二年（767）秋，诗人在夔州，逢重阳节，登高临眺，萧瑟的秋景激起了身世飘零的感慨。前四句写景，后四句抒情，但其实情景是融于一体的。

诗前半首写登高所闻所见情景，是写景；后半首写登高时的感触，为抒情。全诗通过登高所见秋江景色，倾诉了诗人长年漂泊老病孤愁的复杂感情，百感交集，思绪万千。全诗八句四对，对偶精巧，用韵讲究。其中颔联字字珠玑，已成为千古佳句。

诗篇前四句描写登高闻见之景。首联连借风、天、猿、渚、沙、鸟六种景物，并以急、高、哀、清、白、飞等词修饰，指明了节序和环境，渲染了浓郁的秋意，风物具有鲜明的夔州地区特征。这两句不仅是工对的联语，而且句中自对，如“天高”对“风急”，“沙白”对“渚清”。句法严谨，语言锤炼，素来被视为佳句。颔联前句写山，上承首句；后句写水，上承次句。下句写孤病之态。“百年”，犹言一生；“百年多病”，迟暮之年百病缠身，痛苦之情可想而知；“独”字，写出举目无亲的孤独感；“登台”二字是明点题面，情才因景而生。这两句词意精练，含意极为丰富，叙述自己远离故乡，长期漂泊，而暮年多病，举目无亲，秋季独自登高，不禁满怀愁绪。诗前半写景，后半抒情，在写法上各有错综之妙。首联着重刻画眼前具体景物，好比画家的工笔，形、声、色、态，一一得到表现。次联着重渲染整个秋天气氛，好比画家的写意，只宜传神会意，让读者用想象补充。三联表现感情，从纵（时间）、横（空间）两方面着笔，由异乡漂泊写到多病缠身。四联又从白发日多，护病断饮，归结到时世艰难是潦倒不堪的根源。这样，杜甫忧国伤时的情操，便跃然纸上。

## 【江汉】

**江汉思归客，乾坤①一腐儒②。**
**片云天共远，永夜月同孤。**
**落日心犹壮，秋风病欲苏。**
**古来存老马，不必取长途。**

**【注释】**

①乾坤：指国家、江山、天下。②腐儒：读书而不明白事理的人。

**【鉴赏】**

这首诗是杜甫漂泊湖北江陵、公安时所写，当时，五十六岁的杜甫北归无望，生计日蹙。首联写诗人客滞江汉的窘境。“思归客”三字包含了无限的辛酸，诗人思归而不能归，成为天涯沦落人。次句写得巧妙，在“一腐儒”前冠以“乾坤”二字，自谦中有自负，试问，乾坤之内，像杜甫这样心忧社稷的“腐儒”能有几人？

颔联借景抒情，情景交融。诗人由远浮天边的片云，孤悬明月的永夜，联想到了自己客中情事，仿佛自己就与云、月共远同孤。此联表面上写片云孤月，实则写诗人自己：虽然远在天外，他的一片忠心却像孤月一样的皎洁。

颈联生动形象地表现诗人积极用世的精神。“落日”比喻“暮年”，“秋风”是写实。年老的诗人漂流江汉，面对飒飒秋风，不仅没有悲秋之感，反而觉得病快要好了，诗人身处逆境而壮心不已的拳拳之心已表露无遗。

尾联用典，再一次表现了诗人老当益壮的情怀。《韩非子》中有“老马识途”的故事：齐桓公伐孤竹返，迷惑失道，接受管仲建议，放老马而随之，果然“得道”。诗人以“老马”自比，写自己虽是一个“腐儒”，但心犹壮，病欲苏，像老马一样，还是有用的。诗人显然有怨愤之意：莫非我真是一个毫无可取的腐儒，连一匹老马都不如吗？这当然是言外之意，是从诗句中自然流露出来的。此诗用凝练的笔法，抒发了诗人孤忠仍存，壮心犹在的慷慨情怀，集中地表现了一种到老不衰、顽强不息的精神。

## 【登岳阳楼】

**昔闻洞庭水①，今上岳阳楼②。**
**吴楚③东南坼④，乾坤⑤日夜浮。**
**亲朋无一字⑥，老病⑦有孤舟。**
**戎马关山北，凭轩⑧涕泗流。**

**【注释】**

①洞庭水：即洞庭湖。在今湖南北部，长江南岸，是我国第二淡水湖。②岳阳楼：在今湖南省岳阳市，下临洞庭湖，为游览胜地。③吴楚：春秋时二国名，其地略在今湖南、湖北、江西、安徽、江苏、浙江一带。④坼：分裂，这里引申为划分。⑤乾坤：原指天地，此指日月。⑥无一字：音讯全无。字：这里指书信。⑦老病：杜甫时年五十七岁，身患肺病。⑧凭轩：倚着楼窗。

**【鉴赏】**

唐代宗大历三年（768），杜甫由夔州出三峡，暮冬腊月，泊舟岳阳城下，登楼远眺，触景生情，写了这首诗。

首联虚实交错，今昔对照，从而扩大了时空领域。写早闻洞庭盛名，然而到暮年才实现目睹名湖的愿望，表面看有初登岳阳楼之喜悦，其实意在抒发早年抱负至今未能实现之情。用“昔闻”为“今上”蓄势，归根结底是为描写洞庭湖酝酿气氛。

颔联是洞庭的浩瀚无边。洞庭湖坼吴楚、浮日月，波浪掀天，浩茫无际，真不知此胸中吞几云梦！这是写洞庭湖的佳句，被王士禛赞为“雄跨今古”（《古诗选》）。写景如此壮阔，令人玩味不尽。

颈联写政治生活坎坷，漂泊天涯，怀才不遇的心情。“亲朋无一字”，得不到精神和物质方面的任何援助；“老病有孤舟”，从大历三年正月自夔州携带妻儿、乘舟出峡以来，既“老”且“病”，漂流湖湘，以舟为家，前途茫茫，何处安身，面对洞庭湖的汪洋浩渺，更加重了身世的孤危感。自述如此落寞，于诗境极闷极狭的突变与对照中寓无限情意。

尾联写眼望国家动荡不安，自己报国无门的哀伤。上下句之间留有空白，引人联想。开端“昔闻洞庭水”的“昔”，当然可以涵盖诗人在长安一带活动的十多年时间。而这，在空间上正可与“关山北”拍合。“凭轩”与“今上”首尾呼应。

## 【小寒食舟中作】

**佳辰强饮[1]食犹寒，隐几萧条戴鹖冠[2]。**
**春水船如天上坐，老年花似雾中看。**
**娟娟戏蝶过闲幔[3]，片片轻鸥下急湍[4]。**
**云白山青万馀里，愁看直北是长安。**

**【注释】**

①强饮：指多病之身不耐酒力。②鹖冠：传为楚隐者鹖冠子所戴的鹖羽所制之冠，点出作者失去官职不为朝廷所用的身份。③闲幔：闲卷的布幔。④急湍：指江水中的急流。

**【鉴赏】**

这首诗写在诗人去世前半年多，即大历五年（770）春淹留潭州（今长沙）的时候，表现他暮年落泊江湖而依然深切关怀唐王朝安危的思想感情。

小寒食是指寒食的次日，清明的前一天。从寒食到清明三日禁火，所以首句说“佳辰强饮食犹寒”，逢到节日佳辰，诗人虽在老病之中还是打起精神来饮酒。“强饮”不仅说多病之身不耐酒力，也透露着漂泊中勉强过节的心情。这个起句为诗中写景抒情，安排了一个有内在联系的开端。第二句刻画舟中诗人的孤寂形象。“鹖冠”传为楚隐者鹖冠子所戴的鹖羽所制之冠，点出作者失去官职不为朝廷所用的身份。穷愁潦倒，身不在官而依然忧心时势，思念朝廷，这是无能为力的杜甫最为伤情之处。首联中“强饮”与“鹖冠”正概括了作者此时的身世遭遇，也饱含着一生的无穷辛酸。

第二联紧接首联，十分传神地写出了诗人舟中的所见所感，是历来为人传诵的名句。春来水涨，江流浩漫，所以在舟中漂荡起伏犹如坐在天上云间；诗人身体衰迈，老眼昏蒙，看岸边的花草犹如隔着一层薄雾。“天上坐”“雾中看”非常切合年迈多病舟居观景的实际，给读者的感觉十分真切。第三联两句写舟中江上的景物。第一句“娟娟戏蝶”是舟中近景，故曰“过闲幔”。第二句“片片轻鸥”是舟外远景，故曰“下急湍”。这里表面看似乎与上下各联均无联系，实则不然。这两句承上，写由舟中外望空中水面之景。“闲幔”的“闲”字回应首联第二句的“萧条”，布幔闲卷，舟中寂寥，所以蝴蝶翩跹，穿空而过。

尾联两句总收全诗。云而曰“白”，山而说“青”，正是寒食佳辰春来江上的自然景色，“万馀里”将作者的思绪随着层叠不断的青山白云引开去，为结句做铺垫。“愁看”句收括全诗的思想感情，将深长的愁思凝聚在“直北是长安”上。这首七律于自然流转中显出深沉凝练，很能表现杜甫晚年诗风苍茫而沉郁的特色。

## 【江南逢李龟年[①]】

**岐王[②]宅里寻常见，崔九[③]堂前几度闻。**
**正是江南好风景，落花时节又逢君[④]。**

**【注释】**

①李龟年：唐代著名的音乐家，受唐玄宗赏识，后流落江南。②岐王：唐玄宗的弟弟李范，他被封为岐王。③崔九：就是崔涤，当时担任殿中监。④君：指李龟年，玄宗时宫廷著名乐师。

**【鉴赏】**

本诗感伤世态炎凉。李龟年是唐玄宗初年的著名歌手，常在贵族豪门歌唱。杜甫少年时才华卓著，常出入于岐王李范和中书监崔涤的门庭，得以欣赏李龟年的歌唱艺术。诗的开首二句是追忆昔日与李龟年的接触，寄寓诗人对开元初年鼎盛的眷怀；后两句是对国事凋零，艺人颠沛流离的感慨。仅仅四句却概括了整个开元时期（713—741）的时代沧桑，人生巨变。语极平淡，内涵却无限丰满。

李龟年是开元时期“特承顾遇”的著名歌唱家。杜甫初逢李龟年，正是在意气风发的少年时期，正值“开元盛世”。杜甫因才华早著而受到岐王李范和秘书监崔涤的赏识，得以在他们的府邸欣赏李龟年的歌唱。在杜甫的心目中，李龟年正是和鼎盛的开元时代，也和自己充满浪漫情调的青少年时期的生活紧紧联结在一起的。几十年后他们又在江南重逢。这时遭受了八年安史之乱的唐朝业已从繁荣昌盛转入衰落，他们二人的晚景也十分凄凉。这种会见，自然很容易触发杜甫胸中本已郁积的无限沧桑之感。这首诗跨越了几十年的时代沧桑，社会变迁，景物的描写寄寓了诗人对世道衰落的感慨。全诗情韵深厚，内涵丰富，举重若轻，具有高度的艺术成就。

四句诗，从岐王宅里、崔九堂前的“闻”歌，到落花江南的重“逢”，“闻”“逢”之间，联结着几十年的时代沧桑、人生巨变。正如同旧戏舞台上不用布景，观众通过演员的歌唱表演，可以想象出极广阔的空间背景和事件过程；又像小说里往往通过一个人的命运，反映一个时代一样。这首诗的成功创作表明：在具有高度艺术概括力和丰富生活体验的大诗人那里，绝句这样短小的体裁可以具有很大的容量，而在表现如此丰富的内容时，又能达到举重若轻、浑然无迹的艺术境界。

这首七言绝句脍炙人口，是杜甫晚年创作生涯中的绝唱，历代好评众多，如清代邵长蘅评价说：“子美七绝，此为压卷。”清高宗敕编的《唐宋诗醇》也说，这首诗“言情在笔墨之外，悄然数语，可抵白氏（白居易）一篇《琵琶行》矣。……此千秋绝调也。”诗中抚今思昔，世境的离乱，年华的盛衰，人情的聚散，彼此的凄凉流落，都浓缩在这短短的二十八字中。语言极平易，而含意极深远，包含着非常丰富的社会生活内容。那种昔盛今衰，构成了尖锐的对比，使读者感到诗情的深沉与凝重。

# 岑参

**【作者介绍】**

岑参（约715—770），字遐叔，开元进士。是唐代著名的边塞诗人。其诗歌富有浪漫主义的特色，气势雄伟，想象丰富，色彩瑰丽，热情奔放，尤其擅长七言歌行。

## 【白雪歌送武判官[①]归京】

**北风卷地白草[②]折，胡天[③]八月即飞雪。**
**忽如一夜春风来，千树万树梨花[④]开。**
**散入珠帘[⑤]湿罗幕[⑥]，狐裘[⑦]不暖锦衾[⑧]薄。**
**将军角弓[⑨]不得控，都护铁衣冷难着。**
**瀚海[⑩]阑干百丈冰，愁云惨淡万里凝。**
**中军置酒饮归客，胡琴琵琶与羌笛。**
**纷纷暮雪下辕门，风掣红旗冻不翻。**
**轮台[⑪]东门送君去，去时雪满天山路。**
**山回路转不见君，雪上空留马行处。**

**【注释】**

①武判官：名不详。是诗人岑参的好友。判官，官职名。唐代节度使等朝廷派出的持节大使，可委任幕僚协助判处公事，称判官，是节度使、观察使等官员的僚属。②白草：西北的一种牧草，晒干后变白。③胡天：指塞外的天空。④梨花：春天开放，花作白色，这里比喻雪花积在树枝上，像梨花开了一样。⑤珠帘：以珠子穿缀成的挂帘。⑥罗幕：用丝织品做的幕帐。这句说雪花飞进珠帘，沾湿罗幕。“珠帘”“罗幕”都属于美化的说法。⑦狐裘：狐皮袍子。⑧锦衾：锦缎做的被子。锦衾薄：丝绸做成的被子。⑨角弓：古代弓由五到七部分拼接粘合而成，弓面由牛背筋粘着增强张开时的拉力，弓背由水牛角作支撑，

增强支撑力，符合材料使用使得在很短的弓臂上储存巨大的能量。⑩瀚海：指到处都结着冰的沙漠。⑪轮台：地名，在今新疆维吾尔自治区米泉县境内。

**【鉴赏】**

《白雪歌送武判官归京》是岑参边塞诗的代表作，作于他第二次出塞阶段。此时，他很受安西节度使封常青的器重，他的大多数边塞诗成于这一时期。岑参在这首诗中，以诗人的敏锐观察力和浪漫奔放的笔调，描绘了祖国西北边塞的壮丽景色，以及边塞军营送别归京使臣的热烈场面，表现了诗人和边防将士的爱国热情，以及他们对战友的真挚感情。

诗题是“送武判官归京”，但这首诗表现的不仅仅是岑参和他朋友武判官的友情。他描绘的是边塞将士集体送别归京使臣的慷慨热烈的场面。“中军置酒”，不是岑参置酒，而是中军主帅置酒；鼓乐齐鸣，也不会只是岑参和武判官对饮话别，而是边塞将士为归京使臣举行的盛大宴会。因此，如果说表现了友情的话，那么，应该说这首诗主要表现的是边塞将士对一位同甘共苦过的战友的情谊。它从一个侧面反映了边塞将士的团结精神和昂扬的斗志。《白雪歌送武判官归京》已没有诗人刚到边塞时那种过于低沉而单纯的思乡之情，它已将怀念祖国的思乡之情，与保卫祖国以苦为乐的精神统一起来，因此它的基调是积极乐观、昂扬奋发的。

全诗融合着强烈的主观感受，在歌咏自然风光的同时还表现了雪中送人的真挚情谊。诗情内涵丰富，意境鲜明独特，具有极强的艺术感染力。诗的语言明朗优美，又利用换韵与场景画面交替的配合，形成跌宕生姿的节奏旋律。诗中或二句一转韵，或四句一转韵，转韵时场景必更新：开篇入声起音陡促，与风狂雪猛画面配合；继而音韵轻柔舒缓，随即出现“春暖花开”的美景；以下又转沉滞紧涩，出现军中苦寒情事；末四句渐入徐缓，画面上出现渐行渐远的马蹄印迹，使人低徊不已。全诗音情配合极佳，当得“有声画”的称誉。

## 【走马川行奉送出师西征】

**君不见走马川[1]，雪海边，平沙莽莽黄入天。**
**轮台九月风夜吼，一川碎石大如斗，随风满地石乱走。**
**匈奴草黄马正肥，金山[2]西见烟尘飞，汉家[3]大将西出师。**
**将军金甲夜不脱，半夜行军戈相拨[4]，风头如刀面如割。**
**马毛带雪汗气蒸，五花连钱[5]旋作冰，幕中草檄[6]砚水凝。**
**虏骑闻之应胆慑，料知短兵[7]不敢接，车师[8]西门伫献捷。**

**【注释】**

①走马川：又名左末河，即今新疆车尔成河。②金山：指天山主峰。③汉家：唐代诗人多以汉代唐。④戈相拨：兵器互相撞击的声音。⑤连钱：马斑驳的毛色。⑥草檄：起草讨伐敌军的文告。⑦短兵：指刀剑一类武器。⑧车师：蘅塘退士《唐诗三百首》作军师。

**【鉴赏】**

《走马川行奉送出师西征》是岑参创作的一首雄奇豪壮的边塞诗。诗中抓住有边地特征的景物来状写环境的艰险，从而衬托士卒们大无畏的英雄气概。开首极力渲染环境恶劣、风沙遮天蔽日。接着写匈奴借草黄马壮之机入侵，而封将军不畏天寒地冻、严阵以待。最后写敌军闻风丧胆，预祝凯旋而归。诗虽叙征战，却以叙寒冷为主，暗示冒雪征战之伟功。语句豪爽，如风发泉涌，真实动人。全诗句句用韵，三句一转，节奏急切有力，激越豪壮，别具一格。岑参诗的特点是意奇语奇，尤其是边塞之作，奇气益著。《白雪歌送武判官归京》是奇而婉，侧重表现边塞绮丽瑰异的风光，给人以清新俊逸之感；这首诗则是奇而壮，风沙的猛烈、人物的豪迈，都给人以雄浑壮美之感。诗人在任安西北庭节度判官时，封常清出兵去征播仙，他便写了这首诗为封送行。

为了表现边防将士高昂的爱国精神，诗人用了反衬手法，极力渲染、夸张环境的恶劣，来突出人物不畏艰险的精神。全篇奇句豪气，风发泉涌，由于诗人有边疆生活的亲身体验，因而此诗能“奇而入理”“奇而实确”真实动人。全诗句句用韵，三句一转，韵位密集，换韵频数，节奏急促有力，情韵灵活流宕，声调激越豪壮，有如音乐中的进行曲。

## 【轮台歌奉送封大夫出师西征】

轮台城头夜吹角，轮台城北旄头①落。
羽书昨夜过渠黎②，单于已在金山③西。
戍④楼西望烟尘里，汉兵屯在轮台北。
上将拥旄⑤西出征，平明吹笛大军行。
四边伐鼓雪海涌，三军大呼阴⑥山动。
虏塞⑦兵气连云屯，战场白骨缠草根。
剑河风急雪片阔，沙口石冻马蹄脱。
亚相⑧勤王甘苦辛，誓将报主静边尘。
古来青史谁不见，今见功名胜古人。

**【注释】**

①旄头：即“髦头”，也即是二十八宿中的昴宿，旧时以为“胡星”。②渠黎：汉代西域国名，在今新疆轮台东南。③金山：指乌鲁木齐东面的博格多山，一说指阿尔泰山。④戍：驻防，防守。⑤旄：旗帜，仪仗。⑥阴山：地名，在今内蒙古自治区东部。⑦虏塞：敌方要塞。虏：对敌对民族的蔑称。⑧亚相：指御史大夫封常清。

**【鉴赏】**

这首七古与《走马川行奉送出师西征》系同一时期、为同一事、赠同一人之作。但《走马川行》未写战斗，而是通过将士顶风冒雪的夜行军情景烘托必胜之势；此诗则直写战阵之事，具体手法与前诗也有所不同。此诗可分四层。

起首六句写战斗以前两军对垒的紧张状态。虽是制造气氛，却与《走马川行》从自然环境落笔不同。那里是飞沙走石，暗示将有一场激战；而这里却直接从战争入手：军府驻地的城头，角声划破夜空，呈现出一种异样的沉寂，暗示部队已进入紧张的备战状态。据《史记·天官书》：“昴为髦头（旄头），胡星也”，古人认为旄头跳跃主胡兵大起，而“旄头落”则主胡兵覆灭。“轮台城头夜吹角，轮台城北旄头落”，连用“轮台城”三字开头，造成连贯的语势，烘托出围绕此城的战时气氛。紧接四句写白昼出师与接仗。手法上与《走马川行》写夜行军大不一样，那里是衔枚急走，不闻人声，极力描写自然；而这里极力渲染吹笛伐鼓，是堂堂之阵，正正之旗，突出军队的声威。开篇是那样奇突，而写出师是如此从容、镇定，一张一弛，气势益显。作者写自然好写大风大雪、极寒酷热，而这里写军事也是同一作风，将是拥旄（节旄，军权之象征）之“上将”，三军则写作“大军”，士卒呐喊是“大呼”。

“三军大呼阴山动”，似乎胡兵亦将败如山倒。殊不知下面四句中，作者拗折一笔，战斗并非势如破竹，而斗争异常艰苦。“虏塞兵气连云屯”，极言对方军队集结之多。诗人借对方兵力强大以突出己方兵力的更为强大，这种以强衬强的手法极妙。“战场白骨缠草根”，借战场气氛之惨淡暗示战斗必有重大伤亡。末四句照应题目，预祝奏凯，以颂扬作结。封常清于天宝十三载以节度使摄御史大夫，御史大夫在汉时位次宰相，故诗中美称为“亚相”。“誓将报主静边尘”，虽只写“誓”，但通过前面两层对战争的正面叙写与侧面烘托，已经有力地暗示出此战必胜的结局。末二句预祝之词，说“谁不见”，意味着古人之功名书在简策，万口流传，早觉不新鲜了，数风流人物，则当看今朝。

## 【寄左省[①]杜拾遗】

**联步[②]趋丹陛，分曹[③]限紫微[④]。**
**晓随天仗[⑤]入，暮惹[⑥]御香归。**
**白发悲花落，青云羡鸟飞。**
**圣朝无阙事[⑦]，自[⑧]觉谏书稀。**

**【注释】**

①左省：门下省。杜甫曾任左拾遗。②联步：意为两人一起同趋，然后各归东西。联：同。③曹：官署。④紫微：比喻皇帝居所。⑤天仗：皇家的仪仗。⑥惹：沾染。⑦阙事：补阙和拾遗都是谏官，阙事指讽谏弥补皇帝的缺失。⑧自：当然。

**【鉴赏】**

诗人悲叹自己仕途的坎坷遭遇。诗中运用反语，名义上赞朝廷，实是暗含讥讽。肃宗在任期间此事甚多，岑参和杜甫对此都不满。只因不受器重，不得不少写谏书而已。表达了一代文人身处卑位而又惆怅国运的复杂心态。

诗题中的“杜拾遗”，即杜甫。岑参与杜甫在唐肃宗至德二年至乾元元年

（公元757—758）年初，同仕于朝；岑任右补阙，属中书省，居右署；杜任左拾遗，属门下省，居左署，故称“左省”。“拾遗”和“补阙”都是谏官。岑、杜二人，既是同僚，又是诗友，这是他们的唱和之作。

前四句是叙述与杜甫同朝为官的生活境况。诗人连续铺写“天仗”“丹陛”“御香”“紫微”，表面看，好像是在炫耀朝官的荣华显贵；但揭开“荣华显贵”的帷幕，却使读者看到另外的一面：朝官生活多么空虚、无聊、死板、老套。每天他们总是（按规矩）煞有介事、诚惶诚恐地“趋”（小跑）入朝廷，分列殿庑东西。五、六两句，诗人直抒胸臆，向老朋友吐露内心的悲愤。“白发悲花落，青云羡鸟飞”这两句中，“悲”字是中心，一个字概括了诗人对朝官生活的态度和感受。诗人为大好年华浪费于“晓随天仗入，暮惹御香归”的无聊生活而悲，也为那种“联步趋丹陛，分曹限紫微”的木偶般的境遇而不胜愁闷。因此，低头见庭院落花而倍感神伤，抬头睹高空飞鸟而顿生羡慕。诗的结尾两句，是全诗的高潮。阙事，指缺点、过错。有人说这两句是吹捧朝廷，倘若真是这样，诗人就不必“悲花落”“羡鸟飞”，甚至愁生白发。这“圣朝无阙事”，是诗人愤慨至极，故作反语；与下句合看，既是讽刺，也是揭露。只有那昏庸的统治者，才会自诩圣明，自以为“无阙事”，拒绝纳谏。

这首诗采用曲折隐晦笔法，寓贬于褒，表面赞颂，骨子里感慨身世遭际和倾诉对朝政的不满。用婉曲的反语来抒发内心忧愤，使人有寻思不尽之妙。

## 【逢入京使①】

**故园②东望路漫漫③，双袖龙钟④泪不干。**
**马上相逢无纸笔，凭⑤君传语⑥报平安。**

**【注释】**

①入京使：回京的使者。②故园：指长安和自己在长安的家园。③漫漫：形容路途遥远。④龙钟：形容流泪的样子，这里是沾湿的意思。⑤凭：凭借，依靠。⑥传语：捎口信。

**【鉴赏】**

本诗写游客邂逅京使，托他捎带口信回家的情境。诗来自生活，反映生活，信手写去，不事雕琢，亲切不味，真挚感人。“马上相逢无纸笔，凭君传语报平安”是生活中常见之事，一经艺术提炼概括，多么典雅感人，富有生气。

这年岑参第一次从军西征，西出阳关，奔赴安西。岑参的从军，思想上有两根精神支柱：一个支柱是建功边陲的理想在鼓舞着他，他曾自言：“功名只应马上取，真正英雄一丈夫。”（《送李副使赴碛西官军》）另一个支柱是，他认为从军出塞是为了报效祖国，赴国家之急。他曾自我表白：“万里奉王事，一身无所求，也知塞垣苦，岂为妻子谋。”（《初过陇山途中呈宇文判官》）正是基于这两点，所以他的边塞诗多数是昂扬乐观的，表现出唐军高昂的士气和震撼大地的声威。但当一个战士踏上征途之后，他们不可能没有思乡的感情，也不可能不思念父母妻子。高适《燕歌行》云：“铁衣远戍辛勤久，玉箸应啼别离后。少妇城南欲断肠，征人蓟北空回首”。岑参的《逢入京使》所表现的就是对故园和家人的思念，这是真挚健康的感情，虽然调子不怎么高昂，但不能认为是消极悲观的。这首诗语言朴素自然，充满了浓郁边塞生活气息，既有生活情趣，又有人情味道，清新明快，余味深长，信口而成，而又感情真挚。诗人善于把许多人心头所想、口里要说的话，用艺术手法加以提炼和概括，使之具有典型的意义。清人刘熙载曾说：“诗能于易处见工，便觉亲切有味。”（《艺概·诗概》）在平易之中而又显出丰富的韵味，自能深入人心，历久不忘。岑参这首诗，正有这一特色。钟惺评此诗：“只是真”。谭元春曰：“人人有此事，从来不曾写出，后人蹈袭不得。所以可久”。（《唐诗归》卷十三）沈得潜曰：“人人胸臆中语，却成绝唱”（《唐诗别裁集》卷十九）。

## 【碛①中作】

**走②马西来欲到天，辞③家见月两回圆④。**
**今夜未知何处宿，平沙⑤莽莽绝⑥人烟。**

**【注释】**

①碛：沙漠。②走：骑。③辞：告别，离开。④两回圆：表示两个月。⑤平沙：广阔的沙漠。⑥绝：没有。

【鉴赏】

在唐代诗坛上，岑参的边塞诗以奇情异趣独树一帜。他两次出塞，对边塞生活有深刻的体会，对边疆风物怀有深厚的感情。这首《碛中作》，就写下了诗人在万里沙漠中勃发的诗情。

这首诗与《逢入京使》写作时间相近，约写于天宝八年（公元749）岑参第一次从军西征时。“碛中作”，即在大沙漠中作此诗。从“辞家见月两回圆”的诗句看，岑参离开长安已近两个月了。诗人回顾两个月的行程，如今宿营在广袤无垠的大沙漠之中，正巧又遇上十五的月亮，一轮明月照在平沙莽莽的沙漠上，他想到月圆人未归，看到唐军在沙碛中列营而宿，写下了这首绝句。这是沙漠行军途中野营生活的一个剪影。

诗人精心摄取了沙漠行军途中的一个剪影，向读者展示他戎马倥偬的动荡生活。诗于叙事写景中，巧妙地寄寓细微的心理活动，含而不露，蕴藉感人。《碛中作》诗仅四句，但每句诗都能给人不同的艺术感受。起句有一股勃发的激情和大无畏的精神，雄奇壮美而豪迈。次句情深意远，含蕴丰富。三句以设问兜转，宕开前句，有转折回旋的韵致。结句似答非答，以景作结，于暮色苍茫之中，使人感到气象壮阔。整首诗给人以悲壮苍凉的艺术感受。杜甫称赞岑参的诗“篇终接浑茫”（《寄彭州高三十五使君适虢州二十七长史参三十韵》），这是指他的诗结尾浑厚，气象阔大，不可窥其涯际。从结句“平沙莽莽绝人烟”（一本作“平沙万里绝人烟”）来看，境界阔大，茫无边际，“篇终接浑茫”五字，是当之无愧的。

这首诗以鲜明的形象造境写情，情与景契合无间，情深意远，含蕴丰富，令人读来别有神韵。

## 【春梦[①]】

**洞房[②]昨夜春风起，遥忆美人[③]湘江水。**
**枕上片时春梦中，行尽江南数千里。**

【注释】

①春梦：此诗见于唐代殷璠编选的《河岳英灵集》，故当不晚于天宝十二载。岑参在长安。②洞房：深邃之房。司马相如《上林赋》：“岩窔洞

房。”③美人：据此则美人当指朋友；《河岳英灵集》等多种古本作“遥忆美人”，例：“如非思友，便是忆内之作。”

**【鉴赏】**

俗语说：日有所思，夜有所梦。我们思骨肉，念朋友，怀家乡，忆旧游，往往形于梦寐。这么一件人人都会在日常生活遇到的小事，经过诗人们的艺术处理，就会成为动人的形象，能够更深刻和真挚地表达出内心所蕴藏的感情，使读者感到亲切和喜爱。岑参这首诗，就是写梦而很成功的作品。

这首诗的前两句写梦前之思。在深邃的洞房中，昨夜吹进了春风，可见春天已经悄悄地来到。春回大地，风入洞房，该是春色已满人间了吧？可是深居内室的人，感到有些意外，仿佛春天是一下子出现了似的。季节的更换容易引起感情的波动，尤其当寒冷萧索的冬天转到晴和美丽的春天的时候。面对这美好的季节，怎么能不怀念在远方的美人呢？在古代汉语中，美人这个词，含义比现代汉语宽泛。它既指男人，又指女人，既指容色美丽的人，又指品德美好的人。在本诗中，大概是指离别的爱侣，但是男是女，就无从证实了。因为诗人既可以写自己之梦，那么，这位美人就是女性。也可以代某一女子写梦。那么，这位美人就是男性了。这是无须深究的。总之，是在春风吹拂之中，想到在湘江之滨的美人，相距既远，相会自难，所以更加思念了。

后两句写思后之梦。由于白天的怀想，所以夜眠洞房，因忆成梦。在枕上虽只片刻工夫，而在梦中却已走完去到江南（即美人所在的湘江之滨）的数千里路程了。用“片时”，正是为了和“数千里”互相对称。这两句既写出了梦中的迷离惝恍，也暗示出平日的蜜意深情。换句话说，是用时间的速度和空间的广度，来显示感情的强度和深度。宋代晏几道《蝶恋花》云：“梦入江南烟水路，行尽江南，不与离人遇。”即从此诗化出。在醒时多年无法做到的事，在梦中片时就实现了，虽嫌迷离，终觉美好。谁没有这种生活经验呢？诗人在这里给予了动人的再现。

# 唐诗 宋词 元曲

郑红峰 编著

〔第二卷〕

光明日报出版社

# 张继

**【作者介绍】**

张继（715—779），字懿孙，襄州（州治在今湖北省襄阳市）人。博览有识，好谈论，知治体。与皇甫冉交，情逾昆弟。天宝十二年（公元753年），登进士。然铨选落地，归乡。唐代宗李豫宝应元年（公元762年）十月，政府军收复两京（长安、洛阳），张继被录用为员外郎征西府中供差遣，从此弃笔从戎，后入内为检校员外郎又提升检校郎中，最后为盐铁判官。分掌财赋于洪州。张继有诗集《张祠部诗集》一部流传后世，为文不事雕琢，其中以《枫桥夜泊》一首最著名。

## 【枫桥①夜泊】

**月落乌啼②霜满天，江枫③渔火④对愁眠。**
**姑苏⑤城外寒山寺⑥，夜半钟声⑦到客船。**

**【注释】**

①枫桥：桥名，在今江苏省苏州市西部。②乌啼：乌鸦啼叫。乌，指乌鸦，亦指夜晚树上的栖鸟。③江枫：江边的枫树。④渔火：渔船上的灯火。⑤姑苏：苏州市的别称，因城西南有姑苏山而名。⑥寒山寺：离枫桥西边一里的寺庙。据传唐初有名的寒山、拾得两个和尚住此，因而得名。⑦夜半钟声：唐代寺庙有半夜敲钟的习惯。

**【鉴赏】**

这首诗描写的是夜泊枫桥的景象和感受。诗的首句，写出了作者的所见，所闻，所感；上弦月升起得早，半夜时便已沉落下去，整个天宇只剩下一片灰蒙蒙的光影。树上的乌鸦大约是因为月落前后光线明暗的变化，被惊醒后发出几声啼鸣。月落夜深，繁霜暗凝。在幽暗静谧的环境中，人对夜凉的感觉变得格外锐敏。“霜满天”的描写，并不符合自然景观的实际（霜华在地而不在天），却完全切合诗人的感受：深夜侵肌砭骨的寒意，从四面八方围向诗人夜泊的小舟，使他感到身外的茫茫夜气中正弥漫着满天霜华。一整句，层次分明地体现出一个先后承接的时间过程和感觉过程。而这一切，又都和谐地统一于水乡秋夜的幽寂清冷氛围和羁旅者的孤孑清寥感受中。从这里可以看出诗人运思的细密。

二句描绘枫桥附近的景色和愁寂的心情。虽然写的是秋夜，但仍能使人感知江边各种秋物的色彩、形态，还有声音和情绪；体现出来的感觉一实一虚，对比非常清楚。在朦胧夜色中，江边的树只能看到一个模糊的轮廓；透过雾气茫茫的江面，可以看到星星点点的几处"渔火"，由于周围昏暗迷蒙背景的衬托，显得特别引人注目，动人遐想。"江枫"与"渔火"，一静一动，一暗一明，一江边，一江上，景物的配搭组合颇见用心。写到这里，才正面点出泊舟枫桥的旅人。"愁眠"，当指怀着旅愁躺在船上的旅人。

三、四句写客船卧听古刹钟声。寒山寺在枫桥西一里，初建于梁代，唐初诗僧寒山曾住于此，因而得名。枫桥的诗意美，有了这所古刹，便带上了历史文化的色泽，而显得更加丰富，动人遐想。因此，这寒山寺的"夜半钟声"也就仿佛回荡着历史的回声，渗透着宗教的情思，而给人以一种古雅庄严之感了。

# 贾至

**【作者介绍】**

贾至（718—772），字幼麟，洛阳人。天宝初年担任校书郎的职位，与独孤及等交往、游玩。天宝末年任中书舍人，安史之乱开始时，随唐玄宗奔往四川。乾元元年春，开始担任汝州刺史，此后被贬为岳州司马并与李白相遇经常吟诗、聚会，代宗宝应元年，重新担任中书舍人，最后担任的官职为散骑常侍。贾至以他的文章而出名，他的作品受到中唐故作家独孤及、梁肃等人的推崇。他的父亲贾曾和他都曾为朝廷写过文章。他所撰写的册文被当时的人夸奖道“篇篇都像西汉的文章”。韩愈的弟子唐皇甫说：“贾至的文章，好像帽子上精美的装饰品，又像矗立在庙堂的宝玉，像法律似的语言，可以用来欣赏，告诉人们人生的理道。”（《谕业》）指出了贾至文章典雅华瞻的风格特点。

## 【巴陵夜别王八员外】

**柳絮飞时别洛阳，梅花发①后到三湘②。**
**世情③已逐④浮云散，离恨⑤空⑥随江水长。**

**【注释】**

①发：开放，盛开。②三湘：泛指湘江流域。③世情：世俗人情，包括人世间的盛衰兴败，悲欢离合，人情的冷暖厚薄等。④逐：随。⑤离恨：离愁别恨。⑥空：此字使用的巧妙，一语双关。用比喻的手法形象生动地描写了王八员外满载离恨远去，诗人的心也随行舟而逝；“空”字还写出了作者依依惜别而又无可奈何的苍凉心境。

**【鉴赏】**

这是一首情韵别致的送别诗，一首贬谪者之歌。王八员外被贬长沙，以事谪守巴陵的贾至给他送行。两人“同是天涯沦落人”，在政治上郁郁不得志，彼此在巴陵夜别，备增缠绵悱恻之情。

这首诗先从诗人自己离别洛阳时写起：“柳絮飞时别洛阳，梅花发后到三湘。”记得在那暮春时节，一簇簇的柳絮纷纷扬扬，我贾至当时怀着被贬的失意心情离开故乡洛阳，梅花盛开的隆冬时分，来到三湘。以物候的变化表达时间的变换。开首两句洒脱飞动，情景交融，既点明季节、地点，又渲染气氛，给人一种人生飘忽、离合无常的感觉。如今友人王八员外也遭逢同样的命运，远谪长沙，临别依依，不胜感慨：“世情已逐浮云散，离恨空随江水长。”如今，世俗人情已如浮云般消散了，唯有我们两人的友谊依然长存，有多少知心话儿要倾诉。然而，现在却又要离别了，那满腔的离愁别绪，有如湘江水般悠长。第三句所说“世情”，含意极丰富，包括人世间的盛衰兴败，悲欢离合，人情的冷暖厚薄等，这一切，诗人和王八员外都遭遇过，并同有深切的感受。末句用比喻的修辞手法将“离恨”比作湘江水那样悠长，以景写情，含蓄绵长。此外一个“空”字，还表达了一种无可奈何而又依依惜别的深情。

整首诗歌叙事、写景、抒情结合得十分完美，如首二句在叙事中包含了写景，也蕴含了作者遭贬后抑郁的情怀，三、四两句则是即景抒情。诗歌四句中全用对仗形式，不仅对得工整，而且显出灵动，不板滞。这首短诗在用词上也颇具特点，特别是动词的用法，如“飞”“别”“发”“到”“逐”“散”等，不仅很好地达到了表情达意的目的，传达出作者彼时的心境，感情波澜的起伏，也使得诗歌的画面更具多变。

# 顾况

**【作者介绍】**

顾况（727—815），诗人、画家、鉴赏家。字逋翁，苏州海盐（今属浙江）人。他一生官位不高，曾任著作郎，因作诗嘲讽得罪权贵而被贬。晚年隐居茅山，号“华阳真逸”。性诙谐，有道家思想。诗多反映现实。诗风朴质冲淡。诗作吸收方言口语入诗为其特点。他是一个关心人民疾苦的现实主义诗人。

顾况七言歌行中《公子行》《行路难三首》，揭露贵族子弟的豪侈生活，讽刺封建帝王追求长生的愚昧行为，颇有现实意义。又如《李供奉弹箜篌歌》《刘禅奴弹琵琶歌》《李湖州孺人弹筝歌》等，通过丰富生动的比喻和环境气氛的渲染，对音乐的描绘相当出色。这些诗想象丰富，意境奇特，色彩浓郁，是后来李贺歌行的滥觞。皇甫湜《顾况诗集序》称其“偏于逸歌长句，骏发踔厉，往往若穿天心，出月胁，意外惊人语，非寻常所能及”。唐末诗僧贯休有《读顾况歌行》一诗，对他的七言歌行也极为推崇。

## 【囝[①]】

**囝，哀闽也。**
**囝生闽方[②]，闽吏[③]得之，乃绝其阳[④]。**
**为臧为获，致金满屋。**
**为髡为钳，如视草木[⑤]。**
**天道无知，我罹[⑥]其毒[⑦]。**
**神道无知，彼[⑧]受其福。**
**郎罢别囝，吾悔生汝[⑨]。**
**及汝既生，人劝不举[⑩]。**
**不从人言，果获是苦。**
**囝别郎罢，心摧血下。**
**隔地绝天，及至黄泉，不得在郎罢前。**

**【注释】**

①囝：儿子。②闽方：今福建。③吏：官吏。④阳：男性生殖器官。⑤“为臧”四句：讲臧、获、髡、钳奴隶为主人“致金满屋”，本应受到较好的待遇，然而却被视如草木，受到非人待遇。金，极言其贵；草木，极言其贱。⑥罹：遭受。⑦毒：迫害。⑧彼：与“我”相对，指官吏。⑨郎罢：方言，父亲。汝：你。⑩人劝不举：此句说明闽地人民受害之惨，受害之广，使人人都心怀恐惧。

**【鉴赏】**

唐代的闽地（今福建），地主、官僚、富商相勾结，经常掠卖儿童，摧残他们的身体，把他们变为奴隶。《囝》就是这种残酷行为的真实写照。

诗人首先叙述闽童被掠为奴的经过。前三句交代了这种野蛮风俗盛行的地区（闽方）、戕害闽地儿童的凶手（闽吏）以及戕害儿童的方式（绝其阳），极其简练。然后叙述奴隶的痛苦生活。诗人没有列举具体生活事例，而只是并列摆出一种极不公平的现象：奴隶为主人“致金满屋”，本应受到较好的待遇，然而却被视如草木，受到非人待遇。金，极言其贵；草木，极言其贱。一贵与一贱，两相比照，揭露奴隶所受待遇的不合理，写出了奴隶生活的不堪忍受。

诗人并没有停留在这一般的叙述上，接着又透过这一生活现象，把笔触深入到人物的内心世界，揭示出奴隶们的满腔怨愤：“天道无知，我罹其毒。神道无知，彼受其福。”悲惨的身世，痛苦的生活，使他们的怨愤非常之深，以致连封建社会里视若神圣的“天道”和“神道”，都被他们诅咒起来——都是上天和神灵无知，才造成如此不公平的世道！这里“彼”“我”对举，形象地揭示出对立的阶级关系——奴隶主们之所以能够大享其福，正是建筑在奴隶遭受荼毒的基础上的。这四句心理描写，真实地反映了奴隶们的思想感情。

以上是对奴隶一般生活境遇和痛苦心理的描绘。“郎罢别囝”以下，诗人抽出一个具体场景，用细腻的笔触描写囝被掠为奴，同郎罢分别时父子痛不欲生的情景。

诗人把囝同郎罢的心理对照来写，笔墨摇曳多姿，错落有致。写郎罢，处处从他违反常情的心理着笔。在封建社会，人们都希望人丁兴旺，又由于重男轻女的习惯，尤其希望生男孩。可是这位做父亲的却后悔不该生男孩，生下后更不该养育他。这看来很“反常”。然而，正是从这种“反常”中，才表现了他的断肠悲痛和对孩子的深爱。“人劝不举”一语更进一步说明，受这种野蛮风俗之害的，绝不是一家一户的个别现象，闽地人民受害之惨，受害之广，使人人都心怀恐惧。写囝，则是着力刻画他对郎罢的依恋，完全是小孩子的心理。这种对照的心理描写，生动细致地刻画出父子相依、不忍分离的骨肉亲情。而造成生离死别、痛不欲生的，却正是那些掠卖儿童的人。所以，这种描写既是对苦难人民的深厚同情，也是对残民害物者的愤怒控诉。

## 【过山农家】

**板桥人渡泉声[①]，茅檐日午鸡鸣[②]。**
**莫嗔焙茶烟暗[③]，却喜晒谷天晴[④]。**

**【注释】**

①板桥人渡泉声：当我走过横跨山溪上的木板桥时，有淙淙的泉声伴随着我。②茅檐日午鸡鸣：来到农家门前，太阳已在茅檐上空高照，鸡在咯咯鸣叫，像是在欢迎来客。③莫嗔焙茶烟暗：山农陪伴我参观焙茶，深表歉意地说，不要嗔怪被烟熏了。嗔：嫌怨。焙：用微火烘。④却喜晒谷天晴：到打谷场上，山农为天晴可以打谷而欣喜不禁。

**【鉴赏】**

这是一首访问山农的纪行六言绝句。作者绘声绘色，由物及人，传神入微地表现了江南山乡焙茶晒谷的劳动场景，以及山农爽直的性格和淳朴的感情。格调明朗，节奏轻快，具有独特的艺术风格。

首句“板桥人渡泉声”，截取了行途中的一景。当作者走过横跨山溪的木板桥时，有淙淙的泉声伴随着他。句中并没有出现“山”字，只写了与山景相关的“板桥”与“泉声”，便颇有气氛地烘托出了山行的环境。“泉声”的“声”字，写活了泉水，反衬出山间的幽静。短短一句，使人如临其境，如闻其声，仿佛分享到作者步入幽境时那种心旷神怡之情。

从首句到次句，有一个时间和空间的跳跃。“茅檐日午鸡鸣”，显然是作者穿山跨坡来到农家门前的情景。这时，太阳已在茅檐上空高照，山农家的鸡咯咯鸣叫，像是在欢迎来客。鸡鸣并不新奇，但安排在这句诗中，却使深山中的农舍顿时充满喧闹的世间情味和浓郁的生活气息。这句中的六个字，依次构成三组情事，与首句中按同样方式构成的三组情事相对，表现出六言诗体的特点。在音节上，又正好构成两字一顿的三个“音步”。由于采用这种句子结构和下平声八庚韵的韵脚，读起来特别富于节奏感，而且音节响亮。

第三句“莫嗔焙茶烟暗”是山农陪作者参观焙茶时说的致歉话。上面二句从环境着笔，点出人物，而这一句是从人物着笔，带出环境。笔法的改变是为了突出山农的形象，作者在“焙茶烟暗”之前，加上“莫嗔”二字，便在展现劳动场景的同时，写出了山农的感情。从山农请客人不要责怪被烟熏的口吻中，反映了他的爽直性格和劳动者的本色。“莫嗔”二字，入情入理而又富有情韵。

第四句“却喜晒谷天晴”，和第三句连成一气。南方山区，收获季节云多雨盛，诗中写山农为天晴而欣喜，是有典型意义的。继“莫嗔”之后，又用“却喜”二字再一次表现了山农感情的淳朴和性格的爽朗，深化了对山农形象的刻画，也为全诗的明朗色调增添了鲜明的一笔。

# 于良史

**【作者介绍】**

于良史，生卒年不详，肃宗至德年间曾任侍御史，德宗贞元年间，徐州节度使张建封辟为从事。

其五言诗词语清丽超逸，讲究对仗，十分工整。诗甚为清雅，多写景，构思巧妙，形象逼真，同时寄寓思乡和隐逸之情。诗风与“大历十才子”相近，今仅存诗七首，都是佳作，尤以《春山夜月》《宿蓝田山口奉寄沈员外》两首为最善。

## 【春山夜月】

**春山①多胜事②，赏玩夜忘归。**
**掬水月在手，弄花香满衣。**
**兴来无远近，欲去惜③芳菲④。**
**南望鸣钟处，楼台深翠微⑤。**

**【注释】**

①春山：春天的山中。②胜事：美好的事物、事情。③惜：对“芳菲”的依依惜别之情。④芳菲：花草树木的芬香芳华。⑤翠微：淡青的山色，代指山。

**【鉴赏】**

唐代诗人于良史这首脍炙人口的五言律诗，风格清淡闲雅，描摹物态历历如绘、极富神韵，读来令人唇齿留香、畅快不已。诗开篇两句提纲挈领、统率全篇，既写出了“多胜事”是“赏玩忘归”之因，又巧妙地交代了全篇诗情产生的由头，可谓一箭双雕。接下来的六句则是对“胜事”与“赏玩忘归”的具体描述。诗人紧接着写道：“掬水月在手，弄花香满衣”。可以说，此情此景，再没有比这两句更为恰到好处的描写了。从结构上看，“月”字紧承“赏玩夜忘归”中的“夜”“花”则紧承首句“春山多胜事”中的“春”，运笔如环，自然圆合。“掬”“弄”二字，既写景又写人，既写照又传神，可谓是神来之笔。

诗人完全沉浸在山中月下的美景之中，于是，唯兴所适，不计路程远近；离开时，面对眼前芳菲的花草又不免怀有依依惜别的深情。这即是诗人在写出“胜事”的基础上，接着铺写的“兴来无远近，欲去惜芳菲”二句的诗意。“南望鸣钟处，楼台深翠微”，正当诗人在欲去未去之际，夜风送来了钟声，翘首南望，只见远方的楼台镶嵌在一片青翠山色的深处。末两句从近处转向远方，以声音引出画面，展现的虽是远景，但仍将春山月下特有的景致用爱怜的笔触，轮廓分明地勾勒了出来，并与一、二、三句点题的“春山”“夜”“月”遥相呼应。

纵观全诗，“掬水月在手，弄花香满衣”乃诗之精髓所在，令人叹为观止。仅凭这一联，《春山夜月》就可不朽了，更何况全诗在艺术上既精雕细琢又语出天成呢！

# 柳中庸

**【作者介绍】**

柳中庸，生卒年不详，名淡，中庸是其字，河东（今山西永济）人，为柳宗元族人。大历年间进士，曾官鸿府户曹，未就。萧颖士以女妻之。与弟中行并有文名。与卢纶、李端为诗友。所选《征人怨》是其流传最广的一首。《全唐诗》存诗仅十三首。其诗以写边塞征怨为主，然意气消沉，无盛唐气象。

## 【征人怨】

**岁岁①金河②复玉关③，朝朝马策④与刀环⑤。**

**三春⑥白雪归青冢⑦，万里黄河绕黑山⑧。**

**【注释】**

①岁岁：指年年月月，下文的“朝朝”同义。②金河：即黑河，在今呼和浩特市城南。③玉关：玉门关的简称。④马策：马鞭。⑤刀环：刀柄上的铜环，喻征战事。⑥三春：春季的三个月或暮春，此处为暮春。⑦青冢：汉王昭君墓，在今内蒙古呼和浩特之南。⑧黑山：一名杀虎山，在今内蒙古呼和浩特市东南。

**【鉴赏】**

这是一首传诵极广的边塞诗，一说李益作，题为《夜上受降城闻笛》，写的是一个隶属于单于都护府的征人的怨情。全诗四句，一句一景，表面上似乎不相连属，实际上却统一于“征人”的形象，都紧紧围绕着一个“怨”字铺开。

前两句就时记事，“岁岁”“朝朝”相对，“金河”“玉关”“马策”“刀环”并举，又加以“复”“与”字，给人以单调困苦、无尽无穷之感，怨情自然透出。

三句写时届暮春，在苦寒的塞外却“春色未曾看”，肃杀如此，令人凄绝。末句写边塞的山川形势。这两句写景，似乎与诗题无关，其实都是征人常见之景，因而从白雪青冢与黄河黑山这两幅图画里，读者不仅看到征戍之地的苦寒与荒凉，也可以感受到征人转战跋涉的辛苦。

这首诗通篇不着一个“怨”字，却又处处弥漫着怨情。诗人抓住产生怨情的缘由，从时间和空间两方面落笔，让“岁岁”“朝朝”的戎马生涯以及“三春雪”与“黄河”“黑山”的自然景象去现身说法，收到了“不著一字，尽得风流”的艺术效果，可谓妙绝。全诗对仗精工，巧于炼字，别具情韵。

# 戴叔伦

**【作者介绍】**

戴叔伦（732—789），字幼公，一字次公，润州金坛（今属江苏）人。德宗贞元年间进士。出生在一个隐士家庭。年少时师从萧颖士，博闻强记，聪慧过人。大历元年（公元766年），在盐铁史刘宴手下任职，后任涪州督赋、抚州刺史，以及广西容州刺史，加御史中丞，官至容管经略使。在任期间政绩卓著。贞元五年（公元789年），上表辞官归隐，客死返乡途中。他当时的诗名很大。他的诗，题材内容丰富，体裁形式多样。今存诗近三百首，《全唐诗》录其诗二卷。

## 【除夜宿石头驿①】

**旅馆谁相问②？寒灯独可亲。**
**一年将尽夜，万里未归人。**
**寥落悲前事，支离③笑此身。**
**愁颜与衰鬓，明日又逢春。**

**【注释】**

①除夜：农历除夕之夜。石头驿：在今江西新建县赣江西岸。②问：存问、安慰。③支离：此为残缺而不中用。

**【鉴赏】**

此诗当作于诗人晚年任抚州刺史时期，当时他正寄寓石头驿。“旅馆谁相问？寒灯独可亲”起句突兀，却在情理之中。除夕之夜，万家团聚，自己却还是浮沉宦海，奔走旅途，孤零零地在驿馆中借宿。人无可亲，眼下就只有寒灯一盏，摇曳做伴。“谁相问”，用设问的语气，更能突出旅人凄苦不平之情。“寒灯”，点出岁暮天寒，更衬出诗人思家的孤苦冷落的心情。

一灯相对，自然会想起眼前的难堪处境：“一年将尽夜，万里未归人。”

出句明点题中“除夜”，对句则吐露与亲人有万里相隔之感。“万里”，指的不是两地间的实际路程，而是就心理上的距离说的。这一联，摒弃谓语，只用两个名词性词组，连同前面的定语“一年将尽”“万里未归”，构成对仗，把悠远的时间性和广漠的空间感，对照并列在一起，自有一种暗中俯仰、百感苍茫的情思和意境，显示出诗人高超的艺术概括力，具有深沉的形象感染力。

“寥落悲前事，支离笑此身”，写出了沉思追忆和忆后重又回到现实时的自我嘲笑。“支离”，道出作者流离多病。诗人一生行事，抱有济时之志，而此时不但没能实现，反落得病骨支离，江湖漂泊，这不能不感到可笑。这“笑”，蕴含对不合理现实的愤慨不平，是含着辛酸眼泪的无可奈何的苦笑。一个“又”字，写出诗人年年待岁，迎来的只能是越来越可怜的老境，一年不如一年的凄惨命运。这个结尾，给人以沉重的压抑感和不尽的凄苦况味。全诗写情切挚，寄慨深远，一意连绵，凄恻动人，自非一般无病呻吟者可比。

## 【三闾庙①】

**沅湘②流不尽，屈子怨何深③！**
**日暮秋风起，萧萧枫树林④。**

**【注释】**

①三闾庙：奉祀春秋时楚国三闾大夫屈原的庙宇，据《清一统志》记载，庙在长沙府湘阴县北六十里（今汨罗县境）。此诗为凭吊屈原而作。②沅湘：指沅江和湘江，沅江、湘江是湖南的两条主要河流。③屈子怨何深：此处用比喻，屈原的怨恨好似沅江湘江深沉的河水一样。④日暮秋风起，萧萧枫树林：此处化用屈原的诗句，“袅袅兮秋风，洞庭波兮木叶下”（《九歌》），“湛湛江水兮上有枫，目极千里兮伤春心。魂兮归来哀江南！”（《招魂》）

**【鉴赏】**

沅、湘是屈原诗篇中常常咏叹的两条江流。诗以沅湘开篇，既是即景起兴，同时也是比喻：沅水湘江，江流何似？有如屈子千年不尽的怨恨。骚人幽怨，何以形容？好似沅湘深沉的流水。前一句之“不尽”，写怨之绵长，后一句之“何深”，表怨之深重。两句都从“怨”字落笔，形象明朗而包孕深广，错综成文而回环婉曲。此诗首二句悬空落笔，直将屈子一生忠愤写得至今犹在，发端之妙，已称绝调。

然而，屈子为什么怨？怨什么？诗人自己的感情和态度又怎样？诗中并没有和盘托出，而只是描绘了一幅特定的形象图景，引导读者去思索。江上秋风，枫林摇落，时历千载而三间庙旁的景色依然如昔，可是，屈子沉江之后，而今却到哪里去呼唤他的冤魂归来？“袅袅兮秋风，洞庭波兮木叶下”，“湛湛江水兮上有枫，目极千里兮伤春心。魂兮归来哀江南！”这是屈原的《九歌》和《招魂》中的名句，诗人抚今追昔，触景生情，借来化用为诗的结句：“日暮秋风起，萧萧枫树林”，这种写法，称为“以景结情”或“以景截情”，画面明朗而引人思索，诗意隽永而不晦涩难解，深远的情思含蕴在规定的景色描绘里，使人觉得景物如在目前而余味无穷。清代施补华《岘佣说诗》评道：“并不用意，而言外自有一种悲凉感慨之气，五绝中此格最高。”

诗歌是形象的艺术，也是最富于暗示性和启示力的艺术。明朗而不含蓄，明朗就成了一眼见底的浅水沙滩；含蓄而不明朗，含蓄就成了令人不知所云的有字天书。戴叔伦的《三间庙》兼得二者之长，明朗处情景接人，含蓄处又唤起读者的想象。

## 【兰溪[①]棹歌[②]】

**凉月[③]如眉挂柳湾，越中[④]山色镜中看。**
**兰溪三日桃花雨[⑤]，半夜鲤鱼来上滩。**

**【注释】**

①兰溪：兰溪江，也称兰江，浙江富春江上游一支流。在今浙江省兰溪县西南。②棹歌：船家摇橹时唱的歌。③凉月：新月。④越中：古代东南沿海一带称为越。⑤桃花雨：江南春天桃花盛开时下的雨。

**【鉴赏】**

这是一首富于民歌风味的船歌。此篇独出心裁，选取夜间作背景，歌咏江南山水胜地另一种人们不大注意的美。这是它在取材、构思上的一个显著特点。

“凉月如眉挂柳湾”，首句写舟行所见岸边景色：一弯如眉的新月，映射着清冷的光辉，正低挂在水湾的柳梢上。眉月新柳，相映成趣，富于清新之感。

“越中山色镜中看”，次句转写水色山影。“山色镜中看”，描绘出越中一带水清如镜，两岸秀色尽映水底的美丽图景。句内“中”字复迭，既增添了民歌的咏叹风味，又传递出夜间行舟时于水中一边观赏景色，一边即景歌唱的怡然自得的情趣。

“兰溪三日桃花雨，半夜鲤鱼来上滩”，船继续前行，不觉意间已从平缓如镜的水面驶到滩头。听到滩声哗哗，诗人才联想到连日春雨，兰溪水涨，滩声听起来也变得更加急骤了。在滩声中，似乎时不时听到鱼儿逆水而行时发出的声音，由此可见诗人观察事物描写景物的真切。夜中行舟，夜色本来比较黯淡朦胧，这里特意选用“桃花雨”的字眼，感觉印象中便增添了明艳的春天色彩；夜间本来比较宁静，这里特意写到鲤鱼上滩的声响，遂使静夜增添了活泼的生命跃动气息。实际上，这里所写的“三月桃花雨”与“鲤鱼来上滩”都不是目接之景，两首都是诗人的想象之景。正因为多了这一层想象的因素，诗情便显得更为浓郁。

通观全诗，可以发现，这首船歌虽然以兰溪之夜作为背景，但它着重表现的并非夜的静谧朦胧，而是兰溪夜景的清新澄澈，生趣盎然。而这，正体现出这首诗独特的民歌气韵。

## 【苏溪亭】

**苏溪[1]亭上草漫漫，谁倚[2]东风十二阑？**
**燕子不归[3]春事晚，一汀烟雨[4]杏花寒。**

**【注释】**

①苏溪：河（水）名，在今浙江义乌附近。②倚：斜倚。③归：归还。④一汀烟雨：即一片烟雨。

**【鉴赏】**

诗中所写的景是暮春之景，情是怨别之情。“苏溪亭上草漫漫”，写出地点和节候。野草茁长，遍地青青，已是暮春时节。这时的溪边亭上，“春草碧色，春水渌波”，最容易唤起人们的离愁别绪，正为下句中的倚阑人渲染了环境气氛。“谁倚东风十二阑”，以设问的形式，托出倚阑人的形象。在东风吹拂中，斜倚阑干的那人是谁呢？这凝眸沉思的身姿，多像南朝民歌《西洲曲》里的人：“鸿飞满西洲，望郎上青楼。楼高望不见，尽日阑干头。阑干十二曲，垂手明如玉……”

这位倚阑人眼中所见、心中所思的是什么呢？“燕子不归春事晚，一汀烟雨杏花寒”，燕子还没有回到旧窝，而美好的春光已快要完了。虽是眼中之景，却暗喻着心中之情：游子不归，红颜将老。“一汀烟雨杏花寒”，正是“春事晚”的具体描绘。迷蒙的烟雨笼罩着一片沙洲，料峭春风中的杏花，也失去了晴日下艳丽的容光，显得凄楚可怜。这景色具体而婉曲地传出倚阑人无端的怅惘，不尽的哀愁。如此写法，使无形之情因之而可见，无情之景因之而可思。

四句诗全是写景，而景语即情语，情景融浑无迹。诗人描写暮春景色浓郁而迷蒙，恰和倚阑人沉重而忧郁的心情契合相印，诗韵人情，隽永醇厚。

# 韦应物

**【作者介绍】**

韦应物（约737—约791），京兆万年（今陕西西安）人。十五岁起以三卫郎为玄宗近侍，出入宫闱，扈从游幸。早年豪纵不羁，横行乡里，乡人苦之。安史之乱起，玄宗奔蜀，流落失职，始立志读书，少食寡欲，常“焚香扫地而坐”。代宗广德（763—764）至德宗贞元（785—805）年间，先后任洛阳丞、京兆府功曹参军、鄠县令等官职。韦应物是山水田园诗派诗人，与王维、孟浩然、柳宗元并称“王孟韦柳”。其山水诗景致优美，感受深细，清新自然而饶有生意。今传有十卷本《韦苏州集》、二卷本《韦苏州诗集》、十卷本《韦苏州集》。

## 【淮上喜会梁州故人】

**江汉曾为客，相逢每①醉还。**
**浮云②一别后，流水十年间。**
**欢笑情如旧，萧疏③鬓已斑。**
**何因④不归去？淮上⑤有秋山。**

**【注释】**

①每：总是。②浮云：比喻聚散无定。③萧疏：零落。④何因：什么原因。⑤淮上：淮河水边，即今江苏淮阴一带。

**【鉴赏】**

这首诗描写诗人在淮上（今江苏淮阴一带）遇见了梁州故人的情况和感慨，诗题为“喜会”故人，诗中表现的却是“此日相逢思旧日，一杯成喜亦成悲”那样一种悲喜交集的感情。

诗的开头，写诗人昔日在江汉作客期间与故人相逢时的乐事，概括了以前的友谊。诗人写这段往事，仿佛是试图从甜蜜的回忆中得到慰藉，然而其结果

反而引起岁月蹉跎的悲伤。颔联一跌，直接抒发十年阔别的伤感。颈联的出句又回到本题，写这次相会的“欢笑”之态。久别重逢，确有喜的一面。他们也像十年前那样，有痛饮之事。然而这喜悦，只能说是表面的，或者说是暂时的。十年的漂泊生涯，使得人老了。这一副衰老的形象，不言悲而悲情溢于言表，漂泊之感也就尽在不言之中。一喜一悲，笔法跌宕；一正一反，交互成文。末联以反诘作转，以景色作结。为何不归去，原因是“淮上有秋山”秋光中的满山红树，正是诗人眈玩留恋之处。这个结尾给人留下了回味的余地。

这首诗所表现的是两人十年阔别的重逢，作者没有把十年的琐事絮絮叨叨地说来，而是分清主次轻重。颈联和末联抓住久别重逢的情景作为重点和主体，详加描写，写出了今日的相聚、痛饮和欢笑，写出了环境、形貌和心思，表现得很细密。“浮云一别后，流水十年间”，表现的时间最长，空间最宽，人事最杂。这里却只用了十个字，便把这一切表现出来了。诗人只在“一别”“十年”之前冠以“浮云”“流水”，意境空灵，真是“疏可走马”。诗中“浮云”“流水”不是写实，都是虚拟的景物，借以抒发诗人的主观感情，表现一别十年的感伤，颇见这首诗的熔裁功夫。

## 【寄李儋[①]元锡】

**去年花里逢君别，今日花开已一年。**
**世事茫茫难自料，春愁黯黯[②]独成眠。**
**身多疾病思田里[③]，邑有流亡[④]愧俸钱[⑤]。**
**闻道欲来相问讯[⑥]，西楼望月几回圆。**

【注释】

①李儋：字元锡、武威（今属甘肃）人，曾任殿中侍御史。②黯黯：低沉暗淡。③思田里：想念田园乡里，即想到归隐。④邑有流亡：指在自己管辖的地区内还有百姓流亡。⑤愧俸钱：感到惭愧的是自己食国家的俸禄，而没有把百姓安定下来。⑥问讯：探望。

【鉴赏】

这首诗表达了诗人感怀时事，思念友人的情怀。

诗是寄赠好友的，所以从叙别开头。首联即谓去年春天在长安分别以来，已经一年。以花里逢别起，即景勾起往事，有欣然回忆的意味；而以花开一年比衬，则不仅显出时光迅速，更流露出别后境况萧索的感慨。次联写自己的烦恼苦闷。“世事茫茫”是指国家的前途，作者作为朝廷任命的一个地方行政官员，到任一年了，眼前又是美好的春天，但他只有忧愁苦闷，感到百无聊赖，一筹莫展，无所作为，黯然无光。三联具体写自己的思想矛盾。正因为他有志而无奈，所以多病更促使他想辞官归隐；但因为他忠于职守，看到百姓贫穷逃亡，自己未尽职责，于国于民都有愧，所以他不能一走了事。这样进退两难的矛盾苦闷处境下，诗人十分需要友情的慰勉。尾联便以感激李儋的问候和亟盼他来访作结。

前四句情景交融，即景生情，是一种相反相成的比衬，景美而情不欢；次联以情叹景，也是伤心人看春色，茫然黯然，情伤而景无光；都不可谓情景交融。其实这首诗之所以为人传诵，主要是因为诗人诚恳地披露了一个清廉正直的封建官员的思想矛盾和苦闷，真实地概括出这样的官员有志无奈的典型心情。这首诗的思想境界较高，尤其是“身多疾病思田里，邑有流亡愧俸钱”两句，自宋代以来，甚受赞扬。

## 【寄全椒[①]山中道士】

**今朝郡斋[②]冷，忽念山中客。**
**涧底[③]束荆薪[④]，归来煮白石[⑤]。**
**欲持一瓢酒，远慰风雨夕。**
**落叶满空山，何处寻行迹?**

【注释】

①全椒：县名，属今安徽，唐属滁州。②郡斋：滁州刺史衙署的斋舍。③“涧底”二句：指想象山中道士隔绝人世的幽独清苦生活。④荆薪：柴草。⑤煮白石：《神仙传》云：“白石先生者，中黄丈人弟子也，尝煮白石为粮，因就白石山居，时人故号曰‘白石先生’。”

【鉴赏】

这首诗乍看没什么惊人之句，好像一潭秋水，十分清幽，颇有陶渊明的风格，向来被称为韦诗中的名篇。题目叫《寄全椒山中道士》。既然是“寄”，自然会吐露对山中道士的忆念之情。但忆念只是一层，还有更深的一层，需要读者细心领略。

诗第一句那个“冷”字是全诗的关键，全诗所透露的也正是在这个“冷”字上。首句既是写出郡斋气候的冷，更是写出诗人心头的冷。然后，诗人由于这两种冷而忽然想起山中的道士。道士在山中艰苦修炼，诗人怀念老友，想送一瓢酒去，好让他在这秋风冷雨之夜，得到一点友情的安慰。然而诗人进一层想，他们都是逢山住山、见水止水的人，今天也许在这块石岩边安顿，明天恐怕又迁到别的一处什么洞穴安身了。何况秋天来了，满山落叶，脚印被盖住了，连路也不容易找，因而也不知去何处找对方。

诗虽淡淡写来，却使读者能感到诗人情感上的种种跳荡与反复。开头，是由于郡斋的冷而想到山中的道士，再想到送酒去安慰他，终于又觉得找不着他而无可奈何；而诗人自己心中的寂寞之情，也终于无从消解。

诗人描写这些复杂的感情，都是通过感情和形象的配合来表现的。“郡斋冷”两句抒写，可以看到诗人在郡斋中的寂寞。“束荆薪”“煮白石”是一种形象，这里面有山中道人的种种活动。“欲持”和“远慰”又是一种感情抒写。“落叶空山”却是另一种形象了，是秋气萧森、满山落叶、全无人迹的深山。这些形象和情感串联起来，便构成了情韵深长的意境，很耐人寻味。

这首诗，看来像是一片萧疏淡远的景，启人想象的却是表面平淡而实则深挚的情。在萧疏中见出空阔，在平淡中见出深挚。这样的用笔，就使人有“一片神行”的感觉，也就是形象思维的巧妙运用。

## 【长安遇冯著[1]】

**客从东方来，衣上灞陵[2]雨。**
**问客[3]何为来？采山因买斧。**
**冥冥[4]花正开，飏飏[5]燕新乳[6]。**
**昨别今已春，鬓丝生几缕？**

**【注释】**

①冯著：韦应物友人。②灞陵：即霸陵。在今西安市东。③客：即指冯著。④冥冥：是形容造化默默无语的情态。⑤飏飏：鸟飞翔的样子。⑥燕新乳：指小燕初生。

**【鉴赏】**

本诗首二句主要是说冯著刚从长安以东的地方来，还是一派名士兼隐士的风度。接着，诗人自为问答，料想冯著来长安的目的和境遇。诗人自为问答，诙谐打趣，显然是为了以轻快的情绪冲淡友人的不快，所以下文便转入慰勉，劝导冯著对前途要有信心。但是这层意思是巧妙地通过描写眼前的春景来表现。

“冥冥花正开，飏飏燕新乳。”诗人选择这样的形象，正是为了意味深长地劝导冯著不要为暂时失意而不快不平，勉励他相信大自然造化万物是公正不欺的，前辈关切爱护后代的感情是天然存在的，要相信自己正如春花般焕发才华，会有人来关切爱护的。所以末二句，诗人以十分理解和同情的态度，满含笑意地体贴冯著说：你看，我们好像昨日才分别，如今已经是春天了，你的鬓发并没有白几缕，还不算老呀！这“今已春”正是承上二句而来的，末句则以反问勉励友人，盛年未逾，大有可为。

这首赠诗，以亲切诙谐的笔调，对失意沉沦的冯著深表理解、同情和慰勉，是一首情意深长而生动活泼的好诗。诗人采用活泼自由的古体形式，吸收了乐府歌行的结构、手法和语言。它在叙事中抒情写景，以问答方式渲染气氛，借写景以寄托寓意，用诙谐风趣来激励朋友。它的情调和风格，犹如小河流水，清新明快，而又委曲宛转，读来似乎一览无余，品尝则又回味不尽。

## 【幽居】

**贵贱虽异等，出门皆①有营②。**
**独无外物牵，遂③此幽居情。**
**微雨夜来过，不知春草生。**
**青山忽已曙，鸟雀绕舍鸣。**
**时与道人偶，或随樵者行。**
**自当安蹇劣④，谁谓⑤薄世荣⑥。**

### 【注释】

①皆：都。②营：营谋。③遂：顺，满足。④蹇劣：笨拙愚劣的意思。⑤谓：说。⑥薄世荣：鄙薄世人对富贵荣华的追求。

### 【鉴赏】

本诗开头二句“贵贱虽异等，出门皆有营”，是写诗人对世路人情的看法，意思是说世人无论贵贱高低，总要为生活而出门奔走营谋。这两句，虽平平写来，多少透露出一点感慨，透露出他对人生道路坎坷不平，人人都要为生存而到处奔走的厌倦之情，但诗人并不是要抒发这种感慨，也不是要描写人生道路的艰难，而是用世人“皆有营”作背景，反衬自己此时幽居的清闲，也就是举世辛劳而我独闲了。所以“独无外物牵，遂此幽居情”，便是以上二句作反衬而来，表现了诗人悠然自得的心情。

后四句“微雨夜来过，不知春草生。青山忽已曙，鸟雀绕舍鸣。”全用白描手法。一派生机盎然的春天气息，表达了诗人热爱大自然的愉快情趣。“青山忽已曙，鸟雀绕舍鸣”，是上文情景的延伸与烘托。这里不独景色秾鲜，也有诗人幽居的宁静和心情的喜悦。真是有声有色，清新酣畅。这四句是诗人对自己幽居生活的一个片段的描绘，他只截取了早春清晨一个短暂时刻的山中景物和自己的感受，然后加以轻轻点染，便在读者面前呈现出一幅生动的图画，同时诗人幽居的喜悦、知足保和的情趣也在这画面中透露出来。

韦应物脱离官场，幽居山林，享受可爱的清流、茂树、云物所带来的愉悦，他感到心安理得，因而鄙薄世人对富贵荣华的追求。韦应物这两句的意思是：我本就是笨拙愚劣的人，过这种幽居生活自当心安理得，怎么能说我是那种鄙薄世上荣华富贵的高雅之士呢！对这两句，我们不能单纯理解为是诗人的解嘲，因为诗人并不是完全看破红尘而去归隐，他只是对官场的昏暗有所厌倦，想求得解脱，因而辞官幽居。一旦有机遇，他还是要进入仕途的。所以诗人只说自己的愚拙，不说自己的清高，把自己同真隐士区别开来。这既表示了他对幽居独处、独善其身的满足，又表示了对别人的追求并不鄙弃。

## 【滁州[①]西涧[②]】

**独怜[③]幽草涧边生，上有黄鹂深树鸣。**
**春潮[④]带雨晚来急，野渡[⑤]无人舟自横[⑥]。**

**【注释】**

①滁州：今安徽省滁州市。②西涧：滁州城西郊的一条小溪，有人称上马河。即今天的西涧湖（原城西水库）。③独怜：独爱，一种对幽草的独情。④春潮：春雨。⑤野渡：荒野的渡口。⑥横：指横漂在河边上。

**【鉴赏】**

这是一首著名的山水诗，是韦应物最负盛名的写景佳作。诗里写的虽然是平常的景物，但经诗人的点染，却成了一幅意境幽深的有韵之画。

诗的前两句“独怜幽草涧边生，上有黄鹂深树鸣”，清丽的色彩与动听的音乐交织成幽雅景致。“独怜”是偏爱的意思，偏爱幽草，流露着诗人恬淡的胸怀。后二句“春潮带雨晚来急，野渡无人舟自横”是雨中渡口扁舟闲横的画面，蕴含着诗人对自己无所作为的忧伤，引人思索。更加说明韦应物宁愿做一株无人关注的小草，也不愿意去做那些大的官职。作者深为中唐政治腐败而忧虑，也十分关心民生疾苦，但他无能为力。这首诗就委婉地表达了他的心情。

这首诗中有无寄托，所托何意，历来争论不休。有人认为它通篇比兴，是刺“君子在下，小人在上”；有人认为“此偶赋西涧之景，不必有所托意”。实则诗中流露的情绪若隐若现，开篇幽草、黄莺并提时，诗人用“独怜”的字眼，寓意显然，表露出诗人安贫守节，不高居媚时的胸襟，后两句在水急舟横的悠闲景象中，蕴含着一种不在其位、不得其用的无奈、忧虑、悲伤的情怀。诗人以情写景，借景蓄意，写自己喜爱和不喜爱的景物，说自己合意和不合意的情事，而胸襟恬淡，情怀忧伤，便自然地流露出来。表达作者对生活的热爱。

# 卢纶

**【作者介绍】**

卢纶（约737—约799），字允言，河中蒲（今山西省永济县）人。天宝末举进士，遇乱不第；代宗朝又应举， 屡试不第。大历六年，宰相元载举荐，授阌乡尉；后由王缙荐为集贤学士，秘书省校书郎，升监察御史。有《卢户部诗集》。

## 【塞下曲六首】（其二）

**林暗草惊风①，将军夜引弓②。**
**平明③寻白羽④，没⑤在石棱⑥中。**

**【注释】**

①草惊风：不言猛虎而犹如猛虎潜伏。②引弓：拉弓。③平明：天刚亮时。④白羽：指箭，因箭杆上有白色羽毛，故称。⑤没：此处指箭插入。⑥石棱：石块的边角缝隙。

**【鉴赏】**

本诗是卢纶《塞下曲》组诗（共六首）的第二首，借汉代名将李广事写将军夜猎，见林深处风吹草动，以为是虎，便弯弓猛射。天亮一看，箭竟然射进一块石头中去了。通过这一典型情节，表现了将军的勇武。

首句写将军夜猎场所是幽暗的深林，交代了具体的时间、地点，同时制造了一种气氛。“林暗草惊风”，着一“惊”字，就不仅令人自然联想到其中有虎，呼之欲出，渲染出一片紧张异常的气氛，而且也暗示将军是何等警惕，为下文“引弓”做了铺垫。次句即续写射。但不言“射”而言“引弓”，这不仅是因为诗要押韵的缘故，而且因为“引”是“发”的准备动作，这样写能启示读者从中想象、体味将军临险是何等镇定自若、从容不迫。在一“惊”之后，将军随即搭箭开弓，动作敏捷有力而不仓皇，既具气势，而形象也愈鲜明。

后二句写“没石饮羽”的奇迹，把时间推迟到翌日清晨，将军搜寻猎物，发现中箭者并非猛虎，而是蹲石，令人读之始而惊异，既而嗟叹。原来箭杆尾部装置着白色羽毛的箭，竟“没在石棱中”，入石三分。这样写不仅更为曲折，有时间、场景变化，而且富于戏剧性。“石棱”为石的突起部分，箭头要钻入殊不可想象。神话般的夸张，为诗歌形象涂上一层浪漫色彩，读来特别尽情够味，只觉其妙，不以为非。

这首诗歌诉诸读者的情绪，比散文形象更集中，语言更凝练，更注重意境的创造，从而更令人陶醉，也更像酒。在《史记》中才只是一段普普通通插叙的文字，一经诗人提炼加工，便升华出如此富于艺术魅力的小诗，不正有些像化稻粱为醇醪吗？

## 【塞下曲六首】（其三）

**月黑雁飞高，单于①夜遁逃②。**
**欲将轻骑③逐④，大雪满弓刀。**

**【注释】**

①单于：匈奴的当权者之称，这里指侵扰唐朝的契丹等贵族的首领。②遁逃：逃跑。③轻骑：轻捷的骑兵。④逐：追。

**【鉴赏】**

这是《塞下曲》第三首。卢纶虽为中唐诗人，其边塞诗却依旧是盛唐的气象，雄壮豪放，字里行间充溢着英雄气概，读后令人振奋。

一、二句“月黑雁飞高，单于夜遁逃”，写敌军的溃退。“月黑”，无光也。“雁飞高”，无声也。趁着这样一个漆黑的夜晚，敌人悄悄地逃跑了。单于，是古时匈奴最高统治者，这里代指入侵者的最高统帅。夜遁逃，可见他们已经全线崩溃。

三、四句“欲将轻骑逐，大雪满弓刀”，写我军准备追击的情形，尽管有夜色掩护，敌人的行动还是被我军察觉了。表现了将士们威武的气概。描绘了一幅扣人心弦的场面！

从这首诗看来，卢纶是很善于捕捉形象、捕捉时机的。他不仅能抓住具有典型意义的形象，而且能把它放到最富有艺术效果的时刻加以表现。诗人不写军队如何出击，也不告诉你追上敌人没有，他只描绘一个准备追击的场面，就把当时的气氛情绪有力地烘托出来了。“欲将轻骑逐，大雪满弓刀”，这并不是战斗的高潮，而是迫近高潮的时刻。这个时刻，犹如箭在弦上，将发未发，最有吸引人的力量。因为没有把结果交代出来。但惟其如此，才更富有启发性，更能引逗读者的联想和想象，有“言有尽而意无穷，神龙见首不见尾”的意味，若隐若现，更富有意趣和魅力。

## 【晚次[1]鄂州】

**云开远见汉阳城[2]，犹是孤帆一日程[3]。**
**估客[4]昼眠知浪静，舟人[5]夜语觉潮生。**
**三湘[6]衰鬓逢秋色，万里归心对月明。**
**旧业已随征战尽，更堪[7]江[8]上鼓鼙[9]声。**

**【注释】**

①次：停留。②汉阳城：今湖北汉阳，在汉水北岸，鄂州之西。③一日程：指一天的水路。④估客：商人。⑤舟人：船夫。⑥三湘：泛指汉阳、鄂州一带。⑦更堪：更难堪，犹岂能再听。⑧江：指长江。⑨鼓鼙：军用大鼓和小鼓，后也指战事。

**【鉴赏】**

这是一首即景抒怀的诗。首联写“晚次鄂州”的心情。浓云散开，江天晴明，举目远眺，汉阳城依稀可见。起句即点题，述说心情的喜悦，次句突转，透露沉郁的心情，用笔跌宕，使平淡的语句体现微妙的思致。诗人在战乱中风波漂泊，对行旅生涯早已厌倦，巴不得早些得个安憩之所。因此，一到云开雾散，见到汉阳城时，怎能不喜。“犹是”两字，突显诗人感情的骤落。这两句，看似平常叙事，却仿佛使人听到诗人在拨动着哀婉缠绵的琴弦，倾诉着孤凄苦闷的心曲，透纸贯耳，情韵不匮。

颔联写“晚次鄂州”的景况。诗人简笔勾勒船舱中所见所闻，虽是船中常景，然而笔墨中却透露出他昼夜不宁的纷乱思绪。所以尽管这些看惯了的舟行生活，似乎也在给他平增枯涩乏味的生活感受。

颈联写“晚次鄂州”的联想。诗人情来笔至，借景抒怀。一个“逢”字，将诗人的万端愁情与秋色的万般凄凉联系起来，移愁情于秋色，妙合无垠。“万里归心对月明”，其中不尽之意见于言外，有迢迢万里不见家乡的悲悲戚戚，亦有音书久滞、萦怀妻儿的凄凄苦苦，真可谓愁肠百结，煞是动人肺腑。

末联写“晚次鄂州”的感慨，写诗人有家不可归，只得在异域他乡颠沛奔波的原因。最后两句，把忧心愁思更加深化了，把思乡之情与忧国愁绪结合起来，使此诗具有更大的社会意义。

这首诗，诗人只不过截取了漂泊生涯中的一个片段，却反映了广阔的社会背景，写得连环承转，意脉相连，而且迂徐从容，曲尽情致。在构思上，不用典故来支撑诗架；在语言上，不用艳藻来求其绮丽；在抒情上，不用泼墨来露出筋骨。全诗淡雅而含蓄，平易而炽热，读来觉得舒畅自若，饶有韵味。

## 【送李端】

**故关[1]衰草遍，离别自堪悲。**
**路出[2]寒云外，人归暮雪时。**
**少孤[3]为客早，多难识君迟。**
**掩泪空相向，风尘[4]何处期。**

**【注释】**

①故关：故乡。②“路出”句：意为李端欲去的路伸向云天外，写其道路遥远漫长。③少孤：少年丧父。④风尘：指社会动乱。此句意为在动乱年代，不知后会何期。

**【鉴赏】**

这是一首感人至深的诗章。卢纶、李端，同列“大历十才子”，离乱伤别，故人情深。此诗以一个“悲”字贯穿全篇。

首联写送别的环境气氛，从衰草落笔，时令当在严冬，郊外枯萎的野草，正迎着寒风抖动，一片凄凉的景象。在这样的环境中送别故人，自然大大加重了离愁别绪。“离别自堪悲”这一句写来平直、刻露，但由于是紧承上句脱口而出的，应接自然，故并不给人以平淡之感，相反倒是为此诗定下了深沉感伤的基调，起了提挈全篇的作用。

诗的第二联写送别的情景，仍紧扣“悲”字。“路出寒云外”，这里写的是送别之景，但融入了浓重的依依难舍的惜别之情。这一笔是情藏景中。“寒云”二字，下笔沉重，给人以无限阴冷和重压的感觉，对主客别离时的悲凉心境起了有力的烘托作用。下一句紧承上句而来，处处与上句照应，如“人归”照应“路出”，“暮雪”照应“寒云”，发展自然，色调和谐，与上句一起构成一幅完整的严冬送别图，于淡雅中见出沉郁。

第三联回忆往事，感叹身世，还是没离开这个“悲”字。诗人送走了故人，思绪万千，百感交集，不禁产生抚今追昔的情怀。“少孤为客早，多难识君迟”是全诗情绪凝聚的警句。本联两句不仅感伤个人的身世飘零，而且从侧面反映出时代动乱和人们在动乱中漂流不定的生活，感情沉郁，显出了这首诗与大历诗人其他赠别之作的重要区别。“早”“迟”二字，配搭恰当，音节和谐，前急后缓，顿挫有致，读之给人以悲凉回荡之感。

第四联收束全诗，仍归结到“悲”字。诗人在经历了难堪的送别场面，回忆起伤怀的往事之后，越发觉得对友人依依难舍，然而友人已不见，唯一的希望是下次早日相会。但世事纷争，风尘扰攘，不知何时才能相会。“掩泪空相向”，总汇了以上抒写的凄凉之情；“风尘何处期”，将笔锋转向预卜未来，写出了感情上的余波。

# 李端

**【作者介绍】**

李端（743—782），字正己，赵州（今河北赵县）人。少居庐山，师诗僧皎然。大历五年（公元770年）登进士第。曾任秘书省校书郎、杭州司马。晚年辞官隐居湖南衡山，自号衡岳幽人。今存《李端诗集》三卷。其诗多为应酬之作，多表现消极避世思想，个别作品对社会现实亦有所反映，一些写闺情的诗也清婉可诵，其风格与司空曙相似。李端是“大历十才子”之一，在“十才子”中年辈较轻，但诗才卓越，是“才子中的才子”。

## 【胡腾儿[①]】

**胡腾身是凉州儿，肌肤如玉鼻如锥[②]。**
**桐布轻衫前后卷，葡萄长带[③]一边垂。**
**帐前跪作本音语[④]，拈襟摆袖为君舞。**
**安西旧牧收泪看，洛下词人抄曲与。**
**扬眉动目踏花毡，红汗交流珠帽偏。**
**醉却东倾又西倒，双靴柔弱满灯前。**
**环行[⑤]急蹴[⑥]皆应节[⑦]，反手叉腰如却月。**
**丝桐[⑧]忽奏一曲终，呜呜画角城头发。**
**胡腾儿，胡腾儿，家乡路断知不知？**

**【注释】**

①胡腾：我国西北地区的一种舞蹈。“胡腾儿”写的是西北少数民族一位善于歌舞的青年艺人。②鼻如锥：形容鼻形很美。③葡萄长带：以葡萄为图案的围腰。④本音语：本民族语言。⑤环行：旋转，一种舞蹈动作。⑥蹴：踢踏的动作。⑦应节：合乎节拍。⑧丝桐：指琴。古人削桐为琴，练丝为弦，故称。

【鉴赏】

“胡腾”是我国西北地区的一种舞蹈。“胡腾儿”写的是西北少数民族一位善于歌舞的青年艺人。代宗时，河西、陇古一带二十余州被吐蕃占领，原来杂居该地区的许多胡人沦落异乡，以歌舞谋生。此诗通过歌舞场面的描写，表现了我国各民族之间的友好感情，表现了广大人民对胡腾儿离失故土的深切同情，并寓以时代的感慨。

第一段描述胡腾儿原籍凉州（今甘肃武威），是“肌肤如玉”的白种人，隆准稍尖，鼻型很美；身着桐布舞衣，镶着的宽边如同前后卷起，以葡萄为图案的围腰，带子长长地垂到地面。这一段写得很朴实，字里行间浸透着诗人对艺人的深切同情。例如，胡儿最喜丝绸彩绣，“桐布”“葡萄”也并非多美，诗人在此特书一笔，说明胡腾儿漂泊穷途，卖艺求生，又深恐破衣烂衫难以吸引看客；倾囊购置，也仅能置些民用布帛、自绣彩绘而已。

第二段描写舞蹈开始前的场面：“帐前跪作本音语，拈襟摆袖为君舞。安西旧牧收泪看，洛下词人抄曲与。”胡腾儿起舞之前，首先跪在帐前，向各位看客用“本音语”诉说家乡沦亡、同胞被杀的诸多苦情，然后“拈襟摆袖”，向诸位施礼，准备起舞。那曾在安西做过地方官的人强忍着眼泪观看，洛下词人也主动把自己写的歌词抄送给胡腾儿演唱。这段虽然仅写了“旧牧”含泪和诗人赠曲，但却使人想到一个很大的场面，看到不同人的思想和表情。艺人先以汉民族的习惯而跪，再以本民族的习惯施礼，其友好之情可知；诗人也不管艺人能否读懂并演出自己的创作，真情相赠；众人报之以热泪；各民族之间的感情，在这里得到了充分的交流。

以下至篇末为第三段，是写艺人的舞蹈和诗人的感慨。看客们的同情使得胡腾儿大受感动：“扬眉动目踏花毡，红汗交流珠帽偏”。上句写“起始”动作，“扬眉动目”，可知表情丰富，义情激奋。下句写飞旋动作，垂珠斜飞，“红汗交流”可知舞得十分卖力。“醉却东倾又西倒，双靴柔弱满灯前”，进入另一种意境，上句既是写舞姿的曼妙，也是写他以舞蹈语言，痛陈离乡背井之苦。在舞蹈艺术中，“醉步”要求“形散神凝”，看似如醉如痴，飘忽不定，实则缓促应节，刚柔相生，是一种高难度的表演。下句写双腿飞旋，双靴闪动，恍如灯前闪烁出一层层柔弱的光圈。“环行急蹴皆应节，反手叉腰如却月。”“应节”二字，照应前后诸句。说他无论“环行”如轮，还是“急蹴”起跃，还是“反手叉腰如却月”的造型，都能丝毫不差地吻合着音乐的拍节；可知不论“踏花毡”的起步，还是“东倾又西倒”的醉步，还是“柔弱满灯前”的急旋，也无不与音乐的拍节相侔了。接着以点睛之笔兼写几个方面：“丝桐忽奏一曲终，呜呜画角城头发”说伴奏的“丝桐”（弦乐器）忽停，表示了舞蹈的结束；舞蹈结束，方听得“画角”呜呜，又见看客们因全神贯注于音乐舞蹈，其他音响均不得入其耳，烘衬出了舞技的超绝，引人入胜。“画角”发于城头，又说明时局紧张，岂止边地沦陷，京畿亦有烽火相照。时代气氛如此，不能不引起诗人深沉的感慨。“胡腾儿，胡腾儿，家乡路断知不知？”这里说的“家乡路断”，并非指山川隔阻，而是指中原藩镇割据，唐王朝边事失利。这既表现了诗人对胡腾儿的深切同情，也暗含了对于中唐国事的叹惋。诗贵含蓄，收尾尤贵意在言外。如果说前面叙事端、写看客、状舞蹈，都能写得精练而动人的话，那么这收尾四句却更富于余韵远响，具有耐人寻味的妙趣。

## 【拜新月】

**开帘见新月①，即便②下阶③拜。**
**细语人不闻，北风吹罗带④。**

**【注释】**

①新月：农历每月初出的弯形的月亮。亦指农历月逢十五日新满的月亮。②即便：马上。③阶：台阶。④罗带：丝织的衣带。

**【鉴赏】**

唐代拜月的风俗流行，不仅宫廷及贵族间有，民间也有。这首描写拜月的小诗，清新秀美，似乐府民歌。

首联一句，揣摩语气，开帘前似未有拜月之意，然开帘一见新月，即便于阶前随地而拜，如此不拘形式，可知其长期以来积有许多心事，许多言语，无可诉说之人，无奈而托之明月。以此无奈之情，正见其拜月之诚，因诚，固也无须兴师动众讲究什么拜月仪式。“即便”二字，于虚处传神，为语气、神态、感情之转折处，自是欣赏全诗的关键所在：一以见人物的急切神态，二以示人物的微妙心理。“细语”二字，惟妙惟肖地表现出少女娇嫩含羞的神态。少女内心隐秘，本不欲人闻，故于无人处，以细声细语出之，诗人亦不闻也。其实，少女内心隐秘，非愁怨即祈望，直书反失之浅露。现只传其含情低诉，只传其心绪悠远，诗情更醇，韵味更浓。庭院无人，临风拜月，其虔诚之心，其真纯之情，其可怜惜之态，令人神往。即其于凛冽寒风之中，发此内心隐秘之喃喃细语，已置读者于似闻不闻、似解不解之间，而以隐约不清之细语，配以风中飘动之罗带，似纯属客观描写，不涉及人物内心，但人物内心之思绪荡漾，却从罗带中断续飘出，使人情思萦绕，如月下花影，拂之不去。后两句呕心沥血，刻意描绘，而笔锋落处，却又轻如蝶翅。

李端这首《拜新月》，表面看，似即写作者之所见所闻，又全用素描手法，只以线条勾勒轮廓：隐秘处仍归隐秘，细节处只写细节。通过娴美的动作、轻柔的细语和亭立的倩影，人物一片虔诚纯真的高尚情感跃然纸上，沁人肌髓。这正是诗人高超艺术功力所在。

## 【闺情①】

**月落星稀天欲明②，孤灯未灭梦难成。**
**披衣更向门前望，不忿③朝来鹊喜声！**

**【注释】**

①闺情：妇女思所爱之情。②欲明：将要天亮。③不忿：即不满、恼恨。

**【鉴赏】**

“月落星稀天欲明”，起笔描绘了黎明前寥廓空寂的天宇，揭示了全诗的背景。随后，诗笔从室外转向室内，描绘了另一番景象：“孤灯未灭梦难成”天已将明，孤灯闪烁，诗中女主人公仍在那儿辗转反侧，不能成眠。她有什么心事？这里已经产生一个悬念。

可是，作者似乎并不急于解决这个悬念，而是把笔墨继续集中在那位少妇身上："披衣更向门前望"，这神情就更奇怪了。她在等待什么？要去看什么？悬念进一步加深。"不忿朝来鹊喜声"，啊，原来是黎明时分那声声悦耳动听的喜鹊鸣叫，把她引到门前去的。"干鹊噪，行人至"这不明明预兆着日夜思念的"行人"——出了远门的丈夫马上要回来吗？所以她忙不迭地跑到门前去了。可是，门外只有车尘马迹、稀稀落落的行人，哪里有丈夫的影儿！她伤心透了：一方面是由于失望；另一方面她有一种被欺骗的感觉。"不忿"二字，正传达出少妇由惊喜陡转忧伤的心情。

这首诗，明白晓畅，诗人以清新朴实的语言，把一个闺中少妇急切盼望丈夫归来的情景，描写得含蓄细腻，楚楚动人，令人读了之后，自然对她产生深厚的同情。

这首诗末一句写得特别出色。它不仅带着口语色彩，充满生活气息，而且在简洁明快中包容着丰富的情韵。诗人作了十分精练的概括，把少妇起床和后来恼恨的原因都略去不提，给读者留下思索的余地。这样诗意就变得含蓄隽永，耐人寻味了。

# 李益

【作者介绍】

李益（748—829），字君虞，陇西姑臧（今甘肃武威）人。家居郑州（今属河南）。公元769年举进士，公元783年登书判拔萃科。因仕途失意，客游燕赵。公元797年任幽州节度使刘济从事；公元800年南游扬州等地，写了一些描绘江南风光的佳作；元和后入朝，历秘书少监、集贤学士、左散骑常侍等职；公元827年以礼部尚书致仕。他是中唐边塞诗的代表诗人。其边塞诗虽不乏壮词，但偏于感伤，主要抒写边地士卒久戍思归的愿望心情，不复有盛唐边塞诗的豪迈乐观情调。他擅长绝句，尤工七绝；律体也不乏名篇。

## 【竹窗闻风寄苗发司空曙】

**微风惊暮坐，临牖①思悠哉。**
**开门复动竹，疑是故人来。**
**时滴枝上露，稍沾②阶下苔。**
**何当③一入幌④，为拂绿琴⑤埃。**

【注释】

①牖：窗。②沾：全诗校“一作‘沿’”。③何当：何妨。④幌：布幔，此指窗帘。⑤绿琴：汉司马相如有琴名“绿绮”，后泛指良琴。

【鉴赏】

诗题曰《竹窗闻风寄苗发司空曙》，诗中最活跃的形象便是傍晚骤来的一阵微风。风以寄思情，是古已有之的传统比兴，此诗亦然。这微风便是激发诗人思绪的触媒，是盼望故人相见的寄托，也是结构全诗的线索。

诗从“望风怀想”生发出来，所以从微风骤至写起。将风声误听为有人敲门，于是，诗人格外感到孤独寂寞，顿时激起对友情的渴念，盼望故人来到。

不觉时已入夜，微风掠过竹丛，枝叶上的露珠不时地滴落下来，那久无人迹的石阶下早已蔓生青苔，滴落的露水已渐渐润泽了苔色。这是无比清幽静谧的境界，无比深沉的寂寞和思念。可惜这风太小了，未能掀帘进屋来。屋里久未弹奏的绿琴上，积尘如土。“何当”二字，既见出诗人依旧独坐室内，又表露不胜埋怨和渴望，双关风与故人，结出寄思的主题。

全篇紧紧围绕“闻风”二字进行艺术构思。前面写临风而思友、闻风而疑友来。“时滴”二句是流水对，风吹叶动，露滴沾苔，用意还是写风，是浪漫遐想。绿琴上积满尘埃，是由于寂寞无心绪之故，期望风来，拂去尘埃，重理丝弦，以寄思友之意。诗中傍晚微风是实景，“疑是故人”属遐想；一实一虚，疑似恍惚；一主一辅，交织写来，绘声传神，引人入胜。而于风着力写其“微”，于己极显其“惊”“疑”，于故人则深寄之“悠思”。因微而惊，因惊而思，因思而疑，因疑而似，因似而望，因望而怨，这一系列细微的内心感情活动，随风而起，随风递进，交相衬托，生动有致。

全诗构思巧妙，比喻维肖，描写细致。可以说，这首诗的艺术魅力实际上并不在以情动人，而在以巧取胜，以才华令人赏叹。全诗共用了九个动词，或直接写风的动，或因风而动，如：惊、思、开、动、疑、滴、沾、入、拂。但又都是以“寄（思）”为暗线的，如影之随形，紧紧相连。这正是诗人的匠心所在，也是此诗有极大的艺术魅力的重要原因之一。

## 【喜见外弟①又言别】

**十年离乱②后，长大一相逢。**
**问姓惊初见，称名忆旧容。**
**别来沧海③事，语罢暮天钟。**
**明日巴陵④道，秋山又几重。**

**【注释】**

①外弟：表弟。②乱：指安史之乱。③沧海：即大海，我国古代对东海的别称，引申指世事的巨大变化。④巴陵：现湖南省岳阳市，即诗中外弟将去的地方。

【鉴赏】

这是一首写表兄弟因乱离阔别之后，忽然相逢又匆匆别离之诗。

全诗采用白描手法，以凝练的语言和生动的描写，再现了乱离中人生聚散的典型场面，抒发了真挚的至亲情谊，读来亲切感人。在以人生聚散为题材的小诗中，它历来引人注目。

首联“十年离乱后，长大一相逢”，开门见山，介绍二人相逢的背景。句中“一”字，表现出这次重逢的戏剧性。

颔联“问姓惊初见，称名忆旧容”，正面描写重逢。重逢后李益和表弟却已经对面不能相认了。看来，他们是邂逅相遇。从“问”到“称”，从“惊”到“忆”，层次清晰地写出了由初见不识到接谈相认的神情变化，绘声绘色，细腻传神。而至亲重逢的深挚情谊，也自然地从描述中流露出来，不需外加抒情的笔墨，已经为读者所领略了。

十年阔别，一朝相遇，该有多少话语要说。颈联“别来沧海事，语罢暮天钟”，表现了这倾诉别情的场面。诗人用“沧海事”一语加以概括，突出了十年间个人、亲友、社会的种种变化，同时也透露了作者对社会动乱的无限感慨。作者在这一联，避实就虚，择取了叙旧时间很长这个侧面，表现出二人欢聚时的热烈气氛和激动心情。

前六句，从久别，到重逢，到叙旧，写“喜见”，突出了一个“喜”字；七、八句转入“言别”。作者没有使用“离别”的字样，而是想象出一幅表弟登程远去的画图。用“秋”形容“山”，于点明时令的同时，又蕴含着作者伤别的情怀。不是从宋玉开始，就把秋天同悲伤联系在一起了吗？“几重”而冠以“又”字，同首句的“十年离乱”相呼应，使后会难期的惆怅心情，溢于言表。

这首诗不以奇特警俗取胜，而以朴素自然见长。诗中的情景和细节，似曾人人经历过的，这就使人们读起来感觉十分亲切。诗用凝练的语言，白描的手法，生动的细节，典型的场景，层次分明地再现了社会动乱中人生聚散的独特一幕，委婉蕴藉地抒发了真挚的至亲情谊和深重的动乱之感。





## 【过五原胡儿饮马泉[1]】

**绿杨著水草如烟，旧是胡儿饮马泉。**
**几处吹笳[2]明月夜，何人倚剑白云天。**

**从来冻合关山路，今日分流汉使③前。**

**莫遣④行人照容鬓，恐惊憔悴入新年。**

【注释】

①饮马泉：指鹏鹈泉。诗原注：鹏鹈泉在丰州城北，胡人饮马于此。②笳：即胡笳。古代军中号角。③汉使：指作者的幕主。④莫遣：莫使。

【鉴赏】

这首七言律诗诗题一作《盐州过胡儿饮马泉》，又作《盐州过五原至饮马泉》。

诗的头两句先写收复后饮马泉的明媚春色。“旧是”二字，含蓄婉转，既包含对今日收复的喜悦，也透露出对昔日国难的感慨与忧思。

三、四句写夜宿五原的见闻。五原之夜，明月皎皎，笳鸣声声，这一静一动，更有力地烘托出塞外之地空旷、辽阔的意境，所以下句“何人倚剑白云天”的联想就显得极为脱落自然。“何人”是不定指的反问，既是边塞鸣笳之地，将士们冲锋陷阵、为国捐躯的真实写照；也是诗人理想中所希冀的能多有一些倚剑天外的英雄，来保卫边疆的恳切愿望。这种感情是复杂的，既含有喜悦的赞叹，又蕴藏着担忧的感伤。

五、六句写饮马泉由冬到春的变化，暗喻收复后与收复前的今昔不同。严冬与阳春之景，艰难与欢畅之情，恰形成鲜明的对照。

最后两句直抒胸臆，有收束全篇的作用。五原饮马泉是一面历史的镜子，诗人从饮马泉眼前的景色，回想到饮马泉的历经变迁，从饮马泉的历经变迁联想到自己多年从军的坎坷生涯。“恐惊”二字，写出了诗人怕回首往事功业未成的沉痛心情。个人的命运，与国家的局势、边防的安危紧密结合，似水到渠成般地把全诗的思想感情收结起来。

全诗八句，几乎一句一个景象，像

电影镜头一样连续放映出八个画面，这些画面内容丰富，意义深刻；画面中有景色，有人物；有眼前的，也有过去的；有近处的，也有远处的；有看到的，也有听到和想到的。这一系列的画面，虽各有不同的侧重点，但最终都以诗人的行踪为线索，融汇在诗人对边塞形势的感慨中，从而生动和谐地组成了一幅“过五原”的大画卷。面对这幅色彩绚丽，含蓄深沉的画卷，不由使人产生无尽的遐想和回味。

## 【从军北征】

**天山雪后海风①寒，横笛遍吹《行路难》②。**
**碛③里征人三十万，一时回首月中看。**

**【注释】**

①海风：指从蒲昌海（今新疆罗布泊）吹来的风。②行路难：曲名。③碛：沙漠。

**【鉴赏】**

这首诗描绘了一幅壮阔而又悲凉的行军场景，经诗人剪裁、加工，并注入自己的感情，使它更浓缩、更集中地再现在读者面前。李益对边塞景物和军旅生涯有亲身的体验。他的边塞诗与有些人的作品不同，并非出于想象或模拟，而是直接来自生活，因而诗中往往隐藏着他自身的影子，对读者有特殊的感染力量。

诗的首句“天山雪后海风寒”，是这幅画的背景，只七个字，就把地域、季节、气候一一交代清楚，有力地烘托出了这次行军的环境气氛。这样，接下来不必直接描述行军的艰苦，只用“横笛遍吹”一句就折射出了征人的心情。《行路难》是一个声情哀怨的笛曲，这里用了“遍吹”两字，更点明这时传来的不是孤孤单单、声音微弱的独奏，而是此吹彼和、响彻夜空的合鸣，从而把读者带进一个悲中见壮的境界。

诗的后两句“碛里征人三十万，一时回首月中看”，是这一片笛声在军中引起的同感。句中的“碛里”“月中”也是烘染这幅画的背景的，起了加重首句的作用，说明这支远征军不仅在雪后的天山下、刺骨的寒风里跋涉，而且行军在荒漠上、月夜中，这就使人加倍感到环境的荒凉、气氛的悲怆。李益的这两句诗，如果一定要按照碛上行军的实际人数、按照闻笛回顾的现场情况来写，其艺术效果必将大打折扣。只有像这样写，才能充分显示这片笛声的哀怨和广大征人的心情，使这支远征队伍在大漠上行军的壮观得到最好的艺术再现，从而获致王国维所说的“境界全出”的艺术效果。这不但不违背真实，而且把真实表现得更突出、更完满、也更动人。作者通过乐声引声的反应窥见诗中人物的内心世界。在这首诗中，他却只摄取了一个回首看的动作，没有说明他们为什么回首看以及回首看时抱什么心情，但寓情于景，情在景中。这一动作所包含的感情，是一言难尽，又想象得出。

## 【听晓角①】

**边霜昨夜堕关榆②，吹角当城汉③月孤。**
**无限④塞鸿飞不度，秋风卷⑤入《小单于》⑥。**

**【注释】**

①晓角：报晓的号角声。②关榆：古代北方边塞多种植榆树。③汉：残缺的。④限：数，“无限”即无数。⑤卷：即吹。⑥《小单于》：据《乐府诗集》记载，是首曲子。

**【鉴赏】**

这首诗旨在写征人的边愁乡思，但诗中只有一片角声在回荡，一群塞鸿在盘旋，既没有明白表达征人的愁思，甚至始终没有让征人出场。诗篇采用的是镜中取影手法，从角声、塞鸿折射出征人的处境和心情。它不直接写人，而人在诗中；不直接写情，而情见篇外。

诗的前两句以环境气氛来烘托角声，点明这片角声响起的地点、季节、时间，其声情该是多么悲凉哀怨，这是不言而喻的。从表面看，这两句只是写景，写角声，但这是以没有出场的征人为中心，写他的所见所闻，而且，字里行间还处处透露出他的所感所思。首句一开头，写霜而曰“边霜”，这既说明夜来的霜是降落在边关上，也写出了征人见霜时所产生的身在边关之感。次句在句末写到月，而在月后加了一个“孤”字；这不仅形容天上的月是孤零零的，更是写地上的人看到这片残月时的感觉也是孤零零的。

长期身在边关的李益，深知边声，特别是边声中的笛声、角声等会拨动征人的心弦、牵引征人的愁思。因此，他的一些边塞诗往往让读者从一个特定的音响环境进入人物的感情世界。这首《听晓角》诗，从音响着眼下笔，但在构思和写法上却另有其独特之处。当人们读了诗的前两句，总以为将像上述二诗那样，接下去要由角声写到倾听角声的征人，并进而道出他们的感受了。可是，出人意料之外，诗的后两句却是："无限塞鸿飞不度，秋风卷入《小单于》"，原来诗人的视线仍然停留在寥廓的秋空，从天边的孤月移向一群飞翔的鸿雁。这里，诗人运用他的夸张的诗笔，想象和描写这群从塞北飞到南方去的候鸟，听到秋风中传来画角吹奏的《小单于》曲，也深深为之动情，因而在关上低回留连，盘旋不度。这样写，以雁代人，从雁取影，深一步、曲一层地写出了角声的悲亢凄凉。雁犹如此，人何以堪，征人的感受就也不必再描述了。

## 【上[①]汝州[②]郡楼】

**黄昏鼓角似边州，三十年前上此楼。**
**今日山川[③]对[④]垂泪，伤心不独[⑤]为悲秋。**

**【注释】**

①上：登上。②汝州：唐朝时期的古代地名，历来建制多变，在梁县（今河南临汝）。③川：即城。④对：对着。⑤独：只，仅仅。

**【鉴赏】**

这是一首触景生情之作。境界苍凉，寄意深远。

诗的首句是从空间回忆那遥远的边塞生活。接下来，第二句"三十年前上此楼"则是从时间回忆那漫长的已逝岁月。这句看来很平常，而且写得又很简单，既没有描绘三十年前登楼的情景，也没有叙说三十年来人事的变化；但字里行间，感慨系之，联系上一句读来，正如清代孙洙在《唐诗三百首》中评杜甫《江南逢李龟年》诗所说，"世运之治乱，年华之盛衰……俱在其中"。

第三句诗，会使人想起东晋过江诸人在新亭对泣的故事以及周顗所说"风景不殊，举目有江山之异"的话，也会使人想起杜甫《春望》诗中那"国破山河在"的名句。而在李益当时说来，这面对山川、怆然泣下的感触是纷至沓来、千头万绪的，既无法在这样一首小诗里表达得一清二楚，也不想把话讲得一干二净，只因他登楼时正是秋天，最后就以“伤心不独为悲秋”这样一句并不说明原因的话结束了他的诗篇。自从宋玉在《九辩》中发出“悲哉秋之为气也，萧瑟兮草木摇落而变衰”的悲吟后，“悲秋”成了诗歌中常见的内容。其实，单纯的悲秋是不存在的。如果宋玉只是为悲秋而悲秋，杜甫也不会在《咏怀古迹五首》之一中那样意味深长地说“摇落深知宋玉悲”了。这里，李益只告诉读者，他伤心的原因“不独为悲秋”，诗篇到此，戛然而止。而此诗篇外意、弦外音只能留待读者自己去探索。

# 孟郊

【作者介绍】

孟郊（751—814），字东野。湖州武康（今浙江德清）人，祖籍平昌（今山东临邑东北），先世居洛阳（今属河南）。早年生活贫困，曾周游湖北、湖南、广西等地，无所遇合，屡试不第。诗与韩愈并称“韩孟”。有《孟东野诗集》。现存诗歌五百多首，以短篇的五言古诗最多，代表作有《游子吟》。有“诗囚”之称，又与贾岛齐名，人称“郊寒岛瘦”，后来论者把孟、贾二人并称为苦吟诗人的代表。孟诗艺术风格，或长于白描，不用词藻典故，语言明白淡素而又力避平庸浅易；或精思苦练，雕刻奇险。今传本《孟东野诗集》十卷。

## 【游子[1]吟[2]】

**慈母手中线，游子身上衣。**
**临[3]行密密缝，意恐[4]迟迟归[5]。**
**谁言寸草心[6]，报得三春晖[7]。**

【注释】

①游子：出门远游的人。诗中指孟郊。②吟：吟诵。吟：诗歌的一种名称。③临：将要。④意恐：担心。⑤归：回来，回家。⑥寸草：萱草。萱草（花）是我国传统的母亲花，对应于西方的康乃馨。寸草心：以萱草（花）来表达子女的孝心。⑦三春晖：比喻指慈母之恩。三春：春季的三个月。旧称农历正月为孟春，二月为仲春，三月为季春；晖，阳光；形容母爱如春天和煦的阳光。

【鉴赏】

孟郊的这首诗亲切而真情地吟诵了一种普通而伟大的人性美——母爱，因而引起了无数读者的共鸣，千百年来一直脍炙人口。对于孟郊这位常年颠沛流离、居无定所的游子来说，最值得回忆的，莫过于母子分离的痛苦时刻了。此诗描写的就是这种时候，慈母缝衣的普通场景，而表现的却是诗人深沉的内心情感。

开头两句“慈母手中线，游子身上衣”，突出了两件最普通的东西，写出了母子相依为命的骨肉之情。紧接两句写出人的动作和意态，把笔墨集中在慈母上。行前的此时此刻，老母一针一线，正是在日常生活中最细微的地方流露出来。这里既没有言语，也没有眼泪，然而一片爱的纯情从这普通常见的场景中充溢而出，拨动了每一个读者的心弦，催人泪下，唤起普天下儿女们亲切的联想和深挚的忆念。

最后两句，以当事者的直觉，翻出进一层的深意：“谁言寸草心，报得三春晖”，诗人出以反问，意味尤为深长。这两句是前四句的升华，通俗形象的比兴，加以悬绝的对比，寄托了赤子炽烈的情意，感情是那样淳厚真挚。

这是一首母爱的颂歌，全诗无华丽的辞藻，亦无巧琢雕饰，于清新流畅、淳朴素淡的语言中，饱含着浓郁醇美的诗味，情真意切，千百年来拨动多少读者的心弦，引起万千游子的共鸣。

## 【闻砧①】

**杜鹃②声不哀③，断猿④啼不切。**
**月下谁家砧，一声肠一绝。**
**杵⑤声不为⑥客，客闻发自白。**
**杵声不为衣，欲令游子归。**

【注释】

①砧：捣衣石，这里指捣衣的声音。②杜鹃：一种鸟名，又称为子规、杜宇。③哀：哀伤。本诗中“切”同义。④断猿：断肠之猿。⑤杵：捣衣用的棒槌。⑥为：为了。

【鉴赏】

这是一首借砧声以抒游子情怀的诗作。在众多以“闻砧”为题材的诗中，这种借砧声抒游子情怀的诗并不多见。砧声的特点在于“哀”而“切”。

诗人不从正面着手，而是先用两个人们熟知的哀音作为比较：“杜鹃声不哀，断猿啼不切。”杜鹃的声音算得哀了，然而它与砧声相比，诗人却说它“不哀”。断猿，指断肠之猿。可是这里却说它“不切”，其实不是真的“不哀”“不切”，这是为了烘托砧声。铺垫已足，诗人便纵笔描写砧声。这时诗中主人公远游他乡，月下徘徊之际，忽然阵阵砧声传入他的耳畔，不由一惊。本来杜鹃声、猿声皆令人肠断，然而对一个经常涉水登山的人来说，已经司空见惯，无动于衷，唯有这月下砧声，才能撩拨他心中的哀弦。于是下文转入自我愁思的抒发。

“杵声”以下四句，重在写自我的主观感受。所谓“客”和“游子”，都是指诗中人物。这里既言“客”，又言“游子”，是一再强调作客他乡之意。“杵声不为客”，它是生活中的客观存在，捣衣妇并非专为惹动游子愁思才挥动捣衣棒。此云：“杵声不为衣，欲令游子归”是代捣衣妇设想，意为她此时捣衣，并非为了寄给游子，而是想让他听到砧声，惹起乡思，速速归来。语直而纡，感情深挚。上两句分明说“杵声不为客”，而这里实际是说杵声专为游子而发即“为客”，语言似相互矛盾。其实这是反复言之，上两句从游子角度着眼，下两句从对面（思妇）写来，多层次、多侧面地描述了砧声之苦。

这首五古不雕章琢句，而是以质朴的语言，倾诉胸中的感情。同是咏砧，同是写游子，但作者能独辟蹊径，自出机杼，写得真挚感人。诚如苏轼《读孟东野诗》所说：“诗从肺腑出，出辄愁肺腑。”

## 【古别离】

**欲别[1]牵[2]郎衣，“郎今到何处?**
**不恨[3]归来迟，莫[4]向临邛[5]去！”**

**【注释】**

①别：离别。②牵：牵着。③恨：痛恨，可恨。④莫：不要。⑤临邛：今四川省邛崃县，也就是汉代司马相如在客游中，与卓文君相识相恋之处，此处意为男子觅得新欢之处。

**【鉴赏】**

这首小诗情真意蕴，质朴自然。开头“欲别”二字，扣题中的“别离”，也为以下人物的言行点明背景。“牵郎衣”的主语自然是诗中的女主人公，她之所以要“牵郎衣”，主要是为了使“欲别”将行的丈夫能停一停，好静静地听一听自己的话。这一切当然都是为了增强语言和情感的分量，以便引起对方的重视。在一般情况下，千言万语都该在临别之前说过了，然而女主人公却此时一再叮咛。要联系第四句来看，便知道使她忐忑不安的并不是不知“到何处”的问题。“郎今到何处”，此时此言，看似不得要领，但这个“多余的弯子”，又是多么传神地画出了她此刻心中的慌乱和矛盾啊！

第三句放开一笔，转到归期。按照常情，该是盼郎早归，迟迟不归岂非“恨”事！然而她却偏说“不恨归来迟”。要体会这个“不恨”，也必须联系第四句——“莫向临邛去”。临邛，常用以借喻男子觅得新欢之处，到了这样的地方，对于她来说，岂不更为可恨、可怕吗？这句诗不是反语，也不是矫情，而是真情，是隐忍着痛苦的真情，是愿以两地相思的痛苦赢得彼此永远相爱的真情。

诗的前三句拐弯抹角，都是为了引出、衬托第四句，第四句才是“谜底”，才是全诗的出发点和归宿，只有抓住它方能真正地领会前三句，咀嚼出全诗的情韵。诗人用这种回环婉曲、欲进先退、摇曳生情的笔触，洗练而又细腻地刻画出女主人公在希求美满爱情生活的同时又隐含着忧虑不安的心理，并从这个矛盾之中显示出她的坚贞诚挚、隐忍克制的品格，言少意多，隽永深厚，耐人寻味。

## 【古怨别[1]】

**飒飒[2]秋风生，愁人怨离别。**
**含情两相向[3]，欲语气先咽[4]。**
**心曲[5]千万端，悲来却难说。**
**别后唯所思[6]，天涯共明月。**

**【注释】**

①古怨别：古人离别的怨情。②飒飒：形容秋风吹的声音。③相向：面对面。④气先咽：因为伤心，气塞声断讲不出话来。⑤心曲：心事。⑥唯所思：（分别后）只有互相思念。

**【鉴赏】**

这首诗写的是秋日的离愁："飒飒秋风生，愁人怨离别"交代离别时的节令，并用"飒飒秋风"渲染离愁别绪。接下去是写一对离人的表情："含情两相向，欲语气先咽"，从"含情"二字里，使人想象到依恋难舍的情景，想象到汪汪热泪对着热泪汪汪的情景；想对爱人说些什么，早已抽抽咽咽，一句话也说不出来。"心曲千万端，悲来却难说"，原先对"离人"或稍有不放心，想嘱咐几句什么话，或表白一下自己的心迹，但看到对方那痛楚难堪的表情，已经没有什么需要说的了。"却难说"三字，确切地写出了双方当时的一种心境。这一对离人，虽然谁都没说什么，但"未说一言，胜过千言"，更表现了他们深挚的爱情和相互信赖。

最后用一幅开阔的画面，写出了他们对别后情景的遐想："别后唯所思，天涯共明月。"从这幅开阔的画面里，使人看到了他们在月光之下思念对方的情状，使人想象到"但愿人长久，千里共婵娟"的相互祝愿。

诗人换用几种不同的表现手法，把抽象的感情写得很具体而动人。特别是"悲来却难说"一句，本是极抽象的叙述语，但由于诗人将其镶嵌在恰当的语言环境里，使人不仅不感到它抽象，而且觉得连女主人公复杂的心理活动都表现出来了，这正是作者"用常得奇"所收到的艺术效果。

## 【秋怀】（其二）

**秋月颜色冰①，老客②志气单。**
**冷露滴梦破③，峭风梳骨寒。**
**席上印病文④，肠中转愁盘。**
**疑虑无所凭⑤，虚听多无端。**
**梧桐⑥枯峥嵘，声响如哀弹。**

**【注释】**

①冰：冰冷。②老客：这里指的是诗人自己。③破：破灭。④印病文：暗喻作者已经病卧多日。⑤凭：凭证。⑥梧桐：桐木是制琴的美材，此处寄托着诗人苦吟一生而穷困一生的失意的悲哀。

**【鉴赏】**

孟郊老年居住洛阳，在河南尹幕中充当下属僚吏，贫病交加，愁苦不堪。《秋怀》就是在洛阳写的一组嗟伤老病穷愁的诗歌，而以这第二首写得最好。

从秋月写起，既是兴起，也是比喻寄托。古人客居异乡，一轮明月往往是倾吐乡思的旅伴。而此刻，诗人却感觉连秋月竟也是脸色冰冷，寒气森森；与月为伴的“老客”——诗人自己，也已一生壮志消磨殆尽，景况极其不堪。“老客”二字包含着他毕生奔波仕途的失意遭遇，而一个“单”字，更透露着人孤势单、客子畏惧的无限感慨。

“冷露”二句，形象突出，语言精练，虚实双关，寓意深长。字面明写住房破陋，寒夜难眠。实际上，诗人是悲泣梦想的破灭，是为一生壮志、人格被消损的种种往事而感到寒心。这是此二句寓意所在。显然，这两句在语言提炼上是十分引人注目的。如“滴”字，写露喻泣，使诗人抑郁忍悲之情跃然而出；又如“梳”字，写风喻忆，令读者如见诗人转侧痛心之状，都是妥帖而形象的字眼。

“席上”二句写病和愁。“印病文”喻病卧已久，“转愁盘”谓愁思不断。“疑虑”二句，是指还是不要作无根据的猜想，也不要听没来由的瞎说，纯是自我解慰，是一种无聊而无奈的摆脱。最后，摄取了一个较有诗意的形象，也是诗人自况的形象：取喻于枯桐。桐木是制琴的美材，显然寄托着诗人苦吟一生而穷困一生的失意的悲哀。

孟诗抒写穷愁境遇的作品中不乏真实动人的成功之作，有其典型意义和艺术特点，这首《秋怀》之二，即其例。

# 李约

**【作者介绍】**

李约（751—810），字存博，号萧斋，陇西成纪（今甘肃天水市）人。唐宗室，国公李勉之子。德宗时，曾为润州刺史李琦幕僚。元和（806—820）中，任兵部员外郎。后弃官隐居。工诗。诗歌有的豪放，有的恬淡。同时，他又是唐代著名的古物收藏家。《全唐诗》录存其诗十首。

## 【观祈雨】

**桑条无叶土生烟①，箫管迎②龙水庙③前。**
**朱门④几处看歌舞，犹⑤恐⑥春阴咽⑦管弦。**

**【注释】**

①土生烟：这里指的是因为缺水，土地干裂的情形。②迎：恭迎。③水庙：即龙王庙，是古时祈雨的场所。④朱门：指代的是豪家。⑤犹：还。⑥恐：害怕。⑦咽：凝塞，使乐器发声不响。

**【鉴赏】**

此诗写观看祈雨的感慨。通过大旱之日两种不同生活场面、不同思想感情的对比，深刻揭露了封建社会尖锐的阶级矛盾。《水浒》中“赤日炎炎似火烧”那首著名的民歌与此诗在主题、手法上都十分接近，但二者也有所不同。民歌的语言明快泼辣，对比的方式较为直截了当；而此诗语言含蓄曲折，对比的手法比较委婉。

首句先写旱情，这是祈雨的原因。此诗则紧紧抓住春旱特点，“桑条无叶”是写春旱毁了养蚕业，“土生烟”则写出春旱对农业的严重影响。因为庄稼枯死，便只能见“土”；树上无叶，只能见“条”。所以，这描写旱象的首句可谓形象、真切。此诗第二句所写“箫管迎龙”，在箫管鸣奏声中，人们表演各种娱神的节目，看上去煞是热闹。但是，祈雨群众只是强颜欢笑，内心是焦急的。这里虽不明说“农夫心内如汤煮”，而意思已全有了。相对于民歌的明快，此诗表现出含蓄的特色。

诗的后两句忽然撇开，写另一种场面，似乎离题，然而与题目却有着内在的联系。如果说前两句是正写“观祈雨”的题面，则后两句可以说是观祈雨的感想。前后两种场面，形成一组对照。水庙前是无数小百姓，箫管追随，恭迎龙神；而少数“几处”豪家，同时也在品味管弦，欣赏歌舞。一方是唯恐不雨；一方却“犹恐春阴”。唯恐不雨者，是因生死攸关的生计问题。这样的对比，潜台词可以说是：世道竟然如此不平啊！这一点作者虽已说明却未说尽，仍给读者以广阔联想的空间。此诗对比手法不像“农夫心内如汤煮，公子王孙把扇摇”（《水浒》“智取生辰纲”一回）那样一目了然。因而它的讽刺更为曲折委婉，也更耐人寻味。

# 陈 羽

**【作者介绍】**

陈羽（约753—？），江东吴县（今属江苏）人，唐宪宗元和初前后应在世。工诗，与上人灵一交游，唱答颇多。贞元八年（公元七九二年）以第二人登进士第与韩愈、王涯等共为龙虎榜，后仕历东宫卫佐，著有诗集《唐才子传》传世。

## 【从军行[①]】

**海[②]畔[③]风吹冻泥裂[④]，梧桐叶落枝梢折。**
**横笛闻声不见人，红旗直上天山雪。**

**【注释】**

①从军行：乐府旧题，属相和歌辞平调曲。②海：当时天山附近的大湖。③畔：边。④裂：本诗指的是冻土裂开。

**【鉴赏】**

这是一首写风雪行军的仄韵绝句，全诗写得十分壮美。一、二句写从军将士面对的环境极为严酷：天山脚下寒风劲吹，湖边冻泥纷纷裂开，梧桐树上的叶子已经刮光，枝梢被狂风折断。就在这一严酷的环境中，映出皑皑雪山，传出高亢嘹亮的笛声。诗人以这一笛声，使人产生这里有人的联想，同时又将人隐去，以“不见人”造成悬念——那风里传来的笛声究竟来自何处呢？从而自然转出末句：寻声望去，只见在天山白雪的映衬下，一行红旗正在向峰巅移动。风雪中红旗不乱，已足见出从军将士的精神，“直上”的动态描写，更使画面生机勃然，高昂的士气、一往无前的精神，尽在这“直上”二字中溢出。

这首诗在艺术上善于映衬与妙用指代。一、二句对环境的描写，竭力突出自然环境的恶劣，用浓重氛围映衬从军将士无所畏惧的精神风貌。适应氛围描写的需要，在押韵上采用了入声的韵脚，一、二、四句末一字入韵，

“裂”“折”“雪”都是入声“屑”韵字，韵尾为舌尖音，收音短促，适宜于抒写或悲或壮的诗情。

前两句的氛围描写与入声韵的选用，为抒写壮美的诗情打下了良好的基础。作为主体的三、四两句意在写人，却不正面写出，更不和盘托出，而只是拈出与人相关的二物——“横笛”“红旗”，不言人而自有人在。这种指代手法的运用，既节省了笔墨，又丰富了作品的艺术容量，给了读者广阔的想象空间。军中物品无数，只写笛、旗二者，不仅出于只有笛声、红旗才会被远处发现，还因为只有此二物最足以表现行军将士的精神。特别巧妙的是“不见人”三字的嵌入。“闻声”而寻人，寻而“不见”，从而形成文势的跌宕，使末句的动人景象更为显豁地突入人们的眼帘之中。

这首《从军行》兼有诗情画意之美，莽莽大山，成行红旗，雪的白，旗的红，山的静，旗的动，展示出一幅壮美的风雪行军图。

# 常建

**【作者介绍】**

常建，生卒年、字号不详。《唐才子传》说为长安（今陕西西安）人。天宝中年为盱眙尉。后隐居鄂渚的西山。一生沉沦失意，耿介自守，交游无显贵。与王昌龄有文字相酬。其诗意境清迥，语言精练自然，艺术上有独特造诣。现存诗五十七首，题材较窄，绝大部分是描写田园风光、山林逸趣的。名作如《题破山寺后禅院》、《吊王将军墓》，尤其前一首诗“曲径通幽处，禅房花木深”一联，广为古今传诵。他还有一些优秀的边塞诗。今存《常建诗集》三卷和《常建集》二卷。

## 【宿王昌龄隐居】

**清溪深不测，隐处唯孤云。**
**松际露微月，清光犹为君。**
**茅亭宿①花影，药院滋苔纹。**
**余亦谢时②去，西山鸾鹤③群④。**

**【注释】**

①宿：比喻夜静花影如眠。②谢时：辞去世俗之累。③鸾鹤：古常指仙人乘坐的禽鸟。④群：与……为伍。

**【鉴赏】**

这是一首写山水的隐逸诗。

首联写王昌龄隐居所在。“深不测”一作“深不极”，并非指水的深度，而是说清溪水流入石门山深处，见不到头。王昌龄隐居处便在清溪水流入的石门山上，望去只看见一片白云。齐梁隐士、“山中宰相”陶弘景对齐高帝说：“山中何所有？岭上多白云。只可自怡悦，不堪持赠君”，因而山中白云便沿为隐者居处的标志，清高风度的象征。但陶弘景是著名隐士，白云多；王昌龄却贫穷，云也孤，而更见出清高。

中间两联即写夜宿王昌龄隐居处所见所感。王昌龄住处清贫幽雅，一座孤零零的茅屋。屋前有松树，屋边种花，院里莳药，见出他的为人和情趣，遁世而爱生活。常建夜宿此地，举头望见松树梢头，明月升起，清光照来，格外有情，而无心可猜。想来明月不知今夜主人不在，换了客人，依然多情来伴，故云“犹为君”。夜宿茅屋是孤独的，而抬眼看见窗外屋边有花影映来，也别具情意。到院里散步，看见王昌龄莳养的药草长得很好。因为久无人来，路面长出青苔，所以茂盛的药草却滋养了青苔。这又暗示主人不在已久，更在描写隐逸情趣的同时，流露出一种惋惜和期待的情味，表现得含蓄微妙。

末联便写自己的归志。这里用了一个“亦”字，很妙，实际上这时王昌龄已登仕路，不再隐居。这“亦”字是虚晃，故意也是善意地说要学王昌龄隐逸，步王昌龄同道，借以婉转地点出讽劝王昌龄坚持初衷而归隐的意思。其实，这也就是本诗的主题思想。题曰“宿王昌龄隐居”，旨在招王昌龄归隐。

诗人在平易地写景中蕴含着深长的比兴寄喻，形象明朗，诗旨含蓄，而意向显豁，发人联想。在构思和表现上，“唯论意表”的特点更为突出，终篇都赞此劝彼，意在言外，而一片深情又都借景物表达，使王昌龄隐居处的无情景物都充满对王昌龄的深情，愿王昌龄归来。但手法又只是平实描叙，不拟人化。所以，其动人在写情，其悦人在传神，艺术风格确实近王维、孟浩然一派。

## 【题破山寺后禅院】

**清晨入古寺，初日①照高林。**
**曲径②通幽处，禅房③花木深。**
**山光悦④鸟性，潭影空⑤人心。**
**万籁⑥此俱寂，但馀⑦钟磬⑧音。**

**【注释】**

①初日：早上的太阳。②曲径：一作“竹径”，曲折的小路。③禅房：僧人的房舍。④悦：使……高兴。⑤空：使……空明。⑥万籁：各种声音。籁，凡是能发出音响的孔都叫“籁”，此指自然界的一切声音。⑦但馀：只留下。⑧钟磬：寺院里诵经，斋供时打击钟磬作为信号。

【鉴赏】

这首诗题咏的是佛寺禅院，抒发的是作者忘却世俗、寄情山水的隐逸胸怀。诗人在清晨登破山，入兴福寺，旭日初升，光照山上树林。然后，诗人穿过寺中竹丛小路，走到幽深的后院，发现唱经礼佛的禅房就在后院花丛树林深处。这样幽静美妙的环境，使诗人惊叹、陶醉，忘情地欣赏起来。他举目远望，望见寺后的青山焕发着日照的光彩，看见鸟儿自由自在地飞鸣欢唱；走到清清的水潭旁，只见天地和自己的身影在水中湛然空明，心中的尘世杂念顿时涤除。此刻此景此情，诗人仿佛领悟到了空门禅悦的奥妙，摆脱尘世一切烦恼，像鸟儿那样自由自在、无忧无虑。显然，诗人欣赏这禅院幽美绝世的居处，领略这空门忘情尘俗的意境，寄托自己遁世无闷的情怀。

这一首五言律诗，笔调有似古体，语言朴素，格律变通。它首联用流水对，而次联不对仗，是出于构思臆造的需要。从唐代起这首诗就备受赞赏，主要由于它构思优美，很有兴味。诗以题咏禅院而抒发隐逸情趣，从晨游山寺起而以赞美超脱作结，朴实地写景抒情，而意在言外。

盛唐山水诗大多歌咏隐逸情趣，都有一种悠闲适意的情调，但各有独特风格和成就。常建这首诗是在优游中写会晤，具有盛唐山水诗的共通情调，但风格闲雅清警，艺术上与王维的高妙、孟浩然的平淡都不雷同，确属独具一格。

# 张籍

**【作者介绍】**

张籍（767—830），原籍吴郡（治今江苏苏州），少时迁和州乌江（今安徽和县乌江镇）。贞元十五年（公元799年）登进士第，历任太常寺太祝、国子监助教、秘书郎、国子博士、水部员外郎、主客郎中，仕终国子司业，故世称张水部、张司业。因家境贫困，眼疾严重，孟郊戏称"穷瞎张太祝"。他对文学社会作用的认识，与白居易相近。与韩愈、白居易、孟郊、王建交厚。诗多反映当时社会矛盾和民生疾苦，颇得白居易推重。与王建齐名，世称"张王"。有《张司业集》。

## 【野老歌】

**老农家贫在山住，耕种山田三四亩。**
**苗疏①税多不得食，输入官仓化为土。**
**岁暮锄犁傍空室，呼②儿登山收橡实③。**
**西江④贾客⑤珠百斛，船中养犬长食肉。**

**【注释】**

①疏：少。②呼：喊。③橡实：乃橡树子，状似栗，可以充饥。④西江：桂、黔、郁三江之水在广西苍梧县合流，东流为西江，亦称上江。⑤西江贾客：当指广西做珠宝生意的商人，故诗中言"珠百斛"。

**【鉴赏】**

这首七言古体诗共八句，很短。

诗意可按韵的转换分为三层。前四句开门见山，写山农终年辛劳而不得食。"老农家贫在山住，耕种山田三四亩"，山地贫瘠，广种薄收，"三四亩"收成不会很多。而深山为农，本有贫困而思逃租之意。但安史乱之后的唐王朝处在多事之秋，财政困难，封建剥削无孔不入。而且"苗疏"而"税多”，必然产生劳动者“不得食”的不合理现象。“化为土”三字的写出，方才揭示出一种触目惊心的社会现实。一方面是老农终年做牛马，使土地长出粮食；一方面是官家不劳而获，且轻易把粮食“化为土”，这实际上构成一种鲜明的对比关系。好在不但表现出老农被剥夺的痛苦，而且表现出他眼见心血被践踏的痛心。所以，虽然只道事实，语极平易，读来至为沉痛，字字饱含血泪。

五、六句写老农迫于生计不得不采野果充饥，仍是直陈其事，可是，这是多么发人深省的事实：辛苦一年到头，赢得的是“空室”——一无所有。“呼儿登山”四字又暗示出老农衰老羸弱，不得不叫儿子一齐出动，上山采橡子这种非人食用的食品充饥。老农之事，叙犹未已，结尾两句却旁骛一笔，牵入一“西江贾客”。其地其人与山农野老似全不相干，诗中又没有叙写的语言相联络，跳跃性极显。然而，一边是老小登山攀摘野果，极度贫困；一边是“船中养犬长食肉”，极度奢靡，又构成一种鲜明对比。人不如狗，又揭示出一种极不合理的社会现象。豢养于船中的狗与猎犬、家犬不同，纯是饱食终日无所事事，这形象本身也能引起意味深长的联想。

全诗似乎只摆一摆事实就不了了之，像一个没有说完的故事，与“卒章显其志”的作法完全相反，但读来发人深思，诗人的思想倾向十分鲜明，揭露现实极其深刻。诗中两次对比，前者较隐，后者较显，运用富于变化。篇幅不长而韵脚屡换，给人活泼圆转的印象；至如语言平易近人，又颇有白诗的好处。

## 【牧童词】

**远牧牛，绕村四面禾黍稠。**

**陂中①饥鸟啄牛背，令我不得戏垄头。**

入陂草多牛散行，白犊时向芦中鸣。
隔堤吹叶应同伴，还鼓长鞭三两声：
“牛牛食草莫相触，官家截尔头上角！”

【注释】

①陂中：池泽边的坡岸。

【鉴赏】

诗的大意是：因为村子四周禾黍稠密，怕牛吃了庄稼，所以把它远远地放入陂中。沿河的陂岸，泉甘草美，真是个放牧的好地方，放到这儿来的牛很多。牛自由自在地吃草、喝水，牧童因为讨厌的鸟儿啄牛背不能丢下牛不管。牛性是好斗的，特别是牧童放的这头小白牛更淘气，它时而低头吃草，时而举头长鸣。这鸣声该不会是寻找对象的信号吧？真叫人担心，一刻也不能离开它。此时，牧童耳边忽然传来一个熟悉的声音，有人卷着芦叶在吹口哨。他知道是他的同伴放着牛在堤的那一边，于是他也学着样儿，卷着叶子吹起来，互相应和；一面监视着这正在吃草的牛，抖动几下手里的长鞭，并且向牛说了下面两句警告的话。

全诗十句，是一幅绝妙的牧牛图。前八句生动曲折地描绘了牧场的环境、牧童的心理活动和牛的动态，情趣盎然。然而诗的主题并不在此；直到最后两句，读者才能看出诗人用意之所在。从前面八句转入最后两句，如信手拈来，用笔十分自然；寓尖锐讽刺于轻松调侃之中，用意十分明快而深刻。诗歌语言朴直清新，明白如话，表现出一种“由工入微，不犯痕迹”的精湛功夫。

## 【节妇[①]吟[②]】

君知妾[③]有夫，赠妾双明珠；
感君缠绵[④]意，系在红罗[⑤]襦。
妾家高楼连苑[⑥]起，良人[⑦]执戟明光里。
知君用心如日月，事[⑧]夫誓拟[⑨]同生死。
还君明珠双泪垂，恨不相逢未嫁时。

【注释】

①节妇：能守住节操的妇女，特别是对丈夫忠贞的妻子。②吟：一种诗体的名称。③妾：古代妇女对自己的谦称。④缠绵：情意深厚。⑤罗：一类丝织品，质薄、手感滑爽而透气。⑥苑：帝王及贵族游玩和打猎的风景园林。⑦良人：丈夫。⑧事：服侍、侍奉。⑨拟：打算。

【鉴赏】

此诗似从汉乐府《陌上桑》《羽林郎》脱胎而来，但较之前者更委婉含蓄。

首二句说：这位既明知我是有夫之妇，还要对我用情，此君非守礼法之士，语气中带微词，含有谴责之意。这里的“君”，喻指藩镇李师道，“妾”是自比，十字突然而来，直接指出师道的别有用心。接下去诗句一转，说道：我虽知君不守礼法，然而又为你情意所感，忍不住亲自把君所赠之明珠系在红罗襦上。表面看，是感师道的知己；如果深一层看，话中有文章。继而又一转，说自己家的富贵气象，良人是执戟明光殿的卫士，身属中央。古典诗词，传统的以夫妇比喻君臣，这两句意为自己是唐王朝的士大夫。紧接两句作波澜开合，感情上很矛盾，思想斗争激烈：前一句感谢对方，安慰对方；后一句斩钉截铁地申明己志，“我与丈夫誓同生死”。

最后以深情语作结，一边流泪，一边还珠，言词委婉，而意志坚决。诗中所说“双明珠”是李师道用来拉拢、引诱作者为其助势的代价，也就是常人求之不得的声名地位、富贵荣华一类的东西。作者慎重考虑后委婉地拒绝了对方的要求，做到了“富贵不能淫”，像一个节妇守住了贞操一样地守住了自己的严正立场。但当时李师道是个炙手可热的藩镇高官，作者并不想得罪他、让他难堪，因此写了这首非常巧妙的双层面的诗去回拒他。“你虽有一番‘好意’，我不得不拒绝”，这就是张籍所要表达的，可是他表达得这样委婉，李师道读了，也就无可奈何了。

此诗富有民歌风味，它的一些描写，尤其在心理刻画上，刻画得如此细腻，妥帖，入情入理，短幅中有无限曲折，真所谓“一波三折”。此诗情理真挚，心理描写细致入微，全诗委婉曲折而动人。除了它所表现的是君子坦荡胸怀，其在艺术上的高妙也是促使它成为名作的重要原因。尤其结句，极为人知。

## 【蓟[1]北旅思】

**日日望乡国，空歌[2]白苎词[3]。**
**长因送人处，忆得别家时。**
**失意还独语，多愁只自知。**
**客亭门外柳，折尽向南枝[4]。**

**【注释】**

①蓟：指今北京一带，战国时燕国都城。②空歌：是失望之语。③白苎词：指《白苎舞歌》，它是一首吴声歌曲。④折柳：惜别怀远的意思。

**【鉴赏】**

中唐时分，许多士人求仕不达，便改投他路，纷纷来到边镇幕府，以求进取。张籍也曾一度旅居蓟北，希望自己在此有所发展，然诗人客居他乡，失意多、愁居多。诗人每逢在离愁送别之时，对家乡的思念也油然而生。此诗就是张籍在此地的思乡之作。

开头句点明思乡之情。“日日望乡国，空歌白苎词”，因为是久居他乡，对家乡的思念日思夜想，因此是“日日”望着家乡的方向，归心似箭，希望能早一点回去。而现实是他还没有实现理想抱负，还不能空手回去，因此只好“空歌白苎词”。

中间四句笔锋一转，写诗人送别友人之时的感觉和情态。“长因送人处，忆得别家时”他经常看见那些离愁别恨的场面，就想起自己别离家乡而亲人相送的情景，自己也黯然泪下。这种感受，是所有游子们都能感受到的心理，而诗人把他写得细致入微，写出了游子们的心声，故此句成为千古传诵的名句。此四句的着眼点在诗人怀乡的情态和心理。

最后两句写游子南归时的情景。此时送别之时，南归的游子一个个凝噎无语，接受友人的折柳相送，场面伤感。由于南归之人众多，而那客厅门外的柳枝，竟也被折尽。此诗的前六句重点写自己，而此句的转到了别处，看似在此却实在作者。此句渲染南归之人众多，而独作者还留居他乡，与此形成鲜明的对比，可见作者更加孤独愁怅的心态。同时，诗中描绘许多南归游子的场景，想必他们大半在此有所收获而归，这又与诗人的失意心态形成对比。此一对比，诗人那失落孤寂的形象跃然于纸上。

此诗语言朴实生动，不用奇异华丽之词，如“日日”“失意”尽是日常用语，符合诗人作诗用语的特点。全诗所表现的感情真挚细腻，尤其是“失意还独语，多朝只自知”把一个客居他乡的游子的情态写得很是生动。

## 【夜到渔家】

**渔家在江口，潮水入柴扉①。**
**行客欲投宿，主人犹②未归。**
**竹深③村路远，月出钓船稀。**
**遥见寻沙岸④，春风动草衣⑤。**

**【注释】**

①柴扉：柴门。②犹：还。③竹深：竹林幽深。④寻沙岸：是说有人在寻找沙岸泊船。⑤动草衣：草衣，即蓑衣。春风吹动着他身上的蓑衣。

**【鉴赏】**

这首《夜到渔家》，一本作《宿渔家》。张籍用饱蘸感情的笔墨描绘了前人较少触及的渔民生活的一个侧面，题材新颖，艺术构思独到。

春天的一个傍晚，诗人行旅至江边，映入眼底的景色萧索而落寞。诗人一开头就展示渔家住所的典型特征：茅舍简陋，靠近僻远江口，便于出江捕鱼。时值潮涨，江潮浸湿了柴门。诗人在柴门外窥望，发现屋里空无一人。诗人为何在门外徘徊张望呢？原来他要在这户渔民家里投宿，而屋主人却还未回家。“行客欲投宿”，暗示时已临晚，而“主人犹未归”，则透露出主人在江上打鱼时间之长，其劳动之辛苦不言而喻。此时此刻，诗人只好在屋外踯躅，等待，观看四周环境：竹丛暗绿而幽深，乡间小路蜿蜒伸展，前村还在远处；月亮出来了，诗人焦急地眺望江面，江上渔船愈来愈稀少。用一个“远”字，隐隐写出诗人急于在此求宿的心境。“月出”表示已到了夜里。“钓船稀”则和“主人犹未归”句，前后呼应，相互补充。面对这冷落凄清的境界，诗人渴望主人归来的心情更加迫切。他不停眺望江口，远远看见一叶扁舟向岸边行来，渔人正寻沙岸泊船，他身上的蓑衣在春风中飘动。好像是期待已久的渔人回来了，诗人喜悦的心情陡然而生。结尾一句，形象生动，调子轻快，神采飞扬，极富神韵，给人特别深刻的印象，凝聚了诗人对渔民的深情厚谊。

这首诗语言浅切流畅，活泼圆转。“春风动草衣”句写得尤为传神。正如清人田雯评价张籍诗歌特色时所指出的那样：“名言妙句，侧见横生，浅淡精洁之至。”（清代田雯《古欢堂集》）

## 【秋思】

**洛阳城里见秋风，欲作①家书意万重②。**
**复恐③匆匆说不尽，行人④临发又开封⑤。**

**【注释】**

①作：古代“作”通“做”，意思为写。②意万重：形容要表达的意思很多。③复恐：唯恐、总是的意思。④行人：这里指捎信的人。⑤开封：把封好的信又拆开。

**【鉴赏】**

诗歌的第一句提出客居洛阳，又见秋风。平平叙事，不事渲染，却有含蕴。秋风是无形的，可闻、可触、可感，而仿佛不可见。它无形可见，却处处可见。羁留异乡的游子，见到这一派凄凉摇落之景，不可避免地要勾起羁泊异乡的孤子凄寂情怀，引起对家乡、亲人的悠长思念。这平淡而富于含蕴的“见”字，所给予读者的暗示和联想，是异常丰富的。第二句紧承见秋风，正面写思字。张籍此时客居洛阳，不能归乡，只好修一封家书来寄托思家怀乡的感情。这就使本来已经很深切强烈的乡思中又平添了欲归不得的惆怅，思绪变得愈加复杂多端了。“欲”字颇可玩味，本来显得比较抽象的“意万重”，由于有了这欲作家书而迟迟无法下笔的神情意态描写，反而变得鲜明可触、易于想象了。

三、四两句，撇开写信的具体过程和具体内容，只节取家书即将发出时的一个细节——“复恐匆匆说不尽，行人临发又开封”。诗人既因“意万重”而感到无从下笔，又因托行人之便捎信而无暇细加考虑，深厚丰富的情意和难以表达的矛盾，加以时间匆匆，竟使这封包含着千言万语的信近乎“书被催成墨未浓”了。书成封之际，似乎已经言尽，但当捎信的行人将要上路的时候，却又突然想起刚才由于匆忙，生怕信里漏写了什么重要的内容，于是又匆匆拆开信封。“复恐”二字，刻画心理入微。这“临发又开封”的细节，与其说是为了添写几句匆匆未说尽的内容，不如说是为了验证一下自己的疑惑和担心。而这种毫无定准的“恐”，竟然促使诗人不假思索地做出“又开封”的决定，正显出他对这封“意万重”的家书的重视和对亲人的深切思念——千言万语，唯恐遗漏了一句。

这首诗，在“见秋风”“意万重”，而又“复恐匆匆说不尽”的情况下来写“临发又开封”的细节，本身就包含着对生活素材的提炼和典型化，而不是对生活的简单摹写。

## 【凉州词[①]三首】（其一）

**边城暮雨雁飞低，芦笋初生渐欲齐。**
**无数铃声遥过碛[②]，应驮白练到安西[③]。**

**【注释】**

①凉州词：是乐府诗的名称，本为凉州一带的歌曲。②碛：沙漠。③安西：唐西北重镇，在今新疆。

**【鉴赏】**

《凉州词》是乐府诗的名称，本为凉州一带的歌曲，唐代诗人多用此调作诗，描写西北边塞的风光和战事。

这首诗描写边城的荒凉萧瑟。前两句写俯仰所见的景象。“边城暮雨雁飞低”，仰望边城上空，阴雨笼罩，一群大雁低低飞过。诗人为何不写边城晴朗的天空，却选择阴沉昏暗的雨景，因为此时诗人无心观赏边塞的风光，只是借景托情，以哀景暗示边城人民在胡兵侵扰下不得安宁的生活。“芦笋初生渐欲齐”，俯视边城原野，芦苇吐芽，如笋破土，竞相生长。这句已点明寒气消尽，在风和日暖的仲春时节，边城仍然暮雨连绵，凄凉冷清，很容易启人联想那年年岁岁的四季悲凉了。这两句写景极富特色。俯仰所见，在广阔的空间位置中展现了边城的阴沉；暮雨、芦笋，上下映照，鲜明地衬托出美好时节里的悲凉景色，具有很强的艺术感染力。

后两句叙事。在这哀景之下，边城的悲事一定很多，而绝句又不可能作多层面的铺叙，诗人便抓住发生在“丝绸之路”上最典型的事件：“无数铃声遥过碛，应驮白练到安西。”往日繁荣的“丝绸之路”，因为安西被占而受阻，无数的白练丝绸不再运往西域交易，“应驮”非正驮，用来意味深长。诗人多么盼望收复边镇，恢复往日的繁荣啊！“应驮”这点睛之笔，正有力地表达了诗人这种强烈的愿望，从而点明了此诗的主题。

这首绝句，写景叙事，远近交错，虚实相生，给读者的联想是丰富的。

# 王 建

**【作者介绍】**

王建（约767—约830），字仲初，大历进士。王建一生沉沦下僚，生活贫困，因而有机会接触社会现实，了解人民疾苦，写出大量优秀的乐府诗。他的乐府诗和张籍齐名，世称“张王乐府”。其诗题材广泛，生活气息浓厚，思想深刻，爱憎分明。王建的著作，《新唐书·艺文志》《郡斋读书志》《直斋书录解题》等皆作十卷，《崇文总目》作二卷。

## 【望夫石①】

**望夫处，江悠悠。化为石，不回头。**
**山头日日②风复③雨，行人归来石应④语。**

**【注释】**

①望夫石：《初学记》卷五引南朝刘义庆《幽明录》说：“武昌北山上有望夫石，状若人立。”②日日：每天。③复：又、和，风复雨：即刮风又下雨。④应：应答。

**【鉴赏】**

这是一首依据古老的民间传说写成的抒情小诗。

头四句十二字，绘出了一幅望夫石生动感人的图画。山、水、石，动静相间，相映生辉，形象之鲜明，自不待言。值得注意的是，在这段描绘中，包孕了丰富的思想内容，融入了诗人的深挚情意。“望夫处，江悠悠”，写出望夫石的环境、气氛。“悠悠”二字，描绘江水千古奔流、滔滔不绝，既交代了故事发生的背景，渲染了浓郁的抒情气氛，同时又衬托望夫石的形象，把静立江边的石头写活。这种以动景衬静物的手法，不仅使画面生动，有立体感，而且也暗喻了思妇怀远，思念之情的绵绵不绝。“化为石，不回头”，诗人又以拟人手法具体描绘望夫石的形象。人已物化，变为石头；石又通灵，曲尽人意，人与物合，情与景谐。这不仅形象地描画出望夫石的生动形象，同时也把思妇登临的长久，想念的深切，对爱情的忠贞不渝刻画得淋漓尽致。这两句紧承上文，是对古老的优美的民间传说做了生动的艺术概括，著笔不多，却收到了动人的艺术效果。

后两句“山头日日风复雨”，是说望夫石风雨不动，坚如磐石，年年月月，日日夜夜，长久地经受着风吹雨打，然而它没有改变初衷，依然伫立江岸。这里写的是石头的形象和品格，说的却是思妇的坚贞。千种相思，万种离情，诗人在结句处把笔宕开，做了浪漫的推想：待到远行的丈夫归来之时，这伫立江边的石头定然会倾诉相思的衷肠啊！然而，丈夫在何方？行人何日归？丈夫可曾知道思妇的相思吗？行人归来日，石头能否说话呢？这些都留给读者去思索，诗人却就此戛然停笔了。结句实在是含悠然不尽之意，给人以美的启示和美的享受。

## 【水夫谣】

**苦哉生长当驿[1]边，官家使我牵驿船。**
**辛苦日多乐日少，水宿沙行如海鸟。**
**逆风上水万斛重，前驿迢迢后淼淼。**
**半夜缘堤雪和雨，受他驱遣还复去。**
**夜寒衣湿披短蓑，臆[2]穿足裂忍痛何！**
**到明辛苦无处说，齐声腾踏[3]牵船歌。**
**一间茅屋何所值，父母之乡去不得。**
**我愿此水作平田，长使水夫不怨天。**

**【注释】**

①驿：水上驿站。②臆：胸口。③腾踏：激愤的歌声破空而起。

**【鉴赏】**

安史之乱后，唐王朝不仅对外要抵御吐蕃、回纥等入侵，对内还要对背叛朝廷的藩镇用兵；军费日绌，加上统治集团的腐化，挥霍无度，为了应付日益增长的支出，而加重了对南方人民的剥削和掠夺，并把剥削和掠夺所得从南方运往北方，致使水陆运输十分繁重、艰苦。本篇以水边纤夫的生活为描写对象，通过一个纤夫的内心独白，写出了水上服役不堪忍受的痛苦，对当时不合理的劳役制度进行了控诉，写得很有层次。

“苦哉生长当驿边”，劈头一叹，苦诉官家差遣“牵驿船”的悲凄生活，用“苦哉”二字领起全篇，定下了全诗感情的基调。这两句是总叙生长水边为驿站服役的痛苦心情。紧接着，诗人从“辛苦日多乐日少”至“齐声腾踏牵船歌”，用一大段文字，让水夫具体述说纤夫悲惨的日常生活。“辛苦日多乐日少，水宿沙行如海鸟”，较前描写进了一步，用了一个比喻。他们就像茫茫大海上的沙鸥，夜宿水船，日行沙滩。然后诗人用细腻的笔墨，具体描写纤夫没日没夜的牵船生活。先写白天牵船的艰难。前一句，顶风一层，逆水一层，船重一层，备述行船条件的困难；行船如此难，而前面的驿站是那样的遥远，水波茫茫无边无际，纤夫的苦难日子似乎走不到尽头。后写黑夜牵船的痛苦。诗人选取纤夫日常生活中的一个典型细节进一步刻画，在一个雨雪交加的寒夜，纤夫们披着短蓑，纤绳磨破了胸口，冻裂了双脚，一切痛苦，他们都无可奈何地忍受着。一夜挣扎，没有丝毫报酬，而是“到明辛苦无处说”，在凶残的官家面前，纤夫能够说什么呢？只好把满腔愤懑积郁在心里，“齐声腾踏牵船歌”，用愤激的歌声来宣泄心中的抑郁不平之气。在困乏疲惫之中，他们又举步向前了。那么纤夫们为什么不逃离这苦难的深渊呢？“一间茅屋何所值，父母之乡去不得。”纤夫的全部财产只有一间茅屋，本不值得留恋，可故乡却又舍不得离开。即使逃离水乡，他们的处境也不会好。“田家衣食无厚薄，不见县门身即乐！”（《田家行》）没有了水上徭役，还会有陆上的徭役和租赋，田家遭受着官府同样的剥削和压迫。在无可奈何的境况下，他们祈求上苍：“我愿此水作平田，长使水夫不怨天。”他们心里很清楚，这种愿望之不能实现，正如他们的痛苦无法解除一样。他们到哪里都逃不出官家的魔掌。

诗对纤夫的心理描写细致而有层次，由嗟叹到哀怨，到愤恨，又到无可奈何，把其内心世界揭示得淋漓尽致。配合纤夫思想感情的变化，使人觉得水夫倾诉的哀愁怨愤是如此之多。由于充分揭示人物心理，纤夫形象也具有一定的典型性，反映的却是整个水乡人民的痛苦生活。诗歌的语言既具有民歌通俗流利的特点，又具有文人作品凝练精警的特点，颇有特色。

## 【新嫁娘词三首】（其一）

三日[①]入厨下，洗手作羹汤。
未谙[②]姑[③]食性[④]，先遣小姑[⑤]尝。

### 【注释】

①三日：古代女子嫁后的第三天，俗称“过三朝”，依照习俗要下厨房做菜。“三日”，正见其为“新嫁娘”。②谙：熟悉。③姑：婆婆。④食性：口味。⑤小姑：对丈夫的妹妹的称呼。

### 【鉴赏】

《新嫁娘词三首》描写了当时社会新媳妇难当的社会现实。但也有些新媳妇在令人作难的处境中找到了办法，应付了难局，使得事情的发展带有戏剧性，甚至富有诗趣，像王建的这首诗所写的，即属于此类。

“三日入厨下，洗手作羹汤”古代女子嫁后的第三天，俗称“过三朝”，依照习俗要下厨房做菜。“三日”，正见其为“新嫁娘”。“洗手作羹汤”，“洗手”标志着第一次用自己的双手在婆家开始她的劳动，表现新媳妇郑重其事，力求做得洁净爽利。但是，婆婆喜爱什么样的饭菜，对她来说尚属未知数。

“未谙姑食性，先遣小姑尝”，这首诗中的新嫁娘很聪明，也很细心，甚至有点狡猾。她想出了一个很好的办法——让小姑先尝尝羹汤。为什么要让小姑先尝，那是因为在古代厨房则是小姑经常出入之所，羹汤做好之后，要想得到能够了解婆婆口味的人亲口尝一尝，则非小姑不可。所以，从“三日入厨”，到“洗手”，到“先遣小姑尝”，不仅附和人物身份，而且和具体的环境、场所紧紧相扣。

《新嫁娘词》所具有的典型意义，固然可以使人联想到这些，但是要直接写这些，则不免带有庸俗气。而在这首诗中，因为它和新嫁娘的灵机慧心，和小姑的天真，以及婆婆的特点联系在一起，才显得富有诗意和耐人寻味。

## 【赠李愬仆射三首】（其一）

和雪[①]翻营[②]一夜行，神旗[③]冻定[④]马无声。
遥看火号[④]连营赤，知是先锋已上城。

**【注释】**

①和雪：人跟雪搅和在一起。②翻营：人马全部出动，足见规模之大。③神旗：军旗。④冻定：因为结冰而坚硬。④火号：举火为信号。

**【鉴赏】**

唐宪宗元和九年（公元814年），彰义节度使吴少阳死，其子吴元济割据淮西（今河南汝南一带），与朝廷相对抗，严重地影响了唐王朝的巩固和统一。公元817年旧历十月的一个风雪之夜，著名将领李愬发兵九千，以降将李祐、李忠义率三千精兵为前驱，急行军六十里，首先袭击了军事要地张柴村，然后取道一条从未走过的险路，冒着大风雪行军七十里，以迅雷不及掩耳之势，仅在一夜间，就攻下了顽敌老巢蔡州城，生擒了吴元济。《新唐书》称其“功名之奇，近世所未有”。

王建这首诗，以这次战役为题材，抓住天气的极端恶劣与部队纪律的高度严明这两个特点，着力刻画，写得生动形象，不落俗套。“和雪翻营一夜行”，这句诗七个字，分为三层（“和雪”“翻营”“一夜行”），一层一转，读来铿锵有力，诗句以强劲的节奏再现了部队顶风冒雪夜间急行军的情景。“神旗冻定马无声”，紧接着上句，军旗都已经被冰雪冻得僵硬，不能飘扬。在如此奇寒之中，我们会想到人该会怎么样？但接下去却没有写人，而出人意外的写了马，诗人是以“马无声”来引导读者去想象人的无声。试想九千人的部队在一夜之间要行军一百三十里已属不易，竟能做到人马无声，不但表现了军纪的严明，也反映了将士的斗志。

“遥看火号连营赤，知是先锋已上城。”这两句没有具体写战斗是如何英勇激烈，只撷取了一个“遥看”的镜头：先头部队已举火攻下了蔡州城，预先约好的火号到处燃起，照亮了蔡州城的夜空。这一笔给读者充分的想象余地，展开了一幅壮阔的画面。诗人不写攻城的先头部队怎样战斗，而写后续部队遥望城内的变化，不写胜利后的喜庆，而写标志着胜利的烛天火号，这是经过精心构思，精心选材的。如果写城上的战斗厮杀，则不易概括传神；如果写胜利后的喜庆，则不免使人有曲终意尽之感，不能给读者留下足够的回味余地。

诗人善于捕捉生活中最富于表现力的细节，且妙于结构安排，使全诗生动真实而又韵味悠长。写后续部队是从“遥望”中看到连营大火获得全胜消息的，说明他们尚未投身战斗，这就愈加使人感到战斗进行的顺利和迅速，从而反衬出准备的充分和筹划的精到。这一切，对策划、指挥这场战斗的李愬来说，就是最好、最具体的赞颂了。

## 【十五夜[①]望月】

**中庭[②]地白[③]树栖[④]鸦，冷露无声湿桂花。**
**今夜月明人尽望，不知秋思[⑤]落谁家？**

**【注释】**

①十五夜：指农历八月十五的夜晚。②中庭：即庭中，庭院中。③地白：地上的月光。④栖：鸟停在树上。⑤秋思：秋天的情思，这里指怀人的思绪。

**【鉴赏】**

这是一首以中秋月夜为内容的七言绝句。以两句为一层意思，分别写中秋月色和望月怀人的心情。

"中庭地白树栖鸦，冷露无声湿桂花"两句是写月上中天时庭院的景色。如洗乳般的月华静静地泻在庭院中，地上好像铺上了一层微雪，聒噪了一天的鸦鹊也逐渐消停下来，仿佛不忍惊扰这安详的夜色，悄悄地隐栖在树上。夜渐渐深了，清冷的秋露润湿了庭中的桂花，散发着氤氲的馨香。诗人写院中的月色，只用了"地白"二字，却给人澄澈、空明之感，让人不由得沉浸在清净悠远的意境中，躁动不安的心也慢慢沉静下来。"树栖鸦"是为了押韵而使用的倒装，树上的乌鸦已经安静栖息，暗示夜已经深了，周围一片寂静。这三个字，简洁凝练，既写了鸦鹊栖树的情状，又烘托了月夜的寂静。这是从视觉和听觉的角度来写的。秋浓、夜深、露重，甚至连盛放的桂花也被润湿了。夜深而人不寐，究竟是为什么呢？皓月当空，难道只有诗人独自在那里凝神遐思吗？此时此刻，有谁不在徘徊赏月，神驰意往呢。两句景语，自然引出下面两句的人事活动来："今夜月明人尽望，不知秋思落谁家？"人们都在望着今夜的明月，尽情享受这团圆的天伦之乐，但这秋夜的愁思究竟会落到哪户人家呢？全诗以问句作结，给人以无限的想象空间：中秋之夜，人们都会望月寄情，但是，每个家庭成员的离合聚散却不相同。如果哪家有人外出，哪个游子背井离乡，那么怀念之情就会像秋露一样，更浓更重地落在这户人家、这位游子身上。普遍性的情绪，体现在个别人身上，而这个别人也包括诗人自己，明明是自己在怀人，偏偏说“秋思落谁家”，这就将诗人望月怀远的情思表现得蕴藉深沉。

“落”字新颖妥帖，不同凡响，给人以动感，仿佛思念随着银月的清辉一起洒落人间，同时也与“无声”相契合，凸显月夜的静。此诗先突出中秋夜深夜静，然后以深夜不寐、望月怀人，烘托出具有普遍意义的怀念之情。景语引出情语，反过来又给景语增添感情，加上一个情深意曲的结尾，将别离思聚的情意表现得委婉动人。

# 韩 愈

**【作者介绍】**

韩愈（768—824），字退之，河南河阳（今河南孟县南）人。贞元二年（786年），十九岁的韩愈赴长安参加进士考试，三试不第，直到贞元八年第四次应考，才考中进士。三十六岁时，任监察御史，不久因上书论天旱人饥状，请减免赋税而被贬为阳山县令。宪宗时北归，为国子博士，累官至太子右庶子，但不得志。此后直到五十岁，官职一直浮沉不定。元和十二年（817年），韩愈五十岁时，因参与平定淮西吴元济之役表现出处理军国大事的才能，迁为吏部侍郎，进入朝廷上层统治集团。但两年后，被贬为潮州（在今广东）刺史。在潮州八个月，宦官杀宪宗，立穆宗，韩愈被召回朝，后历官国子祭酒、兵部侍郎、吏部侍郎、京兆尹等职，政治上较有作为。

## 【山石[1]】

**山石荦确[2]行径微，黄昏到寺蝙蝠飞。**
**升堂[3]坐阶新雨足，芭蕉叶大栀子肥。**
**僧言古壁佛画好，以火来照所见稀[4]。**
**铺床拂席置[5]羹饭，疏粝[6]亦足饱我饥。**
**夜深静卧百虫绝，清月出岭光入扉。**
**天明独去无道路[7]，出入高下穷烟霏[8]。**
**山红涧[9]碧纷烂漫，时见松枥[10]皆十围。**
**当流赤足踏涧石，水声激激风吹衣。**
**人生如此[11]自可乐，岂必局束为人鞿[12]？**
**嗟哉吾党二三子，安得至老不更归！**

**【注释】**

①山石：这是取诗的首句开头两字为题，乃旧诗标题的常见用法，它与

诗的内容无关。②荦确：指山石险峻不平的样子。③升堂：进入寺中厅堂。④稀：依稀，模糊，看不清楚。一作“稀少”解。所见稀：即少见的好画。⑤置：供。⑥疏粝：糙米饭。这里是指简单的饭食。⑦无道路：指因晨雾迷茫，不辨道路，随意步行的意思。⑧霏：氛雾。穷烟霏：空尽云雾，即走遍了云遮雾绕的山径。⑨山红涧：即山花红艳、涧水清碧。⑩枥：即栎树，落叶乔木。⑪人生如此：指上面所说的山中赏心乐事。⑫鞿：马的缰绳，比喻受人牵制。

**【鉴赏】**

诗以开头“山石”二字为题，却并不是歌咏山石，而是一篇叙写游踪的诗。这诗汲取了散文中具有悠久传统的游记文的写法，按照行程的顺序，叙写从“黄昏到寺”“夜深静卧”到“天明独去”的所见、所闻和所感，是一篇诗体的山水游记。

全诗主要记游山寺，一开头，只用“山石荦确行径微”一句，概括了到寺之前的行程，而险峻的山石，狭窄的山路，都随着诗中主人公的攀登而移步换形。这一句没有写人，但第二句“黄昏到寺蝙蝠飞”中的“到寺”二字，就补写了人，那就是来游的诗人。时间在流逝，雨后的芭蕉枝粗叶大，山栀更加肥壮。于是热情的僧人便凑过来助兴，夸耀寺里的“古壁佛画好”，并拿来火把，领客人去观看。这时候，菜饭已经摆上了，床也铺好了，连席子都拂拭干净了。寺僧的殷勤，宾主感情的融洽，也都得到了形象的体现。“疏粝亦足饱我饥”一句，图画性当然不够鲜明，但这是必不可少的。它既与结尾的“人生如此自可乐，岂必局束为人鞿”相照应，又说明主人公游山，已经费了很多时间，走了不少路，因而饿得很。

写夜宿只用了两句。“夜深静卧百虫绝”，表现了山寺之夜的清幽。“夜深”而百虫之声始“绝”，那么在“夜深”之前，百虫自然在各献特技，合奏夜鸣曲，主人公也在欣赏夜鸣曲。正像“鸟鸣山更幽”一样，山寺之夜，百虫合奏夜鸣曲，就比万籁俱寂还显得幽静，而静卧细听百虫合奏的主人公，也自然万虑俱消，心境也空前清静。夜深了，百虫绝响了，接踵而来的则是“清月出岭光入扉”，主人公又兴致勃勃地隔窗赏月了。他刚才静卧细听百虫鸣叫的神态，也在“清月出岭光入扉”的一刹那显现于读者眼前。

“天明”以下六句，写离寺早行，跟着时间的推移和主人公的迈步向前，画面上的光、色、景物在不断变换，引人入胜。“天明独去无道路”“无道路”指天刚破晓，雾气很浓，看不清道路，所以接下去，就是“出入高下穷烟霏”的镜头。主人公“天明”出发，眼前是一片“烟霏”的世界，不管是山的高处还是低处，全都浮动着蒙蒙雾气。

结尾四句，总结全诗。“人生如此”，概括了此次出游山寺的全部经历，然后用“自可乐”加以肯定。后面的三句诗，以“为人鞿”的幕僚生活作反衬，表现了对山中自然美、人情美的无限向往，从而强化了全诗的艺术魅力。

## 【雉带箭】

**原头火①烧静兀兀，野雉畏鹰②出复没。**
**将军欲以巧伏人，盘马③弯弓惜不发。**
**地形渐窄观者多，雉惊弓满劲箭加。**
**冲人决起百馀尺，红翎白镞④随倾斜。**
**将军仰笑军吏贺，五色⑤离披马前堕。**

**【注释】**

①火：烈火。②鹰：猎鹰。③盘马：骑马盘旋不进。④翎、镞：箭羽和锋。⑤五色：雉的羽毛。

**【鉴赏】**

首句写猎场的情境：原野上烈火熊熊燃烧，四周静悄悄的。一个“静”字，传出画面之神，烘托猎前肃穆的气氛，由此可以想见从猎人员屏气静息，全神贯注地伫伺猎物的情态。这是猎射前的静态，与下文猎射时和猎射后的动态形成强烈的对照。次句把读者注意力引向猎射的对象雉鸡，笔墨简洁精练，衔接自然紧密。野雉被烈火驱出草木丛，一见猎鹰，吓得急忙又躲藏起来。“出复没”三字形容逼肖，活现出野雉惊惶逃窜的窘态，与下边“惜不发”呼应。

三、四句转入猎射，写将军的心理活动和猎射时的风度、神采。将军出猎自然不是单纯为了觅取野味，而是要演练自己的神功巧技。所以，他骑马盘旋不进，拉满强劲的弓，又舍不得轻易发箭。诗人不写将军如何勇猛敢决，也不写他如何纵横驰骋，而只选取了“盘马弯弓”这一特定的镜头，以突出将军矜持、自信、踌躇满志的神态。这里的巧，不仅指射技的精巧，更主要的是写人的智谋，写将军运筹的巧妙。这位将军不专恃武功取胜，他盘马弯弓，审情度势，选择着最能表现自己精湛射技的时机。他要像汉朝飞将军李广那样，“度不中不发，发必应弦而倒”，要一举使众人折服。一位有血有肉、有着鲜明性格特征的将军形象，便显现在读者眼前。

接着两句写“巧”。野雉隐没之处，地势渐渐狭窄，野雉处于“人稠网密，地迫势胁”的窘境，要继续窜伏已不可能；观猎的人越来越多，大家都饶有兴味地观赏将军猎射。这是将军一显身手的时机。正当野雉受惊乍飞的一刹那，将军从容地引满弓，“嗖”的一声，强有力的箭，迅猛而准确地命中雉鸡。“雉惊弓满劲箭加”，一“惊”、一“满”、一“劲”、一“加”，紧凑简练，干脆有力，“巧”字之意于此全出。

末两句在热烈的气氛中关合全诗。先以“仰笑”二字，极为传神地突现将军个人的性格特征，一位地方主帅骄矜得意的神气跃然纸上，接着以“军吏贺”照应前面“伏人”，写出围观的军吏敬服将军绝妙的射技，为他的成功庆贺。末句接写“雉带箭”——一只五彩缤纷的野雉，毛羽散乱地堕向将军的马前。诗戛然而止，然余响不绝，韵味无穷。

## 【八月十五夜赠张功曹[1]】

**纤云[2]四卷天无河，清风吹空月舒波[3]。**
**沙平水息声影绝，一杯相属[4]君当歌。**
**君歌声酸辞且苦，不能听终泪如雨：**
**“洞庭连天九疑高[5]，蛟龙出没猩鼯号[6]。**
**十生九死到官所，幽居默默如藏逃[7]。**
**下床畏蛇食畏药[8]，海气[9]湿蛰熏腥臊。**
**昨者州前捶大鼓，嗣皇继圣登夔皋[10]。**
**赦书[11]一日行万里，罪从大辟[12]皆除死。**
**迁者追回流者还，涤瑕荡垢清朝班。**
**州家[13]申名[14]使家[15]抑[16]，坎坷只得移荆蛮。**
**判司官卑不堪说，未免捶楚尘埃间。**
**同时辈流多上道，天路幽险难追攀。”**
**君歌且休听我歌，我歌今与君殊科：**

"一年明月今宵多，人生由命非由他，

有酒不饮奈明何！"

【注释】

①张功曹：即张署，任监察御史后被贬，两人同病相怜。②纤云：微云。河：银河。③月舒波：月光四射。④属（音zhǔ）：劝酒。⑤洞庭：洞庭湖。九疑：又名苍梧山，在今湖南宁远县境。⑥猩：猩猩。鼯（音wú）：鼠类的一种。⑦如藏逃：有如躲藏的逃犯。⑧药：指蛊毒。南方人喜将多种毒虫放在一起饲养，使之互相吞噬，最后剩下的毒虫叫作蛊，制成药后可杀人。⑨海气：潮湿的空气。⑩嗣皇：接着做皇帝的人，指宪忠。登：进用。夔、皋：舜时的两位贤臣。⑪赦书：皇帝发布的大赦令。⑫大辟：死刑。⑬州家：刺史。⑭申名：上报名字。⑮使家：观察使。⑯抑：压制。

【鉴赏】

诗的开头在描写月夜环境之后，用"一杯相属君当歌"一转，引出了张署的悲歌，是全诗的主要部分。诗人先写自己对张署"歌"的感受：说它声音酸楚，言辞悲苦，因而"不能听终泪如雨"，和盘托出二人心境相同，感动极深。

张署的歌，首先叙述了被贬南迁时经受的苦难，山高水阔，路途漫长，蛟龙出没，野兽悲号，地域荒僻，风波险恶。好不容易"十生九死到官所"，而到达贬所更是"幽居默默如藏逃"。接着又写南方偏远之地多毒蛇，"下床"都可畏，出门行走就更不敢了；且有一种蛊药之毒，随时可以致人死命，饮食要非常小心，还有那湿蛰腥臊的"海气"，也令人受不了。这一大段对自然环境的夸张描写，也是诗人当时政治境遇的真实写照。

上面对贬谪生活的描述，情调是感伤而低沉的，下面一转，而以欢欣鼓舞的激情，歌颂大赦令的颁行，文势波澜起伏。唐宪宗即位，大赦天下。诗中写那宣布赦书时的隆隆鼓声，那传送赦书时日行万里的情景，场面的热烈、节奏的欢快，都体现出诗人心情的欢愉。然而，事情并非如此简单。写到这里，诗情又一转折，尽管大赦令写得明明白白，但由于"使家"的阻挠，他们仍然不能回朝廷任职。"坎轲只得移荆蛮"，"只得"二字，把那种既心有不满又无可奈何的心情，淋漓尽致地表现出来了。

以上诗人通过张署之歌，倾吐了自己的坎坷不平。诗人既已借别人的酒杯浇了自己心中的块垒，不用再浪费笔墨直接出面抒发自己的感慨了，所以用“君歌且休听我歌，我歌今与君殊科”，一接一转，写出了自己的议论。仅写了三句：一是写此夜月色最好，照应题目的“八月十五”；二是写命运在天；三是写面对如此良夜应当开怀痛饮。表面看来这三句诗很平淡，实际上却是诗中最着力最精彩之笔。韩愈从切身遭遇中，深深感到宦海浮沉，祸福无常，自己很难掌握自己的命运。八月十五的夜晚，明月如镜，悬在碧空蓝天，不开怀痛饮，就是辜负这美好的月色。

## 【听颖师弹琴】

**昵昵[①]儿女语，恩怨相尔汝[②]。**
**划然[③]变轩昂，勇士赴敌场。**
**浮云柳絮无根蒂，天地阔远随飞扬[④]。**
**喧啾百鸟群，忽见孤凤凰。**
**跻攀分寸不可上，失势一落千丈强[⑤]。**
**嗟余有两耳，未省[⑥]听丝篁。**
**自闻颖师弹，起坐[⑦]在一旁。**
**推手遽[⑧]止之，湿衣泪滂滂。**
**颖乎尔诚能，无以冰炭置我肠[⑨]！**

**【注释】**

①昵昵：亲热。②尔汝：挚友之间不讲客套，以你我相称。这里表示亲近。③划然：突然。④“浮云”两句：形容音乐飘逸悠扬。⑤“喧啾”四句：形容音乐既有百鸟喧哗般的丰富热闹，又有主题乐调的鲜明嘹亮。⑥未省：不懂得。⑦起坐：忽起忽坐，激动不已的样子。⑧遽：急忙。⑨冰炭置我肠：形容自己完全被琴声所左右，一会儿满心愉悦，一会儿心情沮丧。犹如说水火，两者不能相容。

**【鉴赏】**

全诗从演奏的开始起笔，到琴声的终止完篇。诗人首先运用多种手法刻画了音乐形象，然后，诗人又写了音乐效果，以自己当时的坐立不安、泪雨滂沱和冰炭塞肠的深刻感受，说明音乐的感人力量。形象的刻画为音乐效果的描写提供了根据，而效果的描写又反证了形象刻画的真实可信，二者各尽其妙，交互为用，相得益彰。

全诗分两部分，前十句正面摹写声音。起句不同一般，它没有提及弹琴者，也没有交代弹琴的时间和地点，而是紧扣题目中的“听”字，单刀直入，把读者引进美妙的音乐境界里。琴声袅袅升起，轻柔细屑，仿佛小儿女在耳鬓厮磨之际，窃窃私语，互诉衷肠。中间夹杂些嗔怪之声，那不过是表达倾心相爱的一种不拘形迹的方式而已。正当听者沉浸在充满柔情蜜意的氛围里，琴声骤然变得昂扬激越起来，就像勇猛的将士挥戈跃马冲入敌阵，显得气势非凡。

蓦地，百鸟齐鸣，啁啾不已，安谧的环境为喧闹的场面所代替。在众鸟蹁跹之中，一只凤凰翩然高举，引吭长鸣。“跻攀分寸不可上，失势一落千丈强。”这只不甘与凡鸟为伍的孤傲的凤凰，一心向上，饱经跻攀之苦，结果还是跌落下来，而且跌得那样快，那样惨。这里除了用形象化的比喻显示琴声的起落变化外，似乎还另有寄托。联系后面的“湿衣泪滂滂”等句，它很可能包含着诗人对自己境遇的慨叹。他曾几次上奏章剖析政事得失，希望当局能有所警醒，从而革除弊端，励精图治，结果屡遭贬斥，心中不免有愤激不平之感。

后八句写自己听琴的感受和反应，从侧面烘托琴声的优美动听。“嗟余”二句是自谦之辞，申明自己不懂音乐，未能深谙其中的奥妙。尽管如此，还是被颖师的琴声所深深感动，先是起坐不安，继而泪雨滂沱，浸湿了衣襟，犹自扑扑簌簌滴个不止。

全篇诗情起伏，波涛汹涌，层见迭出，变化无穷。上联与下联，甚至上句与下句，都有较大的起落变化。韩愈是一位极富创造性的文学巨匠。他写作诗文，能够摆脱拘束，自辟蹊径。这首诗无论造境或遣词造句都有独到之处。

## 【调张籍[①]】

**李杜文章[②]在，光焰万丈长。**
**不知群儿[③]愚，那用故谤伤？**
**蚍蜉[④]撼大树，可笑不自量。**
**伊[⑤]我生其后，举颈遥相望。**

夜梦多见之，昼思反微茫。
徒观斧凿痕，不瞩治水航[⑥]。
想当施手时，巨刃磨天扬[⑦]。
垠崖划崩豁，乾坤摆雷硠。
惟此两夫子，家居率荒凉。
帝欲长吟哦，故遣起且僵。
剪翎送笼中，使看百鸟翔。
平生千万篇，金薤垂琳琅。
仙官敕六丁，雷电下取将。
流落人间者，太山一毫芒[⑧]。
我愿生两翅，捕逐出八荒[⑨]。
精诚忽交通，百怪入我肠[⑩]。
刺手拔鲸牙，举瓢酌天浆[⑪]。
腾身跨汗漫，不著织女襄。
顾语地上友：经营无太忙！
乞君飞霞佩，与我高颉颃[⑫]。

【注释】

①调：调侃，调笑，戏谑。张籍（768—830），字文昌，唐代诗人。历官太常寺太祝、水部员外郎、终国子司业。②文章：此指诗篇。③群儿：指“谤伤”李白杜甫的人。④蚍蜉：蚁类，常在松树根部营巢。⑤伊：发语词。⑥“徒观”两句：比喻“李杜文章”如同大禹治水疏通江河，后人虽能看到其成就，却无法目睹当时鬼斧神工的开辟情景了。⑦“想当”四句：想象禹治水时劈山凿石、声震天宇的情景。划：劈开。雷硠：山崩之声。⑧“惟此”以下十二句：说天帝想要好诗歌，就派李、杜到人间受苦，还故意折断他们的羽毛，剥夺他们的自由，让他们经受挫折坎坷磨难，从而创作出精金美玉般的绝代诗篇。然后又派天神取走了。现在遗留在人世的只不过“太山一毫芒”而已，尚且如此高不可及。金薤：书。琳琅：精美玉石。此以金玉喻“李杜文章”，并言李杜诗篇播于金石。六丁、雷电：皆传说之天神。⑨八荒：古人以为九州在四海之内，而四海又在八荒之内。⑩“精诚”两句：言忽然悟得“李杜文章”之妙，犹今言灵感忽至。⑪天浆：天上的浆汁、琼液。⑫颉颃：鸟向上向下飞。

【鉴赏】

此诗可分为三段。前六句为第一段。作者对李、杜诗文作出了极高的评价，并讥斥“群儿”抵毁前辈是多么无知可笑。“李杜文章在，光焰万丈长”二句，已成为对这两位伟大诗人的千古定评了。中间二十二句为第二段。力写对李、杜的钦仰，赞美他们诗歌的高度成就。其中“伊我”十句，作者感叹生于李、杜之后，只好在梦中瞻仰他们的风采。特别是读到李、杜天才横溢的诗篇时，便不禁追想起他们兴酣落笔的情景：就像大禹治水那样，挥动着摩天巨斧，山崖峭壁一下子劈开了，被阻遏的洪水便倾泻出来，天地间回荡着山崩地裂的巨响。“惟此”六句，感慨李、杜生前不遇。天帝要使诗人永不停止歌唱，便故意给予他们升沉不定的命运。好比剪了羽毛囚禁在笼中的鸟儿，痛苦地看着外边百鸟自由自在地飞翔。

“平生”六句，作者叹惜李、杜的诗文多已散佚。他们一生写了千万篇金玉般优美的诗歌，但其中多被仙官派遣神兵收取去了，流传人间的，只不过是泰山的毫末之微而已。末十二句为第三段。“我愿”八句，写自己努力去追随李、杜。诗人希望能生出两翅，在天地中追寻李、杜诗歌的精神。他终于能与前辈诗人精诚感通，于是，千奇百怪的诗境便进入心里：反手拔出大海中长鲸的利齿，高举大瓢，畅饮天宫中的仙酒，忽然腾身而起，遨游于广漠无穷的天宇中，自由自在，发出天籁之音，甚至连织女所制的天衣也不屑去穿了。最后四句点题。诗人恳切地劝导老朋友张籍：不要老是钻到书堆中寻章摘句，忙碌经营，还是和我一起向李、杜学习，在诗歌的广阔天地中高高飞翔吧！

在这首诗中，诗人笔势波澜壮阔，恣肆纵横，全诗如长江大河浩浩荡荡，奔流直下，而其中又曲折盘旋，激溅飞泻，变态万状，令人心摇意骇，目眩神迷。

此外，作者通过丰富的想象和夸张、比喻等表现手法，在塑造李白、杜甫及其诗歌的艺术形象的同时，也塑造出作者其人及其诗歌的艺术形象，生动地表达出诗人对诗歌的一些精到的见解，这正是此诗在思想上和艺术上值得珍视的地方。

## 【答张十一[①]】

**山净江空水见沙[②]，哀猿啼处两三家。**

**筼筜[③]竞长纤纤笋，踯躅[④]闲[⑤]开艳艳花。**

**未报恩波知死所，莫令炎瘴⑥送生涯。**
**吟君诗罢看双鬓，斗⑦觉霜毛一半加。**

**【注释】**

①张十一：即张署。②水见沙：冬春之间常见的现象。③篔筜：是一种粗大的竹子。④踯躅：又名羊踯躅，又名闹羊花，落叶灌木，春季开花，红黄色，极鲜艳。⑤闲：此字把羊踯躅随处开放、清闲自得的意态揭示了出来。⑥瘴：南方山林间湿热致病之气。⑦斗：同“陡”，忽然、顿时之意。

**【鉴赏】**

《答张十一》为韩愈被贬到广东阳山后第二年春天作，诗的前半段写景抒情，后半段叙事抒情，含蓄而又深沉的表达了作者内心激愤忧愁的感情。整首诗前半部分写景，后半部分抒情。

“山净江空水见沙，哀猿啼处两三家”，勾勒了阳山地区的全景。春山明净，春江空阔，还传达出一种人烟稀少的空寂。寥寥数笔，生动地摹写了荒僻冷落的景象。这一联如同一幅清晰鲜明的水墨画。紧接着第二联是两组近景特写，“篔筜竞长纤纤笋，踯躅闲开艳艳花”，篔筜是一种粗大的竹子。踯躅即羊踯躅，开红黄色的花，生在山谷间，二月花发时，耀眼如火，月余不歇。这一联，可以说是作者为这幅水墨画又点缀了一些鲜艳、明快的色彩，为荒僻的野景增添了春天的生气。

这首诗中的景物，是与作者此时的处境与心情紧密相连的。它体现了这样两个特点，一是静，二是闲。静从空旷少人烟而生，作者从繁华嘈杂、人事扰扰的京城一下子到了这荒远冷僻的山区，哀猿啼声处处有，人间茅舍两三家，这种静与作者仕途的冷遇相互作用，使他倍感孤独和凄凉。这种闲，由他的处境遭遇而来，这里的一切都显得悠闲超脱，没有羁绊，然而不免使人触景生情。身虽居闲地，心却一刻也没能摆脱朝廷的束缚，常常被“未报恩波”所搅扰，不能得闲，故而格外感慨。作者虽然写的是景，而实际上是在抒发自己内心深处的隐情。

诗下半部分叙事抒情，“未报恩波知死所，莫令炎瘴送生涯。”前句的“未”字贯“报”与“知”，意谓皇帝的深恩自己尚未报答，死所也未可得知，但求不要在南方炎热的瘴气中虚度余生而已。这两句是全诗的关键，蕴含着作者内心深处许多矛盾着的隐微之情：有无辜被贬的愤怨与悲愁，又有对自已从此消沉下去的担心；有自己被贬南荒回归无望的叹息，又有对未来建功立业的憧憬。他虽然没有直接说忧愁怨恨，只提到“死所”“炎瘴”，却比说出来更为深切。在这样的处境里，还想到“未报恩波”，这体现着儒家“怨而不怒”的精神。有了这一联的铺垫，下一联就容易理解。“吟君诗罢看双鬓，斗觉霜毛一半加”，诗人没有正面写自己如何忧愁，只说鬓发顿时白了一半，韵味深厚。

## 【晚春】

**草树知春不久归[①]，百般红紫斗芳菲。**
**杨花[②]榆荚[③]无才思[④]，惟解漫天作雪飞。**

**【注释】**

①不久归：将结束。②杨花：指柳絮。③榆荚：亦称榆钱。榆未生叶时，先在枝间生荚，荚小，形如钱，荚老呈白色，随风飘落。④才思：才华和能力。

**【鉴赏】**

这首诗用拟人化的手法描绘了晚春的繁丽景色，其中，它还寄寓着人们应该乘时而进，抓紧时机去创造有价值的东西这一层意思。

诗人不写百花稀落、暮春凋零，却写草木留春而呈万紫千红的动人情景：花草树木探得春将归去的消息，便各自施展出浑身解数，吐艳争芳，色彩缤纷，繁花似锦，就连那本来乏色少香的杨花、榆荚也不甘示弱，而化作雪花随风飞舞，加入了留春的行列。诗人体物入微，发前人未得之秘，反一般诗人晚春迟暮之感，摹花草灿烂之情状，展晚春满目之风采。寥寥几笔，便给人以满眼风光、耳目一新的印象。

这首诗平中翻新，颇富奇趣、想象之奇。“草木”本属无情物，竟然能“知”能“解”还能“斗”，而且还有“才思”高下有无之分。末二句尤其耐人咀嚼，读者大可根据自己的生活体验进行毫无羁绊的大胆想象，使人思之无穷，味之不尽。

此诗之寓意，见仁见智，不同的人生阅历和心绪会有不同的领悟。

## 【左迁至蓝关示侄孙湘①】

**一封②朝奏九重天③，夕贬潮州④路八千。**
**欲为圣明⑤除弊事，肯⑥将衰朽惜残年！**
**云横秦岭⑦家何在？雪拥蓝关马不前⑧。**
**知汝⑨远来应有意，好收吾骨瘴江⑩边。**

**【注释】**

①左迁：贬官。古人以右贵左贱，故称贬官为左迁。蓝关：距长安不远，在蓝田县境。②封：《谏佛骨表》，在此指谏书。③九重天：皇帝居住的地方，借指皇帝。④潮州：一作潮阳。旧说潮州距长安八千里。⑤圣明：皇帝，此指唐宪宗。⑥肯：岂肯。⑦秦岭：在蓝田县内东南。指横亘陕西南部的山脉、终南山。⑧马不前：古乐府《饮马长城窟行》："驱马涉阴山，山高马不前。"⑨汝：你。⑩瘴江：此泛指南方多瘴气之水。

**【鉴赏】**

元和十四年（819）正月，唐宪宗命宦官从凤翔府法门寺塔中将所谓的释迦文佛的一节指骨迎入宫廷供奉，并送往各寺庙，要官民敬香礼拜。韩愈看到这种佞佛行为，便写了一篇《谏佛骨表》。劝谏阻止唐宪宗，指出信佛对国家无益，而且自东汉以来信佛的皇帝都短命，结果触怒了唐宪宗，韩愈几乎被处死。经裴度等人说情，最后韩愈被贬为潮州刺史，责求即日上道。潮州在广东东部，距离当时的京师长安有八千里之遥。韩愈只身一人，仓促上路，走到蓝田关口时，他的侄孙韩湘匆匆赶来，来陪伴这孤苦的老人。韩愈于是写下了这首诗，悲歌当哭，送给侄孙韩湘。这首诗和《谏佛骨表》珠联璧合，相得益彰，具有深刻的社会意义。

前四句写祸事缘起，冤屈之意毕见。首联直抒自己获罪被贬的原因。他很有气概地说，这个"罪"是自己主动招来的。就因那"一封书"之罪，所得的命运是"朝奏"而"夕贬"。且一贬就是八千里。但是既本着"佛如有灵，能作祸祟，凡有殃咎，宜加臣身"（《谏佛骨表》）的精神，则虽遭获严惩亦无怨悔。

三、四句直书"除弊事"，认为自己是正确的，申述了自己忠而获罪和非罪远谪的愤慨，富有胆识。尽管招来一场弥天大祸，他还是"肯将衰朽惜残年”，且老而弥坚，使人如见到他的刚直不阿之态。五、六句就景抒情，情悲且壮。韩愈为上表付出了惨痛的代价，“家何在”三字中，有他的血泪和愤怒。

后两联扣题目中的“至蓝关示侄孙湘”。作者远贬，严令启程，仓促离家；而家人亦随之遣逐，随后赶来。当诗人行至蓝关时，侄孙韩湘赶到，妻子儿女，则不知尚在何处。作者在《女挐圹铭》中追述道：“愈既行，有司以罪人家不可留京师，迫遣之。女挐年十二，病在席。既惊痛与其父诀，又舆致走道撼顿，失食饮节，死于商南层峰驿。”

从思想上看，此诗与《谏佛骨表》，一诗一文，可称双璧，很能表现韩愈思想中进步的一面。就艺术上看，全诗熔叙事、写景、抒情为一炉，诗味浓郁，感情真切，对比鲜明，是韩诗七律中的精品。

# 张仲素

**【作者介绍】**

张仲素（769—819），字绘之，河间（今属河北）人。宪宗时为翰林学士，后终中书舍人。其诗语言上十分清婉爽洁，悠远飘逸，少有庸作；题材上以写征人思妇的居多，也有描写宫乐春旅的作品。

张仲素是唐代写闺情诗的高手，这方面的佳作相当多，几乎每一首都有着自己的个性和特点。

## 【春闺思】

**袅袅城边柳，青青陌上桑。**
**提笼忘采叶，昨夜梦渔阳①。**

**【注释】**

①渔阳：本为秦代郡名，辖境相当于今北京市及以东各县，治所在今北京市密云县西南。据《史记·陈涉世家》，秦二世元年（公元前209年），发闾左谪戍渔阳。后因以“渔阳”称代征戍之地。

**【鉴赏】**

“袅袅城边柳，青青陌上桑”：城边、陌上、柳丝与桑林，已构成一幅春郊场景。“袅袅”写出柳条依人的意态，“青青”是柔桑逗人的颜色，这两个叠词又渲染出融和的无边春意。这就使读者如睹一幅村女采桑图。于是，这两句不仅是一般的写景，还给女主人公的思念提供了典型环境：城边千万丝杨柳，会勾起送人的往事；而青青的柔桑，会使人联想到“昼夜常怀丝（思）”的春蚕，则思妇眼中之景无非难堪之离情了。

后二句在蚕事渐忙、众女采桑的背景上现出女主人公的特写形象：她倚树凝思，一动不动，手里提着个空“笼”——这是一个极富暗示性的“道具”，“提笼忘采叶”，表露出她身在桑下而心不在焉。心儿何往？末句就此点出“渔阳”二字，意味深长。“渔阳”是唐时征戍之地，当是这位闺中少妇所怀之人所在的地方。原来她是思念起从军的丈夫，伤心怨望。诗写到此已入正题，但它并未直说眼前少妇思夫之意，而是推到昨夜，说“昨夜梦渔阳”，写来不仅更婉曲，且能见昼夜怀思，比单写眼前之思，情意更加深厚。

## 【秋闺[1]思二首】

**碧窗斜月蔼深晖，愁听寒螿[2]泪湿衣。**
**梦里分明见关塞，不知何路向金微[3]。**

**秋天一夜静无云，断续鸿声到晓闻，**
**欲寄征衣问消息，居延城[4]外又移军。**

**【注释】**

①秋闺：秋日的闺房。指易引秋思之所。②寒螿：即寒蝉，墨色，秋天出来鸣叫。③金微：即今阿尔泰山，是当时边关要塞所在。④居延城：汉唐以来的西北地区的军事重镇，在今内蒙古自治区。

**【鉴赏】**

诗第一首开头二句写思妇醒时情景，接着写她的梦境，乃倒装写法。她一觉醒来，只见斜月透进碧纱窗照到床前，环境如此清幽，心头却无比寂寞，更有那秋虫悲鸣，催人泪下；她的泪水早已沾湿了衣襟。后二句刚才在梦里，分明地见到关塞了。那“关塞”正是她魂牵梦萦的地方。因为她的丈夫就出征到那里。她不由大喜：快，去金微山！可是，前路漫漫，找不到去金微山的路。一急，就醒了过来。

第二首前两句写思妇心潮起伏，一夜未眠。她看到夜静无云，她听到鸿声时断时续。鸿雁，向来被认为是替人传递书信的，因此，她便由鸿声而想到要邮寄征衣，但寄到哪儿去呢？本想寄到遥远的居延城（在今内蒙古自治区），谁料想，如今那儿又在移军。怎么办？真叫人愁绪万端，寝食不安。

在这两首诗中，“梦里”句是一折，“不知”又是一折，如此回环曲折，方将思妇的心情极细致地表达出来。“居延城外”句亦是曲折的写法，出乎读者意料之外。但如此一转，便加深了主题，丰富了内涵。二首均有声有色，有情景交融之妙。用字亦有讲究。如用一“蔼”字，表现月光深谙，创造氛围。用一“静”字，显示夜空的冷寂，并衬托出下面的“鸿声”清晰，女主人公则唯闻此声，勾起天寒欲寄征衣的满腔心事。

# 刘禹锡

**【作者介绍】**

刘禹锡（772—842），唐代文学家、哲学家。字梦得，洛阳（今属河南）人，祖籍中山（今河北定县），为匈奴族后裔。因避安史之乱，举族东迁，刘禹锡出生于嘉兴（今属浙江）。贞元九年（公元793年）与柳宗元同榜登进士第，一同参与永贞（805—806）革新，结果一同贬谪远郡，历尽坎坷。晚年回到洛阳，任太子宾客、秘书监分司东都的闲职，后加检校礼部尚书衔。世称刘宾客、刘尚书。其诗精练含蓄，生前与白居易齐名，世称“刘白”，白居易则称他为“诗豪”，推崇备至。曾自编其著述为“四十通”，又删取四分之一为“集略”，今都不传。

## 【西塞山①怀古】

**王濬②楼船下益州③，金陵④王气⑤黯然收。**
**千寻铁锁沉江底⑥，一片降幡出石头⑦。**
**人世几回伤往事，山形依旧枕寒流。**
**今逢四海为家日，故垒萧萧芦荻秋⑧。**

**【注释】**

①西塞山：位于今湖北省黄石市西塞山区。②王濬：晋益州刺史。③益州：晋时州治在今成都。晋武帝谋伐吴，派王濬造大船，出巴蜀，船上以木为城，起楼，每船可容二千余人。④金陵：今南京，当时是吴国的都城。⑤王气：帝王之气。⑥千寻铁锁沉江底：东吴末帝孙皓命人在江中轧铁锥，又用大铁索横于江面，拦截晋船，终失败。⑦石头：指石头城，故址在今江苏省南京清凉山。⑧“今逢”两句：如今国家统一，旧时的壁垒早已荒芜。

**【鉴赏】**

这首名诗是刘禹锡于唐穆宗长庆四年（公元824年），由夔州调任和州刺史，在赴任的途中，经西塞山时，触景生情，抚今追昔，写下了这首感叹历史兴亡的诗。

“王濬楼船下益州，金陵王气黯然收”，这两句是对当年历史的回顾。西晋咸宁五年（公元279年），司马炎为完成统一大业，下令伐吴。在东起滁州西至益州的辽阔战线上，组织了数路大军，向东吴发动了全面进攻。当时身为龙骧将军的王濬，在益州造战船，“以木为城，起楼橹，开四处门，其上皆得驰马往来”（《晋书·王濬传》），此即诗中所言之“楼船”。船造好后的第二年，王濬带兵从益州出发，沿江东下，很快攻破金陵，接受了吴主孙皓的投降，从此东吴灭亡。

“千寻铁锁沉江底，一片降幡出石头”，是承上联具体地写出金陵政权“黯然收”的景况和原因。“千寻铁锁”是东吴在西塞山下江险碛要处的设防。它包含有两层意思：一是表明孙皓政权尽管腐败，但还是不愿轻易失国，而进行拼死抵抗的；二是渲染王濬的足智多谋，英勇善战。当时的东吴，为防御晋武帝的讨伐，曾在西塞山一带筑营垒，设江防，并用铁锁链横截长江，以阻挡王濬的楼船。但王濬用木筏数十，上载麻油火炬，烧融了铁链，直抵金陵城下，迫使吴主孙皓举“降幡”投降。

“人世几回伤往事，山形依旧枕寒流”两句是诗人触景生情，对历史上的兴亡发出伤心的慨叹。眺望金陵的西塞山依然巍峨耸立，其下的长江在寒秋中滚滚东流，可是当年在金陵的帝王都不见了。“往事”二字，包蕴深沉，它指自东吴在金陵相继建都的东晋、宋、齐、梁、陈六个朝代，这些政权的灭亡，大都有相似的原因。但是人们总不接受历史的教训，在循环往复地因袭着前人的失误而不自省。

“今逢四海为家日，故垒萧萧芦荻秋”，是全诗的主旨。诗人对往事的

"伤"是根源于当世的忧，伤往事是次，忧当世是主。唐朝自"安史之乱"以后，虽然表面上还维持着统一的局面，但是几代皇帝都宠信宦官，排挤忠臣，藩镇割据愈演愈烈。如诗人认为，这种情势若继续维持下去，必然要加速衰败，重蹈历史的覆辙。

## 【秋词二首】

**自古逢秋悲寂寥①，我言秋日胜春朝②。**
**晴空一鹤排③云上，便引诗情到碧宵④。**
**山明水净夜来霜，数树深红出浅黄。**
**试上高楼清入骨，岂如春色嗾⑤人狂。**

**【注释】**

①悲寂寥：因寂寞空虚而感到悲伤。②春朝：春天。③排：推开。④碧霄：蓝天。⑤嗾："教唆"的意思。指人在使唤狗时发出的叫声。

**【鉴赏】**

此诗以最大的热情讴歌了秋天的美好。诗人把悲凉的秋天看得比春天还美，另辟蹊径，一反常调，诗的立意不仅新颖，而且深刻，表现了诗人独有的精神和独到的见地。

第一首诗的大意是：自古以来每逢秋天都会感到悲凉寂寥，我却认为秋天要胜过春天。万里晴空，一只鹤凌云而飞起，就引发我的诗兴到了蓝天上了。诗人深深懂得古来悲秋的实质是志士失志，对现实失望，对前途悲观，因而在秋天只看到萧条，感到寂寥。诗人同情他们的遭遇和处境，但不同意他们的悲观失望的情感。他针对这种寂寥之感，偏说秋天比那万物萌生、欣欣向荣的春天要好，强调秋天并不死气沉沉，而是很有生气。他指引人们看那振翅高举的鹤，在秋日晴空中，排云直上，矫健凌厉，奋发有为，大展宏图。这只鹤是独特的、孤单的。但正是这只鹤的顽强奋斗，冲破了秋天的肃杀氛围，为大自然别开生面，使志士们的精神为之抖擞。这只鹤是不屈志士的化身，奋斗精神的体现。所以诗人说，"便引诗情到碧霄"。"诗言志"，"诗情"即志气。人果真有志气，便有奋斗精神，便不会感到寂寥。这就是第一首的主题思想。

这两首《秋词》主题相同，但各写一面，既可独立成章，又是互为补充。其一赞秋气，其二咏秋色。气以励志，色以冶情。所以赞秋气以美志向高尚，咏秋色以颂情操清白。景随人移，色由情化。景色如容妆，见性情，显品德。春色以艳丽取悦，秋景以风骨见长。

第二首的前两句写秋天景色，诗人只是如实地勾勒其本色，显示其特色，明净清白，有红有黄，略有色彩，流露出高雅闲淡的情韵，泠然如文质彬彬的君子风度，令人敬肃。试上高楼一望，便使人感到清澈入骨，思想澄净，心情肃然深沉，不会像那繁华浓艳的春色，教人轻浮若狂。末句用“春色嗾（音sǒu）人狂”反比衬托出诗旨，点出全诗暗用拟人手法，生动形象，运用巧妙。

这是两首抒发议论的即兴诗。诗人通过鲜明的艺术形象表达深刻的思想，既有哲理意蕴，也有艺术魅力，发人思索，耐人吟咏。

## 【竹枝词[①]九首】（其二）

**山桃红花满上头[②]，蜀江[③]春水拍山流。**
**花红易衰似郎意，水流无限似侬[④]愁。**

**【注释】**

①竹枝词：本为巴、渝一带的民歌，诗人模拟而作。②上头：山头。③蜀江：指长江。④侬：我。

**【鉴赏】**

这首《竹枝词》含思婉转，清新活泼，音节和谐，语语可歌。特别是把比兴糅为一体，此诗兴中有比，比中有兴，颇富情韵。

诗中刻画了一个热恋中的农家少女形象。恋爱给她带来了幸福，也带来了忧愁。当她看到眼前的自然景象的时候，这种藏在心头的感情顿被触发，因而托物起兴：“山桃红花满上头，蜀江春水拍山流”，描绘出一幅依山恋水的图画。山桃遍布山头，一个“满”字，表现了山桃之多和花开之盛。一眼望去，山头红遍，像一团火在烧，给人以热烈的感觉。而山下呢，一江春水拍山流过，一个“拍”字，写出了水对山的依恋。这两句写景，却又不单纯写景，景中蕴涵着女主人公复杂的情意。

但这种托物起兴，用意隐微，不易看出，于是诗人又在兴的基础上进而设喻，使这种情意由隐而显。“花红易衰似郎意，水流无限似侬愁”，让女主人公对景抒情，直接吐露热恋中少女的心绪。“花红易衰似郎意”照应第一句，写她的担心。一个“红”字，说明鲜花盛开，正如小伙子那颗热烈的心，让人高兴；但小伙子的爱情是否也像这红花一样易谢呢？“水流无限似侬愁”，照应第二句，写少女的烦忧。既相恋，又怕他变心，这一缕淡淡的清愁，就像这绕山流淌的蜀江水一样，无尽无休。

本诗所表现的是初恋少女微妙、细腻而又复杂的心理，十分传神。诗的格调也明朗、自然，就像所描绘的红花绿水一样明媚动人。而诗的情境的创造、人物思想感情的表达，却恰恰是靠了这个最明显、最巧妙的手法——比兴。

## 【竹枝词九首】（其七）

**瞿塘[①]嘈嘈[②]十二滩[③]，人言道路古来难。**
**长恨人心不如水，等闲平地起波澜。**

**【注释】**

①瞿塘：瞿塘峡，长江三峡之一。②嘈嘈：流水下滩发出的嘈杂声。③十二滩：并非确数，说明险滩之多。

**【鉴赏】**

瞿塘峡是长江三峡之一，两岸连山，水流急湍，形势最为险要，古有“瞿塘天下险”之称。峡中尤多礁石险滩，峡口有“滟滪堆”，就是一巨大石滩。“瞿塘嘈嘈十二滩，人言道路古来难”，就描绘出瞿塘峡的这种险阻形势。“嘈嘈”，流水下滩发出的嘈杂声。“十二滩”，并非确数，犹言险滩之多，其险绝情况也就可以想见了。

面临着惊涛拍岸、险阻重重的

瞿塘峡，诗人不禁由江峡之险联想到当时的世态人情：“长恨人心不如水，等闲平地起波澜”，瞿塘峡之所以险，是因为水中有道道险滩，而人间世道“等闲平地”也会起波澜，真是令人防不胜防，“人心”比瞿塘峡水还要凶险。这是诗人发自内心的感慨之言。

刘禹锡参加永贞改革失败以后，屡受小人诬陷，权贵打击，两次被放逐，达二十三年之久。痛苦的遭遇，使他深感世路维艰，凶险异常，故有此愤世嫉俗之言。长恨，显示出长期埋在诗人心中的，对那些惯于兴风作浪、无事生非、陷害无辜的无耻之徒的无比愤恨。说瞿塘之险用“人言”提起，意为尽人皆知；叹人心之险则用“长恨”领出，主语是诗人自己，点出自己在现实的经历和体察中悟出的人情世态，并且明确表示了自己对它的态度。两句之间有转折，也有深入，以瞿塘喻人心之险，在人之言与我之恨之间过渡，用意精警，比喻巧妙，使抽象的道理具体化，从而给人以深刻的感受。

## 【浪淘沙[①]九首】（其八）

**莫道[②]谗言如浪深，莫言迁客[③]似沙沉。**
**千淘万漉[④]虽辛苦，吹尽狂沙始到金。**

**【注释】**

①浪淘沙：唐代一种曲子的名称。②莫道：不要说。③迁客：贬谪远方的人。④漉：过滤。

**【鉴赏】**

刘禹锡是中唐时期一位具有进步思想的政治家，他积极参与“永贞革新”，但受到保守分子的打击与迫害，屡遭贬谪。这首诗就是诗人被贬夔州时所写。诗人借淘沙自写身世，表明自己不怕谗言，不怕贬谪，相信必有一天沉冤终将昭雪，表现出他在迁谪中的乐观情绪和坚定信念。

这是一首绝句，前两句是：“莫道谗言如浪深，莫言迁客似沙沉”诗人连用两个否定词“莫道”“莫言”，强烈地披示出诗人不怕谗言打击、不怕贬谪投荒的凛然气概。斩钉截铁，力透纸背。后两句仍用比喻，用淘沙取金比喻清白正直的人虽然一时被小人诬陷，历尽辛苦之后，他的价值还是会被人发现的。“千淘万漉”即千万次淘漉，诗人采用镶嵌法，把“千”和“万”分别嵌入“淘漉”间，就显得次数很多，描绘出反复劳作的艰苦情景，以比喻“迁客”受尽的千般磨折。一个“虽”字，指出这种“辛苦”只是暂时的，即使受到磨难，只要咬牙挺住，最终会取得胜利。下一句用比喻说明被谗言陷害终有洗雪的一日。诗人以“狂沙”比进谗者，以“真金”比自己，把淘金与封建统治集团的内部斗争，与诗人的身世和他对生活的态度紧紧地联系起来，作了形象的表达。二十年来，诗人被贬来贬去，历尽千辛万苦，但是一想到自己没像狂沙那样被风浪吹尽，而是如真金一样被淘出来而熠熠闪耀，便感到无限的快慰与无比的自豪。这两句既是自勉，也是自信，更是自强，表现出诗人面对谗言打击变得越发深沉和不屈不挠，在始终充满乐观的情绪中，体现出诗人伟大的人格和高尚的情感。两句以淘沙取金作比，在具有哲理性的形象抒发中给人以极大的冥想。描写生动，抒情真实，议论精彩，用语警策，见解深刻，是历来传诵的名句。

## 【乌衣巷①】

**朱雀桥②边野草花③，乌衣巷口夕阳斜。**
**旧时王谢④堂前燕，飞入寻常百姓家。**

**【注释】**

①乌衣巷：乌衣巷在南京秦淮河南岸，三国时是吴国戍守石头城的部队营房所在地。当时军士都穿着黑色制服，故以“乌衣”为巷名。②朱雀桥：位于朱雀门外秦淮河上。今南京城外。③花：此为开花之意，作动词用。④王谢：东晋南朝两大著名家族。

**【鉴赏】**

这是一首怀古诗。凭吊东晋时南京秦淮河上朱雀桥和南岸的乌衣巷的繁华鼎盛，而今野草丛生，荒凉残照。感慨沧海桑田，人生多变。以燕栖旧巢唤起人们想象，含而不露；以“野草花”“夕阳斜”涂抹背景，美而不俗。语虽极浅，味却无限。

首句“朱雀桥边野草花”，朱雀桥横跨南京秦淮河上，是由市中心通往乌衣巷的必经之路。桥同河南岸的乌衣巷，不仅地点相邻，历史上也有瓜葛。东晋时，乌衣巷是高门士族的聚居区，开国元勋王导和指挥淝水之战的谢安都住在这里。旧日桥上装饰着两只铜雀的重楼，就是谢安所建。在字面上，朱雀桥又同乌衣巷偶对天成。用朱雀桥来勾画乌衣巷的环境，既符合地理的真实，又能造成对仗的美感，还可以唤起有关的历史联想，是“一石三鸟”的选择。句中引人注目的是桥边丛生的野草和野花。

第二句“乌衣巷口夕阳斜”，表现出乌衣巷不仅是映衬在败落凄凉的古桥的背景之下，而且还呈现在斜阳的残照之中。句中作“斜照”解的“斜”字，同上句中作“开花”解的“花”字相对应，全用作动词，它们都写出了景物的动态。“夕阳”，这西下的落日，再点上一个“斜”字，便突出了日薄西山的惨淡情景。本来，鼎盛时代的乌衣巷口，应该是衣冠来往、车马喧嚣的。而现在，作者却用一抹斜晖，使乌衣巷完全笼罩在寂寥、惨淡的氛围之中。

经过环境的烘托、气氛的渲染之后，按说，似乎该转入正面描写乌衣巷的变化，抒发作者的感慨了。但作者没有采用过于浅露的写法，而是继续借助对景物的描绘，写出了脍炙人口的名句：“旧时王谢堂前燕，飞入寻常百姓家”。他出人意料地忽然把笔触转向了乌衣巷上空正在就巢的飞燕，让人们沿着燕子飞行的去向去辨认，如今的乌衣巷里已经居住着普通的百姓人家了。为了使读者明白无误地领会诗人的意图，作者特地指出，这些飞入百姓家的燕子，过去却是栖息在王谢权门高大厅堂的檐檩之上的旧燕。

## 【台城】

**台城①六代②竞豪华，结绮临春③事最奢。**
**万户千门成野草，只缘④一曲后庭花⑤。**

**【注释】**

①台城：台城故址在今南京玄武湖南岸、鸡鸣寺之后，东端与明都城相接，西端为一断壁，沿鸡鸣山东面的柏油马路向前，经过鸡鸣寺大门向西，即可发现这段城墙。②六代：东吴、东晋及南朝的宋齐梁陈。③结绮、临春：此处指阁楼的名字。④缘：因为。⑤后庭花：曲名。

**【鉴赏】**

六朝皇帝，以奢侈荒淫著称，最末的陈后主更甚。他在豪华的台城里，营造了结绮、临春、望仙三座高达数十丈的楼阁，整天倚翠偎红，不理朝政，还自谱新曲《玉树后庭花》，填上淫词，让数以千计的美女边歌边舞。可怎料笙歌未彻，隋兵已迫都门，楼上红灯，楼下战火，连成一片。金粉南朝就在这靡靡之音中结束了。这首怀古诗，以古都金陵的核心——台城这一六朝帝王起居临政的地方为题，寄托了吊古伤今的无限感慨。

首句总写台城，综言六代，是一幅鸟瞰图。“六代竞豪华”，乍看只是叙事，但前面冠以“台城”，便立刻使人联想到当年金陵王气，今日断瓦颓垣，这就有了形象。“豪华”之前，着一“竞”字，直贯六朝三百多年历史及先后登基的近四十位帝王。“竞”当然不是直观形象，但用它来点化“豪华”，使之化成了无数幅争奇斗巧、富丽堂皇的六代皇宫图，它比单幅图画提供的形象更为丰满。

次句在画面上突出了结绮、临春两座凌空高楼（还应包括另一座“望仙阁”在内）。“事最奢”是承上“豪华”而发的议论，“最”字接“竞”字，其奢为六朝之“最”，可说登峰造极，那么陈后主的下场如何，是不难想象了。这一句看起来写两座高楼，而议论融化在形象中了。这两座高楼，虽然只是静止的形象，但诗句却能引起读者对楼台中人和事的浮想联翩。似见帘幕重重之内，香雾缥缈之中，舞影翩翩，轻歌阵阵，陈后主与妖姬艳女们正在纵情作乐。诗的容量就因“结绮临春”引起的联想而更加扩展了。

第三句记楼台今昔。眼前野草丛生，满目疮痍，这与当年“万户千门”的繁华景象形成多么强烈的对比。一个“成”字，给人以转瞬即逝之感。数百年前的盛景，似乎一下子就变成了野草，其中极富深意。我们仿佛置身于惨碧凄迷的瓦砾堆中，当年粉黛青蛾依稀可见；今日累累白骨，触目惊心。

结句论述陈后主失国因由，诗人改用听觉形象来表达，在“千门万户成野草”的凄凉情景中，仿佛隐约可闻《玉树后庭花》的乐曲在空际回荡。这歌声使人联想到当年翠袖红毡，缓歌曼舞的场面，不禁使人对这一幕幕历史悲剧发出深沉的感叹。

## 【望洞庭[①]】

**湖光秋月两相②和③，潭面④无风镜未磨⑤。**
**遥望洞庭山水色⑥，白银盘⑦里一青螺⑧。**

**【注释】**

①洞庭：湖名，今位于湖南省北部。②相：相互。③和：和谐，这里指水色与月光融为一体。④潭面：泛指水面。⑤镜未磨：古人的镜子用铜制作磨成。这里一说是水面无风。⑥山水色：青山湖水翠绿之色。⑦白银盘：形容平静而又清晰的洞庭湖。⑧青螺：青色田螺，这里用来形容洞庭湖中的君山像青螺一样。

**【鉴赏】**

《望洞庭》是刘禹锡的一首山水小诗，该诗通过对洞庭湖高旷清超的描写，充分表现出诗人的奇思异彩。

第一句从水光月色的交融不分写起，表现湖面的开阔寥远。秋夜皎皎明月下的洞庭湖水是澄澈空明的。与素月的清光交相辉映，俨如琼田玉鉴，是一派空灵、缥缈、宁静、和谐的境界。这就是"湖光秋月两相和"一句所包蕴的诗意。"和"字下得工炼，表现出了水天一色、玉宇无尘的融和的画境。而且，似乎还把一种水国之夜的节奏——荡漾的月光与湖水吞吐的韵律，传达给读者了。接下来描绘湖上无风，迷迷蒙蒙的湖面宛如未经磨拭的铜镜。"镜未磨"三字十分形象贴切地表现了千里洞庭风平浪静的安宁温柔的景象，在月光下别具一种朦胧美。"潭面无风镜未磨"以生动形象的比喻补足了"湖光秋月两相和"的诗意。因为只有"潭面无风"，波澜不惊，湖光和秋月才能两相协调。否则，湖面狂风怒号，浊浪排空，湖光和秋月便无法辉映成趣，也就无有"两相和"可言了。

第三句写远望湖中君山翠绿的色彩，这里的"山水"实际只是指山，即

湖中的君山。用“山水”属于古代汉语中“偏义复词”的用法。第四句再用一个比喻，将浮在水中的君山比作搁在白银盘子里的青螺。全诗纯然写景，既有细致的描写，又有生动的比喻，读来饶有趣味。

## 【柳枝词[1]】

**清江[2]一曲[3]柳千条，二十年前旧板桥。**
**曾与美人桥上别，恨无消息到今朝。**

**【注释】**

①柳枝词：本作《折杨柳》，乐府横吹曲辞。②清江：一作“春”江。③一曲：犹一湾。

**【鉴赏】**

这首《柳枝词》，明代杨慎、胡应麟誉之为神品。

一是故地重游，怀念故人之意欲说还休，尽于言外传之，是此诗的含蓄之妙。首句描绘一曲清江、千条碧柳的清丽景象。“清”一作“春”，两字音韵相近，而杨柳依依之景自含“春”意，“清”字更能写出水色澄碧，故作“清”字较好。“一曲”犹一湾。江流曲折，两岸杨柳沿江迤逦展开，着一“曲”字则画面生动有致。旧诗写杨柳多暗关别离，而清江又是水路，因而首句已展现一个典型的离别环境。次句撇景入事，点明过去的某个时间（二十年前）和地点（旧板桥），暗示出曾经发生过的一桩旧事。“旧”字不但见年深岁久，而且兼有“故”字意味，略寓风景不殊人事已非的感慨。前两句从眼前景进入回忆，引导读者在遥远的时间上展开联想。第三句只浅浅道出事实，但由于读者事先已有所猜测，有所期待，因而能用积极的想象丰富诗句的内涵，似乎看到这样一幅生动画面：杨柳岸边兰舟催发，送者与行者相随走过板桥，执手无语，充满依依惜别之情。末句“恨”字略见用意，“到今朝”三字倒装句末，意味深长。与“二十年前”照应，可见断绝消息之久，当然抱恨了。只说“恨”对方杳无音信，却流露出望穿秋水的无限情思。此诗首句写景，二句点时地，三、四句道事实，而怀思故人之情欲说还休，“悲莫悲兮生别离”的深沉幽怨，尽于言外传之，真挚感人。可谓“用意十分，下语三分”，极尽含蓄之妙。

二是运用倒叙手法，首尾相衔，开阖尽变，是此诗的章法之妙。它与《题都城南庄》（崔护）主题相近，都用倒叙手法。崔诗从“今日此门中”忆“去年”情事，此诗则由清江碧柳忆“二十年前”之事，这样开篇就能引人入胜。不过，崔诗以上下联划分自然段落，安排“昔—今”两个场面，好比两幕剧。而此诗首尾写今，中二句写昔，章法为“今—昔—今”，婉曲回环，与崔诗异趣。此诗篇法圆紧，可谓曲尽其妙。

# 白居易

**【作者介绍】**

白居易（772—846），字乐天，号香山居士，下邽（今陕西渭南）人，唐代诗人。贞元十六年（800年）中进士，历任盩厔（今属陕西，已改用“周至”）县尉、左拾遗、东宫赞善大夫、江州司马、杭州、苏州刺史、太傅等职。白居易是一位伟大的现实主义诗人。他的诗歌题材广泛，形式多样，语言平易通俗。他所写的《秦中吟》《新乐府》，敢于针对当权者的弊政，反映人民疾苦，深刻地揭露社会矛盾，他又是中唐新乐府运动的主要倡导人。白居易的叙事诗如《长恨歌》《琵琶行》，描写细腻，生动感人，具有独特的艺术风格，影响极为广泛。在诗歌创作理论上，他提出“文章合为时而著，诗歌合为事而作”的主张。现存诗三千多首，有《白氏长庆集》。

## 【观刈麦】

**田家少闲月，五月人倍忙。**
**夜来南风起，小麦覆陇[1]黄[2]。**
**妇姑[3]荷箪食，童稚携壶浆。**
**相随饷田[4]去，丁壮[5]在南冈。**
**足蒸暑土气，背灼炎天光。**
**力尽不知热，但惜[6]夏日长。**
**复有贫妇人，抱子在其旁；**
**右手秉遗穗[7]，左臂悬敝筐。**
**听其相顾言[8]，闻者为悲伤。**
**家田输税[9]尽，拾此充饥肠。**
**今我何功德，曾不[10]事农桑。**
**吏禄三百石，岁晏[11]有馀粮。**
**念此私自愧，尽日不能忘。**

【注释】

①陇：同“垄”，田埂，这里泛指麦地。②覆陇黄：小麦黄熟时遮盖住了田埂。覆：盖。③妇姑：媳妇和婆婆，这里泛指妇女。④饷田：给在田里劳动的人送饭。⑤丁壮：青壮年男子。⑥惜：珍惜，舍不得浪费。⑦秉遗穗：握着从田里拾取的落下的麦穗。秉，用手握着。⑧相顾言：指互相诉说。顾：视，看。⑨输税：缴纳租税。⑩曾不：从未。⑪晏：晚。岁晏，年末、年终。

【鉴赏】

全诗分四层，第一层四句，交代时间及其环境气氛。“田家少闲月，五月人倍忙”，下文要说的事情就发生“人倍忙”的五月。这两句总领全篇，而且一开头就流露出了作者对劳动人民的同情；“夜来南风起，小麦覆陇黄”，一派丰收景象，大画面是让人喜悦的，可是没有人能想到在这丰收景象下农民的悲哀。

第二层八句，通过具体的一户人家来展现这“人倍忙”的收麦情景。婆婆、儿媳妇担着饭篮子，小孙儿提着水壶，他们是去给地里干活儿的男人们送饭的。男人天不亮就下地了；女人起床后先忙家务，而后做饭；小孙子跟着奶奶、妈妈送饭时一起到地里。她们是要在饭后和男人们一道干下去的。这一家在田地里十分忙碌。“足蒸暑土气，背灼炎天光。力尽不知热，但惜夏日长。”这四句正面描写收麦劳动。

第三层八句，镜头转向一个贫妇人，她被捐税弄到无法生存，现时只能以拾麦穗为生，这是比全家忙于收麦者更低一个层次的人。她左手抱着一个孩子，臂弯里挂着一个破竹筐，右手在那里捡人家落下的麦穗，这样做十分累，收获却很少。但她没有办法，当时正是收麦的时候，还有麦穗可捡，换做别的时候，就只有去沿街乞讨了。而她们家在去年、前年，也是有地可种、有麦可收的人家，只是后来让捐税弄得走投无路，把家产、土地都折变了，致使今天落到了这个地步。读者可以想象：现在忙于收割的人家，明年也有可能像她那样，无地可种，只能以拾麦穗为生。

第四层六句，写诗人面对丰收情况下出现如此悲惨景象的自疚自愧。这段文字是全诗的精华所在，是作者触景生情的产物，表现了诗人对劳动人民的深切同情。在诗的最后发表议论，这是白居易许多讽刺诗的共同路数。这首诗的议论不是直接指向社会病根，而是表现为作者自疚自愧，这也是一种对整个官僚贵族社会的隐约批评。白居易只是一个年俸三百石的小小县尉，那些大官僚、大贵族们其实更应该感到自疚自愧。赋税是皇帝管的，作者无法公开反对，他只能用这种结尾来达到讽谏的目的。

作品的题目叫《观刈麦》，而画面上实际出现的，除了刈麦者之外，却还有一个拾麦者，而且作者的关心也恰恰是更偏重在后者身上。他们二者目前的贫富苦乐程度是不同的，但是他们的命运却有着紧密的联系。今日凄凉可怜的拾麦穗者是昨日辛劳忙碌的刈麦者；而今日辛劳忙碌的刈麦者明日又有可能沦落成凄凉可怜的拾麦者。

## 【轻肥】

**意气骄满路，鞍马光照尘。**
**借问何为者，人称是内臣。**
**朱绂①皆大夫②，紫绶③悉将军。**
**夸赴军中④宴，走马去如云。**
**樽罍⑤溢九酝⑥，水陆罗八珍⑦。**
**果擘⑧洞庭橘⑨，脍⑩切天池⑪鳞。**
**食饱心自若，酒酣气益振。**
**是岁江南旱，衢州人食人！**

**【注释】**

①朱绂：古代礼服上的红色蔽膝，后常作为官服的代称，也指做官。②皆大夫：指来人一个个都是朝中要员。③紫绶：紫色的系印丝绳。朱、紫二色，高级官员才能用。④军中：指神策军，这是保卫皇帝的御林军。⑤樽罍：均为酒具。⑥九酝：美酒名，是一种经过重酿的美酒。⑦八珍：指各种美食。⑧擘：本义指大拇指，这里指用手指把东西剖开。⑨洞庭橘：出产于太湖洞庭山中的橘子，极为名贵，在唐代为贡品。⑩脍：细切的肉类。⑪天池：海的别称，语出《庄子·逍遥游》：“南冥者，天池也。”

**【鉴赏】**

《轻肥》是白居易代表作，著名组诗《秦中吟》中的第七首。

诗人选取宦官赴军宴的事情，具体而形象地描写了他们的生活。全诗分为两部分：“意气骄满路……酒酣气益振”为第一部分，写宦官的骄奢。“是岁江南旱，衢州人食人”为第二部分，写人食人的惨状。开头四句，先写后点，突兀跌宕，绘声绘色。意气之骄，竟可满路；鞍马之光，竟可照尘，这不能不使人惊异。正因为惊异，才发出“何为者”（干什么的）的疑问，从而引出了“是内臣”的回答。内臣者，宦官也。读者不禁要问：宦官不过是皇帝的家奴，凭什么骄横神气以至于此？原来，宦官这种角色居然朱绂、紫绶，掌握了政权和军权，自然骄奢。“夸赴军中宴，走马去如云”两句，与“意气骄满路，鞍马光照尘”前呼后应，互相补充。“走马去如云”，就具体写出了骄与夸。这几句中的“满”“照”“皆”“悉”“如云”等字，形象鲜明地表现出赴军中宴的内臣不是一两个，而是一大帮。“樽罍溢九酝”至“酒酣气益振”六句为第二段，描写宴会上珍贵的酒肴果品和宦官们的胃口兴致（由“气益振”三字可知所写为前已描写的宦官）。“九酝”为宜城所产名酒，“天池”为海的别称，“天池鳞”即海产佳鱼。“食饱心自若，酒酣气益振”，越吃喝越高兴。末段二句，极冷峻对比：“是岁江南旱，衢州人食人！”衢州在今浙西，元和三、四年大旱饥馑。两句诗如钟馗打鬼，将前两段十四句诗所写妖魅击得粉碎。

这首诗的一个突出特点就是巧妙地运用了对比的方法，把两种截然相反的社会现象并列在一起，诗人不作任何说明，不发一句议论，而让读者通过鲜明的对比，得出应有的结论。《轻肥》是一首出色的好诗，它具有多方面的艺术技巧。无论是骤然而起，渲染重点，对比、传神，都是值得我们借鉴的。千百年来，《轻肥》一直在为人们所传诵，除诗的内容有着深刻的现实意义和历史意义外，高超的艺术技巧也是分不开的。

## 【卖炭翁】

**卖炭翁，伐薪烧炭南山[1]中。**
**满面尘灰烟火色，两鬓苍苍[2]十指黑。**
**卖炭得钱何所营[3]？身上衣裳口中食。**
**可怜身上衣正单，心忧炭贱愿天寒。**
**夜来城外一尺雪，晓驾炭车辗冰辙[4]。**
**牛困[5]人饥日已高，市南门外[6]泥中歇。**

**翩翩两骑[7]来是谁？黄衣使者白衫儿[8]。**
**手把文书口称敕[9]，回车叱牛牵向北[10]。**
**一车炭，千馀斤，宫使驱将惜不得。**
**半匹红纱一丈绫，系向牛头充炭直。**

**【注释】**

①伐：砍伐。薪：柴。②苍苍：灰白色。③得：得到。何所营：做什么用。营，经营。④辗：同“碾”，轧。辙：车轮辗出的痕迹。⑤困：困倦，疲乏。⑥市南门外：唐代长安商业区在城南，商货多集中于市南门外。⑦翩翩：轻快洒脱的情状。这里形容得意忘形的样子。骑：马和骑马的人。⑧黄衣使者白衫儿：黄衣使者，指皇宫中采办宫市的太监。白衫儿，指太监手下的爪牙。⑨把：拿。敕：皇帝的命令或诏书。⑩回：调转。叱：吆喝。牵向北：唐代皇帝的宫殿在长安的北边，牵向北，指把炭车赶向皇宫。

**【鉴赏】**

全诗共分为三个部分。前六句为第一部分，总的概括介绍卖炭翁。前两句说卖炭翁在终南山自己伐薪、自己烧炭，然后又自己去卖炭，全靠自己的艰辛劳动维持生计。三、四句对他的外貌进行刻画，长年的辛苦和贫困，使他“满面尘灰烟火色，两鬓苍苍十指黑”。年纪老迈的他只能靠烧炭卖炭这样辛苦的劳动来维持起码的“身上衣裳口中食”。

第二部分是第七至第十二句，写卖炭翁赶车上市的情况。卖炭翁衣服单薄，本应渴望天气暖和。但他为了能多卖几个炭钱，却宁可忍受严寒，希望天气更冷些。“衣正单”的状况，与“愿天寒”的心理，形成强烈的矛盾，这种矛盾的心情源于“心忧炭贱”。倘若天暖炭贱，他就连最起码的生存都不能维持了。“夜来”下雪，“晓”则驾车去卖炭，正是想趁着天冷能多买几个炭钱。我们能想到，此时他是多么寒冷。但他心中怀着希望，便将寒冷置之度外了。路上是“一尺雪”的“冰辙”，艰险难行。他拉着牛车一路从“晓”走到“日已高”，“牛困人饥”也只能倚在泥地里歇息。

第三部分写卖炭翁的厄运。在焦急企盼售炭的时刻，遇上“宫市”，即宫市使到集市上去为皇宫采购物品，名曰“采购”，实际给价只有货品本价的几十分之一，甚至分文不给，于是一牛车千余斤木炭——山中多日伐薪烧炭的劳动成果遭劫，将全诗推向最富感染力的高潮。“翩翩两骑”，来了两名司“宫市”的宦官，“黄衣使者”是品级高宦官，“白衫儿”则无品位。这二位手把文书，口称皇帝敕令，“回车叱牛牵向北”，长安皇城在城北，东西两市在南，故云。“半匹红纱一丈绫，系向牛头充炭值”诗到此戛然而止。

牛困人饥，“身上衣裳口中食”怎么办？一概没有答案，任凭读者去揣摩想象。卖炭翁会有怎样的反应呢？也没写。他会不会像卖柴的农夫那样“今有死而已”对宦者抱以老拳？

## 【夜雪】

**已讶[①]衾枕冷，复[②]见窗户明。**
**夜深知雪重，时闻折竹声。**

**【注释】**

①讶：惊讶。②复：又。

**【鉴赏】**

这首诗是白居易谪居江州时所写，如题所示，该诗是吟咏夜雪的，由于它在立意和构思上都有其独到之处，读后能给人留下深刻的印象，获得美的享受。

开篇先从触觉写起：“已讶衾枕冷”，诗人在睡梦中被冻醒，惊讶地发现盖在身上的被子竟有些冰冷。疑惑之间，抬眼望去，只见窗户被映得很明亮，将触觉描写转移到视觉上来。这两句还没有出现诗的主角“雪”，但每一句写的都是夜雪的情状。“讶”字，暗指落雪是在不经意间。“冷”字，则点出落雪已多时。起初浑然不觉，待寒冷袭来才忽然醒悟，生动形象地体现了雪落地无声的特点。

第二句“复见窗户明”，“复见”承接上句“已讶”，无论在句式上还是诗人的感觉动作上都与上文承接连贯。由于是夜里，再加上雪落无声，诗人没有感觉到天气的骤变，待到他觉察“衾枕冷”时，才举头向窗外望去，只见窗户已被映得雪亮。此刻是夜深之时，而窗户却有亮光，说明这雪下得非常大的，也照应了前文的“冷”。

第三、四句“夜深知雪重，时闻折竹声”这两句在句意上的顺序是颠倒的，应当是先闻折竹声，而后才做出判断知是夜深雪重，但作者为了突出此时雪重的效果，而有意识地调整了语序。“时闻折竹声”仍不直接写雪，继续采用侧面描写的手法，从听觉的角度展现夜雪之重。诗人选取“折竹”这一细节，衬托出“重”字。竹子本是很有韧性的植物，通过积雪压折竹枝的声音，可见雪之大，且雪势有增无减。”折竹声”于“夜深”而“时闻”，又显示出雪夜的宁静，同时也透露出诗人谪居江州时心情的孤寂。

诗人先写被窝内的感觉，次写窗上之所见，再写房外之所闻，即先写触觉，次写视觉，再写听觉，而后才自然地得出深夜雪重的结论。且全诗自然天成，平易熨帖，获得了更佳的艺术效果。

## 【长恨歌】

汉皇[①]重色思倾国[②]，御宇[③]多年求不得。
杨家有女初长成，养在深闺人未识。
天生丽质难自弃，一朝选在君王侧。
回眸一笑百媚生，六宫粉黛无颜色。
春寒赐浴华清池[④]，温泉水滑洗凝脂[⑤]。
侍儿扶起娇无力，始是新承恩泽时。
云鬓花颜金步摇[⑥]，芙蓉帐暖度春宵。
春宵苦短日高起，从此君王不早朝。
承欢侍宴无闲暇，春从春游夜专夜。
后宫佳丽三千人，三千宠爱在一身。
金屋[⑦]妆成娇侍夜，玉楼宴罢醉和春。
姊妹弟兄皆列土[⑧]，可怜光彩生门户。
遂令天下父母心，不重生男重生女。
骊宫[⑨]高处入青云，仙乐风飘处处闻。
缓歌曼舞凝丝竹，尽日君王看不足。
渔阳鼙鼓[⑩]动地来，惊破霓裳羽衣曲[⑪]。
九重城阙烟尘生，千乘万骑西南行。
翠华[⑫]摇摇行复止，西出都门百余里。
六军[⑬]不发无奈何，宛转蛾眉[⑭]马前死。
花钿委地无人收，翠翘金雀玉搔头。

君王掩面救不得，回看血泪相和流。
黄埃散漫风萧索，云栈萦纡登剑阁[15]。
峨嵋山下少人行，旌旗无光日色薄。
蜀江水碧蜀山青，圣主朝朝暮暮情。
行宫[16]见月伤心色，夜雨闻铃肠断声。
天旋地转[17]回龙驭，到此踌躇不能去。
马嵬坡下泥土中，不见玉颜空死处。
君臣相顾尽沾衣，东望都门信马归。
归来池苑皆依旧，太液[18]芙蓉未央[19]柳。
芙蓉如面柳如眉，对此如何不泪垂。
春风桃李花开日，秋雨梧桐叶落时。
西宫[20]南内[21]多秋草，落叶满阶红不扫。
梨园弟子[22]白发新，椒房阿监[23]青娥老。
夕殿萤飞思悄然，孤灯挑尽未成眠。
迟迟钟鼓初长夜，耿耿星河欲曙天。
鸳鸯瓦冷霜华重，翡翠衾寒谁与共。
悠悠生死别经年，魂魄不曾入梦来。
临邛[24]道士鸿都[25]客，能以精诚致魂魄。
为感君王展转思，遂教方士殷勤觅。
排空驭气奔如电，升天入地求之遍。
上穷碧落[26]下黄泉，两处茫茫皆不见。
忽闻海上有仙山，山在虚无缥缈间。
楼阁玲珑五云起，其中绰约多仙子。
中有一人字太真[27]，雪肤花貌参差[28]是。
金阙西厢叩玉扃[29]，转教小玉报双成[30]。
闻道汉家天子使，九华帐里梦魂惊。
揽衣推枕起徘徊，珠箔银屏迤逦开。
云鬓半偏新睡觉[31]，花冠不整下堂来。
风吹仙袂飘飘举，犹似霓裳羽衣舞。
玉容寂寞泪阑干[32]，梨花一枝春带雨。
含情凝睇谢君王，一别音容两渺茫。

昭阳殿里恩爱绝，蓬莱[33]宫中日月长。
回头下望人寰处，不见长安见尘雾。
唯将旧物表深情，钿[34]合金钗寄将去。
钗留一股合一扇，钗擘黄金合分钿。
但教心似金钿坚，天上人间会相见。
临别殷勤重寄词，词中有誓两心知。
七月七日长生殿，夜半无人私语时。
在天愿作比翼鸟，在地愿为连理枝。
天长地久有时尽，此恨绵绵无绝期。

【注释】

①汉皇：名曰汉皇，本指汉武帝，这里借指唐玄宗。②倾国：指绝代美女。汉李延年歌“北方有佳人，绝世而独立。一顾倾人城，再顾倾人国”。③御宇：治理天下，指登帝位。④华清池：华清宫温泉，在今陕西临潼。⑤凝脂：指白嫩光泽的肌肤。⑥金步摇：金制垂珠头钗，行则摇动。⑦金屋：用汉武帝“金屋藏娇”典，指杨贵妃所居之处。⑧列土：分封土地。⑨骊宫：指骊山华清宫。⑩鼙鼓：古代骑兵用的小鼓，借指战争。⑪霓裳羽衣曲：舞曲名。⑫翠华：皇帝仪仗用翠鸟羽毛为饰的旗帜。⑬六军：此指皇帝的扈从部队。⑭蛾眉：指代杨贵妃。⑮云栈：高耸入云的栈道。萦纡：弯曲盘旋。剑阁：在今四川剑阁县。⑯行宫：皇帝出行时的住所。⑰天旋地转：形容时局大变。⑱太液：宫池名。⑲未央：宫名，此泛指唐代宫苑。⑳西宫：西内太极宫。㉑南内：即兴庆宫。㉒梨园弟子：由玄宗执教的宫内习艺者。㉓椒房阿监：后妃宫中的女官。㉔临邛：地名，今四川邛崃县。㉕鸿都：东汉都城洛阳的宫门，借指长安。㉖碧落：道家称天界为碧落。㉗太真：杨贵妃。开元二十八年玄宗曾度她为女道士，号太真，住太真宫。㉘参差：仿佛，差不多。㉙扃：从外面关门的闩、钩等。㉚双成：董双成，西王母的侍女。㉛睡觉：睡醒。㉜阑干：纵横交错的样子，指泪痕满面。㉝蓬莱：传说中的海上仙山。㉞钿：镶嵌了金属宝石的装饰物。

【鉴赏】

本诗共分四大段，从“汉皇重色思倾国”至“不重生男重生女”为第一段，写唐明皇和杨贵妃的情爱生活。其中开头八句写杨贵妃的美貌和被唐明皇所求得。明是唐皇而诗中却说“汉皇”，这是唐朝人由写古题乐府留下来的习惯。从“春寒赐浴华清池”到“不重生男重生女”的十八句，写杨贵妃的受宠和由此形成的杨氏家族的豪贵。“春宵苦短日高起，从此君王不早朝”，写唐明皇的迷恋声色，荒废政事。“承欢侍宴无闲暇，春从春游夜专夜。后宫佳丽三千人，三千宠爱在一身”写杨贵妃被宠的程度，简直是形影不离。接着作者又用汉武帝宠爱陈阿娇，要为阿娇造一座金屋子的典故来比喻他们之间的关系。“姊妹兄弟皆列土，可怜光彩生门户。遂令天下父母心，不重生男重生女”。一人得道，鸡犬升天，杨贵妃一人受宠，杨氏族门立刻权势逼人。

第二部分是“骊宫高处入青云”至”回看血泪相和流”，写杨贵妃遭变身死的情形。其中又可分为两层，第一层为“骊宫高处入青云”至“惊破霓裳羽衣曲”，写变故不测，惊破迷梦。“骊宫高处入青云，仙乐风飘处处闻。缓歌曼舞凝丝竹，尽日君王看不足”这四句又和前面的“从此君王不早朝”相呼应，进一步描写唐明皇的迷恋声色，荒政误国。

第三部分是“黄埃散漫风萧索”至“魂魄不曾入梦来”，写唐玄宗对杨贵妃的思念以及他的凄惨生活和心理。从这一部分开始，诗歌的格调凄惨悲凉，充满了对李杨悲剧的同情。诗人抓住了人物精神世界里揪心的“恨”，用酸恻动人的语调，宛转形容和描述了杨贵妃死后唐玄宗在蜀中的寂寞悲伤，还都路上的追怀忆旧，回宫以后睹物思人，触景生情，一年四季物是人非事事休的种种感触。

第四部分是全篇中心即歌“长恨”，但诗人却从“重色”说起，并且予以极力铺写和渲染。“日高起”“不早朝”“夜专夜”“看不足”等等，看来是乐到了极点，像是一幕喜剧，然而，极度的乐，正反衬出后面无穷无尽的恨。然而诗人笔锋一折，别开境界，借助想象的彩翼，构思了一个妩媚动人的仙境，使故事更加回环曲折，有起伏，有波澜。这一转折，既出人意料，又尽在情理之中。由于主观愿望和客观现实不断发生矛盾、碰撞，诗歌把人物千回百转的心理表现得淋漓尽致，故事也因此而显得更为宛转动人。

## 【琵琶行[①]】

**元和十年，予左迁九江郡司马。明年秋，送客湓浦口[②]。闻舟中夜弹琵琶者，听其音，铮铮然[③]有京都声。问其人，本长安**

倡女[4]。尝学琵琶于穆、曹二善才[5]，年长色衰，委身为贾人[6]妇。遂命酒，使快弹数曲，曲罢悯然。自叙少小时欢乐事，今漂沦憔悴，转徙于江湖间。予出官二年，恬然自安，感斯人言，是夕始觉有迁谪意。因为长句，歌以赠之，凡六百一十六言，命曰《琵琶行》。

浔阳江[7]头夜送客，枫叶荻[8]花秋瑟瑟。
主人下马客在船，举酒欲饮无管弦。
醉不成欢惨将别，别时茫茫江浸月。
忽闻水上琵琶声，主人忘归客不发。
寻声暗问弹者谁，琵琶声停欲语迟。
移船相近邀相见，添酒回灯重开宴。
千呼万唤始出来，犹抱琵琶半遮面。
转轴拨弦三两声，未成曲调先有情。
弦弦掩抑声声思，似诉平生不得志。
低眉信手续续弹，说尽心中无限事。
轻拢慢捻抹复挑，初为《霓裳》后《六幺》[9]。
大弦[10]嘈嘈如急雨，小弦[11]切切如私语。
嘈嘈切切错杂弹，大珠小珠落玉盘。
间关[12]莺语花底滑[13]，幽咽泉流冰下难。
冰泉冷涩弦凝绝，凝绝不通声渐歇。
别有幽愁暗恨生，此时无声胜有声。
银瓶[14]乍破水浆迸，铁骑突出刀枪鸣。
曲终收拨当心画，四弦一声如裂帛。
东船西舫[15]悄无言，唯见江心秋月白。
沉吟放拨插弦中，整顿衣裳起敛容。
自言本是京城女，家在虾蟆陵[16]下住。
十三学得琵琶成，名属教坊[17]第一部。
曲罢曾教善才服，妆成每被秋娘[18]妒。
五陵年少争缠头[19]，一曲红绡不知数。
钿头云篦击节碎，血色罗裙翻酒污。
今年欢笑复明年，秋月春风等闲度。

弟走从军阿姨死，暮去朝来颜色故。
门前冷落车马稀，老大嫁作商人妇。
商人重利轻别离，前月浮梁[20]买茶去。
去来江口守空船，绕船月明江水寒。
夜深忽梦少年事，梦啼妆泪红阑干。
我闻琵琶已叹息，又闻此语重唧唧[21]。
同是天涯沦落人，相逢何必曾相识！
我从去年辞帝京，谪居卧病浔阳城。
浔阳地僻无音乐，终岁不闻丝竹声。
住近湓江地低湿，黄芦苦竹绕宅生。
其间旦暮闻何物，杜鹃啼血猿哀鸣。
春江花朝秋月夜，往往取酒还独倾。
岂无山歌与村笛，呕哑嘲哳[22]难为听。
今夜闻君琵琶语，如听仙乐耳暂明。
莫辞更坐弹一曲，为君翻作琵琶行。
感我此言良久立，却坐促弦弦转急。
凄凄不似向前声，满座重闻皆掩泣。
座中泣下谁最多？江州司马青衫湿。

【注释】

①行是诗歌的一种，一般称为歌行。②湓浦口：湓水流至长江入口处。③铮铮然：指嗡嗡作响。④倡女：以歌舞娱人的妇女。⑤善才：唐代琵琶师之称。⑥贾人：商人。⑦浔阳江：在九江市北，是长江的一段。⑧荻：芦苇一类的植物。⑨《霓裳》：即《霓裳羽衣曲》。《六幺》：亦称绿腰、录要。都是当时有名的乐曲。⑩大弦：琵琶上最粗的弦。⑪小弦：琵琶上最细的弦。⑫间关：象声词，这里指鸟鸣婉转。⑬间关莺语花底滑：像百花丛中莺声婉转流利。滑，流利。⑭银瓶：银制的瓶，汲水器。⑮舫：装饰漂亮、美丽的游船。⑯虾蟆陵：古地名，在今陕西省长安县南。⑰教坊：唐代管领音乐杂技、教习歌舞的机关。⑱秋娘：本为长安著名歌妓，这里泛指美丽的女子。⑲五陵年少：富家子弟。五陵，长安旧有汉代五帝的陵墓，后为豪门的聚居地。争：争送。缠头：送给歌舞妓女的锦帛之类的赠品。⑳浮梁：古县名，唐属饶州。㉑唧唧：叹息声。㉒呕哑嘲哳：声音杂乱繁碎。

【鉴赏】

白居易曾将自己的诗分为“讽喻诗”“闲适诗”“感伤诗”“杂律诗”四类，《琵琶行》属于“事物牵于外，情理动于内，随感遇而形于叹咏”的感伤诗。如“序”中所说，诗里所写的是作者由长安贬到九江期间在船上听一位长安故倡弹奏琵琶、诉说身世的情景。全诗着力塑造了琵琶女的形象，引起诗人自身的身世之感，发出“同是天涯沦落人，相逢何必曾相识”的感慨。

如此绘声绘色地再现千变万化的音乐形象，已不能不使我们敬佩作者的艺术才华。但作者的才华还不仅表现在再现音乐形象，更重要的是通过音乐形象的千变万化，展现了琵琶女起伏回荡的心潮，为下面的诉说身世作了音乐性的渲染。

琵琶女的命运唤起了诗人的同感。作者由于要求革除暴政、实行仁政而遭受打击，从长安贬到九江，心情很痛苦。当琵琶女第一次弹出哀怨的乐曲、表达心事的时候，就已经拨动了他的心弦，发出了深长的叹息声。当琵琶女自诉身世、讲到“夜深忽梦少年事，梦啼妆泪红阑干”的时候，就更激起他的情感的共鸣：“同是天涯沦落人，相逢何必曾相识”。同病相怜，同声相应，忍不住说出了自己的遭遇。而“我”的诉说，反过来又拨动了琵琶女的心弦，当她又一次弹琵琶的时候，那声音就更加凄苦感人，因而反过来又激动了“我”的感情，以至热泪直流，湿透青衫。

宋人洪迈《容斋五笔》云：“白乐天《琵琶行》一篇，读者但羡其风致，敬其辞章，至形于乐府，咏歌之不足，遂以谓真为长安故娼所作，予窃疑之……乐天之意，直欲摅写天涯沦落之恨尔。”是否果有其人其事，从诗的角度看，并不重要，实际诗人通过细腻的细节刻绘，通过琵琶的弹奏，塑造了一个十分完美的艺术形象。写来自然流畅，情致曲尽，字字从肺腑流出。虽是叙事诗，但它借事抒情，优美生动，一气呵成，全篇浑然一体。

## 【赋得古原草送别[①]】

**离离原上草，一岁一枯荣。**
**野火烧不尽，春风吹又生。**
**远芳侵古道，晴翠接荒城。**
**又送王孙[②]去，萋萋满别情。**

**【注释】**

①赋得：指定、限定的诗题叫作“赋得”。这首诗是白居易应考的习作，按科场考试规矩，凡指定、限定的诗题，题目前须加“赋得”二字。②王孙：本指贵族子弟，这里指远游的人。

**【鉴赏】**

首句即破题面“古原草”三字。多么茂盛的原上草啊，这话看来平常，却抓住“春草”生命力旺盛的特征，可说是《楚辞·招隐士》从“春草生兮萋萋”脱化而不着迹，为后文开出很好的思路。“一岁一枯荣”写自然界枯荣的规律。两个“一”字复叠，形成咏叹，又先状出一种生生不已的情味。“野火烧不尽，春风吹又生”是“枯荣”二字的发展，写野草强大的生命力，即使秋后枯槁，野火焚烧，都无法使它灭绝，春天一来，春风化雨，它又开始蓬勃滋生。此二句不但写出“原上草”的性格，而且写出一种从烈火中再生的理想的典型，一句写枯，一句写荣，“烧不尽”与“吹又生”是何等唱叹有味，对仗亦工致天然，卓绝千古。

“远芳侵古道，晴翠接荒城”，承上启下，通过对眼前景物的描绘，把“春风吹又生”的景象生动地展现在读者面前：远处的野草已经侵生到很少有人行走的道上来了，连前面的村落也野草丛生，在阳光的照耀下，笼罩着一片碧绿的光色。“古道”与“荒城”都是离别的行人要经过的地方，此二句开启下文，非常自然地引出了诗的最后两句。“又送王孙去，萋萋满别情”，点出送别，写人间的离情别绪。自然界正是由枯而荣的季节，而人世间却要别离。面对即将离去的远行人，诗人的感情是很复杂的。这复杂的感情，诗人只用了“萋萋满别情”五个字来表达。“王孙”二字借自楚辞成句，泛指行者即“王孙游兮不归，春草生兮萋萋”，说的是看见萋萋芳草而怀思行游未归的人。而这里却变其意而用之，写的是看见萋萋芳草而倍增送别的愁情，似乎每一片草叶都饱含别情。

这首咏物送别之作，前六句咏“古原草”，而送别之意已寓其中；末两句正面补足“送别”之意，而笔墨仍不离所咏之草。全诗可谓章法谨严，情景交融，意境浑成。

## 【放言五首】（其三）

**赠君[①]一法决狐疑[②]，不用钻龟[③]与祝蓍[④]。**
**试玉要烧三日满，辨材须待七年期。**
**周公恐惧流言日[⑤]，王莽谦恭未篡时[⑥]。**
**向使[⑦]当初身便死，一生真伪复[⑧]谁知？**

**【注释】**

①君：指元稹。②狐疑：狐性多疑，故称遇事犹豫不定为狐疑。③钻龟：古人的占卜方法之一，钻龟壳后看其裂纹占卜吉凶。④祝蓍：古人的占卜方法之一，焚烧蓍草后观察草灰的形状，从而判断吉凶。⑤周公恐惧流言日：典故之一，周公姬旦是成王的叔父，成王年幼时由周公摄政。后来周公被人污蔑说将害死成王。周公听说这种流言后，为自保而立即躲避起来。⑥王莽谦恭未篡时：典故之一，汉元帝皇后的侄子王莽在篡夺王位之前，为收买人心，常以谦恭退让的姿态示人。⑦向使：假如当初。⑧复：又。

**【鉴赏】**

元和十年（815），诗人在被贬江州途中，作组诗《放言五首》。这是其中的第三首。写作背景及题意，见前。这首诗纵论了“决狐疑”（亦即判明真伪）的方法，并以之宣示：自己虽蒙不白之冤，但一定会善自珍重，坚韧不拔，以待澄清之日。

“赠君一法决狐疑”，诗一开头就说要告诉人一个决狐疑的方法，而且很郑重，用了一个“赠”字，强调这个方法的宝贵，说明是经验之谈。这就紧紧抓住了读者。因在生活中不能做出判断的事是很多的，大家当然希望知道是怎样的一种方法。那么，这“决狐疑”之法究竟是什么？

“不用钻龟与祝蓍”，先不径直说出“是什么”，而是故作顿挫，采用筛选排他之法，先说“不是什么”。意谓：这决狐疑的方法，不是用龟甲占卜，也不是用蓍草棍来推算。唯其有此顿挫，方能更引发读者急欲知道答案的急迫心情；唯其用此排他之法，方才更显出“是什么”的重要与正确。

“向使当初身便死，一生真伪复谁知”是本诗的关键句。诗人感慨：假如周公被疑、王莽作伪之时他们便死了的话，那么，他们的真实面目又有谁能识别呢？周公岂不是要蒙受千古不白之冤，而王莽岂不是要徒得“谦恭”之誉吗？由此可见，“时间”是辨真伪、决狐疑的最好方法。辨别一切事物均需时间来考验，辨玉辨材如此，辨别人之真伪亦如此。

这里还需特别指出的是，此诗是作者在被贬途中所写的，是与同样被贬的好友元稹的奉和之作。因而，虽然貌似平和、出语委婉，实则是有感而发，暗语申辩。诗中暗含了对当时执政者忠奸不辨的针砭，同时也在宣示：自己及元稹等受诬被贬之人，定会坚持以待，时间终会洗雪不白之冤，我们可将此诗视为极富战斗性的巧妙申辩。

## 【问刘十九】

**绿蚁新醅酒①，红泥小火炉。**

**晚来天欲雪，能饮一杯无②？**

**【注释】**

①绿蚁：指浮在新酿的没有过滤的米酒上的黄绿色泡沫。醅：没有过滤的酒。②无：表示疑问的语气词，相当于“么”或“吗”。

**【鉴赏】**

这首诗是白居易写给一个叫作刘十九的朋友的。

所谓“问”，实是邀请之意。作者先从自己新酿的酒写起，“绿蚁新醅酒”，所谓“绿蚁”，即新酿出的米酒，其未滤时，面上会浮起些酒渣，微呈黄绿色，细如蚁，故名，而且这时的酒味最为醇美，香甜可口，能醉人。作者在此只是作客观性的描述，但已给人以亲切的感觉。第二句作者继续这样客观性描述，在亲切的感觉上，又添了一层温暖的感觉：“红泥小火炉”，你看，酒是新醅的，取暖的火炉也是新的，而且泥土的色泽还十分鲜艳。红色，能给人以温暖、舒适的感觉。红绿相对，营造了一种亲切温暖的氛围。“小火炉”这一器具，不仅告诉人们这个火炉在造型上的小巧、精美，告诉人们时令已是隆冬，它还具有这样一种潜台词，那就是这小火炉仅够三两人取暖用，由此即可看出作者置备这么一个小炉子的用心了。

第三句作者不再描写邀请饮酒，而转写天气，点明此时天色已晚，且将下雪。试想，漫漫长夜，寒意阵阵，难免寂寞，能与一个知心好友拥炉对坐，细品醇醪，做彻夜长谈，这该是一件多么惬意的事啊。第三句虽不紧承上句的句意，看似远实而近，因为天气的缘故恰是作者置备酒与炉的动因，同时也自然引出了末句的点睛之笔："能饮一杯无"，由于有上面三句的层层铺垫，层层渲染，末句自然便水到渠成，呼之而出了。作者在此用了"能……无"这样的句式，给人以亲切、自然、富于情趣的感觉。"饮一杯"自是有别于"会须一饮三百杯"式的豪饮，而是细细品味的意思。

这首小诗虽清浅平易，所写的也是日常生活之寻常事，但诗人能发他人所未发，写得极富有情趣，蕴含了浓厚的诗意和情感。此外，这首诗写于作者被贬于江州司马任上，因此，在某种程度上还表现了诗人孤寂之时对友谊和温暖的需求。

## 【暮江吟】

**一道残阳铺水中，半江瑟瑟半江红。**
**可怜①九月初三夜，露似珍珠月似弓。**

**【注释】**

①可怜：可爱。

**【鉴赏】**

这是白居易一首著名绝句，诗人选取了红日西沉到新月东升这一段时间里的两组景物进行描写，这也正是全诗构思妙绝之处，两幅幽美的自然界的画面，加以组接。一幅是夕阳西沉、晚霞映江的绚丽景象，一幅是弯月初升，露珠晶莹的朦胧夜色。两者分开看各具佳景，合起来读更显妙境。

前两句写夕阳落照中的江水。"一道残阳铺水中"，残阳照射在江面上，不说"照"，却说"铺"，这是因为"残阳"已经接近地平线，几乎是贴着地面照射过来，而且余晖染红了整个天际，火红的晚霞又降落、铺展在静谧的江面上。这个"铺"字也显得平缓，写出了秋天夕阳的柔和，给人以亲切、安闲的感觉。“半江瑟瑟半江红”承接上句斜阳铺照之景，写受光多的部分，呈现一片“红”色；受光少的地方，呈现出深深的碧色。“瑟瑟”写碧波粼粼，似有动感，“半江红”则给人静态的视觉感受。

“可怜九月初三夜，露似珍珠月似弓”这两句是写夜里弯月初升的景象。月亮已经出来了，正是上弦月的时候，细细的、弯弯的。九月已似深秋时节，昼夜温差很大。到了夜里，草叶上就凝结了一层细密的露珠。这本来是很常见的现象，但在诗人眼里，这些很常见的景物却显得与众不同。

诗人通过“露”“月”视觉形象的描写，以珍珠和弓这样新颖巧妙的比喻来精心为大自然敷彩着色，描容绘形，令人叹绝。由描绘暮江，到赞美月露，这中间似少了一个时间上的衔接，而“九月初三夜”的“夜”无形中把时间连接起来，它上与“暮”接，下与“露”“月”相连。诗人就在这江边流连，欣赏着日落月升的美景，洋溢着对大自然的喜悦、热爱之情。

仔细品味这首七绝，我们不能不感叹诗人能用如此通俗的语言描绘出如此精美的画面，也不能不感叹诗人的比喻之新奇贴切。

## 【钱塘湖春行】

**孤山寺北贾亭西[①]，水面初平[②]云脚低。**
**几处早莺[③]争暖树，谁家新燕啄[④]春泥。**
**乱花[⑤]渐欲迷人眼，浅草才能没[⑥]马蹄。**
**最爱湖东行不足[⑦]，绿杨阴里白沙堤。**

**【注释】**

①孤山寺：南朝陈文帝初年建，名承福，宋时改名广化。孤山：位于西湖的北部，坐落在后湖与外湖之间。贾亭：即贾公亭。唐朝贾全出任杭州刺史，于钱塘湖建亭，人称“贾亭”或“贾公亭”。②水面初平：春天湖水初涨，水面刚刚与湖岸齐平。③早莺：初春时早来的黄莺。④啄：衔取。燕子衔泥筑巢。⑤乱花：各种颜色的野花。⑥没：遮没，盖没。⑦行不足：百游不厌。

**【鉴赏】**

这诗是长庆三或四年（824）春白居易任杭州刺史时所作。

钱塘湖是西湖的别名。提起西湖，人们就会联想到苏轼诗中的名句："欲把西湖比西子，淡妆浓抹总相宜。"(《饮湖上初晴后雨》)读了白居易这诗，仿佛真的看到了那含睇宜笑的西施的面影，更加感到东坡这比喻的确切，它所给予我们的美的启示；同时，也会惊叹于乐天这支善于描绘自然的天工化笔。

乐天在杭州时，有关湖光山色的题咏很多。这诗处处扣紧环境和季节的特征，把刚刚披上春天外衣的西湖，描绘得生意盎然，恰到好处。

"孤山寺北贾亭西"。孤山在后湖与外湖之间，峰岚耸立，上有孤山寺，是湖中登览胜地，也是全湖一个特殊的标志。贾亭在当时也是西湖名胜。有了第一句的叙述，这第二句的"水面"，自然指的是西湖湖面了。秋冬水落，春水新涨，在水色天光的混茫中，太空里舒卷起重重叠叠的白云，和湖面上荡漾的波澜连成了一片，故曰"云脚低"。"水面初平云脚低"一句，勾勒出湖上早春的轮廓。接下两句，从莺莺燕燕的动态中，把春的活力，大自然从秋冬沉睡中苏醒过来的春意生动地描绘了出来。莺是歌手，它歌唱着江南的旖旎春光；燕是候鸟，春天又从远处飞来。它们富于季节的锐感，成为春天的象征。在这里，诗人对周遭事物的选择是典型的；而他的用笔，则是细致入微的。说"几处"，可见不是"处处"；说"谁家"，可见不是"家家"。因为这还是初春季节。这样，"早莺"的"早"和新燕的"新"就在意义上互相生发，把两者联成一幅完整的画面。因为是"早莺"，所以抢着向阳的暖树，来试它的溜溜的歌喉；因为是"新燕"，所以当它啄泥衔草，营建新巢的时候，就会引起人们一种乍见的喜悦。谢灵运"池塘生春草，园柳变鸣禽"(《登池上楼》)二句之所以妙绝古今，为人传诵，正由于他写出了季节更换时这种乍见的喜悦。这诗在意境上颇与之相类似。

诗的前四句写湖上春光，范围是宽广的，它从"孤山"一句生发出来；后四句专写"湖东"景色，归结到"白沙堤"。前面先点明环境，然后写景；后面先写景，然后点明环境。诗以"孤山寺"起，以"白沙堤"终，从点到面，又由面回到点，中间的转换，不见痕迹，结构之妙，有如无缝天衣。薛雪曾指出：乐天诗"章法变化，条理井然"。(《一瓢诗话》)这种"章法"上的"变化"，往往寓诸浑成的笔意之中；倘不细心体察，是难以看出它的"条理"的。

"乱花""浅草"一联，写的虽也是一般春景，然而它和"白沙堤"却有紧密的联系：春天，西湖哪儿都是绿毯般的嫩草；可是这平坦修长的白沙堤，游人来往最为频繁。唐时，西湖上骑马游春的风俗极盛，连歌姬舞妓也都喜爱骑马。观乐天另一首《代卖薪女赠诸妓》诗中说的“一种钱塘江上女，着红骑马是何人”可证。这诗题为《钱塘湖春行》，诗用“没马蹄”来形容这嫩绿的浅草，正是眼前现成景色。

“初平”“几处”“谁家”“渐欲”“才能”这些词语的运用，在全诗写景句中贯穿成一条线索，把早春的西湖点染成半面轻匀的钱塘苏小小。可是这蓬蓬勃勃的春意，正在急剧发展之中。从“乱花渐欲迷人眼”这一联里，透露出另一个消息：很快地就会姹紫嫣红开遍，湖上镜台里即将出现浓妆艳抹的西施。

方东树说这诗“象中有兴，有人在，不比死句。”(《续昭昧詹言》)这是一首写景诗，它的妙处，不在于穷形尽象的工致刻画，而在于即景寓情，写出了融和骀宕的春意，写出了自然之美所给予诗人的集中而饱满的感受。所谓“随物赋形，所在充满”(王若虚评白诗语，见《滹南诗话》)，是应该从这个意义去理解的。

## 【西湖晚归回望孤山寺赠诸客】

**柳湖松岛莲花寺①，晚动归桡出道场。**
**卢橘②子低山雨重，栟榈③叶战水风凉。**
**烟波淡荡摇空碧，楼殿参差倚夕阳。**
**到岸请君回首望，蓬莱宫④在海中央。**

**【注释】**

①柳湖：西湖旁多植柳，故有是称。松岛：孤山。莲花寺：孤山寺。②卢橘：枇杷。③栟榈：棕榈。④蓬莱宫：传说海上有仙山，名蓬莱，而孤山寺中亦有蓬莱阁，语带双关。

**【鉴赏】**

长庆二年（822）秋至长庆四年夏，白居易出任杭州刺史。在此期间，他常喜于政事之余到西湖游赏，或到佛寺听僧侣讲经。这首诗，就是写他与“诸客”傍晚听讲归来时的所见风景及喜悦心情的。

“柳湖松岛莲花寺，晚动归桡出道场。”开首两句从大处落笔，由景及人，对“西湖晚归”作一交代。“柳湖”，即西湖，因其为垂柳映掩，故称。“松岛”，即孤山，因其如孤松挺拔，矗立湖中，故称。“莲花寺”，即孤山寺。因湖中莲花盛开，故以形容其美。“道场”，为僧侣诵经讲法之所，即佛殿。这两句虽是简要交待由西湖孤山寺听讲晚归，但却写得次序井然，修饰恰当，极富质感。波光涟漪、垂柳掩映的西湖之上，倒映着挺拔的孤山和山上的寺院；天近傍晚，船夫摇动船桨，正准备迎接走出道场的客人归去。这是何等清晰明快的画面啊！

“卢橘子低山雨重，栟榈叶战水风凉。”这两句，从小处着笔，由人观景，写诗人晚归所见。“卢橘”，即枇杷。“榈”，即棕榈。道路两旁，山雨过后，枇杷树上硕果累累，鲜艳亮丽，直把那枝条下压；雨后清风，吹拂着高大的棕榈树，如扇的树叶不停地颤动，似乎它也感到水风的清凉。这归途所见的画面，又是多么令人喜悦，令人清爽！

“烟波淡荡摇空碧，楼殿参差倚夕阳。”这两句写船行湖上之大观：宽阔的湖面上飘游着淡淡的寒烟，碧蓝的天空仿佛与水波一起摇荡；依山而建的观宇楼台参差错落，在夕阳的辉映下，红砖绿瓦更显得瑰丽辉煌。诗人在这水天一色、飘升着淡淡轻烟的湖面上荡舟，观望着夕阳下金光明灭、辉煌壮丽的佛地景色，简直是如泛仙槎，如临仙境矣。

“到岸请君回首望，蓬莱宫在海中央。”这两句诗至高潮，一力挽之，紧扣题面“回望孤山寺赠诸客”，抒写自己由衷的感慨。到岸之后请诸君回望孤山吧，那蓬莱仙宫就在海的中央！这是用比喻来极赞孤山寺，但写得极巧。“蓬莱”，本是神话传说中的海上仙山，而西湖之大有若海也，孤山耸立湖中则有若海上仙山也，巧的是山之上的孤山寺中偏偏又有蓬莱阁。这样，诗人将回望孤山蓬莱阁写作如海上蓬莱宫，就使佛地实景与传说中之仙境浑然一体，从而既极为巧妙地传达出作者心中那种叹为观止的赞赏之情，又发人联想，给读者留下更为深刻的印象。

这首诗，采用移步换形之手法，描述西湖孤山之晚景，次序井然，仿佛一篇山水游记，又如从不同角度来看的山水画卷。妙的是，诗人在描述中不仅择景典型，突出景物的特点，给人以强烈的美感；而且融情于景，句句写来又都渗透着诗人喜悦、赞叹之情，诗情画意，浑然一体，读来令人如闻如见，身历其境。

## 【杭州春望】

**望海楼明照曙霞，护江堤白踏晴沙。**
**涛声夜入伍员[①]庙，柳色春藏苏小[②]家。**
**红袖织绫夸柿蒂[③]，青旗[④]沽酒趁梨花。**
**谁开湖寺西南路，草绿裙腰一道斜。**

### 【注释】

①伍员：伍子胥，春秋楚人。②苏小：苏小小，南齐钱塘名妓。③柿蒂：绫的花纹。④青旗：指酒铺门前的酒旗。

### 【鉴赏】

这首七律是写杭州春日景色的，为诗人于长庆三或四年春任杭州刺史时所作。全诗八句，共写七景，而由“望”字联结，组成一幅完整广阔的《杭州春望图》画卷。

首联“望海楼明照曙霞，护江堤白踏晴沙”二句写杭州城外东南之望海楼、护江堤两处景色。“望海楼”，作者自注曰：“城东楼名望海楼。”《太平寰宇记》又作望潮楼，楼高十丈。“护江堤”，指城东南之防潮长堤。清晨登上望海楼，只见旭日东升，朝霞满天；钱塘江水，奔流入海，江堤上一片银白。颔联用了伍子胥与苏小小的典故，写杭州城内著名的文化景点伍子胥庙和苏小小家。“伍员庙”，指杭州城内吴山（又称胥山）之伍子胥庙。颈联重在写风物人情：一为佳人织绫，一为游人沽酒。“红袖”，以衣代人，指身着红衣之织绫女。“柿蒂”，指绫的图案花纹，作者注云：“杭州出柿蒂花者尤佳也。”尾联描写最能代表杭州山水胜景的西湖。“湖寺”，指孤山寺，寺在湖中的孤山之上。“西南路”，指由断桥向西南通往孤山的长堤，即白沙

堤，或曰白堤，断桥堤。作者注云：“孤山寺路在湖洲中，草绿时，望如裙腰”。“裙腰”这一比喻真是生动形象，妙入毫端。

全诗结构井然有序，先写城外东南楼堤，后写城内文化景点，再写西湖秀美胜景，仿如一幅长轴渐次展开，让人看到杭州春天的美丽画卷。而在描绘这几处景点时，择春柳、春草、湖水之翠绿为主色，杂以红袖、梨花、青旗各色点染，再加上朝霞红日映照其间，顿使春色浓郁，将杭州的春天描绘得五彩缤纷，无比美丽。在摄取杭州独特的自然之景时，与相关的典故传说、风物人情结合起来，更使写景诗蕴含咏叹情调而发人联想，大大丰富了诗的内容，使人看到这乃是一个独特的充满着文化古迹，名山胜水、特产绫锦的繁华重镇的春天。

# 李 绅

**【作者介绍】**

李绅（772—846），字公垂，无锡（今属江苏）人，元和进士。李绅幼年丧父，由母教以经义。十五岁时读书于惠山。青年时目睹农民终日劳作而不得温饱，以同情和愤慨的心情，写出了千古传诵的《悯农》诗二首，内有“四海无闲田，农夫犹饿死”“谁知盘中餐，粒粒皆辛苦”的名句，被誉为悯农诗人。贞元二十年（804）李绅再次赴京应试，未中，寓居元稹处。元和元年（806）中进士，补国子监助教。后离京至金陵，入节度使李锜幕府。因不满李锜谋叛而下狱。李锜被杀后获释，回无锡惠山寺读书。元和四年赴长安任校书郎，与元稹、白居易共倡新乐府诗体。元和十四年升为右拾遗。元和十五年任翰林学士，卷入朋党之争，为李党重要人物，任御史中丞、户部侍郎等要职。与李德裕、元稹被誉为三俊。长庆四年（824），李党失势，李绅被贬为端州（今广东肇庆）司马。

## 【悯[①]农二首】

**春种一粒粟，秋收万颗子[②]。**
**四海无闲田，农夫犹饿死。**

**锄禾日当午，汗滴禾下土。**
**谁知盘中餐，粒粒皆辛苦。**

**【注释】**

①悯：怜悯。②子：粮食粒。

**【鉴赏】**

第一首，由一颗种子的春种秋收发端，十分形象地概括了农民一年四季辛勤劳动，却仍然不免于饿死的悲惨命运，揭露了社会极端不平等的现象。“春种一粒粟，秋收万颗子”，开首两句以春秋为时间发展线索，从“一粒粟”化为“万颗子”，形象地写出丰收的景象。第三句“四海无闲田”，在句意上较前两句又进了一步，由一粒粟到万颗子，再到无闲田，可谓层层递进，极言收获丰富的事实。前三句，从总体意义来说，都是采用了鲜明的形象概括了农民在广大田野里春种秋收等繁重劳动的辛苦，换来了粮食的大丰收，照理来说是应该可以生活得很幸福的。但最后一句却凌空一转，来了个“农夫犹饿死”的事实。第二首诗中，“锄禾日当午，汗滴禾下土”，诗人开篇就为人们描绘了一个极为触目的画面，正午的烈日，毫无遮拦地照在农民身上，但他们依旧在田地里不停地劳作，那一滴滴豆大的汗珠不住地落在劳作的土地上。作者并没有说农民种田怎样辛苦，庄稼的长成如何不易，只是把农民在烈日之下锄禾而汗流不止的情节作了一番形象的渲染，通过这个特定场景的描写，就使人把这种辛苦和不易品味得更加具体、深刻且真实。第三、四句写出“谁知盘中餐，粒粒皆辛苦”这千古尽人皆知的名句，笔锋又是一折，由描写转向议论。看到农夫劳作的场面，诗人不禁感慨道，这世上又有谁能知道这盘中的粮食，每一颗都是由辛劳的汗水换来的，有谁能知道其中的艰辛呢？

中唐时期的新乐府运动李绅也是倡导者之一，他在早年就曾写过《新题乐府》二十首，受到元稹与白居易的赞赏。元稹的《新题乐府》就是和他的。李绅的乐府诗对元、白提倡的新乐府运动起了一定的推动作用。在这两首诗中，作者本着“不虚为文”的精神，矛头与锋芒所向，都极鲜明。

## 【宿扬州】

**江横渡阔烟波晚，潮过金陵落叶秋。**
**嘹唳塞鸿经楚泽①，浅深红树见扬州。**
**夜桥灯火连星汉，水郭帆樯近斗牛②。**
**今日市朝风俗变，不需开口问迷楼③。**

**【注释】**

①楚泽：楚旧有今湘鄂江浙皖，扬州附近沼泽亦然。②水郭：城外河水。樯：帆船上挂风帆的桅杆。斗牛：星宿名，牛宿和斗宿。③迷楼：相传为隋炀帝所建。

【鉴赏】

首联写作者在一个烟波浩淼的傍晚，渡过辽阔的扬子江，随着起伏的潮水经运河来到了扬州城，此时的扬州城怎样呢？“落叶秋”三个字便交代了扬州的时节正黄叶飘舞。起笔平平，无奇崛之处。第三、四句便进一步描写扬州的秋景：你瞧，从遥远的边塞飞来的大雁正拖着长长的尾音，凄清地鸣叫着，似乎也带来了边疆的寒凉，从而在声波上给扬州城带来秋的信息。转而从天上飞的写到地上长的，“浅深红树见扬州”，绿色褪尽了，红花凋谢了，满眼里都是秋天才有的浅浅深深、颜色斑驳，这样，把视觉和听觉结合在一起绘图，便使得秋景有声有色，形象生动。

为了让这幅扬州夜景显出时间、面貌的动态感，作者没有停滞在对秋景的细致刻画上，而是随着时间的流动，很自然地过渡到了“夜桥灯火连星汉，水郭帆樯近斗牛”；秋天，最易使人产生凄清、萧条之感，而上句的雁群长鸣，斑斑红树多少给人带来一丝冷落、寂寥，幸而作者没有停留，而将视野拓宽，望到了水面。渔船上的灯火亮了，一盏盏倒映在水中，又延绵到遥远的天际，仿佛和天上的星汉连接了起来；水边停泊的帆船桅杆也似乎迫近了天上的斗牛星座。这两句对夜景的描写可谓妙极，景是充实、具体的，而想象却是空灵、夸张、飘逸的。最后两句“今日市朝风俗变，不需开口问迷楼”，似乎来得有些突兀，然而，细细品味，觉得也很自然。这里的“迷楼”用得好，不仅写出了风俗的变化多端，更写出了自己心中的无奈：唉，算了吧，问得多不及风俗变化快。这是作者的一个人生小感悟，并无伤感之意。

《宿扬州》一诗是李绅的代表作。在这首诗中，诗人以极凝练、简洁的笔墨写对扬州秋景和夜色的细致观察和感受，既有空间的绘画感，又有时间的运动感。

# 柳宗元

【作者介绍】

柳宗元（773—819），字子厚，河东解（今山西运城西）人，世称“柳河东”，唐代文学家、哲学家、散文家和思想家，与韩愈共同倡导唐代古文运动，并称为“韩柳”。与唐代的韩愈、宋代的欧阳修、苏洵、苏轼、苏辙、王安石和曾巩，并称“唐宋八大家”。柳宗元一生留诗文作品达六百余篇，其文的成就大于诗。其诗多抒写抑郁悲愤、思乡怀友之情，幽峭峻郁，自成一路。最为世人称道者，是那些清深意远、疏淡峻洁的山水闲适之作。骈文有近百篇，散文论说性强，笔锋犀利，讽刺辛辣。游记写景状物，多所寄托。

## 【与浩初上人[1]同看山寄京华亲故】

**海畔尖山似剑芒，秋来处处割愁肠。**
**若为化作身千亿，散向峰头望故乡。**

【注释】

①浩初上人：长沙龙安海禅师弟子。上人是对和尚的敬称。

【鉴赏】

这是一首感怀诗。柳宗元晚年信佛，他结交了许多佛教徒为朋友。特别是到永州以后的岁月，沉溺于佛典之中，寻求精神上的解脱。诗人通过奇异的想象，独特的艺术构思，把埋藏在心底的抑郁之情，不可遏止地尽量倾吐了出来。这种“沉着痛快”的抒情方式在唐人绝句中是不多见的。

“自放山泽间”，只是为了借山水以消遣愁怀；然而借山水以消遣愁怀，如同李白所说借酒浇愁一样，“抽刀断水水更流，举杯消愁愁更愁”，特别是那秋天季节，草木变衰，自然界一片荒凉，登山临水，触目伤怀，更使人百端交感，愁肠欲断。诗人从肠断这一意念出发，于是耸峙在四周围的崇山峻岭，着眼点就在于它的巉削陡峭，在于它的“尖”，从而使群山的形象，转化为无数利剑的锋芒，这“愁肠”仿佛就是被它们割断似的。由山之尖而想到愁肠如割，由山之多想到化身千亿，突出了诗人联想的丰富与幻想的奇妙。通过这一系列的形象思维，揭示了诗人的内心世界。

苏轼论唐人诗，以柳宗元和韦应物相提并论，指出他们的诗，“发纤秾于简古，寄至味于澹泊”（见《书黄子思诗集后》）。王士祯也说：“风怀澄澹推韦柳”。“简古”“澹泊”或“澄澹”，乃是柳诗意境风格的一个方面，虽然是其主要的方面，但并不能概括柳诗的全貌。柳诗自有其别调。他的诗，像悬崖峻谷中凛冽的潭水，经过冲沙激石、千回百折的过程，最后终于流入险阻的绝涧，渟滀到彻底的澄清。冷冷清光，鉴人毛发；岸旁兰芷，散发着幽郁的芬芳。但有时山洪陡发，瀑布奔流，会把它激起跳动飞溅的波澜，发出凄厉而激越的声响，使人产生一种魂悸魄动的感觉。此诗中诗人跳动飞溅的情感波澜无法抑制，恰如“山洪陡发，瀑布奔流”，奔迸而出，因而产生了强烈的艺术感染力。他用清扬之笔，写凝聚之情，在中唐诗人中是较好的一个。

## 【同刘二十八哭吕衡州兼寄江陵李元二侍御①】

**衡岳新摧天柱峰，士林憔悴泣相逢。**
**只令文字传青简②，不使功名上景钟③。**
**三亩空留悬磬④室，九原⑤犹寄若堂封。**
**遥想荆州人物论⑥，几回中夜⑦惜元龙⑧。**

**【注释】**

①刘二十八：刘禹锡。哭：悼念。吕衡州：吕温。江陵：地名，今湖北省江陵县。李：李深源。元：元克己。②简：竹板，泛指书籍。③景钟：大钟。古时表彰功臣的一种方法是把有功人员的名字和业绩铸刻在大钟上。④磬：一种中间空的打击响器。⑤九原：春秋时代晋朝王公贵族的陵墓。⑥荆州人物论：源于三国时一个典故。一次，刘备和许汜在荆州刘表处议论天下英雄，一致认为陈登当之无愧。这里作者是用陈登比喻吕温。⑦中夜：半夜。⑧元龙：指陈登。

【鉴赏】

“衡岳新摧天柱峰，士林憔悴泣相逢”。“衡岳”指南岳衡山，在这里用来喻吕温。以山岳之摧写友人的谢世，既是对友人高风亮节的赞颂，也表达了诗人内心无比沉痛的悼念之情。以“天柱峰”摧折喻吕温之死，并说明其在“士林”阶层的重大影响，衬托其死于国损失之巨大。

“只令文字传青简，不使功名上景钟”，“青简”，上古以竹简写书，青简与汗青同意，常用来指代史书。“景钟”，指春秋时晋国铭刻功臣的大钟，这里比喻功业。《左传》鲁襄公十九年，季武子“作林钟而铭鲁功”。这一句以简约的笔法概括吕温的一生，突出“青简”与“景钟”的矛盾，在诗人的眼里，自然是“青简”与“景钟”并重的，然而虽有满腹的才华，却来不及施展即已谢世，这还不足以令人扼腕长叹吗？这一联对仗工整，简约但不失古朴之风，既使人悲从心来，又能使人抑住悲伤，于沉痛中又见力量。

“三亩空留悬磬室，九原犹寄若堂封”忧其身后家境贫寒，葬无定所。这一句引用典故较多，庄重肃穆是挽联的典型作法。在写作手法上，也是以景语代替情语。人去屋空，见空屋而思人，自然令人感伤。死又不得其所，不能入九原之墓地，其情更催人肺腑。

“遥想荆州人物论，几回中夜惜元龙”在这一句寄语中，诗人的思想感情是颇为复杂的。一方面，他以陈登比吕温，英才早逝，深致慨叹。另一方面，以“荆州人物论”论东汉末年陈登，诗人自己论吕温，表达了一种深沉的历史宿命意识。全诗以“惜”结尾，余音缭绕，诗绝而悼念之情不尽。

此诗是柳宗元同刘禹锡悼念好友吕温逝世之作。按前人的考证，吕衡州指衡州刺史吕温，卒于元和六年九月。吕温与刘、柳同为王叔文集团重要成员，永贞革新失败后被贬衡州。这首诗极力赞美吕温之才德，并对其生前死后不幸遭遇深表同情与悲愤。

## 【重别梦得[①]】

**二十年来万事同，今朝歧路忽西东[②]。**
**皇恩若许归田去，晚岁当为邻舍翁。**

**【注释】**

①梦得：刘禹锡的字。②“今朝”句：柳宗元与刘禹锡共同参与“永贞革新”，同时被贬，各奔西（广西柳州）东（广东连县）。

**【鉴赏】**

元和九年（814），柳宗元和刘禹锡同时奉诏从各自的贬所永州、朗州回京，次年三月又分别被任为远离朝廷的柳州刺史和连州刺史，一同出京赴任，至衡阳分路。古道西风，前路漫漫，感慨无限，相互赠诗惜别。柳宗元共写了三首诗给刘禹锡：《衡阳与梦得分路赠别》《重别梦得》《三赠刘员外》，表达了他对挚友生死不渝的情感。这是第二首，故曰“重别”。这首诗写临歧叙别，情深意长，不着一个愁字，而在表面的平静中蕴蓄着深沉的激愤和无穷的感慨。

“二十年来万事同”一句精练地概括了诗人与刘禹锡共同经历的宦海沉浮、人世沧桑，读来教人心酸。二十多年来，他们在永贞革新的政治舞台上“谋议唱和”、力革时弊，后来风云变幻，二人同时遭难，远谪边地；去国十年以后，二人又一同被召回京，却又再贬远荒。共同的政治理想把他们的命运紧紧联系在一起，造成了这一对挚友“二十年来万事同”的坎坷遭遇。然而，在经历了二十多年来共同的宦海沉浮后，却“今朝歧路忽西东”，今朝临歧执手，倏忽之间又将各奔东西，抚今追昔，往事不堪回首。“今朝”二字，写出了诗人对临别相聚的留恋。

“皇恩若许归田去，晚岁当为邻舍翁”表达了诗人的愿望：如果有一天皇帝开恩，准许他们归田隐居，那么他们一定要卜舍为邻，白发相守，度过晚年。“若许”二字却说明目前连归田亦不可得，然而诗人偏偏以这样的梦想来安慰分路的离愁，唯其如此，诗人那信誓旦旦的语气也就更觉凄楚动人。然而这个梦想没有实现，元和十四年，柳宗元寂寞地死去。

全诗以直抒离情构成真挚感人的意境，寓复杂的情绪和深沉的感慨于朴实无华的艺术形式之中。不言悲而悲不自禁，不言愤而愤意自见。语似质直而意蕴深婉，情似平淡而低回郁结。苏东坡赞柳诗“发纤秾于简古，寄至味于淡泊”，这也正是这首小诗的主要特色。

## 【登柳州①城楼寄漳、汀、封、连四州刺史②】

**城上高楼接③大荒，海天④愁思正茫茫。**
**惊风乱飐⑤芙蓉水，密雨斜侵薜荔⑥墙。**
**岭树重遮千里目，江流曲似九回肠⑦。**
**共来百粤⑧文身地，犹自音书滞一乡⑨！**

**【注释】**

①柳州：治所在今广西壮族自治区马平县。②漳、汀、封、连四州刺史：根据《旧唐书》的记载，柳宗元与韩泰、韩晔、陈谏、刘禹锡都因参加永贞革新运动而遭贬，分别出任柳州、漳州、汀州、封州、连州的刺史。③接：目光接触到。④海天：犹言水天，即天地之间。⑤飐：风吹浪动。⑥薜荔：一种蔓生植物，常常附在墙或树上。⑦九回肠：语出司马迁《报任安书》：“肠一日而九回。”⑧百粤：泛指五岭以南少数民族。⑨滞一乡：音讯书信各被阻滞，不能流通。

**【鉴赏】**

全诗先从“登柳州城楼”写起。首句“城上高楼”，刻意提到楼之高也，取立身愈高，所见愈远之意。作者长途跋涉，好容易才到柳州，却急不可耐地登上高处，为的是要遥望挚友们的贬所，抒发难于明言的心愫。“接大荒”之“接”字，是说城上高楼与大荒相接，乃楼上人眼中所见。

“惊风乱飐芙蓉水，密雨斜侵薜荔墙”是由近处观之。正因为是近景，见得真切，故写得细致。就描绘风急雨骤的景象而言，这是“赋”笔，而赋中又兼有比兴寄托之意。芙蓉，取屈原《离骚》“制芰荷以为衣兮，集芙蓉以为裳”之意；薜荔，取“擥木根以结茝兮，贯薜荔之落蕊”之意。芙蓉与薜荔，都象征着人格的美好与芳洁。登城楼而望近处，从所见者中特意拈出芙蓉与薜荔，显然是它们在暴风雨中的情状使诗人心灵颤悸。

“岭树重遮千里目，江流曲似九回肠”句写远景。目光由近处的芙蓉薜荔，转向远方。由近景过渡到远景的契机乃是近景所触发的联想。自己目前是处于这样的情境之中，好友们的处境又是如何呢？于是心驰远方，极目远眺漳、汀、封、连四州。“岭树”“江流”两句，同写遥望，却一仰一俯，视野各异。仰观则重岭密林、遮断千里之目；俯察则江流曲折，有似九回之肠。景中寓情，愁思无限。从技巧上看，“江流曲似九回肠”对“岭树重遮千里目”，对仗工整，语义流畅，不愧为千古名句。

“共来百粤文身地，犹自音书滞一乡”句从前联生发而来，除表现关怀好友处境，望而不见的惆怅之外，还有更深一层的意思：望而不见，自然想到互访或互通音讯；而望陆路，则山岭重叠，望水路，则江流纡曲，不要说互访不易，即便互通音讯，也十分困难。这就很自然地要归结到“音书滞一乡”。

这首诗表面上是柳宗元叙述自己谪居生活的悲哀，实际上却隐藏着对朝廷政治的不满。当时柳宗元参加了比较进步的政治集团，这个集团失败了，他和四州刺史同时遭受贬斥。这首诗是寄给四州刺史的，因此不可能是简单地表示个人的悲哀。

## 【柳州峒氓①】

**郡城②南下接通津，异服殊音不可亲③。**
**青箬裹盐归峒客④，绿荷包饭趁墟⑤人。**
**鹅毛御腊缝山罽⑥，鸡骨占年⑦拜水神。**
**愁⑧向公庭问重译，欲投章甫作文身⑨。**

**【注释】**

①峒氓：指居住在柳州一带山区的少数民族百姓。②郡城：指柳州。③异服殊音：特指穿着不同、语言不通的少数民族百姓。不可亲：比喻不便交流。④青箬：是一种大叶竹子的竹叶。裹盐：包裹着买到的食盐。峒客：住在山上的少数民族。⑤趁墟：赶墟，赶集。⑥山罽：织物，这里指用鹅毛缝制的被子。⑦鸡骨占年：一种迷信活动，用竹签刺入雄鸡的胫骨占卜（算命，卜卦）一年的福祸吉凶，收成好坏。⑧愁：嫌麻烦。⑨投：扔掉，意思是不用。章甫：古代中原地区汉族人戴的一种礼帽，这里是比喻汉民的风俗习惯。文身：在身上刺花纹，比喻当地少数民族的风俗习惯。

【鉴赏】

诗的第一句起笔平淡，如叙家常。“郡城南下接通津，异服殊音不可亲”，柳州城向南连接着四通八达的渡口（即柳州渡口），过往的峒民穿着奇装异服操着不同口音。“异服殊音”是借代的手法，以峒民的服饰和语言特色指代峒民，形象而又简练。“不可亲”并非不可亲近，而指语言存在着障碍，不便交谈。全句脱口而出，都是寻常字句，贵在用笔之简。以下各句，由峒民的“异服”和“殊音”写去，与这一句有很紧密的逻辑关系。

诗的第二、三句写柳州峒民的日常生活，形象地描绘了他们的风俗画面。“青箬裹盐归峒客，绿荷包饭趁墟人”，回家的峒民用青竹叶包着盐巴，去赶集的带着绿荷叶包着的饭食。“青箬”和“绿荷”是峒民所带、所用之物，是峒民生活的一种象征，反映了峒民生活稍带原始的朴野。全句朴实无华，但平实中并不呆板，“归”“趁”两字足见柳江渡口的繁华。

“鹅毛御腊缝山罽，鸡骨占年拜水神”以白描法写峒民的风俗习惯，读来可亲而又富新鲜感：到了冬天，峒民们用鹅毛缝制被褥来御寒；干旱年月，他们就祭拜水神，还用鸡骨来占卜年景。统观这两句，简约而不失风神，写峒民生活，只刻画“青箬”“绿荷”“鹅毛”“鸡骨”四件与峒民最贴近的东西，即已使“柳州峒氓”的形象如在眼前，更为可贵的是，诗人写峒民生活，虽然是“异服殊音”，但毫无歧视之意，字句之间反而流露欣然之情，这在当时的汉人士大夫阶层中是难能可贵的。

这首诗作于诗人贬谪柳州时，诗中真切而又形象地描绘了柳州少数民族的生活，表达了诗人“心孚生人”的高尚情怀。这首诗虽然在艺术上没有特别突出之处，但它反映的思想在当时却是极为可贵的。

## 【柳州二月榕①叶落尽偶题】

**宦情羁思②共凄凄，春半如秋意转迷。**
**山城过雨百花尽，榕叶满庭莺乱啼。**

【注释】

①榕：常绿乔木，有气根，树茎粗大，枝叶繁盛。产于今广东、广西等省。②羁思：客居他乡的思绪。

【鉴赏】

首句“宦情羁思”是包括了复杂的内容的。作者自二十六岁进入仕途，到四十七岁逝世，其间仅二十一年，但却过了十四年的贬谪生活。他三十三岁时被贬到永州，十年后才被召回，可是，回到长安只一个月，又被外放到比永州更遥远、更荒僻的柳州。这首诗就是他到柳州后，也就是他的政治希望和还乡希望一度闪现却又终于破灭之后写的。弃置南方的小州，贬谪和压抑所造成的内心痛苦，时时激荡在他的心中。宦情与羁旅之情，不能不使他感到凄惨。春天已过去一半了，气候却同秋天一样寒冷，榕叶也落尽了，这使他更迷惘不解。

三、四两句，“山城过雨百花尽，榕叶满庭莺乱啼”偏重叙事描写。说“山城过雨”，人们似乎还难于体味这场雨的分量和内涵，故后面紧接着补写了“百花尽”三字。此雨非早春润物之雨，它横掠山城，下得大，来得猛，涤荡万物。此一句，遥扣题面，把第二句“春半如秋”四字亦落到实处，同时又引带出末尾一句。“榕叶满庭莺乱啼”。柳州多檀椿树，冠大身屈，四枝旁出，以其不材，故能久而无伤。但是经过这场暴风雨的洗劫，那些百年老榕也叶落满庭了。此等情景令诗人伤心，莺啼之声又格外增添了一重伤感情绪。那一个“乱”字，分明是诗人心烦意乱的精神状态的真实反映。

柳宗元这首抒情诗的特点，是简淡清爽与感情上的深沉热烈得到了统一的境界。把百卉竞艳的艳阳天硬是渲染成“如秋”时节，然后寓身世忧伤之情于雨后春半，众芳芜秽之景中。诗歌感情沉重内敛，语言流利又不失其淡泊简古，以朴素凝练之笔表达了诗人自己的“哀而酸楚”之情！此诗写于柳州刺史任上，抒发了柳宗元远贬荒地的茫茫愁思，以及作为一个地方官，又希望能够造福于一方的思想。

## 【别舍弟宗一[①]】

**零落残魂倍黯然[②]，双垂别泪越江[③]边。**
**一身去国六千里[④]，万死投荒[⑤]十二年。**
**桂岭[⑥]瘴来云似墨，洞庭春尽水如天。**
**欲知此后相思梦，长在荆门郢树烟[⑦]。**

**【注释】**

①宗一：宗元从弟，事不详。②黯然：用江淹《别赋》典。《别赋》："黯然销魂者，唯别而已矣"。③越江：唐代汝询《唐诗解》卷四十四："越江，未详所指，疑即柳州诸江也。按柳州乃百越地。"④六千里：《通典·州郡十四》："（柳州）去西京五千二百七十里。"⑤投荒：抛弃于荒野。此喻被贬谪。⑥桂岭：五岭之一，山多桂树，故名。⑦荆、郢：古楚都，今湖北江陵西北。

**【鉴赏】**

诗的开头写暮春时节，落花飘零，诗人送别从弟宗一来到柳江边。两情依依，相望垂泪不语。诗人凝望着一去不返的江水，不由悲从中来：长期的贬谪生活，心灵已千疮百孔，患难弟兄好不容易相聚，现在又要远别，使他更加黯然神伤。

颔联紧接着伤叹自己的贬谪身世："一身去国六千里，万死投荒十二年"作者自永贞革新失败，不断遭受打击、迫害，先被贬为永州司马，十年后，又被贬为柳州刺史，柳州离京城长安约六千里，前后被贬僻荒正好十二个年头。这两句使用排比、铺陈的手法，对仗工整。"一身"，形象地说明身世的孤零；"万死"，沉痛地诉说了遭遇的历尽艰危。

颈联两句分写别后各自在柳州和途中将会见到的景色。"桂岭瘴来云似墨"，写诗人所居留的柳州，遍地崇山峻岭，林木浓密，气候湿热，经常有瘴雾浓云迷漫，黑压压的如同泼墨，气氛郁闷难受。"洞庭春尽水如天"，写宗一此去江陵，路经洞庭湖，在这暮春时节，更是碧波万顷，一望无际，水天相连一色，景象空阔迷茫。

最后一联，纯叙离别之情，但结尾响亮，言虽尽而意不绝。随着诗人的情绪变化，怨意渐渐隐去，而离别之情却愈来愈浓。怨意越浓，则越不愿兄弟分别，因而开首的怨意是对离别之情的铺垫；愈不要离别，则愈显得诗人心中因谪贬而不堪忍受的孤苦凄绝，诗尾的离别，更使人同情诗人的怨意，为他的迁谪而不平。“欲知此后相思梦，长在荆门郢树烟”，面对即将到来的离别，诗人说了一句略带安慰的话。虽有山水相隔，倒可梦中相见。诗人在此要写离别而写离别之后，要写人世而写梦境，都是虚实之法，以虚而写实，则更见情真。这一句最使诗句增色的是“烟”字，传神地写出了梦境的迷离，更衬托出诗人情意的真切。

这首诗所抒发的并不单纯是兄弟之间的骨肉之情，同时还抒发了诗人因参加“永贞革新”而被贬南荒的愤懑愁苦之情。

## 【柳州城西北隅种柑树】

**手种黄柑二百株，春来新叶遍城隅。**
**方同楚客怜皇树①，不学荆州利木奴②。**
**几岁开花闻喷雪，何人摘实见垂珠？**
**若教坐待成林日，滋味还堪养老夫。**

### 【注释】

①皇树：典出屈原《橘颂》：“后皇嘉树，橘徕服兮。”②“不学”句：指李衡种柑谋利之事。据《水经注·沅水》载，三国时荆州人李衡为吴丹阳太守，曾遣人于武陵（今湖南常德县）龙阳洲种柑千株，临死时对他的儿子说：我在州里有千头木奴，可以足用。他把柑树当作奴仆一样，可以谋利，所以称为“木奴”。

### 【鉴赏】

《柳州城西北隅种柑树》这首诗作于诗人贬官柳州时期，从诗中可以看出，诗人已不像初贬柳州时那样抱怨。抱怨之意虽也有，但更多了些泰然处之的先贤之风。

诗的起笔如叙家常，“手种黄柑二百株，春来新叶遍城隅”用语自然，蕴意清新，生动描绘了一幅生机勃勃的春相图：春天来了，自己曾亲手种植的黄柑树已长出了嫩绿的叶子，在西北的城边处处可见。诗人“闲”览春光，怡然自得之情跃然纸上。尤其是“新”和“遍”两个字，将春景描摹得神形毕现，而无迹无痕之间，又融进作者的心绪情致，实是不可多得的好句。下面一联借用典故来表明诗人自已的心迹，“方同楚客怜皇树，不学荆州利木奴”。“楚客”是指屈原，他在《橘颂》中赞颂橘树“闭心自慎，终无过失”的品质。

诗人面对着幼小的柑林，联想到将来柑树开花结果的一天。“几岁开花闻喷雪，何人摘实见垂珠”表面来看，这一句的联想饶有风趣，柑树才长出新叶，就想到要“开花”“摘实”，但在“风趣”的背后，却又映衬出诗人心境的凄凉。句中以“喷雪”写橘树开花之盛，以“垂珠”写橘树结实之繁，都很神似。而“几岁”一问，足见诗人望柑树成长的心情之切；“何人”之猜，又满含对柑树之实不能为人所用的惋惜。诗人在这里实是以柑树自况，暗含对自己贬谪日久的怨意。这一联是以乐景来写哀情，景愈乐则情愈哀。且用笔极曲，初读时直以为诗人豁达，玩味再三，渐觉其中哀情之深。

可以看出，整个诗的语调是平缓的，用词也力求平实，但这些并不能掩饰诗人的用世思想。他自信自己的才能，他不甘于贬谪生活的寂寞。诗人以橘树而自誉，以先贤而心仪，他的思想境界已步入更高的层次。苏东坡曾说柳宗元的诗歌“外枯而中膏，似淡而实美”（《东坡题跋》卷二），能做到“寄至味于淡泊”（《书黄子思诗集后》）。本诗正是体现了这样的特点。

## 【酬曹侍御过象县见寄①】

**破额山前碧玉流②，骚人③遥驻木兰舟。**
**春风无限潇湘④意，欲采蘋花⑤不自由。**

**【注释】**

①“酬……见寄”句：侍御：即侍御史，官名。象县：地名，在今广西省柳州。见寄：接受别人寄赠作品后，以作品答谢之。②破额山：象县沿江的山。碧玉流：形容江水澄明深湛，如碧玉之色。③骚人：一般指文人墨客。此指曹侍御。④潇湘：湖南境内二水名。⑤采蘋花：南朝柳恽《江南曲》：“汀洲采白蘋，日暮江南春。洞庭有归客，潇湘逢故人。”

**【鉴赏】**

这首小诗颇负盛名，写作的时间和地点不是很明了，只能推断出是作者任柳州刺史时写的。一位姓曹的侍御经过象县的时候作诗寄给柳宗元，此为柳宗元答酬之作。

“破额山前碧玉流，骚人遥驻木兰舟”，作者称曹侍御为“骚人”，并且用“碧玉流”“木兰舟”这样美好的环境来烘托他，足见对他的夸赞。环境如此优美，如此清幽，“骚人”本可以一面赶他的路，一面看山看水，悦性怡情；如今却“遥驻”木兰舟于“碧玉流”之上，怀念起“万死投荒”、贬谪柳州的友人来，“遥驻”而不能过访，望“碧玉流”而兴叹，只有作诗代柬，表达他的无限深情。

“春风无限潇湘意”一句，的确会使读者感到“无限意”，但究竟是什么“意”，却迷离朦胧，说不具体。这正是一部分优美的小诗所常有的艺术特点，也正是“神韵”派诗人所追求的最高境界。然而这也并不是“羚羊挂角，无迹可求”。如果细玩全诗，其主要之点，还是可以说清的。“潇湘”一带，乃是屈子行吟之地。作者不是把曹侍御称为“骚人”吗？把“潇湘”和“骚人”联系起来，那“无限意”就有了着落，此其一。更重要的是，结句中的“欲采蘋花”，显然汲取了南朝柳恽《江南曲》的诗意。《江南曲》全文是：“汀洲采白蘋，日暖江南春。洞庭有归客，潇湘逢故人。故人何不返？春花复应晚。不道新知乐，只言行路远。”由此可见，“春风无限潇湘意”，主要就是怀念故人之意，此其二。而这两点，又是像水和乳那样融合在一起的。

这首诗不但是柳宗元七绝佳作，也是唐人七绝的杰作之一。整首诗表达了诗人在贬谪中对自由的渴望。满腔抑郁不平之气，以委婉曲折的手段表达出来，使人读后不由自主地产生了对于作者命运的深切牵念，格外动人。

## 【南涧中题】

**秋气集南涧，独游亭午[①]时。**
**回风一萧瑟[②]，林影久参差。**
**始至若有得，稍深遂忘疲。**
**羁[③]禽响幽谷，寒藻舞沦漪。**
**去国魂已游，怀人泪空垂。**
**孤生易为感，失路少所宜。**
**索寞[④]竟何事？徘徊只自知。**

谁为后来者，当与此心期⑤！

【注释】

①亭午：正午，中午。②萧瑟：秋风吹拂树叶发出的声音。③羁：系住。④索寞：枯寂没有生气，形容消沉的样子。⑤期：约会。

【鉴赏】

唐宪宗元和七年（812）秋天，柳宗元游览永州南郊的袁家渴、石渠、石涧和西北郊的小石城山，写了著名的《永州八记》中的后四记——《袁家渴记》、《石渠记》、《石涧记》和《小石城山记》。这首五言古诗《南涧中题》，也是他在同年秋天游览了石涧后所作。

全诗以记游的笔调，写出了诗人被贬放逐后忧伤寂寞、孤独苦闷的自我形象。纵观全诗，可分两层，诗的前八句描写了游南涧时所见。开篇即点明了游览的时间、地点、人物。涧中寂寞，仿佛秋天的肃杀之气独聚于此。虽日当正午，而秋风阵阵，林影稀疏，仍给人以萧瑟之感。诗人以一“集”字既描绘了深秋寒气之盛，又暗示了心中寒气之浓。即便如此，面对“萧瑟”的秋风，参差的林影，诗人似乎兴致渐高，忘了疲劳。这种写法是含泪的笑，泪花里满是悲苦与无奈。更何况此时又听到幽深的山谷中传来禽鸟的哀鸣，见到漂浮的寒藻在涟漪中漩起，触物伤怀，寒从心生。

诗的后八句便着重抒写诗人由联想而产生的感慨，抒发了“去国魂游”的幽怨感愤。游览本是乐事，但所见之景却不能不使诗人联想到自己非同寻常的遭遇，因而黯然神伤。“羁禽响幽谷，寒藻舞沦漪”二句神来之笔，有声有色，传声余韵邈远，透明度极高。情景交融。“羁禽”即无家可归之鸟，鸣于幽谷，有家归不得的遭贬“羁人”能闻此哀声否耶？“寒藻舞沦漪”，聊当长歌之哭。后八句议论中之抒情，亦如沦漪中翠带拖云的寒藻，绵延中哀大于乐。诗人自述迁谪离京以来，神情恍惚，怀人不见而有泪空垂。更何况孤身而遇秋风，失路而感羁禽，心境能不枯寂消沉？个中愁苦无以排解，独有徘徊，独有彷徨，亦只自知。以后谁再迁谪来此，也许会理解我这种心情。

## 【溪居】

**久为簪组[①]累，幸此南夷[②]谪[③]。**
**闲依农圃邻，偶似山林客。**
**晓耕翻露草，夜榜[④]响溪石。**
**来往不逢人，长歌楚天[⑤]碧。**

**【注释】**

①簪组：古代官吏的服饰，此指官职。②南夷：这里指当时南方的少数民族地区。③谪：流放。④夜榜：夜航。⑤楚天：永州古属楚地。

**【鉴赏】**

这是柳宗元谪居永州时所写的一首抒情小诗，诗歌在貌似悠闲、强作平和中隐含着浓郁的被遗弃的孤愤。

“久为簪组累，幸此南夷谪”，全诗的解题关键在一“幸”字，既是对以往宦海浮沉的总结，又总领全诗，引出下文。但“幸”字在这里表达的思想感情是极为复杂的，贬官本是不如意的事，诗人却以反意着笔，说什么久为做官所“累”，而为这次贬窜南荒为“幸”，实际上是含着痛苦的笑。“幸”字下用一“谪”字，难言的苦涩顿时生起。此句虽是怨言，却因一“幸”字而不见怨意；“闲依农圃邻，偶似山林客”，诗人开始写自己谪居愚溪后的“悠闲”生活，这一句貌似闲适旷达，其实不然，在字里行间总有一种贬谪生活中无所适从的心态的流露；“晓耕翻露草，夜榜响溪石”，此句承上句意思，继续诉说自己的“悠闲”，用笔清峭，写景状物动静有度，颇具神态。其真切自然之美，很有田园诗的风采。其中“草”是静物，“露”却有晶莹欲滴之态，一个“翻”字，其景如在眼前。“石”是静止的，“溪”是流动的，而一个“响”字，便如听到船桨击水的声响，由此更反衬出愚溪之夜的静谧；“来往不逢人，长歌楚天碧”这一句，写自己所选择的居处远离闹市，过于偏僻，所以，不论是出游还是劳作，很少能碰见其他人，即使吟诗作赋，也只能是面对碧蓝辽阔的“楚天”独自吟诵而已。

这首诗表面上似乎写溪居生活的闲适，然而字里行间隐含着孤独的忧愤。如开首二句，诗意突兀，耐人寻味。贬官本是不如意的事，诗人却以反意着笔，说什么久为做官所“累”，而以这次贬窜南荒为“幸”，实际上是含着痛苦的笑。“闲依”“偶似”相对，也有强调闲适的意味，“闲依”包含着投闲置散的无聊，“偶似”说明他并不真正具有隐士的淡泊、闲适，“来往不逢人”句，看似自由自在，无拘无束，但毕竟也太孤独了。这里也透露出诗人是强作闲适。

## 【江雪】

**千山鸟飞绝①，万径②人踪灭③。**
**孤舟蓑笠翁④，独钓寒江雪。**

**【注释】**

①绝：绝迹的意思。②径：小路。③人踪灭：行人断绝。④蓑笠翁：身穿蓑衣、头戴斗笠的渔翁。

**【鉴赏】**

全诗仅用寥寥二十字，即将一幅雪江垂钓图逼真地画出来了，借景抒情，意境深远。

“千山鸟飞绝，万径人踪灭”诗歌一开始，便渲染了一幅既不见任何飞禽走兽，也没有丝毫人的踪迹的清冷寂寥、广袤无垠的雪景。这正是诗人希望展示给读者的那种摆脱世俗、超然物外的清高孤傲的思想感情。“孤舟蓑笠翁，独钓寒江雪”这个被幻化了的、美化了的渔翁形象，实际正是柳宗元本人思想感情的寄托和写照。

本诗写作技巧受到赞誉，写雪景而前三句不见“雪”字，纯用空中烘托之笔、一片空灵。待结句出“雪”而回视前三句，便知“千山”“万径”、渔翁，已全覆盖于深雪之中，而那雪还在纷纷扬扬，飞洒不休。要不然，“千山”何故“鸟飞绝”？“万径”何故“人踪灭”？“孤舟”渔翁，又何故披“蓑”戴“笠”？用“千山”“万径”反衬“寒江”“孤舟”，用“鸟飞绝”、“人踪灭”反衬“蓑笠翁”寒江“独钓”，从而在广阔、寂寥、清冷的画面上突出了“孤舟”“独钓”的“蓑笠翁”形象。全诗句句写景，合起来是一幅图画，所以正如黄周星《唐诗快》所说：“只为此二十字，至今遂图绘不休，将来竟与天地相终结始矣。”

这首诗是柳宗元谪居永州时期所作的五言古绝名作。柳宗元被贬到永州之后，精神上受到很大刺激，于是，他就借描写山水景物，借歌咏隐居在山水之间的渔翁，来寄托自己清高而孤傲的情感，抒发自己在政治上失意的郁闷苦恼。柳宗元的诗，有鲜明的个性和丰富多彩的风格。他的一些抒发政治斗争的诗，矫厉激越，感奋人生。

## 【渔翁】

**渔翁夜傍西岩宿，晓汲清湘燃楚竹①。**
**烟销日出不见人，欸乃②一声山水绿。**
**回看天际下中流，岩上无心云相逐。**

**【注释】**

①汲：打水。湘：湘水。楚竹：即湘竹，又称湘妃竹。②欸乃：象声词，摇橹的声音。

**【鉴赏】**

全诗共六句，按时间顺序，分三个层次。“渔翁夜傍西岩宿，晓汲清湘燃楚竹”这是从夜到拂晓的景象。渔翁是这两句中最引人注目的形象，他夜宿山边，晨起汲水燃竹，以忙碌的身影形象地显示着时间的流转。伴随着渔翁的活动，诗人的笔触又自然而然地延及西岩、清湘、楚竹，西岩即永州西山，这两句既设置了一个秀丽悦目的空间画面，又以夜幕初启、晨曦微露这样流动的时间感引出了下面对日出的描述，可以说在时空两方面奠定了全诗活跃而又清逸的基调。

“烟销日出不见人，欸乃一声山水绿”这是最见诗人功力的妙句，也是全诗的精华所在，若从内容上给予整理，这两句描写的是以下情景：一方面是自然景色，烟销日出，山水顿绿；一方面是渔翁的行踪，渔船离岸而行，空间传来一声橹响。然而，诗人没有遵循这样的生活逻辑来组织诗句，却从自我感受出发，交错展现两种景象，更清晰地表现了发生于自然界的微妙变异。前一句中“烟销日出”和“不见人”，一是清晨常见之景，一是不知渔船何时悄然离去的突发意识，两者本无必然的联系，但如今同集一句，便唤起了人们的想象力。“不见人”这一骤生的感受成为一个标志，划开了日出前后的界限，真实生活中的日出过程得到艺术的强化，以一种夸张的节奏出现在我们眼前。

“回看天际下中流，岩上无心云相逐”日出以后，画面更为开阔。此时渔船已进入中流，而回首骋目，只见山巅上正浮动着片片白云，好似无心无虑地前后相逐，诗境极是悠逸恬淡。

化用陶渊明《归去来兮辞》中“云无心以出岫”的句子，宕开诗境，作了这样的收尾。只有真正体会柳宗元的现实处境，才能理解他结句的用心。

# 元稹

**【作者介绍】**

元稹（779—831），字微之，河南（今河南洛阳）人。德宗贞元中明经及第，复书判拔萃科，授校书郎。宪宗元和初，授左拾遗，升为监察御史。后得罪宦官，贬江陵士曹参军，转通州司马，调虢州长史。穆宗长庆初任膳部员外郎，转祠部郎中知制诰，迁中书舍人、翰林学士。为相三月，出为同州刺史，改浙东观察使。文宗大和中为尚书左丞，出为武昌节度使，卒于任所。与白居易倡导新乐府运动，所作乐府诗不及白氏乐府之尖锐深刻与通俗流畅，但在当时颇有影响，世称“元白”。后期之作，伤于浮艳，故有“元轻白俗”之讥。有《元氏长庆集》六十卷，补遗六卷，存诗八百三十余首。

## 【遣悲怀三首】

**谢公[①]最小偏怜女，自嫁黔娄[②]百事乖。**
**顾我无衣搜荩箧[③]，泥[④]他沽酒拔金钗。**
**野蔬充膳甘长藿[⑤]，落叶添薪仰古槐。**
**今日俸钱过十万，与君营奠[⑥]复营斋。**

**昔日戏言身后意[⑦]，今朝都到眼前来。**
**衣裳已施行看尽[⑧]，针线[⑨]犹存未忍开。**
**尚想旧情怜婢仆，也曾因梦送钱财。**
**诚知[⑩]此恨人人有，贫贱夫妻百事哀。**

**闲坐悲君亦自悲，百年都是几多时！**
**邓攸无子寻知命，潘岳悼亡犹费词[⑪]。**
**同穴窅冥[⑫]何所望？他生缘会更难期！**
**惟将终夜长开眼，报答平生未展眉。**

【注释】

①谢公：指东晋名相谢安。他最看重自己的侄女道韫，此以晋时才女谢道韫代指自己的亡妻韦丛。②黔娄：战国时齐国的贫士。③荩箧：竹和草编的箱子。④泥：软语请求软缠。⑤藿：豆类作物的叶子。“长藿”，长长的豆叶。⑥营奠：准备。⑦身后意：死后的情境。⑧施：施舍。行看尽：眼看将要完了。⑨针线：指韦氏生前做的针线活。⑩诚知：的确知道。⑪邓攸：西晋太守，曾舍子保侄，后终无子。寻：后来。知命：《论语·为政》：“五十而知天命。”潘岳悼亡：潘岳，字安仁，晋著名诗人。其妻死，作《悼亡》三首。⑫同穴：夫妻合葬。窅冥：渺茫深远。

【鉴赏】

《遣悲怀三首》是元稹追悼原配韦惠丛之作。韦惠丛比元稹小四岁，是太子少保韦夏卿的幼女，二十岁时嫁与元稹。死于元和四年，年方二十七。

第一首追忆妻子生前的艰苦处境和夫妻情爱，韦氏自从嫁给作者以后，对其无微不至的体贴，生活贫困却怡然自得无怨尤，形象地表现她的贤惠和美德。开头两句抒写自己的抱憾之情叹惜韦氏早亡，未能与自己同享富贵。引用典故，以东晋宰相谢安最宠爱的侄女谢道韫借指韦氏，以战国时齐国的贫士黔娄自喻，其中含有对方屈身下嫁的意思。“百事乖”这是对韦氏婚后七年间艰苦生活的简括，用以领起中间四句。

第二首与第一首结尾处的悲凄情调相衔接，顺承上篇悲之恨，转入妻子去世之后的悲痛。诗人写了在日常生活中引起哀思的几件事。睹物思人，思人成梦，梦后想到夫妻永诀后的悲哀。人已仙逝，而遗物还在。为了避免见物思人，将妻子穿过的衣裳施舍出去；将妻子做的针线活保存起来，不忍打开。诗人想用这种消极的办法封存起对往事的记忆，而这种做法本身恰好证明他无法摆脱对妻子的思念。末句从上一句泛说推进一层，着力写出自身丧偶不同于一般的悲痛感情，此句似对诗人思念狂潮的结语，实为诗人悲痛情感宣泄的高潮。

第三首首句“闲坐悲君亦自悲”，承上启下。以“悲君”总括上两首，以“自悲”引出下文。为什么“自悲”呢？由妻子的早逝，想到了人寿的有限。人生百年，又有多长时间呢！诗中引用了邓攸、潘岳两个典故。邓攸心地如此善良，却终身无子，这难道不是命运的安排？诗人仿佛在对妻子表白自己的心迹：我将永远永远地想着你，要以终夜“开眼”来报答你的“平生未展眉”。真是痴情缠绵，哀痛欲绝！

人生之大悲痛莫过于失去最亲密的伴侣，而元稹的这三首悼念早逝的爱妻韦丛的七言律诗，则极尽抒写了悲之恨、悲之痛与悲之苦。三首以悲字贯始终，读来令人情欲动，泪欲下，心欲碎。

## 【行宫①】

**寥落古行宫，宫花寂寞红。**
**白头宫女在，闲坐说玄宗②。**

**【注释】**

①行宫：皇帝出巡时的临时住所。②说玄宗：谈开元天宝年间的旧事。

**【鉴赏】**

诗歌一、二两句描写行宫废置荒凉的景象，用笔十分概略。“寥落”，是行宫给人的印象，“古”字，表明行宫历史的久长。宫花虽红，却不能给行宫带来丝毫热闹喜庆的气氛，反倒更显得冷落与凄凉。这里用红色宫花来衬托寂寞寥落的行宫，是用乐景来写哀的手法，达到了很好的艺术效果。“寂寞”一词用得极好，花色本无所谓寂寞与热闹，只是由于诗人自己有这般感觉，并将之投注在所描写的物体上，使之也有了情感。诗歌这么写，不仅写了行宫的冷落，也传达出了诗人在审视这座行宫时心中所涌起深沉的情感。

三、四两句在前面所展示的背景来刻画人物。这些白头宫女是开元天宝时留下来的，当年她们被选入宫，不但与亲人离别，丧失了天伦之乐，而且无端耗费青春。几十年过去了，她们与世隔绝，生活贫乏无聊，闲聊便成了唯一的消遣，但又没有什么谈资，于是只好谈谈当年玄宗时代的旧闻轶事。“说玄宗”，说了什么，诗人没有详细道出，但其内涵是相当丰富的。也许含有当年有关玄宗的各种旧闻，当年的繁华等等，当然，诗句也包含了诗人自身的感慨。

该诗以二十字的短小篇幅，抓住行宫一个具有典型意义的镜头，不仅摄下了凄清冷落的画面，更寄寓了诗人深沉的感慨，可谓是言简意赅，故而潘德舆的《养一斋诗话》评“‘寂寞古行宫’二十字，足赅《连昌宫》

六百字，尤为妙境”，是很有见地的。在用词炼意上，也极见功力，像“寥落”“寂寞”“闲坐”“白头”的运用，既描绘了情景，也制造、渲染了气氛。寥寥四句二十字中，连用三个“宫”字，而让人不觉重复，尤具特色与功力。

## 【菊花】

**秋丛绕舍似陶家①，遍绕篱边日渐斜。**
**不是花中偏爱菊，此花开尽更无花。**

**【注释】**

①陶家：用陶渊明“采菊东篱下，悠然见南山”之典。

**【鉴赏】**

吟咏菊花，往往要说菊花的可爱，但诗人既没列举“金钩挂月”之类的形容词，也未描绘争芳斗艳的景象。而是用了一个比喻——“秋丛绕舍似陶家”。一丛丛菊花围绕着房屋开放，好似到了陶渊明的家。秋丛，即丛丛的秋菊。东晋陶渊明最爱菊，家中遍植菊花。“采菊东篱下，悠然见南山”（《饮酒》），是他的名句。这里将植菊的地方比作“陶家”，秋菊满院盛开的景象便不难想象。如此美好的菊景怎能不令人陶醉？故诗人“遍绕篱边日渐斜”，完全被眼前的菊花所吸引，专心致志地绕篱观赏，以至于太阳西斜都不知道。“遍绕”“日斜”，把诗人赏菊入迷，流连忘返的情景真切地表现出来，渲染了爱菊的气氛。

诗人为什么如此着迷地偏爱菊花呢？三、四两句说明喜爱菊花的原因：“不是花中偏爱菊，此花开尽更无花”。菊花在百花之中是最后凋谢的，一旦菊花谢尽，便无花景可赏，人们爱花之情自然都集中到菊花上来。因此，作为后凋者，它得天独厚地受人珍爱。诗人从菊花在四季中谢得最晚这一自然现象，引出深微的道理，回答了爱菊的原因，表达了诗人特殊的爱菊之情。这其中当然也含有对菊花历尽风霜而后凋的坚贞品格的赞美。

历代写菊的诗不胜其数，要想写出新意实非易事，但元稹这首咏菊诗却写得不落俗套，能于寻常之中挖掘出新意与哲理，是一首发自真情的好诗。此外，诗歌的构思也颇为巧妙，先渲染爱菊之情，最后再道出爱菊的缘由，给人以顿悟和启发。在用词上，诗人连用两个“绕”，三个“花”，不仅没有给人以累赘堆砌的感觉，反倒有韵律优美之感。

## 【闻[①]乐天授江州司马】

**残灯无焰影幢幢[②]，此夕闻君谪九江。**
**垂死病中惊坐起，暗风吹雨入寒窗。**

**【注释】**

①闻：听说，得知。②幢幢：昏暗的、摇曳不定的样子。

**【鉴赏】**

元和五年（810），元稹因弹劾和惩治不法官吏，同宦官刘士元冲突，被贬为江陵士曹参军，后来又改授通州（州治在今四川达县）司马。元和十年，白居易上书，请捕刺杀宰相武元衡的凶手，结果得罪权贵，被贬为江州司马。这首诗，就是元稹在通州听到白居易被贬的消息时写的。

诗的首尾两句是写景，形象地描绘了周围景物的暗淡凄凉，感情浓郁而深厚；诗的中间两句是叙事言情，表现了作者在乍一听到这个不幸消息时的陡然一惊，语言朴实而感情强烈。元稹贬谪他乡，又身患重病，心境本来就不佳。现在忽然听到挚友也蒙冤被贬，内心更是极度震惊，万般怨苦，满腹愁思一齐涌上心头。以这种悲凉的心境观景，一切景物也都变得阴沉昏暗了。诗中“垂死病中惊坐起”一语，是传神之笔。白居易曾写有两句诗：“枕上忽惊起，颠倒着衣裳”，这是白居易在元稹初遭贬谪、前往江陵上任时写的，表现了他听到送信人敲门，迫不及待地想看到元稹来信的情状，十分传神。元稹此句也是如此。其中的“惊”，写出了“情”——当时震惊的感情；其

中的“坐起”，则写出了“状”——当时震惊的模样。如果只写“情”不写“状”，不是“惊坐起”而是“吃一惊”，那恐怕就神气索然了。而“惊坐起”三字，正是惟妙惟肖地摹写出作者当时陡然一惊的神态。再加上“垂死病中”，进一步加强了感情的深度，使诗句也更加传神。既曰“垂死病中”，那么，“坐起”自然是很困难的。然而，作者却惊得“坐起”了，这样表明：震惊之巨，无异针刺；休戚相关，感同身受。元、白二人友谊之深，于此清晰可见。

此诗用悲剧气氛来衬托人物的环境和心情，极其出色。它使我们今天读后，也似乎置身其中，感受到诗人当时所感受的一切。这不只是由于作者高超的技巧，更主要的是由于他真挚深厚的感情。

## 【得乐天书】

**远信入门先有泪，妻惊女哭问何如。**
**寻常不省曾如此，应是江州司马书①！**

**【注释】**

①江州司马：指白居易。

**【鉴赏】**

这是一首构思奇特的小诗。

题目是《得乐天书》，按说，内容当然离不开信中所言及读信所感。但诗里所描绘的，却不是这些，而是接信时一家人凄凄惶惶的场面。诗的第一句“远信入门先有泪”，是说诗人接了乐天的江州来信，读完后泪流满面；第二句笔锋一转，从妻女的反应上着笔：“妻惊女哭问何如”诗人手持远信，流着泪走回内室，引起了妻女们的惊疑：接到了谁的来信，引起他如此伤心？这封信究竟带来了什么噩耗？妻女由于困惑，发而为“惊”、为“哭”、为“问”。可她们问来问去，并没有问出个究竟。因为，诗人这时已经伤心得不能说话了。于是，她们只好窃窃私语，猜测起来：自从来到通州，从没见什么事使他如此激动，也从未见谁的一封来信会引得他如此伤心。够得上他如此关心的人只有一个——白乐天！这封信，必定是江州司马白乐天寄来的了。

此诗起得突兀，一上来就敲响了读者的心弦，而收笔却又以猜测结束，留下了非常丰富而耐人寻味的、要读者自己去寻味的情事。因为，从字句表面看，妻子的忖度是对的，这就完结了。但如果不是夫妻之间经常谈及这位沦落江州的好友，她何能这般敏感，一下子就发现了丈夫感情上的秘密？而在这之后，彼此又该有多少关于这封书信中所写内容的谈论，这不都是前前后后所必然有的情景，应当浮现在我们的想象之中吗？

全诗以素描塑造形象，从形象中见深情，句句是常语，却句句是奇语。清代刘熙载《艺概·诗概》说："常语易，奇语难，此诗之初关也；奇语易，常语难，此诗之重关也。香山用常得奇，此境良非易到。"其实，"用常得奇"者，岂止白香山为然，香山的好友元微之，早就越过这道"重关"了。

## 【酬①乐天频梦微之】

**山水万重书断绝，念君怜我梦相闻。**
**我今因病魂颠倒，惟②梦闲人不梦君！**

**【注释】**

①酬：报答，酬报，感谢之意。②惟：只是，仅的意思。

**【鉴赏】**

此诗为酬答白居易诗而作。白居易所作《梦微之》诗为："晨起临风一惆怅，通川湓水断相闻。不知忆我因何事，昨夜三更梦见君。"这时，元稹贬通州，白居易谪江州，两地迢迢数千里，通信十分困难。因此，诗一开始就说"山水万重书断绝"。现在，好不容易收到白居易寄来的一首诗，诗中告诉元稹，昨晚上又梦见了他。老朋友感情这样深挚，使他深深感动。诗的第二句乃说："念君怜我梦相闻"。元稹在通州害过一场严重的疟疾，病后身体一直很坏，记忆衰退。但"我今因病"的"病"字还包含了更为沉重的精神上的苦闷，包含了无限凄苦之情。四句紧承三句说：由于我心神恍惚，不能自主，梦见的净是些不相干的人，偏偏没梦见你。与白居易寄来的诗相比，这一结句翻出新意。白诗不直说自己苦思成梦，却反以元稹为念，问他何事忆我，致使我昨夜梦君，这表现了对元稹处境的无限关心。

元稹的这首诗却从对面下笔，构思精巧，感情真挚。"梦"是一往情深的精神境界。白居易和元稹两个人都写了梦，但写法截然不同。白诗用记梦以抒念旧之情，元诗一反其意，以不曾入梦写凄苦心境。白诗用入梦写苦思，是事所常有，写人之常情；元诗用不能入梦写心境，是事所罕有，写人之至情。做梦包含了希望与绝望之间极深沉、极痛苦的感情。元稹更推进一层，把不能入梦的原因作了近乎离奇的解释：我本来可以控制自己的梦，和你梦里相逢，过去也曾多次梦见过你。但此刻，我的身心已被疾病折磨得神魂颠倒，所以“惟梦闲人不梦君”，这也是此诗别开生面之处。这就把凄苦的心境写得入骨三分，内容也更为深广。再说，元稹这首诗是次韵和诗，在韵脚受限制的情况下，别出机杼，更是难得。

全诗纯用白描，几乎没有设色布景，而人物形象非常生动，情调也非常感人。

## 【重赠乐天】

**休遣玲珑[①]唱我诗，我诗多是别君词。**
**明朝又向江头别，月落潮平是去时。**

**【注释】**

①玲珑：商玲珑，歌女，与元、白交好。

**【鉴赏】**

“休遣玲珑唱我诗”，正说明过去常常是叫商玲珑来唱我的诗，也说明商玲珑唱得最好，以致使元稹每向白居易赠诗时，便知此诗定让商玲珑歌唱。“休遣”其唱，实际是不忍“更听”，因为一经那多情的妙音唱出余韵远味，就会使听者更加愁苦不堪。“我诗多是别君词”，这既见两人互相赠诗之多，又见两人分别之频繁。俞陛云在《诗境浅说续编》中说：“首二句非但见交谊之厚，酬唱之多，兼有会少离多之意”，这话说得是很对的。从语气上分析，“君”字与“我”字同现于句中，读来给人以亲切之感；上句以“我诗”结，下句以“我诗”起，通过“顶真”辞式，读来款接从容，朗朗上口；句中点出“多”“别”，暗示出后文的“又”“别”。

“明朝又向江头别，月落潮平是去时”句从眼前想象今后：“明朝又向江头别”，“明朝”点明时间之急促，说走就走；“又”字回应前面的“多”字，说明离别之频，别了一次“又”一次。这些都更增加了诗人的惆怅和悲苦，而“月落潮平是去时”，则是从“将作别”结诗，是凭了以往的经验，从想象中来描写。我们看：将别未别，已属令人痛苦不已，而把“分手江头”的临别之境，展现如在目前，这不就更令人心碎吗？

这首诗的主要特点是通俗明白，流美自然，能在一气呵成之中见技巧。清代李瑛《诗法易简录》说“一气清空如话”，就是指这一特点。第二个特点是能于明白如话中见技巧。宋代周弼在《三体唐诗》中说过这样的意思：诗人不说“怕听”，而言“休唱”，这一倒装便蕴藏了“万重别恨”；明天才会发生的事，却在今天诗中提前说出，这样便大大增强了“黯然之味”。这些分析都是比较客观的。

## 【离思五首】（其四）

**曾经沧海难为水，除却巫山不是云。**
**取①次②花丛③懒回顾，半缘修道半缘君。**

**【注释】**

①取：走进。②次：次第，一个个。③花丛：这里是喻指脂粉丛。

**【鉴赏】**

此为悼念亡妻韦惠丛之作。这首诗最突出的特色，就是采用索物以托情的比兴手法，赞美了夫妻之间的恩爱，淋漓尽致地表达了对韦氏的忠贞与怀念之情。

“曾经沧海难为水，除却巫山不是云”，是从《孟子·尽心》篇“观于海者难为水，游于圣人之门者难为言”变化而来的，意为经过浩瀚大海的人，见到别的水，觉得很难称其为水；而经历过巫山之云的人，再看别处的云，也算不得什么云了。两处用比相近，但《孟子》是明喻，以“观于海”比喻“游于圣人之门”，喻义显明；而这两句则是暗喻，喻义并不明显。“沧海”“巫山”，是世间至大至美的形象。

“半缘修道半缘君”则对“取次花丛懒回顾”做了回答。既然对亡妻如此情深，这里为什么却说“半缘修道半缘君”呢？元稹生平身委《逍遥篇》，心付《头陀经》，是尊佛奉道的。另外，这里的“修道”，也可以理解为专心于品德学问的修养。然而，尊佛奉道也好，修身治学也好，对元稹来说，都不过是心失所爱、悲伤无法解脱的一种感情上的寄托。“半缘修道”和“半缘君”所表达的忧思之情是一致的，而且，说“半缘修道”更觉含意深沉。统观全诗，不难看出，“取次花丛懒回顾”的原因，还是因为失去了“君”。“半缘修道”之说，只不过是遁词罢了。

元稹这首绝句，不但取譬极高，抒情强烈，而且用笔极妙。前两句以极致的比喻写怀旧悼亡之情，它接连用水、用云、用花比人，写得曲折委婉，含而不露，意境深远，耐人寻味，而成千古名言。就全诗情调而言，它言情而不庸俗，瑰丽而不浮艳，悲壮而不低沉，创造了唐人悼亡绝句中的绝胜境界。

# 贾岛

**【作者介绍】**

贾岛（779—843），中唐著名诗人。字浪（阆）仙。唐朝河北道幽州范阳县（今河北省涿州市）人。早年出家为僧，号无本。自号“碣石山人”。贾岛人称“诗囚”，一生不喜与常人往来，《唐才子传》称他“所交悉尘外之士”。他唯喜作诗苦吟，在字句上狠下功夫。其诗精于雕琢，喜写荒凉、枯寂之境，多凄苦情味，自谓“两句三年得，一吟双泪流”。有《长江集》十卷，录诗三百七十余首。另有小集三卷、《诗格》一卷传世。

## 【剑客】

**十年磨一剑，霜刃①未曾试。**
**今日把示君，谁有不平事？**

**【注释】**

①霜刃：锋芒。

**【鉴赏】**

这首诗歌大约是贾岛未中进士以前的作品。诗歌通过赞扬欲除不平的剑客，表现了作者对当时社会的不满，以及自己胸中积郁的愤懑不平。

诗题为《剑客》，让我们来看一看这是一位怎样的剑客：“十年磨一剑”，这位剑客花了十年的时间才磨出一把剑，“十年”与“一剑”形成强烈的反差，由此可见这位剑客在这把剑上所花的工夫，也可见这把剑的确不同凡响。“霜刃未曾试”，作者正面描写这把剑的锋利，但又是一个鲜明的反差，剑虽利，却未曾试过其锐利的锋芒。为磨一剑，花费十年工夫，所为何来，作者没有明言；而霜刃为何未试，作者同样没有明说，但这位剑客的那种跃跃欲试的心态似已可感受得到。“今日把示君，谁有不平事”，剑磨成之日，正是这位剑客要铲除世间不平事之时。你看，他把锋利的宝剑展示给这位足堪信赖的“君”，让他说说天下到底谁有不平之事？诗歌以问句作结，在这急不可耐的问话中，看出剑客的欲挥利刃，斩尽天下不平事的豪情壮志，和急欲一瞧利刃效果的迫切心情。

贾岛的诗风向来有“清真僻苦”“郊寒岛瘦”以及善于苦吟的特点，但在这首诗歌中，却丝毫看不到这些特点的影子，而是显得明快通俗，没有刻意地制造生涩的意境。同时，这首诗歌的构思也颇为巧妙，作者实际上是借剑客的形象来寄寓自己的思想与抱负，但这种寄寓却是很自然的，丝毫不损害剑客的形象。

## 【题李凝幽居[①]】

**闲居少邻并，草径入荒园。**
**鸟宿池边树，僧敲月下门。**
**过桥分野色，移石动云根[②]。**
**暂去还来此，幽期不负言[③]。**

**【注释】**

①题：写。幽居：僻静的居所。②云根：古人认为“云触石而生”，故称石为云根。③幽期：再访幽居的期约。言：指期约；不负言：绝不食言。

**【鉴赏】**

“闲居少邻并，草径入荒园”，诗人用很简练的手法，描写了这一幽居的周围环境：一条杂草遮掩的小路通向荒芜不治的小园；近旁，亦无人家居住。淡淡两笔，十分概括地写了一个“幽”字，暗示出李凝的隐士身份。

“鸟宿池边树，僧敲月下门”，是历来传诵的名句。“推敲”两字还有这样的故事：一天，贾岛骑在驴上，忽然得句“鸟宿池边树，僧敲月下门”，初拟用“推”字，又思改为“敲”字，在驴背上引手作推敲之势，不觉一头撞到京兆尹韩愈的仪仗队，随即被人押至韩愈面前。贾岛便将作诗得句下字未定的事情说了，韩愈不但没有责备他，反而立马思之良久，对贾岛说：“作‘敲’字佳矣。”这样，两人竟做起朋友来。这两句诗，粗看有些费解。难道诗人连夜晚宿在池边树上的鸟都能看到吗？其实，这正见出诗人构思之巧，用心之苦。正由于月光皎洁，万籁俱寂，因此老僧（或许即指作者）一阵轻微的敲门声，就惊动了宿鸟，或是引起鸟儿一阵不安的躁动，或是鸟从窝中飞出转了个圈，又栖宿巢中了。作者抓住了这一瞬即逝的现象，来刻画环境之幽静，响中寓静，有出人意料之胜。倘用“推”字，当然没有这样的艺术效果了。

“过桥分野色，移石动云根”，是写回归路上所见。过桥是色彩斑斓的原野；晚风轻拂，云脚飘移，仿佛山石在移动。“石”是不会“移”的，诗人用反说，别具神韵。这一切，又都笼罩着一层洁白如银的月色，更显出环境的自然恬淡，幽美迷人。

最后两句是说，我暂时离去，不久当重来，不负共同归隐的约期。前三联从李凝幽居的近景写到居处，再写到远景，无不幽雅、清静、恬美。所以尾联也就水到渠成了。我暂且离去，不久还会再来，我们共同归隐的期约我绝不会食言。至此，全诗主旨已出，且契合自然，韵味深长。

# 张祜

**【作者介绍】**

张祜，生卒年不详，字承吉，邢台清河人，唐代著名诗人。出生在清河张氏望族，家世显赫，人称“张公子”，有“海内名士”之誉。张祜的一生，在诗歌创作上取得了卓越成就。“故国三千里，深宫二十年”张祜以是得名，《全唐诗》收录其三百四十九首诗歌。

## 【集灵台二首】（其二）

**虢国夫人①承主恩，平明②骑马入宫门。**
**却嫌脂粉污颜色，淡扫蛾眉朝至尊。**

**【注释】**

①虢国夫人：杨贵妃三姐的封号。②平明：天刚亮时。

**【鉴赏】**

《集灵台》诗共两首，描写杨贵妃及其姐姐虢国夫人在某个清晨来到集灵台朝见玄宗的情景。清晨本是皇帝临朝接见大臣，处理国政的时候，他不见大臣而见宠妃、情妇；集灵台本是庄严肃穆的祭祀神仙的地方，他不在内寝而在这里接见她们，这就活画出了一位荒淫无道的皇帝的形象。这是咏虢国夫人入朝的一首。

首句中“承主恩”三字已暗示讽意。因为虢国夫人并非玄宗嫔妃，居然“承主恩”，实为不正常之怪事。

第二句“平明骑马入宫门”，是对“承主恩”的具体描绘。“平明”是天刚亮之时，此刻本非朝见皇帝的时辰，虢国夫人却能上朝，不是皇帝特宠，哪得如此；宫门乃是禁地，岂是骑马之所在，虢国夫人却能骑马而入，不是皇帝特准，又哪能如此！因此，“平明骑马入宫门”，看似平淡的叙述语气，却耐人寻味。平明之时，宫门禁苑的骑马之举，是多么异乎寻常地违背朝廷常规，虢国夫人和玄宗的荒唐也就不言而自明了。

第三句“却嫌脂粉污颜色”，笔锋突然转到虢国夫人的容貌上来了。脂粉本是使妇女更增美色的化妆品，而虢国夫人“却嫌脂粉”，岂非又是怪事？一查，据《太真外传》说：“虢国不施妆粉，自炫美艳，常素面朝天。”原来她自信自己天然美色胜似脂粉妆饰，也正是为了在皇帝面前炫耀争宠，这与以浓妆艳抹取悦于君王实为异曲同工。

第四句“淡扫蛾眉朝至尊”是“却嫌脂粉污颜色”的结果。“朝至尊”与一、二两句相呼应，又将朝见上来。这个典型细节，生动而深刻地表现了虢国夫人自诩美貌、刻意邀宠，但又极力加以掩饰的心理，揭示了这位贵妇人工于心计的性格和内在的轻佻，写得非常有个性。诗人描写这个人物，并没有明显的贬抑和讽刺，只是选取意味深长的细节，不动声色地加以叙写。其态度似乎相当客观，但内里却包含着入骨的讽刺。这种婉而多讽的写法，艺术效果往往比直露的冷嘲热讽更加入木三分。

## 【题金陵渡[①]】

**金陵津渡[②]小山楼，一宿行人自可愁。**
**潮落夜江斜月里，两三星火是瓜洲[③]。**

**【注释】**

①金陵渡：渡口名，在今江苏镇江。②津渡：渡口。③瓜洲：在长江北岸运河之口，与京口（即今江苏省镇江市）南北隔江相望。

**【鉴赏】**

这是张祜漫游江南时写的一首小诗。这首诗抒发其金陵待渡、夜宿江楼的羁旅愁思之情。

“金陵津渡小山楼”点题，轻灵妥帖。“小山楼”是诗人当时寄居之地，点明写作地点；“一宿行人自可愁”，“一宿”点名时间，“行人”点明人物，前两句意为诗人客宿在金陵渡口的小山楼上，满腹愁思，一夜未眠。这两句是引子，起笔平淡而轻松；“潮落夜江斜月里”写景，诗人伫立在小山楼上眺望夜江，只见天边月已西斜，江上寒潮初落。漆黑的江面之上，本无所见，而诗人却观赏到潮落之景。用一“斜”字好极，既有景，又点明了时间——将晓未晓的落潮之际；与上句“一宿”呼应，此句与第二句自然地沟通。诗人用笔轻灵而细腻，在精工镂刻中，又不显斧凿之痕，显得那么浑成无迹；落潮的夜江浸在斜月的光照里，在烟笼寒水的背景上，忽见远处有几点星火闪烁，诗人不由脱口而出：“两三星火是瓜洲。”将远景一点染，这幅美妙的夜江画也告完成。试看“两三星火”，用笔何其潇洒空灵，动人情处不需多，“两三”足矣。以少胜多，点染有致，那“两三星火”点缀在斜月朦胧的夜江之上，显得格外明亮。“是瓜洲”三字对“两三星火”作了回答。这个地名与首句“金陵渡”相应，达到首尾圆合。

本诗中，诗人抓住潮水落尽，江流平缓，斜月出生这一低沉凄迷令人感伤的情景，以特定的时间、地点、景象，来烘托自己的旅愁，情韵独特，别具一格。

这首诗不仅文辞清雅端洁，而且情蕴隽永，尤以三、四句工整有致，历来脍炙人口，传诵经久不绝。

# 刘皂

**【作者介绍】**

刘皂，生卒年不详，唐贞元间咸阳（今陕西咸阳市）人，身世无可考。《全唐诗》录存其诗五首。

## 【旅次朔方[①]】

**客舍并州已十霜，归心日夜忆咸阳。**
**无端更渡桑乾水，却望并州是故乡。**

**【注释】**

①朔方，北方，亦是古代的一个地名，唐朝的朔方县，在今天的陕西省。

**【鉴赏】**

此诗题目又叫作《旅次朔方》，朔方始见《尚书·尧典》，即北方。但同时又是一个地名，始见《诗经·小雅·出车》。西汉置朔方刺史部（当今内蒙古自治区及陕西省的一部分，所辖有朔方郡），与并州刺史部（当今山西省）相邻。桑乾河并不流经朔方刺史部或朔方郡，所以和朔方之地无关。并州在唐时是河东道，桑乾河由东北而西南，流经河东道北部，横贯蔚州北部，云、朔等州南部。这些州，位于今雁北地区。由此可见，诗题朔方乃系泛称，用法和曹植《送应氏》“我友之朔方，亲昵并集送”一样。而刘皂客舍十年之并州，具体地说，乃是并州北部桑乾河以北之地。

全诗共分两部分，前半部分写久客并州的思乡之情。十年是一个很久的时间，十年积累起的乡愁，对于旅人来说，显然是一个沉重的负担。所以每天每夜，无时无刻不想回去。无名氏《杂诗》云：“浙江轻浪去悠悠，望海楼吹望海愁。莫怪乡心随魄断，十年为客在他州”，虽地理上有西北与东南之异，但情绪相同，可以互证。后半写久客回乡的中途所感。诗人由山西北部（并州、朔方）返回咸阳，取道桑乾流域。无端，即没来由。更渡，即再渡。这“无端更渡”四字，乃是关键，要细细体会。十年以前，初渡桑乾，远赴并州，是为的什么呢？诗中没有说。而十年以后，更渡桑乾，回到家乡，又是为的什么呢？诗中说了，说是没来由，也就是自己也弄不清楚是怎么一回事。果真如此吗？前一矛盾本来似乎是唯一的，而“无端更渡”以后，后一矛盾就突出了出来。这时作者和读者才同样感到，“忆咸阳”不仅不是唯一的矛盾，而且“忆咸阳”和“望并州”在作者心里，究竟哪一边更有分量，也难于断言了。以空间上的并州与咸阳，和时间上的过去与将来交织在一处，而又以现在桑乾河畔中途所感穿插其中，互相映衬，宛转关情。每一个有久客还乡生活经验的人，读到这首诗，都会产生心灵的碰撞，难道自己不曾有过这种非常微妙同时又非常真实的心情吗？

# 皇甫松

**【作者介绍】**

皇甫松，生卒年不详，字子奇，自号檀栾子，睦州新安（今浙江淳安）人。他是工部侍郎皇甫湜之子，宰相牛僧孺之外甥。《新唐书·艺文志》著录皇甫松《醉乡日月》三卷。其词今存二十余首，笔致清灵，情境优美，见于《花间集》《唐五代词》。

## 【采莲子】（其二）

**船动湖光滟滟秋，贪看年少信①船流。**
**无端②隔水抛莲子，遥被人知半日羞。**

**【注释】**

①信：随意，任意。②无端：没有缘由地。

**【鉴赏】**

采莲子，是唐代教坊曲名，一般多咏采莲。这首诗描写了采莲少女的初恋情怀。

首句“船动湖光滟滟秋”描写了秋色迷人，湖面波光粼粼，采莲的船儿在湖面上滑行。次句“贪看年少信船流”写采莲女出神地望着对面船上的英俊少年，以致忘了采莲，连船儿飘走了也浑然不知。读到这里，读者也才恍然明白首句中的“船动”是怎么回事；读到这里，读者也许不禁会对这位采莲女的大胆率真的举动留下深刻印象。然而，第三句“无端隔水抛莲子”所描写的是一个更为大胆的举动，这位采莲女抓起一把莲子向对面船上那位英俊的小伙子抛了过去。这一连串的动作，活画出这位采莲女的率真，对爱情的大胆追求。如果说以上动作的描写只写出这位采莲女性格的一个方面的话，那么，末句“遥被人知半日羞”的刻画则可以说是对采莲女丰富多彩而又细腻的性格添上了传神的一笔。姑娘毕竟是姑娘，即便她对爱情有着强烈的渴求，但终究是初恋的萌发，她对周围的反应是很敏感的，故而被四周有人瞧见或是远处传来善意的嬉笑声，也会让她觉得非常羞惭和难为情的。果然，姑娘的举动被远处的人们知晓了，而采莲女也感觉到了，使得她不好意思了半天。这传神的一笔，丰富了采莲女的性格，传达出水乡少女初恋时特有的神韵。

诗歌把这富有情趣的一幕置放于景色迷人的秋天收获季节，很有赏心悦目的效果。它的清新爽朗，它的富有情趣，它的率直质朴，以及在用词特点上，如“莲”字谐“怜”，以表示爱恋等等，都具有十足的民歌风味。再者，诗歌在刻画人物、描摹情态上，也都十分的传神，能给读者以鲜明的印象。

# 杜 牧

**【作者介绍】**

杜牧（803—约852），字牧之，号樊川居士，京兆万年（今陕西西安）人，宰相杜佑之孙，杜荀鹤之父。唐文宗大和二年（828）进士，授宏文馆校书郎。后赴江西观察使幕，转淮南节度使幕，又入观察使幕。史馆修撰，膳部、比部、司勋员外郎，黄州、池州、睦州刺史等职，最终官至中书舍人。晚唐杰出诗人，尤以七言绝句著称。擅长文赋，其《阿房宫赋》为后世传诵。注重军事，写下了不少军事论文，还曾注释《孙子》。有《樊川文集》二十卷传世，为其外甥裴延翰所编，其中诗四卷。又有宋人补编的《樊川外集》和《樊川别集》各一卷。《全唐诗》收杜牧诗八卷。晚唐诗多柔靡，牧之以峻峭矫之。七绝有逸韵远神，晚唐诸家让渠独步。人称“小杜”，以别于杜甫。与李商隐并称“小李杜”。

## 【寄扬州韩绰判官[①]】

**青山隐隐水迢迢，秋尽江南草未凋[②]。**
**二十四桥[③]明月夜，玉人[④]何处教[⑤]吹箫？**

**【注释】**

①韩绰：事不详，杜牧另有《哭韩绰》诗。判官：观察使、节度使的僚属。时韩绰似任淮南节度使判官。文宗大和七至九年（833—835），杜牧曾任淮南节度使掌书记，与韩绰是同僚。②草未凋：一作草木凋谢。③二十四桥：一说隋置，以城门坊市为名；一说因古有二十四美人吹箫于此，故名。④玉人：美人。一解指扬州的歌女；一解为杜牧戏称韩绰为玉人。⑤教：使。

**【赏析】**

这是一首题赠友人的调侃诗作。诗的头两句写景。第一句摄取的是远镜头，扬州一带远处青翠的山峦，隐隐约约，给人以迷离恍惚之感；江水东流悠

长遥远，给人以流动轻快的感受。第二句是想象江南虽在秋天，但草木尚未完全凋零枯黄，表现优美的江南风光。这两句是从山川物候来写扬州，为后两句询问韩绰别后的情况做垫衬。最后两句的重点在于探问韩绰在清风明月之夜，是不是和歌伎们倚箫而唱，歌舞通宵。

"青山隐隐水迢迢"，从大处落墨，化出远景：青山逶迤，隐于天际，绿水如带，迢迢不断。"隐隐"和"迢迢"这一对叠字，不但画出了山清水秀、绰约多姿的江南风貌，而且隐约暗示着诗人与友人之间山遥水长的空间距离，那抑扬的声调中仿佛还荡漾着诗人思念江南的似水柔情。

"秋尽江南草未凋"，此时虽过深秋，江南草木仍未凋零，风光依旧。正因为作者不忍晚秋的万木萧疏，所以非常眷顾江南的秀水青山，越来越眷念繁华扬州的故人了。

江南佳景无数，江南的诸多景致留给诗人印象最深的则是二十四桥上观赏明月，更何况当地名胜二十四桥上还有神仙般的美人可看呢?

诗人本是问候友人近况，却故意用玩笑的口吻与韩绰调侃，问他当此秋尽之时，每夜在何处教妓女歌吹取乐。这样，不但韩绰风流倜傥的才貌依稀可见，两人亲昵深厚的友情得以重温。

这首诗歌能用最为简单的语言写出最富有特色的事物，并能激发人们的联想与想象；而在抒情方面，并没有直接抒情，而是含蓄曲折地抒发最蕴藉的感情，前人说这首诗是杜牧"厌江南之寂寞，思扬州之欢娱"，从诗歌中表现出的情感来看，此说不无道理。





## 【南陵道中[1]】

**南陵水面漫悠悠，风紧云轻欲变秋。**
**正是客心孤迥处，谁家红袖[2]凭江楼?**

【注释】

①这首诗收入《樊川外集》，题一作“寄远”。②红袖：代指美人。

【赏析】

“南陵水面漫悠悠，风紧云轻欲变秋”二句，写诗人在船中所见美丽的天光水色，这两句着重于刻画景物，但同时在景物的选择与描绘中，寄寓了作者的心境。“水面漫悠悠”这一意象，不仅表现出水面的平缓、水流的悠容自在，而且也透露出江上的空寂，既显示出舟行者的心情比较平静容与，也暗示出舟行者一丝羁旅的孤寂，写景传情，十分细腻，真是天衣无缝，浑然天成，了无痕迹。由“漫悠悠”到“风紧云轻”似乎有一段时间流程。前者是清风徐来，波澜不惊，水波不兴，涟漪轻泛时的景象；后者则表现的是，过了一会儿，风逐渐增大，越来越紧，云儿因为风的吹送，变得稀薄而轻盈，天空显得十分高远，空气中也似乎一下子散发出秋天的凉意。“欲变秋”的一个“变”字，正巧妙地表现出时间推移、天气变化的这一动态的时间流程。由这两句的景物刻画，我们似乎可以感受到此刻旅人的心境，也由原来的相对平静变得有些骚动不安了；由原来的一丝淡淡的孤寂进而感到有些清冷落寞了。这便充分体现出诗人构思之妙、刻画景物之工巧了。

诗的后两句“正是客心孤迥处，谁家红袖凭江楼”，描绘了一幅色彩鲜明的图景。正当旅人触物兴感、心境孤迥的时候，忽见岸边的江楼上有红袖女子正在凭栏遥望。在客心孤迥之时，意绪本来有些索寞无聊，流目江上，忽然望见这样一幅美丽的图景，精神为之一爽，羁旅的孤寂在一时间似乎冲淡了不少。但这幅图景中凭楼而望的红袖女子，究竟是怀着闲适的心情眺望江上景色，还是如诗人词中所写的那位等待丈夫归来的女子那样，“梳洗罢，独倚望江楼”，这一点，江上舟行的旅人并不清楚，自然也无法向读者交代，只能浑涵地书其即目所见。但无论是闲眺还是望归，对旅人都会有所触动而引起各种不同的联想。在这里，“红袖凭江楼”的形象内涵的不确定，恰恰为联想的丰富、诗味的隽永创造了有利的条件。

## 【遣怀】

**落魄[①]江湖载酒[②]行，楚腰[③]纤细掌中轻[④]。**
**十年一觉[⑤]扬州梦，赢得青楼[⑥]薄幸[⑦]名。**

### 【注释】

①落魄：漂泊之意。②载酒：携酒。③楚腰：细腰，楚灵王喜好细腰女子。这里指扬州妓女。④掌中轻：相传汉赵飞燕体轻，能为掌上舞。诗中指扬州妓女。⑤一觉：一旦醒悟。⑥青楼：指妓女居处。⑦薄幸：薄情。

### 【赏析】

“落魄江湖载酒行”，追叙扬州生活：寄人篱下，飘荡江湖，与酒为伍。这里“落魄”二字十分耐人寻味。杜牧十年扬州幕僚生涯，过着诗酒佳人的放浪形骸的生活。在表面上看来并不能说是“落魄江湖”，然而诗人对这诗酒佳人的生活偏偏以“落魄”来概括，这就隐晦曲折地表现出诗人对自己长期为人幕僚，无法主宰自己的命运，无法实现自己大济苍生、澄清海内的远大志向抱负，寄人篱下的无奈境遇的不满和愤懑。

“楚腰纤细掌中轻”写放浪形骸，沉湎于酒色。以“楚王好细腰”和“赵飞燕体轻能为掌上舞”两个典故，形容扬州妓女之多、之美和作者沉沦之深。楚腰，指美人的细腰。“楚灵王好细腰，而国中多饿人”。（《韩非子·二柄》）掌中轻，指汉成帝皇后赵飞燕，“体轻，能为掌上舞”（《飞燕外传》）。从字面看，两个典故都是夸赞扬州妓女之美，但仔细玩味“落魄”两字，可以看出，诗人很不满于自己沉沦下僚、寄人篱下的境遇，因而他对昔日放荡生涯的追忆，并没有一种惬意的感觉。

“十年一觉扬州梦”，这是诗人发自肺腑的感叹。“十年”与“一觉”形成鲜明的比照，形成“长久”与“迅速”的对比，突出诗人的感叹之深切。这些又完全汇聚在“扬州梦”的“梦”字之上，昔日的放荡不羁，沉溺酒色，表面上的喧闹繁华，内心中却充满忧伤烦恼，痛苦不堪。这既是醒悟后的感叹，也是诗人为何“遣怀”十年之久的扬州往事的症结所在，这一切只是一场梦而已。

“赢得青楼薄幸名”，诗人说自己曾经迷恋的青楼也责怪自己薄情寡义。“赢得”二字，在调侃之中含有辛酸、自嘲和悔恨等极为复杂的情感体验。人生短暂，有几个十年，而立之年的自己却毫无成就，实在没有什么自己留恋的！

此诗是杜牧追悔十年扬州生活的抒情之作。作者因政治上落魄失意，在扬州十年载酒行乐，倚红偎翠，过着毫无拘检的生活。现在回想起来，恍如梦幻，一事无成，反倒落了个轻薄负心郎的名声。

## 【山行①】

**远上寒山②石径③斜，白云生处④有人家。**
**停车坐⑤爱枫林晚，霜叶红于⑥二月花。**

【注释】

①山行：在山中行走。②寒山：指深秋时节的山。③石径：石头小路。④白云生处：白云缭绕而生的地方。⑤坐：因为、由于。⑥红于：比……红。

【赏析】

这是一首写景名作，描绘的是秋之色，展现出一幅动人的山林秋色图。

“远上寒山石径斜”，写山与山中小路。一条弯弯曲曲的小路蜿蜒伸向山林深处。“远”字写出了山路的悠长，“寒山”二字，一者点明季节时令，与下文之“霜”字遥相呼应；再者，即暗示秋山之颜色。秋山林木，并非只有黄叶如金，枫树似火，更有经霜不凋之苍松翠柏，纷然杂错，相互映衬，而此景此色，非秋不现。“斜”字与“上”字呼应，写出了高而缓的山势，写出了小路屈曲盘旋的特点。

“白云生处有人家”，写人家。诗人的目光顺着这条山路一直向上望去，在升起如云炊烟的地方，有几户人家的居所掩映的山林之中，“白云”之下。一个“生”字，既有飘浮缭绕之动态，又有滋长不息之生机，为山岭增色不少，一作“深”，不逮此“生”字远甚。这里的“人家”照应了上句的“石径”，这斜长悠远的山间小路，和那几户人家应该有关，这就把两种景物有机地联系在了一起。

“停车坐爱枫林晚”是写诗人的行为变化，走着走着，诗人停下来了，原因在于那些“红于二月花”的“霜叶”，那枫叶经过秋霜的洗礼之后，特别的鲜艳火红，连二月的鲜花也比不上。那山路、那白云、那人家都没有使诗人动心，而恰恰是这枫林晚景却令诗人惊喜到停下来观赏，顾不得驱车赶路，可见枫林晚景的美丽程度。

“霜叶红于二月花”在补充说明诗人停车的原因的同时，也把一片深秋枫林美景具体鲜明地展现在我们面前。深秋的枫林原本就鲜红耀眼，此时在夕阳余晖的照耀下，就更显得晶莹剔透，红艳如霞，丹阳满山，比江南二月的春花还要火红，还要艳丽。“霜叶红于二月花”，系小杜名句。此句之所以为人传诵，非只因其精巧明丽，更因其富有哲理意味，能够以之说明具有普遍意义之事理。

诗人采取了疏密、虚实、浓淡、显隐、远近、高低、冷暖等对称的艺术手法，组成了一个既丰富多彩又和谐统一的整体，枫叶的神采，诗人的感情，诗的主题，都在这个对立统一的画面中抒发出来了。

## 【秋夕】

**银烛[①]秋光冷画屏[②]，轻罗小扇[③]扑流萤[④]。**
**天阶[⑤]夜色凉如水，坐看[⑥]牵牛织女星[⑦]。**

**【注释】**

①银烛：白蜡烛。②画屏：画有图案的屏风。③轻罗小扇：轻巧的丝质团扇。④流萤：飞动的萤火虫。⑤天阶：露天的石阶。⑥坐看：有的版本选作：“卧看”。⑦牵牛织女星：两个星座的名字。

**【赏析】**

“银烛秋光冷画屏”写秋景，秋天的晚上，烛光微弱，屏画幽暗。用一“冷”字，暗示寒秋气氛，又衬出主人公内心的孤凄。次句“轻罗小扇扑流萤”，描述一个孤单的宫女正用小扇扑打着飞来飞去的萤火虫。

“轻罗小扇扑流萤”一句表达十分含蓄，其中至少含有三层意思：第一，在宫女居住的庭院里竟然有流萤飞动，由此不难看出宫女生活的凄凉悲惨；第二，我们从宫女扑萤的举动也可以想象出她的寂寞与无聊。宫女无事可做，只好以扑萤来排遣她那孤单的青春岁月；第三，扇子原本是作为夏天挥风取凉用的，秋天就不会再用了，因此，古人常在古诗里以秋扇比喻弃妇。此诗中的“轻罗小扇”，正是持扇宫女遭弃命运的贴切象征。

“天阶夜色凉如水”又转而写景，“天阶”特指宫内石阶，用“凉如水”来写夜色之深，写深宫内寒气袭人，这也就进一步烘托出“冷”的气氛，而且自然地将宫女的目光从地下引到天上：“坐看牵牛织女星”。一个“看”字，含蕴丰富：宫女遥望夜空，寻找那被银河隔开的牵牛星与织女星，触景生情，深叹自己的命运还比不上神话中的男女主人公，因为他们还可以每年七夕相会，而自己一进深宫便永隔人世了，这是多么悲惨的现实！诗人巧妙地从动作写到眼神，从“形”写到“神”，普普通通的“坐看”二字，将宫女十分细微复杂的心理活动刻画得淋漓尽致，所以清人蘅塘退士孙洙评论此诗：“层层布景，是一幅着色人物画，只‘坐看’二字，逗出情思，便通身灵活”（《唐诗三百首》）。

## 【金谷园[1]】

**繁华事散逐香尘[2]，流水无情草自春。**
**日暮东风怨啼鸟，落花犹似坠楼人[3]。**

**【注释】**

①金谷园：晋石崇的豪华宅第，故址在今河南洛阳。②香尘：石崇为教练家中舞姬步伐，碎沉香为屑于象牙床上，踏而无迹者赐以珍珠。③坠楼人：指石崇爱妾绿珠。《晋书·石崇传》载，石崇有妓名曰绿珠，美艳绝伦。孙秀求之不得，乃矫诏问罪。时石崇正宴于楼上，谓绿珠曰：“我今为尔得罪。”绿珠泣曰：“当效死于君前。”因自投于楼下而死。

**【赏析】**

此诗是诗人所作的一首咏春吊古的杰作。金谷园是西晋富豪石崇的别墅，繁荣华丽，极一时之盛。唐时园已荒废，成为供人凭吊的古迹。诗人来到金谷园，只见满目凄凉，不免联想起那繁华的往事。

“繁华事散逐香尘”，蕴含着诗人无限的慨叹。东晋王嘉《拾遗记》谓：“石季伦（崇）屑沉水之香如尘末，布象床上，使所爱者践之，无迹者赐以真珠”，此即石崇当年奢靡生活之一斑。“香尘”细微飘忽，去之迅速而无影无踪。金谷园的繁华，石崇的豪富，绿珠的香销玉殒，亦如香尘飘去，云烟过眼，不过一时而已。

“流水无情草自春”，水，指东南流经金谷园的金水。不管人世间的沧桑，流水照样潺湲，春草依然碧绿，它们对人事的种种变迁，似乎毫无感触。这是写景，更是写情，尤其是“草自春”的“自”字，与杜甫《蜀相》中“映阶碧草自春色”的“自”字用法相似。

后两句是说，傍晚，正当诗人对着流水和春草遐想的时候，忽然东风送来鸟儿的叫声。春天里的鸟鸣，本是令人心旷神怡的赏心乐事，但此时红日西斜，夜色将临，独处于荒芜的名园；鸟鸣在沉溺于吊古之情的诗人耳中就显得格外凄哀悲切，如怨如慕，仿佛在表露今昔之感。日暮、东风、啼鸟，本是春天的一般景象，一个简单的“怨”字，就使其蒙上了一层凄凉感伤的色彩。此时此刻，一片片惹人感伤的落花又映入诗人的眼帘。诗人把金谷园落花飘然下坠的形象，与曾在此处发生过的绿珠坠楼事件联想到一起，寄寓了无限情思。一个“犹”字则渗透着诗人沉重的追念、怜惜之情！诗人的这一联想，不仅是“坠楼”与“落花”外观上有可比之处，而且揭示了绿珠这个人和“花”在命运上有相通之处，诗人的想象与比喻贴切自然，意味隽永。

全诗比喻贴切，情景交融，意境悠远，情韵隽永。

## 【清明】

**清明①时节雨纷纷，路上行人欲断魂②。**
**借问③酒家何处有？牧童遥指④杏花村⑤。**

**【注释】**

①清明：我国传统的扫墓节日，农历二十四节气之一，在公历四月五日左右。②欲断魂：指心里忧郁愁苦，就像失魂落魄一样。③借问：请问。④遥指：指向远处。⑤杏花村：杏花深处的村庄。

**【赏析】**

“清明时节雨纷纷”，这是清明时节天气的典型特征，正值清明佳节，诗人杜牧在行路中间，恰巧遇上了绵绵细雨。清明，虽然是柳绿花红、春光明媚的时节，可也是气候容易发生变化的期间，甚至时有“疾风甚雨”。但这日的细雨纷纷，是那种“天街小雨润如酥”样的雨——这也正是春雨的特色。

这“雨纷纷”洒落着人们心中的愁情，这绵绵细雨不仅落在茫茫大地之上，更是落在人们阴郁的内心深处；“路上行人欲断魂”，“行人”，是指出门在外的行旅之人，“断魂”，是竭力形容那种十分强烈、可是又并非明白表现在外面的很深隐的感情。在古代风俗中，清明节是个色彩情调都很浓郁的大节日，本该是家人团聚，或游玩观赏，或上坟扫墓，而今行人却是孤身赶路，触景伤怀，心头的滋味是复杂难耐的。此时此刻偏偏又赶上这绵绵细雨，这又给行人平添了一层阴沉的愁绪。

前两句交代了情景，后两句则是诗人自身心境和行止的刻画。第三句写这时行人涌上心头的一个想法：往哪里找个小酒店才好，一来歇歇脚，避避雨，二来小饮三杯，解解料峭中身上的春寒，最要紧的是，借此也就能散散心头的愁绪。于是，向人问路了。诗人在第三句里并没有告诉我们向谁问路，这妙莫妙于第四句：“牧童遥指杏花村”的回答。这“借问”二字也表明他是“独在异乡为异客”，不知酒家在何处方才借问，而“牧童遥指杏花村”不仅以无声的手势回答了诗人自身的“借问”，而且又开拓出一个新的境界：遥遥在望的杏花村。我们可以充分发挥想象，在绵绵的细雨中远处那一片被杏花笼罩的村庄该是何等凄艳。杏花带雨如美人含泪；细雨如烟，也许一片杏花就像朦胧天际一线绯红的轻云。这是一个何等的凄美的情境。

全诗中没有难字，也没有典故，整篇都是通俗的语言，所有的描述都自然顺畅，没有丝毫经营造作的痕迹。这些恰恰正是诗人的高明之处。

## 【过华清宫绝句三首[①]】（其一）

**长安回望绣成堆[②]，山顶千门次第开。**

**一骑红尘妃子[3]笑，无人知是荔枝来。**

**【注释】**

①华清宫：故址在今陕西临潼县骊山，是唐明皇与杨贵妃游乐之地。②绣成堆：指花草林木和建筑物像一堆堆锦绣。③妃子：指贵妃杨玉环。

**【鉴赏】**

“长安回望绣成堆”，叙写诗人在长安回首南望华清宫时所见的景色，“回望”二字既是实写，又启下。诗人在京城眺望骊山，佳木葱茏，枝繁叶茂，无数层叠有致、富丽堂皇的建筑掩映其间，宛如一堆锦绣。蓦地升腾起一种回顾历史、反省历史的责任感，由景而发历史之感慨。正是“山顶千门次第开”以下三句，承上而来，是回顾历史。骊山“山顶千门”一扇扇地打开写出唐玄宗、杨贵妃当年生活的奢华，并给读者设下疑窦：“山顶千门”为何要“次第”打开？末两句“一骑红尘妃子笑，无人知是荔枝来”是答案。原来这都是杨贵妃使然。当她看见“一骑红尘”奔驰而至，知是供口腹享受的荔枝到了，故欣然而“笑”。而其他人却以为这是来传送紧急公文，谁想到马上所载的是来自涪洲的鲜荔枝呢！诗的结句既是全诗的点睛之笔，揭示“安史之乱”的祸根。

全诗以“回望”起笔，层层设置悬念，最后以“无人知”揭示谜底。这不仅揭露了唐明皇为讨好宠妃的欢心而无所不为的荒唐，同时与前面渲染的不寻常气氛相呼应，全诗无一难字，不事雕琢，清丽俊俏，活泼自然，而又寓意精深，含蓄有力，确是唐人绝句中的上乘之作。

这首诗别出心裁地选取“荔枝”这一特殊物象将贵妃的恃宠而骄，皇帝为讨宠妃欢心无所不为的荒唐和驿骑大汗淋漓，苦不堪言衔接成一幅画面。通过以小见大的独特视角，选择“一骑红尘”与“妃子笑”之间的戏剧性冲突烘托全诗的主题，构思、布局之妙，令人叹服。当然还有很多其他写法特别之处需要我们慢慢品味。

## 【长安秋望[1]】

**楼倚[2]霜树[3]外[4]，镜天[5]无一毫[6]。**

南山⑦与秋色，气势两相高。

【注释】

①秋望：在秋天远望。②倚：靠着，倚立。③霜树：指深秋时节的树。④外：上。⑤镜天：像镜子一样明亮、洁净的天空。⑥毫：非常细小的东西。⑦南山：即终南山。

【鉴赏】

“楼倚霜树外”的“倚”，是倚立的意思，重在强调自己所登的高楼巍然屹立的姿态；“外”，是“上”的意思。秋天经霜后的树，多半木叶黄落，越发显出它的高耸挺拔，而楼又高出霜树之上，在这样一个立足点上，方能纵览长安高秋景物的全局，充分领略它的高远澄洁之美。所以这一句实际上是全诗的出发点和基础，没有它，也就没有“望”中所见的一切；“镜天无一毫”，是说天空明净澄洁得像一面纤尘不染的镜子，没有一丝阴暗云彩。这正是秋日天宇的典型特征。这种澄洁明净到近乎虚空的天色，又进一步表现了秋空的高远寥廓，同时也写出了诗人当时那种心旷神怡的感受和高远澄净的心境。“南山与秋色，气势两相高”这一句转笔写到远望中的终南山。将它和“秋色”相比，说远望中的南山，它那峻拔入云的气势，像是要和高远无际的秋色一赛高低。南山是具体有形的个别事物，而“秋色”却是抽象虚泛的，是许多带有秋天景物特点的具体事物的集合与概括，二者似乎不好比拟。而此诗却别出心裁地用南山衬托秋色。秋色是很难描写的，它存在于秋天的所有景物里，而且不同的作者对秋色有不同的观赏角度和感受，有的取其凄清萧瑟，有的取其明净澄洁，有的取其高远寥廓。这首诗的作者偏于欣赏秋色之高远无极，这是从前两句的描写中可以明显看出的。但秋之“高”却很难形容尽致，特别是它那种高远无极的气势更是只可意会，难以言传。在这种情况下，以实托虚便成为有效的艺术手段。具体有形的南山，衬托出了抽象虚泛的秋色，读者通过“南山与秋色，气势两相高”的诗句，不但能具体地感受到“秋色”之“高”，而且连它的气势、精神和性格也若有所悟了。

这首五言短章写得意境高远，气势健举，和盛唐诗人王之涣的《登鹳雀楼》有神合之处，尽管在雄浑壮丽、自然和谐方面还不免略逊一筹，但也堪称佳作。

## 【江南春】

**千里莺啼[①]绿映红，水村山郭[②]酒旗[③]风。**
**南朝[④]四百八十[⑤]寺，多少楼台[⑥]烟雨中。**

**【注释】**

①莺啼：即莺啼燕语。②郭：外城。此处指城镇。③酒旗：一种挂在门前以作为酒店标记的小旗。④南朝：指先后与北朝对峙的宋、齐、梁、陈政权。⑤四百八十：虚数，非实指。⑥楼台：楼阁亭台。此处指寺院建筑。

**【鉴赏】**

“千里莺啼绿映红，水村山郭酒旗风”，诗一开头，就像迅速移动的电影镜头，掠过南国大地：辽阔的千里江南，黄莺在欢乐地歌唱，丛丛绿树映着簇簇红花；傍水的村庄、依山的城郭、迎风招展的酒旗，一一在望。摇荡的原因，除了景物的繁丽外，恐怕还由于这种繁丽，不同于仅局限于一个角落某处园林名胜，而是由于这种繁丽是铺展在大块土地上的。

“南朝四百八十寺，多少楼台烟雨中。”从前两句看，莺鸟啼鸣，红绿相映，酒旗招展，应该是晴天的景象，但这两句明明写到烟雨，这是因为千里范围内，各处阴晴不同，也是完全可以理解的。不过还需要看到的是，诗人运用了典型化的手法，把握住了江南景物的特征。江南特点是山重水复，柳暗花明，色调错综，层次丰富而有立体感。诗人在缩千里于尺幅的同时，着重表现了江南春天掩映相衬、丰富多彩的美丽景色。诗的前两句，有红绿色彩的映衬，有山水的映衬，有村庄和城郭的映衬，有动静的映衬，有声色的映衬。但光是这些，似乎还不够丰富，还只描绘出江南春景明朗的一面。所以诗人又加上精彩的一笔，“南朝四百八十寺，多少楼台烟雨中”。金碧辉煌、屋宇重重的佛寺，本来就给人一种深邃的感觉，现在诗人又特意让它出没掩映于迷蒙的烟雨之中，这就更增加了一种朦胧迷离的色彩。这样的画面和色调，与“千里莺啼绿映红，水村山郭酒旗风”的明朗绚丽相映，就使得这幅“江南春”的图画变得更加丰富多彩。“南朝”二字更给这幅画面增添悠远的历史色彩。“四百八十”是唐人强调数量之多的一种说法。诗人先强调建筑宏丽的佛寺非止一处，然后再接以“多少楼台烟雨中”这样的唱叹，特别引人遐想。

## 【题宣州开元寺水阁，阁下宛溪，夹溪居人】

**六朝文物草连空，天淡云闲今古同[①]。**
**鸟去鸟来山色里，人歌人哭水声中[②]。**
**深秋帘幕千家雨，落日楼台一笛风[③]。**
**惆怅无因见范蠡[④]，参差烟树五湖东。**

**【注释】**

①六朝：吴、东晋、宋、齐、梁、陈皆建都于建康（今南京市），史称“六朝”。②人歌人哭：歌、哭分指喜、丧之事，用以借指人生。③帘幕：窗帘帷幕，此借指房舍。一笛风：笛声随风传来。④范蠡：辅佐越王勾践灭吴后，归隐江湖。

**【鉴赏】**

诗一开始写登临览景，勾起古今联想，造成一种笼罩全篇的气氛：六朝的繁华已成陈迹，放眼望去，只见草色连空，那天淡云闲的景象，倒是自古至今未发生什么变化。这种感慨固然由登临引起，但联系诗人的经历看，还有更深刻的内在因素。诗人此次来宣州已经是第二回了。八年前，沈传师任宣歙观察使（治宣州）的时候，他曾在沈的幕下供职。这两次的变化，自然要加深他那种人世变易之感。

“鸟去鸟来山色里，人歌人哭水声中”两句似乎是写眼前景象，写“今”，但同时又和“古”相沟通。飞鸟在山色里出没，固然是向来如此，而人歌人哭，也并非某一片刻的景象。“歌哭”语出《礼记·檀弓》：“晋献文子成室，张老曰：‘美哉轮焉！美哉奂焉！歌于斯，哭于斯，聚国族于斯。’”“歌哭”言喜庆丧吊，代表了人由生到死的过程。“人歌人哭水声中”，宛溪两岸的人们就是这样世世代代聚居在水边。这些都不是诗人一时所见，而是平时积下的印象，在登览时被触发了。

“深秋帘幕千家雨，落日楼台一笛风”两句展现了时间上并不连续却又每每使人难忘的景象：一是深秋时节的密雨，像给上千户人家挂上了层层的雨帘；一是落日时分，夕阳掩映着的楼台，在晚风中送出悠扬的笛声。两种景象：一阴一晴；一朦胧，一明丽。在现实中是难以同时出现的。但当诗人面对着开元寺水阁下这片天地时，这种虽非同时却是属于同一地方获得的印象汇集复合起来，从而融合成一个对宣城、对宛溪的综合而长久性的印象。这片天地，在时间的长河里，就长期保持着这副面貌吧？这样，与“六朝文物草连空”相映照，那种文物不见、风景依旧的感慨，自然就愈来愈强烈了。客观世界是持久的，歌哭相迭的一代代人生却是有限的。这使诗人沉吟和低回不已，于是，诗人的心头浮动着对范蠡的怀念，无由相会，只见五湖方向，一片参差烟树而已。

## 【赤壁】

**折戟沉沙铁未销①，自将磨洗认前朝②。**
**东风不与周郎③便，铜雀春深锁二乔④。**

### 【注释】

①折戟：折断的戟。戟，古代兵器。销：销蚀。②将：拿起。磨洗：磨光洗净。认前朝：认出戟是东吴破曹时的遗物。③东风：指火烧赤壁事。周郎：指周瑜。④铜雀：即铜雀台，曹操在今河北省临漳县建造的一座楼台，楼顶里有大铜雀，台上住姬妾歌妓，是曹操暮年行乐处。二乔：东吴乔公的两个女儿，一嫁前国主孙策（孙权兄），称大乔；一嫁军事统帅周瑜，称小乔，合称“二乔”。

### 【鉴赏】

开头只从一件不起眼的折戟写起。这一只与古代战争有联系的折戟，很自然地引起后文对历史的咏叹。正由于发现了这只折戟，使诗人心绪无法平静，因此他要磨洗并辨认一番，发现原来是“前朝”——三国赤壁之战时的遗物。这一场决定了三国鼎立局面的重大战斗，英雄云集，何等壮伟。“认前朝”又进一步勃发了作者浮想联翩的思绪，为后二句论史抒怀做了铺垫。它抛开了以山河形胜作咏史开端的老一套，而从一片铁戟写起，构思新颖巧妙。这一片铁戟又与一场古代战争有内在联系，使诗自然向咏史过渡。算得工于发端。

“东风不与周郎便，铜雀春深锁二乔”两句诗一直脍炙人口；其精彩处是，它虽含史论的成分，却不是逻辑推理和论证，而是用形象的语言表现出抒情性议论。直接会其意则是：若非借助东风的力量，赤壁一战周瑜未必能胜，二乔未必能保全，那春意盎然的铜雀台上，说不定就添上了两位绝代佳人。杜牧咏史诗有一大特点，宋代阮阅在《诗话总龟后集》中论道：“牧之于题咏好异于人。如《赤壁》云：‘东风不与周郎便，铜雀春深锁二乔。’《题商山四皓庙》云：‘南军不袒左边袖，四老安刘是灭刘’皆反说其事。”单凭反说其事标新立异是不足取的，只有独具慧眼，确有灼见，才有价值。杜牧本以武略自负，好谈兵论政，注过《孙子》。像“赤壁”这种好题目岂肯仅仅打趣或拾人牙慧呢！“东风”二句是别有含意的。我们知道，赤壁之战中的失败者曹操，也注过《孙子》，武略并不亚于周瑜。杜牧的两句诗似乎是说：赤壁之战，虽魏军败北，但就才略而言，周瑜固非曹操对手，岂能以一战之成败论人呢？这就不无新意了。不以成败论英雄，杜牧确有此见。

## 【泊秦淮[①]】

**烟笼[②]寒水[③]月笼沙，夜泊秦淮近酒家[④]。**
**商女[⑤]不知亡国恨，隔江[⑥]犹[⑦]唱《后庭花》[⑧]。**

**【注释】**

①泊秦淮：行船停泊在秦淮河上。泊，停船。②笼：笼罩。③寒水：此时正是深秋，水已较凉，所以称寒水。④酒家：酒店。⑤商女：指以卖唱为职业的歌女。⑥隔江：秦淮河对岸。⑦犹：还。⑧《后庭花》：陈后主所作的《玉树后庭花》。

**【鉴赏】**

这首诗写诗人所见所闻所感，语言清新自然，构思精巧缜密。全诗景、事、情、意融于一炉，景为情设，情随景至。

“烟笼寒水月笼沙，夜泊秦淮近酒家”写景叙事，点明夜泊地点，“商女不知亡国恨，隔江犹唱《后庭花》”句感怀，由“近酒家”引出商女之歌，酒家多有歌，自然洒脱；由歌曲之靡靡，牵出“不知亡国恨”，抨击豪绅权贵沉溺于声色，含蓄深沉，由“亡国恨”推出“后庭花”的曲调，借陈后主之诗，鞭笞权贵的荒淫，深刻犀利。这两句表达了较为清醒的封建知识分子对国事怀抱隐忧的心境，又反映了官僚贵族正以声色歌舞、纸醉金迷的生活来填补他们腐朽而空虚的灵魂，而这正是衰败的晚唐现实生活中两个不同侧面的写照。“商女不知亡国恨，隔江犹唱《后庭花》。”这两句诗从字面上看似乎是批评歌女，而实际上是诗人有感于晚唐国事衰微、世风颓靡的现状，批评那些沉溺于歌舞升平而“不知”国之将亡的统治者。“犹唱”二字意味深长，巧妙地将历史、现实和想象中的未来联系起来，表现出诗人对国家命运的关切和忧虑。

这首诗表现了诗人对晚唐统治者的辛辣讽刺以及对国家命运的深切忧虑。这样丰富的内涵、深刻的主题却容纳在短短的二十八个字之内，这其中的每一个字都凝练至及。这首诗于情景交融的意境中，形象而典型地表现了晚唐的时代气氛，使人从陈后主的荒淫亡国联想到江河日下的晚唐命运，委婉含蓄地表达了诗人对历史的深刻思考，对现实的深切忧思，内容深厚，感情深沉，意味无穷，引人深思。

# 李贺

**【作者介绍】**

李贺（790—816），字长吉，福昌（今河南宜阳）人，世称李长吉、鬼才、诗鬼等，与李白、李商隐三人并称唐代“三李”。一生愁苦多病，仅做过3年从九品微官奉礼郎，因病二十七岁卒。李贺是中唐浪漫主义诗人的代表，又是中唐到晚唐诗风转变期的重要人物。

## 【李凭箜篌①引】

**吴丝蜀桐②张高秋，空山凝云颓不流。**
**江娥啼竹素女愁，李凭中国弹箜篌。**
**昆山玉③碎凤凰叫，芙蓉④泣露香兰笑。**
**十二门⑤前融冷光，二十三丝动紫皇。**
**女娲⑥炼石补天处，石破天惊逗秋雨。**
**梦入神山教神妪⑦，老鱼跳波瘦蛟舞。**
**吴质⑧不眠倚桂树，露脚斜飞湿寒兔。**

**【注释】**

①箜篌：古乐器名。箜篌引：乐府旧题。②吴丝：吴（今苏、浙地区）产蚕丝；蜀桐：蜀（今四川）产梧桐木。吴丝蜀桐：即指箜篌。③昆山玉：昆仑山所产玉。④芙蓉：莲花。泣露：滴露如泪珠。笑：花盛开之貌。⑤十二门：长安城有四面十二门。融：消融。冷光：清冷月光。二十三弦：指箜篌。紫皇：天帝。⑥女娲：《淮南子·览冥训》：“女娲炼五色石补苍天”。逗：引。⑦神妪：此指成夫人。老鱼跳波：《荀子·劝学》：“瓠巴鼓琴，而沉鱼出听。”⑧吴质：即吴刚。露脚：露珠。寒兔：指月中玉兔。

【鉴赏】

开篇先说箜篌，而以“吴丝蜀桐”代之；借此先介绍乐器选材之精，制造之美。“张”字是诗人选择的一个最好的动词，嵌在“吴丝蜀桐”与“高秋”之间，不仅是指张设乐器，也使人感到秋气高涨。“空山凝云颓不流”，暗示寒色，此诗实是夜听弹箜篌也。李凭是宫廷乐师，在唐代所谓“梨园子弟”。杨巨源亦有《听李凭弹箜篌》诗云：“听奏繁弦玉殿清，风传曲度禁林明。君王听乐梨园暖，翻到云门第几声。”“花咽娇莺玉漱泉，名高半在御筵前。汉王欲助人间乐，从造新声坠九天。”第五、六句，玉碎声，凤凰叫声，既“清”且“和”。芙蓉含露似泣，兰开如笑。二句形声绘影，一句是耳闻，一句是衬景。而这景又是动的，芙蓉（秋荷）、香兰（秋蕙）的一泣一笑（一残一开）都是由箜篌声所感受得到的。第七、八句又换平韵：言长安十二门的月光（冷光）也融和了，箜篌的弦声耸动了天帝——借指唐皇。观前面所引杨巨源诗“君王听乐梨园暖”可知。李凭此曲也由内廷弹到外边，“汉王欲助民间乐，从遣新声坠九天”是也。否则，一个没落贵族、在京当小官职奉礼郎的李贺，是不能听到的。第九、十、十一、十二句，换上声韵，突然高、尖、险，石破天惊！诗人既想到天上，就会想到女娲补天，就会想到那补天的石头。又在那补处破了！天惊了，天也漏了，秋雨泻落。“石破天惊逗秋雨”这音响，这形象，不仅比白居易《琵琶行》“银瓶乍破水浆迸”百倍巨大，千倍强烈，且为从来诗句所未有！“教神妪”的“教”字，是被动词，不是主动词。这一点不可不知，否则就搞颠倒了，就会误解。是李凭梦入神山受教于神妪成夫人——传说是晋代兖州弹箜篌的好手。李凭得有神技，弹起来，能使鱼跃蛟舞。诗人对音乐当然是内行，他懂得弹箜篌的“指法”，指法有“鲤鱼三跌子”，据说是舞曲。他用上了。最后两句又换用去声。看来已是曲终人去，寒月在天，却留给听箜篌者一个不眠之夜。这样收篇，比“余音绕梁”意境深远。

## 【雁门[①]太守行】

**黑云[②]压城城欲摧，甲光向日金鳞开。**
**角声满天秋色里，塞上燕脂凝夜紫。**
**半卷红旗临易水[③]，霜重鼓寒声不起[④]。**
**报君黄金台[⑤]上意，提携玉龙[⑥]为君死。**

【注释】

①雁门：古雁门郡大约在今山西省西北部，唐朝时这里是与北方突厥部族的边境地带。②黑云：此形容战争烟尘铺天盖地，弥漫在边城附近，气氛十分紧张。③易水：今河北省易县。④声不起：由于天寒霜重，鼓都敲不响了。⑤黄金台：《战国策·燕策》载燕昭王求士，筑高台，置黄金于其上，广招天下人才。⑥玉龙：宝剑名，此代指剑。

【鉴赏】

首句既是写景，也是写事，成功地渲染了敌军兵临城下的紧张气氛和危急形势。“黑云压城城欲摧”，一个“压”字，把敌军人马众多，来势凶猛，以及交战双方力量悬殊、守军将士处境艰难等，淋漓尽致地揭示出来。次句写城内的守军，以与城外的敌军相对比，忽然，风云变幻，一缕日光从云缝里透射下来，映照在守城将士的甲衣上，只见金光闪闪，耀人眼目。三、四句分别从听觉和视觉两方面铺写阴寒砭切的战地气氛。时值深秋，万木摇落，在一片死寂之中，那角声呜呜咽咽地鸣响起来。显然，一场惊心动魄的战斗正在进行。“角声满天”，勾画出战争的规模。敌军依仗人多势众，鼓噪而前，步步紧逼。守军并不因势孤力弱而怯阵，在号角声的鼓舞下，他们士气高昂，奋力反击。战斗从白昼持续到黄昏。诗人没有直接描写车毂交错、短兵相接的激烈场面，只对双方收兵后战场上的景象作了粗略的然而极富表现力的点染：鏖战从白天进行到夜晚，晚霞映照着战场，那大块大块的胭脂般鲜红的血迹，透过夜雾凝结在大地上呈现出一片紫色。

“半卷红旗临易水”，“半卷”二字含义极为丰富。黑夜行军，偃旗息鼓，为的是“出其不意，攻其不备”；“临易水”既表明交战的地点，又暗示将士们具有“风萧萧兮易水寒，壮士一去兮不复还”那样一种壮怀激烈的豪情。接着描写苦战的场面：驰援部队一迫近敌军的营垒，便击鼓助威，投入战斗。无奈夜寒霜重，连战鼓也擂不响。面对重重困难，将士们毫不气馁。“报君黄金台上意，提携玉龙为君死”黄金台是战国时燕昭王在易水东南修筑的，传说他曾把大量黄金放在台上，表示不惜以重金招揽天下士。诗人引用这个故事，写出将士们报效朝廷的决心。

李贺的诗篇不只奇诡，亦且妥帖。奇诡而又妥帖，是他诗歌创作的基本特色。

## 【浩歌[1]】

南风吹山作平地，帝遣天吴[2]移海水。
王母桃花千遍红，彭祖[3]巫咸[4]几回死？
青毛骢马参差钱，娇春杨柳含细烟。
筝人劝我金屈卮[5]，神血未凝身问谁？
不需浪饮丁都护[6]，世上英雄本无主。
买丝绣作平原君[7]，有酒唯浇赵州土。
漏催水咽玉蟾蜍[8]，卫娘[9]发薄不胜梳。
羞见秋眉换新绿，二十男儿那刺促[10]！

### 【注释】

①浩歌：是大声唱歌、放歌的意思。②天吴：水神。③彭祖：相传是颛顼的玄孙。④巫咸：商王太戊的大臣，发明鼓、筮占卜和占星术的神仙。⑤屈卮：一种有把的酒盏。⑥丁都护：指刘高宗时的勇士丁旿。⑦平原君：战国时赵国贵族，善养门客，曾击败秦军。⑧玉蟾蜍：是古代的一种漏壶。⑨卫娘：汉武帝第二个皇后，卫子夫。⑩刺促：烦恼。

### 【鉴赏】

诗人一开始就把想象的世界展现在读者面前："南风吹山作平地，帝遣天吴移海水"，幻象纷呈，雄奇诡谲，却又把沧海桑田的"意"婉曲而又鲜明地表达出来了。诗人用豪放的笔触，雄奇的景象，抒发自己凄伤的情怀，真是既"跌荡"，又"宛转"，字里行间充溢着一种惊世骇俗的英气。三、四两句，一写仙界，一写尘世。传说王母种的桃树，"三千年一开花，三千年一生实"。彭祖和巫咸则是世间寿命最长的人。当王母的桃树开花千遍的时候，彭祖和巫咸也不知死了多少次了。两相比照，见出生命的短促。

五至八句写春游时的情景，用的是反衬手法。骑在名贵的马上，饱览四周的景色，真是惬意极了。初春的杨柳被淡淡的烟霭所笼罩。眼前的一切是那么柔美，那么逗人遐想。大家下马休憩，纵酒放歌，欢快之至。而当歌女手捧金杯前来殷勤劝酒的时候，诗人却沉浸在冥思苦想之中了。他想到春光易老，自己的青春年华也将逝如流水。接着诗歌又由抑转扬，借古讽今，指摘时弊，抒发愤世嫉俗的情怀。"不需浪饮丁都护"既是劝人，也是戒己，意思是不要因

为自己怀才不遇就浪饮求醉，而应当面向现实，认识到世道沦落，英雄不受重用乃势所必然，不足为怪。诗人愈是这样自宽自慰，愤激之情就愈显得浓烈深沉。“世上”句中“无主”的“主”，影射人主，亦即当时的皇帝，以发泄对朝政的不满。“买丝”云云，与其说是敬慕和怀念平原君，毋宁说是抨击昏庸无道、埋没人才的当权者。

最后四句的内容与前面各个部分都有联系，铜壶滴漏，声音幽细，用“咽”字来表现它，十分准确。“卫娘”原指卫后。它通过具体的形象，揭示了“红颜易老”的无情规律。末二句急转直下，表示要及时行乐。“羞见秋眉换新绿”有两层意思：一是不要辜负眼前这位歌女的深情厚谊；二是不愿让自己的青春年华白白流逝。既然世上没有像平原君那样识才爱士的贤哲，就不必作建功立业的非分之想。

## 【秦王饮酒】

**秦王骑虎游八极，剑光照空天自碧。**
**羲和[①]敲日玻璃声，劫灰[②]飞尽古今平。**
**龙头泻酒邀酒星，金槽琵琶夜枨枨[③]。**
**洞庭雨脚来吹笙，酒酣喝月使倒行。**
**银云栉栉[④]瑶殿明，宫门掌事报一更。**
**花楼玉凤声娇狞[⑤]，海绡[⑥]红文香浅清，**
**黄娥跌舞千年觥。**
**仙人烛树蜡烟轻，青琴醉眼泪泓泓。**

**【注释】**

①羲和：传说中为太阳驾车的神。②劫灰：佛经中指宇宙间包括毁灭和再

生的漫长周期。③枨枨：琵琶声。④栉栉：云朵层层排列的样子。⑤娇狞：形容歌声娇柔而有穿透力。⑥海绡：鲛绡纱，传说由海中鲛人所织。

【鉴赏】

首句的“骑虎”二字极富表现力。虎为百兽之王，生性凶猛，体态威严，秦王骑着它周游各地，人人望而生畏。这样的词语把抽象的、难于捉摸的“威”变成具体的浮雕般的形象，使之深深地铭刻在读者的脑子里。次句借用“剑光”显示秦王勇武威严的身姿，十分传神，却又如羚羊挂角，香象渡河，无形迹可求。“剑光照空天自碧”，运用夸张手法，开拓了境界，使之与首句中的“游八极”相称。第三句“羲和敲日玻璃声”，注家有的解释为“日月顺行，天下安平之意”；有的说是形容秦王威力大，“直如羲和之可以驱策白日”。

从第五句起都是描写秦王寻欢作乐的笔墨。“龙头泻酒邀酒星”极言酒喝得多。一个“泻”字，写出了酒流如注的样子；一个“邀”字，写出了主人的殷勤。“金槽琵琶夜枨枨”形容乐器精良，声音优美。“洞庭雨脚来吹笙”描述笙的吹奏声飘忽幽冷，绵延不绝。“酒酣喝月使倒行”是神来之笔，有情有景，醉态可掬，气势凌人。这位秦王饮酒作乐，闹了一夜，还不满足。他试图喝月倒行，阻止白昼的到来，以便让他尽情享乐，作无休无止的长夜之饮。

“银云栉栉瑶殿明，宫门掌事报一更”这句描写的是五更已过，空中的云彩变白了，天已经亮了，大殿里外通明。掌管内外宫门的人深知秦王的心意，出于讨好，也是出于畏惧，谎报才至一更。过去的本子都作“一更”，清代吕种玉《言鲭》引作“六更”，“六更”似太直，不如“一更”含义丰富深刻，具有讽刺意味。尽管天已大亮，饮宴并未停止，衣香清浅，烛树烟轻，场面仍是那样的豪华绮丽，然而歌女歌声娇弱，舞伎舞步踉跄，妃嫔泪眼泓泓，都早已不堪驱使了。在秦王的威严之下，她们只得强打着精神奉觞上寿。“青琴醉眼泪泓泓”一句诗歌以冷语作结，气氛为之一变，显得跌宕生姿，含蓄地表达了惋惜、哀怨、讥诮等复杂的思想感情，使读者感到余意无穷。

## 【南山田中行】

**秋野明①，秋风白，塘水漻漻②虫啧啧③。**
**云根苔藓山上石，冷红泣露娇啼色。**

荒畦[4]九月稻叉牙，蛰萤低飞陇[5]径[6]斜。
石脉水流泉滴沙，鬼灯如漆点松花。

【注释】

①明：清明，清晰。②漻漻：清深的样子。③啧啧：秋虫之鸣声。④荒畦：荒凉的田畦。⑤陇：垄，田垄。⑥径：小路。

【鉴赏】

诗歌开头三句吸收古代民间歌谣起句形式，运用了“三、三、七”的句法。连出两个“秋”字，语调明快轻捷；长句连用两个叠音词，一清一浊，有抑有扬，富于节奏感。令读者读后仿佛置身空旷的田野，皓月当空，秋风万里，眼前塘水深碧，耳畔虫声轻细，有声有色，充满诗情画意。四、五句写山。山间云绕雾漫，岩石上布满了苔藓，娇弱的红花在冷风中瑟缩着，花瓣上的露水一点一点地滴落下来，宛如少女悲啼时的泪珠。写到这里，那幽美清朗的境界蓦然升起一缕淡淡的愁云，然后慢慢向四周铺展，轻纱般笼罩着整个画面，为它增添了一种迷幻的色调。六、七句深入一层，写田野景色：“荒畦九月稻叉牙，蛰萤低飞陇径斜。”深秋九月，田里的稻子早就成熟了，枯黄的茎叶横七竖八地叉着丫，几只残萤缓缓地在斜伸的田埂上低飞，拖带着暗淡的青白色的光点。八、九句再深入一层，展示了幽冷凄清甚至有点阴森可怖的境界：从石缝里流出来的泉水滴落在沙地上，发出幽咽沉闷的声响，远处的磷火闪烁着绿荧荧的光，像漆那样黝黑发亮，在松树的枝丫间游动，仿佛松花一般。泉水是人们喜爱的东西，看着泉水流淌，听着它发出的声响，会产生轻松欢快的感觉。人们总是爱用“清澈”“明净”“淙淙”“潺潺”“叮咚”之类的字眼来形容泉水。李贺却选用“滴沙”这样的词语，描摹出此处泉水清幽而又滞涩的形态和声响，富有艺术个性，色调也与整个画面和谐一致。末句描写的景是最幽冷不过的了。“鬼灯如漆”阴森得令人毛骨悚然；“点松花”三字，又多少带有生命的光彩，使读者在承受“鬼气”重压的同时，又获得某种特殊的美感，有一种幽冷清绝的意趣。

诗人用富于变幻的笔触描绘了这样一幅秋夜田野图：它明丽而又斑驳，清新而又幽冷，使人爱恋，却又叫人忧伤，突出地显示了李贺诗歌的独特风格和意境。

## 【长歌续短歌】

**长歌破衣襟，短歌断白发。**
**秦王[①]不可见，旦夕成内热。**
**渴饮壶中酒，饥拔陇头粟。**
**凄凉四月阑[②]，千里一时绿。**
**夜峰何离离[③]，明月落石底。**
**徘徊沿石寻，照出高峰外。**
**不得与之游，歌成鬓先改[④]。**

**【注释】**

①秦王：当借指唐宪宗。②阑：尽，将尽。③离离：罗列的样子。④鬓先改：鬓发已经变白。

**【鉴赏】**

开头二句紧扣诗题，有愁苦万分，悲歌不已的意思。“破”“断”二字，用得很奇特，但也都入情入理。古人有“长歌当哭”的话，长歌当哭，泪洒胸怀，久而久之，那衣襟自然会破烂。这首诗的“断”可能就是由杜甫诗中的“短”生发出来的。三、四句写觐见“秦王”的愿望不能实现，因而内心更加郁闷，像是烈火中烧，炽热难熬。“秦王”当指唐宪宗。王琦说：“时天子居秦地，故以秦王为喻”（清代王琦《李长吉歌诗汇解》）。李贺在世时，宪宗还能有所作为，曾采取削藩措施，重整朝政，史家有“中兴”之誉。李贺对这样的君主是寄托希望的。五、六句具体描述诗人苦闷的心情与清贫的生活，与开头二句相照应、相补充。“渴饮壶中酒”，渴是“内热”的表现，饮酒的目的在于平息内热、消愁解闷；“饥拔陇头粟”，为求见“秦王”不惜忍饥挨饿，靠从地里拔粟充饥。七、八句写景，“凄凉四月阑，千里一时绿”，初夏已尽，盛夏来临，草木葱翠，生气勃勃，原是不会有凄凉之感的。然而“绿肥红瘦”，万花摇落，诗人又不禁为之唏嘘感叹。下面的“千里”句，故意用欢乐的色调映衬凄苦的情怀，颇有“春物与愁客，遇时各有违”（孟郊《春愁》）的意味，这样反复渲染，有一唱三叹之妙。诗人述怀从景物落笔，寄情于景，意味深长。

最后六句采用借喻、拟人等修辞手法，表面上写景物，实际上写人事。

“夜峰何离离，明月落石底”写夜间的峰峦一个挨一个地排列着，黝黑而高，竟把那明朗的月亮遮得无影无踪，让诗人感到纳闷。诗人沿着那崎岖的石径四处寻觅，忽而发现它在高峰之外。峰峦阻隔，高不可攀，心中异常痛苦，因而慷慨悲歌，鬓发也在不知不觉中变得更加苍白，忧伤催人老。“夜峰”“明月”等句喻义委婉。“明月”借喻唐宪宗，夜峰指代他身边的卿相们，意思是宪宗为一些大臣所包围，闭目塞听，就像月亮为峰峦所阻隔，虽有明光，却不能下达。

# 许浑

**【作者介绍】**

许浑（791—858），字用晦，一作仲晦，祖籍安州安陆，寓居润州丹阳（今属江苏），遂为丹阳人。武后朝宰相许圉师六世孙。文宗大和六年（832）进士及第，先后任当涂、太平令，因病免。大中年间入为监察御史，因病乞归，后复出仕，任润州（今江苏镇江）司马。

## 【秋日赴阙题潼关驿楼】

**红叶晚萧萧，长亭①酒一瓢。**
**残云归太华②，疏雨过中条③。**
**树色随关迥④，河声入海遥。**
**帝乡⑤明日到，犹自梦渔樵。**

**【注释】**

①长亭：古时道路每十里设长亭，供行旅停息。②太华：华山。在今陕西省华阴县。③中条：山名，一名雷首山，在今山西永济县东南。④迥：远。⑤帝乡：京都，指长安。

**【鉴赏】**

这首诗为许浑名篇，“红叶晚萧萧”一句用写景透露人物一缕缕悲凉的情绪；“长亭酒一瓢”，用叙事传出客子旅途况味，用笔干净利落。此诗另一版本题作《行次潼关，逢魏扶东归》，其中的材料，可以帮助读者了解诗人何以在长亭送别、借瓢酒消愁的原委。然而诗人没有久久沉湎在离愁别苦之中。中间四句笔势陡转，大笔勾画四周景色，雄浑苍茫，全是潼关的典型风物。骋目远望，南面是主峰高耸的西岳华山；北面，隔着黄河又可见连绵苍莽的中条山。残云归岫，意味着天将放晴；疏雨乍过，给人一种清新之感。从写景看，诗人拿“残云”再加“归”字来点染华山，又拿“疏雨”再加“过”字来烘托中条山，这样，太华和中条就不是死景而是活景，因为其中有动势——在浩茫无际的沉静中显出了一抹飞动的意趣。

诗人把目光略收回来，就又看见苍苍树色，随关城一路远去。关外便是黄河，它从北面奔涌而来，在潼关外猛转，径向三门峡冲去，翻滚的河水咆哮着流入渤海。“河声”后续一“遥”字，传出诗人站在高处远望倾听的神情。诗人眼见树色苍苍，耳听河声汹汹，把场景描写得绘声绘色，使读者有耳闻目睹的真实感觉。这里，诗人连用四句景句，安排得如巨鳌的四足，缺一不可，丝毫没有臃肿杂乱、使人生厌之感。其中三、四两句，又出现在他的另一首作品《秋霁潼关驿亭》诗的颔联，完全相同，是诗人偏爱的得意之笔。

“帝乡明日到，犹自梦渔樵”，本来，离长安不过一天的路程，作为入京的旅客，总该想着到长安后便要如何如何，满头满脑盘绕“帝乡”去打转子了。可是诗人却出人意料地说：“我仍然梦着故乡的渔樵生活呢”，这含蓄地明白了他并非专为追求名利而来。这样结束，委婉得体，优游不迫，有力地显出了诗人的身份。

## 【金陵怀古】

**玉树[1]歌残王气终，景阳[2]兵合戍楼空。**
**松楸[3]远近千官冢，禾黍高低六代宫。**
**石燕拂云晴亦雨，江豚吹浪夜还风。**
**英雄一去豪华尽，唯有青山似洛中。**

**【注释】**

①玉树：指《玉树后庭花》。②景阳：陈后主宫中的楼名。③松楸：坟墓上栽的树。

**【鉴赏】**

诗的开始便追述隋兵灭陈的史事发端，写南朝最后一个小朝廷，在陈后主所制乐曲《玉树后庭花》的靡靡之音中覆灭。颔联描写金陵的衰败景象。“松楸”即坟墓上的树木。诗人登高而望，远近高低尽是松楸荒冢，残宫禾黍。南朝的繁荣盛况，已成为历史的陈迹。前两联在内容安排上采用了逆挽的手法：

首先追述对前朝历史的遥想，然后补写引起这种遥想的眼前景物。这就突出了陈朝灭亡这一金陵盛衰的转折点及其蕴含的历史教训。

“石燕拂云晴亦雨，江豚吹浪夜还风”用比兴手法概括世间的风云变幻。这里，“拂”字、“吹”字写得传神，“亦”字、“还”字写得含蓄。“拂云”描写石燕掠雨穿云的形象；“吹浪”表现江豚兴风鼓浪的气势。“晴亦雨”意味着“阴固雨”，“夜还风”显见得“日已风”。“江豚”和“石燕”，象征历史上叱咤风云的人物，如尾联所说的英雄。这两句通过江上风云晴雨的变化，表现人类社会的干戈起伏和历代王朝的兴亡交替。

“英雄一去豪华尽，唯有青山似洛中”照应开头，抒发了诗人对于繁华易逝的感慨。英雄，指曾占据金陵的历代帝王。金陵和洛阳都有群山环绕，地形相似，所以李白《金陵三首》有“山似洛阳多”的诗句。“唯有青山似洛中”，就是说今日的金陵除去山川地势与六朝时依然相似，其余的一切都大不一样了。江山不改，世事多变，令人感慨万千。

这首怀古七律，在选取形象、锤炼字句方面很见功力。中间两联，都以自然景象反映社会的变化，手法和景物却大不相同；颔联采取赋的写法进行直观的描述，颈联借助比兴取得暗示的效果；松楸、禾黍都是现实中司空见惯的植物，石燕和江豚则是传说里面神奇怪诞的动物。这样，既写出各式各样丰富多彩的形象，又烘托了一种神秘莫测的浪漫主义气氛。

## 【塞下曲】

**夜战桑干①北，秦兵②半不归。**
**朝来有乡信③，犹自寄寒衣④。**

**【注释】**

①桑干：即桑干河，位于今山西北部与河北西北部，为永定河之上游。②秦兵：是指西北地区（多指陕西）的士兵。③乡信：故乡亲人的来信。④征衣：棉衣。

**【鉴赏】**

“夜战桑干北”是说在桑干河之北发生过一场激烈的战斗。桑干河，相传每年桑葚熟时，河水便干涸，因而得名。此河源出于山西北部管涔山，在河北怀来县境内与洋河合流之后被称为永定河。唐代诗人刘皂诗《旅次朔方》有“无端又渡桑干水”句，也是指此河。此句讲明战争发生的时间是晚上，地点是在桑干河的北面。“秦兵半不归”，这里的秦兵是指西北地区（多指陕西）的士兵，在战斗中损失惨重，有半数人丧生，说明战争的残酷、严峻，也意味着多少个家庭发生了不幸，亲人们永无团聚之日，这是战争酿成的大悲剧。“朝来有乡信”中的“朝来”之词紧接“夜战”；“乡信”指来自家乡的书信，说明这些从战的士兵多是农家子弟，家中亲人时时刻刻都在想着他们在远方的冷暖安危。“犹自寄寒衣”，这一句实是对信的内容的交代，是上一句的补充，信里说家人怕远方的亲人受寒，已把御寒的衣服寄出了，然而，穿寒衣的士兵已经丧身疆场，寒衣还有什么用处？物在人亡，面对这封封乡信，件件寒衣，诗人所抒发的愤慨和惆怅，绝不是属于一家一户的，而是带有社会普遍性的。

此诗虽短，但选材典型，语言凝练概括，如“秦兵半不归”中“半不归”三字便从侧面反映出战斗之激烈，牺牲之惨重；尾句中“寄寒衣”三字也起同样效果，说明家中亲人对从军在外的子弟的思念，用的是以小见大的手法。小诗一气呵成，没有任何作者的感叹或评价，但作者同情人民，反对战争的倾向尽寓其中。

这首简短的边塞诗，用白描手法描写战争造成的悲剧。诗中虽没有发表任何议论，但从叙述过程中可以看出作者对连年边塞战争是不满的，对牺牲的征战士兵流露出深切的同情。

# 雍陶

**【作者介绍】**

雍陶，字国钧，成都人。大和进士，历任侍御史、国子毛诗博士、简州刺史。少时家贫，擅长诗词歌赋。曾遭遇四川战乱，与贾岛、殷尧藩、无可、徐凝、章孝标交情很深，他们经常在一起聚会，弹琴、作诗、写文。大中末年，在简州担任官职，这时雍陶的名声大振，以谢宣城、柳吴兴自比，认为许多人只是书的奴隶而已。

## 【题君山①】

**风波不动影沉沉，碧色全无翠色深。**
**应是水仙梳洗处，一螺青黛镜中心。**

**【注释】**

①君山：在湖南洞庭湖中。传说舜帝二妃娥皇、女英居此，又名湘山或洞庭山。

**【赏析】**

历代诗人咏君山的名篇佳句比较多。但这首诗中诗人则把景物描写同神话传说巧妙地结合起来，运用一连串精彩的比喻，生动地刻画了君山的秀美景色，抒发了诗人对洞庭山水的热爱之情。

“风波不动影沉沉”，描写君山映在湖中的倒影，君山是水中之山，所以诗人不从正面写山，而从倒影写起，起笔就很别致，“风波不动”形容湖面风平浪静，“影沉沉”形容倒影看上去很凝重。这里既写山，也写水，“风波不动”才现出“影沉沉”，水光山色互相映衬；“碧色全无翠色深”，从色彩方面着墨，描写君山的翠绿颜色，“碧”是湖色，“翠”是山色，“全无”是说看不见了，“深”形容颜色鲜明，在明净的湖面上，青翠的山色比碧绿的湖色看得更真切，这里是运用映衬的手法，用“碧色全无”衬托“翠色深”，把君山的倒影写得很突出，给人一种神秘的感觉，使人很自然地想到湘君的神话传说。诗人前两句不直接写君山之美，而是写映在碧水中的君山倒影之色，翠山因入水而苍碧，突出了色彩的鲜明层次感，描绘了一幅静谧的湖山倒影图。

“应是水仙梳洗处，一螺青黛镜中心”，诗人的笔锋一转，将湘君、湘夫人的神话传说融合在湖山景物的描绘中。古代神话传说中，舜妃湘君姊妹化为湘水女神而遨游于洞庭湖山之上。君山又名湘山，就得名于此。诗人又用比拟的手法轻轻点出：“一螺青黛镜中心”，这水中倒影的君山，多么像镜中女仙青色的螺髻。诗人用青螺来比喻君山，且融合了古代神话传说，形成虚实相对，诗人的想象奇特，意象似幻实真，充满着丰富的浪漫色彩。

## 【天津桥春望】

**津桥①春水浸红霞，烟柳风丝拂岸斜。**
**翠辇②不来金殿闭，宫莺衔出上阳③花。**

**【注释】**

①津桥：指洛阳城南洛水上的天津桥，建于隋炀帝时期。②翠辇：帝王的车驾。③上阳宫：唐朝帝王为了享乐，皆频幸东都，以上阳宫为行宫。

**【赏析】**

全诗紧紧围绕“望”字展开，诗人以自己视角的流动渐次地展开对天津桥畔明丽春景的描绘。第一、二句“津桥春水浸红霞，烟柳风丝拂岸斜”，时值阳春之际，天津桥下春水涌动，绚烂的云霞倒映在水中；天津桥畔，翠柳如烟，枝枝柔条斜拂水面，缕缕游丝随风飘扬。这自然界的美好春光，不减当年，令人心醉。然而，山河依旧，人事已非。面对此番场景，诗人不禁心潮澎湃，感慨万千，将心中难言之情全部融于诗作之中。前一句的“春”字照应诗题；后面着一“浸”字，则生动地描画出水映红霞的美景，使景物有了轻微的动感，却又将这美景底色变得黯然起来，也映衬出诗人的润湿心情。后一句的“烟”字，将岸边弥漫的淡淡柳绿变得灵动起来，景物顿时有了些朦胧的诗情画意；“斜”字，点出春风拂柳之姿，由此可感受出风的温柔，柳的细软。可见诗人用词的精准与用心之处。

第三、四句“翠辇不来金殿闭，宫莺衔出上阳花”，此处是诗人仰视的一个视角，诗人离开近景，抬眼穿过丛林北望上阳宫看到的景象，看似有些突然，但可由此探知作者沐浴在烂漫春光中抚今忆昔而昔已不再的感伤，正因为有前面的春景柔美，才引起作者对昔日盛况的追忆。“金殿闭”是诗人“望”中所见，但苑内的荒凉之状，毕竟是“望”不到的，于是第四句以宫莺不堪寂寞，飞出墙外寻觅春光，从侧面烘托出上阳宫里凄凉冷落的景象。曲折地表达了作者难以诉说的感慨万千、吊古伤今的沉郁感情，抚今思昔，不无盛衰兴亡之感。

这首诗是诗人触景生情而作，通过描写唐代东都洛阳的美丽春景，寓情于景，诗中沉浸着作者对国势渐弱，盛景不再的凄婉哀叹，以美景衬悲情的手法，含而不露地表达情感，可谓一首别有韵味的诗作。

# 温庭筠

【作者介绍】

温庭筠（812—870），本名岐，字飞卿，太原祁（今山西祁县）人，是花间词派的重要作家之一。唐初宰相温彦博之后裔。《新唐书》与《旧唐书》均有传。年轻时苦心学文，才思敏捷。晚唐考试律赋，八韵一篇。据说他叉手一吟便成一韵，八叉八韵即告完稿，时人亦称为“温八叉”“温八吟”。诗词兼工，诗与李商隐齐名，并称“温李”；词与韦庄齐名，并称“温韦”。温庭筠诗词工于体物，有声调色彩之美。诗辞藻华丽，多写个人遭际，于时政亦有所反映，吊古行旅之作感慨深切，气韵清新，犹存风骨。词多写女子闺情，风格秾艳精巧，清新明快，被称为花间鼻祖。现存词数量在唐人中最多，大都收入《花间集》。原有集，已散佚，后人辑有《温庭筠诗集》《金荃词》。另著有传奇小说集《乾巽子》，原本不传，《太平广记》引录甚多。温庭筠，古籍上记载的有两位：一位是唐代著名文学家，另一位是五代后晋丞相桓文之门客。

## 【利州①南渡】

**澹然②空水③对斜晖，曲岛苍茫接翠微④。**
**波上马嘶看棹去，柳边人歇待船归。**
**数从沙草群鸥散，万顷江田一鹭飞。**
**谁解乘舟寻范蠡⑤，五湖⑥烟水独忘机⑦。**

【注释】

①利州：今四川广元市。②澹然：水波闪动的样子。③空水：指江面空阔，船只稀少。④翠微：指山光水色之明翠缥缈。⑤范蠡：春秋时期楚国人，曾经帮助越王灭吴，功成后辞官而去，泛舟五湖。⑥五湖：此指太湖。⑦机：指心机。旧说鸥鹭忘机，古有双关之意，诗中指心志淡薄，与人无争。

【赏析】

“澹然空水对斜晖，曲岛苍茫接翠微”，描绘一种大背景。夕阳西下，水面淡荡，水天一色，江心曲岛依微，那青苍之气，似乎借水天传送，要接着影影绰绰的远山。诗人用“澹然”比喻江面闪耀的波光，给读者留下无穷的想象和遐思。岛、山、斜晖、江、天，都因天水相接而相连融为有层次而又浑然一体的画境；“波上马嘶看棹去，柳边人歇待船归”，在首联的大背景下展开，将镜头逐渐缩小，汇聚描写人和马急于渡江的情形。江心一船，渐渐消融于水天之间，远远传来渡马的嘶鸣声，而江边待渡之人，在柳岸边一边休息一边静静地等着渡船从对岸返回。然而岸边的马嘶，柳下人歇，看舟远去，待船归来，所呈现的乃是一种悠闲不迫的情致，展现了一片和谐的景象。颔联与首联相比，更显得动静相宜，形象生动。

“数丛沙草群鸥散，万顷江田一鹭飞”，开始描写江上场景。也许是由于马的嘶鸣，鸥群从沙草中扑啦啦地飞起，岸上江田万顷，一只白鹭自由地飞翔着。此联利用数量关系的巧妙组合，不仅对仗工整，深化了诗境，更增强了动感与纵深感，成为人们千古传诵的名句。“万顷江田一鹭飞”与王维的“漠漠水田飞白鹭”有异曲同工之妙；“谁解乘舟寻范蠡，五湖烟水独忘机”，是全诗的主旨。表达了诗人隐遁江湖的美好愿望，此处的感兴是从前三联的景物描写中逐渐酝酿出来的。诗人一生不得志，尽管他“有词赋盛名”“人士翕然推重”，却数试不第，屡遭贬谪，最终只好四处游走，成为一个落泊的才子。此时诗人置身于如此宁静而又充满生机活力的景象之中，不禁触景生情，浮想联翩，欲效仿春秋时楚国大夫范蠡急流勇退，放浪江湖的感慨，逍遥于江湖烟水之间而抛却一切俗念。

全诗意境开阔，层次清晰，抒情写意之中不露丝毫痕迹，十分耐人寻味。

## 【过陈琳[①]墓】

**曾于青史见遗文[②]，今日飘蓬[③]过此坟。**
**词客有灵应识我，霸才[④]无主[⑤]始怜君[⑥]。**
**石麟埋没藏春草，铜雀[⑦]荒凉对暮云。**
**莫怪临风[⑧]倍惆怅，欲将[⑨]书剑学从军。**

**【注释】**

①陈琳：汉末三国时著名的文学家，“建安七子”之一。其墓在今江苏邳县。②遗文：指陈琳流传下来的作品。③飘蓬：蓬草秋天根折，随风飘走无定，文学作品中常喻指漂泊不定的人。④霸才：雄才，作者自称。⑤无主：此处兼指作者无人赏识与陈琳得不到袁绍重用，所托非人。⑥君：代指陈琳。⑦铜雀：指曹操所建的铜雀台。⑧临风：当风而立。⑨将：带着。

**【赏析】**

“曾于青史见遗文，今日飘蓬过此坟”，用充满仰慕、感慨的笔调领起全篇，说过去曾在史书上拜读过陈琳的文章，今天在漂流蓬转的生活中又正好经过陈琳的坟墓。上句深含作者对陈琳的景仰崇敬之情，下句正面点题，透出诗人对自己的失意际遇所感到的孤寂和无奈。

“词客有灵应识我，霸才无主始怜君”，上句是说，陈琳灵魂有知，想必会真正了解我这个飘蓬才士吧！这里蕴含的感情颇为复杂。其中既有对自己才能的自负自信，又暗含人才惺惺相惜、异代同心的意思。“霸才无主”，作者谓自己怀才不遇，没有碰上赏识自己的“伯乐”。“怜”，在这里有欣羡之意。此联意谓地下的陈琳你如灵魂有知，想必也能理解我温庭筠的遭遇。

“石麟埋没藏春草，铜雀荒凉对暮云”，此联即景抒情，前句写墓前实景，后句寄墓前遐思。意谓时日久远，陈琳墓前的石麟已经埋没在萋萋荒草之中，而重用陈琳的曹操，其生前所建的铜雀台大概也只能对着暮云愈显其荒凉了。“石麟埋没”“铜雀荒凉”正象征着一个重才时代的永远消失。此联写来如此幽远，如此凄凉，如此沉痛，隐含着对曹操爱才、识才、用才的追思与尊敬，对那个一去而不复返的重才时代的向往，对诗人身处弃才、毁才时代的愤愤不平。

“莫怪临风倍惆怅，欲将书剑学从军”，文章无用，霸才无主，只能弃文就武，持剑从军，这已经使人不胜感慨；而时代不同，今日从军，又焉知不是无所遇合，再历飘蓬。有前三联在墓前察今追昔，古今对比，即景生情，此结尾之联的悲愤感慨自在情理之中。

这首诗明为凭吊前贤，实则借此抒发自己空余抱负、怀才不遇的感慨，曲折地表达了对当时社会用人制度的不满。

## 【经五丈原①】

**铁马②云雕共绝尘，柳营③高压汉宫④春。**
**天清杀气屯关右⑤，夜半妖星⑥照渭滨。**
**下国⑦卧龙空寤主，中原得鹿不由人。**
**象床宝帐⑧无言语，从此谯周⑨是老臣。**

**【注释】**

①五丈原：在今陕西岐山县南斜谷口西侧。②铁马：铁骑，骑兵。③柳营：细柳营，比喻诸葛亮的军营。④汉宫：借指长安。⑤关右：函谷关以西之地。⑥妖星：彗星或流星。古人认为这种星象是灾难的预兆。⑦下国：指蜀国。⑧象床宝帐：五丈原诸葛亮祠庙里神龛中的陈设，这里代指诸葛亮的灵像。⑨谯周：后主宠臣。魏邓艾攻蜀，他力主投降。

**【赏析】**

“铁马云雕共绝尘，柳营高压汉宫春”，是写诸葛亮率领着浩浩荡荡的北伐大军神速挺进，直逼曹魏，纪律严明的蜀军阵营对西汉宫阙所在地长安造成了严重威胁。“铁马云雕”显示了蜀军声威的雄壮，“柳营”这个典故，把诸葛亮比作西汉初年治军有方的周亚夫，表现出敬慕之情。“高压”则反衬出蜀军势力雄厚；“天清杀气屯关右，夜半妖星照渭滨”，写正当蜀军安营就序、关西战云密布之时，诸葛亮不幸因积劳成疾而病逝。“天清杀气”，既点明秋高气爽的季节，又暗示战云密布，军情十分紧急。在这样关键的时刻，灾难却降临到诸葛亮头上。“妖星”一词颇具强烈的感情色彩，表现了诗人对诸葛亮赍志以殁、天公不作美的极度惋惜之情，也暗示了灾难即将降临蜀汉。

“下国卧龙空寤主，中原得鹿不由人”，是说诸葛亮壮志不酬，主要原因是后主刘禅不听诸葛亮生前屡次忠告，同时，当时其他种种客观因素也在起着大小不一的阻挡作用，并非诸葛亮个人的主观努力不够。“空寤主”三字，既写出了诸葛亮对刘禅辅佐的高度历史责任感，同时也暗示了北伐出师未捷的主要责任应由昏庸的后主刘禅承担。“不由人”则表达了诗人的“谋事在人，成事在天”的慨叹；“象床宝帐无言语，从此谯周是老臣”，写诸葛亮在逝世后被人塑成神像供在祠庙中，身后名誉虽佳，但却再不能参与国事，而谯周却以妖言迷惑后主，竟被刘禅当作“老臣”加以宠信。这里“象床宝帐”的寂寥，实际上已与首句“铁马云雕”声威的雄壮形成了鲜明的对照。

全诗内容深厚，感情真挚。前两联以虚写实，从虚拟的景象中再现出真实的历史画面；后两联夹叙夹议。诗人用历史事实表达了自己的褒贬之意。尾联用谯周和诸葛亮作对比，进一步显示了诸葛亮系蜀国安危于一身的独特地位，更加深了读者对诸葛亮的万分敬仰之情。

## 【苏武庙】

**苏武魂销汉使前，古祠高树两茫然。**
**云边雁断[①]胡天[②]月，陇[③]上羊归塞草烟。**
**回日楼台非甲帐[④]，去时冠[⑤]剑是丁年[⑥]。**
**茂陵[⑦]不见封侯印，空[⑧]向秋波哭逝川[⑨]。**

**【注释】**

①雁断：言苏武去国日久，音信皆无。②胡天：指匈奴。③陇：通“垄”，高地。④甲帐：汉武帝时以各种珍宝制作的幕帐，此处借指汉武帝。⑤冠：古时男子二十岁加冠，表示已成年。⑥丁年：指古代时虚岁过了十八的青壮年。⑦茂陵：汉武帝的陵墓。⑧空：枉然。⑨逝川：本指逝去的十年，此处指往事。

**【赏析】**

“苏武魂销汉使前，古祠高树两茫然”，展现给读者一个广阔的历史画面。苏武突见使臣，得知他可以回国时，内心百感交集，感慨万千。“销魂”二字画龙点睛，传神地描绘出苏武当时悲喜交加的复杂心情。第二句由人到庙，由古及今，描绘古庙今天的景象。“古祠高树”，渲染出一种浓郁的历史氛围；“云边雁断胡天月，陇上羊归塞草烟”，勾勒出了两幅图画。第一幅图描述了在寂静的夜晚，苏武仰望空中明月，眺望大雁南飞消失在天际之中，苏武对故国的深深眷恋和家国难归之苦也由此表现得淋漓尽致。第二幅图描述白天牧羊归来，茫茫草原已经升起了缕缕炊烟，再现了苏武牧羊生活的真实情景。

“回日楼台非甲帐，去时冠剑是丁年”，写苏武归汉后，汉武帝已死去，旧日的楼台依然存在，原来的甲帐却已经不再，透露着深沉的哀怨。苏武回想当年戴冠佩剑，奉命出使之时，正值壮年。由“回日”忆及“去时”，以“去时”反衬“回日”，更增感慨。一个历尽艰苦、头白归来的爱国志士，目睹物在人亡的情景，想到当年出使的情况，怎能不感慨万千呢？“茂陵不见封侯印，空向秋波哭逝川”，集中抒写苏武归国后对武帝的追悼。汉宣帝赐苏武爵关内侯，食邑三百户。武帝已经长眠茂陵，再也见不到完节归来的苏武封侯受爵了，苏武只能空自面对秋天的流水哭吊已经逝去的先皇。此句苏武忠君与爱国融为一体，一个爱国志士的伟大形象跃然纸上。

本诗音韵和谐，其声色之美，可与李商隐并提，他的这首诗亦具以上特征。他赞美苏武之坚贞不屈，寄情于感慨议论，写得沉郁悲壮而淡雅自然。

## 【商山①早行】

**晨起动征铎②，客行悲③故乡。**
**鸡声茅店④月，人迹板桥霜。**
**槲⑤叶落山路，枳⑥花明驿⑦墙。**
**因思杜陵⑧梦，凫雁满回塘⑨。**

**【注释】**

①商山：也叫楚山，在今陕西商县东南。②铎：铃铎，指挂在马颈下的响铃。③悲：思念。④茅店：简陋的山村客店。⑤槲：一种落叶乔木。⑥枳：一种落叶灌木或小乔木，花白色，果实似橘而小，味涩苦。⑦驿：古代传递政府文书的人中途更换马匹或休息、住宿的地方。⑧杜陵：地名，在陕西西安东南，汉宣帝筑陵于东原上，因名杜陵。⑨回塘：圆而曲折的池塘。

**【赏析】**

“晨起动征铎，客行悲故乡”，概括性极强，真切地表现了“早行”的场景。清晨起来，一片车马的铃声表明旅行的人们正准备上路，诗人自己也该上路了。离开家乡越来越远，一种思乡之情在诗人心头油然而生。“晨起”以听觉概括“早行”的氛围，连带起自己的思乡之情，开篇点题，突出“悲”的心绪，是下面写景的情感指向。

“鸡声茅店月，人迹板桥霜”，历来是脍炙人口的名句。鸡鸣声伴着屋顶的残月，足迹已踏乱桥上的新霜。这两句诗可分解为代表十种景物的十个名词：鸡、声、茅、店、月、人、迹、板、桥、霜。虽然在诗句里，“鸡声”“茅店”“人迹”“板桥”都结合为“定语加中心词”的偏正词组，但由于作定语的都是名词，所以仍然保留了名词的具体感。这两句诗体现了“意象叠加”的典型诗歌特色。意象是注入了诗人情感的物象，这两句诗中的意象既是典型的“早行”景物，又有一种凄凉孤寂的意绪，是对上句中“悲”的延伸。

“槲叶落山路，枳花明驿墙”，开始写刚上路时的景色。槲树的叶片很大，冬天虽干枯，却存留枝上；直到第二年早春树枝将发嫩芽的时候，才纷纷脱落。而此时枳树的白花已在开放。由于这时的天还没有大亮，所以驿墙旁边的白色枳花比较显眼，因此诗人用了个“明”字。可以看出，诗人始终没有忘记“早行”二字。

“因思杜陵梦，凫雁满回塘”，回想夜里甜蜜的故乡梦，满眼是凫雁散布在池塘。旅途早行的景色，使诗人想起了昨夜在梦中出现的故乡景色：“凫雁满回塘”。春天来了，故乡杜陵回塘水暖，凫雁自得其乐；而自己却离家越来越远，在茅店里歇脚，在山路上不停奔波。这两句以“因思”顺势一转，回想春天水暖禽嬉的欢快之景，这同旅途中的景色形成了鲜明的对比，也照应了第二句的“客行悲故乡”。纵观全诗，诗人于景于情，可谓意象具足。

## 【送人东归】

**荒戍[1]落黄叶，浩然[2]离故关。**
**高风[3]汉阳[4]渡，初日[5]郢门山[6]。**
**江上几人在，天涯孤棹[7]还。**
**何当[8]重相见，尊[9]酒慰离颜。**

**【注释】**

①荒戍：废弃的戍垒。②浩然：意志坚决的意思。《孟子·公孙丑》："予然后浩然有归志。"。③高风：秋风。④汉阳：今湖北武汉三镇之汉阳市。⑤初日：晓日，朝阳。⑥郢门山：在今湖北宜都县西北，长江南岸。⑦孤棹：棹，船桨。孤棹，代指友人所乘之孤舟。⑧何当：何时。⑨尊：也作"樽"，饮酒的器具。

**【鉴赏】**

"荒戍落黄叶，浩然离故关"，这是诗的起联。"荒戍"即指荒废的防地营垒。"落黄叶"喻示秋季。诗歌首先点出了送人的地点，也描写送人时正是寒秋时节，落叶萧萧的季节，这样，为送别营造出了凄凉的氛围。但下句"浩然离故关"却陡然一转，表现出了分别的情感不是那样的感伤，与环境形成了鲜明的对比。

"高风汉阳渡，初日郢门山"，转而写景，意境广阔深远，给人以美的享受。此联乘上而来，写出了送别的具体地点。颔联意为：初日高风汉阳渡，高风初日郢门山。初日，点明送别是在清晨。汉阳渡，长江渡口，在今湖北省武汉市；郢门山，位于湖北宜都县西北长江南岸。两地一东一西，相距千里，不会同时出现在视野之内，这里统指荆山楚水。

"江上几人在，天涯孤棹还"，乘上而转，从送别的地点写到朋友离江而去，进而抒发诗人送别的情感。上句写眼前的景象，下句写远处天涯。诗人一面目送归舟孤零零地消失在天际，一面遥想江东亲友大概正望眼欲穿，切盼归舟从天际飞来。"几人"是说江上船都开走了，言人很少。"棹"代指船。"孤棹"不但说船少，也喻指远去的朋友回程的孤苦伶仃。

"何当重相见，尊酒慰离颜"，这是全诗的结尾联，写当此送行之际，诗人与友人开怀畅饮，设想他日重逢，更见惜别之情。"何当重相见"一个疑问句，不但是离别之情的表现，而且是一种希望，是孤独时的期盼。想象到哪一天团聚了，真要“尊酒慰离颜”，“慰”即慰藉，安慰。“颜”即颜面，脸面，这里借以表现忧伤心情。

# 李商隐

**【作者介绍】**

李商隐（约813—约858），字义山，号玉溪生、樊南生，晚唐著名诗人。他祖籍怀州河内（今河南沁阳市或博爱县），生于河南荥阳。于唐文宗开成三年（公元838年）进士及第。曾任弘农尉、佐幕府、东川节度使判官等职。与杜牧齐名，两人并称“小李杜”，与李贺、李白合称“三李”。有《李义山诗集》。与温庭筠合称为“温李”，因诗文与同时期的段成式、温庭筠风格相近，且三人都在家族里排行第十六，故并称为“三十六体”。其诗构思新奇，风格秾丽，尤其是一些爱情诗写得缠绵悱恻，为人传诵，但过于隐晦迷离，难于索解。因处于牛李党争的夹缝之中，一生很不得志。死后葬于家乡沁阳。据传《新唐书》、收有《樊南甲集》二十卷，《樊南乙集》二十卷，《玉溪生诗》三卷，赋一卷，文一卷，部分作品已佚。

## 【锦瑟】

**锦瑟①无端②五十弦，一弦一柱思华年③。**
**庄生晓梦迷蝴蝶④，望帝⑤春心托杜鹃。**
**沧海月明珠有泪，蓝田⑥日暖玉生烟⑦。**
**此情可待⑧成追忆，只是当时已惘然⑨。**

**【注释】**

①锦瑟：装饰华美的瑟，为琴类拨弦乐器，通常二十五弦，此说五十弦，取断弦之义。②无端：无缘无故。③华年：盛年。④庄生晓梦迷蝴蝶：引庄周梦蝶的故事以言人生如梦，往事如烟之意。⑤望帝：战国时蜀王杜宇称帝，号望帝。⑥蓝田：山名，即玉山，在今陕西省蓝田县，该地出产美玉。⑦玉生烟：暗喻美好的往事如烟雾般消散无痕。⑧可待：岂待。⑨惘然：惆怅的样子。

【赏析】

“锦瑟无端五十弦，一弦一柱思华年”，由幽怨悲凉的锦瑟起兴，点明“思华年”的主旨。无端，无缘无故，没有缘由。这两句是说：绘有花纹的美丽如锦的瑟有五十根弦，我也快到五十岁了，一弦一柱都唤起了“我”对逝水流年的追忆。锦瑟本来就有那么多弦，这并无“不是”或“过错”；诗人却硬来埋怨它：锦瑟呀，你为什么要有这么多条弦？

“庄生晓梦迷蝴蝶，望帝春心托杜鹃。沧海月明珠有泪，蓝田日暖玉生烟”颔、颈二联，围绕一生怀才不遇这个中心，从各个不同侧面反复抒写理想破灭、抱负成虚、才华不展的深沉感慨与无穷遗恨。颈联“庄生晓梦迷蝴蝶，望帝春心托杜鹃”，诗句中的“晓梦”，指天将亮时做的梦；“迷蝴蝶”，指如庄子一样，对自已与蝴蝶之间的关系迷茫。一个“托”字，不但写了杜宇之托春心于杜鹃，也写了佳人之托春心于锦瑟，手挥目送之间，诗人妙笔挥写，于此已然达到一个高潮。诗人笔下美丽而凄凉的杜鹃已升华为诗人悲苦的心灵。深沉的悲伤，只能托之于暮春时节杜鹃的悲啼，这是何等的凄凉。颈联“沧海月明珠有泪，蓝田日暖玉生烟”，“沧海”句写琴声之悲苦，“蓝田”句则写琴声之缥缈朦胧，二句切合指琴声的迷幻、哀怨、清寥、缥缈，表达诗人因才华的见弃，理想追求的破灭所生发的难言的痛楚与悲凄。

“此情可待成追忆，只是当时已惘然”，“此情”二字，与开端的“华年”相为呼应，笔势未尝闪遁。诗句是说：如此情怀，岂待今朝回忆始感无穷怅恨，即在当时早已是令人不胜惘惘了，诗人用两句话清楚地说明内心那种怅惘的苦痛之情。

这首《锦瑟》是李商隐的代表作，爱诗的无不乐道喜吟，堪称最享盛名；然而它又是最不易讲解的一篇难诗；究竟诗意何在，众说纷纭。

## 【重过圣女祠[①]】

**白石岩扉[②]碧藓滋，上清[③]沦谪得归迟。**
**一春梦雨[④]常飘瓦，尽日灵风不满旗。**
**萼绿华[⑤]来无定所，杜兰香[⑥]去未移时。**
**玉郎[⑦]会此通仙籍，忆[⑧]向天阶问[⑨]紫芝[⑩]。**

【注释】

①圣女祠：《水经注·漾水柱》中说："武都秦冈山，悬崖之侧，列壁之上，有神像，若图指状妇人之容，其形上下白，世名之曰'圣女神'。"②白石岩扉：指圣女祠的门。③上清：道教传说中神仙家的最高天界。④梦雨：屈原《九歌》"东风飘兮神灵雨"。⑤萼绿华：仙女名。⑥杜兰香：仙女名。⑦玉郎：神仙名。⑧忆：此言想往、期望。⑨问：求取。⑩紫芝：传说中食用后可以成仙的神芝，在此比喻官职。

【赏析】

"白石岩扉碧藓滋，上清沦谪得归迟"，圣女祠前用白石建造的门扉旁已经长满了碧绿的苔藓，看来，这位从上清洞府谪降到下界的圣女沦落尘世已经很久了。第二句就是即目所见而引起的联想，正面揭出全篇主意。"沦谪得归迟"，是说沦谪下界，迟迟未能回归天上。

"一春梦雨常飘瓦，尽日灵风不满旗"，从对圣女祠门前的描写进而扩展到对圣女祠整体环境的描写。如丝春雨飘洒在屋瓦上，迷蒙飘忽，如梦似幻；习习灵风，轻轻吹拂着檐角的神旗，始终未能使它高高扬起。"一春梦雨常飘瓦"也带上了象征的意味，幽居独处的圣女在爱情上有着朦胧的期待，而这种期待又总像梦一样的飘忽、渺茫。同样，"尽日灵风不满旗"中暗透出一种好风不满的遗憾和无所依托的幽怨。

"萼绿华来无定所，杜兰香去未移时"，由"沦谪"不归、幽寂无托的"圣女"，联想到处境与之不同的两位仙女。萼绿华、杜兰香都是道教传说中的仙女，萼绿华来去无定，经常到人间引导人升仙；杜兰香本来是渔人家收养的弃婴，长大后有青童自天而降带她升仙而去。以两位仙女的境遇，对比圣女困在尘世的身世遭遇。

"玉郎会此通仙籍，忆向天阶问紫芝"，遥想从前，职掌仙籍的玉郎仙官曾经与圣女相会，帮助她登上仙界，那时的圣女曾在天宫的台阶上采取紫芝，过着悠闲自在的仙界生活，而如今却沦谪在尘世，过着寂寞的凡间生活。末句以"忆"字唤起今昔之情感，不明言却让读者感到黯然神伤。"天阶问紫芝"与"岩扉碧藓滋"构成了天上人间的鲜明对照。

这是一首性质类似无题的有题诗，意境扑朔迷离，寄托似有似无，比有些无题诗更费猜详。因此，读这首诗就好比一个侦探在面对一个很难破解的案件。

## 【霜月[①]】

**初闻征雁已无蝉，百尺楼高水接天[②]。**
**青女[③]素娥[④]俱耐冷，月中霜里斗婵娟[⑤]。**

### 【注释】

①霜月：《礼记·月令》中记载“孟秋之月寒蝉鸣，仲秋之月鸿雁来，季秋之月霜始降。”②水接天：一说指“霜月之光”，即“言月华如水”。则此句乃言秋空明净，月色澄清。③青女：主霜雪的女神。④素娥：月中嫦娥。⑤婵娟：左思《吴都赋》：“檀药婵娟，玉润碧藓。”

### 【赏析】

“初闻征雁已无蝉”，该句在写景的同时交代了时间。此时暑气消尽，秋意渐浓，树枝上已听不到聒噪的蝉鸣，辽阔的长空里，时时传来的是雁阵惊寒的声音。“无蝉”“征雁”都表明此时时节已为秋天。按大雁的特性，春季北下的雁为归雁，秋来南去的雁则为“征雁”。次句“百尺楼高水接天”，在写景的同时点出地点。诗人站在高高的楼阁之上，放眼向远方望去，只见月白霜清水天一色，诗人身处此境，心胸不免为之开朗，思绪也变得异常活跃。

“青女素娥俱耐冷，月中霜里斗婵娟”，是诗人对自己一时神奇思绪的捕捉。青女，神话中主管霜雪之神女。诗人此以青女代指寒露白霜。素娥，嫦娥，神话中主管月宫之女神。尽管“琼楼玉宇，高处不胜寒”，可是冰肌玉骨的绝代佳人，愈是在宵寒露冷之中，愈是见出雾鬓风鬟之美。她们的绰约仙姿之所以不同于庸脂俗粉，是因为她们经得起寒冷的考验。

该诗在艺术手法上有一点值得注意，诗人的笔触完全在空际点染盘旋，诗境如海市蜃楼，弹指即逝；诗人将幻想和现实交织在一起而构成完美的整体。深秋时节，树枝上已听不到聒噪的蝉鸣，辽阔的长空里，时时传来雁阵惊寒的声音。在月白霜清的宵夜，高楼独倚，水光接天，望去一片澄澈空明。“初闻征雁已无蝉”二句，是实写整体的环境氛围，该环境是美妙想象的摇篮，它唤起人们绝俗离尘的意念。正是在这个意境之中，诗人的灵魂飞进月地云阶的神话世界中去了。后两句想象中的意境，是诗人着意要表述的，诗人用青女与素娥两个神话中的神女，指代大自然中的霜与月，歌颂她们在寒冷的气候中的潇洒欢快，意在宣扬为人应有不怕清苦、超凡脱俗的坚强性格。

## 【蝉】

本以高难饱，徒劳恨费声①。
五更②疏欲断③，一树碧无情。
薄宦④梗犹泛⑤，故园芜⑥已平。
烦君⑦最相警⑧，我亦举家清。

【注释】

①恨费声：恨，憾；费，伤。恨、费二字并列，修饰“声”。②五更：临近天亮时，古时把一夜分成五个更次，要打更报时。③疏欲断：鸣声渐疏似将断绝。④薄宦：卑微的官职。⑤梗犹泛：指还在四处漂泊。⑥芜：荒芜。⑦君：指蝉。⑧警：警示。

【赏析】

“本以高难饱，徒劳恨费声”，“高”指蝉栖高树，暗喻自己的清高；蝉在高树吸风饮露，所以“难饱”，这又与作者身世感受暗合。由“难饱”而引出“声”来，所以哀中又有“恨”。但这样的鸣声是白费、徒劳的，因为不能使它摆脱难饱的困境。

“五更疏欲断，一树碧无情”，承“恨费声”说蝉声忽断忽续，树色一碧。蝉叫到快天明时，已声嘶力竭，可是它所栖息的大树，却依然一片碧绿。颔联用“一树碧无情”来作衬托，把不得志的感情推进一步，达到了抒情的顶点。这里接触到咏物诗的另一特色，即无理得妙。蝉声的“疏欲断”，与树叶的绿和碧两者本无关涉，可是作者却怪树的无动于衷。

“薄宦梗犹泛，故园芜已平”，承“高难饱”抒写寄迹幕府，沉沦漂泊，欲归未得之情。诗人在各地当幕僚，只是一个小官，所以称为薄宦。诗人经常在各地流转，好像大水中的木偶到处漂流。这种不安定的生活，使诗人开始怀念家乡。“田园将芜胡不归”，家乡田园里的杂草和野地里的杂草已经连成一片了，诗人归乡的情感就愈加迫切。

“烦君最相警，我亦举家清”，又回到咏蝉上来，用拟人法写蝉。此联是诗人对蝉说的话，多谢您特意来提醒我，要保持高洁，不要随波逐流。这个“烦”，是麻烦、有劳的意思，在此表示感谢。相警，就是提醒、告诫，这里有以高洁互勉的意思。“君”与“我”对举，把咏物和抒情密切结合，而又呼应开头，首尾圆合。蝉的难饱正与我举家清贫相应；蝉的鸣叫声，又提醒我这个与蝉境遇相似的小官，想到“故园芜已平”，不免勾起回归之念。这后四句是作者直抒胸臆，表达了思乡之情，进一步表示要保持高洁情操和品格。

在诗中，李商隐借蝉的形象自喻，写出了自己寄人篱下的压抑之感，又抒发了空作不平之鸣、无人同情的悲哀，同时表达了自己虽居家清贫，却要像蝉一样保持高洁的情怀和节操。

## 【悼伤后赴东蜀辟至散关遇雪】

**剑外①从军远，无家与寄衣。**
**散关②三尺雪，回梦旧鸳机③。**

**【注释】**

①剑外：剑门关之南。②散关：在今陕西省宝鸡南。③鸳机：织布机。

**【赏析】**

“剑外从军远”，点明这次远行的原因是“从军”。“剑外”，指剑阁之南蜀中地区。诗题“遇雪”而作，却从远处写起，诗人这一个“远”字，不仅表达出此番行程之遥，更有意让人由“远”思“寒”。隆冬之际，行人行囊单薄，不禁使人产生苦寒之思，又自然地使人盼望家中妻子寄棉衣来。但是，诗人的妻子已经辞世，已经不可能再有人为他寄来棉衣了。

“无家与寄衣”，蕴意深厚。诗人一路风霜，万般凄苦，所有的身体上与心理上的痛苦全部都蕴含在这淡淡的一句诗中。诗人善于用具体细节来表达抽象的思念，用寄寒衣这一生活中的小事来倾泻出自己心底的悲痛和无尽的哀思。

“散关三尺雪”起到承上启下的作

用，上承“遇雪”诗题，给人“乱山残雪夜，孤灯异乡人”的凄凉漂泊之感，同时，将大雪奇寒与无人寄棉衣联系起来，以雪夜引出温馨的梦境，自然地转入下文。三、四句描述诗人在途中突遇大雪封山，只能留宿在散关驿站，面对突遇的变故诗人内心不免伤感，在睡梦中见到了自己日夜思念的妻子正坐在旧时的鸳机上为他赶制棉衣。“回梦旧鸳机”，将诗人内心的难以言喻的情意展现得淋漓尽致。

诗人用层层推进、步步加深的手法，写出凄凉寂寞的情怀和难言之痛。从军剑外畏途思家，这是第一层；妻亡家破，无人寄棉衣，伤别与伤逝之情交织一起，这为第二层；路途遇雪，行期阻隔，苦不堪言，这为第三层；“以乐景写哀”，用温馨欢乐的梦境反衬冰冷痛苦的现实，备增其哀，这是第四层。纵观全诗，我们可以清晰地看出，诗人在悼伤之情中，还蕴含着路途的坎坷、伤别的愁思、仕途潦倒的慨叹等一系列的复杂感情。诗人仅用二十字，却能概括如此丰富深沉的感情内容，可见诗人娴熟精湛的写作功底。

## 【乐游原】

**向晚意不适①，驱车登古原②。**
**夕阳无限好，只是近黄昏。**

**【注释】**

①意不适：心情不愉快。②古原：即乐游原，又名乐游苑，是长安城南的风景区。

**【赏析】**

“向晚意不适，驱车登古原”，乐游原之名，我们并不陌生，原因之一是有一篇千古绝唱《忆秦娥》深深印在我们的“诗的摄相”宝库中，那就是：“……乐游原上清秋节，咸阳古道音尘绝。音尘绝，西风残照，汉家陵阙。”临近傍晚时分，诗人自己觉得心情不太舒畅，于是驱车登上古老的乐游原，心想能够把烦恼全部驱散。

“夕阳无限好，只是近黄昏”，虽是简单而浅白的语句，但是却能诱发读者的无限遐想。此句写登原所见，其情之所钟，只在“夕阳”一景。如果我们仅从写景的角度来看，这一句似乎太平淡无奇，可是我们却觉得它在这儿仿佛有一种爆发的力量，突然间喷薄而出。这不仅仅是对夕照的瑰丽景观的一般概括，而且更表现了诗人在“意不适”的精神萎靡之际，突遇大自然生命感召时的一刹，色彩取代了单调，枯萎之花重新开放，生命的意义又被唤起。三、四句转折得非常快，刚刚还在欢呼雀跃，转瞬间又变得黯然神伤。如果说”夕阳”是从感性上表达了诗人对希望之火的无限向往，那么“黄昏”则是从理性上意识到希望终归落空的无可奈何的慨叹。

首二句写驱车登古原的原因是“向晚意不适”，后二句写登上古原触景生情，精神上得到一种享受和满足。“夕阳无限好，只是近黄昏”二句，素来人们多解为“晚景虽好，可惜不能久留”。今人周汝昌认为：“‘只是’二句，正是诗人的一腔热爱生活，执著人间，坚持理想而心光不灭的一种深情苦志。”

## 【夜雨寄北[①]】

**君[②]问归期未有期，巴山[③]夜雨涨秋池。**
**何当[④]共剪西窗烛，却话[⑤]巴山夜雨时。**

**【注释】**

①诗题一作《夜语寄内》。②君：对人的尊称，相当于“您”，这里指诗人的妻子。③巴山：泛指东川山峦。④何当：何时能够。⑤却话：忆说。

**【赏析】**

“问君归期未有期”，一问一答，先停顿，后转折，跌宕有致，极富表现力。君指诗人的亡妻。你问我何时能够归来，我可以告诉你归期不定。“未有期”之词带有公务在身，身不由己之意，也流露出掩饰不住的抱歉心情。此句看似平平常常地回答远方的询问，仔细品味，内涵十分丰富，故乡亲人的热切期盼，自已身在异乡的无可奈何，归期不定的气愤惆怅，全部蕴含在这一问一答之中。

“巴山夜雨涨秋池”，描写诗人自己置身之地的自然环境。巴山在这里泛指蜀地山水，作者滞留蜀地，“夜雨”难眠，“涨秋池”一词指秋雨绵绵不停，下得沟满池平。这是最易引发游子思家的情景。一个“涨”字，既说秋雨无端涨满池塘，也说乡思无端升起，充塞愁肠。这是以景言情的最好写照。

“何当共剪西窗烛”，指什么时候我可以与你们团聚，共同用剪刀修剪烛花，作彻夜长谈尽情倾诉呢？这里写出作者的期待，盼望着早日能与妻子相聚的心情。如果说“秋池”“夜雨”带给人以冷凉的色调，那么与亲人相聚，在西窗剪烛，则显然增添了温暖气氛。

“却话巴山夜雨时”，表明此时诗人“独听巴山夜雨”而无人共语。独剪残烛，夜深难寐，在淅淅沥沥的巴山秋雨声中,诗人孤寂地阅读着妻子询问归期的信，而归期不定，其心境之郁闷、孤寂，显而易见。作者却跨越这一切去写未来，盼望在重聚的欢乐中追话今夜的一切。因此，未来的乐，自然反衬出今夜的苦；而今夜的苦又成了未来剪烛夜话的内容，增添了重聚时的欢乐。

本诗表现了诗人最质朴的写作风格，抒写相思离情，曲折蕴藉，让读者读来回味无穷。

## 【宿骆氏亭①寄怀崔雍崔衮②】

**竹坞③无尘水槛④清，相思迢递⑤隔重城。**
**秋阴⑥不散霜飞晚，留得枯荷听雨声。**

**【注释】**

①骆氏亭：清代朱鹤龄引《唐语林》云：“长安春明门外有骆駿所筑池馆”。②崔雍、崔衮：崔戎的儿子，李商隐的从表兄弟。③坞：指四面高中间低的山地，可引申为四周筑有围障养花种草的地方。④水槛：临水栏杆。⑤迢递：连绵不断。⑥秋阴：秋天的阴霾。

**【赏析】**

“竹坞无尘水槛清”，从整体角度写骆氏亭的景色。翠绿的修竹环抱着一尘不染的船坞，骆氏亭外临着清澄的湖水。“竹坞”，长着竹子的谷地。“无尘”，指清幽洁净状。“水槛”，指临水栏干。“清”有清净、清洁意，“无尘”与“清”相互协调，虽是写景，亦隐喻二崔的品格清雅不俗。翠竹、清水把这座亭轩映衬得格外清幽雅洁，诗人置身其间，颇有远离尘嚣之感。

“相思迢递隔重城”，写诗人对友人的思念之情。“迢递”，形容路途之遥远。“重城”，言被一座座的城池隔阻。诗人眼下所宿的骆氏亭和崔氏兄弟所在的长安，中间隔着重重的城池，路途迢迢，诗人的思念之情宛如随风飘荡的游丝，悠悠然飘向友人所在的长安。诗人因境界的清幽而倍感孤寂，因无好友共赏幽胜而微感惆怅。

“秋阴不散霜飞晚”，又回到眼前的景物，渲染氛围，烘托情绪。阴霾欲雨的天色，一片迷蒙，幸而还不见寒霜。“秋阴”，在这里除指自然景色外，也用以说明诗人此时内心的抑郁，点出其对崔氏兄弟的相思之情。天色一片迷蒙，本来就因相思而耿耿不寐的诗人，心情不免更加暗淡，而这种心情又反过来更增加了相思的浓度。

“留得枯荷听雨声”，是全篇的点睛之笔，写诗人聆听雨打枯荷的声音和诗人的心情变化过程。这句美，就美在“留”与“听”二字，写情入微。“残荷”本无价值，由于雨点滴荷，竟有一种美的声韵，这清韵增添了寂寂氛围，因而反倒庆幸留着“枯荷”了。这“听雨”还蕴含着一种特有的意境与神韵。诗人原来是一直在那里思念着远隔重城的朋友，由于神驰天外竟没有留意天气的变化。不知不觉间，下起了淅沥的小雨，雨点点点滴滴地洒落在枯荷上，发出一阵错落有致的声响。

## 【哭刘蕡】

**上帝深宫闭九阍①，巫咸②不下问衔冤。**
**黄陵③别后春涛隔，湓浦④书来秋雨翻。**
**只有安仁能作诔，何曾宋玉解招魂！**
**平生风义⑤兼师友，不敢同君哭寝门⑥。**

**【注释】**

①九阍：九重宫门，此指朝廷。②巫咸：古神巫。③黄陵：在岳州湘阴（今湖南湘阴县）。④湓浦：湓浦口在湓水与长江之交汇处，今九江市西。⑤风义：风骨气节。⑥寝门：内室的门。

**【赏析】**

“上帝深宫闭九阍，巫咸不下问衔冤”，诗人用“深宫”“闭九阍”愤慨于君门九重之不得见，“不下”是说其居于九重深宫，“衔冤”指正直之士负屈而死，君门九重，洁士湮没，这怎不令人痛心疾首。反用宋玉《招魂》事，言屈原虽冤死亡，有天命巫咸为之招魂。而如今九门深闭，不致一问，巫咸也不为刘蕡申冤，从而痛斥昏君贪官不体察下情，使刘蕡含冤去世。揭露了当时政治腐败与社会黑暗，这是全诗的主题。

"黄陵别后春涛隔，湓浦书来秋雨翻"，开始写友人之亡。黄陵别后，又是一春，彼此江湖阻隔，难以会面；正值秋雨飘洒，突然传来好友噩讯，令人痛心。"春涛隔"指友情之浓，而又被迫分离，"湓浦"点明刘蕡逝于湓浦，"秋雨翻"，则指诗人得知友人去世的消息时正值长安秋雨飘飞。悼友亡逝。"安仁作诔"，据《晋书》载，潘岳（安仁）辞藻艳丽，尤善为哀诔之文。在这里诗人自喻安仁。

"平生风义兼师友，不敢同君哭寝门"，写诗人与刘蕡的情谊，诗人不仅视刘为益友，亦是良师。"哭寝门"一语见《礼记·檀弓》记孔子曰："师，吾哭诸寝；朋友，吾哭诸寝门之外。"此言诗人敬佩刘蕡的风操节概，视之为师。尾联两句不但烘托着二人分别时的悲切心情，且与诗人写此诗时悲痛欲绝的心境亦融为一体，留下不尽的哀思。

这首诗，整篇都流淌着诗人的泪水，贯穿着一个"哭"字：开始则是呜咽悲泣，随后是放声痛哭，继而是仰天悲号，最后则又变为抽噎饮泣。读完全诗，仿佛诗人的哭声还萦绕耳际。写法上，诗人把叙述、议论、抒情三者结合在一起。达到艺术上的相互交融，具有很强的感染力。

## 【隋宫①】

**紫泉②宫殿锁烟霞③，欲取芜城④作帝家。**
**玉玺⑤不缘归日角⑥，锦帆⑦应是到天涯。**
**于今腐草无萤火⑧，终古垂杨⑨有暮鸦。**
**地下若逢陈后主⑩，岂宜重问《后庭花》？**

**【注释】**

①隋宫：隋炀帝南游扬州，建有江都、显福、临江等宫，统称隋宫。②紫泉：即紫渊，避唐高祖李渊之名改称，水名，流经长安北，诗中用以代指长安。③锁烟霞：为烟霞所萦绕，即烟锁宫殿，任其冷落。④芜城：指隋代的江都，即今之扬州。⑤玉玺：皇帝的玉印，此处借指皇位，引申为天下。⑥日角：额角饱满似日，为帝王之相。此处指李渊。⑦锦帆：以香锦制帆的龙舟。隋炀帝下江都所乘。⑧萤火：隋炀帝好夜游，所到之处广征萤火，夜间游山时

放之，光照山谷。⑨垂杨：炀帝为游江南，开凿运河，沿河堤种杨柳树，后人称为隋堤。⑩陈后主：陈朝的最后一个皇帝，他沉溺声色，荒淫无耻。

**【赏析】**

“紫泉宫殿锁烟霞，欲取芜城作帝家”，写隋炀帝每日不问国事，只知享乐。长安城皇宫的萧索与芜城的繁华景象形成了鲜明的对比，清晰地表达出隋炀帝平日沉醉于江南风景如画的美景之中，安于享乐，不理朝政的生活作风。“紫泉”与“芜城”相对应，中间以“欲取”相连，最见诗人的讽意。

“玉玺不缘归日角，锦帆应是到天涯”，写隋炀帝生活的豪奢。根据上联的文意，此联应写如何取“芜城作帝家”，但诗人却宕开一笔，却写因为玉玺落到李渊之手，要不然杨广会以锦帆游遍天下。这是一种推想虚拟的手法。“日角”，额角饱满似日，为帝王之相。

“于今腐草无萤火，终古垂杨有暮鸦”，写隋朝亡国以后大运河边的萧索场景。一切都只不过是过眼烟云，昔日的繁华无法阻挡今日的荒凉萧条，那些自然景物见证了一个王朝的兴衰过程。此联是历久盛传的名句。诗人开始叙述故实、用笔灵活，同上联“日角”“锦帆”一样，“萤火”“垂杨”都是现实事物，并且字面相对，诗人利用“放萤”“栽柳”两件史实，形成一“有”一“无”的鲜明对比，在感今伤昔的同时总结了隋炀帝荒淫恣肆、导致亡国的惨痛教训。

“地下若逢陈后主，岂宜重问《后庭花》”，上句以假设，对句以反诘，揭示荒淫亡国的主旨。陈后主，名叔宝，是南朝有名的一代“亡国之君”。陈后主因荒淫无度而亡国，隋炀帝目睹其遭遇还曾给予批评，但自己却并未吸取教训，最终同样踏上了亡国之路。诗人对该典故的使用真实自然，恰到好处。

全诗可以说纯用衬贴活变之笔，一气流走，无句不佳，无复排偶之迹。五十六字“全以议论驱驾事实，而复出以嵌空玲珑之笔”，翻空排宕，“参用活法夹写，便动荡有情，古今凭吊绝作”。

## 【二月二日】

**二月二日江上行，东风日暖闻吹笙。**

**花须[①]柳眼[②]各无赖[③]，紫蝶黄蜂俱有情。**

**万里忆归元亮井④，三年从事亚夫营⑤。**
**新滩莫悟游人意，更作风檐夜雨声。**

## 【注释】

①花须：即花蕊。②柳眼：即柳叶的嫩芽，因嫩芽如人睡眼方开，所以称为柳眼。③无赖：形容花柳都在任意的生长。③元亮井：指故里。④亚夫营：指柳仲郢的军幕。

## 【赏析】

“二月二日江上行，东风日暖闻吹笙”，点明踏青节江上春游，描写江行游春的最初感觉和印象。笙簧畏潮湿，天寒吹久则声涩不扬，须以微火香料暖笙。东风日暖，笙自然也簧暖而声清了。“闻吹笙”和“东风日暖”分别从听觉和感觉写出了踏青江行的感受，到处都是春意盎然的景象。

“花须柳眼各无赖，紫蝶黄蜂俱有情”，进一步叙写所见春景，描写江上的春色。花蕊柳芽都无拘无束，随风飘舞，紫蝶黄蜂情意浓浓，从而撩起了诗人的羁愁。花、柳、蜂、蝶，都是春天最常见的事物，是春天生命与活力的标志，红（花）、绿（柳）、黄、紫，更写出了春天绚烂色彩。但这一联不仅抒写诗人对秾丽春色的流连陶醉，而且委婉透露出因美好春色而触动的伤感。“各无赖”“俱有情”文字对仗工整，画面有分有合，聚散相衬相映。

“万里忆归元亮井，三年从事亚夫营”，继上句“俱有情”一转，写出了诗人内心的怀旧之情。元亮井，用陶渊明（字元亮）《归园田居》：“井灶有遗处，桑竹残朽株”；亚夫营，用周亚夫屯兵细柳营事，暗寓幕主的柳姓。虽用典，却像随手拈来，信口道出。“万里”“三年”，表面上是写空间的悬隔，时间的漫长，实际上正是抒写欲归不能的苦闷和无奈。

“新滩莫悟游人意，更作风檐夜雨声”，诗人深化了内心矛盾的心境。江边新滩不懂游人的心意，反而发出夜间檐前风吹雨打的声音。同样的声响，对“江上行”的大多数人，可能听到的是欢快的节奏，而对诗人却引起了错位共鸣的移情，听到的是凄凉的音律，加深了乡愁的情味。全诗全部展现的都是春的美景，但诗人在这音美、景美的景物中却引发出了无限的乡愁，形成极为强烈的心理反差。

## 【无题二首】（其一）

**昨夜星辰昨夜风，画楼①西畔桂堂②东。**
**身无彩凤双飞翼，心有灵犀一点通。**
**隔座送钩③春酒暖，分曹④射覆⑤蜡灯红。**
**嗟⑥余听鼓应官去，走马兰台⑦类转蓬⑧。**

**【注释】**

①画楼：雕梁画栋的楼。②桂唐：香木建筑的厅堂。均为华美的居所。③送钩、射覆：均是古时酒宴上的游戏。④分曹：分组。⑤射覆：古代游戏，用器具覆盖某一物件后，让人猜测是什么东西。⑥嗟：感叹、慨叹。⑦兰台：秘书省。⑧转蓬：草名。秋枯根拔，遇风飞旋，又名“飞蓬”。

**【赏析】**

“昨夜星辰昨夜风，画楼西畔桂堂东”，写宴会的时间、地点。以曲折的笔法描写昨夜的欢聚。夜幕低垂，星光闪耀，在一个春风沉醉的夜晚，诗人在画楼西边，桂唐的东边遇到了她。句中两个“昨夜”自对，回环往复，有荡气回肠之感。

“身无彩凤双飞翼，心有灵犀一点通”，写诗人的相思之苦。诗人此处设喻新颖巧妙，措辞圆转流丽，说彼此虽不能相亲相接，效彩色凤凰双双飞舞，心则可以如灵犀一线，相通相应，用形象的比喻抒发了自己对于意中人的一往情深。灵犀，指犀牛角，这里借喻彼此心意相通。“身无”与“心有”，一外一内，一悲一喜，看似矛盾却巧妙的统一于一体。诗人此刻痛苦中有甜蜜，寂寞中有期待，相思的苦恼与惺惺相惜的慰藉融合在一起，将那种彼此相爱却不能长相厮守的复杂而微妙的内心情感刻画得淋漓尽致、惟妙惟肖。故此联两句千古流传。

“隔座送钩春酒暖，分曹射覆蜡灯红”，写宴会上的热闹场面。送钩，是一种将钩藏于手中叫人猜的游戏。在筵席上，大家玩着送钩、分组射覆的游戏，觥筹交错，灯红酒绿，其乐融融。筵席的热闹反衬出诗人内心的孤寂苦楚。

“嗟余听鼓应官去，走马兰台类转蓬”，诗人写自己为小官而不停奔走，好似转蓬的命运，表达了人在江湖身不由己的万般无奈。此联解释出诗人最终离开意中人的原因，同时流露出对所任官职的厌倦。

该诗写得精巧富丽，婉转优美，情真意切，成为《无题》诗中的佳作名篇之一。对于诗的内容，历来众说纷纭，但从诗中明显描写的生活内容来看，似是诗人有所爱慕，和这个人惺惺相惜，却不能在一起的情形。

## 【隋宫①】

**乘兴南游不戒严，九重②谁省③谏书函④。**
**春风举国裁宫锦⑤，半作障泥⑥半作帆。**

### 【注释】

①隋宫：隋炀帝杨广建造的行宫。②九重：指皇帝居住的深宫，意指天子上朝时的宫殿。③省：明白，懂得，觉察。④谏书函：呈给皇帝的谏书。⑤宫锦：皇家使用的高级锦缎。⑥障泥：马鞯，垫在马鞍的下面，两边下垂至马蹬，用来挡泥土。

### 【赏析】

“乘兴南游不戒严”，“乘兴”，指隋炀帝迷恋山水风光，趁着高兴的劲头，要大举嬉游江南。“不戒严”，意谓隋炀帝骄横无忌，毫无戒备，不顾安全。“九重谁省谏书函”，省，在此作明白，觉察到的意思；“谏书函”是指上书朝廷，谏阻皇帝出游行乐。据《资治通鉴·隋纪七》，大业十二年“江都新作龙舟成，送东都。宇文述劝幸江都。右候卫大将军酒泉赵才谏曰：‘今百姓疲劳，府藏空竭，盗贼蜂起，禁令不行，愿陛下还京师，安兆庶。’帝大怒，以才属吏。旬日，意解，乃出之。朝臣皆不欲行，帝意甚坚，无敢谏者。建节尉任宗上书极谏，即日于朝堂杖杀之……奉信郎崔民象，以盗贼充斥，于建国门上表谏；帝大怒，先解其颐，然后斩之”。由于杨广听不进朝臣的意见，朝廷上谏者皆斩杀或贬斥，因而无人再敢上书谏阻南游。显然此句所咏是朝臣面对暴君淫政噤若寒蝉的情景。

本诗后两句重在表达一个“奢”字。“春风”与首句“乘兴”相呼应，在和煦的春风中，炀帝动了游兴；作者另借锦帆一事加以点化，炀帝南游，特制龙舟楼船，以宫中帝王后妃们所用高级锦缎作帆，极尽奢华。尾句“半作障泥半作帆”，障泥，即马鞯，垫在马鞍下垂于马腹两侧，用以遮挡尘土。

"帆"，是炀帝及随从所乘船只上的风帆。全句意为用价格昂贵，质地上乘的宫锦一半剪作马鞯，一半裁成船上的风帆，作为皇帝南巡时水陆兼程所用。这两句在客观描述中深化主题，大大加强了本诗讽刺和批判的力度。

本诗思想倾向非常鲜明，即着力揭露批判隋炀帝游江都穷奢极欲，倾天下之劳力供一人之嬉游，祸国殃民这一史实，对当权者的骄奢淫逸进行无情地鞭挞。从艺术手法上看，全诗虽未正面描写隋炀帝游幸江南的过程、场面，但其奢侈铺张的气氛体现得淋漓尽致，用的是旁敲侧击的手法。语言流畅，层次严谨，以小见大，明暗相间，造成巨大的反差，形成该诗的独特风格。

## 【为有】

**为有云屏①无限娇，凤城②寒尽怕春宵。**
**无端嫁得金龟婿③，辜负香衾④事早朝。**

### 【注释】

①云屏：云母石做的屏风。②凤城：指京师。③金龟婿：佩有金龟袋的夫婿。④衾：被子。

### 【鉴赏】

这首诗借一官宦之家少妇的怨情，表达了诗人自己仕途坎坷的块垒之情。

"为有云屏无限娇"描写官宦人家的环境，"云屏"即云母屏风，此处借指闺房内陈设的富丽堂皇，豪华舒适。"无限娇"，指闺中年轻的妻子千娇百媚。"无限"二字，不仅写少妇的娇媚美好，而且意在描述官宦夫妇两人缱绻多情的幸福生活。"为有"意为"只有"，对这种幸福生活作了着重强调。"凤城寒尽怕春宵"一句紧承上句，一个"怕"字，写出少妇独卧春闺难眠的闺怨。正因家有美室娇妻，故在京城寒冬岁末、春光明媚之时却怕起来。缘何而"怕"呢？原是怕春宵短暂。丈夫的"怕"是贪恋闺阁香艳，与娇妻温柔缠绵，故而不愿早起。但苦于追求荣华富贵，而不得已早起上朝；妻子的"怕"引出下文的"怨"。

"无端嫁得金龟婿，辜负香衾事早朝"为妻子的内心独白。丈夫走后，留下妻子独卧空房，心中不由生出不满和怨艾之情：无缘由嫁得个有权有势的高官夫婿，却要日日上早朝侍奉君王，反而辜负了春日良宵的闺中娇妻。"无端”二字，将少妇娇嗔口吻，勾画得惟妙惟肖，表达了她对夫婿，对春宵之恋的深情。此怨，乃是在拥有了荣华富贵、琴瑟缱绻后的“怨”，实是有点无病呻吟之意。

全诗以赋体写官宦之家少妇的闺怨。先从闺中之豪华富丽，温柔缠绵写起，然后以一个“怕”字转入闺怨的缘由，引出闺怨的主题。诗的后半部分以少妇直抒胸臆法来抒情，因此表达“怨”情上更强烈。虽是嫁得了位高权强的金龟婿，而丈夫却要追名逐利，自然有意无意间会冷落妻子。荣华富贵，夫妻莞尔缠绵，岂能兼顾周全？透过诗人细腻的刻画，联系作者当时穷困潦倒的处境，这首诗实则语含讥诮，暗含诗人对当时自己仕途坎坷的无奈不满之情。

## 【无题】

**相见时难别亦难，东风①无力百花残②。**
**春蚕到死丝方尽，蜡炬成灰泪始干。**
**晓③镜④但愁云鬓改，夜吟应觉月光寒。**
**蓬山⑤此去无多路，青鸟⑥殷勤为探看。**

**【注释】**

①东风：春风。②百花残：百花凋零。③晓：天亮，早晨。④镜：名词用作动词，照镜。⑤蓬山：蓬莱山，相传为仙人的居所，这里指对方的住处。⑥青鸟：神话传说中西王母有三青鸟为其使者，后有青鸟作为信使的代称。

**【鉴赏】**

此为李商隐无题诗最有名一首，尤其一、三两句。其首联写惜别，两个“难”字的回环复沓，不平铺直叙，而是曲折委婉地表达了无限惆怅的深情。意思是说，离别后相见的机会难得，而分别时更觉难分难舍，何况又是在春风衰竭、百花凋谢的暮春时节！诗人此处以情景相生之手法，渲染了离别的浓重气氛。

颔联两句转为激越之音。“春蚕”和“蜡炬”两个喻象，以蚕“丝”谐音相“思”，以蜡“泪”表达离情。作者把春蚕吐丝的柔美与蜡炬燃烧的热烈结合至一处，又连用“到死”“成灰”极尽惨淡之情的字眼，造成强烈的对比效果。而后“方尽”“始干”，又把语气更深一步加强。颔联表达爱情之深切至死方尽。

颈联由己及人设想对方心境，将其相思之苦写得愈深，就更加衬托出诗人的一往情深。诗的后四句意在抒发别后的无尽思念。“晓镜”写女子晨妆，其中自有为悦己者容的意向，“夜吟”写女子深夜无眠，对月生情。“云鬓改”言佳期难遇，青春蹉跎的苦闷。“月光寒”写流连忘返，不知夜以入深，极言情之专。诗人未直言自己如何朝思暮想，而是从对方着笔，述她相思之苦，从而将一己的独往相思化为两情迎合。

末联，诗人为对方的痛苦所不安，在濒于无望的情况下，利用神话传说，寄希望于青鸟传书，以慰藉相思。全篇以新颖巧妙的构思，细致入微的想象，生动精警的语言，描绘出优美动人的意境，描绘、抒发出深沉绵邈的情思。其写情曲折深至，回环递进，婉转缠绵，而又出之自然，犹如从肺腑中流出；其纯粹抒情，不杂叙事；高度概括，形象鲜明；比兴象征，不流于晦涩，系一篇精纯之作。诗人意在印证：只要心有灵犀，无论狂风骤雨，爱情之花永不衰败。

诗文描写暮春时节与所爱女子离别的伤感，以及别后悠长、执著的思念之情。直言不尽的语言，抒发缠绵悱恻的深情，读来深入人心。

## 【齐宫词】

**永寿[①]兵来夜不扃[②]，金莲[③]无复印中庭。**
**梁台歌管三更罢，犹自风摇九子铃[④]。**

**【注释】**

①永寿：南齐时宫殿名。②扃：本指以外面挂门的闩、钩，在此作动词锁、闭紧。③金莲：金子做成的莲花。④九子铃：是寺庙中佛事活动的法器之一。

**【鉴赏】**

“永寿兵来夜不扃”，叛臣王国珍等拥兵夜入香涂四壁、豪华至极的宫殿作乱之时，宫门根本没有关闭，废帝（也称东昏侯）宝卷正在宫中与妃嫔们寻欢作乐，足见当时齐废帝之毫无防范、昏庸、腐朽而愚蠢至极。“金莲无复印中庭”句中“金莲”是金子做成的莲花。宝卷为讨好妃子潘玉儿，博得她的欢心，以金帖地为莲花，令潘妃舞行其上。“无复”，即不再有之意。是指废帝已被推翻，南齐很快又被梁朝取代，潘妃的舞姿永远不会在皇宫金莲之上出现了。然而，“梁台歌管三更罢，犹自风摇九子铃。”取代南齐的梁君王仍然不记前车之鉴，又高筑楼台，把齐宫改为梁宫，依旧淫靡无度，歌舞升平。当年齐废帝宝卷曾命人取来玉制九子铃以取悦潘妃，装饰她所居之宫殿，而如今，改朝换代后的梁皇宫之外玉九子铃仍在随风鸣奏。皇宫之内，君王妃嫔依旧丝竹管弦直到夜深。前两句写南齐废帝骄奢荒淫的同时又重点交代它的覆灭。抓住两个历史事实加以揭露他的荒淫，一是修三殿（神仙殿、永寿殿、玉寿殿）以讨好潘妃，诗中以“永寿”为代表。另一是以黄金修造莲花，供潘妃行走其上。诗人借齐、梁旧宫遗址抒发情怀，揭示齐、梁两代亡国之因，对当时时政及后世君王均有警策作用。写齐废帝的覆灭则仅用“夜不扃”与“无复”之词，一点即明。后二句重点在述说梁灭亡的原因。梁灭齐而自立之后，宫殿的主人虽然换了，但却因无视历史的教训，而重蹈南齐之覆辙。诗人仅从细微之处入笔，以“歌管三更罢，风摇九子铃”便已将深深的感叹抒发无余了。

作者用笔含蓄委婉，而寓意深刻尖锐，以自然贴切的典型形像和细节感人，以古鉴今，该诗正是作者以史为鉴观点的自然流露。诗人借南齐东昏侯萧宝卷由骄奢淫逸到亡国，以及南齐的替代者梁国仍继续骄淫误国，进行尖刻讽喻，暗示当朝统治者若不吸取这一历史教训，也必将重蹈齐梁之覆辙。

## 【楚吟】

**山上离宫[①]宫上楼，楼前宫畔暮江流。**
**楚天长短[②]黄昏雨，宋玉无愁亦自愁。**

**【注释】**

①离宫：即行宫。②长短：无论长短。

**【鉴赏】**

“山上离宫宫上楼，楼前宫畔暮江流”两句描写了诗人游楚时所见的几种景物。巫山之上的楚王行宫，行宫之侧的潺潺江水。楚离宫之高大雄伟，无与可比，在巍峨的巫山之上，沿崎岖的山路登上高处俯视，便见汪洋一片，浩浩荡荡。“宫上楼”极写离宫行院的亭台楼阁高耸、众多。本诗只简单用“暮江流”三个字来表达日月流逝，时光荏苒的感慨，“暮”字更影射楚国已逝，离宫尚存的叹息。这两句在句法、词法颇具匠心。

“山上离宫宫上楼”一句内将“宫”字两次叠用，运用顶针格；“楼前宫畔暮江流”一句中的“楼”字，接上句句尾的“楼”字，这两句连续使用两个顶针格的手法，不但朗读起来韵律有加，而且在意象中突出了离宫的亭台楼榭之多，反映当年楚国之盛。而“暮江流”三字则体现了楚国由盛入衰的情况。

“楚天长短黄昏雨”一句又加重渲染气氛，自离宫写到楚天。该句构思巧妙，取象选词，意含双关。既是实写眼前的景物，“黄昏雨”三字，又暗用宋玉《高唐赋并序》中巫山神女自称“旦为行云，暮为行雨”的语意和《神女赋并序》所载楚襄王梦会神女事。“长短”二字既可作偏义复词，取“长”之义，形容楚天，因为巫峡一带，江两岸削壁千仞，对峙入云，所以只见长天；又可形容暮雨，写其亦长亦短，似断似续，给楚宫蒙上一层如梦如画的气氛，与襄王梦会神女之事相合。而上句之江特取“暮”江，此句之雨特写“黄昏”之雨，其意在渲染环境的凄楚苍凉。一则暗中交代了楚国由盛而衰的原因，创造了一幅江边暮色苍茫，楚宫在苦风凄雨飘摇中一片颓败的画面，为末句写宋玉之“愁”做了铺垫。末句“宋玉无愁亦自愁”点出题旨。“无愁亦自愁”以对比成文的句式，跌宕有致地写出愁绪之深之广。

此诗语言简明，艺术构思巧妙。通篇为咏史诗，以史为比，借以讽喻唐朝现实，以宋玉身世遭遇才华比商隐，以楚襄王之昏聩比中唐君主。

## 【瑶池①】

**瑶池阿母②绮窗开，《黄竹》③歌声动地哀。**
**八骏④日行三万里，穆王何事不重来?**

**【注释】**

①瑶池：昆仑山仙池名，西王母所居之地。②阿母：即西王母。③《黄竹》：即《黄竹诗》，周穆王所作歌的歌名。④八骏：传说穆王有八匹骏马。

**【鉴赏】**

本诗是以神话故事为背景写成的讽喻诗，借周穆王登仙界既见西王母，尚且不免一死，正破神仙与长生不老之妄之事，对当朝统治者迷恋神仙，为求长生信奉佛事，终因服食丹药而送命进行犀利的讽刺。

“瑶池阿母绮窗开”，据《穆天子传》卷三载，穆天子曾与西王母会面瑶池，他答应西王母：“比及三年，将复而野。”这句的意思就是说，周穆王与西王母于瑶池相会，有三年之约，而今三年已过，在风光旖旎的瑶池仙境，西王母已打开雕饰如绮纹的华丽门窗，日夜翘首盼望周天子的车驾到来。寥寥七字将神话传说形象化，具体化，栩栩如生。

“《黄竹》歌声动地哀”，紧承上句，上一句写天上仙境，西王母殷殷期待穆王驾到而穆王未至，这一句则道出原因，没有见到穆王身影，只听到在人间有《黄竹》哀歌撼天动地。原来人间的皇帝周穆王已经死去，人世间只有他所作的《黄竹》悲歌还在流传着。

“八骏日行三万里，穆王何事不重来”描写西王母的心理活动。“日行三万里”，八匹骏马行走极快，一天能跑三万里。既然穆王的八匹神骏快如疾风，能日行三万里之遥，却缘何至今还未上得瑶池，以履三年之约呢？诗人思绪从人间重回天上，以西王母的疑问作结。末句以问句出之，而答案在第二句，此为倒装手法。

本诗构思神巧，前联从天上写到人间，后联则又回到天上，以西王母的切盼之情发出了“穆王何事不重来”的叹息。这轻轻的自言自语似的叹息，却有千钧之重，发人深省。本诗以写实的手法叙写神话故事，语言委婉，含而不露。若说本诗语含讽刺之意，其讽刺也不露声色，此乃该诗的魅力与韵味之所在。

## 【晚晴】

**深居①俯②夹城③，春去夏犹清。**
**天意怜幽草，人间重晚晴。**
**并④添高阁迥⑤，微注小窗明。**
**越鸟⑥巢干后，归飞体更轻。**

**【注释】**

①深居：表明所居住地的幽深僻静。②俯：俯视。③夹城：又称瓮城，古代为增强城池防御力量而建的一种城墙。④并：合，有“更”的意思。⑤迥：远。⑥越鸟：南方之鸟。越，指今两广一带。

【鉴赏】

从诗的题目“晚晴”可知：傍晚时分，天气放晴，表明刚下过雨，“晚”暗示了雨持续的时间之久，因此直到傍晚才云开雨霁，万物沐浴着金色的夕阳光照，面对此景，人的精神状态也随之倍感清爽。这种景象与感受，本为一般人所习见、所共有。但作者并不停留在这种一般的观察与感受上，而是深处挖掘，大处落墨，转而写生长在幽僻之处的小草。幽僻处的草最怕阴雨浸淹，幸得天意垂怜，云散雨霁，大放光芒，此处以小草的喜悦进而联想诗人自己在雨过天晴后的喜悦舒爽之感。“人间重晚晴”，这是全篇的核心句子。表面上看，这似乎纯粹是抽象的议论。实际上，诗人在创作此句时，眼前是跃动着一系列生动的图景与形象的。仿佛为人们展开了一幅千家万户喜迎晚晴的动人画卷，甚或可以想象出人们脸上浮现的欣慰喜悦之情。寥寥几字浓缩了一幅温馨喜悦的晚晴图。

“并添高阁迥，微注小窗明”，在这雨收云散、空气清和的傍晚放晴之时，站在高阁上凭栏眺望，能够看得很远，又见一缕夕阳的余晖射进小窗，带来了一线光明。给幽室平添了几多明朗、几许温情，十分惬意！此处的“高阁”，正应合着首句的“俯”视，“小窗”映照着首联的“深居”。可见诗人选词造句的精妙之笔。

“越鸟巢干后，归飞体更轻”，“巢干”呼应“晴”，鸟巢被晒干后，越鸟飞回来的时候体态轻盈，迅速敏捷，塑造雨后夕照时归鸟轻盈飞翔的动人形象，形容天晴后鸟的爽快感觉，并以此归鸟再次巧妙地隐喻诗人自己的心境。这仍然是登高远眺的情景。宿鸟归飞，通常最容易触动羁旅之人的乡愁，这里却没有悲愁，只有喜悦，是一种积极乐观的精神。

全诗构思巧妙，用词精准，画面清新，意蕴悠长，并暗含哲理机趣，且能于典雅华丽之外一显其清爽恬淡、流美厚重的风格。

## 【安定城①楼】

**迢递②高城百尺楼，绿杨枝外尽汀洲③。**
**贾生④年少虚垂涕，王粲⑤春来更远游。**
**永忆江湖⑥归白发，欲回天地入扁舟⑦。**
**不知腐鼠成滋味，猜意鹓雏竟未休！**

【注释】

①安定城：故址在今甘肃省泾川县以北，是唐代泾原节度使的治所。②迢递：形容楼高且连续绵延。③汀洲：“汀”指水边之地，“洲”是水中之洲渚。④贾生：指西汉人贾谊。⑤王粲：东汉末年人，“建安七子”之一。⑥江湖：指离开朝廷归隐的地方。⑦扁舟：小舟。

【鉴赏】

“迢递高城百尺楼，绿杨枝外尽汀洲”，从登上城楼写起，展开诗人凌空远眺所望景象：极言安定城楼的绵长、高峻。站在城楼俯眺，视野开阔。烟波浩渺，杨柳之外，尽是水中的沙洲。

“贾生年少虚垂涕，王粲春来更远游”，作者不用开门见山的直叙方式，而是通过历史上两个不得志的文人——贾生和王粲的不幸遭遇来借喻自己。贾生因朝臣反对，所提建议不被采纳，落得个“虚垂涕”的结果。王粲青年时代就因避乱而奔走四方，并曾依附过刘表，也是个怀才未遇的人物。李商隐在落第远游之时，联想到这两位历史人物，是很自然的。

“永忆江湖归白发，欲回天地入扁舟”，诗人直抒胸臆，进一步深化了忧愤之情。“永忆”和“欲回”，一前一后，体现了上下衔接、互为对仗和前后转折的关系。功成身退不仅是诗人当时的思想，而且是他生平一贯的愿望。但诗人所向往的隐退，必须是在等到自己扭转了乾坤，澄清了当前国家的混乱局面以后，才是白发苍苍的诗人功成身退之时。

“不知腐鼠成滋味，猜意鹓雏竟未休”诗人把朝廷的禄位比作腐臭的老鼠，用雏，也就是以凤凰自比。这是诗人立身处世的极其鲜明、有力的表白，也是对当时排斥他的一些小人的当头一棒。此联陡然转为对反面现象的尖锐讽刺，在讽刺中隐藏着嬉笑怒骂的情调。这里诗人引用了《庄子·秋水》篇的一个典故：惠施在楚国做宰相。当庄子去看他时，他听信谣传，认为庄子要抢夺他的相位；三天三夜，在国中大肆搜索。结果庄子自动走上门来了。给他讲了一个富有讽刺意味的寓言，表明他决不留恋这区区宰相的禄位。

本诗最大特色是引经据典以抒情言志。四个典故，都能贴合自己的身份、处境与思想感情，且相互联系、构思缜密。诗风平易流畅，寄思幽深，情感波澜，层层深入。

## 【天涯[1]】

**春日在天涯，天涯日又斜[2]。**
**莺啼如有泪，为湿最高花[3]。**

**【注释】**

①天涯：或指桂州，或指梓州。②日又斜：日落西山，指日暮。③最高花：指暮春时节高枝上的残花。

**【鉴赏】**

开章“春日”二字所比喻的是蓬勃的生气，欣欣向荣的景象。人生中的春日，是情怀与诗思并茂之时。春之所在，是希望所在，生命所在。然而诗锋一转，续写“在天涯”三字。“天涯”二字所感发的，是羁旅之愁，是飘零之苦。春日在天涯飘零的感伤之情，将凄然娓娓道出。“春日在天涯”已使人无限幽怨，而“天涯日又斜”，重复“天涯”二字，更见愁绪郁结，使藐藐天涯之地又抹上一层日暮斜阳黯淡的余晖，伤感之情跃然纸上。此句“天涯”与上句“天涯”是顶真格，在回旋反复中加重了缠绵的情感与低沉回旋的语气。两字虽同，而词意却不尽相同，首句“天涯”是泛指，次句“天涯”是具体指出所在。“日又斜”写日暮西斜，为瑰丽的春景笼罩上一层凄黯的色彩，似锦繁花将淹没在落暮之中。日复一日，时光易逝，春光不再，与诗人落魄失意的一生何其相似！“又”字极为妙，不仅写出日日斜辉，留光不再的图景，更表达了诗人对春光不再的失落感伤情怀。此两句诗既有对美好事物的留恋，也表达了对前景无望的悲哀！

“莺啼如有泪”在转句中以景抒情。从来“莺啼”都是春天花香鸟语、一派昂扬、欣欣向荣的象征，最能愉悦人心的大自然景象，然而作者却以疑问语道出“有泪”二字，则是将人之怨情、哀情转嫁到黄莺身上，将“啼”之“鸣叫”意转为“啼哭”之意，此为移情入景。“为湿最高花”，花是春天的象征，是春天的灵魂。春天的花常被视为春之色彩，春之气息，春之情意。此处，是诗人与黄莺对语，拜托它，如果有悲伤之泪，请洒于高枝的残花之上。“为湿”二字，不言自己悲伤有泪，而请黄莺代为洒泪寄恨，此乃以委婉手法写出自己的悲伤忧恨。“最高花”指暮春高枝上的残花。将泪洒在凋零的残花上，足见其悲其忧。

## 【龙池[1]】

**龙池赐酒敞云屏[2]，羯鼓[3]声高众乐停。**
**夜半宴归宫漏永，薛王[4]沉醉寿王[5]醒。**

### 【注释】

①龙池：在兴庆宫内。《长安志》载："龙池在南薰殿北，跃龙门南。"②云屏：云母屏风。③羯鼓：一种打击乐器，源于印度，经西域传入中原。④薛王：睿宗第五子李业之子李琄，玄宗之侄。⑤寿王：玄宗第十八子李瑁。

### 【鉴赏】

本诗是讽刺唐玄宗据子妃杨玉环为已有的荒淫无道之作。"龙池赐酒敞云屏，羯鼓声高众乐停"描绘玄宗在兴庆宫中龙池上赐宴的场面：云母屏开，宴饮作乐，羯鼓声急促高亢，淹没了所有器乐。"龙池赐酒"表明是玄宗家宴。参加者不仅有诸王，而且有各王室家眷后妃，杨贵妃自然亦在内。"敞云屏"，云母屏风敞开，只有在摆设家宴，亲属之间聚会时才无须屏隔。按宫中规定，以屏风隔内外，使内之妃嫔与外之诸王亲眷等不得混杂。今云屏敞开，暗示寿王终得与昔日爱妻杨玉环复见的机会，为末句"寿王醒"埋下伏笔。"羯鼓声高众乐停"，宴席上歌舞升平，气氛甚为热烈。玄宗于宴会上亲司羯鼓，酣畅独擂而众器乐皆停。

"夜半宴归宫漏永"一句写诸王宴罢归寝。"夜半"二字，点明宴饮时间之长，已是深夜时分。"宫漏永"三字，写宴归之后，宫漏滴滴，深夜漫漫，诸王及其眷属均已归第安睡。然而末句却写"薛王沉醉寿王醒"，以薛王之酩酊大醉反衬寿王醒而不寐。席间薛王开怀畅饮，心无烦忧，宴罢自当沉睡，而寿王身受夺妻之苦，宴席之时，再睹昔日之妃粉白黛绿，明眸皓齿，花枝招展，千娇百媚，而今却已成父王之新宠，怎不忧愤，怎能安眠？一个"醒"字下得好，内中蕴含了寿王内心的苦闷与愤激，同时表达了诗人对玄宗的讽刺、谴责。

此诗从一次宫中家宴入手暗讽玄宗秽行。旨在揭露讽刺玄宗夺子妃的丑行，强烈鞭笞君王之无德。直写玄宗乱伦污行，一则易触当时帝王的忌讳；二则易流于示恶而降低品位，表现了艺术创作上的难度。

## 【嫦娥[1]】

**云母屏风烛影深，长河[2]渐落晓星[3]沉。**
**嫦娥应悔偷灵药，碧海青天[4]夜夜心。**

**【注释】**

①嫦娥：神话中的月中女神。②长河：指银河。③晓星：即启明星，金星。④碧海青天：指古人认为明月历经青天之后则入碧海，次日复出，夜夜如此。

**【鉴赏】**

本诗借写嫦娥的孤寂哀怨，抒发作者内心的寂寞悲苦之情。“云母屏风烛影深”，是对环境与时间的界定：广寒宫内，夜已入深，那扇光洁无比的云母雕琢成的屏风上，摇曳的烛光灯影，忽明忽暗，若隐若现，此处可有多种理解：既可以是作者想象中的嫦娥之所居，也可以是所思慕的佳人之所居，甚至也可以是作者自身当时所居之处。“长河渐落晓星沉”，是又一次表明时间。前句已借“烛光”一词点出是深夜，而此处又借银河已经西隐，启明星也随之沉落，点出时间的流动性：黑夜渐渐逝去，白昼悄悄来临，这是一个不眠之夜。前两句从室内陈设的明暗变化到屋外的斗转星移，构建了一个浩瀚，凄美的意境。对主人公未着一字，却将其孤独、寂寞、百无聊赖的心境表达得淋漓尽致。嫦娥独处月宫，自然是孤寂难耐；被自己思慕的佳人也会为自己而相思，当然也是辗转不寐的；而作者身处于逆境，不能自拔，才志难申，又如何能够平静下来。孤寂苦闷之人的孤寂苦闷感会因黑夜而更为加重，所以这两句总处处在渲染夜色。

“嫦娥应悔偷灵药，碧海青天夜夜心”二句改换了角度，从旁观者的立场揣测主人公的心思。猜想嫦娥女神此刻应在后悔当初偷吃了仙药，独自飞离了人间吧。那碧海一般的青天，无边无际，仿佛主人公孤寂的芳心，夜夜无休地哀怨。诗人从推想嫦娥悔吃长生不老之药，飞入广寒宫中，受尽孤寂的心理，发泄自身因向往高洁，不依攀权贵、营私结党，反而曲高和寡，被人误解，致使身陷困境而难以自拔的孤寂感伤。诗人在此寓情于景，即在歌咏某一事物，某一景象之时，将自己的身世遭遇与对人生的感受悄然融入，浑然一体，从而使诗意进一步升华。

作者在文字的安排上也很有特色，“烛影深”，强调夜深而人不寐；“晓星沉”，则是一夜未眠，难摆脱孤寂；“夜夜心”，这不仅是一夜的孤寂，而且是“夜夜”的心灵寂寞，叠字表情达意十分浑厚深沉。语言平和、婉约，而内心之孤寂落寞已跃然纸上。诗人借孤寂的嫦娥以自比，抒发自身怀异才而遭误解，长期处于逆境的郁闷情怀。

## 【无题二首】

**凤尾香罗①薄几重，碧文圆顶②夜深缝。**
**扇裁月魄③羞难掩，车走雷声语未通。**
**曾是寂寥金烬④暗，断无消息石榴红。**
**斑骓⑤只系垂杨岸，何处西南待好风？**

**重帏深下莫愁堂⑥，卧后清宵细细长。**
**神女⑦生涯原是梦，小姑⑧居处本无郎。**
**风波不信菱枝弱，月露谁教桂叶香？**
**直道相思了无益，未妨惆怅是清狂。**

**【注释】**

①凤尾香罗：织有凤尾花纹的薄罗。②碧文圆顶：有青碧花纹的圆顶罗帐。③月魄：本指月初生或始缺时不明亮的部分，也泛指月亮。④金烬：灯芯的余火。⑤斑骓：杂毛色的马，这里指代诗人自己。⑥莫愁堂：莫愁，古乐府中常常提到的一个女子。此处指青年女子的居所。⑦神女：即巫山神女。⑧小姑：指清溪小姑神。

**【鉴赏】**

第一首首联叙写的是深夜时分，女主人公缝制罗帐的场景。女主人深夜缝制罗帐，但思绪万千，沉浸在对往事的回忆之中；颔联回忆了一段往事，当初女主人公含情脉脉，以满月般的团扇半掩，却难掩羞怯之情。然而，车声隆隆，匆匆驰过，连言语也未曾相通。颈联与上联表现的情绪不同，以香消花尽作对。曾因为对他的思念，在漫漫长夜，被寂寞煎熬，独守烛台，一直到烛火燃尽。而他却一去杳无音讯，转眼间又是一年石榴花红，时光流逝，斯人依然音信全无，让人感到无限惆怅。诗人在这里把象征暗示的手法运用得自然精妙，不露痕迹；尾联写虽然时光飞逝，但仍是怀着深切的期待之情。女主人所思之人，“可思而不可见”，但她并未心灰意懒，而是怀着希望，盼着与思念的人儿能再度相会。

第二首首联下笔就渲染出一种幽暗的氛围：深夜，层层帷幕深垂的幽静闺房中，女主人公独卧床上，思绪万千，心事重重，深感漫漫黑夜之长；颔联，“梦”字与“清宵”呼应，“居处”与“莫愁堂”相对。女主人公回忆过往：自己正如那巫山神女一样曾有一段浪漫的偶遇，过恩爱甜蜜的生活，原来不过是转眼成空的一场梦；又像那独居清溪的小姑神，本来就没有可以依托的情郎。“原”“本”二字，颇有深意。虽然她有过幻想与追求，但到头来仍旧是终身无托一场空。颈联，以客观事物表达主观感情：强风袭来，波起浪涌，使得水中的菱叶翻飞。菱本柔弱，而风波“不信”。此处暗指女主人公的身世遭遇：自己就像水中柔弱的菱，却偏遇风波的摧折。可悟其有托而言，诗人“内无强近，外乏因依”，仕途坎坷，屡遭狂暴势力挤压、摧抑，而未得滋润，故借此寄慨；尾联为直抒胸臆的写法。

这两首无题诗表现含蓄，诗情多意，更增加了诗歌的艺术感染力。情感真挚深厚，表达细腻形象，言辞清雅优美，营造了委婉动人的意境。

## 【贾生[①]】

**宣室[②]求贤访逐臣[③]，贾生才调更无伦[④]。**
**可怜夜半虚前席，不问苍生问鬼神。**

**【注释】**

①贾生：贾谊，西汉初年著名的政论家。②宣室：西汉未央宫前殿的正室。③逐臣：即贾谊。④无伦：无比，无可比及。

**【鉴赏】**

“宣室求贤访逐臣，贾生才调更无伦”，写汉文帝求贤若渴的姿态。刚刚祭祀完毕，在未央宫殿前，文帝向被放逐长沙回来的臣子咨询，求贤之心极为迫切。从正面着笔，丝毫不露贬义。“求”“访”二字用得恰到好处，仿佛热烈颂扬文帝求贤意愿之切，待贤态度之诚，分明求贤若渴，虚怀若谷。“求贤”而至“访逐臣”，更可见其网罗贤才已达到“野无遗贤”的程度。接下来的次句借汉文帝之口大赞贾谊的才华横溢：贾谊的才华格调更加无可比及。“才调”，兼包才能风调，与“更无伦”的赞叹配合，从侧面烘托出贾谊的风流倜傥、学识过人。

“可怜夜半虚前席”句笔锋陡转直下，是全诗的枢纽。“夜半前席”，文帝如此虚心垂询、凝神倾听、以至于“不自知膝之前于席”的情状被描绘得惟妙惟肖，栩栩如生，使历史陈迹变成了充满生活气息、鲜明可触的画面。这种善于选取典型细节，善于“从小物寄慨”的艺术手段，正是李商隐咏史诗的绝招。通过这个生动的细节的渲染，才把由“求”而“访”而赞的那架“重贤”的云梯升到了最高处；之后笔锋陡转，原来如此虚心凝神，不是为国为民，而是追问鬼神的本原。此处用咏叹之笔轻轻拨转，丝毫不露筋突骨，——在“夜半虚前席”前加上可怜两字，表达可惜之意。不用感情色彩强烈的“可悲”“可叹”一类词语，只说“可怜”，一方面是为末句——一篇之警策预留地步；另一方面也是因为在这里貌似轻描淡写的“可怜”，比剑拔弩张的“可悲”“可叹”更为含蕴，更耐人寻味。仿佛给文帝留有余地，其实却隐含着冷隽的嘲讽，可谓似轻而实重。“虚”者，空自、徒然之谓。虽只轻轻一点，却使读者对文帝“夜半前席”的重贤姿态从根本上产生了怀疑，可谓举重而若轻。

本诗内容跌宕起伏，笔锋犀利，诗人的艺术风格独具魅力。

## 【谒山①】

**从来系日乏长绳，水去②云回③恨不胜④。**
**欲就麻姑⑤买沧海，一杯春露冷如冰。**

**【注释】**

①谒山：指谒奠蓝田玉山，诗人之妻王氏葬于此。②水去：引用自《论语·子罕》“子在川上曰：‘逝者如斯夫，不舍昼夜’”的典故。③云回：化用成公绥《云赋》“去则灭轨以无迹，来则幽暗以杳暝”，写云气的无形无迹。④胜：尽。⑤麻姑：神话中的仙女。

【鉴赏】

“从来系日乏长绳”，此为化用语典写时光易逝。傅休奕《九曲歌》“岁暮景迈群光绝，安得长绳系白日”。傅休奕采用“安得”的疑问句式，本诗作者却运用肯定句式说“从来系日乏长绳”，这就把光阴难留，时光易逝的感慨抒发出来。正因时光易逝，所以下句道：“水去云回恨不胜”，表达了时光如水东去，死者无法复生的怅恨。此句化用典故，“水去”点出“逝”字。“云回”写云气的无形无迹，以此表现时光流逝无存，死者长已矣之意。“恨”字表面上是对时光流逝的怅恨，同时亦抒发了诗人失去爱妻的悲痛。

“欲就麻姑买沧海”句使诗意转入高峰。这里化用神话故事，表达了挽回时光的遐想。诗人以此神话联想，想象东逝之水一定汇到沧海之中，沧海属于麻姑，于是有向麻姑买沧海的异想，借以挽回东流水，挽住逝去的时光，借此表达对过去幸福安定的生活重又回到身边的向往。诗人仕途生活虽然坎坷不幸，然而家庭生活还是美满的。他才三十九岁，壮年丧妻对他的打击太沉重了，怎能不令诗人悲痛万分。然而“买沧海”想留住那流去的水，逝去的时光，不再有“水去云回”之恨，只能是幻想而已。

“一杯春露冷如冰”化用麻姑到蓬海时，看见水又浅到一半。沧海又将变成陆地的神话，并展开奇异的想象，想象这无边无际的沧海，瞬间变成一杯春露，而且也将消失。那么“水去云回”之恨，死者长已之痛也就永远无法消除了。而且，这“一杯春露冷如冰”的形象中更有比附作用，正如清人屈复所说：“杯露之微，其冷如冰，不能回春，况沧海之大乎？不能买也。”此诗构思奇特，虽写悼念亡妻之情，但并未直接写人与事，或以物喻之，而是全力抒发时光不再之恨，在行文中有起伏转折之效果。但终以“冷如冰”作结，表达了深哀极怅之情。

## 【骄儿诗】

**衮师我骄儿，美秀乃无匹。**
**文葆未周晬[①]，固已知六七[②]。**
**四岁知姓名，眼不视梨栗。**
**交朋颇窥观，谓是丹穴物[③]。**
**前朝[④]尚器貌，流品方第一。**

不然神仙姿[5]，不尔燕鹤骨。
安得此相谓？欲慰衰朽质。
青春妍和月，朋戏浑甥侄。
绕堂复穿林，沸若金鼎[6]溢。
门有长者[7]来，造次[8]请先出。
客前问所须，含意不吐实。
归来学客面，闒败[9]秉爷笏。
或谑张飞胡[10]，或笑邓艾吃[11]。
豪鹰毛崱屴[12]，猛马气佶傈[13]。
截得青筼筜[14]，骑走恣唐突。
忽复学参军[15]，按声唤苍鹘。
又复纱灯旁，稽首[16]礼夜佛。
仰鞭罥[17]蛛网，俯首饮花蜜。
欲争蛱蝶轻，未谢柳絮疾。
阶前逢阿姊，六甲[18]颇输失。
凝走[19]弄香奁，拔脱金屈戌[20]。
抱持多反倒，威怒不可律。
曲躬牵窗网，衉唾拭琴漆。
有时看临书，挺立不动膝。
古锦请裁衣[21]，玉轴[22]亦欲乞。
请爷书春胜[23]，春胜宜春日。
芭蕉斜卷笺，辛夷低过笔。
爷昔好读书，恳苦自著述。
憔悴欲四十，无肉畏蚤虱。
儿慎[24]勿学爷，读书求甲乙[25]。
穰苴司马[26]法，张良[27]黄石术。
便为帝王师，不假更纤悉[28]。
况今西与北，羌戎正狂悖。
诛赦两未也，将养如痼疾。
儿当速成大，探雏入虎穴。
当为万户侯，勿守一经帙。

【注释】

①周晬：周岁。②六七：六、七的数目，指孩子会计数了。③丹穴物：指凤凰。④前朝：魏晋南北朝。⑤神仙姿：指风度潇洒，气概不凡。⑥鼎：古代炊具，多用青铜制成。⑦长者：原指年高德劭的人，此指客人。⑧造次：急遽、匆忙。⑨闒败：冲开门。⑩张飞胡：冯浩注，“张飞胡，义同，俗称黑张飞也。”⑪邓艾吃：《世说新语·言语》：“邓艾口吃，语称艾艾。”⑫崱屴：耸峙。⑬信傈：雄壮。⑭筼筜：大竹名。⑮参军：即参军戏，唐代参军戏主要由参军、苍鹘两个一主一奴，或一官一仆的角色作滑稽诙谐的表演。⑯稽首：古时一种跪拜礼。叩头到地，是九拜中最恭敬者。⑰罥：挂。⑱六甲：即双陆。白黑两方各用六子赌胜负的一种游戏。⑲凝走：硬要跑去。⑳金屈戌：梳妆匣上的铜扣环。㉑衣：指书衣，裹书的布帛。㉒玉轴：指写在纸或帛上的书卷，下端装轴子可卷。㉓春胜：古代节日习俗之一，在立春当天，士大夫家里剪彩绸做成小幡，上写“宜春”二字，挂在花枝上。㉔慎：本谨慎当心，这里是禁戒之词。㉕甲乙：据《新唐书》卷四十四《选举志》上：“经、策全通为甲第；策通四、帖通四以上为乙第。”㉖穰苴司马：春秋时齐国的名将，喜欢研究兵法。因他曾任大司马，亦称为司马穰苴。㉗张良：汉开国元勋之一，封留侯。㉘纤悉：繁琐之意。

【鉴赏】

第一部分从开头到“欲慰衰朽质”，写骄儿衮师的聪慧和亲朋对他的夸奖。“衮师”两句总提，“美”侧重于外在的器宇相貌，“秀”侧重于内在的灵秀聪敏，以下两层即分承“秀”“美”。“交朋”六句，转述亲朋对衮师器宇相貌的夸奖，说他有神仙之姿，贵人之相，是第一流人品。

第二部分，从“青春妍和月”到“辛夷低过笔”，描写骄儿的各种活动和天真活泼的情态。“青春”四句，先总写“朋戏”的喧闹，以下再具体写衮师。“门有”四句，写来客时衮师抢着要出去迎接，但当客人问他想要什么时，他却隐藏内心真实的想法不说（出于懂事而产生的羞怯），这和上段的“眼不视梨栗”一样，都是对儿童心理神情的传神描写。“归来”十二句，描绘衮师如何模仿他在日常生活中所接触到的各种有趣情事：捧着父亲的手，模仿客人急匆匆地进门，模仿是儿童的天性，但不同性别的儿童模仿的对象却很不相同。诗人的骄儿在聪慧灵巧、活泼天真中显出男孩子的兴趣广泛、精力旺盛，有时还不免带点滑稽和恶作剧的成分。“阶前”六句，集中描写因“赛六甲”而引起的一场风波：赛输了“六甲”，就硬是要跑去弄翻姊姊的梳妆盒，拗脱了上面的铰链；当阿姊要抱开他时，他死命挣扎，索性赖在地上，对他发怒威吓也不能制止。这一节活动的场所又从室外移到室内，把小儿女玩耍嬉闹的情景和衮师恃宠仗幼、故意耍赖撒泼的情状描绘得惟妙惟肖，充分体现出题目中的那个“骄”字——既明写衮师的骄纵，又暗透父亲的骄宠。“曲躬”十句，写衮师进入书房后的活动：顺手拉过窗纱，吐口唾沫拭琴，一动不动地注视着父亲临帖，要求用古锦裁作包书的书衣，用玉轴作书轴，递过纸笔请父亲在“春胜”上写字。

最后一部分，抒写因骄儿引起的感慨和对骄儿的期望。其中既有“文章憎命达，魑魅喜人过”式的牢骚不平，也有“请君试上凌烟阁，若个书生万户侯”一类的深沉感慨，更有徒守经帙，于国无益，于己无补的深切体验与痛苦反省。

诗选取儿童日常生活细节，纯用白描，笔端充满感情。轻怜爱抚之中时露幽默的风趣。但在它们的后面却饱含着诗人的沉沦不遇之泪。全诗的风格，也许可以用“含泪的微笑”来形容吧！

# 张 泌

**【作者介绍】**

张泌，一作佖，字子澄，唐末至前蜀间在世，诗多为七言近体，风格婉丽。

## 【寄人二首】（其一）

**别梦依依到谢家[1]，小廊回合曲阑[2]斜。**
**多情只有春庭月，犹为离人[3]照落花。**

**【注释】**

①谢家：代指女子的家，盖以东晋才女谢道韫借称其人。②阑：栏杆。③离人：这里指寻梦人

**【鉴赏】**

本诗开始便由叙述梦境开始。“谢家”，指其所爱女子的居处。唐时有名妓名唤谢秋娘，故唐人诗中常以谢娘代称所爱女子。“依依”二字，既表达出诗人对所爱女子的依恋眷念之情，也状写出梦境的亦幻亦真。宋代词人晏几道“梦魂惯得无拘检，又踏杨花过谢桥”（《鹧鸪天》）等句即由此脱化而来，可以互读。

诗人来到“谢家”后情景如何？他是否见到了自己的心上人呢？诗的后三句即是对梦境的具体描绘。这里，是一座四合小院，四面环绕着走廊和曲折的

阑干，一切都是那样熟悉而真切。“小廊回合”一句，形象地再现了“谢家”的居住环境，给人一种幽寂静谧之感。接下去，该是对往昔恋情的追忆或是对梦中相会时情景的描述了吧？然而，也许由于彼此心交尚浅，或者由于对方有意回避，此次前往并未能得见梦寐以求的心上人。寂静的小院里，只有明月似乎还和从前一样含情脉脉地临照着，回廊下、曲阑畔，片片落花正在凄清的月色中悄然飘坠，真可谓“人面不知何处去”。透过“多情只有春庭月”两句，读者不难感受到诗人不见伊人时的伤感与惆怅。

这首“寄人”诗，诗中没有一句直叙心曲、直吐衷肠的话，但通过对梦中情景的再现，却分明表现出诗人对所爱之人刻骨铭心的思念和渴求一见的心情。这种融情于景、景中含情的表现手法，无疑增添了诗意的含蓄和隽永，使诗的抒情更为缠绵感人。

# 李群玉

**【作者介绍】**

李群玉（808—862），字文山，晚唐澧州人。澧县仙眠洲有古迹“水竹居”，旧志记为“李群玉读书处”。李群玉极有诗才，他“居住沅湘，崇师屈宋”，诗写得十分好。《湖南通志·李群玉传》称其诗“诗笔妍丽，才力遒健”。关于他的生平，据《全唐诗·李群玉小传》载，早年杜牧游澧时，劝他参加科举考试，但他“一上而止”。后来，宰相裴休视察湖南，郑重邀请李群玉再作诗词。他“徒步负琴，远至辇下”，进京向皇帝奉献自己的诗歌“三百篇”。唐宣宗“遍览”其诗，称赞“所进诗歌，异常高雅”，并赐以“锦彩器物”，“授弘文馆校书郎”。三年后辞官回归故里，死后追赐进士及第。

## 【黄陵庙①】

**黄陵庙前莎草春，黄陵女儿茜②裙新。**
**轻舟短棹唱歌去，水远山长愁杀人。**

**【注释】**

①黄陵庙：又叫湘妃祠，是舜的二妃娥皇、女英的祀庙，位于今湖南省湘阴县洞庭湖畔。②茜：本是一种红色的植物染料，此指红色。

**【赏析】**

“黄陵庙前莎草春”写明此时的时节。皇陵庙前，春光明媚，绿草如茵，这是黄陵女儿即将出现的具体环境。诗人舍去娇美的春花不写，去写“莎草”，是想用一片萋萋绿草衬出春色盈野，衬出这位姑娘的动人形象。“黄陵女儿茜裙新”，一位身着红裙的妙龄女子翩然而来，碧绿的莎草上映出了艳丽的红裙。茜是一种红色的植物染料，此指红色。诗人此处重点着墨就是为了突出黄陵姑娘的裙子。油绿和艳红的对照，加倍地写出了青春情思的勃勃和热情。这两句诗，写景与写人结合在一起，只用了“莎草春”、“茜裙新”六个字来突出事物最引人之点，可谓惜墨如金。

“轻舟短棹唱歌去，水远山长愁杀人”，描写黄陵女子驾舟而去的场景。只见女子用船楫轻轻拍打着水面，船楫溅起朵朵浪花。诗人出神地凝望着小船渐行渐远，远处飘来她婉转的歌声。最终小船消失于水天相接之处。“水远山长”，写出了船行的过程和时间的推移，形象地写出诗人默默伫立，目送黄陵女儿划着船桨消失在远方的凄凉情景。

此诗在艺术上的成功之处就在于诗人采用了写意的白描手法。诗人完全摆脱了形似的刻画，绝对忠实于自己的内心情感。全诗写得朴实传神，清丽喜人，语言如话，情景如画，似愁似怨，似失望又期待，缥缈而风神宛然，颇有“豪华落尽见真淳”之美。这首诗写得清丽喜人，作者用写意法写人，不刻意描绘人物的细部，只把人物最醒目之处也即自己感受最深之点，凸现出来。对黄陵女，只抹上一笔鲜红的颜色，对男子只用“水远山长”的连续眺望镜头，人物立即就从纸上鲜活地跳出来了，又给人留下很多想象咀嚼的余地。前人论诗说：“意不透不妙，意已竭亦不妙。”这首诗做到了透而不竭。

## 【引水行[①]】

**一条寒玉[②]走秋泉，引出深萝[③]洞口烟。**

**十里暗流[④]声不断，行人头上过潺湲[⑤]。**

**【注释】**

①行：歌行，乐府诗的一种。②寒玉：一种宝石，也称硬玉。比喻清冷雅洁的东西。③萝：一种长在水边的植物莪蒿。④暗流：指竹筒中的泉水。⑤潺湲：流水的声音。

**【赏析】**

李群玉的这首诗给人以耳目一新的感觉，显得格外珍贵。

“一条寒玉走秋泉，引出深萝洞口烟”，写竹筒引泉出洞。首句写诗人被赫然挺立的引水竹筒管道所吸引，在仔细端详后，诗人用生动的比喻，从形和声两个方面描绘了引水的竹筒。一条寒玉，是对引水竹筒的生动比喻。这里用“寒玉”形容竹筒的碧绿光洁，不说“碧玉”而说“寒玉”，是为了与“秋泉”相应，以突出引水的竹筒给人带来的冷然的感受。泉行筒中，是看不见的，只能自听觉得之。所以“寒玉走秋泉”的比喻本身，就蕴含着诗人发现竹筒引水奥秘的欣喜之情。第二句“引出深萝洞口烟”，写泉水的源头。此句是说泉水被竹筒从幽深的泉洞中引出。泉洞外面，常有藤萝一类植物缠绕蔓生；洞口附近，常蒙着一层烟雾似的水汽。“深萝洞口烟”描绘的正是这种景色。按通常的描写顺序，应先写深萝泉洞，再写竹筒流泉，但现在诗人倒过来写，是由于诗人先发现竹筒流泉，然后才按迹循踪，发现它来自幽深的岩洞。这样写是为了突出“寒玉走秋泉”形象的引人注目及作者的新鲜感受。而且能将最吸引人的新鲜景物先描绘出来，收到先声夺人的艺术效果。

“十里暗流声不断，行人头上过潺湲”，写竹筒管道中的流水连绵十里。竹筒引水，一般都是顺着山势，沿着山路，由高而低，蜿蜒而下。诗人的行程和竹筒的走向一样，都是由山上向山下，所以多数情况下都和连绵不断的竹筒相伴而行，故“十里暗流声不断”。这两句诗对竹筒沿山蜿蜒而下的描写是精确的，但它绝不单纯是一种客观的不动感情的说明，而是充满诗的情趣的生动描写。关键就在于它写出了山行者和引水竹筒之间亲切的关系。把一个引水工程写得这么形象而富含深情，可见诗人的独具匠心。

# 皮日休

**【作者介绍】**

皮日休（834—902），字袭美，晚唐文学家。居鹿门山，自号鹿门子。襄阳竟陵人（今属湖北天门市）。懿宗咸通（860—874）年间进士。登第次年东游，为苏州刺史从事，其后又入京为太常博士。黄巢军下江浙，皮日休被黄巢重用。黄巢入长安称帝，皮日休任翰林学士。

## 【橡媪叹】

**深秋橡子熟，散落榛[①]芜冈。**
**伛偻[②]黄发媪，拾之践晨霜。**
**移时始盈掬[③]，尽日方满筐。**
**几曝[④]复几蒸，用作三冬粮。**
**山前有熟稻，紫穗袭人香。**
**细获又精舂[⑤]，粒粒如玉珰。**
**持之纳于官，私室无仓箱。**
**如何一石余，只作五斗量！**
**狡吏不畏刑，贪官不避赃。**
**农时作私债，农毕归官仓。**
**自冬及于春，橡实诳饥肠[⑥]。**
**吾闻田成子，诈仁犹自王[⑦]。**
**吁嗟逢橡媪[⑧]，不觉泪沾裳。**

**【注释】**

①榛：榛果。②伛偻：特指脊梁弯曲，驼背。③盈掬：用手捧水，极言其少。④曝：晒。⑤舂：把东西放在石臼或乳钵里捣掉皮壳或捣碎。⑥饥肠：饥饿的肚子。⑦田成子：即春秋时期齐国的宰相田常，他曾为了收买人心，以大

斗贷出粮食，再以小斗收入，一时博得了民众的歌讼。诈仁，假仁义。⑧媪：古代对年老妇女的通称。

【鉴赏】

从“秋深橡子熟”至“用作三冬粮”八句为第一段，写老妇拾橡子的艰辛及用途。前四句寥寥数笔，便点出时令、地点、人物、事件和具体活动时间，勾画了一幅孤凄悲楚的荒山拾橡图。“伛偻黄发”，表现出老妇筋骨累断、膏脂枯干的形象；“践晨霜”则说明老妇动身之早，天气之寒。从人物形象和动作方面，读者可以看出统治者给人民所留下的种种创伤。

从“山前有熟稻”至“橡实诳饥肠”十四句为第二段，是老妇的自述，主要写老妇被逼拾橡子的具体原因。“山前有熟稻”等四句，说明老妇以橡实“用作三冬粮”并非懒惰无收，相反，她家的田间所呈现的是稻涌金浪、香气袭人、米粒如玉的一派丰收景象。“持之纳于官”等六句，则写出了导致年丰民不足、老妇拾橡实的主要原因。向官府缴纳赋税犹可，但令人不堪忍受的是官府变本加厉地盘剥农民，他们竟用加倍大斗收进赋税。“农时作私债”，写出了地主富户对农民的巧取；“农毕归官仓”，则写出了官府对农民的剥夺。

总之，这一段老妇拾橡子的具体原因的剖露入木三分，把唐末统治者的凶残、狡诈和所行无忌的豺狼面目给活灵活现地勾画出来了。

最后四句为第三段，着重写诗人耳闻目睹这黑暗现实后内心的慨恨，并对老妇寄予了深厚的同情。

# 陆龟蒙

**【作者介绍】**

陆龟蒙（？—约881），姑苏（今江苏苏州）人，农学家，文学家，字鲁望，别号天随子，曾任湖州、苏州刺史幕僚，后隐居松江甫里，编著有《甫里先生文集》等。他的小品文主要收在《笠泽丛书》中，现实针对性强，议论也颇精切，如《野庙碑》《记稻鼠》等。

## 【白莲】

**素芀①多蒙别艳欺，此花端合在瑶池②。**
**无情有恨何人觉，月晓风清欲堕时。**

**【注释】**

①芀：芡（一种草本植物）的茎。②瑶池：传说中西王母所居住的仙界。

**【鉴赏】**

这是一首咏白莲的诗，内容似有寄托。它描写白莲花含着怨恨在人们不知不觉中谢落，暗喻洁身自好的人，在黑暗的封建社会里总是受到冷落和排挤，只能默默无闻地被埋没掉。这也表现了封建时代知识分子的孤芳自赏、怀才不遇的心理。不过这首诗为读者所欣赏，主要在最后两句。最后两句有的版本作“无情有恨何人觉，月晓风清欲堕时”。白莲好像无情，但却有恨，在天欲晓而残月尚在，凉爽的晨风吹着，无人知觉的时候，这正是白莲的花瓣将要坠落的时候。这样的想象和描写既适合作者心目中白莲的性格特点，而且又很有情致和余味。因为有诗的感觉和想象的诗人写诗，并不是仅仅打一个比喻，借题发挥，发一点个人的牢骚，而是对他所歌咏的对象（无论是自然界还是人间的事情），总是感到了诗意，感到了有动人的地方，然后才可能写出可以打动人的真正的诗来。

该诗从“素芳多蒙别艳欺”一句生发新意；然而它并没有黏滞于色彩的描写，更没有着意于形状刻画，而是写出了花的精神。特别是后两句，诗人从不即不离的空际着笔，把花写得若隐若现，栩栩如生。诗人借吟咏白莲，咏赞白莲的淡雅高洁、出淤泥而不染，抒写白莲内心的幽恨，流露出诗人在隐居中孤高寂寞，自伤迟暮的情怀。全诗托物寄兴，把花拟人化，创造了一个既超凡脱俗又极平实具体的画面。

## 【怀宛陵旧游】

**陵阳佳地昔[①]年游，谢朓[②]青山李白楼。**
**唯[③]有日斜溪上思，酒旗风影落春流。**

**【注释】**

①昔：从前，以前。②谢朓：字玄晖。③唯：只有，只是。

**【鉴赏】**

前两句是平叙宛陵旧游的怀念，说自己从前曾到陵阳山的那个好地方游历，那里有谢朓、李白的游踪遗迹。后两句是回忆当年留下的最深刻的印象：傍晚，在句溪、宛溪旁缓步独行，夕阳斜照水面，那叠嶂楼的倒影映在水中，它那酒旗仿佛飘落在春天流水中。那情景最惹人思绪了。为什么惹起思绪，惹起了什么思绪，诗人没有说，也无须说破。前两句既已点出了诗人仰慕谢朓、李白，后两句描摹的这幅山水图所蕴含的思绪感慨，不言而喻，是与他们的事迹相联系的。

谢朓出任宣城太守时，很不得意，“江海虽未从，山林于此始”（《始之宣城郡》）。李白客游宣城，也是牢骚满腹，“抽刀断水水更流，举杯消愁愁更愁”。然而谢朓毕竟还有逸兴，李白更往往是豪游，青青的陵阳山上，那幢谢朓所筑、李白酣饮的高楼，确令人思慕向往。而自己一介布衣，默默无闻，虽然也游过这陵阳佳地，却不能为它再增添一分风韵雅胜。于个人，他愧对前贤；于时世，他深感没落。因此，回想当年旧游，只有那充满迷惘的时逝世衰的情景，给他难忘的深刻印象。这就是西斜的落日，流去的春水，晚风中飘摇的酒旗，流水中破碎的倒影，构成一幅诗意的画境，引起无限感慨的思绪。由此可见，这首怀念旧游的山水诗，实质上是咏怀古迹、感时伤世之作。

这首诗的艺术特色显然在于炼词铸句，熔情入景，因而风物如画，含蓄不尽。前二句点出时间、地点，显出名胜、古迹，抒发了怀念、思慕之情，语言省净，含意丰满，形象鲜明，已充分显示诗人老到的艺术才能。后二句深入主题，突出印象，描写生动，以实见虚，在形似中传神，堪称“画本”，而重在写意。

# 韦庄

**【作者介绍】**

韦庄（836—910），唐末五代诗人、词人。字端己，长安杜陵（今西安）人。曾经家陷黄巢兵乱，身困重围。乾宁元年（公元894年）登进士第，授校书郎。后任左补阙等职。曾入蜀为王建掌书记。唐亡，力劝王建称帝，王氏建立前蜀，他任宰相，蜀之开国制度多出其手，后终身仕蜀，官至吏部侍郎兼平章事。他的诗词都很著名，诗极富画意，词尤工。有《浣花集》。

## 【送日本国僧敬龙[1]归】

**扶桑已在渺茫中[2]，家在扶桑东更东。**
**此去与师[3]谁共到？一船明月一帆风。**

**【注释】**

①敬龙：日本和尚名。②扶桑：传说中太阳升起的地方。渺茫：远而空荡的样子。③师：指敬龙和尚（敬龙为法师代号）。

**【鉴赏】**

首两句说敬龙此番归国，行程辽远，里程不易概指。虽然《梁书·扶桑国传》说过“扶桑在大汉国东二万余里”，后来沿用为日本的代称，若写诗也是这样指实，便缺少意趣。诗人采用“扶桑”这个名字，其意则指古代神话传说东方“日所出处”的神木扶桑，其境已渺茫难寻；这还不够，下面紧接着说敬龙的家乡还在扶桑的东头再东头。说“扶桑”似有边际，“东更东”又没有了边际；不能定指，则其“远”的意味更可寻思。首句“已在”是给次句奠基，次句“更在”才是意之所在处。说“扶桑”已暗藏“东”字，又加上“东更东”，再三叠用两明一暗的“东”字，把敬龙的家乡所在地写得那样远不可即，又神秘，又惹人向慕。那边毕竟是朋友的家乡，而且他正要扬帆归去，为此送行赠诗，不便作留难意、惜别情、愁苦语，把这些意思藏在诗句的背后，于是下文转入祝友人行程一帆风顺的话头。

三、四句说船行大海中，最怕横风暴雨，大雾迷航。过去遣唐使乘坐的大船，常因风暴在海上漂流，甚至失事；能够到达的也往往要在数十日或者数月的艰苦航程之后。这些往事传闻，韦庄是心知的，所以就此起意，祝朋友此行顺利。用一个“到”字，先祝他平安抵达家乡；“明月”示晴，排除雾雨；“帆风”谓顺，勿起狂飙——行程中不生灾障。“谁”字先垫出“与师共到”之人，由下句的朗月、顺风再为挑明，并使“风”“月”得“谁”字而人格化了。“共”字，一方面捏合“风”“月”与“师”三者，连同“船”在一起，逗出海行中美妙之景、舒畅之情；另一方面，又结合“到”字，说“共到”，使顺风朗月的好景贯彻全程，陪同其直抵家乡。两句十四个字，浑然一体，表达了良好的祝愿与诚挚的友情，饶有诗意。

## 【台城】

**江雨霏霏[①]江草齐，六朝如梦鸟空啼[②]。**
**无情最是台城[③]柳，依旧烟笼十里堤。**

**【注释】**

①霏霏：雨雪盛貌。②啼：叫。③台城，旧址在今南京市鸡鸣山南，本是三国时代吴国的后苑城，东晋成帝时改建。

**【鉴赏】**

起句不正面描绘台城，而是着意渲染氛围。金陵滨江，故说“江雨”“江草”。江南的春雨，密而且细，在霏霏雨丝中，四望迷蒙，如烟笼雾罩，给人以如梦似幻之感。暮春三月，江南草长，碧绿如茵，又显出自然界的生机。

“六朝如梦鸟空啼”。从首句描绘江南烟雨到次句的六朝如梦，跳跃很大，乍读似不相属。其实不仅“江雨霏霏”的氛围已暗逗“梦”字，而且在霏霏江雨、如茵碧草之间就隐藏着一座已经荒凉破败的台城。鸟啼草绿，春色常在，而曾经在台城追欢逐乐的六朝统治者却早已成为历史上来去匆匆的过客，豪华壮丽的台城也成了供人凭吊的历史遗迹。“鸟空啼”的“空”从人们对鸟啼的特殊感受中进一步烘托出“梦”字，寓慨很深。

“无情最是台城柳，依旧烟笼十里堤”，杨柳是春天的标志。在春风中摇荡的杨柳，总是给人以欣欣向荣之感，让人想起繁荣兴茂的局面。当年十里长堤，杨柳堆烟，曾经是台城繁华景象的点缀；如今，台城已经是“万户千门成野草”，而台城柳色，却“依旧烟笼十里堤”既不管人间兴亡，也不管面对它的诗人会引起多少今昔盛衰之感，所以说它“无情”。说柳“无情”，正透露出人的无限伤痛。“依旧”二字，深寓历史沧桑之慨。堤柳堆烟，本来就易触发往事如烟的感慨，加以它在诗歌中又常常被用作抒写兴亡之感的凭借，所以诗人因堤柳引起的感慨也就特别强烈。“无情”“依旧”，通贯全篇写景，兼包江雨、江草、啼鸟与堤柳；“最是”二字，则突出强调了堤柳的“无情”和诗人的感伤怅惘。

这首诗比同类作品更空灵蕴藉。它从头到尾采取侧面烘托的手法，着意造成一种梦幻式的情调气氛，让读者透过这层隐约的感情帷幕去体味作者的感慨。

## 【与东吴生相遇】

**十年身事各如萍，白首[①]相逢泪满缨。**
**老去不知花有态，乱来唯觉酒多情。**
**贫疑陋巷春偏少，贵想豪家月最明。**
**且对一樽[②]开口笑，未衰应见泰阶平。**

**【注释】**

①白首：满头白发。②樽：酒杯，代指酒。

**【鉴赏】**

首句“白首相逢泪满缨”是说这时韦庄已登第，禄食有望，似不该与故人泪眼相对，但自己在外漂泊多年，已是五十九岁的人了。因此，遇故人便再也忍不住涕泗滂沱，泪满冠缨。

“老去不知花有态，乱来唯觉酒多情”，回想当年大家欢聚一起观花饮酒的情景，别是一番滋味在心头。诗人被痛苦折磨得衰老、麻木，似乎已感觉不到花儿是美丽的，再也没有赏花的逸兴。而酒与诗人却变得多情起来，因为乱世颠沛，年华蹉跎，只好借酒浇愁。细味诗意，字字酸楚。

“贫疑陋巷春偏少，贵想豪家月最明”说乱离社会，世态炎凉，“贫”与“贵”，“陋巷”与“豪家”，一边是啼饥号寒，一边是灯红酒绿，相距何其悬远。有才华的人偏被压在社会最下层，沾不到春风雨露；尸位素餐者偏是高居豪门，吟风弄月。诗句是对上层统治者饱含泪水的控诉，也是对自己“十年身事”的不平之鸣。

泪干了，愤懑倾吐了，诗人转而强作笑颜：“且对一樽开口笑，未衰应见泰阶平”，“且对”一作“独对”，据题意以“且对”为允。泰阶，星名。古人认为泰阶星现，预兆风调雨顺，民康国泰。这两句是说：趁未衰之年，暂拚一醉，而破涕为笑，这是聊以解嘲；期望今后能河清海晏，国泰民安，这是自许和自慰。诗人就是怀着这样美好的愿望而开怀一笑。这一笑，既透露着老当益壮的激情，也透露着期望社稷郅治的心理。

全诗以“泪”始，以“笑”结，前后照应，关锁严密。“泪”是回顾，“笑”是前瞻。“泪满缨”说明诗人遭遇十年辛苦不寻常；“开口笑”说明诗人满怀信心向前看。一泪一笑，总括全诗，字挟风霜，声振金石。

## 【古离别】

**晴烟漠漠柳毵毵①，不那②离情酒半酣。**
**更把玉鞭云外指，断肠③春色在江南。**

**【注释】**

①毵毵：柳叶枝条下垂的样子。②不那：同“不奈”，即无奈。③断肠：形容极度悲伤之情。

**【鉴赏】**

韦庄这首《古离别》跳出了常见的比拟手法，用优美动人的景色来反衬离愁别绪，却又获得和谐统一的效果。

晴烟漠漠，杨柳毵毵，日丽风和，一派美景。作者没有把和挚友离别时的春天故意写成一片黯淡，而是如实地写出它的秾丽，并且着意点染杨柳的风姿，从而暗暗透出了在这个时候分别的难堪之情。第二句转入“不那离情酒半酣”，一下子构成一种强烈的反跌，使满眼春光都好像黯然失色，春色越浓所牵起的离情别绪就越强烈。“酒半酣”三字也下得好，不但带出离筵别宴的情景，让人看出在柳荫之下置酒送行的场面，并且巧妙地写出人物此时的内心感情。因为假如酒还没有喝，离别者的理智还可以把感情勉强抑制，如果喝得太多，感情又会完全控制不住；只有酒到半酣的时候，别情的无可奈何才能给人以深切的体味。“酒半酣”之于“不那”，起着深化人物感情的作用。

三、四两句再进一层。此地明媚春光，已使人如此不奈离情，那么此去江南，江南春色更浓，更要使远行人断肠了。所以临别时，送行者用马鞭向南方指点着，饶有深意地说出“断肠春色在江南”的话。

这首诗色调鲜明，音节谐美，浅而不露，淡而有韵，予人以一种清新的美感。淡淡的晴烟，青青的杨柳，衬托着道旁的离筵别酒，仿佛一幅诗意盎然的山水。诗中人临别时扬鞭指点的动作，又使这幅画图显得栩栩如生。读着它，人们很容易联想起宋元画家所画的作品，风格和情致都相当接近。

# 黄 巢

## 【作者介绍】

黄巢（？—884），唐末农民起义领袖。曹州冤句（今山东省菏泽县西南）人，出生于盐商家庭，能诗文，精武艺。曾应进士试，不第。唐僖宗乾符二年（公元875年）参加王仙芝领导的农民起义。王仙芝牺牲后，黄巢被推为王，号冲天大将军，年号王霸。广明元年（公元880年）攻占唐都长安称帝，国号大齐，年号金统。后因内部分裂、大将朱温叛变投敌等原因，起义军屡战失利，于中和四年（公元884）自杀于泰山狼虎谷。《全唐诗》录存其诗三首。

## 【题菊花】

**飒飒西风满院栽①，蕊寒香冷蝶难来。**
**他年我若为青帝②，报与桃花一处开。**

### 【注释】

①飒飒：象声词。形容风吹动树木枝叶等发出的声音。②青帝：我国古代神话中的五天帝之一。

### 【鉴赏】

第一句写满院菊花在飒飒秋风中开放。“西风”点明节令，逗起下句；“满院”极言其多。说“栽”而不说“开”，是避免与末句重韵，同时“栽”字本身也给人一种挺立劲拔之感。写菊花迎风霜开放，以显示其劲节，这在文人的咏菊诗中也不难见到；但“满院栽”却不同于文人诗中菊花的形象。无论是表现“孤标傲世”之情，“孤高绝俗”之态或“孤孑无伴”之感，往往脱离不了一个“孤”字。黄巢的诗独说“满院栽”，是因为在他心目中，这菊花是劳苦大众的象征，与“孤”字无缘。

菊花迎风霜开放，固然显出它的劲节，但时值寒秋，“蕊寒香冷蝶难来”，却是极大的憾事。在旧文人的笔下，这个事实通常总是引起两种感情：孤芳自赏与孤孑不偶。作者的感情有别于此。在他看来，“蕊寒香冷”是因为菊花开放在寒冷的季节，他不免为菊花的开不逢时而惋惜不平。

三、四两句正是上述感情的自然发展，揭示环境的寒冷和菊花命运的不公平。作者想象有朝一日自己做了“青帝”（司春之神），就要让菊花和桃花一起在春天开放。这一充满强烈浪漫主义激情的想象，集中地表达了作者的宏伟抱负。统观全诗，寓意是比较明显的。诗中的菊花，是当时社会上千千万万处于底层的人民的化身。作者既赞赏他们迎风霜而开放的顽强生命力，又深深为他们所处的环境、所遭的命运而愤激不平，立志要彻底加以改变。所谓“为青帝”，不妨看作建立农民革命政权的形象化表述。

这是因为诗中成功地运用了比兴手法，而比兴本身又融合着作者对生活的独特感受与理解的缘故。

## 【菊花①】

**待②到秋来九月八，我花开后百花杀。**
**冲天香阵透长安，满城尽带黄金甲。**

**【注释】**

①这首诗的题目，《全唐诗》作“不第后赋菊”，大概是根据明代郎瑛《七修类稿》引《清暇录》关于此诗的记载。但《清暇录》只说此诗是黄巢落第后所作，题为“菊花”。②待：等到。

**【鉴赏】**

咏菊花，应是在遥庆菊花节之时。因此一开头就是“待到秋来九月八”，意即等到菊花节那一天。不说“九月九”而说“九月八”，是为了与“杀”“甲”押韵。这首诗押入声韵，作者要借此造成一种斩截、激越、凌厉的声情气势。“待到”二字，似脱口而出，其实分量很重。因为作者要“待”的那一天，是天翻地覆、扭转乾坤之日，因而这“待”是充满热情的期待，是热烈的向往。而这一天，又绝非虚无缥缈，可望而不可即，而是如同春去秋来、时序更迁那样，一定会到来的。因此，语调轻松、洒脱，充满信心。

“待到”那一天又怎样呢？照一般人的想象，无非是菊花盛开，清香袭人。作者却接以石破天惊的奇句——“我花开后百花杀”。菊花开时，百花都已凋零，这本是自然界的规律，也是人们习以为常的自然现象。这里特意将菊花之“开”与百花之“杀”并列在一起，构成鲜明的对照，以显示其间的必然联系。

三、四句承“我花开”，极写菊花盛开的壮丽情景：“冲天香阵透长安，满城尽带黄金甲。”整个长安城，都开满了黄色的菊花。它们散发出的阵阵浓郁香气，直冲云天，浸透全城。这是菊花的天下，菊花的王国，也是菊花的盛大节日。想象的奇特，设喻的新颖，辞采的壮伟，意境的瑰丽，都可谓前无古人。正因为这样，作者笔下的菊花也就一变过去那种幽独淡雅的静态美，显现出一种豪迈粗犷、充满战斗气息的动态美。它既非“孤标”，也不只“丛菊”，而是花开满城，占尽秋光，散发出阵阵浓郁的战斗芳香，所以用“香阵”来形容。“冲”“透”二字，分别写出其气势之盛与浸染之深，生动地展示出农民起义军攻占长安，主宰一切的胜利前景。

# 高蟾

**【作者介绍】**

高蟾，唐末诗人。河朔（今河北一带）人。乾符三年（公元876年）登进士第。乾宁（894—898）间，为御史中丞。

## 【下第后上永崇高侍郎[①]】

**天上碧桃和露种，日边红杏倚云栽[②]。**
**芙蓉生在秋江上，不向东风怨未开。**

**【注释】**

①永崇：唐时长安的坊名。高侍郎：一作“马侍郎”。②天上、日边：象征着得第者“一登龙门则身价十倍”，地位不寻常。

**【鉴赏】**

此诗一开始就用“天上碧桃”“日边红杏”来作比拟。“天上”“日边”，象征着得第者“一登龙门则身价十倍”，地位不寻常；“和露种”“倚云栽”比喻他们有所凭恃，特承恩宠；“碧桃”“红杏”，鲜花盛开，意味着他们春风得意、前程似锦。这两句不但用词富丽堂皇，而且对仗整饬精工，正与所描摹的得第者平步青云的非凡气象悉称。“天上碧桃”“日边红杏”所以非凡，就在于其所处地势“凌霄”。这里可以体会到诗句暗含的另一重意味。唐代科举惯例，举子考试之前，先得自投门路，向达官贵人“投卷”（呈献诗文）以求荐举，否则没有被录取的希望。这种所谓推荐、选拔相结合的办法后来弊端大启，晚唐尤甚。高蟾下第，自慨“阳春发处无根蒂”，可见当时靠人事“关系”成名者大有人在。这正是“碧桃”在天，“红杏”近日，方得“和露”“倚云”之势，则不是僻居于秋江之上无依无靠的“芙蓉”所能比拟的。

第三句中的秋江芙蓉是作者自比。作为取譬的意象，芙蓉是由桃杏的比喻连类生发出来的。虽然彼此同属名花，但“天上”、“日边”与“秋江”之上，所处地位极为悬殊。末句“不向东风怨未开”，话里带刺。表面只怪芙蓉生得不是地方（生在秋江上）、不是时候（正值东风），却暗寓自己生不逢辰的悲慨。与“阳春发处无根蒂，凭仗东风次第吹”同样“怨而切”，只不过此诗全用比体，寄兴深微。

诗人向“大人物”上书，不卑不亢，毫无胁肩谄笑的媚态，这在封建时代，是较为难得的。说“未开”而非“不开”，这是因为芙蓉开花要等到秋高气爽的时候。这里似乎表现出作者对自己才能的自信。

# 韩偓

**【作者介绍】**

韩偓（约842—923？），唐末五代诗人。字致尧（一作致光），小字冬郎，自号玉山樵人，京兆万年（今陕西西安）人。龙纪元年（公元889年）登进士第。始佐河中幕府，累迁左谏议大夫。天复元年（公元901年），为翰林学士，迁中书舍人。黄巢起义军入长安，从昭宗至凤翔，升任兵部侍郎、翰林承旨，深得昭宗信任，欲拜相，固辞不受。

## 【故都】

**故都遥想草萋萋①，上帝深疑亦自迷。**
**塞雁已侵池籞②宿，宫鸦犹恋女墙③啼。**
**天涯烈士④空垂涕，地下强魂必噬脐⑤。**
**掩鼻计成⑥终不觉，冯谖⑦无路学鸣鸡。**

**【注释】**

①故都：指唐京都长安。“草萋萋”，形容杂草丛生的样子。②池籞：即宫中池塘周围的竹篱笆之类，平时上面网以绳索，禽鸟无法进出。③女墙：宫城上的矮墙。④烈士：古代称呼气节刚烈的人，这里是诗人自称。⑤噬脐：咬自己肚脐，比喻后悔不及。⑥掩鼻计成：用的是《韩非子》里的故事，说是楚王的夫人郑袖忌妒一位新得宠的美人，故意关照她说，大王不喜欢她的鼻子，见面时她要掩住鼻子。随后又告诉楚王说，美人掩鼻是怕闻他身上的臭气。楚王一怒之下，把美人的鼻子割了，从此郑袖得以专宠。⑦冯谖：孟尝君门下食客之一。

**【鉴赏】**

诗篇开首即从朝廷搬迁后长安城的荒凉破败景象落笔。“草萋萋”，形容杂草丛生的样子，虽只寥寥三个字，却点明了物态人事的巨大变化。往昔繁荣热闹的都城，而此时满是废台荒草，叫人触目惊心。下句说连高居天宫的上帝见此情景也会深感迷惑，这固然是为了突出都城景物变异之大，同时也烘托出诗人内心的迷惘不安。次联承接首句，进一步展开故都冷落的画面。池籞，即宫中池塘周围的竹篱笆之类，平时上面网以绳索，禽鸟无法进出。女墙，宫城上的矮墙。塞外飞来的大雁已侵入池籞住宿，这就意味着宫殿残破，无人管理；而园中乌鸦犹自傍着女墙哑哑啼鸣，更给人以物情依旧、人事全非的强烈印象。

第三联开始，转入正面抒情。烈士，古代称呼气节刚烈的人，这里是诗人自称。当时诗人尽管流寓在外，心仍萦注国事，面临朝政的巨大变故，痛感自身无能为力，其衷怀的悲愤可想而知。“垂涕”而又加上一个“空”字，就把这种心理表达得十分真切。下句的“地下强魂”，指昭宗时宰相崔胤。他为铲除宦官势力，引进朱温的兵力，结果使唐王朝陷入朱温掌握之中，自己也遭杀戮。此句是说崔胤泉下有知，定将悔恨莫及。整个这一联抒情激切，笔力劲拔，接续前面的寥落景象，犹如奇峰突起，巨波掀澜，读来气势一振。

尾联归结于深沉的感喟。末句诗人以冯谖自况，慨叹自己没有像孟尝君的门客那样设计解救君主脱离困境的办法。“学鸣鸡”，指孟尝君由秦潜逃回齐，夜间不得过函谷关，门客学鸡叫始骗开关门脱险。叙述中，像“终不觉”“无路”等字眼下得沉重，蕴含强烈的感情色彩，也是引证古事而能具有活生生感染力量的重要原因。

## 【安贫】

**手风①慵展八行书②，眼暗③休寻九局图④。**
**窗里日光飞野马⑤，案头筠管⑥长蒲卢⑦。**
**谋身拙为安蛇足⑧，报国危曾捋虎须⑨。**
**举世可能无默识，未知谁拟试齐竽⑩？**

**【注释】**

①风：指四肢风痹。②八行书：指信札。③暗：是形容老眼昏花，视力不明。④九局图：指棋谱。⑤野马：指浮游于空气中的埃尘，语出《庄子·逍遥游》。⑥筠管：竹管，这里指毛笔筒。⑦蒲卢：一种细腰蜂，常产

卵于小孔内。⑧安蛇足：就是“画蛇添足”。用来讽刺做事节外生枝，弄巧成拙。⑨捋虎须：比喻撩拨、触犯凶恶残暴的人。⑩试齐竽：典故之一，为了骗取丰厚的酬劳，南郭处士与众人一起为齐宣王吹竽，借此掩饰自己不通音律。后来，齐湣王继位，要一个一个地听人吹竽，南郭处士没有真才实学，只好逃走。

**【鉴赏】**

诗篇从眼前贫居困顿的生活发端。风，指四肢风痹。八行书，指信札。暗，是形容老眼昏花，视力不明。九局图，指棋谱。“手风”和“眼暗”，都写自己病废的身体。“慵展”和“休寻”，写自己索寞的情怀。信懒得写，意味着交游屏绝；棋不愿摸，意味着机心泯灭。寥寥十四个字，把那种贫病潦倒、无所事事的情味充分表达出来了，正点明诗题“安贫”。

次联就室内景物略加点染，进一步烘托“安贫”的题旨。两句的意思是：闲居无聊，望着室内的埃尘在窗前日光下浮动，而案头毛笔由于长久搁置不用，笔筒里竟然孵化出了细腰蜂。这一联写景不仅刻画入微，而且与前面所说的“慵展”“休寻”的懒散生活正相贴合，将诗人老病颓唐的心境展示得淋漓尽致。

第三联转入致贫原由的追叙。回顾这一段往事，诗人感到自己谋身虽拙，报国则不避艰危，故表面以“安蛇足”自嘲，实际上以敢于“捋虎须”而自负，透露出他在颓唐外表下隐藏着的一片舍身许国的壮怀。

结尾一联则又折回眼前空虚寂寥的处境。整个这一联是诗人在回顾自己报国无成的经历之后迸发出的一个质问：世界上怎会没有人将人才问题默记于心，可又有谁准备像齐湣王听竽那样认真地选拔人才以挽救国事呢？质问中似乎带有那么一点微茫的希望，而更多是无可奈何的感慨：世无识者，有志难骋，不甘于安贫自处，又将如何！满腔的愤懑终于化作一声叹息，情切而辞婉。

诗歌风貌上，外形颓放而内蕴苍劲，律对整切而用笔挥洒，也体现了诗人后期创作格调的日趋老成。前人评为“七纵八横，头头是道，最能动人心脾”，殆非虚誉。

## 【惜花】

**皱白离情高处切①，腻红愁态静中深②。**
**眼随片片沿流去③，恨满枝枝被雨淋。**
**总得苔④遮犹慰意，若教⑤泥污更伤心。**
**临轩一盏悲春酒，明日池塘是绿阴⑥。**

### 【注释】

①高处切：形容那种紧迫的危殆感。②静中深：传达那种脉脉无语的愁思。③去：离开。④苔：隐花植物的一类，根、茎、叶的区别不明显，常贴在阴湿的地方生长。⑤教：使，令。⑥阴：通“荫”。

### 【鉴赏】

诗人的笔触首先伸向枝头摇摇欲坠的残花：那高枝上的白花已经枯萎皱缩，自知飘零在即，离情十分悲切；底下的红花尚余粉光腻容，却也预感到未来的命运，在沉寂中愁态转深。用“皱白”“腻红”指代花朵，给人以鲜明的色彩感和形体感，并形成了相映成趣的构图。“离情”“愁态”写残花的心理，前者用“高处切”形容那种紧迫的危殆感，后者用“静中深”传达那种脉脉无语的愁思，都能切合各自特点，状物而得其神。未写落花先写残花，写残花又有将落未落之分，整个春去花落的过程就显得细腻而有层次，自然地烘托出诗人流连痛惜的心情。

诗篇接着展示了雨打风吹、水流花落的情景：眼睛追随着那一片片坠落水中的花瓣顺流而去，再抬头望见残留枝上的花朵还在受无情的风雨摧残，这满目狼藉的景象，不能不教人满怀怅恨。这里的“片片沿流去”和“枝枝被雨淋”，都是写的实景，但添上了“眼随”“恨满”，就起到化景语为情语的作用。随，有追踪的意思。不说“眼看”，而说“眼随”，更深一层，把诗人那种寄情于落花的难分难舍的心意表现出来了。至于“恨满”的“满”，既可以指诗人惆怅满怀，也可以理解为诗人的伤痛漫溢到每一株被雨淋湿的花枝上，于是客观的物象又蒙上了人的主观心境的投影。两句诗一放一收，波澜顿挫，而诗人对落花命运的深切关怀与悼惜，也从中得到了体现。

最后诗人因无计留住春光，悲不自胜，只有临轩凭吊，对酒浇愁，遥想明日残红去尽，只有绿沉沉的树荫映入池塘，即所谓“绿肥红瘦”。结尾一句不言花尽，而其意自明，委婉含蓄的笔法，正显示诗人那种不愿说、不忍说而又不得不说的内心矛盾。

## 【春尽①】

**惜春连日醉昏昏②，醒后衣裳见酒痕。**
**细水浮花归别涧，断云含雨入孤村。**
**人闲易有芳时恨③，地迥难招自古魂④。**
**惭愧流莺相厚意，清晨犹为到西园。**

**【注释】**

①春尽：顾名思义是抒写春天消逝的感慨。②昏昏：这里指喝醉，神智模糊。③芳时：指春天。芳时恨：就是春归引起的怅恨。④自古魂：是指古人的魂灵。

**【鉴赏】**

诗篇一上来就抓住醉酒这个行为来突出"惜春"之情。不光是醉，而且是连日沉醉，醉得昏昏然，甚且醉后还要继续喝酒，以致衣服上溅满了斑斑酒痕。这样反复渲染一个"醉"字，就把作者悼惜春光的哀痛心情揭示出来了。

"细水浮花归别涧，断云含雨入孤村"转入写景。涓细的水流载着落花漂浮而去，片断的云彩随风吹洒下一阵雨点。这正是南方暮春时节具有典型特征的景象，作者把它细致地描画出来，逼真地传达了那种春天正在逝去的气氛。不仅如此，在这一幅景物画面中，诗人还自然地融入了自己的身世之感。那漂浮于水面的落花，那随风带雨的片云，漂泊无定，无所归依，正是诗人自身沦落无告的象征。

"人闲易有芳时恨，地迥难招自古魂"再由写景转入抒情。为什么要说"人闲易有芳时恨"呢？大凡人在忙碌的时候，是不会很注意时令变化的；愈是空闲，就愈容易敏感察觉到季节的转换，鸟啼花落，处处都能触动愁怀。所以这里着力点出一个"闲"字，在刻画心理上是很精微的。再深一层看，这个"闲"字上还寄托了作者极深的感慨。春光消去，固然可恨，尤可痛心的是春光竟然在人的闲散之中白白流过，令人眼睁睁望着它逝去而无力挽回。下联"地迥难招自古魂"，则把自己的愁思再转进一层。迥，偏远的意思。当然，这种寂寥之感虽托之于“地迥”，根本上还在于缺乏知音。

结尾处故意宕开一笔。借流莺的殷勤相顾，略解自己的春愁，表面上冲淡了全诗的悲剧色调，实际上将那种世无知音的落寞感含蓄得更为深沉，表达得更耐人寻味。

# 唐诗 宋词 元曲

郑红峰 编著

〔第三卷〕

光明日报出版社

# 鱼玄机

**【作者介绍】**

鱼玄机（约844—868），唐代女诗人。字幼微，一字蕙兰。长安（今陕西西安）人。咸通中，为补阙李亿小妾，被李妻所不能容，出家于长安咸宜观为女道士，改名鱼玄机。后因杀侍婢绿翘，为京兆尹温璋处死。鱼玄机性聪慧，好读书，有才思，尤工诗歌，与李郢、温庭筠等有诗篇往来。其诗作见于《全唐诗》，现存有五十余首，有《鱼玄机集》一卷。

## 【江陵①愁望有寄】

**枫叶千枝复万枝，江桥掩映②暮帆迟。**
**忆君心似西江水，日夜东流无歇时。**

**【注释】**

①江陵：今湖北江陵县。②掩映：时隐时现。

**【鉴赏】**

首句以江陵秋景兴起愁情。《楚辞·招魂》："湛湛江水兮上有枫，目极千里兮伤春心"，枫生江上，西风来时，满林萧萧之声，很容易触动人的愁怀。"千枝复万枝"，是以枫叶之多写愁绪之重。它不但用数字"千""万"写枫叶之多，而且通过"枝"字的重复，从声音上状出枝叶之繁。而"枫叶千万枝"字减而音促，没有上述那层好处。

"江桥掩映暮帆迟"，极目远眺，但见江桥掩映于枫林之中；日已垂暮，而不见那人乘船归来。"掩映"二字写出枫叶遮住望眼，对于传达诗中人焦灼的表情是有帮助的。词属双声，念来上口。有此二字，形成句中排比，声调便曼长而较"江桥暮帆迟"为好听。

前两句写盼人不至，后两句便接写相思之情。用江水之永不停止，比相思之永无休歇，与《室思》之喻，机杼正同。乍看来，“西江”“东流”颇似闲字，但减作“忆君如流水，日夜无歇时”，比较原句便觉读起来不够味了。刘方平《春怨》末二句云：“庭前时有东风入，杨柳千条尽向西”，晚清王闿运称赞说“以东、西二字相起，（其妙）非独人不觉，作者也不自知也”，“不能名言，但恰入人意”。（《湘绮楼说诗》）鱼玄机此诗末两句妙处正同。细品这两句，原来分用在两句之中非为骈偶而设的成对的反义字（“东”“西”），有彼此呼应，造成抑扬抗坠的情调，或擒纵之致的功用，使诗句读来有一唱三叹之音，亦即所谓“风调”。而删芟这样字面，虽意思大致不差，却必损韵调之美。

鱼玄机此诗运用句中重复、句中排比、尾联中反义字相起等手段，造成悠扬飘摇的风调，大有助于抒情。每句多二字，却充分发挥了它们的作用。所以比较五绝“自君之出矣”一体，艺术上正自有不可及之处。

# 杜荀鹤

**【作者介绍】**

杜荀鹤（846—904），晚唐现实主义诗人。字彦之，号九华山人，池州石埭（今安徽石台）人。相传为杜牧出妾之子。出身寒微。曾数次上长安应考，不第还山。黄巢起义爆发，他从长安回家。后游大梁（今河南开封），献诗于朱温。温为他送名礼部，得中大顺进士。得第后因政局动乱，复还旧山。受田頵重视，用为从事。田頵败死，朱温表荐他，授翰林学士、主客员外郎，患重疾，旬日而卒。杜荀鹤提倡诗歌要继承风雅传统，反对浮华，其诗语言通俗、风格清新，后人称“杜荀鹤体”。部分作品反映唐末军阀混战局面下的社会矛盾和人民的悲惨遭遇，当时较突出，宫词也很有名。

## 【送友游吴越】

**去越①从吴过，吴疆②与越连。**
**有园多种桔③，无水不生莲。**
**夜市桥边火，春风寺外船。**
**此中偏重客，君去必经年。**

**【注释】**

①越：周代诸侯国名。后用作浙江省东部的别称。②疆：地域，领域，边界。③桔：“橘”的俗字。

**【鉴赏】**

这是一首向友人介绍吴越优美风光、繁华都市、淳朴民风的送行诗。吴越，指今苏杭一带。这里土地肥美，山川秀丽，历来是文人墨客览胜之地，“我欲因之梦吴越，一夜飞度镜湖月”，这是李白的诗句，可见吴越是诗人们向往的地方。送友游吴越，一个“游”字，使诗作的底色不会暗淡，再加上作者着意润色，使送别的场面变得轻松愉快，而没有一般送别诗那种凝重感。

“去越从吴过，吴疆与越连”，点明吴越接壤，也暗示以下所写，乃两地共有的特色。颔联“有园多种桔，无水不生莲”，点明桔和莲，别处也有，而吴越的不同，就在于“有园多种”“无水不生”。诗人选取桔和莲为代表，也颇为精当。桔和莲皆吴越名产，而桔生陆上，莲出水中，又可从而想见吴越地区水陆风光俱美。颈联“夜市桥边火，春风寺外船”，则着眼于写水乡市镇的繁荣。吴越水乡，市镇大都紧挨河港。不写日市写夜市，只因夜市是吴越物产丰富、商业繁荣的一大标志；而桥边夜市，更是水乡特有风情。夜市的场面形形色色，独取一“火”字，既可使人想象夜市繁荣、热闹的景象，而“火”与桥下的水相映照，波光粼粼，更增添诗情画意。江南多古寺，“南朝四百八十寺，多少楼台烟雨中”，古寺是游人必到之处。“春风寺外船”，令人想见春风吹拂、临水寺前游船的景象，这是水乡又一特色。结尾两句“此中偏重客，君去必经年”，一个“偏”字特别介绍了吴越人情之美。如此旖旎的风光，又如此好客的人情，他乡游子自然居“必经年”，乐而忘返了。

这首诗清新秀逸，像一幅色彩鲜明的风俗画，是送别诗中别开生面之作。

## 【山中寡妇】

**夫因兵死守蓬茅**[①]**，麻苎衣衫鬓发焦**[②]。
**桑柘**[③]**废来犹纳税，田园荒后尚征苗。**
**时挑野菜和**[④]**根煮，旋斫**[⑤]**生柴带叶烧。**
**任是深山更深处，也应无计避征徭**[⑥]。

**【注释】**

①蓬茅：茅草盖的房子。②麻苎：即苎麻。鬓发焦：因吃不饱，身体缺乏营养而头发变成枯黄色。③柘：树木名，叶子可以喂蚕。④和：带着，连。⑤旋斫：现砍。⑥征徭：赋税、徭役。

**【鉴赏】**

此诗通过山中寡妇这样一个典型人物的悲惨命运，透视当时社会的面貌，语极沉郁悲愤。

“夫因兵死守蓬茅”，就从这兵荒马乱的时代着笔，概括地写出了这位农家妇女的不幸遭遇：战乱夺走了她丈夫的生命，迫使她孤苦一人，逃入深山破茅屋中栖身。“麻苎衣衫鬓发焦”一句，抓住“衣衫”“鬓发”这些最能揭示人物本质的细节特征，简洁而生动地刻画出寡妇那贫困痛苦的形象：身着粗糙的麻布衣服，鬓发枯黄，面容憔悴，肖其貌而传其神。从下文“时挑野菜”“旋斫生柴”的描写来看，山中寡妇应该还是青壮年妇女，照说她的鬓发色泽该是好看的，但由于苦难的煎熬，使她鬓发早已焦黄枯槁，显得苍老了。

对这样一个孤苦可怜的寡妇，统治阶级也并不放过对她的榨取，而且手段是那样残忍：“桑柘废来犹纳税，田园荒后尚征苗。”此处的“纳税”，指缴纳丝税；“征苗”，指征收青苗税，这是代宗广德二年开始增设的田赋附加税，因在粮食未成熟前征收，故称。古时以农桑为本，由于战争的破坏，桑林伐尽了，田园荒芜了，而官府却不顾人民的死活，照旧逼税和“征苗”。残酷的赋税剥削，使这位孤苦贫穷的寡妇无以为生。

“时挑野菜和根煮，旋斫生柴带叶烧”，只见她不时地挖来野菜，连菜根一起煮了吃；平时烧柴也很困难，燃生柴还要“带叶烧”。这两句是采用一种加倍强调的说法，通过这种艺术强调，渲染了山中寡妇那难以想象的困苦状况。最后，诗人面对民不聊生的黑暗现实，发出深沉的感慨：“任是深山更深处，也应无计避征徭。”深山有毒蛇猛兽，对人的威胁很大。寡妇不堪忍受苛敛重赋的压榨，迫不得已逃入深山。然而，剥削的魔爪是无孔不入的，即使逃到“深山更深处”，也难以逃脱赋税和徭役的罗网。“任是”“也应”两个词用得极好。可以看出，诗人的笔触像匕首一样揭露了封建统治者的罪恶本质。

## 【再经胡城县①】

**去岁曾经此县城，县民无口不冤声。**
**今年县宰②加朱绂③，便是生灵血染成。**

**【注释】**

①胡城县：故城在今安徽的阜阳北。②县宰：县令。③朱绂：系官印的红色丝带，但在唐诗中多用以指绯衣。

**【鉴赏】**

“去岁曾经此县城”用字十分准确。“去岁”相对于“今岁”而言，说“去岁曾经”表明诗人在抚今追昔。从“再经”忆“曾经”，“曾经”既在“去岁”，那么，从“曾经”到“再经”，不过一年的时间，“此县城”又能有什么变化足以使“我”感荡心灵，非陈诗无以骋其情呢？“此”字，表明诗人已经立足于胡城县城，对某些现象感受强烈，有话要说。这就自然而然地唤起了下句。

“县民无口不冤声”这句如洪钟巨响，炸雷般地揭露了县官的作恶多端和县民所受到的冤屈。“冤声”是诗人亲自听到的。县民一个个都在喊冤，这又是诉之于视觉的感性形象。一县之民，成千累万，竟然个个受冤，个个喊屈，无一例外，究竟是什么原因呢？诗人没有言明，但“曾经”胡城县的诗人是明白的，读者自然也是可以想象得到的。

“今年县宰加朱绂，便是生灵血染成”，用“血染成”沉痛地控诉了县宰“以人血染红绯衣”的滔天罪恶。县官残酷欺压人民，本应受到惩罚，可是恰恰相反，却得到了“加朱绂”的升赏。这种对比是多么的鲜明！说明唐末的政治腐朽到何种程度。

本诗对于典型现象的高度概括是通过对于“曾经”与“再经”的巧妙安

排完成的。写“曾经”时的所见所闻，只从“县民”方面落墨；是谁使得“县民无口不冤声”呢？诗人没有明说。写“再经”时的所见所闻，只从“县宰”方面着笔。他凭什么“加朱绂”呢？诗人也没有明言。在摆出了这两种典型现象之后，紧接着用了“便是”一词作判断，而以“生灵血染成”作为判断的结果。“县宰”的“朱绂”既然“是生灵血染成”，那么“县民无口不冤声”正是“县宰”一手造成的。而“县宰”之所以“加朱绂”，就是由于他屠杀了无数冤民。这就无比深刻地揭露了封建统治者“与民为敌”的反动本质。

# 曹松

**【作者介绍】**

曹松，字梦徵，舒州（今安徽省潜山县）人。早年家贫，避居洪州西山，其后投奔建州刺史李频。李频死后，又一度落魄江湖，奔走于江苏、浙江、江西、安徽、湖北、湖南、四川、陕西、广东、广西等地。昭宗光化四年（公元901年）登进士第，时已七十余岁。曾任秘书省正字。其诗多旅游题咏、送别赠答之作，较少接触现实题材。风格颇似贾岛，取境幽深，工于铸字炼句。

## 【己亥岁①二首】（其一）

**泽国江山入战图，生民何计乐樵苏②。**
**凭③君莫话封侯事，一将④功成万骨枯。**

**【注释】**

①己亥：为乾符六年（879）的干支。②樵：打柴。苏：割草。③凭：依靠，仗恃。④将：泛指高级军官。

**【鉴赏】**

“泽国江山入战图”，诗句不直说战乱殃及江汉流域，而只说这一片河山都已绘入战图，表达委婉曲折，让读者通过一幅“战图”，想象到兵荒马乱、铁和血的现实，这是诗人运用形象思维的一个成功例子。随战乱而来的是生灵涂炭。打柴为“樵”，割草为“苏”。樵苏生计本来艰辛，无乐可言。然而，“宁为太平犬，勿为乱世民”，在流离失所、挣扎于生死线上的“生民”心目中，能平平安安打柴割草以度日，也就快乐了。只可惜这种樵苏之乐，此时亦不可复得。用“乐”字反衬“生民”的不堪其苦，耐人寻味。古代战争以取首级之数计功，战争造成了残酷的杀戮，人民的大量死亡，这是血淋淋的现实。诗的前两句虽然笔调轻描淡写，字里行间却有斑斑血泪。这就自然逼出后两句沉痛的呼告。

“凭君莫话封侯事，一将功成万骨枯”，这里“封侯”之事，是有现实针对性的：公元879年镇海节度使高骈就以在淮南镇压黄巢起义军的“功绩”受到封赏，无非“功在杀人多”而已。令人闻之发指，言之齿冷。无怪诗人闭目摇手道“凭君莫话封侯事”了。一个“凭”字，意在“请”与“求”之间，语调比言“请”更软，意谓：行行好吧，可别提封侯的话啦。词苦声酸，全由此一字推敲得来。“一将功成万骨枯”，更是全诗之警策，千古之名句。它词约而义丰。与“可怜白骨攒孤冢，尽为将军觅战功”之句相比，字数减半而意味倍增。它不仅同样含有“将军夸宝剑，功在杀人多”的现实内容；还更多一层“士卒涂草莽，将军空尔为”的意味，即言将军封侯是用士卒牺牲的高昂代价换取的。其次，一句之中运用了强烈对比的手法：“一”与“万”、“荣”与“枯”的对照，令人触目惊心。“骨”字极形象骇目。这里的对比手法和“骨”字的运用，都很接近“朱门酒肉臭，路有冻死骨”的惊人之句。

## 【南海[①]旅次[②]】

**忆归休上越王台[③]，归思临高不易裁[④]。**
**为客正当无雁处，故园谁道有书来。**
**城头早角吹霜尽，郭里残潮荡月回。**
**心似百花开未得，年年争发被春催。**

**【注释】**

①南海：指今广东省广州市。②次：停留。③越王台：台址在今广东省广州越秀山上，为汉代南越王赵佗所建。④裁：削减，消除。

**【鉴赏】**

“忆归休上越王台，归思临高不易裁”，从广州的著名古迹越王台落笔，但却一反前人的那种“远望当归”的传统笔法，独出心裁地写成“忆归休上”，以免归思泛滥，不易裁断。如此翻新的写法，脱出窠臼，把归思表现得十分婉曲深沉。

“为客正当无雁处，故园谁道有书来”，诗人巧妙地运用了鸿雁南飞却飞不过衡山回雁峰的传说，极写南海距离故园的遥远，表现他收不到家书的沮丧心情。言外便有嗟怨客居过于边远之意。李煜的“雁来音信无凭”（《清平乐》），是写见雁而不见信的失望；而曹松连雁也见不到，就更谈不上期待家书了，因此对句用“谁道有书来”的反问，来表现他的无限懊恼。

“城头早角吹霜尽，郭里残潮荡月回”，展示了日复一日唤起作者归思的凄清景色。出句写晨景，是说随着城头凄凉的晓角声晨霜消尽；对句写晚景，是说伴着夜晚的残潮明月复出。这一联的描写使读者想起唐诗中的有关诗句：“举头望明月，低头思故乡”。如果说，李白的《静夜思》写了以时间勾起的乡愁，那么，曹松这一联的景色，则融进了作者连年羁留南海所产生的无终期的归思。

归思这样地折磨着作者，平常时日，还可以勉强克制，可是，当新春到来时，就按捺不住了。因为新春提醒他在异乡又滞留了一个年头，使他归思泉涌，百感交集。“心似百花开未得，年年争发被春催”，形象地揭示出羁旅逢春的典型心境，把他对归思的抒写推向高潮。句中以含苞待放的百花比喻处于抑制状态的归心，进而表现每到春天他的心都受到刺激，引起归思泛滥，那就像被春风催开的百花，竞相怒放，不由自主。

这首诗在艺术上进行了富有个性的探索，它没有采用奇特的幻想形式，也没有采用借景抒情为主的笔法，而是集中笔墨来倾吐自己的心声，迂曲婉转地揭示出复杂的心理活动和细微的思想感情，呈现出情深意曲的艺术特色。

# 郑谷

**【作者介绍】**

郑谷，字守愚，袁州宜春（今属江西）人。光启进士，官右拾遗，历都官郎中，人称郑都官。又以《鹧鸪诗》得名，人称郑鹧鸪。其诗多写景咏物之作，风格清新通俗。原有集，已散佚。有《云台编》三卷，《宜阳集》三卷，《外集》三卷，今编诗四卷。代表作有《鹧鸪》等。

## 【淮上与友人别①】

**扬子江②头杨柳春，杨花③愁杀渡江人。**
**数声风笛离亭④晚，君向潇湘⑤我向秦。**

**【注释】**

①淮：扬州。②扬子江：长江在江苏镇江、扬州一带的干流，古称扬子江。③杨花：柳絮。④离亭：驿亭。⑤潇湘：指今湖南一带。

**【鉴赏】**

本诗首两句即景抒情，点醒别离，写得潇洒不着力，读来别具一种天然的风韵。画面很疏朗：扬子江头的渡口，杨柳青青，晚风中，柳丝轻拂，杨花飘荡。岸边停泊着待发的小船，友人即将渡江南去。淡淡几笔，像一幅清新秀雅的水墨画。景中寓情，富于含蕴。依依袅袅的柳丝，牵曳着彼此依依惜别的深情，唤起一种“柳丝长，玉骢难系”的伤离意绪；蒙蒙飘荡的杨花，惹动着双方缭乱不宁的离绪，勾起天涯羁旅的漂泊之感。美好的江头柳色，宜人春光，在这里恰恰成了离情别绪的触媒，所以说“愁杀渡江人”。诗人用淡墨点染景色，用重笔抒写愁绪，初看似不甚协调，细品方感到二者的和谐统一。两句中“扬子江头”“杨柳春”“杨花”等同音字的有意重复，构成了一种既轻爽流利，又回环往复，富于情韵美的风调，使人读来既感到感情的深永，又不显得过于沉重与伤感。次句虽单提“渡江人”，但彼此羁旅漂泊，南北乖离，君愁吾亦愁，原是不言自明的。

“数声风笛离亭晚，君向潇湘我向秦”这两句，从江头景色收转到离亭别宴，正面抒写握别时情景。驿亭宴别，酒酣情浓，席间吹奏起了凄清怨慕的笛曲。即景抒情，所奏的也许正是象征着别离的《折杨柳》吧。这笛声正倾诉出彼此的离愁，使两位即将分手的友人耳接神驰，默默相对，思绪萦绕，随风远扬。离笛声中，天色仿佛不知不觉地暗了下来，握别的时间到了。两位朋友在沉沉暮霭中互道珍重，各奔前程——君向潇湘我向秦。诗到这里，戛然而止。

表面上看，末句只是交代各自行程的叙述语，缺乏寓情于景的描写，也无一唱三叹的抒情，实际上诗的深长韵味恰恰就蕴含在这貌似朴直的不结之结当中。由于前面已通过江头春色、杨花柳丝、离亭宴饯、风笛暮霭等一系列物象情景对离情进行反复渲染，结句的戛然而止，在反激与对照中愈益显出其内涵的丰富。

# 崔涂

**【作者介绍】**

崔涂，字礼山，江南（今浙江桐庐、建德一带）人。唐僖宗光启四年（888年）中进士。长期在巴、蜀、秦、陇等地游历，诗歌中有很多表现离恨和羁旅闲愁的作品。写景抒情，也有佳句，只是情调偏于抑郁低沉。有《崔涂诗集》。

## 【孤雁二首】（其二）

**几行归塞尽，念尔独何之[①]？**
**暮雨相呼失[②]，寒塘欲下迟。**
**渚[③]云低暗度，关月冷相随。**
**未必逢矰缴[④]，孤飞自可疑。**

**【注释】**

①之：往。②失：失群。③渚：水中的小洲。④矰缴：古代射鸟用的拴着丝绳的箭。

**【鉴赏】**

首联叙写孤雁的北飞以及诗人的关注之情。诗人抬头仰望天空，只见几行大雁往塞北飞去，很快就消失在远空中。此时，有一只孤雁在空中艰难地飞着。诗人心中寻思着这么一只孤零零的雁到底要飞到何方？“念尔”二字见出诗人的关注之情。杜甫在一首也题为《孤雁》的诗中，同样也表达了自己的关注之情：“谁怜一片影，相失万重云。”“独”字写出这只孤雁的形单影只，而“何之”，则流露出这只孤雁前程的茫然。“归塞”一词表明此时正是春天时刻。首联即扣题，突出的是一个孤字。

颔、颈两联中，诗人着重刻画了孤雁在失群后的仓皇与凄厉。孤雁的离群本已凄切哀人，那一路上寻呼伙伴的哀哀鸣叫声，更让人不忍卒听，此刻恰又是薄暮时分，偏偏又遇上了风雨的侵凌，这真是命途多舛，祸不单行。此时迷茫凄苦的孤雁只好在前方的池塘边上暂时歇息一番，正欲盘旋下落，但是已经饱受创伤与惊吓的孤雁却心存疑惧，迟疑盘旋，欲下不能。从这一联中，可以发现诗人正密切关注着这只孤雁，诗人通过“暮雨”“寒塘”的描写，给这只孤雁营造了一个凄苦的背景，而那凄厉的啼叫声，更给这个画面增添了一层悲恻的气氛。而“欲下迟”则是这一联中的点睛之笔，这一描写不仅抓住了事物的特点，更是写出了诗人的感受。实在是缘情体物的极佳句子。在颈联，诗人进而想象这只孤雁接下去飞行的艰难凄苦。洲渚上空云暗天低，孤雁只身飞行，伴随它的只有边关一弯时隐时现的冷月。“渚云低”与“关月冷”的描写，使得雁的形单影只的羁愁旅苦到了无以复加的地步。杜甫在《孤雁》诗中有“望尽似犹见，哀多如更闻”句，写的也是想象孤雁的哀苦。

诗篇的尾联，诗人抒写自己的心境。望着这只可怜的孤雁，诗人心中只有默默地祈盼着，这一程飞去，也许未必会遇上猎人的飞箭，但是独飞的孤雁自己心中总难免疑虑惊悸。诗人设身处地的思想，愈见他的关切之情。

## 【春夕[①]】

**水流花谢两无情，送尽东风过楚城[②]。**
**蝴蝶梦中家万里，子规[③]枝上月三更。**
**故园书动[④]经年绝，华发[⑤]春唯满镜生。**
**自是不归归便得，五湖[⑥]烟景有谁争？**

**【注释】**

①诗题一作《春夕旅怀》。②楚城：泛指旅途经过的楚地。③子规：一作“杜鹃”。④动：动辄、每每之意。⑤华发：白发。⑥五湖：故乡的风景。

**【鉴赏】**

本诗一开始就渲染出一片暮春景色：春水远流，春花凋谢。流水落花春去也——诗人深深感叹春光易逝，岁月无情。诗第二句“送尽东风过楚城”更加感伤。“楚城”，泛指湘鄂一带。诗人把春光拟人化了，依依为她送别。诗人面对着落红满地、柳絮漫天的残春景物，不可能不更加思念故乡。由送春而牵动的思乡之情，笼罩全篇。

“蝴蝶梦中家万里，子规枝上月三更”这一联进入正题，写“春夕”写得极为精粹，是传诵的名句。游子从“蝴蝶梦”中获得片刻的回乡之乐，但梦醒以后，发现自己依旧孤眠异乡，家园依旧远隔万里，岂不更加空虚、失望，更加触动思乡之情。何况此时又正当“子规枝上月三更”——夜深人静，月光如水；子规在月下哀哀啼唤：“子归！子归！……”听着子规啼，想着蝴蝶梦，游子的心该是何等的痛苦哀伤，真如李白诗句中所谓“一叫一回肠一断”！

“故园书动经年绝，华发春唯满镜生”，诗人长期不能回家，连家信也动不动就长年断绝，音讯杳然，他不可能不望眼欲穿，忧心如焚。这句中的一个“动”字，把诗人那种由期待而沮丧、而嗟怨的复杂的心理，逼真地传达出来了。“书动经年绝”暗示当时社会动乱不安。诗人愁家忧国到“华发春唯满镜生”的程度。

“自是不归归便得，五湖烟景有谁争”这两句是倒装，意思是说：故乡五湖美好的风光，是没有人和我争夺的，假如我要回去，便能够回去。是我自己不回去呀！从暗用“五湖”典故看，这里的“归”字，还含有归隐田园之意。诗人仆仆风尘，仕途坎坷，“自是不归归便得”一语，是无可奈何的伤心话，深刻地反映出诗人在政治上走投无路、欲干不能而又欲罢难休的苦闷、彷徨心理。

# 秦韬玉

**【作者介绍】**

秦韬玉，字仲明，京兆（今陕西西安）人。中和二年（公元882年），得准敕及第。曾从僖宗幸蜀，以工部侍郎为田令孜神策判官。诗以七律见长。有《投知小录》三卷。明人辑有《秦韬玉诗集》，今编诗一卷。

## 【贫女】

**蓬门未识绮罗香[①]，拟托良媒益自伤。**
**谁爱风流[②]高格调，共怜时世俭梳妆。**
**敢将十指夸针巧，不把双眉斗[③]画长。**
**苦恨年年压金线[④]，为他人作嫁衣裳！**

**【注释】**

①蓬门：用蓬茅编扎的门，指穷人家。绮罗：丝织品。这里指富贵妇女的华丽衣裳。②风流：指意态娴雅。③斗：比。④苦恨：深恨。压金线：用金线绣花。

**【鉴赏】**

“蓬门未识绮罗香，拟托良媒益自伤”这句主人公的独白从姑娘们的家常——衣着谈起，说自己生在蓬门陋户，自幼粗衣布裳，从未有绫罗绸缎沾身。开头第一句，便令人感到这是一位纯洁朴实的女子。因为贫穷，虽然早已是待嫁之年，却总不见媒人前来问津。抛开女儿家的羞怯矜持请人去做媒吧，可是每生此念头，便不由加倍地伤感。这又是为什么呢？

“谁爱风流高格调，共怜时世俭梳妆”，如今，人们竞相追求时髦的奇装异服，有谁来欣赏我不同流俗的高尚情操？就主观而论：“敢将十指夸针巧，不把双眉斗画长”。‘我’所自恃的是，凭一双巧手针凿出众，敢在人前夸口；

决不迎合流俗，把两条眉毛画得长长的去同别人争妍斗丽。

“苦恨年年压金线，为他人作嫁衣裳”这一句写个人的亲事茫然无望，却要每天压线刺绣，不停息地为别人做出嫁的衣裳！月复一月，年复一年，一针针刺痛着自自伤痕累累的心！独白到此戛然而止，女主人公忧郁神伤的形象跃然呈现在读者的面前。

“谁爱风流高格调”，俨然是封建文人独清独醒的寂寞口吻；“为他人作嫁衣裳”，则令人想到那些终年为上司捉刀献策，自己却久屈下僚的读书人——或许就是诗人的自叹吧？诗情哀怨沉痛，反映了封建社会贫寒士人不为世用的愤懑和不平。

这首诗，以语意双关、含蕴丰富而为人传诵。全篇都是一个未嫁贫女的独白，倾诉她抑郁惆怅的心情，而字里行间却流露出诗人怀才不遇、寄人篱下的感恨。

# 唐彦谦

**【作者介绍】**

唐彦谦，字茂业，号鹿门先生，并州晋阳（今太原）人。咸通（860—873），咸通二年（861）进士。十余年不第。中和中王重荣辟为从事，官至兴元（今汉中）节度副使、阆州（今四川阆中）、壁州（今四川通江）刺史。博学多艺，文词壮丽，至于书、画、音乐、博饮之技，无不出于辈流。擅长五言古诗，师法李商隐，然风格颇清浅显豁。中和四年（884）归仁泽撰将领王重荣德政碑，为其所书。有《鹿门集》三卷传世。

## 【垂柳】

**绊惹[1]春风别有情，世间谁敢斗轻盈[2]？**
**楚王江[3]畔无端种，饿损纤腰学不成。**

**【注释】**

①绊惹：撩逗的意思。②轻盈：形容体态苗条。③江：可以理解为长安附近的曲江。

**【鉴赏】**

“绊惹春风别有情”，起句突兀不凡。撇开垂柳的外貌不写，径直从动态中写其性格、情韵。“绊惹”即撩逗的意思。像调皮的姑娘那样，在春光明媚、芳草如茵、江水泛碧的季节，垂柳绊惹着春风，时而鬓云欲度，时而起舞弄影，真是婀娜多姿，别具柔情。柳枝的摇曳，本是春风轻拂的结果，可诗人偏不老实道来，而要说是垂柳有意在撩逗着春风。“绊惹”二字，把垂柳写活了，真是出神入化之笔。其实，唐彦谦的“绊惹”，列入“绝妙”之中，当亦毫无愧色。

“世间谁敢斗轻盈”一句把垂柳写得形态毕肖。“轻盈”，形容体态苗条。这里，垂柳暗以体态轻盈的美人赵飞燕自喻，是紧承上句，以垂柳自夸的口气写出其纤柔飘逸之美。“谁敢斗轻盈”问得极妙，这一问，从反面肯定了垂柳的美是无与伦比的；这一问，也显出了垂柳恃美而骄的神情。

“楚王江畔无端种，饿损纤腰学不成”，笔锋一转，另辟蹊径，联想到“楚王爱细腰，宫女多饿死”的典故，巧妙地抒发了诗人托物寄兴的情怀。“江”，可以理解为长安附近的曲江。《中朝故事》载：唐代曲江江畔多柳，号称“柳衙”。“楚王”，楚灵王，也暗指现实中的“王”。此二句是说，婆娑于江畔的垂柳，本是无心所插，却害得楚王宫中的嫔妃们为使腰肢也像垂柳般纤细轻盈，连饭也不敢吃，而白白饿死。

这首诗咏垂柳，既没有精工细刻柳的枝叶外貌，也没有点染柳的色泽光彩，但体态轻盈、翩翩起舞、风姿秀出的垂柳却栩栩如生，现于毫端。不仅惟妙惟肖地写活了客观外物之柳，又含蓄蕴藉地寄托了诗人愤世嫉俗之情，是一首韵味很浓的咏物诗。

# 谭用之

**【作者介绍】**

谭用之，唐末五代诗人。字藏用，里居及生卒年均不详。善为诗而官不达。著有诗集一卷，有《新唐书·艺文志》传于世。

## 【秋宿湘江遇雨】

**湘[①]上阴云锁[②]梦魂，江边深夜舞刘琨[③]。**
**秋风万里芙蓉国[④]，暮雨千家薜荔村。**
**乡思不堪悲橘柚，旅游[⑤]谁肯重王孙[⑥]。**
**渔人相见不相问，长笛一声归岛门。**

**【注释】**

①湘：湘江。②锁：笼罩。③刘琨：《晋书·祖逖传》，说东晋时期将领祖逖年轻时就很有抱负，每次和好友刘琨谈论时局，总是慷慨激昂，满怀义愤。为了报效国家，他们在半夜一听到鸡鸣，就披衣起床，拔剑练武，刻苦锻炼。④芙蓉国：唐宋时期湖南广植木芙蓉，因而借指湖南。⑤旅游：谓长期寄居他乡。⑥王孙：这里指游子。

**【鉴赏】**

“湘上阴云锁梦魂”，起笔即交代了泊船湘江的特定处境：滚滚湘江，阴云笼罩，暮雨将临，孤舟受阻。寥寥数字，勾勒出壮阔的画面，烘染出沉重的气氛。“锁梦魂”，巧点一个“宿”字，也透露出诗人因行游受阻而不无怅然之感。但心郁闷而志不颓，面对滔滔湘水，更加壮怀激烈，所以第二句即抒写其雄心壮志。

“秋风万里芙蓉国，暮雨千家薜荔村”句正面写湘江秋雨，立足题面。诗人为南方美景所陶醉，喜悦、赞赏之情油然而生。“芙蓉国”“薜荔村”，以极言芙蓉之盛，薜荔之多，又兼以“万里”“千家”极度夸张之词加以渲染，更烘托出气象的高远，境界的壮阔。于尺幅之中写尽千里之景，为湖南的壮丽山河，绘出了雄奇壮美的图画。

“乡思不堪悲橘柚，旅游谁肯重王孙”着重于抒情。“悲橘柚”，是说橘柚引起了诗人的悲叹。原因是橘柚是南方特产，其味甘美，相传“逾淮北而为枳”，枳则味酸。同是橘柚，由于生长之地不同而命运迥异，故《淮南子》说“橘柚有乡”。诗人游宦他乡，羁旅湘江，虽抱济世之志，终感报国无门，就和那被遗弃的山野之人一样，无人看重，所以说，“旅游谁肯重王孙”。这两句从乡思难遣说到仕途不遇，一从橘柚见意，一能巧用典故，一为直书，一为反诘，波澜起伏，跌宕有致，在壮烈情怀中寄寓着愤慨与忧伤。

“渔人相见不相问，长笛一声归岛门”以景写情，意在言外。屈原身处逆境，尚有一渔父与之对话；而此时诗人所遇到的情况却是“渔人相见不相问，长笛一声归岛门”。渔人看见他竟不与之言语，自管吹着长笛回岛去了。全诗到此戛然而止，诗人不被理解的悲愤郁闷，壮志难酬的慷慨不平，都一一包含其中。以此终篇，激愤不已。笛声，风雨声，哗哗的江水声，诗人的叹息声，组成一曲雄浑悲壮的交响乐，余音袅袅，不绝如缕。

# 宋词

# 宋词

# 徐昌图

【作者介绍】

徐昌图，闽莆田人，徐寅曾孙，与兄昌嗣并有才名，生卒年、字、号均不详，先后仕于闽与南唐。宋乾德初，陈洪进归宋，遣其奉《纳地表》入宋进贡。太祖留之汴京，命其为国子博士，官至殿中丞。徐昌图好作词，多散佚。他的词风格隽美，为五代词坛有数名手，启北宋一代词风。今人选词和研究宋文学史的，一定要提到他的名字。遗词仅存三首，收入《全唐诗》卷八百九十八中，亦曾收入《尊前集》。

## 【临江仙】

**饮散离亭西去，浮生[①]长恨飘蓬[②]。回头烟柳渐重重。淡云孤雁远，寒日暮天红。**

**今夜画船何处？潮平淮月朦胧。酒醒人静奈[③]愁浓！残灯孤枕梦，轻浪五更风。**

【注释】

①浮生：即一生。古人云："人生世上，虚浮无定"，故曰浮生。②飘蓬：即漂浮不定的意思。③奈：奈何。

【鉴赏】

徐昌图的这首词所写的是离别之痛，相思之苦。语言优美，抒情婉转。题材并不新鲜，但就艺术表现而言，却很新颖。

开头以"饮散离亭西去"发端，"离亭"，是供人饯别的亭子。作者在"离亭"与友人痛饮送别酒之后，依依不舍，乘船西去。从"饮散""西去"写起，起句非常好，为下文做了良好的铺垫。"浮生长恨飘蓬"，是词人直接因"饮散离亭西去"而激发的深沉慨叹。这里的"浮生"是词人自指，浮生则是说人生的漂流不定。词人在感慨自己那漂浮不定的人生像那随风飘荡的蓬草，有着太多的无奈，太大的遗憾。一个“恨”字则更加凸显词人的无奈之情。这首词，大约写于徐昌图入宋之前，它所反映的个人身世，饱含着五代乱离的时代投影。接着写词人“西去”。“回头烟柳渐重重”一句，词人乘船西行，但却频频回望，只见岸边杨柳重重，友人那熟悉的身影逐渐模糊，终于望不见了。这样的描写形象而又生动地描绘出了行者依依不舍的情景。送行者被重重烟柳所遮，“回头”已属徒然，所以沿着“西去”的方向朝前看。此时摄入眼底的，只是“淡云孤雁远，寒日暮天红”，放眼远望，天阔而云淡，孤雁远去，残阳如血。这里“淡云”“寒日”“暮天”都是对景物的描写，凸显了一种悲凉的气氛。而那“远”去的“孤雁”，则象征着主人公的孤单与飘零之苦。

词的下阕写羁旅之情。以一问开头：“今夜画船何处？”是词人自问，今夜船将停泊在何处？以下各句所写，乃是虚写，作为对问语的回答。船行进在淮水之上，月色朦胧，潮平水落，在离亭话别之际，为了麻醉自己，只管喝酒。但酒醒之后，万籁俱静，寂寞孤独凄凉再次涌上心头。此时只有残灯相伴，一个人孤枕难眠，好不容易熬到了五更天，刚有一点睡意，然而五更天往往有风，有风就起浪，将人从梦中惊醒，醒来之后更是感到忧愁。

# 李 煜

**【作者介绍】**

李煜（937—978），五代十国时南唐国君，字重光，号钟隐，继其父李璟为南唐的君主，开国八年时国亡被宋所俘，押往汴京，之后过了三年囚徒般的屈辱生活，其间，伤痛隐忍、感怀情伤都使得这位文人日渐颓废，于宋太宗太平兴国三年七夕中毒而死。他被称为“千古词帝”，对后世词学创作影响甚大。他才华横溢，精通韵律，善书法，尤其擅长作词，前期词多写宫廷享乐奢靡的生活，风格柔靡，但是这并不是他向往的生活，多为空虚无奈；后期词主要抒发他对故国的思念、对亡国的悲痛、对往事的追忆及对自己人生遭遇的感怀，给人凄凉悲壮之感，意境极其深远。此时期的作品成就远远超过前期，可谓“神品”。千古杰作《虞美人》《浪淘沙》《乌夜啼》皆成于此时，表达了其对“故国”、对“往事”的无限留恋。

## 【捣练子①】

**深院静，小庭空，断续寒砧②断续风。无奈夜长人不寐，数声和月到帘栊③。**

**【注释】**

①捣练子：单调二十七字，平韵。②砧：指捣衣声。③帘栊：指有竹帘的门窗。

**【鉴赏】**

这首词的词牌为《捣练子》，看似与本词所言之情不相符，其实是密切相关的。《捣练子》的由来是因为每逢秋季，古代妇女就用砧杵捣絮制作寒衣，寄给在外的征人、游子，这触发文人骚客的思家恋归之情、羁旅漂泊之感。在历代文人的诗词歌赋中不难见捣练子的情景描写。此词也是借捣练子的景象来反映作者对于这种离愁别恨之感。

“深院静，小庭空，断续寒砧断续风”，在深院幽静的气氛中，小庭处空空如也，这种非常简单的描写手法在此处的运用可谓是恰到好处，这是一幅凄凉晚景的景象，门庭萧萧，而简单的描述手法易于在此处烘托出寂静惋叹的悲凉景状，可谓是独具匠心。“断续寒砧断续风”断断续续的“寒砧”之声随着断断续续的晚风阵阵飘入作者耳中，使得作者心中浮起一种难以名状的苦痛。时断时续的“寒砧”声与阵阵晚风相应，将作者的相思离愁卷裹在一起，会给读者怎样的一种情景？会多么刺激读者敏感的感官？这种具象的描写引起了作者对于游子在外的那种离愁的苦痛与哀思，而词中不断以“断续”加强对气氛的渲染使得词中对于这种哀思愈加沉重。“无奈夜长人不寐，数声和月到帘栊”，夜之长，难耐作者无法入睡，那断断续续的“寒砧”之声不绝于耳，更加使得漫漫长夜显得孤独和寂寞。在月色洒过的帘栊处，和着这断断续续的声音，都使得词人感到人世之凄苦悲凉，寓情于景，婉转动人。

## 【子夜歌[①]】

**人生愁恨何能免，销魂[②]独我[③]情何限。故国梦重归[④]，觉来双泪垂。**

**高楼谁与[⑤]上？长记秋晴望。往事已成空，还如[⑥]一梦中。**

**【注释】**

①子夜歌：南朝乐府吴声歌曲有《子夜歌》，又名《菩萨蛮》《巫山一片云》《花间意》等。②销魂：形容极度哀愁。③独我：只有我。④重归：《南唐书·后主书》注中作“初归”。⑤谁与：与谁。⑥还如：仍然、好像的意思。

**【鉴赏】**

这亦是一首南唐后主李煜的名作，抒写了其对故国亡土的悲痛及对自己所遭屈辱命运的慨叹。

在词的第一句便直言作者自身的苦痛：人生的遗恨何时才能完结？作者以自问形式开篇，直白不加修饰，情感流露直接生动，且极富渲染力，可见其内心的苦恨、愤懑和压抑。而“销魂独我情何限”一句则直抒作者胸臆，只有我如此悲痛，何时是一个了结？令闻者叹息。“独我”，“只有我”的意思，给人一种无法疏解的凄凉和悲叹。“故国梦重归，觉来双泪垂”，作者梦中回到故国，一切情一切景皆是以前的模样，凄怆的心情暂时得以平静，但一觉醒来却要继续面对着残酷的局面，不由得双泪暗洒。这两句的问答以及对作者心绪的真实描写，使得全文在一开始便充斥着沉重的气息。“高楼谁与上”，谁还可以陪我一起上高楼眺望故国呢？一问“谁与上”，生动地描写出作者的无奈与悲慨。往事已成空，还如一梦中。那快乐飘然的日子已经不复返了，往事不过是一场梦，醒后的日子仍然是无尽的伤痛、凄然。作者末句将往事与梦境相提并论，使得全文散发出一种悲壮和无奈的情感气息，令闻者感叹。全文比喻与修辞不多，多是作者的自诉和对现实残酷的无奈。文中问句简短，但极富情感，将作者悲苦之情倾泻而出。

“高楼谁与上？长记秋晴望。往事已成空，还如一梦中”，是这首词的成名之句，彰显出作者深厚的词人魅力，也使得后主的凄惨生活更加清晰地展露于读者面前，让读者能够准确地理解后主当时的内心世界。这是后主《子夜歌》中的其一，入宋之后而作，因李煜夜深时常常独上高楼追忆昔日，因而在其作品中经常会出现独上高楼的情景。这首词词风委婉，意境凄婉幽致，与李煜其他作品风格一脉相承，但同时也是李煜词曲中最直抒胸臆的一首。

## 【相见欢[①]】

**无言独上西楼，月如钩，寂寞梧桐深院锁清秋[②]。**

**剪不断，理还乱，是离愁[③]，别[④]是一般滋味在心头。**

**【注释】**

①相见欢：原为唐教坊曲名，后用为词调，又名《乌夜啼》。②清秋：用以形容凄冷的秋色。③离愁：指的是离别故国的愁思。④别：另的意思。

**【鉴赏】**

《相见欢》是李煜入宋后的又一代表作，该词情景结合，感情沉郁，是李煜作品中比较著名的一首。该词上阕写景，意境宏大，通过对深院梧桐生动的描述，使得作者心绪的沉重跃然眼前，其无言与凄苦的离愁在词中淋漓尽致。上阕中“无言独上西楼”，对情景的描述准确而生动，“无言”并不是无话可说，而是缺乏倾诉的对象，作者满肠苦痛难抒，孤独之情无法用语言来表达，哀愁之甚，无奈之甚都不是一个“愁”字能够抒发的。“月如钩，寂寞梧桐深院锁清秋”，作者独自登上高楼，远眺而去，故土依稀，只有如钩的明月悬在当空，映照着自己孑然的身影，多少回忆、多少往事涌上心头，无法排解的苦闷与伤痛仿佛就像那深锁在院中的梧桐树一般，一幅清秋晚景，难言胸中凄凉之情。一个“锁”字形象而生动，勾画出作者悲痛的心情，同时也借助该情景表达了自身处境的险恶和残酷。

词的下阕在作者的直白抒臆中开头，“剪不断，理还乱”，作者简短精练地描述自己心情的忧愁和难耐，忧伤苦痛只有作者一个人能够明了。那嘈杂的世事与烦乱的心绪像丝线一样缠卷在一起，难以舒解，也难以平息。“剪不断，理还乱”比喻生动形象，寓情于景，将自己复杂抽象的心理状态用比喻的手法具体地表达了出来，在凸显自己悲惨身世的同时，也使得文章的表现力和穿透力更高一层。“是离愁，别是一般滋味在心头”，此句表达深刻而明晰，离愁表明了作者对自己作为亡国君主的伤痛不堪回首，同时也反映出了作者自己孤独和寂寞的心境。其现为亡国奴、阶下囚，历经了百般苦难，历经了人间冷暖，胸中万般无奈和悲痛都在最后一句“别是一般滋味在心头”中升华。作者历经了这么多苦难与折磨，对于常味之苦痛又怎会仅以“愁”字表达。该词是李煜在入宋后忧愁难耐而作的又一首悲情之作，该词通篇以一“愁”字贯穿，通过对周遭情景的生动描写，映衬了作者自己难言的心境和苦痛的身世。该词不论哪句都为传世名句，是一首难得的抒情词。

## 【清平乐】

**别来春半，触目愁肠①断。砌②下落梅如雪乱，拂了一身还满。**

**雁来音信无凭，路遥归梦难成。离恨恰如春草，更行更远还③生。**

【注释】

①愁肠：忧愁的心结。②砌：台阶。③还：同“旋”，立即，马上之意。

【鉴赏】

这首词表现的是春日里思念远方友人或情人的主题。该词相传是由于李煜思念其弟李从善入宋后不归而作，表达了对其弟的深深思念，并巧妙地利用春景来描写自己的思念之情。“别来春半，触目愁肠断”，“春半”即是二月中旬，作者与其弟也有“春半”之久，无言的思念和愁思都在一时间涌上心头，使得作者满目所见都是离愁，无法排解。词人用“愁肠已断”生动描写出自己的离愁之深，为后面的抒情奠定了凄婉悲怆的氛围，也为作者充分抒情的手法做了一点前瞻性的铺垫。“砌下落梅如雪乱，拂了一身还满”，此句是描写作者心绪烦乱，无法梳理清楚的比喻，是作者自身心情的生动写照，正所谓“一切景语皆情语”，作者烦闷和紊乱的心思用“落梅”的“砌下”“如雪乱”等词彰显了出来，后句一动作则更加细致准确地描写出作者心里的烦闷和嘈杂。“拂了一身还满”中的“还”十分恰当地抒写了作者溢满的思念不仅已经无法释怀，反而更加烦乱。该词上阕以景抒情，寓情于景，准确地描绘了作者思念故人的情状，同时也交代了作者心绪烦乱的原因。语言描写生动含蓄，叙事委婉动情，通篇开头点题，形象生动而又贴切。

下阕作者直接抒发自己的思念之情，表达直白贴切，情感流露真实感人。“雁来音信无凭，路遥归梦难成”，形象刻画了一幅离情别景，那种痛彻心扉的愁闷再加上鸿雁已来而音信全无的景象，将作者的思念之情提升到了一个更高的程度。尤其当作者渴望入梦而梦境难成的心理落差出现时，那相思之苦、离愁之深更甚。下阕末句“离恨恰如春草，更行更远还生”更加是形象生动的比喻，将“春草”喻“离恨”，那随地而生、繁芜浓密的春草恰似词人此时此刻愁肠百结、绵延千里的离恨，比喻新颖而又到位，而其中的三个副词——两个“更”字一个“还”字把这份欲罢不能的离愁渲染得更加绵绵无期！

该词是抒发作者思念之情的动情之作，在行文中比喻手法的运用恰到好处，显示了李煜作为一代婉约派词人的魅力。离别作为一种情感，在李煜的词中却能够产生更为沉重的积淀，那种深沉美丽、婉转感人的场面不会因这首词的结束而结束。

## 【虞美人①】

**春花秋月何时了②？往事③知多少。小楼昨夜又东风④，故**

国[5]不堪回首月明中。

雕栏玉砌[6]应犹在，只是朱颜改[7]。问君[8]能有几多愁？恰似[9]一江春水向东流。

【注释】

①虞美人：原为唐教坊曲名，又名《一江春水》《玉壶冰》等。②了：了结，完结。③往事：过去的事，这里指过去美好享乐的宫廷生活。④东风：春天的风，意味着春天来了，一年光阴又过去了。⑤故国：亡国，这里指的是被宋朝灭了的南唐。⑥雕栏玉砌：指的是南唐的豪华宫殿。砌：台阶。⑦朱颜改：红润的脸色已经改变了，人已衰老。⑧问君：君，作者自称。这是作者把自己作为第二人称来发问。⑨恰似：正如。

【鉴赏】

这首词是李煜的代表作，是其降宋后的第三年在囚居中所作，该词表达了其对故国的强烈哀思，也是对自己周遭命运的无穷慨叹。相传宋太宗听闻该词后大怒，遂下令将其毒死，因此这首词可以说是李煜的绝命词，也是他在人生最后阶段的凄凉生活的描述。

全词以问开篇，春花秋月本是自然界中美好的事物，令人期盼。然而作

者却用“何时了”发出了不同的感慨，眼前的美好景色令其触景生情，回首往昔，过去的种种往事涌上心头，只能徒增作者的伤悲愤慨与凄凉。“往事知多少”指的是作者往昔身为君主的惬意生活，虽历历在目，但现在已经一去不复返了。“小楼昨夜又东风”承接上句，又一次春风拂面，又一次绿满江山，一年的光阴已过，引发了作者“不堪回首”的无限感叹。此时追忆往事，怀念故国，愁绪更是繁杂，也更为凄婉。该词对情景事物的描述，充分地勾画出了作者由一代君主沦为阶下囚的巨大落差，真切而又深刻，婉转而又尖锐，美

好而又凄凉，感人肺腑。

词的下阕是情与景的交融，充分表现了作者对其往昔生活的追忆和对眼前生活的无限感慨。那富丽堂皇的宫殿和玉一般的石阶虽然还在，但是自己却失去了往日的容颜，一切早已是物是人非。言下之意是，虽然豪华的宫殿依然存在，重楼玉宇仍然伫立故土，但现在的自己已不再是这里的君主，而变成了阶下囚。此时，心中悲恨难抑，愤懑至深。“问君能有几多愁”是词人自问，请问你的愁苦到底有多少？而“一江春水向东流”正是词人以春水来作比喻，将自己的忧愁具体化、形象化，用此来形容自己无穷无尽的愁苦和忧伤，引起了广泛共鸣，极富感染力。也正因为如此，这两句成为脍炙人口的名句，代代相传。

词人在这首词中将自己的愁思贯穿始终，表达了其对故国强烈的思念和对自己曾经美好生活的慨叹。语言虽然朴素，但是意境深远，真实而又深刻。

## 【浪淘沙[①]】

**帘外雨潺潺[②]，春意阑珊[③]，罗衾[④]不耐五更寒。梦里不知身是客，一晌[⑤]贪欢。**

**独自莫凭栏，无限江山，别时容易见时难。流水落花春去也，天上人间。**

**【注释】**

①浪淘沙：原为唐教坊曲名，后用为词调。②潺潺：象声词，形容连绵不断的雨声。③阑珊：将尽。④罗衾：丝绸被子。⑤一晌：一会儿，片刻。

**【鉴赏】**

北宋蔡绦的《西清诗话》记载：“南唐后主归朝后，每怀江国，且念嫔妾散落，郁郁不自聊。尝作《浪淘沙》云，含思凄婉，未几下世矣。”按照此书的记载，李煜创作此词不久就去世了。

此词描绘的是“春意阑珊”的景象，面对着绵延不断的春雨、随风凋谢的落花、透过罗衾的春寒，独自凭栏的词人不由得怀念起故土的无限江山。“帘外雨潺潺，春意阑珊，罗衾不耐五更寒”，这首词的上阕渲染了一种凄凉冷落的气氛，词人梦中醒来，面对这窗外的寒雨，备感寒冷。这种寒冷是一语双关，既是外部环境的寒冷又是自己内心深处的凄凉、孤独和难耐。“梦里不知身是客，一晌贪欢”是写梦中之景，“身是客”写的是作者身为俘虏，远离故土，只有在梦中短暂的片刻才能追忆到美好的景致，更添哀痛之情。

“独自莫凭栏，无限江山，别时容易见时难”，这里，“独自莫凭栏”写的是词人凭栏远望，不由得怀念起故土的万里江山，心中不禁涌上诸多伤感和痛楚，想到如今的江山已经易为他主，物是人非，只得哀叹世事无常。“流水落花春去也，天上人间”这句是该词的经典之句，并为后世广为流传。作者怀念起万里故土，心中不免升起种种痛楚和难耐，只能沉浸在片刻的欢愉之中，任那落花随流水而去不得返，春天再难寻觅。此句暗喻时日无多，将不久于人世，颇具悲壮之感。由此可以看出词人的无限留恋、惋惜及其无可奈何的悲痛。作者通过采用对比的手法，将往日的帝王生活与现在的阶下囚生活进行了对比，二者之间有着天壤之别，这恰恰又与词人梦里梦外的落差相照应。通过对这些景物的描写，反映了作者对于亡国故土的深切怀念，同时也使得作者惋叹自己处境的凄凉。

# 寇准

**【作者介绍】**

寇准（961—1023），字平仲，下邽（今陕西渭南北）人。北宋政治家、诗人。因多次直谏，被皇帝重用。先后在工部、刑部、兵部任职。后因参与宫廷斗争，被丁谓等人排挤，最终病死于衡州（今湖南衡阳）。留有《寇莱公集》。

## 【阳关引[①]】

**塞草烟光阔，渭水[②]波声咽。春朝雨霁轻尘歇。征鞍发。指青青杨柳，又是轻攀折。动黯然[③]，知有后会甚时节。**

**更尽一杯酒，歌一阕。叹人生，最难欢聚易离别。且莫辞沉醉，听取阳关[④]彻。念故人，千里自此共明月。**

**【注释】**

①阳关引：又名《阳关曲》，双调七十八字，仄韵。②渭水：即渭河，自西向东横贯渭河平原，注入黄河。③黯然：伤神的样子。④阳关：指王维的《阳关曲》。

**【鉴赏】**

这是一首送别情歌，巧用了王维的《送元二使安西》，但作者结合自身的体验，将情景并在一起。“最难欢聚易离别”“千里自此共明月”等句，道出了词人心中的所有，片言精要，颇为警策。

上阕中主要是描写景状，寓情于景。“塞草烟光阔，渭水波声咽”，野草铺向边塞大地，穿透烟霭的阳光宽阔无际。渭河里的波涛阵阵，仿佛在低声啜泣。这两句描写的塞外景象生动凝练，将渭水的波涛注入人的情感，将那离别之苦含蓄委婉地表达了出来。“春朝雨霁轻尘歇”，早春之晨，春雨刚刚过去，迎来的是漫天的晨曦，路上尘土不再飞起。“征鞍发”，征鞍早已准备就绪，此刻征人也要骑马踏上征途。“指青青杨柳，又是轻攀折”，指点攀折的青青杨柳，离别啊，为什么如此容易？古人常常折柳送别，此处也是此意，词人攀折青青杨柳，以送别远征之人。“动黯然，知有后会甚时节”，此时此刻，怎不令人黯然神伤，即使能再相逢，也是遥遥无期。作者利用折柳等典故，表达了对故人真挚的情感，末句的自问含着浓重的离别之情，不舍之意呼之欲出。“更尽一杯酒，歌一阕”，再饮一杯水酒，听一阕送别的歌曲，此两句又是化用王维“劝君更尽一杯酒，西出阳关无故人”的诗意。“叹人生，最难欢聚易离别”，可叹人生欢聚难得，离别却无法回避，作者对于人生离别的慨叹将此文的情感推向了高潮。“且莫辞沉醉，听取阳关彻”，你要推谢饮酒过多，会带来沉沉醉意，不管阳关送别的歌曲多么不忍听，你也要坚持到底。“阳关彻”指的是王维的《送元二使安西》，后被传为传唱送别的歌曲。“念故人，千里自此共明月”，每当回忆起好友阔别，远去千里万里，但是还有天上的明月把我们联系在一起。别离之后，彼此就将相隔千里，无以相会，而只能共仰此明月，以寄相思，“但愿人长久，千里共婵娟”，深情款款。

此时词虽完但意未尽，一幅情意满满的相思画卷生动展现在读者面前。

## 【踏莎行】

**春色将阑①，莺声渐老，红英落尽青梅小。画堂人静雨濛濛，屏山②半掩余香袅。**

**密约沉沉，离情杳杳。菱花③尘满慵将照。倚楼无语欲销魂④，长空黯淡连芳草。**

【注释】

①阑：残，尽。②屏山：屏风上所画的山峦。③菱花：指镜子。④销魂：黯然销魂，十分伤心。

【鉴赏】

寇准的这首《踏莎行》表达了在暮春之时伤别怀远的情感，整首词以相思为主线，表达的是主人公细腻的爱情。“春色将阑，莺声渐老，红英落尽青梅小”写的是春天将尽之际的景象，通过对莺啼等暮春景象的描写，表现了作者那神思恍惚的伤心状态。黄莺的啼叫声渐渐衰绝，红花不断凋残落尽，如豆般微小的青梅也悬挂枝头，室外一派暮春的景象，从这里的描写读者可以看出，此文的基调定在这样的暮春季节里正好与作者此时的心境相符合。“画堂人静雨濛濛，屏山半掩余香袅”，“画堂”是墙上绘有图案的堂屋，在这样的堂屋下，一个人孤独地守在这里，没有声音，只有那窗外淅淅沥沥的雨声淹没在女子的心底。一幅凄然的景象，令人神伤。“屏山半掩余香袅”，“屏山”是指屏风上画的山，“余香”指的是香熄灭之后在空气中残留的香气。那香气缭绕，情意绵绵，渲染出一幅沉寂空灵的画面，将女子的哀怨、神伤和沉闷，细腻地表达了出来。“密约沉沉，离情杳杳”，爱情的誓约庄重肃穆，但自从那时的别离后至今却仍然杳无音信。这两句的描述，将二人真挚的爱情充分地表现出来，读者可以领略到那坚贞的爱情是多么令人动容。“密约”指的是男女之间的爱情誓约。“沉沉”表达出离情的伤痛和无期的等待。“菱花尘满慵将照”，梳妆柜上放的镜子早已经落满了灰尘，无心再看，只因行人远去，心情怅然。女子的忠贞、专情不言而喻。“菱花”指的是镜子；“慵”就是懒的意思，表达了女子因对行人的思念而无心妆容打扮。“倚楼无语欲销魂，长空黯淡连芳草”，内心的愁苦无法排解，只得独上高楼眺望远方，只见长空黯淡，芳草连绵，直至那遥远的天际。“销魂”指的是极度悲伤。

在作者的意象中，因为心情极度悲伤，所以眼前的天空和大地都显得一片黯淡，看不见光明。

# 欧阳炯

**【作者介绍】**

欧阳炯（896—971），益州华阳（今四川成都）人，字不详。生于唐昭宗乾宁三年（896），卒于宋太祖开宝四年（971），年七十六岁。少事前蜀王衍，为中书舍人。前蜀亡，归后唐，为秦州从事。孟知详建后蜀，又为中书舍人。据《宣和画谱》载，他事孟昶时历任翰林学士、门下侍郎同平章事，随孟昶降宋后，授为左散骑常侍。

欧阳炯性情坦率放诞，生活俭素自守。工诗文，特别长于词，又善长笛，宋太祖曾召他在偏殿吹奏。欧阳炯的词多写艳情，也有写景记游之作，如《南乡子》八首咏记南方人物风情。其词风婉约轻和，是花间派重要作家。曾为《花间集》作序，《花间集》存其词十七首。《全唐诗》存四十八首，《全唐诗补编》存其诗二首，《尊前集》收三十一首，《全唐文》《唐文拾遗》各存其文一篇。

## 【江城子[1]】

**晚日金陵[2]岸草平，落霞明，水无情。六代[3]繁华，暗逐逝波声。空有姑苏台[4]上月，如西子镜，照江城。**

**【注释】**

①江城子：又名《江神子》《水晶帘》。②金陵：今江苏南京。③六代：指吴、东晋、南朝宋、齐、梁、陈六朝，均建都于金陵，史称六朝。④姑苏台：台名，在今江苏苏州姑苏山上，为春秋时期吴王夫差所建。

**【鉴赏】**

欧阳炯为三朝元老，前蜀王衍时为中书舍人，事后蜀孟昶官翰林学士，进门下侍郎同平章事（宰相），从昶降宋，任闲曹左散骑常侍。事孟蜀时尝拟白居易讽谏诗五十篇以献，思有所进取，然又应命作过不少淫靡官词。

这首词是五代词中写怀古题材较早的一首，凭吊的是六代繁华的消逝。此词是词人顺江东下至金陵时所作，词人心情黯冷。该词情景交融，寓意深刻，词人把金陵的景象进行了生动的描写，使之与词人眼见古都兴衰形成了鲜明的对比，形象地表达出了词人慨兴叹亡的悲凉情感。词的前三句点出了词人所在之地，“晚日金陵岸草平，落霞明，水无情。”写金陵附近江边之景。傍晚，鲜艳明丽的晚霞映衬着金陵古城，绚丽而略见苍茫。词人望着眼前滚滚东逝的江水，发出了“水无情”的慨叹。这里的“岸草平”则显示出了江面的空阔，“落霞明”衬托出天宇的寥廓，给人一种空旷之感。而后两句“六代繁华，暗逐逝波声”则是对其的具体描述，写六代王朝的全部物质文明以及君主们的荒淫奢侈的生活都随着历史长河，一去不复返了，一切已成为过眼烟云。暗指六朝的灭亡，六代君王奢侈美好生活的结束。“空有姑苏台上月”描写的是苏州方向升起了一轮如西子镜般的明月，仍然映衬金陵这座古城。感受与构思都十分新颖，“空有”明写六朝的繁华已经逝去，只剩下明月高挂，暗指后世不要重蹈覆辙，而这里的“明月”指的是什么？是否代指新朝赵宋，不得而知。

全词写景抒情，感情色彩极浓，充满动态的深邃感，真切动人，凄冷深远，富有较强的艺术感染力，极易引起广泛的共鸣。

# 范仲淹

【作者介绍】

范仲淹（989—1052），字希文，吴县（今江苏苏州）人。北宋著名的政治家、思想家、军事家和文学家。大中祥符八年（1015）进士及第。曾官枢密副使、参知政事，他为政清廉，体恤民情，刚直不阿，力主改革，屡遭奸佞诬谤，数度被贬。皇祐四年（1052）五月二十日病逝于徐州，终年六十四岁。是年十二月葬于河南洛阳东南万安山，谥文正，封楚国公、魏国公，是北宋诗文革新运动的先行者之一。他为政主张“先天下之忧而忧，后天下之乐而乐”，朱熹称他为“有史以来天地间第一流人物”！范仲淹又是文学家，他的散文《岳阳楼记》为千古名篇，至今广为传诵，有《范文正公集》传世，通行有《四部丛刊》影明本，附《年谱》及《言行拾遗事录》等。词仅存五首。

## 【御街行①】

**纷纷坠叶飘香砌②，夜寂静，寒声碎。真珠帘卷玉楼空，天淡银河垂地。年年今夜，月华③如练④，长是人千里。**

**愁肠已断无由醉，酒未到，先成泪。残灯明灭枕头攲⑤，谙⑥尽孤眠滋味。都来此事，眉间心上，无计相回避。**

【注释】

①御街行：又名《孤雁儿》，双调，七十八字。②砌：台阶。③月华：月光。④练：白绢。⑤攲：倾斜，斜靠着。⑥谙：熟悉，熟知。

【鉴赏】

这首词主要表达了词人的离愁别恨，题作虽为怀旧，却也是怀人，是一首怀人之作。该词从秋声、秋夜起笔，层层写来，步步深入，气氛极浓，境界也由小到大：从落叶、珠帘、空楼直至银河垂地，引出无限遐思悬想。

词的上阕写景，景中有情，情景交融，主要描写秋夜寒寂的景象，通过秋色、秋声的描写从而引出自己的秋思，渲染了一种浓郁的环境气氛。“纷纷坠叶”是描写寂静的秋夜里，片片叶子飘落，带着余香飘向石砌的阶面，写出了词人心中的寂寞惆怅。“寒声碎”是写寂静的秋夜，令人心碎的秋声掠过耳畔，这不仅仅是写秋天的气候，同时又是作者孤寒处境的深刻映射。该词的前两句交代了时间、地点和人物的情感。作者对于景物的描写细致，对词句的把握精彩传神，“夜寂静，寒声碎”，一个“碎”字更显得秋晚之静谧，这种烘托作用显然要好于对景物的直接描述。“真珠帘卷玉楼空”，在空寂的高楼之上，卷起珠帘，发现已是人去楼空，这里的“空”字用得极为巧妙，更加鲜明地表明了词人的孤独寂寞的感受。“天淡银河垂地”意指银河仿佛垂到了地上，勾画出了秋夜空旷的天宇，勾起了词人的相思之情。于是发出了“年年今夜，月华如练，长是人千里”的感叹。

词的下阕直接抒情，淋漓痛快，“愁肠已断无由醉”，如今是肠已断，即使借酒也不能排解这种忧愁！“酒未到，先成泪”，更是写出了词人的思乡情之深，意之切。“残灯明灭枕头欹，谙尽孤眠滋味”，室外月明如昼，而室内则残灯明灭，词人独自倚枕，尝尽孤眠的滋味，这种形象而又生动的描写更添一种悲凉寂寞而又凄然的气氛。最后几句“都来此事，眉间心上，无计相回避”，算来这怀旧之事就在眉头和心间，是无法避免的。词人的怀旧之情贯穿始终，触景生情，将词人寂寞孤寂的感受描写得淋漓尽致。

## 【剔银灯】

**昨夜因看蜀志[①]。笑曹操孙权刘备。用尽机关，徒劳心力，只得三分天地。屈指细寻思，争[②]如共、刘伶一醉？**

**人世都无百岁。少痴呆、老成尪悴[3]。只有中间，些子少年，忍把浮名牵系。一品[4]与千金，问白发、如何回避？**

**【注释】**

①蜀志：即《三国志》，由《魏书》（三十卷）、《蜀书》（十五卷）、《吴书》（二十卷）组成。②争：怎。③尪悴：瘦弱憔悴。④一品：代指高官。

**【鉴赏】**

这首《剔银灯》有一个另外的标题——“与欧阳公席上分题”，这是范仲淹与好友欧阳修在宴席之上，分别作词而留下的佳作。二人常常激辩天下之事。这首词作正是二人在评论三国之事时而作。由于是酒宴上的即兴之作，范仲淹也是与友人唱和而起，因此范仲淹此词不是很严肃，而是以通俗易懂的语言加上戏谑的语气来调侃人生，表达对世事的不满和忧伤。“昨夜因看蜀志，笑曹操孙权刘备。用尽机关，徒劳心力，只得三分天地”，表面上词人是阅毕《三国志》后对三位历史人物的嘲笑，但是其中却夹杂着作者自己的点点感慨，令人深思。三位历史人物用尽毕生心血，穷尽机关谋略争得天下而为后世所传唱，而作者却觉得他们“用尽机关，徒劳心力，只得三分天地”，其中蕴含了诸多的不屑，也是作者对他们的功业的评价。“用尽机关，徒劳心力，只得三分天地”中的“只得”是何等的淡然！作者对这些人物毕生的追求和价值观产生了诸多的怀疑和鄙夷。“屈指细寻思，争如共、刘伶一醉？”如此这般算来，曾经的曹操、孙权和刘备还不如“惟酒是务，焉知其余”的刘伶，与其穷尽毕生心血争天下，倒不如和刘伶畅然一醉来得潇洒。“人世都无百岁。少痴呆、老成尪悴。”人生短暂，不过百年，年少时无知痴傻，年老之际又是憔悴黯然，就这么短的时间。这是作者感叹人生的短暂和其中懵懂、慨悔的岁月，在这一生中浪费的时间是多么令人伤感。“只有中间，些子少年，忍把浮名牵系”，只有中间这些青壮年间算是方华正茂，但是又怎么忍得被浮名牵绊。作者感叹完人生的短暂便对这一生中最美好和能够奋斗的岁月表达珍惜和劝诫，一方面是作者自己的感叹，但从另一方面看也是作者对逝去岁月的追悔。“一品与千金，问白发、如何回避”，就算高居一品，赢得千金，白发又怎能回避？这又是作者对于人生无可避免的阶段——衰老的感怀。纵使青年时衣锦千金，但是谁又能回避衰老呢？终究还不是要渐渐老去？

词作慷慨激昂、愤世嫉俗，而一旦联系词人自身的遭遇，读者便可读出隐于其中的深味。范仲淹一生命途多舛，官场屡屡遭受打击，在这种情况下，一种出世的态度隐含其间。但是作者也有隐约的悔恨、懊悔和遗憾。这也是作者对于自己身世周遭的一种倾诉。

## 【渔家傲①】

**塞下②秋来风景异，衡阳雁③去无留意。四面边声④连角起。千嶂里，长烟落日孤城闭。**

**浊酒一杯家万里，燕然⑤未勒归无计。羌管⑥悠悠霜满地。人不寐⑦，将军白发征夫泪。**

**【注释】**

①渔家傲：双调，六十二字，仄韵。②塞下：指西北边疆。塞，边塞的意思。③衡阳雁：南飞的大雁。据传秋雁南飞，到衡阳就不再南飞。④边声：边地上的各种悲凉的声响。⑤燕然：山名，今内蒙古杭爱山。⑥羌管：羌笛。⑦寐：睡。

**【鉴赏】**

这是宋代最早的边塞词，它既反映了作者反对入侵与巩固边防的志愿，又描写了外患未除，功业未建，以及久戍边防士兵思乡等复杂矛盾的心情。这一切，又都与北宋王朝对内对外一系列错误政策密切相关。

词的上阕描写了塞外景致，景中有情，情景交融。词的前两句“塞下秋来风景异，衡阳雁去无留意”，意思是说塞外的秋天分外萧瑟，景物萧然，不同以往。大雁头也不回地飞向衡阳，对这里没有丝毫眷恋。这两句指明了时间及地点，写出了作者对眼前景物的异样感受。“无留意”实际上是以物来写人，南飞的大雁尚且如此，更何况是人呢？描绘了边地的凄凉之景。接下来“四面边声连角起。千嶂里，长烟落日孤城闭”更是给人一种悲凉的感觉，“孤城闭”突出了守边军人的戒备之森严，更是凄凉，使读者仿佛看到人烟稀少的边塞，光秃的山峰重重叠叠，上空飘浮着一缕缕的青烟，悲壮的号角和着杂乱的边声在四野回荡，此情此景令人深感凄凉，能够引起读者的广泛共鸣。如此之雄浑悲凉的境界，为下文的描写埋下了伏笔。

词的下阕是抒情，“浊酒一杯家万里，燕然未勒归无计”，一杯浊酒怎能消解自己心中的忧愁呢？词人将将士们的军旅生活描写得淋漓尽致。离家万里，远戍边疆，想家不能回，本想借酒消愁，哪知借酒消愁愁更愁。远处传来幽怨的笛声，更是难以入眠，于是词人发出了“将军白发征夫泪”的慨叹，道出了将军战士们的感伤，同时也诉说了他们心中的苦闷。

全词的意境开阔悲凉，形象而又生动的描写，令将士们的军旅生活跃然纸上，表达了词人抵御外患、报国立功的壮烈情怀，同时也表达了作者自己和戍边将士们的内心悲伤苦闷的真实感情，感人至深，使人不禁潸然泪下，也表现了边地的荒寒及将士们的劳苦，表露将士们内心的凄苦及对家乡的思念之情。

# 柳永

【作者介绍】

柳永（约987—约1053），初号三变，字景庄，后改名永，字耆卿，排行第七，又称柳七。崇安（今福建武夷山）人。宋仁宗朝进士，官至屯田员外郎，故世称柳屯田。因仁宗曾批圣谕让他“风前月下填词”，因此他自称“奉旨填词柳三变”，以毕生精力作词，并以“白衣卿相”自许。由于仕途坎坷、生活潦倒，他由追求功名转而厌倦官场，沉溺于旖旎繁华的都市生活，在“倚红偎翠”“浅斟低唱”中寻找寄托。他是北宋词婉约派最具代表性的人物之一，代表作《雨霖铃》。他不仅开拓了词的题材内容，而且制作了大量的慢词，发展了铺叙手法，促进了词的通俗化、口语化，在词史上产生了较大的影响。其词多描绘城市风光和歌妓生活，尤长于抒写羁旅行役之情。柳词又多用新腔、美腔，旖旎近情，富于音乐美。他的词作流传极广，有《乐章集》。

## 【倾杯[1]】

**鹜[2]落霜洲，雁横烟渚，分明画出秋色。暮雨乍歇，小楫[3]夜泊，宿苇村山驿。何人月下临风处，起一声羌笛。离愁万绪，闲岸草、切切[4]蛩[5]吟似织。**

**为忆芳容别后，水遥山远，何计凭鳞翼。想绣阁深沉，争知憔悴损，天涯行客。楚峡云归，高阳人散，寂寞狂踪迹。望京国[6]，空目断、远峰凝碧。**

【注释】

①倾杯：双调，仄韵。②鹜：野鸭。③楫：船桨。④切切：虫的鸣叫声。⑤蛩：蟋蟀。⑥京国：汴京。

【鉴赏】

柳永在其词作中善于描写景物，也描摹过大量的山水风物。其一生漂泊浪迹、羁旅天涯，其中的苦涩只有作者心里最清楚。

词的上阕描写了一幅有声有色的秋天暮景图。“鹜落霜洲，雁横烟渚，分明画出秋色”，开篇作者以对仗的形式刻画出了鹜鸟飞落霜洲之上，大雁横排于烟渚的画面。这样的描述，画面感极强，确实如同“画出秋色”。“落”与“横”描写野鸭和大雁的飞翔姿态，极为传神，给画面增添了优雅的动态美。“暮雨乍歇，小楫夜泊，宿苇村山驿”，暮雨刚刚停歇，小船在夜色中泊于“苇村山驿”。这部分增添了秋色的萧疏和凄冷。写完秋景，作者也不忘描绘出听到的秋声“何人月下临风处，起一声羌笛。离愁万绪，闲岸草、切切蛩吟似织”，是词人夜宿“苇村山驿”之后所闻之声，月下的悠悠羌笛惹起万般离愁思绪，岸间的切切蛩吟急切烦躁，添加千缕不宁心绪，景中含情却不动声色。

当作者将自己的离愁别绪暗暗引出之时，词篇就自然过渡到下文的怀人之思。“为忆芳容别后，水遥山远，何计凭鳞翼”，作者触景生情，由暮景秋色中的悲凉联想到自己旧时的佳人，叹息天各一方，无从通信，感情真挚强烈。“想绣阁深沉，争知憔悴损，天涯行客”，从对方入手，词人设想深居绣阁的佳人，是无法理解远方行人的艰辛和憔悴的，这销魂黯然的一幕使得情感的抒发更进一步。“楚峡云归，高阳人散，寂寞狂踪迹”，作者感叹“幽欢佳会”的佳人现在早已经没有了踪迹，只有寂寞默默跟随着自己。“望京国，空目断、远峰凝碧”，往日的欢聚已经消散难逢，一切的繁华都归于寂寞，处于寂寞中的词人只能遥望京城，来寄托对心上人的思念。然而目光过处，只有“远峰凝碧”，一个“空”字将作者的失望和惆怅之情尽显无疑。

## 【河传】（其二）

**淮岸。向晚[①]。圆荷向背，芙蓉[②]深浅。仙娥画舸[③]，露渍[④]红芳交乱，难分花与面。**

**采多渐觉轻船满。呼归伴。急桨烟村远。隐隐棹[⑤]歌，渐被蒹葭[⑥]遮断，曲终人不见。**

【注释】

①向晚：傍晚。②芙蓉：即荷花。③舸：船。④渍：沾湿，溅湿。⑤棹：桨，代指小船。⑥蒹葭：芦苇。

【鉴赏】

柳永的这首《河传》简洁明快，语言清新优雅，主要描写了江南采莲女子轻盈优雅的欢快生活，给读者展现的既是一幅动情的山水画，又是一曲悠长婉转的动听歌曲。

这首词以平铺直叙的手法进行景物的描写，一开始便直接地指出了这幅画的地点和时间——“淮岸。向晚。圆荷向背，芙蓉深浅”，在秦淮河的岸边，在日暮黄昏里。作者此时并不百无聊赖，而是信步到秦淮河畔，欣赏着迷人的美景，感受劳动人民的田园生活。“仙娥画舸，露渍红芳交乱，难分花与面”，微风拂过，田田荷叶荡漾，婀娜娇人，那犹如仙娥般的女子，那画船与苇丛荷花交织在了一起，还有那动人的红润脸蛋与娇艳的荷花相互辉映，一时难以分清。虽然语言平实无华，却描绘了一幅清新动人的画面。

词的下阕主要是描写采莲姑娘在湖上采莲的美妙生活。“采多渐觉轻船满，呼归伴。急桨烟村远”，轻船渐渐地载满了莲子，采莲女便呼朋引伴，相约归去，荡起快桨，向着远处那炊烟袅袅的村庄飞快驶去。这种充满动感的画面，使得读者有种身临其境的感觉，仿佛能够感受到那些采莲姑娘内心的欢喜，听到她们吟唱的美曲。词的结尾“隐隐棹歌，渐被蒹葭遮断，曲终人不见”，那隐隐欢快的歌曲渐渐失去了踪迹，被那茫茫的蒹葭遮挡而最终消失不见。这种“曲终人不见”巧妙而不动声色地化用唐代钱起的诗句“曲终人不见，江上数峰青”，给人一种意蕴无穷的审美感受。轻舟已去，那采莲姑娘也消失在了江上，然而词人自己却迟迟不肯离去，久久凝驻，回味着刚才的所见所闻，这给读者增加了诸多的想象空间。

## 【归朝欢】

**别岸扁舟三两只，葭苇[①]萧萧风淅淅。沙汀宿雁破烟飞，溪桥残月和霜白。渐渐分曙色。路遥山远多行役[②]。往来人，只轮双桨[③]，尽是利名客。**

**一望乡关烟水隔，转觉归心生羽翼。愁云恨雨两牵萦，新春残腊相催逼。岁华都瞬息，浪萍风梗诚何益。归去来，玉楼④深处，有个人相忆。**

【注释】

①葭苇：芦苇。②行役：指行旅之事。③只轮双桨：乘船坐车。④玉楼：华丽的楼。

【鉴赏】

此词又是柳永表达厌倦羁旅游宦生活的一首代表作。词人善于铺叙，尤其对于景物的描写手法更是细腻。上阕中词人仍然是对景物以白描的方式进行描写。“别岸扁舟三两只”，远处江岸上停靠着三两只船。“葭苇萧萧风淅淅，沙汀宿雁破烟飞”，岸边的芦苇在淅淅的风中发出萧萧的响动，沙汀上的宿雁冲破晓烟飞去。“溪桥残月和霜白，渐渐分曙色。路遥山远多行役”，残月和晨霜映衬着溪边的小桥，一片洁白。作者在上阕中以白描的手法对景物进行了诸多的描写，刻画了一幅冬日萧条的景色。这些景物极其凄清，染上了词人自身浓重的感情色彩，而最后一句的“渐渐分曙色”则点明时间的推移，承上启下，既对上面所写之景进行总结，又开启下面对渐渐天亮后的景致的描绘。

下阕中词人开始转入抒情阶段。“一望乡关烟水隔，转觉归心生羽翼”，词人极目远望，可是乡关未见，烟水相隔，心中那思归之意如生羽翼般无法阻挡飞回故里。作者下阕第一句就将自己的感情完全抒发，使得词作离愁萦绕，情深意长。“愁云恨雨两牵萦，新春残腊相催逼。岁华都瞬息”，词人还嗟叹岁月如梭，仿佛新春刚过，腊月就相随，瞬息之间年华便逝。这是作者的内心独白，词人的宦游生涯孤寂凄凉，到老仍然一事无成，不禁叹老嗟悲。“浪萍风梗诚何益。归去来，玉楼深处，有个人相忆”，词人一生浪迹，如同飘萍。风梗，漂泊无所，“诚何益”为千钧般的叹息，在游宦生涯中词人体会到了名利对人的摧残，感到牺牲自己渴望的幸福而追求这种虚无的名利毫无意义，遂产生归隐之意。“归去来，玉楼深处，有个人相忆”，这是作者归隐之意的描述，意蕴悠长，由此也可以看出柳永把感情当作人生的归宿。

## 【婆罗门令[①]】

**昨宵里、恁[②]和衣睡，今宵里、又恁和衣睡。小饮归来，初更过，醺醺醉。中夜[③]后，何事还惊起？霜天冷，风细细，触疏窗、闪闪灯摇曳。**

**空床展转重追想，云雨梦、任攲枕难继。寸心万绪，咫尺千里。好景良天，彼此，空有相怜意，未有相怜计。**

**【注释】**

①婆罗门令：又名《婆罗门引》，双调八十六字，仄韵。②恁：这样，如此。③中夜：半夜。

**【鉴赏】**

词人柳永的词作多数语近情深，颇得赞誉，这也是其词作流传之广的原因。在此首词中，柳永仍然沿用他那近似于白话却又细腻生动的描写手法为读者呈现了一幅凄美幽怨的图画，令人动容。

“昨宵里、恁和衣睡，今宵里、又恁和衣睡”，昨天晚上就这样和衣而睡，今天晚上，又是这样。柳永用这种通俗语言来表达自己羁旅生涯中那孤寂凄凉的情感，出人意表，但又新意迭出。词人宦游在外，孤寂的心声无人问津，使得词人生活孤寂，外表不修边幅。那简陋、孤苦和粗疏的生活以及词人对这种生活的厌倦一下子就呈现了出来，特征鲜明。虽然俗，但是却俗得恰到好处，俗得精妙无比。“小饮归来，初更过，醺醺醉。中夜后，何事还惊起”，作者饮酒归来，企图以这种方式让自己忘却羁旅在外的忧伤和孤寂，从而换得一夜的安眠。但是，睡至半夜，还是惊醒过来，词人以此发问，既引起了读者的好奇，也是作者故意加强语气的一种方式。就在此时，词人转而绘景——“霜天冷，风细细，触疏窗、闪闪灯摇曳”，词人从触觉、听觉、视觉等各个方面铺陈自己的所感、所闻、所见，感到的是“霜天”的冷意、晓风的清凉，听到的是风触“疏窗”的撞击之声，看到的是闪闪摇曳的寒灯，营造了凄凉的氛围。

下阕中是对作者上阕中问题的回答，并进一步刻画了词人因为美梦难继而失望惆怅的心理。“空床展转重追想，云雨梦、任攲枕难继”，回答了上阕“何事还惊起”的设问，作者在梦中惊醒，是因为作者心中备感现实的凄凉和难耐，渴望能够在梦中得到美好的过去，然而辗转反侧，愁绪频生。“寸心万绪，咫尺千里”，强烈的对比中可见词人撕心裂肺之痛。“好景良天，彼此，空有相怜意，未有相怜计”，结尾几句点明了词人辛酸的缘由，表达了词人因为有情人不能成为眷属的悲苦情感。词人嗟叹哀婉，在结尾处留下了许多令读者感怀的空间。

## 【曲玉管】

**陇首①云飞，江边日晚，烟波满目凭阑久。一望关河萧索，千里清秋，忍凝眸②？**

**杳杳神京③，盈盈仙子，别来锦字④终难偶。断雁⑤无凭，冉冉飞下汀洲，思悠悠。**

**暗想当初，有多少、幽欢佳会，岂知聚散难期，翻成雨恨云愁？阻追游。每登山临水，惹起平生心事，一场消黯⑥，永日无言，却下层楼。**

**【注释】**

①陇首：泛指山头。②凝眸：凝视，注目。③神京：指汴京，今河南开封。④锦字：织锦回文，借指妻寄夫之书信。⑤断雁：失群的孤雁。⑥消黯：黯然销魂。

**【鉴赏】**

全词一共三叠，第一、二叠的句式、平仄完全相同，第三叠方才换头，称为“双拽头”，与词的体式相适应。全词结构安排合理、语言清晰明了、情感真挚感人。

词的第一部分主要写的是眼中所见之实景。“陇首云飞，江边日晚”化用时人蔡伸诗句“亭皋木叶下，陇首秋云飞”，没有丝毫的拘泥不谐之感，自然巧妙。不仅点明了时间、地点，还通过“陇首”“云飞”“江边”“日晚”以及“烟波”等意象创造出了一个开阔、萧瑟、低沉的环境。“烟波满目凭阑久。一望关河萧索，千里清秋，忍凝眸”，作者凭栏观望，看到的是一幅苍茫高渺的清秋图景。将这幅图画延展，千里关河一片萧索，使人平添孤独寂寞之感。词文第二部分讲述了作者久久凭栏、凝目而视的心理期待，主要抒发词人无法传书和相见而造成的相思之苦。“杳杳神京，盈盈仙子”道出了“凝眸”之缘由。作者极目远眺，想着京城里那令他魂牵梦绕的意中人。“别来锦字终难偶。断雁无凭，冉冉飞下汀洲，思悠悠”，作者用窦滔、苏惠之典以表相思之苦。因为苦苦相思而又“锦字”难寄，便怨愤“断雁无凭”，离群的雁儿无足凭信。前两部分由景写情，再由景观情，写尽了现实人生中作者的孤独和凄凉。

第三部分则写词人因思往昔而更增愁恨。“暗想当初，有多少、幽欢佳会”，过往的“幽欢”“佳会”越美好，此刻的离愁便越难以忍受。作者以一句“暗想当初”转入回忆，将他与意中人相爱的欢愉、离别的愁苦细细道来。“岂知聚散难期，翻成雨恨云愁”，“阻追游”三字悲痛欲绝，也道出了这场没有圆满结局的爱情给作者带来的无限辛酸。“每登山临水，惹起平生心事”，每每“登山临水”，都会想起昔日之美好，便惹动今日之苦闷，令人情何以堪。“一场消黯，永日无言，却下层楼”，作者在登临山水之际，想起了无数失意的平生事，黯然神伤。只能“永日无言，却下层楼”，终日饱受相思之苦而默默无言，无奈地走下“层楼”，这又与开篇的“凭阑久”相互照应，使得全词结构紧密，词文流畅。

## 【雨霖铃】[①]

**寒蝉凄切，对长亭晚，骤雨初歇。都门[②]帐饮无绪[③]，留恋处，兰舟催发。执手相看泪眼，竟无语凝噎[④]。念去去、千里烟波，暮霭沉沉楚天阔。**

**多情自古伤离别，更那堪、冷落清秋节！今宵酒醒何处？杨柳岸、晓风残月。此去经年[⑤]，应是良辰美景虚设。便纵有千种风情[⑥]，更与何人说？**

**【注释】**

①雨霖铃：原为唐教坊曲名，后用作词牌。②都门：这里指京城门外。③无绪：无情无绪。④凝噎：一作“凝咽”，指的是因为悲伤过度所以说不出话。⑤经年：年复一年，一年又一年。⑥风情：风流情意。

**【鉴赏】**

这首词在柳永的全部作品中是最具代表性的，作为“婉约派”的代表人，此词是柳永最为后人传唱的名作。词人在倾诉恋情和离恨之时，还明显夹杂着思念之感。此词在词艺上最大的特点就是铺叙。

开篇“寒蝉凄切，对长亭晚，骤雨初歇”即为我们描绘了一幅送别时的图景。“骤雨”停歇的秋季傍晚，于长亭处告别自己最亲爱的人，而此时凄凄切切的寒蝉声不断萦绕在耳际，令人拂之不去。不仅点明了告别的时间、地点、背景，还通过这样具体的环境刻画，渲染了一种凄凉的离别氛围。“都门帐饮无绪，留恋处，兰舟催发。执手相看泪眼，竟无语凝噎”，京城门外，帐幕里有送别的酒宴，却哪里还有昔日狂欢的思绪。正在这依依不舍之际，船家催促要远帆而去。双手紧紧攥在一起，泪水模糊了双眼，喉咙也哽咽了，相对无言，只有默默啜泣。写到此时，作者的情感已经达到高潮，离别之痛无以复加。“念去去、千里烟波，暮霭沉沉楚天阔”，作者开始由抒情到写景，由实景送别情节到虚拟别后情景，借景抒情，不仅形象地展示了他那深广如寒波的离愁，同时也通过壮阔的景物描写使得词境顿开。

下阕中，“多情自古伤离别”从自古皆然的离情写起，而接下来的“更那堪、冷落清秋节”则又把自古皆然的离情推向极致，谁人能忍受凄清冷落的清秋时节的销魂别离！自古以来，谁人不伤痛离别？更叫人难以忍受的是这次分手，在那寂寥的清秋，怎不叫人伤愁？今夜酒醒后，你去哪里呢？是在杨柳轻摆的岸边驻停，还是在那拂晓的微风中面对一轮弯月把旧情回忆？这几句成功运用了点染之法，描绘了一幅“晓风拂岸柳，残月挂枝头”的清丽伤感画面。“便纵有千种风情，更与何人说”，假设、反问的语气表达出情之专、意之浓、别之苦，言虽尽而意无穷。作者在结尾处直抒胸臆，表明在今后的岁月里，任怎样的美景也打动不了自己，因为没有心爱的人与自己共享，仍旧以离愁收束全词。此词疏密有致，虚实相生，情景交融。可谓字字珠玑，无时不散发着艺术的魅力。

## 【采莲令[1]】

**月华收，云淡霜天曙。西征客、此时情苦。翠娥[2]执手，送临歧[3]，轧轧[4]开朱户。千娇面、盈盈伫立，无言有泪，断肠争**

**忍回顾。**

**一叶兰舟，便凭急桨凌波去。贪行色、岂知离绪。万般方寸⑤，但饮恨，脉脉同谁语？更回首、重城⑥不见，寒江天外，隐隐两三烟树。**

【注释】

①采莲令：双调九十一字，仄韵。②翠娥：这里指美人。③临歧：到岔路口。④轧轧：象声词，形容开门的声音。⑤方寸：心思。⑥重城：高城，指的是翠娥所在之城。

【鉴赏】

此词抒写的是离愁别恨，采用寓情于景的手法描写。上阕以写景发端，首句“月华收，云淡霜天曙”点明离别的时间与环境。“月华”“云淡”、“霜天”共同形成了凄清的意境，即刻的离别更添苦涩，渲染了离别的气氛，“西征客、此时情苦”，直接抒情，抒发征客的愁苦之情和对心上人的依依不舍。这一句点题之作，直接抒情，感情真挚，点明了主人公因为西出远门，将面临着离别的痛苦。接着就是对痛苦情景的描述。“翠娥执手，送临歧，轧轧开朱户”，以颠倒的词序进行一系列的动作描写。“千娇面、盈盈伫立，无言有泪，断肠争忍回顾”，姣好的面容上沾满了伤心的泪水，她也依然孤独地“伫立”在送别之处，望着远行者的背影，心如刀绞。上阕主要写送别，笔墨集中在女主人公身上。

词的下阕写到别后的情景时则是从男主人公入手。“一叶兰舟，便凭急桨凌波去”，“兰舟”急速行驶，将行人带至遥远的他乡，他便开始怨恨“急桨凌波去”，这怨恨看似无理却又真切感人。“贪行色、岂知离绪。万般方寸，但饮恨，脉脉同谁语？更回首、重城不见，寒江天外，隐隐两三烟树”，小船急着向前，贪着赶路，内心的“离愁”“饮恨”又能同谁诉说？待回头，已经看不见“重城”，只看见了“隐隐两三烟树”。表明了西行之人的无限惆怅，让人遗憾，给人遐想。作者以景作结，意境空幽蕴藉。

此词的主旨也是围绕“离愁”展开的，与作者著名的《雨霖铃》相近。但此词的下阕主要是写离别后的忧伤，这又与《雨霖铃》略有不同。所以，此词没有太多充满幻想的诗意，但却是能将抒情、写景和叙事三者有机结合的佳作，令人称叹。

# 【卜算子慢[①]】

**江枫渐老，汀蕙[②]半凋，满目败红衰翠。楚客登临，正是暮秋天气。引疏砧[③]、断续残阳里。对晚景、伤怀念远，新愁旧恨相继。**

**脉脉人千里。念两处风情，万重烟水。雨歇天高，望断翠峰十二。尽无言，谁会凭高意？纵写得离肠万种，奈归云谁寄？**

【注释】

①卜算子：双调四十四字，仄韵。②蕙：一种香草。③砧：捣衣石。

【鉴赏】

这首词描写的是作者羁旅生涯中的情感生活，主要抒发了作者浓重的思乡之情与离别之绪。

词首三句写词人的登临之见。“江枫渐老，汀蕙半凋，满目败红衰翠”，在作者所见的景色中，江上的枫叶慢慢凋零，“汀蕙”多半凋残，这种满目惨败的景色，承载作者太多的主观情感。这样的景色中充满了悲秋的色彩，同时也暗含了作者微微的离愁情怀。“楚客登临，正是暮秋天气”以宋玉悲秋之事自喻。“引疏砧、断续残阳里”则是词人所听之声，在一片残阳景中，词人听见那断续、隐约的砧杵之声，更加触发词人的羁旅漂泊之感伤。古代的女子每到秋天，就以砧杵捣练，制成寒衣给远方的亲人寄去，词人面对这样萧寂的场景，心中不禁响起了那幽幽的砧板声，思归之情油然而生。“对晚景、伤怀念远，新愁旧恨相继”，直接抒发词人的怀远之情，词人心中的忧伤早已有之，而此时的暮秋残阳之景更添一份新愁，于是“新愁”“旧恨”交之而来，可见这愁之深、愁之浓，不禁令人黯然。

下阕怀念往昔、抒写离别相思之苦。“脉脉人千里”化用诗句“盈盈一水间，脉脉不得语”（《古诗十九首·迢迢牵牛星》），情人彼此“脉脉”相视、“脉脉”含情。双方都有一腔思念之情，却因为远隔千山万水而不得见，不能亲自诉说自己的惆怅与思念。“念两处风情，万重烟水。雨歇天高，望断翠峰十二。尽无言，谁会凭高意？纵写得离肠万种，奈归云谁寄”，作者面对眼前寂寥的秋景，运用巫山女神的典故，表明他与恋人之间的男欢女爱的生活已经中断。既然所爱的人不在身边，词人如今怎么能寂寞地独自登台呢？自然引出“尽无言、谁会凭高意”的感叹。词人因为此情此意无人能言，便希望可以书写，可以远寄，但“纵写得离肠万种，奈归云谁寄？”词人进一步想到，即使写下，也依然是无人能寄。经过多重的转折，词人的离愁别绪、羁旅相思之情被推向了极致，感人至深。此词在结尾处，作者仍然处于一种无法解脱的“伤怀念远”，主题十分突出。

## 【浪淘沙慢】

**梦觉。透窗风一线，寒灯吹息。那堪酒醒，又闻空阶，夜雨频滴。嗟因循、久作天涯客。负佳人、几许盟言，更忍把、从前欢会，陡顿[①]翻成忧戚。**

**愁极。再三追思，洞房深处，几度饮散歌阑。香暖鸳鸯被，岂暂时疏散，费伊心力。殢雨尤云[②]，有万般千种，相怜相惜。**

**恰到如今，天长漏永，无端自家疏隔。知何时、却拥秦云[③]态，愿低帏昵枕，轻轻细说与，江乡夜夜，数寒更思忆。**

**【注释】**

①陡顿：突然，顿时。②殢雨尤云：形容男女相爱。③秦云：形容男欢女爱。

**【鉴赏】**

本篇为羁旅途中思念情人之作。全词三阕，描写词人孤独夜半的羁旅相思，从中可以知晓柳永长于铺叙的艺术特点。

词的第一阕写的是主人公夜半酒醒时候的忧戚。“梦觉、透窗风一线，寒灯吹息。那堪酒醒，又闻空阶，夜雨频滴。”一觉醒来，一缕寒风透窗而进，把孤灯吹灭。哪能忍受那酒醒后的凄凉，又听见屋外空阶上，夜雨滴滴，可叹蹉跎岁月和困顿已久的自己。首句直接点明“梦觉”之事，而“梦觉”之后词人见到的是“窗风”吹熄“寒灯”，听到的是“夜雨”频繁地滴落“空阶”，那般的凄清、落寞。“嗟因循、久作天涯客。负佳人、几许盟言，更忍把、从前欢会，陡顿翻成忧戚”，长久的羁旅生涯，使得自己辜负了多少佳人的盟誓，怎能忍受从前的欢乐突然变成悲戚。到此叙述完，词人更加悲戚，心中无比惆怅，悲苦的羁旅之思和思念之情油然而生。

词的第二阕，紧承上阕脉意，追思往昔欢爱之风情，用“愁极”承上启下。因愁便又“再三追思”，想起从前与佳人间的“洞房深处”“饮散歌阑”“香暖鸳鸯被”“相怜相惜”等美好，表现主人公对这一段幸福往事和甜情蜜意的无法割舍。“几度”表明二者欢爱已非一次，故情弥深而意弥笃。

第三阕又由回忆转至现实和对未来的期待。用从前之景与未来之景的想象衬托现实之苦，是柳永抒情的常用手法。“天长漏永，无端自家疏隔”，可见此时孤身一人面对“天长漏永”的漫漫长夜的寂寞难耐和万千悔意。“知何时”开始由现在转入对未来的幻想和期待，希望将来的某个时刻能够重享“拥秦云态”“低帏昵枕”的云雨之欢，且到那个时候更要向情人细细“说与”自己在他乡的无尽相思。

此词以时间为经，从现在到过去，再回到现在，又设想将来，变化多端又线索明晰；以空间为纬，从旅馆到洞房，再回到旅馆，经纬交叉，多角度多方位展现了词人的相思之情，细腻感人，真切动人。

# 张先

**【作者介绍】**

张先（990—1078），字子野，乌程（今浙江湖州）人。宋仁宗天圣八年（1030）入仕。历任宿州掾、吴江知县、嘉禾（今浙江嘉兴）判官。皇佑二年（1050），晏殊尹京兆，辟为通判。后以屯田员外郎知渝州，又知虢州。以尝知安陆，故人称张安陆。治平元年（1064）以尚书都官郎中致仕，宋神宗元丰元年（1078）卒，年八十九。张先一生安享富贵，诗酒风流，颇多佳话。晚年优游乡里，常泛扁舟，往来于杭州吴兴间。他与柳永齐名，擅长小令，亦作慢词。其词含蓄工巧，情韵浓郁。题材大多为男欢女爱、相思离别，或反映封建士大夫的闲适生活。长于锻炼字句，因善于用“影”字，尤以“云破月来花弄影”等三处为人称道，世称“张三影”。

《宋史》无传，《宋史翼》卷二六载其事。词作多佳句，有《张子野》，又名《安陆词》，存词一百八十多首。

## 【菩萨蛮】

**忆①郎还上层楼曲，楼前芳草年年绿。绿似去时袍，回头风袖飘。**

**郎袍应已旧②，颜色非长久。惜恐③镜中春，不如花草新。**

**【注释】**

①忆：回忆。②郎袍应已旧：比喻分别很久，思念很深。③恐：恐怕。

**【鉴赏】**

张先的这首词词风清丽，韵意凝重，在抒情方面略显不足，但在景物描写方面颇有独特之处。此词虽然没有在“春女情爱”的抒写方面独具匠心，但是其思路脉络显得格外清晰，韵味悠长，颇有见地。

此词的上阕是描写一对情侣感情生活的回忆和对青春往事的眷恋。词作前后阕平仄韵各不同，起伏变化甚多，情调由紧促转沉思，与这首词要表现的内容映和。“忆郎还上层楼曲，楼前芳草年年绿。绿似去时袍，回头风袖飘”，这几句是在描写思君女子对心上人的回忆，这几句起伏变化较大，但在变化回转中又紧凑细腻地穿插了很多情节。由芳草绿而绿似郎袍，而特写“回头风袖飘”，对应下阕“郎袍应已旧”，而联想一切之非长久，与草木同芳犹不可得，悲慨良深，可玩味处甚多。这种工整的形式能够使得词作在词句顿挫方面较有优势，同时也使得作者在抒发感情方面空间较大，利于情景的铺垫和读者联想。“回头风袖飘”，这种特写与前文描写心上人的情节相比，人物思想情感方面会更有突出的表现余地。

下阕中，女子对郎君的思念由隐隐相思变为忧愁担心，这种转变在词句方面并不明显，但在词句意境方面能见诸端倪。“郎袍应已旧，颜色非长久。惜恐镜中春，不如花草新”，这种感叹是女子在看见春景风物后由感而发的一种哀婉的叹息。“郎袍应已旧，颜色非长久”，这感慨的一切都非长久之物，如同郎君身上的衣袍，终归有旧的时候。而“惜恐镜中春，不如花草新”，则叹息自己容颜不能像花草那样年年新，只有那年年的苦等后愁纹爬上额头。整首词清新淡雅但也充满浓郁的感情，痴情女子的回忆对照春景风物的烂漫，相比之下更见作者表达的情感。

## 【谢池春慢】

### 玉仙观道中逢谢媚卿

**缭墙①重院，时闻②有、啼莺到。绣被掩余寒，画阁明新晓。朱③槛④连空阔，飞絮知多少。径莎平，池水渺。日长风静，花影闲相照。**

**尘香拂马，逢谢女⑤、城南道。秀艳过施粉，多媚生轻笑。斗色鲜衣薄，碾玉双蝉⑥小。欢难偶，春过了。琵琶流怨，都入相思调。**

【注释】

①缭墙：围墙，高墙。②闻：听到。③朱：朱红色。④槛：栏杆。⑤谢

女：才女，女郎。⑥碾玉双蝉：雕刻成双蝉样式的玉佩。

【鉴赏】

此词是北宋流传较早的慢词之一，由张先首创。因为张先本身为音乐家，所以其对慢词方面有着诸多的见解。清代沈雄《古今词话》有记载，“张子野往玉仙观，中路逢谢媚卿，初未相识，但两相闻名。子野才韵既高，谢亦秀色出世，一见慕悦，目色相授。张领其意，缓辔久之而去。因作《谢池春慢》以叙一时之遇。”

此词又是相思故事，描写的是才子佳人偶遇后的相思之情。词中直白的叙述较多，而对于语言的铺垫和辞藻的堆砌则相对较少。上阕主要描写的是二人相遇的地点——玉仙观。“缭墙重院，时闻有、啼莺到。绣被掩余寒，画阁明新晓”，高墙环绕着深深的庭院，耳畔不时传来燕莺的啼叫。绣被抵御着拂晓的严寒，画阁掩映着朝霞的璀璨。这是一幅拂晓莺啼隽美的画面，从春晓莺声写起，继之以体肤之感转为绘目之所见。“朱槛连空阔，飞絮知多少。径莎平，池水渺。日长风静，花影闲相照”，朱红的栏杆好似连天般开阔，飞舞的柳絮茫茫，无边无际。路上青草平整如剪，池中的春水宽阔。春日迟迟，风轻日暖，花枝投向那暖暖的悠闲的湖面。上阕着意写景，语言清新直白，易于读者了解当时的景致，也能够使人遐想在这风轻日暖的春日将要发生的浪漫画面。

下阕描写二人相见的场面和相见后的相思。“尘香拂马，逢谢女，城南道。秀艳过施粉，多媚生轻笑”，尘雾的余香轻抚着马鞍，谢媚卿啊，与你相遇在城南路边。那面容比敷过胭脂的还秀艳，那微笑好似妩媚的歌声在耳边震颤。“秀艳”以下四句，是车窗中所见谢媚卿的特写镜头。“秀艳过施粉”写相貌，秀艳天然；“多媚生轻笑”写表情，多媚热情。“斗色鲜衣薄，碾玉双蝉小。欢难偶，春过了。琵琶流怨，都入相思调”，色彩入时，着一身薄薄的轻纱，面容如玉鬓发好似透明的双蝉。相见恨晚，春天将要远去，听琵琶旋律似流水潺潺，而流不尽那相思的愁怨。四句皆写实笔调，毫无夸饰而十分生动。张谢二人一见钟情，本是说张“缓辔久之”，大概掉转马头跟车行了一段路，但只是路途邂逅，始终未曾交一语。所以说“欢难偶，春过了”，只好聊谱新曲寄托相思。词作以白描的写法入词，没有层层的铺叙，但是这种作词法却别有一番风味。

## 【惜双双】

溪桥寄意

**城上层楼天边路。残照里，平芜[1]绿树。伤远更惜春暮。有人还在高高处。**

**断梦归云经日去。无计使，哀弦[2]寄语。相望恨不相遇。倚桥临水谁家住。**

【注释】

①平芜：荒芜的原野。②哀弦：悲凉的弦乐声。

【鉴赏】

这是张先的一首描写相思之作。历史上文人墨客描写相思恋情的艺术表现手法有很多，而且风格各有千秋，有的表现委婉含蓄，而有的表现大胆奔放；有的表现真实传统，而有的表现浪漫美妙。不论是寄情于景还是以景衬情，都在艺术表现方法上追求独特的表现力。该词在艺术表现手法上有着独特的一面，词人并不急于去表达相思爱意，而是着意去刻画相遇后的相望，使读者心生联想，也使情节本身更加有可观性。

上阕中主要是对景物的描写，以景衬情，烘托相思之意。“城上层楼天边路，残照里，平芜绿树”，登上城上的层层楼宇遥望天边，在夕阳的余晖里，那荒芜的原野上绿树依依。这是交代相思之情铺垫的背景。“伤远更惜春暮，有人还在高高处”，伤远之情浓烈但也更珍惜春天的暮色，因为有人还在那高楼上遥望。这种景象的描写直白深刻，对相思人相思之状的描写刻画细腻动人。那高楼上仍然有人在那里张望，这种张望的景象立刻在读者的脑海中浮现，清晰直白，感人至深。

下阕是对哀思柔情的抒写，直接表达相思情感。“断梦归云经日去，无计使，哀弦寄语”，那碎乱的梦境和晚归的浮云随着西沉夕阳隐去，对心上人的思念无法自拔又没有办法联系，只有用那哀婉的琴弦来寄托自己的愁怨和相思之情。这种情景交融的方法颇为精妙，那景色的生动和哀婉的情思相互交加，相互辉映，共同构筑了一幅美好的画面。“相望恨不相遇，倚桥临水谁家住”，远远的相望不足以寄托情思，恨不得马上就相见，但是一眼望去，倚桥临水的人家那么多，她在哪里住呢？这种无可奈何的情感通过这种内心的独白而显得更加真实而富有质感。将相思之情回转到最浓情的时刻，那便是期待相见的渴望。

## 【相思令】

**蘋满溪，柳绕堤。相送行人溪水西。回时陇月[1]低。**

**烟霏霏[2]，风凄凄[3]。重倚朱门[4]听马嘶。寒鸥相对飞。**

**【注释】**

①陇月：明月。②霏霏：形容雨连绵不断的样子。③凄凄：形容寒冷的样子。④朱门：红漆大门，指贵族富豪之家。

**【鉴赏】**

这是一首送别词，用唐代《相思令》作为词牌名，意在切近相思之主旨，此词语言精巧干练，但词人描绘的意境开阔悠远，送别之离思深切。

上阕主要写的是送别离人的景象，描写简短，但意境开阔，情感的表达到位，颇得精妙。“蘋满溪，柳绕堤。相送行人溪水西。回时陇月低”，溪水浉浉，涨满了小堤，柳树在堤坝处茂盛繁密，相送的行人在溪水边。等到回去时天上那一陇明月已经低垂。送别之景本来是一种悲情色彩浓郁的画面，但作者开头却以春意盎然的景色入词，这一方面是与送别的悲情伤感形成鲜明的对比，另一方面是为反衬送别行人的离情别意、深厚浓烈，至到月陇低垂才得归家，这是何等的留恋呢！

下阕写景更为浓厚，而感情的抒发则是侧重于对离别后的相思之情。“烟霏霏，风凄凄。重倚朱门听马嘶。寒鸥相对飞”，烟雨霏霏，风儿凄凄。再次倚着那红色的大门听着庭院外的马嘶声。寒鸥都成双成对地飞去了。景物的描写就在于烘托相思之情，“烟霏霏，风凄凄”这是一幅凄婉的景象，与词人此时的心境正好吻合；“寒鸥相对飞”反衬词人现在自己孑然孤影，这样的描写使得此词在结尾处留下了浓浓的凄凉之意。

整首词充满了离情别意。词人在描写景物时并没有直接进行情感寄托，而是在对景物描写的同时与词人要抒发的情感形成鲜明对比，以此引出更为浓烈的情感表达。“回时陇月低”“烟霏霏”“风凄凄”“听马嘶”“相对飞”，这些都与词人的心境形成一定的对比，主要的作用是在利用景物进行情感的对比，从而使得情感的抒发更浓烈，具有伤感色彩。

## 【蝶恋花】

**移得绿杨栽后院，学舞宫腰，二月青犹短。不比灞陵[1]多送远，残丝乱絮东西岸。**

**几叶小眉寒不展，莫唱阳关[2]，真个肠先断。分付与春休细看。条条尽是离人怨。**

**【注释】**

①灞陵：汉文帝陵寝，一作霸陵。灞，即灞河。因灞陵靠近灞河，因此得名。②阳关：琴曲名。

**【鉴赏】**

此词借柳描写离人愁思，离情别意从首句描写的杨柳即引发。词人寓情于景，将要抒发的情感与阳春之景色进行对比和衬托，从侧面突出了那离情别意的真切和送别画面的凄婉。

词的上阕是在描写送别时的景色，交代送别的时间、地点和场景。“移得绿杨栽后院，学舞宫腰，二月青犹短”，作者移栽杨柳于后院，不禁联想到灞陵折柳。离别场景的细描是对离别之意的渲染。“不比灞陵多送远，残丝乱絮东西岸”，这与前两句的衔接看似不太紧密，其实这是词人对这首词基调的一个铺垫。词中“杨”与“柳”，因古人多称柳为杨柳，此处自然还有平仄的关系，如果易杨为柳，则二四六成了仄仄仄，是律句所不允许的。

本词下阕以抒情为主，并紧密围绕着“愁”字展开丰富的表达。“几叶小眉寒不展，莫唱阳关，真个肠先断”，因为是新移栽的杨柳，而且时令尚早，叶只有几片，柳眉还尚小。初看是在如实写景，但其中暗藏着一段愁绪，自是不难寻绎的。正由此愁思之萦缠，乃不得不要敲起警钟：莫唱阳关，如一唱，可真的要断肠了。这种抒情在于对景致的相关联想，杨柳取“留”之谐音，本来乃送别之物，由此而引发的愁思也更加突出。而作者一句“分付与春休细看。条条尽是离人怨”，在结尾处给读者留下了太多感叹的空间，“分付与春休细看”，看了使人更加难受，因为条条尽是离人之愁怨啊！这种深重的表达使得全词意境令人回味悠长。

## 【诉衷情】

**花前月下[①]暂相逢。苦恨阻从容[②]。何况酒醒梦断，花谢月朦胧。**

**花不尽，月无穷，两心同。此时愿作，杨柳千丝，绊惹春风。**

**【注释】**

①花前月下：本指游乐休息的环境，后多指谈情说爱的处所。②此二句主要写幽会时间十分短，所以不能从容地对待苦恨。

**【鉴赏】**

此词是张先描写遭遇挫折和困难的爱情。作者虽然在文中抒发对爱情受阻的痛苦之情，但内心仍然充满了对未来美好爱情的憧憬和期待，字里行间表现出了一种坚贞不渝、执著于爱情的美好精神。

词的上阕是词人对昔日美好爱情生活的回忆和现时遭受挫折所表现出的痛苦。“花前月下暂相逢”，花前月下，向来被说成是情人幽会最美好的情境。月色朦胧，花影斑驳，热恋的情人在花下短暂相逢。一个“暂”字从词人渲染美好回忆的思路中转折出来，进而表现出淡淡的哀伤和感叹。“苦恨阻从容”是指美好姻缘受到了无情的阻挠。这句从正面表现的是无情的阻碍，但是从侧面却可以看出主人公对这种阻碍所表现出的怨恨。“何况酒醒梦断，花谢月朦胧”，这一句更深一层地表现了词人内心的痛楚。那些难以忘怀的美好往事，件件都触动着作者的愁怀，心中郁结的愤懑和思念，只好借酒来消愁，期望在醉梦中去寻找暂时的平静和美好，但是酒醒才发现，往日已随风而去不复返

了，不禁更加惆怅伤感。上阕尾句“花谢月朦胧”，本来这凄凉的景色已经够沉痛了，而此时看到那曾经皎洁明亮的月亮如今也黯淡，花也已经凋谢，此时词人内心痛苦情感的抒发达到了极致。

下阕是词人抒发对坚贞爱情的执著和努力。“花不尽，月无穷，两心同”，词人的情感从沉痛中醒来，不断升华，萌生一种执著的信念。花谢了，将来还有烂漫时，黯淡的月色，还会再度放出光辉。词人经历这番波折后，没有消沉，反而认识到要坚强，努力挣脱种种束缚换来两情相悦。“此时愿作，杨柳千丝，绊惹春风”，到此词的尾句，词人以幻想的形式表达了对美好爱情的憧憬和寄托。春天定会回来，期望在那美好的春色中，双双化作如丝杨柳，随着荡漾的春风纵情摇摆。

该词虽然是一首悲情词，但是在结尾词人却没有以悲剧收尾，而是运用象征手法来抒发对美好未来的憧憬和期待。

## 【渔家傲】

**和程公辟赠别**

**巴子①城头青草暮，巴山②重叠相逢处。燕子占巢花脱树，杯且举，瞿塘水阔舟难渡。**

**天外吴门清霅③路。君家正在吴门住。赠我柳枝情几许。春满缕，为君将入江南去。**

**【注释】**

①巴子：今重庆巴南区，原称巴县，周时为巴子国的都城。青草在古诗词中常用来比喻怀友和道别之情。②巴山：今重庆一带的山。③清霅：即霅溪，是作者家乡浙江吴兴县境内的一条河。

【鉴赏】

这是一首赠别词，是词人送别自己的好友后抒发的深深的离别之情。程师孟，字公，吴（今苏州市）人，是张先的朋友。宋仁宗至和二年（1055）以屯田员外郎知渝州（今重庆市）。张先在渝州做官期间，程公恰逢提点夔州路（今重庆奉节县）刑狱。两人同是江南人，在异乡相逢，分外高兴。相逢复又相离，其情难免依依。临别时互相以词赠答，抒发惜别之情。

词的上阕借景抒情，描写离别时候的情景。“巴子城头青草暮，巴山重叠相逢处”这一句写出了离别的时间、地点、景物。巴子是今巴县，在重庆附近，周时为巴子国的都城；青草在古诗词中常用来比喻怀友和道别之情的。“燕子占巢花脱树，杯且举，瞿塘水阔舟难渡”，时至春日，燕子双双归来，“试入旧巢相并”，但转眼就成秋暮，树叶凋零，燕子又要南去。这是作者借景抒发相逢的短暂之感慨和对时光消逝的痛惜之情。“杯且举，瞿塘水阔舟难渡”这一句是说，在这花谢春老即将离别之际，让我们举杯畅饮吧，不久我就要东航到那水阔难渡的瞿塘峡了。这是作者对友人路上艰辛历程的祝福，也是抒发与友人真挚情谊的一种手法。

下阕是词人抒发对友人乡谊友情的珍惜和祝福。“天外吴门清霅路，君家正在吴门住”这是词人描写两人在故乡时候的情况，清，即溪，是作者家乡浙江吴兴县境内的一条河。吴门是苏州的别称，即程公的家乡。这里是一种对往事的回忆，寄寓了词人对友人离别的不舍和难过，也看到了二人感情的真挚。“赠我柳枝情几许。春满缕，为君将入江南去”，折柳赠别是古人的一种习俗，送客远行时，折一条柳枝送上，表示送别和惜别。“柳”和“留”谐音，折柳赠别也含有挽留的意思。这里抒发了作者对友人的留恋，并且充满了对友人的祝福。“为君将入江南去”，让它随着友人到江南去吧，也把词人的祝福带到江南去。

## 【惜琼花】

**汀蘋白，苕水[①]碧。每逢花驻乐，随处欢席。别时[②]携手看春色。萤火而今，飞破秋夕。**

**汴河流，如带窄。任身轻似叶，何计[③]归得？断云孤鹜青山极。楼上徘徊，无尽相忆。**

【注释】

①苕水：即苕溪，以风光秀美著称。②别时：分别之时，离开之时。③计：办法。

【鉴赏】

这首词是张先的怀远思归的词作，词中作者利用情节的反差营造怀远和思归的气氛，抒写了作者无尽的惆怅和凄凉。

词的上阕借景抒情，而且此词在对情的处理上表现出高超的艺术表现力。“汀蘋白，苕水碧”，两个极大的色彩反差，勾勒出一幅秀美的风光图。水边花盛开，一片洁白，苕溪春波涟涟，一片青碧，描绘出了勃勃的春色。“每逢花驻乐，随处欢席”，词人笔锋一转，从写景转至绘人，纵情游春的欢娱溢于纸上。一群文人骚客，徜徉花前，陶醉筵席，逢花便欢，大摆筵席。而接下来的“别时携手看春色”，古人诗词多伤离，张先此处离“别”却无甚伤感，给人的直觉是带着醺醺然的酒意。刚才还是一幅春意盎然的景色，现在却突然转成了离情别意的抒发和感伤，过渡之大让人深感离愁之浓烈。“萤火而今，飞破秋夕”，这种情景的突变，造成一种强烈的艺术感染力。将这幅凄凉秋景描绘得格外凄清，折射出主人公生活上的巨变，也是主人公心境的巨大变化。

下阕词人触景生情，联想到自己的处境，悲意迭出。“汴河流，如带窄”，凭高俯视，看到汴河水滔滔远去，像一条带子那样窄小蜿蜒。“任身轻似叶，何计归得”作者联想到自己的处境，就像这叶片，可以随风随水漂流，但又有什么办法回家呢？从中表达出点点哀伤和忧惋。“断云孤鹜青山极”，极目远望，但见断云飘浮，孤鹜高飞，一抹青山阻隔视线。多么辽阔的天地，多么凄苦的情怀。“楼上徘徊，无尽相忆”，在楼上徘徊，无限的往事涌上心头，一时难以释怀，多少乡思，绵绵不尽。悲与欢、离与合，在此构成永恒的哀怨。

## 【满江红】

**飘尽寒梅**

**飘尽寒梅，笑粉蝶、游蜂未觉①。渐迤逦、水明山秀，暖生帘幕。过雨小桃红未透，舞烟新柳青犹弱。记画桥深处水边亭，**

曾偷约。

**多少恨，今犹昨；愁和闷，都忘却。拚②从前烂醉，被花迷著。晴鸽试铃风力软，雏莺弄舌春寒薄。但只愁，锦绣闹妆时，东风恶。**

【注释】

①觉：察觉。②拚：甘愿。

【鉴赏】

此词是描写主人公与一位佳人相恋时候的情景。词人善于写景抒情，词中的景色描写体现了词人高超的艺术表现力。

上阕是描写主人公与佳人相会时候的情景，属于对往昔的追忆。“飘尽寒梅，笑粉蝶、游蜂未觉”，对春天景致的描写非常细腻。寒梅在风中一点点飘尽，早春也就同时悄悄地来临，可笑追春的蝴蝶蜜蜂还没察觉呢。这种生动有趣的画面映衬了主人公心中无比的欢愉。“渐迤逦、水明山秀，暖生帘幕”，一个“渐”字将时序带到春回大地的万般景象。春色渐行渐远，那明山秀水展现出满目秀色，而人家的窗帘上也生出淡淡的暖意。“过雨小桃红未透，舞烟新柳青犹弱。记画桥深处水边亭，曾偷约”，随之是春雨中桃花初放，那色泽还未红透，轻烟缭绕着刚刚吐出新绿的柳树，那青翠还是浅浅的，柳条也很纤细。此两句虽是写景，却暗拟人，赞叹着美人之美，同时也交代了两人相遇时候的美好景色。

下阕词人直接抒情，描写主人公与美人分离后的感情波动。“多少恨，今犹昨；愁和闷，都忘却”，形象地描写失恋的人在失恋后所表现出的爱恨交加，显得比从前还要强烈，而往昔的欢爱和愉悦将今日的愁闷凄苦都冲淡了。“拚从前烂醉，被花迷著”，描述主人公从前依醉美人美色，无法自拔的情景。“晴鸽试铃风力软，雏莺弄舌春寒薄”，描写美人声音的甜美和优雅。她动人的歌声在柔柔的春风中回荡，如晴天鸽子放飞时鸽铃试响，又如雏莺在薄薄的春寒中婉转啼鸣，这是何其美妙！“但只愁，锦绣闹妆时，东风恶”，写出对美人余情难尽，重拾欢爱，却愁欢爱到甜蜜时“东风恶”，这种美好爱情无法得到完满的结局，从而引发主人公的惆怅和黯然。词中没有一句对美人薄情的描写，也没有交代如何发生情变，但是这种难以言语的情感却在字里行间发觉。

## 【青门引】

**乍[1]暖还轻冷，风雨晚来方定。庭轩寂寞近清明，残花中酒[2]，又是去年病。**

**楼头画角[3]风吹醒，入夜重门静。那堪更被明月，隔墙送过秋千影。**

**【注释】**

①乍：突然。②中酒：喝醉。③画角：古代乐器名，相传创自黄帝，或曰传自羌族。形如竹筒，以竹木或皮革制成，外加彩绘，故称“画角”。

**【鉴赏】**

此词是一首春日感怀之作，抒发寂寞的情感。词描写风雨初停后暮春月夜的萧瑟凄清，表达了作者孤栖无奈的感伤悲愁。

词的上阕是描写作者对春日天气变化的感触和心灵感受。“乍暖还轻冷，风雨晚来方定”，“乍暖”，指的是由春寒忽然变暖。“还”字一转，引出又一次变化，风雨忽来，轻冷袭人。虽说春天之冷，较冬日为“轻”，但这“冷”是紧接“暖”而来，所以格外容易感觉。轻寒的风雨，一直到晚才止住了。词人感触之敏锐，不但体现在对天气变化的敏感上，更体现在天气每次变化的精确上。“庭轩寂寞近清明，残花中酒，又是去年病”，此句中点明此时已经是清明时节，侧面反映作者寂寞。“残花中酒”进一步点明了寂寞的缘由：作者由春天迟暮联想到世事沧桑，感叹一切美好事物都会破灭。因此，作者借酒消愁，怎知更加加重了他心头的愁闷。“又是去年病”，点出全篇主旨，去年如此，今年同样如此，表达了词人无尽的忧愁。

下阕写的是作者酒后的寂寞和感伤。“楼头画角风吹醒，入夜重门静”，兼写两种感觉。凄厉的角声，轻冷的晚风，使酣醉的人清醒过来。已经是深夜，重重的庭院显得十分宁静，而作者的心情也变得更加孤寂。“那堪更被明月，隔墙送过秋千影”，真是神描之笔，极其微渺之致。月光下的秋千影子是幽微的，描写这一感触，也深刻地表现词人抑郁的心情。“那堪”二字，揭示了结笔着重在为“秋千影”所触动之怀。是不是所感怀者竟与秋千有不解之缘呢？并未道破，这就愈增尾声幽渺的意味。

全词情景交融，含蓄委婉，意味隽永，充分体现了词艺术上的含蓄和韵味，表现了张先词的风格。

# 晏殊

【作者介绍】

晏殊（991—1055），字同叔，抚州临川（今江西抚州）人。北宋前期婉约派词人之一。七岁能文，以神童召试，宋真宗赐同进士出身，宋仁宗庆历中，拜集贤殿学士，兼枢密使。宋仁宗时官至宰相，重视贤才。范仲淹、欧阳修等都出其门下。仁宗至和二年卒，年六十五。谥元献，世称晏元献。性刚简，自奉清俭，能荐拔人才。

他生平著作相当丰富，计有文集一百四十卷。他以词著名于文坛，尤擅小令，多表现诗酒生活和悠闲情致，语言婉丽，颇受南唐冯延巳的影响，对北宋词坛有着较深的影响，有《珠玉词》一卷，风格含蓄宛丽，与欧阳修并称“晏欧”。其代表作有《浣溪沙》《蝶恋花》《踏莎行》《破阵子》《鹊踏枝》等，其中《浣溪沙》中“无可奈何花落去，似曾相识燕归来”为千古传诵的名句。他亦工诗善文，原有诗文二百四十卷，现存不多，大都以典雅华丽见长。

## 【清平乐】

**金风①细细，叶叶梧桐坠。绿酒②初尝人易醉，一枕小窗浓睡。**

**紫薇③朱槿④花残，斜阳却照阑干。双燕欲归时节，银屏⑤昨夜微寒。**

【注释】

①金风：秋风。②绿酒：美酒。③紫薇：花名，夏秋开花。④朱槿：又名扶桑，落叶小灌木。⑤银屏：银色的屏风。

【鉴赏】

这首《清平乐》是晏殊的名作之一。这首词用精细、细腻的笔触描写富贵闲适之人的纤细、娴雅、雍容的气象。将传统的离愁别恨、叹衰悲秋的感受用一种淡淡的笔调细致入微地刻画出来，别具匠心。

词的上阕作者主要写景，描写了作者恬淡安逸下惆怅的情愫。开头两句“金风细细，叶叶梧桐坠”，细细的秋风温柔地拂过，一片一片的梧桐轻轻地飘落，那么的平静、闲舒，没有其他诗人赋予秋天的萧索、苍凉之态，但是这种静谧和恬淡的景色却将这种苍凉展现得很含蓄。“绿酒初尝人易醉，一枕小窗浓睡”，词人初尝绿酒就喝醉了，枕着小窗便陷入了沉睡，用轻灵的笔墨抒写内心浅淡的闲愁，背后展现的却是词人内心中无法平静的忧愁。刻画细致入微，不露声色。

词的下阕是作者描写晚秋时节的清秋景色，进而抒发作者孤独难耐、凄凉惋叹之情。“紫薇朱槿花残，斜阳却照阑干”，词人酒醒之后，看见紫薇、朱槿都已经渐渐凋残，斜阳正悠闲地照在阑干之上，暗含了一种淡淡的忧愁。这样的时序变化，作者的心境没有大起大落，平静地看待这一切，而内心那点点的忧思却没有消逝，反而更加浓烈。结尾两句“双燕欲归时节，银屏昨夜微寒”，双燕归巢，略感一点微寒，极具深婉流美韵致，对比之下是作者一个人的孤单孑然，愁意频出。但词人不说自己，却说银屏“微寒”，真可谓“情味于言外求之”，“既惜燕归，又伤人独，语说不尽，而韵特胜”，韵味无穷。

晏殊的这首《清平乐》抒发感情时没有巨大的情感落差，不论写景还是抒情都在平缓悠扬的笔调下进行，看似浓烈的忧愁在此却表现出淡淡的优雅，韵味无穷。

## 【踏莎行】

**祖席[①]离歌，长亭[②]别宴。香尘[③]已隔犹回面。居人匹马映林嘶，行人去棹[④]依波转。**

**画阁魂消，高楼目断[⑤]。斜阳只送平波远。无穷无尽是离愁，天涯地角寻思遍。**

**【注释】**

①祖席：饯行的宴席。②长亭：古时驿路上十里一长亭，五里一短亭。③香尘：芳香之尘，多指女子行踪。④棹：船桨，这里代指船。⑤目断：远眺

到看不见。

【鉴赏】

这是一首送别词，词人从居人和行人两个方面入手，细致描写，从筵席饯别、依依惜别、别后相思等场景历历如画地加以描摹。情景的铺设和景物的描绘都使该词的意境开阔，感人至深，情意悠长。

词的上阕交代了送别的情景。“祖席离歌，长亭别宴”，词的开头即设置了长亭饯别的场景，地点是在“长亭”，古来送别之地多在“长亭”“祖席”等场合，作者反复强调这种特定的场景，是为了烘托离别的伤感气氛。“香尘已隔犹回面。居人匹马映林嘶，行人去棹依波转”，从与行人的分手上来表达离情别意。行人渐渐远去，他们之间已被“香尘”隔断，但彼此仍然频频回首，脉脉含情，依依不舍，足见他们的缱绻深情。“居人匹马映林嘶，行人去棹依波转”，词人切换角度进行描写，画面感极强，给人以身临其境之感。孤独的“居人”、长嘶的“匹马”，都在一定程度上渲染着离别的气氛。“依波转”三字使人深切地感受到行人那孤单寂寞、茫茫无依、前路未卜的情感。

下阕词人直接抒发对分离后思念之情的慨叹。“画阁魂消，高楼目断。斜阳只送平波远”，居人与行人分离后心藏无尽的相思，销魂之苦黯然，不禁高楼远望，可是只能看到夕阳渐小，江波送远。“无穷无尽是离愁，天涯地角寻思遍”，则是直接抒发无穷无尽的离愁，虽然望不见相见之人，但相思之心却可以天涯地角地追随远行之人，情深意重，哀怨婉转。直接抒发情感的同时也极大加重了词篇的厚重感。

## 【清平乐】

**红笺①小字，说尽平生意。鸿雁在云鱼在水，惆怅②此情难寄！**

**斜阳独倚西楼，遥山恰对帘钩③，人面不知何处，绿波依旧东流。**

【注释】

①红笺：红色信纸。②惆怅：伤感。③帘钩：此处指窗户。

【鉴赏】

晏殊的这首《清平乐》是念远怀人之作，抒写了作者对远方情人的思念，为其名篇之一。此词上阕抒情，下阕写景，抒发了对远方情人的无尽相思之情，笔法细腻雅致，韵味悠长。

词的上阕抒写了女子对情人的一片深情。开头两句“红笺小字，说尽平生意”，为倾诉一番情意、一片相思，便希望修一封红笺。从“小”“说尽”等字眼中，可以想象那“红笺”之上密密麻麻地布满了诉说衷肠的话语，可见情之笃、意之浓。“鸿雁在云鱼在水，惆怅此情难寄”，写好的情书却无法传递，即使天上有鸿雁、水中有游鱼，都不能帮上忙。此处作者化用故人“雁足传书”“鱼传尺素”的说法，用典出新，说明无法驱遣它们去传递信书，颇有韵致。

词的下阕着重渲染主人公的孤独和寂寞，点明相思之意。“斜阳独倚西楼，遥山恰对帘钩”，下阕一反常态，首句便转至写景，红日偏西，斜晖照在登楼远望的孤影中，景象凄清，远方的山正对着窗户。作者在此处的景物描写营造出一个充满了离愁别恨的意境。词的结尾两句“人面不知何处，绿波依旧东流”，巧妙化用唐代诗人崔护《题都城南庄》中的诗句“人面不知何处去，桃花依旧笑春风”，曾经映照过佳人的“绿波”依旧东流而去，而佳人却不知已在何处，同时，也将李煜“一江春水向东流”的名句化用，比喻成无限愁思。如今的流水如故，但是此时不知道人在何处，只剩下这幽幽的情思随着流水东去，浓浓的相思此时化开。

该词不同于传统的情景交融的写作方法，语言淡而情深，情调隽永含蓄，是非常能够代表晏殊词风的作品。

## 【踏莎行】

**小径红稀[①]，芳郊绿遍，高台树色阴阴见[②]。春风不解禁杨花[③]，濛濛乱扑行人面。**

**翠叶藏莺，朱帘隔燕，炉香静逐游丝转。一场愁梦酒醒时，斜阳却照深深院。**

【注释】

①红稀：红花稀少了。②见：同“现”。③杨花：即柳絮。

【鉴赏】

晏殊的这首词描写的是晚春的景致，表达了作者面对时光匆匆流逝的无奈和忧伤，是一首伤春词。

词的上阕写的是郊外的春景。“小径红稀，芳郊绿遍，高台树色阴阴见”，近处，幽幽小路，点点红花；远方，漫漫绿草，茫茫天际；高台上绿树幽森掩映，地面处亭台楼阁并立。景色色彩的描写显示了春色将暮。“春风不解禁杨花，濛濛乱扑行人面”，词人说春风不懂得约束杨花，使得杨花随风飘荡，任意地扑打在行人的脸庞之上。词人责怪本来就无情无感的春风之无情无意，这样便注入了词人强烈的主观情感，写得极富生趣和韵致。作者将情感注入这没有生命之物，是想告诉我们，美好的年华已经逝去，景致本无情，只是人太多情了。作者这种似怨似嘲的嗔怪，将内心的情感曲折地流露了出来，空空幽怨，悠长意久。

词的下阕是写身边的春景。“翠叶藏莺，朱帘隔燕”，这两句极为工整对仗的景物描写承上启下，翠绿的叶子藏住了黄莺，可见树叶确实是硕大蓊郁，照应上阕的“树色阴阴”；朱红的门帘隔断了燕子，引出了下文对室内之景的描绘。“炉香静逐游丝转”，静静的炉香随着游丝旋转。“逐”“转”传神地将炉香缓缓上升的一系列变化描绘了出来，以此来反衬屋里的寂静，同时也是自己的愁闷心情。“一场愁梦酒醒时，斜阳却照深深院”，因为内心的闲愁，词人借酒消愁而陷入睡梦，酒醒之后，发现斜阳照在深深的庭院。此时已经是日暮时分了，由此说明，作者描写之景都是梦境，而梦境皆是由春愁引起，因此词人感觉愈加凄凉和孤寂。

此词清幽婉转，意蕴深厚，表达情怀含蓄深婉，对景致的描写也是传神细腻，不失为一首好词。

## 【浣溪沙】

**小阁重帘有燕过，晚花红片落庭莎[①]。曲阑杆影入凉波。**

**一霎好风生翠幕[②]，几回疏雨滴圆荷。酒醒人散得愁多。**

**【注释】**

①莎：莎草，植物名。②翠幕：翠色的帷幕。

**【鉴赏】**

此词以写景见长，通过对暮春园林池阁的景物描写，抒发了词人暮春之时酒醒人散的怅惘之情。

词的上阕是景物描写，为下阕的抒情奠定基调。“小阁重帘有燕过，晚花红片落庭莎”，小小的楼阁，重重的绣帘，飞来飞去的紫燕。林晚残花，落红片片，飘向莎草平铺的庭院。这几句词中，“小阁”是静的，更何况掩以“重帘”，而燕子飞过则充满了动感，使得整个画面变得动静有致、摇曳多姿。这种以动衬静的手法，让词人营造的氛围充满了动感，使得整首词都洋溢着生动的质感。“曲阑杆影入凉波”，曲折的回廊，朱红的栏杆，把倒影投向微凉的湖面。“凉”字不仅是客观的描写，于暮春夜凉之时池水生凉。也是词人自身心境的反映，为下文悲愁思绪的抒发埋下伏笔。

词的下阕抒发了作者浓浓的闲愁。“一霎好风生翠幕”，不时吹来阵阵好风，掠过垂丝翠柳旁边。幕以“翠”字形容更见其冷寂，而被“好风”吹起之后又增添一种轻灵之味，把景物写活了。“几回疏雨滴圆荷”，几次飘来疏疏细雨，洒向荷塘翠绿的圆荷。从“几回”二字可见这不仅仅是此时所听，还是词人多次感知所得，将这种雨滴在圆荷上的声音描写得栩栩如生，别有风味。衬托出词人虚静的状态，也可以感受到词人的心境和气象。“酒醒人散得愁多”结尾一句发出惆怅的感慨，直抒胸臆，以景物作为铺垫，而将情感的抒发作为结局。表达了作者酒醒之后的孤寂、惆怅和凄凉。

全词构图设色，别具匠心，浓而不艳，淡而有味，音韵的和谐又于不知不觉中波动着读者的心弦，耐人寻味。

## 【破阵子】

**燕子来时新社[①]，梨花落后清明。池上碧苔三四点，叶底黄鹂一两声，日长飞絮轻。**

**巧笑东邻女伴，采桑径里逢迎。疑怪昨宵春梦好，原是今朝斗草[②]赢，笑从双脸生。**

### 【注释】

①新社：古代春秋两个社日，分为春社、秋社，这里指春社。②斗草：一种游戏。

### 【鉴赏】

这首词描写的是古代妇女在清明前后的一个生活片段，是一幅独特的社会生活画面。作者用清婉秀玉、明净清丽的笔调描绘了一幅绝美的暮春而近初夏的乡村景致，既有优美的自然，又有青春的少女，温馨而动人。

上阕交代了人物出场的背景，写的有声有色，真切感人。“燕子来时新社，梨花落后清明”，燕子回来正赶上热闹的情景，梨花落去了，迎来的是风和日丽的清明。词句以常见的特定时期下的景物点明时令，新燕将来之时便也是欢喧热闹的春社即将到来之际，梨花纷纷凋落之时便也是清明即将来临之际。“池上碧苔三四点，叶底黄鹂一两声，日长飞絮轻”，池塘上漂浮的是碧绿的苔钱，三点四点，仿佛闪烁精灵；树叶下黄鹂在婉转歌唱，一声两声，是那样悦耳动听。白天逐渐延长，飞絮无声飘扬，分外轻盈。春光无限之美好，而这无限美好之春光为下阕中美妙少女的出场设置了背景。

词的下阕，同样保持生活的淳朴和恬美，“巧笑”声送来了春日的温馨和少女内心的纯净。“巧笑东邻女伴，采桑径里逢迎”，东邻女伴们银铃般的笑声传来，却看不到她们的身影，她们是在采桑的幽径中相逢。她们天真无邪的欢笑于自然无间的交谈，她们的欢笑打破了画面的沉寂，洋溢着青春的活力。词下阕的第一句，真所谓达到了“此中有人，呼之欲出”的艺术境界。“疑怪昨宵春梦好，原是今朝斗草赢”这便是女子们所交谈之事：怪不得昨晚做了一个开心的梦，原来是今天早上斗草大获全胜。描写得绘声绘色，颇具趣味。“笑从双脸生”，两个人的脸庞展开芙蓉般的笑容。该词笔法细腻，格调清灵，语言朴素，展现出乡间女子的纯洁美丽、青春活力、欢快动人。

## 【采桑子】

**时光只解催人老，不信多情。长恨离亭[1]。泪滴春衫酒易醒。**

**梧桐昨夜西风急，淡月胧明[2]。好梦频惊。何处高楼雁一声。**

**【注释】**

①离亭：指古时送别之地。②淡月胧明：朦胧的月色。

**【鉴赏】**

晏殊的这首《采桑子》以情感曲折细腻见长，抒发了词人自春到秋因长时间的分离而产生的深切相思与怨别，寄慨遥深，悲凉凄切。

词的上阕“时光”句与“离亭”句将时间和空间交织在一起，“长恨”便通过小小的“泪滴”形象地折射出来。“时光只解催人老，不信多情”，时间永不停歇，只懂催送人生进入暮年！你无法理解离人的心态，也想不到人类是何等多情。这里作者抒发了一种深挚的人生感悟——时光易逝、年华易老。“只解”二字以拟人化的手法把无知觉、无意识的时光写得有知觉、有意识，且与下文的“不信”二字构成语义上的对比。“长恨离亭。泪滴春衫酒易醒”，离恨久久在心里萦绕，牵萦这送别的长亭。泪水打湿春日的衣衫，轻易地将人从梦乡唤醒。“春衫”二字似乎是毫不在意的轻轻一笔，却极有艺术功底，点明了当日的离别之时——春季，从下阕可知如今是秋季，既可见离别之长久，又可见时光之催逼。

词的下阕只用“西风”“淡月”便勾画出秋夜的凄清。“梧桐昨夜西风急，淡月胧明”，昨夜梧桐的树叶凋零，西风吹得凄厉，淡淡的是天际的浮云；朦胧的是云中的月影。词人将这种凄婉的景色描绘得如此萧瑟凄凉，凉透了词人的心扉，也凉透了读者的心境。“好梦频惊。何处高楼雁一声”，难得能够圆一个好梦，但是却在梦中被频频惊醒，不知从什么地方传来那南飞大雁的一阵长鸣。现实深受离别之苦，希望在梦中重享欢聚时的美妙，但好梦却频频中断，连梦见故人这样简单的愿望都无法达成，更可见内心之悲凄！最后以浸入人心的高亢哀厉的雁鸣声结束，境界高远，情感怅惘。

## 【少年游】

**重阳过后，西风渐紧，庭树叶纷纷。朱[①]阑向晓[②]，芙蓉妖艳，特地斗芳新。**

**霜前月下，斜红淡蕊，明媚欲回春。莫将琼萼等闲[③]分，留赠意中人。**

【注释】

①朱：朱红色。②向晓：接近天亮。③等闲：随便的意思。

【鉴赏】

这首词是晏殊的一首代表作，词人运用对比的手法将重阳之际的芙蓉描绘得妩媚动人，在词人这种赞花之语中隐含着个人的审美情趣和个人操守。

词的上阕着重描写重阳过后的秋景和芙蓉妖艳的姿态。“重阳过后，西风渐紧，庭树叶纷纷”，词的开头便点出时令以及相应的环境特点，此时是九月初九的重阳之后，西风渐凉，树叶凋零，满目凄清和萧瑟。紧接着“朱阑向晓”，四字更进一步指出了词人的所在之地和所处之时，他在“向晓”之时凭倚“朱阑”，以下便是他所见所感。“芙蓉妖艳，特地斗芳新”，词人看到那芙蓉的妖媚艳丽，仿佛要回到春天去和百芳争艳，这与词文开头庭叶纷纷的凋零之景形成了鲜明的对比。

词的下阕作者着重抒情，通过上文的铺垫，词人在下文中对芙蓉的妖艳进行了更具哲学意义的描写。“霜前月下，斜红淡蕊”又为这妖艳之花铺就了更加幽婉的背景，在清霜淡月之下，那夭斜的红花、淡黄的花蕊更显得娇媚美丽、妖娆多姿。“明媚欲回春”，那亮丽妩媚的姿态像是要回到春天。结尾两句，“莫将琼萼等闲分，留赠意中人”，不要将这么美丽的芙蓉采摘，将它留给同样美丽的意中人。惜花与惜人之意相互融合，以此结束，词人未留任何笔墨铺叙这意中之人，给读者留下了悬想的余地。词人写花亦是写人，词人没有交代很清楚，读者只有细细品味，才能知晓其中意蕴。

此词笔调清新，写景传神，借助景物的描写，将内心的情感隐隐发出，意味悠长。词人善于写景，通过细致生动的情景描写，将芙蓉的美丽姿态充分展现出来。

## 【浣溪沙】

**一曲新词酒一杯。去年天气旧亭台。夕阳西下几时回?**
**无可奈何花落去，似曾相识燕归来。小园香径[①]独徘徊。**

**【注释】**

①香径：花园中的小路。

**【鉴赏】**

本词是暮春伤怀之作，是晏殊词中最为著名的一首。词人以清新简单的语言描写理性的思索和内心的感伤，抒写对往事的回忆，感伤淡远而不颓废。感慨时光的流逝、物是人非，理趣、情思、审美相互融合，言浅意深、脍炙人口而流传千古。

词以“一曲新词酒一杯”开篇，写对酒听歌的境况，这潇洒安闲的状态不由得勾起作者“去年天气旧亭台”的回忆，同样的天气，同样的亭台，同样的夕阳西下，而在这同样的氛围下，有些东西却在悄然发生变化。“夕阳西下几时回”，岁月悠悠流逝，世事亦在改变，遂发出此慨叹。在此时此景下，作者已将诗意扩展到整个人生，包含对过去美好生活的留恋，也包括对美好事物难以再现的失望。那过去的时光、那逝去的美好、那变迁的人事等等，流光消逝、物是人非之中隐含着词人内心的纤微触动，而这些都再也追寻不来，作者理性的沉思，为本词铺设了哀伤的情调。

词的下阕重在抒情。“无可奈何花落去，似曾相识燕归来”是备受好评和流传甚广的名言名句，很大程度上可以说是这两句才使得此词有如此高的知名度，它以工整的虚字对仗，以谐婉的音调，抒写了缠绵的情致和深婉的哲思，浑然天成、含蓄蕴藉。

同样是不可逆转的自然规律，任凭怎么怜惜也无可挽回。然而，在此季节，同样还有令人欣慰的景象，“似曾相识燕归来”，那翩翩飞回的燕子不就是去年相识的吗？呼应上文的“几时回”，扩大了这些景物内涵的外延。“小园香径独徘徊”，词人独自在小园之中的香径久久徘徊，以词人的动作结尾，就此打住，毫不透露词人在徘徊之际所想之事，含蓄委婉、余味隽永。

全词语言通俗流畅，情中带思，笔调婉约，意蕴悠长，耐人寻味，是宋词中脍炙人口、广为传颂的名篇。

# 欧阳修

**【作者介绍】**

欧阳修（1007—1072），字永叔，自号醉翁，庐陵（今江西吉安）人。晚年自号六一居士，谥号文忠，世称欧阳文忠公。北宋时期政治家、文学家、史学家和诗人，为北宋文坛领袖。与唐代韩愈，柳宗元，宋代王安石，苏洵，苏轼，苏辙，曾巩合称“唐宋八大家”。著有《新唐书》《新五代史》等。词风深致婉丽，承袭南唐余风，颇得力于冯延巳，与晏殊并称“晏欧”。其诗文杂著合为《欧阳文忠公文集》一百五十三卷。

## 【少年游】

**栏干[①]十二独凭春，晴碧远连云。千里万里，二月三月，行色苦愁人。**

**谢家池[②]上，江淹浦畔，吟魄与离魂。那堪疏雨滴黄昏，更特地、忆王孙。**

**【注释】**

①阑干：即栏杆。②谢家池：即南朝时谢灵运家的池塘。

**【鉴赏】**

这是欧阳修一首歌咏春草的词作。词中对春草的描写含蓄委婉，意蕴绵长，对相思之情的抒发也不露声色。多处化用前人词句，使得词章在言情表意上更胜一筹。

上阕词人写的是二三月春草阑珊的景色。“栏干十二独凭春”，一个独倚高楼的角色在开篇便描绘得栩栩如生，十二栏杆都已经倚遍了，远远望着春日的到来。这是一个望春的画面，虽写人，但实质上却是描写对春意的渴望和希冀。“十二”二字，写出把十二栏杆都倚遍了，可见独倚时间之长。也可以看出词人对春日的诸多渴望，这种急切的渴望词人没有直接描写，而是通过对行为动态的刻画将此淋漓尽致地表现出来。“独”是倚栏人的状态。“晴碧远连云”，远处连天的芳草凄凄，漫山遍野，天际的浮云悠悠，好似与春草连接在一起，一幅多么空旷豁达的画面。这样壮丽的景色，使得游历的人内心充满诸多的喜悦。“千里万里，二月三月”分别从空间、时间两方面展开描摹。千里万里，漫山遍野，二月三月，月月清新。这种描述手法，将青草广阔壮丽的画面烘托了出来，使读者内心中出现一幅清晰动人的春草图画。“行色苦愁人”，正所谓“离恨恰如春草，更行更远还生”，点出离别之人因春草而更为愁苦的心绪。

词的下阕借助春草景色的描写抒发了词人的相思之情。“谢家池上，江淹浦畔，吟魄与离魂”，三句借助前人的典故和诗句，将怀有伤别的情感真挚细腻地表达了出来。谢灵运有“池塘生春草”的名句，而此诗是他去国怀乡之时所作，下文有“索居”“离群”之叹，故接以“吟魄”二字；江淹的“春草碧色，春水绿波，送君南浦，伤如之何”的春草诗句，抒发的是一种离恨，故接以“离魂”二字。“那堪疏雨滴黄昏，更特地、忆王孙”，词人的思绪早已经纷乱无序，这已经杂乱的心情哪里还能承受这黄昏冷雨的凄凄，那思念之情更加汹涌地袭上心头。颇有“才下眉头，又上心头”之感。

## 【渔家傲】

**近日门前溪水涨，郎船几度偷相访。船小难开红斗帐，无计向[①]，合欢[②]影里空惆怅。**

**愿妾身为红菡萏[③]，年年生在秋江上。重愿郎为花底浪，无隔障，随风逐雨长来往。**

【注释】

①向：语末助词。②合欢：即合欢莲，并蒂而开。③菡萏：荷花。

【鉴赏】

此词是欧阳修描写采莲女的词作。词篇语言淡雅明快，描写细腻但不扭捏，刻画大胆但又不落俗套。全词将景物的描写与人物的刻画巧妙结合在一起。

上阕写的是采莲女思念情郎而不得见的情景，词中充满了浓浓的爱意，但又不狂放和忸怩。“近日门前溪水涨，郎船几度偷相访”，爱情的萌生，情意的滋润，使得沉浸爱河中的男女都充满了大胆和奔放。近日河水大涨，那情郎耐不住思念，曾偷偷几次看访女子的船舫。“几度”二字可见他们因水涨而会见频繁，彼此的深情厚谊也可见一斑。“船小难开红斗帐，无计向，合欢影里空惆怅”，虽然内心充满渴望，但无奈船儿狭小，无法尽享合欢之乐，只能面对着并蒂而开的合欢莲影，独自惆怅。女子的渴望和对爱情的执著让读者能于行文中感受到她是一个内心奔放、热烈的女子。虽然这几句的刻画将女子的愁闷繁绪描写了出来，但是这种愁闷并不是“深院梧桐锁清秋”的无奈愁怨。“无计”二字，写出女子因无法与情郎合欢的无奈之情，而接下来的“空惆怅”则将女子的孤独、无助和凄凉的情状描写了出来。

虽然上阕中无奈孤寂的景象使人备感凄凉，但是爱情终究是美好的、充满期待的。女子在期望合欢而不得的惆怅情景下，萌生了对未来的美好期冀。“愿妾身为红菡萏，年年生在秋江上”，女子的强烈爱意和执著使得她时时想着能够幻化为“红菡萏”，这样就能无拘无束地和情郎相会，并且为他遮风挡雨。这种浓浓的爱意中充满了关怀。“重愿郎为花底浪，无隔障，随风逐雨长来往”，自己幻化为“红菡萏”也不能保证随时都能与情郎相会见面，长相厮守。只能再愿情郎能够幻化为花底之浪花，随意漂流，没有阻碍，随风逐雨地来与我相会。这是多么美好的画面啊。这些幻想看似甚为天真痴傻，但是处在爱情中的恋人，这点想象又能算得了什么呢？

## 【采桑子】

**轻舟短棹[①]西湖[②]好，绿水逶迤[③]，芳草长堤，隐隐笙歌处处随。**

**无风水面琉璃滑，不觉船移。微动涟漪[④]，惊起沙禽掠岸飞。**

**【注释】**

①棹：船桨。②西湖：指颍州西湖，在今安徽阜阳西北。③逶迤：曲折绵长。④涟漪：波纹，细波。

【鉴赏】

欧阳修著有十首《采桑子》，歌咏的都是西湖的美丽景色，每首均以“西湖好”开头，内容且不重复，视为“联章体”。本词就是其中一首，词人以轻松优美的笔调，描写了湖上的新春景象，十分生动地刻画了湖上泛舟以及所见风光，色泽清新淡雅，情调欢快流畅，充满了诗情画意，令人神往。

开头三句“轻舟短棹西湖好，绿水逶迤，芳草长堤”，意思是说轻巧的画船，短小的船桡，西湖的美景啊，是多么美好！碧绿的湖水绵长浩渺，长堤上长满了青青的芳草。“隐隐笙歌处处随”，仙乐般的笙歌，若隐若现，把滑动的船儿紧紧缭绕。在美妙的自然之外，又增添了人间的笙歌，人与自然完美地融合。笙歌是“隐隐”之声，而不是嘈杂之声，才能融于这静谧的西湖景致之中，使人感觉这“人籁”也已经转化为了“天籁”。“处处”二字，又可见游人甚众、游兴甚高。

词的下阕中，“无风水面琉璃滑，不觉船移。微动涟漪，惊起沙禽掠岸飞”，风平浪静没有半点波涛，湖面如同镜子一般光滑闪耀。连船儿的移动似乎也难以感觉得到，荡漾起的波纹细碎而又微小，突然沙滩上传来阵阵惊叫，掠过湖岸飞起一群群水鸟。作者这种景致的描写手法极具艺术表现力，极易引起读者的共鸣，使得读者看到那天籁般的景色而欣喜。尤其“不觉船移”四字以自我的细腻、真切的感受来反映水之滑润。沙禽因轻舟、游人的惊扰，纷纷掠过，惊飞不已，惊起的沙禽划破了西湖的宁静，动与静巧妙结合，使得西湖之景又添灵动之姿。

全词笔法细腻，语言优美，形象而又生动地给读者展现了西湖的美好景色，给人一种身临其境的感觉。

## 【踏莎行】

**候馆[①]梅残，溪桥柳细，草薰[②]风暖摇征辔[③]。离愁渐远渐无穷，迢迢不断如春水。**

**寸寸柔肠，盈盈粉泪，楼高莫近危[④]阑倚。平芜[⑤]尽处是春山，行人更在春山外。**

【注释】

①候馆：供瞭望用的小楼，泛指旅舍。②薰：香。③辔：缰绳，这里代指马。④危：高。⑤平芜：平坦的草地。

【鉴赏】

这首词围绕离别来写爱情相思，但打破了先景后情的寻常格局，上下两阕分别写离别相关的两个方面，并用相思把二者串联起来，情景交融的手法运用到整个词作当中。这首词婉曲地表达了一种浓重的离愁，“语语倩丽”，“情情动人”，令人“不厌百回读”，是欧阳修“深婉”风格的代表作。

词的上阕主要写的是离人那如水般的离愁。“候馆梅残，溪桥柳细”，客舍边的梅树早已凋残，溪水桥边的垂柳正是细叶盈盈。作者此处描写了一幅动人的早春图，将早春的景色细腻地刻画了出来。“草薰风暖摇征辔”，花草的香气袭人，温和的春风拂面，在这大好的风光面前，摇动缰绳，策马向前。在这么美妙的春光中，离人却要摇着“征辔”离家远行，这“乐景”便反衬离人的“哀情”。“离愁渐远渐无穷，迢迢不断如春水”，此时此刻，离愁却紧紧围绕在离人的心头，马走的路越长，越感到它无边无垠。这离愁，像那源源不断的春水，地久天长，“迢迢不断”。以水喻愁，自然贴切、形象生动，正如李煜的“问君能有几多愁，恰似一江春水向东流”。

下阕词人转换角度，主要写闺中佳人对离人的无尽挂念与相思。“寸寸柔肠，盈盈粉泪”，遥想着别后的人儿早已经柔肠寸断，粉红的脸上挂满晶莹的泪珠。完美地刻画出闺中佳人的深情厚谊，将无尽的愁苦从内到外淋漓尽致地展现出来，令人动容。“楼高莫近危阑倚”，你独自一人千万莫要把高楼攀倚，也莫要依偎楼上的曲折栏杆。作者将对佳人的牵挂以这种口吻和方式表现出来，显得更加真实，更加贴切，同时也将佳人的心理描写得十分传神。“平芜尽处是春山，行人更在春山外”，假如你真的登楼定会望见那长满青草的草原，平原的尽头还有那隐隐的春山，行人却早已经走过那春山之外，无影无踪，望不见，寻不见。在此可见佳人的一往情深、一片痴情，淡语中充满着无限的情意。

# 【临江仙】

**柳外轻雷池上雨，雨声滴碎荷声。小楼西角断虹明。栏干倚处，待得月华生。**

**燕子飞来窥画栋，玉钩垂下帘旌①。凉波不动簟②纹平。水精双枕，傍有堕钗横。**

**【注释】**

①帘旌：即帘幕。②簟：指竹席。

**【鉴赏】**

欧阳修的这首《临江仙》是一首描写女子夏日闺情的词作。词作具体描述的景象历史上颇有争议，此处不作评论。

此词的上阕主要描写的是楼外之景。开篇两句“柳外轻雷池上雨，雨声滴碎荷声”，意思是说春色的景致甚是美好，杨柳静静享受着春雨的滋润，池上春雨点点，滴滴打在湖面的荷叶上，发出清脆的声音。此处词人利用雷声、雨声、荷叶之声的交相呼应，将这夏日美好的自然声音谱写成一曲动人的交响曲，给人以视听的享受。“小楼西角断虹明”，夏日雷雨如此短暂，即刻雨过天晴，小楼的西角处鲜艳优雅的彩虹长贯天空。映衬着天空的澄澈，也彰显着彩虹的奇美俊秀，曲尽其妙。“栏干倚处，待得月华生”，至此出现听此夏日之曲、赏此夏日之景的主人公，且和前句中的“小楼西角”相照应。佳人伫立，轻轻倚靠着栏杆，守得明月浮起，月辉飘洒，赏尽这绝美的景色，久久不舍离去。

词的下阕以偷窥的燕子为线索转至对室内之景的描绘。“燕子飞来窥画栋，玉钩垂下帘旌”，佳人相思浓厚真挚，无法舒解，只得一个人孤独憔悴。静静倚靠着栏杆，归于画栋之中，垂下帘栊，放下玉钩，而这幅景象却将燕子的好奇心打动，竟来悄悄窥看。词人以拟人的手法描写燕子，更添趣味。“凉波不动簟纹平”，以簟纹的平稳来反映佳人的安宁恬静的睡态，以“凉波”比喻“簟纹”，亦十分巧妙。词的最后两句“水精双枕，傍有堕钗横”，佳人依枕，钗横枕旁。正如俞陛云所云“后三句善写丽情，未乖贞则，自是雅奏”。（《唐五代两宋词选释》）

## 【浪淘沙】

**五岭[①]麦秋残，荔子初丹。绛[②]纱囊里水晶丸。可惜天教生处远，不近长安。**

**往事忆开元，妃子[③]偏怜。一从魂散马嵬关。只有红尘无驿使，满眼骊山。**

**【注释】**

①五岭：即越城（南岭）、都庞、萌渚、骑田、大庾五岭。②绛：紫色。③妃子：这里指杨贵妃。

**【鉴赏】**

欧阳修的词作经常以抒发离情别意、咏春闺怨为主题，而像此词一样借古讽今的却不多。词人无奈世事的炎凉和历史的重复，借历史上杨贵妃偏爱荔枝，而唐玄宗为博得佳人一笑，不惜从千万里之外为她运送荔枝的史实，抒发他的历史感慨与现实讽谏。虽说在整个词作中对历史上“一骑红尘妃子笑，无人知是荔枝来”的描写是最多的，但是词人并不是以此为主，而是要借此来表达自己对于词人当时社会的残酷腐败和历史重复的感慨。

上阕词人通过对五月荔枝成熟景象的描写来为接下来的抒情做铺垫。“五岭麦秋残”，这里让读者知悉了荔枝成熟的季节和地点；“荔子初丹”，以“初丹”二字道出荔枝开始成熟之事。“绛纱囊里水晶丸”，荔枝的形象刻画在词中可谓是形象生动，那紫色玲珑的荔枝外壳，水晶般晶莹透明、柔软润滑的果肉。这种描写巧妙贴切，传神细腻。“可惜天教生处远，不近长安”，这是一种反讽的手法。荔枝无限好，只是疏长安，荔枝即使再好那也只是长安之外的产物，词意好像在替唐玄宗、杨贵妃叹息——荔枝如此之远，实在太可惜了。而深层含义是讽刺当时唐玄宗动用国力博妃子一笑的腐败事，而其中可能暗含的又一种含义是借喻词人自己虽然满腹经纶但却不能得到赏识。

在上阕对荔枝的描写、铺承之后，下阕词人直接咏史。“往事忆开元，妃子偏怜”，这是描写唐玄宗时期杨贵妃对荔枝的偏好。而当时朝野为了这个偏好，“乃置骑传送，走数千里，味未变，已至京师”。这就是“一骑红尘妃子笑，无人知是荔枝来”的典故来源，而词人用“乃置”一词，表达了作者对词中行为的愤慨、感叹和不解。“一从魂散马嵬关，只有红尘无驿使，满眼骊山”，杨贵妃已经魂散马嵬，道路之上虽然尘土依旧飞扬，却再也没有“飞驰以进”的驿使；历史的所有遗迹都已消散，唐玄宗的荒淫、杨贵妃的专宠、飞奔的驿使通通不见，后人所见的唯有满眼的骊山，以景结语，意蕴无穷，引人深思。

## 【浣溪沙】

**湖上朱桥响画轮。溶溶春水浸春云。碧琉璃①滑净无尘。**
**当路游丝②萦醉客，隔花啼鸟唤行人。日斜归去奈何春。**

**【注释】**

①琉璃：本是一种极其光滑的釉料，此处代指湖水。②游丝：飘荡在空中的蜘蛛丝。

**【鉴赏】**

这是欧阳修一首描写西湖景致的词作。这首词清新明快，没有太多的艳语秾句，也没有太多的繁叠赘词，只有那西湖景色的悠然空灵和游人花草的映衬生辉。

上阕描写的是词人畅游西湖时，西湖湖面和天空的壮丽景色。“湖上朱桥响画轮”，这美好的湖面，澄澈湛蓝，充满了静谧和悠然，湖上朱红色的画桥横跨湖面，一种大气的感觉油然而生。朱红色的画桥下面，响起了画轮的声音，这景致引来了诸多的游人观望，怀着激动的心情，畅游着美好的西湖美景。词人描写湖面景色和朱桥画船的手法十分别致与恰当，看似一幅安静恬淡的画面，但其中却充满了灵动的感觉，游人之众，更使得画面有一种动态美，一幅西湖春景图顿时跃然纸上。“溶溶春水浸春云”，春天的感觉往往不在游人的一时观感，但在词人的笔下，却能将春色瞬间一览无余地呈现。春水溶溶，微波轻灵，在水天交融的画面里，隐隐浸润着春天的浮云。一个“浸”字把春水澄澈、柔和的特点描绘出来了，而两个“春”字则是词人为了强调景致的季节及特点的需要。“碧琉璃滑净无尘”，湖面的美景美不胜收，碧波琉璃般的纯净，是谁都无法与之相比的。洁净纯粹的景色，丝尘不染，令人心旷神怡。这里词人的描述传神生动，令读者能够充分感受到西湖湖面的盛景。

下阕描写的是黄昏时节的西湖美景，路人归去的场面和鸟儿送归的啼叫相应勾画出了一幅动人的美景。“当路游丝萦醉客，隔花啼鸟唤行人”，当路面上的游丝缓缓飘动，那被美景陶醉的游人和过客都悠然不已。是当归去，游丝相伴前后，一种醉意朦胧的感觉依然萦绕，使得枝头啼叫的花鸟都变得多情，送别游人而欣喜歌唱。词人此处以拟人的手法，把无情的游丝、啼鸟写得情意绵绵，充满人情味，形象有趣，更添春的喜悦、游的欢快。“日斜归去奈何春”，景色之所以迷人是在于它给人巨大的美感冲击。词人面对如此美好的景致，感到时间飞逝。纵使欲继续游览美景，但不得不在夕阳斜去之时早早归去。这样的美景给人很多美好的回忆，但不舍的情怀却依然萦绕心头，久久不能离去，使人顿时产生一种惆怅和无奈。

## 【青玉案】

**一年春事都来几？早过了，三之二。绿暗红嫣浑[①]可事[②]。垂杨庭院，暖风帘幕，有个人憔悴。**

**买花载酒长安市，又争似[③]家山见桃李。不枉[④]东风吹客泪。相思难表，梦魂无据，唯有归来是。**

**【注释】**

①浑：全、都。②可事：可乐之事。③争似：指怎似。④不枉：即不怪。

**【鉴赏】**

欧阳修的这首《青玉案》是一首游子思念家乡的作品，表述了暮春伤逝怀人的思念之情。

词的上阕侧重写春愁。“一年春事都来几？早过了，三之二”，以设问的形式开篇，更具跌宕之姿，也引人思索。这里作者表达的意思不是惜春、思春，而是伤春。接下来的几句是描述春景的。“绿暗红嫣浑可事。垂杨庭院，暖风帘幕，有个人憔悴”，在这美好的春季，一片翠绿嫣红，可谓春色旖旎，令人赏心悦目。“绿暗红嫣”描写的是春去夏来，暮春时节的一些乐事。“垂杨庭院，暖风帘幕”，这两句好似一组慢镜头，先是经过庭院，再掀开帘幕，但见一个憔悴之人——“有个人憔悴”。但此人为何憔悴，词人未点明，引出下阕的描写。

词的下阕侧重写的是相思之情。“买花载酒长安市，又争似家山见桃李”，这两句将在长安买花与家乡的山李进行对照，表达了对家乡的深深思念，强化了思乡之情。至此，读者便知上阕之中的憔悴之由，那便是因思归而起。“不枉东风吹客泪。相思难表，梦魂无据，唯有归来是”，这几句的意思是不要怪春风吹落了游人的眼泪，思乡之情难以表达，只希望通过梦中还乡却又不得。正是这些引发了“客泪”。此句是全篇的总结句，表示此时此刻正是返乡的好时候，桃李芳华之时，自己唯有享受团圆美满的幸福，才能化解这心中的孤独和惆怅。词作揭露出作者对漂泊生活的厌倦和对仕途道路的倦怠之感。

此词用词浅显，但是言简意深，是宋词中的名作。词中写暮春的景色却没有灌注凄凉之感，通过对部分景物的特写而引出作者感情的抒发和感慨，一波三折，表现了作者期望归隐的情怀。

## 【阮郎归①】

**踏青**

**南园春半踏青时，风和闻马嘶。青梅如豆柳如眉，日长蝴蝶飞。**

**花露重，草烟低，人家帘幕垂，秋千慵困②解罗衣，画堂双燕归。**

**【注释】**

①阮郎归：双调四十七字，平韵。②慵困：慵懒的样子。

**【鉴赏】**

欧阳修对于春色、西湖的赞美和描写很多，名篇佳句也不少，但是描写春色的词作中没有哪首能像这首《阮郎归》描绘得这么有韵味。此词不论是景物的描写还是人物外貌的刻画，都将词人营造的意境彰显得更加富有质感。

上阕描写的是踏青时节风和柳绿、日长景幽的快意景色。“南园春半踏青时”，首句词人交代了此词描写的时间、地点和情节。“春半”，乃是此词描写的时间，春已至半，生机勃勃的景色正值勃发季节。“南园”交代的是描写的地点。情节则是踏青。女子于春半之时，到南园踏青赏春。“风和闻马嘶”，风和日丽，春暖花开，熙熙的微风声中传来阵阵马嘶之声。春色浓郁，暖意融融，在这样的日子里出游的人不少，自然是马嘶人声不断。但是，对比来看，女子孤身一人，独自漫步，其中更显凄凉和孤寂。这里也能够表达出女子的相思之情。词人没有浓墨重笔写离别相思，只寥寥几字就将女子的惆怅孤独和思念之情表现了出来，令人赞叹。“青梅如豆柳如眉”，上几句写的是春已至半的景色，而此句描述的是暮春时节的景象。那树上的青梅已经如豆般大小，依依的杨柳纤细如眉黛，词人在这里没有抒发自己的情感，但是却通过景物的描写将伤春之意含射出来，读者再联想前几句那惆怅相思的女子，便更有春迟日暮的伤感。“日长蝴蝶飞”，这又是一种对比的描写手法，欧阳修善于在抒情的同时将景物的对比描写出来，以此增加对气氛的烘托和渲染。“困人天气日初长”，“困人”说明女子的心中多么疲惫。而“日初长”则是一语双关，既说明了日子慢慢变长，也说明了女子的忧伤日渐长。

下阕描写的是相思惆怅中女子的状态。“花露重，草烟低，人家帘幕垂”，时间渐渐消逝，伴随着春暖日和的温馨，女子很快发现天已日暮，花的露水慢慢变重，草烟浮动，渐渐低垂，远处的人家帘幕早已放下。此处描写景物十分静谧清冷，女子的心情便也隐约可见。“秋千慵困解罗衣，画堂双燕归”，上阕词人运用了对比的手法将双蝶衬托相思，而此处又是情寓于景的含蓄笔法将燕归来反衬女子的孤寂难耐，而远人却久久未归。只剩孤单的她独守空闺，物与人的对比之中，更衬托出人的孤苦、寂寞与悲凉。

## 【蝶恋花】

**庭院深深深几许？杨柳堆烟，帘幕无重数。玉勒雕鞍[①]游冶处[②]，楼高不见章台路。**

**雨横风狂三月暮，门掩黄昏，无计留春住。泪眼问花花不语，乱红[③]飞过秋千去。**

【注释】

①玉勒雕鞍：这里代指豪华的马车。②游冶处：指歌楼妓馆。③乱红：即落花。

【鉴赏】

这是一首暮春闺怨词，描写的是暮春时节深闺女子怀人伤春的苦闷愁怨，语言清丽自然、风格含蓄蕴藉、情感深挚感人，给人留下深刻的印象，为欧词名作。

词的上阕主要写的是深闺女子的生活状态和伤春思人的忧苦情感。“庭院深深深几许”，词句中连用了三个“深”字，写出了女子与世隔绝如囚徒般的生活，暗示其孤身独处，压抑难耐的情感。其中道尽了庭院的深邃，也道尽了女子的凄婉。“杨柳堆烟，帘幕无重数”，这是进一步渲染庭院之深。丛丛杨柳堆积着缕缕轻烟，帘幕一重又一重，无以尽数，庭院的深邃可见一斑。这是深闺女子对自已生活住处的细致描绘。“玉勒雕鞍游冶处，楼高不见章台路”，作者在此处将视线转到了其丈夫那里，“楼高不见章台路”女子只能独处高楼，凝神远望丈夫游历之处。此两句的隐含之意便是，虽然她望不到她的意中人，但她知道此刻他一定在那花柳之地寻欢作乐，极尽风流。闺中之人的愁怨、痛苦在这种对比中展现得淋漓尽致。

词的下阕借写狂风暴雨的黄昏，抒写了女子无限的伤春情感。“雨横风狂三月暮，门掩黄昏，无计留春住”，暴雨狂风无情地摧残着美好的春天，暮春之际本已令人产生伤春之感，而此时又为愁苦的黄昏之时，让人情何以堪。而这时候的女子只能独处深闺，暗自叹息无计留春，只留有时光默默东去的无奈。“泪眼问花花不语，乱红飞过秋千去”，这是欧阳修词中脍炙人口的一句。因泪而问花，花却不语，不但不语，而且还惹得人更加伤心。人愈加伤心，花儿愈加恼人，语言愈加浅显而意境却愈加深入。

全词优美动人，浅显易懂，然而意境深远幽邃，深沉细腻，远胜花间词之清韵。

## 【蝶恋花】

**谁道闲情[①]抛却久？每到春来，惆怅还依旧。日日花前常病**

**酒。不辞镜里朱颜瘦。**

**河畔青芜[②]堤上柳。为问新愁，何事年年有？独立小桥风满袖，平林新月人归后。**

**【注释】**

①闲情：指愁情。②青芜：即青草。

**【鉴赏】**

这是一首春日怀人的词作。欧阳修的笔法较为委婉深沉，因此怀人的情感隐藏很深，抒发得极其含蓄。读者只有细细品味，慢慢才能把握其中蕴含的浓厚情思。这也是词人深婉、蕴藉风格的体现。

上阕写的是处于相思中的主人公颓废倦怠、消沉度日的生活状态，充满了“为伊消得人憔悴”的悲凉。“谁道闲情抛却久”词的开篇设问，在首句便将气氛推向高潮。“谁道”写出了词人心中的点点幽怨，词人开篇似问非问的手法独到，将感情抒发的气氛推向了更高的一个层次。谁说时间可以消散心中的“闲情”，作者这种类似抱怨的口吻加重了情感抒发的力度。“每到春来，惆怅还依旧”，年复一年，但至春日，惆怅忧闷还是依旧。这里回应了首句的设问，也表达了久久不能放下相思的情感。“日日花前常病酒”，因这“闲情”太重太浓，令人无以承受，词人只得选择在花前日日以酒消愁，但得一时坦然。“日日”二字，更可见此种情感不是一朝一夕之时，而是日日如此、频频如此。“不辞镜里朱颜瘦”，这样的生活一再继续，镜子里的“朱颜”已经消瘦不堪，而“不辞”则抒发了词人的一如既往。

下阕词人借助景物的描摹表达那浓郁的愁思。“河畔青芜堤上柳”，河畔之上春草青青，堤岸之上杨柳依依，词人仅写草柳没有抒发其他情感，看似突兀，但是草柳自古以来就是表达离愁别意的景物，词人这样描写就是要将那惆

怅忧闷的情感借助此景抒发出来。“为问新愁，何事年年有”词人此处又以一问句形式提出，试问新愁你为何年年都来，是什么事情惹得你这样？设问表达之意浓烈深厚，词人的重点不放在设问的结果上，而只是表达一种新愁压旧愁的无奈情感。“独立小桥风满袖，平林新月人归后”，词人独立小桥，放眼远望，习习晚风吹来灌满整个衣袖，天气的凄凉之感映衬到词人心中的凄凉之意，双重凄凉使得画面更加凄婉和孤寂。“独”字可谓此句，也是此词作的关键字，一个人孤独地久久地站立，在观览、在感触，倍感孤寂、凄苦。

# 韩琦

**【作者介绍】**

韩琦（1008—1075），字稚圭，自号赣叟，相州安阳（今属河南）人。天圣进士。初授将作监丞，历枢密直学士、陕西经略安抚副使、陕西四路经略安抚招讨使。与范仲淹共同防御西夏，名重一时，时称“韩范”。嘉祐元年（1056），任枢密使；嘉祐三年（1059），拜同中书门下平章事。英宗嗣位，拜右仆射，封魏国公。神宗立，拜司空兼侍中，出知相州、大名府等地。熙宁八年卒，年六十八。谥忠献。《宋史》有传。著有《安阳集》五十卷。《全宋词》录其词四首。

## 【点绛唇】

**病起恹恹[1]，画堂花谢添憔悴。乱红飘砌[2]，滴尽胭脂泪。**

**惆怅前春，谁向花前醉？愁无际，武陵回睇[3]，人远波空翠。**

**【注释】**

①恹恹：精神不振。②砌：台阶。③回睇：回眸远望。

**【鉴赏】**

此词是历相三朝的重臣韩琦“以情韵胜人”的代表作，是一首“刻意伤春复伤别”的闺怨词，风格婉约，情韵动人。

上阕写的是暮春残景中的女主人憔悴伤神的景象。“病起恹恹，画堂花谢添憔悴”，女主人公大病初愈后，精神恹恹，伤神无力。词人恹恹，观花而花亦恹恹，花之憔悴，亦显词人之憔悴。这憔悴黯然的景象让所见之人无不怜惜。此处的词人“恹恹”，相对应的花儿也憔悴，一幅凄凉的晚景。“乱红飘砌，滴尽胭脂泪”，这是对景物的进一步描摹，词人对那大片红花零飞乱舞的景象的进一步刻画是为了渲染凄迷黯然的气氛。这乱红犹如女子满腹的辛酸泪一样，让人心生怜惜，并为之动容。上阕之中虽然未直接抒发词人内心之感受，而景致之中已经满含了词人的情感，可谓“虽是赋景，情已跃然”。

下阕由实写虚，开始描摹女主人公的内心活动。“惆怅前春，谁向花前醉”，词人惆怅黯然，不禁唤起了先前的回忆。去年三月，暮春时节，心上人正在庭院中和自己一起赏花醉酒。而如今只剩下自己一个人在空悲叹，心中不禁黯然神伤。“愁无际，武陵回睇，人远波空翠”，那绵绵的愁绪飘荡，回望武陵，离人已经远去，只有那水天相接之际一派翠绿的波涛。一个“空”字道尽了词人的失落、怅惘之情。以景结情，情愈深婉，满眼的翠波迷蒙浩渺，满心的怅惘愁闷也就可见一斑，景中寓情更令人回味无穷。

词人因与王安石政见不合，反对王安石变法，而遭遇贬谪罢相。这首小词中的憔悴之叹、惆怅之感、愁苦之态也许都蕴含了词人自身的身世之感，读者自可细细品味。

# 李师中

**【作者介绍】**

李师中（1013—1078），字诚之，楚丘（今山东曹县）人，徙居郓（今山东郓城）。年十五，即上书议论时政，由是知名。后中进士。累官提点广西刑狱，摄帅事。熙宁初（1068），历河东转运使，知秦州、舒州。后为吕惠卿所排，贬和州团练副使安置。元丰元年（1078）卒，年六十六。《宋史》《东都事略》有传。词存《菩萨蛮》一首。

## 【菩萨蛮】

**子规[1]啼破城楼月。画船晓载笙歌发。两岸荔枝红，万家烟雨中。**

**佳人相对泣，泪下罗衣湿。从此信音稀，岭南无雁飞[2]。**

**【注释】**

①子规：即杜鹃，相传古蜀望帝死后魂化而成，其声像在说“不如归去”。②“从此”二句：巧用“鸿雁传书”的典故，相传，北雁南飞，至衡阳而止。

**【鉴赏】**

李师中曾在广南西路任官，此词是他描写离别伤感的词作。具体而言则是他罢官归去之时的作品。

词的上阕是描写离别之时景物的凄美。“子规啼破城楼月”，那子规声声悲啼，缕缕不绝，好似一声声“不如归去”的召唤响彻在即将离去的词人的耳旁，使人徒增诸多伤感凄凉的情感。高高的城楼之上，看那清凉的明月高悬夜空，挂在城楼顶上，词人的孤独寂寞袭上心头。一个“破”字把无甚联系的子规之声与城楼之月紧密结合在一起，更给人一种孤苦、悲凉之感。“画船晓载笙歌发”，这凄美的离别场景中，画船幽幽泛于湖面，笙歌满满，载于船坞。与岸边欢闹的景象相比，这里的离别悲凉甚是难耐。“两岸荔枝红，万家烟雨中”，船行于水中，那两岸边上荔枝已经成熟，个个娇艳鲜红，万家灯火都笼罩在那茫茫的烟雨之中。色彩鲜明、境界阔大，而迷蒙的景物中又流露出词人惆怅的情绪。

下阕描写的是送别之时佳人的思念之景。“佳人相对泣，泪下罗衣湿”，离别的场景真是令人黯然啊，佳人面对着离人，凄楚的眼泪夺眶而出。对离人即将离去的万般不舍和留恋，都在低声哭泣中得到丝丝的安缓。“泪下罗衣湿”，可见泪水之多、离情之重，佳人不断的低泣、泪水进一步渲染出离别的愁苦与伤感。“从此信音稀，岭南无雁飞”，此处巧妙地化用“鸿雁传书”的典故，鸿雁虽然可以传递书信，可是鸿雁也只是到衡阳就停下了，岭南这个地方，鸿雁都不能去，这相思之情凭什么去传递呢？这里抒发了佳人对离人的那份浓厚爱意，也表达了对这音信难达的惆怅和伤感。还未离别，便设想往后的音信难达、相思难寄，笔法由实入虚，道出了内心那份浓重的离愁别恨，更令人肝肠寸断。

# 阮逸

**【作者介绍】**

阮逸，字天隐，建州建阳（今属福建）人。天圣五年（1027）进士。景祐二年（1035），典乐事。庆历中，以诗得罪，除名贬窜远州。皇祐中，特迁户部员外郎。与胡瑗合著有《皇祐新乐图记》。其事迹不详，存词仅一首。

## 【花心动】

**春词**

**仙苑春浓，小桃开，枝枝已堪攀折。乍①雨乍晴，轻暖轻寒，渐近赏花时节。柳摇台榭东风软，帘栊静，幽禽②调舌。断魂远，闲寻翠径，顿成愁结。**

**此恨无人共说。还立尽黄昏，寸心空切。强整绣衾③，独掩朱扉，枕簟④为谁铺设？夜长更漏⑤传声远，纱窗映，银缸⑥明灭。梦回处，梅梢半笼淡月。**

**【注释】**

①乍：突然，蓦地。②幽禽：即叫声幽雅的禽鸟。③绣衾：有精美绣花的衾被。④簟：竹席。⑤更漏：古代的计时器，以漏壶滴水计算时间。⑥银缸：银制的灯具。

**【鉴赏】**

这是一首慢词，从桃花烂漫、东风吹软的姹紫嫣红的景物着笔，然后以层层铺叙、步步渲染的手法抒发了闺阁女子的无限春愁，韵味无穷。

词的上阕写的是春日到来后的美好景致。“仙苑春浓，小桃开，枝枝已堪攀折”，三句渲染了春之浓，桃花朵朵竞相盛开，枝枝繁茂浓密，“枝枝已堪攀折”。这里“春浓”二字便可以体现出来，甚为曼妙。“乍雨乍晴，轻暖轻寒，渐近赏花时节”，这是描写春风时雨的景色。温暖的阳光驱散了冬日的余寒，大自然一片生机。此时的天气乍暖还寒，乍晴还雨，赏花时节渐渐临近。“柳摇台榭东风软，帘栊静，幽禽调舌。断魂远，闲寻翠径，顿成愁结”，这几句是进一步具体描写景物的。春风细腻，柔软轻细，在这样明媚的东风台榭中，满眼都是旖旎的风光，亭台楼榭的杨柳随之摇荡，而帘栊静谧，禽鸟的鸣叫之声更显得幽雅动听。而桃花之娇艳、天气之多变、春风之和软等等都撩动了女子的心绪，摇动了女子的春思。“断魂远，闲寻翠径，顿成愁结”，这几句是描写这美好的景致触动了女主人公的轻轻愁思，令其深感神伤黯然。

词的下阕应声而动，进而描写女主人公的内心世界。“此恨无人共说”承上阕而来，无人可说中更令人难以忍受。这里是写明了女主人忧伤黯然的原因。“还立尽黄昏，寸心空切”，女主人公寻寻觅觅，企盼极深，久久等待，直至黄昏，可仍旧是“寸心空切”。一个“空”字使词文的悲情色彩跃然纸上，从中可以看出女主人公对此的失望之情有多深。“强整绣衾，独掩朱扉，枕簟为谁铺设？夜长更漏传声远，纱窗映，银釭明灭。梦回处，梅梢半笼淡月”，在这样的情景下，女主人公只得“强整绣衾”，“独掩朱扉”，以此来让这失魂落魄之心得到安抚。“强”“独”“为谁”等字眼中流露出了她的失意与孤寂。接着“夜长更漏传声远，纱窗映，银釭明灭”，这“夜长更漏”之声缓缓从远处传来，映照着纱窗前忽明忽暗的惨淡灯光。伴随着孤独的词人进入梦乡。“梦回处，梅梢半笼淡月”，窗外，淡淡的明月笼罩在梅梢之上，意境凄清幽静，而人物内心的孤苦凄凉寓于其中，情感表达得更为委曲婉转。

# 司马光

**【作者介绍】**

司马光（1019—1086），北宋时期著名的政治家、史学家、散文家，字君实，号迂夫，晚号迂叟，陕州夏县（今属山西）涑水乡人，世称涑水先生。宝元元年（1038）进士，签判武成军，累迁大理寺丞、起居舍人。仁宗末年任天章阁待制兼侍之中知谏院。神宗初（1573），官翰林学士、御史中丞。反对王安石变法，出知永兴军，判西京御史台。后闲居洛阳，编修一部《资治通鉴》。哲宗立（1086），拜尚书左仆射兼门下侍郎，相位八月而卒，年六十八，赠太师、温国公，谥文正。《宋史》有传。其著作主要有《资治通鉴》二百九十四卷，另有《司马文正公集》八十卷。词存三首，均写艳情。

## 【西江月】

**宝髻松松挽就，铅华①淡淡妆成。青烟翠雾罩轻盈，飞絮游丝②无定。**

**相见争③如不见，有情何似无情。笙歌散后酒初醒，深院月斜人静。**

**【注释】**

①铅华：指女子用于梳妆打扮的铅粉。②游丝：蜘蛛等昆虫所吐之丝在空中飘荡，故称游丝。③争：怎的意思。

**【鉴赏】**

司马光的词作很多，但遗留下来的只有三首，均系风情之作。这首《西江月》便是他的一首狎妓言情之作。其词不加虚饰，直抒胸臆。语言朴实，感情真挚。

词的上阕写宴会所遇舞妓的美姿，下阕写对她的恋情。开头两句“宝髻松松挽就，铅华淡淡妆成”，写出主人公的特点：她并不浓妆艳抹地刻意修饰，只是松松地挽了一个云髻，薄薄地搽了点铅粉。这样素淡的装束足见其气质的与众不同。次两句“青烟翠雾罩轻盈，飞絮游丝无定”写出她的舞姿：青烟翠雾般的罗衣，笼罩着她轻盈的体态，像柳絮游丝那样柔和纤丽而飘忽无定。这里词人运用比喻的手法将女子的外貌进行了形象的描绘，女子的美好形象跃然纸上。

下阕写自己的感受，性灵流露，雅而不俗，余味深长。“相见争如不见，有情何似无情”，抒发词人爱情失落时的怨苦与忧伤。见后反惹相思，不如当时不见，人还是无情的好，无情即不会为情而痛苦。这是词人柔情万缕却又不得遂意的感叹，同时也反衬出女子的可爱，惹人情思。最后，以一个悲凉、孤独的场面收束全词：“笙歌散后酒初醒，深院月斜人静”，写席散酒醒之后的追思与怅惘。等到笙歌结束、酒醒之后，却发现已是深夜，此时月儿西斜，佳人早已不在了，心里更是惆怅。种种复杂的感受都尽括“深院月斜人静”这一景语中，达到了“不着一字，尽得风流”的境界。这样细致入微的描写使得作品具有更强的感染力。

这是一首写爱情不得遂意的恋词、怨词。全词语言自然，意不晦涩，语不雕琢，随手拈来，语浅情深，风味醇厚，足见司马光作词虽为余技，却也显示出其学识之厚与感情之丰富。

# 王安石

**【作者介绍】**

王安石（1021—1086），字介甫，号半山。抚州临川人。少好读书，过目不忘，善为文辞。宋仁宗庆历二年（1042）进士。他是宋代著名的政治改革家，创新除旧，嘉祐三年（1058）主张变法。神宗熙宁二年（1069），任参知政事，推行新法，次年，拜同中书门下平章事。元丰二年（1079）拜左仆射，封舒国公，改荆国公，世称王荆公。晚年退居金陵，自号半山老人。哲宗元祐元年（1086）卒，年六十六。他是北宋杰出的文学家，散文与欧阳修、苏轼齐名；诗也自成一体；词作不多，但能“一洗五代旧习”，有《临江集》。

## 【桂枝香】

**登临送目，正故国①晚秋，天气初肃，千里澄江似练②，翠峰如簇。征帆去棹③残阳里，背西风，酒旗斜矗④。彩舟云淡，星河⑤鹭起，图画难足。**

**念往昔，繁华竞逐。叹门外楼头，悲恨相续⑥。千古凭高对此，谩嗟⑦荣辱。六朝旧事随流水，但寒烟、芳草凝绿。至今商女⑧，时时犹唱，《后庭》遗曲。**

**【注释】**

①故国：指金陵（今江苏南京），为六朝古都。②练：白绸带。③棹：船桨，代指船。④斜矗：斜立着。⑤星河：本指银河，这里比喻长江。⑥悲恨相续：指南朝各个王朝的相继覆亡。⑦谩嗟：空叹。⑧商女：歌女。

**【鉴赏】**

这首《桂枝香》作于词人第二次被罢相出知江宁府之时，是一首登高怀古的词作，词人登上六朝古都金陵，感叹历史兴亡，抒写了词人对国家的担忧。

上阕写景，写作者登高所见。“登临送目，正故国晚秋，天气初肃”，词人登上城楼放眼望去，古都金陵正是晚秋，天气已经变得清凉。开篇三句即点明登高之事以及登高之地——故国金陵，登高之时——肃朗晚秋。“千里澄江似练，翠峰如簇”，巧妙化用前人“澄江静如练”的诗句，浩浩荡荡的千里长江宛如一条银练，绵延起伏的翠色山峦好似簇拥在一块。接着词人集中笔力描写江、岸之景，“征帆去棹残阳里，背西风，酒旗斜矗”，帆船在夕阳下穿梭，西风吹起，斜插的旗帜也随之飘扬。“彩舟云淡，星河鹭起”，远远望去，海天相接，江天一色，画船恰似在淡云中漂浮，白鹭好像在银河里飞舞，即使是丹青妙笔也无法来描绘这壮丽的风景。“图画难足”道尽了词人内心对美景的赞叹。

下阕怀古。以“念往昔”三字领起，开始抒发六朝兴亡的感慨。遥想当年，金陵是那么的繁荣，可叹的是在朱雀门外，六朝君主相继败亡，不禁令人悲恨交加。“千古凭高对此，谩嗟荣辱”，自古多少人在此登高怀古，无不感伤。这里从后人感怀的角度，将感叹的深度与力度推向了极致。“六朝旧事随流水，但寒烟、芳草凝绿”，六朝往事都仿佛随流水而去，烟消云散，只剩下寒烟笼罩下凝绿的芳草，巨大的历史感慨蕴于其中。“至今商女，时时犹唱，《后庭》遗曲”，又一次巧妙化用杜牧“商女不知亡国恨，隔江犹唱《后庭花》”诗句，词人寓情于景，笔法极其巧妙。

这首词境界开阔，词笔劲拔，正如周汝昌先生所言“其笔力之清遒，其境界之朗肃，两宋名家无二手，真不可及也”，深刻地表达了词人忧国忧民的情怀。

## 【菩萨蛮】

**数家茅屋闲①临水，窄衫短帽垂杨里。花是去年红，吹开一夜风。**

**梢梢新月②偃，午醉醒来晚。何物最关情，黄鹂三两声。**

**【注释】**

①闲：闲适，恬静。②新月：农历每月初出的弯形的月亮。

【鉴赏】

这首词是王安石晚年隐居江宁半山之作，词句清新恬淡，但表达的感情却是浓厚微妙。将词人隐居以后的闲适生活和放达广阔的感情抒发得淋漓尽致。

词的上阕描写的是词人隐居时的住所，刻画了一幅静谧悠然的景致。“数家茅屋闲临水”，在这林中，好多家草堂茅屋闲适、恬静地立在溪水岸边，旁边溪水流淌，环境静雅优美。“数家”写自己周围还有几家邻居，既不喧闹，也不“茕茕孑立、形影相吊”。“窄衫短帽垂杨里”，“窄衫短帽”是便服，这里用衣服代指人，写的是一个没有官职，不着官服的隐居者，也就是作者的自画像。“花是去年红，吹开一夜风”，花儿还是和去年一样，红艳娇人。那一夜春风吹开了仍如去年一样的红花。词人在这里意在勾画一幅闲适安静的画面，而词人就生活在这样的景致中，这样的场景，怎能不让人心生羡慕。词人其实是借助景物的描写来抒发他心情的不平静，“花是去年红”这里将词人表达的情感释放了出来。词人是一位政治家，他立志于改革、推行“新法”，但受旧党打击，屡次罢相，终于被迫隐居，他虽然在谪免后想学陶渊明的“悠然见南山”，故作放达，实不可得。词人本想是效仿前人隐居悠然度日，可是心中仍有未放下的理想和动力，不遂愿望，那只能借酒消愁了。“梢梢新月偃”，点明了酒醒是在眉月挂枝头的时候，从中午喝酒醉后，一直到月上树梢才醒，真是大醉了。“午醉醒来晚”，这一句将词人以酒压愁，放纵生活的状态清晰地描绘了出来。

在词章的最后，以“何物最关情，黄鹂三两声”作结，进一步抒怀。上阕的景致是一幅静态的景致，词人在这里忽然听到了黄鹂的鸣叫，不禁感到异常动情。而其他事物似乎都难挑动他的心思了，从而表达了词人怡然自得的情怀。词人对其隐居生活的描写意在借助词来舒缓自己惆怅哀怨的心思，效仿古人但又无法真正做到放怀人生，这便使得整首词在极力抒发对闲淡安然生活向往的同时，也充分表露了词人的“心病”。

词人在描绘这幅春景时，语言清新淡雅，没有雕琢，自然醇厚，将一幅鲜明秀丽、清俊娴静的画面描写得淋漓尽致。这种浑然天成的词风，正如作者所说：“看似寻常最奇崛，成如容易却艰辛。”

## 【浪淘沙令】

**伊吕[1]两衰翁，历遍穷通，一为钓叟[2]一耕佣[3]。若使当时身不遇，老了英雄。**

**汤武[4]偶相逢，风虎云龙，兴王只在笑谈中。直至如今千载后，谁与争功?**

**【注释】**

①伊吕：代指辅弼重臣。②钓叟：即吕尚。③耕佣：指伊尹。④汤武：即商汤与周武王。

**【鉴赏】**

这是一首咏史词。词中涉及两个著名的历史人物。伊尹，夏末人，原是一个陪嫁的奴隶，曾躬耕于田垄之上，正是词中所说的"一耕佣"，成汤看到了他的才干，委以重任，委以国政，他终于帮着成汤灭夏桀建商朝。吕尚，又称姜太公，商末周初人。做过小贩，做过屠夫，八十岁在渭水滨垂纶钓鱼。后来遇到周文王，得以施展自己的才华。他先佐文王，后佐武王，终于成就了灭商兴周的大业。这一切正如王安石词中所说的"伊吕两衰翁，历遍穷通，一为钓叟一耕佣"。伊尹、吕尚之所以建立起为万世仰慕的千秋功业，除去自身的才干外，不可缺少的外在条件是机遇。他们分别遇到了成汤和文王、武王，如果不是这样，他们说不定也会终其一生与常人无异，老死丘垅，老死水滨。这正是词中所说的"若使当时身不遇，老了英雄"。

上阕结处以假设"不遇"来写伊、吕的结局，而下阕以"相逢"正写伊、吕的功业。伊尹、吕尚遇到了成汤、武王，犹如风从虎，云从龙，在笑谈之中便建立起兴王大业。千百年后的今天，也没有人能与伊、吕匹敌。

这首词充满了渴望建功立业的激情。尽管有"老了英雄"的惋惜和不平，但更有对"风虎云龙"的企盼，有"笑谈""兴王"的追求。结句"直至如今千载后，谁与争功"不仅让人读到了词人对伊、吕二人的敬仰，还让人感到了欲与先人比肩的豪情。王安石首先是个政治家，然后才是文学家。他的作品常常让我们看到一个政治家的气魄和感情，这首《浪淘沙令》便是一例。

## 【渔家傲】

**灯火[①]已收正月半，山南山北花撩乱。闻说洊亭新水漫，骑款段[②]，穿云入坞[③]寻游伴。**

**却拂僧床褰素幔，千岩万壑春风暖。一弄松声悲急管。吹梦断，西看窗日犹[④]嫌短。**

### 【注释】

①灯火：即正月十五元宵节的彩灯。②款段：行动缓慢的马。③坞：指四面高而中央低的山地。④犹：还。

### 【鉴赏】

这首《渔家傲》是一首游春之作。

词的上阕主要写词人骑驴春游。开头“灯火已收正月半，山南山北花撩乱”二句，即点明了时令。灯火，指的是正月十五元宵节的彩灯。这两句的意思是说元宵灯节已过，接着就有芳草如茵，漫山遍野的鲜花也争相斗艳，茫茫绿色，一片春意。春天也紧跟着来临了，漫山遍野的鲜花芬芳艳丽。这两句点明了季候特征，同时也是词人隐居环境的映射。“闻说洊亭新水漫，骑款段，穿云入坞寻游伴”三句，词人笔锋一转，写洊亭之游。洊亭在南京钟山西麓。从词中的表达感情来看，词人对洊亭的热爱很强烈，“新水漫”，是指春雨慢慢飘洒过之后，新景迷人。词人借助对春雨过后景色的描写，加强对春色景致的感情的抒发。“款段”，这是行马缓慢悠闲的情景，后借指驽马。这里的“骑款段”，应该是指词人在春雨过后，面对如此美景，无法按捺激动的心情，骑马远游。但是又害怕错过美好的景致，因此放缓行进的步伐。“坞”指四面高而中央低的山地。主人公骑着马缓缓而行，一路穿云入坞游山赏水，悠然快意。

下阕写的是词人游历劳累，憩息山寺，情理相通，脉络清晰。王安石晚年在江宁的住所名叫“半山园”，距“半山园”不远的钟山定林寺是王安石常常休息的地方。“却拂僧床褰素幔”，词人夜宿定林寺，晚间困意频生，词人撩起了床边白色的帷帐，轻轻清扫着僧床，随后便安然卧床休息了。“千岩万壑春风暖”，这里是呼应了词作前面的春景描写，随后又营造了一幅春意融融的风景图。此时主人公的心境也随此画一般，温馨暖暖，从山峰沟壑中都能感觉春风的暖意。“一弄松声悲急管，吹梦断，西看窗日犹嫌短”，那茫茫松林间急促的松笛声，伴随着宏大茫茫的松涛声，吹醒了词人的梦境，起床西望，面对着那山间红日，感慨刚才的梦境着实短促。“急管”，指节奏急促的笛声。这里是说风吹松林所发出的一片松涛声。从结句可以看出主人公内心的不宁静。词人善用白描的方式，将这小小的游记短篇，写得生动传神。借景抒情，情意生动，词人复杂紊乱的情绪，跃然纸上。

## 【渔家傲】

**平岸小桥千嶂抱，柔蓝一水萦[①]花草。茅屋数间窗窈窕。尘不到，时时自有春风扫。**

**午枕觉来闻语鸟，欹眠似听朝鸡[②]早。忽忆故人今总老，贪梦好，茫然忘了邯郸道。**

**【注释】**

①萦：环绕。②朝鸡：即早上报晓的雄鸡。

**【鉴赏】**

王安石的晚年生活恬淡静美，反映出他退出政治舞台后的生活情绪和心情。这首词是词人晚年的退隐生活的表现，悠然恬适，表达了其对世俗社会和政治仕途的厌恶，也抒发了对山水自然的热爱和向往。

上阕写的是词人退隐后居室幽静安然的场景。“平岸小桥千嶂抱，柔蓝一水萦花草”，词作此处的描写娟秀清新，灵动自然。那悠岸上小桥依依，着实秀美，被千山万嶂环抱；水面清秀蔚蓝，柔和静美，紧紧环绕着美丽的花草。词人善于对景物之间颜色的对比和转换进行艺术渲染。在本词中，碧和蓝之间着一“揉”字，却自出机杼，自有一番灵性。词人这样的描写，使得颜色也有了动态，那蓝绿已经不是简单的蓝绿色，时而让人感到蓝绿融为一体，时而感到蓝绿相杂，蓝中有绿，绿中有蓝，摇荡浮动，难以尽说。“茅屋数间窗窈窕”，以“窈窕”形容窗的幽深，反映出茅屋“千嶂抱”着的竹林里的深窈秀美。“尘不到，时时自有春风扫”，那灰尘不能到达，是因为这里时时都有春风清扫。词人将春风比作院落的“清扫员”，生动自然，句句有意。王安石开首营造的画面，泉山环抱，碧水幽空，满山遍地的花草锦簇，优美恬淡。而从林深处的茅屋隐现其中，干净纯丽，别有一番风意。这里微微透露着作者对自然山水、对隐逸生活的喜爱。

下阕词人转写隐逸后的黯然生活。“午枕觉来闻语鸟，攲眠似听朝鸡早”，显出词人那种与花鸟共忧喜、与山水通性情的悠闲情致与恬淡的心境。“午枕”是写词人中午时分的小憩生活。词人斜倚在枕上，一次午睡醒来，静静听到鸟儿的啼鸣。“攲眠似听朝鸡早”，从睡醒闻鸟声，联想到当年从政早朝时“骑马听朝鸡”，恍如隔世。这并非久静思动，却是绚烂归于平淡后常有的心理反应。“忽忆故人今总老”，词人面对此情此景，忽然发现自己已经老却。词人不愿言语自己的叹息，而言故人老，委婉含蓄。结句用熟典“黄粱梦”。（见唐代沈既济《枕中记》）人们常以“黄粱梦”喻指不可能实现的幻想，或指奢望的破灭。

这首词，艺术的锤炼上比早年更为成熟。历来的评论家极推崇王安石晚年写景抒情的小诗，而往往忽略这类风格的词。其实，这首词比其同类的词还要出色，此词的主要特色是善于融诗入词。

# 郑獬

【作者介绍】

郑獬（1022—1072），字毅夫，安州安陆（今属湖北）人，生于宋真宗乾兴元年（1022），卒于神宗熙宁五年（1072），年五十一岁。少负俊才，词章豪伟峻整，同辈望尘莫及。仁宗皇佑五年（1053）举进士第一，授陈州通判。入直集贤院，修起居注。神宗时为翰林学士，权知开封府。因反对王安石变法，以侍读学士出知杭州，迁青州。后称病求退，提举鸿庆宫。工于诗，有反映人民疾苦之作。文辞质朴自然，风格爽朗泼辣。亦能词，俏丽隽永。著有《郧溪集》。有词见《花庵词选》。

## 【好事近】

**把酒对江梅，花小未禁风力。何计不教零落，为青春留得？**

**故人莫①问在天涯，尊前苦相忆。好把素香收取，寄江南消息②。**

【注释】

①莫：不要。②好把素香收取，寄江南消息：典故之一，北魏陆凯曾给好友范晔寄梅花，后人以此表达对亲朋的思念和问候。

【鉴赏】

词作的上阕写的是词人把酒对红梅，抒发自己感慨和伤怀的感情。“把酒对红梅，花小未禁风力”，词人描写的是早春时节，红梅轻轻绽放。而此刻词人携酒花下，看见那风中娇羞的花朵刚开放便在这惨风冷雨中香消陨落，不禁触发词人伤春感怀的细细情怀。词人善抓细节的描写，对花儿描摹中一个“小”字，既描写出梅花的姿容清癯瘦弱，玲珑娇小，也从侧面抒发出风势的强劲。“何计不教零落，为青春留得”，词人期望着梅花能够为那青春挽留，能够不让花儿陨落。而词人感叹这其实是个无法实现的梦想。春去秋来，花开花落，都是自然的规律，虽然词人满腔热情的挽留和怜惜，但是也无法阻止住那春天匆匆流逝的脚步。上阕中的情景描述，抒发了词人诸多的无奈和惋惜。

词的下阕是由花儿的零落和凋敝而联想到故人的飘零。“故人莫问在天涯，尊前苦相忆”，千万不要再提故人身在天涯何处。词人苦苦追忆，足见心中饱受着深深的痛楚。“莫问”即“毋须再问”的意思，其中是想说明故人已经离去了很久，而现今归期难料，山川阻隔，相聚把欢那是无法实现的希冀。“苦”字言极相思情重。“好把素香收取，寄江南消息。”这是词人对故人的嘱咐，一定要把我送给你的素梅放好啊，也要给我寄回你江南的消息。词人无法传递对故人的相思，只能用梅花的寄托来表达自己的感情。词人在这里借用陆凯“寄梅”的典故，聊以自慰地说道：且让我采一束梅花赠给天涯的故人，以此来寄托我的思念吧！

# 王安国

**【作者介绍】**

王安国（1028—1074），字平甫，临川（今江西抚州）人，王安石之弟。宋神宗熙宁二年（1068）赐进士及第，官至秘阁校理。与兄政见不合，反对新法。熙宁七年（1074），王安石罢相，王安国亦被夺官，放归田里，未几年卒，年四十七。《东都事略》有传，《宋史·王安礼传》载其事，《全宋词》录其词三首。有《王校理集》。

## 【清平乐】

**留春不住，费尽莺儿语。满地残红[1]宫锦污，昨夜南园风雨。**

**小怜[2]初上琵琶，晓来思绕天涯。不肯画堂朱户，春风自在杨花。**

**【注释】**

①残红：指落花。②小怜：北齐后主高纬宠幸的冯淑妃之名，此处指歌女。

**【鉴赏】**

王安国的这首《清平乐》抒写了伤春惜春之情，虽然题材不是很新，但是笔法独特，颇具特色，情景交融，将自己的性格融入所写景色之中，可以堪称是伤春词中的佳作。

词的上阕以倒装的形式进行描写，可谓别具一格。开头两句“留春不住，费尽莺儿语”，意思是说黄莺在耳边不停地歌唱，但无论如何还是无法将春天留住，这是词人从听觉入手所进行的描写。“满地残红宫锦污”，满地都是脏污的红锦落花，就像是一幅弄脏了的宫锦。究其原因却是“昨夜南园风雨”，即这样萧条的景色却是昨天夜里一场风雨所造成的。词人描绘了一幅暮春残花落地的萧条凄凉的景色，表达了词人惜春伤春的真挚感情。这种描写的手法，被称之为“卷帘法”，这样的描写颇具特色，将词人的伤感形象而又生动地表现了出来，抒写了词人对逝去的美好年华的惆怅。

这首词在写了“留春不住”以后，转过笔来抒写暮春伤逝的幽怨，内容很深刻，能反映作者本人的品格。

“小怜初上琵琶，晓来思绕天涯”是词人从听觉来进行的描写，小姑娘如今有资格成为正式演员，第一次得到正式表演的机会。她轻轻弹奏琵琶，其声音是如此的哀婉动人，引起了词人的无限遐想。在这即将逝去的春夜，有多少人辗转反侧，难以入睡，此时词人内心无法排遣的惆怅之情就跃然纸上。词的最后两句“不肯画堂朱户，春风自在杨花”则是词人从视觉角度进行描写，看那不肯进入豪门大户的杨花，在暮春之中自由自在地飞舞，这是何其的幸福，何其的自由。表达了词人不肯趋炎附势、不亲权贵的高尚品格。

全词借景抒情，情景交融，采用听觉与视觉交叉的方式为读者展现了一幅春残图，是一首著名的伤春词。

## 【点绛唇】

**秋气微凉，梦回明月穿帘幕。井梧萧索①，正绕南枝鹊。**

**宝瑟尘生，金雁空零落，情无托②。鬓云慵③掠，不似君恩薄。**

**【注释】**

①萧索：萧条，冷落，凄凉。②托：寄托。③慵：慵懒。

**【鉴赏】**

这首词描绘的是词人贬黜后流离暗淡的生活情状，借景抒发了词人对这种不平遭遇的愤恨和无奈。

词的上阕描写的是主人公面对秋天凄凉萧瑟的景象，心中萌生的丝丝惆怅。“秋气微凉，梦回明月穿帘幕”，词人开篇就从遭受冷遇的境况写起。秋天的气息日渐浓重，天气微凉，梦中突然回到了曾经帘幕低垂、明月萧萧的宫中生活。这里的主人公是一个长期幽闭深宫，得不到宠爱的女人。这两句的描写，一是表明女主人公的身份和遭遇，其次是表明女主人公处境之孤单，心绪之不宁。梦醒时分，枕冷衾寒，形只影单，唯有明月无言相伴，这是一个多么凄寂难捱的初秋之夜啊。“井梧萧索，正绕南枝鹊”，不耐寂寞，帐中静卧，外面却传来了金井边梧桐树被风吹动的瑟瑟声和乌鹊的惊飞声，异常凄凉和伤感。词人以梧桐写秋，以飞鹊写夜，描写细腻生动，使得读者能够对词人的遭遇感同身受。词人借景抒情，一方面是表达女主人公的凄然遭遇，另一方面是写词人遭受贬黜情景的凄凉黯淡。

在上阕对深宫生活环境加以特定描绘的基础上，下阕将笔锋转向对官人内心世界的刻画。“宝瑟尘生，金雁空零落，情无托。”那筝瑟上的码子，尘土厚重，空空的静室，什么都无法寄托主人公的感情。“宝瑟尘生”，表明被弃日久；“金雁零落”，暗示恩断情绝，同时也使人联想到鸿雁不来音书难托。这两句中主人公已微露怨情。“鬓云慵掠，不似君恩薄”，头上两边的鬓发凌乱早已没有兴致去拂掠，也不像乌云蝉翼那样轻薄美丽了。而从词人的本意来看，这两句词则是说君王的恩情比女子的蝉鬓还要薄！“君恩薄”这一结句，笔力内蓄，怨而不怒，将上文所述女主人公种种不幸产生的根源，作了深刻的揭示和交代。

古人对幽怨的词作不少，但是难得能像词人这样将幽怨抒发得淋漓尽致，这种幽怨的情态使得读者能够在词人描写的心境中去理解词人黯淡神伤的情感。

# 王诜

【作者介绍】

王诜，生平不详。字晋卿，太原（今属山西）人，后徙开封（今属河南）。熙宁二年（1069）娶英宗女魏国大长公主，拜左卫将军、驸马都尉。元丰二年（1079），因受苏轼牵连贬官，落附马都尉。责授昭化军节度行军司马，均州安置，移颍州安置。元祐元年（1086）复登州刺史、驸马都尉。卒后赠昭化军节度使，谥“荣安”。能书画属文，工于棋。其词音调谐美，语言清丽，情致缠绵。

## 【人月圆】

**小桃枝上春来早，初试薄罗衣。年年此夜，华灯盛照，人月圆时。**

**禁街箫鼓，寒轻夜永，纤手同携。更阑人静，千门笑语，声在帘帏。**

【鉴赏】

这是一首写景词。

对于常常过着离别生活的人们，特别向往团圆聚会。正月十五，是一年的头一个月圆日。这时，如果月圆人也圆，该是多么幸福啊！这首词就描写了这幸福的时刻。“华灯盛照，人月圆时”，成为脍炙人口的著名词句。

这首词，上阕写月圆，下阕写人圆。

“小桃枝上春来早，初试薄罗衣”，桃花开了，显示着春天的到来，而且是一个早春。刚开始试着穿一种薄的丝织品做的春装。这是说时间是在初春，是第一个月圆时，即正月十五日夜，叫元夕，又叫元宵、元夜，是灯节。“年年此夜，华灯盛照，人月圆时”，每年的这个夜晚，各种华丽灿烂的灯辉煌地照着。

人是如何圆的呢？下阕告诉读者："禁街箫鼓，寒轻夜永，纤手同携"，禁街，即禁城的街道。这里点出了地点，说明词描写的是京城汴梁的元夕。在京城的大街上，箫鼓吹打着，天气不太冷，节日之夜深长。拉着女伴纤细的手，逛街观灯。这一天，大街之上，灯火辉煌，人山人海，少男少女们手拉手，肩并肩地逛街观灯。这是多么惬意的事情啊！"更阑人静，千门笑语，声在帘帏"，更，是钟点，一夜分五更，五更打完，天就要亮。就是说，夜深人静，天将破晓了，千家万户还发出了欢乐的笑语声，笑语声传自帘帏之中，亲人们在温暖的卧室之中正在团圆相聚。

就这样，短短四十八个字，把一个京城元夕的热闹景象，和睦、团圆的生活画面，活灵活现地展现在读者面前，体现了王诜词"清丽幽远"的艺术特色。

## 【蝶恋花】

**小雨初晴回晚照。金翠楼台，倒影芙蓉沼。杨柳垂垂风袅袅，嫩荷无数青钿小。**

**似此园林无限好。流落归来，到了心情少。坐到黄昏人悄悄，更应添得朱颜老。**

**【鉴赏】**

此词借景抒怀，表达了词人流落异地之悲、老大无成之慨，以及不幸遭贬的苦闷、压抑，曲折地反映了作者内心的惆怅和凄苦之情。原词之墨迹保留至今，现藏于故宫博物院中。

词的上阕，写初夏园林景色，镜头集中于池塘的倒影，以及水面上的新荷、嫩叶。"晚照""楼台""倒影""杨柳""嫩荷"，层次分明，富有诗情画意。起笔"小雨初晴回晚照"富于象征意味：雨后初晴，夕阳返照的景象，暗喻作者久遭迁谪始得召还的人生，终见天晴固然可喜，可是夕阳黄昏，亦复可悲。接下来"金翠楼台，倒影芙蓉沼"二句，楼台本已巍峨壮观，叠下"金翠"二字状之，气象更加富丽堂皇，沐浴于晚照霞辉之中，其倒影又映现于荷池之水面，楼台本身与其倒影，遂构为一亦实亦幻的庄严景观。"杨柳垂垂风袅袅"，以如画之笔，渲染出池塘上一片春色，杨柳的静态，风的动态，产生动静相生之妙，"袅袅"二字极美。"嫩荷无数青钿小"，承上文"芙蓉”沼而来。初出水面之嫩荷，宛如无数青钿，盎然春意触目萦怀。

下阕“似此园林无限好”将上下阕作一绾结，园林如此富丽，春色迷人，确实无限好。但“似此”二字，已暗将此美好之园林与自己拉开一段距离。“流落归来，到了心情少”，写尽七年的迁谪生涯，所包蕴的无穷辛酸，岂是“归来”二字所可去之以尽。重到旧时园林，已物是人非，经此重谴，词人临老，妻子下世，园林纵好，也只能是“心情少”了。韵脚之“少”字，极含婉厚重，有千钧之力。词情至此，由极写富丽之景一变而为极写悲哀之情，有一落千丈之势。“坐到黄昏人悄悄”，“黄昏”遥承起句“晚照”而来，使全词有绾合圆满之妙，随着时间的绵延，意境深度逐渐增加，直到黄昏，极言其凄寂况味。结句纯为反观自己一身之省察，词情更为内向，悲感尤为深沉，园林依旧，朱颜已改，人生到此，复何可言？

可喜之景反衬“心情少”，用顿挫、变化的笔势，形成抒情结构巨大的转折，是表现主题的重要艺术手段，使得结构与情感表现出一种特色美。

# 晏几道

**【作者介绍】**

晏几道（约1030—约1106），字叔原，号小山，临川（今属江西）人，晏殊第七子。曾任太常寺太祝。熙宁七年（1074），以郑侠上书反对王安石变法事，受株连下狱。元丰五年（1082），为颍昌府许田镇监官，“年未至乞身，退居京师赐第”（南宋王灼《碧鸡漫志》卷二）。晚年家境贫寒。有《小山词》一卷。文学与其父晏殊齐名，世称“二晏”。其父称“大晏”，他为“小晏”。他的词风受《花间》、南唐影响，清新而又凄婉。

## 【少年游】

**离多最是，东西流水①，终解两相逢。浅情终似，行云无定，犹到梦魂中②。**

**可怜人意，薄于云水，佳会更难重。细想从来，断肠多处，不与者③番同！**

**【注释】**

①东西流水：语本古乐府《白头吟》：“闻君有两意，故来相决绝。今日斗酒会，明旦沟水头。碟躞御沟上，沟水东西流。”②“行云”两句：暗用楚襄王梦中会晤巫山神女的典故。宋玉《高唐赋序》：“昔者先王尝游高唐，怠而昼寝，梦见一妇人曰：‘妾，巫山之女也，为高唐之客，闻君游高唐，愿荐枕席。’王因幸之，去而辞曰：‘妾在巫山之阳，高丘之阻，旦为朝云，暮为行雨，朝朝暮暮，阳台之下。’”③者：这。

**【鉴赏】**

此词抒离别怨情，上阕分写云、水，以水虽离多而终能相逢，云虽无定犹能到梦中，为下阕反衬做好铺垫。中间词意又能翻进一层，说人意薄于云水。

开篇先以双水分流设喻："离多最是，东西流水"，以流水喻诀别，第三句却略反其意，"终解两相逢"，承前省略主语——流水，是说流水虽然东西分流，可终究是还会流于同一片海，能够在那里相逢。隐含之意便是人间的离别还不如"东西流水"，人间的离别是永远无法重逢了。流水还不足以比喻两情的诀别，第一层比喻便自行取消。于是再设一喻："浅情终似，行云无定"，用行云无定比喻对方一去杳无信息，"犹到梦魂中"与"终解两相逢"一样，承前省略主语——行云，行云虽然飘忽不定，但还能到人的梦魂之中，暗用楚王梦神女"朝为行云"之典，隐藏之感便是浅情之人还不如无定行云，一旦离去便踪迹茫茫，无处寻觅。短短六句，有柔肠百折之感。

下阕前三句，说人意薄于云水。流水行云本为无情之物，可是它们或终能相逢，或犹到梦中，似乎又并非一味无情。苦于"佳会更难重"的人儿心目中，人情之薄远甚于云水。翻无情为有情，原是为了加倍突出人情之难堪。

结尾三句直抒情怀，语极沉痛：仔细回想，过去最为伤心的时候，也不能与今番相比。此三句是抒情，是主人公内心世界直截了当的表露和宣泄，感情极为深沉、厚重，读来荡气回肠，一唱三叹。

词人用独特的艺术语言，多次用比喻、对比的艺术手法，沉痛地表达了他本人的"痴"，对方可能是一位女性，也可能是朋友，词人宁愿自己咽下这深沉悲痛的苦果，也不忍去触伤对方的心灵。别离造成的剧痛已深入骨髓，无以复加了，可谓是"伤心人彻骨情语"，同时也是对"薄于云水"的"人意"的慨叹。

近人夏敬观评此词："云水意相对，上分述而又总之，作法变幻。"作者词中正是运用这种艺术手法，造成回旋往复的词境，给读者以无穷的回味。

## 【虞美人①】

**曲栏干外天如水②，昨夜还曾倚。初将③明月比佳期，长向④月圆时候、望人归。**

**罗衣著破前香在，旧意谁教⑤改？一春离恨懒调弦，犹有两行闲泪⑥宝筝前。**

**【注释】**

①虞美人：原为唐教坊曲名，后用为此调。原本用于吟咏项羽宠妃虞姬，

调名也由此而来。②天如水：天色澄明如水。柳永《二郎神》词："乍露冷风清庭户，爽天如水，玉钩遥挂。"③初将：本将。④长向：总是在。⑤谁教：谁让，怎能。⑥闲泪：消愁之泪。

【鉴赏】

此为怀人怨别词。词中以浅近而真挚的语言，回旋往复地抒写了词人心中短暂的欢乐和无法摆脱的悲哀，寄托了词人落迫不堪的人生境遇中对于人情冷暖、世态炎凉、身世浮沉的深沉感慨。词中着意刻画的女子形象，隐然蕴含作者自伤幽独之感。

上阕描述女主人公倚栏望月、盼人归来之情。起首两句主写倚栏，而写今夕倚栏，却从"昨夜还曾倚"见出，同样一句词，内涵容量便增加一倍不止。既然连夜皆倚栏而望，当还有多少个如"昨夜"者！"天如水"，比喻夜空如水般明澈与清凉，可是其意不于写天，而以明净的天空引出皓洁的明月。歇拍两句写女主人公的对月怀人。男子去后一直不回来，也没说准什么时候回来。她结想成痴，就相信了传统的说法——月圆人团圆，每遇月圆，就倚栏苦望。词中写女主人公倚栏看月，从希望到绝望，有其独到之处。"初将"是说"本将"，这一语汇，便已含有"后却不然"的意味。下面却跳过这层意思，径写"长望"，其中自有一而再、再而三，以至多次的希望和失望的交替。"初"字起，"长"字承转，两个要紧的字眼，从中烘托出女主人公的痴情和怨意。

下阕进一步写盼归不得的离恨别苦。"罗衣著破"，当寓有两层含意：一是说离别之日甚久，当时的罗衣今已著破；二是说旧情难忘，以宁可著旧时衣破而不更换，作为怀恋远行人，望其归来的寄托。这罗衣，乃是二人共同生活的见证，如今上面还有他的遗泽啊！罗衣虽破，前香犹在，每闻此香，辄不禁回忆起往日那段温馨快乐的日子。词人在《鹧鸪天》中曾写道："醉拍春衫惜旧香，天将离恨恼疏狂。"可见词人是以自己的切身感受来表现人物的心理，他们都对往昔生活留下的证物倍加珍视。"旧意谁教改"一句，发问突兀，怨意却深。其中亦当含两层意思：易散之衣香今日尚在，而人情易变竟不如香气之持久，这是一层意思；"我"仍一如既往，真情不渝，而对方何以有违初衷，旧意已改，这是另一层意思。这些，都是造成女主人公内心痛苦的根源。结拍两句直接表现痛苦之深。"一春"，言时间长久。"懒调弦"，谓情意倦怠，更兼缺少知音，离愁别恨无由倾诉。筝前静坐，诸事无心，唯有两行热泪暗洒闲抛。两句词情意哀婉，具有摇荡性情的感人力量。

此词运笔有迴环往复之妙，读之使人心魂摇荡，低徊不已。整首词较多地描写了人物的行动，进而刻画出人物的心理。从倚栏望月到筝前弹泪，一个生动感人的思妇形象已立于读者面前。词人没有使用华丽的辞藻，也无须凭借奇特的构思，而是以朴实的语言描述真实的情事，读来愈使人觉得缠绵缱绻，掩抑低徊。

## 【采桑子】

**西楼月下当时见，泪粉偷匀。歌罢还颦①。恨隔炉烟看未真。**

**别来楼外垂杨缕，几换青春②。倦客红尘③。长记楼中粉泪人。**

**【注释】**

①颦：愁眉紧皱，悲伤的样子。②青春：春天。③倦客红尘：即红尘倦客，系作者自指。红尘，闹市的飞尘。

**【鉴赏】**

这首词作，描写了对当初西楼月下偷匀粉泪的歌妓的怀念之情，俞陛云在《唐五代两宋词选释》中说："此词不过回忆从前，而能手写之，便觉当时凄怨之甚，宛呈纸上"，这种凄怨之情中有替人伤悼之情，也蕴含着自己的飘零、凄楚之感。

词的上阕记见时情形。首句点明与少女初见时的地点和时间。"西楼"，是小晏终生难忘的地方，因为在那里他曾度过了许多美好的时光，《小山词》中于此多有记述，如《满庭芳》中的"西楼题叶"、《采桑子》中的"别来长记西楼事"，等等。"月下"，重在点明相逢的时间是在夜晚，联系全词来看，当是指于西楼之上、月色之下与少女相见，这与单纯地说"月下（洒满月光的地上）相逢"略有差异。由此也可推想西楼是可供宴饮游赏的场所。二、三两句刻画少女的形象，兼表明其身份。那也许是在一次夜宴上，座中坐着许多像词人一样的王孙公子，少女当宴献歌，以娱宾客。然而词人注意到，在唱歌之前，少女正背着人悄悄地抹干脸上的珠泪，重新以粉匀面，一曲歌罢，又双眉深锁，郁郁不乐。这两句，不写少女的杏脸桃腮绿鬓，也不写少女的红巾翠袖罗衣，而是以貌取神，通过两个特写镜头展示少女痛苦的内心世界。当晚的坐处与少女唱歌的地方还有一段距离，朦胧的月色之下，又隔着袅袅的炉烟，可惜未能看得真切，当然也没有机会去接近她，去了解她为什么而忧伤。“恨”字，表达出词人对少女的同情和爱慕。也许正是由于“看未真”，才使词人萦系于怀，长记不忘。

词的下阕叙别后相忆。通过前两句先写相别岁月之久。当时西楼一别，楼外的杨柳已不知在春天里更换了几次枝叶，时光已不知匆匆流逝了几年。“几换青春”，犹言过了几个春天，同时又语意双关，暗示人也经历了几度春秋，韶华渐逝。这就非常自然地引出了下面的句子。接下来两句写对少女的怀念。“倦客”，词人自谓；飘零岁久，青春渐老，活得太累，故有此言。“粉泪人”与上阕“泪粉”句首尾呼应。也许，那少女还算不得是词人的红尘知己；也许，词人与她不过仅有一面之缘，连她的名字都不曾知道。然而，当年西楼月下“泪粉偷匀，歌罢还颦”的那一幕，却深深地撼动着词人的心灵，使他至今难忘。所以“长记”者，当然还不仅因为少女的一颦一泪，其中更饱含着对少女身世的萦念、命运的关切。这两句词，言直语朴，毫不掩饰，一往真情自然流露，把心中的所思所想尽情展现在读者面前。清代陈廷焯《白雨斋词话》中称小晏的词“情溢词外，未能意蕴其中”，正是道出了小晏能以情道意的特点。

## 【临江仙】

**斗草①阶前初见，穿针②楼上曾逢。罗裙香露玉钗风。靓妆③眉沁绿，羞脸粉生红。**

**流水便随春远，行云④终与谁同。酒醒长恨锦屏空。相寻梦里路，飞雨落花中。**

**【注释】**

①斗草：即斗百草，古代女子玩的一种游戏。②穿针：是指在七夕之夜，望月穿针，向织女乞巧的民间风俗。③靓妆：梳妆打扮。④行云：宋玉《高唐赋》：“巫山神女自荐席于楚王，去而辞曰‘妾在巫山之阳，高丘之阻。旦为朝云，暮为行雨。’”

【鉴赏】

晏几道在年少之时，留恋于笙歌舞场、沉醉于饮酒赋诗，与众多的歌女相识。过着极为潇洒、风流的生活，他的诸多词作都是描写对众多歌女的怀念，这首《临江仙》便是抒发对一个名为“云”的歌妓的深情怀念。

词的上阕是描写与歌女初见时的情景。开篇两句“斗草阶前初见，穿针楼上曾逢”即点明了时间和地点。意思是写词人五月五日在斗草阶前与之初次相见，而后又在七月七日的穿针楼上与之相逢。斗草，据《荆楚岁时记》：“五月五日有斗百草之戏。”接下来三句“罗裙香露玉钗风。靓妆眉沁绿，羞脸粉生红”是对女子的情态所进行的细致入微的描写。她的罗裙被清香的露水所打湿，她的玉钗因为轻风而微微摇动着。眉间已经浸染了青黛之色，因害羞脸上泛起了一点娇红。词人用优美的语言将女子的羞涩和她的美貌跃然纸上。“流水便随春远，行云终与谁同”，以对偶的形式写出了女子如行云、流水般不知去向。“行云”是词人用神女“朝为行云”的典故，强调女子的行踪飘忽不定，同时也写出了自己内心的悲凉与凄苦。“流水便随春远”，化用李煜《浪淘沙》中的“流水落花春去也，天上人间。”“行云终与谁同”，化用冯延巳《蝶恋花》中的“几日行云何处去”。这两句也是晏几道的名句。

最后“酒醒长恨锦屏空。相寻梦里路，飞雨落花中”三句是一种倒装的语序，先写醒后所见，再叙梦中情景，词人企图在梦中寻找歌妓的影子，可是看见的只是满天的飞雨，遍地的落花，醒来之后，望见那空荡的锦屏，触景生情，陷入“长恨”之中。一个“空”字把词人内心的孤寂、怀念的情感和盘托出。“飞雨、落花”，形象地写出了词人的无可奈何，令人徒增伤感。

## 【蝶恋花】

**千叶早梅夸百媚，笑面凌寒，内样妆先试①。月脸冰肌香细腻，风流新称东君②意。**

**一稔③年光春有味，江北江南，更有谁相比。横玉④声中吹满地，好枝长恨无人寄⑤。**

【注释】

①“笑面”两句：用典，《太平御览》时序部引《杂五行书》云：“宋武

帝女寿阳公主，人日（正月初七）卧于含章殿檐下，梅花落公主额上，成五出花，拂之不去。皇后留之，看得几时；经三日，洗之乃落。宫女奇其异，竟效之，今梅花妆是也。”内样妆：即梅花妆，六朝之后，贵族妇女中流行的一种在前额眉心间画五瓣梅花的化妆式样。②东君：指春神。③一稔：即一年。④横玉：即玉笛，因吹笛时要横着吹，所以叫横玉。⑤“好枝”句：用典，据《荆州记》载，南朝宋时陆凯从江南寄一枝梅花给范晔，并赠诗云：“折梅逢驿使，寄予陇头人。江南无所有，聊赠一枝春。”

**【鉴赏】**

这首《蝶恋花》是一首颇有特色的咏梅词。在咏梅的同时也寄托了词人自己的情怀，写出了自己的怀才不遇。

词的上阕主要是对梅花的细致描写，赞扬梅花的风姿与妩媚。“千叶早梅夸百媚，笑面凌寒，内样妆先试”，梅花在早春之时尽展妩媚的姿态，面对着凛冽的寒风，它笑脸相迎。这里“千叶”即重叠的花瓣，“百媚”是词人运用拟人的手法写出梅花的妩媚，“笑面凌寒”则赞扬了梅花在凛冽的寒风中傲然的品性，同时也暗示词人孤傲不群的品性。接下来两句则是对梅花的进一步描写：“月脸冰肌香细腻，风流新称东君意”，梅花就像化了妆的宫女一样，其肤色如月般洁净，散发着迷人的清香，它就是以这样的风流姿态使春神东君称心如意。这样的描写是词人采用委婉的比喻、形象的拟人手法，十分形象生动地展现了梅花的娇美与风姿，表面上是对梅花的赞咏，其实也是词人自己真实性格的体现。

词的下阕主要写落花。“一稔年光春有味，江北江南，更有谁相比”，此处进一步赞美梅花的魅力与风流，词人直接抒发对它的赞颂，春天是一年四季中最有情味的季节，而在这个季节之中梅花是最有魅力的，江南江北没有什么花能够与之相媲美。词人对梅花的赞美之意溢于言表！词的最后两句“横玉声中吹满地，好枝长恨无人寄”，这里词人用南朝陆凯从江南寄一枝梅花的典故。据《荆州记》载，南朝宋代陆凯与范晔友善。陆凯从江南寄一枝梅花给范晔，并赠诗云：“折梅逢驿使，寄予陇头人。江南无所有，聊赠一枝春。”玉笛之声在天地间回荡，春风将梅花吹落满地，梅花虽好，而“我”却无人可寄，这里蕴含了词人无限的情感，这正是词人自我形象的描写，令人回味无穷。

## 【木兰花】

**小莲未解论心素[①]，狂似钿筝弦底柱。脸边霞散酒初醒，眉上月残人欲去。**

**旧时家近章台[②]住，尽日东风吹柳絮。生[③]憎繁杏绿阴时，正碍粉墙偷眼觑[④]。**

【注释】

①论心素：坦诚心迹。②章台：汉代长安城中街道名，后世又用为妓女的代名词。③生：非常、十分。④觑：偷窥之意。

【鉴赏】

在晏几道的《小山词》中，曾有多首词是描写词人与歌女小莲之间的交往以及对小莲的深深思念。如《鹧鸪天》中的“手捻香笺忆小莲”、《破阵子》中的“写向红窗夜月前，凭谁寄小莲”等等，这首《木兰花》也是其中一首，词人通过对小莲的细致入微的描写从而表达了对小莲的眷恋之情。

词的开头一句“小莲未解论心素”，意思是说小莲还不懂得如何向人倾诉衷肠，她是那样的纯洁，那样的天真。词人在开篇就直呼“小莲”的名字，足见词人对她的喜爱之情是那样的直接，毫无掩饰。接下来“狂似钿筝弦底柱”则是对小莲的进一步描写，从此句之中足见她的热情奔放就像是从筝弦中流露出来的激狂高亢之乐，由此可见，小莲并非直接来表达自己的个性，而是通过技艺。她的这种“狂”或许正迎合了词人的个性，或许这也是令词人陶醉的原因吧。“脸边霞散酒初醒，眉上月残人欲去”，意思是说小酒后初醒，脸边的晕霞渐渐散去，眉黛已经渐渐消逝，此时的小莲也即将离去。这两句用含蓄委婉的语言生动地描写了小莲的风韵，将她的妩媚动人生动地展现了出来。

“旧时家近章台住”，这句是补叙小莲的身世。以前小莲靠近章台而住，即表明了她的歌妓身份。这里的“章台”，是汉代长安城中街道名，后世又用为妓女的代名词。“尽日东风吹柳絮”，柳絮尽日随风飘荡，这也象征着小莲飘零无依的可怜身世，给人一种凄苦的感觉。词的末两句“生憎繁杏绿阴时，正碍粉墙偷眼觑”则是追忆词人与小莲初见时的情景。她讨厌杏树繁茂的枝叶，因为它妨碍了她偷窥意中人的视线。这样的描写十分生动传神地刻画了小莲的性情，也与上面的“狂”字相照应。

## 【阮郎归】

**天边金掌露成霜，云随雁字长。绿杯红袖[1]趁重阳，人情似故乡。**

**兰佩紫，菊簪黄，殷勤理旧狂[2]。欲将沉醉换悲凉，清歌莫断肠。**

**【注释】**

①红袖：指女子。②旧狂：昔日的疏狂。

**【鉴赏】**

晏几道晚年的生活比较落魄、潦倒不堪。这首词便是他晚年在汴京所作，描绘的是重阳佳节宴饮之时的情景与感受，浸透作者尝尽了世态炎凉、悲欢离合后的凄凉之感。

词的上半部分写景，借景抒情。开头两句“天边金掌露成霜，云随雁字长”写景，汴京已白露成霜，云层之间，鸿雁正在飞向远方。这句话源自汉武帝在长安铸造铜人仙掌承露的典故，点明了时间与地点，为读者展出了一幅凄冷的秋景图。其意境十分悲凉，给人营造了一种悲凉的气氛。“绿杯红袖趁重阳，人情似故乡。”在重阳佳节之时，由于佳人捧着泛绿的酒杯热情地劝饮，词人也就趁此佳节把酒狂欢，感觉这里仿佛是自己的故乡，表达了词人对家乡的深深思念之情以及对友情的赞美，笔法细腻，感人至深，堪称佳句。

词的下半部分抒情。“兰佩紫，菊簪黄，殷勤理旧狂”，当此佳节之际，佩戴紫红色的兰花、插上黄菊，词人殷勤地整理旧日的疏狂。这里一个“旧”字，隐含了一种彻骨深沉的感慨和痛彻肌肤的剧痛。正如周颐释曰：“狂者，所谓‘一肚皮不合时宜’，发见于外者也。狂已旧矣，而理之，而殷勤理之，其狂若有甚不得已者。”最后两句“欲将沉醉换悲凉，清歌莫断肠”，他重理疏狂是为了得以沉醉，以沉醉来麻木内心的悲凉，获得暂时的解脱，这是词人的自我安慰。“悲凉”二字便是此篇的情感底蕴。但是这悲凉已深入骨髓，这种换法谈何容易？词人自己也有些心虚，便叮嘱歌妓不要唱那忧伤凄凉的歌曲，以免又一次引起自己内心的悲凉、沉痛与凄冷。

全词笔法细腻，情感真挚，风格厚重，凄凉而又哀婉，耐人寻味。

## 【浣溪沙】

**二月和风到碧城①，万条千缕绿相迎。舞烟眠雨过清明。**

**妆镜巧眉偷叶样，歌楼妍曲②借枝名。晚秋霜霰③莫无情。**

**【注释】**

①碧城：指柳树丛丛的样子。②妍曲：即优美的歌曲。③霰：雪丸或软雹。

**【鉴赏】**

此词是晏几道的咏柳之作。词人以优美的语言、形象生动的修辞来描写杨柳的姿态。词的正面对杨柳的姿态作了生动的描写，侧面则是表达了词人对杨柳的赞美。

词的上阕写的是二月清明时节时候杨柳的景色。“二月和风到碧城，万条千缕绿相迎”，这两句是通过拟人的手法写二月时节杨柳抽芽的美妙情景，这景致好似在大地上演了一出热闹的情景剧。二月里和煦的春风吹来，整个城池顿时满眼绿色。千条万条的柳枝在风中摇摆飘荡，好像在欢迎春风的归来。这是一幅隽美的画面，给人一种清新舒适和愉悦的感觉。“舞烟眠雨过清明”，杨柳在迷蒙的烟雾中飘动，在这柔柔的细雨中悠然安眠。在这恬适的生活中，清明时节慢慢度过。词人善于描写景致的动态特征，往往在修辞手法的选择上多以动作和神态比喻为主。“舞”“眠”二字都是以拟人的写法描摹柳的姿态，极富有美感。这种情景画面犹如是在描写一位美人的婀娜舞姿，翩翩飞舞，美不胜收。

下阕是词人在杨柳景致上寄托情感的抒发。“妆镜巧眉偷叶样，歌楼妍曲借枝名”，那美丽的女子对镜而坐，依照那柳叶的模样描画着自己的眉黛。阁楼上歌声悠悠，那熟悉的歌名依然有杨柳的影子。这种侧面描写的手法，使得杨柳在文人的笔下有了生命力。通过写人，寄托了对杨柳的赞美。“晚秋霜霰莫无情”，词人在此笔锋突转，不再歌咏杨柳，而是抒写自己的爱惜之情，他祈求着晚秋的风霜不要太无情意，千万别摧残这青青的杨柳啊！痴人痴语中可见痴情一片。这种咏唱的手法是作者侧面寄托情感的方式，作者没有直言对杨柳的爱惜和痴情，而是借助凄婉的晚秋风霜的摧残来说明自己对杨柳的爱意。

## 【更漏子】

**柳丝长，桃叶小，深院断无人到。红日淡，绿烟晴，流莺[1]三两声。**

**雪[2]香浓，檀晕[3]少，枕上卧枝花好。春思重，晓妆迟，寻思残梦时。**

【注释】

①流莺：即莺。②雪：比喻女子雪白的肌肤。③檀晕：浅红色的妆晕。

【鉴赏】

晏几道的这首《更漏子》，以清新的语言、娴雅的笔调描写闺中女子的春思，十分含蓄隽永、娴雅蕴藉。陈廷焯《白雨斋词话》称此词“婉转缠绵，深情一往”，《宋词选释》也称其“景丽而情深”，颇为耐人寻味。

词的上阕主要是写春日室外的美好景色。起首三句“柳丝长，桃叶小，深院断无人到”，杨柳飘拂着长长的柳丝，桃树长出细嫩的桃叶，深院空寂，终日断然无人到来，烘托出春日寂静的气氛。一个“深”字写出了庭院的空寂，仿佛与世隔绝般。“无人到”前加一“断”字，语气极重，便有怨意，生动地反映出女子久居深院而产生的愁怨之情，为下文抒情做了铺垫。接下来三句“红日淡，绿烟晴，流莺三两声”则是院中景物的描写，清晨淡淡的红日照进院子里，绿意四散，烟雾朦胧，还不时传来流莺三两声啼叫，这里用流莺的三两声鸣啭来反衬深院的静寂，正所谓“蝉噪林逾静，鸟鸣山更幽”，是一种以动衬静的写法，极为巧妙。

词的下阕由院中之景的描绘转写室内的情景。“雪香浓，檀晕少，枕上卧枝花好”，闺中女子肌肤如雪，散发着浓浓的香味，她脸上那浅红色的妆晕已然消褪了，那绣于枕上的花枝仍然十分娇美动人。这里的“雪”用来比喻女子那莹白的肌肤。“檀晕少”则暗示着女子辗转反侧，难以入睡，故檀晕少。而这枕上的“卧枝花”则是女子的象征，暗示闺中女子之美，将人与花合二为一。这三句含蓄蕴藉，语浅而情深，令人回味。最后三句“春思重，晓妆迟，寻思残梦时”，这柳絮飘拂、桃叶绽碧、红日淡淡、绿烟袅袅、流莺宛转的美妙春色，未能引起闺中佳人的游赏心绪。春日里，闺中之人闲愁深重，红日已悬挂高空，而她迟迟不愿去梳妆而是在寻思着残梦中的种种。至于闺中人梦中的内容，词人未道明，这就留给读者无限的想象空间，令人久久回味。

全词笔法细腻，通过对室内外的描写使得我们能从院落的空寂、室内的清静，可以知道此刻的她是独守空闺，独品寂寞，独自忧伤。

## 【蝶恋花】

**欲减罗衣寒未去，不卷珠帘，人在深深处。残杏枝头花几许？啼红①止恨清明雨。**

**尽日沉香烟一缕，宿酒②醒迟，恼破春情绪。远信还因归燕误，小屏风上西江路。**

**【注释】**

①啼红：这里指杏花。②宿酒：即隔夜的酒。

**【鉴赏】**

晏几道的这首《蝶恋花》是一首含蓄委婉地表达闺怨的作品，词人以细腻的笔法、优美的语言描写了女主人公因远行之人迟迟未归而产生的苦闷与深深的思念之情。

词的上阕主要通过描写清明时节气候的变化来表现女主人公内心世界的变化。开篇三句“欲减罗衣寒未去，不卷珠帘，人在深深处”，时值清明，天气乍暖还寒，她想要减下罗衣，然而女主人公不抵微寒而又不敢脱下，她长掩绣户，不卷珠帘，将自己藏于深闺之中，这样的描写透露出女主人公的慵懒倦怠、百无聊赖。接下来“残杏枝头花几许？啼红止恨清明雨”，词人将笔锋转入写景。本是“春意闹”的枝头红杏此时还剩几许呢？以设问的形式进行描写，更加显出了词人对红杏的无比关切之情。接下来的“啼红正恨清明雨”是对上一句的回答，进一步交代了杏花凋零的原因。“啼红”代指杏花，形象而又生动，十分巧妙。由于正值清明之际，绵绵阴雨不断地打在红杏之上，因此它也开始凋零。一个“恨”字是词人运用了拟人的手法，形象而又生动。衬托了女主人公的心情。这样的描写将花与人合二为一，极具美感。

词的下阕进一步写女主人公糟糕的心情，同时也进一步指出了其心情懊恼的原因。“尽日沉香烟一缕，宿酒醒迟，恼破春情绪”，女主人公将自己封闭在深闺之中，昨夜又因不堪愁苦而喝了许多闷酒，酒醉之后沉沉睡去，直至第二天“红日已高三丈透”（李煜《浣溪沙》）尚迟迟未起，酒醒后的她情绪更加糟糕，无聊地看着那香炉中升起的一缕又一缕的香烟，备感恼人，徒增春愁。“尽日”即整日，足见她的无聊与整日的苦闷。“春情绪”暗示“有女怀春”（《诗经·召南·野有死麇》）。自然直接的引出了结尾两句：“远信还因归燕误，小屏风上西江路。”原来女主人公的烦恼在于行人远去久久未归，而书信又延期未至。无奈，她只能痴痴地望着那屏风上画着的西江路，遥忆远人早早归来。

全词笔法细腻，意蕴无穷，十分深刻地表现出女子对远行之人的深深思念之情。

# 苏轼

**【作者介绍】**

苏轼（1037—1101），字子瞻，号东坡居士，眉州眉山（今属四川）人，苏洵子。嘉祐二年（1057）与弟辙同登进士。授大理评事，签书凤翔府判官。熙宁二年（1069），父丧守制期满还朝，为判官告院。与王安石政见不合，反对推行新法，自请外任，出为杭州通判。迁知密州（今山东诸城），移知徐州。元丰二年（1079），罹"乌台诗案"，责授黄州（今湖北黄冈）团练副使，本州安置。哲宗立，高太后临朝，被复为朝奉郎知登州（今山东蓬莱）；任未旬日，除起居舍人，迁中书舍人，又迁翰林学士知制诰，知礼部贡举。元祐四年（1089）出知杭州，后改知颍州，知扬州、定州。元祐八年（1093）哲宗亲政，被远贬惠州（今广东惠阳），再贬儋州（今海南儋县）。徽宗即位，遇赦北归，建中靖国元年（1101）卒于常州（今属江苏），年六十五，葬于汝州郏城县（今河南郏县）。

## 【念奴娇】

赤壁怀古①

**大江东去，浪淘尽，千古风流人物。故垒②西边，人道是，三国周郎③赤壁。乱石穿空，惊涛拍岸，卷起千堆雪。江山如画，一时多少豪杰！**

**遥想公瑾当年，小乔④初嫁了，雄姿英发。羽扇纶巾⑤，谈笑间，樯橹灰飞烟灭。故国神游⑥，多情应笑我，早生华发。人生如梦，一樽还酹⑦江月。**

**【注释】**

①赤壁怀古：元丰五年（1082）七月，苏轼在黄州所作。公元208年，周瑜联合刘备、诸葛亮以少数兵力大败曹操大军于赤壁，遂成三国鼎立的局势。

苏轼所游为黄州赤壁矶，曾被讹传为赤壁之战地。②故垒：旧时的营垒。③周郎：指周瑜，字公瑾，赤壁之战时吴军的主将，吴主孙策授以“建威中郎将”时年仅二十四岁，吴中呼为周郎。④小乔：“乔”本作“桥”，东吴桥玄有两个女儿，称为二乔，大乔嫁给孙策，小乔嫁给周瑜。⑤羽扇纶巾：用长羽毛做的扇和配有青丝带的头巾，古代文人、儒将的服饰。此指周瑜。⑥神游：心神向往，如亲游其境。《列子·黄帝》：“昼寝而梦游于华胥氏之国。华胥氏之过在弇州之西，台州之北，不如斯齐国几千万里，盖非舟车足力之所及，神游而已。”⑦酹：以酒浇地，以表祭奠。

**【鉴赏】**

这首被誉为“千古绝唱”的名作，是宋词中流传最广、影响最大的作品，也是豪放词最杰出的代表。

开篇借景抒情，首句“大江东去”四字极富有艺术表现力，浩瀚的长江滚滚东流，奔涌向前，展现一幅开阔壮观之景致，“浪淘尽，千古风流人物”，历史的长河“淘尽”了一代又一代的“风流”人物，时越古今，地跨万里，把倾注不尽的大江与名高累世的历史人物联系起来，布置了一个极为广阔而悠久的空间、时间背景。在如此辽阔的时空中，自己的贬谪又算得了什么呢？作者从中便又有一种释然，在人类的悲戚中得到一种超然，气魄超凡。“故垒”

两句，点出这里是传说中的古赤壁战场，借怀古以抒感。“人道是”，下笔极有分寸。“周郎赤壁”，既是映合词题，又是为下阕缅怀公瑾预伏一笔。以下“乱石”三句，“穿”“拍”“卷”等词都富于动感，形声兼备地勾勒出惊心动魄的奇伟景观，隐喻周瑜的非凡气概，并为众多英雄人物的出场渲染气氛，为下文的写人、抒情做好铺垫。“穿拍”二句，总述上文，带起下阕，“江山如画”四字对景物进行整体性的描写和赞美，如画的江山孕育了多少豪杰，也引无数英雄竞折腰，为下文对周瑜的进一步描写奠定基础。

上阕重写景，下阕则由“遥想”领起五句，集中塑造青年将领周瑜的形象。赤壁之战前，插入“小乔初嫁了”这一生活细节，以美人烘托英雄，更见周瑜的风姿潇洒、年轻有为，令人艳羡。“雄姿英发。羽扇纶巾”，从肖像仪态上描写周瑜束装儒雅，风度翩翩，展现出作为指挥官的周瑜临战潇洒从容。“谈笑间，樯橹灰飞烟灭”，抓住了火攻水战的特点，精确地概括了整个战争的胜利场景。以下三句，由凭吊周郎而联想到作者自身，表达了词人壮志未酬的郁愤和感慨，“多情应笑我，早生华发”为倒装，实为“应笑我多情，早生华发”，感慨身世，极言生命短促，人生无常，深沉、痛切地发出了年华虚掷的悲叹。“人生如梦”，抑郁沉挫地表达了词人对坎坷身世的无限感慨。“一樽还酹江月”，借酒抒情，思接古今，感情沉郁，是全词余音袅袅的尾声，词人以酒洒地，逐渐摆脱苦闷，超然物外，其潇洒旷达可见一斑。

这首词融景物、人事感叹、哲理于一体，感慨古今，雄浑苍凉，大气磅礴，昂扬郁勃，把人们带入江山如画、奇伟雄壮的景色和深邃无比的历史沉思中，唤起读者对人生的无限感慨和思索，给人以撼魂荡魄的艺术力量。

## 【念奴娇】

**中秋**

**凭高眺远，见长空万里，云无留迹。桂魄[①]飞来光射处，冷浸一天秋碧。玉宇琼楼，飞鸾[②]来去，人在清凉国。江山如画，望中烟树历历。**

**我醉拍手狂歌，举杯邀月，对影成三客[③]。起舞徘徊风露下，今夕不知何夕？便欲乘风，翻然归去，何用骑鹏翼。水晶宫[④]里，一声吹断横笛。**

【注释】

①桂魄：指月亮。魄：月初出或将落时的光，又传说月中有桂树，故名。②飞鸾：据《异闻录》记载，唐玄宗一次游月宫，“见素娥十余人，皓衣，乘白鸾，笑舞于广庭大桂树下”。③“举杯”两句：化用李白《月下独酌》诗句

"举杯邀明月，对影成三人"句意。④水晶宫：这里指月宫。

【鉴赏】

这首词是元丰五年（1082）中秋，苏轼在黄州赏月时写的，虽然当时作者仍在被贬谪之中，但仍以丰富的想象、浪漫主义的手法描写了月宫之奇妙，这种虚幻、浪漫的想象，飘逸之中隐含着词人被贬黄州之时对社会现实的不满，以及善于排解的超然旷达的胸襟。

开头"凭高眺远，见长空万里，云无留迹"，写万里无云的中秋夜空，作者置身高楼，凭高望远，视野开阔使长空显得更为辽阔无边，毫无尽头。"桂魄飞来光射处"两句由晴空写到明月，它所照射的地方，整个碧空都沉浸在清冷之中，描绘了一个月光照耀的清辉夜色，给人以清凉的感觉。这引起了作者无限的幻想，以寄托着他的精神世界。"玉宇琼楼，飞鸾来去，人在清凉国"，作者的想象翅膀无限地飞翔，幻想出月宫中有琼楼玉宇，仙女们乘飞鸾自由来往，那里是一个清凉的境地。"江山如画，望中烟树历历"，他想象着从月宫往下界眺望，秀丽的江山像图画那样美，奇思妙想得越好，越反衬出现实社会的丑恶，越能体现作者内心世界的苦闷。

下阕笔锋一转写道"我醉拍手狂歌，举杯邀月，对影成三客"，化用李白的诗句，把天上的明月和身边的影子当作知心朋友，既有浓厚的浪漫色彩，给人有一种奇异之感，又真实地展现出作者孤单、凄凉的身影。作者之所以"举杯邀月"，正是表达了他对当时社会的憎恶，对权贵们的讨厌。用酒浇愁，但悲愁仍在，"起舞徘徊风露下，今夕不知何夕"，作者希望愉快地度此中秋良夜，不要辜负这良辰美景。他便幻想起遨游月宫，"便欲乘风，翻然归去，何用骑鹏翼。水晶宫里，一声吹断横笛"，他渴望乘风归去，在明净的月宫里，把横笛吹得响彻云霄，唤起人们对美好境界的追求与向往。豪情溢于纸背，令人读之神思飘逸。当然，这种追求是虚幻的，在现实中不可能实现，但作者这样写，正是人在苦闷时寻求解脱、自我宽慰的无可奈何的作为。它表现出作者对自由生活、美好现实的追求。

## 【沁园春】

**情若连环，恨如流水，甚时是休。也不须惊怪，沈郎易**

**瘦①，也不须惊怪，潘鬓先愁②。总是难禁，许多魔难，奈好事教人不自由。空追想，念前欢杳杳③，后会悠悠。**

**凝眸。悔上层楼。谩④惹起、新愁压旧愁。向彩笺写遍，相思字了，重重封卷，密寄书邮。料到伊行，时时开看，一看一回和泪收。须知道，这般病染，两处心头。**

**【注释】**

①沈郎易瘦：梁朝文学家沈约，体弱多病。②潘鬓先愁：潘岳，西晋文学家，因忧愁甚多而早生白发。③杳杳：渺远的样子。④谩：空。

**【鉴赏】**

这首词婉转言情，以铺叙手法写相思，这是苏东坡学柳永作词的一个明证，为作者早期作品。

起调是一组并列对句，“情若连环，恨如流水”，以连环、流水为比，说此“情”、此“恨”不断无休。接着以一组扇面对句，说相思的具体情状。依律，这组扇面对句，当以一领格字提起，此处连用两个“也”字，用以铺排叙说，一曰瘦，有如沈约一般，腰围减损；再曰鬓发斑白，有如潘岳一般，因见二毛而发愁。“总是”二句，以散句入词，接下句，均为直说，点明上文所说“瘦”与“愁”的原因，是“好事教人不自由”。“好事”，当指男女间欢会等情事。因为时时刻刻惦记着这许多情事，无法自主，所以才有这无穷无尽的“情”与“恨”。最后，词进一步点明主人公所“追想”的“好事”就是“前欢”与“后会”，前欢已是杳无踪迹，不可追寻，而后会又遥遥无期，难以预卜。“杳杳”“悠悠”与“连环”“流水”相呼应，将所谓“情”与“恨”更加具体化，将单相思刻画得淋漓尽致。

下阕变换了角度与方位，既写主人公，又写对方，并将双方一起写。“凝眸。悔上层楼。谩惹起、新愁压旧愁”，承接上阕所说相思情景，“悔上层楼”，即害怕追想往事，惹起“旧愁”，启下，转说当前的相思情景，新愁与旧愁交织一起。词作说当前的相思情景，先说主人公一方，说主人公如何写情书，写好情书如何密封，封好以后如何秘密投寄。“写遍”“字了”，是说作者如何倾诉衷情，将天下所有用来诉说“相思”的字眼都用光了。“重重”，谓其密封程度，“密”，既有秘密之意，又表明数量之多，一封接一封，相距甚密。同时，词作说相思，还兼顾对方，料想对方接到情书，当如何时时开看，“一看一回和泪收”，“料”字明谓假设。主人公从自身的相思，设想对方的相思，反过来，更加增添了自身的相思。“这般病染，两处心头”，说这种相思要不得，两处挂心，将更加难以开解，道出了双方的共同心病。至此词戛然而止，言已尽而味有余。

## 【西江月】

**平山堂**

**三过平山堂①下，半生弹指②声中。十年不见老仙翁③，壁上龙蛇飞动④。**

**欲吊文章太守⑤，仍歌杨柳春风⑥。休言万事转头空⑦，未转头时皆梦。**

**【注释】**

①平山堂：在今江苏扬州城西北大明寺侧，是宋仁宗庆历八年（1048）欧阳修出任扬州时所修，因地势较高，江南诸山好像都平列于堂下，故名。②弹指：形容时间短暂，佛教名词，“二十念为一瞬，二十瞬名一弹指”。③老仙翁：指欧阳修。④壁上龙蛇飞动：形容欧阳修的墨迹状貌，遒劲有力、潇洒飘逸。⑤文章太守：指欧阳修，欧阳修在《朝中措》曾有“文章太守，挥毫万字，一饮千钟”之语，本指刘原甫，此指尊师欧公。⑥杨柳春风：指欧阳修词，欧阳修在《朝中措》有“手种堂前垂柳，别来几度春风”。⑦万事转头空：白居易《自咏》中言“百年随手过，万事转头空”。

**【鉴赏】**

这首词作于神宗元丰二年（1079），欧阳修已经去世七八年了，苏轼非常怀念欧阳修，每次路过平山堂都想起这位恩师，这是苏轼第三次路过平山堂。

词的上阕写瞻仰欧词手迹而生的感慨。作者对他的恩师欧阳修怀有深挚的情谊，此刻置身于欧公所建的平山堂，自然思绪万千。“三过平山堂下”，此番已是第三次登临此堂了。此前，熙宁四年（1071），作者离京任杭州通判，熙宁七年由杭州移至密州，都曾途经扬州，来平山堂凭吊恩师。“半生弹指声中”，词人抚今追昔，感慨岁月蹉跎、遭遇坎坷、人生如梦。十年前作者曾与欧阳公欢聚，不料此次聚会竟成永诀，次年恩师就仙逝了。“壁上龙蛇飞动”，欧公虽早已仙去，但平山堂壁上仍刻有他亲书手迹，遒劲有力，潇洒苍劲。

下阕一开头就说“欲吊文章太守”，“文章太守”本是欧公作于嘉佑元年（1056）的《朝中措·送刘仲原甫出守维扬》中的句子：“文章太守，挥毫万字，一饮千钟。”原指刘原甫的，这里借指欧公本人，非常贴切。“杨柳春风”也是那首《朝中措》中的句子：“手种堂前垂柳，别来几度春风。”本是欧公送刘原甫出任扬州太守的景象，现离欧公送刘原甫已经过了二十多年，但平山堂依旧壮丽，欧公手植杨柳依旧摇曳春风，所以说“仍歌杨柳春风”。苏轼作此词兼怀欧阳修，挥毫之际，意气风发。“万事转头空”语出白居易诗“百年随手过，万事转头空”，词人冠以“休言”二字，不要说“万事转头空”。“未转头时”，就像在梦中一样。这里的“梦”，是与“空”字对立的，而无论怎样认真的“梦”，到“转头”时也终归是“梦”，是一场空。但正当“未转头时”，这“梦”就很真实或自以为很真实，并不“空”了。词人似乎早已把人生看得很透，虽受佛家思想影响，但骨子里终归是儒家，是入世而非出世的。这首词作于乌台诗案爆发的前夕，语言很苍劲悲凉，传达了作者独特的人生态度。

## 【少年游】

润州作，代人寄远

**去年相送，余杭门[①]外，飞雪似杨花。今年春尽，杨花似雪，犹不见还家。**

**对酒卷帘邀明月，风露透窗纱。恰似姮娥怜双燕[②]，分明照、画梁斜。**

**【注释】**

①余杭门：北宋时杭州的北门之一。②姮娥：即嫦娥，《淮南子》记载说姮娥为后羿之妻，后羿请不死药于西王母，后姮娥窃之以奔月。

**【鉴赏】**

宋神宗熙宁七年，任杭州通判的苏轼因赈济灾民而远贬润州（今江苏镇江）时。为寄托自己对妻子王润之的思念之情，写下了这首词，假托妻子在杭思己之作，含蓄婉转地表达了夫妻之间的深厚情感。

上阕用“飞雪似杨花”和“杨花似雪”这一往复回环，通过时令的变化，衬托夫妇别离的长久和思念。去年在余杭门外相别时，正值飞雪时节，大雪弥漫，满目寒象，客居异地的夫妇相别，自然倍加凄楚，时过境迁，经冬历春，又是春尽杨柳飘花了，去年似杨花飘洒的飞雪中远行的人，却还没有回家。触景生情，从眼前这杨花似雪的景致，忆起了与这景致极相似的去年“飞雪似杨花”中送别场面，不禁备感惆怅、孤寂和凄惶。上阕六句两词，只写了两个场面，用“飞雪似杨花”和“杨花似雪”联系起来，比拟既工，语亦精巧，可谓推陈出新的绝妙好辞，尤为贴切与巧妙。

下阕，画面转入夜晚的室内。远行人不归来，少妇怎么办？刻画了她对月的孤寂、惆怅，为了解除孤独，闺中少妇效法李白，“举杯邀明月，对影成三人”。她刚刚卷起帘栊，半空风露便透窗而入，使原本孤寂的闺中人备感孤单凄惶。词中的“我”举目望去，只见那明月似乎并不理会眼前的孤独人，但对画梁上的双栖燕子却好像很关心。斜横在月光下画梁上的双栖燕子，紧紧依偎着，幸福、惬意地呢喃低语，根本不知道分离是什么。相比之下，孤寂的闺中人显得多么孤独寂寞啊！于是，作者借“代人寄远”，以闺中少妇口吻与感受，抒发自己思家思妇之情。将“姮娥”与作者之妻类比，以虚衬实，以虚证实，衬托妻子的孤寂无伴；又以对比衬托法，通过描写双燕相伴的画面，反衬出天上孤寂无伴的姮娥和梁下孤寂无伴的妻子思情之孤苦、凄冷。这一高超的艺术手法，与上阕飞雪与杨花互喻的手法一道，产生了强烈的艺术感染力。

## 【水调歌头】

黄州快哉亭[1]赠张偓佺

**落日绣帘卷，亭下水连空。知君为我新作，窗户湿青红。长记平山堂[2]上，欹枕江南烟雨，杳杳没孤鸿。认得醉翁语，山色有无中[3]。**

**一千顷，都镜静，倒碧峰。忽然浪起，掀舞一叶白头翁。堪笑兰台公子[4]，未解庄生天籁[5]，刚道有雌雄。一点浩然气，千**

里快哉风。

【注释】

①快哉亭：元丰六年（1083）六月，苏轼友人张怀民（字梦得）居齐安（即黄州），营新居于江上，在其住宅西南筑亭子，苏轼取亭名为“快哉”。②平山堂：欧阳修任扬州太守时所建，在今江苏扬州，此处代指快哉亭。③醉翁：欧阳修自号醉翁。山色有无中：王维《汉江临泛》中有“江流天地外，山色有无中”，欧阳修化用其诗句，在《醉偎香》词中云“平山栏槛倚晴空，山色有无中”。④兰台公子：兰台，在今湖北钟祥县。宋玉曾陪同楚襄王游兰台之宫，为兰台令写《风赋》。兰台公子指宋玉。⑤庄生天籁：《庄子·齐物论》有“女闻地籁而未闻天籁”的说法，天籁是自然界发出的声音。

【鉴赏】

上阕以虚实结合的手法描写在“快哉亭”的所见所闻。“落日绣帘卷，亭下水连空”，夕阳斜照帘卷，江水与天际相连，一派雄阔壮美的景象。“绣”、“连”二字巧妙，极富艺术表现力。“知君为我新作，窗户湿青红”，写词人深知此亭是张怀民为自己而建，可见两人之间情意深厚，也传达了词人的感激之情。一个“湿”字把青、红油漆将干未干的状态传神地描绘出来。“长记”以下是词人从虚笔出发，间接描写了“快哉亭”所见景色和抒发自身的感慨以及对尊师欧阳修的怀念。他依然时常记得在尊师的“平山堂”之上所见到的江南迷蒙烟雨、渺渺孤鸿、若有若无的山色，自然景物和此时此地之景有着相似之处引起作者的联想，孤鸿的形象上寄寓了词人贬谪后孤寂悲怆的感慨，“长记”也可见词人对于尊师的无限怀念之情。眼下快哉亭所见景色，宛似当年在平山堂上敧枕时观览所及。只是孤鸿远没，恩师仙逝，仅见对岸山色似有若无而已。苏轼睹物怀人，更加景仰起欧阳修来。以此隐喻褒扬张怀民筑亭的贤举。这对张怀民来说，自然是最高的奖赏了。

下阕以动静结合的方法描绘倚亭时的见感。“一千顷，都镜静，倒碧峰”是江面澄净之时的静景，那千顷的广阔江面一如平镜，碧峰之影倒映其中，那般辽远平静、明净清澈。“忽然浪起，掀舞一叶白头翁”，风波陡作，又由静景变成动景了，“忽然”二字写出景致的急剧变化，倏忽间，那汹涌巨浪顿时而起，只见一位白头翁驾一叶扁舟在巨浪中“掀舞”，那般惊心动魄、摄人心魂。这是何等倔强的形象！这隐含着对友人张怀民的赞美。固然可以说它隐以自喻，似也无妨。若谓不然，词人缘何在千顷江面上仅仅着眼于一叶扁舟上的白发老人呢？“堪笑”三句是词人因见吹起波浪的大风，以宋玉之典而引发的一番议论。“一点浩然气，千里快哉风”，只要有一点浩然正气，则不管人生沉浮都能随然而适，感受到风之“快哉”，人生之“快哉”，可见词人的旷达豪迈胸怀，也由此点明快哉亭命名的来由。

这首词，有叙事，有写景，有议论，但叙事是为了引出写景，议论又是从写景而自然生发出来的，这三者又都为抒情服务，因此，叙事、抒情，写景、抒情，是一个有机的整体。从结构上看，首二句总写，为全词之纲，上下阕由此而来，分合有致，给人井然有序之感。全词写景抒情都以快语出之，于达观中又充溢着豪气，是一首清旷与豪放风格有机结合的名作。

## 【水调歌头】

丙辰[①]中秋，欢饮达旦，大醉，作此篇，兼怀子由[②]

**明月几时有？把酒问青天。不知天上宫阕，今夕是何年[③]？我欲乘风归去，又恐琼楼玉宇[④]，高处不胜寒。起舞弄清影，何似在人间！**

**转朱阁，低绮户[⑤]，照无眠。不应有恨，何事长向别时圆？人有悲欢离合，月有阴晴圆缺，此事古难全。但愿人长久，千里共婵娟[⑥]。**

**【注释】**

①丙辰：宋神宗熙宁九年（1076）。②子由：苏轼弟弟苏辙，字子由，时在齐州。③不知二句：唐人小说《周秦纪》有诗：“香风引到大罗天，月地云阶拜洞仙。共道人间惆怅事，不知今夕是何年。”④琼楼玉宇：指月中宫殿美洁，如琼玉所筑。⑤低绮户：月光低照进雕刻花纹的门窗，亦说绮户指有丝绸帘幕的窗户。⑥婵娟：美好，指明月。末二句化用谢庄《月赋》中“隔千里兮共明月”句。

**【鉴赏】**

这首脍炙人口的中秋词，作于宋神宗熙宁九年（1076），即丙辰年的中秋节，为作者醉后抒情，怀念弟弟苏辙之作，当时苏轼与其弟子由已经六七年没有相见了。

全词运用形象的描绘和浪漫主义的想象，紧紧围绕中秋之月展开描写、抒情和议论，从天上与人间、月与人、空间与时间这些相关联的范畴进行思考，把自己对兄弟的感情，升华到探索人生乐观与不幸的哲理高度，表达了作者乐观旷达的人生态度和对生活的美好祝愿。

词的上阕抒发自己对政治的感慨，由超尘出世到热爱人生的思想活动，侧重于写天上。“明月几时有，把酒问青天”两句，是从李白《把酒问月》中“青天有月来几时？我今停杯一问之”两句脱化而来，点明饮酒赏月。接下来“不知天上宫阙，今夕是何年”，表面上好像是赞美月夜，也有不知当今朝廷上情况怎样的含意，说明作者“出世”与“入世”，亦即“退”与“进”、“仕”与“隐”之间抉择上深自徘徊的困惑心态。“我欲乘风归去”三句，写词人对月宫仙境产生的向往和疑虑，寄寓着作者出世、入世的双重矛盾心理，想回到朝廷中去，但是又怕党争激烈，难以容身。末尾“起舞弄清影，何似在人间”两句是说，既然天上回不去，还不如在人间好，这里所谓“人间”，即指做地方官而言，只要奋发有为，做地方官同样可以为国家出力，他仰望明月，不禁婆娑起舞，表现出积极乐观的心态。入世思想战胜了出世思想，表现了词人执著人生、热爱人间的感情。

下阕融写实为写意，化景物为情思，表现词人对人世间悲欢离合的解释，侧重写人间。“转朱阁”，谓月光移照华美的楼阁；“低绮户”，谓月光照着有离愁别恨的人，使其不得安眠。“朱阁”“绮户”，与上阕“琼楼玉宇”对照，既写月光，也写月下的人，这样就自然过渡到个人思弟之情的另一个主题上去。“不应有恨”两句是用反诘的语气、埋怨的口吻向月亮发问。“不应有恨”而恨在其中，正是“道是无情却有情”的意思。“人有悲欢离合”三句，写词人对人世悲欢离合的解释，作者由于受庄子和佛家思想的影响，形成了一种洒脱、旷达的襟怀，齐庞辱，忘得失，超然物外，把作为社会现象的人间悲怨、不平，同月之阴晴圆缺这些自然现象相提并论，视为一体，求得安慰。唯愿兄弟俩彼此珍重，在远别时光里共赏中秋美好的月色。“但愿人长久，千里共婵娟”，从月色美好，理解到远别的人可以“千里共婵娟”，也就能做到“不应有恨”了。以美好境界结束全词，与上阕结尾“起舞弄清影，何似在人间”一样，是积极乐观的。一方面是对兄弟不能团聚的安慰，同时也是对自己政治遭遇的安慰。

词的上阕叙述了他的身世之感和思想矛盾，下阕抒发对兄弟的怀念之情。带有人生哲学的意味，如上阕“起舞弄清影，何似在人间”，下阕的“此事古难全”。词里虽有出世与入世的矛盾，情与理的矛盾，但最后还是以理遣情，不脱离现实，没有悲观失望的消极思想，情绪是健康的。同时，这首词具有强烈的艺术感染力，千百年来成为人们所称赞的名作。

## 【水调歌头】

欧阳文忠[①]公尝问余：琴诗何者最善？答以退之[②]听颖师琴诗最善。公曰：此诗最奇丽，然非听琴，乃听琵琶也[③]。余深然之。建安章质夫家善琵琶者乞为歌词。余久不作，特取退之词，稍加隐括，使就声律，以遗之云。

**昵昵儿女语，灯火夜微明。恩冤尔汝[④]来去，弹指泪和声。忽变轩昂勇士，一鼓填然作气[⑤]，千里不留行。回首暮云远，飞絮搅青冥[⑥]。**

**众禽里，真彩凤，独不鸣。跻攀寸步千险，一落百寻轻[⑦]。烦子指间风雨，置我肠中冰炭，起坐不能平。推手从归去，无泪与君倾。**

**【注释】**

①欧阳文忠：指欧阳修（谥“文忠”）。②退之：指韩愈，韩愈字退之，曾有《听颖师弹琴》一诗“昵昵儿女语，恩怨相尔汝。划然变轩昂，勇士赴敌场。浮云柳絮无根蒂，天地阔远随飞扬。喧啾百鸟群，忽见孤凤

凰。跻攀分寸不可上，失势一落千丈强。嗟余有两耳，未省听丝篁。自闻颖师弹，起坐在一旁。推手遽止之，湿衣泪滂滂。颖乎尔诚能，无以冰炭置我肠"！③"公曰"以下三句：欧阳修认为韩诗像听琵琶的诗，其实未必恰当。④尔汝：均为"你"的意思，以"尔汝"相称表示亲切。⑤轩昂：气宇浩大、不凡。填然：形容鼓声。⑥青冥：指天空。⑦跻攀：攀登。寻：八尺为一寻，古代的长度单位。

**【鉴赏】**

此词是根据唐朝诗人韩愈写音乐的名作《听颖师弹琴》改写的，大约作于苏轼元祐二年（1087）京师任翰林学士、知制诰时，为酬赠友人章质夫的琵琶演奏而作。对韩诗"稍加隐括，使就声律"，即按照词牌的格式和声律来"矫制"韩诗，一则增添新内容，二则减去原作中的部分诗句，三则利用原诗句稍加变化，以创新意。

起句"昵昵儿女语"移用韩诗原辞，写出乐声初奏，低低切切地像是小儿、小女之间的喁喁情话。次句以补叙弹奏的时间在灯火微明的夜晚。"恩怨尔汝来去"乃"使就声律"（使符合词调有关平仄、句式、韵、字等方面要求），写出乐声如怨如慕、如泣如诉和宛转翻覆的形象。"弹指泪和声"，把演奏者自身的感情烘托出来。"忽变轩昂勇士"三句写曲调由低抑到高昂，犹如气宇轩昂的勇士，在鼓声中，跃马驰骋，不可阻挡，与前面所描绘的低回、亲切声响形成鲜明的对照，出现了巨大的声音差和情感差。"回首暮云远，飞絮搅青冥"中"回首"一词，既合乎勇士形象，使词的架构愈趋缜密，又添加了几许隽逸。

"众禽里，真彩凤，独不鸣"，词人继续描绘所听到的音乐形象，强调出凤之"真"、凤之"彩"和凤之"不鸣"。显然，这里面注入了词人对仕途的感受，把审美主体的情志融进作品，更加强了词的艺术感染力。"跻攀寸步千险"两句描绘演奏近结束前出现的高音、险涩音和滑坠音。最后五句，从听者心情的激动，反映出成功的弹奏所产生的感人艺术效果。"指间风雨"，写弹奏者技艺之高，能兴风作浪；"肠中冰炭"，写听者感受之深，肠中忽而高寒、忽而酷热；并以"烦子""置我"等语，把双方紧密结合起来。音响之撼人，不仅使人坐立不安，而且简直难以承受，由于涟涟泣下，再没有泪水可以倾洒了。

词人让我们感受到了听觉的音乐美，又运用男女谈情说爱、勇士大呼猛进、飘荡的晚云飞絮、百鸟和鸣、攀高步险等自然景观和生活现象，极力摹写音声节奏的抑扬起伏和变化，借以传达乐曲的感情色调和内容。含义丰富的比喻，变抽象为具体，把诉诸听觉的音节组合，转化为诉诸视觉的生动形象，唤起一种类比的联想，从而产生动人心弦的感染力。

## 【南乡子】

**送述古**

**回首乱山横，不见居人[1]只见城。谁似临平山[2]上塔，亭亭[3]。迎客西来送客行。**

**归路晚风清，一枕初寒梦不成。今夜残灯斜照处，荧荧[4]。秋雨晴时泪不晴。**

**【注释】**

①居人：指陈述古。②临平山：在杭州东北五十里处。③亭亭：高高耸立的样子。④荧荧：形容灯火微明的样子。

**【鉴赏】**

陈述古，名襄，为宋神宗之时的大臣，曾向宋神宗推举苏轼，而后苏轼和陈述古都因反对王安石变法，先后调任杭州，他们俩在杭州相处甚好。而熙宁七年（1074），陈述古又被调离杭州，到应天府（今河南商丘）赴任，苏轼亲自送陈述古到杭州余杭，写下了这首情真意切的送别词。

上阕先从述古的角度，回叙分手后回望离别之地临平镇和临平山，抒写了对往事无限美好的回忆和对友人的依恋之情。送远行者离别杭州，“回首乱山横，不见居人只见城”，远行之人远去，送行之人归去，远行之人恋恋不舍、深情回首，希望可以望见送行之人的身影，可是映入眼帘的只有乱横之山、茫茫之城。“居人”的身影早已消失不见，心中不免寥落、怅然，“乱”字既是写实又是词人内心烦乱的客观再现，“不见”“只见”的句式更写出内心的失落。接下来三句写临平山上的塔，仍就眼前景物落笔，实则是以客观的无知之物，衬托词人主观之情。“谁似”二字含义丰富，既意喻词人不像亭亭耸立的塔，能目送友人远去而深感遗憾，又反映了词人不像塔那样无动于衷地迎客西来复送客远去，而为友人的离去陷入深深的哀伤之中；既有遗憾之意，又有责备之感。同时，也反映了作者迎友人来杭又送友人离去的实际。

下阕则纯粹是居人仿着自己的口吻，送走了朋友，孤零零地踏着晚风中的归路回城，无精打采，夜不成眠。晚风凄清，枕上初寒，残灯斜照，微光闪烁，这些意象的组接，营造出清冷孤寂的氛围，烘托了作者的凄凉孤寂心境。末句“秋雨晴时泪不晴”，用两个“晴”字把雨和泪联系起来，即使秋雨不下了，眼泪恐怕也不停止，写法灵巧新颖又极有思致，内心的那份悲痛之情以凄美的艺术形式淋漓尽致地表现出来，加强了作者思念之苦的表达，读来叩人心扉，令人叹惋不已。

这首词艺术上的特色主要是将山塔、秋雨拟人化，赋予作者自身的感情和心绪，将无生命的景物写活。这种手法，表现出词人不凡的功力。

## 【望江南】

**春未老，风细柳斜斜。试上超然台上看，半壕[1]春水一城花。烟雨暗千家。**

**寒食[2]后，酒醒却咨嗟。休对故人思故国，且将新火试新茶[3]，诗酒趁年华。**

**【注释】**

①壕：指护城河。②寒食：节令名，在这一天人们禁火寒食，时间为清明节的前二日（一说为前一日）。寒食节据说与春秋时介之推有关，介之推跟随辅佐晋文公，后晋文公即位，诏令介之推出来做官，但介之推隐于山中不肯赴命，晋文公命人放火烧山逼他出山，介之推抱树被焚而死，后文公为了纪念他，便定于次日寒食。③新火：寒食节禁火三天后重新生火便叫新火。新茶，指寒食节前所采制的茶，称“火前茶”（现称明前），为茶中佳品。

**【鉴赏】**

这首词作于宋神宗熙宁九年（1076）四月，苏轼正在密州（今山东省诸城县）任知州。本篇亦名《超然台作》。

词的上阕写登台时所见暮春时节的郊外景色。首句以春柳春风中的姿态——“风细柳斜斜”，点明当时的季节特征：春已暮而未老，一个“老”字采用拟人化手法，把春天写活了。这样美好的春景，不能不引发人赏春的念头，于是“试上超然台上看”，登临远眺。“半壕春水一城花”，句中设对，“半壕”对“一池”，“春水”对“春花”，以春水、春花，将眼前图景铺排开来，引出下文“烟雨暗千家”。然后，以“烟雨暗千家”作结，居高临下，说烟雨笼罩着千家万户。于是，满城风光，尽收眼底。词人写景，注意色彩上的强烈对比作用，把春日里不同时空的色彩变幻，用明暗相衬的手法传神地传达出来。

上阕写景，为下阕之情奠定了基础，上下阕之间的联系是非常自然而紧密的。“寒食后，酒醒却咨嗟”，进一步将登临的时间点明。寒食，清明前二日，相传为纪念介子推，从这一天起，禁火三天，寒食过后，重新点火，称为“新火”。此处点明“寒食后”，一是说，寒食过后，可以另起“新火”，二是说，寒食过后，正是清明节，应当返乡扫墓。但是，此时却欲归而归不得。词情荡漾，曲折有致，寄寓了作者对故国、故人不绝如缕的思念之情。“休对故人思故国，且将新火试新茶”，为了摆脱思乡之苦，借煮茶来作为对故国思念之情的自我排遣，既隐含着词人难以解脱的苦闷，又表达出词人解脱苦闷的自我心理调适。“诗酒趁年华”，进一步申明必须超然物外，忘却尘世间一切，而抓紧时机借诗酒以自娱。“年华”与开头所说“春未老”相应合。

全词所写，紧紧围绕着“超然”二字，至此，即进入了“超然”的最高境界。从艺术角度看，本篇《望江南》用双调，比一般的单调增加了一叠，上阕两个七字句以散文句式写出，并在句中设对，下阕两个七字句则对得很工整，充分体现了苏词不拘一格的大家风范。

## 【浣溪沙】

**簌簌①衣巾落枣花，村南村北响缫车②，牛衣③古柳卖黄瓜。**
**酒困路长惟欲睡，日高人渴漫④思茶，敲门试问野人家。**

**【注释】**

①簌簌：纷纷下落的样子。②缫车：缫丝的纺车，缫，同“缲”。③牛衣：麻草编织的衣服，如蓑衣等，代指穿牛衣的人。④漫：与漫通，谩思茶，不由得想喝点茶。

**【鉴赏】**

这首《浣溪沙》是苏轼“徐门石潭谢雨道上作五首”之第四首，词人满心欢喜地听着村落中的各种天然、朴素的声响，日高天热还一边赶路，描绘了一个风光优美、民风淳朴、农事忙碌的乡野村巷。

上阕写景、写人，写农村的自然风光和村民生产劳动的繁忙景象。“簌簌衣巾落枣花”，点出季节，生动地勾勒出初夏时节农村生活的画面，因天降甘霖，呈现出灾情过后的新景象，枣花“簌簌”落到衣巾上。“村南村北响缫车”，这些听起来那么悦耳，正陶醉此声之际，忽又传来卖黄瓜的吆喝声，在浓荫覆盖的大柳树下，摆着一担又鲜又嫩、顶花带刺的黄瓜，蔬菜丰收了，词人高兴了。三个形象，三个画面，似乎没有什么联系，可是用谢雨道上所见所闻这条线串起来，就会感到这是一个个连续性的镜头，具有很强的立体感，色彩美与音乐美相结合，生动地显现出农村一派欣欣向荣的太平景象。

下阕记事，写谢雨途中行路的活动和感受。词人心里高兴，自觅野村小店，喝了几杯喜酒又上路了。日高、天热，口干舌渴，又带几分醉意，便感到疲乏起来，这便是“酒困路长惟欲睡，日高人渴谩思茶”。于是，“敲门试问野人家”，“试问”用得非常讲究，包含了十分丰富的内容。词人满腔热情、满怀希望去敲这户农家的门，可又一转念：当今正是农忙季节，家中是否有人？所以没有贸然进入，而是先敲门试一试。干渴难耐，又怕碰钉子，完全是平等待人的语气，词到这里就戛然而止了，词人敲门的结果怎样呢？喝到茶了没有？农民是怎样招待他的呢？词中不作一字交代，留给读者去想象，更觉余味无穷，正所谓“含不尽之意，见于言外”。

这首小令，采用白描式的艺术手法，描写谢雨途中的所见所闻，展示出一幅幅令人神往的农村生活画面，清新，活泼，朴实，优美。那风格，犹如枣花飘香，沁人心脾。

## 【浣溪沙】

**软草平莎[①]过雨新，轻沙走马路无尘，何时收拾耦耕[②]身？**
**日暖桑麻光似泼，风来蒿艾气如薰[③]，使君元是此中人[④]。**

**【注释】**

①平莎：莎草，多年生草本植物。②耦耕：语出《论语·微子》：“长沮、桀溺耦而耕。”指两个人各拿一耜并肩耕作，此处指词人与农民一起耕

作。③蒿艾：即艾蒿，多年生草本植物。薰：一种香草。④使君：词人自称。元："原"之意。

【鉴赏】

这首《浣溪沙》是苏轼"徐门石潭谢雨道上作五首"之末首，此词和前面纯粹写景叙事，情感都是深藏于写景叙事之中的写法不同，而是写景、抒情互相融合，从景物中触发情感，以情感升华景物，抒发了词人热爱农村、渴望归隐的情感。

上阕"软草平莎过雨新，轻沙走马路无尘"，不仅写出"草"之"软"、"沙"之"轻"，而且写出作者在这种清新宜人的环境之中舒适轻松的感受。久旱逢雨，如沐甘霖，经雨之后的道上，"软草平莎"，油绿水灵，格外清新；路面上，一层薄沙，经雨之后，净而无尘，纵马驰骋，自是十分惬意。触此美景，作者情动于衷，遂脱口而出："何时收拾耦耕身？"借用春秋时期隐者长沮、桀溺躬耕的典故，不仅表现出词人对农村田园生活的热爱，同时也是他政治上不得意的情况下，仕途坎坷、思想矛盾的一种反映。

下阕"日暖桑麻光似泼，风来蒿艾气如薰"，承上接转，将意境宕开，从道上写到田野里的蓬勃景象。对仗工整，且妙用点染之法，上写日照桑麻之景，先用画笔一"点"，"光似泼"用实笔，用大笔涂抹，尽力渲染，将春日雨过天晴后田野中的蓬勃景象渲染得淋漓尽致；下句亦用点染之法，用虚写，先点明"风来蒿艾"之景，再渲染其香气"如薰"。虚实相间，有色有香，并生妙趣。"使君元是此中人"，画龙点睛，为生花之笔，"使君"本来就是他们之中的一员，把"耦耕身"与"此中人"合起来看，既表现了词人对农村风光的喜悦之情，也反映了作者在宦海沉浮中的喟然之慨！

这首词同前面的一样，表现了作者热爱农村，关心生产，与民休戚与共的从政作风，又略有不同，用写景和抒情互相错综层递的形式来写，文风朴实，格调清新，为农村词的发展创造良好的开端。此后，农村词逐渐成为宋词内容的重要组成部分，辛弃疾的农村词，便直接受到苏轼的这一影响。

## 【浣溪沙】

**细雨斜风作晓寒，淡烟疏柳媚晴滩。入淮清洛[①]渐漫漫。**
**雪沫乳花浮午盏[②]，蓼茸蒿笋试春盘[③]。人间有味是清欢。**

**【注释】**

①淮：淮河。洛：洛河。②雪沫乳花：煎茶时浮现在水面上的泡沫。午盏：午茶。③蓼茸、蒿笋：均是鲜嫩的春菜。春盘：旧俗立春用鲜菜、水果、饼饵等装盘，馈送亲友，故称。

**【鉴赏】**

这首记游词，是神宗元丰七年（1084），苏轼赴汝州（今河南汝县）任团练使途中，路经泗州（今安徽泗县）时，与泗州刘倩叔同游南山时所作。

上阕写早春景象，起句“细雨斜风作晓寒”，清晨风斜雨细，瑟瑟寒侵，这残冬腊月是很难耐的，可是以“作晓寒”三字表现了一种不太在乎的态度。“淡烟疏柳媚晴滩”，雨脚渐收，烟云淡荡，河滩疏柳，尽沐晴晖，一个“媚”字，极富动感地传出作者喜悦的心声，把淡烟疏柳在晴滩上的妩媚神态写活了，似乎淡烟疏柳也懂得献媚“晴滩”似的。所谓“晴滩”，联系起句“细雨”来看，是作者上路时还下着小雨，说明在任山途中，雨止初晴，和煦的阳光洒满大地，一片明媚春光，这是近景。“入淮清洛渐漫漫”，是远景，随着词人镜头的推移，聚焦在那流入淮河的洛水，清澈而浩荡地往前奔流，越去越远了。以虚摹的笔法，从眼前的淮水联想到上游清碧的洛涧，当它汇入浊淮以后，就变得混混沌沌一片浩茫了。

下阕写他们游山时清茶野餐的风味及其欢快的心情。“雪沫乳花浮午盏，蓼茸蒿笋试春盘”，是生活中的小事，却写得清新巧妙，刻画入微。雪沫乳花，状煎茶时上浮的白泡，以雪、乳来形容它的颜色白，既是比喻，又是夸张，形象鲜明。“蓼茸蒿笋试春盘”，让人仿佛看到那装在菜盘里的绿色的蓼茸蒿笋，嗅到醉人的芳香。这里，作者巧妙地把摆在他们面前的白绿相间、色泽鲜明的食品再现出来，可口悦目，味色相兼。其高明之处在于把生活形象熔铸成艺术形象，让读者也享受到他品茗尝鲜而来的喜悦之情。在上面写实的基础上，宕开一笔：“人间有味是清欢”，这是一个具有哲理性的命题，人间最有意味的，莫过于能有清幽的欢愉，但并不是人生的真谛，人生于世，当为国为民而贡献自己的力量。当时苏轼正被贬，他发出这样的论调，正是一种不满之言。这样的结尾，既能收住全文，又有理趣，有诗味，给读者留下了深刻的印象。

## 【卜算子】

黄州定慧院寓居作

**缺月挂疏桐，漏断[1]人初静。谁见幽人[2]独往来？缥缈孤鸿影。**

**惊起却回头，有恨无人省[3]。拣尽寒枝不肯栖，寂寞沙洲冷。**

**【注释】**

①漏断：漏壶中的水已经滴尽，表明夜深。“漏”：古代的计时器，以漏壶滴水计算时间。②幽人：指幽居之人，此处是词人自指。③省：察觉、理解。

**【鉴赏】**

这首词是元丰五年（1082）十二月苏轼初贬黄州寓居定慧院时所作。词中借月夜孤鸿这一形象托物寓怀，表达了词人孤高自许、蔑视流俗的心境。

首二句“缺月挂疏桐，漏断人初静”写夜深，月挂疏桐的孤寂氛围，用“缺”“疏”“断”几个字极写幽独凄清的心境，为幽人、孤鸿的出场做铺垫。“谁见”两句，点出一位独来独往、心事浩茫的“幽人”形象，随即轻灵飞动地由“幽人”而孤鸿，“幽人”指作者自己，是主；“孤鸿”是对“幽人”的衬托，是宾。这两个意象产生对应和契合，让人联想到“幽人”那孤高的心境，不正像缥缈若仙的孤鸿之影吗？这两句，既是实写，又通过人、鸟形象的对应、嫁接，极富象征意味和诗意之美地强化了“幽人”的超凡脱俗。

下阕专写孤鸿遭遇不幸，写“孤鸿”也就是写词人自己，心怀幽恨，惊恐不已，拣尽寒枝不肯栖息，只好落宿于寂寞荒冷的沙洲。用“惊”“恨”“寒”“寂寞”“冷”这许多字眼，更明显地写出作者在患难之中“忧谗畏讥”的情绪。在这种战战兢兢的境遇里，即使有高枝好栖，还是拣来拣去“不肯栖”，只好宿在沙洲里，耐寂寞，耐寒冷。词人以象征手法，匠心独运地通过鸿的孤独缥缈，惊起回头、怀抱幽恨和选求宿处，表达了作者贬谪黄州时期的孤寂处境和高洁自许、不愿随波逐流的心境。作者与孤鸿惺惺相惜，以拟人化的手法表现孤鸿的心理活动，把自己的主观感情加以对象化，显示了高超的艺术技巧。

这是一首很好的有寄托的咏物词，也是苏词名作之一，这首词的境界，确如黄庭坚所说："语意高妙，似非吃烟火食人语，非胸中有万卷书，笔下无一点尘俗气，孰能至此！"这种高旷洒脱、绝去尘俗的境界，得益于高妙的艺术技巧。作者"以性灵咏物语"，取神题外，意中设境，托物寓人；对孤鸿和月夜环境背景的描写中，选景叙事均简约凝练，空灵飞动，含蓄蕴藉，生动传神，具有高度的典型性。

## 【贺新郎】

**乳燕飞华屋。悄无人、桐阴转午[①]，晚凉新浴。手弄生绡[②]白团扇，扇手一时似玉。渐困倚、孤眠清熟。帘外谁来推绣户？枉教人、梦断瑶台曲[③]。又却是、风敲竹[④]。**

**石榴半吐红巾蹙[⑤]，待浮花浪蕊[⑥]都尽，伴君幽独。秾艳一枝细看取，芳心千重似束。又恐被、西风惊绿[⑦]。若待得君来向此，花前对酒不忍触。共粉泪、两簌簌[⑧]。**

**【注释】**

①桐阴转午：桐树的阴影移动，天已到午后。②生绡：未经捣练等程序的丝织物。③瑶台曲：瑶台的幽深曲尽处，代指仙境。"瑶台"出自屈原《离骚》"望瑶台之偃蹇兮，见有之佚女。"④风敲竹：化用诗句"开门复动竹，疑是故人来"（李益《竹窗闻风寄苗发司空曙》）的诗意。⑤"石榴"句：化用白居易诗句"山榴花似结红巾"，形容石榴花开得像有褶皱的红巾一般，绚烂无比。⑥浮花浪蕊：浮艳轻薄的花卉，出自韩愈《杏花》"浮花浪蕊镇长有，才开还落瘴雾中。"⑦西风惊绿：秋风吹起，榴花凋零，只剩绿叶。⑧簌簌：形容花落、泪落的拟声词。

**【鉴赏】**

这是一首抒写闺怨的双调词，上阕写美人，下阕掉转笔锋，专咏榴花，借花取喻，时而花人并列，时而花人合一。

上阕以初夏景物为衬托，写一位孤高绝尘的美丽女子。起调“乳燕飞华屋，悄无人、桐阴转午”，把物候时节、人物身份很自然地烘托出来了，初夏季节、过午时分、环境之幽静。燕子有筑巢华美屋舍的习性，它在这雕梁画栋间出入，可见此处不是寻常人家，主人的身份必定是高贵的，但却无丝竹弦乐之声，在阒然寂静的氛围中，只见桐影迟迟，人声悄悄，出现在眼前的是“晚凉新浴”的美人。独具匠心的描写，虽然只用了“晚凉新浴”四字短语，但唤起的联想却极为丰富。美人出浴，铅华尽洗，如出水的白莲，给人以玉洁冰清、表里澄澈的美的感受。“手弄生绡白团扇，扇手一时似玉”，美人出浴之后不施粉黛，手中轻轻玩弄着白玉为柄的生绡团扇，更加衬托出美人绰约的风姿，无华的生绡更能看出美人性情的朴素。一个“弄”字，可见女主人公心中的无穷情思，境界全出。再借着梦境展现出她心灵深处幽微的情思，“渐困倚、孤眠清熟”，这是向梦境过渡的一条伏线。炎暑“新浴”后，困乏思眠，在晚凉中身倚绣榻孤单地沉沉睡去，“清熟”写美人的睡态堪称传神，清丽淡雅、妩媚温柔。“帘外谁来推绣户？枉教人、梦断瑶台曲。又却是、风敲竹”，正当她梦入瑶台深处，和她梦寐以求的“梦中情人”相会时，却被帘栊之外仿佛有人推门的响声惊醒，原来却是风摇竹动，发出剥啄叩击的声音，又一次枉自断送了她的好梦。

“瑶台梦断”是美人心理活动的高潮，写“华屋”“新浴”“弄扇”“孤眠”，都是映衬或暗示美人盛年独处，因觅不到堪与匹配的佳偶而感到抑郁寂寞。她向往的佳偶只能在梦中相遇，可是好梦难成，最后以“瑶台梦断”而告终。通过美人形象和她的心理发展过程，展现并寄托了词人的才德及其政治理想破灭后的痛苦。

词转下阕似另立新意专写榴花，“石榴半吐红巾蹙，待浮花浪蕊都尽，伴君幽独”，这位绝代美人有一颗炽热如火的芳心，就像这如红巾蹙就、蓓蕾初绽的火红石榴花，她无怨无悔，宁可与芳心相守终身，也不会更改初衷取媚于人。“秾艳一枝细看取，芳心千重似束。又恐被、西风惊绿”把美人芳心的自持、自荐与自警表达得入微入妙。“若待得君来向此，花前对酒不忍触，共粉泪、两簌簌”，化用南朝诗人谢朓《王孙游》中“无论君不归，君归芳已歇”句意，芳心虽然可以坚贞不渝地陪伴着美人，但是等到美人迟暮之时，再来抚慰这颗当年艳如榴花的芳心，只恐为时已晚，就是花前置酒，但芳心就像这即将凋谢的榴花，怎忍触动？到那时美人与芳心只堪同此一哭！

词的下阕借物咏情，写美人看花时触景伤情，感慨万千，时而观花，时而怜花惜花。这种花、人合一的手法，读来婉曲缠绵，寻味不尽。词人无论是直接写美人，还是通过榴花间接写美人，都深得《离骚》遗法，非仅取喻于美人香草，而是紧紧扣住娇花美人失时、失宠，寄托着词人自身的怀才不遇之情，将心中难言之情表达得入妙入微。

## 【八声甘州】

寄参寥子

**有情风万里卷潮来，无情送潮归。问钱塘江上，西兴①浦口，几度斜晖？不用思量今古，俯仰昔人非。谁似东坡老，白首忘机②。**

**记取西湖西畔，正春山好处，空翠烟霏。算诗人相得，如我与君稀。约他年，东还海道，愿谢公雅志莫相违③。西州路，不应回首，为我沾衣④。**

**【注释】**

①西兴：即西兴渡，是古时从萧山到杭州的重要港口，在今杭州市对岸，属于萧山县。②忘机：消除机心，无意于功名利禄，保持恬然淡定之心。③“约他年”三句：用谢安渴望隐居之典，《晋书·谢安传》：“（谢安）东山之志始末不渝，每形于颜色。及镇新城，尽室而行，造泛海之装，欲须经略粗定，自江道还东。雅志未就，遂遇疾笃。”④“西州路”三句：用谢安外甥之典，《晋书》载：“谢安有甥，名羊昙，夙为安所爱重，谢安既没，羊昙行不由西州路，一日因醉偶至，左右告之，道恸哭而去。”

**【鉴赏】**

此词当为苏轼临离杭州时的寄赠之作，作于宋哲宗元六年（1091）。参寥子，苏东坡的一位方外友人，即僧道潜，字参寥，潜（今并入浙江临安县）人，能诗文。

上阕起势不凡，以钱塘江喻人世的聚散离合，“有情风万里卷潮来，无情送潮归”，表面上写钱塘江潮的涨落，但细细品味，就会感到“有情”“无情”之间，“潮来”“潮归”之际，暗含着很深的人世间盛衰离合的悲凉感慨，这里强调的是“无情送潮归”，突出了词人的离情。“问钱塘江上，西兴浦口，几度斜晖”，以发问的形式，写地上潮水无情而归，天上夕阳无情而下，这是以天地和自然万物的无情，衬托人之有情，把词人数十年往事纳入其中，所以首起两句写潮水是很有纪念意义的。“不用思量今古，俯仰昔人非”，由写潮转入直接议论，古今兴废，人事代谢，这都是历史的规律，不必替古人伤心，也不必为现实忧虑，必须超凡脱俗，“白首忘机”，无意功名，达到达观超旷、淡泊宁静的心境。

从上阕写钱塘江景，到下阕写西湖湖景，南江北湖，都是记述他与参寥子的游赏活动。“记取西湖西畔，正春山好处，空翠烟霏”，着力表现西湖静态之美，静中含动，于无情物中见出友情。如此良辰美景，岂可一人独享？于是词人想到了好友参寥子。“算诗人相得，如我与君稀。”二句写出了友情之挚深而可贵。“约他年，东还海道，愿谢公雅志莫相违”，谢公指谢安，据《晋书·谢安传》载谢公之雅志乃归隐山林也，有一点宿命的味道。故东坡以一“愿”字与“莫相违”呼应，抒发成事在天之慨。“西州路，不应回首，为我沾衣”，又用一个谢安外甥的典故，借这一典故安慰友人：自己一定不会像谢安一样雅志相违，使老友恸哭于西州门下。也告诉老友要存一份达观心境，参透死生，不应为我而悲伤。

因为这首词是寄老朋友的，所以写得感情深挚，蕴含着强烈的感人力量，充分表现了作者积极奋进的精神和达观洒脱的胸怀，同时交织着人生矛盾的悲慨和发扬蹈厉的豪情，给读者以深刻的启迪。

## 【江城子】

**孤山竹阁[①]送述古**

**翠蛾羞黛怯人看。掩霜纨[②]，泪偷弹。且尽一尊，收泪唱《阳关》。谩道帝城天样远，天易见，见君难。**

**画堂新构近孤山[③]，曲栏干，为谁安。飞絮落花，春色属明年。欲棹[④]小舟寻旧事，无处问，水连天。**

**【注释】**

①竹阁：在西湖孤山寺内，此阁为白居易在杭时建造，又名白公竹阁。

②翠蛾：蛾眉，代指歌妓本人。羞黛：含羞的眉目。霜纨：如霜般洁白的绢扇。③画堂：孤山寺内与竹阁相连的“柏堂”，大概于熙宁六年建成。孤山：位于杭州西湖之中。④棹：船桨，此处指划船。

【鉴赏】

此词是熙宁七年（1074）词人在孤山竹阁宴别友人陈襄（字述古）时所作。词中传神地描摹歌妓的口气，代他向即将由杭州调职应天府（今河南商丘南）的僚友表示惜别之意。

词的上阕描写饯别的场景，首先写主人公的悲伤情态。“翠蛾羞黛怯人看”，歌妓因离别而悲伤流泪，又有些娇羞，以扇掩脸，弹去泪珠，压抑悲伤，反复弹唱《阳关曲》，殷勤劝酒。“谩道帝城天样远”三句，曲折地流露出主人公的依恋之情，帝都虽似天远，今后见天容易，朋友再相见就难了，或将是永远的离别，难舍难分，情感真挚。

下阕写歌妓的相思之情。“画堂新构近孤山，曲栏干”，如果这位风流太守不离开杭州，或许有机会携同他一起来到柏堂，依凭曲栏，远眺孤山景色。接下来是由“画堂”引起的一些往事之回忆。大约是熙宁六年春天，陈襄与一些同僚曾数次同游西湖，饮酒吟诗，填词歌唱。不禁联想起往昔暮春时节，在落花飞絮中与太守等饮酒歌舞的难忘情景。对照目前的离别，而且可能是永远的离别，发出“春色属明年”的祈祷。明明知道明年不可能重叙，却寄希望于明年，这就更加深了当前的感伤。煞拍三句，显得空灵而含蕴。“欲棹小舟寻旧事”，接上句“明年”而发，她想象明年春季，能够驾着小舟到西湖去寻觅旧日游处，去填补思绪的欲求。“无处问，水连天”，情事渺茫，天水伊人，唯有不尽的思念和感伤空付湖光水影而已。

首词将反常的男女恋情表现得真假难辨，扑朔迷离，却又不失分寸。描写细致，语调柔婉，很有分寸地写出了歌妓隐秘的心态，与当时情景颇相吻合。这首词的真实含义是宽广而复杂的，是词人早期创作受婉约词风影响的明证。

## 【江城子】

湖上与张先同赋，时闻弹筝

**凤凰山[①]下雨初晴，水风清，晚霞明。一朵芙蕖[②]，开过尚**

**盈盈。何处飞来双白鹭，如有意，慕娉婷。**

**忽闻江上弄哀筝，苦含情，遣谁听。烟敛云收，依约是湘灵[③]。欲待曲终寻问处，人不见，数峰青[④]。**

【注释】

①凤凰山：在今杭州市。②芙蕖：也叫扶蕖，即指荷花。③湘灵：传说帝尧将两个女儿娥皇、女英嫁给舜，二人随舜南巡，后死于沅湘之间，成为湘水女神，故名。④“欲待”三句：化用唐人钱起《湘灵鼓瑟》中“曲终人不见，江上数峰青”的诗句。

【鉴赏】

此词题名一作“湖上与张先同赋”，张先字西野，乌程（今浙江吴兴）人，擅诗词，时居杭州，与苏东坡有诗酒唱和。

开头三句写山色湖光，作为人物的背景画面。山在湖上江边，时雨初晴，清风徐来，晚霞澄明，置身此境，能不词情勃发？“晴”“清”“明”三字描绘雨霁天澄、江水微风、夕阳晚霞，也把读者引入到心旷神怡、身心超越的纯静境界。“一朵芙蕖，开过尚盈盈”，词人无意留恋四周空灵婉丽的景色，却着意于“一朵”荷花。“一朵芙蕖”既实写水面荷花，又以出水芙蓉比喻弹筝的美人，收到了双关的艺术效果。诗人何以独独钟情于此“一朵”？“开过”两字作了交代，原来这“一朵”已经接近凋谢，故曰“尚盈盈”，风韵犹存。词人由此联想到，花与人都有年华之盛壮，容光之极致，盛时已过，岂不发人怅然之思乎？词人写景，实为抒情。接下来“何处飞来双白鹭”三句，笔锋稍稍一转，一对白鹭也参加到词人特定的意境中来，自然界、人与植物、动物都融为一体，显出词人思考的专一虚静。“如有意，慕娉婷”，赋予白鹭以人情，白鹭和词人一样，也独钟情于此“一朵”。此处一个“双”字，既深一层写花之盈盈可怜，又巧妙点出词人与其友人张先“同赋”之意度。

下阕则重点写音乐，“忽闻江上弄哀筝”，把词人从上阕特定境界中引开去。与上阕主要通过视觉领悟不同，“闻”用听觉，题名“时闻弹筝”，故云“江上弄哀筝”，忽听得江上传来筝声。从乐曲总的旋律来写，故曰“哀筝”，从乐曲传达的感情来写，故言“苦含情”。“苦含情，遣谁听”两句乃词中着意之笔，乐曲哀伤，谁能忍听？“烟敛云收”两句，烟霭为之敛容，云彩为之收色。点出“湘灵”，用娥皇、女英之典故，把乐曲的哀伤动人一步一步地推向最高峰，似乎这样哀怨动人的乐曲非人间所有，只能是出自像湘水女神那样的神灵之手。然而是“依约”，比拟、揣测，无法坐实，坐实也索然无味。“人不见，数青峰”，如梦、如幻、如诗、如画，这正是词人惆怅心绪之写照，境界全出。

本词上阕写景，写白鹭之情与词人之情似有相通；下阕写筝人和筝曲。由词人自己的切身感受把上下阕有机地联系起来，产生深广的感人魅力。

## 【采桑子】

润州[1]多景楼与孙巨源[2]相遇

**多情多感仍多病，多景楼中。尊酒相逢，乐事回首一笑空。**

**停杯且听琵琶语，细捻轻拢[3]。醉脸春融，斜照江天一抹红。**

**【注释】**

①润州：今江苏镇江。②多景楼：位于镇江多宝寺内，下临长江。孙巨源：名孙洙，广陵（今江苏扬州）人。③细捻轻拢：弹奏琵琶时的指法，白居易《琵琶行》中有“轻拢慢捻抹复挑”诗句。

**【鉴赏】**

苏轼在熙宁七年（1074）由杭州调至密州，途中经过润州之时，和好友孙巨源相逢，又约了别的友人在多景楼中聚会宴饮，酒尽之时，孙巨源言“残霞晚照，非奇才不尽”，苏轼便大笔挥毫，写下了这首《采桑子》。

开篇连用四个“多”字，是由题名多景楼引发出来的。多情多感而多病的词人，登上了大江景色尽收眼底的多景楼，于是巧妙地形成了多、多、多、多与情、感、病、景交融的惊人之句，烘托出特定氛围里的特定人物的特殊心境。“尊酒相逢，乐事回首一笑空”，在临江景色无限的楼上，恰逢老友不期而至，其欢乐之情是不言而喻的，但理智上并没有沉醉，觉察到当前人生欢乐将转眼而逝，所以，词人付以一笑。虚与实结合，而以虚为主；言事与言情的结合，由情至事，由事归情，借眼前之景，写心中之情，以言情为主，既不浮泛，又错落有致，如神来之笔。

下阕写词人终究不肯让那突然袭来的忧愁毁坏了眼前的欢娱氛围。“停杯且听琵琶语”，在情理之中，且停下酒杯，专神致志去聆赏那琵琶所奏的美妙乐曲，乐曲有着丰富的内容和感情色彩，让人尽情享受短暂的美好。词人对弹奏者高超技艺的赞美之情通过“细”和“轻”两字表达出来，让人不由联想起白居易曾描述过的“大珠小珠落玉盘”的音乐之美。赞罢弹奏者的技艺，顺势描写弹奏者，不写其容貌、形体和服饰等，只用“醉脸春融”四字来写其神，丽而不艳，媚中含庄，活脱脱描摹出一个怀抱琵琶的少女两颊泛红、嘴角含笑的动人姿态。足见词人不但开朗乐观，旷达超脱，善于追求欢乐，寻觅美的享受，而且更善于发现欢乐和发现美。室外夕阳斜照，广阔江天都涂抹上了红色的光辉，醉脸、夕阳、泛红的江水、绚烂的天际融为一体，室内室外交相呼应，给人一种美不胜收之感。词人沉醉于此种欢娱之中，展现词人旷达超脱的心怀，又暗含着感伤的基调。

## 【南歌子】

**雨暗初疑夜，风回便报晴，淡云斜照著山明。细草软沙溪路、马蹄轻。**

**卯酒[①]醒还困，仙村梦不成。蓝桥何处觅云英[②]？只有多情流水、伴人行。**

**【注释】**

①卯酒：卯时饮下的酒；卯：早晨的五点到七点。②“仙村”两句：唐时裴航遇云英结为连理升仙而去的传奇故事，裴铏的小说《传奇·裴航》记载，唐代长庆年间，秀才裴航下第回都，途经蓝桥之时，口渴无比，便向路旁的老妪求水，老妪让一个叫云英的女子递给他一杯水，裴航见女子貌美如花，便向她求婚，老妪提出要以玉杵臼为她捣药百日的要求，他如约做到。于是和云英结为夫妇，后两人都成仙而去。蓝桥：当年裴航遇云英的处所，“仙村”亦指“蓝桥”。

**【鉴赏】**

这首词写于元丰二年（1079）苏轼任湖州（今浙江嘉兴）知州期间。词中通过作者于江南水乡行路途中的所见所感，在写景中渗透了作者心情的微妙变化。

上阕重在描写雨后初晴的景象。“雨暗初疑夜”，早晨醒来，因为夜里小雨绵绵，天色阴沉幽暗，在恍惚间以为仍是在夜里。转眼间“风回便报晴”，一阵春风吹过，乌云渐渐散去，天色逐步晴朗起来。而天边仍有浩浩的朝云，初升的旭日斜斜照过来，雨后无尘，天地是透明的。山头也在阳光的照耀下显得很明亮，正是“淡云斜照著山明”，这样的清晨清新美好，词人轻快地打马上路了。“细草软沙溪路、马蹄轻”，写得清新轻快，春朝雨后乘马行于溪边路上的情致展现无疑。一个“轻”字，不仅写马，也写了景色的清新怡人和作者心情的轻松旷达，可谓是传神之笔，由景及人，勾勒出一幅清丽优美的山水人物图。

下阕作者笔锋一转，由景到人，借传奇故事抒情。“卯酒醒还困”，早晨饮酒了，仍感困倦，非因路途劳顿，而是夜间寻仙梦境的缘故。于是，在似梦似醒间，联想起唐时裴航遇云英结为连理升仙而去的传奇故事。“蓝桥”是当年裴航遇云英的处所，“仙村”亦指“蓝桥”。仙界缥缈，不由得心生感慨，生起一丝淡淡轻愁，“梦不成”而不免怅然若失。再看看现实世界，“只有多情流水伴人行”，潺潺溪水是那样多情，相伴身边，一路前行，总算也有“知音”，也是一种慰藉。与李煜笔下的“问君能有几多愁？恰似一江春水向东流”有异曲同工之妙，词人在无情的客体中赋予主体的情思，读来意味深长，余韵不尽。欲成仙而不得，从梦境回到现实，空对流水惆怅不已，这正是词人孤寂、落寞、凄婉心绪的写照。

这首词清新雅致，颇有情趣。把景和梦联系起来，惟妙惟肖地反映了作者的心理活动，峰回路转，一波三折，不失为一首清雅的小词。人在旅途中，不免会易感易伤、易喜易悲，这种情感的变化和景物的变化相互照应，相辅相成，一气呵成。

## 【昭君怨】

**金山送柳子玉**

**谁作桓伊三弄[①]，惊破绿窗幽梦。新月与愁烟，满江天。**

**欲去又还不去，明日落花飞絮。飞絮送行舟，水东流。**

【注释】

①桓伊：字子野，极擅长吹笛。三弄：刘义庆《世说新语·任诞》记载他曾为王子猷“作三调”，“客主不交一言”，吹毕便离去。

【鉴赏】

这是一首送别词，作于熙宁七年（1074）二月，是词人为送别戚友柳子玉（名瑾）而作。

上阕写离别时的情景。起句“谁作桓伊三弄，惊破绿窗幽梦”用晋人桓伊为王徽之吹奏三个曲调的典故，以发问的形式提出疑问：夜深人静时，是谁吹奏有名的古曲，将人们从梦中唤醒？暗写离别，美好时刻即将结束，不禁黯然神伤。“新月与愁烟，满江天”，融情入景，通过新月、烟云、天空、江面等景，将整个送别情景和盘托出。在这凄清的夜里，只有一轮孤月，茫茫江面烟雾迷，似词人心头的愁绪，驱之不尽，无法排遣，充斥在作者心头、江面，直至整个宇宙。幽怨的笛音，更加重了离别情绪。

下阕遥想“明日”分别的情景。“欲去又还不去”，道了千万声珍重，但迟迟没有成行。二月春深，将是“落花飞絮”的时节，景象凄迷，那时别情更使人黯然。“飞絮送行舟，水东流”，漫天飘舞的飞絮也似乎能理解人的心情，追逐着友人的行舟，送了一程又一程，落在人的身上脸上，仿佛牵着朋友的衣袖，不忍他的离去。可恨滔滔江水只管载舟东流，哪里理解人间别离的苦愁。在这里，以飞絮的多情，流水的无情来衬托人的有情，使词句更为生动。

本词上阕平稳写送别情景，下阕首句一顿，接着顺流而下，叠用“飞絮”接上句“落花飞絮”，是顶针接麻格，想象次日分别的情景，扩展了离情别绪的空间。虚实结合，渲染出一种强烈的情感氛围，使读者受到极强的艺术感染。这首送别词，全无强烈抒情，又无送别之语，而是通过对景物的描写来渲染一种别离气氛，真正做到了自与物化、神与物交，可谓情景交融，有很强的艺术感染力。正是“发纤于简古，寄至味于淡泊”，在平淡中显真情，有一种淡远深邃的美。

## 【永遇乐】

寄孙巨源

**长忆别时，景疏楼[①]上，明月如水。美酒清歌，留连不住，月随人千里。别来三度[②]，孤光又满，冷落共谁同醉。卷珠帘，凄然顾影，共伊到明无寐。**

**今朝有客，来从濉上[③]，能道使君[④]深意。凭仗清淮[⑤]，分明到海，中有相思泪。而今何在，西垣清禁[⑥]，夜永露华侵被。此时看，回廊晓月，也应暗记。**

**【注释】**

①景疏楼：在海州（今江苏连云港），宋人叶祖洽所建。②别来三度：孙巨源离别海州已经离别三度月圆，孙巨源八月十五别离海州，至今十一月十五。③濉上：淮水边。④使君：指孙巨源。⑤清淮：即淮河，源于河南，东流至海。⑥西垣清禁：代指汴京府。西垣：指中书省。清禁：指皇宫。

**【鉴赏】**

这是一首月夜怀人之词，是词人到海州，为怀念好友孙巨源而作。

上阕由设想孙巨源当初离别海州时写起，以月为抒情线索。首句从往事写起，“长忆别时，景疏楼上，明月如水”，三年前，我们同登景疏楼。在月光如水的晚上，“美酒清歌”。这一段美好时光，却又是“留连不住，月随人千里”，虽然月光还伴随着我，但友人却又远隔千里之遥。“别来三度，孤光又满，冷落共谁同醉”，分别已有三个春秋了，如今又是十五月圆，老朋友不在面前，有谁来同我共醉良宵呢？“卷珠帘，凄然顾影，共伊到明无寐”，卷起珠帘，我一个人顾影凄然，形影相吊，只好让月光来陪“我”到天明。回忆旧日的欢娱，更凸显当前孤独凄然和怀思。以月光作为线，将这两种情感串联在一起。

之后三句点破引发词人遥思之因，有客从濉上来，捎带了巨源“深意”，遂使词人更加痴情怀念。“凭仗清淮，分明到海，中有相思泪”，这里的深意是怀念故人的情意凭借着清清的淮水，伴随着月光，一直流到东海，即现在孙巨源的处所。淮水不单单是水，这其中还混合着无数的相思人的泪水。上阕是用月光传递感情，下阕则是用淮水传递感情。“而今何在，西垣清禁，夜永露华侵被”，又写臆想中景象，回应上阕几次点月，使全篇浑然圆妥，勾连一气。清秋夜时闲居在西厢里，长夜的露水，沾湿了薄被。“此时看，回廊晓月，也应暗记”，怀我之情，刻画更为感人，有形象，有情思。词人不说自己彻夜无眠，对月怀人，而说对方如此，仍是借人映己。“也应暗记”可谓神来之笔，有人有我，深细婉曲，既写到了巨源的心理，又写出了自己的深意，确信巨源会“暗记”往日的情景，可见二人绵长情思。回廊的晓月也应该会记得友人通夜的辗转反侧和对自己的无尽相思之情，以月为证，实为巧妙的设想，又和上阕中的月呼应，从首至尾自然如行云流水。



## 【永遇乐】

**明月如霜，好风如水，清景无限。曲港跳鱼，圆荷泻露，寂寞无人见。紞如[①]三鼓，铿然一叶，黯黯梦云惊断[②]。夜茫茫，重寻无处，觉来小园行遍。**

**天涯倦客，山中归路，望断故园心眼[③]。燕子楼[④]空，佳人何在，空锁楼中燕。古今如梦，何曾梦觉，但有旧欢新怨。异时对，黄楼夜景[⑤]，为余浩叹。**

**【注释】**

①紞如：形容击鼓之声。②黯黯：心绪黯然的样子。梦云：用楚王梦朝云之典，宋玉《高唐赋》中有“巫山神女自荐席于楚王，去而辞曰‘妾在巫山之阳，高丘之阻。旦为朝云，暮为行雨。’”③故园心眼：杜甫《秋兴八首》中有“孤舟一系故园心”。④燕子楼：在今江苏徐州市，相传唐代贞元时尚书张建封为爱妾关盼盼而建，张死后，盼盼因念旧爱不嫁，在此居住十余年。⑤黄楼：苏轼在徐州所建。

**【鉴赏】**

这首词写于元丰元年（1078）苏轼任徐州知州时。词中即景抒情，情理交融，描写燕子楼小园清幽夜景，抒燕子楼惊梦后萦绕于怀的惆怅之情，表达词人由人去楼空而悟得的“古今如梦，何曾梦觉”之理。

上阕写夜宿燕子楼的四周景物和梦。“明月如霜，好风如水，清景无限”，描绘出一幅夜色清凉的景象，把人引入了一个无限清幽的境地，接着由大入小，由静变动，“曲港跳鱼，圆荷泻露，寂寞无人见”，以动衬静，写鱼跳暗点人静，写露泻可见夜已深沉。以下转从听觉写夜之幽深、梦之惊断：三更鼓响，秋夜深沉；一片叶落，铿然作声。以声点静，更加重加浓了夜之清绝和幽绝，备觉黯然心伤。阕末“夜茫茫，重寻无处，觉来小园行遍”，写词人梦断后之茫然心情：词人梦醒后，尽管想重新寻梦，也无处重睹芳华了，把小园行遍，也毫无所见。只有一片茫茫夜色，心也茫茫。

下阕是醒来的现实，直抒感慨，深感人生如梦，劝人们赶快从梦中醒来。“天涯倦客，山中归路，望断故园心眼”，天涯漂泊感到厌倦的游子，想念山中的归路，心中向往一直到望断故园，极言思乡之切。此句道出了词人无限的怅惘和感叹。“燕子楼空，佳人何在，空锁楼中燕”，当年的关盼盼苦守在燕子楼，如今则人亡楼空。“古今如梦，何曾梦觉，但有旧欢新怨”，由古时的盼盼联系到现今的自己。由盼盼的旧欢新怨，联系到自己的旧欢新怨，发出了人生如梦的慨叹，表达了作者无法解脱而又要求解脱的对整个人生的厌倦和感伤。结尾“异时对，黄楼夜景，为余浩叹”，从燕子楼想到黄楼，从今日又思及未来。词人设想后人见黄楼凭吊自己，会不会也同今日自己见燕子楼思盼盼一样发出浩然长叹？词人把对历史的咏叹，对现实以至未来的思考，巧妙地结合一起，终于挣脱了由政治波折而带来的巨大烦恼，精神获得了解放。

## 【行香子】

**述怀**

**清夜无尘。月色如银。酒斟时，须满十分。浮名浮利，虚苦[1]劳神。叹隙中驹，石中火，梦中身[2]。**

**虽抱文章，开口谁亲。且陶陶，乐尽天真[3]。几时归去，作个闲人。对一张琴，一壶酒，一溪云。**

**【注释】**

①虚苦：徒劳。②隙中驹：《庄子·知北游》中有“人生天地之间，若白驹过隙，忽然而已。”石中火：北齐刘昼《新论·惜时》中有“人之短生，犹如石火，炯然已过。”梦中身：《关尹子·四符》中有“知夫此身如梦中身。”③陶陶：无忧无虑的样子。天真：未受礼俗影响、毫无虚伪矫作，单纯本真。

**【鉴赏】**

此词或为苏轼宋哲宗元祐时期（1086—1093）的作品，是一首自我排遣的词。抒写了词人把酒对月时的襟怀意绪，流露了人生苦短、知音难觅的感慨，表达了作者渴望摆脱世俗困扰的退隐、出世之意。

“清夜无尘。月色如银。酒斟时，须满十分”，这三句写历代文人最钟情的夜、月、酒，起笔写景，夜气清新，尘渣皆无，月光皎洁如银，仰望夜空，遐想无穷。“浮名浮利，虚苦劳神”，身外功名都可以排遣得一干二净，不需劳神费力地追求。月夜的空阔神秘，静寂无人，正好冷静地思索人生，以求解脱。此词描述了抒情环境之后便进入玄学思辨了，把“人生如梦”的主题思想表达得更明白、更集中。他想说明人们追求名利是徒然劳神费力的，万物宇宙中都是短暂的，人的一生只不过如“隙中驹，石中火，梦中身”一样须臾即逝，用三个典籍中表示人生虚无的词语，构成博喻，意为不要为浮名浮利所羁绊，令人读来叹服。

下阕开头，以感叹的语气补足关于人生虚无的认识。“虽抱文章，开口谁亲”，虽然有锦心绣口的文章，又能有谁亲近？发出怀才不遇的感慨。“且陶陶，乐尽天真”，最好的解脱方法莫过于远离官场，归隐田园，“几时归去，作个闲人”，这是作者愤激之词，辛弃疾说“闲愁最苦”，就苏轼的一生来看，他从来不是闲人，也不打算立即退隐，“几时归去”很难逆料。为官时，他做个好官，失意时他做个好人。“对一张琴，一壶酒，一溪云”，把人生安排得潇洒、适意、飘逸，这就是作者要表述的情怀。

词中表露了词人思想的消极方面，深刻地表达了他政治生活中的苦闷情绪，但保持了“且陶陶，乐尽天真”的主题，基调是开朗明快的。而词中语言的畅达、音韵的和谐，正好与这一基调一致，形式与内容完美地达到融合。

## 【菩萨蛮】

**柳庭风静人眠昼，昼眠人静风庭柳。香汗薄衫凉，凉衫薄汗香。**

**手红冰碗藕[1]，藕碗冰红手。郎笑藕丝长，长丝藕笑郎。**

**【注释】**

①冰碗藕：盛着冰块和莲藕的碗。

**【鉴赏】**

回文是中国诗词特有的体制，可以倒读，这篇属于“颠倒韵”格式的逐句回文体，两句为一组，两句颠倒可成文，并且押韵，倒读与顺读的文意有所变化，使得下句既能补充发展了上句，又能具有情韵深长的新境，实属构思精巧、意蕴悠悠的妙品。

此词的上阕，描写闺人困慵、夏日昼眠的情景，暗寓情郎不至油然而生的寂寞与无聊。“柳庭风静人眠昼，昼眠人静风庭柳”，写闺人昼眠的环境，突出“静”字，暗点“闺”字。上句着眼于“风静”，写纹风不起，柳庭寂寂，闺人难熬，困眠于昼。下句着眼于“人静”，写闺人昼眠，睡熟心静，清风乍起，吹拂庭柳。同是写“静”，角度不同，静中有动，动中有静，构思精巧。“柳庭风静”暗写夏日闷热，情郎不至，烘托“人眠昼”之原因；“昼眠人静”之暗衬闺人心焦、入眠方静，更显“风庭柳”之摇曳。由风静以至风起，由人眠以至人静，景象之转换、时光之流逝，心境之暂宁全在不言中。“香汗薄衫凉，凉衫薄汗香”，细写昼眠的人。风吹香汗，薄衫生凉，而凉衫中又透出丝微的汗香。二句皆承“风庭柳”而来，既写香汗渐稀、薄衫渐凉的过程，又写清凉之衫缕缕透出些微汗香的景象。“薄衫”与“薄汗”二语，写衫之薄，点出“夏”意，写汗之薄，便有风韵，以一“凉”字串起，突现出闺人的风韵，形神兼备地勾画出一幅绝妙的夏闺香睡图。

下阕二句，是佳人睡醒后的活动。强调“冰”字，暗示“情”字。“手红冰碗藕，藕碗冰红手”，她那红润的手儿端着盛了冰块和莲藕的玉碗，而这盛了冰块和莲藕的玉碗又冰了她那红润的手儿。上句的“冰”是名词，下句的“冰”作动词用。最后两句“郎笑藕丝长，长丝藕笑郎”，写闺人与情郎相互嬉笑的情景，重在“藕”字，暗寓“怨”字。上句写情郎调笑闺人送上的“藕丝”太“长”，下句写闺人正以“长丝藕”笑话情郎不懂“长思偶”之真意作为回报，利用谐音双关说明郎的情意不如藕丝长，流露出一种不领情、不识情趣的轻薄味儿，一股藏之于“笑”的“怨”气含蕴其中，从而总结出了全词“闺怨”的主旨。

## 【虞美人】

**波声拍枕长淮晓，隙月窥人小。无情汴水[①]自东流，只载一船离恨、向西州[②]。**

**竹溪花浦曾同醉，酒味多于泪。谁教风鉴[③]在尘埃？造一场烦恼、送人来！**

**【注释】**

①汴水：从荥阳县北引黄河东南流，途经开封、今安徽等地，后流入淮河。②西州：古地名，在今南京市朝天宫西，扬州的州治所在地，故扬州亦称“西州”。③风鉴：指以风貌品评人物。吴处厚《青箱杂记》云：“予尝谓风鉴一事，乃昔贤甄识人物、拔擢贤才之所急。”

**【鉴赏】**

此词作于元丰七年（1084）十一月苏轼与秦观“淮扬饮别”时，情感真挚。

开头二句“波声拍枕长淮晓，隙月窥人小”，写苏轼与秦观淮上饮别后的情景。点明地点、时间、所听、所见。词人与秦观告别之后，归卧船中，耳中只听淮河波涛声拍击船帮，恍惚之间天已拂晓了。一夜追忆两人临流饮别的难忘景象，一个“晓”字透露出来，还真切传神地写出船篷罅隙中所见之“隙月”的特点和距离词人之遥远，借物传情，加倍衬出词人形影之孤微和离恨之郁结，自然地开启了下文。“无情汴水自东流，只载一船离恨、向西州”，直抒水向东流、独向西行而离友人越来越远的离愁别恨，以水喻愁，发出“载一船离恨”的奇语，更将“水自东流”之“无情”与船“向西州”之“离恨”形成强烈的对比，着力写“水”之“无情”，愈显人之多情，刻画得入木三分。

接下来两句，承上转折，追忆当年两人同游的情景，乐中寓悲。追忆过去元丰二年（1079），词人自徐州徙知湖州间与秦观一起畅游无锡、松江、吴兴时的情景，他们赏花浦，游竹溪，痛饮酣醉，彼此唱和，可谓人间乐事。以乐景反衬悲情，“酒味多于泪”，在乐多于悲的字里行间，隐含此后则悲多于乐的弦外之音。结尾“谁教风鉴在尘埃？造一场烦恼、送人来”，由昔转今，直道自己赏识秦观、秦观对己情深送别而导致无可解脱的离愁别恨。以反诘句式，正话反说：谁叫我在茫茫尘世中品评出你特殊的风貌？如今反倒使你远送而来，给我制造了无穷无尽的烦恼！这种不同寻常的表达方式，将其无以名状的深沉友情和经历坎坷的复杂思绪都概括其中，具有一种震撼人心的艺术力量。使得词意曲折跌宕，令人读来回肠荡气发人深省，终至令人感受到他对秦观那种寓“离恨”于“烦恼”之中的不尽爱怜的情谊、愁思和慨叹。

# 苏辙

**【作者介绍】**

苏辙（1039—1112），字子由，眉州眉山（今属四川）人。嘉祐二年（1057）与其兄苏轼同登进士科。神宗朝，为制置三司条例司属官。因反对王安石变法，出为河南推官。哲宗时，召为秘书省校书郎。元祐元年（1086）为右司谏，历官御史中丞、尚书右丞、门下侍郎因事忤哲宗及元丰诸臣，出知汝州、再谪雷州安置，移循州。徽宗立，徙永州、岳州复太中大夫，又降居许州，致仕。唐宋八大家之一，与父洵、兄轼齐名，合称“三苏”。

## 【调啸词】

### 之一

**渔父，渔父，水上微风细雨。青蓑黄箬[1]裳衣，红酒白鱼暮归。暮归，暮归，归暮，长笛一声何处。**

### 之二

**归雁，归雁，饮啄[2]江南南岸。将飞却下盘桓，塞北春来苦寒。苦寒，苦寒，寒苦，藻荇[3]欲生且住。**

**【注释】**

①青蓑：青色的蓑衣。黄箬：黄色的箬笠。②啄：啄食。③藻：水藻。荇：荇菜。均为雁的食物。

**【鉴赏】**

韦应物曾经写过《调啸词》（又云《调笑令》），内容为：“胡马，胡马，远放燕支山下。跑沙跑雪独嘶，东望西望路迷。迷路，迷路，边草无穷日

暮。”苏辙在《调啸词》题下言：“效韦苏州”，可见这两首为仿效韦应物之词而作，但词人又有所更改。比如以体制而言，韦词为八句，而苏词中有九句，韦词中的“迷路，迷路”是前一句“东望西望路迷”中后两字的倒装，而苏词中“暮归，暮归”却未作倒装，到第八句的“归暮”处才倒装。

第一首是刻画渔父的形象。“渔父，渔父，水上微风细雨”，三句总写渔父的生活状态，渔父终日生活在水上，微风为依、细雨为伴，给人一种自由潇洒、无忧无虑之感。“青蓑黄箬裳衣，红酒白鱼暮归”两句从衣着和食物进一步写渔父，渔父着青色蓑衣，戴黄色箬笠，饮红酒，吃白鱼，直至天暮之时才归去。“暮归，暮归”是对前一句中末两字的重复，“归暮”是对“暮归”的倒装。“长笛一声何处”，渔父归来之后，悠然自吹长笛，渔父的个人情致、性情得到了进一步的刻画，可见渔父精神状态的佳妙。

第二首是描写一只鸿雁。“归雁，归雁，饮啄江南南岸”，南来的鸿雁，在江南的南岸适意饮啄。“将飞却下盘桓，塞北春来苦寒”，春分之后，本应北归的鸿雁却仍停留在南方，将要飞去却又盘桓不定，害怕塞北的春天依然苦寒不堪忍受。“苦寒，苦寒，寒苦”，三个两字句强调塞北春天的特点及鸿雁不愿北归的原因。“藻荇欲生且住”，鸿雁徘徊之后决定不再回北方，依然在南方的水草间且生且住。

词人笔下的渔父、鸿雁都不仅仅是客观化的形象，而是满含了作者自身的强烈情感，是词人自身形象的象征与寄托，内容深刻、情感深挚而又含蓄。渔父是词人久经仕途沉浮之后渴望归隐的寄托，词人渴望摆脱备受拘束的官场，回归到自然诗意的生活，而渔父的生活状态便是词人的一种良好设想。词人一生多遭贬谪，仿佛就是那不得不南北来回飞翔的鸿雁。而鸿雁的矛盾、抉择实则是词人自身的矛盾、抉择，可以说鸿雁也是词人自身人格的反映。

苏辙这两首词写一位被改造了的渔父，一只被人格化的鸿雁，二者均与作者融为一体，同处于现实生活的各种关系当中，受到了客观事物的种种限制。因此，不管是超然于尘世之外的渔父，还是饮啄于江南塞北的鸿雁，都不是与“我”毫不相干的自然之物。作者写渔父，写鸿雁，实际上正是写自己。在仕途中，苏辙与其兄苏轼一样，都很不得意。苏氏二兄弟与王安石政见不和，被迫离开京都，到地方上做官，还是一再受排斥，一再遭贬官。苏轼由杭州通判，被派往密州、徐州等穷困地方任职，苏辙也北迁陈州（在今河南淮阳）。他们对于宦海风波已是十分畏惧，两人皆“浩然有归志”。所以，苏氏二兄弟十分羡慕江上渔父自由自在的渔钓生涯，只是因为受到官场上的种种约束，“常恨此生非我有”，不得自主，才要像鸿雁那样，南北奋飞。这两首词，充分体现了作者的这一内心冲突及其极为痛苦的思想情绪，明心见志，内容极为深刻，当细加品味。

## 【水调歌头】

徐州中秋

**离别一何久，七度过中秋。去年东武今夕，明月不胜愁。岂意彭城山下，同泛清河古汴①，船上载凉州②。鼓吹③助清赏，鸿雁起汀洲。**

**坐中客，翠羽帔，紫绮裘。素娥④无赖，西去曾不为人留。今夜清尊对客，明夜孤帆水驿，依旧照离忧。但恐同王粲，相对永登楼⑤。**

**【注释】**

①清河古汴：是一条护城河，上接古汴河，下连古泗水，属于清河的一部分。②凉州：指《凉州》乐曲，即流行于凉州（治所在今甘肃武威）一带的歌曲，歌词多描写西北地方的塞上风光及战争场景。③鼓吹：原指鼓、钲、箫、笳等乐器合奏，这里指一般鼓吹乐。④素娥：为嫦娥别称，亦指月亮。⑤“但恐”二句：借用王粲典故，汉末王粲，因西京（今陕西西安）战乱，依刘表，不为所用，偶登当阳（在今湖北）城楼，作《登楼赋》，发泄离乡日久、功业不就的牢骚情绪。

【鉴赏】

这首词作于宋神宗熙宁十年（1077）中秋节，时苏辙与其兄苏轼聚会于彭城（今江苏徐州市）。

上阕写苏辙兄弟二人在彭城欢度中秋夜的情景。“离别一何久，七度过中秋”，自问自答，兄弟相别离，究竟过了多少日子？屈指一算，已是第七个中秋夜。这七个中秋夜，并非夜夜有月，作者进一步想起“去年东武今夕，明月不胜愁”，中秋明月在苏氏兄弟之间勾起了无穷无尽的忧愁，谓月圆人不圆。再具体描写这次聚会的情景，“岂意彭城山下，同泛清河古汴，船上载凉州”，今夕月圆人圆，这是十分难得的聚会，他们沿着护城河，放舟赏月，对着明月高唱《凉州》乐曲。“鼓吹助清赏，鸿雁起汀洲”，多用于边军的鼓吹合奏，正好与《凉州》乐曲相合。以鼓吹乐伴奏，为“清赏”助兴，颇壮观，说明诗人胸中乃充满积极向上的激情，似乎还想为国家、为社稷干一番事业。但是，这种“清赏”场面的气氛太激越，惊动了夜宿沙汀的鸿雁，也在诗人内心勾起一缕缕不安情思，在欢悦景中隐藏着忧愁之情。

下阕就眼前之聚会，想到欢悦情景之无法久留，进一步坚定“早退”之意。“坐中客，翠羽帔，紫绮裘”，歌宴上，有身份的人们披着五彩衣服觥筹交错，但他们与夜宿汀洲之鸿雁一样，不能长相聚，将上阕所隐藏的忧愁情思进一步勾引出来。“素娥无赖，西去曾不为人留”，坐中之客留恋团圆之夜，而月亮却一点儿也没有留恋意。“无赖”，带有埋怨情绪，光阴流逝，却是不以人的意志为转移，可见词人的一片痴心。“今夜清尊对客，明夜孤帆水驿，依旧照离忧”，词人终于在鼓吹声中醒悟过来，面对现实，设想别后情景，人生不能长相聚，今夜与宾客歌酒赏月，热闹一番，明夜却是孤帆一片，投宿于山村水驿，其凄凉景况可想而知。最后，词作以王粲故事作结，“但恐同王粲，相对永登楼”，还是早作归来计，免得像王粲一样，只能登楼作赋，抒写感慨。作者在此劝说其兄苏轼，早日归隐，同践旧约，这也是全词的主旨。

总的看来，苏辙这首词的基调是低沉的，苏轼认为，苏辙这首词，“其语过悲”，另作一词予以鼓气。

## 【渔家傲】

**和门人祝寿**

**七十余年真一梦，朝来寿斝[①]儿孙奉。忧患已空无复痛。心不动，此间自有千钧重。**

**早岁文章供世用，中年禅味[②]疑天纵。石塔[③]成时无一缝。谁与共？人间天上随他送。**

**【注释】**

①寿斝：祝寿时用的酒器。②禅味：参禅的兴致、禀赋。③石塔：用石头建造的佛塔，佛家用于藏舍利（指死者火葬后的残余骨灰）和经卷。

**【鉴赏】**

这是一首祝寿词。苏辙生于宋仁宗（赵祯）宝元二年（1039），卒于宋徽宗（赵佶）政和二年（1112），终年七十三岁。这首词当作于其七十岁时或七十岁以后二、三年间。词题标明“和门人祝寿”，可见是一首和韵之作，内容与门人祝寿词相关。但这首词追忆平生，自写情志，不同于一般应酬作品。

“七十余年真一梦”，开篇词人便感叹七十余年就像一场梦一般，这是词人在七十多年的阅历中总结出来的感悟。也许是指如梦般稍纵即逝，也许是如梦般虚幻，其中的内涵，读者自可深深品悟。“朝来寿斝儿孙奉”，是说一早，儿孙便捧着寿斝来祝寿。“忧患已空无复痛”，对于饱尝人世坎坷沉浮、观尽人间悲欢的七十有余的人来说，已经无所谓忧患，人生的患难忧虑再也不会令词人感到痛楚，他似乎已经达到了“空”的高境界。“心不动，此间自有千钧重”，词人自述，他的心仿佛自有千钧般的重量，已静如止水，不再随外物而动。

年少之时，词人有着广博的学识、

斐然的文采，“笔头千字，胸中万卷”，写出来的文章主要为了辅君济世，“致君尧舜上”，那般豪迈自信、英气勃发、锋芒毕露。但仕途中屡屡受挫，理想也每每夭折，词人饱尝宦海沉浮、理想幻灭之痛。而中年之时，词人早已不再那般积极入世，也不再有“致君尧舜”的目标，转而对禅理十分感兴趣，致力于参悟禅机，达到了游刃有余的境界，词人甚至感叹是否是上天有意使然。“石塔”三句主要写词人对于生死的看法，由于词人已经了悟人生、参透命运，他觉得死生已经无所谓了，死后归于何所也无所谓了。佛门虽说人死后，会依据其生前的情况，或上天堂，或下地狱，而对于词人来说，“人间天上随他送”，早已无所畏惧。

苏辙这首词，名为寿词，实际上以文为词，明心见性，却变成了一篇遗嘱，在历代词苑中，这是极为少见的。

# 黄庭坚

【作者介绍】

黄庭坚（1045—1105），字鲁直，自号山谷道人，晚号涪翁，又称豫章黄先生，洪州分宁（今江西修水）人。擅文章、诗词，尤工书法。诗风奇崛瘦硬，力摈轻俗之习，开一代风气。早年受知于苏轼，与张耒、晁补之、秦观并称“苏门四学士”，他的诗与苏轼并称“苏黄”，有《豫章黄先生文集》。词与秦观齐名，词风流宕豪迈，较接近苏轼，为“江西诗派”之祖，但其艺术成就不如秦观，晚年近苏轼，词风疏宕，深于感慨，豪放秀逸，时有高妙，著有《山谷词》。

## 【鹧鸪天】

座中有眉山隐客史应之和前韵，即席答之

**黄菊枝头生晓寒，人生莫放①酒杯干。风前横笛斜吹雨，醉里簪花倒著冠。**

**身健在，且加餐②，舞裙歌板尽清欢。黄花白发相牵挽，付与时人冷眼看③。**

【注释】

①莫放：莫使。②加餐：慰劝之辞。谓多进饮食保重身体。③冷眼：轻蔑的眼光。

【鉴赏】

此词是黄山谷与甘居山野、不求功名的“眉山隐客”史应之互相酬唱之作，全词通过一个“淫坊酒肆狂居士”的形象，展现了山谷从坎坷的仕途得来的人生体验，抒发了自己胸中的苦闷和激愤。词中所塑造的狂士形象，是作者自己及其朋友史应之的形象，同时也是那一时代中不谐于俗而怀不平傲世之心的文人的形象。

上阕是劝酒之辞，劝别人，也劝自己到酒中去求安慰，到醉中去求欢乐。首句“黄菊枝头生晓寒”是纪实，点明为重阳后一日所作，同时，说出自己的心情。重阳时节，本是饮酒赏菊的时日。但在作者看来，那黄色菊花的枝头却已露出一丝寒意。酒中自有欢乐，自有天地，应让杯中常有酒，应该长入酒中天。“风前横笛斜吹雨，醉里簪花倒著冠”，作者着意写出酒后的浪漫举动和醉中狂态，表明酒中自有另一番境界。横起笛子对着风雨吹，头上插花倒戴帽，都是不入时的狂放行为，只有酒后醉中才能这样放肆。

下阕则是对世俗的侮慢与挑战。“身健在，且加餐，舞裙歌板尽清欢”仍是一种反常心理，其含意于世事纷扰，是非颠倒，世风益衰，无可挽回。只愿身体长健，享眼前快乐，别的一无所求。这是从反面立言。“黄花白发相牵挽，付与时人冷眼看”则是正面立言，菊花傲霜而开，用以比喻人老而弥坚，故有黄花晚节之称。这里说的白发人牵挽着黄花，明确地表示自己要有御霜之志，绝不同流合污，而且特意要表现给世俗之人看。这自然是对世俗的侮谩，不可能为时人所理解和容忍。

这首词生动形象地勾勒出一个狂人的形象，抒写了黄山谷久抑胸中的愤懑，表现出对黑暗、污浊的社会现实无言的反抗。词中的主人公，自乐自娱、放浪形骸、侮世谩俗，发泄心中郁结的愤懑与不平，体现了词人挣脱世俗约束的情感。

## 【少年心】

**对景惹起愁闷。染相思、病成方寸。是阿谁先有意，阿谁[①]薄幸？斗顿恁[②]、少喜多嗔。**

**合下休传音问[③]。你有我、我无你分。似合欢桃核，真堪人恨。心儿里、有两个人人。**

**【注释】**

①阿谁：汉唐之际，多在姓名或称呼前加一发语词“阿”，如阿娇、阿姨、阿谁之类。谁，无指性疑问代词，犹言“何人”。②斗顿：犹陡顿，陡然、顿时之意。恁，犹“恁地”，如此、这样。③合下：犹即时、当下。

**【鉴赏】**

这首词抒写相思愁苦与失恋决绝之情，谴责了少年薄幸，与《诗经·卫风·氓》类似，采用了一位青春女性口吻。

上阕写女子相思成疾。“对景惹起愁闷”，触景伤怀，直接倾诉了女主人公内心痛苦，她面对夏季林木绿荫之景，看到林中核桃树的“合欢桃核”，惹起了满腹愁闷。“愁闷”二字奠定了全词怨伤情蕴的基调。“染相思”句悄吐心曲，一个“染”字透露出相知日久，相思情深，积染愁心，导致“病成方寸”的心灵创痛。这两句因果倒装，以“惹”“染”“成”三字，由果溯因，激动婉曲地突现出一位对景生愁，相思憔悴的女性形象。“是阿谁”三句，面责口斥“阿谁”之薄幸，情绪由愁生怨。女主人公责问是何人先有情意？又是何人薄幸无情？不明斥，而用疑似、婉和的“阿谁”，巧妙地传达出她对负情郎爱怨交集的矛盾心理。“斗顿恁”句，指责对方竟陡然变得少喜多怒，一语双关，既揭出负心汉冷酷绝情的面目，又具体交代造成她“病成方寸”的原因。

下阕写女主人公对负情郎的决绝态度。“合下休传音问”，写负心郎遭到女主人公斥责后，又传递书信，假惺惺骗慰女主人公重温旧情；对此，女主人公断然拒绝，既已变心，就不可能再两情欢好。“你有我、我无你分”，以先退让后逼进的语势，说明即使如今你再说心里还有我，让我如何相信？我心里再也不会有你！一“有”一“无”，对比相映中显示出她感情受到欺骗、玩弄后的痛定思痛之激愤和痛后清醒，不再痴迷的决绝。“似合欢桃核”三句，始切入女主人公对景惹愁，“病成方寸”的心灵痛苦之要害，负情郎就像那“合欢桃核”，真叫人恨，对景引喻。两半核壳相合，包裹着两瓣桃仁，正如一颗心里装着两个人，这“心儿里、有两个人人”的男子，岂不是令她生恨的负心郎吗？当初信誓旦旦，而今变心，移情别恋，受到他虚情假意的蒙骗，她又悔恨又难堪！

此词婉曲深微地剖析了女主人公对男子负情的愁、病、怨、恨交织的复杂情感，最大特点在于多用俚俗口语，质朴清新，颇有民歌俚曲风味。



## 【好事近】

### 太平州小妓杨姝弹琴送酒[①]

**一弄醒心弦[②]，情在两山斜叠[③]。弹到古人愁处[④]，有真珠[⑤]承睫。**

**使君来去本无心[⑥]，休泪界红颊。自恨老来憎酒，负十分金叶。**

【注释】

①太平州：古称鲍阳，宋代州治在今安徽当涂，辖境当涂、繁昌、芜湖等县地。②一弄：指琴曲弹奏一次。③两山：即两道眉山，暗用卓文君“眉色如望远山”（《西京杂记》卷二）的典故。④古人愁处：化用柳永《雨霖铃》“多情自古伤离别”句。⑤真珠：指美人之泪。⑥使君：作者自谓。

【鉴赏】

黄庭坚曾贬任太平知州，结识了一位色艺双绝的琴妓杨姝，一个贬谪异地，一个沦落风尘，故其一见知音，颇有“同是天涯沦落人”的慰藉与苍凉。这首词便是山谷离别当涂之际酬赠杨姝的抒情小词。

上阕写杨姝弹琴之高妙动情。“一弄醒心弦”，描述杨姝抚弄了一遍“醒心”之弦，以安慰黄氏离伤之心而振醒、鼓舞其志气，点明了黄氏与杨姝知音相倾的关系。“情在两山斜叠”，形容杨姝两道秀媚的黛眉如远山斜叠，一片凝注的深情聚于眉梢，显现出杨姝身心沉浸于琴曲时情深意远的神态。“弹到古人愁处”两句，描述琴曲弹奏深入，触动离愁，杨姝难以自抑惜别伤痛而热泪盈眶。一“弄”一“弹”，一“情”一“愁”，使琴音琴心，情浓愁重，眉目传意，尽在不言之中，充分显示出杨姝心灵真纯、自然的品性和她妙传琴音、善悟琴韵的高超神妙的技艺。

下阕写杨姝洒泪劝酒。“使君来去本无心”句，承上阕“真珠承睫”而发宽解之辞，意为混迹官场，宦海浮沉，来去匆匆的迁谪原本无心挂怀，又何必为我痛苦流泪呢？“休泪界红颊”，作者以疼惜的口吻劝慰杨姝，休让泪水将红颊画得道道泪痕，纵横阑干！面对杨姝的洒泪劝酒，黄氏深感歉疚，在此离别之际，本应接受红粉知己的捧盏相劝，借酒兴驱散离愁，潇洒而别，然而，自己“中年畏病不举酒”（《新喻道中寄元明》），而今更“自恨老来憎酒”，以至“负十分金叶”，辜负、慢怠了金叶玉枝般红颜知己的十分诚意，一片挚情！一“休”，一“负”，一“劝”，一“恨”，从黄氏的歉疚、愧恨的角度，反衬杨姝的真纯、挚诚，婉曲地表达了对杨姝的知己之情，增添了人情味与亲切感。

全词善用白描勾勒，点染细节，巧妙化炼前人诗意，以展现人物情态。展现相逢知音的人生遭际之重演与变迁，表现了不幸命运使不幸之人昙花一现式的情感沟通。文笔明净峭健，辞意婉曲深至。

## 【南歌子】

**槐绿低窗暗，榴红照眼明①。玉人邀我少留行②。无奈一帆烟雨画船轻。**

**柳叶随歌皱，梨花与泪倾③。别时不似见时情。今夜月明江上酒初醒。**

**【注释】**

①榴红句：出于韩愈《题张十一旅舍三咏·榴花》诗：“五月榴花照眼明”。②留行：挽留。③梨花：一种较小的酒杯。

**【鉴赏】**

这首词写别情，写得含蓄而深情。上阕写行客即将乘舟出发，正与伊人依依话别。从写景入手，“槐绿低窗暗，榴红照眼明”，正当初夏，窗前槐树绿叶繁茂，室内昏暗，而室外榴花竞放，红艳似火，耀人双眼，这与室内气氛恰好形成强烈对比，两人此刻的心情没有明说，却以室内黯淡的气氛来曲折地反映。“玉人邀我少留行”，不仅是伊人挽留，行客自己也是迟迟不愿离开。“无奈”两字一转，写出事与愿违，出发时间已到，不能迟留。接着绘出江上烟雨凄迷，轻舟挂帆待发，在这诗情画意的描述中宛转流露两人无限凄楚的别情。

本词系双调，下阕格式与上阕相同。“柳叶”两句，承上阕“无奈”而来，由于舟行在即，不能少留，而两人情意缠绵，难舍难分。这两句，写临行饯别时伊人蹙眉而歌，泪如雨倾。比喻手法的应用显得生动而真切，以柳叶喻双眉，随歌唱而显出了丝丝皱纹，梨花酒杯里盛满了倾泻的离别泪。“别时不似见时情”又一转，由眼前凄凄惨惨的离别场面回想到当初相见时的欢乐情景，心情更加沉重。末句宕开，以景作结，“今夜月明江上酒初醒”，略去登舟以后借酒遣怀的描写，只说半夜酒醒，唯见月色皓洁，江水悠悠，无限离恨，尽在不言之中。

这首词属黄庭坚词作中别具一格之作，不用典，而是用细心的观察、情感的投入，用形象的比喻来完成表达，如“柳叶”两句，以柳叶和梨花来比喻伊人的双眉和脸庞，以“皱”眉和“倾”泪刻画伊人伤离别的形象，通俗而又贴切。“槐绿”两句，例用对句，做到了对偶工整、色泽鲜艳；槐叶浓绿，榴花火红，“窗暗”“眼明”用来渲染叶之绿与花之红，“绿”与“红”“暗”与“明”。色彩与光度上形成两组强烈的对比，对人物形象和环境气氛起着烘托渲染的作用，以景写情，景中含情，衬托出离别时的依依不舍和分别后的思念。

## 【望江东】

**江水西头隔烟树。望不见、江东路。思量只有梦来去。更不怕，江阑住①。**

**灯前写了书无数。算没个、人传与。直饶②寻得雁分付。又还是、秋将暮。**

**【注释】**

①阑：通“拦”，拦住。②直饶：宋代语言中，有“纵使”的意思。

**【鉴赏】**

此词以纯真朴实的笔调抒写相思之情。上阕抒写有情人江路阻隔，不得亲晤的苦闷与焦虑。首句开门见山，“江水西头隔烟树”，展现一片迷蒙浩渺的艺术境界中，她极目瞭望，茫无所见。“江水”“烟树”“江东路”等客观自然意象重重阻隔，揭示了人物的思想感情。“隔”字把遥望一片浩渺江水、迷蒙远树时的失望惆怅的心境呈现出来。“望不见，江东路”是这种惆怅情思的继续。满腔的幽怨化为深沉的情思：“思量只有梦来去。更不怕，江阑住”。希望梦能帮她遂愿，不断地“思量”，“只有梦来去”，这是一种复杂的情绪，雾霭迷蒙的客观美的衬托下，这种仿佛、模糊的潜意识，渴望离别重逢，只有梦中才能自由地来去：“更不怕，江阑住。”从“江水西头隔烟树”到

"更不怕，江阑住"是一个回合，似乎可以冲破时空，跨越浩浩的大江，实现自己的愿望，飞到思念的人身边。

下阕通过灯前写信的细节，进一步细腻精微地表达主人公感情的发展。梦中相会终是空虚的，要谋求现实的交流与联系。"灯前写了书无数"，以倾诉对远方亲人的怀念深情，但"算没个、人传与"的一念中，又使她陷入失望的深渊。"直饶寻得雁分付"，词中的主人公想到所写的信无人传递，一转念间，鸿雁传书又燃起她的希望，然而又一想，纵然"寻得"传书的飞雁，"又还是、秋将暮"，雁要南飞了，因此连托雁传书的愿望也难达到。灯下写信这一感情细腻的刻画，可见女主人公的直觉、情绪、思想、梦境、幻境等全部精神活动，"写了书"又"没人传"，"寻得雁"又"秋将暮"，那回环曲折的描摹过程中用"算""直饶、还是"等表现心声的口语化语言，把一个至情女子的婉曲心理刻画得细致感人。

全词以相思者自诉口吻写来，发自肺腑，情真意切。以隔、梦、写、寻四组细节意象，展现了苦恋者对情人辗转反侧，爱情落空的悲愁和遗憾。淡雅中见清新，朴素中见真情，淋漓尽致地抒写了离情。

# 晁端礼

**【作者介绍】**

晁端礼（1046—1113），北宋词人。一作元礼，字次膺。开德府清丰县（今属河南）人，因其父葬于济州任城（今山东济宁），遂为任城人，一说徙家彭门（今江苏徐州）。晁补之称他为十二叔，常与唱和。神宗熙宁六年（1073）举进士，徽宗政和三年（1113），由于蔡京举荐，应诏来到京城。适逢宫中莲荷初生，他进《并蒂芙蓉》词，大得徽宗称赏。于是以承事郎为大晟府协律，未及供职即病逝。

晁端礼的词大约可分三类：一是应制颂圣之作，二是描写妇女主要是歌妓的心思情态之作，三是抒发个人游宦生活感受之作。词集《闲适集》，已佚。今传《闲斋琴趣外篇》六卷，有毛晋汲古阁影宋抄本。

## 【绿头鸭】

咏月

**晚云收，淡天一片琉璃。烂银盘、来从海底，皓色千里澄辉。莹无尘、素娥澹伫；静可数、丹桂参差。玉露初零，金风未凛①，一年无似此佳时。露坐久，疏萤时度，乌鹊正南飞②。瑶台冷，阑干凭暖，欲下迟迟。**

**念佳人、音尘别后，对此应解相思。最关情、漏声正永③；暗断肠、花影偷移。料得来宵，清光未减，阴晴天气又争知？共凝恋、如今别后，还是隔年期。人强健，清樽素影，长愿相随④。**

**【注释】**

①金风：古代四方五行观念认为西方为秋而主金，故称秋风为金风。

②“乌鹊”句：出于曹操《短歌行》：“月明星稀，乌鹊南飞”。③漏声正永：漏声，古代以漏壶滴水计时，夜晚寂静，漏声清晰可闻，多以漏声指夜晚的时间。“漏声正永”指夜正长。④“人强健”三句：化用苏轼《水调歌头》诗：“但愿人长久，千里共婵娟。”

【鉴赏】

这是一首咏月词，写中秋月景而兼怀人。词中以清婉和雅的语言，对中秋月景和怀人情思作了细腻传神的描写。

上阕写中秋夜月之景。开头两句“晚云收，淡天一片琉璃”，一笔放开，为下边的铺叙开拓了广阔的领域。晚云收尽，淡淡的天空里出现了一片琉璃般的色彩，这就预示着皎洁无伦的月亮将要升起，以下的一切景和情都从这里生发出来。“烂银盘”句写海底涌出了月轮，放出了无边无际的光辉，使人们胸襟开朗，不觉得注视着天空里的玉盘转动。“莹无尘、素娥澹伫；静可数、丹桂参差”写嫦娥素装伫立，丹桂参差可见，把神话变成了具体的美丽形象。“莹无尘”、“静可数”和上边所说的“晚云收”、“千里澄辉”的脉理暗通，月光和月中景写得很丰满。中秋时露水初降，是四季中最宜人的节候，美景良辰，使人流连。“疏萤时度，乌鹊正南飞”化用了曹操“月明星稀，乌鹊南飞”和韦应物“流萤度高阁”的名句，写出了久坐之中、月光之下所看到的两种景物，这是一片幽寂之中的动景，两种动景显得深夜更加静谧。“瑶台冷，阑干凭暖，欲下迟迟”，赏月人坐得很久，后来是凭栏而立得很长，以致把阑干凭暖，委婉地表现出词人不是单单地留恋月光，而是对月怀人。结语曰“欲下迟迟”，明说词人的怀人情意。

“念佳人、音尘别后，对此应解相思”，上承“欲下迟迟”，下启对情思的描写，自然妥帖，浑然无迹，深得宛转情致。

下阕主要从对方写起。遥想对方此夜里“最关情”的当是“漏声正永”，“暗断肠”的应为“花影偷移”。漏声相接、花影移动，时间悄悄地消逝，而两人的相会仍遥遥无期，故而有“暗断肠”之语。料想明天夜月，清光也未必会减弱多少，只是明天夜里是阴是晴，谁能预料得到呢？两人之所以共同留恋今宵情景，是因为今年一别之后，只能待明年再见了。这是接写对方的此夜情，自己怀念对方的情思，不从自己方面写出，而偏从对方那里写出，对方的此夜情，也正是自己的此夜情；写对方也是写自己，心心相印，虽悬隔两地而情思若一，越写越深婉，越写越显出两人音尘别后的深情。歇拍三句“人强健，清樽素影，长愿相随”灵活用典，结得雍容和婉，有不尽之情，而无衰飒之感。

这首长调词操纵自如，气脉贯穿，徘徊宛转，起得好，过得巧，而结得奇，显露了全词的和婉之妙。

# 秦观

**【作者介绍】**

秦观（1049—1100），字少游，一字太虚，号淮海居士，别号邗沟居士；“苏门四学士”之一。扬州高邮（今属江苏）人。元丰八年（1085）进士，初为定海主簿、蔡州教授，元祐初（1086）苏轼荐为秘书省正字，兼国史院编修官。哲宗时“新党”执政，被贬为监处州酒税，至藤州而卒。其散文长于议论，《宋史》评为“文丽而思深”，他是北宋后期著名婉约派词人，大多描写男女情爱和抒发仕途失意的哀怨，文字工巧精细，音律谐美，情韵兼胜。代表作有《鹊桥仙》（纤云弄巧）、《望海潮》（梅英疏淡）、《满庭芳》（山抹微云）等，有《淮海集》。南宋张炎《词源》说：“秦少游词体制淡雅，气骨不衰，清丽中不断意脉，咀嚼无滓，久而知味。”

## 【踏莎行】

**雾失楼台，月迷津渡①，桃源②望断无寻处。可堪③孤馆闭春寒，杜鹃声里斜阳暮。**

**驿寄梅花④，鱼传尺素⑤，砌成此恨无重数。郴江幸自⑥绕郴山，为谁流下潇湘⑦去?**

**【注释】**

①津渡：渡口。②桃源：即桃花源，原属武陵郡（今湖南省武陵县）。典出陶渊明《桃花源记》中所记载的桃花源，词中虚实并用。③可堪：“怎堪”之意，怎能忍受。④驿寄梅花：《荆州记》载，陆凯从江南寄一枝梅花给范晔，并赠诗云：“折梅逢驿使，寄与陇头人。江南无所有，聊赠一枝春。”⑤鱼传尺素：传说鱼也能传书，古乐府《饮马长城窟行》：“客从远方来，馈我双鲤鱼。呼儿烹鲤鱼，中有尺素书”；尺素：书信。⑥幸自：本自。⑦潇湘：潇水和湘水的合称，二水交汇于湖南省零陵县境内。

【鉴赏】

这首词题为“郴州旅舍”。大约作于绍圣四年（1097）春三月。前此，由于新旧党争，秦观初为杭州通判，又因御史刘拯告他增损神宗实录，贬监处州酒税。绍圣三年（1096），再以写佛书被罪，贬徙郴州（今湖南郴州市）。接二连三的贬谪，其心情之悲苦可想而知，形于笔端，词作也愈趋凄怆。此作写于初抵郴州之时，以委婉曲折的笔法，抒写了谪居的凄苦与幽怨。成为蜚声词坛的千古绝唱。

上阕写谪居中寂寞凄冷的环境。开头三句，缘情写景，劈面推开一幅凄楚迷茫、黯然销魂的画面，“雾失楼台，月迷津渡”互文见义，对仗工整，状写景物，情景交融。“失”“迷”，既准确地勾勒出月下雾中楼台、津渡的模糊，又确切地写出了作者无限凄迷的意绪，为下句“望断”出力。“桃源望断无寻处”，词人站在旅舍观望应该已经很久了，他目寻当年陶渊明笔下的那处世外桃源，即是“望断”，亦为枉然。着一“断”字，让人体味出词人久伫苦寻幻想境界的怅惘目光及其失望痛苦心情。于是放纵的目光开始内收，逗出“可堪孤馆闭春寒，杜鹃声里斜阳暮”，桃源无觅，又谪居远离家乡的郴州这个湘南小城的客舍里，本自容易滋生思乡之情，更何况不是宦游他乡，而是天涯沦落。这两句正是意在渲染这个贬所的凄清冷寞。一个“闭”字，锁住了料峭春寒中的馆门，也锁住了那颗欲求拓展的心灵。更有杜鹃声声，催人“不如归去”，勾起旅人愁思；斜阳沉沉，正坠西土，怎能不触动一腔身世凄凉之感。词人连用“孤馆”“春寒”“杜鹃”“斜阳”等引人感发、令人生悲的景物于一境，即把自己的心情融入景物，创造“有我之境”。“可堪”二字领起一种强烈的凄冷气氛，好像他整个的身心都被吞噬在这片充斥天宇的惨淡愁云之中。“暮”，为日沉之时，这一时间顺序，蕴含着词人因孤寂而担心夜晚来临更添寂寞难耐的心情，加重了感情色彩。

下阕由叙实开始，写远方友人殷勤致意、安慰。“驿寄梅花，鱼传尺素”，远方的亲友送来安慰的信息，按理应该欣喜为是，但身为贬谪之人，北归无望，却“别是一般滋味在心头”，每一封裹寄着亲友慰安的书信，触动的总是词人那根敏感的心弦，奏响的是对往昔生活的追忆和痛省今时困苦处境的一曲曲凄伤哀婉的歌，添其此恨绵绵。故于第三句急转，“砌成此恨无重数”，一切安慰均无济于事，离恨犹如“恨”墙高砌，使人不胜负担。一个“砌”字，将那无形的伤感形象化，好像还可以重重累积，终如砖石垒墙般筑起一道高无重数、沉重坚实的“恨”墙，但又不能说透。于是化实为虚，宕开之笔，借眼前山水作痴痴一问：“郴江幸自绕郴山，为谁流下潇湘去”，无理有情，无理而妙，郴江本是围绕郴山而流的，为什么却要老远地北流向潇湘而去呢？词人在幻想、希望与失望、展望的感情挣扎中，面对眼前无言而各得其所的山水，也许他悄然地获得了一种人生感悟，需要细细体会。

这首词最佳处在于虚实相间，互为生发。上阕以虚带实，下阕化实为虚，以上下两结饮誉词坛。以新颖细腻、委婉含蓄的手法描写了作者特定环境中的特定心绪，抒发了内心不能直言的深曲幽微的贬徙之悲，寄托了深沉哀婉的身世之感，使用写实、象征的手法营造凄迷幽怨、含蓄深厚的词境，充分体现了北宋婉约派大家的卓越艺术才能。

## 【南乡子】

**妙手写徽真[①]，水剪双眸点绛唇。疑是昔年窥宋玉，东邻，只露墙头一半身[②]。**

**往事[③]已酸辛，谁记当年翠黛颦[④]？尽道有些堪恨处，无情，任是无情也动人[⑤]。**

### 【注释】

①徽真：崔徽的画像；徽，崔徽，唐代歌妓，据元稹《崔徽传》：“崔徽，河中府娼也。裴敬中以兴元幕使蒲州，与徽相从累月。敬中使还，崔不得从为恨，因而成疾。有丘夏善写人形，徽托写真寄敬中曰：‘崔徽一旦不及画中人，且为郎死。’发狂卒。”②“疑是”三句：化用战国宋玉《登徒子好色赋》中的故事，说东邻一个倾城的女子“登墙窥臣三年，至今未许也”。③往事：见第一个注释元稹《崔徽传》中所载。④翠黛：即女子翠青色的眉毛；颦，形容愁眉紧皱，悲伤的样子。⑤任是无情也动人：化用唐代罗隐的“若教解语应倾国，任是无情也动人”（《牡丹花》）的诗句。

### 【鉴赏】

这是一首题画词。据元稹《崔徽传》载，崔徽为唐代著名歌妓，曾与裴敬中相恋，后裴敬中归去，崔徽无法相从，而相思成疾，便托丘夏为她画像，寄给裴敬中。

首句“妙手写徽真”，点出所题者即是高明肖像画师手画的崔徽像。“徽真”即崔徽的写真像，“水剪双眸点绛唇”，写她的眼睛和嘴唇，给人的印象便自不同，如工笔画之于剪影，精巧细致。“疑是昔年窥宋玉，东邻，只露墙头一半身”，继续展现这幅写真的画面，透露出所画的是半身像，借宋玉《登徒子好色赋》的一段文字来增加情趣。

词的下阕“往事已酸辛，谁记当年翠黛颦”，写崔徽画像上的神态是眉黛含颦，因崔徽请丘夏写真时，她正怀着悲伤的心事。说今天看到崔徽的画像，这样美丽动人，谁还再想到她过去酸辛的往事呢？“谁记当年翠黛颦”，颦眉承上“酸辛”，绝非写美人的套语，而是反映了画面上的真实。崔徽画像上的神态不是如宋玉东邻女那样的巧笑迷人，而是眉黛含颦。这是由于崔徽请画师丘夏写真时正怀着悲苦的心事，画师又作了精确的反映。把崔徽的身世遭逢作一提挈，她的一段辛酸史既成往事，谁复省记，唯有这一幅写真留下，言下之意，感慨无穷尽。

最后笔锋一转，写赏鉴画像后的感受——“尽道有些堪恨处，无情”。面对如此美艳绝伦的人物，如此高妙传神的画笔，观赏之后还有什么“堪恨处”呢？“无情”云者，即是如东坡前题诗中所谓“丹青不解语”，谓画上美人，虽是极妍尽态，可惜不是真人，不通情愫吧。紧接着，词人以拗折之笔挽转一句，说“任是无情也动人”。全用晚唐罗隐《牡丹花》诗句“若教解语应倾国，任是无情也动人”，“不解语”的牡丹花，“少口气儿”的美人图，都是“无情也动人”，无情的形象也动人心弦。

词以“妙手写徽真”破题，从画上真容著笔。描绘生动，情谊恳切，借用前人诗句，抒自己的感受，点化之妙。

## 【浣溪沙】

**漠漠[①]轻寒上小楼，晓阴无赖似穷秋[②]。淡烟流水画屏幽[③]。**
**自在飞花轻似梦，无边丝雨细如愁。宝帘[④]闲挂小银钩。**

**【注释】**

①漠漠：弥漫的样子。②无赖：憎恶之语，有无可奈何、令人讨嫌之意。穷秋：晚秋。③淡烟句：淡烟流水，是屏风上所画的景致。④宝帘：珠帘，珍珠缀成的帘子。

【鉴赏】

词的起调很轻，很淡，而于轻淡中带着作者极为纤细锐敏的一种心灵上的感受。“漠漠轻寒上小楼”，漠漠轻寒，似雾如烟，以“漠漠”二字状漫弥而上小楼的轻寒，给春寒萧索的清晨带来寥廓冷落的气氛。不说人愁，但云“漠漠轻寒上小楼”。“上”字，好像那淡淡愁思正随这薄薄春寒无声无息地在人的心头轻轻漾起，烘托出色调凄清的景。“晓阴无赖似穷秋”，在凄清的背景上涂抹一层暗淡的色彩。“无赖”，无可奈何的憎语。春阴寒薄，不能不使人感到抑闷无聊，词人不说心情之无聊，却咒晓阴之无赖，进一层渲染了气氛之寂寞凄寒。主人公也许刚刚从梦中醒来，睡眼惺忪，室内画屏闲展：淡淡的烟霭，轻轻的流水。在周围阴氛的罩笼下，幽迷淡远。凝神恍惚中，他仿佛消失在清迷幽幽的画景之中，又仿佛还依回于渺茫、流动的梦境之中。

下阕是对春愁的正面描写。“自在飞花轻似梦，无边丝雨细如愁”，窗外飞花袅袅，飘忽不定，迷离惝恍；细雨如丝，迷迷蒙蒙，迷漫无际。见飞花之缥缈，不禁忆起残梦之无凭，心中顿时生起的是细雨蒙蒙般茫无边际的愁绪。“飞花”之“轻”似“梦”“丝雨”之“细”如“愁”，比喻奇特，不仅喻体和喻指较为新奇，而且一反常式，以抽象的情感喻具体的物象，是飞花似梦，是细雨如愁。本写春梦之无凭与愁绪之无际，却透过窗户摄景着笔于远处的飞花细雨，将情感距离故意推远，越发感生出一种缥缈朦胧、不即不离之美。“以我观物，而物皆著我之色彩”（王国维《人间词话》），体味这无边的飞花细雨，仿佛我们也感受到了那轻轻的寂寞和淡淡的哀愁。最后，词以“宝帘闲挂小银钩”作结，尤觉摇曳多姿。细推词脉，此句应为倒装句。沉迷于一时之幻境，不经意中瞥向已经挂起的窗帘外面，飞花丝雨映入眼帘，这便引出“自在”二句之文。在结构艺术上，词人作倒装，使得词之上、下阕对称工整，显得精巧别致，极富回环变化的结构之美。同时，也进一步唤醒全篇，使帘外的种种愁境，帘内的愁人更为分明，不言愁而愁自现。

构思精巧，意境优美，犹如一件精致小巧的艺术品。作者善于借助气氛的渲染和环境的烘托，展现人物复杂、细腻的心灵世界，从而使读者通过环境和心灵的契合，情与景的交融，体味到一种淡淡的忧伤。

## 【如梦令】

**遥夜[1]沉沉如水，风紧驿亭[2]深闭。梦破鼠窥灯[3]，霜送晓寒侵被。无寐，无寐，门外马嘶人起。**

**【注释】**

①遥夜：漫长的夜晚。②驿亭：古时供传递公文的使者和来往官员住宿、换马之所。③鼠窥灯：老鼠胆怯地望着灯盏，想偷吃灯油。

**【鉴赏】**

秦观一生，因涉党祸屡遭贬谪。宋哲宗赵煦绍圣三年（1096），词人自处州再贬郴州。这首小令，作于是年冬季赴郴州途中。词借描写夜宿驿亭苦况诉行旅艰辛。

“遥夜沉沉如水，风紧驿亭深闭”，夜色苍茫，沉沉如水，寒风阵阵紧吹，吹过这古道的驿亭和暂歇驿亭的行人。“如水”“风紧”，以其重量感造就出一种强烈的空间挤压感，似一股无形的力量在肆意捏挤，取境也随之由远拉近，突出一个特写：驿亭紧闭的大门。作为一个审美对象，“驿亭深闭”既是现实的意象，也是心灵的象征，暗示出在新旧党争的政局变幻中的无辜受害和身心憔悴。

“梦破鼠窥灯，霜送晓寒侵被”，驿亭的深闭阻隔了外界的喧嚣，寂寥之中劳累的词人也开始悄然入梦。“梦破”二字，流露出烦恼意绪，推动着词意的递进：心魂从梦中归来，往事在梦中幻灭，萦怀往复，给全词带来了更为浓重的悲剧气氛。“梦破”大约与鼠有关，老鼠半夜出来偷灯油吃，不免弄出些声响来，鼠惊人梦，人醒鼠也当惊，可它并未立即逃藏起来，可能还垂涎于那盏灯油吧，不免惶恐地窥觑着这盏昏暗的油灯和惊梦初醒之人。一个“窥”字，用得十分传神。“鼠”敢对人“窥灯”，可见驿亭之荒凉破败。野鼠见人时不惊不藏，竟交其前足如人之拱手，自立于乱穴中间。现出荒山之无人、战争的创伤。诗心词境，传神而妙。梦回之后的词人，孤灯照壁，再也无法成眠，只觉得薄薄的衾被已挡不住寒意侵身，一定是外面下了霜。这两句写所见、所感，驿亭之简陋，词人之孤独冷寂，不言而喻。王国维说秦观晚期词境变而为“凄厉”，此其一斑。“无寐，无寐”两次重复，直抒作者感叹，二词叠用，除了协律，还突出了词人多少烦闷、无奈、凄苦的心绪。时光总算暗暗在流转，门外，马儿嘶鸣，是在催人上路，从听觉感受中暗示黎明的到来，又要开始新的征程。

细味全词，词人高明之处在于善用极省净的笔墨，白描的手法描绘了一个典型环境——古代简陋的驿馆，蕴含着天涯漂泊的旅思况味，婉曲地道出了郁积于心的人生不平——遭谗受害，屡遭贬谪，岁暮飘零。

## 【减字木兰花】

**天涯旧恨，独自凄凉人不问。欲见回肠[1]，断尽金炉小篆香[2]。**

**黛蛾[3]长敛，任是东风吹不展。困倚危楼，过尽飞鸿字字愁[4]。**

**【注释】**

①回肠：与柔肠寸断之意同，形容极度悲痛。②金炉：形容华美的香炉。篆香：一种具有记录时辰功能的盘香，形状如篆般回环，故名。③黛蛾：古代女子常以青黛画蛾眉。④飞鸿：古有鸿雁传书的传说，此处指雁归。

**【鉴赏】**

此词写一女子独处怀人的苦闷情怀。上阕“天涯”二句，首句“天涯”就距离方面写游子之远、彼此分离天各一方，“旧恨”就时间方面写分手之后，别愁离恨之长。“人不问”，写无人对语，独居高楼，本够凄凉，有谁关心慰问，即连同情的人都没有，故“独自凄凉”，分外感觉到凄凉难堪了。这里“人不问”之人，当指为其朝思暮想远在“天涯”之人。其人“不问”，可知音信不通，相思难寄，这就必然加重了她对远方情人的思念，相见的欲望更加强烈。“欲见回肠，断尽金炉小篆香”，写女子百无聊赖愁苦之极，只好用燃香数刻来耗费时间。“欲见”写怀情人之切，“回肠”写内心之痛，用形状回环如篆的盘香，形容恰如人的百转回肠。“断尽”，指香炷一根根断尽。这里用以突出女子柔肠寸断，香断烟消，时间流逝、愁闷未散，女子的愿望终如烟雾一样虚幻，写尽相思怀人的愁苦。

下阕从一年四季写愁。“黛蛾长敛，任是东风吹不展”，写这位女子从冬到春愁眉难展的情状。别恨难消，存于心头而现于眉梢，以致常是愁眉紧锁，尽管春天来临，“东风”劲吹，具有神奇伟大效力的东风，吹绿了大地江岸，吹开了百花吐艳，却吹不展她的一双愁眉，这就深刻地揭示出在“长敛”“不展”背后其愁恨的深重。“困倚危楼，过尽飞鸿字字愁”，写她从夏到秋守傍高楼，默默无语地目视一群群大雁消失在遥远的天边，渴望着有远人锦书的到来，但她凭着自己有多少次失望的经验，明知那毕竟是缥缈无凭的幻想，即使倚遍危楼，也依然是天涯离恨。在她眼里，那远去飞鸿组成的“人”字，实际上都可说是一个个巨大的“愁”字。

此词通体悲凉，可谓断肠之吟，尤其上下阕结句，皆愁极伤极之语。词中出语凝重，显出沉郁顿挫的风致，读来愁肠百结，抑扬分明，有强烈的起伏跌宕之感。

## 【千秋岁】

**水边沙外，城郭春寒退。花影乱，莺声碎。飘零疏酒盏，离别宽衣带。人不见，碧云暮合空相对[①]。**

**忆昔西池会[②]，鹓鹭同飞盖[③]。携手处，今谁在？日边清梦断[④]，镜里朱颜改[⑤]。春去也，飞红万点愁如海。**

**【注释】**

①“人不见”两句：化用江淹《休上人怨别》中的“日暮碧云合，佳人殊未来”。②西池会：指元祐七年（1092）皇帝的赐宴，“元祐七年三月上巳，诏赐馆阁观花酒，以中浣日游金明池、琼林苑，又会于国夫人园”。③鹓鹭：指朝廷百官，因朝官的行列十分有序，就像鹓鹭整齐飞行。《隋书·音乐志》：“怀黄绾白，鹓鹭成行”。飞盖：指飞快行驶的车辆，盖，本指车篷。④日边清梦断：李白《行路难》中的“闲来垂钓碧溪上，忽复乘舟梦日边”；日边：指京都。⑤朱颜改：朱颜，形容年少时红润的容颜；朱颜改，指衰老。

**【鉴赏】**

此词为作者处州（今浙江丽水）居监酒税官时所写，词中抚今追昔，触景生情，表达了政治上的挫折与爱情上的失意相互交织而产生的复杂心绪。

“水边沙外，城郭春寒退。花影乱，莺声碎”，写晚春时的风景，处州城外有大溪，沙滩，状花影摇曳，莺声间关，形象生动，摹写精当。用“乱”和

"碎"来形容花多，传递出词人心绪的纷乱，荡然无绪，以乐景写哀情，给人以凄迷的感受。"飘零疏酒盏，离别宽衣带。人不见，碧云暮合空相对"，他乡逢春，因景生情，引起词人飘零身世之感。词人受贬远陟，孑然一身，更无酒兴，且种种苦况，使人形影消瘦，衣带渐宽。"人不见"句，从江淹《休上人怨别》诗："日暮碧云合，佳人殊未来"化出，以情人相期不遇的惆怅，喻遭贬远离亲友的哀婉，是别情，也是政治失意的悲哀。

下阕起句"忆昔西池会，鹓鹭同飞盖"，作者当时在京师供职秘书省，与僚友西池宴集赋诗唱和，是他一生中最得意的时光，他在词中不止一次地提及，回忆西池宴集，馆阁官员乘车驰骋于大道，使他无限眷恋那欢乐情景。"携手处，今谁在"，抚今追昔，由于政治风云变幻，同僚好友多被贬谪，天各一方，词人怎能不倍加忆念故人？"日边清梦断，镜里朱颜改"，沉重的挫折和打击，他自觉再无伸展抱负的机会了，他对朝廷也不再抱有幻想了。青春年华消逝，寓政治理想破灭，漂泊憔悴之叹，凄伤无际。结句"春去也，飞红万点愁如海"更是感动千古的名句，即眼前景，寄万般情。他没有回天之力，只能悲叹，良时难追，红颜消失，他体验着如沧海般浩渺的深广愁怨。这是词人和着血泪的悲叹！

此词以"春"贯穿全篇，"今春"和"昔春"，"盛春"到"暮春"，以时间的跨度，将不同的时空和昔盛今衰等感受，个人的命运融合为一，创造出完整的意境，抒写了作者因政治理想破灭而产生的无以自解的愁苦和悲伤，读来哀怨凄婉，有一咏三叹之妙。

## 【如梦令】

**莺嘴啄花红溜①，燕尾点波绿皱。指冷玉笙寒，吹彻小梅春透②。依旧，依旧，人与绿杨俱瘦。**

【注释】

①红溜：形容鲜艳欲滴的样子。②小梅：指《小梅花》曲子。

【鉴赏】

这首词诸本题作"春景"，乃因伤春而作怀人之思。虽然篇幅短小，但是笔法顿挫、情感跌宕，而这种起伏转腾的笔法中依然是"气骨不衰，清丽中不断意脉”“咀嚼无滓，久而知味”（宋代张炎《词源》）。

首二句直笔写春，“莺嘴啄花红溜，燕尾点波绿皱”，开篇两句以极为齐整的对偶形式描绘了一幅秾丽无比的春色图，旨在突出自然春光之美好。莺儿啄食着红艳欲滴的花朵，那秾艳的花瓣在天地间优美地滑下一道道弧线；燕儿低低地飞过澄澈湛碧的江面，那碧绿的江波漾起了微微涟漪，忙碌的莺儿、舞动的燕儿、红溜的花儿、绿皱的波儿，或动或静，或歇或停，或红或绿，共同构成绝美的春景，美得令人心醉。这两句可见词人用词极具雕绘之功，“溜”字把花的娇艳写到了极致，“皱”字把绿波微漾的情态极为生动又极为精巧地描绘出来了。

后两句“指冷玉笙寒，吹彻小梅春透”却转作悲苦语，笔法腾跃突转，由艳之极到凉之极，冷指持寒笙，吹出一曲寒凉的《小梅花》，“冷”“寒”“彻”“透”等字眼写尽了凉意，词中主人公内心的凄凉可见一斑。此词的前两句与后两句形成了极大的反差，“以乐景写哀，以哀景写乐，一倍增其哀乐”（王夫之《姜斋诗话》），此处便是以乐景写哀情的绝佳代表，情景如此秾艳美好更反衬出女子冰凉凄苦的心境。

“依旧，依旧，人与绿杨俱瘦”，委婉地道出了女子与明媚春光格格不入的原委，柳絮渐渐“消瘦”，意味着春光也将慢慢消逝，这是自然无法逃避的规律，女子在春光极盛之时却深深地忧虑它的凋残，那份惜春伤春之情更显得深挚，而这极盛的春光也正是女子绝妙年华的象征，春光的消逝便也意味着自己的迟暮与憔悴，以生动的形象表达感情，而“为伊消得人憔悴”的含意自在其中，直让人想象到一幅花落絮飞，佳人对花兴叹、怜花自怜的图画。

## 【阮郎归】

**湘天风雨破寒初①，深沉庭院虚。丽谯吹罢小单于②，迢迢清夜徂③。**

**乡梦断，旅魂孤。峥嵘岁又除④。衡阳⑤犹有雁传书，郴阳⑥和雁无。**

【注释】

①湘天：郴州在今湖南省，湖南古称湘，故云；破寒初，开始冲破冬寒，即春天将至。②丽谯：城门楼，后指谯楼，即城门上的更鼓楼；小单于：当

时的乐曲。如李益《听晓角》诗云：“无数塞鸿飞不度，秋风卷入《小单于》。”③迢迢：迢远的样子；徂，消逝之意。④峥嵘：不同寻常，此为艰难之意；除，除夕。⑤衡阳：今湖南衡阳市。相传，北雁南飞，至衡阳而止。⑥郴阳：在今湖南郴州市。

**【鉴赏】**

此词当作于绍圣三年（1096）除夕，作者谪徙郴州时，为淮海词中情调最为凄婉者之一。全词于浅语、淡语中蕴有深远意味，抒写了无比哀伤的情感，寄托了沉重的身世感慨。

起首二句“湘天风雨破寒初，深沉庭院虚”，词人以简练的笔触勾勒了一个寂静幽深的环境。满天风雨冲破了南方的严寒，似乎呼唤着春天的到来。然而词人枯寂的心房，却毫无复苏的希望。环顾所居的庭院，深沉而又空虚，人世间除旧岁、迎新年的节日气象一点也看不到。点明了时间，地点，还描写了一个巨大的空间：从寥廓的湖南南部的天空，到蜗居一室的狭小的贬所尽包其中。“丽谯”二句是写词人数尽更筹，等待着天明。有人在城门楼上吹奏唐代大角名曲《小单于》，除夕之夜，是阖家守岁的日子，而此时此地的词人却独居与世隔绝的“深沉庭院”之中，只听到风声、雨声，以及凄楚的从城门楼上传过来的画角声，敲打着词人的心灵，“一夜长如岁”的除夕夜漫长难熬。

“迢迢”二字，极言夜之长；加一“清”字，则突出了夜之静谧，心之凄凉。而一个“徂”字，则把时间的流逝写得很慢，很慢。

下阕，“乡梦断，旅魂孤”的咏叹表明对故土的思念，自从贬谪以来，离开家乡已经四年了，日日夜夜盼望着回乡，当此风雨之夕，即使他想梦中回到家乡，也因角声盈耳，进不了梦境。“乡梦断，旅魂孤”，这六个字凝聚着无比深沉的感情。至“峥嵘岁又除”，词人始正面点除夕，岁月之艰难，着一“又”字，表明了其中蕴有多少次点燃了复又熄灭的希望之火。言外之意是：一个又一个除夕到来了，接着又消逝了，词人依旧流徙在外。

词的结尾“衡阳犹有雁传书，郴阳和雁无”，衡阳尚有鸿雁传书，而自己贬至衡阳以南几百里的郴阳，连雁也看不到了，何能带来书信呢？写离乡日远，音讯久疏，连用二事，贴切而又自然。

全词笔触精致，用典贴切，景语、情语、浅语、淡语融为一体，含蓄巧妙，意味深长，除夕之夜难眠的冷寂环境和孤凄心情，以及被贬日远和音信久疏的痛楚都历历在目，真可谓是“古今伤心人”的彻骨伤心语，怪不得沈际飞以简练的“伤心”二字评价此词（南宋何士信编《草堂诗余正集》）。

## 【满庭芳】

**晓色云开，春随人意，骤雨才过还晴。古台芳榭，飞燕蹴红英[①]。舞困榆钱自落[②]，秋千外、绿水桥平。东风里，朱门映柳，低按小秦筝[③]。**

**多情，行乐处，珠钿翠盖，玉辔红缨[④]。渐酒空金榼，花困蓬瀛[⑤]。豆蔻梢头旧恨，十年梦、屈指堪惊[⑥]。凭阑久，疏烟淡日，寂寞下芜城[⑦]。**

**【注释】**

①“飞燕”句：出于杜甫《城西陂泛舟》中的“鱼吹细浪摇歌扇，燕蹴飞花落舞筵。”蹴：踏。②榆钱：即榆荚。榆树春末长叶之时，在枝条间先长出榆荚，颜色为白色，形状圆且小，成串状。③小秦筝：一种乐器。④珠钿翠盖：用珠宝装饰车身、翠羽装饰车篷的车子。玉辔红缨：指配备着饰玉的缰绳和彩带的马匹。⑤金榼：华贵的酒杯。蓬瀛：蓬莱、瀛洲，传说中的海上仙山，此处借指歌妓住所。⑥“豆蔻”三句：化用杜牧《赠别》中的“娉娉袅袅三十余，豆蔻梢头二月初”，以及《遣怀》中的“十年一觉扬州梦，赢得青楼薄幸名”。⑦芜城：扬州。

**【鉴赏】**

此词当写于绍圣四年（1097）作者初被谪时。运用今昔对比的手法展开描写，从“晓色云开”至“花困蓬瀛”是对往昔的回忆，从“豆蔻梢头旧恨”至结尾是抒写现实的感叹和情景。

上阕写春末的风光。起首“晓色云开”三句写破晓前一阵急雨，不久雨霁云散，朝霞满天，词人满怀欣悦，在这旖旎的春光里旧地重游，但见尘封楼台，草满庭阶，已非昔年繁华景象；只有燕燕差池，欲飞还住，足尖频频踢下瓣瓣落花。“舞困”句形容风来榆枝摇曳，风停树静，串串榆荚犹如酣舞已久，慵自举袂的少女；“自落”是说风吹过后榆钱轻轻坠地，悄无声息。这里摄取了两个镜头，即“燕蹴红英”和“榆钱自落”，用以突出四周环境的冷落凄寂。词人乘兴而来，不能再见到“今日良宴会，欢乐难具陈”的场面，不禁恍有所思，若有所失，其心情是与他在《望海潮》词中所说“重来是事堪嗟”相似，只是此处并不明言，而是以客观环境作为衬托，间接地反映出词人内心的怅惘和感喟。“秋千外”四句，转静为动，那出墙秋千吸引了词人的视线，小桥涨水，朱门映柳，这是墙外所见。然而使词人悄然凝思的，则是飘然而至的弹筝之声。从秋千出墙到风送筝声，由墙外古台到墙内佳人，引出种种联想，使词人心潮起伏，陷入沉思之中。

下阕通过回忆、对照，在深化词意的过程中透露词人心情的变化。“多情”两句，承上接下，引出下阕的行乐生活。“多情”两字一顿，指当年在此行乐之人和事，如今人事已非，而行乐之处宛然在目。“珠钿”两句形容车马装饰的华美，想见那时“冠盖纵横至，车骑四方来”的情景。“渐酒空”两句追忆离别。金盏酒尽，仙境花萎，乐事难久，盛宴易散，真是“而今乐事他年泪”了，蓬瀛，即仙山蓬莱和瀛洲，借指歌妓居处。“豆蔻”两句，隐括杜牧《赠别》诗意，记的是以往一段恋情，豆蔻梢头，点明伊人歌妓身份：“旧恨”照应行乐处及行乐之人，又引出身世之感。屈指十年，叹息岁月如流。如今人去楼空，不胜沧桑之感，所以说是“堪惊”。从人事的堪嗟到“堪惊”，点破感伤往事的主题，意味着伊人不知何处，往事不堪回首，词人的心情也愈趋沉重。“凭阑久”三句，以景作结，“疏烟淡日”与起首“晓色云开”成明显对照；一灰暗，一明快，也反映了词人内心由怡悦转向忧伤的感情变化。全词章法上对比鲜明，反衬有力，大起大落，构织绵密。

## 【桃源忆故人】

**玉楼深锁薄情种①，清夜悠悠谁共？羞见枕衾鸳凤②，闷则**

**和衣拥。**

**无端画角严城动[3]，惊破一番新梦。窗外月华霜重，听彻梅花弄[4]。**

【注释】

①薄情种：夫君。②羞：怕。枕衾鸳凤：绣有鸳鸯的衾被和绣有凤凰的枕头。③无端：无缘由；画角，古代乐器，军中常用来报知昏晓、报警戒严等。严城：戒备森严的高峻城垣。④彻：完。梅花弄，于汉代之时为《横吹曲》名，相传是根据晋代桓伊笛曲改编而来，后为琴曲，总共三叠，故称《梅花三弄》。

【鉴赏】

这首词描写思妇长夜孤苦难耐、夜不能寐的情状，当为作者前期作品。

上阕写思妇的室内生活，“玉楼深锁薄情种”，意谓词中女子被薄情郎深锁于玉楼之中。“清夜悠悠谁共”以情语抒写长夜难眠的心境，悠悠清夜，闺人独处，倍觉凄凉。而着以“谁共”二字，则更加突出了人物孤栖之苦，又以问句出之，便渐渐逗出相思之意。此时她唯见一床绣有鸳鸯的锦被、一双绣有凤凰的枕头。凤凰鸳鸯，皆为偶禽，而如今伊人独对旧物，形成强烈的对比，辛辣的讽刺。因此词中说是“羞见”，用得特别好，既通俗，又准确。以“羞见枕衾鸳凤”烘托人物的内心活动，也极为贴切。歇拍“闷则和衣拥”，清人彭孙遹《金粟词话》评曰：“词人用语助入词者甚多，入艳词者绝少。惟秦少游‘闷则和衣拥’，新奇之甚。用‘则’字亦仅见此词。”他说的是用“则”字这个语助词写艳词，以少游最为新奇。“则”是俚语，这里用得真挚、贴切，富有生活气息。“闷”字这里更具深意，主人翁因为被玉楼深锁，因为无人共度长夜，更怕见到成双作对的“枕衾鸳凤”而更感孤单，所以心头感到很闷。

下阕写思妇的室外见闻。开始二句“无端画角严城动，惊破一番新梦”，主人公刚刚入梦，就被城门楼上传来的画角声惊醒了。梦醒之后又如何呢？词人宕开一笔，从室内写到室外。室外的景象，同样写得很清冷，但语言却变得更为雅丽一些。此刻已到深夜，月亮洒下一片清光，地上铺着浓重的白霜。此境界中，刚听罢严城中传来的凄厉画角声的主人公又听到一阵哀怨的乐曲“梅花弄”。着一“彻”字，说明从头至尾听到最后一遍，其耿耿不寐。结尾二句，紧承“梦破”句意，从视觉和听觉两方面刻画主人公长夜不眠的情景，语言清丽，情致雅逸。

此词细致地刻画了思妇特定环境下的特有心神情怀。先写室内，再写室外，传神地描写了思妇长夜孤苦难寐的情景。整首词层次分明，宕而有致，俗雅并胜，别具韵味。

# 贺铸

**【作者介绍】**

贺铸（1052—1125），北宋词人。字方回，号庆湖遗老。卫州（今河南卫辉）人。自称远祖本居山阴，是唐贺知章后裔，以知章居庆湖（即镜湖），故自号庆湖遗老。能诗文，尤长于词，内容、风格较为丰富多样，兼有豪放、婉约二派之长，长于锤炼语言并善融化前人成句。用韵特严，富有节奏感和音乐美。部分描绘春花秋月之作，意境高旷，语言秾丽哀婉。

## 【行路难】

**缚虎手，悬河口，车如鸡栖马如狗①。白纶巾，扑黄尘，不知我辈，可是蓬蒿②人？衰兰送客咸阳道，天若有情天亦老。作雷颠，不论钱③，谁问旗亭④，美酒斗十千。**

**酌大斗，更为寿，青鬓长青古无有。笑嫣然，舞蹁跹，当垆秦女，十五语如弦⑤。遗音能记秋风曲⑥，事去千年犹恨促。揽流光，系扶桑⑦，争奈愁来，一日却为长。**

**【注释】**

①缚虎手：谓勇力过人。悬河口：谓辩才超群。“车如”句：语出《后汉书·陈蕃传》，谓车马简陋，自叹位下家贫。②蓬蒿：蓬草与蒿草，借指田舍。③“作雷颠”二句：效法雷义，仗义郚金，狂而不仕，见《后汉书·雷义传》。④旗亭：指酒楼。⑤“当垆”二句：用卓文君当垆卖酒典，从乐府《羽林郎》中“胡姬年十五，春日正当垆”化出。⑥遗音：即指汉武帝之《秋风辞》。《辞》曰：“欢乐极兮哀情多，少壮几时兮奈老何。”⑦扶桑：指太阳神，神话传说中扶桑就是日出之处。

【鉴赏】

此词为作者豪放词的代表作之一。通篇用典，以慷慨悲凉的气势，抒写人世沧桑和功业难成之。表现词人于失意无聊、纵酒放歌之际，既感乐往悲来，流光易逝，又觉愁里光阴无法排遣的矛盾、苦闷心情。

上阕写志士失路的忧愁。起首二句采用借代的手法，起笔不凡，手能缚虎者为勇士，可引申为有军事才能的人；口若悬河者为谋士，可引申为有政治才干的人。倘若逢辰，这样的文武奇才当高车驷马，上黄金台，封万户侯。可眼前却穷愁潦倒：车不大，像鸡窝；马不壮，像饿狗。与“缚虎手，悬河口”的夸张描写适成强烈对照，不平之气溢于言表。以下正面申抱负，写感慨：“白纶巾，扑黄尘，不知我辈，可是蓬蒿人”，白纶巾亦犹白衣之类，未为出仕之人所着。“黄尘”指京城的尘土，这六字两句参用陆机《代顾彦先赠妇》中“京洛多风尘，素衣化为缁”之意，谓白衣进京。结合下句“不知我辈，可是蓬蒿人”，谓此行不知可否取得富贵，化用李白《南陵别儿童入京》中“仰天大笑出门去，我辈岂是蓬蒿人”，自负成了疑问，则一种徬徨苦闷情态如见，与李白的仰天大笑、欣喜如狂恰好相反，读来别有意味。以下“衰兰送客咸阳道，天若有情天亦老”，则袭用李贺《金铜仙人辞汉歌》原句，但此处紧接上文为抒写不遇者奔走风尘，天荒地老无人识的悲愤。以上从志士之困厄写到志士之牢骚，继而便写狂放饮酒。做了侠义之事不受酬金，像“雷颠”一样，唯遇美酒则不问价，写出不趋名利，纵酒放歌，乘醉起舞，一种狂放情态。其中含有无可夸何的悲愤，但写得极有气派。

下阕写生命短暂的悲愁。“酌大斗，更为寿，青鬓长青古无有”，词情为之再抑，写人生短促的忧愁。以下说及时行乐，自非新意，但写得极为别致。把歌舞与美人融成一片写来，写笑以“嫣然”，写舞以“翩然”，形容简妙。而“语如弦”三字，把秦女的声音比作音乐一样动人，新鲜生动，而且不必写歌已得歌意。这里极写生之欢愉，是再扬，同时为以下反跌出死之可悲作势。秋风曲虽成“遗音”，但至今使人记忆犹新，觉“事去千年犹恨促”。词人遂生出“揽流光，系扶桑”的奇想，似欲挽住太阳，系之于扶桑之树。这种超现实的奇想，反映出作者无法摆脱的现实苦闷，只有怀才不遇的人最易感到生命短促、光阴虚掷的痛苦，“行路难”的题意也已描绘得淋漓尽致了。结尾“争奈愁来，一日却为长”，词意陡转，一反前文留驻日光、使人长生不死的意念，言愁人情愿短命、一天的光阴也长得难过，深刻地反映出志士的苦闷情怀和矛盾心境。

此词大量化用前人歌行诗句，尤以采自李白、李贺者居多。根据文义的需要，随意转韵，全词每两三句转韵一次，加之词句长短参差不齐，读来抑扬顿挫，节奏鲜明，音乐感强，使人有一咏三叹之感，艺术感染力极强。

## 【子夜歌】

**三更月，中庭恰照梨花雪。梨花雪，不胜凄断，杜鹃啼血[①]。**

**王孙何许音尘绝[②]，柔桑陌上吞声别。吞声别，陇头流水，替人呜咽。**

**【注释】**

①杜鹃：子规鸟，相传古蜀望帝死后魂化而成。望帝魂化杜鹃后，哀鸣不断，以至嘴边流血。人状其声为“不如归去”。又杜鹃为花名，俗名映山红，人传其色即由杜鹃血染成。李白《宣城见杜鹃花》诗云：“蜀国曾闻子规鸟，宣城还见杜鹃花。”②王孙：深闺少妇所思念之人。

**【鉴赏】**

本词又名《忆秦娥》。这首词表达了一个闺中少妇与恋人别后，饱受相思熬煎的极度忧伤痛苦之情。

上阕写景。“三更月，中庭恰照梨花雪”，三更之月，对应词题。然三更午夜也，正是人们熟睡之时，三更之月，何人能见，只有为某种痛苦熬煎而深夜未眠的人才能见到。这两句，虽未及人的活动，但已为读者留下了一个充分的想象天地：皎洁的月光，恰恰映照在那庭院中盛开着的如银似雪的梨花上，辉映出了一片银白的世界。这种银白的世界，在一个深夜未眠的人看来，给予的刺激真是太强烈了。自然引出“梨花雪，不胜凄断，杜鹃啼血”，凄凉的午夜，如银似雪的梨花，总会唤起人们一种悲哀痛苦的情绪，更何况是在长久不寐的人眼中看到的，所以月光辉映下如雪似银的梨花更给人以悲凄之感，简直会使主人公哀哀欲绝，痛断愁肠。月下梨花产生的悲哀之情，联想到死后魂化杜鹃尚凄声不断的杜鹃鸟，由其啼血悲鸣，染血杜鹃之花，联想到其声“不如归去”，点出了月下人深夜不寐的原因：一个闺中少妇，切盼情郎归来，以至夜不能寐。

下阕写思人的悲苦之情。“王孙何许音尘绝，柔桑陌上吞声别”，对方音讯断绝，无处寻觅，时间已经很长了，可怜的少妇，只能一夜一夜地在月下徘徊。往日别时情景，幕幕跃入眼帘：分别之时，也是一个春天，柔嫩的桑叶刚刚吐出，枝叶稀疏掩映着的田间小路上，一对难舍难分的情人，强忍着悲痛，吞声而别。“吞声”两字，将一对情人分离之时欲哭不愿，以免引起对方更大悲痛的那种互相体贴顾惜的神情描摹得颇为真切动人。“吞声别，陇头流水，替人呜咽”，田垄边的流水，似乎也为他们别时痛苦所感动，不断地发出哀鸣之声，好像也在为他们抽泣。“吞声别”的顶针用法，突出了两重声响在他们离别之际的作用。作者巧妙地运用融情入景之法，使无情之物带上一种有情的心理活动，对离别之情进一步渲染，加深全词的感伤哀怨气氛。

## 【横塘路】①

**凌波不过横塘路，但目送，芳尘去。锦瑟年华谁与度？月台花榭，琐窗朱户，只有春知处。**

**碧云冉冉蘅皋②暮，彩笔新题断肠句③。试问闲愁都几许？一川烟草，满城风絮，梅子黄时雨。**

**【注释】**

①横塘路：即《青玉案》。横塘，在苏州盘门外，水上有桥。风景胜殊，贺铸居此。凌波，出自曹植《洛神赋》：“凌波微步，罗袜生尘。”②蘅皋：长满香草的沼泽。③彩笔：《南史·江淹传》谓江淹梦郭璞向其索笔，江淹取怀中五色笔授与，从此诗作再无佳句。

【鉴赏】

此词为作者晚年退隐苏州期间的作品。词中明写相思之情，实则借怀思美人抒发自己的苦闷闲愁和迷惘心境。

上阕以偶遇美人而不得见发端。“凌波不过横塘路，但目送，芳尘去”，美人的脚步在横塘前匆匆走过，词人遥遥地目送她的倩影渐行渐远，随之展开丰富的想象，推测那位美妙的佳人是怎样生活的。“锦瑟年华谁与度”自问自答，“月台花榭，琐窗朱户，只有春知处”，用无限惋惜的笔调写出陪伴美人度过如锦韶华的，除了没有知觉的华丽住所，就是一年一度的春天了，无人能至，自己当然也无从寄予相思、相惜之情。而词人自己同样幽居独处，对美人的思恋十分殷切。这种跨越时空的想象，既属虚构，又合实情。

下阕承上阕词意写忧思，遥想美人独处幽闺的怅惘情怀。“碧云冉冉蘅皋暮”，暮云冉冉，舒卷移动，美人伫立良久，直到暮色四合，笼罩了周围的景物，才蓦然醒觉。不由悲从中来，提笔写下柔肠寸断的诗句。蘅皋代指美人的住处，用彩笔代指美人才情高妙。那么，美人何以题写“断肠句”？于是有下一句“试问闲愁都几许”，愁苦之情到此已抒写得极为委婉深切，但词人仍继续用江南暮春常见的三种具体物象来烘托浓重的闲愁。清代刘熙载云：“贺方回《青玉案》词收四句云：‘试问闲愁都几许？一川烟草，满城风絮，梅子黄时雨。’其末句好处全在‘试问’句呼起，及与上‘一川’二句并用耳。”“试问”一句的好处还在一个“闲”字。“闲愁”，即不是离愁，不是穷愁，也正因为“闲”，所以才漫无目的，漫无边际，捉摸不定，却又无处不在，无时不有。这种若有若无，似真还幻的形象，只有那“一川烟草，满城风絮，梅子黄时雨”差堪比拟。妙笔一点，用博喻的修辞手法将无形变有形，将抽象变形象，变无可捉摸为有形有质，显示了超人的艺术才华和高超的艺术表现力。

## 【阳羡歌】

**山秀芙蓉，溪明罨画[①]。真游洞穴沧波下。临风慨想斩蛟灵，长桥千载犹横跨。**

**解佩投簪[②]，求田问舍。黄鸡白酒渔樵社。元龙[③]非复少时豪，耳根清静功名话。**

【注释】

①罨画：彩画，原指彩画，此处指风景美丽如画。①佩：丝织成的阔带子，古代用以佩印。簪：古人所用的一种针形头饰，可以用来固冠。③元龙：东汉末名士陈登的字。据《三国志·陈登传》所载，他在汉末天下大乱之时，忧国忘家，为天下所重。他曾对来拜访他的许汜求田问舍、言无可采的行为表示鄙弃，会面之时，“久不相与语，自上大床卧，使客（许汜）卧下床”，这件事得到了刘备的激赏。

【鉴赏】

此词大约写于作者初到宜兴时，词中抒发了作者致仕后落寞失志的情怀。

全词内容突破了词为艳料的传统藩篱，把本应诗中表现的内容写进词中，继承了东坡豪放词的优良风格。

上阕写景，首写阳羡山水的秀丽，次言该地之溶洞。“山秀芙蓉，溪明罨画”，不仅指一山一水，还突出阳羡境内千岩竞秀、万壑争流之美境，给人以江山如画、美不胜收的感觉。“真游洞穴沧波下”写阳羡之溶洞，“真游”之真，即仙。阳羡有张公洞，相传汉代天师张道陵曾驻迹修行于此，故以“真游”目之。洞内石钟乳凝结，或垂或矗，洞穴嵌空邃深，曲折通幽。“洞穴”之后缀以“沧波下”三字，写出了天工造化之奇，引人产生无限的遐想。“临风慨想斩蛟灵，长桥千载犹横跨”二句咏史，既总结上阕，又为下阕词人的抒怀埋下伏笔。西晋周处，阳羡人。少年时凶强使气，与南山虎、长桥蛟合称“三横”，曾为乡里所患。后来他幡然自新，杀虎斩蛟，终成一段佳话。词人漫步长桥之上，思接千载，不禁临风喟叹：当年斩蛟处的长桥，经历了近千年的风风雨雨，如今依然横跨河上；而轰轰烈烈、名震一时的英雄豪杰却如明日黄花，杳无踪迹，这怎能不使“铁面刚棱古侠俦”（夏承焘《瞿髯论绝句·贺铸》）的词人顿生物是人非之感呢！有对周处的倾心赞誉，也有无限的感慨。

下阕抒发心声。过片承“慨想”之暗转，直接抒发他此时此地的心声。“解佩投簪”谓弃官，挂冠归隐，求田问舍，去过那种黄鸡白酒，渔樵溪山的优游生活。但这并不是词人的真心归属。他年轻时曾有着治国平天下的远大抱负，而四十年的从宦，却使他一步步认清了污浊、冷酷的政治现实。故而这首词的最后，词人反用古典，写出了“元龙非复少时豪，耳根清净功名话”这貌似达观而实则悲愤的句子，以陈元龙自比，却说“非复少时豪”，不反对别人的“求田问舍”，自己也“求田问舍”，但不过是说反话。慨叹自己再也没有少年时的豪气，再也不愿听到功名之类的话罢了。

这首词虽有山明水秀，虽有求田问舍，但骨子里仍是沉郁一格。表达退隐思想，对人生短促、时光流逝的叹惋，对当时社会黑暗、政治腐败的无声反抗，给人以强烈的心灵震撼。

## 【天香】

**烟络[1]横林，山沈[2]远照，迤逦[3]黄昏钟鼓。烛映帘栊[4]，蛩催机杼[5]，共苦清秋风露。不眠思妇，齐应和、几声砧杵[6]。惊动天涯倦宦[7]，骎骎[8]岁华行暮。**

**当年酒狂自负，谓东君[9]、以春相付。流浪征骖[10]北道，客樯南浦，幽恨无人晤语。赖明月、曾知旧游处，好伴云来，还将梦去。**

### 【注释】

①络：缠绕，缠裹，覆盖。②沈：即“沉”，陷入，沉埋。③迤逦：曲折绵延的样子。④帘栊：窗帘和窗牖。也泛指门窗的帘子。⑤蛩：蟋蟀。催：悲伤，常以“悲催”连用。机杼：此处指纺织机的声音。⑥砧杵：指捣衣石和棒槌，此处指捣衣这种行为。⑦宦：多指太监，此处指官员。⑧骎骎：形容马跑得很快的样子。⑨东君：掌管春天的神。⑩骖：驾车和三匹马。

### 【鉴赏】

此词境界开阔，融情入景，笔锋主要围绕情思盘旋，以健笔写柔情，抒写了游宦羁旅，悲秋怀人的落寞情怀。属辞峭拔，风格与一般婉约词的软语旖旎大异其趣，被晚清词学大师朱疆村评为“横空盘硬语”。

上阕起三句写旅途中、黄昏时目之所见、耳之所闻：暮霭氤氲，萦绕着远处呈横向展延的林带；天边，落日的余晖渐渐消逝在蜿蜒起伏的群山中；隐隐约约传来一声声报时的钟鼓，告诉旅人夜幕就要降临。词人笔下的旷野薄暮，境界开阔，气象苍茫，于壮美之中透出一缕悲凉，发端即精彩不凡，镇住了台角。“络”“沉”“迤逦”等字锻炼甚工。“络”字生新。“沉”使连亘的山脉幻作了湖海波涛，固态呈现为流质；又赋虚形以实体，居然令那漫

漶的夕曛也甸甸焉有了重量。“迤逦”描写钟鼓声由远及近迢递而至，这就写出了时间推移的空间排列，将听觉感受外化为视觉形象。接下来“烛映”三句仍叙眼前景、耳边声，不过已由旷野之外进入客舍之内，时间也已是夜静更深。蜡烛有芯，燃时滴泪；蛩即蟋蟀，秋寒则鸣。两种意象，积淀了深重的“伤别”和“悲秋”的情绪。“共苦”者，非“烛”与“蛩”相与为苦，而是“烛”“蛩”与“我”一道愁苦。这是移情作用。上阕结末五句，写烛影摇曳，蛩声颤抖，愁人已不能堪了，偏又传来断断续续的砧声，因思念征人而夜不成寐的闺妇们正挥杵捣衣，准备捎给远方的夫婿。接着词人忽地一笔跳开，转从砧杵之为秋声这一侧面来写自己所受的震动：岁月如骏马奔驰，又是一年行将结束，这是时序之感，更是人生之慨。

下阕词人痛楚地写出了人生的秋天。之后四句，即二句一挽，二句一跌，叙写青春幻想生命历程中的破灭：年轻时尚气使酒，自视甚高，满以为司春之神会加意垂青，在自己的生活道路上洒下一片明媚的春光；谁知道多年来仕途坎坷，沉沦下僚，竟被驱来遣去，南北奔波，无有宁日。青春消歇，事业蹉跎，词人自不免有英雄失落的深恨，欲向知己诉说。然而“幽恨无人晤语”。冷驿长夜，形只影独，实无伴侣可慰寂寥。结末“赖明月”四句，词人放笔直抒那千山万水也阻隔不了的相思：幸有天边明月曾经窥见过我们欢会的秘密，那么，就请它陪伴着化作彩云的伊人飞到我的梦里来，尔后，再负责把她送回去吧！这里，词人虽化用谢庄《月赋》中“美人迈兮音尘阕，隔千里兮共明月”这一传诵千古的名句，但词人却视“明月”为具备感情和主观行为能力的良媒，使得艺术魅力倍增。

全词笔力遒劲，挥洒自如，读来令人感慨万千，洒脱与怀人情感跃然清晰。

## 【怨三三】

**玉津[①]春水如蓝，宫柳[②]毵毵[③]。桥上东风侧帽檐，记佳节，约是重三[④]。**

**飞楼十二珠帘，恨不贮、当年彩蟾[⑤]。对梦雨廉纤，愁随芳草，绿遍江南。**

**【注释】**

①玉津：北宋首都汴京南门外的一座名园，为汴京一大景观。②宫柳：因为玉津园是御花园，园墙内外所种杨柳称为宫柳。③毵毵：形容春天柔韧细长的柳树枝叶。④重三：即三月初三，古代称这天为“上巳节”。过上巳节，往往男女青年结伴游春，缔约定情。⑤彩蟾：月亮。

**【鉴赏】**

这是一首抚今追昔，抒发“极幽闲思之情”（程俱《贺方回诗序》）的作品，应是词人晚年退居吴下时所作。

上阕从写景入手追忆过去的生活。“玉津春水如蓝，宫柳毵毵，桥上东风侧帽檐，记佳节，约是重三”，开头两句写环境，色彩鲜明。蓝蓝的一片水带给人的是一份很轻松的心情，还有柳树正长出嫩嫩的柳叶，柳枝婀娜摇曳，词人的帽檐也被吹得歪歪斜斜，好一派大好的春光。词人立于桥上，任东风轻轻地从侧边吹过。此时便想起了三月初三的佳节，这是青年男女的爱情节日，年轻的姑娘小伙们便会结伴游春，在美丽的春光中缔约定情。现在的词人虽已入暮年，但回忆起年轻时的事来心里头依然甜蜜，可能心里还记得自己当时迷上了某位姑娘，与之在灿烂的春光中尽情畅游。上阕的描写是触景而忆情，有些甜蜜，有些享受，但回忆毕竟只是回忆，回忆越美就越容易触及当下的无奈。

下阕则由追忆往事回到现实的苦闷中。“飞楼十二珠帘”，词人今天所居之地，在一座高楼上，挂有重重帘幕。“飞楼”即凌空的高楼，“十二珠帘”并非实指，而是极言楼高，珠帘重重，深幽闭索，高高在上，离群孤栖，寂寞冷清，有点凄清，使人难以忍受。“恨不贮、当年彩蟾”，当时的月亮已经逝去，再怎么遗憾也回不来。在这凌空高楼上，连一点月光也看不到，词人却不这样直接说出，而以“不贮”当年月光出之，不但构思新颖，而且是把当年的生活、思想与今天的现状作了一个鲜明的对比，形成了巨大的反差。不忘彩蟾入户的喜悦，就更觉出珠帘不贮的酸苦。“对梦雨廉纤”，在暗昧无月的高楼，到晚来却是一个春雨迷蒙的黑夜，下起了淅淅沥沥的纤纤细雨，好像是滋润了词人忧愁的灵魂，才使他的愁、他的苦汲取了足够的营养，于是才得以飞快地成长，终于使“愁随芳草，绿遍江南”，以江南春草喻愁喻悲，取得令人叹为观止的艺术效果，大胆且新鲜，更能充分体现景为情而设。

## 【御街行】

别东山

**松门石路秋风扫，似不许，飞尘到。双携纤手[①]别烟萝[②]，红粉清泉相照。几声歌管，正须陶写[③]，翻作伤心调。**

**岩阴暝色归云悄，恨易失，千金笑。更逢何物可忘忧，为谢江南芳草。断桥孤驿，冷云黄叶，相见长安道。**

**【注释】**

①纤手：亦作“纖手”，指女子柔细的手。②萝：指能爬蔓的植物。③陶写：写，泄，即陶冶性情，排除忧闷。

**【鉴赏】**

《御街行》又名《孤雁儿》，以范仲淹词为正格。此词表达的是对亡者的悼念，亡者是谁呢？较为认可的说法是贺铸的妻子赵氏夫人。题目是“别东山”，而据贺铸墓志记载，赵氏死后葬在宜兴县清泉乡东岭之原，那么词中的东山即是此地。

上阕写词人到妻子墓地祭扫悼亡时的见闻和感伤情绪。“松门石路秋风扫，似不许，飞尘到”写墓地的环境，苍松两排，挺立如门，青石铺路，平平展展，秋风吹扫，不染飞尘。洁静、清幽，犹如冷寂的仙境。既写出了墓地的特点，又点出了死者在词人心目中所占的位置。正是由于这位置的重要和非同一般，词人才把她的安息地描绘得如此幽静和庄严肃穆。显示了词人对死者的崇敬与哀伤。“双携纤手别烟萝，红粉清泉相照”写词人在墓地的情绪和心态。面对墓丘，睹物思人，极度悲苦，过分痛伤，使词人的情绪进入了似梦非梦，似幻非幻的状态。他好像又和妻子双手相牵，告别了那烟雾迷蒙，萝蔓丛生的墓地，在清澈的泉水边去映照红润粉嫩的面庞。这里所写的情状，均是生前生活的写照，两人的感情是那样浓郁、真挚、深厚，依依难舍，如胶似漆。正因为生前有如此之深情，悼亡时才会出现如此之幻觉。看似浪漫，实则真实，读来十分感人。“几声歌管，正须陶写，翻作伤心调”写乐声惊醒幻梦之后的感情。“写”者，“泄”也。在幻觉中，词人的痛苦和忧闷正要得到排除和发泄，突然之间，远处传来了笙、箫、笛等“歌管”演奏的声音，这声音使词人如梦方醒，从幻境回到了现实。于是，又坠入了痛苦和忧闷的深渊之中。心潮起伏变化，达情委婉曲折，蕴涵丰厚，耐人寻味。

下阕写东山周围的景物，进一步抒发失去妻子之后无法忘怀的忧苦。“岩阴暝色归云悄，恨易失，千金笑”，东山的山岩、峰峦慢慢地暝色四合，云雾聚集，夜幕悄悄就要到来了，痛苦再次袭上心头，他清醒地懂得，这魂牵梦绕，挥之不去的悲痛，皆因失去“千金笑”。外景外物，对悼亡者都有尖锐的刺激，揉搓着他敏感的神经，再不知“更逢何物可忘忧”了。抬头四望，映入眼帘的是茫茫无际、肥嫩丰茂、绿遍江南的芳草。面对多姿多情的芳草，词人只能“为谢”，拒而不纳，因为美好景物非但不能解除或减轻胸中的恨和忧，反而加重它的分量。“断桥孤驿，冷云黄叶，相见长安道”作结语，点破题目，落到了“别东山”上，“断桥”“孤驿”“冷云”“黄叶”，都是东山墓地周围的景物，何其寂寞，何其孤冷，何其颓败，何其萧瑟。这固然是对景物的客观描绘，更多的则是词人的主观感受。即将离开墓地，最后这一眼，叫人目不忍睹了。“相见长安道”既是对往昔生活的回忆又是对亡灵进行安慰。词境高旷，音调响凝，笔锋遒炼，可与苏轼悼念亡妻的《江城子》并称为悼亡词的双璧。

## 【南歌子】

**疏雨池塘见，微风襟袖知[①]。阴阴夏木啭黄鹂[②]。何处飞来白鹭、立移时。**

**易醉扶头酒[③]，难逢敌手棋。日长偏与睡相宜。睡起芭蕉叶上、自题诗[④]。**

【注释】

①“疏雨”二句：出于杜牧《秋思》诗：“微雨池塘见，好风襟袖知。”②“阴阴”句：出于王维《积雨辋川庄作》诗：“漠漠水田飞白鹭，阴阴夏木啭黄鹂。”③扶头酒：烈酒名，酒醉易作扶头状，故名。④“睡起”句：出于韦应物《闲居寄诸弟》诗：“尽日高斋无一事，芭蕉叶上坐题诗。”

【鉴赏】

此为抒怀词。词人以轻灵、蕴藉的笔致，通过对夏日景物和身边琐事的描写，抒发了自己百无聊赖、孤寂苦闷的心绪。

上阕描绘出一幅闲适恬谈、生机勃勃的夏日风景图。词人独立庭院，点点疏雨使池塘中留下了微微的涟漪，轻风拂面而来。周围树木成荫，枝头上黄鹂婉转啼鸣，一只不知从何处飞来的白鹭，落在池畔，迟迟不愿离去。词人观疏雨、沐轻风、听黄鹂、友白鹭，怡然自得，其乐陶陶。“见”“知”二字颇见功力，表现了作者对寻常景物的细心观察。“何”“移时”，轻轻地向我们透露着主人公的一种心境，他似乎在埋怨什么，在追寻什么，在挽留什么，字里行间飘溢出的是一种孤寂和无奈。“立移时”的白鹭，含情脉脉，不愿离去，似乎有意要和形只影单的词人做伴，已经暗含着词人知音难求的感慨。

下阕由写景转向写人，一连写了饮酒、下棋、睡觉、题诗四件生活琐事。本来，这都是士大夫消夏乐闲的韵事，正好在上阕的背景里展开。喝酒易醉，下棋难逢对手，“扶头酒”化用唐代姚合《答友人招游》诗句“赌棋招敌手，沽酒自扶头”，字里行间蕴含着的仍然是一种百无聊赖的心绪。于是便有结句“日长偏与睡相宜。睡起芭蕉叶上、自题诗”。夏日长长，无所事事，最适合于睡觉。睡起之后，只管在芭蕉叶上自题诗，自取其乐。这之中透露着的是一种自我嘲解，自我调侃。“易解”“难逢”“偏”“相宜”“自题诗”等字眼，让我们清清楚楚地感到了作者的孤寂和壮志未酬的愤懑不平。

此词意境貌似闲适而实寓有深意，表现了词人在出世与入世之间徘徊不定、苦闷彷徨的复杂情感，体现出含蓄蕴藉的艺术风格，读之令人感慨万千。贺铸是以善于化用前人诗句而著称的，而此篇句句化用，且又丝丝入扣，浑然天成。

## 【梦江南】

**九曲池头三月三[①]，柳毵毵[②]。香尘扑马喷金衔，涴春衫[③]。**
**苦笋鲥鱼乡味美[④]，梦江南，阊门烟水晚风恬，落归帆。**

【注释】

①三月三：谓农历清明时节。②毵毵：毛发、枝条等细长状。③涴：污染，弄脏。④鲥鱼：名贵食用鱼。生活在海中，五六月间入淡水产卵，以其进出有时，名鲥。

【鉴赏】

这是一首记游词，记述冶游、描摹春景，有很深挚的乡思渗透其中，抒写了词人的性情。

上阕首二句写景点人。“九曲池头三月三，柳毵毵”，从“柳毵毵”的那种枝叶细长柔嫩之貌，可以想见柳色掩映中的丽人，也有如柳之婀娜娇美。“香尘扑马喷金衔，涴春衫”，未直接写人，但仕女如云，帝城春游的场面，从一个侧面渲染出来了，暗示了汴京金明池琼林苑游乐的情景，以香尘来写游人之多，能绘声绘色，生动地描出了这一境界。经过这样渲染后，再接上“涴春衫”三字，春意之浓可感。

下阕着重刻绘江南春月的自然景观。“苦笋鲥鱼乡味美”，即使不看下文“梦江南”三字，单是“苦笋鲥鱼”，也立即能令人想到江南之春。祖籍吴越、宦游北方的词人，春时想到这种美味，无疑要为之神往而梦思。但此尚不足以尽江南之美。下文进一步拓开：“阊门烟水晚风恬，落归帆。”苏州西门是江南之萃，尽显繁华。“君到姑苏见，人家尽枕河。”（杜荀鹤《送人游吴》）门巷对着烟水，春日将暮，晚风恬静，点点归舟，缓缓地驶来，悠悠地落下白帆。“晚风恬”的“恬”字，极其准确地把握江南日暮晚风的特点。风恬，烟水更美，归帆落得更悠闲。“恬”，不仅是风给人的印象，也是词人此刻想到江南烟水时的情绪表现。

纯用白描手法，简约、空灵地就画出汴京和苏州水乡两幅春景。词人对其笔下的两幅春景，所倾注的感情并不是一样的。下阕中“乡味美，梦江南”的直接抒情，虽然只有六个字，透露出来的情思，却是极其绵长而深切的。再回转去看看汴京春游，作者究竟是身予其中，还是旁观，虽很难指实，但感受上有点发腻，有些倦怠且另有所思。最后一句“落归帆”固然是极美的写景之笔，而结合抒情去体会，又似乎不排斥带有象征倦游思归的意味。

这首小词的结构独特，上阕写京都春景，下阕写江南春景。上阕语言绚丽，下阕语言淡雅。词人对两处春景都有着一份爱意，但对于江南的倾心更是显而易见的。这之中的感情是含蓄、复杂而又微妙的。

## 【临江仙】

**午醉厌厌[①]醒自晚，鸳鸯[②]春梦初惊。闲花深院听啼莺。斜阳如有意，偏傍小窗明。**

**莫倚雕栏怀往事，吴山楚水纵横。多情人奈物无情。闲愁朝复暮，相应两潮生。**

**【注释】**

①厌厌：微弱貌，精神不振貌。②鸳鸯：水鸟，总是出双入对，因此被看成爱情的象征。

**【鉴赏】**

因贺铸这首词有“鸳鸯春梦初惊”句，所以《临江仙》又名《鸳鸯梦》。这是贺铸晚年退居苏州后的作品，写的也是那无法摆脱的闲愁。

上阕写酒醒后对梦境的回味。“午醉厌厌醒自晚，鸳鸯春梦初惊”，在一个明媚春天的中午，词人多喝了几杯酒，酩酊大醉，昏昏沉沉倒头便睡，浓睡中做了一个美好的鸳鸯梦，在梦境中重温了青年时期的爱情生活。春梦惊醒之后，仍感到气息微弱，神情倦怠，周身乏力，还陶醉在美好的春梦中。“闲花深院听啼莺”，庭院深深，幽静雅致，花木丛丛，烂漫怒放，姹紫嫣红，一对年轻的爱侣在庭院中游赏，并肩携手，步履轻盈，诵诗吟词，文采风流，繁花茂叶之间，传出了几声黄莺的啼叫，嘹亮悦耳，给静谧安闲的院落增添了勃勃生气，人物、景物、情感的和谐一致，令人艳羡。“斜阳如有意，偏傍小窗明”，红楼暖阁，雕栏画栋，小窗开启，几案明净，一对爱侣凭窗而坐，女的在整顿晚妆，男的凝神观望，不时帮助她梳理一下乌黑的长发，另一只手还握着诗卷不忍释手。时间已近傍晚，西斜的太阳好像有意识地把它金黄色的光辉照射过来，透进小窗，使这对爱侣完全沐浴在夕阳金色的光晕中。这两组美好的画面，都是贺铸审美情趣的体现。

下阕写整个身心被闲愁所绕，无法摆脱、无法排遣的苦恼。“莫倚雕栏怀往事，吴山楚水纵横”，词人清醒之后情感马上有了转变，他理智地告诫自己：不要登上高楼，凭栏远眺，那重重叠叠的吴山，曲曲折折的楚水，阻挡了视线，遮蔽了眼帘，见不着希望，看不到前景，呈现于面前的只是一派闲愁的迷蒙。“多情人奈物无情”是对前两句的补充说明，词人登高，激情满怀，怎奈外物无情，冷若冰霜，主客观的不协调，就造成感情的伤痛。“闲愁朝复暮，相应两潮生”把感情推向了高潮，“闲愁”一直缠绕着自己，从早到晚，一时一刻都不曾止息，像江海的早潮和晚潮一样，激荡澎湃。不唯充满了浪漫气息，更足见其精神痛苦之深，欲罢不能。

虚虚幻幻，既有梦境又有现实，词人用文字在这二者之中自由地进行穿梭。无论是现实，还是梦境，唯一不变的是心中那份对往事放不下的牵挂与怀念。

## 【减字浣溪沙】

**楼角初①销一缕霞，淡黄杨柳暗栖鸦。玉人和月摘梅花。**

**笑拈粉香归②洞户，更垂帘幕护窗纱。东风寒似夜来些③。**

**【注释】**

①初：刚刚。②归：回到。洞户，室与室之间相通的门户。③“东风寒”句：谓东风较昨日为寒。东风，春风。夜来，昨日。

**【鉴赏】**

此篇词牌名叫《减字浣溪沙》，也即《浣溪沙》，本来是唐代教坊曲名，因西施浣纱于若耶溪，故名《浣溪沙》或《浣沙溪》。上下阕三个七字句，共四十二字。此词通篇写景而又句句含情，寄托了词人对独处深闺的玉人艳羡怜爱的情怀。

上阕首句写一角红楼的上面，一缕晚霞正消逝，给人以动感。“淡黄杨柳暗栖鸦”，杨柳淡黄，知是初春，淡黄杨柳之中，有乌鸦栖息其中。一个“暗”字，给人以景物清幽之感。下句境地更美“玉人和月摘梅花”，玉人，本来是美的，月下玉人则更美，以境衬人，月美，花美，人更美了。展现了一幅清幽淡雅的图画，有超尘绝俗之感。

下阕重点表现月下玉人的心理活动。过片“笑拈粉香归洞户”写佳人笑捻香花归绣房，使人如闻其声，欲逐芳踪。“笑”是因梅花的清新气息令人高兴而笑，还是想起了旁的什么事情来？词中深藏不露，未予点破。接下来“更垂帘幕护窗纱”，写美人放下帘幕，使它挡住纱窗，因为东风吹来，比入夜时又冷了一些，为的是使屋子里暖和点。“寒”的程度的加深，她在室外时就已感觉到，所以才归户垂帘。这缘故移到末句点明，“东风寒似夜来些”，这是句法的需要。既绾住上两句的归户与垂帘的人物活动，又回带上阕从霞消到月上一段时间历程，可称妙笔。此句与其说是写美人乍暖还轻冷的感觉，还不如说是写月下看美人者的心情。可以想象，他眼见的一切美景都随着帘幕之垂而消逝了，他怎能不心猿意马呢？初春入夜，晚风微寒，佳人本该归洞户，垂帘护窗的，但他却见不到她的倩影，听不到她的笑声了，于是心里感到一阵寒凉。宋代张炎《词源》说到词的“末句最当留意，有余不尽之意始佳”，所举擅于此道的词人中就有贺铸。

整首词人物事件很简单，但给人的感觉很美，通篇写景而又句句含情。明代杨慎《词品》谓此词“句句绮丽，字字清新，当时赏之，以为《花间》。《兰畹》不及，信然”。

## 【减字浣溪沙】

**秋水斜阳演漾金[①]，远山隐隐隔平林。几家村落几声砧[②]。**
**记得西楼[③]凝醉眼，昔年风物似如今。只无人与共登临。**

**【注释】**

①秋水：指秋天的水。演漾金：金波流动起伏。②砧：砧杵，即捣衣石和棒槌。③西楼：指苏州城西之观风楼。

**【鉴赏】**

这首词写别后的凄凉兼怀人。

上阕写登临所见，“秋水斜阳演漾金，远山隐隐隔平林”，清澈的秋水映着斜阳，漾起道道金波。一片片平展的树林延伸着，平林那边，隐隐约约地横着远山。这两句抓住秋天傍晚时分最典型的景物来描摹，将那“秋水”“斜阳”“远山”“平林”描绘得出神入化。“几家村落几声砧”紧承上句而来，仍写登临所见所闻，疏疏的村落，散见在川原上。隐隐之中，但见烟雾缭绕，断断续续之中，但听得那单调的砧杵捶衣之声。上阕三句，单看词人所描摹的这幅深秋晚景图，其实也包含了词人的主观情感，秋水斜阳，远山平林，村落砧声，句句情思化，句句都是词人心中眼中之景，有一种说不出、道不明的伤心情愫。

下阕回忆往昔的欢会以突出物旧人非的凄凉处境。“记得西楼凝醉眼，昔年风物似如今”二句急转，由上阕的眼前景物铺陈转而回忆昔年的赏心乐事。记得当年在西楼之上，饮酒赏景，两人酒酣耳热之际，执手相向，醉眼相望，情意绵绵。如今风物依旧，而人去楼空，倍觉凄凉。虚实相生，出现两幅图景：一幅是今天词人独自面对的眼前之景；一幅则是有美人做伴，词人当初凝着醉眼所观赏的往昔之景。昔日之景是由眼前之景所唤起，呈现在词人的心幕上。两幅图景风物似无变化，“凝醉眼”三字却分明透露出昔日登览时是何等惬意，遂与今日构成令人怅惋的对照。结句“只无人与共登临”是全词的词眼，上阕所写的美景都是词人“物是人非”“良辰好景虚设”的情感物态化体现，末句的点醒，令人于言外得之，倍觉其百感苍茫，含蓄深厚。

这首词运用虚实相生的艺术手法，眼前的秋水、斜阳、金光、平林、远山都是实景，而那过往的西楼共登则只是回忆，是虚的，两相对照下会让人更觉悲哀。尤其是下阕写得尤为出色，博得很多人的称道，陈廷焯在《白雨斋词话》卷一中赞道：“只用数虚字盘旋唱叹，而情事毕现，神乎技矣。”

## 【清平乐】

**阴晴未定，薄日烘云影。临水朱门花一径，尽日乌啼人静。**

**厌厌[①]几许春情，可怜老去兰成[②]。看取镊残双鬓，不随芳草重生[③]。**

【注释】

①厌厌：同“恹恹”，精神不振的样子。②兰成：南北朝庾信的小字，庾信一生仕途多舛，出使西魏被扣，直至北周亦未放。晚年怀乡之情尤烈，作品风格沉郁哀伤，以《哀江南赋》为代表。杜甫曾有言“庾信平生最萧瑟，暮年诗赋动江关”。③“看取”二句：谓鬓发残落，难以重生。镊，镊子，用镊子拔去白发，称“镊白”。

【鉴赏】

这是一首伤春叹老的词。抒发壮志成飞沫，理想化泡影，老大落拓，百事不成的感慨。全词溢满了幽怨之情。

上阕写景，暗寓伤春之情。春季“阴晴未定”，天气变幻无常，很少有一日爽快明朗的天，接着来了个“薄日烘云影”，想象奇特，用词大胆。太阳本来是不能论薄厚的，在“日”前加一“薄”字，是形容阴晦天的太阳，色泽苍白，光线柔弱无力。这样天气里的云团，湿漉漉的，好像能搦出水来。虽然那苍白的太阳烘烤着它，却无济于事。这春天，仍是那样阴暗和潮湿。“临水朱门花一径，尽日乌啼人静”，由大环境转入到小环境，写抒情主人公的居处，一座朱红大门，院落深深，院中道旁栽满了花木，迎春竞放。大门前一条清澈的小河，潺潺流淌，无止无息。环境如此优美，只可惜“尽日乌啼人静”，一天从早到晚，听到的只是乌鸦的啼叫，很难见到一个人影，这是何等的冷落凄清。伤春之情寓于景物描写之中，这种幽深的含蓄，是耐人寻味的。

下阕抒情，发出老大无成的感叹。“厌厌几许春情”，为了那一点伤春情，弄得病恹恹的，心力交瘁。“可怜老去兰成”，贺铸以庾信自况，说明他的晚年心情像庾信一样沉郁伤感。词的最后两句“看取镊残双鬓，不随芳草重生”，既写了对现状的不甘屈服，又写了对现状不可更易的无可奈何，词人在渐入老年白发初生之时，有点惊慌，又不甘心青春壮岁的失去。浓绿的芳草变黄了，到了来年，春风会又绿，但白发即使拔光了，也绝不会再生出黑发来。

这首词，从伤春入手，从各个角度入手来感慨时光已逝而一无所成，从伤春中开始感伤身世，表现出作者自伤身世，理想失落之悲观，读来让人有断肠之感。黄庭坚给贺铸的赠诗有句云：“解道江南断肠句，只今唯有贺方回。”

## 【国门东】

**车马匆匆，会国门[①]东。信人间、自古销魂处[②]，指红尘北道，碧波南浦[③]，黄叶西风。**

**堠馆娟娟新月[④]，从今夜与谁同？想深闺、独守空床思，但频占镜鹊，悔分钗燕，长望书鸿[⑤]。**

【注释】

①国门：首都的城门。②销魂处：指离别处。江淹《别赋》："黯然销魂者，唯别而已矣。"③北道、南浦：泛指水上陆地羁旅行驿所至之处，也指送别地。④堠馆：亦作"候馆"，即馆驿，多指馆家客栈。⑤镜鹊：即鹊镜，指背面铸有鹊形的铜镜。古时风俗，思妇常以鹊镜卜占行人归否与回归日期。

【鉴赏】

这是一首抒写离情别绪的词作，作者词中以别具一格的艺术手法，将这一司空见惯的传统题材演绎得令人耳目为之一新。

上阕写离别。"车马"二句，写车马匆匆会聚在都城的东门外，"匆匆"二字不仅让人看到了车马的匆忙，也透露着人们内心的仓促不宁。"信人间、自古销魂处"，用江淹《别赋》中的"黯然销魂者，唯别而已矣"之意，接下来三句是"销魂处"的具象化，"红尘北道"写陆路北去，"碧波南浦"写水路南行，"黄叶西风"是典型的秋景，这是在写"销魂"之"时"，所有意象浓缩在一起，更添悲凉。"北道""南浦""西风"除相互为对外，又与上文"门东"遥相呼应。半阕之内，上下勾连，可见词人精心安排。

下阕写道里之思。"堠馆"一方面点明行者休憩之处，同时向我们透露了一个时间信息，这是离别不久，行程之中。"娟娟"是明媚美好的样子，用南朝鲍照《玩月城西门廨中》诗"未映东北墀，娟娟似蛾眉"的诗意。在客馆里，抬头望见新月似眉，新月娟娟，可是从今以后与谁共赏这新月呢？其孤独，其思念已溢于言表。接下去，他不言自己思妇，却言思妇念人。以"频占鹊镜"写思妇急切地盼望游人归来，而着一"频"字，写思妇盼归与否以及具体的回归日期。"钗燕"，即燕钗，指雕饰为燕形的钗。古代男女相别之时，女子常常将钗断作两股，一股留给自己，一股赠给男子，分钗作信物，分钗寄相思。"悔分钗燕"，是写后悔与有情人分离。"长望书鸿"，是写时时盼望游人书信归来。结处三句极写思妇念人，而行人思念闺阁之情也已充溢其中。

贺铸的词风格多样，艺术手法也纯熟多变。此词上下阕结处，无论是内容、构思还是语言，都有独到之处。上阕结处三句只是复指一个“销魂处”，却写出红、黄、碧三色，南、北、西数方，这样写让人感到层层逼近，普天下“别处”无不“销魂”。下阕结处写思妇念人，也用鼎足三句，层层加深；且镜而为鹊，钗而为燕，书而为鸿，于是一切都为之飞动，一切都有了生命力。

# 晁补之

**【作者介绍】**

晁补之（1053—1110），北宋时期著名文学家。字无咎，号归来子，济州巨野（今属山东）人，与张耒、黄庭坚、秦观并称“苏门四学士”，与张耒并称“晁张”。《宋史·晁补之传》云：晁补之为“太子少傅迥五世孙，宗悫之曾孙也。父端友，工于诗。”晁补之工书画，能诗词，善属文，有《鸡肋集》《晁氏琴趣外篇》传世。

## 【临江仙】

信州作

**谪宦江城无屋买，残僧[①]野寺相依。松间药臼竹间衣，水穷行到处，云起坐看时。**

**一个幽禽缘底事，苦来醉耳边啼？月斜[②]西院愈声悲。青山无限好，犹道不如归。**

**【注释】**

①残僧：上了年纪的僧人。②斜：月影西沉，表明时间已晚。

**【鉴赏】**

这首词是词人被贬为信州（今江西上饶）监酒税后所作。词中描写了山间生活的美好，表现了他厌弃官场而向往故里的思想感情。

“谪宦江城无屋买，残僧野寺相依”，先交代了全词的政治背景，并为全词定下基调。“江城”点明信州，“无屋买”是夸大之词，表明信州的偏僻荒凉，这样便自然地引出“残僧野寺”一句。这里“残僧”活画出了僧人的年迈衰老；“野寺”活画出了寺庙的荒僻陋小。如此残破不堪而词人还得与之相依为命，足见其命运、境遇的凄惨。“松间药臼竹间衣”三句紧承“残僧野寺”

一句而来，写其行迹。词人并没有因与残僧野寺相依而感到凄惨悲伤，反而，在松荫竹翳的掩映下，一声药臼响，一角衣衫影，就能给心头增加无限的欢愉。“一臼”“一衣”，由于意象的典型性，取得了以一当十的艺术效果。“水穷行到处，云起坐看时”二句化用王维《终南别业》中“行到水穷处，坐看云起时”诗句，艺术效果也发生了一定的变化。“水穷行到处”强调了“水穷”，就突出了山穷水尽的意象，使人联想到词人在宦海中的山穷水尽；同样，“云起坐看时”突出了“云起”的意象，使人联想到词人此刻是在冷眼旁观政治上的翻云覆雨。

下阕仍然描写“野寺”中的所见所闻，但心绪的苍凉、悲苦却借景物的描写较为明显地流露出来。“一个幽禽缘底事，苦来醉耳边啼”巧妙地抓住一个“幽禽”悲啼的意象来抒写自己的心曲：作者曾试图遁入醉乡以遣岁月，但不知为什么事，一个幽禽（杜鹃）又在醉酒之时来到耳边苦苦啼叫。“月斜西院愈声悲”一句紧承“苦来醉耳边啼”而来，写词人对于“幽禽”啼声的感觉，这“幽禽”的啼叫已不仅是“苦啼”，而且愈啼愈悲。月影西沉，时间已晚，可知啼叫之久。“愈声悲”以见鸟之情切，借鸟的悲啼来显示自己的悲苦心境。“青山无限好，犹道不如归”这两句托出全词的主旨：尽管这儿的青山无限美好，但杜鹃仍啼道“不如归去！”词人在这里实际是借鸟的啼声，表达自己“他乡虽好，不如归去”的心声。化用李商隐的“夕阳无限好”诗句，又暗用王粲《登楼赋》和陶渊明《归去来辞》二赋作意。

这首词以鸟能人言、人鸟共鸣的巧思妙句，托物言情，外化了词人自身微妙复杂的隐秘心态。

## 【金凤钩】

**送春**

**春辞我，向何处？怪草草、夜来风雨。一簪华发，少欢饶恨，无计殢①春且住。**

**春回常恨②寻无路，试向我、小园徐步。一栏红药，倚风含露。春自未曾归去。**

【注释】

①殢：沉溺。②恨：遗憾。

**【鉴赏】**

这首词是一首伤春、惜春、觅春之作，苦于留春春不住，乐于寻春而觅得，读来清新可人。

上阕着力描写留春无计的遗憾，“春辞我，向何处？”首句便设问，为下面的感叹找到一个适当的喷射口，又为下阕寻觅春的归路设下伏笔。“怪草草、夜来风雨”与“春辞我”相呼应，春为什么要辞我而去呢？你为何去得的又是那样草草匆忙呢？既不打招呼，又毫无留恋，便这样匆匆走了。“夜来风雨”似乎是在回答一、二句的诘问，实际上只是点明了春归的缘由和去向：春是被夜来的横雨狂风挟持而去了吧？“夜来风雨”也可指政治的雷雨风暴。词人在仕途中并不得意，他曾有过几度宦海浮沉颠沛的经历，因而不管是实写还是虚写，这“夜来风雨”送春归的意象，总包含着诗人自己命运的影子，是宦海中的风风雨雨，草草地送走了诗人的青春年华。这表达了词人对“春去也，太匆匆”的留恋、怨怼与惋惜之情。“一簪华发”几句，由物及人，由景入情，正由于青春草草而逝才落得今朝“一簪华发”，不仅意味着年龄的衰老，青丝成雪，而且还包含着饱经沧桑、遍尝忧患的内涵。下句的“少欢饶恨”则是自然而然的了，春光是留不住的，从而青春也是难以挽回的。含蓄曲折地表达了词人对青春易逝的憾恨。

下阕写寻春而觅得的欣慰之情。词人的情绪心态来了一个巨大的转折，“春回常恨寻无路”是情绪上的过渡，对上阕抒写的情景是一个形象的总括，而“常”“路”二字却为下文的词句进行了铺垫，“常恨”意味着往昔，而今将有一种新的心境产生，往昔的“无路”即暗示着今朝有路，这样词作便极为自然地过渡到下句“试向我、小园徐步”，“试”与“无路”紧密相连，正因为“无路”而企求“有路”，才“试”着前去探索。“试向我”中的“我”字，强调只有在“我”自己惨淡经营的园地里才有永恒的春色，这正是一种象征性的暗示。“一栏红药，倚风含露”紧承上句，形象传神地显现了“我”的小园中，春光永驻的景象。一栏鲜艳娇嫩的芍药花倚风而立，不正是春天极富情趣的象征吗？含露而开，仪态万方，艳丽异常，也正是词人理想、希望、事业、追求的写照，是一个纯洁无瑕的美的缩影。“春自未曾归去”紧承前两句，以芍药花作为不凋的春光的标志，由“倚风含露”的“一栏红药”联想到

“春自未曾归去”便显得十分自然，春天还在，似乎也预示着词人所寄托的那一份美好理想和情怀还有希望。

## 【摸鱼儿】

**东皋[①]寓居**

**买陂塘、旋栽杨柳，依稀淮岸江浦。东皋嘉雨新痕涨，沙觜[②]鹭来鸥聚。堪爱处，最好是、一川夜月光流渚[③]。无人独舞。任翠幄张天，柔茵藉地[④]，酒尽未能去。**

**青绫被，莫忆金闺故步[⑤]。儒冠曾把身误[⑥]。弓刀千骑成何事，荒了邵平瓜圃[⑦]。君试觑[⑧]，满青镜、星星鬓影今如许。功名浪语。便似得班超，封侯万里，归计恐迟暮[⑨]。**

**【注释】**

①东皋：东山，作者在贬谪后退居故乡时，曾修葺了东山的“归去来园”。②沙觜：沙嘴，此处指突出在水中的沙洲。③渚：水中的小块陆地。④翠幄：绿色帷帐，比喻深碧的天空；柔茵：柔软的褥垫，比喻柔软的草坪。⑤青绫被：宋代制度规定，尚书郎值夜班，官供新青缣白绫被或锦被。此处代指做官所得的俸禄。金闺：汉宫门名，亦名金马门，此代指朝廷。⑥“儒冠”句：化用杜甫《奉赠韦左丞丈二十二韵》诗：“纨绔不饿死，儒冠多误身。”⑦邵平：即召平，秦时人，曾被封为东陵侯。秦亡，在长安城东种瓜，瓜有五色，味很甜美。世称东陵瓜。⑧觑：看。⑨“便似得”三句：见《后汉书·班超传》，班超，汉名将，在西域三十余年，立功无数，封定远侯。年老上疏乞归，七十余岁才回到京都洛阳，不久即去世。

**【鉴赏】**

这首《摸鱼儿》，是晁补之的代表作，又题作《东皋寓居》，描写的是隐居田园的生活，抒发的是叹息自己因儒冠误身，实乃仕途坎坷的激愤之语。本篇的主旨，是表示作者对官场生活的厌弃，对美好的田园生活的向往。

上阕写景。“买陂塘、旋栽杨柳，依稀淮岸江浦”叙写的是对隐居之所的布置，买到池塘，在岸边栽上杨柳，看上去好似淮岸江边，风光极为秀美。刚下过雨，鹭、鸥在池塘中间的沙洲上聚集，很是好看；池岸边的垂柳，遮住了天空；池塘四周，绿草如茵。作者一个人坐在池塘边上，自斟自饮。描写了田园优美恬静、爽朗明快的风光。字里行间，透露出作者对此美景由衷的喜爱，从而衬托出他洁身自好的情怀。“东皋嘉雨新痕涨”“一川夜月光流渚”，均系作者从心底深处有感而发的佳句。这是一幅十分优美恬静的画面，可以看出词人对这等景致的由衷喜爱。

下阕抒情。“青绫被，莫忆金闺故步。儒冠曾把身误”词人开始劝慰自己不要留恋过去的仕宦生涯，读书做官才让自己错过了这美丽景致。“弓刀千骑成何事，荒了邵平瓜圃”，弓刀千骑，指地方官手下佩带武器的卫队，引用典故来说自己曾做过地方官，但仍一事无成，反而因做官而使田园荒芜。“君试觑，满青镜、星星鬓影今如许”，细看镜中鬓发，已经是两鬓花白了，韶光不再。“功名浪语。便似得班超，封侯万里，归计恐迟暮”，所谓的功名也没什么用处啊，到头来都是一场空而已，连班超那样立功于万里之外，被封为定远侯，但回来不久便死去了。这里词人还是在进行着自我安慰，实际也是在泄愤。仕途不顺而念田园隐居生活，但内心深处最在意的还是去建立功勋。

作者对于“功名浪语”“儒冠曾把身误”有着切身的感受，并非一般的激愤之词。所以，是不能把这首词简单地归结于“有强烈的消极退隐思想”之列的。

# 陈师道

【作者介绍】

陈师道（1053—1102），北宋官员、诗人。字履常，一字无己，号后山居士，彭城（今江苏徐州）人。元祐初（1086）苏轼等荐其文行，起为徐州教授，历仕太学博士、颍州教授、秘书省正字。一生安贫乐道，闭门苦吟，有“闭门觅句陈无己”之称。陈师道为“苏门六君子”之一，江西诗派重要作家。亦能词，其词风格与诗相近，以拗峭惊警见长。但其诗、词存在着内容狭窄、词意艰涩之病。著有《后山先生集》，《后山词》。

## 【清平乐】

**秋光烛①地，帘幕生秋意。露叶翻风惊鹊坠，暗落青林红子。**

**微行声断长廊，熏炉②衾换生香。灭烛却延明月，揽③衣先怯微凉。**

【注释】

①烛：照亮。②熏炉：香炉。③揽：穿上，披上。

【鉴赏】

这首词是陈师道的代表作，陈师道是“苏门六君子”之一，他的词纤细平易。黄庭坚也曾写诗称赞他说：“闭门觅句陈无己，对客挥毫秦少游”，由此可见一斑。这首词主要描摹秋天的景色。

上阕写晨景“秋光烛地，帘幕生秋意”。开宗明义，写秋景，“秋光”“秋意”，一派秋天的气氛。“露叶翻风惊鹊坠，暗落青林红子”进一步写秋景，含着露水的树叶，由于秋风的吹动，纷纷落下，连树上的鹊雀，也被惊动了。言简意赅，细腻生动，几个字便勾勒出一个正在落叶的生动画面。

“一叶知秋”，作者抓住了这一最有特征性的动态，一下子把秋景写活了。语言、画面、意境，都活灵活现地摆在读者的面前。秋天的色彩是很分明的，青林、红子，但也敌不过秋风，在不知不觉中往下落了。这一幅秋景图色彩分明、动静结合。

下阕写夜晚。“微行声断长廊，熏炉衾换生香”，入夜了，秋天的夜晚是凄凉的：走廊的脚步声没有了，秋夜是如此安静，火炉里散发出木柴燃烧后的香气。夜深了，“灭烛却延明月，揽衣先怯微凉”，该吹熄蜡烛入眠了，但明亮的月光却照进屋中来，可能又勾起词人的心事来，那就索性先不睡了，再坐一会儿，可是身上又明显地感觉到凉意难耐了，便去拿了件外衣来披上。至此词人没再往下写，却留给读者以很多想象的空间，正是言有尽而意无穷。

这首词，情意深婉，用语精辟，笔力拗峭，颇能代表陈师道的词风。南宋王灼在《碧鸡漫志》中说：“陈无己所作数十首，号曰语业，妙处如其诗。但用意太深，有时僻涩。”这样的优点与缺点，在这首词中均有所体现。

# 周邦彦

**【作者介绍】**

周邦彦（1056—1121），北宋末期著名的词人，字美成，号清真居士，钱塘（今浙江杭州）人。历官太学正、庐州教授、知溧水县等。徽宗时为徽猷阁待制，提举大晟府。南京陈郁《藏一话腴》说："美成自号清真，二百年来，以乐府独步，贵人、学士、市儇、妓女皆知美成词为可爱。"这可见他的词的普遍性。至南宋亡，元曲代兴，词调衰微，而清真词还有人传唱。他精通音律，曾创作不少新词调。作品多写闺情、羁旅，也有咏物之作，格律谨严，语言典丽精雅，长调尤善铺叙，为后来格律派词人所宗，旧时词论称他为"词家之冠"。《宋史·艺文志》著录其《清真居士集》十一卷，已佚。清人厉鹗《宋诗纪事》辑得其佚诗六首，今人罗忼烈又辑得古近体诗三十四首。周邦彦"负一代词名"，其词"浑厚和雅"（张炎《词源》），"缜密典丽"（刘肃《陈元龙集注〈片玉集〉序》，对后世影响较大。

## 【蝶恋花】

**月皎惊乌栖不定。更漏①将残，軳辘牵金井②。唤起两眸清炯炯，泪花落枕红③棉冷。**

**执手霜风吹鬓影。去意徊徨，别语愁难听。楼上阑干④横斗柄⑤，露寒人远⑥鸡相应。**

**【注释】**

①更漏：计时的漏壶，每更约两个小时。②金井：金秋之井，或雕饰甚美而坚固之井。③红：染红。④阑干：横斜貌。⑤斗柄：北斗七星，状如勺柄部分。⑥人远：指行人渐远。

**【鉴赏】**

这首词主要讲述恋人秋晨将别时刻难舍难分的情景。上阕写离人伤别、更阑不眠，由室外到室内写其将起未起之状；下阕述离情别语，由室内转室外并极目送行人远去。

上阕前三句写景，点明时间，表现出环境氛围。“月皎惊乌栖不定，更漏将残，轣辘牵金井”，铺写深夜至凌晨时分的环境。月关皎洁，乌鸦以为天亮了，鼓噪着飞起来。更残漏尽的时候，听到一阵阵汲水的辘轳声。同时也暗指离别人辗转反侧，不曾入睡。月皎惊乌，有色、有声、有形、有影，词人直陈其事。“唤起两眸清炯炯，泪花落枕红棉冷”，这两句用得十分传神，“唤起”一词，不言朦胧，却说清醒，正呼应前面的井声、乌声惊起的情状。“红棉冷”，刻写细腻，上承“泪落”，所以才有枕湿而“冷”。因此可以看出，离别人是彻夜假寐，她担心着离别，然而这一刻真的到来了。“泪花落枕”，故两眸“炯炯”，以至于“红棉冷”。通过细节描写，离别人痛苦伤别的情形深刻地表现了出来。

下阕由室内转向室外，“执手霜风吹鬓影，去意徊徨，别语愁难听”，这三句写离别的情形。从“风吹鬓影”到“徘徊”“别语”的流转递进，表明离别人欲行又止。两人紧紧握手，秋风吹拂着鬓发，几番要走，却是徘徊不动，千言万语也不知要从何处说起，离人心绪不宁，悲切的话语也不忍聆听。结尾两句“楼上阑干横斗柄，露寒人远鸡相应”写目送行人远去之时的所见，那点缀这几颗疏星的苍穹上，北斗星的横柄斜低移了。冷露沾衣，寒气袭人，远处几处鸡鸣相应，行人已经走远了。“寒露袭人”点染神伤，用远处几处鸡鸣衬托离别人的寂寥凄凉。

全词以“月皎惊乌”领起，即以景起兴，结尾以“露寒人远”收束，即以景结情。情入于景，情景交融，格调凄婉。

## 【夜飞鹊】

**河桥送人处，凉夜何其？斜月远坠余辉，铜盘烛泪已流尽，霏霏凉露沾衣。相将散离会，探风前津鼓[①]，树杪参旗[②]。花骢会意，纵扬鞭，亦自行迟。**

**迢递路回清野，人语渐无闻，空带愁归。何意重经前地，遗**

**钿不见，斜径都迷。兔葵[3]燕麦，向残阳，影与人齐。但徘徊班草，欷歔酹酒[4]，极望天西。**

**【注释】**

①鼓：可能指渡头的更鼓，也可能指开船鼓声，古代开船有击鼓为号的。②树杪：树梢。参旗：星名，初秋时在黎明前出现于天东。③兔葵：植物名。④酹酒：以酒浇地，表示祭奠。

**【鉴赏】**

这首词是周邦彦所创，写离情别景，上阕写送别，下阕写别后之思。词中运用陪衬、反衬、融情于景、化用前人诗句等多种手法，曲折细腻地写出了送别怀人的悲凄与深情。

上阕追叙昨夜送客情景。“河桥送人处，凉夜何其”点出送别的地点时间。时间是夜里，夜是美丽的，又是温馨可念的，故曰“良”。联系后文，地点是靠近河桥的一个旅店或驿站。用《诗·小雅·庭燎》的“夜如何其”问夜到什么时分了，引出下文。“斜月远坠余辉，铜盘烛泪已流尽，霏霏凉露沾衣”，写凉夜景色，美而凄切。一个“衣”字暗含有人送别、将别。“相将”句承上启下，点明离别的场景。“斜”“坠”“余”“凉”以及“烛泪”的描写衬托临别时人心的凄恻和留恋。“相将散离会，探风前津鼓，树杪参旗”，收束前面描写，再伸展一层，说临别前的聚会，也到了要“散离”的时候，那就得探看树梢上星旗的光影，谛听渡口风中传来的鼓声，才不致误了行人出发的时刻。从行动的细腻描写中，可以看出主人公临别时留恋的情态。“花骢会意，纵扬鞭，亦自行迟”，不言人之惜别，而写马识人意，故意被鞭策而迟迟其行，真是神来之笔。马犹如此，人何以堪，是力透纸背的写法，余韵无穷。

下阕铺叙送客归来。“迢递路回清野，人语渐无闻，空带愁归”，接写送别后归途。情人一去，词人孤独地带着离愁而归，故顿觉野外寂寞清旷，归途遥行，细腻地反映送别的复杂心情。“迢”“清”“空”等字把送走离人后寂寞的心境描摹了出来。“何意重经前地，遗钿不见，斜径都迷”，此处写的当前的事情，旧时路径，已迷离难认。“何意”也寓重经故地的意义，而又发挥想象，直贯下来。“兔葵燕麦，向残阳，影与人齐”，写送别回来之所见。从送别归来惆怅迷惘的时间看，又是一天将了，人的相思无有尽时。词的结尾，再加深描绘情景，“但徘徊班草，欷歔酹酒，极望天西”，过去列坐的草地上，徘徊酹酒，向着情人远去的西边方向，望极天边，而欷歔叹息，不能自已。

这首词写情细腻、沉著，语句起伏顿挫，结构上层层伸展，时空变幻灵动，过渡自然，风格上哀怨浑雅，耐人咀嚼。

## 【玉楼春】

**桃溪[①]不作从容住[②]，秋藕绝来无续处。当时相候赤阑桥[③]，今日独寻黄叶路。**

**烟中列岫[④]青无数，雁背夕阳[⑤]红欲暮。人如风后入江云[⑥]，情似雨余[⑦]粘地絮[⑧]。**

**【注释】**

①桃溪：相传东汉时刘晨、阮肇去天台山采药，在桃溪边遇到两名女子，姿容甚美，遂相慕悦，留居半年，他们怀念家乡，就辞别二女下山。回家其子孙已历七代。后来他们重访天台，那两名女子已杳无踪迹。②从容住：此指安心居留。③赤阑桥：用赤色涂饰的桥栏。④列岫：成排的山峰。⑤雁背夕阳：指雁行脊背相切于红艳的夕阳。⑥入江云：指散入江川之云烟。⑦雨余：雨后。⑧粘地絮：粘散于地上的柳絮，指难决断，不得解脱的意思。

**【鉴赏】**

这是一首访旧不遇的言情词，词中每以两相比照之语对举而出，如以春衬秋、以昔比今相互对照，进而衬托出现实的失落与惆怅。

这首词的写作背景是在词人与情人分别后重游故地时写下的。开篇“桃溪不作从容住”，此句隐含了深挚的懊悔之情，叙述委婉，用“桃溪”的典故来诉说自己与情人轻易地分手后留下的无尽悔意。第二句“秋藕绝来无续处”，用比喻来铺叙，诉述自己的所失，像藕折断后，无法相续一样，言辞决绝，表现了词人痛苦的喟叹以及与心上人离别后萦绕在心头的相思之苦。因果关系由这两句体现了出来，由于前句的因才造成了次句的果。三、四句“当时相候赤阑桥，今日独寻黄叶路”，由今追昔，当时在赤阑桥边，因为等候情人更觉风光旖旎，今日在黄叶路上，因为独自寻旧梦而愈觉景色萧瑟。“赤阑桥”衬托出当日的欢乐与甜蜜，“黄叶地”表现出晚秋的悲凉与凄冷。“当时”与“今日”之景物形成鲜明的对比，地同事异，物是人非。词人运用今昔对比的手法，忆旧情，述失落，通过变换景物场景来展开叙事、抒情，文风沉郁，把词人寂寞怅惘的心情淋漓尽致地表现出来。

下阕承接“今日”句，“烟中列岫青无数，雁背夕阳红欲暮”，借暗示群山阻隔，关河遥远，以及雁去无声的意向，含蓄地比兴，说明如今在彼此间，业已重山阻绝、音信渺茫。借“雁背”“日暮”之类的景色烘托出一种凄凉的氛围，表现了词人此时忧愁、伤感的情怀。最后两句“人如风后入江云，情似雨余粘地絮”，借用形象化的比喻，来比拟伊人犹如散入江川中的流云，无影无踪，也比拟自己就像柳絮，被雨打在地上，直抒自己眷恋伊人的旧情，难以排解。

总之，这首词采用忆往、抚今相交错的笔法，使用对偶句，以昔日之欢好来衬托今日之萧索，抒情缠绵工细，景物鲜明生动，色彩华丽，修辞精巧，语言秀雅，笔力浑然天成。

## 【芳草渡】

别恨

**昨夜里，又再宿桃源，醉邀仙侣①。听碧窗风快，珠帘半卷疏雨。多少离恨苦，方留连啼诉，凤帐②晓，又是匆匆，独自归去。**

**愁顾，满怀泪粉③，瘦马④冲泥寻去路。谩回首、烟迷望眼，依稀见朱户。似痴似醉，暗恼损、凭阑情绪。淡暮色，看尽栖鸦乱舞。**

【注释】

①仙侣：即神仙一样的伴侣。古人常将美艳出众的女子比为仙女。②凤帐：绣有凤凰图案的华美床帐。③泪粉：即粉泪，乃女子之泪。④瘦马：马儿瘦且精神萎顿。

【鉴赏】

这首词以时间为序，词题“别恨”，揭示了本篇题旨。

词的开头先写昨夜欢聚情事，“昨夜里，又再宿桃源，醉邀仙侣”，点明了时间、地点、人物，描绘了一个欢聚饮酒的场面。良夜沉沉，再宿桃源，与佳人聚首，举觞痛饮。“听碧窗风快，珠帘半卷疏雨”，描写了碧纱窗外，风声簌簌，珠帘半卷，疏雨淅沥等景象，烘托出一股萧疏凄婉的氛围。风声、雨声的描写也为下面叙写离别之事起了过渡与铺垫作用。“多少离恨苦，方留连啼诉，凤帐晓，又是匆匆，独自归去”，直叙两人在室内的伤别。“离恨苦”“留连啼诉”“独自归去”等词语，直抒胸臆，以平易朴实的语言直接点题，渲染浓浓的离愁别恨的气氛。欢聚是短暂的，此时就要天各一方，怎不令离人留连、啼诉，正当难舍难分之际，凤帐明，天已晓，不得不匆匆作别，独自归去。

下阕继续写别恨。“愁顾，满怀泪粉，瘦马冲泥寻去路”，“愁顾”写行者愁不忍看的感情，于是只好骑马而去。“满怀泪粉”，“满怀”二字，极写佳人伤心流泪。马儿行在泥泞的路上踉踉跄跄，以马写人，由此可以看出人离开“桃源”，远去他方的伤心、怅惘、迷茫的感情。“谩回首、烟迷望眼，依稀见朱户”，写主人公离别后的情景，回首远望，只见烟雾迷蒙，虽然朱门尚依稀可见，然而却不见伊人倩影。“似痴似醉，暗恼损、凭阑情绪。淡暮色，看尽栖鸦乱舞”，词人转笔写玉人恨别。她愁情似煎，如醉如痴，在暮霭中，凭栏远望，不见良人踪迹，只见归鸦乱舞。这暮色苍茫、乌鸦飞舞的苍凉画面，蕴含了无限的惆怅与伤悲。此处景中含情，曲折迂回，顿挫浑厚，把这种离愁别恨描绘得淋漓尽致。

## 【虞美人】

**廉纤[1]小雨池塘遍，细点看萍面[2]。一双燕子守朱门，比似寻常时候、易黄昏。**

**宜城酒[3]泛[4]浮香絮，细作更阑[5]语。相将[6]羁思[7]乱如云，又是一窗灯影、两愁人。**

**【注释】**

①廉纤：叠韵连绵辞，形容小雨连绵不断的样子。②萍面：池塘的水面生满了浮萍，故称萍面。③宜城酒：产于宜城（今属湖北）的一种极好的酒。④泛：即酒面的浮沫。⑤更阑：即夜尽时分。⑥相将：行将、将要之意。⑦羁思：即离愁别绪。

【鉴赏】

这首词写羁旅之情，情景交融，语言朴实。

上阕以景物渲染别情，“廉纤小雨池塘遍”落笔便是一番凄凄雨景。这小雨连绵不绝，洒遍池塘，多少缠绵伤别之情就蕴在春雨的意象中。“细点看萍面”，词人看那雨中池塘，万千雨点，点破了萍面。着一“看”字，恰好体现了词人在此种境况下的一种无可奈何的情状。那雨点打破萍面，也点点打在愁人的心头上。“一双燕子守朱门。比似寻常时候、易黄昏”，写在春雨迷蒙中，一双燕子守住朱门不飞，描绘出一幅黄昏深院飞雨断肠、苦闷抑郁的画面，为下阕的离别做了铺垫与渲染。

下阕写伤别之事。“宜城酒泛浮香絮”，写饮酒饯别的情景。主人公面对美酒，情语绵绵，那美酒正是情人为饯行而设。虚实结合，情景相融，看到池塘上飘着落花杨絮，顿生一种漂泊流离的身世之感。“细作更阑语”，从黄昏之前，直到夜尽时分，情话絮絮犹未能已，时间之久，情谊之深，可见一斑。“相将羁思乱如云，又是一窗灯影、两愁人”，点明题旨，直言羁旅情思。刻画出在将要离别、远行天涯之时的羁旅情思使人心烦意乱的意象。在昏黄的油灯下，窗户上照映着两个愁人的影子，将“灯影”“愁人”，景与人相对照、相衬托，情与景相融合，一股寂寞悲凉、离愁别绪涌上心头，此情此景显得格外凄凉悱恻。

这首词的突出特点，就是以画面的变幻，细腻的描绘，烘托人物情思，情感的朴实沉挚，情景融合，以直笔将两个有情人临别前夕的绵绵话别描摹了出来，真诚感人。

## 【瑞龙吟】

**章台①路，还见褪粉梅梢②，试花③桃树，愔愔④坊陌⑤人家，定巢燕子，归来旧处。**

**黯凝伫，因念个人痴小⑥，乍窥门户。侵晨⑦浅约⑧宫黄，障风映袖⑨，盈盈笑语。**

**前度刘郎重到，访邻寻里。同时歌舞，惟有旧家秋娘⑩，声价如故。吟笺赋笔，犹记燕台句⑪。知谁伴，名园露饮，东城闲步。事与孤鸿去，探春尽是，伤离意绪。官柳⑫低金缕⑬，归骑**

**晚，纤纤池塘飞雨，断肠院落，一帘风絮。**

【注释】

①章台：一般指的是京城里比较繁华的地带，那里多聚集着娱乐场所。②褪粉梅梢：是说枝头梅花已褪色，开始凋谢。③试花：花初放。④愔愔：安静无声，静悄悄。⑤坊陌：指街巷。⑥痴小：幼稚，幼弱。⑦侵晨：天快亮，拂晓。⑧浅约：浅施粉黛。⑨障风映袖：以歌扇挡风，以衣袖遮面。形容初次登门卖笑少女的羞涩情态。⑩秋娘：唐代金陵歌妓。这里泛指歌妓。⑪燕台：洛阳有一女子名为柳枝，听闻他人所吟诵的李商隐的《燕台》诗后很是欣赏，约期见面。后李商隐《赠柳枝》诗云："长吟远下燕台句，惟有花香染未消。"这里借用唐代诗人李商隐的典故，写词人当年与伊人一起吟唱诗词，两情缱绻的情事。⑫官柳：指官府在官道上所植的杨柳。⑬金缕：喻指柳条。

【鉴赏】

这首词主要是写旧地重游所见所感，次写当年旧人旧事，末写抚今追昔之情，处处以今昔对称。全词层次分明，曲折盘旋，情思缠绵，艺术上颇具匠心。

"章台路，还见褪粉梅梢，试花桃树，愔愔坊陌人家，定巢燕子，归来旧处"，词人通过这些平常景物的描写，特别是"褪粉""试花"两词表明季节时令交替，巧妙生动。梅花谢，桃花开，燕子飞来，大好春光，但词人此时是故地重游，心情沉郁，所以用了"愔愔"一词，顿显冷清之感。"燕子"的"归来旧处"，已是物是人非，今非昔比了。接下来以"黯凝伫"之人的痴立沉思写起，"因念个人痴小，乍窥门户"，描绘昔日情态相貌，既写出了坊陌人当时的天真活泼，又浸透着词人对她的亲昵爱怜之情。"侵晨浅约宫黄，障风映袖，盈盈笑语"，写少女站在门口招揽客人的情形。初春还寒，晓风多厉，她不得不以袖挡风。"盈盈笑语"，依然天真烂漫。此处的人物描写，笔墨生动，准确传神。

下阕铺开来写，加深描绘"前度刘郎""旧家秋娘"，一则"事与孤鸿去"，一则"声价如故"，对照写来，顿挫生姿。"前度刘郎重到"用了南宋刘义庆《幽明录》所载东汉刘晨入天台山遇仙女的故事，兼用唐代刘禹锡《再游玄都观》中"种桃道士归何处，前度刘郎今又来"的诗句。接着写词人寻访邻里，方知自己怀念的心上人已经踪迹渺然，而"同时歌舞，惟有旧家秋娘，声价如故”，则是昔日有者，今日有存有亡。“吟笺赋笔，犹记燕台句。知谁伴，名园露饮，东城闲步”，写追怀往事的具体内容，当时遇到了知音，以至今日怀念旧情时，不能不连带想起自己过去曾经打动过她心弦的“吟笺赋笔”。“知谁伴”三句，写如今不可再遇理想伴侣，当年名园露顶畅饮、东城闲步寻花那样的赏心乐事也就无从重现，只能深深地铭刻于自己的记忆之中了。“事与孤鸿去，探春尽是，伤离意绪。官柳低金缕，归骑晚，纤纤池塘飞雨，断肠院落，一帘风絮”，结尾写景，如“池塘”“院落”“帘栊”“飞雨”“风絮”这些典型意象，以美景衬托出感伤，更增添了离愁别恨。此词由“凝伫”而“访”“寻”，由回忆而清醒，最后写归途之凄清，抒写抚今追昔，物是人非的慨叹。章法上有实有虚，虚实穿插进行，变化多端，沉郁顿挫。

## 【烛影摇红】

**芳脸匀红，黛眉巧画宫妆浅。风流天付与精神，全在娇波眼。早是萦心可惯。向尊前、频频[①]顾眄。几回想见，见了还休，争如不见。**

**烛影摇红，夜阑[②]饮散春宵短。当时谁会唱阳关，离恨天涯远。争奈[③]云收雨散。凭[④]阑干、东风泪满。海棠开后，燕子来时，黄昏深院。**

**【注释】**

①频频：多次。②夜阑：夜将尽之时。③争奈：不仅有无奈的意思，更有承受不住的意思。④凭：倚。

**【鉴赏】**

周邦彦这首《烛影摇红》是奉旨“增损”修改王诜的《忆故人》而成的。与之相较，周词增的多，损的少。此调为双调，分为上下两阕。上阕是全由周邦彦创作，他抓住王词“离恨”的主题，从侧面着笔。

词人在上阕把时间往前推移，着力描写这位女子的美貌，为下阕写“离恨天涯远”做铺垫。“芳脸匀红，黛眉巧画宫妆浅”，女子容貌妩媚动人，其“芳脸”“黛眉”非常精致，但是为了刻画这样一个女子的美貌，词人抓住女子的“娇波眼”，把重点放在眼睛上，“风流天付与精神，全在娇波眼”，女子的风韵、天生丽质由此跃然纸上。接着写两人的真挚情感，“早是萦心可惯。向尊前、频频顾眄”，女子对他有情意，倾心于他。“几回想见，见了还休，争如不见”，虽然会见了几回，但又如何呢？还不如就此分手，像这样的“休”还不如不见的好。这样，上阕由“风流天付”写到相见倾心，便为下阕的描写相思做了准备。

下阕是词人在王词原作基础上改动个别地方而成，使得原旨和主题更加突出。“烛影摇红，夜阑饮散春宵短”，红烛摇曳，散饮时夜已深，春宵苦短，令人回味和备感孤独，这样写更加深了离恨的愁绪。“当时谁会唱阳关”回忆往昔的离别情景，《阳关曲》也不能抚慰因离别而产生的惆怅。如此写法显得婉转，有波折，突出了主人公挥之不去的思念之情，与整首词浑然一体。“离恨天涯远”，离恨始终相伴着主人公。“争奈云收雨散，凭阑干、东风泪满”，主人公为相思之情所压，实在承受不了欢乐过后的无限孤寂，只好倚栏远望，泪雨婆娑。最后三句“海棠开后，燕子来时，黄昏深院”，通过景物的描写，来渲染主人公心中的离愁别绪，这种离恨的滋味只有主人公独自品味，在黄昏的院子里更显得孤独。

这首词经过周邦彦的改动，更显得宽广，突出主题，而且在篇章结构上也富有层次变化，他围绕离恨这一主题，在现实与回忆上作文章，于腾挪顿挫开合之中，多层次地表现离恨别绪，避免了过多直说、直叙而造成的弊病。

## 【锁窗寒】

**寒食**

**暗柳啼鸦，单衣伫立，小帘朱户。桐花半亩，静锁一庭愁雨。洒空阶、夜阑未休，故人剪烛西窗语。似楚江[①]暝宿，风灯[②]零乱，少年羁旅。**

**迟暮。嬉游处，正店舍无烟，禁城百五[③]。旗亭唤酒，付与高阳俦侣[④]。想东园，桃李自春，小唇秀靥[⑤]今在否？到归时，定有残英[⑥]，待客携尊俎。**

【注释】

①楚江：指长江。李白诗有“天门中断楚江开”。②风灯：形容人生短暂，老年人如风前之烛。苏轼诗有“过眼百世如风灯”，杜甫诗有“风前春灯乱，江鸿夜雨悬”，所绘即此情景。③百五：指寒食节。④高阳俦侣：指高阳酒徒。⑤靥：面容。⑥残英：残存的花。

【鉴赏】

这是一首抒发羁旅情怀的词作。上阕写暮春欲雨之时，由日转夜，从夜雨说到话雨，又从话雨想起昔年楚江暝宿时的旅况，羁旅情味，由外及内使人深思。下阕叙写寒食及节日思乡之情。寒食禁烟而饮酒，人到老年，回忆往事不胜感慨。在结构上移步换景，将眼前之景与回忆之景、设想之景相互穿插，以景达情，浑然天成。

“暗柳啼鸦，单衣伫立，小帘朱户”，这三句奠定了全词的基调。薄暮时分，柳色渐渐昏暗，乌鸦盘旋聒噪，词人身着单衣站在朱户之中，小帘之后凝神沉思。点明了时间与词人所处的环境，薄暮时分，天气渐暗，群鸦乱啼，孤身置于其间，渲染出词人的愁思、惆怅的心情。“桐花半亩，静锁一庭愁雨”，这两句抒写词人的羁旅之愁。春雨绵绵，雨滴敲打在梧桐上，这一切静静地锁住一庭愁雨。这里词人用一“锁”字使得本为抽象无形的情绪形象化，从而突出了词人此时愁闷难堪的心境。“洒空阶、夜阑未休，故人剪烛西窗语”，滴答的雨声洒落在空寂的台阶上，使得词人心中的愁绪更加浓烈了，直到夜深仍不停息想睡却怎么也睡不着。词人不禁想起了故人，不知何时才能与之相会。此处化用了李商隐《夜雨寄北》中“何当共剪西窗烛，却话巴山夜雨时”的诗句。接着叙述过去漂泊的情形，“似楚江暝宿，风灯零乱，少年羁旅”，这一层词人宕开一笔，由眼前之景转而幻想从前，在变幻境界中感叹风灯零乱，少年漂泊，颇有不胜今昔之感。

下阕“迟暮。嬉游处，正店舍无烟，禁城百五”，词人此时有一种自伤迟暮之感，从少年漂泊，岁月匆匆，如今依然居无定所，可是已到暮年，功业未竟，不觉黯然神伤。“旗亭唤酒，付与高阳俦侣”，词人心中堆积了无限的愁绪，没有兴致再去玩了。所以，旗亭饮酒取乐之事还是让高阳酒徒们去做吧。“想东园，桃李自春，小唇秀靥今在否”，词人一心惦记自己的家园，设想到“东园”此时肯定又是春风桃李，繁花似锦吧，而那给自己留下美好印象的、人面桃花相映红的姑娘，如今是否还在？“到归时，定有残英，待客携尊俎”，词人归心似箭，未踏归途，心早已设想好归家时的情景。到那时，春意犹在，尚有残花挂在枝头，他这个长期客居他乡的人，如今回到故土，仍被当作“客”来对待，别有一番滋味。

整首词巧妙地将现实、回忆、设想结合起来，千转万折，感情复杂微妙，包含了词人对羁旅生活的厌倦，对年华流逝的痛惜，对家乡的思念，对故友的怀念以及对情人的眷恋。在结构上也是浑然天成，含蓄细腻，意淡气厚。

## 【虞美人】

**灯前欲去仍留恋，肠断朱扉远①。未须红雨②洗香腮，待得蔷薇花谢、便归来。**

**舞腰③歌板④闲时按，一任傍人看。金炉应见旧残煤⑤，莫使恩情容易、似寒灰。**

**【注释】**

①朱扉：即朱门，此处是指女主人公的居所。②红雨：从美人面庞上流下的沾着胭脂红色的泪水。③舞腰：指舞时姿态，因跳舞多靠腰身的摆动。④歌板：又叫檀板或拍板，是歌女用以敲打出节奏以伴歌声的乐器。⑤煤：即麝煤，为熏炉所用的香料。

**【鉴赏】**

这首词所描写的是远行人与自己心上人话别时的情景，通过一系列的嘱托，抒发他对爱情的执著与忠贞。这是一首抒情小调，词人用饱含感情的笔触，从生活细节中抓住人物的心态，运用比喻，含蓄地表达了主人公内心的复杂情感。

上阕“灯前欲去仍留恋，肠断朱扉远”，是说话别将尽，两人要分离。首句开门见山，直截了当，然而“仍留恋”三字，转而写出欲去未能，依依不舍的情景，从而引起下面语重心长的千言万语。“未须红雨洗香腮，待得蔷薇花谢、便归来”，描写离别人的殷殷嘱托：这番离去，你万万不能为了我而天天以泪洗面啊，你就天天去花园里走走吧，待到蔷薇凋谢的暮春时分，我就会回到你的身边来。此番包含了男主人公对心上人的无限关心与深情，情意缠绵，屈曲宛转，令人心醉。

下阕继续抒写多情的男子对恋人的叮咛，但却与前不同，这里充满着理智的体贴和无可奈何的大度，使人感到在炽烈而深沉的爱恋中，浸透着隐隐的忧伤。进一步深化了人物的性格。首句“舞腰歌板闲时按，一任傍人看”，不妨歌舞依然，以消闲寂，任随别人去看吧！女主人公由于职业、身份的关系，她不得不以自己的伎艺供他人取乐，这种命运对她来说，绝非心甘情愿。这两句词，包含着词人对女子全部了解、同情与信任。这恳切的话语，不光是说明了词人对这位女子的爱情可贵，而且也反映了这位女子对自身命运的抗争，对纯洁爱情的忠实。“金炉应见旧残煤，莫使恩情容易、似寒灰”，那镶金的炉膛里留下的是以前烧剩的残煤，这一堆残灰给人无限的凄凉之感，词人衷心祝愿，我们像火一样热烈的爱情，莫使它轻易熄灭。这番至诚的祝愿，传达出相爱双方的共同心声。这首词指事用典，巧妙得当，贴切自然，语言深切、细腻、生动、明快。

## 【浣溪沙】

**雨过残红湿未飞，疏篱一带透斜晖。游蜂酿蜜窃香归。**

**金屋[①]无人风竹乱[②]，衣篝[③]尽日水沉[④]微。一春须有忆人时。**

**【注释】**

①金屋：借用汉武帝金屋藏娇故事，这里借指华丽的房屋。②乱：摇曳不定的样子。③衣篝：指薰衣的薰笼。④水沉：即沉香，一种名贵的香料。

**【鉴赏】**

这首词描写的是闺中女子怀念远方心上人的情思，景中含情，情景交融。通过对暮春之景的描写，把少女想念心上人的情态以及愁绪表现了出来。

上阕写少女从闺中往外看所见到的暮春时节的景象。“雨过残红湿未飞，疏篱一带透斜晖”，一场雨过后，落红满地，沾在地上飞不起来。那篱笆的缝隙间透露出点点斜晖，给人一种淡淡的凄凉之感。光和色的交映，这暮春、残红、黄昏、落照，消逝的青春也如同凋零的花儿一样，一去不复返。少女的闺房寂寞、迟暮之感以及她内心难以言状的感触，都通过这些景物描写表现了出来。“游蜂酿蜜窃香归”，那去采花酿蜜的蜜蜂在这傍晚时分满载而归。收获了蜂蜜，此间必定有一番丰收的喜悦。这正好与少女正在等待收获幸福构成对比，更衬托出少女春闺怀人的空虚感和寂寞感。

下阕首句“金屋无人风竹乱，衣篝尽日水沉微”，描写景物从室内转向室外。黄昏时候，斜晖静静地照着这座华丽的房子，室内空荡荡的，除了这位少女外，寂静无人。女子等待的人并没有归来，这份难熬的思念使得她心神不定、意绪缭乱。只有风吹竹影，参差摇曳。薰笼里的沉香已燃了一整天，只剩下残烟袅袅，缕缕余香。但女主人公百无聊赖，无心添香。通过对室内室外环境的渲染、烘托，静态与动态的交互作用，闺中少女的寂寞与愁绪，由眼前的春暮花残、黄昏落照所引起的青春消逝、惆怅空虚的情怀，都在词人的笔下流露了出来。结句轻轻点明怀人，“一春须有忆人时”，这正是闺中少女怀人的时候，在这个春天里充斥着少女的相思之苦。

这首词抒情笔触细腻，艺术手法多种多样，用笔巧妙，摇曳多姿，富有艺术感染力。

## 【浣溪沙】

**楼上晴天碧四垂，楼前芳草接天涯。劝君莫上最高梯①。**
**新笋已成堂下竹，落花都上燕巢泥。忍听②林表③杜鹃啼。**

**【注释】**

①最高梯：最高层。②忍听：不忍听。③林表：林外，指树林远处。

**【鉴赏】**

这首词是即景抒怀之作，抒发思念家乡的乡情。全词篇幅较短，没有铺叙，词人复杂的感情，起伏变化的心态，都压缩在不长的篇幅里。语言凝练集中而又深沉蕴藉，极具感人的力量。

起首二句“楼上晴天碧四垂，楼前芳草接天涯”，气象阔大。上句写天，词人此时乃站在高楼之上仰望天空，天空是晴朗的，没有浮云障目，极目远眺，晴朗高旷的碧天，与四周的旷野一同延伸到遥远的地方，无边无际，分不出哪里是天，哪里是地，浑然一碧，境界开阔。着一个“垂”字，虽然属于感官的错觉，却是望中的实感。下句写地，楼前碧色的芳草随着旷野伸向遥远的地方，伸向天涯。人们不难从“芳草”联想到“王孙游兮不归，春草生兮萋萋。”（《楚辞·招隐士》），联想到“青青河畔草，绵绵思远道”（《古乐府·饮马长城窟行》）的悠悠离情，联想到“春草碧色，春水绿波，送君南浦，伤如之何”（江淹《别赋》）的黯然别绪。常人只感受到“其叶青青”的欣荣，敏感的词人却能看出过去的花落和未来的叶衰。“劝君莫上最高梯”古人的思乡离恨旅愁多因登高、登楼而愈趋强烈。这句词作为上阕歇拍，点到即止，“欲说还休”，含而不露，有委婉蕴藉之妙。

下阕用花木消长，续写这种“悲凉”。“新笋已成堂下竹，落花都上燕巢泥”，堂前鲜嫩的春笋，已长成修长的绿竹，但此时也是竹子走向死亡的历程，当它长得越茂盛，就越接近死亡。因此“堂前竹”和“落花”象征生命和死亡交错并存，而燕巢泥中的落花，寄寓更深。同时，“已成”“都上”两词，把词人沉重的心情与无可奈何的情绪表现了出来。“忍听林表杜鹃啼”，全篇主旨于结穴处点明。“莫上最高楼”，然楼下堂前，再惹愁思。林表杜鹃的悲鸣，无法不听而唯有“忍听”，无一不扰乱着词人的心，加重了词人心头的愁绪。这首词的主题有景有情，景中含情，将广阔的空间与推移的时间交相为用，错落有致，委婉含蓄。

## 【隔浦莲近拍】

**中山县圃姑射亭避暑作**

**新篁①摇动翠葆②，曲径通深窈。夏果收新脆，金丸③落，惊飞鸟。浓翠④迷岸草。蛙声闹，骤雨鸣池沼。**

**水亭小，浮萍破处，帘花檐影颠倒。纶巾羽扇，困卧北窗清晓。屏里吴山梦自到。惊觉，依然身在江表。**

**【注释】**

①篁：指竹子。②翠葆：形容草木青翠茂盛。③金丸：果子。④浓翠：形容岸边翠绿的青草。

**【鉴赏】**

这首词是作于词人任溧水县县令期间。词中写初夏的一个清晨，词人信步庭园所见景色，进而转折抒发自己的思乡之情，用笔纵横交错，富有变化和层次感，语言优美清新，用词精致。

上阕写盛夏的景色，词人勾勒出中山县圃姑射亭的轮廓以及周围的环境。“新篁摇动翠葆”夏日微风吹来，新篁摇曳，翠盖亦随之晃动。“曲径通深窈”，幽静曲折的小径一直通向看不到的遥远的地方。“夏果收新脆，金丸落，惊飞鸟”，夏季果实丰收，“新脆”二字最富妙用，读者好像尝到了新鲜脆嫩的果实，似觉果香四溢，齿颊留芳。“金丸落，惊飞鸟”则化用李白《少年子》中的诗句“金丸落飞鸟”。那一个个成熟了的果子落下来，惊起一只只飞鸟。“浓翠迷岸草。蛙声闹，骤雨鸣池沼”，着一“迷”字，赋予了青草以迷人的吸引力。写池塘蛙声的喧闹，和骤雨声相和，令人如见其景，如闻其声。上阕通过的景物描写了一个令人流连的避暑胜地：碧色的翠竹和幽静蜿蜒的小径，给人清凉舒适的感觉。成熟的水果，郁郁葱葱的岸草，喧闹的蛙声，这些富有夏天特色景物被集中在一起，展现出一幅清新的田园生活画面，别有一番情趣。“池蛙”，仿佛令人闻到了骤雨前湿润的、带着泥土芳香的气味。作者下笔很巧妙，“新篁”“翠葆”这类精美辞藻的运用，给人一种新奇的感觉。

下阕对周围环境描写缩小到词人具体住处，一座小小的临水亭院，“水亭小，浮萍破处，帘花檐影颠倒”，此处有水，有亭，水亭相映，给人无限美感。词人用“帘花”与“檐影”，只是化用前人诗句描写他所居亭院的幽美、闲静，给人以朦胧美感。词人由周围环境写到住所，由住所写到住所中的主人。“纶巾羽扇，困卧北窗清晓”，“困卧”一词表明词人此时的情绪转折，并不是很愉快。“屏里吴山梦自到。惊觉，依然身在江表”，着重刻画了词人的思乡之情。画有自己家乡的画屏触发了心中的思乡之情，因屏风上的图画而梦游故乡，一直写到梦醒后的惆怅，情绪有起有落，曲折宛转。

词人写避暑环境幽美、闲静，写景精工。上阕词意乐观、轻松，移步换景，富于变化，画面设计精巧。下阕的词意忽转低沉、沉重，活现出人物的活动与心境，抒发了词人的乡思之情和身世之慨。词人的这种先抑后扬的手法，耐人揣摩。

## 【风流子】

**新绿小池塘，风帘动、碎影舞斜阳。羡金屋[①]去来，旧时巢燕，土花缭绕，前度莓墙[②]。绣阁里凤帏[③]深几许？听得理丝簧[④]。欲说又休，虑乖芳信，未歌先噎，愁近清觞[⑤]。**

**遥知新妆了，开朱户，应自待月西厢。最苦梦魂，今宵不到伊行[⑥]。问甚时说与，佳音密耗，寄将秦镜[⑦]，偷换韩香[⑧]。天便教人，霎时厮见何妨！**

**【注释】**

①金屋：很华美的楼房。②莓墙：长满青苔的墙。③凤帏：绣有凤鸟的帷幕。④丝簧：指管弦乐器。⑤清觞：洁净的酒杯。⑥伊行：她那里。⑦秦镜：指的是传说中秦始皇有一方镜，能照见人心的善恶。⑧韩香：东汉秦嘉出为吏，其妻徐淑因病不能随行，嘉乃寄赠明镜、宝钗等物以慰之。

**【鉴赏】**

这首词写于元祐八年（1093），主要抒发的是怀人情思。全词由景及情，情景交融，层层深入，把对心上人的思念抒发得淋漓尽致。

上阕先从写景入手，“新绿小池塘，风帘动、碎影舞斜阳”，主人公正在池塘边上徘徊，池塘上的水刚刚涨了起来，清清绿绿的。此时有风儿吹过来吹动了帘幕，也吹动了池水，吹动了池水里的夕阳影。“羡金屋去来，旧时巢燕，土花缭绕，前度莓墙”，由“羡”字总领，燕子又来到曾经筑过巢的屋梁上来筑巢了，土花在以前生过的墙上又生出来了。主人公羡慕此二物，是因为它们能重回故地，重续以前的事，而自己却不能重续旧欢，人不如物啊，几多感慨。“绣阁里凤帏深几许？听得理丝簧”，主人公在这池塘边听到了丝簧之声。那声音像满怀幽怨，“欲说又休，虑乖芳信，未歌先噎，愁近清觞”，主人公本来想从这歌声中听出些情意来的，但又担心违背了这约会，只能暗自神伤了，所以借酒来浇愁。

下阕“遥知新妆了，开朱户，应自待月西厢”，开始怀人。主人公知道此时心上人已经化好了妆，打开窗户看着天上的月儿正思念自己。此处用“知”而不用“想”，即加强了肯定意味，体现出恋人间的心有灵犀。“最苦梦魂，今宵不到伊行”，既然在现实中相见不了，那就到梦中去追寻吧，但今晚的梦中没有出现她，心中苦楚向谁言呢？“问甚时说与，佳音密耗，寄将秦镜，偷换韩香”，其中后二句化用刘禹锡“秦嘉镜鉴前时结，韩寿香销故箧衣”的诗意，表达二人的相爱之意。“天便教人，霎时厮见何妨”，主人公心里是如此渴望与心上人相见啊，“求求老天让我们见面吧”可谓是撕心裂肺的呼唤了。

## 【风流子】

**枫林凋晚叶，关河迥，楚客惨将归。望一川暝霭，雁声哀怨；半规凉月，人影参差。酒醒后，泪花①销凤蜡②，风幕卷金泥③。砧杵韵高，唤回残梦；绮罗香④减，牵起余悲。**

**亭皋⑤分襟地，难拼处，偏是掩面牵衣。何况怨怀长结，重见无期，想寄恨书中，银钩⑥空满；断肠声里，玉还垂。多少暗愁密意，唯有天知。**

**【注释】**

①泪花：指蜡泪，诗词多以象征离愁。杜牧《赠别》中有“蜡烛有心还惜别，替人垂泪到天明”。②凤蜡：据《南史》记载，王僧绰少时与兄弟聚会，采蜡烛泪为凤凰。③金泥：指帘幕上的烫金。④绮罗香：指女子衣裙上的香气。⑤亭皋：水边平地。⑥银钩：漂亮的字。

**【鉴赏】**

这首词通过描写词人离开客居五年的荆州时与心上人离别的情景，抒发自己的相思之情，其中蕴含的离愁别绪令人寻味。

上阕开首三句写景“枫林凋晚叶，关河迥，楚客惨将归”，一个枫叶飘零的秋晚，主人公就要离开这客居之地而归去，面对山川迢遥，不免情怀凄然。前三句的情景意念及“楚客”“将归”等字眼，烘托离别的悲凉氛围。“望一川暝霭，雁声哀怨；半规凉月，人影参差”，望着前方漫漫长路，听到大雁悲凉的鸣叫，依稀可辨的一行人影，是尚未远去的前来送别的人们，可知其中有一个“她”，“人影参差”四字写景中寓有无限依依不舍之情。这哀怨的、未安栖或失群的雁的鸣声，与残缺成半的凉月，又成为羁情和离思的象征。“酒醒后，泪花销凤蜡，风幕卷金泥”，写独处一室清夜梦回所见。等到酒醒时只在泪眼婆娑中看到一段残烛的光在摇曳，帘幕也在随意舒卷。通过环境的富艳描写反衬人物心境，形成更强烈的孤寂感。接着继写清醒后的感觉与心情，

“砧杵韵高，唤回残梦；绮罗香减，牵起余悲”，那捣衣之声甚是清晰，一点点驱赶着心头残梦，清醒后梦中出现的她也消失了，悲伤之情涌上心头。“牵起余悲”四字回应篇首“惨将归”，又唤起下阕追忆，贯彻篇终，有千钧之力。

下阕采用倒叙的手法描写饯别分襟时彼此种种不堪。“亭皋分襟地，难拼处，偏是掩面牵衣”，写临别已觉难以割舍，而对方呜咽掩泣更使人难堪。“何况怨怀长结，重见无期”，这一次离别后就不知何时还会再见面了，后会无期。“想寄恨书中，银钩空满”，以一“想”字领起，写别后相思愁恨之深，分从双方着笔。纵然是“恨墨”写至“盈笺”，也写之不尽。“断肠声里，玉还垂”，想象对方情状，更是反映自己对彼相思之深。这种暗密的相思之情，“多少暗愁密意，唯有天知”，一发痴迷沉痛之感慨，将离情别苦写得淋漓尽致。

## 【西平乐】

元丰初，予以布衣西上，过天长道中。后四十余年，辛丑①正月二十六日，避贼复游故地。感叹岁月，偶成此词。

**稚柳苏晴，故溪歇雨，川迥未觉春赊②。驼褐寒侵，正怜初日，轻阴抵死须遮。叹事与孤鸿尽去，身与塘蒲共晚，争知向此，征途迢递，伫立尘沙。念朱颜翠发，曾到处、故地使人嗟。**

**道连三楚③，天低④四野，乔木依前，临路敧斜⑤。重慕想、东陵⑥晦迹，彭泽⑦归来，左右琴书自乐，松菊相依，何况风流鬓未华。多谢故人，亲驰郑驿⑧，时倒融尊，劝此淹留，共过芳时，翻令倦客思家。**

【注释】

①辛丑：干支之一，顺序为第三十八个。②春赊：指春意不浓。③三楚：指秦汉时将战国时的楚地分为东楚、南楚、西楚；又据《三楚新录》载：“五代时马殷据长沙，周行逢据武陵，高季兴据江陵事，因三国都在古楚地，故称三楚”，此处“三楚”应泛指今之湘鄂一带。④天低：形容四野空旷，天与地相接而显得低。⑤敧斜：不齐、不平。⑥东陵：指秦东陵侯召平，在秦被灭

后，变成平民，种瓜于长安市东，人喜其瓜甜美，因呼之为“东陵瓜”。⑦彭泽：指东晋陶渊明曾为彭泽县令，因看不惯官场中的丑恶与黑暗，决心不为“五斗米折腰”而挂冠归田，并作《归去来辞》一篇。⑧郑驿：指好客主人迎宾待客之所。

【鉴赏】

这首词作于词人临终前夕，词中总结了自己的一生，以深沉有力的笔触，描写重经天长道中所见所感所思，刻画出自己垂老羁旅，飘零憔悴的形象，写尽自己四十余年前故地的风光景色及今日又重游时的不胜感慨之情。

上阕前半写景后半抒情。“稚柳苏晴，故溪歇雨，川迥未觉春赊”，写春之初至，细雨中新抽的柳芽在雨后阳光下映照出光芒。旧时游过的溪流，水面上，霎时雨花消失了，但是春意还是不够。“故溪”与“稚柳”相对，“歇雨”与“苏晴”相承，对偶工巧。“驼褐寒侵，正怜初日，轻阴抵死须遮”，写气候的冷暖不定。稚柳的老枝上还带着雪袭霜欺的驼褐色痕迹，正好初春的太阳出来替人驱扫寒气，但是，轻云却拼命地把初日遮住。从天气的阴晴冷暖，变幻不定，转写人生的今昔盛衰，变化无常，情景相衬，转换自然。“叹事与孤鸿尽去，身与塘蒲共晚，争知向此，征途迢递，伫立尘沙，念朱颜翠发，曾到处、故地使人嗟”，这段感情抒发从一个“叹”字起始，慨叹四十年来经历的人情世事，皆已随秋去春来的孤鸿疾飞而去，自身也与塘中的蒲苇一齐衰老枯黄，怎能知道将要去的地方前途如何。长久地沉思着站立在平坦的沙岸，追忆四十年前还是朱颜乌发的翩翩少年的时候，曾经游过的地方，这次重来令人感慨万千啊。“故地使人嗟”的“嗟”字恰与“叹事与孤鸿尽去”的“叹”字一首字一尾字，前后照应，感喟何其深沉！

下阕“道连三楚，天低四野，乔木依前，临路敧斜”，高大的乔木依然如四十年前，然而如今自己举足要踏上前方征途的时候，心境却很不平静，合时地景物，上下阕衔接过渡紧密。“重慕想”则领起以下五句，“东陵晦迹，彭泽归来，左右琴书自乐，松菊相依，何况风流鬓未华”，一种追求和向往又在心底翻腾，羡慕像东陵侯召平与彭泽令陶渊明一样韬影晦迹、鄙视功名归隐林下的生活；以琴、书自娱，闲时依松赏菊，何况自己精力尚沛、两鬓尚无白发。回想词人一生，可谓饱经了宦海漂泊，还经历了神宗、徽宗三朝的剧烈党争，实在是不堪回首了。

“多谢故人，亲驰郑驿，时倒融尊，劝此淹留，共过芳时，翻令倦客思家”，写故人殷勤好客，比得上西汉郑当时，郑曾安排车马至郊外迎送宾客；又比得上东汉孔融，融宾客盈门，东度春天。故人的盛意，使老年遭遇乱离的词人感激不已，也使自己更加想家，结句反跌愈发有力。

词人在迟暮之年，同时也是北宋王朝的暮年，几十年政治生涯已感到厌恶和心力交瘁。他崇尚两位古人，一位是亡国后晦迹民间的召平，一位是弃官归隐的陶渊明，表达出自己人生旅途上凄然伤痛、怅惘迷茫的情感。

## 【忆旧游】

**记愁横浅黛，泪洗红铅[①]，门掩秋宵。坠叶惊离思，听寒螀夜泣，乱雨潇潇。凤钗半脱云鬟，窗影烛光摇。渐暗竹敲凉，疏萤照晚，两地魂销。**

**迢迢，问音信，道径底花阴，时认鸣镳。也拟临朱户[②]，叹因郎憔悴，羞见郎招。旧巢更有新燕，杨柳拂河桥。但满目京尘，东风竟日吹露桃。**

**【注释】**

①铅：古代的化妆品。②朱户：借指歌楼。

**【鉴赏】**

该词描写一个多情的风尘女子对心上人刻骨相思的情景。通过愁容、愁态、动作行为的勾画，把人物因相思不得见的焦急、矛盾到伤感、到怕被遗弃的复杂心情充分展现了出来，语言生动细腻。全词写景抒情，笔调细腻，变化有致，遣字用语极尽含蓄。

上阕主要写女主人公的愁容、愁苦的心态，渲染了一种忧愁的氛围。“记愁横浅黛，泪洗红铅，门掩秋宵”，这几句是人物描写。词人先从回忆写起，黛石淡扫的蛾眉愁锁、莹莹泪水冲洗着面颊上的红粉，皆因要离别。秋夜深沉，闺门已经掩上，女主人公要休息了。“坠叶惊离思，听寒螀夜泣，乱雨潇潇”写出欲睡不能的情态。窗外能够听得见秋叶落到地上的声音，寒蝉凄切入耳，雨声沙沙，把词人心头的愁绪淋漓尽致地表现了出来。“凤钗半脱云鬟，窗影烛光摇”，她无心再整晚妆，如云的乌发蓬蓬松松也已插不住金钗；痴呆地不能成眠，眼睁睁注视着“窗影烛光摇”，随着摇曳的烛光，何时才能与情

人共剪这西窗烛啊。“渐暗竹敲凉，疏萤照晚，两地魂销”，进一步渲染环境凄凉，正是夜色沉沉，凉风吹得竹子铿然有声，还有一点流萤划破夜色，人分两地相思不见，对此寂寞黯然失魂。上阕写女主人公对心上人的蓦想，一层层摹形状态，栩栩如生。

下阕写女主人公对心上人的相思，侧重在心理活动的描写。首句“迢迢”二字，点出了千里相思之苦。“问音信，道径底花阴，时认鸣镳”，心上人已离她远去，欲探寻离人的消息，只能去道路旁、花荫下，仔细辨听来往奔走的骑马人中，有没有自己熟悉的骏马的嘶鸣。“也拟临朱户，叹因郎憔悴，羞见郎招”，也曾想过亲自登上高大的朱门去与心上人相会，但可叹因心上人而容貌憔悴的她，却又羞于去见自己的心上人。这是多么矛盾、真实而又复杂的心情，词人把它生动地刻画出来。“旧巢更有新燕，杨柳拂河桥”，旧年的燕巢里也会飞进新燕，远去的薄人是否又觅新欢？垂柳有意流水无情，不见那千丝万缕的柳丝轻柔地吻着桥下那匆匆流去的水波！充分地体现了女主人公内心的痛苦挣扎与猜测。“但满目京尘，东风竟日吹露桃”，但见满眼飘自京都的飞尘，被东风卷裹着从早到晚地吹弄着带有露水的薄命桃花。通过这些景物的描写，可以体会出女主人公内心的凄苦，即便是如她猜测的那样，女主人公还是对心上人情有独钟，塑造了一个痴情的日夜思念心上人的风尘女子形象。

## 【浪淘沙慢】

**晓阴重，霜凋岸草，雾隐城堞①。南陌②脂车③待发，东门帐饮④乍阕⑤。正拂面、垂杨堪揽结，掩红泪、玉手亲折。念汉浦离鸿⑥去何许？经时信音绝。**

**情切。望中地远天阔。向露冷风清，无人处、耿耿寒漏咽。**

**嗟万事难忘，唯是轻别。翠樽未竭，凭断云、留取西楼残月。**

**罗带光销纹衾叠。连环解、旧香顿歇，怨歌永[7]、琼壶[8]敲尽缺。恨春去、不与人期；弄夜色，空余满地梨花雪。**

【注释】

①城堞：城上齿状的矮墙。②南陌：东门，只是泛说。③脂车：指车轴涂上了油脂，表示准备远行。④帐饮：临别的饮宴。⑤乍阕：刚刚结束的意思。⑥汉浦离鸿：喻指以前离去的行人。⑦怨歌永：唱着哀怨的歌。⑧琼壶：典故，王敦常于酒后咏曹操"老骥伏枥，志在千里。烈士暮年，壮心不已"诗句，即以所持如意打唾壶，壶口尽缺。

【鉴赏】

这首词表达了对久别恋人的怀念之情，以时间的推移为线索，表现出离别、思念、追悔、期望、怨恨、空茫这几个人物思绪发展的阶段。整首词曲折回环、层次丰富、变化多端，把离别人的离愁别绪以及思念之情淋漓尽致地表现了出来。

上阕描写离别人当离别场景。通过"晓阴""霜凋""雾隐"景物的描写，点明时间和地点。在一个秋天雾气很浓的早晨，在"城堞"，女子"掩红泪""玉手亲折"，把情人亲自送走。"晓阴重，霜凋岸草，雾隐城堞"，渲染了浓浓的离别抑郁的氛围，烘托出行者和送者低沉怅惘的心情。"南陌脂车待发，东门帐饮乍阕"，行人即将上路，马上就要分手。"正拂面、垂杨堪揽结，掩红泪、玉手亲折"写到折柳送行人，表现出依依不舍，希望远行人能留下来的心情。几句生动的描写，使人物的心情、神态活现于纸上。"念汉浦离鸿去何许？经时信音绝"，词人就这样离去了，出行日久，且杳无信息。

中阕主要写离别时，两人依依遥望和内心的伤别情怀。"情切。望中地远天阔。向露冷风清，无人处、耿耿寒漏咽"，词人把思念之情集中一个夜晚，表现了对行人思念之情的深切与专注。"情切"二字，直呼心声，它的分量很重。登高眺望，唯见"地远天阔"，所念之人杳远难寻。夜深人静时分独自悲伤地涕泣，很是凄婉动人。"嗟万事难忘，唯是轻别"，由于深谙离别以后的痛苦，从而导引出了一种悔恨的念头，觉得当初的离别太轻易了，悔不该轻率地分手。"翠樽未竭，凭断云、留取西楼残月"，杯中酒未空，断云仍在空中飘荡，让它缠带住西天的残月不要落下，寄托相思。运用比喻联想，表示能等待行人归来的一种信念。

下阕写离别以后的相思与怀念。夜不寐，茶、酒无味，“恨春去”“弄夜色”，离情相思意难绝。“罗带光销纹衾叠。连环解、旧香顿歇，怨歌永、琼壶敲尽缺”，“罗带光销”，丝织的衣带失去了光泽。“纹衾叠”，花色美丽的被子弄得皱了。“连环解”，本来连为一体的玉环被分解开了。“旧香顿歇”，用晋人韩寿的典故，意谓情人所赠的香已经失去了芬芳。这里所要表达的其实是思念之苦对离别之人的折磨之深。这五个比喻，诉说了离别之苦对人的无情折磨，表示了怨恨的深重。“恨春去、不与人期”，表现出无可奈何的心情。“弄夜色，空余满地梨花雪”，用具体的梨花落满地以象征“春去”。春去匆匆，只留下满地梨花如雪，怨恨之情通过凋零的梨花表现了出来。

全词曲折回环，前呼后应，铺叙委婉，层次清晰，既照顾到词的整体结构，又注意到局部的灵活自如，词之结尾尤以景语隐括，给人以美的遐思。

# 谢逸

【作者介绍】

谢逸（1068—1113），字无逸，号溪堂，临川（今江西抚州）人。进士不第。后绝意仕进，终身隐居，以诗文自娱。与弟薖并称“临川二谢”，列名《江西诗社宗派图》。政和三年卒，年未五十。《宋史翼》有传。著有《溪堂集》十卷。词存集中，有汲古阁本《溪堂词》别出单行。其词“标致隽永”（明代卓人月《古今词统》卷四），“轻倩可人”（明代毛晋《溪堂词跋》）。

## 【千秋岁】

**夏景**

**楝花飘砌[1]，簌簌清香细。梅雨过，萍[2]风起。情随湘水远，梦绕吴山翠。琴书倦，鹧鸪唤起南窗睡。**

**密意无人寄，幽恨凭谁洗？修竹畔，疏帘里。歌余尘拂扇，舞罢风掀袂[3]。人散后，一钩新月天如水。**

【注释】

①砌：堆砌。②萍：浮萍。③袂：衣袖。

【鉴赏】

这首词笔调灵动，语言精练，借景抒情，是一首夏季避暑词。

上阕写夏日景象。“楝花飘砌，簌簌清香细”，点明时序风物，此时已是暮春时节。楝花香细，纷纷飘落，四周弥漫的是淡淡的香气。一个“砌”字，点出落花之多。“梅雨过，萍风起”，梅雨落过，水草邃起，风儿吹过，水中浮萍散开。这些景物在夏日中透露出一种清新，但“梅雨”缠绵，“萍风”吹过，这些景物描写也给人一种忧伤感觉。“情随湘水远，梦绕吴山翠”，情随湘水，梦绕吴峰，屏风上所绘的山水，使人遥想名胜景色。“琴书倦，鹧鸪唤起南窗睡”，写日常午睡之情。琴书倦、鹧鸪唤醒，南窗倦卧，通过这些充满生活气息的场景描写，把主人公百无聊赖的情绪表现得淋漓尽致。

下阕写消夏生活，直抒胸臆，“密意无人寄，幽恨凭谁洗”，在这炎热的夏季，心中的情思、幽怨无法排遣。用程晓诗意：“平生三伏时，道路无行车。闭门避暑卧，出入不相过。”伏暑天气，人们在家中歇息，很少来往，这浓浓的愁绪涌上心头，难以消解。“修竹畔，疏帘里”，“竹”“帘”在炎热的夏季给人一股清凉的感觉，正好与主人公心头的愁绪形成对比，暑气可以消解，但愁绪却是越积越浓的。“歌余尘拂扇，舞罢风掀袂”，暂且就歌舞一番，忘记烦恼。“人散后，一钩新月天如水”，众人散场后，心中的愁苦重新泛起，主人公独自望着天上的新月，衬托出主人公此时的孤寂愁苦。“新月”一词，寄托了主人公对心上人浓浓的相思之情。全词用事运典，语言清新，对仗工整，不失为一篇佳作。

## 【江神子】

**杏花村馆酒旗①风。水溶溶②，飏残红③。野渡舟横，杨柳绿阴浓。望断江南山色远，人不见，草连空。**

**夕阳楼外晚烟笼。粉香融，淡眉峰。记得年时，相见画屏中。只有关山今夜月，千里外，素光④同。**

**【注释】**

①酒旗：又称酒帘、青旗、青帘。②溶溶：形容水流动的样子。③残红：落花。④素光：白光，此处代指月亮。

**【鉴赏】**

这首词抒写了异地思乡怀人的情怀。全词风格清丽疏隽，语句清新，借景抒情，于忆旧中抒写相思之情，凄恻感人，真挚含蓄。

上阕起首一句源于杜牧诗句：“借问酒家何处有，牧童遥指杏花村。”（《清明》），“杏花村馆酒旗风”，点出时节地点。春暮夏初，地点在野外村郊临水的路边。映入眼帘的，首先是轻风中微微飘扬的酒旗，然后才看到杏花村酒馆，通过这富有乡村特色景物的描写，为下文写景抒情做了铺垫。“水溶溶，飏残红”，清清的流水，静静地淌着。花已经谢了，春风吹过，卷起阵阵残红。这里暗示词人所处的环境是暮春村野。“野渡舟横，杨柳绿阴浓”，“野渡”一词出自韦应物《滁州西涧》诗“野渡无人舟自横”，显出了环境的凄幽荒凉。下句中的“柳树”的描写，增添了淡淡的伤感，因为柳树一般与离愁别恨连在一起。这里词人以景衬情，巧妙地透露出诗人在感情上产生的波澜。“望断江南山色远，人不见，草连空”，远望江南，青山隐隐，连绵无际，相思离别之情油然而生。意中人远在江南，可望而不可见，可见的唯有无穷无尽的春草，与天相接，延伸到无限遥远的远方。这里词人铺叙直陈，把满腔的心事和盘托出。

下阕从回忆开始，描绘形象。“夕阳楼外晚烟笼”，点明词人所处的环境，夕阳西下，楼外晚烟轻笼。“粉香融，淡眉峰”，这温馨旖旎的环境里，一位绝色佳人出现了。融融脂粉，香气宜人，淡淡眉峰，远山凝翠。词人采用以部分代整体的借代修辞法，留给读者以更多的遐想空间。“记得年时，相见画屏中”，“只有关山今夜月，千里外，素光同”，以感叹作结，词人不得不面对现实，关山迢递，春草连天，远望佳人，无由再见，只有共看这天上的一轮明月，把满腔的相思寄托在这一轮明月之上。词人遣词运意，就此收尾，凄婉感人，耐人寻味。

# 晁冲之

**【作者介绍】**

晁冲之，晁补之的堂弟，字叔用，济州巨野（今属山东）人。尝从陈师道学诗，自称“九岁一门生”（《过陈无己墓》），又曾与王直方、江端本唱和，与吕本中交善，“相与如兄弟”（南宋吕本中《东莱吕紫微师友杂志》）。名列《江西诗社宗派图》。举进士不第，授承务郎。后遭废，居具茨山下，人称具茨先生。政和间，为大晟府丞。著有《晁具茨先生诗集》十五卷，近人赵万里辑有《晁叔用词》一卷。

## 【感皇恩】

**寒食不多时，牡丹初卖。小院重帘燕飞碍①。昨宵风雨，只有一分春在。今朝犹自得，阴晴快。**

**熟睡起来，宿醒②微带。不惜罗襟③揾④眉黛。日高梳洗，看着花阴⑤移改。笑摘双杏子，连枝戴。**

**【注释】**

①碍：阻碍。②酲：酒醉。③罗襟：丝织衣服的袖子。④揾：擦。⑤花阴：花的影子。

**【鉴赏】**

这首词写的是闺中少女在暮春时节的生活和心情，词人不落窠臼，尽管描写的是暮春独居的女子，却塑造了一个乐观、自信、充满希望的女子形象，个性独特鲜明。

上阕首先点明词中女主人公所处的时节是暮春，所处的环境是有重帘的小院。“寒食不多时，牡丹初卖”，寒食节过后不久，人们开始到处卖牡丹，显示的也正是暮春时分的特征。“小院重帘燕飞碍”，燕子由于小院里的重重帘幕，被阻隔在外，无法飞进这院子里。这也似少女悠闲的心境。“昨宵风雨，只有一分春在”，昨夜经过风雨的吹打，将花摧残殆尽，所剩无几。后句“只有一分春”，少女惜春忧伤的心情跃然纸上。“今朝犹自得，阴晴快”，她的情绪没有因暮春时节风雨春残、群芳纷谢的冷落氛围所感染，而是很快就从这伤感的氛围中解脱出来，全词情调也随着少女的心情由愁苦转向乐观。

下阕描写这闺中女子睡起梳妆的举止动态，“熟睡起来，宿酲微带”，熟睡起来，昨夜的酒醉还未全解，两颊还微带着昨宵酒后的红晕。“不惜罗襟揾眉黛”，昨夜微醉的倦意未完全消除，毫无心绪，顺手扯过罗衣擦去昨夜画眉的残余翠黛。这里词人把少女的心理、动态描摹得十分细腻逼真。“日高梳洗，看着花阴移改”，直到太阳渐渐升高，她的宿醉渐解，倦态渐消，这才梳妆打扮，淡扫娥眉，薄施粉黛。一边梳洗一边看着太阳在花上移动的影子，顾盼自怜。“日高”“花阴移改”，形象地展现女子起床梳洗所用时间之久。“笑摘双杏子，连枝戴”，女主人公“笑摘”杏子，说明她心情乐观、开朗。“成双”一词也暗示女主人公内心盼望自己也能成双成对的微妙心理。虽然她现在暂时独居，但是着一“笑”字，表现出她相信不久就可以和杏子一样成双成对，神余言外，趣味隽永。

## 【临江仙】

**忆昔西池[①]池上饮，年年多少欢娱，别来不寄一行书[②]。寻常相见了，犹道不如初。**

**安稳[③]锦屏[④]今夜梦，月明好渡江湖。相思休问定何如。情知春去后，管得落花[⑤]无？**

**【注释】**

①西池：汴京城西的金明池也称西池，当时的人们常到此地游玩。②书：指书信。③安稳：安全平稳。④屏：屏障。⑤落花：这里指与词人一起受风雨摧残的同道。

**【鉴赏】**

这首词以冲淡隐约的情致，抒发和旧友离别后怀念往日汴京生活以及追踪已逝的梦影而不得的怅惘之情。

上阕首句“忆昔西池池上饮”，直接叙述当年和友人们汴京西池畅饮的欢娱情景。“忆”字领起，回忆当年与友人志趣相投，性情相近，欢聚一起，纵论古今，何等欢乐。“年年多少欢娱”，至今回忆，无限留恋。如今种种乐事都浓缩在“多少”二字中了，语气中隐隐透露了物是人非的极为沉重的怅惘情绪。“别来不寄一行书”则笔锋一转，昔日朋友星离云散之后，竟然雁断鱼沉，连一行书也没有。此处的“不寄”为不能寄，当时的现实情况、政治处境不允许他们书信往来，互诉衷肠。“寻常相见了，犹道不如初”，像现在各人的政治处境来说，即使能寻常相见，但都已饱经风雨，如惊弓之鸟，不可能像当初在西池那样纵情豪饮，开怀畅谈，无所顾忌了。语言平淡通俗，却勾画出严酷政治压迫下反常的社会现象。

下阕讲目前的处境和心情。“安稳锦屏今夜梦，月明好渡江湖”，政治环境既然如此险恶，把人逼到息交绝游的境地，他现只能在被锦屏围障着的七尺卧榻上得到一点安全感。词人希望在梦中与故人趁今夜月明，“好渡江湖”，飞来相会。这里把词人内心隐藏的抑郁、无可奈何的心情表现了出来。“相思休问定何如。情知春去后，管得落花无”，词人设想月夜梦中重逢的话。梦中相逢，不要互问情况。因为彼此遭遇相同，处境相似，这样询问过后，只是徒增伤感而已。春天已经过去了，落花命运如何？以问句结尾，更添心酸。这里“春天”是比喻政治上的春天。“落花”比喻他们那一班受风雨摧残的同道。这两句比喻，形象鲜明，含意显豁，情深语痛，意味隽永。

# 毛滂

**【作者介绍】**

毛滂（约1060—约1124），字泽民，江山（今属浙江）人。元祐中，苏轼守杭，毛滂为法曹，颇受器重。元符初（1098），知武康县，改建官舍“尽心堂”，易名“东堂”，狱讼之暇，觞咏自娱其间，因以为号。历官祠部员外郎。政和元年（1111）罢官归里，寄迹仙居寺。后知秀州。《宋史翼》有传。著有《东堂集》十卷。《全宋词》用《彊村丛书》本《东堂词》增补，《全宋词补辑》另从《诗渊》辑得二首。其词“情韵特胜”（《四库总目提要》卷一九八）。

## 【生查子】

**日照小窗纱，风动垂帘绣。宝炷①暮云迷②，曲沼③晴漪绉④。**

**烟暖柳惺忪⑤，雪尽梅清瘦⑥。恰是可怜时，好似花秾后?**

**【注释】**

①宝炷：原指薰香，这里指春日缕缕光线。②暮云迷：薰香的烟缕如暮云一样使春日春风都带上了一层朦胧的色彩。③曲沼：弯弯曲曲的小水池。④漪绉：指水波涟漪，像绸缎上的花纹。⑤惺忪：睡眼迷蒙，似醒未醒之状。⑥清瘦：身姿瘦削，骨骼清峻。

**【鉴赏】**

这首咏春词，采用白描的手法，将春日所照的景物依依描绘，形态生动逼真。整首词充满了早春的生气，抒发一种轻快喜悦之情。

开篇首两句写天气之佳。“日照小窗纱，风动垂帘绣”，对仗工整，紧扣主题。早春和煦的阳光照着窗纱，温暖的清风轻轻吹动绣帘。这一“小”字，暗示出词人心情喜悦以及对早春的喜爱之情，为全词奠定了轻快的基调。

“宝炷暮云迷，曲沼晴漪绉”，写早春园中景色。傍晚时分，天边的暮云低垂，缕缕阳光被云霞遮掩。天气晴朗时，风吹动小池塘的水，碧波涟漪。句中“暮”“晴”紧扣题意，写春日景致。

词作下阕首两句“烟暖柳惺忪，雪尽梅清瘦”，对仗工整。这里写柳、梅等景物均运用拟人化的手法描写。柳芽之萌动似人之初醒，雪化之后更显梅之清瘦。“惺忪”二字，以有情之人拟无情之物，把柳树从冬天的蛰伏到早春的萌动恰到好处地描摹出来。“清瘦”二字，状梅之清高孤傲，也极贴切自然。“恰是可怜时，好似花秾后”，写梅花虽然在百花盛开的春天凋谢，但这正是它引人怜爱的地方。词人写早春，诸景都好，只有梅花清瘦，惹人怜惜。曲折委婉地描绘出词人在令人伤感的暮春时节自惜自怜的心境，寓情于景。同时也说明了早春才是春天里最令人怜爱之时。整首词写景对仗工整，充满了早春的生机蓬勃，抒发词人轻快喜悦的心情，别具匠心。

## 【临江仙】

都城元夕

**闻道长安[①]灯夜好，雕轮宝马[②]如云。蓬莱[③]清浅对觚棱[④]。玉皇开碧落，银界[⑤]失黄昏。**

**谁见江南憔悴[⑥]客？端忧[⑦]懒步芳尘。小屏风畔冷香[⑧]凝。酒浓春入梦，窗破月寻人。**

**【注释】**

①长安：即唐代都城，这里借指北宋汴京。②雕轮宝马：指华美的车轮，高大的骏马。③蓬莱：传说中的一座海上仙山。④觚棱：指宫殿的屋脊。⑤银界：即星河，喻指街上成千上万的花灯，把夜晚照得如同白昼。⑥憔悴：形容枯瘦。⑦端忧：犹言闲居忧闷。⑧冷香：盖指当令的梅花之类，借以自喻不慕荣华、自甘孤寂之心怀。

**【鉴赏】**

毛滂晚年落拓，这首词就是在他生计艰难，心情悲惨，羁旅河南之时写的，为记都城汴京的元宵佳节而作。此种困苦的情况之下，迎来佳节，定是别有一番滋味在心头。

词作上阕写都城汴京元宵佳节的盛况。“闻道长安灯夜好，雕轮宝马如云”，词题即在首句点出。领字“闻道”二字，点明描绘的汴京元宵节的热闹景象都是虚幻的神游，并非实境，别有一番凄楚的滋味在其中。词人描写京都元宵之夜，花灯千姿百态，美丽壮观。观灯的贵人们乘着华丽的马车，像云彩般追逐，十分热闹。这里词人把京都元宵佳节的盛况想象得越盛大，反托出词人此时的处境就越凄凉。“蓬莱清浅对觚棱”，此句描写的是汴京宣德楼前的一个景观，如同仙境一般，实在让人向往。“玉皇开碧落，银界失黄昏”，对仗精工，想象奇特，意境瑰丽，极力渲染花灯之盛。黄昏时分的街市上，五彩缤纷的花灯如山如海。夜晚的皇城，恍若玉皇大帝大敞的天宫，宛如银河飘落，辉煌无限。星河与花灯交映，仙界与人间同欢，元夕盛况可见一斑。

下阕借景抒情，直抒词人元宵佳节之夜的悲凉心情。“谁见江南憔悴客”，这里“谁见”二字，词人把镜头从想象中的繁华景象拉回到凄冷的现实中来。这里的“江南憔悴客”是词人自指。词人此时此地的落魄失意的情境与上阕所叙的佳节盛景形成鲜明的反差，更加衬托出词人自伤孤苦的情怀。“端忧懒步芳尘”，此处的“端忧”是指所怀忧愁之心。这是写闺中人没有兴致去观赏那元夜的繁华景致。“小屏风畔冷香凝”，写词人自嘲形容憔悴。想象自己的妻子此时正伤心落泪，泪水凝住脸上的香粉。这种描写只是词人的设想；设想闺中人在思念自己，也就更深刻地表现了自己在思念闺中人。“酒浓春入梦，窗破月寻人”，写词人借酒浇愁，希望能够在梦中与亲人相会。月光从窗子中照进来，好像是寻找他来了。此情此景寄托了词人对亲人的浓浓思念之情，烘托出一股孤独寂寞、凄冷愁苦的氛围。

这首词叙事抒情，结构巧妙，委曲婉转，以上阕之热闹盛景反衬词人的郁闷、寂寞、思念的苦楚，虚实结合，融情于景，缠绵悱恻。

## 【烛影摇红】

**送会宗**

**老景萧条，送君归去添凄断[①]。赠君明月满前溪，直到西湖畔。**

**门掩绿苔应遍，为黄花[②]、频开醉眼。橘奴[③]无恙[④]，蝶子[⑤]相迎，寒窗日短。**

【注释】

①凄断：极度凄凉。断，是极、尽之意。②黄花：菊花。③橘奴：斋前橘树。④无恙：身体健康没有疾病。⑤蝶子：指梦蝶。

【鉴赏】

这是一首赠友词，写老友别后的凄凉寂寞心境，同时写自己对老友的深切思念之情。会宗名沈蔚，吴兴人，是词人的老朋友，也是当时有名的词人。沈蔚与毛滂、贾耘老等为诗友，有诗词唱和。

上阕首二句“老景萧条，送君归去添凄断”，为全篇奠定了一股悲凉的基调。词人晚年“老景萧条”，官运不佳，家计落拓，无以为生。老境本已萧条，更兼老友离去，凄凉冷落已至极点。这里“断”是极、尽之意。“凄断”就是极度凄凉。一个“添”字，使本已极度的凄寂更进一步，颇具感染力。“赠君明月满前溪，直到西湖畔”，写送别友人之情。词人穷困潦倒，没有什么可以送别朋友，只有借天上的明月为老朋友送行，明月在照着友人，从词人所居的前溪，一直照到友人西湖岸边的家，表现出词人对友人的真挚情感。

下阕写别后之景。“门掩绿苔应遍”，“应”表明这里是词人的设想之辞，想象友人多日不归，遂无人迹，台阶上应该长满了绿苔，显得空落静寂。“为黄花、频开醉眼”，写友人回家后对自己的思念。词人设想友人分别以后因思念自己，只能独自一人，醉对黄花。“频开”四字，形象感极强。用“频开”二字，形象地写出了饮到醉眼朦胧之际，只能用自己残存的一点意志力去挣扎着“频开醉眼”看花。“橘奴无恙，蝶子相迎，寒窗日短”，词人设想友人回家以后，橘树还是老样子，却只有空寂的书斋相迎，暗写无人迎接，此情此景一股悲凉孤寂的情感涌上心头。词人作此设想表现出自己对友人的关怀之切，思念之深。

这首词开篇从别后写起，运用想象的手法，描写得细腻真切，表现了词人与友人之间的情谊之厚，自然寓内。风格悲凉中见风趣，愁苦中有方达，别具一格。

## 【惜分飞】

**题富阳僧舍作别语，赠妓琼芳**

**泪湿阑干[①]花著露[②]，愁到眉峰碧聚[③]。此恨平分取，更无言语空相觑[④]。**

**断雨残云无意绪，寂寞朝朝暮暮。今夜山深处，断魂[⑤]分付[⑥]潮[⑦]回去。**

**【注释】**

①阑干：形容纵横散乱的样子。②花著露：露，早晨的露珠。此处比喻眼泪。③眉峰碧聚：黛色的双眉如同秀丽的山峰并立，比喻双眉深敛紧蹙。④相觑：害怕、恐惧地望着对方。⑤断魂：比喻自己离魂。⑥分付：即付于。⑦潮：江潮，指钱塘江潮水。

**【鉴赏】**

这首词历来被推为毛滂的代表作，词中追忆了词人与歌妓琼芳依依惜别的情景，抒写了词人孤处羁旅的凄凉心境与萦绕心头的思念之情。

此词上阕写依依惜别之情。“泪湿阑干花著露，愁到眉峰碧聚”，从对方落泪的情态——哀愁之容貌落笔，用“花著露”“眉峰碧聚”来点化别情。化用白居易《长恨歌》的“玉容寂寞泪阑干”和张泌《思越人》词中的“黛眉愁聚春碧”句，描写女子的愁与泪，显得优美而情致缠绵悱恻。这里用典引事，浑然天成。接着，描写男主人公的心态和仪容，“此恨平分取，更无言语空相觑”，二人心中的离恨是一样多的，表现出两人的情深意笃。后句回忆两人伤别时情态，离别在即，两人含泪相视，此时纵有千言万语，又从何处说起？以眼神达意，于无声中表现离人的复杂情感。

下阕情景交融，情意绵绵，悱恻缠绵，写词人独身羁旅的凄凉心情与缭绕心头的思念之情。“断雨残云无意绪，寂寞朝朝暮暮”，既写实景，又暗用宋玉《高唐赋序》中“旦为朝云，暮为行雨，朝朝暮暮，阳台之下。”之语，即后人所谓神女生涯，词人取此意来形容他与琼芳的恋情。在这种残云断雨的环境中，也预示着他与心上人将要分离，以后就只剩下无尽的相思之苦陪自己度过朝朝暮暮了。“今夜山深处，断魂分付潮回去”，写词人于富阳山道僧寺内寄宿，深夜辗转反侧，听得钱塘江回响之声惹起心绪缭乱。词人设想琼芳归杭，自己暂留此地，深山阻隔，只有将自己的断魂付与江潮，魂随江潮，流到伊人身边。“断魂”一词，可见词人此时的心碎情苦，这浓浓的相思积压心头，难以排遣。结语寄魂江涛，把如此刻骨铭心的相思淋漓尽致地表达出来。这首词运用比喻、想象、用典等手法，抒写词人与恋人之间的离愁别绪，感情自然真切，音韵凄婉，寓情于景，感人肺腑。

# 苏过

**【作者介绍】**

苏过（1072—1123），北宋文学家。字叔党，号斜川居士，眉州眉山（今属四川眉山市）人。苏轼第三子，时称为“小坡”。宋哲宗元祐六年（1091），曾应礼部试，未第。绍圣元年（1094），轼谪惠州，四年，复谪儋州，皆随行。元符三年（1100），随父北归。轼卒后，依叔父苏辙居颍昌（今河南许昌），营湖阴地数亩，名为小斜川。徽宗政和二年（1112），监太原税。五年，知郾城。宣和五年（1123），通判定州。苏过世后葬于河南郏县。苏过能文，有《斜川集》二十卷行世。（此据《宋史》本传，他书著录均为十卷），已佚。清朝吴长元得旧钞残本，并从他书纂辑，厘为六卷，其中诗三卷。亦能书画，宋徽宗曾宣召苏过入宫作壁画。苏过诗，以《知不足斋丛集》本为底本，校以清乾隆武进赵氏刊本（简称赵本），清旧抄本等。新辑集外诗，编为第四卷。

## 【点绛唇】

**新月娟娟，夜寒江静山衔斗。起来搔首[①]，梅影横窗瘦。**

**好个霜天[②]，闲[③]却传杯手。君知否？乱鸦[④]啼后，归兴浓于酒。**

**【注释】**

①搔首：人在思考时的习惯性动作，以手摸头。②霜天：一般指秋天，此处是指很冷的天气。③闲：搁置。④乱鸦：这里当指那些如同乌鸦一样啼噪的党同伐异的政客。

**【鉴赏】**

这首词抒写诗人寒夜中的一种闲适、恬淡而又略略感到凄恻、悲凉的情怀。词人融情入景，语言明快自然，意境深远，不饰雕琢。

上阕首二句“新月娟娟，夜寒江静山衔斗”，点出词人所处的环境。一轮新月高挂天边，在这寒夜中散发出朦胧的光芒，透出一丝丝寒意，江水静静地流淌，江边矗立着群山，一个“衔”字把山峰似乎与天上的星斗相衔接的情状形象地描绘出来。这里描写了“夜寒”“江静”“月娟娟”“山脊衔着星斗”等景物意象的静态和动态，生动形象，具有表现力。“起来搔首，梅影横窗瘦”，词人辗转难眠，搔首徘徊之际，望见窗边几枝清清瘦瘦的梅花的影子，疏影横斜。这里一“横”一“瘦”，两个字就把梅花的神韵生动地突现于纸上。词人这里独写梅花，既点明了这是冬末早春时节，更是在“梅影”上寄托自己高洁的品性，如梅花般的洁身自好，运笔巧妙。

下阕在上阕写景的基础上水到渠成地抒发胸臆。“好个霜天，闲却传杯手”，前半句以感叹式的总结承接上阕，这还是寒冷的有霜的天气，是该饮酒来驱驱寒气啊，但是友朋云散，把酒传杯的手，闲搁起来了，没有饮酒的兴致，表现出词人此时心境的凄凉孤寂。“君知否？乱鸦啼后，归兴浓于酒”，这是一个设问句，暗喻自己的政治遭遇，意近旨远，言浅寓深。“乱鸦”当指那些党同伐异的政客。这里是说词人经历了种种的政治坎坷之后已无心官场，想要归隐，语言含蓄精炼，借景抒情。这里“归兴浓于酒”意味着归隐的意念即使在酒醉之际仍然非常清醒，可见词人已经下定决心不再涉足政治名利场，从此淡泊明志，归隐山林。

# 秦湛

**【作者介绍】**

秦湛，生卒年不详，字处度，号济川，行名大七（一作祖七），高邮（今属江苏）人，秦观之子。幼承家学，工于文，宋元祐五年（1090）应举未中，随侍于父亲身边。官宣教郎。绍兴二年（1132）添差通判常州。四年致仕。少好学，善画山水。尝注《吕好问回天录》，其词作仅存《卜算子》（见《唐宋诸贤绝妙词选》卷四）及一些断句，如“藕叶清香胜花气”为一时盛传之句。秦湛亦能诗，尝与李之仪唱和。其文仅见《西菩山寺记》载于《锡山秦氏文钞》卷首。

## 【卜算子】

**春情**

**春透水波明，寒峭花枝瘦。极目[①]烟中百尺楼[②]，人在楼中否?**

**四和[③]袅金凫[④]，双陆[⑤]思纤手。拟倩东风浣此情，情更浓于酒。**

**【注释】**

①极目：写尽目远望。②百尺楼：这里指词人的意中人所居的闺楼。③四和：香名，亦称四合香。④金凫：即金鸭，指鸭子形的铜香炉。⑤双陆：古代一种博戏的名称，相传是三国时曹植所制。本置骰子两只，到了唐末，加到六只，谓之叶子戏。

**【鉴赏】**

这首词是秦湛仅存的一首词作，词题“春情”，全篇当中四句具体写怀人，末二句则在怀人的基础上集中笔力抒发对所恋之人的思慕之情。全词写景抒情两方面均别具一格，饶有新意。

上阕首二句写春风中胜景，春透波明，寒峭花瘦。“春透水波明，寒峭花枝瘦”，前句以水写春。此时的春光已透，那一江春水是如此清澈，一层一层荡起的波纹都是透明的。后句写春天、乍暖还寒之感，以“瘦”字形容含苞待放的花枝，颇为生动传神，营造出瘦骨凌霜、刚健峭拔的词境。开章紧扣词题，并以景托情，表现了对春天降临的欣喜，还为所思之女子做铺垫。“极目烟中百尺楼，人在楼中否”，引出所思之人，直抒词人心中痛苦的离情。词人极目远望，层层烟雾中依稀可见那座高楼，那里曾经是自己的心上人所居住过的地方，人是否在楼中？以问句作结，进一步展示了思念伊人之情深。其实心中早知人已不在楼中，这样写体现了词人对心上人思之殷切，盼之专注，爱之真挚。“烟中”写百尺楼在烟雾缭绕之中，似隐似现，若即若离，看不分明，此意象中隐含着一丝惆怅与失望。

下阕依然是写对伊人的思慕之情，因情设景。“四和袅金凫，双陆思纤手”，描写昔日楼中相聚的情景。词人回忆当年楼中，四和香的烟缕从鸭子形的铜香炉中缓缓升起，袅袅不绝。他和心上人正作双陆这种博戏，她那玩弄双陆的纤纤玉手，使他久久不能忘怀。这惆怅之情无法排遣，只好“拟倩东风浣此情，情更浓于酒”。词人要将东风请来，把自己深深的恋情洗涤得更清纯，使它比酒还醇香，比酒更浓酽。这里以直抒胸臆作结，表达感情更强烈感人。全词以景托情，抒情真挚、深沉，语言自然平易，委婉含蓄。

# 唐诗 宋词 元曲

郑红峰 编著

〔第四卷〕

光明日报出版社

# 王安中

**【作者介绍】**

王安中（1076—1134），字履道，曲阳（今属山西）人。从学于苏轼、晁说之。筑室自榜曰“初寮”。元符三年（1100）进士，调瀛洲司理参军，大名县主簿。政和中，除中书舍人，擢御史中丞。以疏劾蔡京，迁翰林学士。宣和元年（1119），任尚书右丞，三年为左丞，出镇燕山府。召还除检校太保、大名府尹兼北京留守司公事。靖康间，累贬单州团练副使，象州安置。绍兴四年卒，年五十九。《宋史》有传。有《初寮集》七十六卷，已佚。今有《永乐大典》辑录本八卷。另有《初寮词》一卷。为文健朗明快，词亦清丽可喜。

## 【蝶恋花】

**千古铜台[①]今莫问，流水浮云，歌舞西陵[②]近。烟柳有情开不尽，东风约定年年信。**

**天与麟符[③]行乐分。缓带轻裘[④]，雅宴催云鬓。翠雾萦纡销篆印，筝声恰度秋鸿阵。**

**【注释】**

①铜台：即铜雀台，在今河北省临漳县西南。曹操在打败袁氏兄弟后建铜雀台以彰显平定四海之功。②西陵：曹操葬于邺郡之西冈，称西陵。③麟符：古代官员所持的符信。④缓带轻裘：袍带宽松的轻暖裘装，形容仪态闲雅。

**【鉴赏】**

这首词作于象州，词人睹物怀古，抒发了物是人非、变幻无常的感慨。全词运思细致，用句谨慎，精雕细琢。

上阕怀古，“千古铜台今莫问，流水浮云，歌舞西陵近”，铜雀台亡，西陵歌尽。当年的霸业俱已过去，现在就不要再追问铜雀台了，那都已成往事，就如流水浮云般地消逝了。那西陵之地，曹操当年的英雄冢，如今当年那一阵阵歌声，一曲曲舞蹈仿佛还在眼前。词人描绘了铜雀台这一古迹，往昔的一切都已不复存在，多少热闹繁华，多少英雄气概，都随着岁月转瞬即逝，同时也透露出人世无常的感慨。“烟柳有情开不尽，东风约定年年信”，物是人非，只有东风烟柳年年似旧。那铜雀台边的杨柳仍然如往年般绿着，春天东风一吹就会发芽抽枝。当年的英雄主角早已经消逝，只有那杨柳仍然在年年变绿，一种历史的沧桑巨变跃然纸上。

下阕首句“天与麟符行乐分”，点明聚会的参加者都是当朝为官的人，他们聚在一起享乐，可见这里词人里所要描绘的是那个时代的官场生活。“缓带轻裘，雅宴催云鬓”，参加聚会的人们穿着宽松的袍子和轻便的裘装，仪态优雅。“翠雾萦纡销篆印，筝声恰度秋鸿阵”，翠袖飘舞把香烟的篆痕也冲散了，雁阵在筝乐声中向南飞去。这里描绘的是一幅官员们聚在一起嬉戏游乐的画面，通过词人以上的描写，可以看到在这场宴会上的气氛是十分和谐愉快的，彼此之间没有冲突，相聚甚欢。这里词人笔致工练，意蕴深远。

这首词是一首怀古词，通过词人的描写，抒发人世无常的感慨。语言清新自然，不饰雕琢，运笔巧妙。

# 叶梦得

**【作者介绍】**

叶梦得（1077—1148），字少蕴，号石林居士，长洲（今江苏苏州）人。绍圣四年（1097）进士，授丹徒尉。崇宁初授婺州教授，召为议礼武选编修官，累迁翰林学士。建炎二年（1128）除户部尚书，三年迁尚书左丞。绍兴间，任江东安抚制置大使，兼知建康府、行宫留守，全力抗金。后隐居湖州卞山石林谷，自号石林居士。绍兴十八年卒，年七十二。《宋史》有传。叶梦得为世之儒宗，家中奇石林列，藏书万卷，所撰诗文甚丰。诗有《建康集》。作为歌词，亦妙天下，有《石林词》一卷。前期作品轻柔工丽，所作不多。南渡后，转入写家国之慨，悲凉沉挚。有《石林诗话》，另有小说《石林避暑录话》。

## 【点绛唇】

绍兴乙卯登绝顶小亭

**缥缈[①]危[②]亭，笑谈独在千峰上。与谁同赏，万里横烟浪[③]。**

**老去情怀，犹作天涯想。空惆怅。少年豪放，莫学衰翁[④]样。**

**【注释】**

①缥缈：形容高远隐约。②危：指高而惧。③烟浪：烟波。④衰翁：老翁。

**【鉴赏】**

这首词写于宋高宗绍兴五年（1135），是他既壮将老之时，登临吴兴别业卞山石林谷南山绝顶亭所作。词中抒发了作者归居后既旷达超迈又不免孤寂惆怅的矛盾情怀。

上阕首两句写“缥缈危亭，笑谈独在千峰上”，径直点题。“缥缈”，隐隐约约，若有若无，形容亭在绝顶，既高且小，从远处遥望，若隐若现。这是紧扣题中“绝顶小亭”来写的。

由于小亭位于“绝顶”，故登亭之人有“千峰上”之感，根据当时词人的年龄，他应该是携其少子叶模登绝顶亭的。词人虽老而仍登此绝顶小亭，站在这既缥缈又高耸的亭子上“笑谈”，可见其豪放旷达，纵情山水，年既老而不衰。“与谁同赏，万里横烟浪”，词人此时遥望中原，看到北方的万里山河，纵横乱杂地泛溢着云烟雾浪，发出还能与谁同赏这缥缈之景的感慨？这里透露出词人孤寂苍凉而又万般无奈的心理感受。

下阕开头“老去情怀，犹作天涯想。空惆怅”，这里“天涯想”，是指有志恢复中原万里河山。词人年龄虽老，却壮志未衰，“犹作”二字流露出“天涯想”的强烈感情。这里以“老去情怀”反衬“天涯想”的爱国心切，矢志不渝，表现出“老骥伏枥，志在千里”（曹操《步出夏门行·龟虽寿》）的豪迈气概。但又想起此身闲居卞山，复出不知何日，独自登临远望，纵有万丈豪情，也只能是“空惆怅”。这里“空惆怅”三个字收住了“天涯想”。一个“空”字表现出词人无可奈何、孤独寂寞的心绪。“少年豪放，莫学衰翁样”，此时自己隐居在这深山之中，纵然心中有豪情万丈又能如何去挥洒呢？他只好劝勉小辈应该有豪情壮志，报效国家，不要学习自己这衰老之人的模样。这里流露出词人忧世爱国，悲慨豪放的情思，抒写了他十分矛盾复杂的心绪。

这首词写得豪逸苍凉，波澜跌宕，曲尽其妙，处处转折，紧扣题意，其风格近乎苏东坡的余韵。

## 【贺新郎】

**睡起流莺语。掩青苔、房栊[①]向晚，乱红[②]无数。吹尽残花无人见，惟有垂杨自舞。渐暖霭[③]、初回轻暑[④]。宝扇重寻明月影，暗尘侵、上有乘鸾女[⑤]。惊旧恨，遽如许。**

**江南梦断横江渚。浪黏天、葡萄涨绿，半空烟雨。无限楼前沧波意，谁采萍[⑥]花寄与。但怅望[⑦]、兰舟容与[⑧]。万里云帆何时到，送孤鸿，目断千山阻。谁为我，唱金缕[⑨]。**

【注释】

①房栊：泛指房屋。②乱红：落花。③暖霭：春天的云气。④轻暑：初夏。⑤乘鸾女：据说唐明皇九月十五游月宫，“见素娥千余人，皆皓衣乘白鸾”（《龙城录》），此处代指仙女。⑥采萍：寓意寄相思给心上人，古诗中多见。⑦怅望：惆怅地看望或想望。⑧容与：这里形容船随波起伏动荡的样子。⑨金缕：即唐代杜秋娘《金缕衣》，内容为“劝君莫惜金缕衣，劝君须惜少年时。有花堪折直须折，莫待无花空折枝”，劝人惜时。

【鉴赏】

这首词风格婉丽，该是叶梦得早期之作。词人描绘了暮春时节的景色，触景生情，透露出悲凉、孤寂的情怀。

上阕写景。“睡起流莺语。掩青苔、房栊向晚，乱红无数”，起首三句描绘自己午睡乍醒，已到了傍晚，耳边传来了黄莺婉转动听的叫声，这里“流莺语”是指通过词人的细聆莺啭来烘托环境的幽静。环顾四周，但见地上点点青苔，片片落花，说明春光已尽，一派暮春时节的景象。“吹尽残花无人见，惟有垂杨自舞”，这里继续描写庭院景象。春风吹散了那飘落下来的花瓣，悄悄的没人注意，只剩那长长的垂柳还在随风起舞。一“自”字写出四周无人的寂寥况味，并且通过这暮春景物的描写，传达出一股悲凉的意味。“渐暖霭、初回轻暑”，春去夏来，暖风带来初夏的暑热，于是便“宝扇重寻明月影，暗尘侵、上有乘鸾女”，这是一把布满尘灰的扇子，上面隐约可见的“乘鸾女”使词人陷入了自己的思绪。“惊旧恨，遽如许”，词人那隐匿内心深处的“旧恨”被那扇面上模糊的画像勾了出来，如此猛烈地涌上词人的心头。上阕通过写暮春时节的景色，引发了词人内心的幽情，语言清新自然，含蓄悠远。

下阕承接上文，追忆往事，抒发情怀。“江南梦断横江渚。浪黏天、葡萄涨绿，半空烟雨。”回忆昔日与心上人江南相会的情景，江上碧浪连天，远望如同正在泼醅上涨的葡萄绿酒，天空中弥漫着丝丝烟雨。如今都已成“旧恨”，再也无法重现。“无限楼前沧波意，谁采萍花寄与”，这里转笔写人，设想伊人倚楼凝思，面对着眼前苍茫烟波，是否会采萍花以寄相思之情给我呢？“但怅望、兰舟容与”，惆怅地望着这渺渺烟波，纵然相思，也传达不到心上人那里。“万里云帆何时到，送孤鸿，目断千山阻”，写两人相隔之遥远。云帆何时才能行过万里到达心上人那里呢？只能目送征鸿，远望的视线也被千山阻断了。“谁为我，唱金缕”，结尾两句感叹此时无人为自己唱起《金缕衣》，道出了词人心头的无奈与孤寂，以及对美好往日的怀念。

## 【八声甘州】

**寿阳楼八公山作**

**故都[①]迷岸草，望长淮[②]、依然绕孤城。想乌衣[③]年少，芝兰秀发[④]，戈戟云横。坐看骄兵[⑤]南渡，沸浪骇奔鲸。转盼[⑥]东流水，一顾功成。**

**千载八公山下，尚断崖草木，遥拥峥嵘。漫[⑦]云涛吞吐，无处问豪英。信[⑧]劳生[⑨]、空成今古，笑我来、何事怆遗情？东山老[⑩]，可堪岁晚，独听桓筝。**

### 【注释】

①故都：即寿春，战国时楚考烈王迁都于此，仍名郢。②长淮：淮河。③乌衣：巷名，在今南京，古时是王、谢等名门贵族居住的地方。④芝兰秀发：比喻年轻有为的子弟。⑤骄兵：指苻坚的军队。⑥转盼：回头看。⑦漫：徒然。⑧信：诚然。⑨劳生：劳苦的人生。⑩东山老：指谢安，因为他曾隐居东山，在这里也暗喻作者自己。

### 【鉴赏】

这首词写词人至寿阳登临八公山吊古时的所见、所思，当时词人在朝廷中受到排挤，郁郁不得志。他一方面仰慕当年谢石、谢玄在前线指挥作战，得到朝廷谢安等人的有力支持，打败苻坚；另一面又想到历史上的英雄人物，为国事劳心劳力，也不过“空成今古”。全词抒发了对时局的感慨以及深沉的爱国情怀。

上阕首写宋金以淮河为界之后，临边重镇日趋荒凉的情形。“故都迷岸草，望长淮、依然绕孤城”，寿阳城曾经是古代的国都，城边江岸生长杂乱的野草，给人一种沧桑之感。望淮河的支脉淝水，依然像当年一样环绕孤城寿阳滚流不息。纵然风景依旧，却已经人事全非。接着词人怀想东晋淝水之战。“想乌衣年少，芝兰秀发，戈戟云横。坐看骄兵南渡，沸浪骇奔鲸。转盼东流水，一顾功成”，盛赞“乌衣少年”谢玄从容抗击前秦苻坚的百万“骄兵”，顾盼间大败秦军的历史功勋。这里先用渲染法，塑造出谢家子弟的英武形象，然后用对比和反衬法表现东晋军队以少胜多、大胜异族的辉煌战绩。

下阕以“八公山”为纽带，将“怀古”之情转接过渡到“感今”的抒写。“千载八公山下，尚断崖草木，遥拥峥嵘”，往事已过近千年，那时败逃的异族侵略军，惊恐万状，以为“八公山上，草木皆兵”；今天再次来到这八公山，还有同样的断崖和草木，遥遥地簇拥，还是那么茂盛。这里写山河依旧，从对历史的描写引向对现实的感喟。“漫云涛吞吐，无处问豪英”，写如今淝水的波涛起伏依旧，却无处得见像谢玄一样的英雄人物了。“信劳生、空成今古，笑我来、何事怆遗情”，从反面说谢氏子侄劳碌为国，也不过空成过去。我又何必为往事而思念、悲怆？“东山老，可堪岁晚，独听桓筝”，此处引述谢安隐居浙江东山的典故，暗示自己被秦桧之流打压，北开无奈，只有像谢安一样，无可奈何的在“岁晚独听桓筝”。至此词人所要感慨的物是人非，怀古伤今的情绪已经淋漓尽致地呈现出来。

## 【转调二郎神】

闷来弹鹊

**闷来弹雀，又搅碎、一帘花影。漫试著春衫，还思纤手，熏彻金猊[①]烬冷。动是愁端如何向，但怪得、新来多病。嗟旧日沈腰[②]，如今潘鬓[③]，怎堪临镜？**

**重省。别时泪湿，罗衣犹凝。料为我厌厌，日高慵起[④]，长托春酲[⑤]未醒。雁翼不来，马蹄难驻，门闭一庭芳景。空伫立，尽日阑干倚遍，昼长人静。**

【注释】

①金猊：熏炉。②沈腰：形容人的消瘦，典故出自《南史·沈约传》，说的是沈约在给皇帝上书时说自己年事已高，身体多病，革带常应移孔。③潘鬓：指斑白的鬓发，因为潘岳作过《秋兴赋序》：“余春秋三十有二，始见二毛。”④慵起：懒起。⑤酲：喝醉酒神志不清。

【鉴赏】

这是叙写词人客中怀念其爱妾而作的一首词。写法很有特色。抒写了真挚的感情。表情达意方面，层层递进，将缠绵而复杂的情感抒写得委婉细腻，入木三分，荡气回肠。

上阕主要写的是词人怀念对方的痛苦心境。“闷来弹雀，又搅碎、一帘花影”，这里从“弹雀”写起，侍妾被迫离去后，词人因相思、怀念而起的忧闷心理。喜鹊寓意乃报喜，可在词人心目中再无喜讯可报，于是迁怒于叽喳乱叫的喜鹊。“弹雀”为排闷，但“搅碎”“花影”却更增其烦恼，词人触景生情，又徒添花落人去的伤感。“漫试著春衫，还思纤手，熏彻金猊烬冷”，这里写词人同侍妾日常相处时的绵绵情意，表现了词人由于失掉她而动辄生愁、如之奈何的苦楚。词人漫不经心地穿起春衫，不经意间又想起曾经女子为自己更衣的那纤纤细手来。而今人去屋空，温馨日子一去不回，眼下变得冷冷清清了。“动是愁端如何向，但怪得、新来多病”，写侍妾离开后，无休无止的苦苦思念使词人积忧成疾，动辄生愁，由愁加病，病又加愁，愁病交加，使人消瘦。“嗟旧日沈腰，如今潘鬓，怎堪临镜”，感叹自己旧日的腰围减损，今日的鬓发斑白，又怎能经得对镜自照呢？都是写相思之苦，表现出词人对侍妾的绵绵情意。

下阕词人设想自己所怀念的人也在怀念自己的情景，这样一来便拉近了与对方的距离，且所抒发的思念之情也更为真切。“重省。别时泪湿，罗衣犹凝”，回忆分别时的情景。当时诀别，她的痛泪洒湿罗衫，想是至今还没有干。“料为我厌厌，日高慵起，长托春酲未醒”，这里写的是词人的设想。她因为思恋我，无精打采，太阳升得老高，还懒得起床；幽愁暗恨交织在胸，无法向人诉说，只好借酒浇愁，并把一切病愁慵懒都托故于春饮醉酒未醒。“雁翼不来，马蹄难驻，门闭一庭芳景”，写女主人公对与心上人见面的希望而又失望的心情。始终不见传递书信的鸿雁到来，也看不到有马蹄在门前驻留。门庭寂寂，芳景如斯，空生怅望而已。“空伫立，尽日阑干倚遍，昼长人静”，写怀望的情景。她空空地等待着，久久地站立凝望；整天倚依着庭院内的栏杆，把所有的栏杆都靠遍了，早晚盼望，却始终没有出现。这里通过对女主人公的痴痴等待的设想，从侧面反映出词人对伊人的一往情深。

这首词想象丰富，虚实结合，用笔细腻，情感深挚，善于捕捉典型的场景和生活细节，用以传情，把怀人的情绪表达得感人至深，创造了独具特色的艺术境界。

# 朱敦儒

**【作者介绍】**

朱敦儒（1081—1159），字希真，号岩壑，又称伊水老人、洛川先生，河南（今河南洛阳）人。早岁隐居故里，志行高洁，有朝野之望。征召为学官，固辞不就。南渡初，流寓两广，居南雄州。绍兴五年（1135）赐进士出身，为秘书省正字，寻兼兵部郎官。后被劾罢官，退隐嘉禾。晚年依附秦桧，任鸿胪少卿，为时论所讥。桧死，亦罢废。《宋史》有传。著有《岩壑老人诗文》《猎较集》已佚。词集有《樵歌》（又名《太平樵唱》）三卷。

## 【朝中措】

**登临何处自销①忧？直北看扬州。朱雀桥②边晚市，石头城③下新秋。**

**昔人何在？悲凉故国，寂寞潮头。个是一场春④梦，长江不住东流！**

**【注释】**

①销：消除。②朱雀桥：建康（今南京）正南朱雀门外的大桥。③石头城：南京的旧称，即建康。④春：统指美好的情事，不专指春天。

**【鉴赏】**

这首词的写作背景是词人目睹了宋王朝的巨大变动，面对着中原沦陷的现实，所抒发的物是人非，忧时悲凉的情感。词中描写词人在江南居住一段时间后回想当时南渡时的情景。

词的上阕开篇写“登临何处自销忧？直北看扬州”，南渡初期，高宗曾由扬州移居建康，后迁至临安。这里所写的就是从建康望扬州的事情。词人心中忧愁，登临高处，却无法排遣。此处词人忧的应该是祖国何时能够统一。词人登高往北边的扬州望去，路途遥远，那昔日的都城，想象如今城中的景物如何呢？“朱雀桥边晚市，石头城下新秋”，这里的“朱雀桥”是建康正南朱雀门外的大桥。“石头城”是当时的建康。此处词人所表达的是想象中如今的扬州城里的景物很像建康城里的景物。朱雀门外的大桥下边人们赶着晚市，十分热闹，秋季的石头城天气甚好。

下阕抒情。“昔人何在”，一个设问把如今江山犹是，人物全非的情形表现了出来。战乱后亲人离散，奔走四方，毫无音信。“悲凉故国，寂寞潮头”，旧地空余悲凉情景，再没有熟悉的人在这里相聚了，热闹的地方已成寂寞，只有潮水依然拍打着河岸。“个是一场春梦，长江不住东流”，回首前尘往事，如同做了一场梦一般，暗含这些痛心的往事不堪回首，以至于词人都怀疑这是一场梦。只有这江水依然在不停地往东流去，给人一种苍凉悲壮的感觉。这首词是词人忧时念乱，触感而生，表现了词人担忧国家命运沉痛的心理感受。

## 【鹧鸪天】

西都作

**我是清都[1]山水郎[2]，天教分付与疏狂[3]。曾批给雨支风券[4]，累上留云借月章。**

**诗万首，酒千觞。几曾着眼看侯王？玉楼金阙慵归去，且插梅花醉洛阳。**

### 【注释】

①清都：传说中天帝的居处。②山水郎：在天帝身边主管名山大川的侍从官。③疏狂：指放任不羁，不受礼法约束。④雨支风券：支配风雨的手令。

### 【鉴赏】

这首词作于词人从京师返回洛阳后，“西都”就是当时北宋的西京洛阳，故题词为“西都作”。该词是词人前半生人生态度和襟怀抱负的集中体现，词风婉丽流畅，是北宋末年脍炙人口的一首佳作，曾风行汴洛。据《宋史》载，靖康年间，词人被朝廷召回汴京，欲“处以学官”，他固辞道：“麋鹿之性，自乐闲旷，爵禄非所愿也。”可见词人的志行高洁。

上阕开篇写词人的性格和生活态度放旷不羁。“我是清都山水郎，天教分付与疏狂”，这里说自己是天帝所封的“山水郎”，词人要表达的是爱好山水是出于天性。坦率地说出自己不乐世尘，而留恋于山水自然的生活，心怀坦荡颇有李太白遗风。词人写如此至情至性性格是天帝所赋予的，表明了词人向往自由，不愿去受什么礼法的拘束。“曾批给雨支风券，累上留云借月章”，这里运用浪漫主义手法，描写了“山水郎”的职能：天帝钦准我管理雨、风、云、月。诙谐风趣，构思巧妙，富有鲜明的个性。这里实际上是要表明词人的志行高洁，不愿居留官场，希望归隐，过自由自在、不拘礼法的生活，尽情地享受自然美景，这才是词人所追求的。

下阕极写诗思之富、酒量之豪、性格之狂，用独特笔法为读者塑造了李白之外的又一个“谪仙人”。“诗万首，酒千觞”，词人追求的是山水之间尽情享乐，书写出胸中的诗情，喝下千万杯美酒。“几曾着眼看侯王”，即傲视权贵，不愿在朝为官。这句是本词的点睛之笔，也是词人内心的写照。“玉楼金阙慵归去，且插梅花醉洛阳”，词人不屑于这豪华之所，不愿为官。洛花乃以牡丹为最，词人志向高远自然不肯垂青于自唐以来颇受推崇的牡丹，而宁取那“千林无伴，淡然独傲霜雪”（《念奴娇》）的梅花为同调。词人想要表达自己的性格如同这清香耐寒的梅花一般，是取其品性高洁以自比。

全词清隽谐婉，自然流畅。南宋黄升在《绝妙词选》中说：“以词章擅名，天资旷远”，并且前后呼应，构思巧妙。词中表现了词人的潇洒、狂放以及鄙夷权贵、不愿为官之志。

## 【采桑子】

彭泯矶[①]

**扁舟去作江南客，旅雁孤云。万里烟尘，回首中原泪满巾[②]。**

**碧山对晚汀[③]洲冷，枫叶芦根。日落波平，愁损辞乡去[④]国人。**

【注释】

①彭浪矶：在彭泽（今属江西）长江南岸。此乱后词人流落江南所作。②巾：手帕，用以拭泪。③汀：江中高起的小块陆地。④去：离开。

【鉴赏】

这首词的写作背景是靖康之乱，金人入侵，词人辗转流徙，离开故乡洛阳南下避难，途经今江西彭泽县的彭浪矶，看到烽烟弥漫，百姓流离失所，遂写下这首寓家国之痛于自然景物之中的山水词。

全词上阕着重抒情，而情中带景。首二句“扁舟去作江南客，旅雁孤云”，从叙事入手。词人乘一叶扁舟，到江南去避难作客，仰望那长空中失群的旅雁和孤独飘零的浮云，一种压抑的悲感顿时涌上心头。词人以雁、云自比，运用“旅”和“孤”两个字来形容，暗示了词人此时的孤独寂寞。“万里烟尘，回首中原泪满巾”，写回首北望所见所感。在这逃难途中词人想起中原之地，此时正硝烟弥漫，生灵涂炭，悲从中来，忍不住泪流满面。上阕融情入景，直抒情怀，取景阔大，声情悲凉。

下阕侧重描写江南山水的景色，景中含情。“碧山对晚汀洲冷，枫叶芦根”，薄暮时分，舟泊小洲旁，举目望去只见江中的碧山正为暮霭所笼罩，芦根残存，枫叶飘零，满眼萧瑟冷落的秋天景象。“日落波平，愁损辞乡去国人”，这里“日落”，更平添了几分悲凉。江上的波涛渐趋平缓，与词人此时的情绪形成反衬，江波平静了，而词人心中的愁绪却久久未平，一个“损”字可见词人此时心里的愁绪聚集到无法排解的地步。通过这些带有黯淡凄清色彩的景物描写，反映出词人国家残破、颠沛流离中的情绪。整首词融情入景，景中含情，于清婉中含有沉重的伤时感乱之情，流丽而又沉郁之致。

## 【好事近】

渔父词

**摇首[①]出红尘[②]，醒醉更无时节。活计[③]绿蓑青笠[④]，惯披霜冲雪。**

**晚来风定钓丝闲，上下是新月。千里水天一色，看孤鸿明灭[⑤]。**

【注释】

①摇首：摇头，表明对某事的否定态度。②红尘：佛教、道教等称人世为“红尘”，亦指官场。③活计：省级。④蓑：蓑衣，方便穿在身上，可挡雨。⑤孤鸿明灭：意谓月光下孤鸿的身影若隐若现。

【鉴赏】

词人前后写了六首渔父词（均调寄《好事近》）来歌咏其晚年寓居嘉禾的闲适生活。这是其中的一首，写得情趣盎然，清雅俊朗，流露出一股闲旷的风致。

上阕首两句“摇首出红尘，醒醉更无时节”，写出自由自在，无拘无束，潇洒疏放的襟怀。“摇首”二字形象，既是对“红尘”的否定，又表现出词人对这种红尘官场生活的不屑态度。词人所要追求的是到山水之间去“醒醉”，表现了词人对纵情山水，远离世俗，无拘无束，自由自在的隐士生活的满足。“活计绿蓑青笠，惯披霜冲雪”，词人志愿做一名渔父，这两句正好勾勒出一位渔父的形象。此处包含张志和《渔父》词中“青箬笠，绿蓑衣，斜风细雨不须归”和柳宗元《江雪》诗中“孤舟蓑笠翁，独钓寒江雪”的境界，渔父生活有苦有甜，像张词那般浪漫，固然可悦，但像柳诗般清苦，也已习惯。这里词人描绘的渔父形象，实际就是自已晚年的生活写照。他长期住在嘉禾，过着远离俗世的生活，安闲自得，悠然自在。

下阕写词人隐居生活的闲适。“晚来风定钓丝闲，上下是新月”，夜晚来临，风平浪静，一轮新月升起在天空，倒映在水面上，在这闲适静谧的夜晚，词人拴起钓丝来准备钓鱼了。“千里水天一色，看孤鸿明灭”，月光洒满大地，天上有月，湖中有月，两两相照，水天一色，万籁俱寂。在这幅静景上，不远处有一只孤单的鸿雁依稀可见。这里的“孤鸿”有自况的意味，添了一丝淡淡的悲凉和孤寂之感。这里风平浪静的江景，是词人“澄怀”的反映；那“缥缈孤鸿影”，也是一个自由出没于江上的幽人的写照。词人经历了家国破碎，报国无门，然后才远离官场过隐居生活，其中多少有点无奈的情感。总的来说，这首词描绘的是词人隐居的闲适生活，清新自然，意境完整。

## 【水龙吟】

**放船[①]千里凌波去，略为吴山[②]留顾。云屯水府[③]，涛随神女，九江[④]东注。北客翩然，壮心偏感，年华将暮。念伊、嵩[⑤]旧隐，巢、由[⑥]故友，南柯梦[⑦]，遽如许[⑧]！**

**回首妖氛[⑨]未扫，问人间、英雄何处？奇谋报国，可怜无用，尘昏白羽[⑩]。铁锁横江[⑪]，锦帆冲浪，孙郎良苦[⑫]。但愁敲桂棹[⑬]，悲吟《梁父》，泪流如雨。**

**【注释】**

①放船：开船，行船。②吴山：泛指为当地的群山。③云屯水府：意为云层聚集在水府星附近。即将下雨。④九江：众水汇集的大江。⑤伊、嵩：伊阙和嵩山，在河南洛阳、登封一带。⑥巢、由：巢父和许由，传说中的古代隐士。⑦南柯梦：出自《南柯太守传》，形容一场大梦，或比喻一场空欢喜。⑧遽如许：就是这样短促匆忙。⑨妖氛：凶气。此处借指南侵的金军。⑩白羽：箭名。⑪铁锁横江：借指南宋受金军威胁所处的困境。⑫良苦：很深。⑬桂棹：桂木制的划船工具。

**【鉴赏】**

这首词为词人三卷《樵歌》之一，其风格不同于其他闲适之调。它是作于金兵南下，词人初离洛阳时，境界深远，词句间有报国不得之悲慨和豪放苍凉。

上阕写船上所见，进而抒发身世感慨。“放船千里凌波去，略为吴山留顾”，首两句以雄健之笔描绘了一个开阔的水面境界。放船千里，凌波破浪，烟波浩渺。一个“去”字，表明词人毫无羁绊，随心所欲。面对这四周如画般的风景，词人只是略为留顾而已，暗示词人是因为强敌入侵而被迫离乡背井的。“云屯水府，涛随神女，九江东注”，进一步写天上与江中的情景。这里的“云屯水府”是指云层聚集水府星附近，是天将下雨的征兆。再看滔滔江水，如随水神奔走，与众水一起东注入海。天空高远，却云垂垂而欲雨；江面空阔，波翻浪涌，逝者如斯。“北客翩然，壮心偏感，年华将暮”，面对着这流逝的江水，词人想起了如水般流走的年华，昔日的雄心壮志已随着岁月的流逝而消失，不禁生出了一种郁闷之情与茫然之感。“念伊、嵩旧隐，巢、由故友，南柯梦，遽如许！”现实的动乱打破了词人的好梦，回首以往的隐居生活，不免有南柯梦短的伤感。这里词人叹惋时光流逝，抒发烈士暮年之悲。

下阕“回首妖氛未扫，问人间、英雄何处？”，词语悲痛沉愤，用“妖氛未扫”这样具有强烈感情色彩的句子，表现词人对金人侵略和南宋统治者偏安一隅的愤慨。如今北望一片硝烟，人民生活在水深火热之中，词人发出感叹，有谁来拯救苍生呢？“奇谋报国，可怜无用，尘昏白羽。铁锁横江，锦帆冲浪，孙郎良苦。但愁敲桂棹，悲吟《梁父》，泪流如雨”，这里词人对“英雄何处”之问作出回答。当今并不是没有英雄奇谋报国，但他们的行动都为投降派所阻，最终或忧愤成疾而死，或连遭排挤贬斥，无一例外。词中“可怜无用”一词包含词人深深的无奈与悲愤，含蕴深沉，发人深省。词人引用三国故事，诸葛亮鞠躬尽瘁，为国出谋划策，因后主懦弱，佞臣误国，最后大业未成。吴主凭借长江天险，“铁锁横江”，但还是未能挡住西晋王濬冲浪而来的战舰，下场悲惨。以史为鉴，词中流露出对像东吴一样偏安一隅的南宋小朝廷前途的担忧以及家国不幸之后悲愤难遣之情。后三句写敲击船桨打拍子，像诸葛亮一样唱着悲凄的《梁父吟》，泪水滂沱。这里虽然比之诸葛，无奈报国无门，此等国家黍离之悲愤，恐怕兰舟、桂棹难以承载。这几句以“但”字反转，以“愁”“悲”等字点染，以“泪流如雨”的画面作结，情感发展脉络分明，把词人的一腔忠义、无可奈何、沉痛哀愁而又无法排解的情绪描写得淋漓尽致。

## 【卜算子】

**旅雁向南飞，风雨群初失[1]。饥渴辛勤两翅垂，独下寒汀[2]立。**

**鸥鹭苦难亲，矰[3]缴[4]忧相逼。云海茫茫无处归，谁听哀鸣急。**

【注释】

①风雨群相失：在风雨中雁群散乱，前后相失。②汀：水边的平地，小洲。③矰：射鸟的短箭。④缴：系短箭上的丝绳。

【鉴赏】

朱敦儒的这首咏物词，借失群旅雁来反映他的流亡生活。以南飞失群的孤雁，来象征靖康之变中包括自己在内的广大人民流离艰辛的景况。词中情景交融，借旅雁来为自己写照。

上阕首句点出“旅雁向南飞，风雨群初失”，写旅雁在南飞途中遭到了风雨的侵袭，行列凌乱，孤雁失群。这里词人借冬天南飞的雁暗指自己，因为他南逃洛阳的时间正是靖康元年的一个冬天。这里的“风雨”二字，表面是指自然的风雨，实际上却是喻指人世社会的风雨，是骤然袭来的战祸。“饥渴辛勤两翅垂，独下寒汀立”，写遭受风雨袭击的旅雁，沿途饥渴劳累，疲惫不堪，翅垂翼重，无法高飞，只好独宿寒汀，处境孤苦。这里以雁之饥渴辛劳、无力续飞与孤宿寒汀的情景，正好也暗示词人在流亡途中的情形：忍饥受渴，疲惫不堪，孤苦无依的惨状。

下阕承接上面的旅雁“寒汀立”写“鸥鹭苦难亲，矰缴忧相逼”，旅雁因为疲惫不堪到寒汀上休息，但是鸥鹭也栖息在这孤雁歇息的沙洲之上，它的遭遇并未获得同类应有的同情。旅雁此时下有难亲之苦，在天上则有矰缴相逼之忧。这里借雁之孤危、哀怨、忧惧和无所依托，形象地写出北宋沦亡，遗民流离无依的悲惨现实。接着写“云海茫茫无处归，谁听哀鸣急”，写旅雁的困厄。旅雁苦于身心交瘁，无力高飞，不知自己归宿在哪里，也无人倾听旅雁的悲鸣，透露出一股浓浓的悲凉之味。词人这里托雁南迁失群之哀哭，抒发自己在这逃难途中的无人相亲、饱受折磨的处境中的落魄之感。同时也借旅雁之苦写人间的忧患，暗喻百姓的疾苦，他们过着如同旅雁一般的水深火热、漂泊无依的生活。

这首词以雁喻人，形象鲜明，通过雁的遭遇，暗喻词人自己和百姓的流离失所，一语双关，余悲不尽。

## 【临江仙】

**直自凤凰城[①]破后，擘钗[②]破镜[③]分飞。天涯海角信音稀。梦回辽海[④]北，魂断玉关[⑤]西。**

**月解重圆星解聚，如何不见人归？今春还听杜鹃啼。年年看塞雁[⑥]，一十四番回。**

**【注释】**

①凤凰城：对汉唐长安的美称，这里则是借指宋都汴京。②擘钗：分钗。出自白居易《长恨歌》：“钗留一股合一扇，钗擘黄金合分钿。”③破镜：出自孟棨《本事诗·情感》：“陈太子舍人徐德言之妻，后主叔宝之妹，封乐昌公主，才色冠绝。时陈政方乱，德言知不相保，谓其妻曰：‘以君之才容，国亡必入权豪之家，斯永绝矣。倘情缘未断，犹冀相见，宜有以信之，破一镜。’”④辽海：泛指辽河流域以东的地区。⑤玉关：玉门关。今甘肃敦煌西。泛指西北地区。⑥塞雁：秋天雁从塞外飞向南方，故称塞雁。

**【鉴赏】**

这首词大约作于靖康之变后十四年词人避乱南方的途中。词中对离情别绪以及个人身世的抒写，寄寓了沉痛的家国沦落之悲，是一曲深沉的时代哀歌。词境开阔，将国破家亡、到处流浪的种种切身经历浓缩于一瞬，以深刻的富有强烈感情的笔触写出了这个时代的悲剧。

上阕写离别的痛苦。开篇点明历史背景，“直自凤凰城破后，擘钗破镜分飞”，写汴京被金兵攻陷，残酷的侵略战争给北宋百姓带来了毁灭性的灾难，家庭破碎，夫妻失散，骨肉分离。词人运用唐玄宗与杨贵妃之“擘钗”，徐德言与乐昌公主之“破镜”的典故，用来反映主人公靖康之难中的遭遇，形象贴切。“天涯海角信音稀”，因为战乱，主人公与家人失散，彼此去向不明，后会无期，天涯海角，各处一方。词中“信音稀”一词表明了亲人离散，音信不通，不知对方究竟流落何处。词中主人公的惨痛心境可想而知。“梦回辽海北，魂断玉关西”，这是词人对亲人所处之处的设想，推测自己的妻子和亲人可能被金人掳掠去遥远的北方。思念及此，不免牵肠挂肚，梦绕魂萦，希望在梦中可以飞越万水千山去和亲人相会。以此来慰藉词人的思念之情，同时也暗示出词人的深深牵挂与忧虑。

下阕写对重逢的向往。“月解重圆星解聚，如何不见人归”，这里借写圆月与牛郎织女星来衬托词人内心的悲哀与思念。天上的月亮可以重圆，牛郎和织女也可以一年相聚一次，而自己望穿双眼，仍是“不见人归”。这里也可以有另一种理解，就是战争何时才能结束，失地何时才能收复，自己何时才能回到故乡。这里“如何”领起问句，浸透着词人深深的失望。“今春还听杜鹃啼”，杜鹃年年都在声声叫着：“不如归去。”词人与亲人分离已有十四年了，人生有限，归去无期，字里行间，透露出词人的辛酸与悲愤。结尾“年年看塞雁，一十四番回”，写十四年来，词人一次次地关注着那边塞飞来的大雁，焦急地等待着亲人的消息。而时光不断地飞逝过去，结果仍是“信音稀”。词人年年期望中的等待和等待中的失望，独自承受着这漂泊之苦，表现了词人对亲人的深切思念之情与对朝廷不能尽快收复失地的失望与悲愤。词人以自己的悲惨经历感受了人间妻离子散的痛苦，通过对定期团圆的月亮、牛郎织女，定期催归的杜鹃，定期南来的塞雁的感触，反映词人盼望归去团圆的心情，写出了一个大时代的哀曲。

## 【柳枝】

**江南岸，柳[1]枝；江北岸，柳枝；折[2]送行人无尽时。恨分离，柳枝。**

**酒一杯，柳枝；泪双垂，柳枝；君到长安百事违[3]。几时归？柳枝。**

**【注释】**

①柳：柳树，“柳”同“留”音，是离别的意思。②折：折断、采摘。③违：违背，不顺。

**【鉴赏】**

《柳枝》即《杨柳枝》，原为隋朝宫词，到唐朝变为新声。至宋朝变为词，赋柳枝本意。此调在其演变过程中，由于添加和声，句型由整齐变参差，朱敦儒这首四十四字的《柳枝》，是《添声杨柳枝》的别调。这是一首女子送别词，写一个女子送丈夫上京求取功名时的难舍之情。“柳”与“留”谐音，因此柳枝往往与离别联系在一起，古人也常常借“折柳”来表达送别时的依依不舍。这首词“柳枝”声义兼有，既表现了离别之情，又是作为和声加入词中。

上阕写“江南岸，柳枝；江北岸，柳枝”，这里“江南岸”是指女子送别的岸边。“柳枝”中的“柳”因与“留”同音，表示离别。这里点明了女子在江的南边送别丈夫的。词中“江北岸”是丈夫所要去的地方，在江的北边同样也都长满了杨柳树。这里之所以这样写，是为了表现女子不忍丈夫离去、依依不舍的心情。想到自己马上就要与丈夫分离在江河两岸，心中的离苦悲凉情绪马上就被勾了出来。于是女子发出了抱怨，直抒胸臆，“折送行人无尽时。恨分离，柳枝”，女子一次次的折柳送行，无休无止，心中离恨到了极点，离人最终还是要离去。通过女子的埋怨之词，我们可以感受出女子此时的心情必定是陷入深深的感伤之中，“恨分离”，离愁别绪充斥于胸。

下阕继续抒写离别的情形，“酒一杯，柳枝”，女子向丈夫敬酒泣别，此时千言万语无从说起，都蕴含在这杯酒里了。“泪双垂，柳枝”，女子眼泪双垂，实在不舍丈夫的离去。接下来词人笔锋一转，女子在丈夫临别前的一句更是出人意料，“君到长安百事违。几时归？柳枝”。丈夫到京城赶考，本应该祝愿其金榜题名，诸事顺利。可女子希望丈夫到达都城后百事不顺，失意而归，的确匪人所思。但是站在女子的角度来考虑，我们不难理解女子之所以这样说就是希望丈夫能够早日回家，夫妻团聚。丈夫如果诸事如意，官运亨通，那回家的日子就遥遥无期了。这里我们可以看出女子所追求是守着丈夫平平淡淡过日子，而并非什么荣华富贵，她珍惜爱情，看淡名利，这种高洁的品质弥足珍贵。全词“柳枝”出现六次，重章叠句，一唱三叹，是作为和声适应音乐的需要，更深化了离别主题，把女子的离愁别绪、依依不舍之情描写得淋漓尽致。

# 周紫芝

**【作者介绍】**

周紫芝（1082—1155），字少隐，号竹坡居士，宣州（今安徽宣城）人。高宗绍兴十五年（1145），为礼、兵部架阁文字。后为枢密院编修官。知兴国军（治今湖北阳新），退隐庐山。曾向秦桧父子献谀诗。著有《太仓稊米集》七十卷、《竹坡诗话》一卷、《竹坡词》三卷，其词“清丽婉曲”。

## 【鹧鸪天】

**一点残红[1]欲尽时，乍凉[2]秋气满屏帏[3]。梧桐叶上三更雨，叶叶声声是别离。**

**调宝瑟[4]，拨金猊[5]，那时同唱鹧鸪词[6]。如今风雨西楼夜，不听清歌也泪垂。**

**【注释】**

①残红：即将熄灭的灯焰。②乍凉：天气初凉。③屏帏：屏风帷帐，指室内。④宝瑟：瑟的美称，或者理解为装饰华美的瑟。⑤金猊：狮形铜制的香炉。⑥鹧鸪词：指歌唱男女爱情的曲子。

**【鉴赏】**

这首词运用今昔对比、悲喜交杂、委婉曲折而又缠绵含蓄的写作手法来表现雨夜怀人的别情，风格清丽婉曲，情景相生，浑然天成。

上阕首句“一点残红欲尽时”，可以看出这里是描摹秋天的景色。写夜静更阑，孤灯将灭。词中运用“一点残红”，生动形象地描写出剩余的亮光——油将尽则焰色暗红的情形。词人用词讲究，意蕴深远。写灯，则灯畔有人；写残，则灯欲尽而夜已深。词人注意到“残红欲尽”，则夜深而人尚无眠。“乍凉秋气满屏帏”，夜已深，凉气逼人，铺满了整个屏风帷幕，烘托出一种凄凉满怀的氛围。以上两句词人写夜深、灯暗，然后写感受到的清冷，都是为了渲染这秋夜景况的悲凉。“梧桐叶上三更雨，叶叶声声是别离”，此句与温庭筠《更漏子》中所写的“梧桐树，三更雨，不道离情正苦。一叶叶，一声声，空阶滴到明”意境异曲同工。雨滴落在外头的梧桐叶上，一声声都是在诉说着离情别意。雨声触发了词人心中潜伏的离愁，渲染了主人公深深的离愁别恨。

下阕回忆中的欢乐之音，与上阕离别后的凄凉构成昔欢今悲的鲜明对比。“调宝瑟，拨金猊，那时同唱鹧鸪词”。词人回忆当年与伊人相对而坐，伊人轻轻调弄弦索，自己则拨动着金猊炉中的香灰。两人低声唱起那首鹧鸪词，乐声悦耳，歌声赏心，向读者展现出一幅和谐和其乐融融的景象。“如今风雨西楼夜，不听清歌也泪垂”，结尾这两句为使词意转折而又深化的着力之笔。如今心上人已经不在身边，只有凄风苦雨与自己为伴，就算听不到那歌声也早已泪流不止。词人本来因有离愁别苦而回忆过去相聚同歌之乐，以求慰藉，反而增添孤栖寂寞的痛苦。通过“如今”作为“昔与今、喜与悲”的转折词，今昔对比，点出离别之苦，情思深切，引人深思。

# 赵佶

**【作者介绍】**

赵佶（1082—1135），即宋徽宗。宋神宗第十一子。元丰八年（1085）封遂宁郡王。绍圣三年（1096）封端王。元符三年（1100），哲宗死，无嗣，佶以弟继位。初号建中靖国，调和熙宁、元丰与元祐间的党争。不久即改元崇宁，任蔡京为相，变乱新法，国政日非。宣和二年（1120），遣使约金攻辽，成为导致北宋灭亡的祸因。宣和七年（1125），金灭辽后乘势南下，进逼汴京，逐传位于子赵桓，自称太上皇。靖康二年（1127）北宋沦亡后，与其子钦宗赵桓俱被掳北迁，后死于五国城（今黑龙江依兰），年五十四。崇奉道教，自称教主道君皇帝。擅书法，创“瘦金体”。工花鸟，能诗词。《诗词杂俎》有《宋徽宗宫词》一卷（《十家宫词》三卷）、《彊村丛书》有曹元忠辑《宋徽宗词》一卷。

## 【燕山亭】

**裁[①]剪冰绡[②]，轻叠[③]数重，淡著胭脂匀[④]注。新样靓妆[⑤]，艳溢香融，羞杀蕊珠[⑥]宫女。易得凋零，更多少、无情风雨。愁苦。问院落凄凉，几番春暮?**

**凭[⑦]寄离恨重重，这双燕，何曾会人言语。天遥地远，万水千山，知他故宫何处?怎不思量，除梦里、有时曾去。无据[⑧]。和梦也、新来不做。**

【注释】

①裁：裁剪。②冰绡：像冰一样晶莹洁白的薄绢。③轻叠：轻轻地折叠。④匀：均匀。⑤靓妆：浓妆艳抹，指美艳的妆饰。⑥蕊珠：即蕊珠宫，道教经典中所说的仙宫。⑦凭：请。⑧无据：不能占有、掌握。

【鉴赏】

这首词是赵佶被掳北上，于燕山某处窥见北国如火如荼的杏花，所写的一首亡国哀情词。

上阕主要刻写北国杏花季节的景致。先以细腻的笔触描绘杏花的外形而及神态。“裁剪冰绡，轻叠数重，淡著胭脂匀注”，那些开放的杏花，如同一叠叠冰清玉洁的缣绸，经过巧手裁剪成重重花瓣，还晕染上淡淡的胭脂。“新样靓妆，艳溢香融，羞杀蕊珠宫女”，这里将杏花比拟为装束动人而匀施粉黛的美人，她容颜光艳照人，散发出阵阵暖香，胜过天上蕊珠宫里的仙女。接着从杏花盛放时的动人景象，笔锋一转，写杏花凋零的可哀。几番风雨，残红满地，春光已逝，春意阑珊。上片描摹杏花盛开，斗艳争妍，如同“艳溢香融”，如同美丽的人间仕女。然后写“无情风雨”、胭脂“凋零”、“院落凄凉”。词人用语讲究，点染得体，写出春日景色的凄清无限，借此表达故国不堪回首的哀情。

下阕以“双燕”为引过渡到怀恋故宫旧人的重重离恨的抒发，寓情于景。“凭寄离恨重重，这双燕，何曾会人言语”，看见燕儿双双，从南方飞回寻觅旧巢，不禁想托付燕儿寄去重重离恨，传书故国，可它们又怎么能够领会和传达自己的千言万语呢？“天遥地远，万水千山，知他故宫何处”，叹息身为俘虏，故国相隔万水千山，归国不知何年。通过层层设问写出词主人对家国沦亡的哀婉忧伤之情。“怎不思量，除梦里、有时曾去”，只能盼之于梦寐之间求安慰了。“无据。和梦也、新来不做”，以设问表达怀恋故国之情，只有在梦里才能归国，可更加凄凉的是近来梦都不做。层层深入，曲折宛转，铺赋出一己的亡国之恸。

这首词想象夸张，比拟新奇，意境悲凉，怨思难绝，把词人因怀念故国而内心百折千回、肝肠断绝的感情淋漓尽致地表现了出来。

## 【眼儿媚】

**玉京[1]曾忆昔繁华，万里帝王家。琼林玉殿，朝喧弦管，暮列笙琶。**

**花城[2]人去今萧索，春梦绕胡沙。家山何处，忍听羌笛[3]，吹彻梅花。**

**【注释】**

①玉京：汴京。②花城：发生靖康之变以前的汴京春色。③羌笛：边地乐器。

**【鉴赏】**

这首词是赵佶被俘后所作，虽然此首词只有短短四十多字，但却概括地叙写北宋覆亡的史事，表现当时的社会面貌，抒发亡国之君内心沉重复杂的心理感受。

上阕首两句“玉京曾忆昔繁华，万里帝王家”，饱含昔日繁华已成陈迹的人事沧桑之感。词中“忆昔”二字说明汴京的繁华已成为过去往事。这里词人回忆当时的汴京盛况，点出词人的帝王身份。此处词人感叹北宋由盛而衰的历史过程以及词人身份的变化，由往昔的帝王降为俘虏，其情可悲。“琼林玉殿，朝喧弦管，暮列笙琶”，描写皇宫的豪华以及骄奢淫逸的生活。大肆兴建宫殿以及亭台楼阁，笙箫琵琶等乐器声不绝于耳，昼夜笙歌，沉湎享乐。

下阕通过回忆当初的奢华生活与如今亡国奴的身份进行比照，抒写了囚居北地的悲苦之情和深沉的亡国之痛、故国之思。“花城人去今萧索，春梦绕胡沙”，写昔日汴京每到春天到来之时会有花团锦簇，自从被金兵攻占以后，这座万花丛中的名城却变得残败不堪。“萧索”二字点出汴京如今的破败与凄凉。词人此时身处沙尘漫天的荒漠之中，对故国汴京生机勃勃的春天愈加的想念，魂牵梦绕。这里也反映出词人对故国的怀念以及被俘后的悲凉心境。“家山何处，忍听羌笛，吹彻梅花”，写梦醒以后，听到传来阵阵羌笛声，闻之不禁悲从中来，使他从梦幻回到现实。如今父子被俘，身陷囹圄，南望汴京，遥不可及，实在无法忍受《梅花落》悲情的乐声带来痛苦回忆，词人心中的悲苦、怅惘和沉痛到了极点。词中通过回忆往昔来对比现实之状，表现出词人对以前汴京繁华生活的思念，对如今沦为亡国之君的深切悲痛的复杂情绪，情真意切，悲壮苍凉。

# 蒋元龙

【作者介绍】

蒋元龙，字子云，丹徒（今江苏镇江）人。以特科入官，终县令。《全宋词》存其词三首。

## 【好事近】

**叶暗乳鸦啼，风定老红犹落。蝴蝶不随春去，入熏风池阁。**

**休歌金缕[①]劝金卮[②]，酒病[③]煞[④]如昨。帘卷日长人静，任[⑤]杨花飘泊。**

【注释】

①金缕：词曲《金缕衣》，唐时人杜秋娘所作。②卮：古代盛酒之器。③酒病：酒醉。④煞：表极甚之辞。⑤任：任凭。

【鉴赏】

这首词《好事近》又名《钓船笛》《翠圆枝》，描写了暮春的景致，是一首伤春之作，抒发了一种惋惜春光流逝的怅然若失之情。

上阕描绘暮春景色，寓情于景，传达出词人对春去的惋惜之情。“叶暗乳鸦啼，风定老红犹落”，写春夏之交的植物红绿转换和新老交替，叶子的颜色呈现出一片深绿，耳边还传来了刚出生的乌鸦的啼叫。尽管没有一丝风儿吹过，那些深红色的残花纷纷辞枝而去，慢慢飘落下来。通过描写“叶暗”“老红”等景物的变化来点明此时已经是暮春时节。在这一时节人们常常会感到时日不再，有时光流逝之伤感。一个“犹”字点出了景物变化和季节更替的无可挽回，词人惋惜春光逝去的情怀跃然纸上。“蝴蝶不随春去，入熏风池阁”，当叶儿、花儿都随着暮春时节的到来将要逝去之时，唯有蝴蝶多情，未与春归，犹随熏风翩翩穿入池阁。此处点明了“春去”，词人并不是纯粹地描绘池苑亭阁中蝴蝶翩飞，而是景中含情，以蝴蝶对春天逝去的漠不关心，衬托自己对春光流逝的无限的伤感与怜惜之情。

下阕着重抒情，写词人厌乐、醉酒及醒来倍觉寂寞来抒发对大好春光逝去的怅然若失之情。“休歌金缕劝金卮，酒病煞如昨”，季节变更，大自然呈现的种种变化，触发了词人的愁情。不要再唱《金缕衣》了，也不要再劝我酒了，我现在已经醉了，醉得比昨天厉害。那春逝的愁怀郁积心头，不堪再听此曲，一饮便醉。结尾“帘卷日长人静，任杨花飘泊”，充斥着一股寂寞、凄苦的情调，耐人寻味。词人卷帘独看晚春风色，一任杨花柳絮飞尽。这里“日长”足见词人的愁苦难熬，“人静”突出此时的寂寞无聊。“任”字点出词人对春天逝去的无可奈何的心情。

这首词不落窠臼，融情于景，情景相融，浑然一体。

# 李清照

【作者介绍】

李清照（1084—1155），号易安居士，济南（今属山东）人。父李格非，为元祐后四学士之一，夫赵明诚为金石考据家。早期生活优裕，金兵入中原时，流寓南方，境遇孤苦，所作词多情调感伤，但后世留存不多，有《易安居士文集》，已散佚。今有《李清照集校注》。

## 【鹧鸪天】

**寒日萧萧上琐窗[①]，梧桐应恨夜来霜。酒阑[②]更喜团茶[③]苦，梦断偏宜瑞脑[④]香。**

**秋已尽，日犹长，仲宣[⑤]怀远更凄凉。不如随分尊前醉，莫负东篱菊蕊黄。**

【注释】

①琐窗：雕有连琐图案的窗棂。②酒阑：饮酒结束的时候。③团茶：即茶饼，宋代有为进贡而特制的龙团、凤团，印有龙凤纹，最为名贵。④瑞脑：熏香名，又名龙脑，以龙脑木蒸馏而成。⑤仲宣：王粲，字仲宣，山阳高平（今山东邹县）人，十七岁时因避战乱，南至荆州依刘表，不受重视，曾登湖北当阳县城楼，写了著名的《登楼赋》，抒发了滞留他乡、怀才不遇之情。

【鉴赏】

这首词是李清照南渡之后的作品。词人和大批的中原人士一起仓皇南奔之后，颠沛流离，丈夫赵明诚又急病亡故。词人在失去了故国和至亲的丈夫后，痛苦不已。全词弥漫着一股悲伤的氛围，词人将写景、叙事、怀古相结合，抒发了沉重的离乡之愁。

上阕寄情于物，词人把自己深深的愁绪与痛苦，寄托于物事的描写上，含蓄隽永。首二句“寒日萧萧上琐窗，梧桐应恨夜来霜”，写的是深秋典型的景色。带着寒意的阳光透过琐窗，洒落在室内。词人此时尚在闺阁，透过窗棂，目光落到庭院中的梧桐树，看到在瑟瑟秋风中对抗夜晚的秋霜。“萧萧”一词形容这秋天的日光，这黯淡凄清的秋阳表现出词人内心的寒冷。词中还运用移情的手法写“梧桐”怨恨秋夜的寒霜，抒发词人悲秋的心境。“酒阑更喜团茶苦，梦断偏宜瑞脑香”，词人写昨夜以酒浇愁，喝得过多，今晨醒来，便思饮浓酽的团茶。醒来梦断，闻到瑞脑的香味，感到很是惬意。从前面的“酒阑”“梦断”后词人的空虚、寂寞以及饮茶、嗅香以自慰的闲愁来看，这里实际上是在以乐写愁，用反衬的手法，委婉含蓄地抒发词人内心难以排遣的乡愁与怀人的愁苦，耐人寻味。

下阕“秋已尽，日犹长，仲宣怀远更凄凉”，写暮秋时分阴冷漫长的白昼。其实按照常识来讲，秋日应该是渐渐变短了，但词人仍觉“日犹长”，反映出词人的百无聊赖以及孤寂愁闷的心境。接着词人以王粲登楼思乡的典故，以古喻今，寄托了自己生逢乱世、流徙他乡的思乡之情。“不如随分尊前醉，莫负东篱菊蕊黄”，这里化用李白、陶渊明尊前篱下的典故。不如潇洒一点，暂时抛开眼前的烦恼，沉醉于菊酒以解忧愁。词人不想辜负了这眼前盛开的菊花，聊以自慰，其中那思乡的愁滋味并未消除，反而更加的浓厚。

## 【小重山】

**春到长门[①]春草青，江梅[②]些子破，未开匀。碧云笼[③]碾[④]玉成尘[⑤]，留晓梦，惊破一瓯春[⑥]。**

**花影压重门，疏帘铺淡月，好黄昏。二年三度[⑦]负东君[⑧]，归来也，著意过今春。**

**【注释】**

①长门：汉代长安离宫名，汉武帝陈皇后失宠，曾居此。②江梅：遗核所生，非经人工栽培，又叫直脚梅，也称野梅，初春开红白色花。③笼：贮茶之具。④碾：碾茶。宋人将茶制成茶饼，饮用时须用茶碾碾成细末，然后煮饮。⑤玉成尘：喻茶已碾碎。⑥一瓯春：指茶。瓯，指瓷制的茶盂。⑦二年三度：前年春天离别，中经去年春天，到写词今年春日，分别只是二年，而春天已是三度。⑧东君：原为日神，后来演变为春神。

【鉴赏】

这是词人早期的一首惜春怀人、盼望远人归来的作品。词中表达了词人殷切希望远行在外的丈夫早日归来，与之共度这大好的春光。词风闲适淡雅，直率深切，虽有怀人之思却并不溢满愁苦。

上阕以白描的手法描写了红梅含苞、芳草萌绿的早春景象，表现词人碾常春茶、沉湎春光的喜悦心情，但是其中也流露出些许的愁思。“春到长门春草青”一句，春天来临，长门深宫阶前砌下的小草开始返青，生出了嫩嫩的新草。这里直接运用了五代薛昭蕴《小重山》词的首句，暗喻幽闺独居之意。李清照将自己的闺房比作失宠的陈皇后所居的长门宫，意在表明丈夫离家后的孤独，巧妙地将愁思融入春景的描写之中。“江梅些子破，未开匀”，这里的“江梅”也称野梅，初春开红白色花。梅可以说是早春的标志。“未开匀”谓梅花还未普遍开放、将开未开之态。惟其“未开匀”，所以十分娇媚惹人爱，使人感觉到春天已经来临。“碧云笼碾玉成尘，留晓梦，惊破一瓯春”，此处写晨起品茶。这盎然的春意使词人的心境愉悦，她用上等色味的碧云茶团，碾碎煎煮，兴致勃勃地斟饮。但当她想起昨晚的“晓梦”，所梦之事犹残留在心，便将对春日的陶醉“惊破”在这一杯香茗之中。上阕写晨起饮茶忆梦，轻松优雅，又似乎含有淡淡的怀人之意。

下阕描绘月夜的迷人景色与词人的缱绻情意。词人从黄昏时分开始写起，月亮已经升起来了，“花影压重门，疏帘铺淡月，好黄昏”，生动地创造出初春月夜静谧幽美的意境。黄昏的时候，月亮初照，投射在一层又一层的门上，呈现斑驳的花影。透过疏疏的竹帘可以看到天空中浮现的淡月。面对着这美好的景色，词人感叹“好黄昏”，既表达了流连之情，也蕴含着惜春之意。“二年三度负东君，归来也，著意过今春”，由赞美春光引出词人惜春的慨叹。汴京的春天是如此的美好，竟一年一度辜负了它，也实在可惜，何况两年中竟有三度把它辜负，这该令人何等痛惜呢！正因如此，此次归来，一定要用心地好好享受今年这个无比美丽的春天。这里把全词的抒情有力地推向了高潮，表达出词人对丈夫归来的呼唤以及深刻的思念之情。

## 【怨王孙】

**湖上风来波浩渺，秋已暮、红[①]稀香少。水光山色与人亲，**

**说不尽、无穷好。**

**莲子已成荷叶老，清露洗、蘋花[2]汀[3]草。眠沙鸥鹭不回头，似也恨、人归早。**

【注释】

①红：以花的颜色来代指花。②蘋花：傍岸而生的习水植物。③汀：水中高起的陆地、小洲。

【鉴赏】

这首词是词人的早期作品，写秋天郊游，赞咏晚秋湖上的美丽风光。词中虽然是描写暮秋时节的景色，但并未有肃杀之感，反而别具一番情趣，清新广阔，亲切生动。

上阕勾勒出摄入眼帘的远景。开篇起语不俗，交代时节和景物，“湖上风来波浩渺，秋已暮、红稀香少”。秋高气爽，朔风初起，风平浪静的湖面上荡起悠远的水波。此时已经是深秋时节了，湖上的荷花已是香销玉殒。“红稀香少”一词就是从自然界色彩和气味变化，进一步点染了深秋的景观。虽然如此，但词人并没有因此而悲秋，接着笔锋一转，写游玩时的内心感受。“水光山色与人亲，说不尽、无穷好”，写大自然如同一个可亲可敬的朋友般与词人在亲切地谈论这秋天的美丽，有说不尽的美妙。这里词人运用了移情的手法，不说自己面对湖光山色感到亲切，反说“水光山色”与人亲近，再现了主人公游玩时朗爽、乐观的心境，别有韵味。

下阕词人从细微处着眼，集中笔触描绘湖面景致，却没有简单地重复上阕的景物。“莲子已成荷叶老，清露洗、蘋花汀草”，暮秋时节，虽然花已逝莲已老，美好景致不再，但枯老的荷叶和饱满的莲房，也一样给人以欢愉。更何况还有临近岸边的蘋花汀草，似经过清露泼洗过一番，清爽怡人。一个“洗”字，形象地写出了秋露的凝重，气候的清爽，以及“蘋花汀草”那种含翠凝碧的生命力。“眠沙鸥鹭不回头，似也恨、人归早”，这里把湖边鸥鹭人格化，委婉道出沙滩上安歇缩颈睡眠的鸥鹭等水鸟不愿游人早早就归去，对于早早归去的人们头也不回地顾自独眠，似乎以此表示了它们的不满，十分有趣。这里不说人舍不得离去，而是运用移情的手法，意蕴深长，含蓄生动，富有艺术表现力。

这首词通过对清新淡雅的秋天景致的描绘，直抒词人平静、和悦的心理感受，同时又反衬出隐于词人内心的孤寂、惆怅的情愫，情景交融，耐人寻味。

## 【临江仙】

欧阳公作《蝶恋花》，有“深深深几许”之句，予酷爱之。用其语作“庭院深深”数阕，其声即旧《临江仙》也。

**庭院深深深几许？云窗雾阁常扃①。柳梢梅萼渐分明。春归秣陵②树，人老建康城。**

**感月吟风③多少事？如今老去无成。谁怜憔悴更凋零。试灯④无意思，踏雪没心情。**

**【注释】**

①扃：关闭。②秣陵：即金陵、建康。建康，是词人与丈夫赵明诚共同生活过的地方。③感月吟风：即“吟风弄月”，指以风月等自然景物为题材写诗填词，形容心情悠闲自在。④试灯：乃北宋官民预赏灯节之俗，预先看看元宵时将挂出的灯。

**【鉴赏】**

这首词是词人晚年颠沛流离生活的写照。词人触景生情，抒发感旧伤今的悲凄，深深寄托了对亡夫的悼念之情和对自身孤苦生活的绝望之感，同时也道出了成千上万希望恢复中原的人之心情。

词作上阕写春回大地，词人深居幽宅，思念亲人，自怜飘零。起句“庭院深深深几许”，直接用欧阳文忠公《蝶恋花》词的首韵，连用了三个“深”字强调庭院之深，从而可以看出词人独居深宅，远离闹市的纷扰。“云窗雾阁常扃”，加强“深”的意境。云雾缭绕着楼阁，门窗常常紧闭，虽不深而似深。这紧闭的门窗说明词人是自己幽闭阁中，不愿步出门外，甚至不愿看见外面春天的景致。词境静穆，表现了词人的孤寂、忧愤的复杂感情。“柳梢梅萼渐分明”，早春来临，柳梢叶绿，梅萼也渐渐生出。如此美的景色，词人怎会不愿开启门窗赏春呢？接着词人给出了原因，“春归秣陵树，人老建康城”。虽然春色大好，但是在建康城曾经与丈夫居住过一段时间，并且丈夫死后正葬于这建康城中，如今却物是人非，只剩下自己独自漂泊流离。这不堪回首的往事，使得词人无心赏花，透露出她凄凉惆怅的心境以及无比沉痛的感怀。上阕就是通过春天生机勃勃的景致的描写，反衬出词人孤寂、凄惨、悲凉的心情。

下阕承上阕触景伤怀，进而追忆往昔，直抒胸怀。“感月吟风多少事？如今老去无成”，回忆曾经与丈夫在建康这个地方常常吟风咏月，这些雅趣乐事多么令人难以忘怀啊。如今已是面容憔悴，“老去无成”。这一慨叹包含了词人对现实深深的失望之情。“谁怜憔悴更凋零”，写词人憔悴瘦损，流落到了江南。“谁怜”二字，表明词人独处异乡，孑然一身，无人倾诉。一个“更”字，道出了词人心境的日渐悲凄。“试灯无意思，踏雪没心情”，这里用朴实无华得直白的词，如“无意思”“没心情”，表达了词人百无聊赖、心灰意冷的心境。试灯是北宋官民预赏灯节之俗，如今词人感到已经“无意思”了。词人初到建康，登石头城，北望中原，破碎山河无人收拾，恢复无望。这样残酷的现实使得她也无心去赏灯踏雪，显示出其柔肠百结的凄苦心境以及万念俱灰的绝望心理。

## 【醉花阴】

**薄雾浓云愁永昼①，瑞脑②消③金兽④。佳节又重阳，玉枕⑤纱厨⑥，半夜凉初透⑦。**

**东篱把酒黄昏后，有暗香⑧盈袖。莫道不消魂⑨，帘卷西风，人比黄花⑩瘦。**

**【注释】**

①永昼：漫长的白昼。②瑞脑：龙瑞脑香料。③消：熄灭。④金兽：兽形铜制香炉。⑤玉枕：纳凉的磁枕。⑥纱厨：室内的精致装置，在镂空的木隔断上糊以碧纱或彩绘。⑦初透：刚刚或开始感觉到。⑧暗香：菊香，菊花的幽

香。⑨消魂：极度忧伤带给人的痛苦。⑩黄花：指菊花。《礼记·月令》："鞠（菊）有黄花。"

**【鉴赏】**

这首词是李清照的前期作品之一，抒写了秋时闺中的寂寞以及词人内心之惆怅，暗寄悲秋和离愁之感。笔意婉曲，于凝重中道出离妇思亲的古意。从词作的字里行间，我们可以推测此词写于赵明诚独知外府之际，词人要把这首词寄给赵明诚，借以表达相思。

上阕开头写女主人公室内的情形。"薄雾浓云愁永昼"，一个"愁"字点出该词的词眼。这一天从早到晚，天空都是布满着"薄雾浓云"，这种阴沉沉的天气最使人感到愁闷难捱。外面天气不佳，只好待屋里。"瑞脑消金兽"，写女主人公闺室中点燃"瑞脑"，香气缭绕，百无聊赖，是环境氛围的铺垫。如此，云雾天与愁苦情，情景相应，以景映情。"佳节又重阳，玉枕纱厨，半夜凉初透"，又是重阳佳节了，天气骤凉，睡到半夜，凉意透入帐中枕上，回忆起了以往这个时候与丈夫相聚时的温馨，而今却只能独自承受着这凄凉的寒意，倍加孤寂。

下阕写佳节前把酒独酌的感受和内心的清苦。"东篱把酒黄昏后"，用佳节、良辰暗托。重阳佳节本应该把酒赏菊，词人却在屋里闷坐了一天，直到傍晚，才强打精神对酒赏菊。"有暗香盈袖"，重阳是菊花节，菊花开得极盛极美，她一边饮酒，一边赏菊，染得满身花香。词人又不禁触景伤情，菊花再美再香，也无法送给远方异地的亲人。"莫道不消魂，帘卷西风，人比黄花瘦"，这三句是全词最为精彩之处。以花木之"瘦"来比人之瘦，而之前有"帘卷西风"来为"人比黄花瘦"句做环境气氛的渲染，词末一个"瘦"字，归结全首词的情意，上面种种景物描写，都是为了表达这一词眼。人似黄花，只言自己面容憔悴，语意慰藉，生动形象，深婉含蓄，把一派闺愁苦情写得淋漓尽致。

这首词写词人在重阳佳节前夕的黄昏，独自饮酒于东篱，看见西风卷帘而思念亲人，深刻地表达了词人孤居闺阁的清寒与愁苦。

## 【好事近】

**风定落花深，帘外拥红堆雪。长记[1]海棠开后，正伤春时节。**

**酒阑[2]歌罢玉尊[3]空，青釭[4]暗明灭。魂梦不堪幽怨，更一声啼鴂。**

**【注释】**

①长记：常常记起。②阑：尽，完。③玉尊：名贵的酒杯。④青釭：青灯。

**【鉴赏】**

这首词通过对暮春残景和深闺凄清环境的描写，抒发词人的伤春寂寞的情怀。

上阕写风定花落的凋零景象，侧重由景生情，为落花而慨叹，而伤春。“风定落花深，帘外拥红堆雪”，此时已是暮春时节，词人抓住这个时节景物的特征，由风推断出外面定然是落花遍地，红白堆积，一派落英满地的萧索画面。此二句既是状物，也是词人的自况，伤感之情已隐然可感。“长记海棠开后，正伤春时节”，词人直接点明了伤春，每当海棠花落之时总是自己的伤春时节。“长记”，即常记，说明以往的“伤心时节”之事，时常萦绕于心。这里词人并未对往事的具体情况作详细的说明，但是却寄寓浓厚而又凝重的惜花、伤时的凄怆之情，蕴含丰富。

下阕描写的则是自己独处深闺、孤寂苦闷的生活。“酒阑歌罢玉尊空，青釭暗明灭”，此时酒干歌罢，只剩下一盏忽明忽暗的油灯。这里用“阑”“罢”“空”等，描绘出一幅暗淡的残席画面，在飘忽不定的灯光下更显幽暗、凄凉。通过酒阑、歌罢、空的酒杯以及忽明忽暗的油灯这些黯淡意象的描写，表现出词人凄怆、孤寂、愁苦的心境。“魂梦不堪幽怨，更一声啼鴂”，真切地写出思妇梦中的不安，幽怨哀愁一直缠绕着她，并没有得到一丝慰藉。此时听到了窗外凄厉的“啼”声，更增添了悲怆的情感。春已逝去，百花也已凋落殆尽，借助了“落花”这一典型现象，将全词抒情推向高潮，抒发词人伤春思夫的愁怨。

这首词全篇不着一情语，却通过室内外景物的刻画，把自己的凄情浓愁寄寓其中，抒写伤春凄苦之情，深沉凝重，意蕴深远。

## 【行香子】

**草际鸣蛩[①]，惊落梧桐，正人间、天上愁浓。云阶月地[②]，关锁千重。纵浮槎[③]来，浮槎去，不相逢。**

**星桥鹊[④]驾，经年才见，想离情、别恨难穷。牵牛织女，莫是离中。甚霎儿[⑤]晴，霎儿雨，霎儿风。**

**【注释】**

①蛩：即蟋蟀，又名促织。②云阶月地：以云为阶，以月为地，谓天上。③浮槎：传说中来往于海上和天河之间的木筏。“槎”是用竹木编成的筏子，可以渡水。民间传说乘着它从海上出发，航行十余天，到了天上，可以见有城郭房舍，非常壮丽，望见织女宫中织布，牛郎天河岸边饮牛。④鹊：传说夏历七月七日夜群鹊银河衔接为桥渡牛郎、织女相会。⑤霎儿：口语化的表达，一会儿。

**【鉴赏】**

这首词为托事言情，借牛郎织女的神话传说，写人间的离愁别恨，凄恻动人。我们可以看出词人这首词是临近七夕之时所作，天上的牛郎织女今夜尚能聚首，而人间的恩爱夫妻，此刻尤两地分离，正好影射了词人与丈夫赵明诚此时相隔两地的情况。词人将浓重的离情别绪和对时局的忧虑融合在一起，凄婉悲凉，耐人寻味。

词作上阕首两句“草际鸣蛩，惊落梧桐”，写周围寂静的环境，草间有几只蟋蟀在鸣叫，这叫声惊落了梧桐树上的叶子。这里不仅暗扣牛郎织女的离情别恨，而且透露出初秋凄清的氛围，抒发词人孤独悲凉的心情。“正人间、天上愁浓”，是词人仰望着牵牛星和织女星发出的悲叹，此时正是人间天上离愁别怨最浓最重的时候。词作题为“七夕”，由此可知“人间”的“愁浓”之中也包含了自己，从而含蓄地点出自己也为离情别愁所煎熬。“云阶月地，关锁千重。纵浮槎来，浮槎去，不相逢”，写在云阶月地的星空中，牛郎和织女被千重关锁所阻隔，无由相会。同时抒发了词人与丈夫相隔两地，彼此牵挂的离愁。那牛郎、织女一年只有一度的短暂相会之期，其余时光则有如浩渺星河中的浮槎，游来荡去，终不得相会聚首。此处也正吐露了词人与丈夫远隔千里，不知何日能再相聚的现实。上阕从人间写到天上，于叙述中寄寓词人的情感，借牛郎、织女的相聚难来抒发自己的离愁别绪。

下阕词人将自己夫妻的状况与天上牛郎织女的境况相融合，从自己的现实出发，到仰望银河双星展开想象。“星桥鹊驾，经年才见，想离情、别恨难穷”，感叹的是牛郎织女短暂相聚之后的别恨无限。牛郎织女靠喜鹊搭桥，经年才能相见一次，那离愁别恨定是无穷无尽。这里运用移情的手法，流露出对牛郎织女的同情，他们的境况与词人同病相怜，因此词人也是感叹自己的无限离愁。“牵牛织女，莫是离中”，词人仰望星空，猜想此时乌鹊已将星桥搭起，可牛郎、织女莫不是仍未相聚，包含词人的忧虑之情。“甚霎儿晴，霎儿雨，霎儿风”，结尾用排比的形式叠用三个“霎儿”写幽怨不尽。宇宙间变化不定，一会儿晴，一会儿雨，一会儿又刮风，大约织女、牵年已分离了吧？这里用天气的阴晴喻人间的悲喜，借牛郎、织女的不幸遭遇，来叹恨人间的离愁别情。语意双关，构思巧妙，富有艺术感染力。

## 【孤雁儿】

**藤床[①]纸帐[②]朝眠起，说不尽，无佳思。沉香[③]断续玉炉[④]寒，伴我情怀如水。笛声三弄，梅心惊破，多少春情意。**

**小风疏雨萧萧地，又催下，千行泪。吹箫人[⑤]去玉楼空，肠断与谁同倚？一枝折得[⑥]，人间天上，没个人堪寄。**

**【注释】**

①藤床：用藤条做的躺椅。据明代高濂《遵生八笺》记载，藤制，上有倚圈靠背，后有活动撑脚，便于调节高低。②纸帐：亦名梅花纸帐。据宋代林洪《山家清供》云，其上作大方形帐顶，四周用细白布制成帐罩，中置布单、楮衾、菊枕、蒲褥。当时在文人高士中颇为流行。③沉香：植物名，用作熏香料。④玉炉：玉制的熏香炉。⑤吹箫人：传说秦穆公时人萧史，他的箫声能招引凤凰。后来他和他的妻子——穆公女弄玉双双仙去。此处比拟赵明诚。⑥一枝折得：出自陆凯赠梅与范晔的典故。陆凯当年思念远在长安的友人范晔，曾折下梅花赋诗以赠。

【鉴赏】

这首为托物抒情之词，明为咏梅，暗为悼亡，借梅抒怀旧之思，寄托了词人对亡夫赵明诚的深挚感情和凄楚哀思。全词以景衬情，将环境描写与心理刻画融为一体，营造出一种孤寂凄婉的意境。词调原名《御街行》，后变格为《孤雁儿》，专写离别悼亡等悲伤之情。词人取后者，盖以自况。

上阕开篇首两句就透露出一股哀伤的情感。“藤床纸帐朝眠起，说不尽，无佳思”，写初春的早晨，在藤床纸帐这样清雅的环境中醒来，并没有一个好的心情，却有一种说不尽的伤感和惆怅。“沉香断续玉炉寒，伴我情怀如水”，这里“炉寒香断”，渲染了一种凄冷的气氛。室内断断续续的香烟，似断仍连的袅袅微香，伴随她绵长、凄清的似水情怀。一个“寒”字，深化了词人内心孤寂、悲凉情绪的刻画，写景与抒情结合，营造了凄清的气氛。“笛声三弄，梅心惊破，多少春情意”，此处写幽怨的笛声引起词人内心的恨意。以汉代横吹曲中的《梅花落》照应咏梅的命题，一声笛曲，催绽万树梅花，带来春天的消息。婉转的笛声使人柔肠寸断，多少旧情往事，被笛声勾起，却又为笛声惊破，留下的只是眼前的伤感和往日的留恋。

下阕正面抒写悼亡之情，词境由晴而雨，跌宕之中意脉相续。“小风疏雨萧萧地，又催下，千行泪”，窗外风雨凄凄的景色，使人倍感伤心。这里把小风疏雨与珠泪千行作对比，表现词人痛苦至深，泪水多于雨水。情景相应，更显寂寞冷落，无限凄凉。“吹箫人去玉楼空，肠断与谁同倚”，明诚既逝，人去楼空，纵有梅花好景，又有谁与她倚阑同赏呢？词人曾与丈夫过着夫唱妇随的幸福生活，然而如今“人去楼空”，孑然一身。昔日欢乐已成梦幻的刻骨哀思，纵有满腔的悲苦，又向何人说呢？“一枝折得，人间天上，没个人堪寄”，收束全篇。化用陆凯赠梅与范晔的故事，表达了深重的哀思。如今折枝却无人可寄，人间天上，都找不到可以寄予的那个人了。点咏梅主题，以物寄情，烘托出词人的无限伤感与悲痛的心境。

## 【满庭芳】

**小阁藏春，闲窗锁昼，画堂无限深幽。篆香[1]烧尽，日影下帘钩。手种江梅渐好，又何必、临水登楼？无人到，寂寥浑似[2]，何逊[3]在扬州。**

**从来，知韵胜[4]，难堪雨藉[5]，不耐风揉。更谁家横笛，吹动浓愁。莫恨香消雪减，须信道，扫迹[6]情留。难言处、良宵淡月，疏影尚风流。**

**【注释】**

①篆香：一种盘成篆形文字的香。②浑似：完全像。③何逊：南朝梁著名文学家，其诗情辞宛转，诗意隽美，深为后来的诗人杜甫和黄庭坚等赏识。梁代天监间，他曾为建安王萧伟的水曹行参军兼记室，有咏梅的佳篇《扬州法曹梅花盛开》，清人江昉刻本《何水部集》于该诗下有注云：“逊为建安王水曹，王刺扬州，逊廨舍有梅花一株，日吟咏其下，赋诗云云。后居洛思之，再请其任，抵扬州，花方盛开，逊对花徬徨，终日不能去。”④韵胜：此处指梅花耐寒、高洁的美好品格。⑤藉：击，打。⑥扫迹：即踪迹扫尽，难以寻觅。

**【鉴赏】**

这首词落墨于梅，其中寄寓了词人深邃细腻、复杂难言的感情，借梅花清瘦高雅之趣，抒发个人情思。

上阕写赏梅的环境和情趣。开篇三句交代词人所处环境的幽雅、寂寞。“小阁藏春，闲窗锁昼，画堂无限深幽”，这里描写了阁小，窗闲，春藏，昼锁等典型的词境，突出深静的特点。美好的春光和充满生气的白昼，恰恰被藏锁在这狭小而娴静的圈子里，点明画堂的狭长、暗淡、深幽。“篆香烧尽，日影下帘钩”，篆香烧尽，作为时间意象，暗示着时间的推移，而日影移上帘钩即说明黄昏将近。“手种江梅渐好”则开始咏梅，进入正题。词人静对手种之梅，孤芳独赏，竟不知日影西斜。寂寥中，人与花已融为一体，对语、交流，恰似何逊在扬州的以梅花为伴。“又何必、临水登楼？”欣赏“手种江梅”，已是满腹的往事了，因而没有必要再临水登楼赏玩风月了。“无人到，寂寥浑似，何逊在扬州。”这几句为用典。南朝诗人何逊恋梅，对梅花的一片痴情是其寂寞苦闷的心情附着所致。更何况把江梅栽在这样幽深的庭院之中，长期没有人来访，其寂寞程度要比何逊在扬州赏梅更为深沉。

下阕写对梅花的惋惜和咏叹。“从来，知韵胜，难堪雨藉，不耐风揉。”“韵”字在这里指梅花由抗寒傲雪的贞刚、高洁的内在美反射出来的神韵、风骨。它与世俗格格不入，难禁风雨的摧残。“藉”“揉”二字，既惜花，更惜人。“更谁家横笛，吹动浓愁。莫恨香消雪减，须信道，扫迹情留”，更为难堪的是，不知谁用横笛吹奏起《梅花落》这首曲子，使得困境中的梅花愈添愁绪。词人试图排解这种愁绪，但梅花的暗香消失、落花似雪，飘谢凋零，风韵不存。这情况本应使人产生春恨，迁恨于春日风雨的无情，但词人却“莫恨香消雪减”。“难言处、良宵淡月，疏影尚风流”，纵使梅花香消雪减，落英无迹，但是它的清韵高格，将长留人心，点出词的旨趣所在，寄托高远。

## 【渔家傲】

**雪里已知春信至，寒梅点缀琼枝①腻。香脸半开娇旖旎②，当庭际，玉人浴出新妆洗。**

**造化可能偏有意，故教明月玲珑地。共赏金樽沈绿蚁③，莫④辞醉，此花不与群花比。**

**【注释】**

①琼枝：覆雪悬冰的梅枝。②旖旎：本为旌旗随风飘扬的样子，引申为柔和美丽，多用来描写景物柔美、婀娜多姿的样子。③绿蚁：酒面的浮沫。白居易《问刘十九》：“绿蚁新醅酒，红泥小火炉。”《历代诗话》引《古隽考略》：“绿蚁，酒之美者，泛泛有浮花，其色绿。”④莫：不要。

**【鉴赏】**

这首《渔家傲》是李清照的六首咏梅词之一，格调轻快、明朗，写于丈夫赵明诚屏居青州之时。

词作上阕写梅花盛开时娇洁的特点，赞美了梅花的韵味与风姿。“雪里已知春信至，寒梅点缀琼枝腻”，梅花开放于冬春之交，在一片白色的冰天雪地之中，飘着幽香的梅花带着春天的信息缓缓绽开。朵朵梅花点缀在枝头，愈显得光明润泽。人们于久寒严冬之后，满怀欣喜地迎接春回之时，对梅花愈发的喜爱。这里点明梅花为报春之花，同时也显示了梅花的娇洁，不畏严寒、傲然独放的高尚品性。“香脸半开娇旖旎，当庭际，玉人浴出新妆洗”，此三句运用拟人的手法，把初开的春梅比作刚刚出浴，洗去脂粉严妆，更显天然丽质的女子，亭亭玉立，惹人喜爱。这里即物即人，梅和人融成了一片，写出了梅花的娇美和冰清玉洁的特征。

下阕词人转笔写到对月夜赏梅的欢悦场面的描写上，从侧面赞赏梅花，点出词人的爱梅之心。“造化可能偏有意，故教明月玲珑地”，梅花偏宜月下观赏，造物有意。故教月色玲珑剔透，使暗香浮动，疏影横斜。这里词人创造了一种优美的意境，赞美梅花娇洁的品性。“共赏金樽沈绿蚁，莫辞醉，此花不与群花比”，面对这美好的月夜美景，词人心境明净开朗，兴致大发，邀来诗朋酒侣，举杯畅饮，一起欣赏月色下的梅花。此处揭示词旨，含蓄得体，首尾相应，更显梅花的超群不凡，抒发词人的爱梅之情。

这首词充满着欢快、愉悦的气氛。上阕集中笔墨，采用衬托、比拟的手法，描绘梅花的远姿、近态，写出了梅花在风雪中傲然挺立的美好形象，侧重于表现梅花的娇美特征。下阕抒发词人对梅花的喜爱之情，赏梅而不知不觉已与梅为伴，可见梅花身上有词人美好理想的寄托。

## 【菩萨蛮】

**风柔①日薄②春犹早，夹衫乍③著心情好。睡起觉微寒，梅花鬓上残。**

**故乡何处是？忘了除非醉。沉水④卧时烧，香消酒未消。**

**【注释】**

①柔：轻柔，柔和。②日薄：日色黯淡。③乍：一下子。④沉水：沉香的别称，是一种名贵的熏香。

**【鉴赏】**

这首词是李清照南渡后的作品，表现了深切的故国之思。

上阕写早春时日词人的心情。“风柔日薄春犹早，夹衫乍著心情好”，词人笔下的初春景色是美好的，风柔日薄，熙和天气。人们从严冬中走过，脱去厚重的冬衣，春衫乍试，感到十分的轻松，欣喜之情溢于言表。词人用赋的手法，直写出此时心情之好。“睡起觉微寒，梅花鬓上残”，早春又是乍暖还寒时节，小睡起来，微寒侵肤，刚才插到鬓上的梅花也已枯凋。词人用天气的轻寒和梅花的凋残，暗示其情绪的变化，一股淡淡的怨愁从词人的笔端流泄出来。这里词人经历了由身感凉意，鬓边花残到怀念故乡的心路历程的转变，思乡之情由此触发。

下阕首二句“故乡何处是？忘了除非醉”。这里前句用一个诘问句发出故乡何处之悲呼，表现词人心中的亡国之恨以及此时的痛苦绝望。故乡虽在而河山易主，欲归不能。只有在醉里梦中，才能片刻缓解这份沉重的乡愁，清醒时则无时无刻不思念故乡。“忘了除非醉”，平白如话，却极深刻沉痛。“忘”正好表明不能忘。这里正话反说加一层转折，把此意表现得更加强烈，词人只能默默承受着这份伤痛。“沉水卧时烧，香消酒未消。”醒来看到睡觉时所烧的熏香已经燃尽，但词人的酒意还未消除。这里的“酒未消”说明了词人思乡怀土之情未消。全词通过词人细致入微的心理刻画，由喜到悲，由悲转愤，由愤转入沉郁，层层推进，曲折委婉，表现了词人怀恋故国故乡的深情。

这首词从感受早春的喜悦心情来入手，用美感的差异性来增强艺术表现力，更可见思乡之悲。本词上阕写早春之喜，下阕写思乡之苦，以美好的春色反衬有家难归的悲凄，情与景的这种强烈的反差起到了衬托作用，深切感人。

## 【菩萨蛮】

**归鸿声断①残云碧，背窗雪落炉烟直。烛底凤钗明，钗头人胜②轻。**

**角声③催晓漏④，曙色回牛斗⑤。春意看花难，西风留旧寒。**

**【注释】**

①声断：声尽。②人胜：人和胜，都是古代妇女在农历正月初七日，即人日时所戴的装饰物。在人日当天，妇女们会剪彩或镂刻金箔为人形贴于屏风或戴在发上以讨取吉利，称为人胜。③角声：指军中的号角。④漏：古代的计时器铜壶滴漏。⑤牛斗：即斗、牛，都是星宿名，为二十八星宿中两个星宿。

【鉴赏】

这首词写早春思乡之情，是词人南渡之初的作品，运用曲笔，以浅淡之语写深挚之情，意味隽永，耐人寻味。

上阕首二句“归鸿声断残云碧，背窗雪落炉烟直”。从写景色入手，鸿雁北归，已不闻声，极目天穹，唯有残云如碧。前句写远景，辽阔高远。词人巧妙地用“声断”写已经远去的大雁。接着用傍晚的残云做背景，使得整个画面显得更加浑茫。听归鸿，望碧云，词中寄托着旅愁。望归鸿而思故里，见碧云而起乡愁，而词人眼望着鸿雁归去，而自己却归不得，内心的惆怅失落感涌上心头。后句写窗外飘下了纷纷扬扬的雪花，屋子里有一缕缕炉烟正在升起，四周一片静寂。这里近景与远景交映，层次清晰。窗外的“雪落”衬屋内的“炉烟直”，静中有动，动中有静，艺术表现效果好。前两句是写词人独自面对着这一缕缕青烟而思乡。“烛底凤钗明，钗头人胜轻”，烛光下，凤钗溢彩，钗头人胜轻盈。于立春日戴人胜是当时的风俗，如此穿戴表达了词人的思乡之情。上阕整个都是在写景，人物心情蕴含在景物描写之中。

下阕“角声催晓漏，曙色回牛斗”。写黎明时分，听着军中的号角和铜壶滴漏之声煎熬，看着东方的曙色。斗转星移，意味着天将破晓，可见词人一夜不寐。“春意看花难，西风留旧寒。”写词人的愿望以及此愿望与现实之间的矛盾。阳光明媚，春意盎然，报春的梅花想是开放了。词人不禁产生一股游兴。然而此念头方生，即已打消。还是早春，西风还有些残留，怕自己受不了这寒意，赏不了花啊。此处不仅是写天寒，而且还是心寒，是对生活彻底绝望，把词人孤寂伤感的心境表现了出来。

这首词结构独特，从时间的推移看，从黄昏写到翌日黎明；从描绘的景色看，词人用了一些思乡的意象来构成一幅幅使人心寒的思乡图。以疏括的笔法渲染气氛，疏密有致，充分展现词人乡愁之深。

## 【浣溪沙】

**小院闲窗春色深，重帘未卷影沉沉。倚①楼无语理瑶琴②。**
**远岫③出云催薄暮④，细风吹雨弄轻阴，梨花欲谢恐难禁。**

【注释】

①倚：靠。②瑶琴：用玉装饰的琴，据史载，琴本为伏羲氏所琢。有一次伏羲看到凤凰来仪，飞坠在一株梧桐树上。那梧桐高三丈三尺，按三十三天之数。按天、地、人三才，截为三段；取中间一段送长流水中，浸七十二日，按七十二候之数；取起阴干，选良时吉日制成乐器。③岫：山峰。④薄暮：傍晚。

**【鉴赏】**

这是一首闺怨词，通过对日常生活的百无聊赖、无所事事之情状的描写，表现了词人的闺房闲愁、独处寂寞。

上阕首两句“小院闲窗春色深，重帘未卷影沉沉”，交代词人所处的地点、季节和心境。小、闲、深，正是空闺写照。而春色深浓，未许泄漏，故重帘不卷，一任暗影沉沉。这里写院“小”，是受拘抑不开放的心情影响而致。窗“闲”，是由于词人的无所事事，正值青春好年华的闺中少女面对着这浓郁的春色，而又无事可做、无心欣赏，故感觉如此。“春色深”写春色正浓，是享受春天情趣的大好机会。“重帘未卷”，连卷起帘幕让春光进屋的心情都没有，一个“沉”字反映出词人的心情沉重，与春日阳光的明媚形成对比，突出词人心境的压抑沉闷，郁郁寡欢。“倚楼无语理瑶琴”，春情躁动，更不能形之言语，只可托之瑶琴。进一步写词人百无聊赖，无以寄托的心理。这里词人“倚楼无语”，形象地写出词人此时心情的愁闷、抑郁，失神的状态。

下阕由室内转向室外。“远岫出云催薄暮”，词出自陶渊明《归去来辞》中有：“云无心以出岫，鸟倦飞而知还”的句子，云出云归，时光亦随之荏苒而逝，不觉晚景催逼。词人内心的愁苦，连春天的美景也无法排遣她的愁绪，而夜幕的渐渐降临使愁绪更添一分。“细风吹雨弄轻阴”，夜来更兼细风吹雨，轻阴漠漠，“弄”既指风雨之弄轻阴，还指此时、此境中，词人乍喜还愁的情感波动。“梨花欲谢恐难禁”，这凄风催雨，开得正灿烂的梨花恐怕要被摧残而落了，春天难以留住啊！一个“恐”字，传达词人惜春的思想感情，委婉含蓄，揭示全篇主旨。

这首词描绘了春天晴阴变化中的自然景致，表现词人淡淡的愁绪，语句淡雅，自然别致。细风、疏雨、微阴淡化，雅化，微微逗露，以此种婉曲、蕴藉的传情方式，富有情趣。

## 【浣溪沙】

**莫许杯深琥珀[①]浓，未成沉醉意先融。疏钟[②]已应晚来风。**
**瑞脑[③]香消魂梦断，辟寒金[④]小髻鬟松，醒时空对烛花红。**

**【注释】**

①琥珀：松柏树脂的化石。红者叫琥珀，黄而透明的叫蜡珀。此指酒色红如琥珀。②疏钟：旷远空悠的钟声。③瑞脑：一种名贵的香，香气浓郁且烟气甚小。④辟寒金：据王嘉《拾遗记》载，三国时昆明国进贡一种鸟，吐金屑如粟。宫人争用这种金屑装饰钗。这种鸟畏霜雪，魏帝专为它起了一个温室，名辟寒台。又称此鸟所吐之金为辟寒金。

**【鉴赏】**

这首词写深闺相思，是李清照年轻时的作品，写女词人与丈夫别后独居的相思与愁苦。通过对周围环境的描绘，曲折委婉地表达了词人的真挚感情，富有艺术感染力，耐人寻味。

上阕写傍晚时分对酒独酌。“莫许杯深琥珀浓”，深闺寂寞，词人故欲以酒浇愁。而杯深酒腻，未醉即先已意蚀魂消。傍晚无绪饮酒，“未成沉醉意先融”，还没喝几口就有些醉意了。这里词人的未饮先醉，耐人寻味。接着词人转笔写萧萧的风声和旷远空悠的钟声，“疏钟已应晚来风”，渲染凄清悲凉的气氛。此句一笔宕开，有一种深沉凄婉的意境。在这种寂寥氛围下，有力地衬托了词人孤寂、愁闷和思念的情怀。词人借酒浇愁，但这相思之情也融入了这醇酒之中，酒非但没有消愁，反而更增添了几分愁绪。

下阕则写词人夜半睡梦中醒来时的情景。“瑞脑香消魂梦断，辟寒金小髻鬟松，醒时空对烛花红”，这里写香消梦断，可理解为时间意象，谓香消之时梦亦惊断；也可理解为比喻关系，温馨旖旎的梦断，正如香之消散。试想，从好梦中恍然惊觉，炉寒香尽，枕冷衾寒，情何以堪！词不写情之难堪，只写醒时神态。头上的发髻蓬松，金钗已从发髻上滑落下来，娇慵之态毕现。“断”字突出梦中断的突然。“髻鬟松”从侧面写出词人睡眠不安、辗转反侧的情态。词人醒时空对荧荧红烛，烛芯未剪而已经凝结成了红红的烛花，闺中少女呆呆地望着那跳跃的烛光。而失神一个“空”字，表现出词人怅然若失，也道出她的相思之情。

## 【凤凰台上忆吹箫】

**香冷金猊[①]，被翻红浪，起来慵自梳头。任宝奁尘满，日上帘钩。生怕离怀别苦，多少事、欲说[②]还休。新来瘦，非干病酒，不是悲秋。**

**休休！这回去也，千万遍阳关[③]，也则难留。念武陵人[④]远，烟锁秦楼[⑤]。惟有楼前流水，应念我，终日凝眸。凝眸[⑥]处，从今又添，一段新愁。**

**【注释】**

①金猊：指狻猊（狮子）形铜香炉。②休：犹罢了、算了。③阳关：即《阳关曲》，离别时所唱的歌曲。④武陵人：用刘晨、阮肇典故，借指心爱之人。⑤秦楼：一称凤楼、凤台。相传春秋时有个萧史，善吹箫，作凤鸣，秦穆公以女弄玉妻之，筑凤台以居，一夕吹箫引凤，夫妇乘凤而去。⑥凝眸：沉思注视之状。

**【鉴赏】**

这首词是李清照早期的作品，写于词人与丈夫赵明诚分别之时。由于夫妻婚姻美满，情深意笃，所以在分别之时必然有许多的离情别苦。此首词以曲折含蓄的口吻表现了词人对丈夫的思念和深情，深婉细腻。

上阕写离别前的情景。“香冷金猊，被翻红浪，起来慵自梳头”，写出室内环境的凄清意境和词人晨起的慵懒神态。昨夜懒得去给香炉添香，金炉香已冷，锦被胡乱地摊床上，晨曦的映照下，波纹起伏，恍似卷起层层红色的波浪。词人因为丈夫即将离开，所以毫无心绪打理自己。这三句向我们展现了词人百无聊赖、压抑的情绪。“任宝奁尘满，日上帘钩”，任凭那镜奁之上盖满灰尘，渐升的晓日高过帘钩，仍未觉光阴催人。形象生动地展现了词人与丈夫临别前怅然凄然的心情。“生怕离怀别苦，多少事、欲说还休”，写词人的心理活动。本来有千言万语要对丈夫诉说，但生怕引起彼此的离别痛苦，话到嘴边又忍住了。这种“欲说还休”的抑制表现了词人内心的愁苦。“新来瘦，非干病酒，不是悲秋。”三句写近来自己消瘦的原因，并非因“日日花前常病酒”，也不是因“万里悲秋常作客”，词人消瘦的原因可想而知。此处写的吞吐往复，文势波澜，感情真挚，婉转曲折。

下阕接写去者难离之苦，然后用一“念”字领起，设想别后情形。用叠字以加重语气，“休休！这回去也，千万遍阳关，也则难留”，纵使歌唱千万遍《阳关》，也无法挽留离者，那只好算了。接着写别后的设想。“念武陵人远，烟锁秦楼”，运用了两个典故，写想象人去楼空的情景，传达出丰富的感情信息。“惟有楼前流水，应念我，终日凝眸。凝眸处，从今又添，一段新愁”，惟有楼前流水，映出她终日倚楼的身影，印下她钟情凝望的眼神。流水无知无情，怎会记住她终日凝眸的情态？写出词人对丈夫的痴痴等待的神态。赵明诚走后，人去楼空，佳人独坐，山高路远，枉自凝眸，为本来抑郁的心情又增添了一层新愁。这几句用顶真格来写自己对丈夫的思念，使各句之间衔接密切，而语言节奏也相应地加快，感情表达也更为激烈，使词人离怀别苦的情绪达到了高潮。

## 【一剪梅】

**红藕①香残玉簟②秋③。轻解罗裳，独上兰舟。云中谁寄锦书④来？雁字回时，月满西楼。**

**花自飘零水自流。一种相思，两处闲愁。此情无计可消除，才下眉头，却上心头⑤。**

**【注释】**

①红藕：荷花。②玉簟：竹席的美称。③秋：秋凉。④锦书：锦字书，指丈夫写给妻子的表达思念的情书。根据《晋书》记载，东晋时的窦滔曾被发配至沙洲（今敦煌）服苦役，七八年来杳无音信。窦滔的妻子思夫心切，便将无限情思写成一首首诗文，用五彩丝线绣在了锦帕之上。后人便以“锦书”代指夫妻间诉相思情的书信。⑤才下眉头，却上心头：刚刚展开眉头，心里又立即重新想起。

【鉴赏】

李清照这首《一剪梅》是词人早期为怀念离家远行的丈夫所作，词中以其清新的格调，以及词人特有的沉挚情感，来抒写相思之情。

上阕起句“红藕香残玉簟秋”领起全篇。上半句“红藕香残”写户外之景，荷花凋零，残留着一些香味。一个“残”字写出秋天荷花零落的神态。下半句“玉簟秋”写室内之物，对清秋季节起了点染作用。秋天到了，竹席也有些凉意，写出词人凄凉独处的内心感受。全句设色清丽，意象蕴藉，不仅刻画出四周景色，也形象地写出了秋天时令特色，而且烘托出词人寂寞凄凉的感伤情怀。“轻解罗裳，独上兰舟”，写在闺中无法排遣愁闷与相思之苦，便出外乘舟解闷。“轻解”一词表现出词人无精打采和迷离怅惘的神态。“云中谁寄锦书来？雁字回时，月满西楼”，词人独坐舟中，希冀着此刻能够有南翔的雁阵捎回夫君的书信。这里“月满西楼”可以理解为他日夫妻相聚之时，临窗望月，共话彼此相思之情，表现了词人盼望与丈夫团聚以及心中对丈夫深深的相思。“花自飘零水自流”，承上启下，词意不断。写花落水流之景，如同逝去的年华，表现了一种凄凉无奈之恨。“一种相思，两处闲愁”，写尽管双方都在思念着彼此，但是由于距离遥远，不能相互倾诉，只能够各在一方独自愁闷。这里“相思”是引起“闲愁”的原因。“此情无计可消除，才下眉头，却上心头”，这份思念老是盘旋在心头挥之不去，无法排遣，反而陷入更加深刻的思念之中。“眉头”与“心头”相对，“才下”与“却上”成起伏，传神地写出词人的无计可除的愁绪。语句结构工整，表现手法巧妙，艺术效果表现力强，含蓄生动，耐人寻味；无怪其成为千古名句。

这首词采用移情入景的表现方法，将词人真挚、深沉的感情融入景色描写之中，语淡情深，不饰雕琢，意蕴深远。

## 【蝶恋花】

**泪湿罗衣脂粉满，四叠阳关[1]，唱到千千遍。人道山长水又断，萧萧微雨闻孤馆。**

**惜别伤离方寸[2]乱，忘了临行，酒盏深和浅。好把音书凭过雁，东莱[3]不似蓬莱[4]远。**

【注释】

①阳关：即《阳关曲》，离别时所唱的曲子。②方寸：心灵。③东莱：山东龙口市古称。赵明诚所任的莱州知府所在地。④蓬莱：传说中的仙山。李商隐《无题》诗有："刘郎已恨蓬山远，更隔蓬山一万重。"

【鉴赏】

这首词写于宣和三年（1121）秋天，时赵明诚为莱州守，李清照从青州赴莱州途中宿昌乐县驿馆时写寄给其家乡姊妹的。其中吟唱姊妹之间的手足之情，率直袒露，直抒胸臆。

上阕写独居驿馆，回忆姊妹送别时的景象。"泪湿罗衣脂粉满，四叠阳关，唱到千千遍"，"湿""满"二字表现眼泪之多。泪水涟涟，将胸前的罗衣打湿，脸上的脂粉被冲成满面泪干。这里开篇言泪，将姊妹间真挚的情谊以及词人无限的伤感表现了出来。虽有千言万语，却不知从何说起，于是发声为歌来表达这种惜别之痛和难分难舍之情。这送别的《阳关》曲唱到四叠还不够，还要唱"千千遍"。这里以夸张手法，极力渲染离别场面之难堪。陈字见新，平字见奇，收到了纵横跌宕的效果。"人道山长水又断，萧萧微雨闻孤馆"，词人的笔触在结拍处转折，纷乱的思绪又转回现实。前句一语双关，不仅写出了绵绵青山淹没在烟雨中的景色，又流露出姊妹离别之后深深思念的情意。此行路途遥遥，山长水远，而今自己已行至"山断"之处。不仅离姊妹们更加遥远了，而且又逢上了萧萧夜雨，淅淅沥沥如同词人抽不完、扯不尽的情思，而她此时又独处孤馆，更是愁上加愁。

下阕词人的思绪又回到离别时的场景，但笔触则集中抒写自己当时的心境。"惜别伤离方寸乱，忘了临行，酒盏深和浅"。这里写词人临行前乱了方寸，依依不舍以致忘了是要临行而多喝采酒，真切而又形象地展现了当时难别的心境。"好把音书凭过雁，东莱不似蓬莱远"，词人告慰姊妹们，东莱并不像蓬莱那么遥远，只要鱼雁频传，音讯常通，姊妹们还是可以像厮守在一起一样。这里词人既劝慰姊妹，也自我安慰。情真意切，委婉含蓄。

这离别词直抒胸臆，表达词人与姊妹的离情别绪。既有细腻、敏感的心理描写，也具有笔力健拔、恣放的特色，把姊妹之间的深情厚谊表达得淋漓尽致，感人至深。

## 【蝶恋花】

**暖雨晴风初破冻，柳眼梅腮，已觉春心动。酒意诗情谁与共？泪融残粉花钿重。**

**乍[①]试夹衫金缕缝，山枕[②]斜欹[③]，枕损钗头凤。独抱浓愁无好梦，夜阑犹剪灯花[④]弄。**

**【注释】**

①乍：一下子。②山枕：即檀枕，因其如“凹”形，故称山枕。③欹：倚靠。④灯花：灯芯燃烧后所结成的花形。相传灯花为喜事的预兆。

**【鉴赏】**

这首词作于词人与丈夫新婚不久，此时丈夫在外地，两地分离。词人突出了春怀和离别两大主题，以春天的温暖和煦做反衬，抒发相思之闺情。

上阕从景色宜人的初春写起，细腻委婉地刻画出思妇的心理活动。“暖雨晴风初破冻”，初春时节，春风化雨，和暖怡人，冰封融化，大地复苏。“柳眼梅腮，已觉春心动”，补充起句的景语，进一步描写初春景色。嫩柳初长，如媚眼微开，艳梅盛开，似香腮红透，到处是一派春日融融的景象。这里通过对初春景色的补充描写，意蕴丰富，一语双关。独守空楼的词人与这大好的春光形成强烈的反差，一个思妇的形象跃然纸上。“酒意诗情谁与共？泪融残粉花钿重”，对月饮酒，无人交盏；对花赋诗，无人唱和，一切都索然无趣。即使柳萌梅绽，景色诱人，词人也无心观赏。面对着这大好春光，没有丈夫陪伴在身边，只得独自伤心流泪，头上戴的花钿也变得沉重起来。这里写出了词人独处深闺，孤栖寂寞，思念丈夫的情怀。

下阕具体描绘词人孤独寂寞的闺中生活。“乍试夹衫金缕缝，山枕斜欹，枕损钗头凤”，春暖天晴，华美的春装初试。然而词人却足不出户，无心去观赏美好的春景，却斜欹在山枕上以求好梦，以致把精美的钗头凤给折损了。通过这一系列的行动描写，思妇的慵懒、无精打采的神情，将词人百无聊赖而又思绪万千的愁苦和盘托出。“独抱浓愁无好梦，夜阑犹剪灯花弄”，写得生动、细致，被称为“入神之句”，为人称道。词意含蓄传神，思妇形象清晰肖妙，颇有意趣。愁本无形，这里却言“抱”，可见此愁对其来说程度有多“浓”，多重，更何况词人此时是独自怀抱这些愁绪，此情更加难堪。在夜阑人静时分，思妇对着孤灯剪弄灯花，衬托出凄清愁苦的氛围与意绪，深沉含蓄，耐人寻味。

## 【鹧鸪天】

**暗淡轻黄体性柔，情疏[①]迹远只香留。何须浅碧深红色，自是花中第一流。**

**梅定妒，菊应羞，画栏开处冠[②]中秋。骚人[③]可煞无情思，何事当年不见收[④]。**

**【注释】**

①情疏：情怀疏淡。②冠：第一。③骚人：屈原。屈原的《离骚》上多载草木名称，独独不见桂花。④收：收录，写到。

**【鉴赏】**

这首词是李清照与丈夫居青州时的作品。词中盛赞桂花，并且推崇桂花为第一流的花朵，这在李清照的作品中并不多见。

词作上阕围绕桂花之“色”与“香”、外在与内在美进行描写。词人十分欣赏桂花的内在美，具有色淡味香，体性温雅的特性。“暗淡轻黄体性柔”，开篇首句写桂花的“色”，通过“暗”“淡”“轻”三字不仅托出桂花的颜色，而且还兼及体性。“暗淡”“轻黄”二词，说明桂花不以夺人眼球的光泽和浓艳的颜色取胜。虽然它色淡光暗，却秉性温雅柔和。“情疏迹远只香留”，写桂花生长在深山之中，但它的清香却不因此而减损，写出了桂花的独特风韵。“何须浅碧深红色，自是花中第一流”，这里“何须”二字，把以“色”美取胜的群花一笔荡开，推出色淡香浓、迹远品高的桂花。词人认为桂花浓郁的香气，温雅的体性已足以成为花的第一名流。颜色淡一点，没有那些浓烈的浅碧、深红颜色又有什么关系呢？通过上阕的描述，可以看出词人注重的是桂花的内在美，要赞美的也是它的体性，而不是外在的一些颜色等。

下阕承接上阕，继续写桂花的内在美。首三句通过与其他花的对比来赞咏桂花。“梅定妒，菊应羞，画栏开处冠中秋”，写开在早春的梅花虽然容姿秀丽，但面对体型优雅的桂花时也产生嫉妒之意。那独放在百花之后的菊花，虽然清雅秀美，幽香袭人，但也羞得低下了头。通过与梅花和菊花的对比，赞美桂花，得出结论，桂花理应是这中秋佳节的花中第一名流。“骚人可煞无情思，何事当年不见收”，传说屈原当年作《离骚》，遍收名花珍卉，以喻君子修身美德，唯独桂花不在其列。词人很为桂花鸣不平，说屈原情思不足，竟把香冠中秋的桂花给遗漏了，实在是遗憾的事情。这里实际上是借为桂花抱屈，来抒发词人的幽怨之情。

这首词构思巧妙，托物言志，通过写桂花的内在美以及对桂花体性的推崇，来反映词人如桂花般正直的品格，耐人寻味。

## 【添字采桑子】

芭蕉

**窗前谁种芭蕉[①]树？阴满中庭，阴满中庭，叶叶心心，舒卷有余情。**

**伤心枕上三更雨，点滴霖霪[②]。点滴霖霪，愁损北人[③]，不惯起来听。**

【注释】

①芭蕉：常常与孤独忧愁，特别是离情别绪相联系。②霖霪：拟声词，似雨滴的声音。③北人：指流离到南方之人；既有自己，也有其他南逃之人。

【鉴赏】

这首《芭蕉》是词人南渡之初的作品，词人在被迫离开家乡后，目睹了山河破碎，不知归期是何年，由此引发词人浓浓怀念故乡的情怀。这首词就是借吟咏芭蕉抒发这种怀恋故土的愁绪，其中弥漫着一股悲凉的气氛。

上阕首句“窗前谁种芭蕉树”，长在窗前的芭蕉树是谁种的呢？词人之所以会有此一问，是因为她看到了芭蕉树，而“芭蕉”这一意象是常常与孤独忧愁特别是离情别绪联系在一起，由此可以想象到词人在他乡看到芭蕉树后不平静的心态。“阴满中庭；阴满中庭，叶叶心心，舒卷有余情”，这几句全是对芭蕉树的描述，通过“阴满中庭”，可以看出这棵树的高大，枝叶的繁茂，树冠的伸展四垂。接着词人对蕉叶和蕉心进行描述，卷缩着的蕉心和舒展着的蕉叶，这样一卷一舒，好像人一般“有余情”，深挚绵长。通过词人的描写，向我们展现了一幅含情脉脉的芭蕉图：芭蕉叶守护着芭蕉心，芭蕉心凝聚着芭蕉叶，相互依恋。上片通过对芭蕉形和情的描写，词人将自己的情注入芭蕉这一意象之中。把伤心、愁闷情绪一股脑儿倾吐出来，对芭蕉甚至还颇为怨悱，形象地表现出词人对故国深切的怀念，其情可悲。

下阕写词人夜里听雨打芭蕉之声，反映出词人心中愁绪浓厚，夜不能寐。首两句写“伤心枕上三更雨”，时辰已到三更了，但词人仍未入眠，枕上落满伤心泪。此时窗外响起了雨声，雨点滴滴答答地敲打着芭蕉叶。这里词人塑造了一个凄清的氛围，同时也说明词人此时悲凉的心境。“点滴霖霪，点滴霖霪”，滴滴答答的雨声打在蕉叶上，如同打在词人的心上。可以想像被思念煎熬的词人，深夜听到这雨打芭蕉的声音，定是泪流不止，心中酸涩难耐。“愁损北人，不惯起来听”，结句直接抒发了自己的思乡之情。如今飘零沦落在异乡，深怀着这种漂泊沦亡感的词人起坐听雨，实在是听不惯啊。这里通过对悲凉氛围的烘托，表现出词人无限的惆怅与悲苦，以及对故国的思念和怀恋，情真意切，真挚感人。

## 【忆秦娥】

咏桐

**临①高阁，乱山平野烟光薄。烟光薄，栖鸦归后，暮天闻角。**

**断香残酒情怀恶，西风②催衬梧桐落。梧桐落，又还秋色，又还寂寞。**

**【注释】**

①临：登临。②西风：秋风。

**【鉴赏】**

这首词的写作背景是词人南渡之后，面对着家破人亡、颠沛流离的境况以及山河破碎、流离他乡的事实。此时词人心情无比的痛楚，这首词就是词人凭吊国家、故乡和亲人的词作。

上阕开篇写“临高阁，乱山平野烟光薄”，描写词人在高高的楼阁之上远望所见之景，渲染了萧瑟、凄凉的氛围。起伏相叠的群山，平坦广阔的原野，笼罩着一层薄薄的烟雾，烟雾之中又渗透着落日的最后一缕余晖。面对着这些扑入眼帘的“乱山”“平野”“烟光薄”等景象，一股压抑、荒凉的感觉涌上心头。接着词人重复“烟光薄”，更有“栖鸦归后，暮天闻角”，来抒发心中的感伤与悲凉。在黄昏时分，乌鸦凄厉的叫声消失后，远处又传来了军营中很悲壮的阵阵角声。词中“栖鸦”“暮天闻角”等这些意象给人一种萧条荒凉和凄苦的感觉，在这里也渲染出自然景色的凄旷、悲凉。借景抒情，寄寓了词人流离漂泊、居无定所的凄凉与悲伤，意境开阔，耐人寻味。

下阕首句写“断香残酒情怀恶”，在景物描写中抒发词人抑郁寂寥的心境。这里通过“断”“残”“恶”三字可以看出此时词人心情坏到极点。香已断，那温馨的往事，连同曾点着香炉品着香茗，如今已不复存在。酒已残，也没有人来与我举杯对饮，此情是多么的凄凉悱恻啊！“西风催衬梧桐落。梧桐落，又还秋色，又还寂寞”，那阵阵秋风，无情地吹落了梧桐枯黄而硕大的叶子。风声、落叶声这些深秋独有的声音使词人的心情倍加沉重感伤。这里运用叠句“梧桐落”，更加烘托出词人寂寞、凄怆的心境。其中包含了许多复杂的感情，家国之恨、漂泊无依的生活与悲秋的心境融合在一起，把感情推向高潮。最后词人写“又还秋色，又还寂寞”，将长久以来堆积的身世之感，丧亲之痛，亡国之恨表现了出来，含蓄深沉，感情真挚。

## 【清平乐】

**年年雪里，常插梅花醉。挼尽梅花无好意①，赢得满衣清泪②。**

**今年海角天涯，萧萧两鬓生华③。看取晚来风势，故应难看梅花。**

**【注释】**

①好意：好兴致。②清泪：眼泪。宋曾巩《秋夜》诗：“清泪昏我眼，沉忧回我肠。”明沈德符《野获编·佞幸·佞人涕泣》：“乃以数行清泪，再荷收录，终以爱弛。”③华：即“花”，花白的头发。

【鉴赏】

这是一首典型的赏梅词作，写于词人晚年流徙南国之时。词意含蓄蕴藉，感情悲切哀婉，以赏梅寄寓自己的今苦之感和亡国之忧，抒发南渡前后的今昔之感。

上阕回忆了词人两个生活阶段赏梅时的不同情景和心情。“年年雪里，常插梅花醉”，此处通过生活细节的描写生动地再现了词人早年赏梅的情景和兴致，表现出少女的纯真、欢乐和闲适。过去每年当梅花盛开的时候，词人都会来到雪地里赏梅。雪里梅开，春天即将来临，词人忍不住把它折下来插在发梢。梅的清香环绕在周围，闻香而醉。“醉”字有两层意思，一方面是词人沉醉于梅花的娇态和花香，另一方面是词人借酒助兴而醉了。“挼尽梅花无好意，赢得满衣清泪”，词人饮酒又不能浇愁，此时也无好心情去赏玩，只是漫不经心地揉搓着梅花。那片片的梅花，如同串串泪珠，洒满少女的衣襟。花还是和昔日一样美丽，却物是人非，不由悲从中来。李清照婚后，夫妻志同道合，生活美满幸福。但由于种种原因他们常常离居两地，两家各发生变故，尤其是丈夫的不幸离世使她识尽离愁别苦。由此这两句中所包含词人的忧伤以及怨恨的情绪可见一斑。

下阕伤今。“今年海角天涯，萧萧两鬓生华”，写南渡后词人的沧桑形象。由于词人经历了国破家亡、丈夫离世等重大变故，漂泊海角，风烛残年。生活的折磨使词人很快变得憔悴苍老，头发稀疏，两鬓花白。这里面包含着几多辛酸和哀愁。“看取晚来风势，故应难看梅花”，一语双关，既写人的两鬓生华，梅花芳颜难以再睹，又指国家情势恶劣。词人感慨人世遭遇和国家的遭难，把身世之苦、国家之难揉合在一起，词境升华。

这首词借不同时期的赏梅感受写出了词人的心路历程：少年的欢乐，中年的幽怨，晚年的沧落，都约略可见。运用对比手法，写梅传神入骨，感情真切，表现出词人生活的巨变，尤其是晚年飘零和国破家亡之遭遇，悲深凄切。

## 【南歌子】

**天上星河①转，人间帘幕垂②。凉生枕簟③泪痕滋。起解罗衣，聊问夜何其④？**

**翠贴[5]莲蓬小，金销[6]藕叶稀。旧时天气旧时衣。只有情怀，不似旧家时！**

【注释】

①星河：天河的别称。②帘幕垂：言闺房中密帘遮护。③簟：凉席。④其：语助词。⑤翠贴：即贴翠，以翠羽贴成莲蓬样。⑥金销：以金线嵌绣莲叶纹。

【鉴赏】

这首词写闺情，寄托了词人强烈的身世之感，隐含着深沉的故国之思。

上阕写词人和衣而卧，伏枕饮泣，夜不成寐的情景。“天上星河转，人间帘幕垂”，写星河转移，夜幕笼罩的景象。一“转”字说明了时间的流逝。词人感知了这个变化过程，则其中夜无眠可知。人间，灯静帘幕垂下，此中人情事如何，尚未可知。这里“天上”“人间”对举，就有“人天远隔”的含意，直述夫妻死别之悲怆，气氛顿时沉重起来。同时也勾勒出浑然宇宙的茫茫苍苍、万籁俱寂。“凉生枕簟泪痕滋”，这里的“凉”字不仅指因秋夜天凉而枕簟生凉，还指词人内心的孤苦凄凉。在这样的心境下，悲从中来，不可断绝，泪洒枕席。通过细微的、弥散性的凉意，透露了词人独守空闺的孤寂情怀。“起解罗衣，聊问夜何其”，原本是和衣而卧，到深夜才解衣欲睡，可见词人一直未眠。正是由于这浓浓的愁绪缠绕，词人才孤枕难眠。

下阕接写罗衣，抒写闺思情怀。“翠贴莲蓬小，金销藕叶稀”，描绘衣上的花绣。因解衣欲睡，看到衣衫绣着的莲蓬，顿时生出许多对旧日生活的回想。“旧时天气旧时衣”，极寻常的一句口语，但对于饱经沧桑的词人来说却是道出心里的很多感慨。还是当初那般的天气，还是当初所穿的衣服，可是昔人已逝。“只有情怀，不似旧家时”，抒发一种物是人非的情怀，突出强调旧时的欢乐情怀一去不复返。秋凉天气如旧，金翠罗衣如旧，穿罗衣的人也是由从前生活过来的旧人，只有人的“情怀”不似旧时了。相对不变的是气节、衣物，易变的是时事、人情，通过“变”与“不变”的对比，显出“变”之剧烈。词人所处的社会环境是南北宋之交的社会动乱，国破家亡，词人所要表达的痛楚感慨尽在不言中！

## 【玉楼春】

**红酥[1]肯放琼苞[2]碎？探着南枝[3]开遍未[4]？不知酝藉几多香，但见包藏无限意。**

**道人[5]憔悴春窗底，闷损阑干愁不倚。要来小酌便来休[6]，未必明朝风不起！**

**【注释】**

①红酥：这里指色泽滋润的红梅。②琼苞：像玉一般温润的鲜嫩梅蕊。③南枝：化用李峤《梅》诗中“大庾天寒少，南枝独早芳”的诗意。④未：否，用在句末时表示疑问。⑤道人：作者的自称，意为学道之人。⑥休：罢。

**【鉴赏】**

这首咏梅词写红梅，咏物抒情，通过对红梅的传神描写，咏叹抒发词人蕴藉而复杂的感情。此篇词作尽得梅花之诗，也尽似词人之情，是不可多得的佳作。

上阕写红梅初放时的情态和韵味。首两句“红酥肯放琼苞碎？探着南枝开遍未？”以诘问语气，加强了红梅珍重迟开的神韵。前句正面写梅花，红润如酥，晶莹似玉。词中以“红酥”比拟梅花花瓣宛如红色凝脂，以“琼苞”形容梅花花苞美好，用语新巧。一个“碎”字写出红梅乍放的销魂一瞬。后句写词人为梅苞绽放所吸引，兴致勃勃地去探南枝。南枝上的梅花是否开遍？似有所待，令人魄走魂驰，想见其馨香远播，悬知其芳意无穷。“不知酝藉几多香，但见包藏无限意”，是对偶句，写未放之梅花，“藉”“包藏”，点明此意。而“几多香”“无限意”，写梅花盛开后所发的幽香、所呈的意态，精神饱满，慧思独运。

下阕写词人感怀伤怀的愁情，其情怀由探梅时的兴趣盎然转至愁闷低沉、忧虑重重。“道人憔悴春窗底，闷损阑干愁不倚”，虽言学道，但面对红梅的含情未吐，未必不作“无限”之思。而春窗寂寞，对比之下，更使人难以为怀。此处“憔悴”和“闷”“愁”，是形容李清照的外貌与内心情状。“春窗”和“阑干”交代客观环境，表明她当时困顿窗下，愁闷煞人，连阑干都懒得去倚，不知要怎么去化解这愁绪。一幅闺妇的春愁图生动地展现在我们眼前。“要来小酌便来休，未必明朝风不起”，写道要抓紧大好春光饮酒赏梅，不然明朝风起则花儿很可能吹落满地了。隐含着莫错过大好时机且举杯遣怀的意味。这里词人的心情由愁闷转为宽慰，也饱含了对梅花命运的深沉忧虑和人世沧桑之感。

这首词不写梅花的盛开，却由含苞直跳到将败，这是咏梅的奇笔，写赏梅却先道自己的憔悴和愁闷，这是赏梅之妙想。全词含蓄婉转，句有余味，篇有余意。

## 【渔家傲】

**天接云涛连晓雾，星河[①]欲转千帆舞。仿佛梦魂归帝所[②]，闻天语，殷勤问我归何处。**

**我报路长嗟日暮，学诗谩有[③]惊人句。九万里风[④]鹏正举，风休[⑤]住，蓬舟[⑥]吹取三山[⑦]去！**

**【注释】**

①星河：泛指天河，即银河。②帝所：天帝所居之所。③谩有：空有。④九万里风：化用《庄子·逍遥游》中描写大鹏“抟扶摇而上者九万里”的句子。⑤休：勿。⑥蓬舟：轻如蓬草的小舟，极言所乘之舟的轻快。⑦三山：指渤海中蓬莱、方丈、瀛洲三座仙山，相传为仙人所居，可望而见，但乘船前去，临近时即被风引开，终于无人能到。

**【鉴赏】**

这是一首以深悲之情写奇幻梦境的词章，词中极力驰骋浪漫主义的想象。与李清照其他细致委婉的写实作品不同，这首词意境阔大，气势磅礴、豪迈，具有明显的豪放风格。

上阕首两句写拂晓时候海上的景象。“天接云涛连晓雾，星河欲转千帆舞”，写天、云、雾、星河、千帆，笔力雄劲，意境阔大。“接”“连”二字把四垂的天幕、汹涌的波涛、弥漫的云雾，自然地组合在一起，形成一种浑茫无际的境界。“转”“舞”两字，将在浪中颠簸的感受逼真地描绘出来。此时词人从颠簸的船舱中仰望天空，天上的银河似乎转动一般。“星河欲转”一句，极有气势，写无数的舟船风浪中飞舞前进。这拂晓的海上，海涛似乎和星河起舞，既生动逼真，又虚幻、缥缈、迷茫。“仿佛梦魂归帝所，闻天语，殷勤问我归何处”，写词人梦中见到天帝。“梦魂”二字是全词的关键。“闻天语”，盖为假托。词人在颠颠簸簸中好像到达了天国，天帝见到词人后十分友善，关切地问她归何处。天帝之问答，以及天帝的慈祥、关怀，寄寓着词人美好的理想。

下阕词人便开始对天帝所询问的话作答，“我报路长嗟日暮，学诗谩有惊人句”，词人深沉地嗟叹，感叹自己到不了理想之地。前句源自《离骚》中的“欲少留此灵琐兮，日忽忽其将暮。……路漫漫其修远兮，吾将上下而求索”。词人写人世间不自由，尤其是封建时代的妇女，纵使学诗有惊人之句，也依然是“路长日暮”，找不到理解她的世界。词人以此作答，自抒孤苦、自怜的境况。“九万里风鹏正举，风休住，蓬舟吹取三山去”，看那大鹏在九万里的高空之上翱翔，多么逍遥啊，让大风猛烈地吹吧，把我也吹到那蓬莱三岛去吧！这里词人联想到《庄子·逍遥游》的“鹏之徙于南冥也，水击三千里，抟扶摇而上者九万里”。

词人翻旧典出新意，敢想像借鹏抟九天的风力，吹到三山，气势磅礴，境界高远。上阕写天帝询问词人归于何处，此处交代海中仙山为词人的归宿。这首词意境宏阔，思路跳宕，不拘一格，把生活与梦境完美地结合起来，极好地反映和表现了词人于巨大的痛苦中极欲寻得解脱的理想。

## 【如梦令】

**常记溪亭[①]日暮[②]，沉醉不知归路。兴尽晚回舟，误入藕花深处。争渡[③]，争渡，惊起一滩鸥鹭！**

**【注释】**

①溪亭：又名王氏溪亭泉，因附近亭阁泉溪而得名。②暮：将近傍晚。③争渡：争着划船。

**【鉴赏】**

这首词是李清照早年时的作品，词中追述往事，描写词人少女时代的一次郊游活动，透露出词人欢快活泼的情趣和心境。词只有三十三个字，叙事完整，自然清新。

首两句“常记溪亭日暮，沉醉不知归路”起笔平淡自然。“常记”一词表

明追述回忆，常常会想起曾经在傍晚时分与女伴们嬉戏于小溪里，荡舟畅游，直到“日暮”才作“回舟”之想。此处景色迷人，词人已经沉醉其中，不识归路了。可见词人游览的心情是非常愉悦的，“不知归路”也曲折传达出词人流连忘返的情致。“兴尽晚回舟，误入藕花深处”，沉沉暮霭中，回舟误入曲港横塘的藕花深处。把这种意兴递进了一层。兴尽方才回舟，兴未尽恰恰表明兴致之高，不想回舟。而“误入”一句，行文流畅自然，毫无斧凿痕迹，同前面的“不知归路”相呼应，显示了主人公的忘情心态。“争渡，争渡”此处争渡之举表现了她们开朗、活泼、好奇、争强要胜的少女的天性。“惊起一滩鸥鹭”，当轻舟穿行于荷花之中，栖息在花汀渔浦的鸥鹭惊飞。词人的情感波澜随之再起，与开篇“常记”相关照，言尽而意未尽，耐人寻味。这里描绘了一幅欢乐的情景，少女、小船、藕花、白鹭，动静结合，十分富有情趣。

这首小令巧妙地将叙述、描写、抒情融为一体，只选取了几个片断，把移动着的风景和词人怡然的心情融合在一起，青春的活力就从词短促的节奏和响亮的韵脚中洋溢而出。意境开阔，生动形象，用词简练，事、景、情三者相融，托情于事，寓情于景，传意明白，清新自然。

## 【如梦令】

**昨夜雨疏①风骤，浓睡不消②残酒。试问卷帘人③，却道海棠依旧。知否？知否？应是绿④肥⑤红⑥瘦⑦。**

**【注释】**

①疏：疏放、疏狂之义，形容雨下得大。②不消：未消，未解。③卷帘人：侍女。④绿：代指叶。⑤肥：形容雨后的叶子因水分充足而茂盛肥大。⑥红：此处代指花。⑦瘦：形容雨后的花朵因不堪雨打而凋谢稀少。

【鉴赏】

这是一首闺中女子闲居时所作的惜花、惜春词。词中委婉含蓄地通过一问一答把词人暮春时节感伤的情绪轻轻地吐露了出来，曲折委婉，极有层次。

“昨夜雨疏风骤，浓睡不消残酒”，叙写昨夜曾经风雨的天气特点以及酒后沉睡的人物。昨宵雨狂风猛，花在风雨中零落，由此表现词人的惜花之情。可是后句写词人昨夜饮酒过量，翌日晨起宿醉尚未尽消。这位女词人不忍看到明朝海棠花谢，所以昨夜在海棠花下才饮了过量的酒，直到今朝尚有余醉。下面转入本词的重点，清晨女主人公与婢女的对话。“试问卷帘人”一句为承上启下之笔，女主人公询问花情，“试问”二字，反映出她关心花事的急切心情。“却道海棠依旧”，此为婢女的回答，海棠花还是那样。女主人公关心窗外的海棠，表现出其爱花之情。此处一问一答，形式活泼跌宕，富有情趣。“知否？知否？应是绿肥红瘦”，这既是对侍女的反诘，也是女主人公的自言自语，自我慨叹：这个粗心的丫头，你知道不知道，园中的海棠应该是绿叶繁茂、红花稀少才是！“应是”一词，表明词人对窗外景象的推测与判断，口吻极当。语气中似含嗔怪、怨恼、斥责之意，然又为因怜惜海棠花经风雨而零落所引起的惋伤之情所掩盖。揭示出词人惜春、惜花的旨意。海棠虽好，风雨无情，它是不可能长开不谢的。词句简练形象，奇语天成，含有不尽的无可奈何的惜花情在，可谓语浅意深。词人为花而喜，为花而悲、为花而醉、为花而嗔，实则是伤春惜春，以花自喻，慨叹自己的青春易逝以及无可抗拒和挽回的无奈。全词寥寥数语，层次丰富，意味隽永。词中人物形象生动饱满，两相映衬，以深惋无限的惜花之情，道出了闺中女子春时寂寞的心扉。

## 【多丽】

**小楼寒，夜长帘幕低垂。恨萧萧、无情风雨，夜来揉损琼肌。也不似、贵妃醉脸[①]，也不似、孙寿[②]愁眉。韩令[③]偷香，徐娘[④]傅粉[⑤]，莫将比拟未新奇。细看取，屈平陶令，风韵正相宜。微风起，清芬酝藉，不减酴醿[⑥]。**

**渐秋阑、雪清玉瘦，向人无限依依。似愁凝、汉皋解佩[⑦]，**

**似泪洒、纨扇题诗[8]。朗月清风，浓烟暗雨，天教憔悴度芳姿。纵爱惜，不知从此，留得无多时。人情好，何须更忆，泽畔东篱。**

【注释】

①贵妃醉脸：对牡丹的比喻。②孙寿：东汉权臣梁冀之妻，色美而善作妖态。她画的眉，长而曲折，时号“愁眉”。③韩令：指晋时人韩寿，长得很俊美。贾充之女看上了他，与他私下往来，并把皇帝赐给她父亲的外臣进贡的异香偷赠韩寿。贾充闻到韩身上的香味，发现了女儿的私情，只好让他们成婚。④徐娘：南朝梁元帝的妃子，人谓“徐娘虽老，犹尚多情”。⑤傅粉：本为三国时魏人何晏典。何晏“平日喜修饰，粉白不去手”，人称“傅粉何郎”（见《世说新语·容止》）。⑥酴醾：即荼蘼花，花黄如酒，开于春末。⑦汉皋解佩：据《列仙传》载：郑交甫经过汉皋，看见两个少女，两珠。交甫向她们求珠，这两个少女就解下珍珠送给他。走不远，二女不见，珍珠也忽然失去。⑧纨扇题诗：用班婕妤典。班婕妤，汉成帝妃，失宠后退居东宫，曾作《怨歌行》，以“秋扇见捐”自喻。

【鉴赏】

李清照的这首《多丽》，共二十六句，一百三十九字，是“漱玉词”中最长的一首。全词用赋的手法描绘白菊的容姿、芳香，字里行间流露出词人的情怀、感伤，以及对菊花的无限爱惜之情。

上阕“小楼寒，夜长帘幕低垂”，渲染了菊赏深静寒寂的氛围。秋天的夜晚寒冷漫长，小小的楼阁之上低垂着帘幕。“恨萧萧、无情风雨，夜来揉损琼肌。也不似、贵妃醉脸，也不似、孙寿愁眉。韩令偷香，徐娘傅粉，莫将比拟未新奇。细看取，屈平陶令，风韵正相宜”，词人早上醒来，看到被夜里无情的风雨摧残的菊花已经面容憔悴了，感到十分惋惜和恼怒。一个“恨”字承上启下，表现了词人孤居独处，良辰难再。表现抒发主人公对风雨摧花的敏锐感受。接着写菊花纤细，这里用“揉损琼肌”来描写菊花的纤纤玉骨。然后进一步用四个历史人物来作类比反衬，铺排典故地说明白菊既不似杨妃之富贵丰腴，更不似孙寿之妖娆作态。其香幽远，不似韩寿之香异味袭人，其色莹白，不似徐娘之白，傅粉争妍。菊花的美是清淡的美、典雅的美。细赏此花，如对直臣高士，它的独特韵质是与屈原、陶潜所相适宜的。这里处处用典，从不同方面赞美白菊所特有的风采、气度。“微风起，清芬酝藉，不减酴醾”，香淡风微，阵阵幽香清淡长远，沁人心脾，那芳香不减于酴醾。

下阕是着重对白菊精神气度的刻画，寄寓了词人的身世之感。“渐秋阑、雪清玉瘦，向人无限依依”，用一“渐”字表示时间推移，菊花凋零。“雪清玉瘦”紧扣白菊在风雨中挣扎自立从开到谢的神态，这里不说人对残菊的依恋，反说菊愁凝泪洒，依依惜别。生动形象，极有情致。“似愁凝、汉皋解佩，似泪洒、纨扇题诗。朗月清风，浓烟暗雨，天教憔悴度芳姿。纵爱惜，不知从此，留得无多时”，这里用“汉皋解佩”“纨扇题诗”两个典故，写菊花再美好也终要逝去的无奈。“愁凝”“泪洒”照应前面的“清”“瘦”二字，概括出风雨揉损下的菊花的神态特征。花凝愁而向人洒泪，纵然有人爱惜菊花，也无法使它逃出终将凋谢、遭弃的命运。“人情好，何须更忆，泽畔东篱”，用反问的语气来写词人的怅惘之情，更何况人情淡薄，如今菊花无人堪摘呢？怎能不忆那开在东篱的菊花，暗示菊不同流俗，清幽高洁的品性。这首词通篇用典，委曲含蓄，结构严谨，上下贯通，蕴藉深厚，耐人寻味。

## 【念奴娇】

**萧条庭院，又斜风细雨，重门须闭。宠柳娇花寒食①近，种种恼人天气。险韵诗②成，扶头酒③醒，别是闲滋味。征鸿过尽，万千心事难寄。**

**楼上几日春寒，帘垂四面，玉栏干慵倚。被冷香销新梦觉，不许愁人不起。清露晨流，新桐初引，多少游春意！日高烟敛，更看今日晴未？**

### 【注释】

①寒食：寒食节是从上年冬至后计一百零五日。②险韵诗：用冷僻难押的字押韵作诗。③扶头酒：饮后易醉的一种酒。

### 【鉴赏】

这首词描写春雨，词人从细处着眼，运用从旁烘托的手法，透过行为和心理变化，来抒发春日离情。

上阕首三句“萧条庭院，又斜风细雨，重门须闭”，这里把环境和气氛托出。先写词人所处的环境，而后引出风雨，然后又回顾环境，给人以寂寞幽深之感。庭院深深，寂寥无人，弥漫着一股伤感。更兼以细雨斜风，可见景象之萧条，心境之凄苦，倍加感觉怆然。一句“重门须闭”，写词人要把门儿关上，实际上她也是把自己的心门关上。“宠柳娇花寒食近，种种恼人天气”，此句用词很妙，“宠柳娇花”，是受到春天宠爱的柳和因受春宠而更娇的花，表现在春日里人们都将会陶醉于垂柳繁花。可临近寒食天气多雨，阻碍了这种出游的好兴致，着实恼人，同时也透露出惆怅自怜的感慨。“险韵诗成，扶头酒醒，别是闲滋味”，词人独居闺中，孤独寂寞，遂写诗饮酒来消磨时光。只是诗成酒醒之后，又“别是闲滋味”，点出这首词的基调——伤春念远。“征鸿过尽，万千心事难寄”点上阕主旨，是虚写，实际上是用鸿雁传书的典故，暗喻丈夫赵明诚走后，词人欲寄相思，而信使难逢。鸿雁也带不走自己对丈夫的万般想念，这千千万万的愁绪无法排遣，只好自己独自默默承受。

下阕首三句“楼上几日春寒，帘垂四面，玉栏干慵倚”，写词人倚栏盼望丈夫回来的情景。由于春寒天气，阴雨绵绵，词人独居闺中，帘垂拉了下来，百无聊赖，倚着栏杆，等着远方丈夫的音信。“被冷香销新梦觉，不许愁人不起”，写词人恹恹入睡，奈何罗衾不耐春寒，从梦中惊醒。心事无人诉说，只好托诸于梦中。然而又被寒冷冻醒，夜不能寐，透露出一股凄然悲凉的意味，勾勒出词人为离情所折磨而辗转难眠的情形，真切感人。“清露晨流，新桐初引，多少游春意”，前两句出自南朝宋刘义庆的《世说新语·赏誉》，在这里恰好能透出一种清新的气氛，暗示天气开始向好的方面转变了。早晨起来时看到的庭院之景，露珠聚拢起来然后滴落下来，梧桐树叶长出了新芽，这样清新的景象引起了春游的兴致。“日高烟敛，更看今日晴未？”结句写太阳慢慢升高，烟雾也一点点消散，看来天要放晴了。词人还是放不下心，想看一下天是否会晴朗。以问句作结，余味悠远。

这首词对人物的心理和行动都进行了细腻的刻画，词清调苦，婉曲深挚，低徊蕴藉，耐人寻味。

## 【永遇乐】

**落日熔金[①]，暮云合璧[②]，人在何处？染柳烟浓，吹梅笛怨，春意知几许？元宵佳节，融和[③]天气，次第[④]岂无风雨？来**

**相召[5]、香车宝马，谢他酒朋诗侣。**

**中州[6]盛日，闺门多暇，记得偏重三五[7]。铺翠冠儿[8]，捻金雪柳[9]，簇带争济楚。如今憔悴，风鬟霜鬓[10]，怕见[11]夜间出去。不如向、帘儿底下，听人笑语。**

【注释】

①熔金：比喻落日像熔化了的赤金一样红。②合璧：比喻暮云聚合一如雪白的玉璧。③融和：即和暖，晴朗明媚的意思。④次第：情况，光景。⑤召：邀，请。⑥中州：本指今河南之地，这里专指汴京。⑦三五：十五，此处指元宵节。⑧铺翠冠儿：嵌插着翠鸟羽毛的女式帽子，当时富贵人家流行这样的穿戴。⑨捻金雪柳：在雪柳（一种纸或绢制成花样的饰物）上加金线捻丝，这也是富贵人家才有的。⑩风鬟霜鬓：原出唐人小说《柳毅传》，形容落难的龙女在风吹雨打之下头发纷披散乱。⑪怕见：懒得，无心思。

【鉴赏】

这首词以元宵佳节的天气景色为背景，对比铺陈今昔元宵节的生活与心情的大不同，表现词人晚年的悲凉心境。

上阕写今年元宵节的情景，入题处连设三问，景情相托，揭示词中人物的心理状况。"落日熔金，暮云合璧"，着力描绘元夕绚丽的暮景，写的是落日的光辉，像熔解的金子，一片赤红璀璨；傍晚的云彩，围合着璧玉一样的圆月。两句对仗工整，辞采鲜丽，形象生动。"人在何处"由景转向写人。这里的"人"是指词人已逝的丈夫赵明诚，也有佳节思亲的意思。字里行间流露出词人孤独无依的伤感。"染柳烟浓，吹梅笛怨，春意知几许"，柳叶刚刚发芽，略呈淡黄色，但由于烟霭的渲染，颜色似乎深了一些。梅花开的最早，开始凋零，听见外面有人吹起笛子，笛子里传来哀怨的《梅花落》曲调，还是让人觉得春意不浓啊。"元宵佳节，融和天气，次第岂无风雨"，佳节良辰，应该畅快地游乐了，却又突作转折，说转眼间难道就没有风雨吗？这种突然而起的"忧愁风雨"的心理状态，深刻地反映了词人饱经忧患的识见，以及人世沧桑、国事日非的伤痛和漂泊之感。"来相召、香车宝马，谢他酒朋诗侣"，词人身心悲痛，无心赏玩节日的花灯，只好谢绝朋友们的邀约，透露出词人饱经忧患后近乎漠然的心理状态。

下阕"中州盛日，闺门多暇，记得偏重三五"，通过追忆过去汴京的繁华，闺中女子闲暇时大都喜爱参加元宵赏灯活动，借以对比抒写今昔盛衰之情。“铺翠冠儿，捻金雪柳，簇带争济楚”，每到此佳节，便同闺中女伴们戴上很流行的插着翠鸟羽毛的帽子和金线捻丝所制的雪柳出去嬉戏，充分体现那时候无忧无虑的游赏兴致，同时也从侧面反映了汴京的繁华热闹。“如今憔悴，风鬟霜鬓，怕见夜间出去”，“如今”二字，承上而言，由追溯往昔转回眼前情景的铺叙。“憔悴”一词写当前困顿萎靡、心神衰老的状态。词人历尽国破家倾、夫亡亲逝之痛，面容憔悴、两鬓落白，面对外面的热闹繁华提不起兴致，懒得夜间出去。“盛日”与“如今”两种迥然不同的心境，有一种物是人非的感怀，表现了词人此时的寂寞、愁苦、潦倒、消沉。“不如向、帘儿底下，听人笑语”，却又横生波澜，词人一方面担心面对元宵胜景会触动今昔盛衰之慨，心中的悲苦更甚。另一方面却又怀恋着往昔的元宵盛况，想观赏今夕的繁华中重温旧梦，寻求心灵的一点慰藉。词人的这种矛盾心理，透露出对生活还有所追恋的向往，但骨子里却蕴含着无限的孤寂凄怆。面对现实的繁华热闹，她却只能在隔帘笑语声中聊温旧梦。在此词人的满腹辛酸，一腔凄怨跃然纸上。

# 胡世将

**【作者介绍】**

胡世将（1085—1142），字承公，晋陵（今江苏常州）人。崇宁进士。高宗绍兴初年（1131），为监察御史，福建路抚谕使。历官兵部侍郎，知镇江给事中兼直学士院。绍兴九年（1140），宣抚川、陕。作《酹江月》词，排和议而主恢复。关中数年，复陇州、破岐下诸屯，又取华、虢二州。绍兴十二年卒，年五十八，谥忠献。《宋史》有传。有《胡忠献集》六十卷，已佚。词见《陕西通志》卷九七。

## 【酹江月】

秋夕兴元[1]使院作，用东坡赤壁韵。

**神州沉陆，问谁是、一范一韩[2]人物？北望长安应不见，抛却关西半壁。塞马晨嘶，胡笳夕引，赢得头如雪。三秦[3]往事，只数汉家三杰[4]。**

**试看百二山河，奈君门万里，六师不发。阃外何人，回首处、铁骑千群都灭。拜将台欹，怀贤阁[5]杳，空指冲冠发。阑干拍遍，独对中天明月。**

**【注释】**

①兴元：秦时名南郑，为汉中郡治所，今为陕西汉中市。②一范一韩：指北宋时驻守西北边境的范仲淹与韩琦。③三秦：指关中，因为项羽入关后分秦地为三。④汉家三杰，指辅助刘邦夺取天下的张良、萧何与韩信。⑤怀贤阁：纪念三国时北伐至此的诸葛亮而设。

**【鉴赏】**

《酹江月》，又名《念奴娇》。这词题为“秋夕兴元使院作”，作于胡世将自成都至兴元时，是一首爱国题材的词。当时南宋朝廷与金人达成了使宋受尽屈辱的和约，此词为感时而发，指斥和议之非，期待真有抱负才能的报国之士实现恢复大业。

词作上阕开篇首两句“神州沉陆，问谁是、一范一韩人物”，这里写北宋江山沦陷，山河破碎，有谁能够像当年北宋时驻守西北边境的范仲淹和韩琦一样保卫国家，抵抗侵略呢？“问谁是”这一问句，气势不凡，但又透露出一股苍凉的味道，显然这样的人物并没有出现，词人此时的感情不定是悲愤沉郁的。“北望长安应不见，抛却关西半壁。塞马晨嘶，胡笳夕引，赢得头如雪”，写出西北战场特有的边塞气氛。向北望去已经望不到故国了，山河破碎，半壁江山沦陷。塞外战场上战马在晨风中嘶鸣，那胡笳的声音显得那样的悲凉。由于当时的战局南宋朝廷惨败，无心抵抗，并且与金人达成了屈辱条约，使得词人悲恨交加，头发变白。“三秦往事，只数汉家三杰”，这是词人在抚今追昔，想当年刘邦于秦亡后封为汉王，都于南郑。他听从萧何建议，在南郑为韩信筑坛拜将。刘邦后来出关东向，最终战胜项羽，主要就是依靠了张良、萧何、韩信这“汉家三杰”。如今没有这样的人物来振兴日益衰亡的宋王朝了，词人心中定然是极其凄清悲凉。

下阕开头描写宋王朝的现状。“试看百二山河，奈君门万里，六师不发”，如今山河破碎，国难当头，朝廷软弱无能，驻师不发，实在是令人悲愤至极。“阃外何人，回首处、铁骑千群都灭。拜将台欹，怀贤阁杳，空指冲冠发”，这里词人又一次转入对以往圣贤勇士的追忆中。他们奋勇杀敌，保卫国家，踏平了入侵的铁骑千群。词人感慨如今这样的时势英雄已经没有了，即使有也英雄无用武之地，得不到朝廷的重用。“阑干拍遍，独对中天明月”，“阑干拍遍”表现了词人内心无法平静的深深的忧愤。结尾写出词人心中的忧虑以及无可奈何的苍凉。面对这样一个懦弱的朝廷，面对着故国沦陷的现状，词人只能独自将一腔悲愤向明月。

# 吕本中

**【作者介绍】**

吕本中（1084—1145），字居仁，开封（今属河南）人。曾祖吕公著、父吕好问俱为名臣。徽宗时为大名府帅司傒官、枢密院编修官。绍兴六年（1136），赐进士出身，擢起居舍人兼权中书舍人，迁中书舍人兼侍讲，兼权直学士院。因忤秦桧，秦桧讽御史劾罢之，提举太平观。绍兴十五年，卒于上饶，谥文清，学者称东莱先生。《宋史》有传。本中诗法出于黄庭坚。有《东莱诗集》二十卷。近人赵万里《校辑宋金元人词》辑有《紫微词》一卷。

## 【采桑子】

**恨君不似江楼月，南北东西。南北东西，只有相随无别离。**

**恨君却似江楼月，暂满①还亏②。暂满还亏，待得团圆是几时?**

**【注释】**

①满：圆满，指月圆的时候。②亏：亏损，指月儿不圆的时候。

**【鉴赏】**

这是一首别情词，感情自然流露，富有民歌风味。主要内容运用白描手法和一些重章复沓手法，写词人与其妻聚少离多，虽然情意深厚。于自然流畅的旋律中，给人一种真切之感，语言活脱自然，清隽天成。

词作上阕写词人行踪不定，四处漂泊不定，思念家中的妻子。“恨君不似江楼月，南北东西”，这里用“江楼月”作比，赞美“江楼月”。“南北东西，只有相随无别离”，是到处漂泊，永不分离的赞词。“南北东西”，指漂泊无定的意思，正因为郎君的漂泊无定，所以才“不似江月楼”，不能像那天上的月儿能陪在自己身边一样。下一句继续强调“南北东西，只有相随无别离”，心上人到处漂泊，所以不能像月儿一样，“相随无别离”地都在陪伴着自己，永不分离。

下阕写词人与妻子聚少离多，难得能够团圆。“恨君却似江楼月，暂满还亏”，抱怨心上人如这月亮一样，难得团圆，却好要离别，不能陪在自己身边。“暂满还亏，待得团圆是几时”，心上人离别之后便不知何时才会再重逢了，描写出人物心中的期盼和离恨。

这首词用比出新，构思巧妙。紧紧抓住“江楼月”这一意象，以月作比，在艺术上富有特色。一方面赞其常照江楼，与人相随，没有离别之苦。另一方面，恨其亏缺，难得团圆，却要分离，使得妻子空守江楼，饱尝离别之苦，不知下次相聚是何时。这里词人运用比喻，同样用“江楼月”作比，一赞一恨，是在一篇中用同一个比喻而具有二柄，喻体同一，喻义却有褒有贬，相反相成，相对而相衬。运用此种手法描写是词人感情自然流露，不是有意造作，亲切而贴切，使得这首词显得真实而独具特色。语言通俗、朴直清新，耐人寻味。

## 【南歌子】

**驿路[1]侵斜月[2]，溪桥度[3]晓霜。短篱残菊一枝黄。正是乱山深处、过重阳。**

**旅枕[4]元[5]无梦，寒更[6]每自长。只言江左[7]好风光，不道中原归思、转凄凉。**

**【注释】**

①驿路：官道。②斜月：残月。③度：渡，跨过。④旅枕：羁旅中于驿馆夜宿。⑤元：原本，最初。⑥寒更：指深秋的更声。⑦江左：江东，这里指的是南宋统治下的东南半壁河山。

**【鉴赏】**

这是一首记叙南迁旅途中之所见的词作，睹景伤情，抒写了词人家国愁思。

上阕首两句“驿路侵斜月，溪桥度晓霜”，写旅途的辛苦。夜晚的月光斜照，清晨霜寒铺路。前句中“斜月”这一意象的出现顿时塑造了一种悲凉的气氛。后句主要是写旅途生活的艰辛，很早就要赶路。“短篱残菊一枝黄”，写旅途经过山野人家的院内景象：竹篱低矮，傲霜的秋菊已经开过，只留下残枝上孤零零的一朵黄花。“残”字带着菊花被霜打风剥的痕迹，失去了往日的娇艳。“正是乱山深处、过重阳”，已到重阳佳节了，此时该把酒对菊花。但是词人眼前处在深山之中，且经历了家国沦亡之痛，有家不能回，在这样的佳节更加的思亲怀乡。这里并未点破词人此时的痛苦，只是用“乱山深处过重阳”一语轻轻带过，思绪曲折、感慨万千，写得蕴藉苍凉而富有感染力。

下阕着重抒写词人因怀念中原故土而夜不能寐的悲苦心情。“旅枕元无梦，寒更每自长”，“旅枕”二字，承转上下，明示词题中的“旅”之主线，引述自己心事重重，忧思万千。投宿旅店辗转不能入睡，冷森森的寒夜往往显得更加漫长。这里塑造一种凄凉悲伤的氛围。“只言江左好风光，不道中原归思、转凄凉”，一笔宕开，插入旧事回忆。江左的好风光历来为生长北方的文人墨客所向往，但词人此时身在江东却并无喜悦之感。因为中原被占、故乡难归，寂寞的旅途中，词人思乡之情不禁更加强烈，忧国的凄凉情绪也更加深沉了。整个下片抒写羁旅感怀，夜宿驿馆而无眠，忧思家国沦丧之事，感慨生悲。

全词语言晓畅，构思精巧，气格惋伤，意象仓皇萧索，意境苍凉悲愤，低沉哀婉。寄托了词人对北宋王朝一统天下局面的怀念。写景与抒情自然融合，浑然一体，耐人寻味。

# 赵鼎

【作者介绍】

赵鼎（1085—1147），字元镇，自号得全居士，解州闻喜（今属山西）人。崇宁五年（1106）进士。累官河南洛阳令。高宗即位，除权户部员外郎。建炎三年（1129），拜御史中丞。四年，签书枢密院事，旋出知建州、洪州。绍兴年间几度为相，后因与秦桧论和议不合，罢相，出知泉州。寻谪居兴化军，移漳州、潮州安置。再移吉阳军。吉阳三年，知秦桧必欲杀己，自书铭旌曰："身骑箕尾归天上，气作山河壮本朝。"不食而卒，年六十三。孝宗朝，谥忠简。《宋史》有传。鼎为南渡名相，与李纲齐名。其词"清刚沈至，卓然名家。"有《忠正德文集》十卷，《得全词》一卷。

## 【满江红】

丁未九月南渡，泊舟仪真江[1]口作。

**惨结秋阴，西风送、霏霏[2]雨湿。凄望眼、征鸿几字，暮投沙碛[3]。试问乡关[4]何处是，水云浩荡迷南北。但一抹、寒青有无中，遥山色。**

**天涯路，江上客。肠欲断，头应白。空搔首[5]兴叹，暮年离拆。须信道[6]消忧除是酒，奈酒行[7]有尽情无极。便[8]挽取、长江入尊罍，浇胸臆。**

【注释】

①仪真江：江名，在今江苏仪征县境内。②霏霏：形容雨细密。③沙碛：沙漠。④乡关：故乡。⑤搔首：指人心烦意乱时用手挠头。⑥信道：知道，料知。⑦行：量词。表示斟酒的遍数。⑧便：直须。

**【鉴赏】**

根据这首词的小序可知，该词写于“丁未九月南渡”之时，也就是“靖康之变”的后一年。次年金军攻破汴京，皇帝徽宗、钦宗被掳。赵鼎的这首词便写于这一年“九月南渡”“泊舟仪真江口”的途中，描写的是宋室南渡前夕的形势和宋皇室的心情。

上阕首两句写景“惨结秋阴，西风送、霏霏雨湿”。深秋的傍晚，阴云密集，西风惨烈，飘着细密的秋雨，给人一种压抑沉闷的感觉。词以“惨”字发调，暗示着词人风雨渡江中对时局前途的忧虑。“凄望眼、征鸿几字，暮投沙碛”，写举目长空，鸿雁南飞，它们排成“人”字或“一”字。傍晚将至，等待着它们的是广漠的沙石积成的河滩。这里不仅是描写深秋时分的江头情景，同时借北雁南飞暗喻自己此时的去国离乡，仓皇南渡。“沙碛”二字，暗含满眼荒寒。“试问乡关何处是，水云浩荡迷南北”，哪里可见自己的家园呢？抬头只见一片云水茫茫，一片凄迷，根本看不到故乡。“但一抹、寒青有无中，遥山色”，写词人极目远望，看到前方有一缕寒而青的远山。这里写山“寒”，是由于词人凄凉的心境所致，同时也暗示南宋王朝的前途吉凶，犹如迷雾中的远处寒山，仅给人一抹似有还无的青色，命运难卜。

下阕抒发词人对国难当头的深深忧虑。“天涯路，江上客”，词人此时正在这天涯路上奔命，漂泊在这浩渺江波上。着一“客”字，透露出词人此时远离故土的沉痛心境。“肠欲断，头应白。空搔首兴叹，暮年离拆”，直陈破国亡家之恨对自己的煎熬。在这不断漂泊中，词人伤痛深到愁肠已断、头发已白，只是空空留下了一些叹息，年华逝去而到暮年，报国无力了。“须信道消忧除是酒，奈酒行有尽情无极”，如此的愁苦只能借酒来消愁了啊，但这无穷尽的思念故国的情怀是借酒也消不了的。“便挽取、长江入尊罍，浇胸臆”，这里词人有一种执著的豪气在其中，既然消忧解愁除酒之外别无他物，那直须将这滔滔江水当做烈酒引入杯盏喝下，来洗刷心中的愁闷。感情真挚热烈，直抒思乡怀国之积郁，基调苍凉凄怆。

# 李邴

【作者介绍】

李邴（1085—1146），字汉老，号龙龛居士，祖籍济州任城（今山东济宁），后迁居泉州，遂为泉州人。徽宗崇宁五年（1106）进士，累官翰林学士。高宗即位，为兵部侍郎兼直学士院。苗傅、刘正彦事起，曾面谕以逆顺祸福之理，拜尚书右丞，改参知政事，后除资政殿大学士。宋绍兴五年（1135），上战阵、守备、措画、绥怀各五事，不报。提举洞霄宫。寓居泉州十七年，后遂居于此。与黄冠、张读等友善。好游佳山水，以诗自娱，南安胜迹，题咏尤多。卒于泉州，累赠太师，谥文敏，改谥文肃。著有《草堂集》一百卷。《宋史本传》传于世。存词八首。

## 【木兰花·美人书字】

**沉吟不语晴窗畔，小字银钩①题欲遍。云情散乱未成篇，花骨欹斜终带软。**

**重重说尽情和怨，珍重提携常在眼。暂时得近玉纤纤②，翻羡缕金红象管③。**

【注释】

①银钩：多指草书，也形容字写得十分漂亮。②纤纤：是叠音形容词，用以形容细小、尖细之物，在这里可指信笺中的银钩小字。③象管：笔。

【鉴赏】

通过这首词的题目“美人书字”，我们可以很明了地知晓这首词所写的是一位美丽的年轻女子写字作文的情态。全词语言清新，新颖别致，格调工丽细软，情意绵绵。

词作上阕词人用细腻的笔触刻画出“美人书字”的环境、心境以及字迹特征，形象鲜明。首二句“沉吟不语晴窗畔，小字银钩题欲遍”，写风日晴和，窗明几净，一位美丽的年轻女子凝思不语，在认真地琢磨着即将写在纸上的言辞。她落笔纸上的字迹很漂亮秀丽，且越写越有兴致了，似乎想把笺纸都写满。这里“沉吟不语”，写美人专注凝思的深情。“小字银钩”，形容美人所写字体细巧、笔势遒劲。“云情散乱未成篇，花骨攲斜终带软”，这里“云情散乱”写女子此时心中如云絮般的情思纷扰，使她的心绪散乱，故造成了“未成篇”的后果，与前面的“欲成篇”相呼应。出于同样的原因，她的字迹也变得秀媚有余、不如先前遒劲而带出了娇软之态。

下阕写美人所写之书的内容，以及阅者的情愫与感喟。“重重说尽情和怨，珍重提携常在眼”，呼应上片中的女子“云情散乱”，这其中的原因是由“情和怨”所致。从这两句可以看出这是写给心上人的信笺，字里行间充满的是柔情蜜意与相思不见的幽怨。其中又有珍重这份情意、切莫相弃的嘱托，以及见字如见人的意思。“暂时得近玉纤纤，翻羡缕金红象管”，看着美人写的娟秀字迹，好像暂时能够与美人亲近，但又不能真近，心底升起一番惆怅，不由得羡慕起那缕金象牙笔管可以日日与美人的素手相倚。这里运用了侧面描写的手法，衬托出美人字迹的娟秀以及二人之间情感的美好真挚。全词笔法轻巧空灵，清新自然，意蕴丰富，富有艺术表现力。

# 向子湮

【作者介绍】

向子湮（1085—1152），字伯恭，号芗林居士，临江（今江西清江）人。元符三年（1100），恩补假承奉郎，三迁知开封府。宣和间，转京畿转运副使。高宗建炎年间处任迁江淮发运使。素与李纲善，李纲罢相，子湮也落职。起知潭州，次年金兵围潭州，子湮率军民坚守八日。绍兴中，累官户部侍郎，知平江府，因反对秦桧议和，落职居临江。其诗以南渡为界，前期风格绮丽，南渡后多伤时忧国之作。有《酒边词》二卷。

## 【水龙吟】

绍兴甲子上元[①]有怀京师[②]

**华灯[③]明月光中，绮罗[④]弦管[⑤]春风路。龙如骏马，车如流水，软红成雾。太一池[⑥]边，葆真宫[⑦]里，玉楼珠树。见飞琼[⑧]伴侣，霓裳缥缈，星回眼、莲承步。**

**笑入彩云深处，更冥冥、一帘花雨。金钿半落，宝钗斜坠，乘鸾归去。醉失桃源[⑨]，梦回蓬岛，满身风露。到而今江上，愁山万叠，鬓丝千缕。**

【注释】

①上元：即今之元宵节，为旧历正月十五日；时俗以元夜张灯为戏，故又称元夜或灯节。②京师：系指已沦入金人之手的原北宋王朝的京城——汴京。③华灯：指装饰美丽的灯盏。④绮罗：指男女游人的盛装。⑤弦管：指代音乐声声不停。⑥太一池：即“太液池”，在此指代汴京皇宫的内苑。⑦葆真宫：北宋皇宫的名字。⑧飞琼：为女仙之名。⑨桃源：即陶渊明《桃花源记》中与世隔绝的地方。在这里“桃源”与下句中的“蓬岛”在此均借指沦陷金人之手的汴京。

【鉴赏】

根据这首词作的小序，我们可以大概地了解它的写作背景。“绍兴甲子”，指南宋高宗绍兴十四年。因此这首词作于词人南渡以后，恰逢上元佳节，回忆起当年汴京元夜的盛况，表达了对故国深深的思念之情。

词作上阕追忆汴京上元之夜的热闹与繁华。“华灯明月光中，绮罗弦管春风路。龙如骏马，车如流水，软红成雾”，元宵之夜，在明月的照耀下，汴京到处可见装饰美丽的灯盏。人们穿着盛装在轻歌曼舞，到处一片车水马龙之景，游人如云，竞来观灯。极写汴京上元佳节的繁华与光彩夺目，也反映出词人对已逝去的美好、欢乐日子的追恋。“太一池边，葆真宫里，玉楼珠树”，写汴京的灯景之美。太液池和葆真宫殿凡所开放之处挂满华灯万盏，晶莹闪烁如同被珠镶玉嵌一样明亮。“见飞琼伴侣，霓裳缥缈，星回眼、莲承步”，这里写歌舞之迷人。只见那美丽的歌女们如下凡的仙女翩翩起舞，跳着动人的霓裳羽衣之舞如踏云履雾轻柔缥缈，眼神中流盼生情，舞步婀娜生姿，十分的迷人。整个上阕极写汴京上元之夜的繁华盛况，华灯如昼，轻歌曼舞、车水马龙的情景，宫内、宫外到处都是一片歌舞升平。

下阕承接上阕仍是在写汴京元宵之夜的繁华景象。“笑入彩云深处，更冥冥、一帘花雨”，写汴京上元佳节人们沉浸在一片欢声笑语的欢乐氛围中。人们流露出喜悦的心情，笑声飞入云霄，看着团团簇簇的焰火突然蹿入冥冥高空，化作五彩缤纷的花雨，十分陶醉。“金钿半落，宝钗斜坠，乘鸾归去”，灯会已散，游兴已尽，疲惫的人们连鬓边饰物都懒得去整理，纷纷乘车离去。这时词人也从回忆转到现实，喟然感叹到“醉失桃源，梦回蓬岛，满身风露”，如今江河破碎，汴京已经沦陷了，而词人无数次地梦回夜转重返汴京的欢乐，梦中醒来感觉更加凄凉。“到而今江上，愁山万叠，鬓丝千缕”，南宋朝廷懦弱无能，不思收复河山，偏安一隅，这种对重返汴京、收复故土的理想的巨大打击，使得词人愁绪万千，白发丛生。

这首词描写得生动细腻，运用回忆对比的手法，抒发了词人对故国的怀念以及对南宋朝廷不思收复河山的悲愤之情，悲壮苍凉，真切感人。

## 【洞仙歌】

**中秋**

**碧天如水，一洗秋容净。何处飞来大明镜①？谁道斫却桂，应更光辉？无遗照，泻出山河倒影。**

**人犹苦馀热，肺腑生尘，移我超然到三境②。问姮娥③、缘底事，乃有盈亏？烦玉斧④、运风重整。教夜夜、人世十分圆。待拚却长年，醉了还醒。**

### 【注释】

①大明镜：即是大月亮。②三境：指的是传说中的海上三仙山蓬莱、方丈、瀛洲。③姮娥：即嫦娥，西汉时因避汉文帝刘恒讳，改称“姮”为“嫦”，这里代指月亮。④玉斧：指吴刚的斧头。

### 【鉴赏】

这是一首咏颂中秋明月的词作，借月抒怀，托物喻志，把词人欲重整河山的理想抱负含蓄地泻于笔端，用词精熟，意境开阔，词格高远，耐人寻味。

词作上阕极写月亮的晶莹明亮。首两句写景“碧天如水，一洗秋容净”，向我们展现了一个阔大无比的意境。那碧蓝的天空如同水般地清澈，经这秋水洗过的秋天显得更加的明净了。接着一句“何处飞来大明镜”，出语平实，比喻贴切。这里的“大明镜”指的是月亮。词人把月亮在天空中出现比作“大明镜”从“何处飞来”，使得明月升上天空之情状更富有动感。接着词人一反诘句紧接了这一句之意，“谁道斫却桂，应更光辉”，有谁说过把月宫中的桂树砍掉，这样月亮光辉会更加耀眼。“无遗照，泻出山河倒影”，词人也很是赞同这一做法，砍去月中之桂，使大地山河无所遗漏完整地映照出来。这里词人面对南宋王朝所辖的半壁山河，托物言志，反用典故主张砍去月中之“桂”，实际上期望能除去朝中的奸佞，使得整个大好河山都能够收复。

下阕首三句以反衬的手法写明月带给人间的恩泽，“人犹苦馀热，肺腑生尘，移我超然到三境”。夏日的酷暑虽退，但余热还时而袭来，令人烦闷，希望自己能到传说中的仙山去清静清静吧。词人借写天气表达对朝中奸臣当道的悲愤以及抑郁不平之气，于是想“超然到三境”去，寻求解脱。“问姮娥、缘底事，乃有盈亏”？这是借向嫦娥发问到底因为什么事，竟然出现让月亮时而圆时而缺的现象。“烦玉斧、运风重整。教夜夜、人世十分圆”，此处用典，是词人对理想境界的进一步延伸。希望吴刚挥动他手中的玉斧，把缺月重新修整，使得月儿可以时时圆满，照彻人间。“待拼却长年，醉了还醒”，结尾写词人虽然有此之志，但现实的情况却不乐观，要除却佞臣，收复河山，实现抱负必须拼尽一切。但词人屡屡受挫，只能借酒来浇愁了，可是词人的除奸、杀敌、收复国土之志不改。

## 【阮郎归】

**绍兴乙卯大雪行鄱阳①道中**

**江南江北雪漫漫，遥知易水②寒。同云③深处望三关④。断肠山又山。**

**天可老，海能翻，消除此恨难。频闻遣使问平安。几时鸾⑤辂⑥还。**

**【注释】**

①鄱阳：今天的江西波阳县。②易水：在今天的河北，当时已成金地。③同云：亦作“彤云”，指下雪前密布天空的阴云。④三关：淤口关、益津关、瓦桥关，此处泛指中原关塞。⑤鸾：本为车上的鸾铃。⑥辂：是车上的横木，此处以鸾辂代表帝王的车驾。

**【鉴赏】**

根据词题，我们可以了解到这首词的写作背景。这首词写于“绍兴乙卯”，即高宗绍兴五年（1135年）。当时的政治背景是主和派当道，不思进取。尽管军事形势比较有利，但统治者只图苟安，并没有收复河山的打算。这首词就是在此背景下写的。

上阕首句“江南江北雪漫漫”，写江南江北到处下着大雪，举目望去都是一片白皑皑。这里极写词人在鄱阳道上碰到的天气之恶劣。“遥知易水寒”，此处的“易水寒”指的是中原的沦丧和帝王被俘不回的耻辱。可见词人面对着大江南北的风雪天气，想到的是金人的后方，以及被金人所掳去的徽钦二帝如今的状况如何。“同云深处望三关”，极目北望，只见山外有山，连绵不断，自己所熟悉的花都汴京和中原父老，已经是不可能见到了。思念及此，怎不令人心碎欲绝。“断肠山又山”，这一座又一座的山峰相连，阻隔住了词人的视线，让人怎么不伤心？一股浓浓的愁绪从此处引发出来。

下阕承接上阕，抒发词人悲愤难平的感慨。“天可老，海能翻，消除此恨难”，写痛心的国耻未雪，词人心头的悲愤难以平复。这里“天可老，海能翻”是化用李贺《金铜仙人辞汉歌》中“天若有情天亦老”之句，和汉乐府《上邪》“山无陵，江水为竭，冬雷震震，夏雨雪，天地合，乃敢与君绝”。其目的是想说明要消除北宋覆亡的靖康之耻是比“天可老，海能翻”还要难的，一种深深的绝望感油然而生。“频闻遣使问平安。几时鸾辂还”，经常听说朝廷派遣使臣去金国向二帝问候，但究竟何时两帝才能返回南宋呢？表现了词人对被金人俘虏二帝的牵挂，以及对收复山河、迎回二帝的隐隐期盼，同时也传达出一种家国之悲。

## 【秦楼月】

**芳菲[1]歇。故园[2]目断伤心切。伤心切。无边烟水，无穷山色。**

**可堪更近乾龙节[3]。眼中泪尽空啼血。空啼血。子规[4]声外，晓风残月。**

**【注释】**

①芳菲：百花。②故园：家乡。③乾龙节：此指北宋钦宗赵桓的生日。④子规：即杜鹃鸟。

**【鉴赏】**

这首《秦楼月》作于靖康之乱以后，徽、钦二帝被金人掳走北去，中原尽失。时逢暮春时节，百花凋零殆尽，这繁华逝去的景象使得词人心中倍感悲凉。全词篇幅精悍，感情真挚，情景交融，弥漫着一股慷慨苍凉的气氛，意蕴丰富。

词作上阕首句“芳菲歇”三字点出时节是暮春，姹紫嫣红凋零殆尽，春光已逝，这百花繁华的消歇触动了词人万种愁思。下面直接抒发这种春已归去的悲凉，以及充斥词人心中的家国之悲。“故园目断伤心切”，词人登高遥望北方故国，然而目光被遮断了，故国不可见，徒留伤心。一个“切”字传达出词人内心的极度悲凉。接着词人笔锋一转，欲吐又休，并未抒情而是写景。“无边烟水，无穷山色”，词人写北方迷离的烟水，朦胧的山色，包含了对中原故土风物的怀念，同时也传达出词人此时此地情感悠远的惆怅。

下阕开头“可堪”二字加强语气，面对着逝去的春光，愁思满怀，“可堪更近乾龙节”，那堪此时正近钦宗生日，实在是让词人难以面对。以往到这个时候，朝廷中群臣为皇帝祝寿，钦宗赐宴，隆重热闹。一切都已成往事，如今乾龙节又近，然而物是人非，山河动荡，江山易主。此时此刻，词人心中定然是苍凉无限。“眼中泪尽空啼血”，面对着破碎的山河，国耻未雪的境况，这样深沉难遣的感情郁积于心，只能像子规鸟那样泪尽继之以血。故国之思充斥胸间，哀怨悲凉，撼人心魄。“子规声外，晓风残月”，以凄厉萧索的意境结束全词。这里是因情而设景，悲痛之余无以遣怀，那晓风残月，冷落关河，使得这凄凉之感更进了一层。

## 【减字木兰花】

**斜红[1]叠翠[2]，何许花神来献瑞[3]。粲粲[4]裳衣，割得天孙[5]锦一机。**

**真香妙质，不耐[6]世间风与日。着意遮围，莫放春光造次归。**

**【注释】**

①红：指的是花。②翠：指的是陪衬红花的叶子。③瑞：是祥瑞、吉祥之义。④粲粲：指鲜明的样子。⑤天孙：即织女星，这里指的是神话中精于织锦的织女。⑥耐：抵挡得住。

**【鉴赏】**

这首词写春日百花争相斗艳地盛开的景象，艳丽浓郁，光彩照人，展现了春天的生机勃勃，但言词深处，隐含了些许的伤感意。

上阕描写了春天里花团锦簇，艳阳灿烂，一派大好的春光景象。“斜红叠翠，何许花神来献瑞”，这里词人用词讲究，着一“斜”字，写出花的娇柔多姿的形态，颇有情趣。用花的颜色“红”字来指花，用陪衬红花的叶子的颜色

“翠”来指代叶子，含蓄而不直露。一个“叠”字，强调了叶片重重叠叠，争茂繁密的长势。前句描绘了花的形和神，后句则对这枝繁叶茂的美景充满惊奇的赞叹。“何许花神来献瑞”，这一美丽的景象是何处飞来的花神精心妆点的吗？饶有趣味。接着承接这一问句，继续描写花态之美，“粲粲裳衣，割得天孙锦一机”，花神们身上色泽鲜艳、光华夺目的衣裙，大概都是那天上织女们的织锦机上割下来的锦绣制成的吧！这里采用拟人化的手法，用身着光彩夺目的美丽衣裙的花神们指代这春日的百花。写出词人对百花盛开的美景发自内心的赞叹，这般美丽的景象恐怕是来自天上的。

下阕写花的内在气质以及词人对这大好春光的爱惜之情。“真香妙质，不耐世间风与日”，写花香与花质。这美丽的花儿香味纯正，内在品质是那般精妙，怎么经受得住这尘世间狂风吹与烈日晒的摧残？这里寄寓了词人的另一层意思：摧残香花的“风”“日”则隐喻朝中奸佞的权臣。暗指当时社稷危亡，国家已经经受不起敌人的蹂躏，以及奸佞小人的胡作非为了。“着意遮围，莫放春光造次归”，要小心翼翼保护着这花儿，为它们遮住风雨，更重要的是拉住春光，不要让它轻易就归去了，写出了词人对这繁花春日的留恋之情。

# 李持正

**【作者介绍】**

李持正，字季秉，莆田（今属福建）人。少与叔伯辈的李宗师驰名于太学，号大小李。政和五年（1115）进士，历知德庆、南剑、潮阳。事迹见《莆阳文献传》卷一五。南宋吴曾《能改斋漫录》卷一六："乐府有《明月逐人来》词，李太师撰谱，李持正制词。持正又作《人月圆》令，尤脍炙人口。近时以为王都尉作，非也。"存词二首。

## 【明月逐人来】

**星河明淡，春来深浅。红莲①正、满城开遍。禁街②行乐，暗尘香拂面。皓月③随人近远。**

**天半鳌山④，光动凤楼⑤两观⑥。东风静、珠帘不卷。玉辇待归，云外闻弦管。认得宫花影转。**

**【注释】**

①红莲：即扎成莲花状的灯。②禁街：当时的汴京的街道。③皓月：形容月亮的光很亮。④鳌山：是元宵灯景的一种，把成千上万的灯彩，堆叠成一座像传说中的巨鳌那样的大山，也叫"山棚""彩山"。⑤凤楼：指宣德楼。⑥两观：就是凤楼的东西两"阙亭"。

**【鉴赏】**

这首词作于徽宗时代以前，是一首描绘时节风物的词，词中交代了北宋都城汴京的元宵风俗情景，特别是皇帝观灯的场面，刻画生动，平仄声韵，稳妥贴切。

上阕首两句"星河明淡，春来深浅"，描写天空景象，点明季节，交代出了上元佳节的景物特征。在元宵月圆之夜，明月正圆，那些星星的光在相比之下就显得有些暗淡。写完了夜景，则写春天刚到，春意还不是很浓，忽深忽浅，夹杂着几分寒意。“红莲正、满城开遍”，这里描写的是汴京元宵节的灯景，一盏盏精致莲花形状的灯挂满了全城，热闹非凡。“禁街行乐，暗尘香拂面”，点出了汴京城的繁华，观灯的人之多，都到街上去看灯行乐，熙熙攘攘，灰尘滚滚，还夹杂着仕女们的兰麝细香，扑面而来。“皓月随人近远”，词人把视线移到天上，望见一轮皓月，不管人们走到哪里，它都会跟到哪里，“随人近远”。构思巧妙，意境开阔。

下阕首二句“天半鳌山，光动凤楼两观”，写皇帝游赏，坐在御楼上观灯。成千上万的彩灯堆叠在一起，熠熠生辉，皇帝从正门楼里出来，看到如此美丽的灯盏感到十分的赏心悦目。“东风静、珠帘不卷”，皇帝坐于轿中，此时没有风吹动，那轿前的珠帘是不卷起来的。下面词人接着写皇帝赏完灯后将要御驾回宫的情景，“玉辇将归，云外闻弦管”，这时楼上乐队高奏管弦，乐声鼎沸，仿佛从云外传来，不同凡响。结句“认得宫花影转”，写臣僚跟着皇帝归去。这里我们可以从南宋孟元老《东京梦华录》“驾回仪卫”节中了解到：“驾回则御裹小帽，簪花乘马，前后从驾臣僚，百司仪马，悉赐花。”此外，宋代蔡绦《铁围山丛谈》卷一中也记载：“国朝宴集，赐臣僚花有三品……凡大礼后恭谢，上元节游春，或幸金明池、琼林苑，从臣皆扈跸而随车驾，有小宴谓之对御（赐群臣宴），凡对御则用滴粉缕金花，极其珍巧矣。”。这里之所以“宫花影转”，是因为他们帽上簪着宫花，这元宵节到处张灯结彩，故在这些彩灯映照下，花影也就跟着转动起来，描写了十分生动的形象。

# 李 玉

**【作者介绍】**

李玉，生平不详。词仅存黄昇《花庵词选》所录《贺新郎·春情》一首。

## 【贺新郎】

**春情**

**篆缕[1]销金鼎[2]。醉沉沉、庭阴转午，画堂[3]人静。芳草王孙知何处？惟有杨花糁径。渐玉枕、腾腾春醒。帘外残红春已透，镇[4]无聊、殢酒厌厌[5]病。云鬓乱，未忺整。**

**江南旧事休重省。遍天涯、寻消问息，断鸿难倩[6]。月满西楼凭栏久，依旧归期未定。又只恐、瓶沉金井。嘶骑不来银烛暗，枉教人、立尽梧桐影。谁伴我，对鸾镜[7]。**

**【注释】**

①篆缕：形容香烟飘飞的形状。②金鼎：指香炉。③画堂：华丽的厅堂。④镇：长，久。⑤厌厌：形容病态，精神萎靡的样子。⑥倩：请。⑦鸾镜：用来梳妆的镜子。

**【鉴赏】**

这首闺怨词是李玉流传下来唯一的一首词，风流蕴藉，声情并茂，意蕴深长。

上阕首三句“篆缕消金鼎。醉沉沉、庭阴转午，画堂人静”，缕缕香烟从室内香炉里飘散出，盘旋似篆文。此时庭院里树木的阴影开始有些偏斜了，已是正午时分，可画堂里却悄无人声，十分寂静，女主人公仍沉醉未醒。这里我们可以猜测，大概昨夜女主人公独居喝酒浇愁了吧。“篆缕消金鼎”，写出了这屡屡香烟往上飘升的过程中所呈现的形状及其消散。“芳草王孙知何处？惟有杨花糁径”，词中女主人公思念起远方的心上人，不知道他现在身在何处。暮春时节的杨花纷纷扬扬地洒落在小路上。“渐玉枕、腾腾春醒”，女主人公酒醉初醒，神情懒散，迷迷糊糊，觉察到已是正午，于是清醒了过来。“帘外残红春已透，镇无聊、殢酒厌厌病”，百花逝去，残红满地。已是暮春时节，女主人公这惜春之情油然而生，愁绪萦绕，便借酒来消愁，沉于醉酒中，以致落得病恹恹的。“云鬓乱，未忺整”，女主人公愁苦无绪，百无聊赖，也懒得去打理自己。

下阕叙写回忆，抒发相思之情。“江南旧事休重省”，这里的“江南旧事”可能是女主人公难以忘怀的一段温馨岁月。这样的回忆对比当前孤独的处境，实在是不忍重提，只会徒增悲伤。“遍天涯、寻消问息，断鸿难倩”，写自己没有心上人的音信，所以四处打听，还是没有结果。“月满西楼凭栏久，依旧归期未定”，她登上西楼，独自望着明月洒满大地，安慰自己说心上人可能只是归期还没有确定，他一定会回来的。形象地表现出一个痴情女子的形象，惟妙惟肖，真切感人。“又只恐、瓶沉金井”，这里写出女子的矛盾心理，她没有把握心上人能回来，很怕就此断了情感。“嘶骑不来银烛暗，枉教人、立尽梧桐影”，女主人公盼着听到马嘶声，所思念之人也许会骑着马归来吧。但直到蜡烛快燃完了，“梧桐影”尽了，仍不见人归。“枉教”一词可见词人内心悲痛到极点。“谁伴我，对鸾镜”结句这两句写如今谁能伴我共照鸾镜呢？这一声悲凉的感叹道出了女主公的幽怨哀戚，愁苦凄凉。

# 蔡 伸

**【作者介绍】**

蔡伸（1088—1156），字伸道，号友古居士，莆田（今属福建）人，蔡襄孙。政和五年（1115）进士。宣和年间，出知潍州北海县、通判徐州。南宋时秦桧当国后，以赵鼎党被罢，主管台州崇道观。《宋史翼》有传，伸少有文名，擅书法，得祖襄笔意。

## 【苍梧谣】

**天，休①使②圆蟾③照客眠。人何在？桂④影自婵娟⑤。**

**【注释】**

①休：不要。②使：派遣。③圆蟾：传说月中有蟾蜍，这里指的是圆月。④桂：桂树，传说中月亮中有此物。⑤婵娟：美好的样子。

**【鉴赏】**

《苍梧谣》是较短的词调，全词共十六个字。这首词温婉清新把率直与蕴藉含蓄的风格相结合，将自己的深至情怀浓缩在这短短的十六字之中。词中写圆月普照，桂影婆娑，引起了客子怀人情思，夜不能寐，托月以寄托无限的离愁，全词写得颇富情致，别有韵味。

词作首二句运用拟人的修辞手法，以呼号、祈求的方式，向“天”提出请求呼唤，“天，休使圆蟾照客眠”。老天啊，不要再让圆月照着我这离家难眠的游子身上了，再这么折腾下去我今夜都会睡不着觉！含蓄地刻画出游子见到月亮时的难堪情形，为我们展现了一位独自望月怀人、长夜不眠的客子形象。这里也运用对比的手法，以此时天上的月亮的圆满，与离人此刻离家在外的孤身状况形成鲜明对比，月圆人未圆，令人倍感凄凉。接着词人回答了为什么不让这明月照射的原因，“人何在？桂影自婵娟”。这里的“人”是指心上人。现在心上人不在身边，而月亮这一意象往往会触发离人心中的思念之情。始终望不到心上人的身影，此时两个人不能在一起，天上月影空自婆娑，白白的呈现她的美好，实在是辜负了这良辰美景，表现出词人深深的惆怅之情，意蕴丰富。词人选取的描写对象为天上挂着的明月，这一意象最能触发人们的相思之情，词中以月之园衬托游子之孤单，不能与心上人相聚，徒留疏密有致的桂影，空自盘旋，表现了词人惆怅凄凉的心境以及思乡念人之情怀。

这首小词短小精悍，曲折有致，通过对圆月观感，抒发出沉挚的思念之情，用语清新自然，言尽而意无穷，耐人寻味，也极为人熟知。

# 王以宁

**【作者介绍】**

王以宁，（约1090—约1146），字周士，湘潭（今属湖南）人。徽宗朝由太学生佐鼎沣帅幕。宣和五年（1123），任发运司管勾文字，交张元干、胡仔。靖康初宁为李纲幕官，以知兵称。建炎初，知鼎州。四年，为京西制置使。绍兴二年（1132）贬永州别驾，潮州安置。十年，复右朝奉郎，知全州。有《王周士词》一卷。

## 【水调歌头】

呈汉阳使君

**大别[①]我知友，突兀[②]起西州[③]。十年重见，依旧秀色[④]照清眸[⑤]。常记鲒碕狂客[⑥]，邀我登楼雪霁，杖策拥羊裘[⑦]。山吐月[⑧]千仞，残夜水明楼[⑨]。**

**黄粱梦，未觉枕、几经秋。与君邂逅，相逐飞步碧山头。举杯一觞今古，叹息英雄骨冷，清泪不能收。鹦鹉更谁赋[⑩]，遗恨满芳洲。**

**【注释】**

①大别：山名。在汉阳东北。②突兀：高高的样子。③西州：意指西面的方位。④秀色：山的秀丽。⑤清眸：登山者清亮明净的眼眸。⑥鲒碕狂客：指豪逸狂放的汉阳使君。⑦杖策拥羊裘：拄着杖穿着羊裘，一派隐士装束。这里特指朋友的装束打扮。⑧山吐月：月亮从山头冒出来。⑨水明楼：明月照水，水光反映于楼台的样子。⑩鹦鹉更谁赋：来自祢衡作《鹦鹉赋》的故事，东汉末祢衡不被曹操所容，后来终为黄祖杀害，他曾在汉阳的鹦鹉洲写下《鹦鹉赋》，抒发怀才不遇的愤慨。这里说的是还有谁作《鹦鹉赋》呢！

【鉴赏】

这首词是词人为献给老朋友汉阳使君而作。词中记叙了两人的深厚情谊，感情豪迈粗犷之中见真情，再现了大别山纵横辽阔、莽莽苍苍的雄浑境界，体现了一种慷慨苍凉的感情。

词作上阕首句“大别我知友”，写使大别山是词人的“知友”，这里采用拟人化的修辞手法，生动形象。“突兀起西州”，这里呈现出大别山挺拔耸立的样子。“十年重见，依旧秀色照清眸”，阔别了十年，如今又在大别山重逢，这里的景色却依然清秀如故亲切自然。接着词人笔锋转入对十年前的往事的回忆。“常记鲒碕狂客，邀我登楼雪霁，杖策拥羊裘”，写词人至今还记得老朋友汉阳使君性格豪逸狂放，曾在雪晴的时候邀请“我”登楼，那时他拄着杖穿着羊裘，一派隐士装束。寥寥几笔，朋友的豪放性格又鲜明地呈现在读者面前。“山吐月千仞，残夜水明楼”，这里写大别山的雪后夜景。化用了杜甫的《月》诗：“四更山吐月，残夜水明楼。”在千仞群山中，月亮慢慢露出，月光照着清澈的湖水，水光又映入楼台，意境优美。词人描写十年前回忆的一些场景，如历历在目，可见他十分珍惜与老朋友之间的友谊，感情真切，自然豪放。

词作下阕写别后重逢，着重抒情。“黄粱梦，未觉枕，几经秋”，写人生如梦，十年的漫长岁月倏忽而过，感慨良多。但是这次重游大别山，词人虽然经历很多挫折，但却更加的成熟深沉。“与君邂逅，相逐飞步碧山头”，这次老友偶然相逢，登大别山的兴致依然不减当年，相互追逐飞跑着登上碧山头。“举杯一觞今古，叹息英雄骨冷，清泪不能收”，与老朋友相聚，举杯畅饮，畅谈今古，感慨万千，不禁让人泪水横流。紧接着词人以“鹦鹉更谁赋，遗恨满芳洲”结束全词。从这芳草萋萋汉阳鹦鹉洲的眼前景致联想到祢衡作《鹦鹉赋》的故事，词人借《鹦鹉赋》为喻，表现了怀才不遇的悲愤之情，抒发了胸中的郁积与满腔遗恨。

# 陈与义

**【作者介绍】**

陈与义（1090—1138），字去非，号简斋，洛阳（今属河南）人，政和三年（1113）进士，累迁太常博士。绍兴年间，历任兵部员外郎、迁中书舍人，出知湖州，擢翰林学士、知制诰。七年，拜参知政事，第二年死于疾病。《宋史》有传。善于写诗，创简斋体。方回认为与义继黄庭坚、陈师道之后，并为江西派之三宗。有《简斋集》十卷，《无往词》一卷。

## 【临江仙】

夜登小阁，忆洛中旧游

**忆昔午桥①桥上饮，坐中多是豪英②。长沟③流月去无声。杏花疏影里，吹笛到天明。**

**二十余年如一梦，此身虽在堪惊。闲登小阁看新晴④。古今多少事，渔唱⑤起三更。**

**【注释】**

①午桥：在洛阳东南，曾是唐代名相裴度的别墅。②豪英：有气魄、有才干的杰出人物。③长沟：指大江大河，这里特指流经午桥的溪水。④新晴：下了很长时间的雨之后，夜空、月亮都显得很明净。⑤渔唱：渔歌。

**【鉴赏】**

这是一首抚今追昔的词，主旨是叹惜往日纵情夜饮的欢乐，都随着国家危难而消失，就像夜半渔歌一样的旷远迷茫。词中以委婉的笔调抒发词人的悲慨之情，清婉奇丽，意蕴丰富。

词作上阕回忆往昔在洛阳的欢乐豪放生活，通过今昔对比，发出浩叹苍凉之声。“忆昔午桥桥上饮，坐中多是豪英”，以“忆昔”两字，统领全词。词人想起往昔在午桥别墅与在座的杰出英豪畅饮的往事，豪纵有气势。“长沟流月去无声。杏花疏影里，吹笛到天明。”夜深水流，投在水中的月影也仿佛随着静静流水飘去。写出了一种动态的美，营造出一种寂静、明净的环境，娴雅舒适，富有意境。清幽的杏花苑，明净澄澈的月光，透过树枝把稀疏的花影洒落在地上，这时传出悠扬的笛声，一直到天明。此处“笛声”更衬托出夜的宁静与幽静。整个上阕通过水上的“午桥”、长沟的“流月”、杏花的“疏影”，这些意象的描写，景色配置远近分明，数落有致，浸透着一种疏放轻快的气息，浑然一体。

词作下阕抒发当前个人遭际的情怀。“二十余年如一梦，此身虽在堪惊”，着一“梦”字，点出全词词眼，与上阕中的“忆”相呼应。二十年就如同一场梦，醒来一切皆物是人非。这两句中包含了二十多年无限国事沧桑、知交零落之感，表现了这场梦令词人感到十分的怅惘与沉痛，内容充实。“闲登小阁看新晴”，点明题意，回到主题。一个“闲”，点出宦海惊涛后的宁静，闲暇之时登上小阁看看久雨之后的夜空。此句看似平易，其中意蕴深厚，含蓄着无限的沧桑之感。“古今多少事，渔唱起三更”，意象况逸，语气凝重，凄清动人。古今多少兴亡之事，都不过作为三更时分渔唱樵歌的题材罢了。这里词人想到国家的兴衰和自己的流离失所，于是看新晴，听渔唱，将沉重悲愤的情感转化为旷达之情，蕴藉无限。

# 张元干

**【作者介绍】**

张元干（约1091—1170），字仲宗，号芦川居士、真隐山人，永福人。政和初，为太学上舍生。宣和七年（1125），任陈留县丞。靖康元年（1126），金兵围汴，入李纲行营使幕府，李纲罢，亦遭贬逐。绍兴元年（1131），以将作监致仕，日福州。绍兴八年（1138），秦桧当国，力主和议。胡铨上书请斩秦桧等以谢天下，时李纲亦反对和议，罢居长乐，元干赋《贺新郎》词赠纲，对纲抗金主张表示积极支持。胡铨被除名送新州编管，元干持所赋《贺新郎》词送行。后桧闻此事，以他事追赴大理寺将其除名削籍。元干尔后漫游江浙等地，客死他乡，卒年约八十。存词一百八十余首。

## 【石州慢】

**寒水依痕[1]，春意渐回，沙际烟阔。溪梅[2]晴照生香，冷蕊数枝争发。天涯旧恨，试看几许销魂[3]，长亭门外山重叠。不尽眼中青，是愁来时节。**

**情切，画楼深闭，想见东风，暗消肌雪。孤负枕前云雨[4]，尊前花月[5]。心期[6]切处，更有多少凄凉，殷勤留与归时说。到得再相逢，恰经年离别。**

**【注释】**

①痕：痕迹。②溪梅：溪边的梅花。③消魂：化用江淹《别赋》的诗句："黯然消魂者，唯别而已矣！"消解郁积在心中的无限离愁别恨。④枕前云雨：借用典故以写夫妇情意。宋玉《高唐赋》中说，楚王梦中与神女相会高唐，神女自谓："旦为朝云，暮为行雨，朝朝暮暮，阳台之下。"后指男女欢合。⑤尊前花月：夫妇间的柔情蜜意。⑥期：期望。

【鉴赏】

这首词是词人晚年离乡思归之作，词中意蕴深沉，借物言志，通过写闺怨相思的情绪，来寄寓夫妻之情以及思乡之念，由景入情，脉络清晰，委婉精妙。

词作上阕首句“寒水依痕”，点明季节，此时还有些寒冰的痕迹，说明节令就是初春。此处化用杜甫的《冬深》里的诗句：“花叶惟天意，江溪共石根，早霞随类影，寒水各依痕。”“春意渐回，沙际烟阔”，春意渐渐明显。这里融诗于词境，化用杜甫《阆水歌》“正怜日破浪花出，更复春从沙际归”，别有一番气象。“溪梅晴照生香，冷蕊数枝争发”，梅花在这初春季节，在溪边竞相开放，散发出清香。写出初春的点点生机与美好。但是接着词人笔锋一转，写“天涯旧恨，试看几许销魂？长亭门外山重叠。不尽眼中青，是愁来时节。”此时初春复苏、梅花盛开的景象并没有带给词人喜悦，相反引起了词人惆怅与苦恨的情绪。词人心中郁积了无限别恨，无法排遣。那长亭门外，青山重重叠叠，一望无尽。然而这青山在词人眼中如同心中的愁绪一样，连绵起伏，无穷无尽。

词作下阕承接上文，借景抒情，表现了伤感、凄凉的惆怅。“情切，画楼深闭，想见东风，暗消肌雪”，写离别时感情真挚，情思绵绵无法割舍。女子独居深闺，想要见一下这春天的东风，但是又因为思念丈夫过度，形体消瘦。写出女子的愁绪，思夫之情，真切感人。“孤负枕前云雨，尊前花月。心期切处，更有多少凄凉，殷勤留与归时说”，这里借用典故写夫妻情深。如今词人离家在外，回忆夫妻间的枕边之欢，尊前花前月下，顿时感到十分悲凉，心中的这种凄楚也无人诉说，只是盼望着能够说与心上人听。“到得再相逢，恰经年离别”，结句写出他们不知何时再见，不堪离别之苦，离恨至深，包含了词人无限的凄凉伤感，构思巧妙，意蕴深沉。

## 【石州慢】

己酉秋，吴兴舟中作

**雨急云飞，惊散暮鸦①，微弄凉月。谁家疏柳低迷②，几点流萤明灭。夜帆风驶，满湖烟水苍茫，菰蒲③零乱秋声咽。梦断酒醒时，倚危樯④清绝。**

**心折⑤。长庚⑥光怒，群盗纵横，逆胡猖獗。欲挽天河⑦，一洗中原膏血。两宫⑧何处？塞垣只隔长江，唾壶空击悲歌缺⑨。万里想龙沙⑩，泣孤臣吴越⑪。**

【注释】

①暮鸦：傍晚投宿的乌鸦。②低迷：模糊不清。③菰蒲：茭白和水杨。④危樯：船上高高的桅杆。⑤心折：比喻十分伤心，伤心到了极点。这里是为国事而伤悲。⑥长庚：金星，又叫太白星。《史记·天官书》载："长庚如一匹布著天，见则起兵。"意即长庚星有异象，天下就将有兵祸。⑦天河：银河。⑧两宫：此处指的是宋徽宗与宋钦宗。封建社会，国君亦即国家象征，故此"两宫"也有象征国家之意。⑨唾壶空击悲歌缺：典出《世说新语·豪爽》："王处仲每酒后，辄咏'老骥伏枥，志在千里。烈士暮年，壮心不已'。以铁如意打唾壶，壶口尽缺。"此处是要表现自己虽有一腔爱国情、报国志，却只落得空悲切的结局。⑩龙沙：沙漠，泛指塞外，此处指徽、钦二帝囚禁之处。⑪吴越：此指吴兴所在的今江浙一带。

【鉴赏】

这首词作于宋高宗建炎三年（1129）秋。当时金兵大举南进，南宋朝廷节节败退、南窜。该词就是词人于浙江吴兴逃难途中所作，因国破家亡之悲，抑塞激愤不已，所以有此慷慨忧国之作。

词作上阕写景，即写愤激之情的郁积过程。首三句"雨急云飞，惊散暮鸦，微弄凉月"，画面阴暗悲凉。金秋之夜，风狂雨骤，乌云翻飞，险恶天气惊起了投宿的暮鸦，四处飞散，凉月似被愁云、秋雨、惊鸦所撩弄。着一"凉"字，写出环境的冷清、悲凉，景中含情。"谁家疏柳低迷，几点流萤明灭"，不知道谁家房舍外稀疏的柳树，在朦胧的暮色中更显低迷，有几点萤火飘飞，忽明忽灭。此处景色描摹得凄清暗淡，进一步渲染了夜幕的深沉。"夜帆风驶，满湖烟水苍茫，菰蒲零乱秋声咽”，描写船经菱湖时湖上的风光。夜间扬帆乘风行船，一湖烟水苍茫朦胧，萧瑟的秋风刮着杂乱的茭白和蒲柳，在微风中发出瑟瑟的呜咽。这里词人移情于景，写出了夜间乘船南移时的悲凉、寂寥和凄楚的心境。“梦断酒醒时，倚危樯清绝”，直抒词人心绪。经过方才一场噩梦，刚刚醉饮浇愁初醒，独身倚在高高的桅杆之下，夜气袭人，令人感到清冷凄绝，衬托出词人此时万般忧国忧民的悲情。词作的上阕，侧重写景，景中含情，情感的表露由隐渐显，为下阕的抒情做了铺垫。

词作下阕转入对国事的议论，抒发词人的悲慨之情。开头以“心折”二字开启下文，写词人心肝摧折，极言词人为国事痛苦伤心和震惊之情。“长庚光怒，群盗纵横，逆胡猖獗”，词人转入对时事的感慨和愤怒。长庚星有异象，天下就将有兵祸，由于朝廷的腐败无能，各地农民揭竿起义，金兵猖獗异常。面对这样山河破碎、民不聊生的局面，词人发出抗金的誓言，“欲挽天河，一洗中原膏血。”词人要挽起天河之水，收复中原，雪洗国耻，拯救国家。“两宫何处？塞垣只隔长江，唾壶空击悲歌缺”，回忆二帝被俘的悲剧，铭记在心，他们如今又在何处呢？只一江之隔，却不能挥师北上，收复失地，迎回二帝。用典实来抒发词人内心的悲愤，面对这不可挽回的局面，词人徒有收复中原的抱负，报国无路，无可奈何，悲愤不已，蕴含无限。结句“万里想龙沙，泣孤臣吴越”，远隔万里怀念深陷龙沙的君王，如今“我”在吴越行船之上独倚桅墙痛哭。全词语言清婉遒劲，结构严谨，格调慷慨豪壮、悲凉凄婉，景中寓情，把词人的豪壮与悲怆之情浑然系为一体。

## 【满江红】

**自豫章阻风吴城山作**

**春水迷天，桃花浪①、几番风恶。云乍起、远山遮尽，晚风还作。绿卷芳洲生杜若②，数帆带雨烟中落。傍向来③、沙觜④共停桡，伤飘泊。**

**寒犹在，衾偏薄。肠欲断，愁难著。倚蓬窗无寐，引杯孤酌。寒食清明都过却⑤，最怜⑥轻负年时约。想小楼、终日望归舟，人如削⑦。**

【注释】

①桃花浪：旧历三月，春暖雪化，水位上涨，此时正值桃花盛开，因此叫做桃花浪。②杜若：香草名。③向来：即时，适时。④沙觜：沙洲。⑤过却：过了。⑥最怜：最可惜。⑦人如削：形容人形体消瘦。

【鉴赏】

这首词作于宋徽宗宣和元年（1119）三月词人出都返乡途中，词中抒发了旅中愁思。上阕写景，极言风帆漂泊所见之景象；下阕抒情，写归舟在家的情思。

上阕侧重对暮春时节沿途景致的描写，并暗含自己的旅思别愁。开篇首二句“春水迷天，桃花浪、几番风恶”，点明时令，扣住词题“阻风”，写出行舟被风雨所阻的情形。写暮春时节，天气骤变，春潮涌起，风浪连天江面无比险恶。接着承接这凶险的气势，词人写“云乍起、远山遮尽，晚风还作”，风恶云起，遮住了远处的山，一片凄迷。薄暮时分，晚风却还在不停地吹刮。一个“还”字，写出江面恶劣的环境延续，又暗示了时间的推移。“绿卷芳洲生杜若，数帆带雨烟中落”，由于风恶的原因，只好靠岸，这里写的就是岸边的景色。岸边的植物长得绿绿葱葱，众多香草生长其间，富有诗意。“傍向来、沙觜共停桡，伤漂泊”，写停泊的情景。傍晚风大的时候，沙洲上停了很多小船，在这愁风愁雨中“伤漂泊”。这里渲染出词人惆怅、忧伤和悲凉的心境，为下文抒情作铺垫。

下阕首四句承上转下，由景及情，描写了寒夜停泊的情景。“寒犹在，衾偏薄。肠欲断，愁难著”，奠定全词伤感的感情基调。春寒袭人，衾偏薄，无法御寒，愁肠欲断。再联系词人此时是一个人独自在外，碰到这么恶劣的天气，更加烘托出词人内心的凄凉。“倚蓬窗无寐，引杯孤酌”，写词人孤旅独酌。倚窗眺望，夜不成寐，愁绪在心头，无法排遣，只得举杯独饮，借酒解愁。此处使词人旅途愁苦的程度更进一层，真切感人。“寒食清明都过却，最怜轻负年时约”，词人想起清明节都已过去，自己早就误过归期，辜负了佳人相约的一片深情。词人遗憾适宜春游最好的时节已过，焦急想与佳人约会，痛苦现在不能赴约，独自停留在异地，这多种复杂的感情交织在一起，富有感染力。结尾“想小楼、终日望归舟”，写词人的相思之情。佳人在小楼上，整天看着归舟，人渐渐消瘦。词人这里写佳人在小楼里终日痴望自己归来，实际是想表达自己的思归心切，感情真挚，扣人心弦，意蕴余长。

## 【卜算子】

**风露湿行云，沙水[①]迷归艇。卧看明河月满空，斗[②]挂苍山顶。**

**万古只[③]青天，多事悲人境[④]。起舞闻[⑤]鸡酒未醒，潮落秋江冷。**

**【注释】**

①沙水：沙溪，为福建闽江上源之一。②斗：天上的北斗星。③只：只有。④人境：人间。⑤闻：听。

**【鉴赏】**

这首《卜算子》是词人写于辞官还乡之后的一次游览故乡闽江之时，全词通俗易懂，寄寓了词人家国身世之感以及他悲怆的心境，含蓄宛转，耐人寻味。

词作上阕写景，词人以细腻的笔触描绘了乘船游览时所观看到的风景。开篇首两句“风露湿行云，沙水迷归艇”，写词人乘船出游，归来之时已经是夜露沾衣的时候了，雾气朦胧，行云也像是被打湿了一样。由于是夜晚，沙溪上又弥漫着淡淡的雾气，小船这时迷失了方向。“卧看明河月满空，斗挂苍山顶”，词人夜游的兴致并未减少，既然迷路了，那索性就让小舟随意飘荡。自己枕着小舟，仰望满天繁星，看到那北斗星正高悬在苍山顶上。整个上阕都是词人乘船夜游所见，词人以优雅、舒缓的笔触层层渲染，向我们展现了一幅灵动幽静的图画，画面朦胧、深邃、安静，富有诗意。

词作下阕笔锋突然一转，词调氛围与上阕大不相同，由清幽、静谧转向悲壮、凄清。“万古只青天，多事悲人境”，世上能够万古永存的只有青天，而人世间就是有很多的悲欢离合，天灾人祸。这里是指南宋遭受金兵的侵略，老百姓生灵涂炭，颠沛流离，民不聊生。此时词人面对着眼前静谧、优雅的景致，却无法平静下来欣赏眼前的美景。他思绪变幻，想到百姓的苦难，想到人世间的疾苦，悲从中来，表现了词人忧国忧民的博大情怀。“起舞闻鸡酒未醒，潮落秋江冷”，结句以景结情，还是紧扣“悲”字基调。“酒未醒”一词说明词人夜晚曾借酒浇愁，到黎明鸡叫的时候还没有完全清醒。此时词人心中的愁苦也没有散去，于是起舞弄剑，企图借以排遣心中的这股愁闷之气。潮水退却，秋江依然是冷的。此时词人那悲苦凄凉、惆怅无绪的心境淋漓尽致地表现出来。全词格调悲壮凄凉，意蕴丰富，简单通俗，含蓄宛转，言有尽而意无穷。

## 【水调歌头】

追和

**举手钓鳌客[①]，削迹种瓜侯[②]。重来吴会[③]，三伏行见五湖[④]秋。耳畔风波摇荡，身外功名飘忽，何路射旄头[⑤]？孤负男儿志，怅望故园[⑥]愁。**

**梦中原，挥老泪，遍南州[⑦]。元龙[⑧]湖海豪气，百尺卧高楼。短发霜粘两鬓，清夜盆倾一雨，喜听瓦鸣沟[⑨]。犹有壮心在，付与百川流。**

【注释】

①钓鳌客：原指李白，后来指有远大的志向、有无限的豪情。宋代赵德麟《侯鲭录》卷六载：“李白开元中谒宰相，封一版，上题曰：‘海上钓鳌客李白。’”又云，宰相问他，你钓巨鳌以何作钓线，李白答曰：“以虹霓为丝，以明月为钩。”②种瓜侯：秦国东陵侯邵平，秦灭后失侯为布衣，在长安城东种瓜。此处用此典感叹世事不定，事事变化无常。③吴会：今江苏苏州。④五湖：此指太湖。⑤旄头：星名，即昴宿，古时也作胡星。“射旄头”，比喻抗击金兵的侵犯。⑥故园：指失地。

⑦南州：泛指南方。⑧元龙：东汉末陈登的字。⑨瓦鸣沟：即瓦沟鸣，急雨在瓦沟中流淌的声音。

【鉴赏】

这首词具体的写作时间比较难确定，但是根据词中“重来吴会”“挥老泪”等语来看，这首词当为词人晚年重游吴江时所作，时间大约是南宋绍兴二十三年（1153）左右。当时的政治背景是南宋朝廷偏安一隅，苟安偷乐，不思收复中原，佞臣掌权，朝廷乌烟瘴气，忠良受到迫害或贬职。这首词就是抒发了词人壮志未酬、报国无门及收复故国无望的悲愤心情。

词作上阕直写心境，勾画出一个浪迹江湖的奇士形象，目的是写他豪放不羁的生活和心中的不平。首二句写“举手钓鳌客，削迹种瓜侯”，奠定全词基调。这里运用典故，以古人自比，写词人也曾有过豪情壮举，但是朝廷佞臣当道，忠良被排挤、陷害，有抱负也无法施展。所以词人只能感慨世事不定、请缨无路，其中包含了多少无奈与悲凉啊！“重来吴会，三伏行见五湖秋”，写故地重游，有一种可以从互相倾轧的风气下暂得解脱的寓意。“耳畔风波摇荡，身外功名飘忽，何路射旄头”，这里词人置身于湖光山色之中，听到关于当时时局的消息，感慨自己壮志未酬，报国无门。“孤负男儿志，怅望故园愁”，词人写自己空怀有理想抱负，却请缨无路，得不到重视。面对着沦陷的故园，词人心头满是惆怅、悲愤。

词作下阕写远望故国时百感交集的心情。“梦中原，挥老泪，遍南州”，承接上片，词人在梦中回到故国，顿时热泪不停地流下来，洒遍中原和南州。“元龙湖海豪气，百尺卧高楼”，借东汉末陈登事，以喻词人自己豪情依然。接着词人笔锋一转，写“短发霜粘两鬓，清夜盆倾一雨，喜听瓦鸣沟”，写词人已经鬓发花白，年事已高，但是仍然有豪情壮志。夜里听到秋雨倾泻而下，心里喜悦，深夜不眠来听瓦沟中的雨水的流淌之声。“犹有壮心在，付与百川流”，这里写词人壮志未酬，但是又无法实现，所有的雄心都付诸东流，此时此刻词人心里必定是悲凉无限。

## 【贺新郎】

寄李伯纪[①]丞相

**曳杖[②]危楼[③]去。斗垂天、沧波万顷，月流烟渚。扫尽浮云风不定，未放扁舟夜渡。宿雁落、寒芦深处。怅望关河空吊影，正人间、鼻息鸣鼍鼓。谁伴我，醉中舞？**

**十年一梦扬州路。倚高寒、愁生故国，气吞骄虏[④]。要斩楼兰三尺剑[⑤]，遗恨琵琶旧语[⑥]。谩[⑦]暗涩[⑧]、铜华[⑨]尘土。唤取谪仙平章[⑩]看，过苕溪、尚许垂纶[⑪]否？风浩荡，欲飞举。**

### 【注释】

①李伯纪：即南宋初抗金名将李纲，伯纪是他的字。当时，李纲在福州上疏反对朝廷议和卖国，张元干得知后，作此文以表明对议和的强烈不满以及对李纲的敬仰之情。②曳杖：拄着拐杖。③危楼：高楼。④骄虏：汉代称匈奴为“天之骄子”，这里借指骄横的金兵。⑤要斩楼兰三尺剑：用典，引用汉代傅介子的故事。楼兰是汉西域国之一，汉武帝时曾派使者通大宛，楼兰挡道，经常攻击汉朝使者。汉昭帝时派遣傅介子出使西域斩其王，以功封侯（事见《汉书·傅介子传》）。此处用楼兰来比喻金统治者，用傅介子来比喻李纲，表示坚定的抗金志向。⑥遗恨琵琶旧语：用典，用汉代王昭君出塞和亲的故事。相传王昭君善于弹琵琶，琵琶曲中的《昭君怨》是她所作。唐代大诗人杜甫《咏怀古迹》云：“千载琵琶作胡语，分明怨恨曲中论。”这里用来写宋向金统治者屈辱求和的遗恨，也可以说是抒写中原未能收复而抗金将领被弃置不用的遗恨。⑦谩：通“漫”，徒然。⑧暗涩：形容铜剑暗淡生锈。⑨铜华：同“铜花”。铜锈，铜绿。⑩平章：品评。⑪垂纶：即垂钓。

### 【鉴赏】

这首《贺新郎》是词人于宋高宗绍兴八年（1138）所作，是一首写给当时的爱国将领李纲的词，以支持他主战、反对朝廷一味求和的政治主张，对他被罢黜表示无比愤慨。全词气氛慷慨悲凉，风格沉郁，是一篇爱国题材诗词的佳作。

词作上阕从侧面写景，融情于景。开篇四句“曳杖危楼去。斗垂天、沧波万顷，月流烟渚”，写词人年事已高，拄着拐杖独自登上这高楼。举目远眺，北斗星挂在寥廓的天空中，江面宽广，波涛万顷，月光倾泻，可以望到烟雾迷蒙的水中的小块陆地。“扫尽浮云风不定，未放扁舟夜渡。宿雁落、寒芦深处”，写出了秋夜的冷落寂静，意境凄冷。江风极大，将天上浮云吹散，以至于渡口船只无法摆渡。南飞的大雁夜宿在芦苇深处。“怅望关河空吊影，正人间、鼻息鸣鼍鼓”，志感生忧。这里“怅望”二字，抒发词人的深切感受。怅望祖国山河，却只能独自哀伤，表现了词人怅惘的心情。深夜时分，人们鼾声如雷。这里借众人深夜酣睡来比喻当时的政治求和苟安，抒发了词人“众人皆醉我独醒”的感慨。结句“谁伴我，醉中舞？”这里借用晋代祖逖与刘琨夜半同起舞剑的故事，自问这世上还有谁能与“我”志同意合呢？语浅而情深。通过描写词人登高眺望江上的夜景，抒发词人孤单无侣、“众人皆醉我独醒”的感慨。

词作下阕着重抒情，抒发词人所感。“十年一梦扬州路”，化用杜牧《遣怀》中的“十年一觉扬州梦”，追溯十年前南宋高宗逃亡扬州等地而被金兵节节败退的事实。如今破壁残垣，忆起昔日的繁华，给人以物是人非的感觉，表现了对当今朝廷懦弱的愤懑以及主张坚决抵抗金人南下的决心。“倚高寒、愁生故国，气吞骄虏”，这里直抒胸臆。词人夜倚高楼，寒气逼人，远眺中原大地，山河破碎，满腔悲愁，壮心犹在，足以吞灭敌人。气氛悲壮凄凉，令人回味。“要斩楼兰三尺剑，遗恨琵琶旧语”，运用典故，借古喻今，抒发抗金的雄心壮志和报国无路的悲愤。词人借用汉代使臣傅介子提剑斩楼兰王和王昭君与匈奴和亲的典实，续申前志，对南宋朝廷屈辱妥协、摒弃良才的错误政策暗予以强烈的斥责。“谩暗涩、铜华尘土”，词人感叹如今的局势，朝廷一味求和，虽然有心杀敌，但也无能为力，如同宝剑上生了锈，被弃于尘土之中。“唤取谪仙平章看，过苕溪、尚许垂纶否？”深化了词的主题思想。这里用“谪仙”李白来比李纲。面对山河破碎、和议已成定局的形势，李纲能否就此隐退苕溪，垂钓自遣而不问国事呢？结尾“风浩荡，欲飞举”，指出要凭浩荡长风，飞上九天，比喻词人热切地希望李纲可以为抗金事业再作贡献。词风激昂慷慨豪迈，爱憎分明，感情真挚，字里行间充满着词人爱国激愤的豪壮轩昂之情，富有艺术感染力。

## 【贺新郎】

送胡邦衡谪新州

**梦绕神州[1]路。怅秋风、连营画角，故宫离黍。底事[2]昆仑倾砥柱，九地[3]黄流乱注。聚万落千村狐兔[4]。天意[5]从来高难问，况人情老易悲难诉。更南浦[6]，送君去。**

**凉生岸柳催残暑。耿斜河[7]，疏星淡月，断云微度。万里江山知何处？回首对床夜语。雁不到，书成谁与？目尽青天怀今古，肯儿曹恩怨相尔汝[8]。举大白[9]，听金缕。**

### 【注释】

①神州：中原大地，这里特指未收复的中原。②底事：何事。③九地：遍地。④狐兔：既实指人民流离失所，村落空墟，只剩野兽乱窜，又虚指每当国家不幸陷于敌手之时，必然“狐兔”横行。⑤天意：指皇帝的圣旨。⑥南浦：地名，古代表送别的典型地名。⑦斜河：银河斜转。表示夜已经深了。⑧肯儿曹恩怨相尔汝：化用韩愈《听颖师弹琴》：“昵昵儿女语，恩怨相尔汝。”词人不肯学小儿女的样，讲个人恩怨，而是为了关注国事，展望天下而胸怀古今。⑨大白：大酒杯。

### 【鉴赏】

张元干这首名词作于公元1142年，有深刻的政治背景。南宋枢密院编修官胡铨（字邦衡），被佞臣秦桧除名，遣送新州编管。词人张元干此时已到知天命之年，他支持胡铨，反对秦桧，为胡铨被“罪”而鸣不平，以此词相送。词中透露出词人的忧国愤时之情，平添了一层苍凉悲慨的况味。

全词以“梦绕神州路”开篇，气势抑塞而宏阔，形象生动地概括了北宋灭亡的历史事实。写词人不忘中原，对故国魂牵梦绕。“怅秋风、连营画角，故宫离黍”，承接上面“梦”字，极言北宋沦亡的黍离之悲。“怅”字点出国事不堪回首的深义，交代出送别胡铨和为他的遭贬表示惋惜。金秋时节，在萧萧的风声之中，一方面号角之声连绵不断，似乎武备军容，十分雄武，而一方面想起故都汴州，已是禾黍稀疏，一片荒凉。紧接着词人发出强烈的质问之声，“底事昆仑倾砥柱，九地黄流乱注。聚万落千村狐兔”，这里运用了三个比喻，以昆仑山天柱倒塌比喻北宋王朝沦落，以黄河洪水泛滥比喻金兵的猖狂进攻，以千万个村落满是狐兔比喻中原一片凄凉的情景。“天意从来高难问，况人情老易悲难诉。更南浦，送君去”，此四句开始大胆含蓄地提出了诘问。化用杜甫《暮春江陵送马大卿公恩命追赴阙下》中：“天意高难问，人情老易悲”的诗句，写皇帝的旨意是最难问的，年老人易悲伤是人之常情，而我的悲伤更是难以倾诉的。只能在南浦，送君离去。心中充满了郁闷和悲伤。这里有悲惋谴责之意，以满腔悲愤的议论，表现出对宋高宗昏庸，物是人非的朝风的不满，并且紧扣“送客”主题。

词作下阕开头“凉生岸柳催残暑”，埋情过渡，转入对送别地点周围的惨淡景象描写。初秋残暑，水畔饯别，征帆既去。但不忍离去，伫立在江边直到柳枝随风飘起，产生一丝凉气。“耿斜河，疏星淡月，断云微度”，描写夜景，同时通过这些意象的描写，也暗喻了当时政局的悲凉。天空白云飘动。疏星淡月，银河斜转，夜色已深。“万里江山知何处”写别后，不知胡铨贬到什么地方呢？同时词人还感慨时局，如果统治者继续这样的昏庸无能，卖国求荣，那江山社稷早晚会全部断送。“回首对床夜语”，写词人深夜孤独无依，对着床回忆以往之事。这里以旧事难忘，表现了词人送别的悲伤与无奈，也展现词人与胡铨之间深厚的友谊。“雁不到、书成谁与”，写宾鸿不至，书信将凭谁寄付？揭示出贬地南荒之远，今后相隔两地的伤感悲凉。“目尽青天怀今古，肯儿曹恩怨相尔汝”，悲从中来，纵使送别时有千言万语，但又怎肯像孩子们那样，把个人恩怨私情耿耿于怀呢？这里是送别中深情的话别与互勉，情感真挚，把抑塞昂奋的深情推向高潮。结尾“举大白，听金缕”，举起酒杯痛饮消愁，听唱一曲词吧！更加点出送别的悲凉，词情悲壮，余韵不尽。

## 【兰陵王】

**春恨**

**卷珠箔，朝雨轻阴乍阁[①]。阑干外，烟柳弄晴，芳草侵阶映红药。东风妒花恶，吹落，梢头嫩萼。屏山[②]掩、沉水[③]倦熏，中酒[④]心情怕杯勺。**

**寻思旧京洛[⑤]。正年少疏狂，歌笑迷著。障泥油壁催梳掠。曾驰道[⑥]同载，上林[⑦]携手，灯夜初过早共约，又争信飘泊?**

**寂寞，念行乐。甚粉淡衣襟，音断弦索，琼枝璧月[8]春如昨。怅别后华表[9]，那回双鹤。相思除是，向醉里、暂忘却。**

**【注释】**

①乍阁：初停。②屏山：屏风。③沉水：沉香。④中酒：醉酒，或酒后不醉不醒之态。⑤京洛：洛阳。东周、后汉两朝皆建都洛阳，故称京洛。这里借洛阳指汴京。⑥驰道：御道，即皇帝车行经过的道路。⑦上林：故址在陕西长安县西，是秦汉时的皇家花园。这里借指汴京的园林。⑧琼枝璧月：形容花好如玉，月圆如璧，比喻幸福美好的生活。⑨华表：设在陵墓或宫殿、城墙前的石柱。

**【鉴赏】**

这是一首抒发爱国情感题材的词作，结构严密，深婉流美，借“春恨”以抒发故国之思的深情。全词分为三片，从眼前伤春到追忆往昔，再转入现实相思，意脉贯通，婉转曲折，意蕴慰藉。

词作第一片首两句点出环境和天气，“卷珠箔，朝雨轻阴乍阁”，这里化用王维《书事》“轻阴阁小雨”，写春日清晨，词人登楼卷起珠帘，窗外春雨初停，阳光和煦。“阑干外，烟柳弄晴，芳草侵阶映红药”，这里写的就是从楼上眺望到的种种景象，呈现出一派春日生机勃勃的气势。柳条如烟，飞絮弄晴，阶下绿油油的青草，映衬着芍药，清新自然，平和温馨。“东风妒花恶，吹落，梢头嫩萼”，这里词人笔锋一转，如此温馨的景致，惹来东风的嫉妒，把刚长出来的花吹落了。词人这里运用拟人化的手法，生动形象，烘托出一种凄凉及伤春的氛围。“屏山掩、沉水倦熏，中酒心情怕杯勺”，写用屏风掩住，室内香炉已经熄灭，但又懒得去重新点沉香，饮酒也害怕喝醉。可见词人此时的心情极其复杂，这里是写由前面的景物引发了词人的伤春情怀。

第二片追忆往昔。这以“寻思旧京洛”引出，点出词人回忆以前在汴京时游乐的情景。一个“旧”字，写出已经是物是人非，一种苍凉的意味包含在其中。然后写回忆游乐的具体内容。“正年少疏狂，歌笑迷著。障泥油壁催梳掠”，写当时年少轻狂，放荡不羁，歌笑若狂，外出的车马已准备好，只是催促着游者快点梳妆。这是当年在汴京出游的状况。“曾驰道同载，上林携手，灯夜初过早共约，又争信漂泊？”前三句以欢愉的情调写回忆曾经在御道上驰骋，在上林携手游玩。刚刚收完灯，就相约去春游，这些年少的游乐往事是多么的快乐美好。而如今汴京已经沦陷于金人之手，而自己过着颠沛流离、漂泊无定的生活，表达了词人凄楚的心境以及故国之思。通过强烈的前后对比与落差，写出物是人非，包含了词人多少感慨在里面啊！

第三片“寂寞，念行乐”，可以看出词人此时百无聊赖，孤寂之余又陷入对以往欢乐时光的回忆。“甚粉淡衣襟，音断弦索，琼枝璧月春如昨”，这三句的意思是她已经换下艳丽的服装，不再弹琴歌唱，摆脱了歌女的身份，美貌仍旧。“怅别后华表，那回双鹤”二句，写别后的故国之思，这里运用典故，抒发了沧桑之变、好景不长之感慨以及词人悲凉、凄楚的心境。“相思除是，向醉里、暂忘却”，这种相思之情实在是刻骨铭心，难以忘怀，词人希望可以一醉方休，暂时地可以忘记忧愁，暗含眷恋故国的痛楚。别恨无限，情致委婉，感人肺腑。

## 【菩萨蛮】

**三月晦，送春有集，坐中偶书。**

**春来春去催人老，老夫争肯输年少。醉后少年狂，白髭①殊未妨。**

**插花还起舞，管领风光②处。把酒共留春，莫③教花笑人。**

**【注释】**

①白髭：斑白的胡须。②风光：风采、风骚。③莫：不要。

**【鉴赏】**

这首词是词人晚年时的作品。它清丽俊逸，神韵高妙，不同于唐宋时期的那些送春感怀为题材的词作。这首词的情调旷达洒脱，豪迈悲壮，刻画了词人豪气英发，乐观旷达的形象，不拘一格，意蕴丰富。

词作上阕开篇紧扣送春留春的主旨，直抒情怀。首两句“春来春去催人老，老夫争肯输年少”，写春来春去，时光匆匆易逝，好像是在催人老去。语气中多少有些叹息和无奈。紧接着词人又说即便是老了，但豪气不减，依旧是英气勃发，胸怀壮志，绝不肯输给年轻人。“醉后少年狂，白髭殊未妨”，借用苏轼《江城子》词“老夫聊发少年狂”的意趣。写词人醉后更加豪情昂扬，白发斑斑也没关系。生动形象，情调高昂，写出了词人不服输的自在洒脱的胸怀。

词作下阕承接上阕，继续写词人的乐观与狂气。由于词人有一种不服老的精神，所以才能生发出插花起舞、把酒留春的势态，一气呵成。“插花还起舞，管领风光处”，写词人的旷达乐观与豪情满怀。他虽然两鬓斑白，但是还像年轻人那样把花插在头上，快乐地跳舞。“管领风光处”，则是化用白居易《早春晚归》“金谷风光依旧在，无人管领石家春”的诗意。这样的豪情让他独领风骚，不输给年轻人，是词人洒脱胸襟的自然流露。“把酒共留春，莫教花笑人”，这里巧妙运用了拟人的修辞手法，写尽管春来又春去的催人老去。但词人却对此毫不介意，他要把春留住，留住自己不输于年轻人的豪气，以免被花儿耻笑。这里运用流畅、生动、活泼的语言，形象地刻画词人豪情满怀、不服老的旷达乐观的性格。

全词构思巧妙，结构严谨，语言朴质自然，明白晓畅，自抒情怀，不落窠臼，感情流露自然，韵味悠远。

# 葛立方

**【作者简介】**

葛立方（约1092—1164），字常之，江阴（今属江苏）人，随父徙居吴兴。绍兴八年（1138）进士。历任左奉议郎、太常博士，除秘书省正字，迁校书郎，为考功员外郎兼中书舍人。累官至吏部员外郎、左司郎中、权吏部侍郎，出知袁州。隆兴元年（1163），命知宣州。隆兴二年卒。《宋史》附《葛宫传》。事迹另见于《建炎以来系年要录》。清人缪荃孙撰有《葛立方传》刊于《归愚集》卷末。著有《韵语阳秋》二十卷、《归愚集》十卷。汲古阁《宋六十名家词》有《归愚词》一卷。

## 【卜算子】

赏荷以莲叶劝酒作

**袅袅[①]水芝[②]红，脉脉蒹葭[③]浦。淅淅西风淡淡烟，几点疏疏雨。**

**草草展杯觞，对此盈盈女。叶叶红衣[④]当酒船，细细流霞举。**

**【注释】**

①袅袅：亭亭玉立，摇曳多姿的样子。②水芝：荷花。③蒹葭：芦苇类植物，《诗经》："蒹葭苍苍，白露为霜"。④红衣：即荷花。

**【鉴赏】**

这是一幅写景图，描写了夏日雨后荷叶田田，荷花朵朵的美景。如同一幅清新淡雅的水墨画，其中蕴含了对美好事物的热爱与赞美之情。

上阕描写雨中的荷花。开头首句"袅袅水芝红"色彩鲜明、画面热烈，红艳艳的荷花在水中亭亭玉立，摇曳多姿，让人看了忍不住心驰神往。绿色的水草在风中摇摆，仿佛是绿色的涛浪在翻动，红色的荷花扭动着细腰，婀娜多姿。红绿两种色彩夹杂在一起，鲜明而富有生气。词人整体的视线是由近及远、由低及高，由眼前的荷花蒹葭转向远处，转向高空。清爽的西风轻轻吹掠，仿佛有淡淡的烟雾笼罩着荷花，荷叶上滚动着晶莹的水珠。整个画面唯美至极，一幅美丽清新的烟幕笼罩荷花图展现在我们面前。

下阕继续描写荷花的婀娜多姿，情景交融，词人的感情都在景中的描写中表现出来。雨后天晴后的荷花，“草草展杯觞，对此盈盈女”，此时词人应该是在一条小舟上，简单地摆上饮酒的杯盏，对着这美丽动人的荷花邀朋友共饮，大概是如此良辰美景勾起了饮酒的豪兴。最后“叶叶红衣当酒船，细细流霞举”，词人又将笔触转入描写雨后天晴的荷花，田田的荷叶，绽放的红艳艳的荷花正挡着酒船。荷花因此而富有蓬勃的生动感、优雅的美感、独特的视觉感。因为是雨过天晴，荷叶上必然会遗留着露珠，阳光洒在荷叶上，透过露珠，仿佛是傍晚的流动红霞般在眼前绚丽多姿地纷纷展开。这样的一幅雨后荷花的美景是会让人纵情其中，心情愉悦的。古人喜登高望远，纵情山水美景，这是陶冶性情、感悟自然之美的绝佳方法。

# 王之道

**【作者介绍】**

王之道（1093—1169），字彦猷，濡须（今安徽合肥）人。宣和进士。靖康初，摄历阳令。建炎间，金兵陷无为军，率乡人据险共保，扰击金兵。绍兴二年（1132），进承奉郎，镇抚司参谋官。六年，知开州。八年，通判滁州。以反对和议，忤秦桧，坐废二十年，卜居相山之下，自号相山居士。二十三年，起通判安丰军。绍兴末，官至湖南转运判官，以朝奉大夫致仕。《宋史》有传。著有《相山集》三十卷、《相山居士词》一卷。

## 【如梦令】

**一饷[1]凝情无语，手撚[2]梅花何处。倚竹不胜愁，暗想江头归路。东去，东去，短艇[3]淡烟疏雨。**

**【注释】**

①一饷：短时间，一会儿。②撚：攀折。③短艇：小船。

**【鉴赏】**

这首词短小精悍，描写了女子盼望心爱的人从远方归来的殷切情怀，人物内心活动刻画细致入微。张炎在《词源》卷下给予了这首词很高的评价，“词人难于令曲，如诗之难于绝句，不过十数句，一句一字闲不得。末句最当留意，有有余不尽之意始佳”，用词讲究，构思巧妙，耐人寻味。

首句“一饷凝情无语”，写女子触景生情，惆怅不已，很长时间默默无言，看来她已经陷入了对心上人思念的深深愁绪之中。次句“手撚梅花何处”，写女子攀折了梅花，却不知道梅花寄往何处。由此我们可以推测，女子看到这梅花，定是想起了远在他乡的心上人，想寄一枝梅花给他，以表达自己的思念之情。可是心上人居无定所，四处漂泊，有欲寄无由寄。于是触景生情，引发了女子的担忧与思念。“倚竹不胜愁，暗想江头归路”，女子承受不住这思念的煎熬，倚靠在竹子上，想到心上人离开很久了，应该要回来了吧。这里表现出女子对心上人的痴情以及她的思念之重，已经让她不堪承受了。“东去，东去，短艇淡烟疏雨”，写的是心上人离开时的情景。他就乘着一叶行舟在烟淡雨疏的江头离她东去，景象凄迷悲凉。这里措辞婉转，表现出女子对心上人浓浓的相思之情，以及期盼心上人归来的悲凉的心境，言有尽而意无穷，饶有韵味。

# 董颖

**【作者简介】**

董颖，生卒年不详；字仲达，号霜杰，德兴（今属江西）人。宣和进士，官至学正。绍兴初，与汪藻、徐俯游。《直斋书录解题》著录其《霜杰集》三十卷，汪藻为序。《乐府雅词》卷上所载其《薄媚》西子词大曲十首。为研究宋大曲体制之重要资料。

## 【薄媚】

**西子词**

**自笑①平生，英气凌云，凛然万里宣威。那知此际，熊虎途穷②，来伴麋鹿卑栖！既甘臣妾，犹不许，何为计。争若都燔③宝器。尽诛吾妻子。径将死战决雄雌。天意恐怜之。**

**偶闻太宰，正擅权④，贪赂市恩私。因将宝玩献诚，虽脱霜戈⑤，石室囚系。忧嗟又经时。恨不如巢燕自由归。残月朦胧，寒雨萧萧，有血都成泪。备尝险厄返邦畿⑥。冤愤刻肝脾。**

**【注释】**

①自笑：乃是自叹，暗含无奈自嘲之意。②熊虎途穷：英雄穷途末路，仍如熊虎、其威不减。③燔：焚烧，表现出勾践悲愤决绝的心情。④擅权：专权，把持朝政、作威作福。⑤霜戈：戈，一种兵器；这里指惨烈的战争。⑥邦畿：国都周围的广大地方，即指国都。

**【鉴赏】**

《薄媚》隶属于大曲，所谓“大曲”，就是指唐宋时的大型歌舞曲，由同一宫调的若干支曲子组成。词牌名是《西子词》，古时专为表现我国春秋晚期越王勾践利用美人西施复仇灭吴的历史故事。

公元前496年，吴王阖闾出兵与越争霸，越王勾践大败吴师于槜李（今浙江嘉兴南），射杀阖庐。其子夫差继位后于公元前494年出兵复仇，勾践大败，栖于会稽山上，大夫文仲向吴求和，吴王不许。“勾践欲杀妻子，燔宝器，触战以死”，被文仲劝止，并接受了文仲的建议，以美女宝器，买通了吴国擅权贪赂的太宰嚭，求和成功。于是勾践入事吴王，为夫差“驾车养马”，在吴三年，至公元前490年获释回国。

《排遍第九》是《西子词》中的一支曲子，这首词反映了上述历史内容，深刻地表现了勾践在穷途末路时的痛苦与挣扎以及暗叹时运不济的愤慨感情。

这首词写历史故事，实是讽喻作者所处的南宋时代，金兵南下，国土沦丧，人民饱受摧残。词人还原一个真实的历史故事，无疑是借古讽今，将矛头直指南宋最高统治者。同苟且偷生、置国家利益不顾的南宋统治者相比，勾践鲜明的英雄式人物形象在词人笔下活灵活现。这首词采用古今对比、借景抒情的手法，表达词人强烈的爱国主义感情以及无奈的悲愤之态。

词的上阕，词人首句用“自笑”一词，通过词中主人公的自叹生平与现实形成了强烈的反差，回想曾经的凌云壮志，万丈豪情。联想到现实政治，于是一种悲愤、失落之情油然而生。紧接着写主人公穷途末路，也依然有着如虎如熊的气势。接着又写出了当时形势的残酷性，“径将死战决雄雌”，这种视死如归，破釜沉舟的卓然气势便跃然纸上。

词的下阕，写的是勾践为复国而忍辱负重，饱受煎熬与痛苦，恨不得能像燕子一样自由地飞翔，飞回到故国去。“残月朦胧，寒雨萧萧”，“月”是“残月”，而且“朦胧”；“雨”是“寒雨”，而且“萧萧”。景物之中寓有山河破碎、家国风雨飘摇之意，以悲景渲染一种苍凉的氛围。这里的写景是为词人抒情奠定感情基调，抒发了词人面对朝廷腐朽、国土沦陷的事实，却有志难展、报国无门，血成泪、愤刻肝脾的悲愤之情。

全词取材别致，写得慷慨激昂、惊心动魄，确为别具一格之作。

# 吕渭老

【作者介绍】

吕渭老，一作滨老，字圣求，嘉兴（今属浙江）人。生平未详。嘉定五年（1212），赵师岌序其词云："宣和末，有吕圣求者，以诗名，讽咏中率寓爱君忧国意。""圣求居嘉兴，名滨老，尝位周行，归老于家。"宣和、靖康间朝士，南渡初犹在世。有《圣求词》一卷。

## 【薄幸】

**青楼春晚[①]。昼寂寂、梳匀又懒。乍听得、鸦啼莺弄，惹起新愁无限。记年时[②]、偷掷春心[③]，花间隔雾遥相见。便角枕[④]题诗，宝钗[⑤]贯[⑥]酒，共醉青苔深院。**

**怎忘得、回廊下，携手处、花明月满。如今但暮雨，蜂愁蝶恨，小窗闲对芭蕉展。却谁拘管？尽无言、闲品秦筝，泪满参差[⑦]雁。腰支渐小，心与杨花共远。**

【注释】

①春晚：指春天美好的春光即将逝尽。②年时：那年。③春心：少女怀春的心情。④角枕：即枲枕，以角饰枕，取其华美。⑤宝钗：首饰，是妇女插在发髻上而嵌有金玉珠宝分成两股的笄。⑥贳：同赊。⑦参差雁：为古代乐器名，洞箫（一说为笙）。该乐器的形状像凤翼参差不齐。

【鉴赏】

这是一首怀念情人，抒发怨思的词篇。词中描述了一个"偷掷春心"的少女对远在他乡的恋人的怀念与忧思。全词语言自然清新，深婉幽忽，结构严谨，脉络清晰，笔触刻画细腻，耐人寻味。

词作上阕写暮春时节，一个深居闺阁的年轻女子，愁绪满怀，回忆当年与情人相聚花前月下浓情蜜意的情形。首句“青楼春晚”，点明了时节和地点。“春晚”指暮春时节，这是一个特别令人容易伤感和扣人心弦的时节。地点在“青楼”，女子的深闺居处。“昼寂寂、梳匀又懒”，写女子的心理感受与情态。“昼寂寂”写白天女子的寂静感受。此处承接上句“春晚”，因为相思，所以感觉白天也是寂静的，懒得再梳妆打扮了。表现出女子百无聊赖、寂寞孤独的心境。“乍听得，鸦啼莺弄，惹起新愁无限”，偏偏在此时，听到鸟儿欢快地歌唱，以致惹起她无限愁苦之情。这里是运用反跌之笔，更为深刻地写出了这位少女心灵深处的“愁”。“记年时、偷掷春心，花间隔雾遥相见”，这里是回忆两人初次见面的情景。写记得去年这个时节，一个女子把自己的爱情偷偷地给了一个英俊的男子。他们在一片烟雾缭绕的花丛中，含情脉脉地相互遥望。“便角枕题诗，宝钗贯酒，共醉青苔深院”，写两人一见钟情，走到一起，两情依依。男子在角饰的睡枕旁向女子赋诗传情，女子则用宝钗换来美酒与情人共饮，一同醉倒在布满青苔的深宅大院。这里写出了两人的恩爱情深，温馨浪漫、极富情致。

词作下阕着重写女子的相思之情。“怎忘得、回廊下，携手处、花明月满”，忘不了两人在回廊携手，花好月圆幸福美满的时刻。接着词人笔锋一转，“如今但暮雨，蜂愁蝶恨，小窗闲对芭蕉展。”昔日两情相悦的情景，还历历在目。在这暮雨天气，女子独自靠小窗坐着面对已经展开的芭蕉叶。连那蜜蜂、蝴蝶好像都在怨恨，凄楚动人。“却谁拘管？尽无言、闲品秦筝，泪满参差雁”，表现少女愁极而悲、悲极转忧恨的复杂情态。这样的愁苦是别人无法理解的。本打算弹奏秦筝，以排遣愁苦，可是筝没弹成，眼泪却洒满筝面，写尽女子的相思之苦。“腰支渐小，心与杨花共远”，女子的忧思浓烈，形体也渐渐消瘦，思念就像杨花，随风飞到了远方。这里借杨花飘逝写少女愁绪的悠远、渺茫，心犹杨花，情深而句秀，言有尽而意无穷。

## 【小重山】

七夕病中

**半夜灯残鼠上檠[1]。上窗风动竹，月微明。梦魂偏记[2]水西亭[3]。琅玕[4]碧，花影弄蜻蜓。**

**千里暮云平。南楼[5]催上烛，晚来晴。酒阑人散斗西倾[6]。**

**天如水，团扇扑流萤[7]。**

【注释】

①鼠上檠：老鼠上架偷吃灯油；檠，灯柄。②记：陈廷焯《词则》作“寄”。“记”与“寄”在此处含义相近。③水西亭：地名，具体不知何处。④琅玕：竹。⑤南楼：引用庾亮的典故，这里指词人与朋友七夕欢会之处。⑥斗西倾：北斗星斗柄西移。⑦萤：萤火虫。

【鉴赏】

这首词是词人病中所作，通过对梦境中夏夜景色的描绘，寄寓了对故国的思念之情。词作除上阕前三句写病中情况，是写实外，剩余则全写梦中所见。

词作上阕首句“半夜灯残鼠上檠”，深更半夜，灯里的油渐残，灯光暗淡。这时候，一只老鼠悄悄地爬上了灯架，想偷吃剩余的香油。这里通过写老鼠肆无忌惮地偷油吃，可以看出夜晚的寂静环境和词人孤独寂寞的心境。“上窗风动竹，月微明”，这里写词人在病榻上透过窗子看到室外朦胧模糊的景色。风动竹摇，月亮微明。在寂静的夜晚，病中的词人看到这样的景象，不禁有几分惆怅之感。“梦魂偏记水西亭”，词人迷迷糊糊睡着后，梦回水西亭。写出词人病中处于昏暗、寂静环境中的恍惚情态。从此句开始，以下都在写词人梦境中的景物。“琅玕碧，花影弄蜻蜓”，这里写景。梦中的水西亭畔，竹子十分青翠，几只蜻蜓在花丛中追逐嬉戏。通过翠竹、花丛、蜻蜓交织在一起，展现词人在梦中回忆到的美好景色。这与现实中卧病在床的现实环境形成鲜明的对比，表现出词人孤独寂寞的心境。

词作下阕回忆当年的欢乐场景，与上阕的寂静氛围形成对照。首句“千里暮云平”，写无边的暮云平平地展开，境界开阔。“南楼催上烛，晚来晴”，以往七夕节的时候，词人与朋友们会在南楼欢聚。这里天色渐渐暗淡下来，南楼上的人催促着快点点上灯烛，天空变得晴朗起来。“酒阑人散斗西倾”，写词人与朋友们聚会畅饮，直到北斗星斗柄西斜下去。结句“天如水，团扇扑流萤”，此时天空晴朗得像一泓碧水，澄沏明净。词人余兴未尽，心情愉悦舒畅，拿着一把团扇追扑起飞来飞去的萤火虫。这里表现出晴朗畅朗的情趣，语言洗练，景致动人。这里通过对欢乐生活的回忆，写出词人对流亡江南后孤寂生活的无限忧愁。

## 【好事近】

**飞雪过江来，船在赤栏桥[1]侧。惹[2]报布帆[3]无恙[4]，著两行亲札。**

**从今日日在南楼[5]，鬓自此时白。一咏一觞[6]谁[7]共，负平生书册。**

【注释】

①赤栏桥：有红色栏杆的桥。②惹：同"偌"，如此、这样。③布帆：用布制成的船帆。④无恙：无忧无疾，这里指旅途平安，没出事故。⑤南楼：本系庾亮故事，泛指好友欢聚之处，这里特指词人在南方的住处。⑥一咏一觞：指赋诗饮酒。⑦谁：指志同道合的朋友。

【鉴赏】

这首词是吕渭老南渡平安抵达后，写给友人报平安的。全词短小精悍，共四十五个字，把词人流亡到江南的悲凉忧愁的情怀，生动地表现了出来。笔调沉稳抑郁，感情真挚，内涵丰富，语言质朴，真切动人。

词作上阕写词人安全渡过长江后，立即写信给友人报告自己安然无恙、平安抵达的消息。首两句"飞雪过江来，船在赤栏桥侧"，这里写景写实，点明渡江时的季节、气候和到达地点。雪花飞扬，寒风呼啸，正值寒冬季节。而此时冒雪渡江，可见当时情况比较紧急，反映了靖康之乱后动荡混乱的局面。渡船由江北而来，停靠在赤色栏杆桥的侧畔。通过景色描写，字里行间透露出一股悲凉凄苦。"惹报布帆无恙，著两行亲札"，写船刚刚靠岸，词人害怕亲朋好友担心，匆匆取来纸和笔，马上就给亲友们写了封短信札，告诉他们自己已经平安渡过长江，抵达目的地。整个上阕极其简短，精炼概括，语言通俗平易，笔调朴实，感情深沉真诚。

词作下阕语气沉重，抒发词人南渡之后的无奈、懊悔、愁苦的情怀。"从今日日在南楼，鬓自此时白"，写从今以后就要在这里长住了，头发一日之间白了许多。"从今"二字，带有决绝、失落的意味，故国已沦陷，不知归期，这里面包含了词人多少的无奈与辛酸。词人由于极度的忧思，才使得白了鬓发。结句写"一咏一觞谁共，负平生书册"，说自己来到江南，与友人天各一方。而目前战乱频繁，障碍重重，生死茫茫，何日能重相聚赋诗饮酒，互诉衷肠呢？国家危亡之际，自己无能为力，辜负自己读了一辈子书，却无法实现为国建功立业的抱负。表现了词人孤独凄凉的心境，同时也有一种无奈、悲懑和懊恼蕴含其中。

## 【选冠子】

**雨湿花房[①]，风斜燕子，池阁[②]昼长[③]春晚。檀盘战象，室局铺棋，筹画未分还懒。谁念少年，齿怯梅酸，病疏霞盏[④]。正青钱[⑤]遮路，绿丝明水，倦寻歌扇[⑥]。**

**空记得、小阁题名，红笺[⑦]青制[⑧]，灯火夜深裁剪[⑨]。明眸似水，妙语如弦，不觉晓霜鸡唤。闻道近来，筝谱慵看，金铺长掩。瘦一枝梅影，回首江南路远。**

**【注释】**

①花房：花冠、花瓣的总称。②池阁：池畔的楼阁。③昼长：白天长，是晚春的自然现象。④霞盏：霞杯、酒杯，这里代指美酒。⑤青钱：指榆钱或荷叶。⑥歌扇：歌舞时所用之扇。这里用“扇”指代歌舞。⑦红笺：一种精美的小幅红纸，这里指用来题诗词的纸。⑧青制：用墨笔书写。⑨裁剪：这里指对诗文的润饰加工，使其达到更好的效果。

**【鉴赏】**

这是一首怀念恋人，寄托着无限相思的词篇。描写得婉媚深窈，极富情致，尤其对女主人公的倦怠、懒散以及由相思引发的种种心理和情态的刻画，极其深细真切，细腻感人。

词作上阕通过环境的描写，表现出男子心烦意乱、无限忧思的情怀。开篇首三句“雨湿花房，风斜燕子，池阁昼长春晚”，暮暮傍晚，细雨淋湿了簇簇盛开的花朵，几只燕子在微风中飞旋，男主人公呆坐在池畔阁楼中度过这漫漫的白昼。现在天色仍未晚，表现出他百无聊赖、寂寞孤独的心情。“檀盘战象，室局铺棋，筹画未分还懒”，写男主人公与人对弈下棋，摆开檀木棋盘，布好棋局，可是在尚未分胜负之时，自己就懒得再下了。说明了此时男主人公对胜负心不在焉，不感兴趣，纯粹是为了消磨时光排遣烦闷，以度过漫长的晚春白昼。“谁念少年，齿怯梅酸，病疏霞盏”，有谁来挂念他呢？案几上的酸梅，但男子却怯于品尝带酸味的新鲜青梅。他病愁倦怠，对美酒也不留恋。下棋、饮酒都未能排遣心中的烦闷与忧愁，他对什么都不感兴趣，表现了他倦怠懒散心情。

词作下阕具体描述词人倦怠的原因。开头写回忆，“空记得、小阁题名，红笺青制，灯火夜深裁剪”，如今只记得，在阁楼之上，他与心上人用粉红色的纸笺题记姓名，并在灯光下共同对诗润饰加工直到深夜。“空记得”三字写出男子无限的惆怅与眷恋的情思。“明眸似水，妙语如弦，不觉晓霜鸡唤”，描写心上人的形象，点出她的美丽与智慧。她的眼睛似秋水般明净，声音如角琴弦一样动听。与心上人在一起，时间不知不觉中度过，感慨良宵苦短。“闻道近来，筝谱慵看，金铺长掩”，写心上人的近况，她也正为相思所苦，连筝谱也懒得翻，不弹奏乐器，闭门不出。结尾两句“瘦一枝梅影，回首江南路远”，这里以梅为喻。眼前一枝消瘦的梅花，好像心上人的身影。此去江南路途遥远，前途未知，相见之日更是遥遥无期，其情可悯啊！表现了词人对心上人的至深相思，以及对家国命运的无限担忧。

# 朱翌

**【作者简介】**

朱翌（1097—1167），字新仲，号灊山居士，又号省事老人。舒州（今安徽潜山）人。事迹散见于《建炎以来系年要录》、《宝庆四明志》卷八、《延祐四明志》卷四。《宋史翼》有传。有《猗觉寮杂记》二卷。又《灊山集》四十四卷，周必大为作序。《彊村丛书》辑有《灊山诗馀》一卷。

## 【点绛唇】

**流水泠泠[①]，断桥横路梅枝桠。雪花飞下，浑[②]似江南画。**
**白璧青钱，欲买春无价。归来也，风吹平野，一点香随马。**

**【注释】**

①泠泠：清冷的样子，这里形容流水声清越动听。②浑：简直。杜甫《春望》诗："白头搔更短，浑欲不胜簪。"

**【鉴赏】**

这是一首韵味悠扬的咏梅词，采用借物写物的手法，用灵动的飞雪写静止的梅花，立意独特、笔触生动。这首词分为上下两阕，上阕主要是写景，描绘了一幅清新淡雅、精致优美的梅花图。下阕主要是抒情，抒发对梅花的高洁情操的赞美之情。

词的上阕，立意高远，以别具一格的手法将梅花的形象描绘得与众不同。词的首句"流水泠泠"，以动写静，先声夺人。流水清脆动听的声音，将人的注意力吸引到断桥边，一幅纵横交错、繁华盛开的梅树图便形象地展现出来。即使在雪花纷纷时节，梅花的美好姿态仍是不减分毫，相反还有种蓬勃的春意。在一般的咏梅词或是咏梅诗中，吟咏的对象是"零落成泥碾作尘，只有香如故"（陆游《卜算子·咏梅》）的残梅，给人一种冷落凄清的感觉。但是这首词很有特色，梅花好似拥有春意盎然的江南风景般的灵动风姿。

词的下阕主要是抒情，刻画出梅花的高洁形象。美玉金钱，万贯家财，都买不到美好的春天，因为春天的一切都是无价的。词人以江南的春天比拟断桥冬天的梅花，可见梅花在作者的心中亦是无价。究竟是景无价，还是情无价，词人没有明说，而是将此融入全词中，这便是词人的高明之处。一般花香是人的感觉器官的体验，但是在此处，词人以一种动态的手法写出梅花的芳香。风吹花动，暗香随马，梅花的芬芳郁人的香气便灵动起来。宋代皇家画院考试画士时，曾经出过一个题目，叫作“踏花归去马蹄香”，这首词便是对这个题目的最好诠释。当初有高明的画家展现出这样一幅画面：春末，翠意丛生，草场染碧，人们踏青归去。奔驰在原野中的骏马，有着三五成群的蜜蜂、蝴蝶在围着它的马蹄嬉戏；蜜蜂、蝴蝶皆为之吸引，可见香气的袭人。

# 杨无咎

【作者简介】

杨无咎（1097—1171），字补之，号逃禅老人、清夷长者，清江（今属江西）人。高宗时，因不愿依附奸臣秦桧，累征不起，隐居而终。善画梅，负盛名。亦能词，多写男女之情，文辞华美，描写细腻。有《逃禅词》。无咎平生耿介，不慕荣利，秦桧当权时，耻于附势，屡征不起。其文学造诣也很高，著有《逃禅祠》一卷，颇有盛名，但被其画家名气所掩盖。游骋翰墨，堪称一绝。

## 【柳梢青】

**茅舍疏篱。半飘残雪，斜卧低枝。可更相①宜，烟笼修竹，月在寒溪。**

**宁宁②伫立移时③。判瘦损④，无妨为伊。谁赋才情，画成幽思，写入新诗。**

【注释】

①相：仔细看，审查。②宁宁：神情专注的样子。③移时：时光转移，这里指时间长久。④瘦损：瘦弱憔悴。

【鉴赏】

这是一首咏梅词，词人将梅花写得高雅脱俗、清丽明媚，借以抒发自己高尚的情怀，表现词人不与世俗同流合污的高傲形象。本词分为上下两阕，上阕以淡雅的素描笔法，将梅花的高洁形象表现得淋漓尽致；下阕词人融入梅花的世界中，人景合一、景情交融，表现词人以梅自居、卓绝孤傲的生动形象。

上阕首句“茅舍疏篱”点明了梅花的成长环境，它长在茅舍篱笆边，充满了文人式归隐的田园气息。梅花生长在这样清幽雅致的环境中，本身就带着与世俗格格不入的脱俗气质。“半飘残雪，斜卧低枝。”接着词人用一种淡雅的笔调将梅花的姿态描绘得栩栩如生，梅花胜过白雪，傲然枝前，大有卢梅坡“梅须胜雪三分白”的悠扬韵味。“烟笼修竹，月在寒溪”这句与千古名句“烟笼寒水月笼沙”，有着异曲同工之妙。正如历史上的隐居之士所居住的地方，总是与梅、竹、兰等高雅之物相伴相依。词人的周围不仅是傲雪寒梅相生，还有修竹翠意环绕，寒月笼纱，如梦如幻，好似人间仙境。

下阕词人将自己融入此番良辰美景之中，加入了词人强烈的主观色彩。一个神情专注的男子独立梅前，纹丝不动，人花合一。“瘦损”道出词人为观察梅花而倾心付出，表现了词人对梅花的深切喜爱之情。为花消得人憔悴，古往今来，大概也就他与李清照二人吧！“谁赋才情，画成幽思，写入新诗。”看花这种外在的精神享受还不够，还要将梅花留作心中永恒的纪念。为梅深情写赋，用画笔铭刻情思，将它写入诗中。词人对梅花的热爱似乎进入癫狂状态，实在让人敬仰。其实词人不仅是将梅花画入画中，写入新诗，更是他不愿随波逐流、不与世俗同流合污的高远操守的坚定誓词。

词人不仅是写梅的高手，其所画之梅，历代就有文人作诗咏赞：“天与才情个样清，前身端是老梅精。妙词难作人间唱，梦断罗浮翠羽声。”（吴澄《题逃禅翁画梅词后二首》）因宋徽宗赐姓，其礼堂匾额为《杨氏宗祠》。

## 【生查子】

**秋来愁更深，黛拂双蛾①浅。翠袖怯春寒，修竹萧萧②晚。**

**此意有谁知？恨与孤鸿③远。小立背西风，又是重门掩。**

**【注释】**

①双蛾：指女子的眉毛。②萧萧：风声，这里渲染一种寂寞凄凉的氛围。③孤鸿：落单孤独的大雁。

**【鉴赏】**

这首词表现了“闺怨”的主题。写的是闺中的少妇由于思念心上人，思人不归，产生了爱恨交织的复杂情绪。这首词分为上下两阕，上阕主要是写景，写的是清冷凄清的秋景，下阕主要是抒情，抒发了凄楚悲凉的心境。

上阕首句“秋来愁更深”，“愁”字，奠定了全词的感情基调，渲染一种黯然凄怆的氛围。开篇即点明词中的女主人公相思的时节是深秋。秋天的悲戚氛围增加了女主人公凄凉的心境，人景交融，让相思染上一种更加主观的悲伤色彩。宋代文人特有的传统就是悲秋，在这样的背景中，秋天给人的感觉就是一幅萧瑟凋敝的景象。文人拥有的敏感情绪就在这里释放，以至于词的上阕就是挥之不去的愁意。紧接着化用了杜甫《佳人》中的诗句："天寒翠袖薄，日暮倚修竹。"女主人公站在萧瑟的秋风中，翠袖衣薄，修竹飘摇，心中的惆怅未减分毫，甚至是愁上加愁。

下阕"此意有谁知"一个问句道出了女主人公心中的所思所想，即使在这样清冷的时刻，她孤身一人，没有人会知道她日益蔓延的寂寞心境。这种寂寞在心上人的不归中演变成一种无法排遣的愁绪。闺中少妇的心上人在遥远的地方，因此思念强烈。女主人公由思念转入到怨恨，正所谓爱得越深，恨得越深。因此，"恨与孤鸿远"女主人公的恨意也就如同离群的孤雁一样十分孤独，但她依然希望鸿雁能捎上自己的怨与恨给远在天涯的心上人。末两句则是写女主人公在萧瑟的秋风中独自伫立，目送孤鸿消失，回到闺中，掩上门扉，又是孤寂与凄凉伴随着自己，闺中女子的心酸都在词句中表现出来。

# 曹冠

**【作者简介】**

曹冠，生卒年不详。字宗臣，号双溪居士，东阳（今属浙江）人。绍兴二十四年（1154）进士。二十五年，为平江府府学教授。孝宗时，复登乾道五年（1169）进士。绍熙初，知郴州，转朝奉大夫赐金紫致仕，年八十卒。有《双溪集》二十卷，《景物类要诗》十卷，词有《燕喜词》一卷。

## 【凤栖梧】

**兰溪**

**桂棹[①]悠悠分浪稳，烟幕层峦，绿水连天远。赢得锦囊诗句[②]满，兴来豪饮挥金碗。**

**飞絮撩人花照眼，天阔风微，燕外晴丝[③]卷。翠竹谁家门可款[④]？舣[⑤]舟闲上斜阳岸。**

**【注释】**

①桂棹：用桂树制成的船桨。②锦囊诗句：指文采卓绝的好诗句，用的是李贺的故事，诗人李贺出游时，常将一个锦囊带在身边，一旦想到好诗句就将其写下来投入囊中。③晴丝：晴朗天空中的云丝。④可款：生长。⑤舣：使船靠岸，指将船划回岸边。

**【鉴赏】**

这首词主要是写泛舟的所见和感受，展现出一幅唯美的湖上泛舟图。

这首词分为上下两阕，上阕开头“桂棹悠悠分浪稳”点明了词人所处的地点是在船上，小船分开波浪，平稳地前进，一切都是安详平和。“悠悠”二字，既表明了小船行驶时风平浪静，同时又从另一个层面烘托了船中人悠然自得的心情，物随心动，一切事物才会显得很悠闲。紧接着写“烟幕层峦，绿水连天远”，烟雾缭绕，群山起伏，绿水连连，一望无际，天高水阔。这一切景色都是那么美丽，那么让人心旷神怡，绿水青山尽收眼底，这是一种怎样的视觉享受，视觉上的美好感受往往会勾起心中的诗情画意。“赢得锦囊诗句满”，词人诗兴大发，锦句满胸。高兴快乐至极，饮酒是必不可少的，一种豪气蕴含其中。因此词人在小船中面对着美丽宜人的风景，就挥金碗豪饮。词人的豪放感情就从词中表现出来。

词的下阕继续写景，淡淡山水画触手可及，并表达自己的感受。下阕开头“飞絮撩人花照眼”给人一种眼花缭乱的感觉。漫天飞舞的柳絮，灿烂美丽的花朵，春意盎然，可见他们游玩在春意融融的日子。在这样的季节里，飞絮撩人，花儿照眼，有一种明亮晃眼的感觉，这样的描写使飞絮与花儿都成了主动者，而词人自己即成了被动者，一种独特的感觉，就很玄妙地传达出来。紧接着写天晴朗、风和日丽的时令特征。最后夕阳西下时，词人想到，那绿竹掩映的人家，谁家可以款待“我”呢？词人的思绪就在如此良辰美景中得到释放，将一切的不如意、不愉快抛之脑后。这种纯粹表达自己对大自然的喜爱之情的作品，在宋词中的确少见。

# 管鉴

【作者简介】

管鉴，生卒年不详。字明仲，龙泉（今属浙江）人，徙临川（今江西抚州）。乾道九年（1173），范成大制置四川后东归，道经峡州，时管鉴为峡州守（见范成大《吴船录》）。淳熙十三年（1186）任广东提刑，改转运判官，官至权知广州经略安抚使。词题所署干支，最迟者为甲辰生日，为孝宗淳熙十一年（1184）。有《养拙堂词》一卷。

## 【醉落魄】

正月二十日张园赏海棠作

**春阴漠漠[1]，海棠花底东风恶[2]。人情不似春情薄，守定花枝，不放花零落。**

**绿尊细细供春酌[3]，酒醒无奈愁如昨。殷勤待与东风约，莫苦吹花，何以吹愁却？**

【注释】

①漠漠：寂静无声。②恶：猛烈。③春酌：在春天小酌。

【鉴赏】

这是一首借海棠来描写自己的愁绪，清晰自然而又耐人寻味的小词。写海棠的诗词并不少见，但是借海棠言志的诗词却不多，尤其是表达自己的愁情，所以此词还是有种另辟蹊径之优。

上阕主要是写景，开头“春阴漠漠”，领略词意，则可了解词人深深惜花落的情绪。词人笔下的春天已经没有春意融融的感觉，相反描写了这样一幅画面：春天的时光寂静无声。开头用简短的句子表明了这样一种大环境，在这样的大环境下，词人的心绪必然是低沉的，我们可以轻易地看出词人心中是沉甸甸的。“海棠花底东风恶。”春天是百花竞放的时候，海棠花也在这个季节里绽放。但是从海棠花穿过的东风却吹得强劲猛烈。用一个“恶”来形容东风也是为了表达自己的忧愁，写自己的愁绪，于是采用了这样一个比较大胆的词。紧接着词人就开始抒情了，写人对花是有情的，春天、春风对花是薄情的，所以才会使劲地吹东风。词人“守定花枝，不放花零落”表明词人对花的珍惜，这种态度正说明了海棠花的魅力，还蕴含了词人对海棠的赞赏之情。

下阕主要是抒情，描写自己在春天这样的季节里借酒消愁，排解愁绪。“绿尊细细供春酌”，这里的“细细”是怡情之举，细勘慢饮，只为从容地守定将落的海棠而已。此外，如“莫苦吹花”的“苦”，“何似吹愁却”的“却”，都是极其平常的字，但用在作者的笔下，却表达出十分准确而又十分丰富的内容来。但终究是“借酒消愁愁更愁”，词人最后转而告诫东风不要再去吹海棠花了，只要把自己的愁绪吹走就行了，表现了词人对海棠的喜爱与珍爱，其中亦可以排遣自己的愁情。

# 刘子翚

**【作者简介】**

刘子翚（1101—1147），字彦冲，号屏山病翁，崇安（今属福建）人。以父任补承务郎，辟真定幕府。南渡后，通判兴化军，秩满，诏留任，以疾辞。筑室屏山，专事讲学。与胡宪、刘勉之为道义交，朱熹曾从之受业。谥文靖，《宋史》有传。有《屏山集》二十卷。《彊村丛书》辑其《屏山词》一卷。

## 【蓦山溪】

**寄宝学**

**浮烟冷雨，今日还重九。秋去又秋来，但黄花、年年如旧。平台戏马[①]，无处问英雄；茅舍底，竹篱东，伫立时搔首。**

**客来何有？草草三杯酒。一醉万缘空，莫贪伊、金印[②]如斗。病翁[③]老矣，谁共赋归来[④]？芟[⑤]垅麦，网溪鱼，未落他人后。**

**【注释】**

①平台戏马：即戏马台，彭城（今江苏徐州市）南郊云龙山下，当年英雄曾云集于此。如项羽曾在此指挥操演兵马，刘裕也于重九在此大会宾客。②金印：金樽，即酒杯。③病翁：词人刘子翚自号。④赋归来：引用陶渊明《归去来辞》，以示归隐之志。⑤芟：大镰刀，这里指用镰刀割。

**【鉴赏】**

这首词是重阳节的怀人之作。虽是怀人，却又主客一致，融入词人强烈的现实感情。词中全用与重九有关的事物，重在写景，但是景中有情。在词句的加工处理上，作者有意识地改变了它们的情貌，使其更好地为抒情达意服务，表现出作者对英雄迟暮、报国无门的无奈与悲慨之情。

这首词分为上下两阕，表达了两层意思。在词的上阕中，表现的是“无处问英雄”，与辛弃疾的“英雄无觅孙仲谋处”不谋而合。开篇写重九时节“浮烟冷雨”，渲染了一种压迫低沉的氛围，垫定了全词的感情基调，带有一丝消沉的气息，尤其是“年年如旧”的只有黄花。词人感慨“伫立时搔首”，无奈的感情溢于言表。“戏马台”在彭城（今江苏徐州市）南郊云龙山下，当年项羽曾在此指挥操演兵马。后来，刘裕也于重九在此大会宾客。项羽、刘裕，皆一时英雄，但时过境迁，英雄俱逝。“无处问英雄”，既是作者感叹往昔英雄的永逝，也是对当世英雄的寻觅，但理想的英雄又在何处呢？“茅舍底，竹篱东”是词人的生活环境，词人满怀一腔报国热情，可是始终不得意，只有在茅屋之中，竹篱之边了此余生。

下阕围绕“一醉万缘空”，展开了词人的心情之旅。现实的不得志，使得词人要在昏醉中寻求解脱与安慰，客来后才只有“草草三杯酒”。所以才劝“莫贪伊、金印如斗”，最好是与作者一道“赋归来”，去过“芰垅麦，网溪鱼”的隐居生活。由于作者为没有英雄人物可报祖国而焦虑，所以他才感到绝望无路而想归隐。把上下两片联系起来，那么全篇的主旨应该是：有感于救国无人，国事无望，希望找个隐居之所，断绝尘缘，不再任尘世将自己羁绊。

刘子翚生活在北宋末、南宋初，国家面临覆亡危险，急需济世之才的时候。然而在两宋之交，缺乏的不是善于带兵的大将，而是众人的团结一心，一致对外，捍卫国土的爱国决心与行动。他们不相团结，彼此掣肘、猜忌，只顾一己私利，成为宋军节节失利的原因之一。词中“无处问英雄”一语包含着极深沉的时事之叹，大有借古讽今之意。

# 胡铨

【作者简介】

胡铨（1102—1180），字邦衡，号澹庵，庐陵（今江西吉安）人。建炎二年（1128）进士。绍兴十八年（1148），移吉阳军。孝宗即位，复奉议郎，知饶州。召对，除吏部郎，迁秘书少监，又迁起居郎。以官至工部侍郎。淳熙七年卒，年七十九，谥忠简。《宋史》有传。著有《澹庵文集》六卷。

## 【醉落魄】

**辛未九月望[①]和答庆符[②]**

**百年强半[③]，高秋犹在天南畔。幽怀已被黄花乱。更恨银蟾[④]，故向愁人满。**

**招呼诗酒颠狂伴[⑤]，羽觞[⑥]到手判[⑦]无算。浩歌箕踞[⑧]巾聊岸。酒欲醒时，兴在卢仝[⑨]碗。**

【注释】

①望：月圆之日，大致为农历小月十五日，大月十六日。②庆符：指当时的爱国志士张伯麟，庆符为其字。③百年强半：年龄，将近一百岁的一半，词人这一年四十九岁。④银蟾：传说月中有蟾，因而为月的代称，这里指圆满的皓月。⑤颠狂伴：指不畏权奸，抗主抗金，却遭到奸臣迫害的志同道和之友，这里特指词题中的张伯麟。⑥羽觞：古代喝酒用的酒器，其状如雀鸟，左右形如展翅高飞的两翼。⑦判：分开，分离。⑧箕踞：形容两足前伸，以手据膝，如箕状，古时为傲慢不敬之容。这种放浪形骸的颠狂之态，在词中却是别有韵味，实是内心忧愁极深的外在表现。⑨卢仝：唐代诗人，号玉川子，善诗，亦喜饮茶。

【鉴赏】

这首词写于宋高宗绍兴二十一年（1151），朝廷中对金人入侵战和问题争论不休。以秦桧为首的投降派把持朝政，与金国签订了“和议”，爱国志士受到排挤。胡铨为“中兴名臣”，曾冒生命危险与秦桧作过拼死斗争。胡铨写下著名的《戊午上高宗封事》，声明“义不与桧等共戴天！”要求高宗砍下秦桧、王伦、孙近三贼的头颅。如若不然，他宁愿赴东海而死，也决不处小朝廷求活。本词就是写于词人的被贬地吉阳，刻画了一个身虽遭贬，却不屈不挠、不失豪气的爱国者形象，将矢志不移的抗金爱国之心表现得淋漓尽致。

上阕开头“百年强半”，鲜明地指出自己已经四十九岁了，年岁已高，却羁留南方。“犹”字道出时间之久，这里实是暗含无奈感伤的心情，词人大好的年华报国无门，只能僻居南方独自伤神。“黄花”点明现在是秋天，在这样一个秋高气爽的季节里，词人应该有着“晴空一鹤排云上，直引诗情到碧霄”的豪迈阔达的心情。可是无心赏菊，甚至恨那满月，为什么呢？因为词人“幽怀”，他郁结于心中的愁闷情怀。词人的人生际遇本来就是坎坷万分，忠义之士不被重用，却令奸臣当道，任国土沦丧。所以词人很是惆怅，心中万分愁绪，在这种情况下，又恰逢满月当空，愁绪更加泛滥，于是满胸的愁苦只能向银月诉说。

下阕笔锋陡转，不再拘泥于自我的满怀愁情，而是转而抒写自己如何解愁。胡铨被流放二十三年，但始终坚持抗金、反对议和，爱国之情长存，不愧是我国历史上又一位著名的民族英雄和伟大的爱国者。他的事迹和精神当与岳飞、文天祥一样，永垂青史。为了纪念胡铨，人们把他与欧阳修、杨邦义、周必大等同誉为“庐陵四忠”，并修有胡忠简公祠、五公祠等。这样的一位词人，在排忧解扰上也是独具风范。下阕的首句“招呼诗酒颠狂伴”点明了词人所谓的解愁的办法就是与志同道合的朋友一起喝酒解闷。喝酒一直喝到癫狂状态，这样他们就不再被现实的失落所困扰，酒到酣处，他们已经不顾形象、礼仪了，他们只想解开心中的困惑。“浩歌箕踞巾聊岸”具体地写他们喝酒的癫狂状态。最后引用当代诗人卢仝的典故，写他们酒醒思茶，愿散尽平生不平事。全词一气呵成，展现了一个忠诚的、正直的爱国志士的形象。

## 【好事近】

**富贵本无心，何事故乡轻别？空使猿惊鹤怨，误薜萝秋月①。**

**囊锥②刚要出头来，不道甚时节。欲驾巾车归去，有豺狼③当辙。**

**【注释】**

①误薜萝秋月：白白地耽误了悠闲的美好时光。薜萝：薜荔和女萝，代指隐者所居之地。②囊锥：口袋里的锥子，指有杰出才能的人。③豺狼：暗指佞臣贼子。

**【鉴赏】**

这是一首抒发感情的词，通俗易懂，主题鲜明。当时昏君奸臣当道，忠臣义士却无法得志。胡铨被革去官职，并送往昭州（今广西省平乐县）编管。诏令刚出，引起朝中许多正直之士的同情，纷纷想方设法为胡铨辩解、援救。秦桧迫于无奈，只得改派胡铨去广州监管盐仓。不久，胡铨又被贬至新州（今广东新会县）。绍兴十八年（1148），再次遭贬至吉阳军（今海南省崖县崖城镇）。这是词人被贬居广东新州时写的，即宋高宗绍兴十八年（1148）。

它是词人自我性格和精神的写照，表现了词人不畏强权，敢于与投降派作斗争，坚决不与他们同流合污的崇高气节与高洁的品质。同时也流露出词人报国无门的愤慨，表达了对投降派卑劣行径的愠怒，抒发了他满腔的爱国热情。

上阕开头“富贵本无心”，词人并没有想要追求富贵，他鲜明地表明了自己的决心以及自己所坚持的信念，自己想要坚守住的人格，追求富贵并不是词人想达到的，道出功名利禄都是身外之物。为什么要轻易地离开故乡呢？因为词人还有自己高远的志向，他本不是池中之物，当然不能困守一地，要走出山林报效国家。猿猴和白鹤不理解自己的心情，才会埋怨词人离开了隐居的地方，认为他白白地耽误了悠闲美好的时光。这里采用了比拟的手法，将猿猴和白鹤拟人化，猿猴和白鹤本是山林中的高洁之物，自古亦是有志之士吟咏的对象，这里则是象征山林隐士。借山林动物的埋怨再度表明了自己离开山林其实是因为心忧天下，不能做到不问世事，因此才会忍痛离开。

下阕开头引用了毛遂自荐的典故，表达了词人想要自我推荐，显露出自己的才能。口袋里的锥子刚刚露出了头角，能够为国效力，展示一下自己的才能，然而却不知道这是什么时节。也就是说，词人就算是想要为国效力，但是没有良好的时机，他的出现是不合时宜的。因为当时是奸臣控制着朝廷，有志之士只会被排挤，没有用武之地，报国无门。无可奈何，词人只能驾车归隐，成为山林隐士中的一员。最后词人直斥误国的权奸秦桧等人，是他们这类奸臣逆子，不顾国家和人民的利益，让国家一度陷于为难之际。在这里，词人刚正不阿、不畏权势的形象就愈加鲜明饱满。

# 岳飞

**【作者简介】**

岳飞（1103—1142），字鹏举，相州汤阴（今属河南）人，出身农家。北宋末年，以敢战士应募入伍，任秉义郎。建炎中，为东京留守宗泽部下统制。泽死，从杜元南下。建炎四年（1130），率军收复建康，迁通泰镇抚使兼知泰州。绍兴间，与伪齐、金兵战，屡立战功。之后，授枢密副使，被罢兵权，寻为秦桧陷，被害于大理寺狱，年仅三十九。淳熙五年（1179），追谥武穆。宁宗朝追封鄂王。宝庆元年（1225），改谥忠武。《宋史》有传。南宋陈振孙《直斋书录解题》著录《岳武穆集》十卷，不传。

## 【满江红】

**怒发冲冠①，凭阑处、潇潇②雨歇。抬望眼，仰天长啸，壮怀激烈。三十功名尘与土，八千里路云和月。莫等闲、白了少年头，空悲切。**

**靖康耻③，犹未雪；臣子恨，何时灭？驾长车、踏破贺兰山④缺。壮志饥餐胡虏肉，笑谈渴饮匈奴⑤血。待从头、收拾旧山河，朝天阙⑥。**

**【注释】**

①冠：帽子。②潇潇：形容雨势急骤的样子。③靖康耻：靖康二年四月金军攻破东京（今河南开封），在城内搜刮数日，掳徽宗、钦宗二帝。北宋灭亡。又称“靖康之难”“靖康之祸”和“靖康之变”。④贺兰山：在宁夏西北的山脉，此处代指金国。⑤胡虏、匈奴：指金兵，泛指敌人。⑥天阙：天子宫殿前的楼观，即朝见天子。

【鉴赏】

这是一首气壮山河、传诵千古的名篇。绍兴六年，岳家军节节胜利，大有收复中原之态势，但是宋高宗恐于岳飞的军队势力，一心议和，命他班师回朝。岳飞深感错失良机，在百感交集中写下了脍炙人口的《满江红》。这首《满江红》英勇而悲壮，反映了岳飞精忠报国、一腔热血的英雄气概。

这首词分为上下两阕，上阕写词人想要建功立业的志愿、为国杀敌的豪情。首三句，写词人怒发冲冠，独自高楼凭眺，疾风骤雨初歇。词人的愤怒不是空穴来风的，几十年的努力在此刻功败垂成，他的心情是悲愤至极，可又无处发泄。“抬望眼，仰天长啸，壮怀激烈”，词人抬头看远处高阔的天空，嘶声长啸，胸中的豪情壮志澎湃激烈。多年来，戎马征战，奋勇杀敌，在这些征途中只有缥缈的白云、清冷的明月相伴，艰苦的岁月里立下了卓越的功勋。可是这些功名与杀敌报国的凌云壮志相比，只是不值得一提的尘与土。“三十功名尘与土，八千里路云和月。”这句是采用了互文的手法，使得句子韵味悠长。这样的写法与“秦时明月汉时关”（王昌龄《出塞》）如出一辙。紧接着词人用直白的语言铭刻深邃的道理：有志之士要抓紧时间报效祖国，不要等到青春消磨后，独自在那里感叹时光易逝。这句话对后人的影响深远，成为一代又一代青年激励自我的精神教鞭。

词的下阕表达词人报仇雪耻、收复故土的雄心壮志。“靖康耻，犹未雪；臣子恨，何时灭？”靖康二年的国耻还没有洗雪，臣子的恨什么时候才能够消除呢？沉痛中的屈辱激起词人报仇雪恨的决心。接下来写词人将要付诸行动，“驾长车、踏破贺兰山缺。”要驾乘着战车踏破敌人的巢穴，表现出一种英勇无敌的豪迈气势。接着写“餐胡虏肉”“饮匈奴血”，肚子饿了，要吃敌人的肉；口渴了，要喝敌人的血。表现了词人对金人无比痛恨。最后词人表达了等待收复了山河的时候，再向朝廷报告胜利消息的决心！表达了对朝廷和皇帝的忠诚。在岳飞的这首词中，无不透出雄壮之气，充分表现作者忧国报国的壮志胸怀。岳飞忠君报国的精神，着实可歌可泣，令人崇生敬仰之情。

## 【满江红】

登黄鹤楼有感

**遥望中原，荒烟外、许多城郭。想当年，花遮柳护，凤楼龙阁。万岁山[①]前珠翠[②]绕，蓬壶殿里笙歌作。到而今、铁骑满郊畿，风尘[③]恶。**

**兵安在？膏锋锷[④]。民安在？填沟壑。叹江山如故，千村寥落。何日请缨[⑤]提锐旅[⑥]，一鞭直渡清河洛。却归来、再续汉阳游，骑黄鹤。**

### 【注释】

①万岁山：即艮岳山，宋徽宗政和年间建于汴京北隅。②珠翠：古代女子佩带的首饰，此处指代宫女。③风尘：风霜、尘土，这里指战乱不断。④膏锋锷：锋，兵器的尖端；锷，剑刃。膏锋锷，是说刀剑无情，杀死士兵。⑤请缨：请命，即请求杀敌立功的机会。⑥锐旅：实力强劲的精锐部队。

### 【鉴赏】

此词表达了词人渴望破敌制胜、收复故土的志向，展现了岳飞的忠心爱国与满腔的壮志情怀，以及高大鲜明的英雄形象。本词语言直白却让人不感其率露，激烈之极而不觉其叫嚣。

高宗绍兴七年（1137），伪齐刘豫被金国所废后，岳飞曾向朝廷提出请求增兵，以便伺机收复中原，但他的请求未被采纳。次年春，岳飞奉命从江州（今江西九江市）率领部队回鄂州（今湖北武汉市）驻屯。本词大概作于其回鄂州之后。

上阕主要是写景，利用想象和对比的手法，通过中原当年的繁荣景象来反衬今天的苍凉。上阕开头“遥望中原”写词人登楼远眺，仿佛看到了荒烟笼罩下有许多城郭的中原。词人运用了一点夸张的手法，以虚写实，因为在黄鹤楼上是看不到中原的。词人这样写，表现出他对中原深深的眷恋之情，以及收复失地的雄心壮志。词人开始描写沦陷前北宋的繁荣景象。当时红花绿柳，树木繁盛，风景如画；宫阙壮丽，气象威严，宫殿内的豪华奢侈的生活场面，到处都是宫女成群，歌舞升平。然而笔锋一转，由当年繁华的南宋都城马上转入到现在沦丧的都城，感慨在金人的铁骑践踏下的现实。虚与实、古与今相结合，形成强烈的反差，词人心中的无奈便霎时弥漫开来。

词的下阕开头即“兵安在”“民安在”，略带反问语气的两个简单连词，却表现出词人的愤慨之情，也更加凸显了词人忧国忧民的情怀。词人想要率军反击敌人，收复失地，但南宋王朝统治下的很多兵士早已战死，老百姓也在饥寒交迫下面临死亡的危胁，兵民早已不成势气。紧接着词人发出了田园荒芜、万户萧疏的感叹。接下来意思更进一层，词人请求杀敌立功的机会，希望能够恢复中原，然后回来重游黄鹤楼。一位精忠报国、忧国忧民、满怀壮志的爱国将帅形象便跃然纸上。

此词是否为岳飞所作，素有争议。在《全宋词》中，唐圭璋曾加注曰：“见近人徐用仪所编《五千年中华民族爱国魂》一书卷端，原系照片，并有元统甲戌谢升孙跋及宋克、文征明诸跋。”可见是岳飞所作。

# 孙道绚

**【作者简介】**

孙道绚，生卒年不详，号冲虚居士，黄铢之母。张世南《游宦纪闻》卷八载黄铢于绍兴三年亲录其母词稿，略云：“先妣冲虚居士，少聪明，颖异绝人，于书史无所不读，一过辄成诵。年三十，先君捐弃，即抱贞节以自终。平生作为文章诗词甚富。晚遭回禄，毁弃无余，此词数篇，皆脍炙在人者。因访求得之。”。赵万里辑有《冲虚词》一卷。

## 【滴滴金】

**梅**

**月光飞入林前屋，风策策[1]，度庭竹。夜半江城击柝声[2]，动寒梢栖宿。**

**等闲老去年华促，只有江梅伴幽独。梦绕夷门[3]旧家山，恨惊回难续。**

**【注释】**

①策策：象声词，此处指风吹动竹林的声音。②柝：古时巡夜打更时用的梆子。③夷门：战国魏都城大梁（即北宋都城汴京，今河南开封）的东门，故址在今河南开封城内东北隅。这里指北宋故都。

**【鉴赏】**

这首咏梅词出自一老妇人之手，《古今词话》中说道：“孙夫人道绚，谷城黄铢字子厚母夫人也，为秀州郑文室。”本词是典型的借景抒情，词意简单，但是感人肺腑。词人通过咏物抒怀，构成一种美的意境，借梅花抒发了自己幽独凄清，终老不归的孤独寂寞的生活感受，是一种老来孤独无依的苍凉之感。

上阕主要是描绘了一幅凄清画面，梅花于寒夜栖宿的画卷便生动展开。开头从视觉入手，写出了夜里的景色。清冷的月光洒落一地，竹林、茅屋笼罩在一片清冷的光芒中。一个“飞”字用得十分妙，表现月光悄悄地向林前的屋舍移动，以动写静，有一种动态之美。“风策策”，凉风吹过竹林，发出了策策的声音。开始转入到听觉的描写上，这里是采用了以“有声”写“无声”的手法，从听觉上写出了夜的寂静，描绘出主人公寂寥孤独的心境。夜半江城的更夫的击柝声，格外清晰。那栖宿在枝梢的寒梅，仿佛也被这声音震得颤悠悠地动起来。其实，这不是寒梅在动，而是主人公的心绪在颤动，心中落寞凄清在此刻汹涌澎湃，可谓是百感交集。而在这样一个清冷的夜晚，月光、竹林风、击柝声便将这种心理活动无限放大，整个人物形象就染上一种凄凉的色彩。

词的下阕主要是抒情，抒发了一种年华已逝，终老不归的老妇人孤独的情怀。主人公深感时光流逝，年华老去，青春难再，孤苦伶仃，无依无靠，而发出了“只有江梅伴幽独”的感慨。梅花的“伴幽独”更是表现主人公的漂泊零落、孑然一身的凄冷现实。“梦绕夷门旧家山”，能够梦回故土也是她的一种奢侈的幸福，但梦醒后的现实却是如此的凄清、苍凉，一种哀怨便油然而生。“恨惊回难续”，一个“恨”字道出人生的几多无奈与苍茫，主人公漂泊在外，“落叶归根”的强烈愿望不得实现，此词便是对此深切刻画。

# 李石

**【作者简介】**

李石（1108—1181），字知几，号方舟，资州盘石（今属四川）人。绍兴二十一年（1151）进士，历除太学录。二十九年，以赵逵荐，任太学博士，罢为成都学官，累官知黎州。乾道中，召为都官郎中后。起知眉州，除成都路转运判官。卒于淳熙八年（1181）后。蜀人号为方舟先生。《宋史翼》有传。其门人编《方舟集》七十卷，已佚。《彊村丛书》有《方舟诗馀》一卷。明代杨慎《词品》卷四称其“文章盛传，词亦风致”。

## 【临江仙】

**佳人**

**烟柳疏疏**①**人悄悄，画楼风外吹笙。倚阑闻唤小红声，熏香**②**临欲睡，玉漏已三更。**

**坐待不来来又去，一方明月中庭，粉墙东畔小桥横。起来花影下，扇子扑飞萤。**

**【注释】**

①疏疏：稀疏的样子，早春枝叶稀疏。②熏香：古人喜室中熏香，可使精神镇静，并有催眠作用。

**【鉴赏】**

这首词堪称闺怨词中的典范，使用直白简练的语言，描绘出了一个多情的女主人公盼望心上人归来的形象。

上阕“烟柳疏疏人悄悄，画楼风外吹笙”描绘了一幅幽静雅致的画面，夜深人静，杨柳依依，女子形单影只地静默而立，风从画楼外吹来，伴随着悠扬的笙声。首先从视觉的角度进行了描写，用“烟”“杨柳”营造出一种优美的意境，这种春天般的美好温暖人心。紧接着又写了悠扬的笙声，从听觉的角度更加衬托出夜的安静。这时候，就可以透视女主人公的心理了。在美好的夜晚应该与心上人在一起，可是一切都没有发生，寂静的夜里，寂静的庭院，出现的只有孤独的女主人公形象。女主人公倚着栏杆耐心地等待，忽然听到了那熟悉的声音在呼唤着丫头小红，可见当时女主人公急切等待心上人归来的心态，期盼之情由此可见。虽然女主人公听见了声音但郎终究没有到来，失落之感油然而生，于是怅然回到闺房。熏香炉吐出缕缕青烟，玉漏的水滴声报夜已三更。整个环境显得很阴郁低沉，玉漏的滴响，烘托出闺房的寂静，女主人在失望中更感孤独落寞。

下阕紧接着写女主人公盼望心上人的神情与动作。“坐待不来来又去”，女主人公虽然很想睡觉，但终究睡不着。坐着不能安稳，只好来回焦躁地走动。女主人此时产生了一种幻觉，就是心上人回到了自己的身边。她甚至将幻觉视为真实，始终没有认定对方根本就没来。可是现实没有给她这么多的美好，她从闺房向外望去，只见明月洒满中庭，小桥静静地横架在粉樯东畔。在这样一幅安静的画卷中，没有任何的一丝感情色彩，恰似女主人公此时的心情，有种近乎绝望的平静。这位多情的女子因盼望心上人夜归，内心经历了从期待、幻觉、失望直至绝望的心酸历程。“起来花影下，扇子扑飞萤”，最后女主人公找到了解脱的办法，在花影下用扇子扑飞萤。在忧郁、痛苦、绝望中寻求到了解脱。这句颇似宫女“轻罗小扇扑流萤”（杜牧《秋夕》）的落寞与无奈。

# 康与之

【作者简介】

康与之，字伯可，号顺庵，洛阳人，居滑州（今河南滑县）。生平未详。陶安世序其词，引与之自言："昔在洛下，受经传于晁四丈以道，受书法于陈二丈叔易。"。建炎初，高宗驻扬州，与之上《中兴十策》，名震一时。秦桧当国，附桧求进，为桧门下十客之一，监尚书六部门，专应制为歌词。绍兴十七年（1147），擢军器监，出为福建安抚司主管机宜文字。桧死，除名编管钦州。二十八年，移雷州，再移新州牢城，卒。《南宋书》《宋史翼》有传。宋人周南《山房集》卷四载有《康伯可传》。南宋陈振孙撰《直斋书录解题》著录其《顺庵乐府》五卷不传，今有赵万里辑本一卷。

## 【满庭芳】

寒夜

**霜幕风帘[①]，闲斋小户，素蟾初上雕笼[②]。玉杯醽醁[③]，还与可人同。古鼎沉烟篆[④]细，玉笋[⑤]破、橙橘香浓。梳妆懒，脂轻粉薄，约略淡眉峰。**

**清新歌几许，低随慢唱，语笑相供。道文书针线，今夜休攻。莫厌兰膏[⑥]更继，明朝又、纷冗匆匆。酩酊也，冠儿未卸，先把被儿烘。**

【注释】

①霜幕风帘：冷霜、冷风都被挡在帘幕之后。②雕笼："笼"字应作"栊"，"雕栊"就是雕花的窗棂。③醽醁：一种美酒，此处是词人对佳人的昵称。④篆：指有篆字形图案的香炉。⑤玉笋：比喻女子洁白纤细的手。⑥兰膏：古代用泽兰子炼制的油脂。可以点灯；也指一种润发香油。

**【鉴赏】**

宋代柳永、周邦彦等著名词人，在词中歌咏士子与妓女婉转绸缪之态的，数量颇多。康与之的这首词也属此类艳情词。词中写的是歌妓冬夜留宴书生的欢昵场面，软媚艳冶之致，但却没有流于媚俗，相反还有种淡淡的温馨情调。

上阕“霜幕风帘”三句，写节序及佳人所居环境：屋外风寒霜冷，但有帘遮幕隔，室内仍是一团暖意。“素蟾”即皎洁的月亮。“雕笼”的“笼”字应作“栊”，“雕栊”就是雕花的窗根。“素蟾初上雕栊”，在那闲适的小斋里，皎洁的月光照在雕花的窗棂上。多么恬静，多么富于诗意。词人笔调简练，道破季节、地点、时间。“玉杯醽醁，还与可人同。”书生与佳人对酒。“醽醁”是美酒的名字，“可人”是词人对佳人的昵称。室内古鼎中点燃着用沉香制成的盘香，散发出细细的轻烟。“玉笋破、橙橘香浓”，写丽人以指剥开橙橘，香气四溢。

下阕主要写佳人的活动。“清新”二字，主要指她的演唱风格，“歌几许”，说明她为心上人不停地唱，已经唱了很多。“道文书针线”至“纷冗匆匆”数句，记述了她低声款语的内容。她说：“你的文书，我的针线，今夜都歇着吧！往灯里再添些油，咱们尽情地喝酒、歌唱、谈心吧，到明天，你又要去忙碌了。”多么大胆、纵情的表达！这几句，写歌妓的声口，绘声传情。“酩酊也”三句，写酒后佳人为书生整理被褥，还未卸下冠心，她就先去把被儿烘暖了。人物描写与环境描写互相呼应，醽醁篆香、橙橘、兰膏、绣被的出现，衬托得人物更富于青楼特点。一个主动温存的歌妓形象呼之欲出！

开头三句的节序景物描写，说明了这是一个寒夜，而室内的光景却如此温馨，两相对比，使人备感温馨。整首词所描写的场面，充满了香艳和旖旎，但未流于秽亵庸俗。宋人把康与之比柳耆卿，从这首词来看，两者之间还是颇具相似性。

## 【长相思】

**南高峰，北高峰，一片湖光烟霭中，春来愁杀侬①。**

**郎意浓，妾意浓，油壁车轻郎马骢，相逢九里松②。**

**【注释】**

①愁杀侬：让我愁杀，极度的愁思让人低沉绝望。②九里松：地名。在浙江省杭州市西湖北。唐刺史袁仁敬守杭时，于行春桥至灵隐、三天竺间植松，左右各三行，凡九里，苍翠夹道，人称“九里松”。后即以“九里村”名其地。

**【鉴赏】**

这是一首别有情致的小令，以西湖的湖光雨霁和春意朦胧为背景，描绘了一对恋人相爱、相思和相会的情景，两人情谊真挚，整个画面就显得温馨而美好。

上阕主要是描写西湖美景，包括南北高峰的美景、烟笼湖色的朦胧美，这里是用情景之美衬托爱情的美好。这首词上阕以“南高峰，北高峰”起，开始即有一种很开阔的意境，这是以南北两高峰为主的湖光山色。杭州著名一景，便是南北高峰。可见这是一个极佳的地方，风景极其优美。接着词人继续描写湖光山色，这是烟雾笼罩下的西湖，有一种朦胧之美。在这样一个有如人间仙境的地方，将会出现怎样的奇遇？“春来愁杀侬”，在西湖这样一个如诗如画地充满了朦胧感的地方，词人突然发出了这样一声感慨。实在让人匪夷所思，难道是西湖的春景勾起了他心中袅袅情愫？为何而愁呢？原来是情人间的相思之苦。

词的下阕，直抒胸臆，实现了景情相融，寓情于景。首句“郎意浓，妾意浓”即点明这对情人的浓情，两个“浓”，把男女双方彼此的情真意切，表达得极为通俗。

“油壁车轻郎马骢，相逢九里松”。一个“轻”字，既表示了车的轻快，更把恋人相逢前的快乐与欣喜刻画得淋漓尽致，两人在九里松相逢约会。其实这里不是单指车的轻快，更是表现恋人内心的轻快，情人见面氛围愉快。一种韵味伴随着词中的句子逐渐表现出来了，浓浓的韵味，是一种可以“愁杀侬”的相思；是一种在春天这个特定的季节里，在西湖这个如诗如画般的地方可以蕴含出的韵味。词人见到其他恋人之间的情谊，似乎也勾起自身的美好回忆，心中自是百感交集。

# 袁去华

**【作者简介】**

袁去华，字宣卿，豫章奉新（今属江西）人。绍兴十五年（1145）进士，任石首知县。乾道三年（1167）于长沙定王台赋《水调歌头》，见称于张孝祥，孝祥为书之。《菩萨蛮·送刘帅》词，亦为乾道三年潭州之作，刘帅即刘珙。乾道六年，杨万里赴国子博士，作《水调歌头》送行。其《柳梢青·钓台》词自注："绍兴甲子（1144）赴试南宫登此，今三十三年矣。"则作此词时已为淳熙三年（1176）。有《适斋类稿》八卷、《宣卿词》一卷。

## 【安公子】

**弱柳丝千缕。嫩黄匀遍①鸦啼处。寒入罗衣春尚浅，过一番风雨。问燕子来时，绿水桥边路。曾画楼，见个人人否？料静掩云窗②，尘满哀弦危柱③。**

**庾信④愁如许。为谁都著眉端聚。独立东风弹泪眼，寄烟波东去。念永昼⑤春闲，人倦如何度。闲傍枕、百啭黄鹂语。唤觉来厌厌，残照依然花坞。**

**【注释】**

①嫩黄匀遍：到处都是鹅黄嫩绿。②云窗：仿佛云彩装饰的窗子，形容门窗的华丽。③哀弦危柱：乐器上发声的弦线和支柱。④庾信：南北朝著名文学家，作有《愁赋》，"谁知一寸心，乃有万斛愁"等句闻于时人。⑤永昼：即昼永，日长的意思。

**【鉴赏】**

春天万物复苏，人们的思绪飘远，忆起曾经的美好。本词就是怀人之作，构思别致、章法新颖而独有特色。

上阕着眼于一个“柳”字，展开一幅春天万物复苏的画面，词人胸中思家的种子急剧萌芽，看见新柳，想到当日离别时爱人折柳赠别的情景，睹物伤怀。古人语弱柳扶风，形容词“弱”用得很生动，它既写出了柳树刚抽出嫩条的柔柔的姿态，又点明了当时的时节是早春，因为是嫩柳，打破了寒冬气氛。“寒入罗衣春尚浅，过一番风雨”，春浅衣寒，又加上风雨，怎么会有想象中的温暖呢？“燕子来时”是由春天的到来而自然引出来的；而燕子来自南方，又自然把作者的思绪牵向了“在南方的家乡”并产生人归落“燕”后的感情，问燕子在来时的路上是否看见了他的爱人。这一问安排得轻灵新巧，极有韵味，也极情深。“料静掩云窗，尘满哀弦危柱”则直写对方情绪。

下阕开头“庾信愁如许”即用当年庾信之愁来比喻自己此时的愁绪。以人言愁在词中倒是少见，在此词中是形成对比。词人因为想着自己的心上人，于是眉头紧锁，自己孤独地面对着春风，眼泪被风吹得落下来。这句词中，用了一个“弹”字，那种生动的感觉一下子就上来了，一种伤心至极的感情表现得很到位。词人因思念自己的心上人，觉得春天白昼很长，颇有意味。“独立东风弹泪眼”作者是在水边，而他的意中人也在“绿水桥边路”，所以他顿生寄泪的念头，让一江春水带走自己的愁情。“念永昼春闲，人倦如何度”，“永昼”自是有一番情绪在其中，李清照语“愁永昼，瑞脑消金兽”，一是忧愁时间长，二是一种情绪的宣泄。“闲傍枕、百啭黄鹂语”，寂寥无语时闲听黄鹂吟转，依旧难以平复心情。“残照依然花坞”，仍用景语结尾，感情自然的流露。

# 黄公度

**【作者简介】**

黄公度（1109—1156），字师宪，号知稼翁，莆田（今属福建）人。绍兴八年（1138）进士第一，签书平海军节度判官，除秘书省正字，罢为主管台州崇道观。十九年，差通判肇庆府，摄知南恩州。桧死，召为考功员外郎兼金部员外郎。二十六年卒，年四十八。

《宋史翼》有传。《四库总目提要》谓《直斋书录解题》载《公度集》十一卷，卷端洪迈序称“公度既没，其嗣子知邵州沃收拾手泽，汇次为十一卷。”词有汲古阁本《知稼翁词》一卷。清代陈廷焯《白雨斋词话》卷一：“黄师宪《知稼翁词》气和音雅，得味外味，人品既高，词理亦胜。《宋六十一家词选》中载其小令数篇，洵风雅之正声，温韦之真脉也。”

## 【青玉案】

**邻鸡不管离怀苦，又还是、催人去。回首高城音信阻。霜桥月馆，水村烟市，总是思君处。**

**裛残别袖①燕支雨②，谩③留得，愁千缕。欲倩归鸿④分付与，鸿飞不住。倚栏无语。独立长天暮。**

**【注释】**

①裛：沾湿。别袖：分别之时。②燕支：即胭脂。燕支雨：指夹着胭脂的泪水纷落如雨。③谩：欺骗。④归鸿：南归的大雁，这里指回归京城之人。

**【鉴赏】**

从黄公度传世之作《知稼翁词》集后跋所记，得知写作背景：“公之初登第也，赵丞相鼎延见款密，别后以书来往。秦益公闻而憾之。反帛幕任满，始以故事召赴行在，公虽知非当路意，而迫于君命，不敢俟驾，故寓意此诗。道过分水岭，复题诗云‘谁知不作多时别’；又题崇安驿诗云‘睡美生憎晓色催’，皆此意也”。黄公度以其盖世才华于绍兴八年（1138）以进士科及第，受到当时宰相赵鼎的赏识，在黄公度出任外职后与赵丞相亦时有书信往来。奸臣秦桧对此非常气恼，欲除之而后快。《青玉案》一词是词人离泉南动身返临安时所作。

这是一首借伤别离以抒发胸中积忧的词。词人深知生于乱世，虎狼当道，刚直不容，朝政在秦桧手中，自己此去必有险阻。一腔忠贞便化作别情离恨喷薄而出，感情诚挚惬意，让人为之动容。全文的感情基调全在一个“愁”字，不仅指表面上的别妻子、别家乡的离别愁苦之情，还指奸相当道、报国无门、自己壮志难酬的愤懑之情。

上阕写初登离途，眼前的一切都是那么难以分舍，让人眷念。词人要离开家乡赴命临安，自然是离情满怀。“邻鸡不管离怀苦，又还是、催人去”之句，报晓邻鸡的憎怨源自词人内心的不愿离别，以情衬情，写得十分自然生动。“回首高城音信阻”回头远望那渐离渐远的高大城楼，已经慢慢消失在视线里，远离家乡，音信阻绝。“霜桥月馆，水村烟市，总是思君处”所经之处有浓霜覆盖的板桥、月光朦胧的驿馆、绿水环绕的村庄、烟雾笼罩的城市，触景伤情，思念之情就在这些景物中蔓延开来。词中“邻鸡”“高城”“思君”，自有它们的象征意义，前者是指邪恶的势力，他们是倒行逆施者，阻碍救国大业；而“高城”与“君”则是指正义之人。与正义之人失去音讯，使得词人的心中惆怅万分。

下阕写词人羁旅他乡的痛苦之情。“裛残别袖燕支雨，谩留得、愁千缕”，前句泛写离亲别友时常出现的情景：泪落如雨，沾湿了衣袖。“燕支”即红色胭脂，夹着胭脂的泪水纷落如雨，红色的脂粉将人映衬的有些悲切。“欲倩归鸿分付与，鸿飞不住”是说：想请归飞的鸿雁捎去我的思念，但是鸟儿却不曾停留，径直离开。结尾句“倚栏无语，独立长天暮”十分精彩，倚着栏杆悄然无语，独自伫立在暮色笼罩的长空之下。词人已经料到了此去前途未卜，自然是无奈至极、惆怅万分、悲痛沉重。

## 【菩萨蛮】

**眉尖[①]早识愁滋味，娇羞未解论心事。试问忆人不？无言但**

**点头。**

**嗔人归不早，故把金杯恼。醉看舞时腰②，还如旧日娇。**

【注释】

①眉尖：眉心。②舞时腰：跳舞时轻盈的体形腰身。白居易有“杨柳小蛮腰”之句。

【鉴赏】

据宋代黄公度《知稼翁词》集后注记载：“（黄）公家中有二侍儿，曰倩倩、曰盼盼，在五羊（今广州）时尝出以侑觞。”“体轻飞燕，歌欺樊素，压尽芳菲。花前一盼嫣然媚”之句，写尽了侍儿之美。

此词遣词造句晓畅简练、通俗易懂。词的写作背景大致如下：时有流民数百人自汀虔（汀州、赣州）下，守将疑为流寇，派兵抓捕。公度力辩其非，全部释放他们，地方才赖以安定。赵鼎因为力荐岳飞抗金，又在宋金和议中与秦桧意见不合，被罢为节度使，贬往广东潮州等地。在外放任满返朝后，不料才数月，秦又借机罢其官位。该词写于作者为奸相秦桧所不容被加以罪名罢官归田之后，此时的心情自是低落，一腔不平满怀失意无法化解。

上阕写侍儿娇羞多情。首句“眉尖早识愁滋味”出语不凡，“少年不识愁滋味”，但身为侍儿，过早成熟。也由于她们具有善解人意的聪慧，最能觉察到主人此次归来的郁闷心情。“眉尖”一词便勾画出了侍儿动人的愁态，但到底还是处于“娇羞未解论心事”的年龄，成熟之中显着稚气。“试问忆人不？无言但点头”这句颇有意思，试探着问她是否思念自己的主人，她默然点头。这里运用白描手法，抓住人物部分形貌、动作，勾勒出一位多情柔媚、娇羞腼腆的少女形象。

下阕刻画人物及心态。“嗔人归不早，故把金杯恼”，侍儿内心嗔怪思念之人迟迟归来，因娇羞不愿启齿，却凭借细微动作流露出来。这不仅写尽了少女含娇带嗔的神态，而且“嗔人归不早”之句颇具深意。这句不能直白地理解，还有更深层的寓意：应该在发现奸佞弄权、忠良不保的征兆时，就应该离开官场，否则也不致受一再贬斥。作者将埋藏心底的憾事，不露痕迹通过侍儿迁怒金杯的娇嗔动作写出，的确是独具匠心。最后写现在一边畅饮接风美酒，醉眼观看筵前侍儿翩翩起舞，发现她们轻盈的体态、婀娜的倩影，仍然如离家前一样娇美。这一场景反映了作者以酒浇愁，迫使自己从罢官失意的不平衡心态下解脱。“还如旧日娇”这一句值得人们玩味。展现词人未入仕途时家居的宁静生活。尝够了宦海中升降浮沉的苦滋味之后，再回到这宁静自娱的生活中来，也许才是人生真正的幸福。可是词人仍有一丝遗憾，沉浮官场不是一人的荣辱得失，而是为了天下苍生大计，只是这一宏愿他始终没有实现。

## 【卜算子】

别士季弟之官

**薄宦①各东西，往事随风雨。先自离歌不忍闻，又何况，春将暮。**

**愁共落花多，人逐征鸿去。君向潇湘②我向秦，后会知何处。**

**【注释】**

①薄宦：卑微的官职。②潇湘：湖南的代称。

**【鉴赏】**

这是一首与弟士季告别的词，黄公度工词善文，却不喜铺陈华丽。这首词语言平淡，文字朴实，感情真挚。这首词写其仕途受挫不得志，带有离别时的伤感与凄楚。“薄宦各东西，往事随风雨”“愁共落花多，人逐征鸿去”都是词浅意哀的佳句。陈廷焯《白雨斋词话》卷一：“黄师宪《知稼翁词》气和音雅，得味外味，人品既高，词理亦胜。《宋六十一家词选》中载其小令数篇，洵风雅之正声，温韦之真脉也。”

上阕主要交代离别时的原因以及离别时的景物描写，下阕主要是抒发离别时的感情，写与士季弟感情深厚以及伤感凄凉之情。词人与从弟情逾同胞、孝友甚笃，他们才华相若，青年时期曾于绍兴八年（1138）同登进士第，多有诗词唱和。

上阕“薄宦各东西，往事随风雨”点明了词人与士季弟离别的原因，为了位卑势微的官位，要各奔东西，许多往事都在时光和风雨中沉淀。紧接着用充满离愁别绪的离歌带出了一种很哀伤的调子，渲染了一种凄凉的氛围。又是暮春时节，残花败落更是让人心情低沉。

下阕主要是抒写浓厚的离愁别绪，伤感凄凉，感情真挚。首句“愁共落花多，人逐征鸿去”紧承上阕中暮春时节的景象。落花代表了愁绪，花落了多少，就代表了惆怅的情绪有多少。鸿雁要飞到遥远的地方去了，自己的愁绪却没有飘远。最后“君向潇湘我向秦”这是种无奈至极的心情，词人借用唐代诗人郑谷《淮上与友人别》中的典故，诗云：“扬子江头杨柳春，杨花愁杀渡江人。数声风笛离亭晚，君向潇湘我向秦。”此处用典故是感情的渲染。此刻词人和士季弟两人今日一别，谁知何时才能再相见。兄弟二人离别时的伤感与对未来的迷茫就在分别后慢慢淡化，可是词人的惆怅心绪却愈加飘散，更是可见词人深厚的感情以及别离时百味交杂之态。

# 洪 适

【作者简介】

洪适（1117—1184），字景伯，号盘州，鄱阳（今江西波阳）人，洪皓长子。与弟遵、迈世号“三洪”。平生以著述自娱。淳熙十一年卒，年六十八，谥文惠。《宋史》有传。有《盘洲文集》八十卷。《彊村丛书》刊有《盘洲乐章》三卷。

## 【渔家傲引】

**子月[①]水寒风又烈，巨鱼漏网成虚设。圉圉[②]从它归丙穴[③]，谋自拙，空归不管旁人说。**

**昨夜醉眠西浦月，今宵独钓南溪雪。妻子[④]一船衣百结，长欢悦，不知人世多离别。**

【注释】

①子月：农历十一月。②圉圉：鱼在水中游乐的样子。③丙穴：城口（今属四川）有丙穴，春社前嘉鱼出穴，秋社归。④妻子：妻子和儿女。

【鉴赏】

《渔家傲引》是宋代歌舞曲之一，是一种专咏体，以多首合咏一事。洪适的《渔家傲引》，共有词十二首，分咏渔家一年十二个月的生活情景，从“正月东风初解冻”起，至“腊月行舟冰凿罅”止，词体与《渔家傲》无异。本次是对十一月渔夫生活场景的描绘。

本词生动地描写了词人回归自然后所见到的简单自在的农村生活。本词是词人洪适晚年“乞休归，家居十八年，以著述吟自娱”。归隐后的著述名《盘洲集》，而《渔家傲引》是《盘洲集》的代表作，描写的是词人归隐后和谐、恬静的生活。

上阕主要是记叙了渔夫捕鱼空手而归这样一件事。开头首句“子月水寒风又烈”，既交代了故事发生在“子月”（即农历十一月），又交代了目前的天气很恶劣，水体寒冷，西风猛烈。在这样恶劣环境中苦苦等待，有巨鱼进网了，却又让它漏网而逃。渔夫辛辛苦苦地筹划竟成虚设，这样的事实让人惋惜且暗自懊恼。“谋自拙，空归不管旁人说。”渔夫面对此种情况，他并不认为是大鱼漏网而逃了，要怪的话就怪自己谋虑不当，计划不周，才会让大鱼有机可乘逃脱的。纵使是空手而归，不要管别人怎么说。渔夫这种豁达的情怀让人不禁肃然起敬，那是他们一家人的生计之所在，他却可以超然面对。这样的一个渔夫，谁人能以怜悯俗气看待呢？此处也可看出，词人对待这种旷达胸襟的敬仰之情。

下阕“昨夜醉眠西浦月，今宵独钓南溪雪”，昨天夜晚喝醉酒后，就昏昏大睡，今天就独自在南溪钓鱼。“昨夜”“今宵”和“西浦月”“南溪雪”，是通过时间与场景的迅速变换来表现渔人生活的狂放无拘。“妻子一船衣百结”则转写渔人全家的经济生活状。渔家的窘迫困顿，皆在词句。这也是当时渔民生活的真实写照，具有一定的社会代表性。词人对此怀有深深的同情之心。“长欢悦，不知人世多离别”，渔夫一家共享天伦，也不知有人世间的那种离别之苦。其实这里渔人的“不知”，正是作者所“深知”，这样一种对比不禁让人深思其中的寓意。事实上，词人是暗自揭露社会的现实，笔法之隐晦，让人感叹。

# 韩元吉

**【作者简介】**

韩元吉（1118—1187），字无咎，开封雍邱人（《全宋词》谓许昌人），晚居上饶，号南涧翁。以荫为龙泉县主簿。淳熙十四年卒，年七十。《宋史翼》有传，少受业尹焞，吕祖谦为其婿。又尝举朱熹以自代。与叶梦得为世交。黄昇《中兴以来绝妙词选》卷三称其“名家文献，政事文学为一代冠冕”。有《南涧甲乙稿》七十卷，已佚。四库馆臣自《永乐大典》辑出二十二卷。有自编词集《焦尾集》，原本已佚，朱孝臧撰《彊村丛书》辑为《南涧诗馀》一卷。

## 【霜天晓角】

题采石蛾眉亭①

**倚天绝壁，直下江千尺。天际两蛾凝黛，愁与恨，几时极②？**

**暮潮风正急，酒醒闻塞笛。试问谪仙④何处？青山外，远烟碧。**

**【注释】**

①采石：采石矶，在安徽当涂县西北牛渚山下突出于中江处。蛾眉亭：在当涂县（今属安徽），傍牛渚山而立。②极：极尽、完了。③塞笛：塞外的笛音。古人长城以北为塞外。④谪仙：李白。

**【鉴赏】**

此词含意深长。它以景语发端，又以景语结尾，中间频用情语作穿插，景情交融。向来被认作是咏采石矶的名篇。陆游《京口唱和序》云：“隆兴二年闰十一月壬申，许昌韩无咎以新番阳（今江西波阳）守来省太夫人于闰（润州，今镇江）。方是时，予为通判郡事，与无咎别盖逾年矣。相与道旧故部，问朋俦，览观江山，举酒相属甚乐。”此词可能是元吉在赴镇江途中经采石矶时作，当朝廷正在酝酿向金求和，并且此词虽名为题咏山水之作，但显然寓有作者对时局的感慨，流露出他对祖国河山和历史的无限热爱。

上阕主要是写景，采用于动写静手法。起句“倚天绝壁，直下江千尺”，气势不凡。词人登上蛾眉亭凭栏望远，看见牛渚山倚天而立的峭壁，上有千尺飞瀑奔流而下，汇入滚滚长江。实际上，采石矶最高处海拔才一百三十一米，只因横空而来和截江而立，显得陡峭高拔。这里采用夸张的手法，就为表现采石矶的雄伟壮丽。紧接着写“天际两蛾凝黛，愁与恨，几时极？”《安徽通志》载：“蛾眉亭在当涂县北二十里，据牛渚绝壁。前直二梁山，夹江对峙，如蛾眉然。”作者联想：黛眉不展，宛似凝愁含恨。事实上，这里是把人的主观感受加于客观物体之上，抒发了词人内心深处的惆怅情绪，这是一种忧国忧民的愁绪。

当时的社会的确有让韩元吉感到可恨的地方。他一贯主张北伐抗金，恢复中原故土，但反对轻举冒进。南宋当局抵抗不力，东南即将不保；恨的是北宋覆亡，中原故土至今未能收复。

词的下阕主要是将感情融入情景之中。作者虽未明言这些景象所喻为何，但人们从中完全可以感受到作者强烈的爱憎情感。“塞笛”渲染了一种悲凉的气氛，笛声响起如怨如诉、不绝如缕。当时词人由于酒醉，再加上“暮潮风正急”的环境里出现的幻听，日有所思，夜有所想。如果不是词人对于国是的担忧也不会在醉酒之际有如此幻想。最后词人追问谪仙李白的踪迹，而紧接着以“青山外，远烟碧”做了回答，这种看似虚无缥缈的答案，正是词人所领悟到的人生境界，一切自在自然之中。

## 【水调歌头】

又水洞

**今日俄重九，莫负菊花开。试寻高处，携手蹑屐[①]上崔嵬[②]。放目苍岩千仞，云护晓霜成阵，知我与君来。古寺倚修竹，飞槛绝纤埃。**

**笑谈间，风满座，酒盈杯。仙人跨海，休问随处是蓬莱。落日平原西望，鼓角秋深悲壮，戏马[③]但荒台。细把茱萸看，一醉**

且徘徊。

【注释】

①蹑屐：穿上方便爬山的草鞋。②崔嵬：险峻的高山。③戏马：即戏马台，在今江苏徐州铜山区南部，是项羽当年掠马处，亦为楚汉相争时的战场。

【鉴赏】

这首词是词人在重阳节与好友一起登高赏景抒发感慨之作，豪迈中也有凄清悲凉之感。九月九日重阳节历来引起文人墨客无数的感叹，本词语言简练直白，道出词人真挚感情。

上阕主要是写重阳节之景。开头“今日俄重九，莫负菊花开”点明重阳节又到来了，正是菊花盛开之时，正适合赏菊，千万不要辜负了秋光。一个“莫负”，表明了词人心中的真实意图，其实这里是词人以物代人的写法，不仅是不要辜负大好的秋光，更是不要辜负一段美好的朋友情谊。紧接着词人写了重阳节登高赏菊，要结伴同游。接着词人开始写景，写登上高山以后所看到的景色，有苍灰色的石崖壁立千仞，遍地晓霜云雾缭绕。“知我与君来”这一句很妙，一个“知”字把石崖、云气都显得有灵气，是拟人化的写法，将物体人格化。

下阕主要抒情。开头“笑谈间，风满座，酒盈杯”写词人与友人登高畅饮，欣赏美景，陶醉于美景美酒中。“风满座”让人不禁猜想，与词人相伴的或许不是宾客满座，但是对他而言，朋友不在多，而在于之心，一种豪气从中而生。“仙人跨海，休问随处是蓬莱”，这两句仿佛有种飘飘欲仙的感觉，事实上，是词人酒醉时的一种倾诉，他就是将自已的真情实感融入一种缥缈的意境中，很契合以虚写实的笔法。最后词人在抚古惜今的思绪中平静下来，一种悲伤的论调就充斥其中，其实词人之悲不在个人，而在于天下苍生、故国家园。大有范仲淹“先天下之忧而忧，后天下之乐而乐”的风范。

## 【好事近】

汴京赐宴①，闻教坊乐，有感。

**凝碧旧池②头，一听管弦凄切。多少梨园声在，总不堪**

**华发。**

**杏花无处避春愁，也傍野烟③发。惟有御沟声断，似知人呜咽。**

【注释】

①汴京赐宴：在金国都城的汴京（曾为北宋的国都），作为出使金邦使者的韩元吉等人接受了金世宗的赐宴。②凝碧旧池：唐代洛阳禁苑中池名。③野烟：代指给中原带来灾难的异族统治者——金邦君主。

【鉴赏】

宋孝宗乾道八年（1172）十二月，试礼部尚书韩元吉，利州观察使郑兴裔被遣为正、副使。到金朝去祝贺次年三月初一的万春节（金主完颜雍生辰）。行至汴梁（时为金人的南京）金人设宴招待。席间词人触景生情，百感交集，随后赋下这首小词。这首词借古讽今，哀悼北宋王朝的覆灭，伤感南宋王朝的日益弱小，句句凄切，爱国情思通贯全篇。

上阕写词人在宴会上听到了教坊奏乐并由此产生的感情。开头“凝碧旧池头”，引用典故，比拟金世宗赐宴处——汴京宫苑。据《明皇杂录》记载，天宝末年，安禄山叛军攻陷东都洛阳，大会凝碧池，令梨园子弟演奏乐曲。他们皆欷歔泣下，乐工雷海青则掷乐器于地，西向大恸。诗人王维在被囚禁中听到这一消息，暗地里写了一首诗：“万户伤心生野烟，百官何日再朝天？秋槐叶落深宫里，凝碧池头奏管弦。”诗中描写了战后深宫的荒凉景象，表达了自已的哀苦心境。韩元吉所写的矛盾更加尖锐，感情更加沉痛。结尾借现在已经满头白发的乐师，感叹年华易逝，比喻现在词人也有了浓烈的老大迟暮的感慨。

下阕开头两句，既点时间，亦写环境，并用杏花以自拟“杏花无处避春愁，也傍野烟发”。以虚带实，寓意深

刻。所谓写实，是指杏花在二月间开花，而汴京赐宴恰在其时。杏花无法避开料峭的寒风，终于在战后荒凉的土地上开放了。词人也像杏花一样，虽欲避开敌对的金人，但因身负使命，不得不参与宴会，不得不聆听令人兴感生悲的教坊音乐。词人以杏花自喻，形象美丽而高洁；以野烟象征战后荒凉景象，亦极富于意境。而“无处避春愁”五字，则是“词眼”所在。有此五字，则使杏花人格化，使杏花与词人产生形象上的联系。结尾二句仍以拟人化的手法，抒发心中的悲哀。北宋汴京御沟里水，本是长年流淌的，可是经过战争的破坏，早已阻塞干涸了。如今再也听不到潺潺流淌的声音。他胸中无限痛苦也得不到疏解与排减，这样写将人景合一，过往与现实交融，实为与众不同的描写方式。

# 朱淑真

**【作者简介】**

朱淑真，生卒年不详。号幽栖居士，钱塘（今浙江杭州）人。况周颐《蕙风词话》卷四考其行实略云：幼警慧，善读书，文章幽艳，工绘事，晓音律。父官浙西。夫家姓氏失考，似初应礼部试，其后官江南者。淑真从宦，常往来吴越荆楚间。况周颐且断定其为北宋人。《全宋词》则系于南北宋之交，今姑依之。案魏序末署淳熙九年（1182），谓其真词“清新婉丽，蓄思含情，能道人意中事”。汲古阁本有其《断肠词》一卷。

## 【菩萨蛮】

咏梅

**湿云不渡（一作“断”）溪桥冷。蛾[1]寒初破东风（一作“双钩”）影。溪下水声长，一枝和月（一作“雪”）香。**

**人怜花似旧，花不知人瘦。独自倚栏杆，夜深花正寒[2]。**

**【注释】**

①蛾：在此通“俄”，俄顷、不久。②寒：梅在清冷的月光下绽放，奇香馥寒。

**【鉴赏】**

这是一首咏梅词，表现了梅花坚贞、高洁、不畏严寒、卓尔不群等美好品性，它也一直以来被文人称颂。这首词中，词人朱淑真借梅花的秉性表达自己的情感，属于借景抒情的典型写法。

这首词上阕主要是刻画一个特定的环境，为梅花的出现与绽放作一个铺垫。下阕主要是借梅花精神抒情，词意简练，用字清丽。

开头“湿云不渡（一作“断”）溪桥冷”点明梅花绽放的时节特点与地

点。冬末春初的一个夜晚，抬头可以看见几朵湿意隆重的乌云凝聚在天空。低头近观，小桥下溪水潺潺，散发出淡淡的寒意。在这样的一个时节里，突然一阵轻寒打破了东风乍暖的气氛，使人更感到寒意森森。梅花就在这样一个季节里傲然绽放。“溪下水声长，一枝和月（一作“雪”）香。”词人紧接着向我们描述了这样一幅画面：桥下溪水哗哗地流淌，并随着流水声送来一片幽香，朦胧的月光下，幽香漂移，沁人心脾。词人将视觉、听觉、嗅觉结合起来，给我们展示了一幅幽雅的梅花图，重点描写梅花的香。

下阕转向对词人的描写，词人的情感在此刻宣泄而出。词人面对在春寒料峭中绽放的梅花抒发自己的感情，主人公觉得自己对梅花的爱恋一直没变，但是花始终只是花，没有特别的感情，而词人自己却在时光的辗转中身心憔悴了。夜深了，不畏苦寒的梅花也感受到冬天的寒冷。词人对花无眠，只能“独自倚栏杆”。梅花是不语的，也没有自己的感情好恶，只是在词人满腹感伤下，梅花也笼上淡淡的愁意，从中就可以体味出人的主观感情色彩。古人称“不以物喜，不以己悲”，在古诗词里要区别感悟了，往往是物以人喜，物以人悲。

## 【减字木兰花】

**春怨**

**独行独坐，独唱独酬还独卧。伫立伤神，无奈春（一作“轻”）寒著摸①人。**

**此情谁见，泪洗残妆②无一半。愁病相仍，剔尽孤（一作“寒”）灯梦不成。**

**【注释】**

①著摸：撩惹、触碰。②残妆：泪水冲花了妆容。

**【鉴赏】**

这是一首写闺阁春怨的词作。朱淑真之词“情绪偏于低沉”“淡语皆有味，浅语皆有致”（冯煦《宋六十一家词选》），寓意隽永，深刻携味。朱淑真是一位才貌出众、善绘画、通音律、工诗词的才女，但她的婚姻很不美满，婚后抑郁寡欢，故诗词中“多忧愁怨恨之语”。

词的上阕，“独行独坐，独唱独酬还独卧”两句，连用五个“独”字，充分表现出她的孤独与寂寞，似乎“独”字贯穿在她的一切活动中。使女子孤寂善愁的形象鲜明地凸立于纸面，其画外音也相应的丰实而隽永，如同画中的层层点染一样，突出形象。同时“独”字还透露出了抒情主人公的孤寂，形单影只。“伫立伤神”等两句，紧承上句，不仅写她孤独，而且描绘出她的伤心失神。特别是“无奈轻寒著摸人”一句，写女词人对季节的敏感。“轻寒”二字，正扣题目“春怨”二字的“春”字，全词无一语及春，惟从“轻寒”二字，透露出春天的信息。“著摸”一词，宋人诗词中屡见，有撩拨、沾惹之意。寡居的李清照感到“乍暖还寒时候，最难将息”（《声声慢》）。对自己的婚姻深感不满的朱淑真在“伫立伤神”之际，不禁发出“无奈轻寒著摸人”的吟咏，足见两位女词人在“轻寒”季节，有着共同的伤心之处。

下阕进一步抒写女词人的愁怨。“此情谁见”四字，承上启下，“此情”，既指上阕的孤独之情，又指下文的“泪洗残妆无一半”写出了女词人以泪洗面的愁苦之情。“愁病相仍，剔尽孤灯梦不成”，一个愁情满怀的女子，最容易因愁生病，此时词人的病容憔悴，不单是曾经的惆怅，更多的是无奈与寂寥。在清冷的夜晚，她甚至都无法在梦中寻求自己的美好。本词语言清丽，感情深厚，实有非男性作家拟闺情之词所能及者。那个时代女子的愁苦，永远也就只有女子自身才能真正的品评。

## 【阿那曲】

**梦回酒醒春愁怯。宝鸭①烟销香未歇。薄衾无奈五更寒，杜鹃②叫落西楼月。**

【注释】

①宝鸭：铸制成宝鸭形的铜炉，用以熏香、取暖。②杜鹃：又名杜宇、杜魄、子规，古代文学常以其叫声凄苦借以刻画悲苦形象。

【鉴赏】

这首词是惜春之作。依然是春去花落，依然是愁情满怀无处泄，词人用简单凝练的语言就将特有情愫和颖异风格表现得淋漓尽致。

开头“梦回”二字点明了词人当时的情绪状态，词人刚从酒醉中清醒过来，梦已经散去，然而现实里散发出的点滴春愁让她感到心悸和不安。“春愁”虽然不是女性特有的情感，可是在女性身上所表现出来的尤为真实、纯粹。春天里阳光融融，鲜花遍开，但由于词人是女性，没有太多的自主权，她甚至不被允许独自外出，感受美好的春意。词人的多愁善感不是凭空出现的，伤春的情绪自然而然地流露出来。紧接着词人写室内的情形，宝鸭形铜炉内的“烟”经燃烧已熄灭，而香气却还在室内弥漫。“香未歇”里可以看出词人的睡眠时间不是很长，只是淡淡的浅睡，为什么在醉酒之后也只是浅眠呢？这应该是由词人浓重的愁决定的。屋内的情景也随着表达出来。在一间女子的香闺中，朦胧的烟气盘绕在屋子里，同时一股熏人的香气逐渐在屋子中蔓延。随着夜渐深，炉里的香料已经燃烧完了，但香气还未消失，这时女主人公忽然从梦中惊醒。“薄衾”本来足可御寒。然而现在正是五更天的寒气侵袭，让人对此无可奈何。词人的寒意一方面来自薄衾，抵御不住寒气；另一方面是因为词人的内心很寒冷，心寒就蔓延至全身。“杜鹃叫落西楼月”，杜鹃的叫声，是悲哀的，听到杜鹃的叫声，显得更加悲凉与愁苦。杜鹃叫声持续的时间之长，一直等到月落西楼。于是，在这样的场景之下，词人当然更是无眠了，伤愁的心情更是无法排遣。

## 【蝶恋花】

**送春**

**楼外垂杨千万缕，欲系青春，少住春还去。犹自风前飘柳絮，随春且看归何处。**

**绿满山川闻杜宇①，便做无情、莫也愁人苦。把酒送春春不语，黄昏却下潇潇②雨。**

【注释】

①杜宇：传说中的古蜀国国王。传说死后化作鹃鸟，因而杜宇一般指代杜鹃。②潇潇：形容雨声，雨势盛大的样子。

【鉴赏】

这是一首惜春之作，抒发作者对于春天易逝，韶光不再的惋惜之情。然而，女词人朱淑真却通过丰富的想象力和贴切的拟人手法，将暮春景色表现得委婉多姿、细腻动人。在宋代诸多惜春之作中，显出它自己独有的艺术特色。

上阕主要写春天的美好景色，词中首先出现的是垂杨。“楼外垂杨千万缕，欲系青春，少住春还去”三句，描绘了垂杨的绿姿。贺知章的诗中即有“不知细叶谁裁出，二月春风似剪刀”之句。柳条虽美，风亦飘然，还是留不住春天的脚步，终究是“无可奈何春去也”。紧接着“犹自风前飘柳絮，随春且看归何处”两句，对暮春景物作了进一层的描写。一般词人是写落花残春，但是朱淑真这种“随春”的写法，显得别出心裁。

下阕主要是接暮春之景抒发感情。“绿满山川闻杜宇，便做无情，莫也愁人苦”，春残时节，花落草长，山野一片碧绿。杜鹃鸟的凄厉叫声传来，勾起词人的思绪。从“系春”“随春”，看出她在驰骋想象，主人公的惜春之情完全是靠垂杨和柳絮表现出来的。现在则由侧面烘托转向正面描写。词人希望一场暮春之雨，带走自己的愁苦。词人知道留春不住，于是拿起酒杯为春送行。可惜春天不解人意，仍然离去。最后以一个萧萧冷落的环境结尾，给人悲凉的感觉，令人伤感。词人此时的心情必然是悲伤的，这与她的人生际遇不无关系。

## 【谒金门】

**春半**

**春已半。触目此情无限。十二阑干[①]闲倚遍，愁来天不管。**

**好是风和日暖，输与莺莺燕燕。满院落花帘不卷，断肠芳草[②]远。**

**【注释】**

①十二阑干：即“十二栏杆”，常借为女子闺阁的代称。②芳草：喻指词人心目中热切思念的亲人。

**【鉴赏】**

这是一首伤春词，词人抒发的正是伤春怀远之情。在这首词中，词人抒发因日日思念意中人却无法相见的愁苦悲痛之情。

上阕开端两句“春已半，触目此情无限”，通过女主人公的视觉和对暮春景象的感受，道出了她的无限伤感之情。“此情”是思佳偶不得，精神孤独苦闷。“无限”二字，有两层意思：一是说明作者此时忧郁心情的浓重，愁思之心已经蒙蔽她所有的快乐心情；二是表明作者的隐忧永无消除之日，这种痛苦持续的时间之长。“十二阑干闲倚遍，愁来天不管。”古词曾有“倚遍阑干十二楼”之句与此近似。“倚阑干”在古诗文里绝不是一个积极的意思，而是略带有寂寥落寞的意义，此句写女主人公愁怀难遣、百无聊赖、无所栖息的情态。“遍”字，写出动作持续的时间长久。“闲”字，不是指词人此时悠闲度日，事实上表现了作者终日无逅、时时被愁情困锁不得稍脱的心境。她因无法排遣愁绪，只得发出“愁来天不管”的怨恨。她的愁情没有人关心，这种悲切的心情让人忍不住与之同凄。

下阕正面写“风和日暖”，一片春光。下阕开头“好是风和日暖，输与莺莺燕燕”描述了一个春意正浓的时节，在这一时节和风习习、暖日融融，到处呈现出盎然生机，一种对春天的喜爱之情就油然而生。然而，紧接着词人笔锋一转，无可奈何地叹息，在这样的景色中，思念亲人，让人断肠。春光与心情形成鲜明的对比，这也颇让人回味，饶是春光无限好，只付一江愁情无处寻。

# 赵彦瑞

【作者简介】

赵彦瑞（1121—1175），字德庄，号介庵，鄱阳（今江西波阳）人。宋宗室。绍兴八年（1138）进士。十二年（1142）任为左修职郎、钱塘县主簿，迁建州观察推官。韩元吉为撰墓志铭（《南涧甲乙稿》卷二一），谓其"力学能文，风度洒落，词辩纚纚""闻其诗词一出，人嗜之往往如啗美味"。有《介庵集》十卷、外集三卷、《介庵词》一卷。

## 【点绛唇】

途中逢管倅

**憔悴天涯，故人相遇情如故。别离何遽[1]，忍唱阳关句。**

**我是行人，更送行人去。愁无据[2]，寒蝉鸣处，回首斜阳暮。**

【注释】

①遽：急忙，匆匆。②无据：没有根据。

【鉴赏】

这是一首与友人离别与送行的词，这首词是词人在晚年旅途上所作。从词中所叙的情况可以知道，词人与好友在途中相逢，不久又分手。作者客中送别，感到格外凄怆与不舍，便写了这首词。

上阕首句"憔悴天涯，故人相遇情如故"。憔悴，是身心俱损，生活困苦；天涯，这里指他乡。"他乡遇故知"，久别重逢，深情似旧，其乐可知。"别离何遽，忍唱阳关句"，久别重逢后却要分离，那种苦痛是难以表达的。前后的对比强烈，采用欲扬先抑的手法表达出那种因乍见时大喜过望而别离时却悲苦加倍的心情。他联想起王维《送元二使安西》中"西出阳关无故人"的著名诗句。但作者此时连唱《阳关》的心情也没了。这是种感情的极度压抑，令整首词的基调变感伤凄婉起来。

下阕交代“我是行人，更送行人去。”同是羁旅他乡的游子，更是愁上加愁。“愁无据。寒蝉鸣处，回首斜阳暮。”无际的愁苦，仿佛是凄切的寒蝉和暗淡的夕阳。“寒蝉鸣”为声，“斜阳暮”为色。前者作用于听觉，后者作用于视觉。作者在离别之际，听到了寒蝉鸣叫，回头看已是傍晚夕阳西下，一种惆怅的情绪随着景物生发出来了。这样通过声色交互而引起读者诸种感觉的移借，派生出无穷无尽的韵味来。纪昀评赵彦端《介庵词》说：“多婉约纤秾，不愧作者。”（《四库全书总目提要》卷一九八）

# 李吕

【作者简介】

李吕（1122—1198），字滨老，一字东老，号澹轩，光泽（今属福建）人。屡试不中，遂弃科举，著《易义说》，尤留意《资治通鉴》，有论著数百篇。尝立社仓，朱熹为作记，叹其不遇。周必大为撰墓志铭（《平园续稿》卷三五）。有《澹轩集》十五卷。《彊村丛书》辑有《澹轩诗馀》一卷。

## 【鹧鸪天】

寄情

**脸上残霞酒半消，晚妆匀罢却无聊。金泥[1]帐小教谁共？银字[2]笙寒懒更调。**

**人悄悄，漏迢迢，琐窗[3]虚度可怜宵。一从恨满丁香结，几度春深豆蔻梢。**

【注释】

①金泥：用金色颜料描画。②银字：以银作字。③琐窗：小巧玲珑之窗，带有富贵人家的寂寥之气。

【鉴赏】

这是一首闺怨词，写幽闺春夜的情思，明艳妩媚。标题“寄情”二字可以看出这是描写闺中相思的，将相思之情寄予远方的情人。

上阕首句“脸上残霞酒半消”，“霞”，指脸颊因酒力而透出了红晕。从侧面交代了闺中少女的相思之浓，她或许是借酒消愁，以解相思之情。“金泥”二句，补足“无聊”之意。“金泥帐”，用金粉涂饰的床帐，侧写闺人独处寂寞无侣之恨。更别说有心思去调弄、吹奏刻着银字调号的笙管，只让它冷清清地搁着！这样生动细致的描写，把闺中少妇那种愁情描摹得很到位，深刻表现人物形象。

下阕开始用环境来烘托愁情，以景写情，融情于景。夜晚是静悄悄的，却能清晰地听到从远处传来的计时的滴漏声，少妇心中的怨恨就像窗前那开满的丁香花一样，繁茂绽放难以消散。而她那美好的年华，就在那豆蔻花的开谢之中悄悄地流逝了！李商隐《代赠二首》之一：“芭蕉不展丁香结，同向春风各自愁”，以丁香之“结”，喻心情郁结不开，愁恨满腹。杜牧《赠别二首》之一：“豆蔻梢头二月初”，豆蔻生于岭南，其苗如芦，其叶如姜，花作穗，嫩叶卷之而生，微带红色，叶展花开。南人摘其含苞待放者，美称为“含胎花”。杜牧诗中用以比喻“娉娉袅袅”的美女。本词中亦以“丁香”“豆蔻”设喻。这里词人将主人公的惆怅的情绪由无形化为了有形。借花开花落，来表现她惆怅的情绪，表现她正渐渐老去，却仍然等不到自己所爱之人的归来。闺情怨意就在此词中一一展开，女主人公的愁情也不由自主地渗入读者的心。

# 陆 游

**【作者简介】**

陆游（1125—1210），字务观，号放翁，山阴（今浙江绍兴）人，陆佃之孙。以荫补登仕郎。绍兴中试礼部，以语触秦桧，被黜。绍兴二十八年（1158），始仕福州宁德县主簿，调福州决曹，迁大理司直。孝宗即位，除枢密院编修官兼编类圣政所检讨官。史浩、黄祖舜荐以“善词章、谙典故”，赐进士出身。隆兴元年（1163），张浚北伐，陆游为镇江通判。乾道元年（1165）改隆兴府通判。二年免归，卜居镜湖之三山。乾道五年差通判夔州。八年，四川宣抚使王炎辟为傒办公事，改成都府安抚司参议官，历蜀州通判，摄知嘉州、荣州事。淳熙二年（1175），四川制置使范成大延置幕僚，宾主唱酬，人争传颂。因人讥其颓放，自号放翁。淳熙五年东归。七年，奉祠归。十三年，起知严州，历除军器少监，迁礼部郎中。光宗即位，兼实录院检讨官，旋即罢归山阴，闲居十余年。

嘉泰二年，诏权同修国史、实录院同修撰，预修孝宗、光宗两朝实录，寻兼秘书监。次年归。居于山阴。嘉定二年（1210）卒，年八十六。陆游与尤袤、杨万里、范成大为中兴四大诗人，其为中兴之冠，人呼为小太白。有《剑南诗稿》八十七卷、现存诗九千余首，为古代诗人中最多。另有《渭南文集》五十卷、《南唐书》十八卷。词二卷，载于《渭南文集》。淳熙十六年（1189），自编词集成，作《长短句序》云：“予少时汩于世俗，颇有所为，晚而悔之。然渔歌菱唱，犹不能止。”此后未尝绝笔，刘克庄《后村诗话续编》云：“放翁长短句，其激昂慷慨者，稼轩不能过，飘选高妙者，与陈简斋、朱希真相颉颃。流丽绵密者，欲出晏叔原、贺方回之上。”

## 【钗头凤】①

**红酥②手，黄滕③酒，满城春色宫墙柳。东风恶，欢情薄，一怀愁绪，几年离索④。错、错、错。**

**春如旧，人空瘦，泪痕红浥[5]鲛绡[6]透。桃花落，闲池阁，山盟虽在，锦书难托。莫、莫、莫。**

**【注释】**

①《钗头凤》：《撷芳词》中原有“都如梦，何曾共，可怜孤似钗头凤”之句，故取名《钗头凤》。②红酥：本形容红梅蓓蕾之色，这里形容女性肤色红润健康。③黄縢：宋代官酒以黄纸为封，借此指代美酒。④离索：离群索居的简括。⑤红浥：打湿了（脸上）的胭脂。⑥鲛绡：神话传说里鲛人所织的绡，极薄，用以泛指薄纱或手帕。

**【鉴赏】**

陆游的原配夫人是同郡唐氏士族的一个大家闺秀，结婚以后，他们“伉俪相得”“琴瑟甚和”，是一对情投意合的恩爱夫妻。不料，作为婚姻包办人之一的陆母却对儿媳产生了厌恶感，逼迫陆游休弃唐氏。离异后唐氏改嫁，在一次春游中，陆游与前妻唐氏邂逅于绍兴城南禹迹寺附近的沈园。陆游感于前事，遂题此词于沈园壁上。“钗头凤”有两方面的含意：一是指自与唐氏仳离之后“可怜孤似钗头凤”；二是指仳离之前的往事“都如梦”倏然而逝，红颜未老恩先断。表达了他们眷恋之深和相思之切，也抒发了词人怨恨愁苦而又难以言状的凄楚心情。

词的上阕分两层意思。“红酥手，黄縢酒。满城春色宫墙柳”，只选取一个场面来写，具体而形象地表现出这对恩爱夫妻之间的柔情蜜意以及他们婚后生活的美满与幸福。“红酥手”，写出了唐氏为词人殷勤把盏时的美丽姿态，唐氏手臂的红润，酒的黄封以及柳色的碧绿，又使这幅图画有了明丽又和谐的色彩感。“东风恶”，是造成词人爱情悲剧的症结所在。本来，东风可以使大地复苏，给万物带来勃勃的生机。但是，当它狂吹乱扫的时候，也会破坏春容春态。它主要是一种象喻，象喻造成词人爱情悲剧的“恶”势力。“欢情薄。一怀愁绪，几年离索”美满姻缘被迫拆散，恩爱夫妻被迫分离，使他们两人在感情上遭受巨大的折磨和痛苦。“错、错、错”是词人对封建包办婚姻下的大家长制的控诉，也是对现实的绝望。

下阕抒写夫妻被迫离异的巨大哀痛，也分为两层。下阕以女子的口吻来继续写离别后的相思之情。女子离别后，春天依旧，由于相思，人已经变得很消瘦了，整天挂着泪珠。“山盟虽在，锦书难托。”这是怎样的心情呢？不是无奈，现实已经不允许他们无奈，而是永恒的伤痛。妻子改嫁后无限忧愁，山盟海誓还在，很想写一封信来表达自己的相思，但很难。最后“莫、莫、莫”好似她的呜咽声，又似她绝望的叹息与哭喊，想以此向前夫诀别。这正是一个伤心人的伤心之事。对于前妻唐氏，词人始终有着一种深情，这是一段辛酸的往事，这是陆游终生的隐痛。“错，错，错”和“莫，莫，莫”先后两次感叹，这些都是词人心绪的表现，荡气回肠，大有恸不忍言、恸不能言的情致。这部作品写得缠绵悱恻，感人肺腑，千百年来为人所称颂。

## 【好事近】

**秋晓上莲峰，高蹑倚天青壁。谁与放翁①为伴？有天坛②轻策③。**

**铿然忽变赤龙飞，雷雨四山黑。谈笑做成丰岁，笑禅龛④榔栗⑤。**

**【注释】**

①放翁：即陆游，字放翁。②天坛：天台山。③轻策：藤杖。④禅龛：原指供设佛像的小阁子，泛指禅房。⑤榔栗：印度语“刺竭节”的异译，僧徒用的杖。

**【鉴赏】**

这是一首神游华山的词，词人立足于百姓的生活实际，表达自己的心愿，表明了他希望造福人民的忧民思想。

上阕主要写词人登上莲花峰的经过以及这件事，开头“秋晓上莲峰，高蹑倚天青壁”交代了时间、地点。攀登莲花峰的时间是秋晓，紧接着写他登上了山峰，倚靠在陡峭的悬崖上。“谁与放翁为伴”的问句，写出了自己的登山是独自一人，无人做伴。“天坛轻策”是写词人手拄着拐杖浪迹莲花峰，脱俗的形态就在笔下缓缓展开。

词的下阕主要是描写词人感受自然的魅力，不禁思绪纷飞，神游莲花峰，并由此生发感慨。开头“铿然忽变赤龙飞”描写了忽然之间，手中的天坛杖化成赤龙腾起。这是词人的幻想，词人在莲花峰的浩瀚气势中，想象也不由自主加上了奇幻色彩。“雷雨四山黑”，龙杖在雷雨纵横的太空里飞翔，雷声大作，四边的山峰黑成一片。在这样恶劣的气候条件中，词人的思维无限扩散，“谈笑做成丰岁，笑禅龛榔栗。”他祈祷的是降及时之雨为人们造福，田禾得到好收成，让人们过丰衣足食的日子。这就是忧民的心理，可以看出陆游的人格魅力。词人此时正在莲花峰上，与莲花峰上那些只顾自己不关心别人生活的僧徒形成了鲜明对比，即使如此词人也只是报以一笑。这首词想象瑰丽，气势磅礴，给人一种大气的感觉和心灵享受。词中的思想也是极其深刻的，无论什么时候，词人心中挂念的仍是黎民百姓。由此可以看出陆游的忧民爱国思想是深入骨髓的。

## 【秋波媚】

**七月十六晚登高兴亭[①]望长安南山[②]**

**秋到边城角声哀，烽火照高台。悲歌击筑[③]，凭高酹酒[④]，此兴悠哉！**

**多情谁似南山月，特地暮云开。灞桥[⑤]烟柳，曲江[⑥]池馆，应待人来。**

**【注释】**

①高兴亭：陕西南部城西北，正对南山。②南山：主峰在今西安市南的终南山，横亘于陕西南部，即今天的秦岭。③筑：古代一种弦乐器，以竹尽击弦发音。④酹酒：把酒洒在地上以祭奠天地神灵。⑤灞桥：当时长安城东一座颇有影响力的桥，在今西安市城东。⑥曲江：当时长安城著名的风景区，在今西安城区东南部。

**【鉴赏】**

此词是睹物抒情之作。“七月十六晚登高兴亭望长安南山”词的小序中，可以看出是词人晚间登上高兴亭观望为金人所盘据的长安之地所作，望着曾经是大宋国土的终南山感慨颇多，心中亦自是不平。灞水悠悠，两岸青柳之摇，曲江池馆之立，皆似有情欲待我守疆军士能早日收复失地。

这首词写于宋孝宗乾道八年（1172）秋天，陆游受四川宣抚使王炎邀请到南郑辅佐军务。边疆的对峙环境、真实的军旅生活，激起他欲战以收复失地振兴国威的强烈愿望。但是当时大宋的国情、朝廷的腐败、官员只顾一己私利，想要收复失地的愿望自然是美好的幻想。

上阕“秋到边城角声哀”，开篇就渲染出一种悲凉的气氛，由此奠定了词的基调，瞬时把读者带到边疆的一个苍茫环境中。“烽火照高台。悲歌击筑”，熊熊的烽火台的火焰气势庞大，瞬间照亮了高台。在悠长悲壮的军号声中，慨然击筑而歌，声音荡气回肠。歌罢向空酹酒，洒给昔日英雄，这种豪迈的场景就充斥在词人的眼中，心中的那些凌云壮志就此澎湃。

下阕接上阕登高击筑所起之兴，词人寓情于物，月亮也有了人的情感。在边城如此辽阔高远的情景中，词人的一腔热血就此沸腾。月亮也似乎了解到他的美好愿望，为了能让词人看清长安南山的面目，沉沉暮暮云散去让事物变得清，实为感人之举。“灞桥烟柳，曲江池馆，应待人来”，词人采用拟人的手法，让物富有人的感情色彩，他们似乎也盼望着大宋军队能早日光复长安城，如城中沦陷的人民一样在默默企盼着。这首词中陆游个人的民族气节、爱国情怀和报国热情展现得淋漓尽致！

## 【卜算子】

咏梅

**驿①外断桥边，寂寞开无主。已是黄昏独自愁，更著风和雨。**

**无意苦争春，一任群芳②妒。零落成泥碾作尘，只有香如故。**

**【注释】**

①驿：驿站，古代设在路边供人休息的地方。②群芳：百花。

**【鉴赏】**

这是一首咏梅词，词人采用了拟人的手法来表明自己在人生境遇不顺之时的清高品格和功名不乱求的情操。自古及今，吟咏梅花的诗词不计其数，“梅须逊雪三分白，雪却输梅一段香”（卢梅坡《雪梅》）、“遥知不是雪，为有暗香来”（王安石《梅花》），这些都是咏梅佳句，但是本词确实别具一格，自成韵味。

上阕写梅花在驿道外断桥边，断桥残破不堪。在这样偏僻的地方，梅花独自绽放，所有的美好都被隐藏了，梅花心中自是有些孤单落寞。在这里词人采用拟人化的手法，为梅花注入了人的主观感情，使得梅花的形象更加生动。“已是黄昏”，已经是黄昏时分，梅花无人过问又陷入到无名的愁闷之中，“又来风和雨”，更是雪上加霜啊。作者带着同情的心体念到这时梅花的苦境更深了一重了，“已是”“更着”两词用意甚深。这似乎也是词人自己的人生写照，所谓祸不单行也正是如此！

下阕道出梅花在这样孤寂又遭风雨的境遇下的应对心态，一个坚毅脱俗的梅花形象就此展现出来。“无意苦争春，一任群芳妒”。冰洁的梅花早早地就开了，在冰天雪地中她独自绽放自己的美丽。这是她的天然禀性，她没有刻意地去迎合百花盛开的春天，也没有与百花一争高低的想法。可是梅花的天然纯净的美丽还是招致了百花的猜疑和嫉妒。她想静心保持着自己的纯洁清雅，不入俗流的志性，然而后来的遭遇实在是叫人怜惜的。“零落成泥碾作尘，只有香如故。”冰清玉洁的梅花不知如何表达自己的心志，在时光的辗转中，梅花日趋凋零，惨败的梅花为过往的人迹车旅“碾作尘”散入泥土。梅花悲凉的遭遇引得世人的同情，可是即使如此，梅花却没有自怨自艾，仍是不顾一切地让自己发挥光芒。“只有香如故”一句就是明志之言。其实这首词中陆游借梅的遭遇以表自己的政治境遇，心忧国家安危。即使词人的一生是不得志的，但是这丝毫不影响他报效祖国的热血心情。

## 【夜游宫】

记梦寄师伯浑[①]

**雪晓清笳[②]乱起，梦游处，不知何地。铁骑无声望似水。想关河。雁门[③]西，青海际。**

**睡觉寒灯里，漏声断，月斜窗纸。自许封侯在万里。有谁知？鬓虽残，心未死！**

**【注释】**

①师伯浑：人名，陆游之友。②笳：胡笳，我国古代北方民族的一种乐器，类似笛子。③雁门：又名西陉关，位于今山西省代县县城以北二十公里处的雁门山中，自古就是长城上的重要关隘。

【鉴赏】

陆游在后人心中的形象是忧国爱民的，自始至终都是一位忠心于大宋朝廷的良善诗人。陆游在《夜游宫》中也是深刻地表明自己的爱国心志。师伯浑与陆游亦可谓是志同道合的友人，因此陆游把这首词寄给了他。所谓知己难求，所以陆游是倍加珍惜这个朋友，词中亦可看出对朋友的关怀之情。

词的上阕是记录词人所梦之事。各种景物意象交织在一起，就可以看出词人的所思所想了。雪、胡笳、铁骑、雁门，这些物象瞬间就把读者拉到了北方地域去了，词人对国家的关怀溢于言表。“雪晓清笳乱起，梦游处、不知何地”，梦中偶然一阵清远哀婉的胡笳声透过漫雪飘来，迷糊的梦中亦不知是何地。“想关河，雁门西，青海际。”身处在梦中，词人所关心仍是关边行军战事，敌场杀伐。这样的爱国情怀就让人感慨。

下阕写的是梦醒后惆怅的心情。梦境与现实的强烈反差就让人深感落寞，“寒灯”“漏声”“月斜窗纸”。灯光在清冷的夜晚中闪烁着寒光，滴漏的水声遥遥传来，好月斜时的光与影交错，透过纸质的窗户印在冷冷的地面上，这些景象就是带着悲怆的色彩呈现于读者面前。回想曾经，自己为国杀敌立功万里之外的相同月景。“有谁知，鬓虽残，心未死！”顿显抑扬顿挫之势，大有廉颇不老的壮志。可是，诚然如此，这些深沉的情怀却是无人能理解的！

时光变迁，穿越千年，陆游的爱国情怀激励了一代又一代的有志之士，他的精神即使在今天仍为人所称道。

## 【鹊桥仙】

**一竿风月，一蓑烟雨①，家在钓台西住。卖鱼生怕近城门，况肯到红尘深处?**

**潮生理棹，潮平系缆②，潮落浩歌归去。时人错把比严光③，我自是无名渔父。**

【注释】

①一蓑烟雨：表现豪迈旷达的生活态度。②缆：缆绳。③严光：严子陵，东汉著名隐士，曾不应汉光武帝的征召，自顾自披羊裘垂钓。

【鉴赏】

这是一首写渔夫生活的词作，陆游借渔父生活情景以写自己之情状，讽刺社会上人们追逐功名、不为苍生的风气。

上阕写渔夫的闲适生活。“一竿风月，一蓑烟雨。”清风为伴，明月为侣，手持渔竿，悠然泛舟，披风沐雨。这样的乡村生活的确让人向往。这里比较隐晦地使用典故。严光曾不受汉光武帝的征召而垂钓于富春江上，词人也希望像严光生活，放浪形骸、渔樵江渚。“卖鱼生怕近城门，况肯到、红尘深处？”渔夫是担心人间烟尘沾染了自己淡泊无求的心。打了鱼也是找个偏僻的地叫卖，怎肯入城，近那繁杂喧嚣的市井之气？渔夫的至情至性就表现出来。其实这样的生活是脱离了现实的，不是每一个人都能放弃俗世的干扰。

下阕叙讲渔父生活之性情。“潮生理棹，潮平系缆，潮落浩歌归去。”可见，渔父的生活随潮之涨落而来往，依自然规律求生活。古自有顺天敬地依时求生的观念，先民们依天时、月相、四季变化总结出了许多农谚，制定了历法、二十四节气等。这种思想在渔父身上也有体现，那么渔父身后的陆游呢，他所要表现的也是一种在人生大环境，长视角的高度上来理顺观念。人生无常亦有常，理性面对境遇，持超然之态。“时人错把比严光，我自是无名渔父。”渔父在这里说，世人可别把我也以此比啊，“我”从来“一蓑烟雨”。这亦是借渔父之口表露心声了。尽管词人向往渔夫的生活，但是词人始终放不下一些东西，比如报国壮志、收复故土。

## 【鹊桥仙】

夜闻杜鹃

**茅檐人静，蓬窗灯暗，春晚连江风雨。林莺巢燕总无声，但月夜常啼①杜宇。**

**催成清泪，惊残孤梦，又拣深枝飞去。故②山犹自不堪听，况半世飘然羁旅。**

【注释】

①长啼：长声啼叫。②故：以前的、旧的。

【鉴赏】

这是首托物言志词，带有羁旅他乡的落寞心境。是借“杜鹃”以及“杜鹃的叫声”来表达自己的感受，以及由此产生的思念乡土的感情，是一种漂泊在外的羁旅之情。全词的感情基调都是一个“悲”字，寂静的森林，杜鹃的悲鸣更加渲染了悲凉的气氛。

上阕着重于写景，通过对景物的描写表现词人的寂寥感情，但是这种感情的宣泄是含蓄深沉的。“茅檐人静，蓬窗灯暗，春晚连江风雨”，“静”“暗”“风雨”，这些字词表现的都是暗淡的心情，与本词的感情基调是不谋而合的。一间静寂茅檐，屋中窗旁的灯火忽明忽暗，又是“连江风雨”。原来这是一个风雨来浇、茅屋冷清的夜，这种境况下人就显得很悲怆。“林莺巢燕总无声，但月夜常啼杜宇。”作者借“林莺巢燕”之无声来衬托“杜宇常啼”，杜宇者，杜鹃也。亦名紫鹃，相传为古代蜀帝杜宇的灵魂所化，常于夜间啼鸣，声音凄厉，直至泣血而亡，常常代表人们的思乡之情。莺莺燕燕欢快之声与杜鹃啼血的哀声形成了鲜明的对比，文人敏感的心绪被一一地勾起！

下阕写词人闻到杜宇声，心中抑郁与愁绪满怀。“催成清泪，惊残孤梦，又拣深枝飞去”，杜鹃的啼哭之声渲染出词人心中的落寞。试看“清泪”不禁涌出，只身于夜“孤梦”亦不得拣。“清泪”“惊残”“孤梦”用词之凄婉，这下“又拣深枝飞去”。“故山犹自不堪听”，此是触景伤情，再想“况半世、飘然羁旅”。陆游是心比天高的，他漂泊半生仍是壮志未酬，对现实的失望自是不言而喻。所以词人偶尔的伤感是可以理解的，但是词人自始至终都没有放弃心中梦想，至死时都怀着收复故土的远大理想。

## 【鹧鸪天】

**家住苍烟[①]落照间，丝毫尘事不相关。斟残玉瀣[②]行穿竹，卷罢黄庭[③]卧看山。**

**贪啸傲，任衰残，不妨随处一开颜。元知造物心肠别，老却英雄似等闲。**

【注释】

①苍烟：青烟袅绕。②玉瀣：美酒名。③黄庭：道家重要经典《黄庭

经》。

【鉴赏】

这是首豪情满怀的词，不同于词人以往之作，往昔词人总是抒发自己的人生不得志、难以实现抱负。但是此词大气磅礴，读来使人有种开阔的意境之感觉以及对人生产生积极态度。

上阕写隐居乡村的平淡悠然的生活。“家住苍烟落照间”，环境很清新幽静，云烟袅绕，落日西斜，山野田园气息浓重。“丝毫尘事不相关”，这是表明心志，在这样的环境中，词人忘记琐碎之事，沉溺山水，心里什么挂碍也没有了。功名利禄都是过往云烟，人事沉浮归于尘土，词人的心中如同止水般平静。“斟残玉瀣行穿竹，卷罢黄庭卧看山。”《黄庭经》是道家的重要经典，求的是超然物外，长生不老，精神清寂，放大光明的境界。喝口玉瀣穿行于清风飞流的竹林之中，抑或阅黄庭参透了悟天地间的大境界。这种生活要是有精神境界则有道性禅境的意蕴，是实在高妙的。只是看词人的生活状态，自是让人羡慕，可是结合词人的人生际遇，这番风景便不是如此的美好，为什么这样说呢？词人一生的追求就是在政治上有所作为，可是现实不得志，只能故意避世于山林野屋中，心中的落寞之情不难看出！

下阕也毫无阴霾之感。“贪啸傲，任衰残，不妨随处一开颜”，这一句表现出词人积极乐观的心态。遨游山水自在的唱着“好了歌”，亦好似落魄人一任落魄下去，衰力拄杖徐徐行。在如此美妙地风景面前，他“随处开颜”，这种乐观的心态的确不失为大家风范。“元知造物心肠别，老却英雄似等闲。”又回到世间情感，“我”是英雄，也有大志于胸，只是“造物心肠别”。词人一生的感情是极其复杂的，他对朝廷的期望值甚高，对收复故土，光复河山怀有殷切的希望，但他同时明白现实的无奈。词人没有轻易被困难击败，甚至是遇挫越勇，否则“随处一开颜”从何而来？

## 【诉衷情】

**当年万里觅封侯。匹马戍梁州[①]。关河[②]梦断何处？尘暗旧貂裘。**

**胡未灭，鬓先秋，泪空流。此生谁料，心在天山，身老沧洲[③]！**

### 【注释】

①梁州：相当于今陕西秦岭以南，子午河、任河以西，四川青川、江油、中江、遂宁和重庆璧山、綦江等县以东，大溪、分水河以西及贵州桐梓、正安等县地。后经两晋、南北朝，由于“州”越设越多，其辖境逐渐缩小。②关河：现被命名为龙湖，位于山西长治武乡县境内。此地两面是山，高山耸峙，峡谷幽深，乱石滚滚，漳河夹流其间，山两侧各有山庄一处，上游叫上关，下游叫下关。③沧洲：水边地，隐士居处。

### 【鉴赏】

这首词是陆游名词之一，大有老骥伏枥、烈士暮年之感，是作者晚年隐居山阴农村后写的。词人回忆了企图为恢复中原、报效祖国而建功立业的往事，但现实却是壮志未酬，已年老体衰。反映了作者晚年悲愤不已、念念不忘国事的愁苦心情。

遍观词作，是曾经光辉岁月，今日空泪回首，悲壮慨然之气遂搅于胸中。忆当年壮志在胸，体力尚足，驭马策枪在梁州挥洒一腔热血豪情，为家国效力，实为人生轨迹上的一段辉煌。想今日，唯有“悲愤老苍洲”。

上阕，年壮时“万里觅封侯”，时空皆不能阻挡杀敌报国的男儿。此时陆游在梁州行军，以保中原无硝烟。陆游有报国之志，有高尚之德，他的诗词就是证明。“觅封侯”只是欲以此来表明自己有歼敌安民，佐国家护江山的才能，实非欲功名也。正如世间处人做事而超凡入圣者已能看透虚名实物一样，他所看重的是精神上的富足。好将军与战士情深心通，出生入死，沙场奔驰的光阴已把平静社会生活中的欲求一刀挥去，将士之间的爱护与忠心最易动泪，国家安危，民族尊严才是大事。下一句，想当年经过的“关河”今已在远方不复得见。行军时的貂裘也陈旧落魄地放着。

下阕回到现实，胡夷仍时时犯境威胁，而“我”鬓发白了，气血衰微，凭空老泪任纵横。自己一辈子想奉献自己为国效力，为国家当心，时刻忧念，“心在天山”。而只能如隐士一样居住在水边之地了。

此作情感真切，陆游为国家的操心实在伤心伤身，现在垂垂老矣，忧又有甚用。

# 范成大

**【作者简介】**

范成大（1126—1193），字致能，号石湖居士，吴县（今江苏苏州）人。绍兴二十四年（1154）进士，调徽州司户参军。绍熙三年，加资政殿大学士知太平州。次年卒，年六十八，谥文穆。《宋史》有传。为南宋中兴四大诗人之一。有《石湖大全集》一百二六卷，已佚。今存《石湖诗集》三十四卷、《吴郡志》五十卷。

词有《妍亭馀稿》，已佚，今存《石湖词》一卷，散佚尚多。

## 【霜天晓角】

**晚晴风歇，一夜春威①折。脉脉花疏天淡，云来去，数枝雪②。**

**胜绝，愁亦绝。此情谁共说。惟有两行低雁，知人倚，画楼月。**

**【注释】**

①春威：春天的花朵。②数枝雪：雪既指梅花的色泽晶莹洁白，又指梅花带雪而开。

**【鉴赏】**

这是一首借咏梅来抒发自己愁绪的词。它没有直接咏梅，赞颂梅花高洁的品质，而是从梅花周围的事物开始写起，但其中也蕴含了梅花的高雅，并在赞叹之余抒发了自己的愁绪。

上阕主要写景。词中却避开雪时春寒这最能表现梅之性情的节候，而是在百花盛开的时节描写梅花。梅花的孤傲于百花之中是格格不入的，难免会有失落之意。“花疏天淡”虽写梅枝虬美，在淡雅清疏中却又透出春来花性上带着的响晴慵懒。这是一种闲适的生活情调，倒是与词人的心情是如出一辙的。虽有闲逸之情，却又难免显出寂寥空落，“数枝雪”，其实是带着落寞的意味，其实梅花还是应该与雪同在。

下阕主要抒情，在愁情凌绝了心中的一切缠绵和不尽之意之后，那种难以倾心的苦闷，无以抒啸，唯有愁肠百结。“唯有两行低雁，知人倚，画楼月。”大雁低飞，少去高远之态，落寞的人独倚栏杆，看着画楼前的一弯明月，心绪飘向远方。这种只有同类才能感知的幽情，更表现了一种不为非同类所理解的绝对孤独。这种寓情于景的写作方式，虽落俗套，但是整个的感情基调确实别具一格。

## 【秦楼月】

**楼阴缺[①]，栏干影卧东厢月。东厢月，一天[②]风露，杏花如雪。**

**隔烟[③]催漏金虬[④]咽。罗帏[⑤]暗淡灯花结。灯花结，片时春梦，江南天阔。**

**【注释】**

①缺：房子没有被树木遮住的一面。②一天：满天。③烟：雾气。④金虬：即铜龙，铜制的龙头，装置在漏器上用来计算时间的。⑤罗帏：轻软的纱做的帐子。此指闺房。

**【鉴赏】**

这是一首春夜闺思词。此词用空灵之笔写深浓之情，清疏雅丽，感情细腻。词人依然用他高超的描摹技巧，对室内外的景物都进行了描写，从而把相思之情传达得更加到位。

上阕主要是写室外景物，通过对景物的描写，表达抒情主人公的相思之情。开头“楼阴缺”，小楼在绿树掩映之下只露出一角红楼。这是种含而不露的美感，带着些含蓄的气息，诗意的感觉就出来了，具有一种禅宗的韵味，而且还有些落寞的氛围。紧接着词人写东厢月照，使栏杆影卧于楼板，月已经偏斜了，带有一丝清冷的感觉。“一天风露，杏花如雪”满天都是风寒露重，但是杏花如雪，茂密的树丛露出红色的小楼，月亮爬上树梢，雪白的杏花盛开缀满了枝头。这是一幅静谧、美丽却又空灵的画面啊，给人一种疑似梦境的感觉。人沉浸在这样的环境中本应变得美好，可是心情还是带有淡淡的愁绪。

下阕描写室内之景，并由此抒发相思之情。“隔烟催漏金虬咽”，描写了这样一幅画面，室内香烟袅袅，时间随着滴漏匆匆而过，龙头滴水，断断续续，像是闺中人的呜咽之声，如泣如诉。紧接着写红烛忽然结花，灯光暗淡下来，预示着喜讯将临。喜从何来？原来罗帏中人已经在梦中与所爱之人相见。这是日有所思，夜有所梦，可见闺中之人感情的深沉。

## 【水调歌头】

**细数十年事，十处过中秋。今年新梦，忽到黄鹤旧山头。老子①个中不浅，此会天教重见，今古一南楼②。星汉③淡无色，玉镜④独空浮。**

**敛秦烟，收楚雾，熨江流。关河离合，南北依旧照清愁。想见姮冷眼，应笑归来霜鬓，空敝黑貂裘⑤。酾酒⑥问蟾兔⑦，肯去伴沧洲？**

**【注释】**

①老子：词人自称。②南楼：古楼名。李白《陪宋中丞武昌夜饮怀古》：“清景南楼夜，风流在武昌。”③星汉：银河的古称。④玉镜：月亮，月明如镜。⑤黑貂裘：用苏秦典。“苏秦说秦王，书十上而不行，黑貂之裘敝，黄金百斤尽，资用乏绝，去秦而归”（《战国策·秦策》）。这里指蹉跎岁月而无用武之地。⑥酾酒：斟酒。⑦蟾兔：传说月亮中有蟾兔，常用来借指月亮。

**【鉴赏】**

此词作于淳熙四年（1177）中秋，这年五月作者因病辞去四川制置一职，乘舟东去。八月十四日至鄂州（今湖北武昌），十五日晚参加赴知州刘邦翰设于黄鹤山南楼的赏月宴会，个中情怀就此借月抒发。

上阕词人“细数十年事，十处过中秋”。想起以往十处中秋情景，为今夕提供了一个对比的对象。“今年新梦，忽到黄鹤旧山头”，“新梦”未曾料到，下以“忽到”照应，并传达了惊喜之情。“黄鹤旧山头”中嵌以“旧”字，照应前文的“新”“旧”之别，也是人生境界与情怀的差异。“老子个中不浅，此会天教重见，今古一南楼。”这里以庾亮作比，又是重演九百年前的南楼会啊。“江山留胜迹，我辈复登临。”后人登临前人的旧地，除历史沧桑感外还会由仰慕而生出豪情，自心而生。“星汉淡无色，玉镜独空浮。”词人的神思全然贯注到这轮明月上了，“独”，既表示了月在天际的存在，也表示了月在词人心中的存在，词人也要跟月一道“浮”了。人们看着意境高远之处，整个人的情怀就变得豁达。人生的高度又是不可同日而语的。

下阕词人仍写月色。“敛秦烟，收楚雾，熨江流。”长烟一空，皓月当空，月下的江流就像一匹熨平的白练。“熨”字用得神奇，又十分生动，使人想起那种平滑之状。正当词人神思飙举、游思漫疏之际，忽然清醒过来，面对现实：“关河离合，南北依旧照清愁。”山河分裂，月光仿佛笼罩着无边的“清愁”。“清愁”，今夜南北许多像作者这样满怀忧国之情的人的离恨忧愁，这样的背景之下，人们的愁绪就变得低沉起来，无处发泄。“酾酒问蟾兔，肯去伴沧洲？”词人的归隐态度表露无遗。此词表现了作者对国家分裂的哀怒，以及对岁月虚度的叹息，怀才不遇的惋惜之情。

## 【浣溪沙】

**十里西畴熟稻香，槿花①篱落竹丝长。垂垂山果②挂青黄。**

**浓雾知秋晨气润，薄雾遮日午阴凉。不须飞盖③护戎装。**

**【注释】**

①槿花：一种朝开夕落，而又长开长落，花期达半年之久的、生命力极强的花。②山果：不用人栽培的自花自实的野生植物。③飞盖：飞车之盖。

**【鉴赏】**

范成大写过许多田园诗，有大型诗组《田园四时杂兴》六十首。但他的词却很少涉及田园生活，这首《浣溪沙》却是一个例外。侯孝琼评曰“此词秋之兴也。”

文人在秋天里大多是悲哀伤感的，“我言秋日胜春朝”（刘禹锡《秋词》）的也是少数。然，深刻理解农村田园生活的范成大却能深刻地体会到秋日里的另一种生活气息。其中所生发出的是积极向上的热爱田园、歌颂自然的情感。范成大为我们铺就了一幅秋日收获图。“十里西畴熟稻香，槿花篱落竹

丝长。垂垂山果挂青黄。”稻子金黄，随秋风泛起稻浪层层，槿花应时而开，点缀着乡间景色。农家田园才可以时常享受的山果也挂起了青黄的果实。秋日以金色富足而富有秋日的气息，在这幅画里，我们看到了田园丰收时节自然绚丽的画面。

下阕中，写到了秋日早间的景色。作者没有把这个季节里草木多已枯黄的一面透露给我们，而是说那白色的雾啊，轻轻地飘在空中，蕴绕在田亩上、村间。由于有雾气的润湿，大地也湿漉漉的，而不是“风干物燥，小心火烛”。一抹早间的日光透过雾层照射下来，雾也变得金黄一般。从中我们可以感受到在范成大的眼里田园生活是很适合他的。当然范成大以写农村生活、农村人民的苦乐、田园生活见长，面对这村间这些贴近自己心灵的景色，范成大是那么的留恋，从而道出了心中的想法：“不须飞盖护戎装。”。此时的范成大是受朝廷的调遣到福州任职。为官却不能为百姓做事还不如留在农村过自己实在随性的生活，又是“飞盖”又是“戎装”，这又何必呢？

“十里西畴熟稻香，槿花篱落竹丝长。”这样的景色留住了范成大的心，这是他的向往，然有几人发现了身边这样的美呢？

## 【鹧鸪天】

**嫩绿重重看得成，曲阑幽槛①小红英。酴醾②架上蜂儿闹，杨柳行间燕子轻。**

**春婉娩③，客飘零。残花浅酒片时清。一杯且买明朝事，送了斜阳月又生。**

【注释】

①曲阑幽槛：曲阑：弯曲的栏杆；幽槛：幽静的栏槛。形容环境的清幽雅静。②酴醾：花，色泽柔和，春意的象征。③婉娩：天气温和的样子。

【鉴赏】

这是一首写晚春之景的词，大有惜春叹春之意。但是作者的感情表达得含蓄曲折，镌刻于明媚的风景图中，韵味深刻。

上阕主要描写春光融融的春天景象，整个画面就是一幅和煦的春景图，“嫩绿重重看得成”，绿是树叶的颜色，在时光的流逝中渐渐浓厚，逐渐显出春天浓烈的气息。栏杆外的小红花，鲜艳的颜色夺人眼目。红绿相映照，鲜明的色彩显出一片生机勃勃。词的前两句呈现出春的静态美。首先看“绿”字，用了一个“嫩”字来修饰，做前缀，又用了一个“重重”来修饰，作后缀，可见其绿树丛生，绿叶重重的样子。而正是绿树丛中的一点红，使这春景更具特色。“小蜜蜂”“燕子”打破了宁静，一个“闹”字，给春注入了活力，“红杏枝头春意闹”中的“闹”也是此意。动态的描写，以动衬静，更显春意，显出春意盎然。

下阕主要是抒情，借春天表达一种客居他乡的漂泊感，很符合古代文人那种伤春悲秋的叙事传统，所以作者写的正是晚春季节，两者相互辉映，更富景情交融之态。以“残花”“浅酒”做引，羁旅中面对残花，独自饮酒，“酒不醉人人自醉”，显示出来抒情主人公内心的孤寂与悲凉之感，感情基调就此归于暗淡。然而，笔锋一转，词人在浅醉中解脱，“一杯且买明朝事，送了斜阳月又生。”一切都已经无所谓，因为时光的无情流走是无法挽留的，逝去的，就让它成为过往，且暂享片刻的安宁，减轻压抑在内心里面的那一份忧愁。这是种洒脱豁达的情感。古人就是如此，虽然满腹愁情，仍可以借用各种事物予以排解，这也是一种积极的人生态度。

## 【眼儿媚】

**酣酣日脚①紫烟浮，妍暖破轻裘②。困人天色，醉人花气，午梦扶头。**

**春慵恰似春塘水，一片縠纹③愁。溶溶泄泄，东风无力，欲皱还休。**

【注释】

①日脚：日光穿过云层射到平地，其光束显出厚重的色泽。②轻裘：色泽淡雅的皮大衣。③縠纹：指水面微波。

【鉴赏】

这是一首写春天里人的慵懒状态的词。春意融融，暖气熏熏，花香郁郁，人在如此美好的场景中很容易进入到一种慵乏的状态。这种怡情小调中就彰显词人的人生哲学，历代词评家很赞赏这首词，评为“字字温软，着其气息即醉”（明代沈际飞《草堂诗余别集》）。

上阕首先写春景。景物描写极其美好恬静，人就仿佛要融化在娴雅美好的春天中，所以人就有些慵懒之意。上阕开头“酣酣日脚紫烟浮”，给人一种如临仙境的感觉。春日里暖暖的日光，紫烟漂浮，仿佛是梦幻般的仙境。日光穿过云层照到地面，明媚灿烂。雨后初晴，春暖花开，花香氤氲，在这种优雅的环境中，人的心灵就此沉静下来，沉醉其中。“紫烟”“轻裘”“午梦”等词语将春日的温柔轻盈烘托出来，带有梦幻般的色彩，就此而看还有些浪漫气息。

下阕是抒情。自然过度到由眼前春色引发的“春慵”之感。下阕开头“春慵恰似春塘水，一片縠纹愁。”眼前这春慵，正如春暖塘水，细纹微皱，这是采用了比喻的手法，看似平淡之语，但是一种淡淡的伤春心绪就透露其中。眼前春景，自然入情。所以此语应该是词人伤感与莫名的惆怅给人带来了内心的涟漪与波动，有种伤春恼春的难言情怀。

## 【醉落魄】[①]

**栖乌飞绝，绛河绿雾星明灭。烧香曳簟[②]眠清樾[③]。花影吹笙，满地淡黄月。**

**好风碎竹声如雪，昭华[④]三弄[⑤]临风咽。鬓丝撩乱纶巾[⑥]折。凉满北窗，休共软红[⑦]说。**

【注释】

①醉落魄：又名“怨春风”“醉落拓”。②簟：竹席。③樾：成荫的树木。④昭华，古乐器名，即玉管。传说秦咸阳宫有玉管，长二尺三寸，二十六孔，上面刻有“昭华之”，此指笙。⑤弄：一指奏乐，又指一曲为一弄。古有

《梅花三弄》的名曲。⑥纶巾：古时头巾名，幅巾的一种，以丝带编成，一般为青色。⑦软红，即漠漠红尘，大有感伤无奈之意。

**【鉴赏】**

这是一首描写带有田园自然风情的隐居生活的词，同时也抒发了词人高洁的志向和生活态度。

词的上阕着重写景："栖鸟飞绝，绛河绿雾星明灭。"鸟已归巢，天空沉静，看不见飞鸟的痕迹。银河上呈现出带绿色的雾霭，星星忽隐忽现。前句以飞鸟归巢的情景点明时间，大概是黄昏时分，后句以银河雾淡、星星闪烁的景象来写明季节，应该是秋天月明星稀时节。秋天夜晚静谧安适、高爽宜人的气氛就在字里行间渲染了出来。"烧香曳簟眠清樾。花影吹笙，满地淡黄月。"焚一炉香，青烟袅绕，铺一床竹席，清凉幽人。浓密的树荫之下，隔着斑驳的花影，吹着玉笙，整个氛围就显得清幽雅致，安闲自在的生活方式实在是令人向往。"花影吹笙"四字，不仅生动地描绘了吹笙时的幽静淡雅的具体环境，而且巧妙地透露出作者非常恬适的心境。如果没有闲适恬淡的心情，如何在花影斑驳下独自吹箫。"满地淡黄月"天上的明月听到清幽悦耳的笙声后被陶醉了，特地呈现出淡黄迷人的色彩。这种托物言志的艺术手法，实在是隐晦。

下阕主要抒情，"好风碎竹声如雪，昭华三弄临风咽。"凉风吹拂翠竹，竹林风声萧萧，好像降雪时发出碎玉般的声响，回荡在静默夜空下。吹奏着古老的管乐，随风的曲调在空中呜咽。"好风"二字，直抒感叹之情。初秋的夜晚，天气还是相当的炎热，能够享受一阵凉风，身心自然舒适、畅快。"碎"字传神，声形毕现。再以"如雪"来形容，更为生动、具体，使人有如闻其声之感。这种清脆之声仿若"大珠小珠落玉盘"之妙。"昭华三弄"，既点名吹奏的次数，又写出诗人热爱古典音乐的心情。"临风咽"三字，曲调的悲凉，感情的沉郁，如怨如诉之音萦

绕夜空的情景均可想见。“鬓丝缭乱纶巾折。”这句虽写的是风吹鬓发和头巾的情景，但深沉的感叹流露于笔端，因为无情的“鬓丝”宣告诗人已进入垂暮之年。“纶巾折”，也多少暗含有罢官归隐之痛。其实就此看出词人的心情本是不平静的，颇有无奈感慨的情绪。但是在这样恬淡的环境中，词人就是被感染了，整个人便有了些超脱之意。“凉满北窗，休共软红说”，“凉”字照应“好风”，原来“烧香曳簟眠清樾”时的心愿，完全得以满足。“休共软红说。”不是诗人企图独享“秋凉”之乐，而是表现他断绝与世俗之人来往的一种表现。苏轼“偷得浮生一日凉”也是表达同样的人生态度。

# 王质

【作者简介】

王质（1135—1189），字景文，号雪山，其先东平（今属山东）人。南渡后，徙兴国（今湖北阳新）。游太学，与张孝祥父子交，深见器重。绍兴三十年（1160）进士。辟为张浚都督江淮幕，入为太学正，被谗罢。虞允文宣抚川陕，辟为幕属。入为敕令所删定官，迁枢密院编修官。虞允文荐质等三人鲠亮有文，可为谏官，亦为中贵所沮，出通判荆南府、改吉州，皆不赴。《宋史》、《南宋书》有传。有《雪山集》四十卷。《彊村丛书》辑有《雪山词》一卷。况周颐《蕙风词话》卷二称其《西江月》梅词寿董守“巧语不涉纤”，《江城子》“得到钗梁容略住，无分做羞蜓”句为“未经人道”。

## 【定风波】

赠将

**问讯山东窦长卿，苍苍云外且垂纶。流水落花都莫问，等取，榆林[1]沙月静边尘[2]。**

**江面不如杯面阔，卷起，五湖烟浪入清尊。醉倒投床君且睡，却怕，挑灯看剑忽伤神。**

【注释】

①榆林：地名，在今陕西省北部，地临毛乌素沙漠，北宋时为防御西夏的边防重镇。②边尘：战争，硝烟四起。

【鉴赏】

这是一首抒发自己凌云壮志、建功立业情怀的词，不仅如此，词人还勉励自己的友人。从中可以看出词人浓烈的爱国热情。

词的上阕主要写景，通过一系列的景物表达自己的壮志以及爱国热忱。开头“问讯山东窦长卿，苍苍云外且垂纶”很直接地表达自己对友人的思念，可见两人之间的深厚友谊。“苍苍云外”，写明了在守的友人和自己相隔之远，两人是相隔千里，中间隔的是缥缈浩荡的云朵。而且词人也已经是垂垂老矣，即使如此，他对友人的感情是丝毫没有改变的。紧接着“流水落花都莫问，等取，榆林沙月静边尘”中的“流水落花”，表现时间过得很快，正如李煜词“流水落花春去也”。听到友人的消息，词人才感到时间的流逝，韶华不在，可见与友人分别得时间之久。“莫问”，只等“榆林沙月静边尘”，就是先将胜利的消息传到防御西夏的边陲重镇。个人志向和友情都以国家需要为准的，可见词人人生境界之高，也可看出词人与友人之间的友谊是建立在较高的精神层次之上的。

下阕主要抒情，“江面不如杯面阔”这是采用夸张的手法，“江面”怎么会不如杯盏宽广呢？其实这里表现的是词人阔达的胸怀、澎湃的豪情。“五湖烟浪入清尊”词人即使在醉酒时仍是心怀战况，想的还是“挑灯看剑”，渴望战死沙场，报效国家，同辛弃疾的“醉里挑灯看剑，梦回吹角连营”的豪迈之情是如出一辙的。此词深刻地反映了作者的爱国之心，以及积极勉励友人立志报国的壮志情怀。

# 杨万里

【作者简介】

杨万里（1127—1206），字廷秀，号诚斋，吉州吉水（今属江西）人，绍兴二十四年（1154）进士，授赣州司户参军，调零陵丞。乾道间知奉新县，擢国子博士，迁太常博士，权吏部右侍郎官，将作少监。淳熙间，历知常州，提举广东常平茶盐，迁广东提点刑狱。十一年（1184），召为吏部员外郎。历任枢密院检详官，尚书右、左司郎中，秘书少监。十五年，出知筠州。光宗受禅，召除秘书监。绍熙元年（1190），为实录院检讨官，出为江东转运副使。三年，改知赣州，不赴，乞祠禄而归。开禧二年卒，年八十，谥文节。《宋史》有传。与陆游、范成大、尤袤并称“中兴四大诗人”。其诗自成一体，称“诚斋体”。有《诚斋集》一百三十三卷。朱孝臧《彊村丛书》辑为《诚斋乐府》一卷。

## 【好事近】

七月十三日夜登万花川谷望月作

**月未到诚斋[①]，先到万花川谷[②]。不是诚斋无月，隔一庭修竹。**

**如今才是十三夜，月色已如玉。未是秋光奇绝，看十五十六。**

【注释】

①诚斋：杨万里书房的名字。②万花川谷：花圃名，在“诚斋”的附近。

【鉴赏】

这是一首颇有风致的小令，词人是即兴而发，表达对皎洁月色的赞美之情。词的小序写到：“七月十三日夜登万花川谷作”点明是登高临远之作。提笔就写到月，既点明时间，又起到点题的作用，并为全词突出了描写的主体。

上阕是望月写景。“月未到诚斋，先到万花川谷。”明月还没有照到我的书室——诚斋，她的清辉却先洒遍了万花谷。这是种开阔的意境，可以看出词人此时的心情是欢快愉悦的。词人夜登万花川谷，固然表明游兴酣浓，但登临纵目时，首先着眼寻找诚斋，热爱自己书室之情可见。“万花谷”在历史上不是众人知晓的名胜古迹，但是在词人的笔下，它是繁花似锦、草木飘香、山峦叠翠、流水潺潺的地方。月光照耀下的万花川谷，更是别有风情，“先到万花川谷”，渗透了诗人热爱自然风景的感情。“不是诚斋无月，隔一庭修竹。”满院修竹荫蔽诚斋，“隔一庭修竹”，用以解释上文“不是”“无月”的诗句。而且可以看出诚斋竹林清雅荫蔽下的清幽雅致、同时也衬托出词人正直、廉洁的气质。

下阕望月抒情。“如今才是十三夜，月色已如玉”点明赏月的时间是十三，但是月光已经是如同纯白美玉般的光洁，赞美月色的美好。“未是秋光奇绝，看十五十六。”今夜还不是秋月绝妙罕见的时候，要欣赏月色，须等到十五、十六的晚上。“月色如玉”的“十三夜”，已是令人陶醉，“秋光奇绝”的“十五十六”，自然就更会使人向往。这种隐晦的对比赞美更显得词人高超的艺术技巧。

## 【昭君怨】

**赋松上鸥**

**晚饮诚斋，忽有一鸥来泊松上，已而复去，感而赋之。**

**偶听松梢扑鹿①，知是沙鸥来宿。稚子②莫喧哗，恐惊他。**
**俄倾③忽然飞去，飞去不知何处？我已乞归休④，报沙鸥。**

**【注释】**

①扑鹿：即“扑漉”，象声词，形容拍翅声。②稚子：幼儿；小孩子。③俄倾：短时间。④休：辞去官职。

**【鉴赏】**

这首词是词人辞官归家时所作，小序交代了写作的缘由，词人在书屋里面看到鸥飞来停在松枝上，有感而发。

上阕写作者静坐书斋，独自饮酒，心中自是平静，听到沙鸥落在松枝上的声音，意外惊喜。“偶听松梢扑鹿”，一个“偶”字，点出沙鸥来宿的偶然和出乎意料，沙鸥的“扑鹿”声，可以知道是“知是沙鸥来宿”。“稚子莫喧哗，恐惊他。”词人谨慎地向玩耍的小孩示意不要吵闹，恐怕惊吓了停留的沙鸥。沙鸥来宿，可见其书斋周围环境清幽。虽然作者没有看到沙欧，但凭着敏锐的听觉，因而想象沙鸥停歇的画面，由此可以看出词人对沙鸥的异常喜欢，富有生活气息，饱含作者淡泊的生活情趣。词中还透出词人淡淡的落寞之情，即使只是一只停留在松枝上的沙鸥，都轻易地吸引词人的注意力足见词人心境的平和与孤寂。

下阕写沙鸥远飞，“俄顷忽然飞去，飞去不知何处？”浸透着作者深深的眷恋。“俄顷”在此表明作者对当前鸥停松树场景的喜爱，如此静谧的情景好似只是一会就过去了，遗憾之情油然而生。“飞去不知何处”，沙鸥一去不复返，未来充满了不可知。这句与“昔人已乘黄鹤去，此地空余黄鹤楼”（崔颢《黄鹤楼》）倒是有异曲同工之妙。作者把鸥鸟人格化，与之沟通思想，借以抒发心志。“我已乞归休，报沙鸥。”作者道出自己的心志，他把自己辞官归隐的事告诉沙鸥，把沙鸥当做自己可以诉说衷肠的朋友，表明了他希望遇到知己的心态。杨万里长期遭贬，报国无门，心里苦闷不已，而人生难遇知己。他只能把沙鸥当做自己的知己来倾诉。词人的落寞之态掩藏在字里行间，因此此词是不可以仅是作为一咏物词简单看待的。

## 【昭君怨】

**咏荷上雨**

**午梦扁舟①花底，香满西湖烟水②。急雨打篷声，梦初惊。**
**却是池荷跳雨，散了真珠③还聚。聚作水银窝，泛清波。**

**【注释】**

①扁舟：小船。②烟水：雾霭迷蒙的水面。唐·孟浩然《送袁十岭南寻弟》诗：“苍梧白云远，烟水洞庭深。”③真珠：露珠，水珠。五代·成彦雄《露》诗：“银河昨夜降醍醐，洒遍坤维万象苏，疑是鲛人曾泣处，满池荷叶捧真珠。”

【鉴赏】

这是一首小令，描写周围的自然环境，虽然语出平白自然，但是蕴含着淡淡的生活哲理的韵味。这首词写的是作者泛舟西湖之事，作者在舟中午睡，骤然而来的大雨惊醒了正在睡觉的词人，向船外望去，雨滴在荷叶上，滴滴生气十足。整首词的笔调较为轻松活泼，趣味浓厚，语言欢快清新。

上阕写作者梦中泛舟西湖花底，骤雨打舟篷，把他从梦中惊醒过来。“午梦扁舟花底，香满西湖烟水。”在午觉梦中，词人驾着小船在西湖荷花丛下游玩，淡淡的荷花香味就在西湖上氤氲飘荡。两句只是淡淡着墨，却随意勾勒出如仙境般的画面。正当此时，“急雨打篷声”，一阵疾风骤雨把睡梦中的作者惊醒，美妙的梦境骤然消失，词人就此表现出深深的遗憾之情。

下阕是作者梦醒后所见的景象。是现实和梦境的巧妙衔接，“却是池荷跳雨，散了真珠还聚。”一个“跳”字，可见雨下得大而急。雨珠落在荷叶上，并没有随即消失，而是跃起，形似一颗颗珍珠。雨滴落在荷叶上散开了，在凹下的地方又重新聚合，其实可以想象在晶莹的水珠中是可以看见那荷叶青绿的叶子，整体颜色就变得明艳动人。“聚作水银窝，泛清波”，“水银”二字形象地写出水珠在荷叶上滚动聚合的形态。水珠在荷叶上越聚越多，荷叶不堪重负，不经意间倾翻，里面的水如同小巧精致的瀑布般倾泻而下。

# 朱 熹

**【作者简介】**

朱熹（1130—1200），字元晦，一字仲晦，号晦庵，晚号晦翁，又号遁翁、沧州病叟，自称云谷老人。婺源（今属江西）人，寓建昌（今属江西）人，寓建阳（今属福建）之考亭。绍兴十八年（1148）进士，主泉州同安簿。淳熙五年（1178），除知南康军，改提举浙东茶盐公事。历江西提刑，召除秘阁修撰、奉外祠。光宗朝，除知漳州。宁宗初，除焕章阁待制、侍讲，旋以本职提举南京鸿庆宫。庆元二年（1196）十二月，落职罢祠。后以守朝奉大夫致仕。庆元六年卒，年七十一。嘉定初，谥“文”。《宋史》有传。事迹另见黄榦所撰行状及《皇朝道学名臣言行外录》卷一二、宋本《四朝名臣言行录续集》卷一三等。自宋祝穆、李方子始，后人所撰年谱、传略数十种，以清代王懋竑《朱子年谱》较为详赡。熹得程颢、程颐之传，兼采张载、周敦颐之学，集北宋理学之大成。有《朱文公文集》一百卷，词有《晦庵词》一卷。王奕清等《历代词话》引《读书续录》云：“晦庵先生词，几于家弦户诵矣。其隐括杜牧之九日齐山登高诗《水调歌头》一阕，气骨豪迈则俯视苏辛，音韵谐和则仆命秦柳，洗尽千古头巾俗套。”清代陈廷焯《白雨斋词话》卷八云：“《词综》所录朱晦翁《水调歌头》、真西山《蝶恋花》，虽非高作，却不沉闷，固知不是腐儒。

## 【水调歌头】

隐括杜牧之齐山诗

**江水浸云影，鸿雁欲南飞。携壶结客何处空翠渺烟霏[①]。尘世难逢一笑，况有紫萸[②]黄菊，堪插满头归。风景今朝是，身世[③]昔人非。**

**酬佳节，须酩酊[④]，莫相违。人生如寄，何事辛苦怨斜晖。**

**无尽今来古往，多少春花秋月，那更有危机。与问牛山客，何必独沾衣。**

【注释】

①烟霏：云烟弥漫。宋代欧阳修《秋声赋》："盖夫秋之为状也，其色惨淡，烟霏云敛。"②紫萸：紫色的茱萸花。③身世；人生的经历，此处大有感慨叹惋之意。④酩酊：喝醉的样子。

【鉴赏】

杜牧的《九日齐山登高》："江涵秋影雁初飞，与客携壶上翠微。尘世难逢开口笑，菊花须插满头归。但将酩酊酬佳节，不用登临恨落晖。古往今来只如此，牛山何必独沾衣。"此诗以旷达之意来消解人生多忧、生死无常的悲哀。

上阕开篇写"江水浸云影，鸿雁欲南飞。"江水上映着碧空中的白云，鸿雁正准备飞往温暖的南方。此句将杜牧诗中的"江涵秋影雁初飞"一分为二，"携壶结客，何处空翠渺烟霏"，在这样秋高气爽时节，词人提着酒壶和好友共饮，豪迈旷达之情溢于言表。"何处空翠渺烟霏"，有哪一个地方风景优美，是群上染翠，倒映在浩渺的烟波之上呢？其实词人的要求并不是很高，后一句中就可以看出，"尘世难逢一笑，况有紫萸黄菊，堪插满头归。"人世间知己难求，感情淡薄，世态炎凉，在世俗中难得一个真心的笑脸。他希望有个地方能够自由阔达，采撷紫萸黄菊戴在身上，随意地放松自己。

下阕接着从酒席间出发，作者强作欢乐，劝座上的朋友不要推却美酒，只管尽情而饮，所谓"酬佳节，须酩酊，莫相违"。此一句话出于杜牧的"但将酩酊酬佳节"。"人生如寄，何事辛苦怨斜晖"，人生短促，只是暂时寄居在世界上罢了，何必太多怨天尤人，人生旷达的意境就显现出来了。词人以古鉴今，“无尽今来古往，多少春花秋月，那更有危机”，回首历史，兴亡变化，已经被埋在了岁月的烟尘中。“与问牛山客，何必独沾衣”，词人在古今的沉浮中变得旷达超脱了。

# 张孝祥

**【作者简介】**

张孝祥（1132—1169），字安国，历阳乌江（今安徽和县）人，寓居芜湖，因号于湖居士。绍兴二十四年（1154）进士，授承事郎、签书镇东军节度判官，转秘书省正字，迁校书郎，起居舍人，权中书舍人。二十九年，以御史中丞汪澈劾，自乞宫观，提举江州太平兴国宫。绍兴末，除知抚州。知平江府，迁中书舍人、直学士院，兼都督府参赞军事。领建康府留守。历知静江、广南西路经略安抚使。乾道五年卒，年三十八。《宋史》有传。事迹另见其《于湖集》附录所载《张安国传》、《宣城张氏信谱传》及令人宛敏灏《张孝祥年谱》。工诗文，长书法。有《于湖居士文集》四十卷，词有《于湖居士长短句》五卷。

## 【西江月】

**题溧阳三塔寺**

**问讯湖边春色，重来又是三年。东风吹我过湖船，杨柳丝丝拂面。**

**世路如今已惯，此心到处悠然①。寒光亭②下水连天，飞起沙鸥一片。**

**【注释】**

①悠然：安闲、闲适的样子。②寒光亭：亭名，在今江苏省溧阳县西三塔寺内。

**【鉴赏】**

这首词是张孝祥题在溧阳县三塔湖三塔寺寒光亭柱上的。

上阕写重访三塔湖，观赏优美的自然景色，怡然自得。“问讯湖边春色，重来又是三年”，作者在三年后重访三塔湖，又是一年春意浓。“又是”两字表现出作者对时间流逝的无可奈何。“东风吹我过湖船，杨柳丝丝拂面”，作者在湖面上尽情地享受着湖光山色，“东风”帮助过江的船。而“杨柳”也饱含深情，丝丝柔柔而来。

下阕由景生情，表现出作者对世事尘俗的厌恶，想要回归自然的怡然和愉快。“世路如今已惯，此心到处悠然”，走过了人生的艰难坎坷，历尽沧桑变化，少年时期的锐气已经消失殆尽。作者在经历之后看淡了世间的功名富贵，只有在山水间才能找到自己原始的需要，得到自然的快乐。作者本来拥有无尽的报国热情和豪情，积极支持收复中原失地，但是南宋政权中嫉贤妒能的庸官们，屡屡打击词人，作者受到无端的排挤和打击。在受尽了折磨之后，他的内心超然了，回归自然，在自然中感受到了很久没感受到的快乐，“悠然”二字所包含的深刻含义并不是任何人都能体会得了的。“寒光亭下水连天，飞起沙鸥一片”，作者描写了眼前三塔湖寒光亭的景色。水波一望无际，天水相连异常广阔，飞翔的沙鸥又为宁静宽广的画面增添了生气，有动景有静景，使寒光亭的风景美不胜收。景色之美表现出的是作者内心的放松和快乐。

张孝祥的这首小令主要写景，但中间也夹杂着自己淡淡的情思，信手拈来，没有任何的雕饰和做作，很自然地流露出自己内心的真实的感受。

## 【西江月】

**阻风三峰①下**

**满载一船明月，平铺千里秋江。波神②留我看斜阳，唤起鳞鳞细浪。**

**明日风回更好，今宵露宿何妨？水晶宫③里奏霓裳④，准拟⑤岳阳楼上。**

**【注释】**

①三峰：指黄陵山。②波神：水神。③水晶宫：传说中的水下宫殿，为龙王所居住。④霓裳：《霓裳羽衣曲》，唐代乐曲名，相传为唐玄宗所制。⑤准拟：准定，一定。

【鉴赏】

张孝祥在宋孝宗乾道三年（1167）任潭州（今湖南长沙市）知州。后改官离开湖南，乘舟北上，途经黄陵山，受阻，写了这首词。

上阕写词人行船遇风受阻，泊舟山下的所见与感受。“满载一船明月，平铺千里秋江”，没有风的湖面很宁静，月光洒满了湖面，同时洒在了作者所乘的船上，画面很和谐温馨。“千里秋江”写出湖面的宽广，湖水平稳，远远望去，就像平铺开一样。水光山色，交相辉映，船上的乘客心旷神怡。作者描写眼前的宁静美景，同时流露出自己内心的自得和快乐。“波神留我看斜阳，唤起鳞鳞细浪”，水神有意留住“我”观看夕阳西下的美丽景色，湖面泛起鱼鳞般层层叠起的波纹。表现了微风初起和天气的变化。

下阕写停船后作者的心绪活动。“明日风回更好，今朝露宿何妨”，作者期待天气的好转，赶快登上自己的行程。今天晚上露宿又有什么关系，看似作者是一点都不在乎今夜的露宿，但深入一下，可见作者此时的无可奈何，只能故作旷达了。“水晶宫里奏霓裳，准拟岳阳楼上”，这是作者的想象，在湖面上停留的作者敞开自己的心房，听到的水声变成了龙宫中奏出的《霓裳羽衣曲》，进而由此联想到明天天气肯定会变好，因为如此欢庆之乐已经预示了好天气的出现。天气好继续前进的话，作者明天就可以在岳阳楼上一览洞庭胜景了。作者处困境而心存美好的想象，不是对现实的美好希望，其实是作者的处世之道的流露。

本词语言浅易而意境幽雅，写航船遇风受阻的情景，但无半点沮丧之处。我们不仅能感到轻松，还有作者对山水无限热爱和对生活与前途的希望。

## 【念奴娇】

过洞庭

**洞庭青草[①]，近中秋、更无一点风色。玉鉴[②]琼田[③]三万顷，著[④]我扁舟一叶。素月分辉，明河共影，表里俱澄澈。悠然[⑤]心会，妙处难与君说。**

**应念岭表[⑥]经年，孤光[⑦]自照，肝胆皆冰雪。短发萧疏襟袖冷，稳泛沧溟[⑧]空阔。尽挹[⑨]西江[⑩]，细斟北斗[⑪]，万象为宾客。扣舷独啸，不知今夕何夕！**

【注释】

①青草：指与洞庭湖相连的青草湖。②玉鉴：玉镜。③琼田：琼是美玉，琼田就是玉田。④著：犹着，或释为附着。⑤悠然：闲适自得的样子，⑥岭表：五岭以外，今两广一带。⑦孤光：月光。苏轼《西江月》："中秋谁与共孤光，把盏凄然北望。"就曾用孤光来指月光。⑧沧溟：本指海水，这里指洞庭湖水的浩淼。⑨挹：舀。⑩西江：西来的长江。⑪北斗：星座名，由七颗星排成像舀酒的斗的形状。

【鉴赏】

这是张孝祥借景抒情的名作，上阕是词人在过洞庭的时候，对洞庭湖月下的美景进行了生动的描述，下阕主要是抒情。

词从写洞庭湖月下的景色起笔，开头"洞庭青草，近中秋、更无一点风色"。开篇即点明了洞庭湖与青草湖，表明了写景的对象是两个湖，并且点明了时节特点，表明所写之景的时节是近中秋时节。"更无一点风色"表明词人在月下看见洞庭湖的总体印象是秋高气爽、玉宇澄清的景色。开篇短短的几句话，就给了我们这样一个大观，感觉十分不错。紧接着词人用"玉鉴琼田"来形容湖水十分澄净，这个比喻用得很妙，因为无论是玉鉴还是琼田，都与玉脱离不了关系，借玉的纯净与高雅来形容湖水的清澈。紧接着词人写在三万顷的湖面上，只有"我"的一叶扁舟。在一望无际的平静澄净得像玉一般的湖面上，就只有一叶扁舟，一种豪迈的情调油然而生。"素月分辉，明河共影，表里俱澄澈。"刚才的画面还没有结束，这是一片水天相接、万物融为一体的开阔之景，有一种心旷神怡的视觉感。词人此时的心境是澄澈和闲适的，物境与心境悠然相会，其妙处难以用语言表达出来。在这样的环境中，也只有拥有这样的心境才会有这样的豪迈之举。

下阕主要是抒情，书写自己内心的澄澈。下阕开头"应念岭表经年，孤光自照，肝胆皆冰雪"。写的是回忆，想起在岭南一年的生活，那是同样的光明磊落，肝胆忠义之心就像冰雪一样，澄净可照人。接着又回到了现实，写自己头发已经变得稀少如同秋之草木一样，但自己依然安稳地泛舟于浩淼的洞庭湖之上，心神没有一点动摇。一种豪迈之气游荡于词句之间。接着进入全词抒情的高潮，让万象与自己一起饮酒，最后轻松收尾，结束全词。

## 【浣溪沙】

**荆州约马举先登城楼观塞[1]**

**霜日[2]明霄水蘸空，鸣鞘声[3]里绣旗红，澹烟[4]衰草有无中。**

**万里中原烽火北，一尊浊酒戍楼[5]东，酒阑挥泪向悲风。**

### 【注释】

①塞：边塞、要塞。②霜日：结霜的日子。③鸣鞘声：挥动鞭子的声音。④澹烟：淡淡的烟雾。⑤戍楼：边防驻军的瞭望楼。

### 【鉴赏】

这是一首借景物描写抒发对中原故国的怀念之情的词，全词的感情基调是悲凉的，在悲凉的氛围里表达爱国词人张孝祥的爱国热情，主要是对故国的怀念之情。宋孝宗乾道四年（1168）的秋天，张孝祥正任荆南湖北路安抚使，驻在荆州。这首《浣溪沙》就是这时候写的。全词运用景物描写、气氛烘托等技巧，可见词人的写作技巧确实是有实力的。

这首词上阕主要是写景，下阕主要是抒情。开头"霜日明霄水蘸空"描写了这样一个登楼的环境：秋高气爽，晴空万里，从词中的"霜"可见这确实是秋天。在这样的日子里，词人约着友人马举先登上荆州城楼。荆州是祖国内地的一座城池，如今却成了边塞之地，可见当时国家已经沦陷，故土失去，而荆州就恰恰是其中的一部分。在这样的情况下，登荆州城楼，物是人非的凄凉感随之袭来，词人根本就不想，也没有心情欣赏美景了，而只能面对着破碎的河山抛洒热泪。紧接着词人写了"鸣鞘声里绣旗红"，这是词人与好友站在城楼顶上所看到的，他们看到了烟尘滚滚，战旗飘舞的战场，再加上所听到的"澹烟衰草有无中"撕裂心肺的马鞭声，以及看到边塞由于战乱而造成的荒芜，心中更是沉痛。下阕主要是抒情，开头"万里中原烽火北"是词人回想起故国中原的人民，心中悲痛，于是只能借酒消愁，面对萧瑟的秋风泪流满面。爱之深，痛之深，由此便可体现出来。秋风本来就是萧瑟的，再加上词人此时的心绪，更是悲痛袭来，沦陷其中不能自拔。

## 【南歌子】

**过严关**

**路尽湘江水，人行瘴雾间。昏昏西北度严关。天外一簪①初见，岭南山。**

**北雁连书断，秋霜点鬓斑。此行休问②几时还。唯拟桂林佳处，过春残。**

**【注释】**

①簪：簪子，这里形容山的陡峭。②休问：不要管它了。

**【鉴赏】**

这是词人被贬途经严关时写的一首词，也是一首借景物的描写来书写自己心情的词作，表达了作者在朝廷受到排挤被贬广西，内心苦闷、忧郁的心情。景物描写、环境的衬托在词的表达上依然是很重要的，所谓“一切景语皆情语”大概就是如此，词人对它的运用做得十分到位。

这首词，上阕主要是写景，下阕主要是抒情。上阕描写的是在行程中所见的景物。开头“路尽湘江水，人行瘴雾间”。表明了词人的行程，以及点出他在前往广西路上的交通工具是船。词人乘着小船在湘江上行走，已经走到了湘江的尽头，弃船登岸，开始在弥漫着瘴气的路上行走。紧接着词人继续描写自己的行程。“昏昏西北度严关”，词人昏昏沉沉地从西北方向朝西南行进，度过了严关。“昏昏”二字，表明词人当时的精神状态是昏昏沉沉的，浑浑噩噩的。究其原因，大概有两个，一是词人被贬广西，一路奔波，辛苦所致，另一个是词人因为被贬，心情本来就不好，或许一直以来都是昏昏沉沉，郁郁寡欢的。紧接着写了词人在路上看到的景色，“天外一簪初见”，此时，词人看见了一座高耸的山峰像玉簪一样在眼前出现了，接着便点明了这就是岭南山。

词的下阕主要是抒情，抒写过严关以后的心情。下阕开头“北雁连书断，秋霜点鬓斑”表面上写地方偏僻，书信中断，实际上也描绘了词人面容憔悴，狼狈行走的样子，这是十分愁苦的状况。“此行休问几时还”写出了贬谪对于词人的影响，不知归期，只好说不要问归期，这其中有着多少无可奈何啊。最后词人写自己想在桂林这个山水秀丽的地方，度过春天剩下的时光。

## 【六州歌头】

**长淮望断，关塞莽然平。征尘暗，霜风劲，悄边声。黯销凝。追想当年事，殆①天数，非人力，洙泗②上，弦歌地③，亦膻腥④。隔水毡乡⑤，落日牛羊下，区脱⑥纵横。看名王⑦宵猎，骑火⑧一川明。笳鼓悲鸣，遣人惊。**

**念腰间箭，匣中剑，空埃蠹⑨，竟何成！时易失，心徒壮，岁将零。渺神京。干羽方怀远，静烽燧，且休兵。冠盖使⑩，纷驰骛⑪，若为情！闻道中原遗老，常南望，翠葆霓旌⑫。使行人至此，忠愤气填膺，有泪如倾。**

【注释】

①殆：似乎是。②洙泗：洙和泗是鲁国两条流经曲阜的河流的名字，代指鲁国。③弦歌地：指礼乐文化之邦。④膻腥：旧时对北方少数民族的风习或其所建立的政权等的蔑称。⑤毡乡：亦作“氈乡”，指我国古代北方游牧民族所居的地区，因其以毡帐为居室，故称。⑥区脱：匈奴语，称边境屯戍或守望之处。⑦名王：指敌方将领。⑧骑火：指夜骑时照明的灯火。⑨埃蠹：尘掩虫蛀。⑩冠盖使：冠服求和的使者。⑪驰骛：奔走忙碌，往来不绝。⑫翠葆霓旌：指皇帝的仪仗。

【鉴赏】

本词为张孝祥爱国词作名篇，作于宋孝宗隆兴元年。当时的北伐军内部矛盾重重，被金兵打败，这给主和派有理由跋扈起来，准备和金国屈辱议和。张孝祥有感于此，饱含爱国热情写下了这首词。

上阕主要写被敌人糟蹋的中原故土的残破景象和敌人不可一世的飞扬跋扈。“长淮望断”，面对当时宋金分界的淮河，极目远望，关塞草木“莽然”。“征尘暗，霜风劲，悄边声”，萧条冷落，死气沉沉，霜风凄紧，感觉不到一点的生命力，也没有战争将要到来的紧张状态。但是战事却是依然存在的，边境依然是危机四伏。眼前的这一切着实让作者很失望，“黯销凝”说出了作者的无限忧虑，作者凝神沉思，痛苦万分，但无可奈何。“追想当年事，殆天数，非人力”，作者想起以前中原的大好河山，道出了无限的追思，从侧面写出了南宋统治的昏庸无能。作者无法掌控国家大事，也无法了解事情的内幕，只好把事情归于天命，向上天控诉和扣问。“洙泗上，弦歌地，亦膻腥”，当年的文化之邦，弦歌之地，如今充满着膻腥的味道，被异族占据，昔日的景象一去不复返。中原土地，现在已经“毡乡”遍野，夕阳西下，匈奴的马匹纵横在耕地上面，所谓“隔水毡乡，落日牛羊下，区脱纵横”。敌军“宵猎”的时候火光冲天，可见兵马强盛。笳鼓声音悲凉，让人惊悸。这些描写，突出了南宋兵力的弱小，中原人们的悲惨生活和敌人的骄横跋扈。

下阕主要抒发自己的情怀，作者胸怀一腔报国热情，却报国无门，只能空自烦恼。“腰间箭，匣中剑”，长久不用，却“空埃蠹”，被蠹虫所蛀蚀。自己徒有雄心壮志，却“时易失”“岁将零”，年华将要落尽。遥望京城，茫然不知所措，京都还在敌人占领之下。“干羽方怀远，静烽燧”，情势危急，但是统治者却不管情势，依旧歌舞升平，不准备迎战。中原的遗民，渴盼着宋朝北伐军的到来，恢复自己的家园。看到人民在期盼北伐军到来的热切，作者深受感动，同时感到极度的悲愤，情到深处便流下了泪。

## 【水调歌头】

闻采石矶战胜

**雪洗虏尘静，风约楚云[①]留。何人为写悲壮？吹角[②]古城楼。湖海平生豪气，关塞如今风景，剪烛看吴钩[③]。剩喜然犀处[④]，骇浪与天浮。**

**忆当年，周与谢[⑤]，富春秋。小乔初嫁，香囊未解，勋业故优游。赤壁矶头落照，淝水桥边衰草，渺渺唤人愁。我欲乘风去，击楫誓中流[⑥]。**

【注释】

①楚云：楚天之云。江西抚州古代属楚国，故而说“楚云”。②吹角：吹号角。③吴钩：宝刀名。④燃犀处：传说点燃犀牛的角可以照见怪物，此处指消灭敌人的地方。⑤周与谢：三国东吴的周瑜和晋朝的谢玄。⑥中流：水流的中央。

**【鉴赏】**

宋高宗绍兴三十一年（1161），张孝祥听到虞允文在采石矶大胜金兵，时任抚州知州的他欣喜若狂，写了这首《水调歌头》，表现出作者炽热的爱国主义思想。

上阕主要写了宋人破金兵的豪壮和作者的欣喜。宋军击败了金兵的侵略，犹如洗去了污垢埃尘，所谓“雪洗虏尘静”。寒风阻住了楚天的白云，自己在江西任上，无法亲自参加这次战斗，未尝不是一个遗憾。他身在江西而挂念着前线战士，担心没人记录描写下战士们悲壮的战斗事迹。他想象着前线吹角张旗的庆祝场景，情真意切。“湖海平生豪气”，道出自己一生有湖海一样宽广而旷达的胸襟和气概。“关塞如今风景”，胜仗后的边塞形势发生了变化，过去是敌人在那片土地上飞扬跋扈，而今回到了宋朝的统治之下。“剪烛看吴钩”，自己听到了战胜的消息后点亮灯火，检查自己的武器，准备再和敌人一搏，这充分表现出张孝祥报效祖国的豪情壮志和决心。前线胜利的消息使他备受鼓舞，他随时准备为恢复中原献身效力。“剩喜燃犀处，骇浪与天浮”，作者想象在采石矶消灭敌人的场面，战斗异常激烈，场面宏伟，战士们干净利落地把金兵消灭掉。

下阕由回忆两位古代英雄写起，借此表现出自己要效法前人，为恢复中原故土献身。周瑜曾经大败曹操，谢玄曾经大破来自北方的前秦入侵军队。他们建功立业的时候，正值他们年富力强的青壮年时代，所谓“忆当年，周与谢，富春秋！”“小乔初嫁，香囊未解，勋业故优游”，当时周瑜刚娶“小乔”为妻，谢玄还是佩带香囊的少年，他们就早早地创建了不朽的功业，词人对周瑜和谢玄的羡慕与崇敬溢于言表。“赤壁矶头落照，淝水桥边衰草，渺渺唤人愁”，当年周瑜战胜敌人的赤壁矶，只能看到夕阳西下的景象了，谢玄杀敌的淝水桥边只有破败的衰草，对他们的回忆，只能唤起人们遥远无际的忧愁。“我欲乘风去，击楫誓中流”表达自己恢复中原、报效国家的志向。

## 【水调歌头】

**泛湘江**

**濯足[①]夜滩急，晞发[②]北风凉。吴山楚泽行遍，只欠到潇湘。买得扁舟归去，此事天公付我，六月下沧浪[③]。蝉蜕尘埃**

**外，蝶梦④水云乡。**

**制荷衣⑤，纫兰⑥佩，把琼芳⑦。湘妃起舞一笑，抚瑟奏清商⑧。唤起九歌⑨忠愤，拂拭三闾⑩文字，还与日争光。莫遣儿辈觉，此乐未渠央⑪。**

**【注释】**

①濯足：本意是洗去脚污。后以“濯足”比喻清除世尘，保持高洁。②晞发：晒发使干。常指高洁脱俗的行为。宋代苏轼《留别金山宝觉圆通二长老》诗：“艤舟北岸何时渡？晞髮东轩未肯忙。”③沧浪：古水名，借指人的社会。④蝶梦：指超然物外的玄想心境。⑤荷衣：传说中用荷叶制成的衣裳。亦指高人、隐士之服。⑥纫兰：屈原所著的《楚辞》中有“纫秋兰以为佩”，比喻人品高洁。⑦琼芳：色泽如玉的香草。⑧清商：商声，古代五音之一。古谓其调凄清悲凉，故称。⑨九歌：《楚辞》中的篇名。⑩三闾：屈原曾任三闾大夫，后人以“三闾”称屈原。⑪未渠央：即“未遽央”，未能仓猝即尽。

**【鉴赏】**

张孝祥因谗被贬，从桂林归北。他驾舟泛于湘江之上，其心飞扬，想起了三闾大夫屈原自沉于汨罗江的故事，写下了本词。

上阕中的“濯足”化用了《楚辞·渔父》中的“沧浪之水浊兮，可以濯吾足”，在这里表明了作者和三闾大夫一样被冤枉的相同命运，自己的心志是高洁的，却被奸臣所害。“濯足”和“晞发”一起表现出了作者高洁的品性。“吴山楚泽行遍，只欠到潇湘”，抒发作者深藏到潇湘的愿望。“买得扁舟归去，此事天公付我，六月下沧浪”，作者觉得自己此次北归和六月下湘江的经历很幸运。“蝉蜕尘埃外，蝶梦水云乡”，“蝉”和“蝶梦”都是高洁的象征。作者在这里借用了屈原的不同流合污和庄周梦蝶来寓自己的品性高洁。在这里我们可见作者的清高脱俗而又旷达自足。

下阕中的“制荷衣”来自《楚辞·离骚》中的“制芰荷以为衣兮，集芙蓉以为裳”，“纫兰佩”来自《楚辞·离骚》中的“扈江离与辟芷兮，纫秋兰以为佩”“把琼芳”源自《九歌·东皇太一》中的“瑶席兮玉，盍将把兮琼芳”。作者在湘江上想起了屈原这位先贤，心中无限涌动，想起了他的诗句，借用来表明自己现在的心志。“湘妃”是《九歌》中《湘君》、《湘夫人》的一个人物形象，湘妃是湘水之神。“唤起九歌忠愤，拂拭三闾文字，还与日争光”，郁积在作者心中的对三闾大夫的敬仰和自己内心的志向一呼而出，情感浓烈。“莫遣儿辈觉，此乐未渠央”，作者从无尽的想象中回到现实，感觉到其乐无穷。

作者隐括了《楚辞》和《史记》中的一些语句和意象，通过对屈原的怀念和敬仰，烘托自己的心情，表明自己的性情和心志。

## 【水调歌头】

**金山观月**

**江山自雄丽，风露与高寒。寄声月姊①，借我玉鉴②此中看。幽壑鱼龙悲啸，倒影星辰摇动，海气夜漫漫。涌起白银阙③，危驻紫金山④。**

**表独立⑤，飞霞珮，切云冠⑥。漱冰濯雪，眇视万里一毫端。回首三山⑦何处？闻道群仙笑我，要我欲俱还。挥手从此去，翳凤⑧更骖鸾⑨。**

**【注释】**

①月姊：传说中的月中仙子、月宫嫦娥，借指月亮。②玉鉴：喻皎洁的月亮。③银阙：指代明月。④紫金山：镇江金山。⑤表独立：来自屈原《九歌·山鬼》中的“表独立兮山之上”。⑥切云冠：来自屈原《涉江》中的“冠切云之崔嵬”。⑦三山：古代传说海上有三座神山，即方丈、蓬莱、瀛洲。⑧翳凤：本谓以凤羽为车盖，后用为乘凤之意。⑨骖鸾：谓仙人驾驭鸾鸟云游。

**【鉴赏】**

这是一首咏物之词，吟咏的是镇江金山寺。这是闻名的古刹，唐宋以来吟咏者甚多。苏轼在《游金山寺》诗中更以矫健的笔力，描绘其空旷幽优的晚景。词人张孝祥则以超尘的艺术幻觉来构建了一种独特的审美与艺术空间，给人一种不平常却又有如仙境般的感觉，使读者读此词有一种在其中神游的感触。

词的上阕描写秋夜壮丽的长江，天空倒影在江水中，呈现出一种奇幻的自然景象。“江山自雄丽，风露与高寒”，写秋夜江边金山的雄伟壮丽。“寄声月姊，借我玉鉴此中看”，带有浓烈的感情色彩，赋予月亮生命，形象生动。

“幽壑鱼龙悲啸，倒影星辰摇动，海气夜漫漫”，月光映照下的江面奇态百生，如“鱼龙”，犹“星辰”，随波呈现种种形态，穿过雾气横生的江面，好像听到了深水中鱼龙呼啸哀号的声音。“涌起白银阙，危驻紫金山”，江上涌起滚滚白浪，在月光下好像一座座仙宫，和旁边的真江山相映成趣，给人既写实又是虚幻的感受。

下阕写作者享受美景，继而飘然出尘。“表独立，飞霞珮，切云冠表”，借用屈原的词句表现江上美景。“漱冰濯雪，眇视万里一毫端”，写出作者的内心感受，作者浸沉在冰雪般洁白的月光里，仿佛能透视万里之外的细微景物。“回首”以下五句，作者超常的构思，充满浪漫而神秘的色彩。似乎神仙在向自己微笑，邀约一同前往。后面展现乘坐凤羽做的华盖，用鸾鸟来驾车的情景，富有仙气意味。

本词中所抒写超然脱俗的情思，显示出作者开阔的胸襟也反映了他的个性特征和品格。

# 赵长卿

【作者简介】

赵长卿，生卒年不详。自号仙源居士，宋宗室，居南丰（今属江西），曾赴漕试。饶宗颐《词籍考》卷三："案《宋史·职官志》，宗寺修纂牒谱有《仙源积庆图》《仙源类谱》，此号盖宋三祖下宗室派系。但玉牒派下无长字，亦无卿字，疑长卿乃其字也。集中附记张孝祥画灰成小词为近事，则《鼓笛慢》所题甲申，殆为隆兴二年（1164）。《全宋词》谓"长卿疑名师有，俟考"。有《仙源居士乐府》九卷。

## 【潇湘夜雨】

灯花

**斜点银①，高擎莲炬②，夜深不耐微风。重重帘幙卷堂中。香渐远、长烟袅穟，光不定、寒影摇红。偏奇处，当庭月暗，吐焰如虹。**

**红裳呈艳，丽娥③一见，无奈狂踪。试烦他纤手，卷上纱笼。开正好、银花夜照，堆不尽、金粟④凝空。丁宁语，频将好事，来报主人公。**

【注释】

①银：银做的灯。②莲炬：莲灯。③丽娥：美丽的女郎。④金粟：即桂花，此处是在比衬灯花。

【鉴赏】

这是一首咏物词，写的是极其常见的燃油灯。在历代文人的词作中，咏物的词很多，很多是写花，这些花又多是有着高洁品质的，吟咏它们来写人物品性；而这种吟咏燃油灯的词作却极为少见。全词明快开朗，语言活泼生动，是咏物词中的妙品。

这首词上阕主要是写燃油灯，开头用“斜点银，高擎莲炬，夜深不耐微风”来衬托燃油灯。华灯初上，有“斜点”的银灯，有“高举”的“莲灯”，还有微风，交代了这是一个夜晚。前两句是用实实在在的灯相衬，后一句是用风来相衬，三个陪衬的东西从三个不同的方面为燃油灯的出现做铺垫。接下来写燃油灯出现的地点是“重重帘幙卷堂中”，这与前面的银灯以及莲灯又有所不同。“香渐远、长烟袅穟，光不定、寒影摇红”，这是正面描写燃油灯的状态，写灯烛芯烟篆缭绕，袅袅腾空，光影不定，随风而摇。最后进一步描写灯火辉煌的盛况，用“月暗”来陪衬灯火的辉煌，用彩虹来比喻燃油灯吐焰。

下阕写结花。开头“红裳呈艳，丽娥一见，无奈狂踪”，写飞蛾狂扑，用红裳来衬托灯的艳丽，用丽娥借衬火的明艳，“飞蛾扑火”正是显示了燃油灯火明亮，有晃眼的感觉。接下来正面写开结灯花，“开正好、银花夜照，堆不尽、金粟凝空”，这里词人想象丰富，用银花比衬白色灯火；用金粟比衬金黄色颗粒状的灯花。写出了灯花的不同凡响以及它的奇妙之处。最后写结灯花时，有小爆炸声，好像有叮咛之语来回报主人。

## 【探春令】

**笙歌间错华筵启。喜新春新岁。菜传纤手，青丝轻细。和气入、东风里。**

**幡儿胜儿[①]都姑婂[②]。戴得更忔戏[③]。愿新春以后，吉吉利利，百事都如意。**

**【注释】**

①幡儿胜儿：新年里的装饰品，剪镂彩帛制成各种花鸟，大的插在窗前、屋角，或挂在树上，小的戴在姑娘们头上。②姑婂：整齐，清楚。③忔戏：可爱，美满。

**【鉴赏】**

赵长卿的词很多，又大多采用口语、俗语入词，通俗易懂。与一般的文人士大夫的雅词所不同，他的词一般不被当时的士大夫所看重。

赵长卿的词作并没有什么特殊的技巧或高超的艺术构思，它只是很普通的一首词。赵长卿的词作不像白居易那样有政治讽谏作用，也不像陆游那样表达自己的爱国热情，抒发自己壮志难酬之情。他的词很简单，只是一个人碰到家里过节日，在喜庆的时候，顺便题几句，以便更能增添节日气氛。这首词也不例外，仍然是在节日里表达祝福，传达欢快之情的词作。这首词是极好的新年祝辞。

这首词上阕主要是描写节日的场景，写节日里发生的事情。下阕主要是表达自己的祝福，以及从中传达出的愉快欢乐的感情。上阕开头“笙歌间错华筵启”交代的是这是一个新年佳节，在这样的节日里，家里老少摆开了宴席。这样的交代很清楚又不含糊，直截了当地点明了此词的写作背景。接着就写节日里的贺喜之词“喜新春新岁”，紧接着写姑娘们的纤手，端来了春菜盘子，盘里的菜又青又细，一排大摆宴席的派头以及人们欢快准备晚宴的情景。最后也是表达一种更和气的祝愿，家里一片和气景象，像东风里带来的融和的气象。

下阕写人们在节日里经常做的一些事，把幡儿、胜儿戴在姑娘们头上，看上去更加欢喜，这或许是当时的一种风俗。最后一家人和和气气地团坐着吃春酒、庆新年，他起来为大家祝酒，希望过春节以后，一家子都吉吉利利，百事如意。

# 杨冠卿

【作者简介】

杨冠卿，字梦锡，江陵（今属湖北）人，生于绍兴八年（1138）。举进士，为九江戎司掾，又尝知广州，以事罢。晚寓临安。淳熙十四年（1187），编有《群公词选》三卷（已佚），自序曰："余漂流困踬，久客诸侯间……时有所撄拂，则取酒独酌，浩歌数阕，怡然自适，似不觉天壤之大，穷通之为殊途也。"著有《客亭类稿》十四卷。朱孝臧《彊村丛书》辑有《客亭乐府》一卷。

## 【卜算子】

秋晚集杜句[①]吊贾傅[②]

**苍生喘未苏，贾笔论孤愤。文采风流今尚存，毫发无遗恨。**

**凄恻近长沙，地僻秋将尽。长使英雄泪满襟，天意[③]高难问。**

【注释】

①集杜句：谓集古人之成语以为诗。晋人傅咸尝集《诗经》句以成篇，名《毛诗》，为集句诗之始。本词为集。②贾傅：西汉著名的政治家、文学家贾谊，被贬为长沙王太傅，故后人尊称贾傅。③天意：上天的旨意。这里是指汉文帝的旨意。

【鉴赏】

杜甫的诗，"千汇万状，茹古涵今"（王彦辅语），向来常被喜欢集句的人应用。杨冠卿这首词，大气包举，意脉贯通，浑然一体，盖因其与贾谊有"神合"之处也。本词全用杜诗，按顺序八句分别撷取于《行次昭陵》《寄岳州贾司马六丈巴州严八使君两阁老五十韵》《丹青引赠曹将军霸》《敬赠陈谏议十韵》《入乔口》《秦州杂诗二十首》其十八）《蜀相》《暮春江陵送马大卿公恩命追赴阙下》。钩连紧密，起承转合，毫无断层，有一气呵成之妙。题曰《吊贾傅》。

杨冠卿一生不得意，这是一首用集杜句的办法将贾谊的“孤愤”推崇备至的词作，很有惺惺相惜之感。

这首词上阕主要是从道德文章两方面立言，道德上指的是贾谊的上书指斥时政的利弊，其出发点都是为了汉室安定与百姓幸福，文章上指的是贾谊辞赋的文章文采十分风流。开头“苍生喘未苏，贾笔论孤愤”两句，鲜明地表达了词人对贾谊为了百姓苍生而多次上疏痛陈时弊的称赞。贾谊曾在长文《陈政事疏》中尖锐地驳斥了“天下已安已治”之说。他认为当时的政治形势很危急，要从根本上解决问题。在贾谊的另一篇《过秦论》中暗示警告汉代统治者不要像秦二世那样不顾民生，那样会重蹈秦朝的覆辙。贾谊的上书都是为了汉室的安定，百姓苍生的安稳。接下来词人就开始称赞贾谊的文章，认为他的文章“文采风流”，即文笔雄放恣肆，挥洒自如，文采斐然。词人认为这样的辞赋风采流传下来了，就没有任何遗憾了。

下阕紧扣题目中的“吊”字。下阕开头“凄恻近长沙，地僻秋将尽”，一个“长沙”让我们马上联想起贾谊被贬“近长沙”，于是一种悲凉感就出来了。当然这里的凄凉感，或许还有词人自己内心深处的感受。杜甫为悼念诸葛亮曾写下了“长使英雄泪满襟”的诗句，而现在词人为悼念贾谊，则用了这句诗来做自己的词句，写贾谊功业未就含恨而死，而死的原因是“天意高难问”。全词在吊贾谊时有一种悲凉的氛围在其中。

# 辛弃疾

【作者简介】

辛弃疾（1140—1207），字幼安，号稼轩，济南历城（今属山东）人。受学于亳州刘瞻，与党怀英为同舍生，号辛党。平生以气节自负，功业自许，谋猷略远，然谗摈销沮，南归四十余年间，大半皆废弃不用，故陈亮《辛稼轩画像赞》叹为“真鼠枉用，真虎不用”。其胸中古今，用资为词，激昂排宕，别开生面，不可一世。《宋史》有传。有《稼轩集》，又有《稼轩奏议》一卷，均佚。

## 【摸鱼儿】

**更能消[①]、几番风雨，匆匆春又归去。惜春长恨花开早，何况落红无数。春且住！见说道，天涯芳草无归路。怨春不语。算只有殷勤，画檐蛛网，尽日惹飞絮。**

**长门[②]事，准拟佳期又误。蛾眉曾有人妒。千金纵买相如赋，脉脉此情谁诉？君莫舞，君不见，玉环飞燕皆尘土。闲愁[③]最苦。休去倚危楼，斜阳正在、烟柳[④]断肠处。**

【注释】

①消：消受，经得起。②长门：汉武帝废陈皇后，贬居长门宫，司马相如作《长门赋》，汉武帝看到此赋，遂有所感悟，又宠幸了陈皇后。③闲愁：这里为自嘲，实则是忧国之愁。④烟柳：烟雾笼罩的柳林。

【鉴赏】

辛弃疾自绍兴三十二年（1162年）渡淮水投奔南宋，到写此词时已过去了十六个年头。且南宋国势日益衰微，政权腐朽，他抗击金军、恢复中原的主张，始终没有被南宋朝廷所采纳。此时作者对国家的感情十分复杂，既希望国家好起来，但失望又更多于希望。词表面伤春悼古，实际则是在写自己的忧国之心，含蓄美尽得以体现。

这一年，词人从荆湖北路转运副使任上调到荆湖南路继续当转运副使。转运使亦称漕司，主要掌管一路财赋的官职，对辛弃疾来说，当然不能施展他的才能和抱负。他写了这首词，抒发胸中的郁闷和感慨。

上阕主要抒发作者惜春伤春之情。“更能消、几番风雨、匆匆春又归去”，词人开篇便叹息花红柳绿的春天即将在风雨之中离开。“惜春长恨花开早，何况落红无数”，词人直接地揭示自己惜春的心理活动：由于怕春去花落，他甚至害怕春天的花开得太早，这是对惜春心理的深入一层描写。多希望这花儿迟些开放啊，这样“我”就可以多多享受春日的美景了，只是这花开花落不由人意啊。但词人仍不甘心，大呵一声“春且住”！这是发自心底的愿望啊。“见说道，天涯芳草无归路，怨春不语”，听说芳草已经长满到天涯海角而遮断归路了，可是春不答话，还是悄悄溜走了。“算只有殷勤，画檐蛛网，尽日惹飞絮”，到处寻觅春天的痕迹，也只有那在檐下勤勤恳恳忙碌的蜘蛛身上还粘惹着些春天的柳絮了。这些蜘蛛都比自己的收获丰富，两相对比，词人心中的落寞由此可见。

下阕写史实。表现词人对现实的失落之情。一开始就用陈皇后失宠的典故，来喻指自己的失意。自“长门事”至“脉脉此情谁诉”一段文字，陈皇后因招人妒忌而被打入长门宫。后来她拿出黄金，买得司马相如的一篇《长门赋》，希望用它来打动汉武帝的心。但是她所期待的“佳期”迟迟未到。这样的情景的确让人寒心，其实这也正如词人此时的心理，自己的满腔报国情怀被人无情地践踏，所有的痛苦是无处表达的。“君莫舞”二句的“舞”字，因高兴而得意忘形的样子。“君”，指那些妒忌别人进谗言取得宠幸的人。“皆尘土”，用《赵飞燕外传》附《伶玄自叙》中的语意。伶玄妾樊通德能讲赵飞燕姊妹故事，伶玄对她说：“斯人俱灰灭矣，当时疲精力驰骛嗜欲蛊惑之事，宁知终归荒田野草乎！”“闲愁最苦”三句是结句。闲愁，作者指自己精神上的不可倾诉的郁闷，这当然是忧国忧民的情怀。危栏，是高处的栏杆。后三句是说不要用凭高望远的方法来排消郁闷，因为那快要落山的斜阳，正照着被暮霭笼罩着的杨柳，远远望去，一片迷蒙。这样的暮景，会使人见景伤情，更加悲伤。此时，想必更是景以情伤。

# 【摸鱼儿】

观潮上叶丞相

望飞来、半空鸥鹭，须臾动地鼙鼓。截江组练[1]驱山去，鏖战未收貔虎[2]。朝又暮。悄惯得、吴儿[3]不怕蛟龙怒。风波平步。看红旆[4]惊飞，跳鱼直上，蹙[5]踏浪花舞。

凭谁问，万里长鲸吞吐，人间儿戏千弩[6]。滔天力倦知何事，白马素车[7]东去。堪恨处，人道是、属镂怨愤[8]终千古。功名自误。漫教得陶朱[9]，五湖西子，一舸弄烟雨。

【注释】

①组练：军队。②貔虎：传说中一种凶猛的野兽，后来多用以比喻凶猛的勇士。③吴儿：泛指钱塘江畔的青年。④红旆：红旗。⑤蹙：踩。⑥千弩：后梁时吴越王钱镠命令数百名弓弩手用箭射潮头，企图阻止潮水。⑦白马素车：典出枚乘《七发》：“其少进也，浩浩皑皑，如素车白马帷盖之张”是说白浪滔天的样子。⑧属镂怨愤：典故，吴国忠臣伍子胥因在是否接纳越国投降的问题上与吴王夫差产生矛盾，被夫差赐宝剑“属镂”自刎而死。⑨陶朱：即范蠡，春秋末著名政治家。他在帮助越王勾践灭吴国之后就隐姓埋名，退出官场了。

【鉴赏】

这首词是词人呈给曾推荐自己为官的丞相叶衡的，知己之间的对话总是精神上的交流，自足高远，家国为先。这首词主要写的是作者在钱塘江观潮，由观潮而触景伤怀，其中蕴含的是一颗拳拳爱国之心。

上阕凝聚笔力写了钱塘江大潮雄伟之势，表现出一种豁达宽广的胸襟。“望飞来、半空鸥鹭，须臾动地鼙鼓。”词人先从空中写起，把视点先落于空中，以营造出一种冲天之势。鸥鹭在空中翱翔，江面的滚滚波涛及江岸震天动地的战鼓声。词人一生都渴望戎马倥偬，由听潮疑是鼓声，我们就可以看出词人的这种态度。后文的表现则是更加强烈，“截江组练驱山去，鏖战未收貔虎”。汹涌的潮水正如战场上的千军万马如排山倒海般滚滚而来，也如还在激战中飞速奔驰的貔虎似的战士般势不可挡。“朝又暮。悄惯得、吴儿不怕蛟龙怒”，写完潮水之后开始写弄潮儿了。这势不可挡的潮水在当地的渔民看来是“惯”，毫不放在心上。“看红旆惊飞，跳鱼直上，蹙踏浪花舞。”这里的语调欢快激荡，可以看出词人此时的心情定是为磅礴的浪潮所鼓舞，因而激动万分。

下阕写尽了大自然的气势和人的勇猛，主要是怀古写今抒发感慨。“凭谁问，万里长鲸吞吐，人间儿戏千弩”，此句用典来说明人力是无法与自然作对的，只是儿戏罢了，大自然的力量有时的确是人无法抗衡的，人在自然面前是极其的渺小。“滔天力倦知何事，白马素车东去”，滔滔的潮水只是流泻而不知人事，潮水滔滔而逝，不能明白词人的愁绪。“堪恨处，人道是、属镂怨愤终千古。功名自误”，叙述的是当年伍子胥未得到重用反而被逼向绝路的事，词人在这里其实是在暗指自己，不但建议得不到采用，反而还被流放，词人心中的悲愤可想而知。“漫教得陶朱，五湖西子，一舸弄烟雨”，词人心中的伤感是浓缩在词句中的，面对此景此情，难道他的结局也逃不过伍子胥一样悲惨的命运吗？这是他在苦苦思索，但是显然词人是不屑这种行为的，他的人生始终都是离不开战场，离不开心中的志向。

## 【水调歌头】

**盟鸥**

**带湖①吾甚爱，千丈翠奁②开。先生杖屦③无事，一日走千回。凡我同盟鸥鹭，今日既盟之后，来往莫相猜。白鹤在何处？尝试与偕来。**

**破青萍，排翠藻，立苍苔。窥鱼笑汝痴计，不解举吾杯。废沼荒丘畴昔，明月清风此夜，人世几欢哀？东岸绿阴少，杨柳更须栽。**

【注释】

①带湖：湖名，在今江西省上饶市城外，是辛弃疾长期落职闲居之所。②奁：镜子。③杖屦：手持拐杖，脚穿麻鞋。屦是指用麻、葛做成的鞋。。

【鉴赏】

此词写于宋孝宗淳熙九年（1182年），作者被主和派弹劾落职闲居带湖之初。过着看似悠闲的山水生活，实则蕴含着很多悲愤之情。这首词的题目是“盟鸥”，是活用《列子·黄帝》狎鸥鸟不惊的典故，指与鸥鸟约盟为友，永在水国云乡一起栖隐之意，但细读自品味会发现另有所抒。

上阕表明了作者对盟鸥的喜爱之情。以首句中“甚爱”二字统摄，直白率真。“千丈翠奁开”，盛赞带湖景色之胜，这里点明了词人“甚爱”的原因。千丈宽阔的湖水，宛如打开翠绿色的镜匣一样，一片晶莹清澈。“先生杖屦无事，一日走千回”，这是用夸张手法来说明“甚爱”程度。是写对眼前鸥鸟之愿：希望既结盟好之后，就应常来常往，不要再相猜疑了。“凡我同盟鸥鹭，今日既盟之后，来往莫相猜”这里“莫相”之“相”，表明关系双方，但实际只表词人绝无害鸟之心，望鸥鹭尽情栖游，无须担惊。“白鹤”二句，是写对眼前鸥鸟之嘱：托其试将白鹤也一起邀来。由爱所见之鸥鹭，而兼及未见之白鹤，其“爱”更进一层。以上极写带湖之美及对带湖之爱，固然表露了词人摆脱了官场尔虞我诈的烦恼和明枪暗箭的惊恐以后心情之宁静，但在这宁静之中又透露出几分孤寂与无聊。

下阕“破青萍，排翠藻，立苍苔”是紧承上阕与鸥为友的遐想而来，鸥鸟们时而拨动浮萍，时而排开绿藻，时而又站立在青苔上一动不动，可见它们对词人的心愿一点都不了解啊。“窥鱼笑汝痴计，不解举吾杯”，鸥鹭们只是在等待着鱼儿以捕食，而对词人的所作所为一点都不了解，“笑汝痴计”这“笑”是词人对自己的自嘲，自己的一番赤诚毫无回应，到何处能觅到知音啊。既然觅不到知音就只能自己独自举杯浇愁了，词人并未被这忧愁压倒，而是继续赏景悟人生，豁达豪迈之情溢于言表。“废沼荒丘畴昔，明月清风此夜，人世几欢哀”。在今昔对比中词人看透了“人世几欢哀”。词尾仍落笔于景物描写，“东岸绿阴少，杨柳更须”，词人仍寄希望于这片田园，把它整治好了来让自己好好享受这美景吧。这里的情绪很容易分清是真的悠闲还是不得不“悠闲”，词人心中所蕴含的那份郁郁不得志的愤懑始终存在着。词人本是心情郁闷，却故作看破红尘、世态炎良。变得益发旷达开朗，因而对隐居之所带湖也更加喜爱了。

## 【水调歌头】

汤朝美司谏见和[①]，用韵为谢

**白日射金阙[②]，虎豹九关[③]开。见君谏疏频上，谈笑挽天回。千古忠肝义胆，万里蛮烟瘴雨，往事莫惊猜[④]。政恐不免耳，消息日边[⑤]来。**

**笑吾庐，门掩草，径封苔。未应两手无用，要把蟹螯杯。说剑论诗余事，醉舞狂歌欲倒，老子颇堪哀。白发宁有种？一一醒时栽。**

**【注释】**

①汤朝美司谏：汤朝美，人名；司谏，官名，古代建言献策的官吏。见和：古代人互赠诗词以表心迹，收到的一方写回信应和对方的作品，即为见和。②金阙：指天子所居的宫阙。③九关：指皇宫。④惊猜：猜疑、怀疑。⑤日边：比喻帝王左右。

**【鉴赏】**

辛弃疾四十二岁那年，被监察御史王蔺弹劾，削职后回上饶带湖闲居。有曾任司谏的汤朝美自广东新州贬所量移江西信州（今上饶），二人相见，由于处境相近，先是，辛赋《水调歌头》（盟鸥）汤以韵相和；辛又用原韵，赋此阕谢答。

上阕鼓励友人，意气飞扬，正气豪迈。“白日射金阙，虎豹九关开”，“金阙”“九关”均喻指宫廷，实际写的是皇宫富丽堂皇，“见君谏疏频上，谈笑挽天回”。四句两层，一张一弛，作者描绘出汤朝美朝堂上的从容和无畏。淳熙二年八月派汤朝美使金，向金讨还河南北宋诸帝陵寝所在之地。不料汤朝美有辱使命，回来后皇帝大怒，把他流贬新州，尝尽“蛮烟瘴雨”滋味。对于心怀忠义肝胆但却遭贬的朋友，辛弃疾并没有大发牢骚，而是安慰他“往事莫惊猜”。因为有才干的人终会发迹的，眼前你不是已经奉诏内调了吗？恐怕还会有消息从皇帝身边下来，“日边”比喻帝王左右，“恐”字是拟想之辞，却又像深有把握似的，这是稼轩用典的妙处！从“蛮烟瘴雨”的黯淡凄惶到日边消息之希望复起，中间再作一暗转，既是对友人坎坷的同情又有对其振作的鼓励。

下阕抒愤，无奈感慨，叹惋现实。词人把笔锋转至叙述自己现在的乡村生活，“笑吾庐，门掩草，径封苔”。词人开始便用了一“笑”字，而所笑单单是这门前荒草丛生，小路上铺满青苔吗？非也，笑的是自己的这遭遇和处境啊，这笑中蕴含的是很复杂的情绪，有一点苦也有一丝自嘲。“未应两手无用，要把蟹螯杯”，这两句是在继续抒发自己的不平，自己还是有用的啊，可是始终无用武之地了。“说剑论诗余事，醉舞狂歌欲倒”，结果感叹“老子颇堪哀”。再怎么狂歌醉舞也消除不了心头所感受到的悲哀啊。“白发宁有种？一一醒时栽”，词人趁势把心中的幽愤推向了高潮，正因自己日日忧国才“栽”上了这满头白发。“栽”似为有意为之，实乃迫不得已而至此也。词人是虽身处闲散却时时不忘忧乐天下的血性男儿，他既不能不为一己之遭际而愤然不平，又不忍以一己之遭遇挫尽天下志士仁人之壮志。因此，他总是本着“知其不可而为之”的顽强精神，鼓舞同道，力挽既倒的狂澜。这种身处草野，心系天下的情怀自是男儿本色。

## 【水调歌头】

舟次扬州，和杨济翁[①]、周显先韵[②]

**落日塞尘起，胡骑猎清秋。汉家组练[③]十万，列舰耸层楼。谁道投鞭[④]飞渡，忆昔鸣髇[⑤]血污，风雨佛狸[⑥]愁。季子[⑦]正年少，匹马黑貂裘。**

**今老矣，搔白首，过扬州。倦游欲去江上，手种橘千头。二客[⑧]东南名胜，万卷诗书事业，尝试与君谋。莫射南山虎[⑨]，直觅富民侯[⑩]。**

【注释】

①杨济翁：即杨炎正，诗人杨万里的徒弟。②周显先韵：东南一带名士。③组练：组甲练袍，这里特指军队。④投鞭：取自典故投鞭断流。据《晋

书·坚载记》载前秦苻坚率大军南侵东晋，曾不可一世地说：“以吾之众，投鞭于江，足断其流”，结果一败涂地，丧师北还。⑤鸣髇：响箭。⑥佛狸：北魏太武帝拓跋焘的小名。⑦季子：苏秦的字，苏为战国时著名策士，以合纵游说诸侯佩而后佩六国相印。⑧二客：指杨炎正和周显先韵。⑨南山虎：典故，西汉名将李广曾赋闲，在南山中射猎老虎。⑩富民侯：典故，汉武帝曾封车千秋为富民侯，一身武力的李广却未得封侯。

**【鉴赏】**

此词是感慨今朝，追忆往昔之作。词约作于淳熙五年（1178年），当时作者以大理少卿出领湖北转运副使，溯江西行。舟停泊在扬州时，与友人杨济翁（炎正）、周显先有词作往来唱和，此即其一。

词的上阕是“追昔”。作者的抗金生涯开始于金主完颜亮发动南侵时期，词亦从此写起。“落日塞尘起”是先造气氛，战尘遮天，本来无光的落日，便显得更其惨淡，准确渲染出敌寇嚣尘上的气焰。“胡骑猎清秋”即指完颜亮1161年率军南侵事。紧接二句则写宋方抗金部队坚守大江。以“汉家”与“胡骑”对举，自然造成两军对峙，一触即发的战争气氛。

“谁道投鞭飞渡”三句中隐含三个典故：其一，《晋书·坚载记》载前秦苻坚率大军南侵东晋，结果一败涂地，丧师北还。其二，《史记·匈奴传》载匈奴头曼单于之太子冒顿作鸣镝（即“鸣髇”，响箭），命令部下说：“鸣镝所射而不悉射者斩之”，后在一次出猎时，冒顿以鸣镝射头曼，他的部下也跟着发箭，头曼遂被射杀。其三，“佛狸”，为北魏太武帝拓跋焘的小名。他南侵中原受挫，被太监所杀。此三事以写完颜亮发动南侵，但丧于内乱，事与愿违的史实。不仅贴切，三事连用，更觉化用自然之妙。宋朝军民，军容严整同仇敌忾，而金国外强中干且有“离合之衅”可乘，这正是恢复河山的大好时机。“季子正年少，匹马黑貂裘”，正是作者当年飒爽英姿的写照。苏秦字“季子”，乃战国时著名策士，以合纵游说诸侯佩而后佩六国相印。他年轻时曾穿黑貂裘“西入秦”。作者以“季子”自拟乃是突出自己以天下为己任的少年锐进之气。

下阕写当下，“今老矣，搔白首，过扬州”，一番感叹可见作者已陷入了大大的失望之中。复兴之事一直遥遥无期，自己这些年所过的生活是“倦游欲去江上，手种橘千头”，想要归隐田园来种橘置产，看似潇洒实乃一种无奈之举。这样的心情可谓是对现实的失望，但是尽管如此，词人还是保留了进取之心。“二客东南名胜，万卷诗书事业，尝试与君谋”，词人转笔劝友人不要像自己一样隐居，不能辜负了胸中之才。“莫射南山虎，直觅富民侯”，不过也不能像李广那样南山习射，而是直接去做富民侯。此处实乃暗指朝廷“偃武修文”，使得英雄无用武之地，国家日益衰微，现实可谓让人悲愤有加啊！

## 【水调歌头】

和信守郑舜举蔗庵韵

**万事到白发，日月几西东。羊肠九折歧路，老我惯经从。竹树前溪风月，鸡酒东家父老，一笑偶相逢。此乐竟谁觉，天外有冥鸿。**

**味平生，公与我，定无同。玉堂金马①，自有佳处着诗翁。好锁云烟窗户，怕入丹青图画，飞去了无踪②。此语更痴绝，真有虎头风。**

### 【注释】

①玉堂金马：指郑舜举守宰的官邸。②飞去了无踪：引用典故，《世说新语·巧艺篇》注引《续晋阳秋》载，顾恺之曾以一橱画寄给桓玄，桓玄珍藏了多年，后来开橱取画，发现封题如旧，但画已幻变飞仙了。

### 【鉴赏】

这首词也是词人与友人的唱和之词，叙述了与友人的真挚的交往，知己之间的情谊是溢于言表的。

上阕开头两句便开始感慨时光的流逝，“万事到白发，日月几西东”，词人感叹时间的流逝不是没有原因的。此时词人已经将步入晚年，而毕生的追求还没有实现，英雄迟暮，的确让人惋惜。词人来拜访友人郑舜举，边走边感慨时光过得飞快，头发都白了，而自己还是一事无成。“羊肠九折歧路，老我惯经从”，从路途的曲曲折折来写自己高涨的兴致。尽管要走的小道又窄又弯，但自己走过这么多路了，对这种路也早已习惯了。其实对这段路程的描写，何尝不是词人人生轨迹的写照呢？词人一生的沉浮也正是如此。“竹树前溪风月，鸡酒东家父老，一笑偶相逢”，此处有一片一片的竹林，有一条清澈的小溪，让人喜爱，而这里的乡亲们也十分质朴好客，对我十分热情。词人沉醉在这谆谆的乡情中，“此乐竟谁觉，天外有冥鸿”，恐怕也只有那天外的飞鸿能理解我此刻的快乐吧！上阕主要围绕访友途中的风景来写自己亦悲亦喜的情感。这样的感情真挚深沉，让人不禁感慨人生的无常。

下阕开始转入写自己与郑舜举的友往，“味平生，公与我，定无同”。回忆起这一生与郑舜举的交情。据资料记载：“郑舜举于1185年调信州作州守时，辛弃疾已罢官居家四个年头，二人素昧平生，却一见如故，竟成知己”。人一生是知己难求的，词人既已遇到郑舜举这一知己，当然是十分珍贵的情谊。“玉堂金马，自有佳处着诗翁”，郑舜举不愿住在那豪华的官邸里，而是另觅佳处寄托自己心中的诗意。“好锁云烟窗户，怕入丹青图画，飞去了无踪”则引用了典故来赞美友人的高雅。道不同，不相为谋。词人与朋友却是情投意合者，对朋友的秉性更是赞许有加。

## 【水调歌头】

壬子被召，陈端仁给事饮饯席上作

**长恨复长恨，裁作短歌行①。何人为我楚舞②，听我楚狂③声？余既滋兰④九畹⑤，又树蕙之百亩，秋菊更餐英。门外沧浪水，可以濯吾缨⑥。**

**一杯酒，问何似，身后名⑦。人间万事，毫发常重泰山轻⑧。悲莫悲生离别，乐莫乐新相识，儿女古今情。富贵非吾事，归与白鸥盟⑨。**

【注释】

①短歌行：原是古乐府《平调曲》名，多用作饮宴席上的歌辞。②楚舞：据《史记·留侯世家》载，汉高祖刘邦“欲废太子，立戚夫人子赵王如意”，由于留侯张良设谋维护太子，此事只好作罢，戚夫人因向刘邦哭泣，刘邦对她说：“为我楚舞，吾为若楚歌。”歌中表达了刘邦力不从心、无可奈何的心情。③楚狂：《论语·微子篇》载，楚国隐士接舆曾唱歌当面讽刺孔子迷于从政，疲于奔走，《论语》因称接舆为“楚狂”。④滋兰：种植香草。⑤畹：古代计量单位，约三十亩为一畹。⑥濯吾缨：《楚辞·渔父》中云，屈原被放

逐，“游于江潭”，“形容枯槁”，渔父问他为什么到了这种地步，屈原说：“举世皆浊我独清，众人皆醉我独醒，是以见放。”渔父劝他“与世推移”，不要“深思高举”，自讨其苦。屈原说：“宁赴湘流，葬于江鱼之腹”，也不肯“以皓皓之白，而蒙世俗之尘埃”。渔父听后，一边摇船而去，一边唱道：“沧浪之水情兮，可以濯我缨；沧浪之水浊兮，可以濯我足。”意思是劝屈原要善于审时度势，采取从时随俗的处世态度。⑦身后名：据《世说新语·任诞》载，西晋张翰（字季鹰），为人“纵任不拘”，有人问他：“卿乃可纵适一时，独不为身后名耶？”他说：“使我有身后名，不如即时一杯酒。”⑧毫发常重泰山轻：把毛发看得比泰山还重，意即是非颠倒。⑨白鸥盟：与鸥鸟订盟同住水乡，喻意退隐。

**【鉴赏】**

辛弃疾的这首《水调歌头》，是一首感时抚事的答别之作。宋光宗绍熙三年（1192）初，辛弃疾出任福建提点刑狱。这年底（1193年2月），他由三山（今福建福州）奉召赴临安，当时正免官家居的陈岘（字端仁）为他设宴饯行，遂慨然而作此词。

此词上阕是表达对现实的感慨。以“长恨复长恨，裁作短歌行”句开篇，乍看似觉突兀；其实稍加思索，就会明白其深刻的感情背景。由于北方金朝的入侵，战乱不息，被占区人民处在金人统治之下，而偏安一隅的南宋小朝廷却非但不图恢复，还对主张抗金北伐的人士加以压制和迫害，作者曾多次受到打击。“长恨”而“短歌”，不仅造成形式上的对应美，更主要的是显示出那种恨不得尽言而又不能不言的情致。“何人为我楚舞，听我楚狂声”一句，合用了两个典故，即汉高祖刘邦欲废太子而不能，以及楚国隐士讽刺孔子。辛弃疾在这里运用这两个典故，目的是为了抒发他虽有满腔“长恨”而又无人理解的悲愤。一个“狂”字，更突出了他不愿趋炎附势、屈从权贵的耿介之情。“余既滋兰九畹，又树蕙之百亩，秋菊更餐英”这三句都源自屈原的《离骚》，这里词人学着屈原以香草来比喻美好德行，为自己正名，表达自己的志节和情操。词人虽然在抗金的努力中多次遭迫害，但依然没有改变那颗爱国之心，不肯同流合污。“门外沧浪水，可以濯吾缨”是用典来继续表明自己不屈的志向。

下阕意在抒发自己理想无从实现的感慨，情绪又转入激昂。“人间万事，毫发常重泰轻。”这一韵是全词的关键所在，道出“长恨复长恨”的根本原因，就是因为南宋统治集团轻重倒置，是非不分，置危亡于不顾，而一味地苟且偷安。这是词人对南宋小朝廷腐败政局的严厉批判和愤怒呼喊。最后两韵是下阕第二层，通过写惜别再一次表明自己的心志，词人的情绪这时又渐渐平静下来。前三句写惜别，用屈原《九歌》点明恨别乐交乃古往今来人之常情，表明词人和饯行者陈端仁的情谊深厚，彼此都不忍离别之情。“富贵非吾事，归与白鸥盟”一句，又引用两个典故。陶渊明《归去来兮辞》云：“富贵非吾愿，帝乡不可期。”陶渊明生于东晋末叶，政治黑暗，而他本人又“质性自然”（《归去来兮辞序》），“不慕荣利”（《五柳先生传》），因有是辞。这里词人引用陶诗，表明自己此次奉召赴临安并不是追求个人荣利，并且也不想在那里久留，以表明自己对官场厌倦而无奈的心迹。“归与白鸥盟”，是作者从正面表明自己的心迹。据《列子·黄帝篇》载，相传海上有位喜好鸥鸟的人，每天早晨必在海上与鸥鸟相游处，后遂以与鸥鸟为友比喻浮家泛宅、出没云水间的隐居生活。在这里，词人说归来与鸥鸟为友，一方面表明自己宁可退归林下，也不屑与投降派为伍，另一方面也有慰勉陈端仁之意。

## 【水调歌头】

**寿赵漕介庵**

**千里渥洼[①]种，名动帝王家。金銮当日奏草，落笔万龙蛇[②]。带得无边春下，等待江山都老，教看鬓方鸦。莫管钱流地，且拟醉黄花。**

**唤双成，歌弄玉，舞绿华[③]。一觞为饮千岁，江海吸流霞[④]。闻道清都帝所，要挽银河仙浪，西北洗胡沙。回首日边去，云里认飞车。**

**【注释】**

①渥洼：水名，在今甘肃省安西县，是产千里马的地方。②龙蛇：指书法笔势的蜿蜒曲折。③双成、弄玉、绿华：都是古代传说中能歌善舞的仙女。④流霞：传说中天上神仙的饮料，泛指美酒。

【鉴赏】

这首词是一首祝寿词，但除祝寿之意外也表达了词人想要争取抗金胜利的决心。当时的词人已南归六年，心中要收复被金军侵占的土地的豪情壮志依旧，只是一直得不到施展。而词中的寿者即为当朝皇上的宗室，词人很想得到他的举荐来施展自己的抱负。

上阕主要是在赞颂寿者才华非凡，“千里渥洼种，名动帝王家。”词人以天马来喻寿者的非凡才华，足以使整个朝廷为之倾倒。“金銮当日奏草，落笔万龙蛇”说的是寿者的功绩，给皇帝拟诏书很有文采和气势。“带得无边春下”，赞美寿者为天下黎民百姓带来了春天。“等待江山都老，教看鬓方鸦”，指如此鞠躬尽瘁了一辈子，寿者的鬓发像乌鸦羽毛一样乌黑，暗喻其身体健康，长命百岁之意。“莫管钱流地，且拟醉黄花”，依然是在赞美寿者的功绩，说他像刘晏那样很会管理财务，使得国家很富裕。词人把能想到的溢美之词都用上了，其最终目的还是希望得到举荐以实现心中抱负，读者应从这一层面来体会其良苦用心。最后一句把笔锋从寿者身上转到宴席上来，举起酒杯来畅饮一番吧！

下阕主要是表达自己的志向。“唤双成，歌弄玉，舞绿华。一觞为饮千岁，江海吸流霞。”这几句也是从宴席入手，席间有如花似玉的美女们伴舞，在此良辰美景中给寿者祝酒。祝福寿者长命百岁，把这杯中的酒一饮而尽吧。“闻道清都帝所，要挽银河仙浪，西北洗胡沙。”这几句化用了杜甫的《洗兵》中的“安得壮士挽天河，净洗甲兵长不用”。这里开始转入陈述自己的志向了，希望朝廷能派兵士去收回被金人占领的地区。“回首日边去，云里认飞车”，希望寿者回到皇帝身边后能帮助转达自己的志向。

## 【沁园春】

带湖新居将成

**三径[1]初成，鹤怨猿惊[2]，稼轩未来。甚云山自许，平生意气；衣冠人笑，抵死尘埃。意倦须还，身闲贵早，岂为莼羹鲈脍[3]哉？秋江上，看惊弦雁避，骇浪船回。**

**东冈更葺[4]茅斋。好都把、轩窗临水开。要小舟行钓，先应**

**种柳；疏篱护竹，莫碍观梅。秋菊堪餐，春兰可佩，留待先生手自栽。沉吟久，怕君恩未许，此意徘徊。**

**【注释】**

①三径：西汉蒋诩隐居时门前开有三条小路的原因，“三径”即成了隐士居处的代称，陶渊明《归去来辞》中就有“三径就荒，松菊犹存”的句子。②鹤怨猿惊：典出于南齐孔稚珪《北山移文》：“蕙空兮夜鹤怨，山人去兮晓猿惊。”③莼羹鲈脍：典故，晋代张翰曾因想念家乡美味而放弃功名利禄，辞官回乡。④葺：用茅草修复房子。

**【鉴赏】**

辛弃疾力主抗金，收复中原，但朝廷无此意，不加重用，壮志难酬，一生屡遭贬斥。他任江西安抚使时，在上饶城北带湖之畔，修建了一所新居，作为将来退隐之处。取名为“稼轩”并自号为“稼轩居士”以示去官务农之志。此词即在做引退前一年，即淳熙八年（1181年）新居将落成之时所作，抒发了他当时万端感慨集于一心的复杂感情。

上阕“三径初成，鹤怨猿惊，稼轩未来”，开头颇为有趣，仙鹤老猿埋怨怪其主人的迟迟不至，也吐露了此时作者的复杂心绪。“甚云山自许，平生意气；衣冠人笑，抵死尘埃”四句说的是自己心中的想法，自己的平生志趣是要与白云为伴到处漂泊，怎么还在朝廷任官呢，这真要惹得已逝的先贤隐士来嘲笑了。这是一种自嘲，词人并非贪恋尘世的富贵功名，只是想抗金报国啊，可是始终报国无门。“意倦须还，身闲贵早，岂为莼羹鲈脍哉？”既然无可奈何了，就回归到自然中来吧，越早越好。况且自己也不像西晋张翰那样因想起了家乡味美的鲈鱼脍、莼菜羹而弃官还乡。“秋江上，看惊弦雁避，骇浪船回”，说明了自己要抽身趁早的原因是看透这一切已无可救药了。可能马上就有灾祸来临了，就如鸿雁听到了弦响而逃，航船见到了恶浪而避一样。

下阕主要写词人对未来生活蓝图的设想。词意仍缘“新居将成”而起。“将成”是指初具规模但还有待于进一步完善。“行钓”同“种柳”联系起来，表明词人向往的是“小舟撑出柳阴来”的生活环境。表达了对官场争斗的厌倦，对乡村宁静的向往。下面写竹、梅、菊、兰，不仅表现了词人的生活情趣，更喻指词人的为人节操。从既要“疏篱护竹”，又要“莫碍观梅”。既表示作者玩花弄草的雅兴，更可以看出他对竹、梅坚贞品质的热忱赞颂和向往。

至于菊、兰，都是伟大爱国诗人屈原喜爱的高洁的花草。“沉吟久，怕君恩未许，此意徘徊。”这三句初看与前文完全不属，但细想，恰是当时作者心理矛盾含蓄而真实的流露。辛弃疾一生为国，志在统一，志向尚未实现本不愿意离政。因此，这一方面固然暴露了作为统治集团一员的辛弃疾仍对腐朽朝廷昏庸皇帝存有不切实际的幻想；另一方面，这也是他始终不忘复国、积极从政、赤诚用世之心的流露。

## 【沁园春】

**灵山[1]齐庵赋，时筑偃湖未成**

**叠嶂西驰，万马回旋，众山欲东。正惊湍直下，跳珠倒溅；小桥横截，缺日初弓。老合投闲，天教多事，检校[2]长身十万松。吾庐小，在龙蛇影外，风雨声中。**

**争先见面重重。看爽气、朝来三数峰。似谢家子弟，衣冠磊落；相如庭户，车骑雍容。我觉其间，雄深雅健，如对文章太史公。新堤路，问偃湖何日，烟水濛濛?**

**【注释】**

①灵山：位于上饶境内。②检校：巡查、查核，此处引申为管理。

**【鉴赏】**

这首词主要描写上饶西部的灵山山水，作于词人落职闲居之时。不仅写出了山的姿态多种多样，还刻画出了山的神态。

上阕写灵山总体环境之美。头三句写灵山群峰，是远景。再写近景：“正惊湍直下，跳珠倒溅；小桥横截，缺月初弓。”这里有飞瀑直泻而下，倒溅起晶莹的水珠，如万斛明珠弹跳反射。还有一弯新月般的小桥，横跨在那清澈湍急的溪流上。词人犹如一位高明的画师，在莽莽苍苍丛山叠嶂的壮阔画面上，重抹了几笔韶秀温馨的情韵。“老合投闲，天教多事，检校长身十万松。”辛弃疾面对这无边无垠的高大、葱郁的松树林，不由浮想联翩：这些长得高峻的松树，多么像英勇善战，所向无敌的战士。想自己“壮岁旌旗拥万夫”，何等英雄，如今人老了，该当过闲散的生活，可是老天爷不放“我”闲着，又要

"我"来统率这支十万长松大军呢！"在龙蛇影外，风雨声中。"每当皓月当空，可以看到状如龙蛇般盘屈的松影，又可以听到声如风雨的万壑松涛，别有一番情趣啊！

下阕则是词人抒写自己处于大自然中的感受了。"争先见面重重。看爽气、朝来三数峰"。词人抬头可见无数的山峰在眼前，可感觉到山中清新的空气。山的姿态千奇百怪。辛弃疾处于这占尽风光的齐庵中，举目四望，无边的青山千姿百态。拂晓，在清新的空气中迎接曙光，东方的几座山峰，像天真活泼的孩子，一个接着一个从晓雾中探出头来，争相同"我"见面，向"我"问好。红日升起了，山色清明，更是气象万千。那边一座山峰拔地而起，峻拔而潇洒，充满灵秀之气。它那美少年的翩翩风度，不就像芝兰玉树般的东晋谢家子弟吗？再看那座巍峨壮观的大山，苍松掩映，奇石峥嵘，它那高贵亮丽的仪态，不就像司马相如赴临邛时那种车骑相随、华贵雍容的气派么？词人惊叹：大自然的美是掬之不尽的，置身于其中的感受如同阅读太史公的文章一样舒畅。最后，以景结情，似问非问，姿态、情韵兼备了。

## 【沁园春】

将止酒，戒酒杯使勿近

**杯汝来前，老子今朝，点检[1]形骸[2]。甚长年抱渴，咽如焦釜；于今喜睡，气似奔雷。汝说"刘伶[3]，古今达者，醉后何妨死便埋。"浑如此，叹汝于知己，真少恩哉！**

**更凭歌舞为媒。算合作、人间鸩毒猜。况怨无小大，生于所爱；物无美恶，过则为灾。与汝成言："勿留亟退，吾力犹能肆汝杯。"杯再拜，道"麾之即去，招则须来。"**

**【注释】**

①点检：对待，检查。②形骸：人的形体。③刘伶：嗜酒，为人豪放大气。《世说新语·文学篇》引《名士传》说刘伶"肆意放荡，以宇宙为狭。常乘鹿车，携一壶酒，使人荷锸随之，云：'死便掘地以埋'。"

**【鉴赏】**

这首词是围绕饮酒来写，词人希望借酒消愁，抒解词人心头的诸多苦闷。

词的上阕是词人采用问答对话的形式来写，其实就是词人自言自语，词人把盛着酒的杯子看作会与自己对话的人。看似诙谐幽默，实则带有落寞寂寥之意。“杯汝来前，老子今朝，点检形骸”，把杯子唤来了却又不喝了，从现在起要好好对待自己的身体，点明戒酒。“老子”，带有些豪气在其中。接着说明戒酒之因：“甚长年抱渴，咽如焦釜；于今喜睡，气似奔雷”。长期饮酒导致了自己经常口渴，喉咙干得如被烤的锅一样难受。现在还越来越贪睡，鼾声阵阵如雷鸣。词人把这一切罪责都归给了酒杯，酒杯倒是为自己来申辩了。“刘伶，古今达者，醉后何妨死便埋”，酒杯用刘伶的故事来劝慰主人，刘伶嗜酒如痴如醉，闻名史坛。“浑如此，叹汝于知己，真少恩哉！”词人这是在责怪酒杯的无情无义，自己把酒杯当做知己，但是酒杯似乎没有明白自己的心意。

下阕中写词人继续对酒杯进行指责。“更凭歌舞为媒。算合作、人间鸩毒猜”，酒加上歌舞，代表腐化的生活，对人就是有害的，如同鸩毒。其实此处是词人映射现实，南宋统治者偏暗一隅，寻欢作乐，享受短暂的奢华生活，置国家人民不顾，不为国家兴亡而尽心尽力。“况怨无小大，生于所爱；物无美恶，过则为灾”，这是从哲理层面来说饮酒的危害，即量变引起质变。本来物质上的东西没有好坏之分，但是如果我们过度的使用，就会产生难以预料的后果。“与汝成言：‘勿留亟退，吾力犹能肆汝杯。’”你快快离开我吧，否则我把你砸碎。这里是词人在痛下决心，从此戒酒。最后酒杯乖乖听话了，只留一句“麾之即去，招亦须来。”尽管如此，词人心中的忧愁却没有减轻半分，因为国家的现实没有改变，甚至走向更加腐化堕落的境地。

## 【念奴娇】

登建康赏心亭，呈史留守致道

**我来吊古，上危楼、赢得闲愁千斛[①]。虎踞龙蟠[②]何处是？只有兴亡满目。柳外斜阳，水边归鸟，陇上吹乔木。片帆西去，一声谁喷霜竹？**

**却忆安石[③]风流，东山岁晚，泪落哀筝曲。儿辈功名都付与，长日惟消棋局。宝镜难寻，碧云将暮，谁劝杯中绿[④]？江头风怒，朝来波浪翻屋。**

【注释】

①千斛：计量单位，这里是形容数量之多。②虎踞龙蟠：描述南京地形的词，改自诸葛亮感慨的一句“钟山龙盘，石城虎踞”。③安石：谢安的字，东晋政治家、军事家，汉族，浙江绍兴人，祖籍陈郡阳夏（今中国河南省太康）。世称谢太傅、谢安石、谢相、谢公。④杯中绿：即美酒。古时有许多著名种类的绿酒，今大多已失传。

【鉴赏】

这首词作为赠词送给留守史致道的，在历史上的地位却不是可有可无的。当时是词人登临赏心亭，面对眼前风物而吊古伤今。

上阕“我来吊古，上危楼、赢得闲愁千斛”，开篇就明确了作者的目的就是来吊古的，登上这亭子便心头涌起愁绪万千，也给全词定下了一个悲伤的基调。“虎踞龙蟠何处是？”词人以问句形式来问，曾经险要的都城哪里去了？“只有兴亡满目。”词人于此就到处找答案，六朝都已覆亡，眼前所能看到的只是废墟了。这里暗中谴责南宋朝廷不利用建康的有利地形抗击金兵、收复中原，表达出词人心中的不满以及对现实的无奈。“柳外斜阳，水边归鸟，陇上吹乔木。片帆西去，一声谁喷霜竹？”柳树成荫，有一方斜阳柔柔地照过来，水里的飞鸟归巢，一阵阵吹拂着树叶的风声传来。远处还有一只小船孤孤单单地向西飘去，哀怨的笛声也飘了过来。“斜阳”“片帆”“一声”，这些景物都带有苍茫悲凉的色彩，给人一种将要逝去的感觉，把开篇的悲伤之情渐渐加深。

下阕借历史人物表达自己的志向。“却忆安石风流，东山岁晚，泪落哀筝曲”。安石，即谢安，曾经赢得历史上著名的以少胜多的淝水之战的胜利，是名有功绩的大将。但为何落泪呢？他也是曾被小人陷害而得不到君王信任，在一次宴席上有人弹筝唱曹植的《怨诗》来替他表忠心。想到这些，怎能不落泪呢？谢安的遭遇与作者颇有相似之处，词人明着写谢安，事实上是要表现自己的苦闷，此处是古人与今人融为一体。“儿辈功名都付与，长日惟消棋局。”继续写谢安，其儿子谢石和侄子谢玄去率兵迎战，他则与客人下棋。这段历史本来说明谢安主持国事时的沉着稳重，词人则借以宣泄自己满心壮志未酬、虚度年华的愁苦。“宝镜难寻，碧云将暮，谁劝杯中绿？”词人想要得到那块可以为人洗掉冤屈的宝镜而不得，如今年纪已老，只能举杯消愁了。“江头风怒，朝来波浪翻屋。”江中风大浪急，似乎房屋都要被它推倒了，暗喻国势危急。尽管词人对国家的发展态势有着独到的见解，但是朝廷对待他的态度，却是以防为主，能不用就不用，所以词人只能是英雄无用武之地。

## 【念奴娇】

瓢泉酒酣，和东坡韵

**倘来轩冕①，问还是、今古人间何物？旧日重城愁万里，风月而今坚壁。药笼功名②，酒垆身世③，可惜蒙头雪。浩歌一曲，坐中人物三杰。**

**休叹黄菊凋零，孤标应也有、梅花争发。醉里重揩④西望眼，惟有孤鸿明灭。万事从教，浮云来去，枉了冲冠发。故人何在？长庚⑤应伴残月。**

**【注释】**

①轩冕：此处代指官位爵禄。②药笼功名：用典，《旧唐书·元行冲传》：“元行冲劝当权的狄仁杰留意储备人才，喻之为备药攻病，并自请为‘药物之末’，仁杰笑而谓之曰：‘此君正吾药笼中物，何可一日无也！’③酒垆身世：用典，司马相如曾与妻卓文君在临邛市场上当垆卖酒。④重揩：重拾，重新回忆。⑤长庚：即金星，也叫太白星。

**【鉴赏】**

这首词是“和东坡韵”，和的是东坡的《念奴娇·赤壁怀古》，历来苏辛并称。此词是作者闲居铅山瓢泉时的感兴之作，辛词悲壮激昂，抒发政治失意的情怀。词中一唱三叹地表达了这位失意英雄的尴尬处境与悲愤心情。

词的上阕先写作者失意闲居的牢骚“倘来轩冕，问还是、今古人间何物？”化自《庄子·缮性》：“轩冕在身，非性命也，物之倘来，寄者也。”以疑问的句式，表达了自己对仕途和功名的困惑与思考。词人一直胸怀抗金报国的抱负而不得施展。“旧日重城愁万里，风月而今坚壁”，自从自己被罢免之后，压在心头的愁绪一直消散不去。本想看看美好的景物来宽宽心，但连风月也竖其墙来不让人看了。“药笼功名，酒垆身世，可惜蒙头雪”，这三句连用典故来感慨自己即将终老而一事无成了。本来自己也是人才，但一直仕途坎坷，渐渐消磨时光而白了发，要施展胸中抱负的希望是微乎其微了。但词人一向是振奋的，结尾把前面低沉的愁绪一扬：“浩歌一曲，坐中人物之杰。”豪杰锐气未丧，对朋友和未来仍然满怀信心和希望，词情于是振起。

下阕表明自己虽遭万千磨难，但壮志不泯，头三句：“人叹黄菊凋零，孤标应也有，梅花争发”，以自然气候喻社会环境，以花喻人，通过黄菊凋零与红梅争发，表明爱国志士前赴后继，是紧承“坐中三杰”而领以“休叹”二字，尤觉振奋。这是与友人共勉。“醉里重揩西望眼，惟有孤鸿明灭。”这两句以空间的意象正面表达了自己不忘中原的思想。“西望”特有所指。作者词中屡屡以“西北”代指沦陷的北方。这里的“西望”，应是“西北望”之省写，即遥望中原地区；“孤鸿明灭”的象征性描写则又表明作者深知国势衰微，而志士因备受压抑打击，力量比较单薄，一时难以振兴。正是有此清醒的认识，才有了下面三句的悲愤叹息：“万事从教，浮云来去，枉了冲冠发！”词的结尾“故人何在，长庚应伴残月”，以景结情，以残月孤星的夜色来映衬自己和友人们凄凉悲怆的心境。不知将来是否能实现心中抱负，迷茫不知。

## 【鹧鸪天】

代人赋

**晚日寒鸦一片愁，柳塘新绿却温柔。若教眼底无离恨，不信人间有白头。**

**肠已断，泪难收，相思重上小红楼①。情知已被山遮断，频②倚栏干不自由。**

【注释】

①小红楼：指代过去约会的地方。②频：多次，频繁。

【鉴赏】

这首词的题目是“代人赋”，即代别人而作，现在已无法考证是代谁而作，只能从词里去感知主人公的内心情怀。

上阕开篇即写景：“晚日寒鸦一片愁，柳塘新绿却温柔。”“柳塘新绿”，点明季节为早春；“晚日寒鸦”，是柳树才刚刚变绿的时候，点明时间是傍晚。这景，是衬情之景。太阳即将落山，寒鸦正在归巢，极易令人引起对旧人的怀念，有孤独寂寞之感叹。而光线暗淡的“晚日”，极易令人引起迟暮之想、不快之情。叫声凄婉的“寒鸦”，又极易令人精神不安、心情烦躁。所以在“晚日寒鸦”之后，紧接上了“一片愁”三字以抒其情。“若教眼底无离恨，不信人间有白头”，词人于此道出了主人公发愁之因——离恨。正是“思君令人老”，离恨让人白了头，空悲切。这一句的句式是假设，但其实已经是事实，残存的一点希望也被无情地打碎，唯有心头留下挥之不去的愁绪。这“眼底”的“离恨”，联系上文，是“一片愁”之原因的展现。“不信人间有白头”，是以“眼底无离恨”为条件的，现在既是“眼底”充满了“离恨”的，那么“人间”就只能“有白头”了。这是以婉曲的方式来强调“离恨”之伤人，离恨使人“白头”。

下阕继续言愁，愁思进入另一层次。“肠已断，泪难收，相思重上小红楼”，是一个行为，写女主人公离别之恨、相思之深。这将上阕积情一引喷发，悲情顿上一层。离恨相思，她内心是柔肠已经寸断，外表则是盈盈粉泪难收，“重上小红楼”。“小红楼”当是她与自己心上人曾经共同约会的地方。“情知已被山遮断，频倚阑干不自由”，进一步表现女主人公的痴情。她理智上清清楚楚地知道，视线已被青山遮断，心上人是看不到的，然而对情人的思念使自己不能自主地一而再、再而三地去倚靠着楼上的阑干远望。主人公痴情中身不由己的样子，其内心的思愁也不言自显。

## 【西江月】

夜行黄沙道中

**明月别①枝惊鹊，清风半夜鸣蝉。稻花香里说丰年，听取蛙声一片。**

**七八个星天外，两三点雨山前。旧时茅店②社林边，路转溪桥忽见③。**

【注释】

①别：飞离，越过。②茅店：乡村小客舍。③见：同“现”，显现，出现。

【鉴赏】

这首词是词人在经过江西上饶黄沙岭道时所作，宋孝宗淳熙八年（1181），辛弃疾因受奸臣排挤，被免罢官，开始到上饶居住，并在此生活了近十五年。在此期间，他虽也有过短暂的出仕经历，但以在上饶居住为多，因而在此留下了不少词作。词中所说的黄沙岭在上饶县西四十里，岭高约十五丈，深而敞豁，可容百人。下有两泉，水自石中流出，可溉田十余亩。此地景色宜人有山有泉，也利于水利灌溉。词人于此处景色的宁静怡人中享受着一份欢欣。

上阕先写到“明月别枝惊鹊，清风半夜鸣蝉”，点明此时已是夜晚。鹊儿惊飞不定地飞绕在横斜突兀的枝干之上。因为月光明亮，所以鹊儿被惊醒了。而鹊儿惊飞，自然也就会引起“别枝”摇曳。还伴着阵阵蝉声，在这有清风的夜晚听来十分清幽。“惊鹊”和“鸣蝉”两句动中寓静，把半夜“清风”“明月”下的景色描绘得令人悠然神往。“稻花香里说丰年，听取蛙声一片”，则从嗅觉和听觉方面来进行描写。扑鼻而来的稻香很是醉人，词人从中闻出的还有“丰年”，可以想见此时的词人是与农民们一起在享受这份喜悦的。耳边同时也传来阵阵蛙声，相互传达着又是一个丰收年的喜讯。稻花飘香的“香”，固然是描绘稻花盛开，也是表达词人心头的甜蜜之感。丰年的主体，不是我们常用的鹊声，而是那一片蛙声。这正是词人匠心独到之处，令人称奇。在词人的感觉里，俨然听到群蛙在稻田中齐声喧嚷，争说丰年。先出“说”的内容，再补“声”的来源。以蛙声说丰年，是词人的创造。

下阕词人先运用对仗手法来继续写景，“七八个星天外，两三点雨山前”。疏疏落落的几颗星星在天边，“外”把境界一下子开阔了。这时下起了星星点点的雨，这里营造出的气氛仍然与上阕的宁静是一致的。词人享受于这一片宁静的美景之中，下雨了也还是要找个避雨处吧。“旧时茅店社林边，路转溪桥忽见”，在路的转角处喜遇了茅店。这茅店的分布本来是自己十分熟悉的，但词人因刚刚沉醉在了这蝉声、蛙声中而没有察觉到。一个“路转”和“忽见”把词人的情态也融入其中了，读来分明有一种欢欣洋溢其间。从表面上看，这首词的题材内容不过是一些看来极其平凡的景物，语言没有任何雕饰，没有用一个典故，层次安排也完全是听其自然，平平淡淡。然而，正是在看似平淡之中，却有着词人潜心的构思，淳厚的感情。在这里，我们也可以领略到稼轩词于雄浑豪迈之外的另一种风味。

## 【西江月】

**遣兴**

**醉里且贪欢笑，要愁那得工夫。近来始觉古人书，信著[①]全无是处。**

**昨夜松边醉倒，问松我醉何如？只疑[②]松动要来扶，以手推松曰去！**

**【注释】**

①信著：指盲目相信。②疑：怀疑，疑问。

**【鉴赏】**

这首词为读者展现了一部妙趣横生的剧目。欣赏这首词，可从词中品出更有韵味的戏剧来，虽然在写词中，恰如其分地引入戏剧性场景并非辛弃疾发明，但是在他手上得到了发扬光大。

上阕一开始就直接点明“醉”态，“醉里且贪欢笑，要愁那得工夫。”通篇“醉”字出现了三次，此时的词人不是在清醒的状况下，而是“醉”。为何而醉呢？可见是在借酒浇愁。所愁何事呢？词人力主抗金而不为南宋统治者所用，只好借酒消愁。说没工夫发愁，是反话，骨子里是说愁太多了，要愁也愁不完。“近来始觉古人书，信著全无是处。”刚刚才说完了喝酒，马上又跳跃到看书，似乎有点醉意了。孟子也曾有言：“尽信《书》，则不如无《书》。”词人这里即化用其意，所要表达的是对现实的强烈不满。

下阕则是描写微有醉意的词人开始神志恍惚了，“昨夜松边醉倒”，居然跟松树说起话来。他问松树：“我醉得怎样了？”松树在清风吹拂下轻轻摇动，词人自作多情认为松树是要来扶自己。哼！才不稀罕你来扶呢，便用手推开松树，并厉声喝道："去！"醉憨神态，活灵活现。词人性格之倔强，亦表露无遗。在当时的现实生活里，醉昏了头的不是词人，而是南宋小朝廷中那些纸醉金迷的昏君佞臣。哪怕词人真醉倒了，也仍然挣扎着自己站起来。相比之下，小朝廷的那些奸臣们是多么的渺小和卑劣。词人心中郁积的不满之情得到宣泄，词人是在借诙谐幽默之笔来发泄内心的不平。

## 【丑奴儿】

**博山道中效李易安体**

**千峰云起，骤雨一霎儿价。更远树斜阳，风景怎生图画！青旗[①]卖酒，山那畔、别有人家。只消山水光中，无事过这一夏。**

**午醉醒时，松窗竹户，万千潇洒。野鸟飞来，又是一般闲暇！却怪白鸥，觑[②]着人欲下未下。旧盟都在，新来莫是，别有说话？**

**【注释】**

①青旗：酒旗，词人经常在此饮酒。②觑：偷看。

**【鉴赏】**

宋孝宗淳熙八年（1181）作者被劾罢官，次年在江西上饶地区的带湖卜筑闲居，直至光宗绍熙三年（1192）再度被起用，其间长达十年。这首词正是此期间所作。读来自然有一股婉约之风，透着淡淡的愁。

词的上阕先写博山道中的外景。博山在江西广丰县西南，南临溪流远望如庐山之香炉峰，足风其景秀美。"千峰云起，骤雨一霎儿价。更远树斜阳，风景怎生图画"，写得颇有季节特点，特别是"骤雨一霎儿价"，形象地写出了夏日阵雨的特点。阵雨过后，斜阳复出，山水林木经过了一番滋润，愈加显得清新秀美。"青旗卖酒，山那畔、别有人家"，在一幅山色之中出现了一个小酒馆，点出词人将到达的人家。"只消山水光中，无事过者一夏"，词人此时无事可操心，只想在这山色水光中消磨时光，度过这个清闲的夏天。说只想在山色水光中度过这个清闲的夏天。句中流露出一种无可奈何的心绪。

下阕开头，写酒家周围的环境。“午醉”一句，同上阕“青旗”相呼应，“松窗竹户”当为酒家的景致。作者酒醉之后，在这里美美地睡了一觉。醒来只见窗外松竹环绕，气度萧洒脱俗，十分幽雅。“野鸟飞来，又是一般闲暇！却怪白鸥，觑着人、欲下未下”，写野鸟的闲暇，接着带出白鸥，写得十分自然。“却怪”二句极显诙谐。“旧盟都在，新来莫是，别有说话？”这三句是向白鸥提问，读来诙谐有趣，同时也流露了词人的孤独寂寞之感。词人说，还记得曾与你们有过盟约，而今你们都忘记了，鸟都如此了，何况人呢？背信弃义的更多了。这里是暗指词人政治生活中的不如意。他主张的抗金大业一直得不到统治者的支持，反而还一直被排斥和打压，心中的悲苦可想而知。上阕的美景与下阕悲凉的情感形成了反差，以乐景衬哀情而倍增其哀。在这首词的小序中，作者标明“效李易安体”，李易安即李清照，作者为豪放派的代表人物，也有深婉悱恻的情调。

## 【定风波】

**暮春漫兴**

**少日春怀似酒浓，插花走马醉千锺。老去逢春如病酒[①]，唯有，茶瓯香篆[②]小帘栊。**

**卷尽残花风未定[③]，休恨，花开元自[④]要春风。试问春归谁得见？飞燕，来时相遇夕阳中。**

**【注释】**

①病酒：指因喝酒过量而生病，感到很难受。②香篆：指焚香时所起的烟缕。③定：停止。④元自：原来，本来。

**【鉴赏】**

这首词描写的是暮春时节的风景，词中渗透着浓烈的愁绪，继而又转化为一种对春天的喜爱和眷恋。

上阕先追忆少年时代，“少日春怀似酒浓，插花走马醉千锺”。在那风华正茂之时，在春天到来时纵情饮酒，骑着马儿于田间享受春日的美好。那蕴藏在心间的春怀像酒一样浓，沉醉于其间无法自拔。才写完少年，词人笔锋又一转至老年，这才是他此时感触最深的。“老去逢春如病酒，唯有，茶瓯香篆小帘栊”，现在的事实是自己已经老去，一旦逢春，心中涌动的情怀是“如病酒”。此处依然言酒，但已不是少年时代的沉醉了，一个“病”字极言已到垂暮之年的词人的心绪之坏。欧阳修《蝶恋花》词中有“谁道闲情抛弃久？每到春来，惆怅还依旧。日日花前常病酒，不辞镜里朱颜瘦”。此时的词人早已没有了少年时代的豪情，没有心绪再外出去赏花骑马了，而是只愿挂上帘子待在室内，泡上一杯茶，点上一炉香来自我解闷了。词人是因为年岁已高而认为自己成不了什么事了呢？还是对经历了很多奋斗后被无情打压以至于绝望了？也许二者兼而有之吧。

下阕着笔描写外面的景物，“卷尽残花风未定”。词人虽独坐屋里喝茶，其实心里还是在牵挂着外头的景物。风吹落了枝头的花，又把地上的落花吹走，一朵朵花儿就这样随风而逝了，意味着春天也快过完了，词人对春风有些不满了。但“休恨，花开元自要春风。”有了风也才有了花儿的开放，春天的到来，怎么能怨恨它呢？罢了，罢了，“试问春归谁得见？飞燕，来时相遇夕阳中。”词人转而发问谁遇到了这归去的春天呢？那飞来的燕子和它在夕阳中相遇了。这一结尾十分新奇，似乎一笔扫开了先前的种种阴霾，于此处留住了些许欣喜。

# 石孝友

**【作者简介】**

石孝友生卒年不详，字次仲，南昌（今江西南昌）人。宋孝宗乾道二年（1166）进士。其《满庭芳》作于乾道二年张孝祥自桂林北归过江州时。末句云："依归地，熏香摘艳，作个老门生"，似孝友其时已老。有《金谷遗音》一卷。明代杨慎《词品》卷二："次仲词在宋末著名，而清奇宕丽"陈廷焯《白雨斋词话》卷八谓其集句诸调"皆脱口而出，运用自如，无凑泊之痕，有生动之趣。"又《云韶集评》云："次仲词清奇雄秀，别于诸家外独树一帜。""叔原小令婉丽，次仲小令雄秀，真先后两雄也。"《四库总目提要》则评价他："长调以端庄为主，小令以轻倩为工；而长调类多献谀之作，小令亦间近于俚俗。"清代冯煦《蒿庵论词》："《金谷遗音》隽不及山谷，深不及屯田，密不及竹山，盖皆有其失而无其得也。"

## 【眼儿媚】

**愁云淡淡雨潇潇，暮暮复朝朝。别来应是，眉峰翠减[①]，腕玉[②]香销[③]。**

**小轩独坐相思处，情绪好无聊。一丛萱草，数竿修竹，数叶芭蕉[④]。**

**【注释】**

①翠减：古代女子用黛画眉，黛色青黑。柳永《八声甘州》："是处红衰翠减，苒苒物华休"。②腕玉：即玉腕，形容女子肌肤净白。③香销：香味飘散，这里指形容清减，外表消瘦。④芭蕉：象征愁。

**【鉴赏】**

这是一首写思人念远、闺中愁情的词作。

上阕“愁云淡淡雨潇潇，暮暮复朝朝”，开篇就将自己的感情倾泻而出，很有开门见山的意味。满天的云朵，笼罩在词人的忧愁之中，可谓是愁云惨淡啊！而且这样的时刻还是一天接着一天，不知何日才是终止之时。“别来应是，眉峰翠减，腕玉香销。”离别的苦楚，尽在眉峰中显现出来。两弯眉月无心打理，玉肌消瘦。看来两情相契，当是词人远行，与情人久别之作。所谓“女为悦己者容”，闺中疏于打扮，当是情郎不在，不知装扮来为何，此处就可以看出闺中女子的悲悯忧伤之情。

下阕写出女主人公的思念之情。“小轩独坐相思处，情绪好无聊”，淡淡着笔，勾勒出一个孤独寂寞的女子形象。小轩孤卧，女子独自坐在窗前，思绪却飘向远方，大概是与思人相会去了吧！“情绪好无聊”，这里直白语句，有些娇嗔的意味。萱草、修竹、芭蕉三物，各怀各愁，其实这三物本是朝气蓬勃之物，但是在此处却是女主人表达心中苦闷愁情的意象。

## 【惜奴娇】

**我已多情，更撞著、多情底你。把一心、十分向你。尽他们，劣心肠、偏有你。共你。风[①]了人、只为个你。宿世[②]冤家，百忙里、方知你。没前程、阿谁似你。坏却才名，到如今、都因你。是你。我也没、星儿恨你。**

**【注释】**

①风：通“疯”。②宿世：过去的一世，即前生。《法华经·授记品》：“宿世因缘，吾今当说。”

**【鉴赏】**

这首词从内容和风格上看应是春闺戏作，故而用语俚俗，通俗直白，是真生活的写照。

“我已多情，更撞著、多情底你。把一心、十分向你”。开头男方向女方表白心意，两人都是“多情”之人，不期而遇，竟成为情人，这可是上天眷顾的缘分。“把一心、十分向你”，所以十分地珍惜彼此间的感情，心中满满都是女方的身影。“尽他们，劣心肠、偏有你。共你。”“他们”是外在之人，就此句看来，两人之间的关系得不到众人的首肯。但是外在之人他们怎么说三道四，我都不在乎，我就是只喜欢上你了！“风了人，只为个你。”喜欢你都快疯了，没了自我，只是因为喜欢的对象是你。

“宿世冤家，百忙里、方知你”，我们是前世今生的冤家啊，所以注定是要在一起。“坏却才名，到如今、都因你”，这里写的是男方为了女方放弃了很多，至于功名利禄都不在眼里。这里明显是为了讨好女方，但自是情人之间，这些甜言蜜语还是只为让女方心动，并非真的有心隙。“没前程、阿谁似你。”其实这里不是女方在埋怨男方没有锦绣前程，倒是幸福的娇嗔。

## 【卜算子】

**见也如何暮[①]。别也如何遽[②]。别也应难见也难，后会难凭据。**

**去也如何去。住也如何住。住也应难去也难，此际难分付。**

【注释】

①暮：迟暮，晚之讳言。②遽：迅速。

【鉴赏】

本词是抒发离愁别绪之作。

上阕开篇“见也如何暮。”起句即叹相见恨晚。著一“也”字，如闻叹惋之声。此是“相见恨晚”，从此一声发自肺腑的叹恨，已足见其情意之重，相爱之挚矣。“别也如何遽”又是一声长叹：相别又为何太匆忙呵！而此时正当离别。上句是言过去，此句正言现在。“别也应难见也难”，分别时难舍难分，相见更是难上加难。两用难字，意蕴不同，耐人寻味。虽说是愿天下有情人终成眷属，可是毕竟此事古难全啊。“后会难凭据”在此一片叹惋声中，已道尽此一爱情过去现在未来之全部矣。词人的无奈之情就在词中蔓延开来。

下阕中“去也如何去，住也如何住”，临别踌躇，欲行又止。这是从送者方面立意。事实也正是如此，虽然事处两难，但既至此情此景，行是必然的了，不论怎么割舍不下。即便真的留下了，而欲行之事未行，心中亦难免牵挂，回来还是两人共忧之局。“住也应难去也难，此际难分付。”这里的词人内心挣扎，不管怎样做，都是让自已为难。所以很好的与词中屡屡出现的“难”相呼应。

此词在艺术上富于创新。其构思、结构、语言、声情皆可称道。在构思上，一般离别之作，都是借助情景描写离别场景，刻画人物形象，以烘托离情。此词却是别出心裁，既不描写景象，也不刻画人物形象，而是直接地表现离人的心理状况，且用语别致风趣。

## 【浪淘沙】

**好恨这风儿，催俺分离！船儿吹得去如飞，因甚眉儿吹不展？叵耐[①]风儿！**

**不是这船儿，载起相思[②]？船儿若念我孤栖[③]，载取人人篷[④]底睡，感谢风儿！**

**【注释】**

①叵耐：亦作叵奈，不可奈，可恨。②不是这船儿，载起相思：李清照《武陵春》：“只恐双溪舴艋舟，载不动许多愁。”③孤栖：独自漂泊在外、形单影只。④篷：指船蓬。

**【鉴赏】**

这首词是写远行人的作品。通篇借“风”与“船”这两个意象铺开，写的是离情却并不伤感，但在刻画人物方面却是淋漓尽致，

上阕开头就道出了主人公的心情，“好恨这风儿，催俺分离”，这里的风倒是颇耐人寻味的。其实不是风催人离别，而是现实的阻力，让有情人不能在一起，这里的风就是具有指代功能的意象！“船儿吹得去如飞，因甚眉儿吹不展？”这里是对风的埋怨。既然你能把船儿吹得像张了翅膀一样飞去，那你又为什么不把我的眉结吹散。主人公无法解脱的离别的苦恼，风就成为了发泄物，这真是一种不可思议的“怪语”。石孝友的这些词句，便故意地利用这种“变态心理”来表现自己被深浓的离愁所折磨扭曲了的心境，确实收到了很好的艺术效果。

下阕则是表现分别的场景，从“船”上一一展开。“不是这船儿，载起相思？”此用问句，问中有定：不是这偌大的一只船儿，自己一腔相思如何装得下呢？“船儿若念我孤栖，载取人人篷底睡。”船若是知道“我”心中的不舍和孤独寂寞，它还会带走自己的心上人吗？有求于是，自不能怨，亦不敢怨。

欧阳修《渔家傲》："愿妾身为红菡萏，年年生在秋江上。更愿郎为花底浪，无隔障，随风逐雨长来往。"

全词先是怨风、责风，次是谢船、赞船，再是央船、求风，最后又谢风、颂风，曲折而生动地展示了主人公在离别途中的复杂心境。

# 陈亮

**【作者简介】**

陈亮（1143—1194），字同甫，号龙川。初名汝能，二十六岁时改名亮。婺州永康（今属浙江）人。才气超迈，喜谈兵。绍熙四年（1193），策进士第一，授签书建康府判官公事，未之官，逾年而卒，年五十二。有《龙川文集》三十卷，《龙川词》一卷。

## 【水调歌头】

**不见南师①久，漫说北群空②。当场只手，毕竟还我万夫雄。自笑堂堂汉使，得似洋洋河水，依旧只流东？且复穹庐③拜，会向藁街④逢。**

**尧之都，舜之壤，禹之封⑤。于中应有，一个半个耻臣戎。万里腥膻⑥如许，千古英灵安在，磅礴⑦几时通？胡运何须问，赫日自当中。**

**【注释】**

①南师：指北伐之师。②北群空：韩愈《送温处士赴河阳军序》：“伯乐一过冀北之野而马群遂空。”③穹庐：北方游牧民族所居毡帐，这里借指金廷。④藁街：本是汉长安城南门内“蛮夷邸”所在地，汉将陈汤曾斩匈奴郅支单于悬首之藁街。⑤尧之都，舜之壤，禹之封：这里主要是指北中国。尧、舜、禹都是上古明君，都、壤、封做“疆域”解。⑥腥膻：牛羊肉的气味，代指胡虏。⑦磅礴：长江。

**【鉴赏】**

宋孝宗淳熙十二年（1185）十一月，章森奉命出使金国，为金主完颜雍祝寿。作者深耻之，在友人章森出发之前，慨然赠以此词。气势磅礴，大有吞山河之意。

上阕为友人壮行。“不见南师久，漫说北群空。”虽然我兵久未北上，但并不代表无人可用、无师可调。意在强调宋朝还是有人才的，人才是谁呢？我们自然都知道，但胡虏并不知晓，所以才让你章森去给他们见识见识。此中一者励友，一者也露有微词。“当场”以下，以国家与民族的奇耻大辱激励章森。堂堂汉使拜穹庐，虽为形势所迫，但也希望章森能使于四方而不辱君命，不失国威。

下阕抒发作者胸中的郁慨。势如奇峰拔起，利剑腾空，慷慨激昂，使人投袂。堂堂中华难道无人吗？不！英雄豪杰多的是，不过未曾受朝廷重用而已。看到中原大地遍染膻腥，岂能不痛心？若一旦平起，则长江两岸必然一统。“胡运何须问，赫日自当中”，充满了对人民的信心。

此篇有开有阖，曲调高昂，充满北伐必胜的信心。但是我们从中也可以看到，这信心是建立在英雄豪杰的基础上的，而非他所在的朝廷，对于无能的皇帝，陈亮似乎已是不抱太大希望了。所谓人生就是如此，总是有得有失。于陈亮，他失去了建功立业的机会，可是于整个国家，失去的就是民族的气节，民族的精魂。

## 【念奴娇】

**危①楼还望，叹此意、今古几人曾会。鬼设神施，浑认作、天限南疆北界。一水横陈，连岗三面，做出争雄势。六朝②何事，只成门户私计。**

**因笑王谢诸人③，登高怀远，也学英雄涕。凭却长江管不到，河洛腥膻④无际。正好长驱，不须反顾，寻取中流誓⑤。小儿⑥破贼，势成宁问强对。**

**【注释】**

①危：高。②六朝：指东吴、东晋及南朝的宋、齐、梁、陈。③王谢诸人：王谢是晋朝南迁之后权倾朝野的两个大家族，但在南渡之后却只求苟安，无意还师定鼎。④腥膻：牛羊等动物的气味，借指女真等游牧民族。⑤中流誓：东晋祖逖北伐中原，过长江时拔剑击楫，誓言不成功定不回还。⑥小儿：此处用典。淝水之战传捷报时，谢安正在与客人下棋，冷静内敛的谢安只是瞟

了一眼手书，若无其事。当客人问起时，谢安回答说：“小儿辈已破贼。”当时率军作战的是其弟侄，因此唤为“小儿”，也显示了谢安对淝水之战将取胜的信心。

【鉴赏】

这是一首借古论今之作。多景楼，在镇江北固山上甘露寺内，北临长江。这首词的写作背景是孝宗淳熙十五年（1188）春天，陈亮到建康和镇江考察形势，准备向朝廷陈述北伐的策略。其中溯往看今，借古以讽，文势挺拔，有无奈之情，但豪气更胜。

词的上阕开头两句，凌空而起。词人登楼极目四望，不觉百感交集，可叹自己的这番心意，古往今来，又有几人能够理解呢？因为所感不止一端，先将“此意”虚提，总摄下文。“今古”一语，暗示了本篇是借古论今。接下来两句，从江山形势的奇险引出对“天限南疆北界”主张的抨击。“鬼设神施”，是形容镇江一带的山川形势极其险要，简直是鬼斧神工，非人力所能致。当时南宋统治者不思进取，苟且偷安，将长江作为拒守金人南犯的天限。作者所抨击的，正是这种藉天险以求苟安的主张。“一水横陈，连岗三面，做出争雄势。”镇江北面横贯着波涛汹涌的长江，东、西、南三面都连接着起伏的山冈。这样的地理形势，正是进可以攻，退可以守，是足以与北方强敌争雄的形胜之地。结尾对六朝统治者的批判，借以讽刺南宋上层统治集团中有些人空有慷慨激昂的言辞，而无北伐的行动。

词的下阕抨击空论清谈。王谢时掌东晋大权，连皇帝也要给他面子，只要他们想北伐必然能够有所作为。但事实上这一班人除了偶尔聚会时登高北望一下，谁能相信他们是真心想北伐呢？不过是想着仗长江天险敌人打不过来，就在这里享乐纳福了，中原百姓死活与自己又有什么关系呢？作者认为，真正的爱国者当如祖逖一般，击楫中流，义无反顾。怎可一味苟且，待势成定局反来妄加评议呢？“小儿破贼，势成宁问强对”，这一句语出真心，意味高远，表现出词人杀敌报效祖国的坚定决心是天地可鉴，日月不变的！

## 【贺新郎】

**寄辛幼安，和见怀韵**

**老去凭谁说，看几番、神奇臭腐[1]，夏裘冬葛[2]。父老长安今余几，后死无仇可雪。犹未燥[3]、当时生发。二十五弦[4]多少恨，算世间、那有平分月。胡妇弄，汉宫瑟。**

**树犹如此[5]堪重别，只使君、从来与我，话头多合。行矣置之无足问，谁换妍皮痴骨。但莫使、伯牙弦绝。九转丹砂牢拾取，管精金，只是寻常铁。龙共虎，应声裂。**

【注释】

①神奇臭腐：语出《庄子·知北游》中"臭腐复化为神奇，神奇复化为臭腐"，腐朽和神奇相互变幻。此为善恶不分。②夏裘冬葛：语出《淮南子》"冬日之葛""夏日之裘"本应冬裘夏葛，此用指办事颠倒，不分是非。③未燥：胎发未干，用以指孩童之时。④二十五弦：指瑟。声多悲。⑤树犹如此：典出《世说新语·言语》。东晋桓温北征时，见当年移种之柳已大十围，叹息道："树犹如此，人何以堪！"

【鉴赏】

陈亮与辛弃疾（字幼安）同为南宋前期著名的爱国词人。二人志同道合，意气相投，感情至深，但各以事牵，相见日少。淳熙十五年（1188）冬，陈亮先由浙江东阳到江西上饶，访问了罢官闲居带湖的辛弃疾。别后，辛弃疾惆怅怀思，乃作《虞美人》一首以寄意。时隔五日，恰好收到陈亮索词的书信，辛弃疾便将《虞美人》录寄。

上阕是议论国家大事，可见二人的感情真挚、志同道合。首句"老去凭谁说"，写知音难觅，而年已老大，不免壮志莫酬，甚至连找一个可以畅谈天下大事的同伴都不容易。然后是感叹世事难料，"父老长安今余几？"南渡已数十年了，那时留在中原的父老，活到今天的已所剩无几。朝廷数十年偏居江南，不图恢复，对人们心理有极大的麻痹作用。经历过"靖康之变"的老一辈先后谢世，后辈人却从"生发未燥"的婴孩时期就习惯于南北分立的现状，并视此为固然，他们势必早已形成了"无仇可雪"的错误认识。这才是令人忧虑的问题。词以"二十五弦"之瑟，兼寓分破与悲恨两重意思。"胡妇弄，汉宫瑟"，承上"二十五弦"，补出"多少恨"的一个例证。同时对南宋朝廷屡次向金人屈躬卑膝、恢复大业坐失良机的现实，也有所揭露、鞭挞。

下阕转入抒情，重叙友谊。"只使君、从来与我，话头多合。"辛陈二人之交与众不同，二人境遇、意气、文采俱相类，因而当世与之契合者无过于辛弃疾，故而二人唱和之词也最多。“但莫使、伯牙弦绝”，将两人的关系比作俞伯牙、钟子期，可见两人感情的深厚，如此交情又遇离别，独自怅惘可知。然而二人都是有英雄气概的人，又怎会久沉于感情义事？故转而论大事：如今虽是天各一方，但只要双方初衷不改，那又有什么关系呢？最后，词人以“九转丹砂”与辛共勉，炼丹虽难，但只要你我恒心齐力，炼丹成功是指日可待的。

## 【贺新郎】

**离乱从头说，爱吾民、金缯不爱，蔓藤累葛。壮气尽消人脆好，冠盖阴山[①]观雪。亏杀我、一星星发。涕出女吴[②]成倒转，问鲁为齐弱[③]何年月？丘也幸，由之瑟。**

**斩新换出旗麾别，把当时、一桩大义，拆开收合。据地一呼吾往矣，万里摇肢动骨。这话霸[④]、只成痴绝。天地洪炉谁扇鞴，算于中、安得长坚铁。淝水破、关东裂[⑤]。**

**【注释】**

①阴山：内蒙古自治区中部山脉。②女吴：即“娱”。此为拆字之说。③鲁为齐弱：齐强鲁弱，而今反置，喻南宋形势。④话霸：话罢。⑤淝水破、关东裂：淝水之战，前秦苻坚曾举大兵十万南下伐晋，谢安临危受命，率兵应敌，淝水一战以少胜多，大破秦兵。

**【鉴赏】**

这首词是淳熙十五年（1188）冬作者与辛弃疾互相唱和中的一首。此阕仍继承前词“极论世事”的宗旨，针对朝廷以银帛贡献代替边备兵革、致使天下士气消靡的现实，尽情抒发自己的愤懑情绪，并表达得比前人更直率。

上阕是回顾宋朝屈辱的历史。“离乱从头说”似乎就有意提出人们早已忘却的往事，以引起回忆。“爱吾民、金缯不爱，蔓藤累葛”是追述自宋初以来长期的耻辱外交。宋向外族纳贡的数额有增无减。南宋统治者竟把屈辱说成是爱民。下一句“壮气尽消人脆好”，进而再揭露统治者多年来在“爱吾民、金缯不爱”的幌子掩护下推行投降政策所造成的恶果。他们的交涉不能取得任何胜利，惟有陪侍金主出猎阴山，观赏北国雪景。而今痛惜自己把头发都等白了，等到的竟是如此耻辱的现实。下面再借用历史故事来批判现实：春秋时，中原大国齐的国君景公畏惧处于南夷之地的吴国，只有流涕送女与之和亲；还有鲁国也曾因遭受强齐欺凌而不予反抗，遂日衰一日。往事可鉴，对照今日宋朝屈服于金，甘受凌辱而不加抵抗这一违反常理的怪事，用肯定语调发出谴责和质问。

下阕转愤为怒，为恢复中原大声疾呼。“据地一呼吾往矣，万里摇肢动骨。”慷慨激昂，势不可挡，足以与辛弃疾的“气吞万里如虎”共美。然而，笔锋一降，“又成痴绝”，朝廷是不会给我们这种机会的，顿显沉郁。“天地洪炉谁扇鞴，算于中、安得长坚铁。”奇峰斗起，再转高昂，显示出有志者事竟成、苦心人天不负的信心和决心，观之令人冲发上冠。这里词人再次借用历史典故：淝水之战，前秦苻坚曾举大兵十万南下伐晋，谢安临危受命，率兵应敌，淝水一战以少胜多，大破秦兵。词人表达了对爱国志士、对英雄业绩的向往和对胜利的憧憬。

# 赵师侠

【作者简介】

赵师侠，生卒年不详，字介之，号坦庵，太祖子燕王赵德昭七世孙，居于新淦（今江西新干）。淳熙二年（1175）进士。有《坦庵长短句》一卷。门人尹觉序曾有这样评价："坦庵先生金闺之彦，性天夷旷。吐而为文，如泉出不择地。连收两科，如俯拾芥，词章乃其余事。人见其模写风景，体状物态，俱极精巧。初不知得之之易，以至得趣忘忧，乐天知命，兹又情性之自然也。"

## 【谒金门】

耽岗[①]迓陆尉

**沙畔路，记得旧时行处。蔼蔼疏烟迷远树，野航[②]横不渡。**

**竹里疏花梅吐，照眼一川鸥鹭。家在清江江上住，水流愁不去。**

【注释】

①耽岗：在吉州城南，岗下是平阔的赣江。②野航：指野渡之船，相对于官渡而言，是私家渡船。

【鉴赏】

这首词作于淳熙十三年（1186）初春，词人当时在其担任吉州知州的从弟的幕府中，久客思乡，偶发一吐。这首思归之作写法与众不同，浓愁思乡，却以轻快的笔墨勾写，逮至歇拍处方轻轻一折，将淡淡的哀愁挑明。意在象外，韵在情中，确是妙思。从上面这首词来看，他的写景本领确是高超的，而尤其值得称道的是他在"清新平淡"之中，寄寓着浓浓情意。

词的上阕写景，起首从山冈上的沙路写起。"沙畔路，记得旧时行处"，已伏有"怀旧"心理，可能作者与友人当年曾同行此路。放眼而望，疏烟密雾，笼罩远树，却看不到友人的来影。沙外水边，小舟一二，落寞地横卧在冷寂的水面之上。景物简单明快，它含蓄地表达了作者盼友不至的寂寥心境。其实本词看似语出平淡，但是其中韵味是值得深究的。

下阕则是继续写景，由近及远。“竹里疏花梅吐，照眼一川鸥鹭”这时的景物已经变得简明恬静了，岸边林中，偶冒出几株梅花，昂首怒放，争相报春。竹密花疏，相映成趣。回首看大江之上，沙鸥白鹭，翔游散集，群聚江面。水清鸥翔，春光甫现，本是良辰美景。而词人望江生思：“家在清江江上住。”赣清相通，见景生情，能不怀故乡？一绪哀愁付水流，“水流愁不去”，前后呼应地点明了词中那幅看似清淡雅丽的“山水画”后所怀藏的浓挚愁情。词人语出清新，此词就是代表。

# 杨炎正

【作者简介】

杨炎正（1145—？），字济翁，庐陵（今江西吉安）人，杨万里之族弟。庆元二年（1196）年五十二始登第，为宁县簿。嘉定三年（1210）于大理司直任上以臣僚论劾，诏与在外差遣，知藤州。嘉定七年又被论罢，改知琼州，官至安抚使。杨炎正与辛弃疾交谊甚厚，多有酬唱。有《西樵语丛》一卷。《四库总目提要》称其词“纵横排之气，虽不足敌弃疾，而屏绝纤秾，自抒清俊，要非俗艳所可拟”。清代况周颐《蕙风词话》卷二称其《蝶恋花》词“婉曲而近沈著，新颖而不穿凿，于词为正宗中之上乘”。

## 【水调歌头】

**寒眼乱空阔，客意不胜秋。强呼斗酒①，发兴特上最高楼。舒卷江山图画，应答龙鱼悲啸，不暇顾诗愁。风露巧欺客，分冷入衣裘。**

**忽醒然，成感慨，望神州。可怜报国无路，空白一分头。都把平生意气，只做如今憔悴，岁晚若为谋。此意仗江月，分付与沙鸥。**

【注释】

①斗酒：取“李白斗酒诗意篇”之意。斗，上声，容量单位。

【鉴赏】

此词是抒发壮志豪情的词作。1178年（即淳熙五年），杨炎正与辛弃疾共同乘舟路过镇江、扬州，曾写下这首有名的《水调歌头·寒眼乱空阔》，抒发报国无路、虚度光阴的苦楚。本词的感情基调带有苍凉之色，却能激起阅读者心中的豪迈之感。

上阕先写秋意后写登楼，眼前之景大气豪迈。“寒眼乱空阔，客意不胜秋”，深秋季节，萧条冷落的景物使人望而生寒。眼前一片空阔的长江，只是黄叶翻飞，秋意瑟瑟，更增添了无限的愁思，这样的秋景是带有明显的悲伤色彩。“强呼斗酒，发兴特上最高楼。”“强呼”二字，可以看出词人的心绪，他在极力驱散自己心中的阴霾。“舒卷江山图画，应答龙鱼悲啸，不暇顾诗愁”，这是一幅大气磅礴的登楼所见情致。正因山河壮丽如画卷，故有“龙鱼悲啸”，祖国的大好河山已经沦陷，连水中的鱼龙都为之悲切。瞩目长江的汹涌波涛，耳闻目睹的雄伟气势。如今鱼龙不安，风雨飘摇，正乃我辈用事之秋也。此亦可解下缘何“不暇顾诗愁”了——赋诗吟愁这样的闲情逸致，在当前国事日非的形势下已经无暇顾及，示词人投笔从戎的志向。但是连这样的愿望都似乎难以达成，词人紧接着从苍茫的现实表现出此时的心情，“风露巧欺客，分冷入衣裘”，四面侵寒，衣裘难避，可见词人心中的冷落之意，这不是天气气候所致，而是现实的残酷让志存高远的词人觉得残酷冷漠。

下阕则是尽情抒发词人的感情。“忽醒然，成感慨，望神州。”忽而从梦境中清醒，各种感慨涌上心头，尤其是望着祖国的大好河山，这样的心情则更是无奈，使满腔热血变为凛凛怀冰。“可怜报国无路，空白一分头”，这里直抒胸臆，直抒众多爱国志士历载积怨，满怀一腔热血，然而报国无门。到现在年事已高，一事无成，还想些什么呢？纵有不甘，但时势所迫，也只好将“此意仗江月，分付与沙鸥”了，词人觉得自己无所作为，就只能携着一身的意气，遨游天地之间，与沙鸥闲伴。

## 【满江红】

**典尽[①]春衣，也应是、京华倦客。都不记、麴尘香雾，西湖南陌[②]。儿女别时和泪拜，牵衣曾问归时节。到归来、稚子已成阴[③]，空头白。**

**功名事，云霄隔。英雄伴，东南坼[④]。对鸡豚社酒，依然乡国。三径[⑤]不成陶令隐，一区未有扬雄宅[⑥]。问渔樵、学作老生涯，从今日。**

【注释】

①典尽：典当。②南陌：南边的道路。③成阴：指生育子女。④坼：裂开，分开。⑤三径：陶潜《归去来兮辞》：“三径就荒，松菊犹存。”代指隐居处。⑥扬雄宅：出自《汉书·扬雄传》。扬雄先人在岷山之阳“有田一廛，有宅一区”，扬雄曾在那里隐居。

【鉴赏】

从词意看这首词应是作者晚年羁旅他乡之作。杨炎正得科名较晚，五十二岁始登进士第，最后被参劾罢官，事业上并未取得显著成就。此词就是抒发词人壮志难酬、坎坷不遇的感情。

词的上阕用悲凉的情调写出回忆中的往事，一种哀伤的情绪就弥漫其间。“典尽春衣，也应是、京华倦客。”古时的文人大都嗜酒，偶遇囊中羞涩，往往典衣贯酒。词人穷愁潦倒无钱买酒，为什么会这样呢？原来词人愁绪满怀，可无处排遣，就只能是借酒浇愁，多次饮酒而使囊中羞涩。从中可以看出词人的失意。繁华的京都，车水马龙，但是他却只能独自神伤。“都不记、麴尘香雾，西湖南陌。”追忆青年时代裘马清狂的生活，都似乎是前程往事。岁月流逝，事业无成。当年离家求功名，不料一去几成绝。“到归来、稚子已成阴，空头白。”抛家舍业奔前程去未能荣归故里，儿女都已经成家立业，有自己的生活了。这里词人是感慨时间的流逝，但是事实上，词人心中是带有羞愧之情的，自己在外漂泊多年，至今仍是一事无成，真是“无颜见江东父老”！

词的下阕则是表现一种豪迈之气，描写一个迟暮的英雄形象。“功名事，云霄隔。英雄伴，东南坼。”功名利禄，过水云烟，那些少年也曾壮志凌云，气干虹霓。然事与愿违，理想、事业，一切都如云烟过眼，回首成空。自己的家乡仍是平静的乡村生活，似乎在岁月的熏陶中，没有变化。“三径不成陶令隐，一区未有扬雄宅。”事业未成也就罢了，可家里无产业，如今连隐居亦是不能，悲上加悲，词人心中的感伤之情可见。但是词人似乎并不为此痛彻心扉，相反还带有些自我调侃之意。“问渔樵、学作老生涯”，现实生活的拮据只能让人备感无奈。

# 【蝶恋花】

别范南伯

**离恨做成春夜雨。添得春江，划地[①]东流去。弱柳系船都不住。为君愁绝听鸣艣[②]。**

**君到南徐芳草渡。想得寻春，依旧当年路。后夜独怜回首处。乱山遮隔无重数。**

**【注释】**

①划地：依旧，还是，此处作“一派”讲。②鸣艣：即鸣橹。摇橹时发出的吱呦声。

**【鉴赏】**

此词是送别朋友之作。

词的上阕写送别朋友的愁情满怀。夜雨表别情，雨落春江，一股离愁直冲而下，竟让“弱柳系船都不住”，可见水之急、雨之暴、愁之深了。下句紧延上来，“为君愁绝听鸣艣”。舟被水冲走，橹随水摇，一声声听来却如友人离去之音响，令人心碎。“弱柳”本是送别之意，此处词人见柳心中更加的难耐。“为君愁绝”中一个“绝”字，饱含这无限深情。

词的下阕写朋友要去的目的地。“君到南徐芳草渡。想得寻春，依旧当年路。”回想范南伯当年风发，正从此经行，欲大展才华、一施抱负。今时路依旧，人也依旧，毫无建树。路依旧而人不同，一种物是人非的感慨，深藏在字里行间。结尾“后夜”两句是悬想别后友人思我，回望之时，已是有无数乱山遮隔。这是透过一层的写法，宋词中屡见。“后夜独怜回首处。”看当年之景，思及旧事，难免感伤。而人单影只，却又不如当年了。友人在何方？“乱山遮隔无重数。”我不见你，你亦看不见我啊！下阕首称“君”，故“独怜”下亦有一“君”字存在。又因是由词人悬想而出，故“乱山遮隔”之感，亦彼此同之。“词起结最难，而结尤难于起。”（清代沈祥龙《论词随笔》）这首词结句俊秀飘逸、悠悠长长，有不尽之意。

# 唐诗 宋词 元曲

郑红峰 编著

〔第五卷〕

光明日报出版社

# 章良能

**【作者简介】**

章良能（？—1214），字达之，处州丽水（今属浙江）人。淳熙五年（1178）进士。庆元六年（1200）自枢密院编修官迁著作佐郎。次年，任起居舍人。开禧二年（1206），以太常少卿兼权直学士院，累迁权兵部侍郎兼权中书舍人、礼部侍郎兼侍讲、御史中丞。

## 【小重山】

**柳暗花明春事深。小阑红芍药，已抽簪①。雨余风软碎鸣禽②。迟迟日，犹带一分阴。**

**往事莫沉吟。身闲时序好，且登临。旧游无处不堪寻。无寻处，惟有少年心。**

**【注释】**

①抽簪：形容花苞尖尖的样子，好似玉簪。②碎鸣禽：即禽碎鸣。

**【鉴赏】**

章良能“学博而守约，才大而用周”，工于词章，但是如今其词大多散佚，仅存此一首。

上阕写故地重游之景。此时春意正盛，柳暗花明，花栏里的红芍药抽出了尖尖的花苞，它的形状如簪。“雨余”二字，道出这一景致出现的原因，是由于春雨之后，天气稳定，风和日丽，鸟雀唤晴，鸣声也格外欢快。一个“碎”字，见出鸟雀声纷繁，声音的和谐清脆。春日迟迟，由春入夏，白天越来越长。“犹带一分阴”，正显出春天雨后景色的柔美。

下阕是景情参半，即使如此词人的感情仍是表现得淋漓尽致。开头“往事莫沉吟”，“莫沉吟”，正见作者面临旧游之地对往事有过一番沉吟。这是词人内心的挣扎，可是他又尽量克制自己的这种感情，努力加以排遣，用“身闲时序好”劝自己登临游赏。“时序好”，这是一个美好的时节，不要总是沉迷于过去之中难以自拔。事实上，词人还是“旧游无处不堪寻”，登临之际，往日的踪迹，又一一能寻访得见。“旧游无处不堪寻”，出登临寻访，客观环境并没有惹人不愉快之处，但语中却带出“旧游”二字，再次落到“往事”上。“无寻处，唯有少年心”，“无寻处”，三字重叠，以承为转，并且大大加强了转折的力量。少年时代那种天真烂漫的活泼之心已无法找到，这种怅然若失的情怀让人觉出一丝落寞。其实这首词的感情色彩是相当复杂的。年光流逝，故地重游之时，在一切都可以复寻、都依稀如往日的情况下，这是老大之后，失去少年心境的不甘、不满。“惟有少年心”，少年时代的意气风发始终都激励着词人，所以他努力地找回过去，希望保持自身的赤子之心。

# 张镃

【作者简介】

张镃（1153—1235），字功甫，原字时可。因慕郭功甫，故易字功甫。号约斋。居临安，卜居南湖。循王张俊之曾孙。隆兴二年（1164），为大理司直。淳熙年间直秘阁通判婺州。庆元初为司农寺主簿，迁司农寺丞。开禧三年（1207）与谋诛韩侂胄，又欲去宰相史弥远。事泄，于嘉定四年（1211）十二月被除名象州编管。张镃出身华贵，能诗擅词，又善画竹石古木。尝学诗于陆游。尤袤、杨万里、辛弃疾、姜夔等皆与之交游。宋代周密《齐东野语》载“其园池声妓服玩之丽甲天下”，又以其牡丹会闻名于世。今传《南湖集》十卷，《仕学规范》四十卷。

## 【满庭芳】

促织儿

**月洗高梧，露传泠[①]幽草，宝钗楼外秋深。土花[②]沿翠，萤火堕[③]墙阴。静听寒声断续，微韵转凄咽悲沉。争求侣，殷勤劝织，促破晓机心。**

**儿时曾记得，呼灯灌穴，敛步随音。任满身花影，犹自追寻。携向华堂戏斗、亭台小，笼巧妆金。今休说，从渠[④]床下，凉夜伴孤吟。**

【注释】

①露泠：形容露水凝聚的样子。②土花：指青苔。③堕：停留。④渠：它。

【鉴赏】

本词是托物言志之作，主要是写词人听到蟋蟀声后的一系列感受。此词为

宁宗庆元二年秋与姜夔饮于其兄弟张达可堂时所作，张镃一挥而就，姜夔评说“功甫先成，辞甚美”。词成立付歌者唱，姜夔亦旋成《齐天乐》。据《齐天乐》序：“丙辰岁与张功甫会饮张达可之堂，闻屋壁间蟋蟀有声，功甫约余同赋，以授歌者。”

上阕写词人听到蟋蟀声的感受，开篇写“月洗高梧，露溥幽草”，“月洗”写出了月光的清澈如水和其遍洒庭院的景象，刻画出了庭院秋夜的幽美环境。夜空澄明，高大的梧桐沐浴在月光之中。“溥”字传出露水凝聚之美。宝钗楼，本是咸阳古迹。“秋深”，点出时令，“土花“，指苔藓，墙下的苔藓顺着墙脚铺去。“沿”字化静态为动态，用字极生动巧妙。突然一点萤火，飘坠墙根，这就是蟋蟀发出声音的地方。看萤火，听蟋蟀，富有生活情趣，而这种生活情趣是从闲适的生活中领略到的。“静听”五句写蟋蟀的鸣声和听者的感受。“断续”“微韵”是蟋蟀鸣声的特点，“转”则有音调抑扬顿挫之致。“寒”与“凄咽悲沉”是词人听来的主观感受。由此可见，词人的回忆并不是只为回想过去的美好，相反，在这样的时刻，词人的心情还含有淡淡的落寞之情。“争求侣”与“殷勤促织”，是词人对蟋蟀鸣声的理解和想像：蟋蟀鸣叫，一是为了求侣，二是为了敦促妇女辛勤工作。蟋蟀的鸣声伴随和推动着织女纺织到天亮破晓。

下阕追忆儿时捕蟋蟀、斗蟋蟀的情趣，反衬今日的孤独悲苦情怀，充满不胜今昔之感。“儿时”五句，写捕蟋蟀，最为后代词人所激赏。对儿时的回忆写得尤为传神，可以看出词人对待往昔的一种心情。“呼灯”二句，刻画入微。“任满身”二句，尤为工细。“携向华堂戏斗、亭台小，笼巧妆金”，少年时代，提着蟋蟀笼子在华美的厅堂中嬉戏，亭台小巧精致玲珑，蟋蟀笼子也是精雕细刻。可见生活的奢华闲适。今日的寂寞凄苦与儿时的欢乐情趣形成鲜明的对比，在这种对比的刺激下，正是欲扬还抑，欲展还收，欲说还休。“今休说，从渠床下，凉夜伴孤吟”，这里词人张镃似是颇有悔意，想当年之乐，今朝之戚，昔时玩物，却成今宵解语良伴，其空寂无聊可想而知。人的心境在不同的年龄层次中有不同的表现，词人现已盛年，各种生活的琐碎交织在一起，自然是复杂难解的。

# 刘过

**【作者简介】**

刘过（1154—1206），字改之，自号龙洲道人，吉州太和（今江西泰和）人。以诗名湖海间。尝上书光宗过重华宫，复以书陈恢复方略，不报。流落江湖间，晚居昆山。开禧二年卒，年五十三。《南宋书》《宋史翼》有传。有《龙洲集》十四卷、附录二卷，《龙洲词》一卷。宋代黄昇《花庵词选》云："改之，稼轩之客，词多壮语，盖学稼轩者也。"明代陶宗仪《南村辍耕录》谓"改之造语赡逸，有思致，《沁园春》二首尤纤丽可爱"。清代况周颐《蕙风词话》则谓《沁园春》摹拟稼轩而"失之太过"。《四库总目提要》讥其所陈恢复之言"中原可一战而取""不过附会时局，大言以幸功名"。称其词"赠辛弃疾者则学其体，如'古岂无人，可以似吾，稼轩者谁'等词是也。其余虽跌宕淋漓，实未尝会作辛体"。又谓其《沁园春》"美人指甲""美人足"二阕，"刻画猥亵，颇乖大雅"。

## 【沁园春】

寄稼轩[①]承旨，时承旨招，不赴。（一题作风雪中欲诣稼轩，久寓湖上，未能一往，赋此以解。）

**斗酒彘肩[②]，风雨渡江，岂不快哉！被香山居[③]士，约林和靖[④]，与坡仙老[⑤]，驾勒吾回。坡谓"西湖，正如西子，浓抹淡妆临镜台[⑥]。"二公者，皆掉头不顾，只管衔杯。**

**白云"天竺飞来。图画里、峥嵘楼观开。爱东西双涧[⑦]，纵横水绕；两峰南北，高下云堆[⑧]。"逋曰："不然，暗香浮动[⑨]，争似孤山先探梅。须晴去、访稼轩未晚，且此徘徊。"**

【注释】

①稼轩：即辛弃疾，字稼轩。②斗酒彘肩：鸿门宴上樊哙闯帐，项王见之称壮士也，遂赐以一斗酒，一生彘肩。此借指豪杰之士。③香山居士：白居易晚号。白居易晚年虽于朝中任职，但不理世务，居辋川宅院，念经诵法，览景书画，偃然隐于朝者。④林和靖：林逋，谥和靖，处士。⑤坡仙老：苏轼，自号东坡，为人豪放，不拘俗务，有超然之态。⑥西湖，正如西子。浓抹淡妆临镜台：出自苏轼诗作《饮湖上初晴后雨》的“欲把西湖比西子。淡妆浓抹总相宜”，赞美西湖的景色迷人。⑦爱东西双涧：让人喜爱的，从东向西环绕的两涧溪水。⑧两峰南北，高下云堆：出自白居易《寄韬光禅师诗》中的“南山云起北山云”，意在讴歌天竺的风景。⑨暗香浮动：引自林逋《梅花》诗中的“暗香浮动月黄昏”，赞美梅花的清幽芬芳。

【鉴赏】

这首词大有调侃之意，它的体制和题材都富有创造性，它完全解除了格律的拘束，显得意象峥嵘，运意恣肆。虽略失之于粗犷，仍不失为一首匠心独运的好词。当然像这样调侃古人、纵心玩世的作品，在当时的词坛上的确是罕见的。

宋宁宗嘉泰三年（1203年），当时辛弃疾担任浙东安抚使，邀请刘过到绍兴府相会，刘过因事无法赴约，便在杭州写了此词以作答复。

上阕采用极其豪放的文字。“斗酒彘肩”，用樊哙事。据《史记·项羽本纪》载，樊哙见项王，项王赐予斗卮酒与彘肩。作者用这个典故，以喻想稼轩招待自己之饮食。他与稼轩皆天下豪士，则宴上所食自与项羽、樊哙相若也。词人被几位古代的文豪勒转了他的车驾，只得回头。笔势陡转，奇而又奇，真是天外奇想，令人无法琢磨。在下阕里，刘改之借三位古人的名作细腻渲染“暖风熏得游人醉”的西湖，与写樊哙“斗酒彘肩”风雨渡江的粗笔浓墨形成鲜明对比。铁板高唱“岂不快哉！”一语振聋发聩。此词是词人借三位古人表现自己的一种旷达豪放的生活态度，尤其是词中，语言轻快诙谐，更是自成一体的风格。

这是刘过直接写给辛弃疾的第一首词。据说辛得之大喜，邀去酬唱弥月，临别赠之千缗。刘过终身流落江湖，一介布衣。据词话载，辛曾数次巨资周济，但刘屡随手荡尽，达观之处也不下三位古人了。

## 【沁园春】

张路分秋阅作

**万马不嘶，一声寒角，令行柳营①。见秋原如掌，枪刀突出；星驰铁骑②，阵势纵横。人在油幢③，戎韬④总制，羽扇⑤从容裘带轻。君知否？是山西将种，曾系诗盟。**

**龙蛇纸上飞腾。看落笔、四筵风雨惊。便尘沙出塞，封侯万里，印金如斗，未惬平生。拂拭腰间，吹毛剑在，不斩楼兰⑥心不平。归来晚，听随军鼓吹，已带边声。**

【注释】

①柳营：纪律严明的军营。②星驰铁骑：战马奔驰，如同流星划过。③油幢：行军大帐。④戎韬：军事谋略。⑤羽扇：一般认为有机谋、富韬略的人都会拿一把扇子，所以用以代指。这是出自《三国演义》中诸葛亮的形象。⑥斩楼兰：古有楼兰国，汉时灭之，后以斩楼兰代指建功立业，平定外患。

【鉴赏】

此词是首抒情言志之作。古代军队常于秋天演习，由长官检阅，故称“秋阅”。这首词记录了张路分举行“秋阅”的壮观场景，描绘了一个能文善武的抗战派儒将形象，抒发了作者北伐抗金的强烈愿望和企盼祖国统一的爱国激情。

上阕主要是写阅兵场上的景象。首三句从听觉上写演习开始前和开始时的景况。“万马”，说明演习规模之大。“万马”而“不嘶”，让人想见军容之整肃，军纪之严明。“一声寒角”，在安静的环境中显得格外嘹亮清澈。“寒”字，不仅暗应词题之“秋”，也烘托了一派肃杀的气氛。下面从视觉上写阅兵开始后的情景。“见秋原如掌”四句，从整体上写雄壮阵势。“枪刀突出，星驰铁骑，阵势纵横”，从不同侧面描绘演兵场上的壮观景象：平原上枪林刀丛突现；铁骑奔驰，快如流星；队形纵横，变化莫测。“人在油幢”，张路分正在油幢军帐之中，按兵法指挥万马千军。然而其仪态却是“羽扇从容裘带轻”，表现出一派儒雅风度：手执羽毛大扇，身着轻裘缓带，举止从容不迫。“君知否”三句开始写张路分的文才诗情。通过这种夸大式的描写，表现了词人对于收复失地的热切希望。

下阕尽显边关将领的大将才气。开篇写“龙蛇纸上飞腾”，张路分诗情之饱满，文思之敏捷，草书时笔走龙蛇。“看落笔、四筵风雨惊”，诗意绝妙，风雨为惊，四座无不倾倒，大有李白“笔落惊风雨，诗成泣鬼神”的况味。这是侧面烘托。这首词是以塑造一个抗战派儒将形象来表达作者的爱国之情的，词人在塑造这一人物形象时，注入了自己的理想，具有鲜明的浪漫主义成分。其中“不斩楼兰心不平”，既是通篇之巨眼，词人的从戎之志，抗金宏愿，就此显现出来。

## 【唐多令】

**安远楼小集，侑觞歌板之姬黄其姓者，乞词于龙洲道人①，为赋此《唐多令》，同柳阜之、刘云非、石民瞻、周嘉仲、陈孟参、孟容，时八月五日也。**

**芦叶满汀洲，寒沙带浅流。二十年重过南楼②。柳下系船犹未稳，能几日，又中秋。**

**黄鹤断矶③头，故人今在否？旧江山浑是新愁。欲买桂花同载酒，终不似，少年游。**

**【注释】**

①龙洲道人：刘过自号。②南楼：指安远楼。③黄鹤断矶：黄鹤，在武昌城西，上有黄鹤楼。

【鉴赏】

《唐多令》即《糖多令》，原为僻调，罕有填者。自刘词出而和者如林，其调乃显。刘辰翁即追和七首，周密而因其有“重过南楼”之语，为更名曰《南楼令》。这是一首登临名作。作者借重过武昌南楼之机，感慨时事，抒写昔是今非和怀才不遇的思想感情。刘过的词还不仅表现在此，而是他独特的语言风格与情趣基调。清代刘熙载《艺概》中所说：“刘改之词，狂逸之中自饶俊致，虽沉着不及稼轩，足以自成一家。”

词的上阕中淡淡着墨，描写在安远楼上所见的景物。“芦叶满汀洲，寒沙带浅流”，如满芦叶的汀洲，如带寒沙的浅流，欲从解去，莫可排遣，面对大江东去黄鹄断矶怎能无一丝豪情！这里的“满”字和“寒”字用得极其传神，把萧疏的外景同低徊的心境交融在一起，勾勒出一幅黯淡的画面，为全词着上了一层“底色”。细味这残芦满目、浅流如带的词境，不止气象萧瑟，而且写出了居高临下的眺望之感来，是统摄全篇的传神之笔。“大抵物真则贵，真则我面不能同君面，而况古人之面貌乎？”一声长叹，乃是人生的感慨之词，实在是凄怆啊！“柳下”三句，一波三折。“未稳”上承“过”字，说明行色匆匆，钩锁紧密，见出文心之细。“能几日，又中秋”，意谓不消几天，中秋又来到了。烈士暮年的悲感和无可奈何地叹喟，都从这一个“又”字里泄露出来。人生的无奈大抵是如此的，毕生的宏愿无法实现，壮志未酬、人生迟暮。

下阕暗寓家国之愁。黄鹤断矶头正好凭吊旧事，正所谓“旧江山浑是新愁”。南宋主战派词人这种时刻不忘君国之仇的爱国情怀非常值得钦敬。二十年前，也就是安远楼落成不久，刘过离家赴试，曾在这里过了一段狂放不羁的生活。所谓“醉槌黄鹤楼，一掷赌百万”（《湖学别苏召叟》）以及“黄鹤楼前识楚卿，彩云重叠拥娉婷”（《浣溪沙·赠妓徐楚楚》），这就是他当年游踪的剪影。二十年过去了，可是以身许国的刘过却“四举无成，十年不调”，仍然一袭布衣。如今故地重经，而且是在这个危机四伏祸乱不远的时候，怎不令人凄然以悲呢？句中的“过”字，点明此行不过是“解鞍少驻初程”的暂歇而已，并为下文伏线。曰“故人”，曰“旧江山”，曰“新愁”，曰“不似”，莫不如此。章法之精严，风格之浑成，堪称《龙洲词》中上上之作。“黄鹤”二句从设问提起，妙处在于能从虚际转身。“矶头”上缀一“断”字，便有残山剩水的凄凉意味，不是泛泛之笔。“旧江山浑是新愁”，是深化题旨之重笔。前此种种灰暗的心绪，所为伊何？他此刻所感受的巨大的愁苦，就是对韩侂胄引火自焚的冒险政策的担忧，就是对江河日下的南宋政局的悲痛。“欲买桂花同载酒，终不似，少年游。”现实的沉痛使得词人无法平静的承受，因此词人是渴望回到少年不识愁滋味的时代。泛舟而游，桂花酒酿，香飘四周，可是这样美的时光终究是一去不复返了。

## 【六州歌头】

宋武穆鄂王[1]忠烈庙

**中兴诸将，谁是万人英？身草莽，人虽死，气填膺[2]，尚如生。年少起河朔，弓两石，剑三尺，定襄汉[3]，开虢洛[4]，洗洞庭[5]。北望帝京[6]，狡兔依然在，良犬先烹。过旧时营垒，荆鄂有遗民，忆故将军，泪如倾。**

**说当年事，知恨苦；不奉诏，伪耶真？臣有罪，陛下圣，可鉴临，一片心。万古分茅土，终不到，旧奸臣。人世夜，白日照，忽开明。衮佩冕圭[7]百拜，九泉下、荣感君恩。看年年三月，满地野花春，卤簿[8]迎神。**

**【注释】**

①武穆鄂王：指岳飞。岳飞，字鹏举，中兴名将，数度大破金兵，深为北国及朝野投降派所忌，终被秦桧以莫须有之罪陷害、惨死风波亭中，后平反冤案，追封鄂王，谥号武穆，并建忠烈庙受祀。②膺：胸膛，义愤填膺。③定襄汉：此指高宗赵构南渡即位后，岳飞平定襄阳、汉阳六郡一事。④开虢洛：虢，今河南荥阳；洛，今河南洛阳。虢洛泛指河南，即汴京一带。此用指绍兴十年郾城大捷，兵进朱仙镇一事。⑤洗洞庭：岳飞平灭杨幺率洞庭农民军起

义。⑥北望帝京：即东京开封府汴梁城，今河南开封，北宋都城。绍兴中岳飞兵进朱仙镇，距“帝京”仅四十五里。⑦衮佩冕圭：衮为朝服，佩为饰玉，冕为王冠，圭为玉笏，这里指荣赐的王爵官服等。⑧卤簿：帝王仪仗。

【鉴赏】

这首凭吊南宋抗金名将岳飞的词，热烈赞扬了岳飞为南宋王朝所主的丰功伟绩和他“精忠报国”的爱国品质，表达了对迫害忠良的投降派的强烈愤怒和鞭挞。《宋史·岳飞传》载，孝宗时“建庙于鄂，号忠烈”，此岳庙位于武昌蛇山附近，已废。

开篇两句，作者避直就曲，以问代赞，显得语气肯定，气势雄迈。意谓：南宋建立初，只有岳飞堪当诸将之杰，万人之英。以下四句写缅怀之思。“身草莽，人虽死”，是说岳飞出身寒微，英雄已长逝难追。“虽”字关涉两句，并预示了下面语意的转折。上阕主要颂岳飞的英雄事迹。岳飞虽为草莽之臣，离开人间已六十多年，但“气填膺，尚如生”，英雄已死而英灵不灭，忠愤之气依然填膺，凛凛风神犹如生前。接着写英雄的一生经历。“年少起河朔”后，过关斩将，无往不利。岳飞于北宋末宣和四年（1122）从军，平定湖南湖北江汉流域，稳定后方以北图恢复。南宋绍兴中，岳飞部号令已至伊、洛、太行，复淮河流域及河南，进军朱仙镇，距汴京四十五里，正“唾手燕云，复雠报国”（岳飞上表语）之时，被秦桧、宋高宗投降派以一日十二金字牌召回。莫须有千古奇冤，风波亭忠烈遇害，北伐自是而后，再无如此辉煌的业绩了。只见得“荆鄂有遗民，忆故将军，泪如倾。”“狡兔”两句便是对英雄壮志未酬身先死的无限痛惜，更是对权奸加害无辜忠臣良将的强烈控诉。古人曾以“狡兔死，良犬烹”比喻国君的寡恩少情。“过旧时营垒”四句，写人民对岳飞的怀念。

下阕承“良犬先烹”而来。“说当年事，知恨苦；不奉诏，伪耶真？”对着英雄的塑像倾诉，抚慰他那悲痛的心灵：说起当年将军功业毁弃、蒙受奇冤之事，我知道您一定怨恨到了极点。有力地驳斥了秦桧陷害岳飞所谓“不奉诏”的莫须有的罪名。“臣有罪”四句，是对高宗的微词：臣子是谋反有罪，还是一片丹心为国，拳拳之心天地可鉴。可是皇帝的“不圣”，未能辨明真伪，而酿成了这千古冤案。其实，宋高宗之所以要杀掉岳飞，一是怕岳飞打败金以后，迎回在“靖康耻”中被金人掳去的徽、钦二帝而失去皇位，因为一国不能有二主；二是怕岳飞势力强大后无法控制，造成武将专权的局面。所以在迫害岳飞的过程中，高宗是主使，但臣子不能对皇帝直斥，所以用隐微的方式表达自己的不满。“万古”三句：千年万代，分封王侯，怎么也不会轮到昔日奸臣的分上。秦桧死于岳飞被害后十三年，后赠申王，谥忠献；在岳飞封鄂王之后一年多，追夺王爵，改谥谬丑。“人世夜，白日照，忽开明”，冤狱到底得到了昭雪，人世间的沉沉黑夜，终因有了明日朗照，一下子变得明朗起来。英灵有知，也应当欢欣鼓舞了。他穿着衮服，系着珮玉，戴着冠冕，持着圭璧，在九泉之下叩拜，盛感君王的齐天之恩。结尾三句写百姓也因英雄的平反而欣慰和欢跃，人们以隆重的仪仗，在鄂王庙前祭奠英雄的神灵。通篇围绕凭吊之旨，收尾又遥扣词题之庙，虽为长调，一气呵成，气脉贯通。

# 姜夔

【作者简介】

姜夔（1155—1221），字尧章，饶州鄱阳（今江西波阳）人。先世出九真姜氏（九真唐时属岭南道爱州，在今越南境）。姜夔早岁孤贫。二十岁后，北游淮楚，南历潇湘。淳熙十三年（1186），结识萧德藻于长沙。泛湘江，登衡山，作《一萼红》《霓裳中序第一》《湘月》诸词。次年，姜夔随萧德藻同归湖州，卜居苕溪之上，与弁山之白石洞天为邻，后永嘉潘柽就为他取字曰白石道人。杨万里称他“于文无所不工，甚似陆天随（龟蒙）”，范成大称其“翰墨人品皆似晋宋之雅士”。绍熙元年（1190），姜夔再客合肥，此年冬，姜夔戴雪诣石湖，授范成大以咏梅之《暗香》《疏影》新声两阕，成大喜以歌妓小红为赠。绍熙四年（1193）起，姜夔出入贵胄张鉴（中兴名将张浚之后）之门，依之十年。庆元二年（1196）后迁移杭州。

姜夔六十以后，旅食金陵、扬州等地，晚境益牢落困苦。卒后由吴潜等助殡，葬于杭州钱塘门外之西马塍。

## 【鹧鸪天】①

元夕有所梦

**肥水②东流无尽期，当初不合种相思。梦中未比丹青③见，暗里忽惊山鸟啼。**

**春未绿，鬓先丝，人间别久不成悲。谁教岁岁红莲夜，两处沉吟各自知。**

【注释】

①本词作于宁宗庆元三年元宵节，题为《元夕有所梦》。②肥水：源出安徽合肥紫蓬山，东南流经将军岭，至施口入巢湖。③丹青：颜料，代指画作。

【鉴赏】

宋宁宗庆元三年（1197）元夕之夜，词人因思成梦，梦中又见到了旧日的情人，梦醒后写了这首缠绵悱恻的情词。这一年，上距初遇情人时已经二十多年了。

上阕开篇点明“肥水”（即淝水），交代了这段情缘的发生地，在东流无尽期的肥水，在这里既像是悠悠流逝的岁月的象征，又像是在漫长岁月中无穷无尽的相思和眷恋的象征。“种相思”的“种”字用得精妙无比，它不但赋予抽象的相思以形象感，而且暗示出它的与时俱增、无法消除，在心田中种下刻骨铭心的长恨。“梦中未比丹青见，暗里忽惊山鸟啼。”三四两句切题内“有所梦”，分写梦中与梦醒。刻骨相思，遂致入梦，但由于长期睽隔，梦中所见伊人的形象也恍惚迷离，觉得还不如丹青图画所显现的更为真切。

下阕开头写“春未绿”，又过一年，而春郊尚未绿遍，仍是春寒料峭。“鬓先丝”说自己辗转江湖，蹉跎岁月，双鬓已斑斑如霜，纵有芳春可赏，其奈老何！接下来“人间别久不成悲”一句，是全词感情的凝聚点，饱含着深刻的人生体验和深沉的悲慨。“谁教岁岁红莲夜，两处沉吟各自知。”红莲夜，指元宵灯节，红莲指灯节的花灯。欧阳修《蓦山溪·元夕》：“剪红莲满城开遍”，周邦彦《解语花·元宵》：“露浥红莲，灯市花相射”。不仅由于元宵佳节容易触动团圆的联想，恐怕还和往日的情缘有关。古代元宵灯节，士女纵赏，正是青年男女结交定情的良宵。“两处沉吟各自知”，这是词人的相思悲缅之情，倒似李清照的“一种相思，两处闲愁”这种感情。可见与情人的分离，两人都是在相思无望中度过的，这样深沉的感情让人感慨！

## 【鹧鸪天】

已酉之秋，苕溪记所见。

**京洛风流绝代人，因何风絮落溪津？笼鞋浅出鸦头袜①，知是凌波缥缈身。**

**红乍笑，绿长嚬②，与谁同度可怜春？鸳鸯独宿何曾惯，化作西楼③一缕云。**

【注释】

①鸦头袜：指前面绣有鸦的袜子。②嚬：同“颦”，蹙眉状。③西楼：同青楼。

【鉴赏】

宋孝宗淳熙十年（1189），姜夔在苕溪（今浙江湖州）为一位不幸女子的身世所感动，写下了这首词。而且，由于他有着一段不同寻常的合肥情事，他在不知不觉中将这位不幸女子与其合肥情侣联系起来，故通篇皆是对不幸女子的深深怜悯和同情。

上阕写女子风华绝代的气质和举世无双的美貌。“京洛风流绝代人”，表现了这位曾风光一时的佳人。“因何风絮落溪津？”为何像风中飞絮似的，飘落到苕溪的渡口来呢？一个“落”字，双关道出人与柳絮的同等命运，其中也掺杂着作者的身世之感。这句前面用“因何”这一似问非问的句式，后面用荒僻的“溪津”与繁华的“京洛”作鲜明对比，深刻地写出了这个“风流绝代人”的不幸遭遇。也表达了作者对其的深深怜悯和同情。“笼鞋浅出鸦头袜”。笼鞋，鞋面较宽的鞋子。鸦头袜，古代妇女穿的分出足趾的袜子。这句是说从笼鞋中微微地露出了鸦头袜。这仍是对“风流绝代人”的赞美：她高洁，飘逸，和一般风尘女子迥然不同。

下阕则是暗示她的辛酸生活，并表达了对她不幸遭遇的同情。“红乍笑，绿长嚬”。“红”，指她朱红的嘴唇，轻启朱唇，笑意清浅；“绿”，指青黛色的眉毛，双眉紧锁，隐含忧伤。“乍”，表示时间短暂，与“长”相对。说明她笑时短，写出了女子酸苦的内心世界。“红乍笑，绿长嚬”六字用得高妙奇绝。意蕴本融，言简意赅。“与谁同度可怜春”，春光无限美好，可是面对这样的良辰美景，有谁与她共同度过呢？“鸳鸯独宿何曾惯，化作西楼一缕云！”鸳鸯双宿双飞，常用来作为夫妻间爱情的象征。“鸳鸯独宿”，深一层表明无人与之“同度”，只剩下孤苦一人了。“何曾惯”，深层地流露出她的忆旧念往，直至今天仍怀着感情上的痛苦。

## 【踏莎行】

自沔东[1]来，丁未元日，至金陵，江上感梦而作。

**燕燕轻盈，莺莺娇软，分明又向华胥[2]见。夜长争得薄情知，春初早被相思染。**

**别后书辞，别时针线，离魂[3]暗逐郎行远。淮南皓月冷千山，冥冥归去无人管。**

**【注释】**

①沔东：唐、宋州名，今湖北汉阳（属武汉市），姜夔早岁流寓此地。丁未元日，孝宗淳熙十四年（1187年）元旦。②华胥：梦里。《列子·黄帝》：“黄帝昼寝而梦，游于华胥氏之国。”③离魂：梦中。

**【鉴赏】**

词人在合肥曾有小居，并在那儿有过一段恋爱史，对旧日情人始终念念不忘，这成为他心灵深处永远的悲哀和伤痛。所谓时间能冲淡一切的说法并不适用于至情至性之人，余于白石犹然。他有好几首词都是为此而作。这首词，用记梦方式诉述内心深情，无论在艺术构思或者描写手段方面都有独到之处，十分引人注目。

词的上阕写梦境，但不先说破，却着力刻画伊人形象。北宋时苏轼听说张先老人时已八十五岁买妾，作诗调侃道：“诗人老去莺莺在，公子归来燕燕忙。”人已去矣，空落梦中会。我今相思，伊人何处？这首词一开始即借“莺莺燕燕”字面称往日的情人，从称呼中流露出一种卿卿我我的缠绵情意。“夜长争得薄情知，春初早被相思染。”长夜漫漫，相思难耐，心中的孤寂似乎只有现实中已经淡薄的感情可以知道，其实词人的感情并没有因为时光的流逝变得淡漠，相反还在岁月中沉淀，就像春天里生长的万物般，越来越深沉。

词的下阕是写别后睹物思人。“别后书辞”，是指情人寄来的书信，检阅犹新。“别时针线”，是指情人为自己所做衣服，仍有遗香。二句虽仅写出物件，而不直接言情，然读来皆情至之语，这是托物言情的妙处。“离魂暗逐郎行远”，“郎行”即“郎边”，魂魄也脱离躯体，追逐“我”来到远方，这是梦中的生死相随。“淮南皓月冷千山，冥冥归去无人管。”这里是将真实的感情物化，融入冷清寂寥的景色之中。合肥的皓月明镜透彻，它清冷的光辉洒在远山上，在这样的月华中独自离去，无人知晓。正如词人此时的落寞与思念无人觉知。

本词在构思上借鉴了唐传奇《离魂记》中倩娘能以出窍之灵魂追逐所爱者远游，着想奇妙。在意境与措辞上，则又融合了杜诗《梦李白》“魂来枫林青，魂返关塞黑”、《咏怀古迹》“画图省识春风面，环佩空归月夜魂”句意。妙在自然天成，不着痕迹。王国维说：“白石之词，余所最爱者，亦仅二语，曰‘淮南皓月冷千山，冥冥归去无人管’。”

## 【长亭怨慢】

**予颇喜自制曲，初率意为长短句，然后协以律，故前后阕多不同。桓大司马云：“昔年种柳，依依汉南；今看摇落，凄怆江潭；树犹如此，人何以堪？”[①]此语予深爱之。**

**渐吹尽，枝头香絮，是处人家，绿深门户。远浦萦回，暮帆零乱向何许？阅人多矣，谁得似长亭树。树若有情时，不会得青青如此！**

**日暮，望高城不见，只见乱山无数。韦郎[②]去也，怎忘得玉环分付。第一是早早归来，怕红萼[③]无人为主。算空有并刀[④]，难剪离愁千缕。**

**【注释】**

①桓大司马：指桓温。《世说新语·言语》载桓温北征，经金城，见前所种柳皆已十围，曰：“木犹如此，人何以堪！”而题序所引“昔年种柳”以下六句均出庾信《枯树赋》，并非桓温之言，此或是姜夔偶然误记。②韦郎：指唐代韦皋。据《云溪友议》载，韦皋与玉箫女临别之际赠以玉指环，约七年再

会，八年，不至，女绝食而殁。③红萼：红梅，喻恋人。④并刀：古代并州出产的剪刀以锋利著称。

【鉴赏】

姜夔二十三岁时，曾游安徽合肥，与此地的歌女姊妹二人相识，时日一长，往来酬唱，情投意合。无奈客子行色匆匆，终有一别。后来，作者屡次到合肥与二女相会，情意愈浓。光宗绍熙二年，作者再次来到合肥，但不久就离去了，这首词大概作于离去之时，以寄托对二女的无尽眷念之情。

题序中所谓“桓大司马”指桓温，而题序中所引“昔年种柳”以下六句，均出庾信《枯树赋》，按此词是惜别言情之作，而题序中只言柳树，一来合肥的街巷都种柳树，因此作者写的有关合肥的情词，多借柳树发感。二来作者故意为之，以掩饰其孤寂之怀。

上阕是咏柳。开头说，春已深，柳絮吹尽，柳阴浓绿。这正是合肥巷陌情况。“远浦”二句点出行人乘船离去。“阅人”数句又回到说柳。长亭（古人送别之地）边，离人黯然销魂，而柳则无动于衷，依然“青青如此”。暗用李长吉诗“天若有情天亦老”句意，以柳之无情反衬自己惜别的深情。这半阕词用笔不即不离，写合肥，写离去，写惜别，而表面上却都是以柳贯穿，借做衬托。

下阕是写自己与情侣离别后的恋慕之情。“日暮”三句写离开合肥后依依不舍。唐代欧阳詹在太原与一妓女相恋，别时赠诗：“高城已不见，况复城中人”。“望高城不见”即用此事，正切合临行怀念情侣之意。临别时，向情侣表示，不忘玉环分付，自己必将重来，足见白石于此用情之深。末两句是情侣叮嘱之辞。虽有玉郎承意，但女子还是不放心，要姜夔早早归来。“怕红萼无人为主”，这正是“第一”加重所为。因为歌女社会地位低下，到时身不由己，恐也说不得了。这半片词写自己惜别之情，情侣属望之意，凄怆缠绵。

## 【点绛唇】

丁未冬过吴松作

**燕雁无心，太湖西畔随云去。数峰清苦，商略[①]黄昏雨。**

**第四桥[②]边，拟共天随[③]住。今何许？凭阑怀古，残柳参差舞。**

【注释】

①商略：评论。②第四桥：吴江城外甘泉桥旧名。③天随：唐陆龟蒙自号天随子，作者常以之自比。

【鉴赏】

南宋淳熙十四年丁未（1187）之冬，白石往返于湖州苏州之间时，乃作此词。为何过吴松而作此词？因为白石平时最心仪于晚唐隐逸诗人陆龟蒙，龟蒙生前隐居之地，正是吴松。

上阕之境，乃词人俯仰天地之境。“燕雁无心”。燕念平声，北地也。燕雁即北来之雁。时值冬天，正是燕雁南飞的时节。陆龟蒙咏北雁之诗甚多，如《孤雁》：“我生天地间，独作南宾雁。”《归雁》：“北走南征象我曹，天涯迢递翼应劳。”《京口》：“雁频辞蓟北。”《金陵道》：“北雁行行直。”《雁》：“南北路何长。”白石诗词亦多咏雁，诗如《雁图》《除夜》，词如《浣溪沙》及本词。可能与他多年居无定所，浪迹江湖的感受及对龟蒙的万分心仪有关。劈头写入空中之燕雁，正是暗喻漂泊之人生。无心即无机心，犹言纯任天然。点出燕雁随季节而飞之无心，则又喻示自己性情之纯任天然。此亦化用龟蒙诗意。龟蒙《秋赋有期因寄袭美（皮日休）》：“云似无心水似闲。”《和袭美新秋即事》：“心似孤云任所之，世尘中更有谁知。”下句紧接无心写出：“太湖西畔随云去。”燕雁随着淡淡白云，沿着太湖西畔悠悠飞去。燕雁之远去，暗喻自己漂泊江湖之感。随云而无心，则喻示自己纯任天然之意。宋代陈郁《藏一话腴》云：白石“襟期洒落，如晋宋间人。语到意工，不期于高远而自高远。”范成大称其“翰墨人品，皆似晋宋之雅士。”明代张羽《白石道人传》亦曰其“体貌轻盈，望之若神仙中人。”但白石与晋宋名士实有不同，晋宋所谓名士实为优游卒岁的贵族。而白石一生布衣，又值南宋衰微之际，家国恨、身世愁实非晋宋名士可比。故下文写出忧国伤时之念。太湖西畔一语，意境阔大遥远。太湖包孕吴越，“天水合为一”（唐代陆龟蒙《初入太湖》）。本词意境实与天地同大也。“数峰清苦。商略黄昏雨。”商略一语，本有商量之义，又有酝酿义。湖上数峰清寂愁苦，黄昏时分，正酝酿着一番雨意。此句的数峰之清苦无可奈何反衬人亡万千愁苦。从来拟人写山，鲜此奇绝之笔。比之辛稼轩之“我见青山多妩媚，料青山，见我应如是”（《虞美人》），又是何种不同的况味。明代卓人月《词统》评云：

“商略二字，诞妙。”

下阕之境，乃词人俯仰今古之境。“第四桥边，拟共天随住。”第四桥即“吴江城外之甘泉桥”（清代郑文焯《绝妙好词校录》），“以泉品居第四”故名（乾隆《苏州府志》）。这是陆龟蒙的故乡。《吴郡图经续志》云：“陆龟蒙宅在松江上甫里。”松江即吴江。天随者，天随子也，龟蒙之自号。“天随”语出《庄子·在宥》“神动而天随”，意即精神之动静皆随顺天然。龟蒙本有胸怀济世之志，其《村夜二首》云：“岂无致君术，尧舜不上下。岂无活国力，颇牧齐教化。”可是他身处晚唐末世，举进士又不第，只好隐逸江湖。白石平生亦非无壮志，《昔游》诗云：“徘徊望神州，沉叹英雄寡。”《永遇乐》：“中原生聚，神京耆老，南望长淮金鼓。”但他亦举进士而不第，漂泊江湖一生。

怀古正是伤今。“残柳参差舞”，柳本纤弱，哪堪又残，故其舞也参差不齐，然而仍舞之不已。舞之一字执著有力，苍凉中寓含悲壮，悲壮中透露苍凉。“残柳参差舞”这一自然意象，实际上是南宋衰世的象征，隐晦包含着虽已残破仍不甘灭亡的意味。这与李商隐《登乐游原》“夕阳无限好，只是近黄昏”，象征唐朝国运的不可挽回有同工之妙。而其作为自然意象之本身，则又补足“今何许”一大反诘之自然意蕴。结笔之意境，实为南宋国运之写照。反观数峰清苦二句，其意蕴正为结尾之伏笔。在此九年之前，辛稼轩作《摸鱼儿》，结云：“休去倚危栏，斜阳正在烟柳断肠处。”乃是同一意境。白石本词用舞字结穴，蕴含无限苍凉悲壮。尤其“今何许”之一大反诘，其意义虽着重于今。但其意味实远远超越之，乃是词人面对自然、人生、历史、时代所提出之哲学反思。全词意境遂亦提升至于哲理高度。“今何许”，真可媲美于《桃花源记》“问今是何世”，《登幽州台歌》“前不见古人，后不见来者”。

这首词无限感慨，全在虚处，正是“意愈切而词愈微”，这种写法，易形成自我抒写之形象与所写之意象间接拉开距离，造成朦胧之美感。此词声情之配合亦极精妙。上阕首句首二字燕雁为叠韵，末句三四字黄昏为双声，下阕同位句同位字第四又为叠韵，参差又为双声。分毫不爽，自然天成。

## 【齐天乐】

**黄钟宫**

丙辰岁，与张功父会饮张达可之堂，闻屋壁间蟋蟀有声，功父约予同赋，以授歌者。功父先成，词甚美。予徘徊茉莉花间，仰见秋月，顿起幽思，寻亦得此。蟋蟀，中都[①]呼为促织，善斗。好事者或以三二十万钱致一枚，镂[②]象齿为楼观以贮之。

**庾郎先自吟《愁赋》，凄凄更闻私语。露湿铜铺，苔侵石井，都是曾听伊[③]处。哀音似诉，正思妇无眠，起寻机杼。曲曲屏山[④]，夜凉独自甚情绪。**

**西窗又吹暗雨。为谁频断续，相和砧杵。候馆迎秋，离宫吊月，别有伤心无数。豳诗漫与，笑篱落呼灯，世间儿女。写入琴丝[⑤]，一声声更苦。（原注：宣、政间，有士大夫制《蟋蟀吟》）**

**【注释】**

①中都：指北宋都城汴京。②镂：雕刻。③伊：此指蟋蟀。④屏山：绘有山水画的屏风。⑤琴丝：琴弦。此句将蟋蟀声写成词曲供人演唱。

**【鉴赏】**

本词是作者咏物名篇。词中通过各种人对蟋蟀声的感受，抒发作者寂寞凄凉之苦。上阕写听蟋蟀哀鸣时所生之感受。下阕写听后之感想。想象丰富，构思巧妙，虚实相映，章法浑成。

本词之妙有二：一是章法巧妙。首句以作词起，尾句以作词终，但均未明说。庾信吟《愁赋》，暗指张镃先写成一首咏蟋蟀之作。尾句的“写入琴丝”暗指自己的作品亦成，可供人传唱矣。中间换头处也甚妙，岭段云连，被后人奉为楷模。所谓岭断，即指空间和人事更换，由室内而转室外，由织妇而变为捣衣女。所谓云连，即意脉相关，二者均因蟋蟀声而起惆怅。二是反衬作用甚妙，这便是“笑篱落呼灯，世间儿女”一句小插曲。如不假思索，则觉得与全词境界不协调，细品方知深味。一是以小孩捕捉蟋蟀时的无忧无虑反衬成年人的极度忧患，二是对自己孩提时天真活泼生活情趣的美好回忆，来反衬现在的孤独愁苦。

还有一点也应提及，即人们艺术创作的灵感往往是受自然界或社会生活中某一现象的触发而突然出现。换言之，艺术灵感产生往往需要一定的触发点。姜夔在友人张功甫作完咏蟋蟀的词后，怎么也写不出来。后来到外面去听到蟋蟀的叫声，才突发灵感，便以其叫声而引起的各种人物的感信活动结构本篇。刘勰说："人禀七情，应物斯感。"

## 【琵琶仙】[①]

《吴都赋》云："户藏烟浦，家具画船。"唯吴兴[②]为然。春游之盛，西湖未能过也。己酉岁，予与萧时父[③]载酒南郭，感遇成歌。

**双桨来时，有人似、旧曲桃根桃叶[④]。歌扇轻约飞花，蛾眉[⑤]正奇绝。春渐远，汀洲自绿，更添了、几声啼鴂。十里扬州[⑥]，三生[⑦]杜牧，前事休说。**

**又还是、宫烛分烟[⑧]，奈愁里、匆匆换时节。都把一襟芳思，与空阶榆荚。千万缕，藏鸦细柳，为玉尊、起舞回雪。想见西出阳关，故人初别。**

**【注释】**

①琵琶仙：词牌名。姜夔自创曲，仅此一首。双调一百字。②吴兴：今浙江湖州。③萧时父：萧德藻之侄，作者内弟。④桃根桃叶：桃叶是晋代书法家王献之的爱妾，桃根是桃叶的妹妹，此处借指歌女。⑤蛾眉：眉细如蛾须，乃谓蛾眉。代指美人。⑥扬州、杜牧：指杜牧游扬州、狎妓赋诗事。⑦三生：即"三世"。本佛教用语，指前生、今生、来生。黄庭坚《广陵早春》诗："春风十里珠帘卷，仿佛三生杜牧之。"⑧宫烛分烟：韩翃《寒食》诗："春城无处不飞花，寒食东风御柳斜。"

**【鉴赏】**

这首《琵琶仙》写的是作者与友人邂逅，游于湖州，游春感遇，激发起回忆往日恋情。

起首四句名言，在迎面而来的小舟上，有两位丽人恍如朝夕相思的恋人，渐近则见歌扇轻盈，美人艳绝。触发起对昔日恋人的绵绵相思。

“春渐远”，作者转笔写眼前现境，同时暗喻美好往事漂纱如烟。春日迟暮，啼声悲。忆昔伤今，情何以堪？道出以“个年一觉扬州梦，赢得青楼薄幸名”的杜牧自喻，大有前尘往事不堪回首之感。

下阕作者展开这个可解又不可解的“三生”情愫。推进一层，由悲现时复回到伤往事，芳思只可付与空阶榆荚，美缘难再，只有空留遗恨。“千万缕，藏鸦细柳”，丝丝柳枝都在牵动“三生情愫”，所以下阕隐括唐人咏柳之诗，并非泛泛之辞。“三生杜牧，前事休说”，但作者却偏要细说，此正是词人表现词之“要眇宜修”处。“宫烛分烟”化用唐韩诗“春城无处不飞花，寒食东风御柳斜。”此柳乃皇家之物于作者却是不大相同，故一笔带过，“奈愁里、匆匆换时节。”而“空阶榆荚”用韩愈诗“杨花榆荚无才思．惟解漫天作雪飞”之意，才真正道出了作者心中之柳。最后又用王维诗“西出阳关无故人”，道出虽是青青新柳，已渐淡渐远。

以杨柳为送别见证，情致绵绵不尽。由感遇到沉思，由当今到往昔。下笔精美，韵致妖媚多姿，令人品味不尽。

## 【探春慢】

**予自孩幼随先人[1]宦于古沔[2]，女须[3]因嫁焉。中去复来几二十年，岂惟姊弟之爱，沔之父老儿女子亦莫不予爱也。丙午冬，千岩老人[4]约予过苕 [5]，岁晚乘涛载雪而下，顾念依依，殆不能去。作此曲别郑次皋、辛克清、姚刚中诸君。**

**衰草愁烟，乱鸦送日，风沙回旋平野。拂雪金鞭，欺寒茸帽，还记章台走马。谁念飘零久，谩[6]赢得幽怀难写。故人清沔相逢，小窗闲共情话。**

**长恨离多会少，重访问竹西[7]，珠泪盈把。雁碛波平，渔汀人散，老去不堪游冶[8]。无奈苕溪月，又照我扁舟东下。甚日归来？梅花零乱春夜。**

【注释】

①先人：指姜夔的父亲。②古沔：即古沔阳城，在今湖北沔城。③女须：

姐姐。④千岩老人：即南宋诗人萧德藻。⑤苕霅：苕溪、霅溪二水的简称。⑥谩：徒然。⑦竹西：指扬州，详见《扬州慢》。⑧游冶：取欧阳修“玉勒雕鞍游冶处，楼高不见章台路”（《蝶恋花》）之意。

【鉴赏】

题下小序，将这首词的写作时间和原因，交代得非常详细、明白。姜夔之父原为湖北汉阳县令，他幼年随父游宦汉阳（古沔），父逝依姊，后往来湘鄂间。此词作于淳熙十三年冬，乃应千岩老人萧德藻之约赴吴兴际，想到即将离开这“姊弟之爱”，乡里挚友之情的第二故乡，自然“顾念依依，殆不能去”，所以写下此词，以赠好友。

全词以广阔的画面和多端的思绪，书写出对故人、故地的无限留恋的感情。白石深于情，此次一别古沔计不能复返，故依依不能舍去。“拂雪金鞭，欺寒茸帽”，与前面的荒寒冬景，为多情之人更增情伤。人一伤情总思旧，思旧无过两红颜，这似乎已成白石公定式。回忆多年在外漂泊，“漫赢得幽怀难写”，戚戚之间总有隐思。白石与一些著名文人和官僚交往（如萧德藻、陆游、辛弃疾、范成大、杨万里、朱熹、张镃弟兄），并非为打秋风沾金光，乃是意气相投，外物何能干之？白石漂零一生，清苦至死，足见其高节。

郑次，《汉阳县志》八隐逸传：“隐居郎官湖上，不求闻达，善言名理。”白石诗：“英英白龙孙，眉目古人气。”辛克清，《汉阳县志》入文学传，白石诗：“诗人辛国士，句法似阿驹。别墅沧浪曲，绿阴禽鸟呼。”姚刚中，白石诗道：“平生子姚子，貌古心甚儒。”可见在沔交游者都是一些隐逸贤人，高节之士，意气相投者。如今一别，他年相见无期，不能不令人伤感。而现在自己虽觉“老去”，但正当壮年，诸事还须奔波，亦不得不然。下阕主要前瞻，应千岩老人约去湖州，不堪游冶，或是颇有些抱负的。

全词清远蕴藉，凄怆缠绵，表达出词人对故人、亲人及第二故乡的一片深情。

## 【解连环】

**玉鞍①重倚②，却沉吟未上，又萦离思。为大乔、能拨春风，小乔妙移筝，雁啼秋水③。柳怯④云松，更何必、十分梳**

**洗。道郎携羽扇，那日隔帘，半面曾记。**

**西窗夜凉雨霁，叹幽欢未足，何事轻弃？问后约、空指蔷薇，算如此溪山，甚时重至。水驿⑤灯昏，又见在、曲屏近底。念唯有、夜来皓月，照伊自睡。**

【注释】

①鞍：或作“鞭”，用“骑马倚斜桥”（韦庄）意。②重倚：可以看出这次的分别已不是初次了。③大乔、小乔：三国时东吴“乔公两女，皆国色”（《三国志·吴志·周瑜传》），人称大乔、小乔。此指合肥二女。④柳怯：体态柔软。⑤水驿：南方多水，水陆兼通，三国时始有以船为驿站之事，后朝沿用。

【鉴赏】

这是一首怀人词。姜夔的青壮年时代，都曾在合肥住过。他在那里曾经热恋过一位弹琵琶的歌女。他对这个女子，不像当时一般的轻薄文人把女人当做玩物，而是对她怀有深厚的感情。他们别后，多少年来，他一直在怀念她，为她写过很多动人的词篇。这首词的创作年代由于他有意隐去，不写小序，也不记干支，因此很难确定，但我们知道他在“丁未元日”写过《踏莎行》那时他是三十二岁，从内容上来看，这首词应该是三十二岁之前的作品。

本词从内容上来看算是多年旧情的一个总结，但并非告别，别的只有故地而已。“玉鞍重倚”，再临故桥。韦骑马倚桥，“满楼红袖招”；姜倚马于桥，人去楼空讯渺。旧地重游，必有所为，而人非复当年，能不揪心？再闻桥边楼上，声管笛箫，忆起初识旧事，隔帘半面，羽扇轻招，妆虽淡，知己何干？情意绵绵。

下阕紧承上事，痴情转为怨念。“西窗夜凉雨霁，叹幽欢未足，何事轻弃？”孤芳冷馆，宵深不寐，一别会无期，在词人是一生怅惘，在佳人是终世怨念。“问后约、空指蔷薇”，回忆最后一次会面临别情景，三人似都已知此缘难续，黯默忍言。“算如此溪山，甚时重至。”此情此景此际此人，恐再无一会处。“水驿灯昏，又见在、曲屏近底。”如梦似幻。初识终别最难忘，此处这是选取这两个场景作为一别旧地的纪念，但何时能将旧情别去，以词人这副性情怕只有来生了。

这首词在艺术上的一个特色，就是叙事婉转而不是直陈其事，表现了高超的艺术才能。这首词的另一艺术特色，就是做到了古雅峭拔。白石在论诗时说：境欲高，句欲响。他在写词时也运用了自己的理论，这是他在艺术上的创新。他突破了自晚唐以来婉约派的词风，用硬豪键笔写出了沉挚的回肠荡气之情。

## 【扬州慢】

**中吕宫**

淳熙丙申至日①，予过维扬，夜雪初霁②，荠麦弥望③。入其城，则四顾萧条，寒水自碧。暮色渐起，戍角④悲吟，予怀怆然，感慨今昔，因自度此曲。千岩老人以为有黍离之悲⑤也。

**淮左名都，竹西佳处⑥，解鞍少驻初程。过春风十里⑦，尽荠麦青青。自胡马窥江去后，废池乔木，犹厌言兵。渐黄昏，清角⑧吹寒，都在空城。**

**杜郎⑨俊赏，算而今重到须惊。纵豆蔻词工，青楼梦好，难赋深情。二十四桥⑩仍在，波心荡、冷月无声。念桥边红药⑪，年年知为谁生？**

**【注释】**

①淳熙丙申至日：淳熙三年的冬至。②初霁：刚晴。③弥望：满眼。④戍角：边防驻军的号角声。⑤黍离之悲：出自《诗经》中的《黍离》，指对国家残破，今不如昔的哀叹，也指国破家亡之痛。⑥竹西佳处：亦指扬州。杜牧《题扬州禅智寺》：“谁知竹西路，歌吹是扬州。”宋人于此筑竹西亭。⑦春风十里：此泛道扬州风景。杜牧《赠别》：“春风十里扬州路，卷上珠帘总不如。”⑧清角：

角是古代五音之一，古人以为角音清，因此称为“清角”。⑨杜郎：指唐代诗人杜牧。⑩二十四桥：桥名，在今江苏省扬州市。⑪红药：芍药。

【鉴赏】

宋孝宗淳熙三年（1176），姜夔二十一岁，自汉阳沿江东下，经过扬州时所看见的兵乱后残破景象。触景生情，写下此词。

白石词前小序，历来为人称道。但序文往往将词意表尽，故人有“苦与词复”之议。尽管如此，亦可借之以窥散、韵不同之美。

上阕写扬州遭兵乱后的萧条景色。开首三句，即序中“予过维扬”一语。“名都”“佳处”虽同为扬州代称，然亦暗喻往昔城市繁华、风物繁庶的风貌。“过春风十里，尽荠麦青青”是说当年垂柳夹道，春风弥漫的十里街，如今却是一片荠菜和野麦。“尽”字透露出词人强烈哀伤之情。虚实并用，盛衰共现，沧桑之慨探含其中。

紧接“自胡马”三句，指出金兵于建炎三年（1129）和绍兴三十一年（1161）先后两次南侵，扬州都受到严重破坏。“废池”一句，以拟人手法说明劫掠之残酷，亦反映人们对战争的深恶痛绝。“渐黄昏”三句，回笔写景，强化氛围，表现作者对国事忧心忡忡，哀不可抑的心情。

下阕写作者的丧亡之感，用杜牧诗意，表示忆昔伤今的感触。这几句衬托出扬州所遭受的破坏远远超出他预料，哀痛之情难以抑制。接着两句从虚到实，著笔于今，以一“仍”字勾连往昔，构成强烈对比，寄无穷之慨。结尾又由实转虚，以间句出之，表现了他身逢乱离之世的“黍离之悲”，悲痛的心情达到一个高潮。

全词感情深挚动人，表现手法形象含蓄，全篇布局严谨，用典贴切自然。层次清晰，言有尽而意无穷。

## 【暗香】

**仙吕宫**

辛亥之冬，予载雪诣石湖[①]。止既月，授简索句[②]，且征新声[③]，作此两曲。石湖把玩不已，使工伎肄习之，音节谐婉，乃命之曰《暗香》、《疏影》。

**旧时月色，算几番照我，梅边吹笛。唤起玉人，不管清寒与攀摘。何逊[4]而今渐老，都忘却、春风词笔。但怪得、竹外疏花，香冷入瑶席[5]。**

**江国，正寂寂。叹寄与路遥[6]，夜雪初积。翠尊易泣，红萼[7]无言耿相忆。长记曾携手处，千树[8]压、西湖寒碧。又片片、吹尽也，几时见得？**

【注释】

①石湖：在苏州西南。范成大居此，自号石湖居士。②授简索句：给纸索取诗词。③征新声：谱新的词调。④何逊：南朝梁诗人，有《咏春梅》诗。⑤瑶席：华美丰盛的宴席。⑥叹寄与路遥：感叹路程太远，引述不通。⑦红萼：指梅花。⑧千树：杭州西湖孤山的梅花成林。

【鉴赏】

南宋绍熙二年（1191）冬，作者离开合肥回湖州，冒雪赴石湖拜范成大，留月余。时应范成大之请，作《暗香》、《疏影》两词。

上阕一开头“旧时月色”三句，以问句指出词人旧梦重温的沉重心情，“几番”中更有盛事不常的感慨。“唤起”更表现了和美人一起攀摘梅花的浪漫之情。月色、梅花、吹笛、玉人、清寒，这一切组成了一个高雅的意境，同时也反映了词人人品与情趣的孤洁。“何逊”三句，词人以何逊自比，说自己年已渐老，虽爱梅，已无当年的才情了。“但怪得”三句，笔锋一转，以拟人手法，写梅花把“冷香”频频送人瑶席，引得词人旧情复萌。

下阕由爱梅转向忆旧。“江国”四句，反映了词人的寂寞和怀念远人的深切感情。江国，指江南水乡。以下两句由此发挥：远友难见，遥寄不能，只能黯然对酒，独自泪下，面对红梅，耿耿无言。“易泣”、“无言”，相忆之深，情爱之浓，不言自明。紧接两句又从现实回到过去，由“衰时”转向“盛时”。忆千树梅花盛开时、携手赏花，何等欢乐！以下“又”字又一转，梅花一瓣瓣凋落，词人和情人也终于分离了。

此词由昔而今，又由今而昔，忆盛叹衰，乐聚哀散，如蛟龙盘舞，曲尽情意，实为千古之绝唱。

## 【疏影】

**苔枝缀玉，有翠禽小小，枝上同宿。客里相逢，篱角黄昏，无言自倚修竹①。昭君不惯胡沙远，但暗忆江南江北。想佩环②、月夜归来，化作此花幽独。**

**犹记深宫旧事，那人正睡里，飞近蛾绿③。莫似东风，不管盈盈，早与安排金屋④。还教一片随波去，又却怨玉龙⑤哀曲。等恁时、重觅幽香，已入小窗横幅⑥。**

【注释】

①无言自倚修竹：杜甫《佳人》："天寒翠袖薄，日暮倚修竹。"②佩环：即环佩，玉饰。此处指王昭君。③蛾绿：女子的眉毛。④金屋：《汉武故事》载，武帝幼年为胶东王时对姑母道："若得阿娇（汉武姑母之女，即陈后），当作金屋贮之。"⑤玉龙：笛名。韩偓《梅花》："龙笛远吹胡地月，梅花初试汉宫妆。"⑥横幅：即画幅。晚唐崔橹《梅花》："初开已入雕梁画，未落先愁玉笛吹。"

【鉴赏】

这首词和《暗香》是互相配合的，赞赏梅花幽静、孤洁的气质。

开首三句，勾画出一幅色彩鲜明、幽雅清丽的"双栖图"。"苔枝"与"翠禽"映衬，烘托出朵朵玉梅，更显得冰清玉洁，光彩照人。同时，互相依偎的翠羽鸟，一方面暗示古代传说中的梅花神，一方面引出作者对情人的怀念。接着"客里相逢"三句，完全用写人的手法来写梅，梅花即佳人的幻化。相逢在"客里"，又是"黄昏"，更突出了寂寞的氛围。"无言""自倚"突出了孤高的佳人形象。梅花、美人、仙灵融为一体，笔法清空，启人遐思。以下进一步升华，谓梅花为深沉幽怨的昭君魂所化。前一部分不惯胡沙，暗忆故土是因；后一部分佩环夜归，化作此花是果。词句将魂魄与梅花相结合，从形态至神髓，可谓已臻至极。

下阕"犹记"三句，用南朝宋武帝女儿寿阳公主典故，说明梅是美的标志；"莫似东风"三句，用阿娇故事，从反面说明应珍惜怜爱梅花。"还教"一转，终至"一片随波去"。回头又怨起那吹奏《梅花落》曲子的玉笛，流露出作者的痛惜之情。今日梅尚在，如果到了随波而去之时，重觅"幽香"，那将会空余惆怅了。不过梅花是非凡物，她的花朵虽“随波去”，但精魄已入小窗的画幅之中。这与上半阕昭君魂魄化花相互呼应，表现了作者对梅的慰念。

全词以赞梅的幽静孤高为主线，紧串密缝；又以寂寞氛围突出“花人合一”艺术形象，令人神往。用典虽多，均不离梅；重点巧移，惜痛念远层层递进，脉络清楚，词意蕴藉而不幽晦。

词学家历来对这两首词的含义，有不同的理解。多数人认为是词人怀念情人之作，这个说法比较合理。词人从不同的角度来描写梅花的特色，从而寄托对情人的怀念。

# 戴复古

【作者介绍】

戴复古（1167—约1237），南宋著名江湖派诗人，字式之，常居南塘石屏山，故自号石屏、石屏樵隐。天台黄岩（今属浙江台州）人。一生不仕，浪游江湖，后归家隐居，卒年八十余。曾从陆游学诗，作品受晚唐诗风影响，兼具江西诗派风格。部分作品抒发爱国思想，反映人民疾苦，具有现实意义。著有《石屏集》六卷，《石屏长短句》一卷。南宋真德秀《石屏词跋》云："戴复古诗词，高处不减孟浩然。"《四库总目提要》云："方回《瀛奎律髓》称其豪迈清快，自成一家。今观其词，亦音韵天成，不费斧凿。"其《望江南》自嘲第一首云："贾岛形模元自瘦，杜陵言语不妨村。谁解学西昆。"复古论诗之宗旨，于此俱见，宜其以诗为词，时出新意，无一语蹈袭也。"清代刘熙载《艺概》卷四："诗有西江、西昆两派"。戴石屏《梦江南》云："谁解学西昆。一是学西江派人语，吴梦窗一派当不喜闻。"

## 【水调歌头】

题李季允侍郎鄂州吞云楼

**轮奂[1]半天上，胜概压南楼。筹边[2]独坐，岂欲登览快双眸。浪说胸吞云梦，直把气吞残虏，西北望神州。百载一机会，人事恨悠悠。**

**骑黄鹤[3]，赋鹦鹉[4]，漫风流。岳王祠[5]畔，杨柳烟锁古今愁。整顿乾坤手段[6]，指授英雄方略，雅志若为酬。杯酒不在手，双鬓恐惊秋。**

【注释】

①轮奂：根据《礼记》的记载，春秋时晋国大夫赵武建造宫室落成后，

人们前去庆贺，大夫张老说：“美哉轮焉，美哉奂焉！”后来用此词形容新屋高大美观，也形容装饰、布置等美好漂亮。②筹边：筹划边事。③骑黄鹤：崔颢曾题《黄鹤楼》诗：“昔人已乘黄鹤去，此地空余黄鹤楼。”④赋鹦鹉：东汉祢衡曾作《鹦鹉赋》一篇。⑤岳王祠：指鄂州岳庙。⑥手段：方法。古用与今略异，主要是在词的意味上，今用或为中性、或为贬义，而古用此词多略含褒义。

**【鉴赏】**

这首词登楼抒怀，慷慨豪放。宁宗嘉定十四年，正于鄂州任知府，修建了吞云楼。楼台落成之时，戴复古逗留鄂州，因此得以登楼览胜，写下此词。

“轮奂半天上，胜概压南楼”开篇直发赞誉之词。然而接下来却不依常理，笔锋一转，“筹边独坐，岂欲登览快双眸。”二句意为，登临此楼，是为取其吞云之意，筹划戍边守卫之事。因此独坐深思于那里是为了猎奇览胜啊。“直把气吞残虏，西北望神州。”饱含激情壮气。然而词人心中虽有壮气，现实却不争气：“百载一机会，人事恨悠悠。”南渡百年以来，多少北伐中原、一统华夏的大好良机都被投降派葬送了。如是情状，能不令人悠悠生恨？在这首词中，戴复古更翻进一层，说登上这样的高楼，岂知是可以气吞云梦，简直令人顿生气吞山河之概，西北望神州，只应有收复中原之想。

下阕借楼外风光，抒发感慨。紧承上语，怀古人、念友身，写雅志难酬之苦。“骑黄鹤，赋鹦鹉，谩风流。岳王祠畔，杨柳烟锁古今愁。”崔颢寻仙无足迹，祢衡放浪遭贼欺，可叹武穆忠肝胆，化作鄂王一追辞！古今俱如是，愁絮何可解？你我虽有“整顿乾坤手段，指授英雄方略”，但也逃不脱雅志难酬的厄运。人事恨悠悠，华丝不胜秋，时去事不就，空付千古流！

这首词借“楼”发挥，大宣报国之志，大抒忧国忧时之愁。

## 【洞仙歌】

**卖花担上，菊蕊金①初破。说着重阳怎虚过。看画城簇簇②，酒肆歌楼，奈没个巧处，安排着我。**

**家乡煞③远哩，抵死④思量，枉把眉头万千锁。一笑且开怀，小阁团栾⑤，旋簇⑥着、几般蔬果。把三杯两盏记时光，问有甚曲儿，好唱一个。**

**【注释】**

①金：花蕊之嫩黄色。②画城簇簇：画城，形容城市繁华；簇簇：密集的样子。③煞：很，非常。④抵死：极度，尽量。当时的口头语。⑤团栾：团圆。⑥旋簇：很快地铺陈着。当时的口头语。

**【鉴赏】**

这首词是戴复古漫游生活的一段小插曲。他曾遍寻名胜，袖剑飞吟，也曾徘徊市井，流连酒肆。这首词便是他于重阳节，在市面上所见所闻的真实写照。

上阕写对陌生城市的所见所闻所感。“卖花担上，菊蕊金初破。”自古言菊近重阳，果然，接着词人马上点出正逢佳节。“独在异乡为异客，每逢佳节倍思亲。”（王维《九月九日忆山东兄弟》）千年如是，当此时节，漂流在外，怎能无些许愁怨？“看画城簇簇，酒肆歌楼，奈没个巧处，安排着我！”到处花团锦簇，画阁雕阑，酒绿灯红，轻歌曼舞，偌大一座城，竟无有我心安处，一腔辛苦向谁诉说。

下阕写词人对家乡的思念，每逢佳节倍思亲，词人独自流落他乡，又恰逢重阳团圆之际，岂能不生还家之想。但是归家之路是那样遥远，无论怎样拼命地去怀想，只能是妄自愁苦，更添忧

伤，借酒浇愁，愁却不断。过片以白描手法直点乡思。“家乡煞远哩，抵死思量，枉把眉头万千锁。”“煞远”“抵死”，以口语入词，乡音乡情，更着我乡愁一段。锁眉抵愁有何用，自心发者已入心。既无可当，那就试着强欢忘愁吧！笔锋一转，“一笑且开怀”。欢乐面皮之下，辛酸苦水惟向腹中咽，这情景较之大哭一场还不如！

这首词终篇不言愁意，却将愁心寓于疏狂之语里，写法独特，颇具新意。

# 郑域

**【作者介绍】**

郑域（生卒年不详），字中卿，号松窗，三山（今福建福州）人。淳熙十一年（1184）进士。曾倅池阳。庆元二年（1196）随张贵谟使金，有《燕谷剽闻》二卷，记金事甚详。嘉定中官行在诸司粮料院干办。赵万里《校辑宋金元人词》辑有《松窗词》一卷。杨慎《词品》卷四谓其《昭君怨》咏梅词“兴比甚佳”，又《画堂春·春思》词“乐府多传之”。

## 【昭君怨】

**道是花来[1]春未，道是雪来香异。竹外一枝斜[2]，野人家[3]。**
**冷落竹篱茅舍，富贵玉堂琼榭[4]。两地不同栽，一般开。**

**【注释】**

①来：语助词，南方惯用。②竹外一枝斜：语本苏轼《和秦太虚梅花》诗，“竹外一枝斜更好。”③野人家：流露出不识人间烟火者的生活气息。④榭：建筑在台上的房屋。

**【鉴赏】**

上阕咏梅、惜梅。前两句咏叹梅花的出类拔萃。它不同凡花，虽春未到却独自冲寒而开；它洁白似雪，但冰雪却不具备它那醉人的幽香。三、四两句，写出山野中梅花的姿态，较富有诗意。“竹外一枝斜”，语本苏轼《和秦太虚梅花》诗：“竹外一枝斜更好。”宋人正敏《遯斋闲览》评东坡此句云：“语虽平易，然颇得梅之幽独闲静之趣。”曹组《蓦山溪·梅》词中也写过：“竹外一枝斜，想佳人、天寒日暮。”但却把思路引到杜诗“天寒翠袖薄，日暮倚修竹”上来，离开了梅花。此词没有遇竹而忘梅，用典而不为典所囿，一气呵成，构成了一个完整的意境。它以疏竹为衬托，以梅花为主体，在猗猗绿竹的掩映之中，一树寒梅，疏影横斜，闲静幽独，胜境超然。而且以竹节的挺拔烘托梅花的品格，更能突出梅花凌霜傲雪的形象。句末加上“野人家”一个短语，非但在音节上倩灵活脱，和谐优雅而且使整个画面有了支点，流露出不识人间烟火者的生活气息。

下阕赞梅。把梅栽在“竹篱茅舍”也罢，把梅栽在“玉堂琼榭”也罢，它都不改初衷：“两地不同栽，一般开。”下阕具体描写野人家的环境。原来山野之中这户人家居处十分简朴，数间茅舍，围以疏篱。这境界与前面所写的一树寒梅掩以疏竹，正好相互映发：前者偏于虚，后者趋向实。它成了一种优美恬静的境界，引人入胜，容易令人产生“雪满山中高士卧，月明林下美人来”的联想，而“冷落竹篱茅舍”之后，接着写“富贵玉堂琼榭”，意在说明栽于竹篱茅舍之梅，与栽于玉堂琼榭之梅，地虽不同，开则无异。词人由山中之梅想到玉堂之梅，思路又拓开一层。李邴《汉宫春》咏梅词云：“问玉堂何似，茅舍疏篱？伤心故人去后，冷落新诗。”相比起来，李词以情韵佳，此词则以哲理胜。它以对比的方式，写出了梅花纯洁而又傲岸的品质，体现了“贫贱不能移，富贵不能淫”的高尚情操，同一般的咏梅诗词相比，思想又得到了进一步升华。

# 高观国

**【作者介绍】**

高观国，生卒年不详，字宾王，号竹屋，山阴（今浙江绍兴）人。与史达祖同时，常相唱和，殆同为社友。陆游于嘉泰二年入都修撰国史，高观国有《水龙吟》词贺放翁七十八岁生日。观国复与陈造交，有《凤栖梧·湖头即席与长翁同赋》词。南宋黄昇《中兴以来绝妙词选》卷六谓陈造为观国词集作序，称其与史邦卿“皆秦、周之词，所作要是不经人道语，其妙处少游、美成若唐诸公亦未及也”。清代周济《宋四家词选目录序论》：“竹屋、蒲江并有盛名。蒲江窘促，等诸自郐；竹屋硁硁，亦凡响耳。”又《介存斋论词杂著》：“竹屋得名甚盛，而其词一无可观，当由社中标榜而成耳。”清代陈廷焯《白雨斋词话》卷二：“竹屋词最隽快，然亦有含蓄处。抗行梅溪则不可，要非竹山所及。”清代冯煦《蒿庵论词》：“平心论之，竹屋精实有馀，超逸不足。以梅溪较之，究未能旗鼓相当。今若求其同调，则惟卢蒲江差足肩随。”有《竹屋痴语》一卷。

## 【祝英台近】

荷花

**拥红妆，翻[①]翠盖，花影暗南浦[②]。波面澄霞，兰艇采香去。有人水溅红裙，相招晚醉，正月上、凉生风露。**

**两凝伫。别后歌断云闲，娇姿黯无语。魂梦西风，端的此心苦。遥想芳脸轻颦，凌波微步[③]，镇输与、沙边鸥鹭。**

**【注释】**

①翻：此处指风吹荷叶。②南浦：送别之地。③凌波微步：曹植《洛神赋》：“体迅飞凫，飘忽若神，凌波微步，罗袜生尘。动无常则，若危若安。进止难期，若往若还。”

【鉴赏】

本词副标题为“荷花”，上阕先写荷花，再写人，首三句描写荷花、荷叶，以红妆、翠盖来形容它们。以“拥”字衬托荷花之艳丽，以“翻”字刻画风吹荷叶的状态。时当盛夏，放眼望去，但见水面上“接天莲叶无穷碧，映日荷花别样红。”（杨万里《晓出净慈寺送林子方》）

“波面”两句，以澄霞比喻荷花。采香，见于范成大《吴郡志》卷八：“吴王种香于香山，使美人泛舟于溪以采香。”此处自然是采莲了。接下来则是描述舟中饮酒游乐之景。欧阳修《渔家傲》：“花底忽闻敲两桨，逡巡女伴来寻访。酒盏旋将荷叶当。莲舟荡，时时盏里生红浪。花气酒香清厮酿，花腮酒面红相向。醉倚绿阴眠一饷。惊起望，船头搁在沙滩上。”与本词比喻稍有类处，只是本词仅以“水溅红裙”和“相招晚醉”来概括游乐的场面。不知不觉，已是夜幕初临，月渐上，风清露凉，欢乐已随白昼消逝，分别的时刻终于来到了。开始引出下阕分别景象。

下阕接连上文写分别以后，思念同舟赏荷的伊人。“两凝伫”，下阕开语，点出双方黯然难舍的感情。然词人点到即止，并未多言，直入别后思念。伊人去后，不闻声歌遏云，唯余寂聊忧闷。想“娇姿”，对“黯无语”的荷花，一语话两头，倒是有趣了。荷花红，莲心苦，又照上句模样，画伊人别苦。“遥想”伊人漫步水滨，双眉微蹙，宛若凌波仙子，然必竟人不能凌波，空怅望“沙边鸥鹭”。这种清幽的境界，亦只好让水际沙边的鸥鹭去领略了。

## 【烛影摇红】

**别浦潮平，远村帆落烟江冷。征鸿相唤著[①]行飞，不耐霜风紧。雪意垂垂未定。正惨惨、云横疏影。酒醒情绪，日晚登临，凄凉谁问。**

**行乐京华，软红不断香尘喷。试将心事卜[②]归期，终是无凭准。寥落年华将尽，误玉人高楼凝恨。第一[③]休负，西子湖边、江梅春信。**

【注释】

①著：同“着”。②卜：占卜、算卦。③第一：最要紧是。

【鉴赏】

本词是作者岁晚客中登临之作。岁云暮矣，作客他乡，愁绪万端，无法排遣，只有借酒浇愁，酒醒以后，百无聊赖，又想登高望远以抒忧思。首六句就是写登临时的所见与所感。放眼眺望，但见江水涨至与岸相平，这通常是船只开行的时候。远处几家村庄隐约可见，江面上归舟落帆，冷雾凄迷。此刻耳际又听到鸿雁鸣声，似乎在呼唤同伴要顶住凄紧的霜风，保持原来的行列，不要掉队散失，成为“雪中啄草冰上宿，翅冷腾空飞动迟”（白居易《旅雁》）的孤雁。天际云层重叠，云影交映，是个“昏昏雪意云垂野”（苏轼《蝶恋花》）的欲雪天气，使人格外感到孤独凄凉。

“酒醒”三句，进一层点出酒醒登临后处处牵动愁肠。别浦潮平，使他忆及当年与伊人相别南浦，登舟远行的情景，“君泪盈，妾泪盈。罗带同心结未成。江边潮已平。”（林逋《相思令》）那种依依难舍之情，至今难以忘却。而雁群相呼，又使他自伤在人生途中犹如一只失群的孤雁，“鸥鹭苦难亲，缴忧相逼。云海茫茫无处归，谁听哀鸣急。”（朱敦儒《卜算子》）“谁问”两字，道出自己无处倾吐如同孤雁一般的遭遇，由此过渡到下片对往事的回忆。

下片“行乐”两句，追想在京师临安的乐事，“软红”名，可借刘辰翁词中语说明之：“望不尽、楼台歌舞，习习香尘莲步底。箫声断、约彩鸾归去，未怕金吾呵醉。”（《宝鼎现》）软红、香尘，都是形容临安的繁华。

“试将”四句，是说思归之心甚切，几次占卜归期，总是没有个准信。如今一年即将逝去，预计的归期又将落空，使伊人含恨凝望，“误几回、天际识归舟。”（柳永《八声甘州》）以致陷入深深的苦思之中。

结末又转入回忆。念及当年早春临别之前，携手同游西湖之畔，千树梅花，玉雪照映。两人情深意长，约定后会之期，伊人叮咛再三，不可延误归期，免使好事多磨。词意系从姜夔《长亭怨慢》脱胎而来，“韦郎去也，怎忘得玉环分付，第一是早早归来，怕红萼无人为主”。如今前约难践，他乡之客的万缕愁思，也是无法剪断的了。

## 【玲珑四犯】

**水外轻阴，做弄得①飞云，吹断晴絮。驻②马桥西，还系旧时芳树。不见翠陌寻春，漫问著、小桃③无语。恨燕莺，不识闲**

**情，却隔乱红飞去。**

**少年曾识春风意[④]，到如今、怨恨难诉。魂惊冉冉江南远，烟草愁如许。此意待写翠笺，奈断肠、都无新句。问甚时、舞凤歌鸾，花里再看仙侣。**

【注释】

①做弄得：渐渐使得的意思。②驻：停。③小桃：暗指王献之之妾桃根、桃叶。④春风意：来自苏轼《梅花》诗："何人会得春风意，怕见黄昏雨细时。"

【鉴赏】

这首词是写暮春时节，晴天白昼，游故地怀故人。词的上阕开头三句写景，晴天飞云、水边轻阴，给读者描绘出了一个美好的境界。"做弄得"是渐渐使得的意思。下面接着写人：词人在这美好境界的桥西停下了马，并且把马系在他过去也曾经系过马的树上。"旧时"两字告诉我们，这是故地重游了。在故地见到昔日的芳树还活着，还是那样翠绿。但是昔日"翠陌寻春"的人不见了，而且眼前周围也没有人，只好漫问树梢小桃故人消息，小桃自然无语。真是风景依旧，人事全非，怎能不使人伤情呢？而可恨的燕莺，不了解词人的痛苦，更不抚慰词人的痛苦，却隔如雨乱红飞去。下阕开头四句写感慨，好像是另笔，实际仍然是上阕的"闲情"的发挥，并没有断了词意。"春风意"来自苏轼《梅花》诗："何人会得春风意，怕见黄昏雨细时。"接着两句，进一步写怨恨、写愁。前面只是说"怨恨"难于诉说，只是说"愁如许"，而此处则是到了"断肠"的地步了，到了要写"此意""都无新句"的地步了，可见其怨恨之深，愁之深。最后两句以何时再见故人仙侣作结，点明了题意。

# 魏了翁

【作者简介】

魏了翁（1178—1237），字华父，号鹤山，邛州蒲江（今属四川）人。庆元五年（1199）进士，授签书剑南西川节度判官厅公事。开禧元年（1205），除秘书省正字。明年，迁校书郎，出知嘉定府，以养亲归里，筑室白鹤山下，授徒讲学。嘉定初，知汉州。历知眉州、泸州、潼川府。理宗初，被劾欺世盗名，谪居靖州，湖湘江浙之士多从之学。绍定四年（1231）复职。五年，进宝章阁待制，为潼川路安抚使、知泸州。史弥远卒，召为权礼部尚书兼直学士院。端平二年（1235），同签书枢密院事、督视京湖军马兼江淮督府。官终知福州、福建安抚使。嘉熙元年卒，谥文靖。《宋史》有传。南宋后期，学派变为门户，诗派变为江湖，了翁独穷经学古，与真德秀齐名。

有《鹤山全集》一百零九卷，内有长短句三卷，十九为寿词，为宋人词集所罕有。黄昇《中兴以来绝妙词选》卷七以为“皆寿词之得体者。”宋代张炎《词源》卷下云：“难莫难于寿词，倘尽言富贵则尘俗，尽言功名则谀佞，尽言神仙则迂阔虚诞。”

## 【朝中措】

次韵同官约瞻叔兄（□□）及杨仲博（约）赏郡圃牡丹并遣酒代劝

**玳筵绮席绣芙蓉[1]。客意乐融融。吟罢风头摆翠，醉余日脚沉红[2]。**

**简[3]书绊我，赏心无托，笑口难逢。梦草[4]闲眠暮雨，落花独倚春风。**

【注释】

①玳筵绮席绣芙蓉：描述了筵席丰盛、精美，高妙华贵。②醉余日脚沉

红：可见这一桌酒席吃得有多久。③简：竹简。这里指文书，引申为官场。④梦草：神话中的一种草。《洞冥记》言此草似蒲，色红，昼缩于地，一名怀梦。

**【鉴赏】**

这首词是作者面对绽放的牡丹写下的词，表达了作者怀才不遇的抑郁之情。

上阕就席中景象一番铺陈。首先筵席丰盛、精美，高妙华贵。此筵为何设？闲意赏花来。郡圃中的牡丹时正盛开。对华筵而赏名花，在座诸公自然是其乐融融。前讲牡丹叶在清风中摇摆，翠绿欲滴，又讲牡丹花在斜阳映照下甜润腓红，可见这一桌酒席吃得有多久。“吟罢”“醉馀”，士大夫之无聊风月之态尽显。这阕并无甚突出之处，关键在于下阕抒情。

下阕一反上阕华筵美景其乐融融的情调，以独特之笔，抒发作者自已身沉宦海、欲归不能的厌倦心情。

魏了翁先后多次出知州府，曾连续十七年不在朝。知汉州“号为繁剧”，知眉州又“号难治”，知泸州则又是“武备不修，城郭不治”；晚年又出知绍兴府、福州，皆兼本路安抚使。公事繁剧，极费心力。魏了翁的仕途也是非常坎坷，在他出仕期间，前有韩侂胄擅权，后随史弥远专政，“国家权臣相继，内擅国柄，外变风俗，纲常沦，法度堕弛，贪浊在位，举事弊蠹不可涤濯。”（《宋史·魏了翁传》）而他又是一个敢于揭露时弊，欲以理学治国的人。所以屡受排斥，以致积忧成疾，数次上疏要求引退，可又偏偏得不到批准。这就造成了他的苦闷。他的这种苦闷，在这首词中得到了真实的表现。

# 卢祖皋

【作者介绍】

卢祖皋，南宋词人。字申之，号蒲江。永嘉（今浙江温州）人。宁宗庆元五年（1199）进士及第。嘉定十一年（1218）至十六年（1223），累官刑、工部架阁文字、秘书省正字、校书郎、著作郎、将作少监、权直学士院。卢祖皋词今存近百首，吐属清丽，长于融汇前人诗句，风格与周邦彦、姜夔接近，为格律词派重要作家。张端义《贵耳集》云："蒲江貌宇修整，作小词纤雅。"南宋黄昇《中兴以来绝妙词选》亦云："乐章甚工，字字可入律吕，浙人皆唱之。"亦能诗，曾是赵紫芝、翁灵舒之诗友。借其诗集不传，《宋诗纪事》存其诗七首。有《蒲江词》一卷传世。

## 【江城子】

**画楼帘幕卷新晴。掩银屏[①]，晓寒轻。坠粉飘香，日日唤愁生。暗数十年湖上路，能几度，著娉婷[②]？**

**年华空自感飘零。拥春酲[③]，对谁醒？天阔云闲，无处觅箫声[④]。载酒买花年少事，浑不似，旧心情。**

【注释】

①银屏：银色屏风。②娉婷：姿态美好，此处借指美人。③酲：醉酒，此处借指酒。④箫声：传说扬州二十四桥有玉人教吹箫之事。

【鉴赏】

此词是一首惆怅述情之作。词人在青年时，生活极不稳定，等到终于在京师谋得一官半职时，人已到中年。然而，却发现和少年时向往的浮华生活大不相同，努力了多年，得到的却只是一种幻灭感。

上阕起句描画出一派春日景象，但早春清晨，还有一丝微寒。"坠粉飘香”句中，“粉”“香”皆借指花朵。“坠粉飘香”即指落花。日日看着花开花落，忧愁暗生，感叹人生在世，不过数十年，这一生中．又能有多少志得意满的时候呢？

下阕“年华空自感飘零”，是本词中心思想之所在，紧扣上阕末句，似承似转，转承兼备。接下来又提出新的疑问，“拥春酲，对谁醒？”“酲”，醉酒状。作者自问自答。“天阔云闲，无处觅箫声”暗用弄玉吹箫之典。《列仙传》载：萧史善吹萧，能以箫作鸾凤之音。秦穆公女弄玉亦好吹萧，穆公就将弄玉嫁给萧史，并筑凤台给他们居住。数年后萧史乘龙，弄玉跨凤，升天而去。这一句是说知音难觅。全词至此达到高潮。“载酒买花年少事”，词人终于悟出这一道理。此句又与上阕结句遥相呼应。

卢祖皋词颇多佳构，黄昇赞其词曰：“其词甚工，字字可入律吕，浙东西皆歌。”这首《江城子》采用寻声暗问、自言自语的方式，写得轻淡而不着痕迹，隐隐露出词人迷茫的心境。全词音节和婉，句句守声，使情感的抒发和词的节奏配合得恰到好处，丝丝入扣。

# 真德秀

**【作者介绍】**

真德秀，字景元，后更为希元，福建浦城（今浦城县晋阳镇）人。本姓慎，因避孝宗讳改姓真。生于宋孝宗淳熙五年（1178年），卒于宋理宗端平二年（1235年）。真德秀是南宋后期与魏了翁齐名的一位著名理学家，也是继朱熹之后的理学正宗传人，他同魏了翁二人在确立理学正统地位的过程中发挥了重大作用。

## 【蝶恋花】

**两岸月桥花半吐。红透肌香，暗把游人误。尽道武陵溪上路，不知迷入江南去。**

**先[①]自冰霜真态度[②]。何事枝头，点点胭脂污[③]。莫是东君[④]嫌淡素，问花花又娇无语。**

**【注释】**

①先：突出梅花不畏严寒霜雪的精神。②态度：姿态品格。③污：染。④东君：司春之神。

**【鉴赏】**

这是一首礼赞梅花的词作。词的上阕赞颂梅花的迷人之姿。首句入笔捉题，直截了当地写梅花“两岸月桥花半吐”，溪水岸边和小桥两端的梅花已经绽蕾半开。紧接着直接写梅花半吐的风韵和游人对梅花的迷恋。那半开的梅花通体红透，香气四溢。“肌香”二字以美人暗喻梅花香气袭人、冰肌玉骨的娇姿。正是梅花这绝代风彩，才使游人不知不觉中为其所吸引。一个“暗”字、一个“误”字把游人情不自禁的迷恋梅花的神态写足。以下二句“尽道武陵溪上路，不知迷入江南去”用东晋文学家陶渊明《桃花源记》中武陵渔人误入桃源忘情迷途的典故，反衬江南梅花的迷人风姿。此二句是说人人尽说“芳草鲜美，落英缤纷”（《桃花源记》）的武陵溪畔桃花林的美丽，却不知这梅花半吐的江南风景的迷人。对比之下，更突出这江南桥畔梅花的美丽，表现了主人公爱梅的情感。如果说上阕从色艳香浓的外部面貌来礼赞梅花的话，那么，下阕则是从凌霜傲雪的内在品质来颂扬梅花。

“先自冰霜真态度”一句，赞扬梅花凌寒独放的坚强品格。“争先”二字突出梅花不畏严寒霜雪的精神，“态度”即姿态品格。紧接着词人用一设问：“何事枝头，点点胭脂污？莫是东君嫌淡素。”梅花为何在冰霜严寒之中用胭脂般的红艳去点染枝头？莫非是司春之神嫌冬天百花凋零，色彩过于单调之故。东君即司春之神。这一设问实质上旨在突出梅花凌霜傲雪的高风亮节，颂扬它给人们带来春的消息。尾句“问花花又娇无语”再度褒扬那娇艳的梅花，毫不炫耀自己，默默地装点人间春色。

# 曹豳

【作者介绍】

曹豳（1170—1249），字西士，号东亩，一作东畎，温州瑞安（今属浙江）人。嘉泰二年（1202）进士。授安吉州教授，调重庆府司法参军，改知建昌。绍定六年（1233），擢秘书丞，兼仓部郎官。端平元年（1234），除浙西提举常平，移浙东提点刑狱。嘉熙初，召为左司谏。与王万、郭磊卿、徐清叟俱负直声，时号“嘉熙四谏”。嘉熙三年（1239），知福州，以礼部侍郎召，为台臣所沮，遂守宝章阁待制致仕。淳祐九年卒，谥文恭。

## 【西河】

和王潜斋韵

**今日事[①]，何人弄得如此！漫漫白骨蔽川原，恨何日已！关河万里寂无烟，月明空照芦苇。**

**谩哀痛，无及矣。无情莫问江水。西风落日惨新亭，几人堕泪？战和何者是良筹？扶危但看天意。**

**只今寂寞薮泽[②]里，岂无人、高卧[③]闾里。试问安危谁寄？定相将、有诏催公起。须信前书言犹未。**

【注释】

①今日事：指北宋灭亡到作者赋词这一段时间的历史变故，国恨家愁等等。②薮泽：薮，大泽也。③高卧：用陈登事，见前。

【鉴赏】

这首词是对王埜（号潜斋）的《西河》（天下事）的和作。和作要求步其原韵。和原词同牌且内容亦与原词相呼应。曹豳这首和词完全做到了这点。

词开头以极度愤激的语气提出：“今日事，何人弄得如此！”这里的“今日事”，高度概括了北宋灭亡到作者赋词这一段时间的多少历史变故，多少国恨家愁。这里有靖康之耻、绍兴年间屈辱的和约、朝廷奸佞当道等等。

词上阕写山河破碎、生灵涂炭的景象。而这完全是南宋腐朽的统治阶级造成的。

中阕鞭挞了偷安半壁的南宋统治者不以国事为重，昏庸误国。“谩哀痛，无及矣”是由上阕“恨何日已”演化而来，也是与王词“千古恨，吾老矣”相呼应的。“天若有情天亦老”，江水是无情的，所以词人说不要问无情的江水，但实际上还是问了。一问“西风落日惨新亭，几人堕泪？”通过这一问，揭露了统治者苟安江左，不思收复失地的无能昏庸，现在连在新亭叹河山变色而一洒忧国忧民之泪的人都很难找到了。二问“战和何者是良筹？”偷安半壁的南宋统治者，当时沉醉在临安销金窟里，误国误民，战与和这样的问题都无法决策，所以答案是“扶危但看天意”。既然当朝者不能决策，那就只有听天由命了！

下阕写爱国志士的遭馋被黜，和作者对友人王的希冀。

“只今寂寞薮泽里”和王词“只今袖手野色里”相映照，写志士的遭谗被黜。“试问安危谁寄？定相将、有诏催公起。”这里作者直接动员王出山，干一番事业。王在词的结句中写“绝域张骞归来未？”对未来既存在希望，亦存有怀疑。曹豳则要王相信，“绝域张骞”会归来的，这就是王的东山再起。从中看出曹豳是很赏识王的才能的。认为他有相将之才，相信他能成就一番事业。

# 周文璞

**【作者介绍】**

周文璞，生卒年不详，字晋仙，号方泉，汝阳（今山东汶上）人。曾为溧阳县丞，与姜夔、葛天明、韩淲同时迭相唱和，与张端义交谊甚笃。宝庆间，江湖诗案发，文璞被累，遂以诗为讳。杨慎《词品》卷二："其字曰晋仙者，因名璞，义郭璞，故曰晋仙也。能诗词，好奇怪。有《灌口二郎歌》，为时所称，名望不减李贺。"

## 【一剪梅】

**风韵萧疏玉一团。更著梅花①，轻袅云鬟。这回不是恋江南。只是温柔，天上人间。**

**赋罢闲情共倚栏。江月庭芜，总是②销魂。流苏③斜掩烛光寒，一样眉尖，两处关山④。**

**【注释】**

①梅花：用陆凯赠范晔梅花事，见前。②总是：概括了思妇凡所触目，无不伤情之意。③流苏：指闺房中用羽毛或丝线做成的穗状垂饰，这里代指罗帐。④关山：双关词。眉之黑者，有以山状之，如"眼是眉山横"等；二眉中断，不能连接，犹关山之难越。而关山亦可用状眉之皱处峰起。

**【鉴赏】**

开篇"风韵萧疏玉一团。更著梅花，轻袅云鬟"三句着意描述女主人公美丽的容姿。直言其风韵萧娴，貌美如玉。再加上高耸的云髻上插梅花，随风摇曳。可谓人面、梅花两相映衬，使美人显得更加娇妩动人。一个"更"字突出美人——闺中思妇著意折梅为饰的举动。主人公为何著意于梅花，谈至下一句方始明白，原为词人在这里暗用"一枝春"典故。据《太平御览》收《荆州记》记述，南朝陆凯自江南折梅并赋诗寄赠远在长安的好友范晔。后常用此代指对家乡和友人的怀念。故而词人在抒写思妇“更著梅花”之后，明明白白地告诉读者，她“这回不是恋江南”。即言思妇这一次着意佩饰梅花并不是对江南故乡的思念。而“只是温柔，天上人间”之故。即只是因为曾经和自己恩爱谐处、度过一段神仙般的甜蜜生活的意中人已分手去了江南，而今自己是多么的孤苦寂寞！“温柔”二字是思妇“更著梅花”的真正原因。这正是她浓郁相思的情结所在。“天上人间”表明过去的温柔和现在的离索有如天壤之别。主人公对曾经有过的美好生活的珍惜、向往，全在后三句怅惘的情感中真挚质朴地流露出来。词的上阕表明主人公的情结所在。

接下来“赋罢闲情共倚阑”写女主人公赋诗完毕，带着闲愁倚栏凝望。赋诗、倚栏皆为排解闲愁之举，然而“剪不断，理还乱”，她看到的只是“江月庭芜，总是销魂”那令人销魂的一轮江月照耀着荒凉冷落的庭院之景。“总是”二字概括了思妇凡所触目，无不伤情之意。“江月”二句为全词抹上一层幽冷的色调。接着“流苏斜掩烛光寒”句，再一次为思妇空闺独守的环境的凄清色调浓抹一笔。流苏，指闺房中用羽毛或丝线做成的穗状垂饰，这里代指罗帐。这一句是说闺房内烛影摇曳，罗帐虚掩。一个“寒”字，把烛花绽满、烛光昏暗的闺房冷落气氛渲染到极点。结尾二句“一样眉尖，两处关山”对主人公忧思郁结、双眉紧锁的情态加以描述。眉尖、关山取古代形容佳人眉如远山之说以刻画思妇的外部面貌。下阕对主人公解不开的情结加以表述。

全词从思妇插梅为饰写起，引出她对当年与她相亲相爱而今分手而去江南的意中人无限留恋之情，以及别后的离索情怀。意脉断续自然，结构婉转流畅，颇能见出词人工致娴熟的填词技巧。

# 元曲

# 元好问

## 〔黄钟〕人月圆

**卜居[①]外家东园**

**重冈[②]已隔红尘[③]断，村落更年丰。移居要就、窗中远岫，舍后长松。**

**十年种木，一年种谷，都付儿童。老夫惟有、醒来明月，醉后清风。**

**【注释】**

①卜居：选择居住的地方。②重冈：重重叠叠的山峦。③红尘：指纷扰繁华的人世间。

**【鉴赏】**

元好问，金末元初的文学家、历史学家，北魏皇室的后裔，在文坛享有很高的声誉。

这首曲子写于蒙古太宗十一年，此时的元好问年已五十，在历尽磨难后终于又回到了故乡忻州（今属山西）秀容。回乡后首先遇到的就是选择住处的问题，这首曲子即缘此所作。他幼年由任县令的叔父抚养，少年时期生活富足，中年时虽然出仕却历尽离乱之苦，尝遍人间冷暖寒酸。金朝被蒙古所灭之后，元好问曾被蒙古兵俘虏，过了近五年阶下囚的生活。

这首曲子由自己选择居住于外家的原因写起：之所以选择居住在这里，是因为这里有世外桃源般的美景——窗外有远山如黛，屋后有巍峨长松。面对这样的佳境美景，作者在曲的下阕表达了清闲自在的喜悦之情：关于未来，还是留给年轻人去开拓吧！“老夫”醒来有明月相陪，醉后有清风相伴就够了。作者历经世事百态和离乱之苦，心中有很多不平要诉说，但千言万语又不知道该如何表达，只能寄情于山水、清风、明月和美酒。这首曲子从表面上看似乎是平静的，深处却蕴藏着令诗人忿愤的家国之痛。

## 〔中吕〕喜春来

**春宴（四首）**

**春盘[1]宜剪三生菜，春燕[2]斜簪七宝钗。春风春酝透人怀[3]。春宴排，齐唱喜春来。**

**梅残玉靥[4]香犹在，柳破金梢眼未开[5]。东风和气满楼台。桃杏拆[6]，宜唱喜春来。**

**梅擎残雪芳心奈，柳倚东风望眼开。温柔樽俎[7]小楼台。红袖[8]绕，低唱喜春来。**

**携将玉友寻花寨，看褪梅妆等杏腮。休随刘阮[9]到天台。仙洞窄，且唱喜春来。**

**【注释】**

①春盘：我国古代的一种习俗，就是在立春这天，将水果、春饼等装在盘内，赠送给亲友，以贺立春，所以称为春盘。②春燕：指少女的头饰。③春酝透人怀：春酝，春酒。透人怀，令人陶醉。④玉靥：这里是指梅花好像玉色的面颊。⑤眼未开：是说早春时节的柳条还没有完全展开。⑥桃杏拆：拆，即开放。桃杏拆，指桃花、杏花开放。⑦樽俎：樽是古代的酒器，俎是古代祭祀或宴会时放肉的器物，这里代指饮酒赏春。⑧红袖：指歌女。⑨刘阮：典故，刘指刘晨，阮指阮肇。相传永平年间，刘、阮二人同入天台山采药，路遇两个女子，邀他二人到家中作客，留住半年之久，后因思乡，还归故里，到家后始知子孙已历七世。

【鉴赏】

这首曲子着力描绘了春天万物复苏、一派生机勃勃的景象和人们的欢欣愉悦之情。

整首曲子由四首小令构成。第一首选取了春盘、春燕、春风、春酝这四种春天特有的景象，紧扣主题，渲染出了早春的气氛。作者通过动静结合的手法，用明快简洁的语言，给我们展现了一幅令人陶醉的迎春画卷。第二首写楼台欢宴之所见：梅花凋零，柳树发芽，桃杏绽放。在这里，一个“拆”字，化静为动，写活了桃杏花，也写活了整个春天。第三首集中笔墨描绘了春宴的情景：楼台前，春色迷人，生机勃勃；楼台里，人们围坐在宴席旁闲话家常，载歌载舞，乐享美酒佳肴，沉浸在一派欢乐喜庆的氛围里。第四首描写了宴会之后的景象，作者触景生情，感慨万千：要在春光大好之际尽情享受，尽情玩乐，挥洒喜悦，不要辜负了大自然赐予我们的美好。

这首曲子不拘一格，写得清新动人，寓情于景，在景物描写中蕴含了作者直面现实的人生态度，表达了诗人对抗元朝统治者的豪情壮志。

## 〔双调〕小圣乐

### 骤雨打新荷

**绿叶阴浓，遍池塘水阁，偏趁[①]凉多。海榴[②]初绽，朵朵蹙红罗。乳燕雏莺弄语，有高柳鸣蝉相和。骤雨过，琼珠乱撒，打遍新荷。**

**人生百年有几，念良辰美景，休放虚过。穷通[③]前定，何用苦张罗。命友邀宾玩赏，对芳樽[④]浅酌低歌。且酩酊[⑤]，任他两轮日月，来往如梭。**

【注释】

①趁：寻找。②海榴：即石榴。③穷通：逆境与顺境。④芳樽：这里指代美酒。⑤酩酊：喝醉酒的样子。

【鉴赏】

这支曲的上阕写景，在写景的过程中，作者运用了动静结合的手法，将景物描写得栩栩如生。首先是静态描写：池塘亭阁，绿树成荫，石榴花朵朵绽放，寥寥几笔便构筑了一处理想的、适于憩息的清净美好之地。紧接着，作者由静入动：写乳燕和雏莺窃窃私语，树上的蝉儿放声高歌，燕语蝉鸣，两相呼应，构筑了一幅和谐美好的图景。接下来，作者又写突有暴雨袭来，雨打荷叶，如珍珠落盘一般，使热闹中透露出点点幽静。曲的下阕由景物描写转入抒发感慨。“人生……张罗”是说人生苦短，命运是由上天安排好的，所以应该及时行乐。这里透出一种文人的风雅之气。

# 杨果

## 〔越调〕小桃红

**八首之一**

**碧湖湖上采芙蓉①，人影随波动，凉露沾衣翠绡重②。月明中，画船不载凌波梦③。都来一段，红幢翠盖④，香尽满城风。**

**【注释】**

①芙蓉：即荷花。②凉露沾衣翠绡重：采莲女因久立船头，露水打湿了绸衣，因而绸衣变得沉重。③凌波梦：即凌波曲。④红幢翠盖：幢，指旌旗。盖，指华盖。

**【鉴赏】**

这首曲子通过对湖上自然景色的描写，抒发了作者对美好爱情的向往。曲子以写景开头，交代了时间、地点、事件：借“人影随波动”描写人们采莲的动作，从侧面勾勒出人在莲花丛中穿梭采摘、热闹非凡的景象。同时也暗示了月光之静，与下文呼应。夜幕降临，露水沾湿了衣裳，让人感到阵阵凉意。“月明中，画船不载凌波梦”，面对此情此景，作者的凄清之感油然而生：波光粼粼的湖面上，荷花随风摇动，采莲人穿梭于荷叶之间，热闹非凡而自己却有一腔心事无处诉说，一个人孤独寂寞。“红幢翠盖，香尽满城风。”两句是作者的自慰：惆怅也无济于事，不如将孤单惆怅暂且放下，珍惜眼前的美景！于是最后作者又将视线投向了荷叶和荷花这样的自然美景。

这首曲子语言优美，清新流畅，寓情于景，于诗情画意之中寄托着绵绵哀思。

## 〔越调〕小桃红

**八首之二**

**满城烟水月微茫，人倚兰舟①唱，常记相逢若耶②上。隔三湘③，碧云望断空惆怅。美人笑道：莲花相似，情短藕丝长。**

【注释】

①兰舟：指采莲船。②若耶：溪名，以风景优美著名，在今浙江绍兴南诸暨县。③三湘：指湖南。

【鉴赏】

这首曲子描写了采莲女对情人的思念和对爱情的忠贞，表达了作者对爱情的赞美。

"满城烟水月微茫"写月色苍茫，水天一色，给人一种柔和静谧之感。月色使整个小镇变得朦胧，隐隐约约可以看到一个美人独倚兰舟，唱着当年与情人欢聚时的相思之曲的情景。当年的欢聚情景犹历历在目，物是人已非。如今，两人被三湘隔断，只留美人独自惆怅寂寥。一个"空"字，写出了女子与情人分别之后的寂寞与无奈。此处，作者将笔锋一转，由低沉转入明快：刚才还在为分离怅惘的女子突然莞尔一笑，以莲花自比，表示即使相隔再远，恋人之间的情感还是像藕丝一样绵绵不绝、难以斩断。

这首曲子清新明快，意境独特：美人独立于苍茫月色之下的孤舟之上，展现了一幅宁静美好的画面。美人思念远方的情郎，却没有浓厚的幽怨气氛，只是将淡淡的惆怅融入浓浓的思念中，甚至连这淡淡的惆怅也融化在那最后的莞尔一笑之中，随风而散，绵延悠长。

## 〔越调〕小桃红

**八首之三**

**采莲人和采莲歌，柳外兰舟过，不管鸳鸯梦惊破。夜如何①，有人独上江楼卧。伤心莫唱，南朝旧曲②，司马泪痕③多。**

【注释】

①夜如何：指夜已深。②南朝旧曲：指的是陈后主所制的《玉树后庭花》。③司马泪痕：由白居易《琵琶行》中“座中泣下谁最多，江中司马青衫湿”的句意浓缩而来。

【鉴赏】

这首曲子的主题是悼念亡金，作者将采莲的场景放置在深夜的湖面上，以动衬静，营造了一种凄清哀凉的氛围。作者通篇哀的并不是采莲女，而是被采莲歌惊动的江楼独卧人。

曲的前三句运用了白描的手法，描写了采莲女的生活情调，表现了其生活的轻松愉快，这种愉悦之情感染了身在异乡的作者，使作者也产生了欢愉之情。之后，作者笔锋一转，开始写哀情。“夜如何”三个字包含了作者无尽的怅惘：此番热闹的夜是属于采莲人的，自己又将怎么度过这漫漫长夜呢？最后，作者由采莲曲联想到南朝梁武帝萧衍所作的《采莲曲》，由于内心深处对金朝的故国情思依然深重，因而闻歌伤怀，伤心流泪。

这首曲子以乐景写哀情，用采莲女的欢歌笑语反衬作者内心的孤独悲凉，将采莲曲与南朝旧曲作对比，表达亡国之痛，具有很强的艺术感染力。

## 〔越调〕小桃红

**八首之四**

**碧湖湖上柳阴阴，人影澄波浸，常记年时对花饮。到如今，西风吹断回文锦①。羡他一对，鸳鸯飞去，残梦蓼②花深。**

【注释】

①回文锦：原指传统窗格里面的一种窗格布列方式。代指思妇寄给远方夫君的述情之物。②蓼：草名，多长于水边。

【鉴赏】

这首曲子首句写景，描写了清澈如玉的湖水、郁郁葱葱的柳树。“人影澄波浸”一句巧妙地完成了由写景到写人的过渡。人影幢幢，欢声笑语，使主人公产生了对往事的回忆。但回忆也只是寥寥一笔带过，“到如今”随即转入对现实的描写，并与“年时”形成强烈的对比。“西风吹断回文锦”，以典故暗喻离别之痛，更加渲染出一种惆怅的气氛。“羡他……花深”，写出了当主人公看着鸳鸯双飞，想到自己当年与情人比翼双飞的愿望早已被雨打风吹去了的惆怅之情。

这首曲子文风婉转低回，在写法上由景及人，又由人及景。作者借湖上美景衬托人物的悲剧命运和凄凉心情，这种表现手法近于婉约词，然而单曲中的语言却大多是平直的，反映了词曲过渡时期的特点。

## 〔越调〕小桃红

**八首之五**

**玉箫声断凤凰楼[1]，憔悴人别后，留得啼痕满罗袖。去来休[2]，楼前风景浑[3]依旧。当初只恨，无情烟柳，不解系行舟。**

**【注释】**

①凤凰楼：指女子居住的楼。②休：语末助词，无实义。③浑：都。

**【鉴赏】**

本曲开头的“玉箫声断凤凰楼”，化用了一个典故：根据《列仙传》的记载，春秋时的萧史善吹萧，秦穆公的女儿弄玉爱上了他，两人结为夫妇。秦穆公就盖了小楼让女儿住下，名为凤凰楼。夫妇两人整日在楼上吹萧唱和，终于有一天双双骑上凤凰仙去。这为全曲奠定了一种悲剧基调。第二句中凤凰楼的主人公出场了，她在楼上不安地走来走去，面容憔悴，满袖泪痕，是一个鲜活生动的怨妇形象。作者紧接着交代，是离别使主人公变成了这样。主人公望穿秋水地等候，但是“楼前风景浑依旧”。“浑依旧”三个字表现的内容十分残酷：一切如旧，曾经朝夕相处的心上人却离自己远去。“楼前风景”又勾起了她的恨：不怨自己留不住行人，只恨烟柳系不住行舟。“当初只恨”使用了倒装句式，起了突出强调的作用，暗示了女主人公对昔日别离之人的怀念。

全曲借物抒情，缠绵悱恻，委婉动人。通过描绘主人公的外貌、行为举止、所思所想，将主人公的离情别恨表现得淋漓尽致。

## 〔越调〕小桃红

**八首之六**

**芡[①]花菱叶满秋塘，水调谁家唱？帘卷南楼日初上。采秋香，画船[②]稳去无风浪。为郎偏爱，莲花颜色，留作镜中妆。**

【注释】

①芡：一种睡莲，俗称鸡头。②画船：这里指采莲船。

【鉴赏】

这首曲子歌颂男女之间纯洁的爱情。全曲以秋天的美好景色起笔：芡花娇艳，菱叶茂盛，池塘中一片生机勃勃的景象，微风送来了采莲姑娘们欢欣愉悦的歌声，这让忙碌了几个月的人们倍感喜悦。“帘卷南楼日初上”，道出了美好的季节让人们满怀憧憬：旭日东升，和煦的阳光透过珠帘映在姑娘满是喜悦的娇美面庞上。“采秋香，画船稳去无风浪”，寄予了主人公美好的愿望：这样美好的一天，相信划船采莲时肯定会顺顺利利，无风无浪。这句也含蓄地祝愿自己的爱情一帆风顺、幸福美满。“为郎……中妆”，通过细节形象地描绘出了热恋中幸福女子的娇羞与美丽，同时也表现了女子对于理想爱情的憧憬。

这首曲子寓情于景，情景交融，语言清新明快，自然淳朴，表现了一个纯情女子对于甜蜜爱情的幻想。

## 〔越调〕小桃红

**八首之七**

**锦城何处是西湖，杨柳楼前路？一曲莲歌碧云暮。可怜渠，画船不载离愁去。几番曾过[①]，鸳鸯汀下，笑煞月儿孤。**

【注释】

①几番曾过：指眼前采莲船穿梭的景象。

【鉴赏】

“锦城……前路”，这两句是说，锦城虽然很美，但毕竟不是自己最留恋的地方，作者最留恋的地方是自己以前呆过的地方，那里有作者太多太多的美好回忆，难以割舍。但是，如天堂的西湖和荫荫杨柳以及楼前小路在哪儿才能找到呢？“一曲莲歌碧云暮”，转入了对眼前实景的描写。在不知不觉中，夜幕降临，空气中传来了女子唱的采莲曲，悠扬动听。“可怜……愁去”，主要写尽管有如此美好的景物、美妙的歌声，也无法排解作者心头浓浓的落寞哀愁。“几番……孤”，最后这三句由实入虚，时空交错。眼前的采莲船络绎不绝，鸳鸯汀下，一对对相偎相依，热闹非凡，而只有自己形单影只，自怜自哀。时光匆匆、聚散难料的感慨油然而生。

这首曲子虚实结合，时空交错，将过去与现在交叉描写，给读者留下了广阔的想象空间，在凄凉中透露出一种浪漫的氛围。

## ［越调］小桃红

**八首之八**

**采莲湖上棹船[1]回，风约[2]湘裙翠[3]，一曲琵琶数行泪。望君归，芙蓉开尽[4]无消息。晚凉多少，红鸳白鹭，何处不双飞？**

【注释】

①棹船：即划船。棹，船浆。②约：相约。③湘裙翠：指代少妇。④芙蓉开尽：是说荷花凋谢，已到秋季。

【鉴赏】

这也是一首写少妇思夫的曲子。曲子开头便给读者设置了悬念，主人公去了采莲湖，是去采莲还是约会呢？下一句“风约湘裙翠”则暗示出主人公可能是出于排遣寂寞或忧愁而去采莲湖的。曲中的“风约”用拟人化的手法，给人诗情画意的想象。“一曲琵琶数行泪”，道出了女子对夫君的牵挂思念。直到“芙蓉开尽”，夫君还是一点音信也没有，心里的这番哀愁该如何排解？女子短暂的青春年华，怎么能禁得起这样漫长的等待呢？最后一句“晚凉多少”既是说自己，也表现了对远方丈夫的关心。如果和心爱的人在一起，无论“晚凉多少”，心里还是暖的。“凉”字一语双关，既指夜色清冷，也暗指心境的孤独凄凉。“红鸳白鹭，何处不双飞？”写主人公看到鸳鸯、白鹭都成双成对，睹物思人，自己内心的思念愈加强烈。

这首曲子情景交融，语言朴素清新，感情细腻真挚，隽永含蓄，耐人寻味。

## 〔越调〕采莲女

**三首之一**

**采莲湖上采莲娇，新月凌波[①]小，记得相逢对花酌[②]。那妖娆，殢人一笑千金少[③]。羞花闭月，沉鱼落雁，不恁也魂消。**

**【注释】**

①新月凌波：新月，形容女子眉毛之弯。凌波，形容女子的脚。②酌：喝酒。③殢：围绕，纠缠。

**【鉴赏】**

这首曲子主要塑造了一个容貌俊美的采莲女的形象。曲子开头，作者运用白描的手法，通过细致的观察，动静结合，整体勾勒出采莲女的形象，写出了采莲女的绰约风姿。接着，作者回想当年与美人初次相逢时对花酌饮的美好情景，不禁发出了“那妖娆，殢人一笑千金少”的赞叹。作者用具体的“千金”来衡量女子的倾国倾城，将女子的美貌表现得更加形象生动。“羞花……魂消”进一步表现女子令人销魂的美貌。作者用“花”“月”“鱼”“雁”这四种大自然中的美丽景物作比，对女子的容貌进行刻画，进一步表现出采莲女的美丽、娇艳。

作者将采莲女置于湖上采莲的大背景之中，采用动静结合的手法，使人与自然融为一体，给我们呈现了一个清丽脱俗、秀美灵动的采莲女形象。

## 〔越调〕采莲女

**三首之二**

**采莲人唱采莲词，洛浦神仙[①]似，若比莲花更强似。那些儿，多情解怕风流事。淡妆浓抹，轻颦[②]微笑，端的[③]胜西施。**

【注释】

①洛浦神仙：比喻采莲女的美貌。②轻颦：微微皱眉。③端的：表示惊叹的语气。

【鉴赏】

这首曲子集中笔墨塑造了一个容貌俊美的采莲女的形象。“采莲……强似”，刻画了采莲女美丽的容颜。她体态轻盈柔美、容颜鲜亮光彩，轻摇着船儿，轻唱着歌儿，从湖中心翩然而至，其美如洛神一般。“那些儿……胜西施”，则又写她姿态优美，明艳高雅，仪容安静，体态娴淑。采莲女的美，用难以语言形容，她的风情万种和名震天下的美女西施相比还更胜几分。

这首曲子语言明快自然、清丽婉约，既有正面描写，又有侧面烘托，将采莲女的华容刻画得淋漓尽致。



## 〔越调〕采莲女

**三首之三**

**采莲湖上采莲人，闷倚兰舟[①]问，此去长安路相近。恨刘晨[②]，自从别后无音信。人间好处，诗筹酒令，不管翠眉颦。**

【注释】

①兰舟：这里指采莲船。②刘晨：传说东汉初刘晨等人在天台山遇仙女。

【鉴赏】

这首曲子从采莲女的角度入手，表达了对心上人既爱又恨的复杂心情。

第一句“采莲……相近”，点明了地点和人物。在莲花朵朵、莲叶田田的湖面上，采莲女“闷倚兰舟”，一个“闷”字，形象地表现出了女主人公怅惘无奈的心绪，而一个“倚”字，更加烘托出女子惆怅郁闷、无心做事的心态。接着，“恨刘晨，自从别后无音信”解释了采莲女心中惆怅是因为思念远在长安的心上人。自从他离开之后，杳无音信，爱恋与思念因漫长的等待而变成了深深的愁苦与怨恨。这里引用刘晨的典故表现了采莲女的担心：害怕心上人流连外面的花花世界，贪图享乐而一去不复返。“人间……眉颦”，接着上句具体描写采莲女的担心。

这首曲子运用口语写成，通俗易懂。同时也采用了白描勾勒的手法，真实细腻地刻画了采莲女的心理活动。曲的前半部分着重抒发女主人公的惆怅寂寞之情，后半部分则写感情由爱转恨的起伏变化，真切自然。

## 〔仙吕〕翠裙腰

**莺穿细柳翻金翅，迁上最高枝，海棠零乱飘阶址。堕胭脂，共谁同唱送春词。**

**〔金盏儿〕减容姿，瘦腰肢，绣床尘满慵针指。眉懒画，粉羞施，憔悴死。无尽闲愁将甚比？恰如梅子雨丝丝[①]。**

**〔绿窗愁〕有客持书至，还喜却嗟咨，未委归期约几时，先拆破鸳鸯字[②]。原来则是卖弄他风流浪子。夸翰墨，显文词，枉用了身心空费了纸。**

**〔赚尾〕总虚脾，无实事，乔[③]问候的言辞怎使。复别了花笺重作念，偏自家少负你相思，唱道再展放重读，读罢也无言暗切齿。沉吟了数次，骂你个负心贼堪恨，把一封寄来书都扯做纸条儿。**

**【注释】**

①恰如梅子雨丝丝：这里比喻女子那难以捉摸的情绪。②鸳鸯字：指情书。③乔：假扮。

**【鉴赏】**

这首套数描写一个痴情女子对心上人的思念、盼望以及收到信件之后的愤恨与愁怨之情。第一首曲子给我们描绘了一幅莺歌燕舞的画卷：黄莺在细柳间翩翩起舞，海棠花在寒风中洒落一地，布满台阶。落红满地，可是有谁来同情怜惜呢？作者以落红营造了一种凄凉的意境，奠定了全曲凄婉哀怨的感情基调。第二首曲子用细腻的笔法描绘了女子的闲愁：女子因饱受相思之苦而形容憔悴，无心梳妆画眉。第三首曲子深刻地刻画出了女子由收到信时的欢喜雀跃到看完信后愤恨怨怒的心理变化。女子一心痴情地等待着心上人的归来，但当她苦苦等来心上人的书信时，结果却使她大失所望。自己苦苦守望的心上人只是在信中卖弄文采，夸夸其谈，一点也没有提到有关归期的信息。尾曲描绘了女子虽然怨恨却又思念的复杂心情：虽然心中怨恨，但终究还是重新打开信件，反复思量，终于看明白了那人的薄情寡义。

# 刘秉忠

## 〔南吕〕干荷叶

**八首之一**

**干荷叶[①]，色苍苍[②]，老柄[③]风摇荡。减了清香，越添黄。都因昨夜一场霜，寂寞在秋江上。**

【注释】

①干荷叶：指荷叶干后只剩光杆。②苍苍：指衰老。③老柄：即枯柄。

【鉴赏】

这首曲从秋天干枯的荷叶入手，寓情于景。“干……荡”，开门见山，描绘出深秋的萧瑟凄凉之景。“减了清香，越添黄”，鲜明地描绘出秋天荷塘的景致，“减”与“添”相对，描绘出凄凉之景。“昨夜霜”补充说明了萧瑟的原因，是一场秋霜的结果。“寂寞在秋江上”一句背景寥廓，渲染了萧索凄凉之感。此曲情景交融，流露出浓浓的伤感。这种伤感与惋惜不能理解为一种消极的绝望与无奈，因为因美好的事物消失而产生的那种留恋、感伤及惋惜，是一种普遍的人类情感。

本曲语言简洁流畅，通俗易懂，句式长短相间，错落有致，借用起兴手法，寓意深刻，耐人寻味。

## 〔南吕〕干荷叶

**八首之五**

**南高峰，北高峰[①]，惨淡烟霞洞[②]。宋高宗[③]，一场空。吴山[④]依旧酒旗风，两度江南梦[⑤]。**

【注释】

①南高峰、北高峰：在杭州西湖边上，两峰遥遥相对，为西湖十景之一。②烟霞洞：在南高峰下的烟霞岭上，为西湖最古老的山洞。③宋高宗：即赵构。④吴山：俗称城隍山。⑤两度江南梦：指五代吴越和南宋王朝都建都杭州，后又都亡国。

【鉴赏】

本曲借赞美杭州之景抒发朝代更迭，世事变迁的沧桑之感。杭州的南高峰和北高峰是西湖十大美景之一，久负盛名。在南高峰烟霞岭下的烟霞洞也颇有盛名。而这里却是"惨淡烟霞洞"，用"惨淡"来形容双峰和山洞之景，使全曲有了一种悲凉的氛围。虽然南宋苟延残喘了百余年，但最终还是落得一场空，只有那西湖边上的南北两座高峰，烟霞岭上的烟霞洞不曾改变。世事繁华，最终不过如此。宋高宗和过去的吴越王都曾在这里做过美梦，但繁华就如过眼烟云，梦最终还是要醒的。

作者借西湖的景物表达了对于朝代更迭、历史沧桑的感慨。全曲还透露出万物皆空的禅意。

## 〔双调〕蟾宫曲（四首）

**盼和风春雨如膏[①]。花发南枝，北岸冰销。夭桃[②]似火，杨柳如烟，穰穰[③]桑条；初出谷黄莺弄巧，乍衔泥燕子寻巢。宴赏东郊，杜甫游春，散诞逍遥。**

**炎天地热如烧。散发披襟[④]，纨扇轻摇。积雪敲冰，沉李浮瓜[⑤]，不用百尺楼高；避暑凉亭静扫，树阴稠绿波池沼。流水溪桥，右军[⑥]观鹅，散诞逍遥。**

**梧桐一叶初凋。菊绽东篱，佳节登高[⑦]。金风[⑧]飒飒，寒雁呀呀，促织[⑨]叨叨；满目黄花衰草，一川红叶飘飘。秋景萧萧，赏菊陶潜，散诞逍遥。**

**朔风瑞雪飘飘。暖阁红炉⑩，酒泛羊羔⑪。如飞柳絮，似舞蝴蝶，乱剪鹅毛；银砌就楼台殿阁，粉妆成野外荒郊。冬景寂寥，浩然踏雪，散诞逍遥。**

**【注释】**

①春雨如膏：膏：油。早在《诗经》中，人们就把春雨称作“膏雨”，加以赞美。②夭桃：指茂盛而艳丽的桃花。③穰穰：兴盛的样子。④散发披襟：披着头发，敞开衣服。⑤沉李浮瓜：李子好的在水中沉，瓜好的在水面浮。⑥右军：指王羲之。⑦佳节登高：指每年重阳节（农历九月初九）登高望远的习俗。⑧金风：秋风。⑨促织：蟋蟀的别名。⑩暖阁红炉：指有炉火取暖的小阁。⑪酒泛羊羔：山西汾县所产的一种酒叫羊羔酒，呈白色晶莹状。

**【鉴赏】**

这首组曲，表现了作者在一年四季之中自由闲适的生活以及淡泊文雅的情趣。第一首咏春。“盼和风春雨如膏”，一个“盼”字，表明了作者对于春天的盼望和喜爱之情。接着，作者描绘了一幅色彩斑斓的春光图：百花开放，百鸟齐鸣，生机勃勃，热闹非凡。最后三句表现出了想要逍遥快活的愿望。第二首咏夏。开头一句“炎天地热如烧”，一个“烧”字便点出了夏日的酷暑难耐。接下来“散发……池沼”，写绿荫下碧波荡漾的池塘是乘凉的最好地方，营造出了一个“阴”“绿”“幽”的环境，传达出丝丝凉意。作者在清净的凉亭里，悠闲自得，率性而为。接着，作者以王羲之自比，将自己也提升到文人雅士一列。人与自然的和谐表现了作者的高雅情趣。第三首咏秋。首句“梧桐一叶初凋”点明秋意。“菊绽东篱”表现了淡雅的心境。“佳节登高”引出下文登高的所闻所见：“金风”“寒雁”“促织娘”“黄花”“衰草”“红叶”，色彩斑斓，意境开阔。最后“秋景……逍遥”，呼应了上文的“菊绽东

篱”，表达了虽然眼前秋景萧瑟，但仍然开阔洒脱的心境。最后一首咏冬。“朔风瑞雪飘飘”点明季节，屋外寒风凛冽，雪花纷飞，银装素裹，已如冰雕玉砌，而作者却悠然地坐在炉火通明的暖室内饮酒，孤高淡泊。然而面对这样的景致，作者又不禁走出暖室，“浩然踏雪”，表现了其高雅的生活情调。

# 杜仁杰

## 〔般涉调〕耍孩儿

庄家不识构阑[①]

风调雨顺民安乐，都不似俺庄家快活。桑蚕五谷十分收，官司无甚差科[②]。当村许下还心愿，来到城中买些纸火[③]。正打街头过，见吊个花碌碌纸榜，不似那答儿闹穰穰人多。

〔六煞〕见一个人手撑着椽做的门，高声的叫“请请”，道“迟来的满了无处停坐”。说道“前截儿院本《调风月》[④]，背后么末敷演《刘耍和》[⑤]”。高声叫“赶散易得，难得的妆哈[⑥]”。

〔五煞〕要了二百钱放过咱，入得门上个木坡，见层层叠叠团圞坐。抬头觑是个钟楼模样，往下觑却是人旋窝。见几个妇女向台儿上坐，又不是迎神赛社[⑦]，不住的擂鼓筛锣。

〔四煞〕一个女孩儿转了几遭，不多时引出一伙。中间里一个央人货[⑧]，裹着枚皂头巾顶门上插一管笔，满脸石灰更着些黑道儿抹。知他待是如何过？浑身上下，则穿领花布直裰[⑨]。

〔三煞〕念了会诗共词，说了会赋与歌，无差错。唇天口地无高下，巧语花言记许多。临绝末[⑩]，道了低头撮脚，爨罢将么拨[⑪]。

〔二煞〕一个妆做张太公，他改做小二哥，行行行说向城中过。见个年少的妇女向帘儿下立，那老子用意铺谋待取做老婆。教小二哥相说合，但要的豆谷米麦，问其布绢纱罗。

〔一煞〕教太公往前挪不敢往后挪，抬左脚不敢抬右脚，翻来覆去由他一个。太公心下实焦躁，把一个皮棒槌[⑫]则一下打做

**两半个。我则道脑袋天灵破，则道兴词告状，刬地大笑呵呵⑬。**

**〔尾〕则被一胞尿，爆的我没奈何，刚捱刚忍更待看些儿个，枉被这驴颓⑭笑杀我。**

**【注释】**

①构阑：即勾栏。②差科：指差役和赋税。③纸火：即纸钱。④《调风月》：元代经常上演的一个剧本。⑤幺末：杂剧脚色名称。⑥妆哈：指勾阑里的演出。⑦迎神赛社：迎神是旧时一种祈福免灾的活动，赛社则是我国古代的遗俗之一，源于周代十二月的蜡祭。⑧央人货：害人精。⑨直裰：宋朝时古人的服饰款式之一。⑩临绝末：到末了。⑪爨罢将幺拨：爨，也叫爨弄，是宋、金杂剧里一种简短的表演，这里指开场的小演唱，也叫“艳段”。么，即为幺末，指杂剧。⑫皮棒槌：又叫磕瓜，是副末打诨时用的，槌头用软皮包棉絮做成，打时不会痛。⑬刬地大笑呵呵：平白地大笑了一场。刬地，平白地。⑭驴颓：公驴生殖器。

**【鉴赏】**

这套套数由七支曲子和一个尾声组成，带有戏谑意味地描写了一个庄户人家第一次在城里勾栏看戏的情景。

第一首曲子讲述了庄稼汉进城的原因：风调雨顺，官府也征税不多，有了好收成就觉得是神灵庇佑，于是便进城买香火还愿。经过街市时，看见了榜文。这些都为庄稼汉入勾栏看戏埋下引子。〔六煞〕写庄稼汉听到把门的大声吆喝：“来迟了的没处坐”，又预报了当天的剧目是：“院本《调风月》”和“幺末《刘耍和》”，并对剧情做了绘声绘色的描述，这些使他好奇了，于是他花钱进了勾栏。〔五煞〕写庄稼汉咬牙花了二百钱进勾栏看戏，只见几个女艺人坐在台上，观众层层围坐在台下。“抬头觑是个钟楼模样”指出了当时剧场的形状酷似钟楼，“往下觑却是人旋窝”表现了剧场的生意兴旺。〔四煞〕〔三煞〕描绘了演出开始前的场景以及演员的表演。用庄稼汉的口吻来讲述台上的人物及表演。〔二煞〕〔一煞〕讲的是《调风月》的剧情，描绘了具体的演出情形：张太公和小二哥进城，看见一个漂亮的少妇站在帘下，张太公想娶她，于是叫小二哥去说媒，要什么他都答应。结果小二哥趁此戏弄他，让他看得见，摸不着，只能干着急。太公恼怒，用皮棒槌打小二哥，结果棒槌裂成两半达到了全剧的高潮，也突出了“庄家不识构阑”这一主题。庄稼汉吓坏了，以为太公将小二哥的天灵盖敲碎，以为要惹上官司，没想到看戏的人却因为有趣而哈哈大笑。〔尾〕写庄稼汉内急，本来准备憋着多看一会儿，结果跟着台上人一笑却不得已离场，临走还骂了句粗话，将庄户人泼辣的性格特点活脱脱表现了出来。

# 王和卿

## 〔仙吕〕醉中天

咏大蝴蝶

**挣破庄周梦，两翅架东风。三百座名园，一采一个空。难道风流种[①]？唬杀[②]寻芳的蜜蜂。轻轻的飞动，把卖花人扇过桥东。**

【注释】

①难道风流种：难道，很难用言语表达。②唬杀：吓唬。

【鉴赏】

这是一首咏物曲子。首句化用庄周梦蝶的典故。“挣”字表现出了蝴蝶的力气之大，为下文做了铺垫。“两翅架东风”表现了蝴蝶之大，采花速度之快。“一采一个空”，两个“一”字相比照，描写了大蝴蝶的迅速敏捷。“难道风流种？唬杀寻芳的蜜蜂”两句，用拟人的手法道出了蜜蜂的心态。大蝴蝶采花的速度如此之快，吓唬住了常年辛勤采蜜的蜜蜂。这样还不够，蝴蝶还恋着卖花人的担子，把他扇过了桥东。如此大的力气，读者难以想象蝴蝶之大。

这首曲子想象奇特，气魄雄伟，综合运用了想象、夸张、比喻、象征的表现手法，语言诙谐风趣、生动幽默，想象奇特，气魄雄伟。全曲不论是写大蝴蝶的来历、采花的本领，还是它的神力，都极尽夸张之能事，形象生动。

## 〔仙吕〕一半儿

题情（四首）

**鸦翎般水鬓似刀裁[①]，小颗颗[②]芙蓉花额儿[③]窄。待不梳妆怕**

娘左猜[4]，不免插金钗。一半儿鬅松[5]一半儿歪。

书来和泪怕开缄，又不归来空再三。这样病儿谁惯耽？越恁瘦岩岩[6]。一半儿增添一半儿减。

将来书信手拈着，灯下姿姿[7]观觑了。两三行字真带草。提起来越心焦，一半儿丝挦[8]一半儿烧。

别来宽褪缕金衣[9]，粉悴烟憔[10]减玉肌。泪点儿只除衫袖知。盼佳期，一半儿才干一半儿湿。

【注释】

①鸦翎：乌鸦尾巴上的羽毛。②小颗颗：水灵灵。③花额儿：像花一样的额头。④待不梳妆怕娘左猜：待，准备。左猜，怀疑。⑤鬅松：即蓬松。⑥岩岩：消瘦貌。⑦姿姿：仔细地看。⑧丝挦：扯成丝，撕成片。⑨别来宽褪缕金衣：宽褪，因身体消瘦，衣服变得宽大不合体。缕金衣，指用金色丝线缝制的衣服。⑩粉悴烟憔：指容颜憔悴。

【鉴赏】

这四首曲子描写了一个闺中女子从早上到晚上的心情，通过四个生活片段，将她收到远方情人书信后的心理刻画得细腻逼真，淋漓尽致。第一首写女子相思的情态：因思念远方的心上人，女子心神不安，起床后都不想梳洗打扮了，因为怕母亲追问才勉强插上金钗，可发髻还是一半儿蓬松一半儿歪。通过这个小小的动作，揭示了在封建礼教束缚下的女子对于爱情的矛盾心理。第二首刻画了少女接到心上人书信时的心态：她激动地含着泪水，急切地想知道信中的内容，但是又害怕拆开，心里非常矛盾。由于相思成疾，终日无精打采，她心中的愁苦越来越深，身子也越来越消瘦。第三首描写了女子在灯下看信的急切心情。她在灯下仔细地看着，信很短，还因字迹太潦草看不清，女子越看心里越着急，等看完之后她才发现原来心上人是随便写几个字来敷衍她的，于是她气愤地将来信撕碎烧毁了。这寥寥几行字，就将女子焦灼、失望以及气愤的种种情态活灵活现地刻画了出来。第四首描绘了入夜后女子的痛心。女子因思念而日渐消瘦，内心的酸楚无人诉说，只能在夜深人静时偷偷流泪。

这四首曲子的最后一句都用了曲牌名“一半儿”，将感情推向高潮，取得了很好的艺术效果。

## 〔双调〕拨不断

**大鱼**

**胜神鳌[1]，卷风涛，脊梁上轻负着蓬莱岛。万里夕阳锦背[2]高，翻身犹恨东洋小。太公怎钓[3]？**

【注释】

①神鳌：传说中一种有神力的大乌龟。②锦背：指美丽的脊背。③太公怎钓：这里抒发元代知识分子壮志难酬的悲痛之情。

【鉴赏】

这首曲子想象独特，夸张大胆，描写了一只硕大神奇、力大无比的鱼。神话里能背负起蓬莱仙岛的力大无穷的神鳌就令人惊叹了，然而作者说这只大鱼要胜于神鳌，力大无穷的神鳌尚需要轮番背负蓬莱岛，而大鱼背负起来却如此轻松，这令我们难以想象。这种震撼紧紧抓住了读者的胃口。接下来的描写更加神奇，大鱼像巨龙一样，在夕阳的照耀下露出美丽的脊背。这从侧面表现出大鱼的美，这种美是一种雄壮之美。它在广袤的海洋里尚不能自由地翻身，可见其大。结尾一句“太公怎钓”说就连善钓的姜太公对这条大鱼也没办法。统观全曲，作者对这条大鱼是极尽夸张之能事的。作者极力夸大这条大鱼有着深层的寓意，这条大鱼象征了当时身在社会底层、遭受歧视的知识分子，他们满腹经纶，但生不逢时，无用武之地，于是便对现实充满不满。作者写这条大鱼的胸怀与抱负，表现了当时底层知识分子壮志难酬的无奈与苦闷。

# 盍西村

## 〔越调〕小桃红

临川八景（莲塘雨声）

**忽闻疏雨打新荷，有梦都惊破。头上闲云片时过，泛清波[1]。兰舟饱载风流货[2]，诸般小可[3]。齐声高和，唱彻采莲歌[4]。**

【注释】

①泛清波：指在荷塘中泛舟。②饱载风流货：饱载，载满之意。风流货，指女子的风貌优美。③诸般小可：赞美女子的美貌。④采莲歌：乐府曲名，也叫采莲曲，是流行于南方的民歌。

【鉴赏】

这首曲子是《临川八景》组曲第八首，通过描写临川（今江西抚州）的风物人情，表现作者的欢乐情怀。曲子开头“忽闻……惊破”，描写雨点打在新生的荷花上，将作者从睡梦中惊醒。接下来两句写从梦中惊醒之后，作者去荷塘泛舟，看到荷塘美景，心情欢畅不已。“头上闲云片时过”，不仅描写白云的悠闲自得，也表现出自己心情的悠闲自得。“泛清波”，写作者乘坐小舟，游荡在清澈见底的荷塘之中。“兰舟饱载风流货，诸般小可”写出了“泛清波”的目的和悠闲的原因。曲子的最后两句具体描绘了泛舟时的热闹场景：一群在荷塘清波中荡舟的青年男女们，彼此唱和着《采莲曲》，欢乐无比。

## 〔双调〕快活年

**闲来乘兴访渔樵，寻林泉[1]故交。开怀畅饮两三瓢。只愿身安乐，笑了重还笑，沉醉倒。**

【注释】

①林泉，指隐居之地。

【鉴赏】

这首曲子写作者赴林泉寻亲访友，开怀畅饮的情景，表达了作者对于世俗社会和官场世界的厌恶。曲子开篇三句描写了作者在公务闲暇之时，乘兴去游赏山水名胜，拜访退隐林泉的老朋友。此处“寻林泉故交”，表明曲中主人公的知己好友都是些农民、渔夫或者隐居之士，从侧面表现了作者品质的高洁。第三句言相会时的情景：“开怀畅饮两三瓢”。昔日的挚友，此时已一个在官场，一个在林泉，身处两个不同世界，彼此间可免除世俗社会中人与人之间的种种戒备，所以得以“开怀畅饮”。最后三句“只愿……倒”，表达了主人公的心愿：只希望身体安康，心情愉悦。

这首曲子立意简单，语言平白易懂，爽朗明快，但很有韵味。

# 商 挺

## 〔双调〕潘妃曲（十九首选三）

**断肠关山[①]传情字，无限伤春事，因他憔悴死。只怕傍人问着时。口儿里强推辞，怎瞒得唐裙裢[②]。**

**闷酒将来刚刚[③]咽，欲饮先浇奠，频祝愿。普天下心厮爱[④]早团圆。谢神天，教俺也频频的勤相见。**

**一点青灯[⑤]人千里，锦字[⑥]凭谁寄，雁来稀。花落东君也憔悴[⑦]。投至望君回，滴尽多少关山泪。**

**【注释】**

①关山：这里是指恋人远游之地。②唐裙：裙幅较多的长裙上折叠的痕迹。裢：衣裙的折纹。③刚刚：形容勉强。④心厮爱：厮，互相。心厮爱，指真心相爱。⑤一点青灯：极言孤单。⑥锦字：在这里指妻寄夫的书信。⑦花落东君也憔悴：暗指自身在相思中衰老。

**【鉴赏】**

商挺有〔双调·潘妃曲〕十九首，写的都是闺阁中的情事，表现相思之情。第一首描写了女子的相思。曲子的前两句感情饱满丰富，意蕴深沉。“断肠关山传情字”句中，以“断肠”为中心，点明女子思念的心上人远在天边，令人柔肠寸断。“肠断”“伤春”“憔悴死”表现女子的情深意切。“傍人问着”，嘴上只能“强推辞”，暗示女子的愁肠无人诉说。“怎瞒得过唐裙裢”，写虽然自己在人前强颜欢笑，但是为伊憔悴，衣带渐宽，自己的形销骨立还是瞒不住身上的衣裳。这就使全曲显得婉转深邃。第二首写的是一名女子借酒解闷，祷祝自己与情人能时常相见。这首曲的开头直抒胸臆，说自己与相爱的人不能相见，想要借酒消愁。但又因为相思情重，面对美酒却难以下咽。于是在独饮之前，先将一杯酒奠在地上，祈祷上苍，希望老天保佑有情人能终成眷属，自己能不再受相思之苦。这首曲子内容简单，语言通俗，平白如话。第三首写的是游子不归，女子相思难耐，终于鼓起勇气提笔写信催促心上人早些回来。开头写了这样一幅场景：暗沉的夜里微光下，女子满怀希望，给远在千里之外的心上人写信。灯光微弱昏暗，显示出了女子内心的凄凉。“锦字凭谁寄？”这句自问道出了女子心中的郁结所在：相隔太远，传书的雁儿也没有踪影，相思无处寄托。“花落东君也憔悴”是愁闷无边的女子眼中残春的写照，虽然表达的是女子想象中春神的憔悴，实际却是女子自怜自己在相思中衰老。虽然伤心忧愁，但是又不放弃对心上人归来的希望，依然“投至望君回”。一个“望”字，将女子既企盼又疑虑、既希望又失望的复杂心情表现了出来。

# 胡祗遹

## 〔仙吕〕一半儿

**四景（之三）**

**荷盘减翠菊花黄，枫叶飘红梧干苍。鸳被不禁[①]昨夜凉。酿[②]秋光，一半儿西风一半儿霜。**

**【注释】**

①不禁：禁不住。②酿：这里指造就。

**【鉴赏】**

这首曲子开头两句以荷、菊、枫、梧布景，构成了一幅色彩斑斓却又苍凉悲怆的秋景图。“荷盘……干苍”，写荷丛残败，消减了翠绿的容光，菊花却金灿灿一片；枫叶渐渐吐红，而梧桐却越来越苍老。荷与菊，一个“减翠”，一个“添黄”，枫树与梧桐，一个“飘红”，一个“干苍”，前后呼应，对比鲜明，充分地表现出了秋意渐浓的意象。第三句由写景转入写人。“鸳被”表明主人公的身份——一名闺中女子。“不禁昨夜凉”表明她昨晚没有睡好。夜深难眠，是因夜凉，还是有别的缘由，作者给读者留下了想象的空间，引发读者好奇，同时也增加了秋天的悲凉情调。最后一句“酿……霜”，是什么造就了秋天的气象呢？一半儿是漫天的秋风，一半儿是满地的清霜。“酿”字在这里，将自然拟人化，将“秋光”的形成延展为渐进的过程，使下面的“西风”与“霜”在“酿”的动态下延展开来，填满在“秋光”的图景里。从这里我们隐约可以看见她度日如年的愁容。至于为何如此则给读者留下了无限的想象空间。

# 〔中吕〕阳春曲

**春景（三首）**

**几枝红雪墙头杏[1]，数点青山屋上屏[2]。一春能得几清明。三月景，宜醉不宜醒。**

**残花酝酿蜂儿蜜，细雨调和燕子泥。绿窗春睡觉来迟。谁唤起，窗外晓莺啼。**

**一帘红雨[3]桃花谢，十里清阴柳影斜。洛阳花酒一时别[4]。春去也，闲煞旧蜂蝶。**

**【注释】**

①几枝红雪墙头杏：指杏花。②屏：指青山之美，如挡风或作蔽障的屏风。③红雨：比喻花凋落。④洛阳花酒：代指春天。

**【鉴赏】**

这三首曲子都借景抒情。第一首曲开头“几枝红雪墙头杏，数点青山屋上屏”，墙头上点缀着轻盈晶莹的红色雪花一样的杏花，屋后的远山星星点点，宛如大自然创造的屏风。“几枝”“数点”点明时节是春天。“一春能得几清明”，春天中能有几个这样的好时令，作者不禁感慨：“三月景，宜醉不宜醒”。人生得意须尽欢，还是把握大好春光，把酒言欢吧。第二首由写景转向写人。“残花……泥”，用简洁的笔墨，自然生动地描绘了蜂酿蜜、燕衔泥的场景。“残花”表明时节是暮春。“绿窗………莺啼”，写人沉醉在春景中迟迟未醒，突然听到窗外莺歌燕语，

惊醒了春梦。第三首写春归时的景色。“一帘……斜”，借景抒情。“一帘”与“十里”相对，“红雨”与“清阴”相衬，色彩鲜明。虽然暮春时节景致如画，可惜美景难长。一句“春去也，闲煞旧蜂蝶”将惜春之情表现得淋漓尽致。此处作者借蜂蝶的依依不舍，衬托出人对春天的无限留恋。物犹如此，人何以堪啊？

## 〔中吕〕快活三过朝天子

**赏春**

**梨花白雪飘，杏艳紫霞消。柳丝舞困小蛮腰①。显得东风恶②。**

**野桥，路迢，一弄儿③春光闹。夜来微雨洒芳郊，绿遍江南草。蹇驴山翁④，轻衫乌帽，醉模糊归去好。杖藜⑤头酒铫⑥，花梢上月高，任拍手儿童笑。**

**【注释】**

①小蛮腰：指年轻女子的细腰。②恶：即猛的意思，表示东风劲吹。③一弄儿：指所有的，或一味的。④蹇驴山翁：蹇驴，跛足的驴。山翁，即山简，字季伦，晋时人，好酒，作者在这里以山简自喻。⑤杖藜：即藜杖，藜茎所作的杖。⑥铫：吊子，一种有柄有流的小烹器。

**【鉴赏】**

这首带过曲〔快活三〕四句都是表现春景，〔朝天子〕描写赏春。开头“梨花白雪飘，杏艳紫霞消”，先写梨花与杏花的凋零：梨花带雨，簌簌飘落；杏花怒放，色彩渐褪。“柳丝舞困小蛮腰”，写柳枝在春风中翩翩起舞，婀娜多姿。“显得东风恶”，写正是由于东风，才使得梨花飘如白雪，柳条婀娜起舞。这里，“恶”既显示了东风的强劲，也显示了作者的疼惜和深爱，如此大好的春光，都是得益于春风的吹拂。“野……光闹”，一个“闹”字，营造意境，将春光表现得极为生动，色彩鲜明。“夜来……南草”，点明了时间、气候和环境，字里行间都流露出人们的喜悦之情。至此，赏春者的形象才正面显现出来。作者在这里以“蹇驴山翁”自比，表现了其对世俗社会和为官生涯的厌恶，表达了对山林隐逸生活的向往之情。最后两句“花梢上月高，任拍手儿童笑”，点明了时间，描绘出乡村生活的全景。

这首曲子内容充实，层次分明，将春景写得栩栩如生。最后作者又以“蹇驴山翁”自比，寓意深刻，耐人寻味。

# 伯颜

## 〔中吕〕喜春来

**金鱼玉带罗襕扣①，皂盖朱幡列五侯②。山河判断③在俺笔尖头。得意秋④，分破⑤帝王忧。**

**【注释】**

①金鱼玉带罗襕扣：金鱼，标志官阶的一种佩饰。罗襕，绮罗袍，元朝以丝罗制的官服。②皂盖朱幡：黑色车盖红色旗帜，是官员出行时的仪仗。③判断：即掌握。④得意秋：指称心如意的时光。⑤分破：分减、减少。

**【鉴赏】**

伯颜，元代著名的政治家、军事家，文武双全。这首曲子虽然篇幅短小，但气势恢宏。开头两句显示出一种华贵和踌躇满志之气。“金鱼玉带罗襕扣，皂盖朱幡列五侯”，表明作者已身居高位，势大权重。“山河判断在俺笔尖头”一句背景寥廓，大有站在山河之巅，俯瞰苍茫大地，指点江山、激扬文字之感，倾泻出一派豪迈之情。一个“俺”字，粗犷朴实，突显了人物的真实感。结尾“得意秋，分破帝王忧”抒发了作者的豪情壮志：建功立业并非是要荣华富贵，而是要为帝王分忧。作为一个武将，不仅有为帝王分忧的铁血丹心，还有如此文采，文才武略兼备，实在令人赞叹！

# 不忽木

## 〔仙吕〕点绛唇

辞朝

宁可身卧糟丘[1]，赛强如命悬君手[2]。寻几个知心友，乐以忘忧，愿作林泉[3]叟。

〔混江龙〕布袍宽袖，乐然何处谒[4]王侯。但樽中有酒，身外无愁。数着残棋[5]江月晓，一声长啸海门秋。山间深住，林下隐居，清泉濯足。强如闲事萦心，淡生涯一味谁参透。草衣木食，胜如肥马轻裘。

〔油葫芦〕虽住在洗耳溪边不饮牛[6]，贫自守。乐闲身翻作抱官囚[7]。布袍宽褪拿云手，玉萧占断谈天口。吹箫仿伍员，弃瓢学许由[8]，野云不断深山岫，谁肯官路里半途休。

〔天下乐〕明放着伏事君王不到头[9]，休休，难措手。游鱼儿见食不见钩，都只为半纸功名一笔勾，急回头两鬓秋[10]。

〔哪吒令〕谁待似落花般莺朋燕友[11]，谁待似转灯般龙争虎斗[12]。你看这迅指间乌飞兔走[13]，假若名利成，至如田园就，都是些去马来牛[14]。

〔鹊踏枝〕臣则待醉江楼，卧山丘。一任教谈笑虚名，小子[15]封侯。臣向这仕路上为官倦首，枉尘埋了锦带吴钩[16]。

〔寄生草〕但得黄鸡嫩，白酒熟，一任教[17]疏篱墙缺茅庵漏。则要窗明炕暖蒲团厚，问甚身寒腹饱麻衣旧。饮仙家水酒两三瓯，强如看翰林风月[18]三千首。

〔村里迓鼓〕臣离了九重宫阙，来到这八方宇宙[19]。寻几个诗朋酒友，向尘世外消磨白昼。臣则待领着紫猿，携白鹿，跨苍虬[20]。观着山色，听着水声，饮着玉瓯，倒大来[21]省气力如诚惶顿首。

〔元和令〕臣向山林得自由，比朝市内不生受[22]。玉堂金马[23]间琼楼，控珠帘十二钩。臣向草庵门外见瀛洲[24]，看白云天尽头。

〔上马娇〕但得个月满舟，酒满瓯，则待雄饮醉时休。紫箫吹断三更后，畅好是休，孤鹤唳一声秋。

〔游四门〕世间闲事挂心头，唯酒可忘忧。非是微臣常恋酒，叹古今荣辱，看兴亡成败，则待一醉解千愁。

〔后庭花〕拣溪山好处游，向仙家酒旋篘[25]。会三岛十洲[26]客，强如宴公卿万户侯[27]。不索你问缘由，把玄关泄漏。这箫声世间无，天上有，非微臣说强口[28]。酒葫芦挂树头，打鱼船缆渡口。

〔柳叶儿〕则待看山明水秀，不恋您市曹中物穰人稠。想高官重职难消受，学耕耨[29]，种田畴，倒大来[30]无虑无忧。

〔赚尾〕既把世情疏[31]，感谢君恩厚，臣怕饮的是黄封御酒[32]。竹杖芒鞋[33]任意留，拣溪山好处追游。就着这晓云收，冷落了深秋，饮遍金山月满舟。那其间潮来的正悠，船开在当溜[34]，卧吹箫管到扬州。

【注释】

①糟丘：指酒。②赛强如命悬君手：比把自己的命运交给君王好。③林泉：隐逸之地。④谒：拜见，拜访。⑤数着残棋：数着没有下完的棋局。⑥洗耳溪边不饮牛：传说尧要禅位给许由，许由不愿便跑去河边洗耳，巢父害怕许由洗耳朵的水弄脏了牛的口，所以就把牛牵到上游去饮。⑦抱官囚：指贪图利禄富贵者。⑧吹箫仿伍员，弃瓢学许由：此处连用两个典故。意思是说自己愿像伍员那样安守贫寒，像许由那样渴求清静。⑨明放着伏事君王不到头：明放着，很明白。不到头，不会有什么好结果。⑩两鬓秋：指两鬓斑白。⑪莺朋燕友：指朋友，这里比喻女子。⑫龙争虎斗：指追名逐利特别激烈。⑬你看这迅指间乌飞兔走：迅指间，一伸手指的功夫，形容特别快。乌飞兔走，乌指太阳，兔指月亮，指日日夜夜。⑭假若名利成，至如田园就：如果名利上取得了成就，置办上了田园的话。⑮小子：此指地位卑微的男人。⑯锦带吴钩：指古人佩带的锦制丝带和刀剑。⑰一任教：任凭它，随便。⑱翰林风月：翰林，

此指文坛。风月，喻男女间情事。⑲九重宫阙：古代天子所居之处。⑳虬：传说中的一种龙。㉑倒大来：到头来，最后。㉒比朝市内不生受：朝市，即朝廷。生受，即受苦。㉓玉堂金马：泛指显贵出入的地方。㉔瀛洲：传说中的仙岛。㉕向仙家洒旋篘：旋，指温酒。篘：滤酒的器具，此处指酒。㉖三岛十洲：指神仙所居之处。㉗公卿万户侯：权贵显要之人。㉘强口：强词夺理，无理取闹。㉙耕耨：即种田。耨，除草的工具。㉚倒大来：多么，十分。㉛世情疏：远离尘世。㉜黄封御酒：指官酿的酒。㉝竹杖芒鞋：竹子做的手杖，草编的鞋。㉞开在当溜：指顺水行舟。

**【鉴赏】**

这首曲子由十四支曲子组成，表达了作者隐逸山林的愿望。首曲道出作者"辞朝"的原因。虽然祖上战功赫赫，自己也身居高位，但是伴君如伴虎，心里不免会有惶恐，这样的日子，远远不如"寻几个知心友""作林泉叟"轻松惬意。接着，〔混江龙〕、〔油葫芦〕描绘了作者理想中的场景：居住在茅屋之中，有高山流水相伴，麻衣布服，闲的时候可以自己管理时间，或下棋，或欢歌，日子逍遥自在。作者引用"伍员吹箫"和"许由弃瓢"这两个典故，表达了想要远离尘嚣、过隐居生活的愿望："伍员吹箫"源自李寿卿的元代杂剧，写伍员投奔吴王后没有得到帮助，十八年来以吹箫乞食为生。"许由弃瓢"则出自汉代蔡邕的《琴操·河间杂歌·箕山操》，许由是尧舜时代的贤人，尧知其贤德，曾想让位给他，但许由坚辞不就，隐居山林。由于没有饮水的器具，许由只能用手捧着水喝。别人给他瓢用，他嫌把瓢挂在树上时，风吹会有声音，就扔掉了。后人也常以"瓢"指代别人施赐之物。〔天下乐〕、〔哪吒令〕两曲感叹官场的险恶，从侧面烘托出归隐山林的好处。"半纸功名一笔勾"表明了所谓功名利禄，到头来不过是一场空的思想。从〔鹊踏枝〕到〔柳叶儿〕，这八支曲子为作者自述，将官宦生活的如履薄冰与山林生活的放浪形骸相比，反映了作者对于尘世宦途的厌恶。〔赚尾〕从林泉生活回到了现实。从作者的人生经历来看，他并没有辞官归隐。作者可能是对险恶的仕途有了倦怠之意，产生厌烦，所以渴望那种恬淡安逸的隐逸生活。然而现实毕竟不同于理想，作者也只是发发感慨，聊以自慰罢了。

# 王恽

## 〔正宫〕双鸳鸯

柳圈辞[①]

暖烟飘，绿杨桥，旋结柔圈折细条。都把发春闲懊恼，碧波深处一时抛。

野溪边，丽人天，金缕歌声碧玉圈。解祓不祥随水去，尽回春色到樽前。

问春工，二分空，流水桃花飏晓风。欲送春愁何处去，一环清影到湘东[②]。

步春溪，喜追陪，相与临流酹[③]一杯。说似碧茵罗袜客[④]，远将愁去莫徘徊。

秉兰芳，俯银塘，迎致新祥祓旧殃。不似汉皋空解佩[⑤]，归时襟袖有余香。

醉留连，赏春妍，一曲清歌酒十千。说与琵琶红袖客，好将新事曲中传。

【注释】

①柳圈辞：这首套曲有六支曲子，采用同一曲调，歌咏同一内容，描写的是“柳圈”的事，也就是描绘了一次在水边嬉戏游春活动。②湘东：湘水，代表春愁。③酹：这里是洒酒于江，表示一种祈祷。④罗袜客：指曹植《洛神

赋》中所歌咏的那个“凌波微步，罗袜生尘”的洛水女神。⑤不似汉皋空解佩：这里引用了郑交甫皋台下遇二仙女的故事。

【鉴赏】

这首套曲描写完整细致。第一支曲子中“暖烟……细条”，写春风和煦，桥边的杨柳发出了嫩芽，人们心情也很好，所以出门折下细细的柳条，编成柳圈戴在头上。“都把发春闲懊恼，碧波深处一时抛”，表现了春意盎然，冰雪消融，每个人都喜上眉梢的情景。第二支曲子中“野溪……玉圈”，写野外的小溪边，丽人清脆的歌声在上空形成了好似碧玉的光圈，婉转动听。“解……樽前”，写人们在吉祥的春日里许下了美好的愿望，希望幸福和美满常伴。第三支曲子“问春……晓风”，将暮春赋予了诗意，引起了读者的注意。“欲送……湘东”，或许春天是要和流水一起飘到湘东去吧。“一环清影”将柳圈在水上漂流的景象描绘得栩栩如生。第四支曲子写的是人们在江边祭奠的情景。“步春……一杯”，描写人们沿着溪边，欢喜地追逐着水上漂浮的柳圈和落红。面对着失去的一江春水，洒一杯清酒，许一份祝愿。“说似…徘徊”，写人们向洛水女神祈祷，带走忧愁。第五支曲子写的是人们春禊归来，袖子上还沾有余香的情景。“秉……殃”，描写人们手中拿着鲜花，俯视着波光粼粼的水面，满怀憧憬地送走烦恼和忧愁，迎来吉祥和幸福。第六支曲子写在赏春的宴会上人们其乐融融的情景。“醉……千”，写人们满心欢喜，把酒言欢，流连忘返。“说与…中传”，写作者因为心情很好，所以文思泉涌，在宴会上即兴挥笔作曲，记录春禊的情景。

## 〔正宫〕黑漆弩

**游金山寺①**

**苍波万顷孤岑②矗，是一片水面上天竺③。金鳌头④满咽三杯，吸尽江山浓绿。**

**蛟龙虑恐下燃犀⑤，风起浪翻如屋。任夕阳归棹纵横，待偿我平生不足。**

【注释】

①金山寺：在今江苏镇江，建于东晋，唐起得名。②岑：底部窄小而高耸的山。③天竺：这里指雄伟的佛寺。④金鳌头：指金山。⑤蛟龙虑恐下燃犀：意为兴风作浪的蛟龙在忧虑，害怕有人燃着犀牛角深入水中，照出它们的形相。

【鉴赏】

这首曲子通过描写金山寺气势恢宏的自然风光，抒发了作者的喜悦之情。曲子开头“苍波……天竺”，总写山势，在一片苍波碧水中，一座孤峰拔地而起，卓立超群。将金山寺安置在“苍波万顷”的浩瀚背景之下，给人以庄严肃穆之感。“金鳌……浓绿”一句形象地描绘出山上郁郁葱葱的林木是“金鳌”吸收江山精华的结果，想象奇特，气势磅礴。曲的下阕描写了作者游金山寺的情景。“蛟龙……如屋”，写金山寺高大挺拔，倒映在水中，深不可测。作者引用“温峤燃犀”的典故，一方面是说江水极深，一方面也反映出当时风急浪高。“任夕……不足”，写景色的雄伟壮丽激发了作者游赏的热情，所以即使是风急浪高，夕阳下的船只纷纷返航，作者也不急于回家，而是尽情游览，任由船在夕阳下漂流。

本曲的语言将散曲口语化的特色与诗词的韵味融为一体，自然流畅，雄劲豪放。

## 〔仙吕〕后庭花

**晚眺临武堂**

**绿树连远洲①，青山压树头。落日高城望，烟霏②翠满楼。木兰舟③，彼汾一曲④，春风佳⑤可游。**

【注释】

①洲：水中高出的小块陆地。②烟霏：形容云烟弥漫之貌。③木兰舟：这里泛指装饰精美的船。④彼汾一曲：指汾河湾。⑤佳：好。

【鉴赏】

这首曲子是一首登高赏景抒怀之作，写于作者出任平阳路总管之时。因为是登高远眺，所以曲中出现的多是远景。前两句“绿树连远洲，青山压树头”，写放眼望去，郁郁葱葱的树木一直延伸到河中的小洲，远处的青山正巧压在绿树的枝头。“青山压树头”，用视觉改变了远山的位置，仿佛它恰好长在树木之上。下面两句“落日高城望，烟霏翠满楼”，写夕阳下临武堂的景象。当落日的余晖映照在高城之上时，登城远望，只有远处的临武堂隐隐约约地出现在云烟苍翠的绿野之中，作者在这里将自然景观和人文景观结合，令人心旷神怡。最后三句抒发了感慨。“木兰舟，彼汾一曲，春风佳可游”，赞叹汾河湾春景的美好。临武堂周围的景致如此美妙，使作者不禁动情，想划着小船，沿着这汾河流水，一览沿岸美妙迷人的春色。

## 〔越调〕平湖乐

**十首之一**

**平湖云锦碧莲秋，香浥兰舟透①，一曲菱歌满樽酒。暂消忧，人生安得长如旧。醉时记得，花枝仍好，却羞上老人头。**

【注释】

①香浥兰舟透：带着花香的露水沾湿了水面的船。

【鉴赏】

这首曲开头两句“平湖……舟透”，景中含情，同时还点明时间、地点和环境。在一个秋高气爽的日子里，作者泛舟于平湖之上，看波光粼粼的湖面，一片碧绿，荷花的清香，沁人心脾。“一曲菱歌满樽酒”，写听着那随风飘荡的悠扬的采菱歌，作者酒兴大发，满斟而饮，仿佛飘飘欲仙了。“暂……旧”两句，笔锋一转，写作者泛舟平湖，饮酒助兴，只是为了暂时忘掉忧愁，然而，借酒消愁愁更愁。人生一世，怎么能够永远年轻，永不衰老呢？于是作者只好以“花枝仍好，却羞上老人头”的自嘲作罢。

## 〔越调〕平湖乐

**十首之二**

**鉴湖[1]秋水碧于蓝，心赏[2]随年淡，柳外兰舟莫空揽。典春衫[3]，觥船[4]一棹汾西岸。人间万事，暂时放下，一笑付醺酣。**

【注释】

①鉴湖：即镜湖，在今浙江绍兴南。②心赏：指心情愉悦。③典春衫：这里是指倾其所有，尽兴一游。④觥船：即大船。

【鉴赏】

本曲作于作者任平阳路总管之时。曲子通过描绘平湖美景，表达了作者随遇而安、及时行乐的人生态度。前三句“鉴湖……空揽”，写面对眼前景物的心境。鉴湖景致虽美，却不能亲眼去看，只能在心中欣赏，然而随着岁月的增长，欢畅的心情也就渐渐淡化了。但是，汾西、平湖的景色如此之美，令人赏心悦目，使作者禁不住要乘着柳堤外的兰舟，好好去饱览一番。接下来两句“典春衫，觥船一棹汾西岸”，写欣赏汾西之景的迫不及待的心情。“觥船一棹汾西岸”，用夸张的手法，表现了船的速度之快，从侧面烘托出赏景心情之急切。最后三句“人间……醺酣”，直抒陶醉的心态。美好的景致使主人公将万般烦恼都抛到了九霄云外，作者及时行乐的情怀也得到了充分的体现。

这首曲子借景抒情，情景交融，文字简洁雅致。

## 〔越调〕平湖乐

**十首之三**

**平阳好处是汾西[1]，水秀山挼翠[2]。谁道微官淡无味？锦障泥[3]，路人争笑山翁[4]醉。西山残照，关卿[5]何事？险忙杀暮鸦啼。**

【注释】

①平阳好处是汾西：平阳，因在平水（今汾河）之阳而得名。汾西，即汾水之西，在平阳城西郊。②挼：涂抹。挼翠：形容山色青翠，好像涂抹上了颜

色。③锦障泥：垫在马鞍下面的锦制马鞯子。④山翁：指晋代名士山简，这是作者的自指。⑤卿：这里指下句中的暮鸦。

【鉴赏】

这首曲子情景交融，写于作者任平阳路府判官之时，通过对自然景物的描写，抒发了作者对汾西自然风光的喜爱之情。开头三句“平阳……无味”，借景抒情。汾西山清水秀，风景宜人，让人心旷神怡，精神饱满。生活在这种美景之中，就算做一个小官，位卑人轻，也是人生一大快事！“锦障……鸦啼”，描绘了一个十分有趣的场景：作者一路骑着马，欣赏着美景，洋洋自得，而路上的行人看到作者这般，却都笑他疯癫痴傻。作者以无情的暮鸦象征不能理解他的行人，流露出悠闲自得、与世无争的情怀。

## 〔越调〕平湖乐

**十首之四**

**采菱人语隔秋烟，波静如横练①。入手②风光莫流转，共留连③，画船一笑春风面。江山信美④，终非吾土，问何日是归年？**

【注释】

①练：白色的绢绸。②入手：到来，来到。③留连：指因留恋而徘徊不去。④信美：确实美。

【鉴赏】

这首曲子通过对客居他乡时看到的美景的描写，抒发了作者难以释怀的思乡之情。曲子开头描绘了一幅江南水乡风景图。“采菱……横练”营造了一幅烟波飘渺的采菱场景。在风平浪静的江面上，采菱人的声音隔着烟波隐约传来，这种只闻其声、不见其人的写法，增添了曲子含蓄美妙之态，能够很好地调动读者的想象力。“入……面”，写作者面对如此美景，不禁由衷地感慨：但愿眼前如此美好的景致不要那么快消逝。曲子的前五句，集中笔墨描绘了客居他乡时看到的美景，而后三句笔锋一转，情感急转直下：“江山……归年？”江南虽然美，但终究不是我的家乡，我要到什么时候才能回到我的家乡去呢？这里诗人借用典故引出自己内心的感慨：“问何日是归年？”可见这种乡愁在作者内心扎根之深。

这首思乡之作，写得婉转曲折，以乐景写哀情，感人至深。

## 〔越调〕平湖乐

**十首之六**

**秋风湖上水增波，水底云阴过。憔悴湘累①莫轻和。且高歌，凌波②幽梦谁惊破！佳人望断，碧云暮合，道别后意如何。**

**【注释】**

①湘累：指屈原。②凌波：指水中女神。

**【鉴赏】**

这首曲子中作者借屈原惯用的以男女之情喻君臣关系的手法，表达了自己因被发放出京，不被重用而怀才不遇的哀怨与苦闷。开头“秋风……阴过”，描写一阵秋风拂过碧波荡漾的湖水，投映在湖水中的白云的影子也悠然荡漾，暗示了“流水无情”的含义，从中隐隐透出一股寂寞难耐的意味。从而引出了下文的劝慰：“憔悴……高歌”，是说，面对如此旖旎的风光，憔悴的诗人啊，请你只管放声高歌，不要再苦苦地低吟了！“凌波幽梦谁惊破”，一句作者发出疑问：湖水中女神的美梦有谁能惊破呢？对美人的倾慕之情一时难以平抑，只好寄情于幻想。最后三句“佳人……如何”，写盼望佳人到来，然而，直到夜幕降临，佳人也杳无音信，失望之感油然而生。于是作者只好虚设了一个相会的场面询问对方分别后的离情别绪。“道别后意如何”，以幻想掩饰自己内心的苦闷，这就使情调更为凄凉，具有强烈的艺术感染力。

## 〔越调〕平湖乐

乙亥三月七日宴湖上赋

**春风吹水涨平湖，翠拥秋千柱。两叶兰桡斗来去，万人呼。红衣出没波深处。鳌头[①]游赏，浣花风物[②]，好个暮春初。**

【注释】

①鳌头：是作者自称。②浣花风物：此处指春日游赏。

【鉴赏】

此曲是元世祖至元十二年作者当时在平阳时所作，曲子描写当地春游的风俗，抒发了作者的欢愉之情。开头两句“春风……千柱”，描绘出一派生机勃勃的景象：春风吹拂着满湖春水，两岸柳色苍翠，在万绿丛中，隐现着飘荡的秋千。接下来三句出现了游赏的群众，“两……处”，三月七日那天，人们都出来游湖宴饮，湖边呈现出一派欢欣热闹的景象，作者不禁陶醉在这欢乐的场景之中了。一个“斗”字，表现出竞赛的激烈，“万人呼”写出了观赏者的热烈情绪，“出没”二字衬托出了划船者不畏风浪、勇往直前的气势。曲子的前五句是对景物、场面以及人物的客观描写，最后三句则表现作者游赏的主观感受。曲终“好个暮春初”，点明时令，照应了题目，表现了作者观赏时的欢快心情，赞美之情溢于言表。

## 〔越调〕平湖乐

尧庙秋社[①]

**社坛[②]烟淡散林鸦，把酒观多稼[③]。霹雳弦声斗高下，笑喧哗。壤歌亭[④]外山如画。朝来致有[⑤]，西山爽气，不羡日夕佳。**

【注释】

①尧庙秋社：尧庙，在平阳（今山西临汾市）城南十里。秋社，是古代祭祀土神、庆祝丰收的节日。②社坛：社日的祭坛。③多稼：指丰收。④壤歌亭：尧庙中建筑名。⑤致有：尽有，有的是。

【鉴赏】

这首曲子描写了丰年社日民间的喜庆活动。“社坛……多稼”，写祭祀活动告一段落，乌鸦归巢，祭民们自己的节目便开始了。他们举杯欢饮，心满意足地看着丰收的庄稼。“霹雳……如画”，乐声奏起，人们载歌载舞，笑语连连。“笑喧哗”表现出村民们无拘无束的欢快气氛，也烘托出在丰收之年，人们生活的称心美满。“山如画”则是人们因喜悦而产生的感受。作者以简练生动的语言，表现了尧庙秋社之后村民们开展娱乐活动的欢乐场景。“朝来……夕佳”，进一步抒发了作者自己的感受。表面上说的是此处空气清新宜人，跟陶渊明那“山气日夕佳”的隐居之所有可比之处，但是其中韵味深长。作者化用王子猷的典故，表达了自己高雅淡泊的心志，自己只愿做一名高洁洒脱、无为而治的小官，不一定非要隐居山林。

本曲以尧庙秋社的欢庆活动为背景，对活动场面进行了描写，在对景物进行描写的同时，抒发了主观感受。曲中用典颇多，语言晓畅又富有韵味。

# 卢挚

## 〔中吕〕普天乐

湘阳道中

**岳阳来，湘阳路，望炊烟田舍，掩映沟渠。山远近，云来去。溪上招提[1]烟中树，看时见三两樵渔，凭谁画出。行人得句，不用前驱。**

**【注释】**

①招提：寺院的别称。

**【鉴赏】**

这首曲子是作者到湖南赴任沿湘水进发途中所作。作者从视觉入手，通过两个层次描写了自己陶醉于山水的情况。先从大视野中远望：袅袅的炊烟、一座座农舍茅屋遮掩着高高低低的山坳沟渠，颇有陶渊明“暧暧远人村，依依墟里烟”的意境。接着，通过视角的移动，写“山远近，云来去”，十分贴切地描绘出了沿途所见的青翠叠嶂的山峰和飘浮在天边的云朵，动静结合，为整个画面增添了几分活力。然后，视线收回，集中着眼于近景，写招提周围的景色。溪水潺潺，树木茂盛，鳞次栉比的寺院掩映其中。在这样如画的环境中，偶尔见到两三位樵夫、渔父，他们在其中逍遥自在，是何等惬意啊。“三两樵渔”表现了作者对这种自在生活的渴望。画面突出了恬静之意，包含着作者内心深处由衷的迷恋与羡慕。最后，“行人得句，不用前驱”，则直接表达了自己忘情山水的情感。

整首曲子由时空、景物进而写到感受，简洁有序。作者用疏淡之笔，将情与景结合，同时又注重整体画面的把握，具有强烈的艺术感染力。

## 〔中吕〕喜春来

**和则明韵（三首之三）**

**春来南国花如绣，雨过西湖水似油。小瀛洲[①]外小红楼，人病酒，料自下帘钩。**

【注释】

①瀛洲：传说中的仙山。

【鉴赏】

这首曲子作于作者任江东道廉访使时，描写了西湖春天的秀丽景色，抒发了作者对红楼中人的思念。

“春来……似油”，写春临大地，南国花团锦簇，争奇斗艳，绵绵春雨过后，西湖水更加清澈透明，波光粼粼，闪闪发亮。作者将百花比作锦绣、湖水比作油，形象生动地表现了西湖秀美的风光。“小瀛……帘钩”，这三句是写作者所思念的佳人。面对如此美景，很容易就引起了作者的闲愁。作者思念的人儿，此刻在做什么呢？一定是寂寞地独上小楼，倚楼远望，以解相思苦闷，或是躺在床上，独自安寝，在梦里圆她的相思！“料”字表达了作者对心上人的关切，这种写法很独特，作者借想象心上人在想他来表现对远方的心上人的思念之情，新颖独特。全曲短小精悍，表达委婉含蓄。

## 〔双调〕沉醉东风

**秋景**

**挂绝壁松枯倒倚[①]，落残霞孤鹜齐飞[②]。四围不尽山，一望无穷水。散西风满天秋意[③]。夜静云帆月影低[④]，载我在潇湘画里[⑤]。**

【注释】

①挂绝壁松枯倒倚：此句出于李白的《蜀道难》：“连峰去天不盈尺，枯松倒挂倚绝壁。”极言景物奇绝险怪。②落残霞孤鹜齐飞：化用王勃“落霞与孤鹜齐飞”的名句。鹜：野鸭。③散西风满天秋意：言“西风”无形，“秋

意”无迹，然而又确实有“意”可感。④夜静云帆月影低：云帆，白色的船帆。月影低，是说帆影在初升的月亮的照映下，显得低而长。⑤载我在潇湘画里：潇湘，湖南境内两条水名。湘水流至零陵县和潇水合流，世称潇湘。

**【鉴赏】**

这首曲子大致作于卢挚在元成宗大德初年为湖南宪使时，通过对如梦如画的湘江秋景的描写，表现了作者幽静闲适又略带萧瑟的心情。曲中前四句对仗工整，前面特写，后面淡描秋景。“挂绝……齐飞”，写作者独坐船中，沿江而行，首先映入眼帘的是两岸的悬崖峭壁和倒挂的枯枝，这种苍凉的景致为全曲奠定了凄清孤冷的基调。这两句也将江边的景致尽收眼底。“四围不尽山，一望无穷水”表现了江景的壮阔。周围没有山影遮蔽视野，映入眼帘的只有一望无际的流水。流水飞逝，凄凉之感随着萧瑟的秋风袭上心头。“散西风满天秋意”，秋风无影，秋意无形，偏偏秋风裹着秋意四处吹散，这就给画面增添了几分悲凉的色彩。结尾两句“夜静……画里”，将笔锋一转，减轻了先前的沉重感，描绘出了一幅安详宁静的潇湘夜景图。“载我在潇湘画里”让人怦然心动，将人与自然的和谐表达得恰如其分，此时再无苍凉萧瑟之感，取而代之的是一片澄澈明净的心境。这里作者将散曲与绘画的意境融为一体，意境悠远绵长，回味无穷。

## 〔双调〕蟾宫曲

**想人生七十犹稀，百岁光阴，先过了三十。七十年间，十岁顽童，十载尪羸[①]。五十岁除分[②]昼黑，刚[③]分得一半儿白日，风雨相催。兔走乌飞[④]。仔细沉吟，都不如快活了便宜。**

**【注释】**

①尪羸：这里指老朽。②除分：平分。③刚：有“正”“恰”之意。④兔走乌飞：即时光流逝。

**【鉴赏】**

这首曲子以“百岁光阴”的俗语开篇，表达了作者对人生的感慨。“百岁光阴”是平常人们对于人生的概说，对于大多数人来说，“百岁光阴”是一种奢求，其中的三十年就成了泡影，已经白白失去了。

“先过了三十”，一个“先”字，突出了人生的短暂。人生不过七十年，其中前十年是顽皮无知的幼童时期，后十年是老态龙钟的风烛残年，这二十年都不能很好地享受人生，所以也就不能算是真正的人生。去掉头尾二十年，只剩下了从十岁到六十岁的五十年光景。而占据其中一半的是黑夜，在睡眠中就消磨掉了，这样算下来，七折八扣，真正的人生就只剩下二十五年，才及“百岁光阴”的四分之一，少得可怜。可是这还不算，还有“风雨相催，兔走乌飞”呢！这里的“风雨”，指的是人生中遇到波折、磨难、变故等等。光阴易逝，岁月如梭，谁都阻止不了时光的飞逝，于是作者便有了“都不如快活了便宜”的感慨。

## 〔双调〕蟾宫曲

萧娥[①]

**晋王宫深锁娇娥，一曲离笳，百二山河[②]。炀帝荒淫，乐陶陶凤舞鸾歌。琼花绽春生画舸，锦帆飞兵动干戈[③]。社稷[④]消磨，汴水东流，千丈洪波。**

**【注释】**

①萧娥：本为梁明帝的女儿，杨广为晋王时选作妃子，杨广即位称炀帝，立为皇后。②一曲离笳，百二山河：典出《史记·高祖本记》，意思是隋炀帝虽有以二敌百的坚固河山，最终还是亡国了，萧后也流离塞外，只能以悲笳寄托哀思。③“琼花”二句：意思是隋炀帝乘着华丽的大船，去扬州游春，观赏琼花，过着荒淫奢侈的生活，终于导致了隋朝的灭亡。④社稷：即国家。

**【鉴赏】**

这首曲子通过对萧后遭际的描写，批判了隋炀帝的骄奢淫逸，荒淫误国，表达了历史兴亡之感。前三句：“晋王……山河”，写隋炀帝将娇娥深锁于晋王宫殿终日荒淫享乐，终于葬送了大好江山，造成了萧后流离塞外的结局。接着，“炀帝……干戈”四句具体描述隋炀帝的荒淫生活。他整日在后宫与萧娥歌舞享乐，不理朝政。他的荒淫奢侈，终于引发了隋末的农民大起义，导致了隋朝的灭亡。最后三句感叹隋朝灭亡如“汴水东流，千丈洪波。”

这首小令借咏史来抒怀，立意深远，感情深沉，有警世之意味。语言平实晓畅，略带豪放。

## 〔双调〕蟾宫曲

**杨妃**[①]

**玉环乍出兰汤[②]，舞按盘中[③]，一曲霓裳[④]。羯鼓声催，闹垓垓士马渔阳[⑤]。梧桐雨凋零了海棠，荔枝尘埋没了香囊[⑥]，痛杀明皇。蜀道艰辛，唐室荒凉[⑦]**

**【注释】**

①杨妃：即杨贵妃。②兰汤：略带香味的热水。③舞按盘中：根据“盘舞”的优美姿态跳舞。④霓裳：即《霓裳羽衣舞》。⑤“羯鼓声催”两句：羯鼓，这里代指安禄山。“羯鼓声催”，指安禄山作乱。这句是说，正当玄宗沉溺声色时，安禄山兵变的危机已迫在眉睫。闹垓：吵闹，争吵。⑥“梧桐”两句：这两句化用典故，“海棠”和“香囊”分别代指杨贵妃。⑦唐室荒凉：指唐朝从此衰落。

**【鉴赏】**

关于唐明皇与杨贵妃的故事，已经有不少文人将其写入文学作品中了。较有影响的有白居易的《长恨歌》，陈鸿的《长恨歌传》，白朴的杂剧《梧桐雨》，洪升的戏曲《长生殿》。甚至日本也将其搬上了戏剧舞台。卢挚这首曲子主要是根据白居易《长恨歌》写成来吟咏历史的。“玉环……霓裳”，写杨贵妃受宠的情况。清丽脱俗的杨贵妃从华清池中沐浴而出，踏着节奏旋律，翩翩起舞。紧接着，作者将笔墨转向了安史之乱。“羯鼓声催，闹垓垓士马渔阳”两句，作者将两个事件紧密地联系在一起，寓意深刻，从侧面说明是杨贵妃与唐明皇的骄奢淫逸导致了这场祸乱。接下来三句是说，是祸乱爆发导致杨贵妃自缢身亡，唐明皇虽然悲痛万分，但也无能为力。“梧桐雨凋零了海棠，荔枝尘埋没了香囊”，借海棠凋零写杨贵妃之死，用“荔枝尘”比喻唐明皇与杨贵妃的穷奢极欲，海棠凋落，香囊埋没，这都代指杨贵妃之死。最后两句更进一步说明李杨骄奢淫逸的后果，李唐的江山从此一蹶不振了。

作者在曲中最大的感慨就是，即使身为帝王，也不能为所欲为，否则不要说失去挚爱，就连祖宗的千秋基业也会毁于一旦。虽然自古就有“红颜祸水”一说，但是江山社稷岂是一介女流所能撼动的？作者这样的疑问对自古以来的成见发出了挑战，应该引起我们多方面的反思。

## 〔双调〕蟾宫曲

**金陵怀古**[①]

**记当年六代豪夸**[②]**，甚江令归来，玉树无花**[③]**？商女歌声**[④]**，台城**[⑤]**畅望，淮水**[⑥]**烟沙。问江左风流故家**[⑦]**，但夕阳衰草寒鸦。隐映残霞，寥落归帆，呜咽鸣笳**[⑧]**。**

**【注释】**

①金陵怀古：金陵，即今江苏省南京市，曾为吴、东晋、宋、齐、梁、陈六朝都城。②六代豪夸：指在金陵建过都的六个朝代都竞相夸耀自己的奢侈豪华。③甚江令归来，玉树无花：江令，即陈代文学家江总，字总持，济阳考城（今河南省兰考县东）人，仕梁、陈、隋三朝。陈时官至尚书令，世称“江令”，然而他却不理朝政，整日与孔范等陪侍陈后主游宴后宫，制作艳词，荒嬉无度，时称“狎客”。玉树无花，即指由陈后主亲自创作的《玉树后庭花》曲，它历来被看作是亡国之音。④商女：指卖唱的歌女。⑤台城：在今南京市玄武湖畔，三国时，是东吴后苑所在之处。⑥淮水：指秦淮河。⑦江左：即江南、江东，这里仍指金陵。⑧笳：胡笳，我国古代北方民族的一种类似笛子的乐器。

**【鉴赏】**

这首曲子借景抒情，以古感今，寓意深刻，别具一格。曲子开头“记当年六代豪夸”是说金陵城昔日的繁华如今早已不见踪影。“甚江令归来，玉树无花？”是说，当年陈朝的江总，回来后为什么再也听不到《玉树后庭花》了呢？“商女……烟沙”，是说当年宫苑里的轻歌曼舞已无从寻觅，只传来“不知亡国恨”的“商女”的歌声，登上台城远望，眼前只剩下一片荒凉的淮水烟沙。这种荒凉衰败的景象，不禁引发了作者怀古伤今的心绪。接着，作者笔锋一转，发出了国破家亡的悲叹：“问江……鸣笳”，写金陵这座昔日的繁华古城，已被元朝铁骑践踏得荒凉破败，世代相传的大世家都消失得无影无踪了，只剩下衰草连天，寒鸦哀鸣。在晚霞的映照下，归帆寥寥，胡笳呜咽。在这萧索的景象与凄凉的悲音中，故国之思，亡国之痛不言而喻。

## 〔双调〕蟾宫曲

### 长沙怀古

**朝瀛洲暮舣湖滨[①]，向衡麓[②]寻诗，湘水寻春。泽国纫兰[③]，汀洲搴若[④]，谁与招魂？空目断苍梧暮云，黯黄陵宝瑟凝尘。世态纷纷，千古长沙，几度词臣？**

**【注释】**

①朝瀛洲暮舣湖滨：瀛洲，传说中的海上仙岛。舣，靠船、停船。湖滨，在这里指洞庭湖之滨。②衡麓：指岳麓山。③泽国纫兰：泽国，指湖南。纫，编织。④汀洲搴若：汀洲，水中高出的小块陆地。这里用“泽国纫兰，汀洲搴若”，指超凡脱俗的屈原。

**【鉴赏】**

此曲为一首怀古名篇，沉郁悲怆，真挚感人。作者托古伤今，抒发自己被流放，怀才不遇的失意之情。“朝瀛……寻春”，点明创作的原因：上任要职不久就被外放到湖南当一名小小的地方官。于是作者向岳麓山觅诗、向湘江寻春，以吐心中不快。“泽国……凝尘”，写作者面对岳麓山与湘江水，不禁产生了怀古之思：孤高脱俗的屈原，曾为招楚怀王之魂，而写下了诗篇《招魂》，而如今山河依旧，物是人非，我今天作曲，是为谁招魂呢？因为作者与屈原同样有着怀才不遇的遭遇，所以在此也流露出了对元朝最高统治者的不满。夜幕降临，天边的云遮断了作者远望的视线，高大雄伟的苍梧山也看不到了，只见那黄陵庙里的湘妃宝瑟上落满了灰尘，让人不禁黯然神伤。此番凄凉冷清的氛围烘托出了作者心中的惆怅，联想到自己的际遇，作者发出了慨叹：“世态……词臣！”千百年来，有多少清高文人被流放到长沙这偏远的地方而怀才不遇啊！表达了作者对现实的强烈不满和内心的无限凄凉。

## 〔双调〕蟾宫曲

**箕山[1]感怀**

**巢由[2]后隐者谁何？试屈指高人，却也无多。渔父严陵[3]，农夫陶令[4]，尽会婆娑[5]。五柳庄[6]瓷瓯瓦钵，七里滩[7]雨笠烟蓑。好处如何？三径[8]秋香，万古苍波。**

**【注释】**

①箕山：在河南登封县东南，相传是唐尧时巢父、许由隐居的地方。②巢由：巢父、许由合称。巢父，传说中的高士，因筑巢而居。许由，尧舜时代的贤人。③严陵：即东汉初的严光，字子陵。曾隐居于富春山。④陶令：即陶渊明。⑤尽会婆娑：尽，任凭。婆娑，此处指逍遥自在的意思。⑥五柳庄：指陶渊明的庄园。⑦七里滩：在富春江上游，相传初严光隐居在这里垂钓。⑧三径：指陶渊明的隐居之处。

**【鉴赏】**

这是一首歌颂隐士隐居生活的曲子。曲子开头以问答的形式入题，然后一气呵成，语调洒脱自然，格调高远。“巢由后隐者谁何”一句，引出下文。“试屈指高人，却也无多”，一句写出了作者对隐士的要求之高，因而下面作者只提出两位隐士：“渔父严陵，农夫陶令，尽会婆娑。”严光不慕功名利禄，归隐富春山，以农耕生活；陶潜不肯为五斗米折腰，归隐田园，把酒东篱下。作者再次表达了对隐居生活的羡慕。结尾突出了全曲的主旨，“三径秋香，万古苍波”，表明陶渊明和严子陵境界之高远，表达了作者对元代黑暗社会现实的不满，对功名利禄的厌恶。

## 〔双调〕蟾宫曲

**寒食新野道中[1]**

**柳濛烟梨雪参差，犬吠柴荆[2]，燕语茅茨[3]。老瓦盆[4]边，田家翁媪，鬓发如丝。桑柘[5]外秋千女儿，髻双鸦[6]斜插花枝。转眄移时[7]，应叹行人，马上哦诗。**

【注释】

①寒食新野道中：寒食，我国古代的传统节日，在清明节的前一天（一说前二天）。新野，县名，今属河南省。②柴荆：柴门。③茅茨：这里指屋檐。④老瓦盆：指民间粗陋的食具。⑤柘：一种也可养蚕的树。⑥髻双鸦：即双髻，髻色黑如鸦羽，所以称鸦髻。⑦转眄移时：眄，斜视。转眼斜视多时。

【鉴赏】

这首曲子叙述的是作者在清明寒食日经过新野农村时的所见所闻和所感。“柳濛……茅茨”描写农村的自然风光。春回大地，万物复苏，柳树发芽，梨花盛开，鸡鸣狗吠，莺歌燕舞，在这一片美好的春光里，作者“偷得浮生半日闲”，于是便到郊外游玩，欣赏春天的景色。“老瓦……花枝”，这几句描绘了一幅亲切和谐的图画，表现了农村老人和儿童悠闲自得的生活。鬓发如丝的老翁老妇们怡然自得，隔着桑林望去，几个梳丫角的小姑娘乌黑的发髻上斜插着鲜艳的花枝，在桑树下荡着秋千，愉快地玩耍。最后“转眄移时，应叹行人，马上哦诗”这三句是全曲的点睛之笔，面对如此闲适安乐的生活景象，作者不禁灵感突现，文思泉涌，吟出诗句，夸赞农村生活的纯朴和谐、安静宁谧。

全曲篇幅短小，语言清新自然，描写了老人的安详、儿童的天真，通过对如此美妙景致的描写，表现了作者对乡村安逸生活的向往，从侧面反映出了作者对在现实中怀才不遇的忧郁和不满。

## 〔双调〕蟾宫曲

### 阳翟[①]道中田家即事

**颍川[②]南望襄[③]城，邂逅田家，春满柴荆。翁媪真淳，杯盘罗列，尽意将迎[④]。似鸡犬樵渔武陵[⑤]，被东君画出升平，桃李欣荣。兰蕙芳馨，林野高情。**

【注释】

①阳翟：今河南省禹县。②颍川：今河南省许昌市。③襄：今河南省襄城。④将迎：送走迎来。⑤武陵：即陶渊明所写的世外桃源。

【鉴赏】

这首曲子写了作者由颍川前往襄城，途中偶然在一户农家住宿的所见所闻。“春满柴荆”表现了农家环境的自然淳朴，烘托出了人情的浓郁温厚。“翁媪……将迎”表现了这家主人的热情好客，厚道真诚。这些都是实写自己受到热情款待的情景，接下来“似鸡……升平”是作者抒发的感慨。淳朴真诚的主人，安乐幸福的生活，使作者不禁想到了陶渊明提到的桃花源，觉得自己也仿佛置身于极乐世界中了。最后两句“兰蕙芳馨，林野高情”，表现了作者对淳朴百姓的生活的向往。

这支曲子充满了浓郁的生活气息，格调清新，画面朴实自然，感情含蓄蕴藉，表达了作者对超脱世俗的隐逸生活的向往。

## 〔双调〕蟾宫曲

冬夜宿丞天善利轩①

**听星簪②送响云林，是江上学仙，方外知音③。饮瀣餐松④，含宫嚼羽⑤，戛玉钟金⑥。向方丈蓬莱夜深，莫吹笙不用鸣琴，思满冲襟。一曲将终，万籁俱沉。**

【注释】

①丞天善利轩：即道观。②星簪：此处代指道士。③方外知音：方外，指世俗之外。知音，即精通音律。④饮瀣餐松：意思是饮露水，餐松果。这里指道士们诵唱时的歌词超尘、清雅。⑤含宫嚼羽：“宫”和“羽”分别是五音中的两音。⑥戛玉钟金：戛玉，敲击玉石。钟金，聚集钟敲击。此句言敲击金玉作乐。

【鉴赏】

中国古代的知识分子一般都具有积极入世和消极出世这两种矛盾的心态，前者的表现是表面的、显性的，为儒家思想的集中体现；后者的表现为深层的、隐性的，是道家思想的荟萃。这支曲子鲜明地揭示了卢挚内心世界中“道”的一面。曲子开头“听星……知音”写在一个冷清的寒夜里，作者在江边的一座道观里露宿，道士们美妙的乐声在云际和林中飘荡，让人不觉产生了“羽化而登仙”的遐想。接下来三句“饮瀣……钟金”集中生动地概括了道教音乐自然、和谐、清雅的特点。最后“向……沉”是写作者听完音乐的感受：虽然夜已经很深了，但是道教那“戛玉金”的“仙乐”还是能把人们带进“游乎四海之外”的“仙境”，令人飘飘欲仙。

## 〔双调〕寿阳曲

别珠帘秀[①]

**才欢悦，早间别[②]，痛煞煞[③]好难割舍。画船儿载将春去也[④]，空留下半江明月[⑤]。**

【注释】

①珠帘秀：元代著名的女杂剧演员。②早间别：很快就分别。③痛煞煞：即“痛杀俺”。④载将春去也：意思是说她乘着船远去之时也带走了他们聚会的欢乐。⑤空留下半江明月：意思是说她走后他只剩半江明月陪伴。

【鉴赏】

这是作者写给当时著名的杂剧女演员珠帘秀的一首送别之曲。全曲构思奇妙，寓情于景，情景交融，含蓄地表达了作者对珠帘秀的真挚情谊以及离别后作者徘徊于江边孤独凄凉的心情。首句“才欢悦”，一个“才”字，突出了团聚欢悦的稍纵即逝。第二句“早间别”，一个“早”字，又表现了分离的出人意料。正因为珠帘秀即将乘船离开，作者去江边送行，平日里交情颇深的他们在分别时才更加依依不舍，所以才有了下面的叹息：“痛煞……去也。”作者将二人之间的情谊比作春天，珠帘秀乘着船离开了，仿佛把春天的温暖与明朗都带走了。这种比喻贴切自然，将抽象的情谊比作具体的春天，真实可感。最后一句“空留下半江明月”，写人随船远去，只留下那照在江上的“半江明月”。一个“半”字给人以残缺不全、凄凉冷清之感，接着又一个“空”字，更是将别后作者怅然若失的心境表现得淋漓尽致。

这首送别之曲抒情委婉含蓄，生动地展现了分别之后作者的孤独寂寞之感，委婉的表达能给读者留下广阔的想象空间。

# 关汉卿

## 〔中吕〕普天乐

**崔张十六事（之七）**[①]

母亲变卦

**若不是张解元[②]识人多，怎生救咱全家祸？你则合有恩便报，倒教我拜做哥哥。母亲你忒虑过，怕我陪钱货。眼睁睁把比目鱼分破[③]，知他是命福如何？我这里软摊做一垛[④]，咫尺间如同间阔[⑤]，其实都伸不起我这肩窝[⑥]。**

【注释】

①节取自《西厢记》。②解元：宋元时对读书人的敬称。③比目鱼分破：这里用比目鱼被分开比喻老夫人的赖婚生生折散了这对热恋着的情人。④软摊做一垛：形容崔莺莺精神上受到极大的打击。⑤间阔：别离。⑥其实都伸不起我这肩窝：强调母亲赖婚给崔莺莺带来极大的精神创伤。

【鉴赏】

西厢故事中，“白马解围”曾为崔张二人的幸福婚姻展现出美好的前景，他们满怀希望，张生浸沉在与莺莺结亲的幻想之中，莺莺也是满心欢愉，以为他们的好事最终会得到母亲的同意。可是计划不如变化，在老夫人设宴酬谢张生期间，一句“小姐近前拜了哥哥者”，将莺莺所编织的美妙幻想撕得粉碎。这如同晴天霹雳，将崔莺莺从梦幻中震醒，她终于看清了母亲的虚伪与出尔反尔，于是，美好的憧憬化作满腔的怨怒。这首曲子正是莺莺对老夫人“赖婚”行为的怨愤之辞。曲子开头以莺莺的口吻回忆了张生以一封书信退却五千贼兵，拯救了崔府合家的性命，使莺莺免遭贼掳之祸这件事。“若不……家祸”，写莺莺先晓之以理，指出张生是崔家的救命恩人。紧接着明之以义，“你则……哥哥”，指责老夫人忘恩负义，出尔反尔，背弃了“能退贼兵者，以莺莺妻之”的诺言。“母亲你忒虑过，怕我陪钱货”二句，表现了莺莺对老夫人执守门第观念的批判与不满。老夫人之所以“赖婚”，是因为她是富贵体面的相国夫人，所以必须谨守封建礼教，他一心希望女儿嫁一个“门当户对”的乘龙快婿，尽管孙飞虎围寺之际勉强许下了“能退贼兵者，以莺莺妻之”的诺言，但要女儿嫁给一个穷酸书生她心不情愿，认为这有辱相国门第。而莺莺对她这种思想的批评，表现了莺莺勇于反抗封建礼教，追求婚姻恋爱自由的叛逆精神。接下来“眼睁……如何”两句，写莺莺对老夫人动之以情，希望母亲能成全他们，也流露出她对张生的前途和命运的关切与担心。“我这里软摊做一垛”，写莺莺听到母亲让她“近前拜了哥哥”时所受到的震惊，这对她来说犹如晴天霹雳。“咫尺间如同间阔”，则是说老夫人让他们以兄妹相称使二人的关系顿时疏远了很多，虽然近在咫尺，却如同相隔万里。“其实都伸不起我这肩窝”一句，再一次强调老夫人赖婚给她造成的精神创伤。

这首曲子以莺莺之口，集中塑造了崔莺莺勇敢争取婚姻恋爱自由、反对封建门第观念的叛逆性格。全曲语言通俗自然，明白晓畅，真挚感人。

## 〔中吕〕普天乐

**崔张十六事（之九）**

开书染病

**寄简帖又无成，相思病今番甚[①]。只为你倚门待月，侧耳听琴。便有那扁鹊[②]来，委实难医恁。止把酸醋[③]当归浸[④]，这方儿到处难寻。要知是知母未寝，红娘心沁[⑤]，使君子难禁[⑥]。**

【注释】

①甚：进一步。②扁鹊：战国时期的名医。③酸醋：是对张生的调侃语，形容其穷酸可笑。④归浸：与“归寝”谐音，即睡觉。⑤心沁：怠慢，不用心。⑥使君子难禁：极言相思之苦。

【鉴赏】

《西厢记》中有这样一段：崔莺莺月夜听琴后，听说张生相思成疾，便遣红娘前去探望。为了表达他渴望同莺莺幽会的心情，张生便请红娘代为传简，信中附诗说：“相思恨转添，谩把瑶琴弄。乐事又逢春，芳心尔亦动。此情不可违，芳誉何须奉？莫负月华明，且怜花影重。”意思是希望莺莺勇敢地冲破封建礼教和社会世俗偏见的束缚，与他结合。崔莺莺读后很感动，但又担心红娘会向老夫人告密，为此，她便佯装恼怒，写诗让红娘带回去，这就是那首有名的待月诗：“待月西厢下，迎风户半开；扶墙花影动，疑是玉人来。”张生看后，立即明白了莺莺的意思，欣喜若狂，如期赴约。但是，等到张生逾墙而至时，她却又在红娘面前装起假正经，变了卦，演出了一场“赖简”的闹剧。这首曲子写张生在崔莺莺“赖简”后相思成疾的情景。

曲子开头便说道：“寄简帖又无成，相思病今番甚。”开门见山：情感遇到这样的挫折，痴情的张生相思病自然加重。“只为你倚门待月，侧耳听琴”，意思是说张生得相思病全是由崔莺莺引起的，都是因为崔莺莺“倚门待月”“侧耳听琴”，才使张生为她如痴如醉，相思成病。“便有那扁鹊来，委实难医恁”，正所谓“心病还须心药医”，即使是神医扁鹊再世，也难以医治，表现了张生病症的严重，也从侧面反映了张生的痴情。接下来“止把酸醋当归浸，这方儿到处难寻”，指出要治这相思病除非是冲破封建礼教的束缚私自结合，但这样的机会又难以找寻。下面则借助“当归”、“知母”“红娘”“使君子”四种药名，一语双关，刻画出张生迫不及待的心情。“要知是知母未寝，红娘心沁”，解释了上句中“方儿”难寻的缘由。原来是因为老夫人日夜监视，红娘也不相助，所以才导致张生相思成疾。整首曲子意蕴深远，耐人寻味。

## 〔中吕〕普天乐

**崔张十六事（之十二）**

张生赴选

**碧云天，黄花地，西风[①]紧，北雁南飞。恨相见难，又早别离易。久已后虽然成佳配，奈时间怎不悲啼。我则断守得一时半刻，早松了金钏，减了香肌[②]。**

**【注释】**

①西风：即秋风。②早松了金钏，减了香肌：形容由于相思的折磨，莺莺变得形容憔悴，消瘦了许多。

**【鉴赏】**

在《西厢》故事中，“拷红”一幕，老夫人虽然勉强答应了崔张婚事，但她却又以“三辈儿不招白衣女婿”为理由，逼迫张生上京应试，使这一对刚刚从相思之苦中解脱出来的情人，又面临一场离别的痛苦。《张生赴选》一曲就描述了张生应老夫人之命进京赶考，崔莺莺于十里长亭设筵送行的情景。曲子开头“碧云……南飞”四句，描绘了一幅色彩斑斓的秋景图：碧空万里，白云朵朵，金菊遍野，秋风萧瑟，北雁哀鸣。短短四句，寓情于景，情景交融，形象地传达出一对离人哀怨、悲伤的心境，自然贴切，富有新意。“恨相见难，又早别离易”二句，写莺莺对此番别离的怨愤之情。表达了莺莺对老夫人逼迫张生上京赶考的埋怨。“久已……悲啼”，既表现了对美好未来的憧憬，又表现出离愁别恨。对莺莺来说，张生能否金榜题名并不重要，重要的是能够早日归来，夫妻团聚。而且她心里还有对张生金榜题名后会不会“停妻再娶”的顾虑，这就加重了离别时的悲凉气氛。而在离别的短短一瞬，女主人公也被折磨得形容憔悴，“早松了金钏，减了香肌”。这一曲主要表现了莺莺的轻功名重感情，表现了她的反叛精神。

## 〔双调〕沉醉东风

**咫尺[①]的天南地北，霎时间月缺花飞[②]。手执着饯行杯，眼**

**阁[3]着别离泪。刚道得声“保重将息[4]”，痛煞煞教人舍不得。“好去者[5]，望前程万里！”**

【注释】

①咫尺：指非常近的距离。②月缺花飞：比喻离别的凄苦。③阁：同“搁”，这里有含着之意。④将息：休息。⑤好去者：好好地离开。

【鉴赏】

这首曲子描写女子在为情人饯别时的离愁别绪，感情真挚，凄婉动人。“咫尺的天南地北，霎时间月缺花飞”夸张地描写了情人就要离去时女子内心的苦楚，奠定了全曲愁苦怨恨的感情基调。接着，描写饯行的场面：女主人公手里举着为情人饯别的酒杯，眼角含着别离的泪水，口里说一声“保重将息”，心里头好比是万箭穿刺，极度悲伤。“执”“搁”“道”三个字以动作、表情和语言，生动地表现了女子送别情人时的悲痛。此曲写送别，语言明白如话，刻画细致入微，感情真挚动人。曲中描写送别主人公离别时的情景：手拿饯行杯、眼含离别泪、一再说着叮咛话，突出了分离时的矛盾心理，也使主人公的形象更加鲜明生动。“望前程万里”一句，显示了女子对离去的情人的良好祝愿：“好好地去吧，祝愿您一路平安，鹏程万里！”在含情脉脉的祝愿声中，进一步揭示了女主人公留恋、痛苦的复杂心理，真挚感人，将女子的感情推向了高潮。

## 〔双调〕沉醉东风

**忧则忧鸾孤凤单[1]，愁则愁月缺花残[2]。为则为俏冤家[3]，害则害谁曾惯[4]？瘦则瘦不似今番。恨则恨孤帏绣衾寒，怕则怕黄昏到晚。**

【注释】

①鸾、凤都是传说中的飞鸟，人们常用鸾凤比喻美好的夫妻。②月缺花残：比喻女子的孤独。③俏冤家：俏，表明男方的俊俏可爱。冤家，对爱人的一种昵称。④害谁曾惯：害，指害相思。谁曾惯，不曾习惯。

【鉴赏】

这首曲子描写一位女子与爱人离别之后的孤独凄凉和刻骨相思。曲子开头写别后的孤独凄凉。“忧则忧鸾孤凤单，愁则愁月缺花残”，连用两个比喻，唤起了昔日恩爱欢聚的美好回忆，与现在的境况形成鲜明的对比，衬托出了她的凄苦心境。接下来写离后的相思哀怨，相思成疾的女子在病中发出怨言：“为则为俏冤家，害则害谁曾惯？”爱恨交织。“俏冤家”既表现了女子对爱人的嗔怪不满，又表现了对爱人的思恋、心疼。下句“瘦则瘦不似今番”，写女子形容消瘦憔悴，是对前两句的补充。最后两句写女子既恨又怕的心理。“恨则恨孤帏绣衾寒，怕则怕黄昏到晚”，进一步描写女主人公的寂寞与忧愁，并在哀怨的基调上，渲染了她恨和怕的心理。孤身一人，独守空闺，只有冷清清的罗帏和绣花被，心中充满了空虚之感，而此时黄昏又无情地笼罩下来，长夜难眠。回想以往同情人欢会的美好时刻，想到眼下天各一方的处境，一种无以言说的怨恨便油然而生。“怕”是女子真实感情的写照。作者写她怕黄昏，不仅是因为黄昏时刻笼罩了一种孤寂、凄凉的气氛，更要紧的是，这阴沉的黄昏过后，便是绵绵不尽的漫漫长夜，夜深人静，闺房空荡，那种忧愁寂寞会更加浓重。曲中“怕只怕”三个字，将闺中女子孤独苦闷的感情一下子推向了高潮。

这首曲子运用重叠句法，从不同侧面反复铺陈，将离情别绪渲染得淋漓尽致。

## 〔双调〕碧玉箫

**怕见春归，枝上柳绵①飞。静掩香闺，帘外晓莺啼。恨天涯锦字稀②，梦才郎翠被知。宽尽衣③，一搦④腰肢细。痴，暗暗的添憔悴。**

【注释】

①柳绵：柳絮。②锦字稀：指书信极少。锦字，用锦织成的字。这里指夫妻间的书信。③宽尽衣：指因憔悴消瘦而衣裳变得宽松。④一搦：一握，一把。这里指女子腰身纤细，只此一搦。

【鉴赏】

这首曲子写闺中少妇思念远在外地的情人，因为书信稀少而变得憔悴消瘦。“怕见春归”，特写女子在暮春时节一种别样的心理状态。“枝上柳绵飞”，点明春将归去。女子“怕见春归”，但是自然规律是不以人的意志为转移的，春天还是很快就要过去了。“枝上柳绵飞”是借春归的景象对“怕见春归”可还是要“春归”的隐讳之言，表达了对春天的惋惜和眷恋，也是对爱情的惋惜和眷恋。人们历来把春天视为爱情的象征，在春天，女子可能有许多美好的愿望，多希望能与心上人共享这美好的春天，可惜事与愿违。“静掩香闺”，写女子看到枝上柳絮飘飞所采取的行动，从侧面表现了女子心中的落寞与无奈。“帘外晓莺啼”，再次点明春将归去。尽管黄莺婉转鸣啼，可是女子哪还有心思来看即将消逝的春光？对远人的思念无法排遣，于是便不如掩上房门，眼不见为净。“恨天涯锦字稀，梦才郎翠被知。”交代了女子心烦意乱的原因：因为思念着远方的情人，由思念而生幽怨，埋怨他书信寄得太少，薄情寡义。“宽尽衣，一搦腰肢细”，写女子备受相思的煎熬而形削体瘦，极言相思之苦。最后一句：“痴，暗暗的添憔悴”，写主人公被相思之情折磨得容颜憔悴。一个“痴”字，写出了女子的痴心与赤诚，写出了女子对爱情的忠贞与期待，撼动人心。

## 〔双调〕碧玉箫

**盼断[1]归期，划损短金篦[2]。一搦腰围，宽褪素罗衣[3]。知他是甚病疾？好教人没理会[4]。拣口儿食[5]，陡恁的[6]无滋味。医，越[7]恁的难调理。**

【注释】

①盼断：盼望计算。②短金篦：一种较短的金饰梳头用具，也可以用作头上的饰物。③一搦腰围，宽褪素罗衣：一搦：一握，此处形容腰细。宽褪，指女子因身体消瘦，而使衣带显得宽松。④没理会：不明白。⑤拣口儿食：挑拣吃的东西。⑥陡恁的：一下子变成这样。陡，突然。恁的，如此的，这样的。⑦越：越发，特别。

【鉴赏】

这首曲子写女子因远人未归，相思成疾，形容憔悴。“盼断归期，划损短金篦”，起笔便为读者描绘了一位痴情女子急切盼望情人归来，与之相聚的动人形象。“一搦腰围，宽褪素罗衣”，写女主人公被盼归折磨得形容憔悴。“知他是甚病疾？好教人没理会”，写女子相思成疾，不禁问这相思病是什么病呢？真叫人不明白。“拣口儿食，陡恁的无滋味”，写女子因盼望情人归期而食之无味。

此曲叙事，全是以女子内心独白的形式刻画女子的心理感受，同时又善于选取生活中典型的细节，描摹出了一个急切盼望情人归来的闺中少妇的鲜明形象。

## 〔双调〕碧玉箫

**秋景堪题，红叶满山溪①。松径偏宜②，黄菊绕东篱③。正清樽斟泼醅，有白衣劝酒杯④。官品极，到底成何济？归，学取他渊明醉。**

【注释】

①红叶满山溪：一个“满”字给人一种无限寥廓感。②松径偏宜：化用陶渊明“三径就荒，松菊犹存”的句意。③黄菊绕东篱：这里用陶渊明《饮酒之五》中的一句，只换了两个字，是为了韵脚上的需要，也是为了在色彩上与上两句形成统一和对比。④有白衣劝酒杯：化用陶渊明九月九日有菊无酒，适逢友人遣白衣童子送酒的典故。

【鉴赏】

这首曲子描写了秋山景色的绚丽宜人，作者游山的诗酒豪情以及由此产生的归隐之叹，表现出作者对大自然的热爱和对黑暗现实的不满。开篇一连四句，展现出秋山的壮丽景色：正是金风玉露的季节，作者载酒游山，只见漫山遍野火红的枫叶，比起那姹紫嫣红的春光也毫不逊色。泉水淙淙，青松苍劲，漫步在苍松之下的小径上，神清气爽。再看大地，金灿灿的菊花正迎霜盛开，宛如团团黄金锦绣，盘绕菊园。秋景如画，使作者顿生灵感，欣然而叹“秋景堪题”。作者一反诗词中的悲秋情调，而以乐观豪情去写秋景的磅礴绚丽和沛然生机，寓情于景。五六句写开怀畅饮的豪情：值此绚丽宜人的秋景，正该让清樽斟满，开怀痛饮；难得与一伙布衣朋友相聚，正可举觞相劝。清樽、泼醅、白衣、酒杯，这些意象，又隐含着安贫乐道，看破功名之意。末尾四句正面抒发不愿进仕的归隐之情：出仕做官，即使品级再高也无济于事。故不如学陶渊明归隐，以醉消忧。关汉卿也想兼济天下，施展抱负，但处于这样的时代，统治者昏庸暴虐，杜绝贤路；官场黑暗险恶，相互倾轧；正直之士又不愿同流合污。所以作者发出了绝意仕进，愤世嫉俗的呼声。然而，这毕竟只是积愤之辞，事实上终其一生，他并未消极归隐，而是正视现实，走上文坛，创作杂剧，在仕隐两途之外开辟出一条新路，度过了他富有战斗性的一生。

此曲写秋天之景，意象壮阔，不着悲凉语；抒发归隐之情，亦豪迈旷达，毫无颓唐情调；且对仗工整，音律和谐自然。

## 〔双调〕碧玉箫

**笑语喧哗，墙内甚人家？度柳穿花，院后那娇娃。媚孜孜整绛纱，颤巍巍插翠花。可喜[1]煞，巧笔难描画。他，困倚在秋千架。**

**【注释】**

①可喜：即可爱。

**【鉴赏】**

这首曲子开头用了一句设问，“笑语喧哗，墙内甚人家”，作者从少女游春的花园墙外经过时，听到园子里的欢笑声，所以产生疑问：有如此欢声笑语，会是何等人家的花园呢，引发了读者好奇心，不禁使人想起苏东坡“墙外行人，墙里佳人笑”的名句。三四句将目光转入墙内，“度柳穿花，院后那娇娃”，一位美丽的少女正在园内的杨柳、花丛之间跑来跑去。以下六句集中展现“院后那娇娃”的芳姿。“媚孜孜整绛纱，颤巍巍插翠花”，进一步描绘那位少女的娇态。这两句呼应了开头的“笑语喧哗”，纱裙之所以凌乱，珠花之所以落下，都是之前与女伴嬉闹的结果。“媚孜孜”和“颤巍巍”的细节描写，将少女娇柔的风韵展现的淋漓尽致，而经过“整绛纱”和“插翠花”后，少女的倩影更加迷人，作者不禁发出“可喜煞，巧笔难描画”的赞叹。本曲前几句是实写，具体表现少女的美丽动人；这里则是虚写，笼统地表现观者的感受。后面作者再添一笔："他，困倚在秋千架"，充实了想象。"困倚"表现了少女天真娇憨的慵态，给读者留下了广阔的想象空间。

这首曲子清新明快，洋溢着浓郁的生活气息。

## 〔双调〕大德歌

**春**

**子规啼[1]，不如归，道是春归人未归。几日添憔悴，虚飘飘柳絮飞。一春鱼雁[2]无消息，则见双燕斗衔泥。**

**【注释】**

①子规啼：子规，即杜鹃鸟，其鸣声若"不如归去"。容易引起思乡之情。②鱼雁：是"鱼书""雁足"的合称。代称传送书信。

**【鉴赏】**

这首曲子以"春"为题，表现了一位闺中少妇对远方游子的思念。

曲子开头采用起兴手法，"子规啼，不如归"，既描写景物，又点明时令，同时也交代了少妇怀念远人的原因：春天的杜鹃鸟啼叫了，啼声好像是在说"不如归去"。子归鸟的啼叫声，声声都响在闺中少妇的耳旁，回旋在闺中少妇的心上，这种情景深深地触动了她，使她产生了怀念远人的情怀。所以第三句便落笔在"道是春归人未归"。意思是说：你走的时候就跟我说春天就回来，而今春天已经到来，却不见你的踪影。话语之间已微露出少妇对远人的不满。"几日添憔悴"，是说她近日的面色憔悴多了。这是从外形上描绘少妇的愁苦。接着又进一步从内部揭示少妇心灵上的创伤。"虚飘飘柳絮飞"，表面写的是景，实际是指少妇的心理状态。经过这样的描写，一个感人至深的少妇形象便展现在我们面前了。柳絮杨花，又正是暮春的景象，作者从中又巧妙地暗示出少妇在等待中度过了一个漫长的春天，同时也使下句的"一春"二字有了依据。少妇一等再等，结果不仅人未归，连消息也没得到，最后就不得不伤感地明确说出"一春鱼雁无消息"了。在这七个字中，虽未着一"思"字，少妇对远人的思念却已经溢于言表。这样的离别之苦由表及里，层层递进。最后一句以双燕衔春泥反衬一春未得信息的少妇的孤独之苦。

## 〔双调〕大德歌

**夏**

**俏冤家[①]，在天涯，偏那里绿杨堪系马[②]！困坐南窗下，数对清风想念他[③]。蛾眉淡了教谁画，瘦岩岩羞带石榴花[④]。**

**【注释】**

①俏冤家：对爱人的昵称。②偏那里绿杨堪系马：偏，与愿相反，出乎预料的意思。那里，指爱人所在的地方。堪，能。系马，拴马。③数对清风想念他：频频地对着和美的清风想念爱人的情形。清风，指清微之风。意思说尹吉甫作了这支歌，它的和美好像清风，愿仲山甫永远带在身边，用来慰藉心灵。④“蛾眉”两句：蛾眉，好象蚕蛾的触须，形容女子弯弯的长眉毛。瘦岩岩：形容瘦削或瘦弱的样子。

**【鉴赏】**

曲子一开始就写远方的情人是个“俏冤家”，该词一出，妇女的妩媚、嗔怒、相思的一系列的心理状态都表现了出来。可如今他远走天涯，一去不复返，怎能让人不骂他。第三句，“偏那里绿杨堪系马”，就更加明显地表现出了女主人公由怀疑转向了抱怨，这几句连起来就是，你流连天涯长期不归也就罢了，让人最不放心的就是怕你在外贪恋新欢。“绿杨堪系马”，一语双关，既点明夏日的时令，又比喻滞留异地，拈花惹草的负心郎。女主人公虽然抱怨，却并未决绝。因此，下文“困坐”“数对”两句，又表现为万般慵懒、无所事事，只有一次次面对清风一吐自己对远方情人的情思。这两句，看似平淡无奇，实则它进一步刻画了女主人公对远方情人思之深、爱之切。我们不禁要问，女主人公如此扯不断放不下，到底是思念远方情人什么呢？下文就给出了我们答案：“娥眉淡了教谁画”？这是女主人公借汉代张敞为妻画眉的故事来表示她对夫妻恩爱生活的回忆和渴望，然而，好事难成，希望最终无法实现，以致愁得“瘦岩岩羞带石榴花”，憔悴不堪，寂寞难耐。

## ［双调］大德歌

秋

**风飘飘，雨潇潇[1]，便做陈抟睡不着[2]。懊恼伤怀抱，扑簌簌泪点抛[3]。秋蝉儿噪罢寒蛩儿叫，淅零零细雨打芭蕉[4]。**

【注释】

①风飘飘，雨潇潇：飘飘，形容风的回旋不息；潇潇，摹写秋雨淅沥不已。这里指风雨不止。②便做陈抟睡不着：便做，即使是、就算是。陈抟，五代末北宋初的著名道士，号希夷先生。据说他在华山修道，清心寡欲，一睡就是上百天，因此便有“陈抟高卧”之说。③扑簌簌：形容泪珠纷纷落下之声。④“秋蝉儿”两句：蝉，即知了。蛩，即蟋蟀。淅零零，指雨声，多指连续不断的小雨。

【鉴赏】

这首《秋》抒写了女子在一个风雨交加之夜，久盼归人而人未归的不尽愁绪。开头三句写风、写雨、写长夜无眠，由景入情。“风飘飘，雨潇潇”是说风雨交加，突然而至，声势逼人。这开头的两句，立刻就给脆弱的女主人公带来了更大的压力，增加了其苦闷的情绪，使其难以入睡。所以第三句就说“便做陈抟睡不着”，借用典故表达主人公在愁绪下的极度煎熬，忧思如此之深，由烦恼到悔恨到伤心以致落泪，“懊恼伤怀抱，扑簌簌泪点抛”。在这首曲子中，女主人公的愁思势如潮涌，最终坚持不住，泪水滚滚而下了。最后两句，“秋蝉儿噪罢寒蛩儿叫，淅零零细雨打芭蕉”，借外界的景物，强烈地衬托出女主人公的孤独、寂寞和难以名状的相思之苦。此时此刻，自己形单影只；窗外，秋蝉聒噪，雨打芭蕉；窗内，泪如泉涌，揩不干，擦不净。这一切交汇在一起，充分表现了女主人公的相思之苦。

本曲以秋景切入，又以秋景作结，首尾呼应，结构完整，人物形象真实感人，艺术感染力强。

## 〔双调〕大德歌

冬

**雪纷纷，掩重门，不由人不断魂[1]。瘦损江梅韵[2]，那里是清江江上村？香闺里冷落谁睬问[3]，好一个憔悴的凭阑人[4]。**

【注释】

①断魂：极言人的悲伤。②瘦损江梅韵：瘦损了如梅妃那样的风韵。江梅，唐玄宗的妃子梅妃，她本姓江，因爱梅，玄宗赐号梅妃。③香闺里冷落谁睬问：此句是写离妇遥望远处的景象。④好一个憔悴的凭阑人：此句是写离妇在大雪纷飞中倚着楼栏，面容憔悴地翘望远人的归来。

【鉴赏】

这首曲子以“冬”作题，描写闺中少妇在大雪纷飞的寒冬里思念远方的丈夫，相思到几乎绝望。开头两句，“雪纷纷，掩重门”，是说大雪封路，这样的情况下，远方的人就更不可能这么快回来了。所以第三句就直抒胸臆地写道“不由人不断魂”，“断魂”极力描写少妇的悲观失望，痛苦欲绝。第四句“瘦损江梅韵”，是说江边的梅花已经瘦得不成样子了，失掉了往日的风采，这里写梅花，实际却是作者以梅花来比喻女主人公因为相思之苦而日渐消瘦的样子，进一步形象地表达了“凭阑人”清冷孤寂的悲痛心情。至此，女主人公便脱口发出了“香闺里冷落谁睬问”的慨叹。女主人公如此绝望，似乎所有一切都已经破灭，但实际上她并未被这一切所压倒，内心的希望之火仍然在燃烧着。尽管风雪交加，大雪封路，自己的身体瘦弱不堪，但女主人公仍然凭栏远眺，硬要“望断天涯路”，在漫天风雪中，惟有她依栏远望、凝思，表达思念之情。所以最后一句“好一个憔悴的凭阑人”，立刻一扫上文所散发出的绝望情绪，显示出女主人公对爱情的执著追求和坚强的性格。

本曲采用的是前后矛盾对立的结构方式，前面几句写的是女主人公无可奈何近乎绝望的心情，但是最后一句，却一反常态，表现出了女子的希望。先抑后扬，更富艺术魅力。

## 〔双调〕大德歌

**雪粉华[①]，舞梨花，再不见烟村四五家。密洒[②]堪图画，看疏林[③]噪晚鸦。黄芦[④]掩映清江下，斜揽着钓鱼槎[⑤]。**

**【注释】**

①华：光辉。②密洒：形容雪下得很大。③疏林：指光秃的树木。④黄芦：指枯黄的芦苇。⑤槎：即竹筏。

**【鉴赏】**

这首曲中作者凭借敏锐的观察力，描绘了冬天傍晚水乡渔村的雪景。开头两句“雪粉华，舞梨花”，描写了冬季的特色景致——飞雪。大雪粉白光华，像飞舞的梨花，飘落于天地之间。作者准确地抓住了景物的特征，勾勒出了飞雪飘洒的情态。第三句“再不见烟村四五家”，指大雪弥漫，遮住了郊野三三两两的农家。“再不见”既从侧面见出了风雪之大，同时又描绘出了一片银装素裹的世界。第四句“密洒堪图画”，对前面所描绘的雪景作了概括性的描述，这时作者面对大自然的壮观景象发出了由衷的赞美。后三句写飞雪笼罩下的近景，层次分明。“看疏林噪晚鸦”，一个“看”字领起下文，表现了作者敏锐的观察力。这句同时运用了视觉和听觉，从声音上对冬景进行描绘，为这一幅宁静的雪景增添了一丝热闹的气氛。结尾两句“黄芦……鱼槎”又归于静景的描写，写江边泽畔所见之景。

此曲语言通俗晓畅，潇洒轻灵，写景层次分明，远近高低相互映衬，极富表现力。

## 〔南吕〕一枝花

**不伏老**

**攀出墙朵朵花，折临路枝枝柳[①]。花攀红蕊嫩，柳折翠条柔。浪子风流。凭着我折柳攀花手，直煞得花残柳败休。半生来折柳攀花，一世里眠花卧柳。**

**〔梁州〕我是个普天下郎君领袖，盖世界浪子班头。愿朱颜不改常依旧。花中消遣，酒内忘忧。分茶，攧竹；打马，藏**

阄[②]。通五音六律滑熟。甚闲愁到我心头。伴的是银筝女[③]银台前理银筝笑倚银屏，伴的是玉天仙携玉手并玉肩同登玉楼。伴的是金钗客歌金缕捧金樽满泛金瓯[④]。你道我老也，暂休。占排场风月功名首，更玲珑又剔透。我是个锦阵花营都帅头[⑤]？曾玩府游州。

〔隔尾〕子弟每[⑥]是个茅草冈、沙土窝初生的兔羔儿乍向围场上走；我是个经笼罩、受索网、苍翎毛老野鸡蹅踏[⑦]的阵马儿熟。经了些窝弓冷箭蜡枪头[⑧]，不曾落人后。恰不道“人到中年万事休”，我怎肯虚度了春秋。

〔尾〕我是个蒸不烂、煮不熟、捶不匾、炒不爆、响珰珰一粒铜豌豆，恁子弟每谁教你钻入他锄不断、斫不下、解不开、顿不脱、慢腾腾千层锦套头[⑨]？我玩的是梁园[⑩]月，饮的是东京酒；赏的是洛阳花，攀的是章台柳。我也会围棋、会蹴踘[⑪]、会打围[⑫]、会插科、会歌舞、会吹弹、会咽作、会吟诗、会双陆[⑬]。你便是落了我牙、歪了我嘴、瘸了我腿、折了我手，天赐与我这几般儿歹症候。尚兀自不肯休。则除是阎王亲自唤，神鬼自来勾。三魂归地府，七魄丧冥幽。天哪，那其间才不向烟花路儿上走。

【注释】

①朵朵花、枝枝柳：泛指古代娼妓。②分茶，攧竹；打马，藏阄：均指一种牌技。③银筝女：以及以下的“玉天仙”“金钗客”，均指妓女。④金瓯：一种精美的酒器。⑤都帅头：总头目。⑥每：人称代词的复数“们”。⑦蹅踏：践踏、糟蹋，此指踏阵冲突。⑧蜡枪头：比喻中看不中用。⑨锦套头：用锦丝织成的套头，借喻一种拉拢嫖客的美丽的陷阱。⑩梁园：又名“梁苑”，汉代梁孝王的园子，此处指名胜游玩之所。⑪蹴踘：中国古代的一种足球运动。⑫打围：即打猎，相对围场之说。⑬双陆：又名“双六”，古代一种搏戏。

【鉴赏】

这套曲子是关汉卿散曲的代表作。全套由四支曲子组成。〔一枝花〕只将“攀花”“折柳”两件事颠来倒去，变幻出各种句式，用以表现“浪子风流”，为人物性格定下了基调。以下三只曲子，则从各个方面、各个角度，刻画人物性格，表现这个“浪子”怎样“风流”。

〔梁州〕一曲，纵情地自夸自赞。我们知道，在元朝统治的黑暗社会里，正直的知识分子是没有出路的，当时人的等级有“九儒十丐”之说。其中一部分人，便和民间艺人结合，为他们写话本、编杂剧，用自己的笔揭露黑暗，鞭打邪恶，讴歌正义，反映人民的苦难、愿望和斗争。关汉卿就是其中的代表人物之一。“我是个普天下郎君领袖，盖世界浪子班头”、自夸“通五音六律滑熟”、自赞“占排场风月功名首”“我是个锦阵花营都帅头”，又比所有“风流浪子”更“风流”。这种“浪子风流”，按常情来说，是不值得、也不好意思自夸自赞的，而作者竟然不惜用极度夸张的词句加以赞美，这就很有认真思考的必要。所以敢于夸赞“浪子”的“风流”。更重要的是以一种玩世不恭的形式，表现对黑暗统治的反抗。

〔隔尾〕一曲，用“子弟每”的未经世面作陪衬，强调“我”是饱经磨难的。充分表现了“我”的身世遭遇和顽强性格。如今虽然“人到中年”，仍不肯“虚度了春秋”，于是自然而然地引出下文。

〔尾〕曲是全套曲子最精彩的部分。按照曲谱，首句是个七字句，作者竟加了十六个衬字，写成长达二十三字的名句“我是个蒸不烂、煮不熟、捶不匾、炒不爆、响珰珰一粒铜豌豆”，成为全篇点睛之笔。“铜豌豆”，据说是元代妓院中对老狎客的切口，然而加上那一些修饰语，给人的突出印象是坚毅不屈。而对那些“钻入他锄不断、斫不下、解不开、顿不脱、慢腾腾千层锦套头”的“子弟每”，则用“谁教你”痛加呵斥，意在劝他们及早回头。“我玩的是……”一组排句，坚决表示：任凭受到落牙折手的残酷迫害，“这几般儿歹症候”也要坚持到底，至死方休。结句“那其间才不向烟花路儿上走”，似乎更好些。因为前面罗列的那许多“歹症候”，并不是“烟花”所能包括的。

本曲由第一人称“我”直接出面，以通俗、诙谐、酣畅、滔滔若江河奔泻

的语言，自我介绍，自我赞赏，自我调侃，从而塑造了一个特殊环境中的特殊人物形象，体现了“不伏老”的主题。实属一篇精美之作。

## 《窦娥冤》第二折

**〔感皇恩〕呀！是谁人唱叫扬疾①，不由我不魄散魂飞。恰消停，才苏醒，又昏迷。挨千般打拷，万种凌逼，一杖下，一道血，一层皮。**

**〔采茶歌〕打的我肉都飞，血淋漓，腹中冤枉有谁知！则我这小妇人毒药来从何处也？天那，怎么的覆盆不照太阳晖②！**

**【注释】**

①唱叫扬疾：大声吆喝。②“覆盆”句：盆翻盖着，阳光照不进去。比喻衙门暗无天日。

**【鉴赏】**

〔感皇恩〕这支曲子，窦娥面对衙役们虎狼般的呼喊，魂飞魄散，棍棒暂停，自己刚苏醒，又昏迷。自己平白无故地挨这千般打拷，万种凌逼，一杖下，一道血，一层皮。自己受这样的暴力非刑，不就是衙门黑暗的活见证吗？她开始觉醒，用亲身遭受的冤枉，控诉统治阶级的罪行了。

〔采茶歌〕这支曲子，窦娥被打得肉横飞，血淋漓，一肚子冤枉竟无人知！你明如镜，清似水的太守大人，怎不想想：我这个小妇人不出门，毒药是从那里来，怎么能药死人？所以，窦娥不仅尤人，骂桃杌是昏官，而且进一步怨天，自己好像被罩在盆子之下，见不到一点太阳辉。真是叫天不应，呼地不灵，这堂堂的官吏，巍巍的府衙，竟是暗无天日的黑暗世界。她认识到了统治阶级的本质，抱着宁死不屈的信念，决不招认。

## 《窦娥冤》第三折

**〔正宫·端正好〕没来由①犯王法，不提防遭刑宪，叫声屈动地惊天！顷刻间游魂先赴森罗殿②，怎不将天地也生埋怨。**

**〔滚绣球〕有日月朝暮悬，有鬼神掌著生死权。天地也只合**

**把清浊分辨，可怎生糊突了盗跖[3]颜渊：为善的受贫穷更命短，造恶的享富贵又寿延。天地也做得个怕硬欺软，却元来也这般顺水推船。地也，你不分好歹何为地？天也，你错勘贤愚枉做天！哎，只落得两泪涟涟。**

【注释】

①没来由：无缘无故的。②森罗殿：迷信的说法，谓阴间阎王审案的厅堂。③盗跖：传说春秋时的“大盗”。颜渊：孔子的学生，所谓“贤者”的典型。

【鉴赏】

〔正宫端正好〕这支曲子，窦娥开口就喊冤：自己没有罪犯枉法，没提防别人的暗算却遭刑宪，叫声冤屈也会动地惊天。一会儿自己就要被处决，怎能不把天和地埋怨。这五句诗，表现了窦娥幻想的彻底破灭。因为桃杌的拷打，虽然使她认识到“衙门从古向南开，就中无个不冤哉”的黑暗现实。但是，自己被打成招后，还幻想上层统治者会复审，自己还有昭雪的机会。可是，现在自己竟被押上法场斩首，做负屈衔冤的鬼，她才觉悟到一切希望都破灭了。所以，她义愤填膺，要把天地也埋怨一番。

〔滚绣球〕这支曲子，就是窦娥恨极怨天的唱词。这里，她虽然还没有阶级觉悟，这是历史的局限。但是，她却认识到了贫富的悬殊，善恶的区别。在这样的思想认识支配下，她咒骂天地也是怕硬欺软，顺水推船，让作恶多端的富人，欺压善良的贫民。自己的冤枉苦难，就是这种原因造成的。所以，她咒骂天地，就是咒骂统治阶级，因为他们无心正法，才使百姓有口难言。地不分好歹，天错勘贤愚，真是枉为天地！没有神灵显圣，自己就被冤枉处死，只落得两泪涟涟。窦娥就是这样，在激烈的斗争中，幻想逐步破灭，觉悟逐步提高，这才能够喊出惊天动地的冤枉，对鬼神天地发出震撼人心的控诉。特别她临死前的三桩誓愿，虽然是不可能实现的，但作者却用浪漫主义手法都描写成了现实，要显些灵圣给世人传，使人人都知道窦娥委实冤情不浅！这就大大增加了窦娥的反抗性格，突出了她敢于斗争的满腔复仇怒火，成了千千万万受迫害妇女的典型代表。

## 《救风尘》第二折

**〔后庭花〕我将这情书亲自修，教他把天机休泄漏。传示与休莽戆收心的女[①]，拜上你浑身疼的歹事头[②]。你好没来由，遭他毒手，无情的棍棒抽，赤津津鲜血流，逐朝家如暴囚，怕不将性命丢！况家乡隔郑州，有谁人相睬瞅，空这般出尽丑。**

**【注释】**

①传示与休莽戆收心的女：意即传信给宋引章，叫她收起天真的心性，再也不要鲁莽行事。②歹事头：倒霉鬼。

**【鉴赏】**

《救风尘》是以妓女的生活和斗争为题材的优秀剧作。剧作家以不可抑制的快意和胜利的喜悦，轻松幽默地描写了赵盼儿利用风月场上的手段，从风月场上的老手——豪绅子弟周舍手里赚得了休书，把自己受害的姐妹宋引章救出火坑的故事，表现了被压在社会最底层的妇女们，对欺骗、蹂躏她们的封建贵族阶级的斗争智慧；同时对于玩弄被压迫女性反而受到被压迫女性玩弄的纨袴子弟，进行了无情的嘲笑和有力的鞭挞。妓女的智慧、信心和力量，为《救风尘》成为喜剧定下了基调。关汉卿这一成功的喜剧，同样表现了严肃而重大的社会主题——被压在社会最底层的妇女，迫切地要求解放。

《救风尘》的曲词是非常本色的。从表面上看好像很粗俗，其实这些曲词完全是性格化的语言，取譬设喻，都符合赵盼儿的身份。赵盼儿作为一个妓女，她的唱词不能离开她的生活。不堆砌辞藻，不卖弄才华，用生活化、个性化的口语写曲词，为表现人物性格服务，是关汉卿的优点和特色。因此，他写的曲词自然流畅，通俗易懂。

## 《单刀会》第四折

**〔双调·新水令〕大江东去浪千叠，引着这数十人驾着这小舟一叶。又不比九重龙凤阙[①]，可正是千丈虎狼穴。大丈夫心烈[②]，我觑这单刀会似赛村社[③]。**

**〔驻马听〕水涌山叠，年少周郎何处也？不觉的灰飞烟灭，**

**可怜黄盖转伤嗟。破曹的樯橹一时绝，鏖兵的江水犹然热，好教我情惨切！**

【注释】

①九重龙凤阙：封建帝王居住的地方。②烈：刚烈。③赛村社：古代农村在节日举行的迎神的赛会。

【鉴赏】

〔双调·新水令〕一曲，堪称“笔机飞舞，墨势淋漓”（李渔《闲情偶记》）。“大江东去浪千叠”，何等气魄！大江滚滚，日夜奔流，巨浪腾涌，层层叠叠。江如此大，浪如此猛，而关羽所带的是“数十人”，驾的是“小舟一叶”！两相映衬、对比，则人的胆气豪情，尽寓其中，而从字面看只是叙事写景。如果说这两句是暗喻，下两句便是明比了。九重，指天，古指帝王所居之处。“九重龙凤阙”，言殿之高，这是用以比照下句“可正是千丈虎狼穴”。鲁肃具柬礼请“那里有凤凰杯持琼花酿”，但关羽十分清楚：并“不是待客筵席，则是个杀人，杀人的战场”（见第三折）。“大丈夫心别”，已是豪情满怀，把“单刀会”看作不过是农村社日的迎神赛会，则更表现出其“别”（与众不同）了！

〔驻马听〕一曲，前用宋、明人词意，虽也叹长江之流逝，但缅怀往昔峥嵘岁月，壮怀豪情，洋溢纸面。“破曹的樯橹一时绝，鏖兵的江水犹然热。”一个“热”字，当日舳舻千里，旌旗蔽空，万箭齐发，曹兵破灭的景象，宛然犹在眼前！热血奔涌，百感交集，不禁仰天长啸：“二十年流不尽的英雄血”。一语概括尽创业的艰辛，守域的不易，感慨万千！

## 《望江亭》第三折

**〔越调·斗鹌鹑〕则这今晚开筵，正是中秋令节，只合低唱浅斟[①]，莫待他花残月缺。见了的珍奇，不消的咱说，则这鱼鳞甲鲜，滋味别。这鱼不宜那水煮油煎，则是那薄批细切[②]。**

**〔紫花儿序〕俺则待稍关打节[③]，怕有那惯施舍的经商，不请言赊[④]。则俺这篮中鱼尾，又不比案上罗列[⑤]，活计全别[⑥]。俺**

**则是一撒网一蓑衣一箬笠，先图些打捏⑦。只问那肯买的哥哥，照顾俺也些些。**

**【注释】**

①低唱浅斟：低声唱曲，慢慢喝酒。②薄批细切：宋元时人爱吃生鱼片，薄批细切指的是片生鱼片的技巧。片鱼片即下文所说的“切”。③稍关打节：打通关节。④“怕有那”句：意为我们卖鱼是不赊欠的。暗喻名为献鱼，实有目的——自己是不会空手而返的。⑤罗列：摆设。⑥活计全别：这种活儿（打鱼）与别的全不一样。⑦打捏：生活费用。

**【鉴赏】**

《望江亭》原名《望江亭中秋切》，是一出很出色的喜剧。大概内容写的是：权豪势要杨衙内想霸占年轻貌美的寡妇谭记儿，听说谭嫁给了地方官白士中，便奏请皇上查办白士中，白闻讯惊惶无计，谭却胸有成竹，决定对策。中秋节晚上，杨衙内乘船到洞庭湖，谭扮作渔妇上船献鱼，卖弄风情，灌醉杨衙内，骗取了势剑金牌；第二天杨前来捕人，却找不到文书，只找到他和谭记儿调笑时胡诌的小词，终于在公堂上当众出丑，最后被治以“夺人妻妾”之罪。这里选的是第三折。喜剧气氛特别浓烈。

《望江亭》以辛辣、讽嘲的笔调，揭露了一个目无法纪、作威作福、得到最高统治者的“势剑金牌”而为所欲为的权势人物——杨衙内的丑恶灵魂，活画出这个色魔淫棍的卑劣无耻。在元杂剧中，“衙内”一般指的是蒙古贵族，因此作者的揭露和嘲讽就别具时代意义。作者成功地塑造了谭记儿这样一个爽朗、机敏、美丽、智慧与胆量并重的女性，她在我国乃至世界的戏剧画廊里是独特的“这一个”。在辛辣的嘲讽中，谱出这样一出酣畅淋漓的喜剧，体现了关汉卿丰厚的艺术底蕴。

# 白朴

## 〔中吕〕阳春曲

**知几**[①]（四首）

**知荣知辱牢缄口**[②]**，谁是谁非暗点头。诗书丛里且淹留。闲袖手，贫煞也风流**[③]**。**

**今朝有酒今朝醉**[④]**，且尽樽前有限杯**[⑤]**。回头沧海又尘飞。日月疾，白发故人稀**[⑥]**。**

**不因酒困因诗困，常被吟魂恼醉魂**[⑦]**。四时风月**[⑧]**一闲身。无用人，诗酒乐天真。**

**张良**[⑨]**辞汉全身计，范蠡归湖远害机**[⑩]**。乐山乐水**[⑪]**总相宜。君细推，今古几人知？**

**【注释】**

①知几：了解事物发生变化的关键和先兆。②缄口：默不作声，免惹祸端。③闲袖手句：贫煞，贫困到极点。风流，形容英俊杰出。④今朝有酒今朝醉：指及时行乐。⑤且尽樽前有限杯：同上。且尽，姑且饮尽，喝完。有限杯，谓能饮酒的日子不多。⑥“回头沧海”三句：比喻世事变迁，光阴荏苒之意。⑦“不因酒困因诗困”两句：酒困，谓饮酒过多，被酒所困。诗困，谓欲抒写心中郁积，被诗情所困。吟魂，作诗的情怀目的。醉魂，借酒浇愁。⑧风月：指美丽的景色。⑨张良：汉初大臣，在汉朝建立封留侯之后，为了保全自己，功成身退，修道学仙。⑩范蠡：春秋末政治家，字少伯，越大夫，帮助越王勾践刻苦图强，灭亡吴国，功成辞去，免遭杀身之祸。“归湖”，归游于

五湖。"远害机"，避开祸患的形势。⑪乐山乐水：出自《论语》："仁者乐山，智者乐水。"

**【鉴赏】**

这组《知几》为题的散曲共四首，前三首是作者对处在外族统治下处世观念和生活态度的自白，第四首主要是抒发感慨。第一首写作者对现实的态度。"知荣知辱牢缄口，谁是谁非暗点头"，是说知道是非荣辱是怎么回事，但是现实黑暗，所以作者不能也不愿表达出来。这几句揭露了元朝统治的黑暗。第三句说明在如此黑暗的现实中，作者只能把时光消磨在"诗书丛里"，以诗书自娱，独善其身。"闲袖手，贫煞也风流"，化用了苏轼和元好问的诗句，明确表明作者不愿为官，安贫乐道的心态，表现了作者清高孤傲的人格。第二首感慨人生短暂，世事多变，作者因此以酒自娱。"今朝有酒今朝醉，且尽樽前有限杯"，是说，因社会黑暗，思想言论受到钳制，所以只好纵情美酒，以此来逃避现实，这反映了作者悲观失望的情绪及内心的痛苦。"回头沧海又尘飞。日月疾，白发故人稀"，就是针对现实而发的感慨，时光易逝，人生易老，作者心中无限凄凉。这句与前一句相呼应，也表明了作者看穿世事、逃避现实的想法以及纵情诗酒的原因。第三首承第二首，抒发作者借诗酒消愁，乐以忘忧的情怀。"不因酒困因诗困，常被吟魂恼醉魂"，是说作者生活的全部内容，不是纵情于美酒，就是寄情于诗文。"四时风月一闲身。无用人，诗酒乐天真"，反映了作者归隐生活的乐趣。他甘愿过着贫寒的生活，也要无拘无束，自由自在，突出了作者孤傲清高的性格和安贫乐道的生活态度。第四首紧承第三首，将历史经验与现实感受结合，说明了自己纵情诗酒、逃避现实的原因。"张良辞汉全身计，范蠡归湖远害机"，引出张良、范蠡，赞扬他们功成身退，洞察时务，不仅是总结历史经验，也暗中揭露了当时官场的险恶。"乐山乐水总相宜"，说明自己不去为官、寄情山水是明智的，肯定了自己的处世态度。"君细推，今古几人知"，语气沉痛，通过对历史的反思，表达了对世人不知全身远害，热衷于功名利禄的感叹，也进一步肯定了自己的处世态度。

这四首曲子集中表现了作者内心的愤懑和不满，从侧面反映了当时现实的黑暗和统治者对知识分子的戕害。语言清新明快，朴素自然。

## 〔中吕〕阳春曲

题情（六首之四）

**从来好事天生俭[①]，自古瓜儿苦后甜[②]。奶娘催逼紧拘钳[③]，甚是严。越间阻越情忺[④]。**

【注释】

①从来好事天生俭：好事，这里指爱情。俭，吝啬、缺乏。②自古瓜儿苦后甜：元人习用俗语，常被曲家引入作品当中，或用作比喻，或用作诨语。③奶娘催逼紧拘钳：奶娘，即乳母，一般也称作为“嬷嬷”。拘钳，管束的意思。④越间阻越情忺：间阻，即从中作梗，横加阻拦。忺，高兴、惬意。情，是指与心上人情投意合，深感无比的满足和畅快。

【鉴赏】

这首曲子描写了一个坚贞女子敢于冲破封建藩篱，争取爱情自由的决心，表达了作者对爱情、婚姻自由的赞美。“从来好事天生俭，自古瓜儿苦后甜”，以比喻开始，用瓜儿都是先苦后甜比喻人世间好事多磨，美好的爱情总要遭受些波折，表达了主人公对爱情的信念。下一句“奶娘催逼紧拘钳”，写女子爱情遇到的客观阻力。然而“甚是严。越间阻越情忺”，管束愈严，情思愈烈。面对如此大的阻力，女子却毫不动摇，越有阻力越是坚持，抒情中带有淡淡的哲理意味。

全曲语言泼辣，感情真挚。作者以一个坚贞女子的口吻写出一个大胆热烈，敢于藐视礼教束缚的恋爱中的女子形象，表达了民间广大青年男女的共同愿望，鼓舞和激励青年男女争取自由、幸福的婚姻。

## 〔越调〕天净沙

春

**春山暖日和风，阑干楼阁帘栊，杨柳秋千院中。啼莺舞燕[①]，小桥流水飞红[②]。**

【注释】

①啼莺舞燕：啼，即黄莺在春天里唱着悦耳动听的歌。舞，说明燕子飞来飞去，衔泥作巢。②小桥流水飞红：流，指春水潺潺，正在流淌。飞，落红片片之状。红，指红花。

【鉴赏】

这首是写春景的曲子。整首曲子运用白描的手法，从不同角度描写春天的自然风光，整个画面的背景是远景，第二句是人物的立足点，是近景，第三句写庭院中喧闹的景象，展示了一幅生机勃勃、春意盎然的画面，是中景。其中最能体现庭院中生机的景物是舞燕和飞红。“春山暖日和风”，作品开篇先从远处着笔为我们呈现了一个宏大的背景。在这一句里，作者着意以春景突出了春天的到来。“阑杆楼阁帘栊”和“杨柳秋千院中”两句是近写，作者从远处的“春山”转为写近处的“楼阁”与“院中”的景物。在这明媚的春光里的“阑杆楼阁帘栊”也别有一番滋味！再细细品味“杨柳秋千院中”一句：幽静雅致的小院儿里，有挺拔的白杨，有婀娜的垂柳，特别是那树下的秋千悠然地荡来荡去，仿佛还有妙龄少女们的欢声笑语传出来，充满了诗情画意。“啼莺舞燕，小桥流水飞红”，这结尾两句，作者的目光又从庭院转移到晴空中，转移到旷野上，渲染了一种令人陶醉的氛围：黄莺在春树枝头悠扬地歌唱；燕子在碧空下喜飞舞；潺潺流淌的小溪在小桥下淙淙作响；落英在微风吹拂中静悄悄地飘落。作品的意境和谐，意趣盎然。

此曲风格清婉，语言简练，观察细致，造境新颖，颇具特色。

## 〔越调〕天净沙

**夏**

**云收雨过波添，楼高水冷瓜甜[①]，绿树阴垂画檐。纱幮藤簟[②]，玉人罗扇轻缣[③]。**

【注释】

①水冷瓜甜：形容高楼上玉人的感受。②纱嶹藤簟：嶹，指古代一种像橱一样的帐子。藤簟，指用藤或竹制成的凉席。③玉人罗扇轻缣：玉人，佳人。

轻缣，轻而薄的丝绢衣衫。

【鉴赏】

这是白朴在〔越调·天净沙〕曲调中，以四季为题，描写夏天景物的曲子。在这首曲子中，作者根据自己的观察和体验，勾勒出了一幅情趣盎然、充满生活气息的盛夏图景。“云收雨过波添”，写雨过天晴，碧空如洗，河水荡漾，一派清新美好的气息。“楼高水冷瓜甜”，写雨后，楼屋里的人呼吸着清新的空气，吃着多汁而甘甜的西瓜，感到分外舒畅。“绿树阴垂画檐”，写屋前的景物，绿树成荫，枝蔓一直垂到了画檐前面，遮住了炎炎烈日。“纱藤簟，玉人罗扇轻缣”，写纱帐中的藤席上，一位穿着丝绢做成的轻薄衣衫的美人儿坐在那儿，轻摇着罗扇，享受着夏日宜人的时光。不管是写室外的景物，还是写室内的陈设和人物，都紧紧抓住了夏天的特色。

这首曲子，由远及近，由外到内，层次清晰，结构合理，意象选取鲜明，营造了一种幽静、凉爽的氛围。文笔朴实清新，格调高雅。

## 〔越调〕天净沙

**秋**

**孤村落日残霞，轻烟老树寒鸦，一点飞鸿[①]影下。青山绿水，白草红叶黄花。**

【注释】

①飞鸿：往往会使人引发思念之情，这是古典诗、词、曲中常见的写法。

【鉴赏】

这是白朴四季风景图中最著名的一首。开头两句“孤村落日残霞，轻烟老树寒鸦”，作者用并列的六组名词描绘了一幅和谐的画面：夕阳西下，落霞满天，斜晖映照着小村；炊烟袅袅，寒鸦辍立枝头，渲染出一种凄清冷寂的氛围。“一点飞鸿影下”，写在这一片宁静的秋景当中，突然掠过一只大雁，飞下地面。这一动态描写，打破了静景的观感，顿添生机，动静相融，浑然一体。“一点”说明“飞鸿”的距离之远，“影下”更显速度之快。而孤鸿的形象也正是作者流浪天涯、思念故乡的写照，抒情含蓄委婉。

最后两句在视角上远近结合。远处是秋山和秋水：秋山青，秋水绿；近处是秋天的植物：草、叶和花，白、红、黄更是和谐烘托、冷暖相间的色彩，为萧瑟冷清的秋天增添了几分生气，打破了惆怅孤寂之感。

综观全曲，其结构新颖别致，章法上动静结合，构思精巧。

## 〔越调〕天净沙

**冬**

**一声画角谯门[①]，半亭新月黄昏[②]，雪里山前水滨。竹篱茅舍，淡烟衰草孤村[③]。**

**【注释】**

①一声画角谯门：这如人呜咽般的画角声，一下子打破了冬日的沉寂，给冬日的景色增添了活力。②半亭新月黄昏：黄昏时分细弯的月牙照亮半边庭院。③淡烟衰草孤村：指淡淡的炊烟，衰败的野草，孤寂的村落，一派荒凉落寞之景。

**【鉴赏】**

这是白朴四季风景图中的第四首曲子，描写冬天的景致。全曲句句写景，景中含情，情景交融。

"一声画角谯门，半亭新月黄昏，雪里山前水滨"，写黄昏时分，城楼上的亭子笼罩在初升的新月之下，悠长哀怨的画角声从轮廓模糊的谯门里传出。皑皑的白雪覆盖了山坡，山前的溪水在静静地蜿蜒流淌。"竹篱茅舍，淡烟衰草孤村"，写暮色里升起了几缕淡淡的炊烟，水边一座简陋的竹篱茅舍若隐若现，远远望去，孤村里枯草遍野，勾起人的哀思。

全曲五句，通晓流畅，清新自然。一连描绘出画角、谯门、半亭、新月、黄昏、雪、山、水、竹篱、茅舍、淡烟、衰草、孤村十三种景物，组成了一幅冬景图。选取的这些意象典型准确，美感十足。开头的"一声画角"，是全曲的点睛之笔，将所描写的景物笼罩在一种寂静凄清的氛围之中，给人一种悲凉之感，同时也给读者留下了广阔的想象空间。

## 〔双调〕驻马听

**吹**

**裂石穿云[1]，玉管宜横清更洁[2]。霜天沙漠[3]，鹧鸪风里欲偏斜[4]。凤凰台上暮云遮[5]，梅花惊作黄昏雪。人静也，一声吹落江楼月。**

【注释】

①裂石穿云：形容气势宏大的笛声。②玉管宜横清更洁：玉管，指吹奏乐器箫笛之类。宜横，指笛子宜于横吹。清更洁，形容笛声清亮雅正。③霜天沙漠：指笛音所描绘的艺术境界。④鹧鸪：形似斑鸠的一种鸟。⑤凤凰台上暮云遮：凤凰台，故址在今南京城内西南方，六朝时宋所建，相传在建台之前曾有凤凰飞集于此，所以得名。暮云遮，极言凤凰集结之多。

【鉴赏】

开头"裂石穿云，玉管宜横清更洁"两句概括描写高亢的笛音似乎可以裂石透云，不同凡响。三、四两句"霜天沙漠，鹧鸪风里欲偏斜"，写美妙动听的笛声在听众的眼前展开了一片广袤的意境。在秋天广袤的沙漠里，鹧鸪也被这美妙的笛声深深吸引住了，进一步写出笛音的艺术魅力。五、六两句"凤凰台上暮云遮，梅花惊作黄昏雪"，描写成群的凤凰听到笛音都为之倾倒，就连梅花也为之纷纷飘落。这里化用李白《黄鹤楼闻笛诗》中的"黄鹤楼中吹玉笛，江城五月落梅花"的句意，极言笛声之美。最后两句"人也静，一声吹落江楼月"，再进一步写笛声，夜深人静，江上明月为笛音所动，隐藏起了光辉，运用夸张的手法极言笛音之美。

## 〔双调〕沉醉东风

**渔夫**

**黄芦岸白蘋[1]渡口，绿杨堤红蓼[2]滩头。虽无刎颈交[3]，却有忘机友[4]。点秋江白鹭沙鸥[5]。傲杀人间万户侯，不识字烟波钓叟[6]。**

【注释】

①蘋：一种多年生的水草。②蓼：一种慨红色或粉色小花的一年或多年生水草。③刎颈交：生死与共的朋友。④忘机友：彼此之间没有欺诈之心、无所顾忌的朋友。⑤点秋江白鹭沙鸥：点，一触即起，形容无拘无束，自由自在。这里还寓有与鸥鹭为友的意味。⑥烟波钓叟：指唐代诗人张志和，他隐居江湖，自称“烟波钓徒”。这里是作者自喻。

【鉴赏】

这首曲子写隐士心态，作者借以自况，抒发了向往清静无为、恬淡闲适生活的心境。“黄芦岸白渡口，绿杨堤红蓼滩头”，以色彩斑斓的自然风光开篇，写渔夫所面对的景致：岸边有黄色的芦花，渡口有白色的白蘋，堤上绿杨成行，滩头红蓼鲜艳，五彩缤纷，绚丽多姿，点出了渔夫的生活环境和季节时令。“虽无刎颈交，却有忘机友”，连用两个典故，写渔夫所接触的人和事，表现了渔夫与世无争的生活和淡泊名利的心志。“点秋江白鹭沙鸥”，这个朋友就是秋江上的点点白鹭与沙鸥。与鸥鹭为友，暗示了作者自傲世间知音难觅，所以只有在大自然中寻找知交好友的无奈。最后，“傲杀人间万户侯，不识字烟波钓叟”，是对自由自在、无拘无束的幽居生活的赞美。

曲中塑造的渔夫形象，是作者的一种理想和追求，作者借渔夫的生活乐趣来表明自己的心志——做一个隐士。

## 《墙头马上》第三折

**〔双调·新水令〕数年一枕梦庄蝶[①]，过了些不明白好天良夜。想父母关山途路远，鱼雁[②]信音绝。为甚感叹咨嗟，甚日得离书舍？**

**〔驻马听〕凭男子豪杰，平步上万里龙庭双凤阙[③]；妻儿真烈[④]，合该得五花官诰[⑤]七香车。也强如带满头花[⑥]，向午门左右把状元接。也强如挂拖地红[⑦]，两头来往[⑧]交媒谢。今日个改换别，成就了一天锦绣佳风月[⑨]。**

**〔乔牌儿〕当拦的便去拦，我把你个院公谢。想昨日被棘针[⑩]都把衣袂扯，将孩儿指尖儿都挡[⑪]破也。**

〔幺篇〕便将棒儿撇[12]，不把胆瓶藉[13]。你哥哥[14]，这其间未是他来时节，怎抵死的要去接？

〔豆叶儿〕接不着你哥哥，正撞见你爷爷。魄散魂消，肠慌腹热，手脚獐狂[15]去不迭[16]。相公把拄杖掂详[17]，院公把扫帚支吾，孩儿把衣袂掀者。

〔挂玉钩〕小业种[18]把拢门掩上些，道不的[19]跳天撅地十分劣。被老相公亲向园中撞见者，唬的我死临侵地[20]难分说。

〔沽美酒〕本是好人家女艳冶，便待要兴词讼[21]，发文牒[22]，送到官司遭痛决。人心非铁，逢赦不该赦？

〔太平令〕随汉走怎说三贞九烈，勘奸情八棒十挟。谁识他歌台舞榭，甚的是茶房酒舍。相公便把贱妾，拷折下截，并不是风尘烟月。

〔川拨棹〕赛灵辄，蒯文通，李左车；都不似季布喉舌，王伯当尸叠。更做道向人处无过背说，是和非须辩别。

〔七弟兄〕是那些、劣懒、痛伤嗟也，时乖运蹇遭磨灭，冰清玉洁肯随邪。怎生的拆开我连理同心结！

〔梅花酒〕他毒肠狠切，丈夫又软揣些些[23]，相公又恶噷噷[24]乖劣，夫人又叫丫丫似蝎蜇[25]。你不去望夫石上变化身[26]，筑坟台[27]上立个碑碣。待教我谩懒懒[28]，愁万缕，闷千叠，心似醉，意如呆，眼似瞎，手如瘸，轻拈掇[29]，慢拿捻[30]。

〔收江南〕呀！玷叮玎珰掂做了两三截。有鸾胶[31]难续玉簪折，则他这夫妻儿女两离别。总是我业彻[32]，也强如参辰日月不交接[33]。

〔雁儿落〕似陷人坑千丈穴，胜滚浪千堆雪。恰才石头上损玉簪，又教我水底捞明月。

〔得胜令〕冰弦断，便情绝；银瓶坠，永离别。把几口儿分两处。谁更待双轮碾四辙[34]。恋酒色淫邪，那犯七出[35]的应拚舍；享富贵豪奢，这守三从[36]的谁似妾。

〔沉醉东风〕梦惊破情缘万结，路迢遥烟水千叠。常言道有亲娘有后爷，无亲娘无疼热[37]。他要送我到官司，逞尽豪杰。多谢你把一双幼女痴儿好觑者，我待信拖拖[38]去也。

〔甜水令〕端端共重阳，他须是你裴家枝叶。孩儿也！啼哭的似痴呆，这须是我子母情肠厮牵厮惹，兀的不痛杀人也！

〔折桂令〕果然人生最苦是离别。方信道花发风筛，月满云遮。谁更敢倒凤颠鸾，撩蜂剔蝎，打草惊蛇[39]？坏了咱墙头上传情简帖，拆开咱柳阴中莺燕蜂蝶。儿也咨嗟，女又拦截。既瓶坠簪折，咱义断恩绝。

〔鸳鸯煞〕休把似残花败柳[40]冤仇结，我与你生男长女填还彻[41]。指望生则同衾，死则共穴。唱道题柱胸襟，当垆的志节[42]，也是前世前缘，今生今业。少俊呵，与你干驾了会香车[43]，把这个没气性的文君送了也！

【注释】

①“数年”句：意思是婚后数年的生活像梦一般过去。梦庄蝶，用《庄子·齐物论》中所说庄周梦为蝴蝶的故事。②鱼雁：古代传说鱼雁能传书，后来便用“鱼雁”代指书信。③平步：平常的步行，比喻轻易。龙庭、凤阙：指朝廷。④真烈：即贞烈。⑤五花官诰：皇帝给命妇封赠的文书。官诰，封赠职官时颁发的诏令。五品以上的官诰用五色金花绫书写，故称“五花官诰”。⑥满头花：金元时命妇外出时的盛装。⑦拖地红：古代女子结婚时所穿的红帔。⑧两头来往：指媒人来往说合于男女两家之间。⑨“今日个”两句承上文，意思说自己采用另一种结婚方式，既不是在状元及第后成婚，也不是明媒正娶，而是由互相爱慕成就了美好姻缘。风月，这里指风流韵事。⑩棘针：有刺草木上的刺。一般是指酸枣树上的刺。⑪挝：同“抓”。⑫“便将”句：责备孩子们把球棒儿随手撇开。棒儿，打球的棒子。宋元时盛行的球类运动，除用脚踢外，还有用棒打的。⑬胆瓶：长颈大腹，呈胆形的花瓶。藉：顾惜。⑭你哥哥：即你父亲。宋元风俗，母亲有对儿子称他们的父亲为哥哥的。⑮手脚獐狂：即手忙脚乱，慌张忙乱。獐狂，同“张皇”，慌张。⑯去不迭：逃避不及。⑰掂详：估量，思索，审查。⑱小业种：即小孽种，骂人的话。⑲道不的：说不尽，说不得。跳天撅地：形容儿童顽皮淘气的样子。⑳死临侵地：死呆呆地，死气沉沉地。临侵，语助词。㉑兴词讼：奋起诉书，藉被控告。讼，诉讼。㉒发文牒：发出捉拿犯人的公文，指被逮捕。㉓软揣：又作“囊揣”，懦弱无能。些些：一些儿。㉔恶噷噷：恶狠狠。㉕叫丫丫似蝎蜇：像被蝎子毒刺刺伤似地喊。㉖望夫石上变化身：我国不少地方都有望

夫石的传说。传说古代有一位妻子登山盼望远出的丈夫，日久天长变化为石。㉗筑坟台：传说赵贞女贞洁贤惠，辛勤地侍奉公婆，公婆死后，无钱埋葬，自己便用罗裙包土，修筑坟台。㉘谩懺懺：即慢吞吞。㉙掂掇：用手估量东西的轻重。㉚拿捻：用手指轻轻地捏着。㉛鸾胶：用鸾鸟的喙煎熬成的胶，据说用这种胶粘续弓弦，永不折断。人们往往用以比喻续婚。㉜业彻：作孽到了尽头。㉝参辰日月不交接：指永不相见。参星和展星，太阳和月。㉞双轮碾四辙：比喻一女嫁两夫。辙，车轮的轨迹。㉟七出：即封建社会丈夫休弃妻子的七种理由。凡女子出嫁后无子，被视为淫逸，不好好侍奉公婆，爱口角、盗窃、妒忌、残疾，七项中有一项者，就会被丈夫休弃。㊱三从：即“未嫁从父，既嫁从夫，夫死从子”，是束缚妇女的封建道德教条。㊲“有亲娘”两句：意为只要有亲娘儿女就会被疼爱，即使是后爹也没问题。后爷，后父。㊳信拖拖：慢吞吞的意思。㊴撩蜂剔蝎，打草惊蛇：比喻撩拨恶人，自取祸殃。㊵残花败柳：喻指妇女年老，不为人所爱。㊶填还彻：彻底清还欠下的债务。㊷“唱道”二句：意为裴少俊有司马相如的远大抱负，李千金自己有卓文君与丈夫共患难的勇气。题柱，传说司马相如曾在成都升恤桥桥柱上题字：“不乘高车驷马，不过此桥”。当垆，卓文君本为富豪卓王孙的孀女，她与司马相如私下结合。司马相如很穷，就在成都当垆卖酒。垆，放酒坛的土墩。㊸“干驾了”句：自驾了半天香车。传说卓文君与司马相如一同坐香车私奔。

**【赏析】**

《墙头马上》全名《裴少俊墙头马上》，是一部具有浓厚喜剧色彩的爱情戏。此剧的素材，源于白居易的《井底引银瓶》一诗。白诗记述一个婚姻悲剧故事：一个女子爱上了一位男子，同居了五六年，但被家长认为“聘则为妻奔则妾”，逐出家门。白朴的《墙头马上》，在《井底引银瓶》一诗内容的基础上，融入了先进的思想倾向，洋溢着火热的激情，描绘了女子大胆地追求爱情，勇敢地向封建家长挑战，成为一曲歌颂婚姻自由的赞歌。全剧一共四折。第一折写尚书裴行俭的儿子裴少俊与李总管的女儿李千金“墙头马上”相遇，一见钟情；第二折写少俊与千金在李家后花园中约会，被嬷嬷发现后，千金随少俊私逃；第三折写裴少俊怕被父亲知道，便把李千金及子女藏在自家花园之中，共度七载光阴。后来被裴行俭发现，怒斥她为下流娼妓，并赶她出门；第四折写裴少俊及第得官，求千金重返裴家，她坚决不肯。这时裴行俭夫妻也去恳求，千金将尚书奚落一番，她也不允。最后由于儿女的痛哭哀求，才夫妻团圆，与少俊重归于好。

这篇作品具有强烈的反封建意义，全剧贯穿着一种婚恋自由意识与封建礼教之间的矛盾。裴、李的自由结合反抗了父母之命、媒妁之言的封建礼教。

在第三折，这个矛盾发展到了高潮。在第一折中，作者让李千金站出来与裴尚书进行正面交锋。李千金在裴家后院躲藏七年，生了一男一女，但终于被裴尚书发现。她极力为自己的行为辩护，反驳裴尚书对她的辱骂。恋爱婚姻自由是李千金追求的一个方面，她更加看重的是人格的尊严。所以，在强大的封建势力面前，被视为“淫奔”的李千金不得不饮恨回家，但她绝没有屈服。当裴少俊考中状元，裴尚书知道了她是官宦之女，前去向她赔礼道歉，要求她认亲重聚时，她坚决不肯，并且对裴氏父子毫不留情地谴责。即使裴尚书捧酒谢罪，她还是斩钉截铁：“你休了我，我断然不肯。”只是后来看到啼哭的一双儿女，才不禁心软下来，与裴家重归于好。

在这一折中，李千金的形象是十分突出的，她不顾家长的压迫，坚持不屈，表现了青年要求婚姻自由的坚强意志和对爱情的忠贞。而由于作者的巧妙安排，充分展示了青年男女要求婚姻自由的思想，将封建门第观念的狠毒无情暴露无遗。裴少俊进士及第后，他的父亲就改变了对他们的态度，这就揭露了作为封建礼教的代表者的虚伪和势利。

# 杨显之

## 《潇湘夜雨》第二折

〔醉太平〕只为你人材是整齐，将经史温习，联诗猜字尽都知，因此上将女孩儿配你。这幞头呵除下来与你戴只，这罗襕[①]呵脱下来与你穿只。弄的来身儿上精赤条条的，张千，跟着我来。我去那堂子里把个澡洗。

〔南吕·一枝花〕不甫能[②]蟾宫折桂枝，金阙蒙宣赐。则道是洞房花烛夜，金榜可兀的挂名时[③]。我为你撇吊[④]了家私，远远的寻途次[⑤]，恨不能五六里安个堠子[⑥]，我看了些洒红尘秋雨的这丝丝，更和我透罗衣金风瑟颩。

〔梁州〕我则见舞旋旋飘空的这败叶，恰便似红溜溜血染胭脂，冷嗖嗖西风了却黄花事。看了些林梢掩映，山势参差。走的我口干舌苦，眼晕头疵。我可也把不住抹泪揉眵，行不上软弱腰肢。我我我，款款的兜定这鞋儿，是是是，慢慢的按下这笠儿，呀呀呀，我可便轻轻的拽起这裙儿。我想起亏心的那厮，你为官消不得人伏侍，你忙杀呵写不得那半张纸[⑦]？我也须有个日头儿见你时，好着我仔细寻思。

〔牧羊关〕兀的是闲言语，甚意思？他怎肯道节外生枝。我和他离别了三年，我怎肯半星儿失志。我则道他不肯弃糟糠妇，他原来别寻了个女娇姿。只待要打灭[⑧]了这穷妻子。呀、呀、呀！你畅好是负心的崔甸士！

〔哭皇天〕则我这脊梁上如刀刺，打得来青间紫。飕飕的雨点下，烘烘的疼半时。怎当他无情无情的棍子，打得来连皮彻骨，夹脑通心，肉飞筋断，血溅魂消，直着我一疼来，一痛来一个死。我只问你个亏心甸上，怎揣与[⑨]我这无名的罪儿？

〔乌夜啼〕你这短命贼怎将我来胡雕刺[10]？迭配[11]去别处官司，世不曾见这等跷蹊事。哭的我气噎声丝，诉不出一肚嗟咨[12]，想天公难道不悲慈？只愿得你嫡亲伯父登时至，两下里质对个如何是？看你那能牙利齿，说我甚过犯公私[13]？

〔黄钟煞〕休休休，劝君莫把机谋使，现现现，东岳新添一个速报司。你你你，负心人信有之；咱咱咱，薄命妾自不是。快快快，就今日逐离此，行行行，可怜见，只独自。细细细，心儿里，暗忖思，苦苦苦，业身躯[14]怎动止？管管管，少不的在路上停尸。哎哟，天那！但不知那埸儿里把我来磨勒死！

【注释】

①罗襕：绫罗襕衫，古代儒生常穿的一种服装。②不甫能：即甫能。刚刚，好不容易。“不”，以反语见义，起加强语气的作用。③“则道是”两句：只说新婚之夜、榜上提名的时刻是人生最高兴的时候。则道，只说。可兀的，句中衬字，无义。④撇吊：抛开，丢掉。⑤途次：行途中停歇的地方。⑥堠子：堠，古代在路旁堆土以为界碑或记里程，五里只堠，十里双堠。如今指界碑或里程碑。⑦半张纸：这里指书信。⑧打灭：消除，抛弃。⑨揣与：强加，捏造。⑩雕刺：古代向罪犯面部、臂部或他处刺刻标记的刑罚。⑪迭配：递配，即把罪犯押送往指定的地点充军。⑫嗟咨：冤屈，怨恨。⑬过犯公私：犯下公罪私罪。过犯，过失，罪过。⑭业身躯：意为受过拷打的身躯怎能经得住长途跋涉的折磨。业，即孽，此指受罪。

【鉴赏】

《潇湘夜雨》，又名《潇湘雨》，简名一作《临江驿》，全名为《临江驿潇湘秋夜雨》，这里选的是第二折。写谏议大夫张天觉因触犯权贵被贬官，携女儿翠鸾乘船去江州，路上遇风翻船，父女二人失散。翠鸾被渔夫崔文远救起，收她为义女。崔文远之侄崔通（崔甸士）正要进京赴考，前来辞别伯父，崔文远便将翠鸾许配给他。崔甸士临行之际约好成名后就来迎接翠鸾。然而崔通中举做官后，情愿被试官赵钱招为女婿，携赵女赴任秦川县令。翠鸾听说崔甸士得了官，却总不见他回来迎接自己，便只身到秦川寻夫。翠鸾寻至，这时崔甸士已经变心，赵女又很凶悍善妒，崔通诬陷，便诬陷翠鸾为逃婢，把她发配沙门岛，受尽苦楚。当年翠鸾之父张天觉水中也得救，此时已升任刑廉访使，携御赐上方剑。翠鸾发配途中受尽千辛万苦，风雨之中艰难带枷赶路，与父亲在赴任途中相遇，翠鸾得到解救。张天觉听女儿诉说冤情，怒不可遏，将崔甸士和赵女绑缚治罪。崔文远及时赶到，向他求情，张翠鸾也认为自己没有再嫁之理，张天觉于是放了他们，将官还给崔甸士，让他与张翠鸾同赴任所，赵女则沦为婢妾。

整出戏以风雨贯穿始终，衬托了翠鸾的悲惨命运。丈夫走后杳无音信，传说丈夫做了官也不来接妻子，不禁使妻子对丈夫产生怀疑。翠鸾的这种凄凉心情，和她在寻夫路上的丝丝秋雨、瑟瑟秋风，交织在一片迷迷茫茫的网里，渲染了翠鸾的凄惨命运。杨显之以简洁的笔墨，描写了一个遭遇不幸、命运悲惨、具有一定反抗精神的妇女形象。路上翻船，父女失散，生死不知；婚后三年"寡居"，后被丈夫遗弃，并被丈夫打成死犯，流放海岛，受尽了拷打和折磨。翠鸾在丈夫加给的一系列打击之下，并没有逆来顺受，而是表现出一定的反抗精神。她骂崔甸士负心，揭发了他以前的山盟海誓，并且控诉崔甸士加罪无名，勇敢地要待崔甸士的亲伯父来时对质，当被立即押解时，她说崔甸士必然得到恶报，表现出了一位封建社会的妇女对自身悲惨命运的抗争。与之形成鲜明对比的是崔甸士的贪图富贵，喜新厌旧，负心毁约，在对主试官赵钱及其女儿的刻画中，淋漓尽致地烘托出崔甸士的丑恶灵魂、卑劣行径和狠毒手段。

# 姚 燧

## 〔中吕〕满庭芳

**天风海涛[①]，昔人曾此[②]，酒圣诗豪[③]。我到此闲登眺，日远天高。山接水茫茫渺渺，水连天隐隐迢迢[④]。供吟笑，功名事了，不待老僧招。**

**【注释】**

①天风海涛：形容风急浪高。②昔人曾此：指昔人曾在这里。③酒圣诗豪：这里指纵情豪饮后诗气凌人。诗豪，杰出的诗人。④隐隐迢迢：形容天高水远，隐约迷茫。

**【鉴赏】**

这首曲子境界开阔，景象壮观，胸怀豪迈超脱。“天风海涛，昔人曾此，酒圣诗豪。”写登高远眺时眼前的景观和因此而产生的思古情怀。“天风海涛”，写眼前之景壮阔无比，震荡人心，令作者顿生思古之情。“昔人曾此，酒圣诗豪”，面对浩瀚无垠的天地自然，古人都是纵情豪饮，赋诗无数，无所羁绊。作者此时的心情无疑是激动而复杂的，他也想效仿古人，以酒诗来抒发他面对此情此景时的壮志豪情。下面两句“我到此闲登眺，日远天高”说明是作者闲暇时来此登高望远的，悠闲自得的心情使所见景物更加开阔。写景与抒情紧密结合，寓情于景。“山接水茫茫渺渺，水连天隐隐迢迢”这句写景，但又蕴含着耐人寻味的哲理，宇宙浩瀚无垠，而处于茫茫宇宙间的人，不过是沧海一粟罢了。但作者并没有消极避世，接下来说“供吟笑，功名事了，不待老僧招”。人生并没有绝对的自由，所以作者不做不切实际的幻想，对功名利禄不做公然的决裂，对其中不如意之处，一笑了之。作者认为人应该追求功名，实现自我价值，但不是做功名利禄的奴隶，待到自我价值实现之后，“不待老僧招”，就主动辞官投入壮阔的大自然的怀抱中来。

## 〔中吕〕满庭芳

**帆收钓浦①，烟笼浅沙，水满平湖。晚来尽滩头聚，笑语相呼。鱼有剩和烟旋②煮，酒无多带月须沽③。盘中物，山肴野蔌④，且尽葫芦⑤。**

【注释】

①钓浦：可以供人们垂钓的水湾。②旋：立刻、马上。③沽：买酒。④山肴野蔌：用山中之物做成的菜肴。⑤尽葫芦：尽兴而饮。葫芦，在这里指用来盛酒的葫芦。

【鉴赏】

这首曲子描写傍晚渔民归来相聚喝酒的热烈场面，给我们展现了当时的民风民俗，表现了渔民豪放、乐观与朴素的生活态度。“帆收钓浦，烟笼浅沙，水满平湖”，描写了渔夫归来后的自然环境，写得简洁、形象：傍晚时分，渔帆归来，此时已升起篝火，暮霭笼罩着浅滩，碧水如镜。这种宁静、温馨的环境，烘托出了渔夫劳作一天后的轻松心情。“晚来尽滩头聚，笑语相呼”，写渔民傍晚捕鱼归来不是直接回家，而是在岸边滩头相聚，饮酒闲话。他们因收获而欢乐，为相聚而高兴。“鱼有剩和烟旋煮，酒无多带月须沽”，写煮鱼、沽酒的忙碌景象；卖后剩下来的鱼，可以自己享用，拿到还冒着浓烟的篝火旁，立即煮上；酒所剩不多，趁着夜色赶紧去买。渔民的生活虽紧张忙碌，但他们是乐观坚强、团结友爱的。结尾三句“盘中物，山肴野蔌，且尽葫芦”，写出了渔民生活的朴素，表现了他们的豁达与乐观。尽管他们每天吃的是野菜野味，但是内心却无比喜悦。作品展现了渔民生活的一个重要侧面，赞扬了渔民积极乐观的生活态度。

这首曲子通篇采用了排比和对偶句式，整齐流畅浑然天成，富有气势。

## 〔中吕〕普天乐

**浙江秋，吴山①夜，愁随潮去②，恨与山叠③。塞雁④来，芙蓉谢，冷雨青灯读书舍，待离别怎忍离别？今宵醉也，明朝去也，宁奈些些⑤！**

【注释】

①吴山：位于杭州市钱塘江北岸。②愁随潮去：指愁情如潮水般汹涌而去。③恨与山叠：恨像重山叠积一样，极言恨之沉重。④塞雁：指从塞外飞到江南过冬的大雁。⑤宁奈些些：宁奈，忍耐，忍受。些些，些许，一点点儿。

【鉴赏】

此曲是一个秋雨之夜，作者在杭州一带送别友人之作。离别之情使一切景物大都带有一种凄凉忧郁的情调。“浙江秋，吴山夜”，交代了送别的季节、时间和地点。“愁随潮去，恨与山叠”，抒发了作者的感受。作者巧妙地运用了比喻，将他的离愁比喻成钱塘江落潮时汹涌澎湃的潮水，不可阻挡；把他的别恨，比喻成吴山的峰峦叠嶂，无止无休，无比沉重，表现了对友人的无比深情。“塞雁来，芙蓉谢，冷雨青灯读书舍，待离别怎忍离别”，移情于景，以写景来抒发离别的苦痛。北雁南飞，叫声凄凉，听了使人哀愁；荷花枯零，满目凄怆，再加上秋雨潇潇，更加令人肝肠寸断。微弱的灯光，静寂的书房，越发叫人不知如何面对离别之苦。此情此景将离愁别恨渲染的极富感染力。“待离别怎忍离别”，采用了反问句式，更加突出了离愁别恨之苦，有加强语气的作用。

“今宵醉也，明朝去也，宁奈些些”，是对友人也是对自己的宽慰，因为不知如何面对与朋友离别的痛苦，所以只能用醉酒来逃避。这三句更加表现出友情的炽烈深厚。

## 〔中吕〕醉高歌

**感怀（四首）**

**十年燕月歌声[①]，几点吴霜鬓影[②]。西风吹起鲈鱼兴，已在桑榆暮景[③]。**

**荣枯枕上三更[④]，傀儡场头四并[⑤]。人生幻化如泡影，那个临危自省[⑥]？**

**岸边烟柳苍苍，江上寒波漾漾。阳关旧曲低低唱，只恐行人**

**断肠。**

**十年书剑长吁[⑦]，一曲琵琶暗许[⑧]。月明江上别湓浦[⑨]，愁听兰舟夜雨。**

【注释】

①十年燕月歌声：十年，指多年。燕月，这里“燕”指元大都。歌声，指朝朝暮暮的宴歌生活。②几点吴霜鬓影：吴霜，吴地的风霜。鬓影，鬃发身影。③“西风吹起”两句：“西风吹起鲈鱼兴”引用晋张翰故事。张为吴郡人，曾入洛阳做官，因西风起而想起家乡的莼菜和鲈鱼的美味，就不想做官，辞官回乡。桑榆暮景，指日将西时斜光照在桑榆之间的景象，古人常以“桑榆暮景”比喻人的晚年。④荣枯枕上三更：人的福贵衰败犹如一场梦。荣枯，指宦海浮沉。枕上三更，指深夜做梦，或指半夜思考。⑤傀儡场头四并：傀儡，指以线操纵演戏的木偶人。场头，卖艺演出的地方。⑥“人生幻化”两句：幻化，变化。省，醒悟，觉醒。⑦十年书剑长吁：十年，泛指多年。书剑，古时文人常备之物，以代文人的生涯。一说代文武之才能。长吁，常叹息。⑧一曲琵琶暗许：一曲琵琶，指自居易《琵琶行》中琵琶女所弹之曲，曲中反映了那位琵琶女一生不幸的遭遇。暗许，私下应许，指作者自己认为，自己一生的经历也像琵琶女一样，充满着不幸和痛苦。⑨湓浦：水名，现在称龙开河，在江西九江市西。

【鉴赏】

〔醉高歌〕一共四首，第一首曲子抒发了作者身在官场的感慨，表达了厌官思归之情。“十年燕月歌声，几点吴霜鬓影”，写作者在京为官时常以歌舞取乐，渲染出了苍凉的气氛：自己在六十多岁时出任江东廉访使，几经宦海沉浮，两鬓多了许多白发，像染上了吴地的风霜一样。“西风吹起鲈鱼兴，已在桑榆暮景”，写自已如今已老，已厌倦了这种生活，见到秋风起，想起张翰的故事，于是思乡之情油然而生。张翰尚能辞官返乡，而自己虽已暮年，但还是身不由已。这首曲子语言凝练，感情真挚。第二首曲子也抒发了作者对宦海浮沉的感慨。“荣枯枕上三更，傀儡场头四并”，写人生变幻无常，无论是富贵荣华还是贫贱失意，都是幻梦一场。人生就像演戏一样，自己就像一个被线操纵演戏的木偶人，从来无法掌握自己的命运，人生很难十全十美。这里包含着无限的感慨。“人生幻化如泡影，那个临危自省”，写人生如梦，世事荣华到头来不过是一场空，但如今，人们还是执迷不悟，苦苦争名逐利，充当统治者的傀儡。这首曲子，是作者对人生的体验，希望自己可以远离是非官场，过自由平静的生活。第三首曲子是送别之作。“岸边柳烟苍苍，江上寒波漾漾”，点明送别的地点和环境。写景由近及远，岸边杨柳依依，仿佛也不舍友人离去；江上微波荡漾，很快就要带我的朋友远去，虽然春天已经来临，但还是有乍暖还寒之意。“寒”字与人物凄凉的心境相契合，烘托了离别的气氛，也为全曲奠定了感伤的基调。“阳关旧曲低低唱，只恐行人断肠”，点明了送别时的情绪。与朋友依依惜别之时，作者为朋友轻轻吟唱起了《阳关曲》，之所以唱得轻一点儿，是怕自己的哀愁感染了朋友。这一细节表现了作者对朋友的深情与关切。第四首曲子化用典故，结合自己的经历，抒写自己平生的失意和苦闷。“十年书剑长吁”，言自己一生经历过很多的痛苦和失意，叹息自己的不得志。“一曲琵琶暗许”，借白居易《琵琶行》中琵琶女一生不幸的遭遇，暗示自己平生的失意和苦闷。“月明……夜雨”，交代引发自己感慨的缘由：月明之夜，在湓浦江头，作者要离别友人，内心充满无限的怅惘。心中充满离愁别绪，再回顾自己不得志的一生，更是雪上加霜！

姚燧的《感怀》四首，从不同的角度，抒发了自己对人生的感受，表达了作者无限的感慨。

## 〔中吕〕阳春曲

**笔头风月①时时过，眼底儿曹②渐渐多。有人问我事如何？人海阔③，无日不风波④！**

**【注释】**

①笔头风月：代指写作生涯。风月，即光阴。②眼底儿曹：指眼前的儿女们。儿曹，即儿辈。③人海阔：指人生如浮游在广阔的大海里。④风波：即波折，挫折。

**【鉴赏】**

此首〔阳春曲〕慨叹时光荏苒，人事复杂艰险。姚燧一生，做过秦王府文学，后又做过奉议大夫、翰林学士、太子宾客、太子少傅等官，主要与文学和仕宦联系在一起。“笔头风月时时过，眼底儿曹渐渐多”，是说自己手中的笔写过世间百态，而自己美好的年华就在自己的笔下不知不觉地流逝了，转眼已到暮年，眼前的儿女渐多。对仗工整，构思巧妙。上句说时光流逝，略带感伤，下句说儿女成群，转向欣慰。“有人问我事如何”，以一个设问过渡，有人问作者是否称心如意。结尾“人海阔，无日不风波”，是作者对上句的回答，也是对自己人生经历的总结，人世复杂艰险，自己仿佛天天都在惊涛骇浪中颠簸，时刻担心自己被卷入政治斗争的漩涡之中。短短八个字，将作者的感叹和辛酸表现得淋漓尽致，含蓄而蕴藉。

这首曲虽然写的是“笔头风月”，但并非是仅指“写作生活”，而是反映了当时官场上的“风波”，文坛上的斗争。作者身为高官，一生仕途通畅，但是面对元朝社会的黑暗，官场上的尔虞我诈，他也不得不感叹处世不易和生活的艰辛。

# 庾天锡

## 〔双调〕雁儿落过得胜令

**韩侯[①]一将坛，诸葛[②]三分汉。功名纸半张，富贵十年限。**

**行路古来难[③]，古道近长安[④]。紧把心猿系，牢将意马拴[⑤]。**

**尘寰，倒大无忧患。狼山，白云相伴闲。**

**【注释】**

①韩侯：指汉代的开国功臣韩信。②诸葛：指诸葛亮。③行路古来难：指自古以来就是仕途险恶。④古道近长安：越靠近长安（指朝廷），这种险恶的斗争就越明显、越激烈。⑤紧把心猿系，牢将意马拴："心猿意马"为一成语，形容心思不专一，好动、不能控制，此处拆开来用。系、拴，即控制之意。

**【鉴赏】**

曲子开头两句"韩侯一将坛，诸葛三分汉"，对仗工整，写韩信和诸葛亮的丰功伟绩。然而后面两句"功名纸半张，富贵十年限"，是说功名是一张空纸，一文不值，富贵也不过是十年期限，过眼烟云。这两句将韩信和诸葛亮的丰功伟绩一笔抹掉，流露出历史虚无主义的感慨。这是〔雁儿落〕一曲的内容。"行路古来难"以下为〔得胜令〕，"行路古来难，古道近长安"两句，紧承前一曲，形象地道出人世的艰险和功名的诱惑。七、八两句"紧把心猿系，牢将意马拴"，是作者对世人、也是对自己的劝告，表明自己隐居山林的坚定态度和对自由现实生活的追求与向往。

全曲通过对社会现实的否定，表达了对历史虚无的反思，在及时行乐的闲情当中蕴含着对意志消磨的忧愤，虽然曲子的风格表面上显得闲适淡泊，但作者内心却充满了抑郁悲凉的情感。

## 〔双调〕雁儿落过得胜令

**荒荒[①]时务艰，急急光阴换。一局棋未终，腰斧柯[②]先烂。**
**百岁霎光[③]间，莫惜此时闲。三两知心友，鲸杯[④]且吸干。休弹，玉人齐声叹。狼山，兴亡一笑间。**

**【注释】**

①荒荒：形容"时世"黯淡，无边无际。②柯：指斧头柄。③霎光：即霎时间。④鲸杯：即大杯。

**【鉴赏】**

此曲为庚天锡〔雁儿落过得胜令〕叹世归隐组曲五首中的第四首，作者在这里告诉我们：光阴易逝，人生苦短，所以要及时行乐，流露出一种无可奈何的寂寞情怀。曲子开头两句"荒荒时务艰，急急光阴换"，感叹光阴易逝，表现了诗人对现实的不满。三、四两句"一局棋未终，腰斧柯先烂"，紧承第二句，一局棋还未下完，斧头柄已烂掉了，具体说明了"急急光阴换"。这是〔雁儿落〕一曲的内容。"百岁霎光间"以下为〔得胜令〕，"百岁霎光间"一句，将〔雁儿落〕一曲的内容一笔概括，由"莫惜此时闲"一句过渡到对及时行乐的描写："三两知心友，鲸杯且吸干"，表明时光一去不复返，自己无能为力，只有及时行乐。"休弹，玉人齐声叹"，"玉人"的哀叹造成了情感上的跌宕，最后以"狼山，兴亡一笑间"作结，抒发了纵情山水，笑傲人世的豪情。

全曲结构严谨，气韵酣畅，通过夸张的描写将及时行乐的放诞之情宣泄无遗，叠字的使用又酝酿出了一种豪情和气势。

## 〔商角调〕黄莺儿

**别况[①]**

**无语，无语。闷人[②]怕到，江天日暮，大都来[③]一种相思，柔肠万缕[④]。**

**〔幺〕嫩玉，肌肤。会调弦理管，能歌妙舞，从别后有谁拘束[⑤]?**

〔垂丝钓〕求神问卜，道须有[6]团圆一处。奈[7]目下佳期，未得相逢愁最苦。正值着秋光，暮天凄楚。

〔应天长〕愁成阵[8]，更压着宋玉[9]，便是铁石人[10]，也今宵耽不去[11]。早是[12]栖惶能对付，难禁处[13]，凄凉景，窗儿外眼撮聚[14]。

〔随煞〕起一阵菊花风[15]，下几点芭蕉雨[16]。风送得菊花香，雨打得芭蕉絮[17]。芭蕉雨敌庭梧[18]，菊花风战槛竹[19]。

【注释】

①别况：别后状况。②闷人：愁闷、不开心的人。③大都来：只不过。④柔肠万缕：即愁思万缕。⑤拘束：在这里指照顾关心。⑥道须有：说是还有。⑦奈：怎能忍耐。⑧愁成阵：喻愁怀一阵阵袭来。⑨压着宋玉：压迫着宋玉。谓宋玉虽然善于抒写愁怀，也因愁苦极大而无可奈何。⑩铁石人：指铁石心肠，不动感情的人。⑪耽不去：承受不了。⑫早是：幸好，幸而。⑬难禁处：指难以忍受之时。⑭眼撮聚：即愁眉不展。撮聚，聚集。⑮菊花风：即秋风。⑯芭蕉雨：打在芭蕉上的雨。⑰芭蕉絮：指雨打芭蕉发出的不停响声使人烦腻。⑱芭蕉雨敌庭梧：指雨打芭蕉发出的响声与打在梧桐上的声音一样。敌，一样，匹敌。⑲槛竹：即栅栏里的竹子。

【鉴赏】

这首套曲写一男子与恋人分别后的寂寞难耐和对女子的思念，描写了凄凉的景象，营造了凄苦的氛围。曲子开篇“无语，无语”，用反复的手法，表现了两人相对，虽有千言万语，却不知从何说起，找不到恰当的语言来表现此刻内心的情感。“闷人怕到，江天日暮”，补充交代了时间、地点和人物：一对情人，在江边依依惜别，暮色降临之时，就要分离。“怕到”写出了分别时的忧愁与不舍。“大都来一种相思，柔肠万缕”，描绘了离人的情态和心理活动，再现了离别时的惆怅，余味无穷。〔幺〕以男子的口吻描写了佳人的才貌双全，表现出对她命运的关心。“嫩玉，肌肤”，寥寥四字，将女子的花容月貌表现得淋漓尽致。“会调弦理管，能歌妙舞”，写女子才艺出众，能歌善舞。曲子没有着一“美”字，但女子优美动人的形象却跃然纸上。“从别后有谁拘束”，表明男子对佳人的真情，自己是真心爱着她、关心她。全曲不提一个“爱”字，而男子的爱慕怜惜之情却溢于言表。可想而知，分别之后，男子对女子的思恋更会汹涌澎湃。〔垂丝钓〕抒写离别后渴望团聚的心情。“求神问卜，道须有团圆一处”，写别后相思难耐，渴望早日相聚，而现实又如此残酷，只能求神问卜，望天赐良机，让他们团圆。“奈目下佳期，未得相逢愁最苦”，写未来渺茫无期，这真是天下最愁苦的事情了！“正值着秋光，暮天凄楚”两句，是写求神无望，只好远望心上人所在的方向，寻找一点慰藉。此曲借景抒情，情感层层递进。〔应天长〕承接上曲，进一步抒写自己的离愁。“愁成阵，更压着宋玉，便是铁石人，也今宵耽不去”，借宋玉的故事，渲染了与心上人天各一方的悲痛。作者极力铺陈，强烈地表达了自己深沉的愁苦。后面四句“早是栖惶能对付，难禁处，凄凉景，窗儿外眼撮聚”以景传情，进一步写自己的痛苦。这样层层递进，将心中难以忍受的愁苦表现得淋漓尽致。〔随煞〕将这种离愁推向了新的高潮。“起一阵菊花风，下几点芭蕉雨”，写秋风萧瑟，吹落枝头的菊花，秋雨凄凄，敲打院中的芭蕉，这种凄凉之景也表现出了男子内心的凄凉和痛苦。“风送得菊花香，雨打得芭蕉絮”，写凄冷的秋风夹杂着菊花的清香，无情的秋雨打在芭蕉上，敲痛了作者愁苦的心。“芭蕉雨敌庭梧，菊花风战槛竹”，写秋雨不停地敲打在庭前的梧桐叶上，使残叶落了一地，秋风猛烈地摇晃着窗户下栏杆旁的竹子，凄凉冷清。全曲寓情于景，情景交融，层层递进。

# 马致远

## 〔仙吕〕青哥儿

二月

**前村梅花开尽，看东风[①]桃李争春。宝马香车[②]陌[③]上尘，两两三三见游人，清明近。**

**【注释】**

①东风：即春风。②“宝马”“香车”：在这里均指马车。③陌：原指田间的小路，此处引申为路。

**【鉴赏】**

马致远，元代著名的杂剧家。大都（今北京）人。字千里，晚年号东篱。与关汉卿、白朴、郑光祖同称“元曲四大家”。青年时期仕途坎坷，中年中进士，曾任江浙行省官吏，后任工部主事。晚年因不满时政而隐居田园，过着自娱自乐的生活，死后葬于祖茔。

这首曲子描写的是（农历）二月的景色和游人，表现了一派生机盎然的景象。“前村梅花开尽，看东风桃李争春”，这两句写景：前村的腊梅已经全部凋谢了，和煦的春风吹开了桃花和李花，它们相继开放，好似在争着迎接春天的到来。一个“争”字，不仅写出桃李欣欣向荣的景象，而且写出了人们对美好生活的追求。“宝马香车陌上尘，两两三三见游人，清明近”，这三句，前两句写游人，最后一句再次点明时令：寒冷的冬天已经过去，桃李盛开之时，正是踏春的最好时机。青年男女乘着马车在大道上奔驰，三三两两，结伴而行的游人在观赏迷人的春景。最后的“清明近”，点明了时令，二月一过，清明节就到了，紧扣曲题《二月》。这首曲子，表面上写“二月”，实则通过二月美好的景象写人，表现了对美好事物的追求，寓意深刻。

**十二月**

八月

**铜壶[①]半分更漏[②]，散秋香桂娥[③]将就[④]。天远云归月满楼，这清兴[⑤]谁教庾江州[⑥]，能消受?**

【注释】

①铜壶：即水器。②更漏：即刻漏。亦指夜间。③娥：指桂花。④将就：此处指桂花开了。⑤清兴：指寂寞冷清的兴致。⑥庾江州，能消受：庾江州，指南北朝文学家庾信。消受，有享受和忍受两种意义，这里做忍受或禁受解。全句意为难以忍受。

【鉴赏】

这首曲子描述的是深秋夜晚的情思，借寂寞冷清的秋景，表达了作者面对满眼美景，可望而不可及的无奈之情。“铜壶半分更漏，散秋香桂娥将就。”曲子开头就点明了“八月”最典型的时令特征：桂花开了，漫天飘香。整个夜晚在浓郁花香的熏陶下显得更加宁静。“桂娥”一词运用了拟人的修辞方法，将桂花的香与美表现得淋漓尽致。“天远云归月满楼，这清兴谁教庾江州，能消受？”这三句前一句为写景，后两句为抒情。秋夜晴空万里，万里无云，明亮的月光倾泻在这小楼上，犹如白天。这样的清秋月夜，表现了诗人内心的追求和苦闷。

这首曲子通过描写幽香的桂花、明净的夜空、清幽的月光，表达了作者内心的苦闷。整首曲子风格恬淡自然，一方面表现了作者对美好生活的追求，另一方面表现了作者可望而不可及的怅惘情怀。

## 〔南吕〕四块玉

**天台路**

**采药童，乘鸾[①]客，怨[②]感[③]刘郎下天台。春风再到人何在?桃花又不见开。命薄[④]的穷秀才，谁教你回去来!**

【注释】

①鸾：古代神话传说中的一种神鸟。②怨：埋怨，责备。③感：通“憾”，不满意。④薄：微小，少。

【鉴赏】

“采药……天台”写刘晨入天台得遇仙女，结为夫妇，变成乘坐神鸟的幸福之人，但他却留恋俗世，抛弃神仙美景，下山归家。表达了作者对刘晨下天台山的遗憾，借此进一步揭示作者对现实的不满和对神仙生活的向往。“春风……见开”是写刘晨回来之后见到的现实，与天台的仙境形成强烈的对比。天台仙境如此美好，而现实的情况却是冷落萧条，春天来了，但“婉态殊绝”的仙女在何处呢？就连桃花也不在春天开放了。“命薄……去来！”貌似调侃、嘲讽刘晨不应下天台，实是感叹黑暗的现实。曲子主要运用对比的手法，将神界的美好和现实的污浊对比，相得益彰。最后一个反问，强有力地抒发了作者胸中的激愤。

## 〔南吕〕四块玉

**紫芝路①**

**雁北飞，人北望，抛闪②煞③明妃也汉君王④。小单于⑤把盏⑥呀剌剌⑦唱。青草畔有收酪牛，黑河⑧边有扇尾羊，他只是思故乡。**

【注释】

①紫芝路：昭君出塞时所经之路。②抛闪：扔下，丢下。③煞：表示极度。④汉君王：指汉元帝刘奭。⑤小单于：这里有蔑视汉室之意。⑥把盏：此处指酒杯。意为举着酒杯。⑦剌剌：指话多。⑧黑河：在甘肃省西北部，这里指匈奴。

【鉴赏】

这首曲子是作者借昭君出塞的故事表达自己的思乡之情和对昏庸统治者的不满。“雁北……君王”，写昭君出塞，像孤雁北飞，频频回望，这一切并不是她的愿望，而是被汉元帝抛弃的结果。统治者的昏庸无能造成了昭君的悲剧。第四句“小单于把盏呀剌剌唱”，描写了匈奴呼韩邪单于得意忘形、兴高采烈的情状。汉元帝同意匈奴呼韩邪单于和亲，令昭君远嫁匈奴，使得呼韩邪心满意足，饮酒大乐。此处也正是用单于的兴高采烈来反衬昭君的离愁别绪。“青草……故乡”点明了王昭君的处境和心绪：身处异域，虽有大批牛羊，丰衣足食，但她一直思念着故国。这几句一方面是写昭君对家乡的眷顾之情，另一方面也寄托着作者对故朝的深情。

这首曲子借昭君出塞表现了作者的怀旧之情和对造成悲剧的罪魁祸首——统治者的愤恨之情。

## 〔南吕〕四块玉

**浔阳江**

**送客时，秋江冷。商女[①]琵琶断肠声，可知道司马和[②]愁听？月又明，酒又醒[③]，客乍[④]醒。**

**【注释】**

①商女：即歌女。②和：连带。③醒：酒醒后神志不清的状态。④乍：忽然，突然。

**【鉴赏】**

这首散曲吸收了白居易《琵琶行》的诗意，作者用短小精悍的篇幅重新塑造了一个“商女”的形象，表现了自己对宦情羁绊的无奈而又矛盾的心情。“送客时，秋江冷”，写送别友人时，看到浩浩的江水，在深秋的季节里，显得格外寒冷，引起了作者的愁绪，作者正是借此情此景，展开下文。“商女……愁听”，写歌女所弹的琵琶，音调凄凉，声声令人断肠，而江州司马白居易也是掺和自己的忧愁来听的。正是“同是天涯沦落人，相逢何必曾相识”的心境，才使得作者深刻体会到了琵琶声的悲切和其间的失意情思。“月又……乍醒”，月色很好，酒已醒，但却感到疲倦无力，而就在这时，客人突然醒来。“客乍醒”，写正是因为突感现实生活的无奈而顿然醒悟，然而醒后却又陷入了无可排遣的愁思之中。

马致远写《浔阳江》，既表现了对商女遭遇的无限同情，又是借商女琵琶的断肠声来批判黑暗的现实。

## 〔南吕〕四块玉

**凤凰坡**

**百尺[①]台[②]，堆黄壤[③]。弄玉[④]吹箫送萧郎[⑤]，送萧郎共上青霄[⑥]上。到如今国已亡[⑦]，想当初事可伤[⑧]，再几时有凤凰[⑨]？**

**【注释】**

①百尺：此处形容凤凰坡很高。②台：土筑的高台，军事防备、供观察瞭望用。③壤：土。④弄玉：传说为春秋时代秦穆公之女，喜好音乐，擅长吹箫。⑤萧郎：萧郎，指萧史，传说为春秋时人，善吹箫，作凤鸣。⑥青霄：霄，此处指天空。青霄，青天。⑦国已亡：指秦国已灭亡，含有故国美好岁月已经逝去的意思。⑧伤：悲伤，哀痛。⑨凤凰：古代传说中的鸟王。

**【鉴赏】**

《凤凰坡》这首曲子是一首怀古之作，作者借弄玉、萧史吹箫引凤，乘凤而去不返的爱情故事，抒发了沧桑之感。“百尺台，堆黄壤”写高高的凤凰坡是用黄土堆筑成的。这两句通过对凤凰坡的描写，奠定了故事发生的背景，从而表现了这一爱情故事的恢弘气势。“弄玉……霄上”这两句直接讲述了萧史和弄玉感人的爱情故事。不但表现了夫妻两人的幸福生活，更是表达了作者的羡慕之情。“到如……凤凰”这三句则流露的是沧桑之感。现在国家已经灭亡了，回想当初的情景，实在令人悲伤，什么时候再有凤凰来听优美欢乐的箫声呢？表现了作者的故国之思。

这首散曲可分为两部分。前四句中先用两句点题，接着用两句陈述弄玉、萧史的爱情故事，文字简洁、朴素，形象鲜明，超凡脱俗。后三句笔锋一转，由欢爱跌入伤怀。今昔对比，天上人间，层层深入，结尾以反问，写尽了这对夫妻睹今伤昔的无穷愁绪。曲子表达了作者挥之不去的故国之思、沧桑之感。

## 〔越调〕天净沙

秋思

**枯藤老树昏鸦，小桥流水人家，古道西风瘦马。夕阳西下，断肠人在天涯。**

【鉴赏】

这首曲子自诞生六百多年来被广为传唱，早已深入读者心中。曲子描写了一幅绝妙的秋思图。时已深秋，那纠缠着枯藤的老树上已经有乌鸦栖息，一条小溪从小桥下流过，桥边有一户人家，远在天涯的“断肠人”骑着瘦马，迎着西风，在荒凉的古道上奔波，又到黄昏的时候了，可是哪里才是他的归宿呢？

曲作中的人和景都是精心选择出来最能表现“秋思”的意象。“枯藤”“老树”等最有特征性的秋景，最有利于表现秋思，而“断肠人”则将满腹秋思寄托于这些意象之上，人和景都将秋思表现得恰到好处。作者用极有限的字句，塑造了极丰富的意象，将主题表现得淋漓尽致，精致生动。前三句十八个字，九个名词，九个景物，构成一系列意象，再加上“断肠人”，所表现的便不是客观的景，而是人与物的结合，情与景的完美交融。恰当的时空关系的处理，让秋思得到进一步的表现，“天涯”景，“夕阳西下”的黄昏，这些都是使“断肠人”秋思愁绪更浓烈的重要因素。秋思本是抽象的，但作者却将其展现得活灵活现，让人不得不产生共鸣，从而使该曲具有其他同类主题作品所没有的动人心魄的艺术魅力。

## 〔双调〕蟾宫曲

叹世（二首之二）

**咸阳①百二山河②，两字功名，几阵干戈③。项废东吴④，刘兴西蜀，梦说南柯⑤。韩信⑥功兀的般⑦证果⑧，蒯通⑨言那里是风魔⑩？成也萧何，败也萧何⑪，醉了由他。**

【注释】

①咸阳：代指秦国。②百二山河：可以以二敌百，以少胜多，形容地势险

固。③干戈：即战争。④“项废东吴”：指的是项羽与刘邦之战。⑤南柯：“南柯一梦”喻人生虚幻，此处有不值一谈的含义。⑥韩信：“汉兴三杰”之一，与萧何、张良齐名。⑦兀的般：就这样。⑧证果：指悟道有得，元杂剧中多用作应验、结果的意思。⑨蒯通：汉初范阳固城镇人，曾建议韩信与刘邦、项羽三分天下。⑩风魔：即着魔，疯癫。⑪“成也萧何，败也萧何”两句：萧何把韩信推荐给刘邦，使韩信建功立业；后又向吕后献计，将韩信骗至长乐宫，将其杀害。这两句以此来喻人心险恶，世道凶险。

**【鉴赏】**

这首曲作通过罗列一个又一个历史故事来借古喻今，借助读者对历史的联想来体味作者的意图；通过“咏史”达到“叹世”的目的。“咸阳百二山河，两字功名，几阵干戈”，这两句诗描写了秦国凭借有利的地理位置，经过几场战争，便逐一击败六国，取得统一，这些不过是为了争取功名而已。对于秦统一六国这样一场充满血雨腥风的历史大搏斗，作者却以“两字功名，几阵干戈”轻轻带过，仿佛是无足轻重的功名之争，透露出一种历史的虚无主义态度。“项废东吴，刘兴西蜀”，指的是刘邦、项羽共同推翻秦朝之后，刘邦占据巴蜀和汉中，并以此为基地，与项羽展开了为期五年的楚汉之争，并最终战胜了项羽。“废东吴”和“兴西蜀”，一正一反，无论是项羽的失败，还是刘邦成就的事业，这些都不过是“梦说南柯”。这就进一步表明了诗人无意于争夺功名的虚无主义史观。“韩信功兀的般证果，蒯通言那里是风魔”，这两句介绍了韩信的故事。韩信当初建立功业最终也只能得到一个被杀的结果，蒯通说的那些话岂是疯话？两句进一步强调了功业无用、不足立身的观点。

“成也萧何，败也萧何”的典故，呼应前面的楚汉故事，其作用除了增强美感之外，还在于一语双关、承上启下。“成也萧何，败也萧何”的引申义已成为对翻手为云覆手为雨这种人情反复的讽喻。用这句成语引出“醉了由他”这样一种超然外物、不问是非的情态，贴切自然。

## 〔双调〕清江引

**野兴（八首选四）**

**绿蓑衣①紫罗袍②谁是主？两件儿都无济③。便作钓鱼人，也**

**在风波④里，则不如寻个稳便处闲坐地。**

**山禽晓来窗外啼，唤起山翁睡。恰道不如归，又叫行不得，则不如寻个稳便处闲坐地。**

**天之美禄⑤谁不喜？偏则说刘伶⑥醉，毕卓⑦缚瓮边，李白沉江底，则不如寻个稳便处闲坐地。**

**楚霸王火烧了秦宫室，盖世英雄气。阴陵迷路时，船渡乌江际，则不如寻个稳便处闲坐地。**

**【注释】**

①蓑衣：代指农民。②紫罗袍：代官吏。③无济：无补益，无济于事。④风波：即危险的处境。⑤美禄：指好的待遇。⑥刘伶：魏晋时竹林七贤之一。据《晋书·刘伶传》说，刘伶"常乘鹿车，携一壶酒，使人荷锸而随之，谓曰：'死便埋我。'其遗形骸如此"。⑦毕卓：晋朝毕卓盗饮邻酒，以酒废职。

**【鉴赏】**

第一首曲子以"绿蓑衣紫罗袍谁是主？"这一疑问句开篇，起首便提出垂钓者、当官的，都为了什么？接下来便说，原来两者都没有多大意义。那究竟什么是有用的呢？作者非但不答，而且更进一步提出：即使简简单单做个钓鱼人，处境也堪忧啊！既然如此，那到底该怎么办呢？作者自然而然就引出了本组曲子的主题：不如寻找一个安静稳妥的地方坐看春花秋月吧！由此表明作者看穿世态炎凉、寻求恬适的退隐生活的隐士情怀。第二首曲子以一幅美丽的山林春晓图开篇。清晨，窗外欢快的鸟鸣声唤醒睡梦中的老山翁，好似在说："要么回家去吧！"可是又好像在说："走不得，走不得！"既然如此进退两难，那我还是寻个安静的地方隐居起来吧。这首曲子运用拟人的手法，将现实环境下人们无所适从的处境借鸟儿之口表现出来，从而引出主题。第三首曲子则以反问句起首。丰厚的待遇谁人不喜欢呢？可是偏偏只说刘伶、毕卓、李白的故事。为什么呢？因为他们虽在官场，却只能饮酒求醉，可是即使这样，还是避免不了灭顶之灾，因此末句"则不如寻个稳便处闲坐地"便是水到渠成的归宿了。只有远离官场，远离社会，跻身山林才能免于杀身之祸。最后一首曲子则是借楚霸王项羽的故事来吟咏主题。想当年，项羽击破咸阳、火烧阿房宫、灭掉秦国时，有着怎样的英雄气概和盖世本领。可后来，在阴陵迷路时，却被一农夫欺骗，落得个陷入大泽的结局，最终在乌江边上，拒绝还乡，自刎而死。如此盖世的英雄人物，到头来也不过是一个悲惨的结局。由此看来，“则不如寻个稳便处闲坐地”莫过于是此时最好的选择。

这四首曲作篇篇都以“则不如寻个稳便处闲坐地”作结，但作者却从不同角度层层揭示其意蕴，突出表达了作者安闲自适，置身于红尘之外的愿望，强烈地表现了其隐居情怀。

## 〔双调〕寿阳曲

### 山市晴岚

**花村外，草店①西，晚霞明雨收天霁②。四围山一竿残照里，锦屏风又添铺翠。**

**【注释】**

①草店：这里指酒家。②霁：这里指天气放晴。

**【鉴赏】**

这组〔寿阳曲〕共八首，写“潇湘八景”，每首均以景名为题，这支是第一首。这首曲子写傍晚小山村雨过天晴的秀美景色。雨过天晴，山村映照在落日余晖中；晚霞中，四周的群山像锦绣屏风般迷人；眼前的草店、村落与其他景象连成一体，构成一幅和谐清新、恬静秀丽的“山市晴岚”图。“花村外，草店西”一句，暗点题面的“山”“市”两字，“外”和“西”则将景物描写的境界扩大，说明此曲着眼点不是山村内景，而是山村外景。第三句中的“明”字，恰到好处地表现了雨后晚晴给人的视觉印象和心理感受。“四周山一竿残照里”一句，写山色青青，群山在淡淡雾气中连成一片，在夕阳晚霞的辉映下，就像屏风立在“花村外”“草店西”。此曲虽重在写“晴岚”，但并非只写晴岚，还有草店、晚霞、酒旗、山色等，一笔一景，曲中有画，表达了作者向往平静恬淡生活的愿望。这首曲子风格清新，似曲似画，虽寥寥数笔，但意境无穷。

## 〔双调〕寿阳曲

**远浦帆归**

**夕阳下，酒旆[①]闲[②]，两三航未曾着岸。落花水香茅舍晚，断桥头卖鱼人散。**

**【注释】**

①酒旆：酒旗。②闲：清闲，空闲。

**【鉴赏】**

这是组曲第二首，描绘了一幅夕阳水村归帆图：夕阳西下，众鸟归巢，在外劳作的人也回家了。酒家宁静闲适，酒旗不再飘荡，远处的几只船儿还未靠岸。落花浸染了河水，空气里弥漫着花香。当一切都归于平静时，小桥流水旁卖鱼人也溶于夜色，一切都浸入恬静和宁谧之中。全曲仅用二十七个字便写出了江南渔村的闲适生活。这首曲子主要有三方面的特色：

第一，意境优美，感情真挚。全曲境界清丽淡雅，远景近景、动景静景相得益彰，描画出水村小镇黄昏归舟的美景。画面疏朗闲淡、宁静和谐，表现了渔人劳作后的轻松及喜悦之情，透露出作者追求世外桃源境界的恬淡心境。

第二，语言凝练，流畅自然。前三句用凝练的语言，铺排了夕阳西下、酒旗一派清闲、船未着岸三种景物，有动有静，如诗似画，把水村小镇风光连缀成了一幅幅画面。夕阳西下，晚霞满天；归航渔船的橹桨拍打着江水，传来阵阵悦耳的声响；还有渔夫，仿佛在归舟上放开歌喉，唱着动人的渔歌；一个“闲”字，渲染出了水村小镇傍晚时分宁静的氛围。

第三，白描景物，富有情韵。作者写景不刻意地用浓墨重彩去铺陈，而是淡笔勾画，自然朴实。“落花水香茅舍晚，断桥头卖鱼人散”一句，是对渔船靠岸后的情景描写：桥头渔市已结束，卖鱼人各自回到家中，他们居住的环境是“落花水香茅舍”；因为是晚上，家家亮起了灯光，灯光映照在水里，加之花、水、茅舍相映相衬，足以表现环境的优美。曲子寓情于景，情景交融，韵味无穷。

## 〔双调〕寿阳曲

### 平沙落雁

**南传信，北寄书[1]。半栖近岸花汀[2]树。似鸳鸯失群迷伴侣，两三行海门[3]斜去。**

**【注释】**

①南传信，北寄书：这两句写鸿雁南来北往传递书信。②汀：水边平地。③海门：即海口。

**【鉴赏】**

《平沙落雁》是“潇湘八景”之三。作者来到洞庭湖畔，见到潇湘鸿雁，感慨万千，于是抒写鸿雁来寄托自己的情思。开头两句，概述了鸿雁南北传书的习性，暗喻自己盼望得到家人音信的心情。第三句进一层描写眼见“半栖近岸花汀树”的景象。鸿雁停靠在有花有草的浅滩边，不但点明了“平沙落雁”之题，又以一“半”字展示出沙滩上群雁有起有落的画面。“似鸳鸯失群迷伴侣，两三行海门斜去”，一句写孤雁，一句写群雁。两相对比，充分表现了孤雁那似鸳鸯离群的孤独与凄凉，更是将诗人自己离开亲人、漂泊天涯的失意处境表现得淋漓尽致。同时，互相帮助、互相提携、直上云霄的群雁则又表达了作者内心美好的希望，他希望自己也能得到亲朋好友的帮助。

曲中，作者用白描的手法勾画出了一幅生动传神、境界凄凉的“平沙落雁图”。虽然全曲未见一个“雁”字，但字里行间都流露出对“雁”的感情，诗人借写鸿雁传书、孤雁迷群，表达了自己在漂泊生涯中的思乡之情。

## 〔双调〕寿阳曲

### 潇湘夜雨

**渔灯暗，客梦[1]回。一声声滴人心碎。孤舟五更家万里，是离人几行情泪。**

**【注释】**

①客梦：作客他乡的梦境。客，此处是作者自指。

【鉴赏】

这是组曲第四首，曲作直抒胸臆，写尽了其万里漂泊、秋雨添愁的羁旅情怀。第一句“渔灯暗”，写瓢泼大雨笼罩着江面，远处渔船上的灯光显得格外幽暗。接着“客梦回”一句，一方面写诗人自己听到雨声，从睡梦中醒来，另一方面突出了雨之骤，声之大。简单的六个字，由雨而及船，由船而及人，由人而及梦，简洁而又曲折地勾画出作者在雨中船上过夜的情景。接着，由景入情，“一声声滴人心碎”，这一声声打在船舱上的雨滴，就像一下下打在心坎上的重锤，令诗人“心碎”。“心碎”二字，与“灯暗”“梦回”的暗淡惆怅之景紧密相扣，点出了漂泊失意者触景生情的伤感，极力表现其夜雨添愁的心境，成全曲之眼。接下来的“孤舟五更家万里”则点出了“心碎”的原因：远离家乡的游子在孤舟之中被雨声惊醒，知道自己已离家千里，陪伴自己的只有那盏昏暗的灯。想到自己坎坷的命运，故乡的亲人，作者不禁“心碎”。结语“是离人几行情泪”则用比喻的手法，把大自然的声声雨滴，比作离人眼中流出的伤心之泪。夜雨无边，人泪如斯，离人“心碎”之深，可以想见。

这首曲子，作者紧扣题目中的“夜雨”来写，词中虽无一“夜”字，但“渔灯暗”是夜，“客梦回”是夜，“五更”更点明是夜，读者能明白地感受到有夜。同样词中也没有一“雨”字，但读者也能分明感受得到有雨。作者以夜为背景，以雨为媒介，写的是传统的羁旅题材，却又不落前人的旧套，将雨、泪、情、景融为一体，形象地写出了离人的破碎之心，沉重悲切，感人肺腑。

## 〔双调〕寿阳曲

### 烟寺晚钟

**寒烟细，古寺清，近黄昏礼佛[①]人静。顺西风晚钟三四声，**
**怎生[②]教[③]老僧禅定[④]？**

【注释】

①礼佛：拜佛行礼。②怎生：怎么样。③教：使，使得。④禅定：佛家语，静坐敛心，专注一境，止息一切杂念，是佛家修行的一种方法。

【鉴赏】

组曲第五首《烟寺晚钟》这首曲子通过描写古寺的清幽、古寺老僧的孤寂，表现了作者内心的凄苦和寂寞情怀。“寒烟细，古寺清，近黄昏礼佛人静”，这三句通过一“细”、一“清”、一“静”写出了寒烟的飘渺、古寺的清幽和冷静。黄昏将近，拜佛的人也是一片寂静。寥寥几字，却将古寺的清幽渲染得淋漓尽致，冷清之境清晰可感。后两句“顺西风晚钟三四声，怎生教老僧禅定”，由古寺转写寺中老僧。西风袭来，已是晚秋，风声中传来了三四声钟声，这钟声能让老僧“禅定”吗？这突如其来的反问，表现了作者面对古寺、晚钟的孤寂和面对黄昏、西风的凄苦，对自己能否面对现实、达到“禅定”的怀疑，这一反问，使曲子韵味无穷。

这首曲子写景与抒情相结合，情景交融，通过描写古寺的清幽、老僧的孤寂，表现了现实的沉闷，透露出作者的愤懑情绪。

## 〔双调〕寿阳曲

渔村夕照

**鸣榔[1]罢[2]，闪暮光[3]。绿杨堤数声渔唱。挂柴门几家闲晒网，都撮[4]在捕鱼图[5]上。**

【注释】

①鸣榔：指捕鱼时用木条敲击船舷，发出声音，驱使鱼受惊入网。②罢：完了，终了。③暮光：傍晚时的阳光。④撮：聚合，集合。⑤捕鱼图：指以上所写渔家捕鱼的整个景象，即“渔村夕照”图。

【鉴赏】

这是组曲第六首，曲子描写渔家自给自足、自得其乐的淳朴欢快的生活，表达了作者向往闲适、情系江湖的理想。开头两句“鸣榔罢，闪暮光”，写渔人黄昏捕鱼完毕的景象。捕完鱼，已经夕阳西下了。第三句“绿杨堤数声渔唱”，写渔人上岸之后，把船系在绿杨树下欢唱渔歌的情景。“数声渔唱”，将渔人无拘无束、轻松愉快的心态描写出来了。这一句，从结构上来看，时间在向前推移，空间上也由船上走上了堤岸。第四句“挂柴门几家闲晒网”，更进一步写“渔村”的景象。几家渔家的柴门上，挂着鱼网晾晒。一个“挂”字，使画面具有动态美；一个“闲”字，表现了渔人悠闲自得的情态；“几家”则把渔村家家如是的状况作了全面的点染和高度的概括。第五句“都撮在捕鱼图上”，总收全曲，将上面所写的“鸣榔罢”、夕阳残照、绿杨系舟、堤上渔唱、柴门晒网等景致，都合起来，构成了一幅捕鱼全景图。这捕鱼图，就是“渔村夕照”图。诗人借这幅图，表露他陶醉其中之情、向往闲适之意。

这首曲子中，作者赋予画面以动感，巧妙地运用时间和空间的转移，将一幅活生生的渔村生活图景活灵活现地展现在读者面前。

## 〔双调〕寿阳曲

洞庭秋月

**芦花谢，客①乍②别，泛蟾光③小舟一叶。豫章城④故人⑤来也，结⑥末了⑦洞庭秋月。**

**【注释】**

①客：这里是作者自指，即作客他乡的人。②乍：暂时，刚刚。③蟾光：即月光。④豫章城：即今江西省南昌市，是古豫章郡治所。⑤故人：即老朋友。⑥结：即缔结。⑦末了：没完没了。

**【鉴赏】**

这首曲子是马致远“潇湘八景”中的最后一首，描写的是他从江西至湖南行役之际游洞庭湖的亲身感受，抒发其漂泊生涯的离愁别绪。“芦花谢，客乍别，泛蟾光小舟一叶”，表现的是芦花飘逸，已是深秋月夜，刚离乡的游子，泛着一叶扁舟，飘摇而去。“芦花谢”点明季节，并紧扣题目之“秋”字，渲染出苍凉的气氛。“客乍别”表面上写作者暂别芦苇花絮已经零落之事，实际上是表明其作客他乡的离愁别绪。紧接着“泛蟾光小舟一叶”便自然涌出。泛舟月下的空明画面，与前面秋风萧瑟的离愁相对，使作者陶醉在洞庭美景之中。“豫章城故人来也，结末了洞庭秋月”两句，直抒胸臆，豪放至极。“故人”是相对于拟人化的“洞庭”的称呼，老朋友再次游至于此，感于此景，进而发出要“结末了洞庭秋月”的感叹。作者不但重游洞庭，还要和它结下没完没了的感情。作者将其漂泊的愁绪，一下子转化为对“洞庭秋月”的神往和赞美，表达了其笑傲风月、情寄江湖之志。

这首曲子运用白描的手法，将自己的感情蕴藏在清丽疏淡的美景之中，情调淡雅，境界高远。

## 〔双调〕拨不断（五首）

**叹寒儒，谩[1]读书，读书须索[2]题桥柱[3]。题柱虽乘驷马车[4]，乘车谁买《长门赋》[5]？且看了长安[6]回去。**

**布衣中，问英雄，王图霸业成何用？禾黍高低六代[7]宫，楸[8]梧远近千官冢，一场恶梦。**

**菊花开，正归来。伴虎溪僧[9]鹤林友[10]龙山客[11]，似杜工部[12]陶渊明[13]李太白[14]，洞庭柑[15]东阳酒[16]西湖蟹[17]。哎，楚三闾[18]休怪。**

**浙江亭[19]，看潮生，潮来潮去原无定，惟有西山[20]万古青。子陵[21]一钓多高兴，闹中取静。**

**子房鞋[22]，买臣柴[23]，屠沽[24]乞食[25]为僚宰，版筑[26]躬耕[27]有将才。古人尚自把天时待，只不如且酩子里[28]胡捱[29]。**

【注释】

①谩：通“漫”，徒。②须索：须得，必须。③题桥柱：据《成都记》记载，汉朝一代辞宗司马相如未达时，由四川到长安求取功名，过升仙桥，曾在桥柱上题写“不乘高车驷马，不过此桥”。④驷马车：古代一车套四马之车，仅限高官所乘。⑤乘车谁买《长门赋》：这句是说，即使有司马相如之才，又有谁来赏识呢？⑥长安：这里比喻元朝京城大都（今北京市）。⑦六代：这里泛指许多朝代。⑧楸：一种茎高叶大的禾木，供建筑所用。⑨虎溪僧：指晋时高僧慧远法师。⑩鹤林友：指五代时道士殷七七。⑪龙山客：指晋人孟嘉。⑫杜工部：唐代大诗人杜甫。⑬陶渊明：东晋大诗人，好隐逸。⑭李太白：唐

代大诗人李白，字太白。⑮洞庭柑：产于江苏太湖洞庭山上的柑。⑯东阳酒：又称金华酒，指浙江金华地区所产的酒。⑰西湖蟹：杭州西湖所产的螃蟹，肥美异常。⑱楚三闾：指战国时楚国大诗人屈原，曾任楚国三闾大夫。⑲浙江亭：在钱塘江口。⑳西山：在浙江临安县西。㉑子陵：即严子陵，名光，东汉会稽余姚人，著名隐士。㉒子房鞋："汉初三杰"之一的张良，字子房。㉓买臣柴：汉武帝时曾任会稽太守、主爵都尉的名臣朱买臣，幼时家贫，以打柴为生，但很好学，常常担着柴边走路边看书。㉔屠沽：屠户、卖酒者，古代用以称呼从事低下行业者。㉕乞食：春秋时楚国人伍员（字子胥），受奸臣谗害，投奔吴国，曾在路上生病，只得"乞食"（讨饭），后来受到吴王阖闾重用为相，封以申地，故又称申胥。㉖版筑：用木板作框架筑土墙，此指殷商名相传说。㉗躬耕：亲身耕地，此指汉末三国时代的蜀汉名相诸葛亮。㉘酩子里：暗地里。㉙胡捱：胡乱地拖延时间。捱，拖延。

【鉴赏】

第一首曲子慨叹知识分子的命运，表达了英雄无用武之地的情怀。"叹寒儒，谩读书"，起笔便发慨叹，点明文人学士读书再多也无用。接下来三句以汉代司马相如作比，"读书……《长门赋》？"写司马相如曾在升仙桥"题柱"明志，终乘"高车驷马"，功成名就，就连失宠的陈皇后都用黄金百斤请他来写《长门赋》；自己呢，读书亦有"题桥柱"之志，"乘高车"之遇，写《长门赋》之才，可是又有谁赏识呢？该曲既表露其早年热衷功名富贵的流俗意识，又显示其怀才不遇、满腔愤懑之情。醉后以"且看了长安回去"作结，抒发自己姑且在京城看看，然后打算回乡隐居的情怀。第二首曲子是慨叹英雄功业都是过眼云烟。"布衣……何用"两句主要是抒情，感叹功业都徒劳。"禾黍……恶梦"两句表面上是写景，昔日的繁华景象，现在也是一片萧条；曾经的高官，如今也只能落得一个如此凄惨的下场。诗人由对前朝史事的追忆而产生兴废存亡之感。

马致远作为风尘小吏，宦海浮沉二十年，最后终于选择了归隐山林的人生之路。第三首曲子，便是他抛弃小吏生涯，跟龌龊官场决裂之后投入理想的田园生活的心情写照。"菊花开，正归来"以自己在菊花开放的秋天开始归隐林泉下笔，不仅点明"归来"的时令，而且用"菊花"暗喻自己品格之高洁。紧接着，写他"归来"的乐趣和妙境：跟他交往作伴的都是高人雅士，过的是诗酒自娱的生活，在草堂东篱之间自由自在地享用洞庭的柑橘、东阳的美酒、西湖的螃蟹！这样毫无羁绊的田园生活景象，经作者精心地排比陈列，便组成了一幅隐逸诗人逍遥尘外的画卷。结句“哎，楚三闾休怪！”直承以上大写归隐之乐而来，语似嘲弄，实乃诙谐，意在言外，妙趣横生。第四首曲子，用钱塘江的来去无定与西山的万古长青作对比，赞扬了严子陵能于闹中取静的隐居生活，流露出自己要向严子陵学习的心境。“浙江亭，看潮生”一句点明地点。“潮来……古青”两句诗人不去描绘钱塘江的天下奇观，而是将“原无定”的潮来潮去和“万古青”的西山作强烈的对比，由此引发他对隐居生活的向往之情。“子陵……取静”是诗人“看潮”产生的联想和进一步思索的答案。“闹中取静”便是作者从严子陵能够安然隐居垂钓之中悟出的人生真谛。最后一首曲子抒发了作者怀才不遇的感情。连用“子房鞋”“买臣柴”“屠沽”“乞食”“版筑”和“躬耕”六个古代具有将相之才的名人故事，突出他们都曾饱经磨练或隐居不用的事迹，作为自己虽处林泉但期待出山的依据。诗人虽然“参透人间宠辱”，但是“佐国心”并没有完全平息，所以在寄情诗酒时，还不时将所熟悉的名人奇事逐一过滤一遍，发现自己还存在着发迹的希望。当然，诗人还是清醒地认识到了元蒙统治者实行民族歧视政策、冷遇汉人知识分子的现实，所以最后只能以“古人……胡捱”作结，聊以自慰。

这几首曲子，虽然都是写隐逸之事，但是句句都是写诗人希望能发挥才能，施展抱负，表达了诗人内心的矛盾与怀才不遇的苦闷。

## 〔双调〕夜行船

**秋思**

**百岁光阴一梦蝶，重回首，往事堪嗟[①]。昨日春来，今朝花谢。急罚盏夜阑[②]灯灭。**

**〔乔木查〕想秦宫汉阙，都做了衰草牛羊野。不恁么[③]渔樵没话说。纵荒坟横断碑，不辨龙蛇[④]。**

**〔庆宣和〕投至[⑤]狐踪与兔穴，多少豪杰。鼎足三分半腰折，知他是魏耶晋耶？**

**〔落梅风〕天教富，莫太奢。没多时好天良夜。看钱奴硬将心似铁，辜负了锦堂风月。**

**〔风入松〕眼前红日又西斜，疾似下坡车。晓来清镜添白**

**雪，上床与鞋履相别。休笑巢鸠[6]计拙，葫芦提[7]一恁装呆。**

**〔拨不断〕利名竭，是非绝。红尘不向门前惹，绿树偏宜屋角遮，青山正补墙头缺；更那堪竹篱茅舍。**

**〔离亭宴煞〕蛩[8]吟罢一觉才宁贴，鸡鸣时万事无休歇。何年是彻？看密匝匝蚁排兵，乱纷纷蜂酿蜜，急攘攘蝇争血。裴公绿野堂[9]，陶令白莲社[10]，爱秋来时那些：和露摘黄花，带霜分紫蟹，煮酒烧红叶。想人生有限杯，浑几个登高节？嘱咐俺顽童记者：便北海[11]探吾来，道东篱[12]醉了也。**

**【注释】**

①嗟：叹词，在此指慨叹。②夜阑：夜很深了。③恁么：这样。④龙蛇：代指年份。⑤投至：乃至。⑥巢鸠：指不善于经营生计。⑦葫芦提：糊糊涂涂。⑧蛩：蟋蟀。⑨裴公绿野堂：裴公指唐代的裴度，他曾在洛阳修了两座别墅叫做“绿野堂”，用来与诗人们饮酒赋诗。⑩陶令白莲社：陶令指陶潜，相传他曾参加晋代慧远法师组织的白莲社。⑪北海：指东汉的孔融，因他曾出任过北海相，后世称之为“孔北海”。⑫东篱：指因羡慕陶潜隐逸生活而自号为“东篱”的马致远本人。

**【鉴赏】**

马致远的散曲，写景物的、写爱情的、叙事的都有，而写隐居恬退生活的、抒发情感的，为数更多。这篇〔夜行船〕套数，是后一类的代表作品。这套套数表现了马致远超然绝世的生活态度。粗粗看来，好像他在歌颂与世无争、及时行乐的处世哲学，好像他十分旷达，其实他是要从恬退中解除痛苦，要借酒浇愁，跟那纨绔子弟极骄奢，尽富贵以满足耳目口腹之欲的享乐是根本不同的；作者是在愤世嫉俗，是在发牢骚呢！他们受统治者的压迫，抑郁苦闷，他们不满当时的社会，对统治阶级采取消极反抗的态度，不肯向他们屈服，所以他们跟那醉生梦死之徒是不大相同的。

开头〔夜行船〕一支，作者主要是说，人生百年，犹如一梦，应该抓紧时间，饮酒享乐。这支曲子总领全篇。帝王有无上的权威，这是不是值得羡慕的呢？作者的回答是否定的，他认为王图霸业都没有用，秦宫汉阙到头来无非变成牧场，做渔父樵夫谈今论古的材料。纵使荒坟上有记载丰功伟业的断碑残碣，可是那字迹也不能清晰地留下来。帝王如此，那些英雄豪杰又如何呢？英雄豪杰辅佐帝王，南征北战，创成鼎峙的局面，功勋显赫，位极人臣。可是等到他们死后，坟墓变成狐兔之穴，功勋事业仍然不能保持多久。吴宫花草，魏晋江山，现在又在哪里？再说富人。富人有钱舍不得用。“好天良夜”“锦堂风月”，本来应当珍惜地享用它，可是守财奴却白白地辜负了。帝王、豪杰、富人的结果是这样，作者在以下两支曲子里叙说了自己的处世态度。

“眼前红日又西斜，疾似下坡车”：时光飞快，今天眼看又过去了；明天呢，明天的容颜比今天更老。因此与其思前想后，愁得鬓添白发，还不如丢开一切，黑甜乡里枕酣睡。曲文“晓来清镜添白雪”，或作“不争镜里添白雪”。“不争”有“与其”的意思。“上床与鞋履相别”，指睡觉。斑鸠虽然自己拙得不会筑巢，可是它将就着住喜鹊的巢，那又有什么不好？这样看来，自己也马马虎虎地装呆吧。利与名无须争夺，是与非不必分辨。住在隔绝尘世的清幽去处，再好没有。

就写作技巧方面来说，这套套数也是非常有名的。这套曲子，明、清曲家颇有和韵之作，但是都没有马致远原作写得好。

## 《汉宫秋》第三折

**〔梅花酒〕呀！俺向着这迥野[①]悲凉。草已添黄，兔早迎霜[②]。犬褪得毛苍，人搠[③]起缨枪，马负着行装，车运着糇粮[④]，打猎起围场。他他他，伤心辞汉主；我我我，携手上河梁[⑤]。他部从入穷荒[⑥]，我銮舆返咸阳[⑦]。返咸阳，过宫墙；过宫墙，绕回廊；绕回廊，近椒房；近椒房，月昏黄；月昏黄，夜生凉；夜生凉，泣寒螀；泣寒螀，绿纱窗；绿纱窗，不思量！**

**〔收江南〕呀！不思量除是铁心肠！铁心肠也愁泪滴千行。美人图今夜挂昭阳，我那里供养，便是我高烧银烛照红妆[⑧]。**

【注释】

①迥野：辽阔的原野。②兔早迎霜：兔毛早已变成了白色。迎霜，指白色，迎霜兔是元人习用的一个词。③搠：戳，这里是两手朝前端起的意思。④糇粮：干粮，熟食。⑤携手上河梁：表示惜别之意。语出《文选·李少卿与苏武》诗：“携手上河梁，游子暮何之？”河梁，河上的桥梁。⑥部从：部属随从。穷荒：遥远的荒野。⑦銮舆：皇帝的车驾。銮，指车上的銮铃。咸阳，

秦故都，在今陕西省咸阳市东北二十里，渭水以北。汉元年曾改为新城、渭城。这里为押韵，用以代指长安。⑧高烧银烛照红妆：宋代苏轼《海棠》诗，“只恐夜深花睡去，高烧银烛照红妆”。

**【鉴赏】**

这一折戏，写汉元帝到灞桥为王昭君饯行。他虽然愁肠百结，与昭君难分难舍，但昭君终于还是落入番邦之手。汉元帝从欢乐的顶峰一步步地堕入痛苦的深渊。

〔梅花酒〕〔收江南〕，把汉元帝的这种心情作了传神的写照。给人以一唱三叹、回肠荡气之感。它以简短急促的旋律、重叠交错的文辞，刻画了汉元帝恋念昭君，精神恍惚，悲凉凄楚的心境。从“散风雪旌节影悠扬，动关山鼓角声悲壮”开始，一句一转，越转越深，以急促的音节和旋律，把读者带到了“草已添黄，兔早迎霜”的回野悲凉境界。这一片深邃苍凉的深秋景象，本来是昔日“打猎起围场”的时节，但今天孤独的汉元帝却在这个萧索荒凉的舞台上同自己的爱妃诀别，眼看着昭君一步步地向着大漠深处走去，消失在遥远的天际，汉元帝的心情是多么痛苦、凄凉啊！在这里，作者用了四个五言句，描绘了汉元帝的无限伤怀心情，三个“他”字和三个“我”字在这里迭用，把汉元帝泣不成声的哽咽感伤情绪绘声绘色地描写了出来。以下“返咸阳，过宫墙……绿纱窗，不思量”等句，运用了“顶针续麻”的修辞手法，后一个分句重复前一个分句，头尾衔接，层层递进，给人以回肠荡气之感。接着，以〔收江南〕曲，转到对王昭君的怀念：“不思量，除非是铁心肠，铁心肠也愁泪滴千行”，用反衬、夸张的手法，把汉元帝肝肠寸断的痛苦心情描写得淋漓尽致。

## 《汉宫秋》第四折

**〔上小楼〕早是我神思不宁，又添个冤家缠定。他叫得慢一会儿，紧一声儿，和尽寒更。不争你打盘旋，这搭里同声相应，可不差讹了四时节令[1]？**

**〔幺篇〕你却待寻子卿、觅李陵[2]。对着银台，叫醒咱家，对影生情。则俺那远乡的汉明妃，虽然薄命，不见你个泼毛团，也耳根清净。**

〔满庭芳〕**又不是心中爱听，大古似林风瑟瑟，岩溜泠泠[③]。我只见山长水远天如镜，又生怕误了你途程。见被你冷落了潇湘暮景[④]，更打动我边塞离情。还说甚雁过留声[⑤]，那堪更瑶阶夜永，嫌杀月儿明！**

**【注释】**

①“不争你”三句：意思是如果你在这里盘旋不前，雁群同声相应，简直让人把四时节令都弄糊涂了。大雁每年春分后飞往北方，秋分后飞往南方。不争，假如。②寻子卿，觅李陵：子卿即苏武。苏武和李陵都是汉代官员，苏武出使匈奴，被拘留在后贝加尔湖牧羊，不能返国；李陵领兵和匈奴作战，兵败投降。这两个人都在匈奴境晦生活了一段时间。③“大古似”两句：意思是雁声凄苦，不那么动听。大古，大概。岩溜，岩石上的泉流。泠泠，山泉流动韵声音。④“见被你”句：意思是现在雁儿盘旋不赶路程，使潇湘风景受到冷落。过去传说雁落平沙是潇湘八景之一。见，同“现”。⑤雁过留声：“雁过留声，人过留名”，当时成语。

**【赏析】**

第四折是整个《汉宫秋》悲剧故事的高潮。作者为了渲染汉元帝对王昭君的思念，加重悲剧气氛，以十分强烈的抒情笔调，描绘了一幅“破幽梦孤雁汉宫秋”的画面。

这一折集中表现了杂剧的特定环境。这场戏一开始，就写深秋之夜，汉元帝独居汉宫，夜深人静，面对着冷衾孤灯，形影相吊，涌起了对昭君的无限思念之情。在恍惚入梦之际，忽见昭君飘忽而至。在汉元帝的梦境里，昭君从北地私自逃回，又被从后面赶来闯入汉宫的抓走。孤雁的哀鸣打破了这一寂寥的画面，把汉元帝从梦中惊醒。元帝本为这意外的幽会惊喜，希望做一个“团圆梦境”，但忽被天上嘎嘎的雁声所惊醒，于是他怒不可遏的愤懑情绪不可抑制地迸发出来。“孤雁”的意象具有很深的含意，在第二折中就已出现，伴随着矛盾冲突的加剧，预示了汉元帝的悲剧命运。剧中以孤雁之哀鸣惊醒汉元帝之梦，饱含隐喻之意。汉元帝痛失昭君，此时正像那失偶的孤雁，听到空中大雁的哀鸣，心中顿时产生同病相怜之感。

接着，以拟人的手法刻画了大雁失群的孤零心情，抒发了汉元帝的满腹幽怨的缠绵之情。在〔满庭芳〕及以下〔十二月〕（本书未选）两支曲中，表现了汉元帝对这只孤雁的矛盾心情：既嫌它聒噪麻烦，又不忍赶它离去，因为它毕竟给汉元帝寂聊的心情带来了一丝慰藉，为他与昭君之间搭起了一座幽思恋念的桥梁。在这种强烈的哀怨声中，鲜明生动地突出了汉元帝对王昭君的深切思恋，刻画出一个痴情国君的形象。

《汉宫秋》不仅文辞卓秀、文采熠熠，而且能把感情和环境描写融为一体，以独具一格的意境给人带来压抑和伤感，在丰富的思想内容中包含无尽的艺术魅力。

# 赵孟頫

## 〔黄钟〕人月圆

**一枝仙桂香生玉，消得唤卿卿①。缓歌金缕②，轻敲象板③，倾国倾城④。**

**几时不见，红裙翠袖⑤，多少闲情。想应如旧，春山淡淡⑥，秋水盈盈⑦。**

**【注释】**

①消得唤卿卿：消得，即值得。卿卿，原为夫妻间的昵称，这里指对女子的倾慕。②金缕：指《金缕曲》。③象板：即象牙制成的拍板，一种乐器。④倾国倾城：代指美人。⑤红裙翠袖：指歌妓。⑥春山淡淡：形容女子的眉毛弯弯如静静的春山。⑦秋水盈盈：这里形容女子眼波清亮。

**【鉴赏】**

这首曲子分两个层次，抒发了作者对意中人的相思之情。第一层写作者记忆中昔日的情景，着重从美人的风度情态上落笔。“一枝仙桂香生玉”一句，以玉之莹润比喻桂花的洁白晶莹，“香生玉”说明桂花的芬芳怡人。作者以这样一枝仙桂来比喻意中人，鲜活地刻画出其美丽可爱的姿态、超凡脱俗的气质，表现了作者对女子的倾慕。“缓歌金缕，轻敲象板”，描写美人唱歌时的风韵，也表明了她的歌妓身份。“缓”与“轻”表明美人的性情温和、柔顺。动人的风姿，悦耳的歌声，再加上美丽的容颜，足以令人为之倾倒。作者的重点在对于佳人难得的感慨上，虽然女子身为歌妓，作者仍视她为自己的心上人，足见对她的爱慕与深情。第二层写别后的相思。“几时……闲情”一句，表现作者与这位女子分别已久，故生出许多“闲情”，也就是相思之情。作者对女子思念不已，以致脑海中总是浮现出她娇美的容颜。“想应……盈盈”，是对美人容貌的回忆，以春山润泽比喻女子眉毛的秀美，以秋水澄清比喻女子眼波的清亮，一静一动，更显女子的姣好面貌，表现了作者对她的一往情深。

这首曲子，通过对女子容貌的描写，表现了作者对女子的思念和倾慕之情。

## 〔仙吕〕后庭花

**清溪一叶舟，芙蓉[①]两岸秋。采菱谁家女，歌声起[②]暮鸥。乱云愁，满头风雨，戴荷叶归去休[③]。**

**【注释】**

①芙蓉：荷花。②起：惊起，惊动。③休：句末语气词，相当于“了”“吧”。

**【鉴赏】**

这首曲子写女子采菱的场景，洋溢出浓郁的诗情画意与生活情趣，表达了作者的羡慕和向往之情。“清溪……岸秋”一句，写了清澈的溪水、叶叶扁舟、亭亭玉立的荷花，展现了一幅动人、恬美的金秋图画。“清溪一叶舟”流露出作者逍遥自在的淡泊心境。“采菱……暮鸥”一句，表现一群采菱的姑娘们美艳动人，使眼前的美景更添无尽的韵致。她们悠扬的歌声，惊起了暮色中早已归巢的鸥鸟。接下来，“乱云愁”笔锋急转，刹那间乌云密布，带来“满头风雨”。突降骤雨，采菱女们没有带雨具，但是她们从容不迫，“戴荷叶归去休”，折下一片荷叶，戴在头上，荡着小舟，踏上归途，别有一番神韵。

这幅明朗的采菱画，暗含着深刻的寓意。面对官场的险恶和变幻莫测，作者由采菱女面对风雨处变不惊的坦荡，受到了启发，引发了他政治上的归隐之意。

# 李寿卿

## 〔双调〕寿阳曲

**切鲙**[①]

**金刀**[②]**利，锦鲤**[③]**肥，更那堪玉葱**[④]**纤细！添得醋来风韵**[⑤]**美，试尝道甚生**[⑥]**滋味。**

【注释】

①鲙：指切得很细的鱼肉。②金刀：指很名贵的刀。③锦鲤：鲤鱼的一种，色彩华美。④玉葱：比喻女子的手。⑤风韵：即风度。⑥甚生：什么样。

【鉴赏】

这首曲子表面上写“切鲙”，但实际上是表现男女之间的爱慕之情。开头三句“金刀……纤细”，是说切鱼的刀既名贵又锋利，鲤鱼肥美，烹调之后，加上纤嫩的葱，味道鲜美无比。这三句既写“切”鱼，又暗含对切鱼女子的调笑，语意双关。“玉葱纤细”既指葱，又指人；“风韵美”，既指鱼味，又形容女子。后面两句，“添得……滋味”，是说在烹调鲤鱼时，再加上一些香醋，味道就会更加鲜美。“甚生滋味”既指这样鲜美的鲤鱼以前从未尝过，又指两人的关系是初见，不熟悉。作者在宴席上第一次见到这位美丽的女子，被女子的美貌所吸引，即兴口唱“更那堪玉葱纤细”，表达了爱慕之情。

这首曲子前三句语言典雅华丽，后两句极近口语，活泼生动，自然明快。

# 阿里西瑛

## 〔双调〕殿前欢

懒云窝[1]自叙（三首选二）

**懒云窝，醒时诗酒醉时歌。瑶琴[2]不理抛书卧，无梦南柯[3]。得清闲尽快活，日月似撺梭过，富贵比花开落。青春去也，不乐如何？**

**懒云窝，客至待如何？懒云窝里和衣卧，尽自婆娑[4]。想人生待则么[5]？贵比我高些个，富比我松些个？呵呵笑我，我笑呵呵。**

**【注释】**

①懒云窝：西瑛有居号懒云窝。②瑶琴：这里意指精美的乐器。③南柯：意指升官发财的好梦。④ 婆娑：盘桓、逍遥、自由。⑤则么：即怎么。

**【鉴赏】**

阿里西瑛所居懒云窝，在吴城（今江苏苏州）东北隅。“懒云窝”之名，源于北宋邵雍安乐窝之居号。邵雍安贫乐道，“岁时耕稼，仅给衣食，名其居曰安乐窝”。作者“懒云窝”之号虽源于此，但特定含义与时代背景已有所不同。“懒云窝”，起唱三字，便好玩味。古人名其所居，多取雅洁字面，且一般曰堂、曰斋、曰室、曰庵。作者自称所居曰窝，略见玩世不恭的色彩。用懒云名窝，更见放纵不羁的个性。“懒云”二字，实无理而妙。云之为物，舒卷自如，逍遥自在。“懒云”二字，不仅为云传神，也暗暗为主人公传神。“醒时诗酒醉时歌”。醒时吟诗饮酒，醉时唱歌吟诗，醒与醉的循环，诗与酒的流连，便构成主人公的整幅生活。

这是写其“自恣以适性情”，有如云之舒卷自如逍遥自在。作者的生活态度是："得清闲尽快活。"不求富贵则清，不争富贵则闲。唯有清闲，才能快活。得了清闲，便尽管快活。"瑶琴不理抛书卧"，连瑶琴也不想弹，连书也不想看，全抛在一边，只管一枕高卧。这是写其自恣适情，已到了懒的境地。"无梦南柯"一句，也用不着作什么富贵之梦，则是写其精神的自由，决不为世俗所累。这是作者的生活态度的正面叙述。

下面二句："日月似撺梭过，富贵比花开落。"撺梭即穿梭。光阴似箭，人生如梦，富贵荣华不过如花开一时，转瞬便已凋落。"青春去也，不乐如何。"结二句，歌唱快活的人生，才是珍惜美好的时光。这组散曲所写照的醒了醉、醉了醒、抛书卧、和衣卧之懒，固然不可取。不过，主人公的这种懒散，原是其放纵不羁到极致的体现。主人公的放纵不羁，实有一种追求自由的精神，视富贵如浮云的精神。在元代，老庄思想成为一代士子的共同心理。不是入世，而是遁世，成为有元一代散曲的普遍情调。这在中国诗史上是一特异现象。其社会背景，乃是元代政治极为黑暗，士人没有出路。阿里西瑛虽是回族人，属色目人，但其作品中的思想情感，实具有普遍意义，所以才能引起当时诸名曲家的共鸣与和作。从西瑛此曲，也可以见到元代西域人接受汉文化之深。

这三支曲为元曲名作，写出后多人作和。

# 冯子振

## 〔正宫〕鹦鹉曲

**山亭逸兴**

**嵯峨①峰顶移家住，是个不唧嗰②樵父③。烂柯④时树老无花，叶叶枝枝风雨。**

**〔幺〕故人曾唤我归来，却道不如休去。指门前万叠云山，是不费青蚨⑤买处。**

**【注释】**

①嵯峨：形容山高之貌。②不唧嗰：即麻木，迟钝。唧嗰，宋元俗语，指伶俐。③樵父：即打柴人之意。父，古时对男人的称呼。④烂柯：烂掉的斧柄，比喻时间过得快。⑤青蚨：代称钱。

**【鉴赏】**

这首曲子的主人公是一位樵夫，但他不是一位土生土长、精于采樵之业的樵夫。他中途迁居到此，“是个不唧嗰樵夫”，对于采樵事业并不精通，显得有点笨拙糊涂，但却是一位受人尊敬的长者。他的身份是樵夫，实际上并不从事辛苦的采樵工作，而是像神仙一样，在深山老林中的亭子里整日下着围棋来消磨时光。当然，樵夫的生活也并非无忧无虑，他没有猿鹤为伍，没有麋鹿为伴，没有山花野果，更没有丹崖壁洞，伴随着他的只有无花老树，落叶枯枝。“故人……休去。”是说在朝为官的老朋友得知他生活的凄苦寂寞，便招他回去。老樵夫在去留的问题上仔细权衡比较的结果是：“不如休去”。留在山林，固然清苦，但回到朝廷，官场险恶，也许痛苦更甚。“指门……买处”，写的是他指门前所望见的万叠云山，对着来山中招隐士的故人说：“你看，这里有无限的山林乐趣，不必用金钱去买，而且用金钱也不可能买到。”在他看来，山林隐逸之乐远远胜过荣华富贵。作者通过老樵夫的形象，表达了遗世弃俗、泊然名利的思想。

这支散曲简洁精练，以极少的笔墨抓住士大夫隐于樵的形象特征，刻画了一个生动而丰满的艺术形象，表现了作者遗世弃俗的高洁品行。

## 〔正宫〕鹦鹉曲

### 农夫渴雨

**年年牛背扶犁住，近日最懊恼[①]杀农父。稻苗肥恰待抽花，渴煞[②]青天雷雨。**

**〔幺〕恨残霞不近人情，截断玉虹[③]南去。望[④]人间三尺甘霖，看一片闲云起处。**

**【注释】**

①懊恼：即烦恼。②渴煞：即渴望。③虹：古人以为虹霓主风雨。④望：即渴望的意思。

**【鉴赏】**

这首曲子写稻花开时农夫盼雨的急切心情，表现了农家生活和农民的思想情绪。前篇写农夫盼雨。农民对风霜雨雪最为敏感，他们一年四季辛苦耕作，总希望风调雨顺，而眼下稻苗肥壮，恰逢杨花吐穗，偏偏久旱不雨，眼睁睁地看着一年的辛苦将要付之东流，农夫焦虑欲绝。〔幺〕写农民盼望的是及时雨，而天公偏不作美，只能看见不能作雨的残霞闲云，使人恨悠悠、望也休。由于作者细致入微的观察，对农人情感体会真切，所以状物抒情，极为自然，绝无扭捏作态之迹。

此曲语言朴素自然，情感真挚感人，歌咏农民的疾苦，传达他们的心声。在手法上，作者以对立的两方结构全篇：农夫急切盼雨与天公不遂人愿，展示了农夫的愿望与现实的矛盾，读来牵动人心。

## 〔正宫〕鹦鹉曲

**荣华短梦**

**朱门[①]空宅无人住，村院[②]快活煞耕父[③]。霎时间富贵虚花，落叶西风残雨。**

**〔幺〕总不如水北相逢，一棹木兰舟去。待霜前雪后梅开，傍几曲寒潭浅处。**

**【注释】**

①朱门：指代豪门。②村院：即农夫的住宅。③耕父：农夫。

**【鉴赏】**

这首曲子通过对富贵短暂的书写，表达了作者淡泊名利、遗世弃俗、隐居山林的高雅情怀。曲子开头“朱门……耕父”，以“朱门空宅”和“村院快活”的鲜明对比，表现了富贵荣华如过眼烟云，转瞬即逝；而粗茶淡饭、自耕自给的农夫却能够得到长久的快活。接着，“霎时……残雨”一句，是说富贵荣华如虚幻的鲜花，瞬间就会凋零。作者用“西风残雨”中的“落叶”比喻富贵之花的虚空和短暂，至此，标题“荣华短梦”四个字已被形象具体地描述出来，并且作者那视容华如短梦虚花的淡泊情怀，也得到了充分的展现。〔幺〕“总不……舟去”，体现了作者的志趣，他追求的是邀几个志同道合的友人，乘着木兰舟，去追寻大自然的美。“总不如”三个字，将上下文进行比较，承上启下。“待霜……浅处”两句，具体写出了“一棹木兰舟去”的时间，作者要在寒冷的时节，在“霜前雪后”，在去清浅的水潭边观赏“凌寒独自开”的梅花，表现了作者怡然自乐的情怀。

本曲语言疏淡雅洁，淳朴自然，感情真挚，情景交融，具有强烈的艺术感染力。

## 〔正宫〕鹦鹉曲

**野渡新晴**

**孤村三两人家住，终日对野叟田父[①]。说[②]今朝绿水平桥，**

**昨日溪南新雨。**

**〔幺〕碧[3]天边[4]云归岩穴，白鹭一行飞去。便芒鞋竹杖[5]行春[6]，问底是[7]青帘[8]舞处？**

【注释】

①野叟、田父：在这里都是指种田的农夫。②说：奔走相告的意思。③碧：青绿色，有时用来形容草，有时用来描绘天。④边：尽头。⑤芒鞋竹杖：草鞋和竹手杖，为古人出行野外的装备。⑥行春：此处为春日行游之意。⑦底是：哪里是，哪有。⑧青帘：酒店门口的青布招子。

【鉴赏】

这首曲子写作者归隐村居后雨后春游的喜悦心情。曲子开头"孤村……田父"，描写了作者隐居的地点：一处小小的"孤村"，只有两三户人家，荒凉无比，居住的全是农夫，充分对应了标题中的"野"字。接下来"说今……新雨"，说明了原因：这里空气清新，风景宜人。〔幺〕开头两句"碧天……飞去"写顺势出门所见的春天的景色。抬头仰望，碧空万里，天高云淡，一行行白鹭悠悠上青天，令读者眼前顿时浮现出一幅诗情画意的画面。如此美景，使作者不禁穿上草鞋，拿着手杖，踏着雨后松软的泥土，信步闲游。最后"青帘舞处"交代了地点，他要去乡村小店，喝点小酒，慢慢欣赏这迷人的景色。

这首曲子语言清丽淡雅，景色充满乡土气息。

## 〔正宫〕鹦鹉曲

**渔父**

**沙鸥滩鹭䙰依住[1]，镇日坐钓叟纶父[2]。趁斜阳晒网收竿，又是南风催雨[3]。**

**〔幺〕绿杨堤忘系[4]孤桩，白浪打将[5]船去。想明朝月落潮平，在掩映芦花浅处。**

【注释】

①沙鸥滩鹭䙰依住：沙、滩，都是指水边的陆地。鸥、鹭，都是食鱼的水鸟。䙰，即相依、一块儿。②镇日坐钓叟纶父：镇日，即整日、整天。钓

叟、纶父，在这里都指渔夫。③又是南风催雨：又是，说明水边经常有暮雨。“催”字，说明风雨来得快速、突然。④系：捆住，扎住。⑤打将：将，是“打”的动词尾，无实义。打，侧面表现暮潮之大。

【鉴赏】

这首曲子描写渔夫的生活，寄托了作者的情怀。小令选取了远离世俗的海边作为背景，描绘了一幅优美和谐的垂钓图：渔夫们每天与鸥鹭相伴，在海边垂钓，生活惬意无比。曲子开篇暗用典故，说明渔夫除了操持生计之外，别无他求，以致于鸥鹭都愿意与他相处，这就把我们带到了远离尘嚣的世外淳朴之地。“趁斜……催雨”，将渔夫的“晒网收竿”贯穿于“斜阳”“催雨”之中，但这一切渔夫早已司空见惯，所以不慌不忙，泰然自若，又暗示了他在人生的风雨中安之若素。〔幺〕描绘了一幅富有情趣的场景。“绿杨……船去”，渔夫在狂风暴雨面前，虽然从容自若，但还是有些漫不经心，竟然忘了把渔船捆牢，使得渔船消失在滚滚白浪中了。这里表现出了作者对于世俗功名富贵的厌倦与不屑。渔夫丢了船，暗含作者舍弃了功名富贵。“想明……浅处”，表明渔夫在失船后的淡然心态，表现了渔夫顺其自然、随遇而安的心态。

全曲以富于隐喻性的景象巧妙地构思安排，既形象鲜明，又耐人寻味。

## 〔正宫〕鹦鹉曲

**市朝归兴**[①]

**山林朝市**[②]**都曾住，忠孝两字极**[③]**君父。利名场反覆如云**[④]**，又要商量阴雨。**

**〔幺〕便天公有眼难开，袖手不如家去。更峨眉**[⑤]**强学时妆，是老子**[⑥]**平生懒处。**

【注释】

①市朝归兴：市，交易买卖的场所；朝，官府治事的处所，这里泛指官场。归兴：指根据当前的感受而发的吟咏。②山林朝市：山林，指宅第。朝市，即市朝。③极：即最高限度。④利名场反覆如云：利名场，指官场中名利

争逐如同做买卖，危恶可见。反覆如云，这里比喻巧弄权术，反复无常。⑤峨眉：借为美人的代称。⑥老子：骄傲者对自己的称呼。

【鉴赏】

这首曲子描写作者对官场追名逐利、变幻无常的失望和愤慨，对官员卑躬屈膝、阿庾奉承的态度的厌恶，表现了作者傲然高洁的品格。曲子开头“山林……君父”，简要概述了主人公的人生经历，在家侍奉父母尽了孝道，做官奉公职守尽了臣道，忠孝二字已经做到尽头了。由这两句可以看出，主人公并不是作者自己，而作者对这位当事者是同情的。“利名……阴雨”两句，用生动形象的比喻，揭露了“争名于朝”“争利于市”的人世的险恶，表达了作者对官场黑暗的厌恶之情。〔幺〕曲表明了作者的退隐之志。“便天……家去”是在劝说主人公，即使天公有眼，对着这险恶的名利场，也只是视而不见，有口难言。“更峨……懒处”，表明作者不愿随波逐流，并且愤慨地表示：“老子”一生就懒得这样做，其蔑视鄙夷的态度溢于言表。

本曲大量运用比喻，生动贴切，将许多抽象的内容描绘得既精炼又形象，同时含有尖锐而又犀利的讽刺。

## 〔正宫〕鹦鹉曲

**赤壁[①]怀古**

**茅庐诸葛亲曾住，早赚[②]出抱膝[③]梁父[④]。笑谈间汉鼎三分[⑤]，不记得南阳耕雨[⑥]。**

**〔幺〕叹西风[⑦]卷尽豪华[⑧]，往事大江东去。彻如今话说渔樵[⑨]，算也是英雄了处[⑩]。**

【注释】

①赤壁：孙权与刘备联军打败曹操的地方，在今湖北省黄冈市。②赚：这里是请出来的意思。③抱膝：用手抱住膝，指诸葛亮吟诗的样子。④梁父：本指《梁父吟》，相传为诸葛亮所作，在此代指诸葛亮。⑤汉鼎三分：汉室天下分为三国。鼎，借指政权。⑥南阳耕雨：指诸葛亮在南阳时风雨耕种的生活。⑦西风：即秋风。⑧豪华：豪气芳华。⑨彻如今话说渔樵：彻，直到。指渔人樵夫以三国时事作为谈说的内容材料。⑩了处：指归宿。

【鉴赏】

这是一首怀古之作。以诸葛亮出茅庐辅佐刘备的历史故事为题材，抒写诸葛亮未能坚守初衷，最后愿望未果之事，表达了作者的惋惜与慨叹之情。

“茅庐……梁父”，是说那一处茅庐曾是诸葛亮住过的地方。诸葛亮早年隐居隆中，吟诗品酒，不问世事。只因刘备三顾茅庐，礼贤下士，才出山帮助刘备打天下，形成曹操、刘备和孙权三国鼎立的局面。“笑谈……耕雨”，是写诸葛亮的豪气与才华，为他的出山入世表示深切的惋惜。纵然诸葛亮出山后纵横捭阖，羽扇纶巾，成为风云人物，但他却彻底错过了美好的雨中田园生活。表达了作者强烈的遗憾。〔幺〕回顾历史沧桑，表达了无尽的慨叹。“叹西……东去”，写诸葛亮的豪气与芳华被凄凉的秋风席卷殆尽，他的宏图伟志都付诸东流，那种壮志难酬的遗憾再次宣泄而出。“彻如……了处”，到如今，他的英雄事迹还常常被村野的渔父和樵夫传诵，这也算是对他们最好的安慰吧！这是作者的无限感慨，也给予了对诸葛亮式的英雄人物的些许同情。

全曲以善意的嘲讽统领，对诸葛亮的智慧采取了平视甚至俯视的态度，构思新颖，立意独到，表现了元代知识分子因怀才不遇而流露出来的虚无感。

## 〔正宫〕鹦鹉曲

### 处士①虚名

**高人②谁恋朝中住，自古便有个巢父③。子陵④滩钓得虚名，几度桐江春雨。**

**〔幺〕睡神仙别有陈抟⑤，拂袖华山归去。漫纷纷少室终南⑥，怎不是神仙隐处！**

【注释】

①处士：即隐士。②高人：即高士，指摆脱一切名利不做官的高尚之士，即真隐士。③巢父：尧时的隐士，相传巢居山中树上而得名。④子陵：指严光，字子陵，会稽余姚人。年少时曾与刘秀（汉光武帝）同游学，有高名。刘秀称帝后，严光改姓换名隐居富春山。⑤陈抟：字图南，自号扶摇子，北宋时隐士。⑥少室、终南：都是山名，少室山在河南，终南山在西安市南。这两座山都是隐士、僧道士居住的地方。

【鉴赏】

这首曲子借咏史来讥讽那些沽名钓誉、徒有虚名的假隐士。曲子起笔以“高人谁恋朝中住”发问：真正的高人，有谁还留恋朝中生活呢？此后，“自古便有个巢父”一句，肯定了巢父是真隐士。其后列举严光和陈抟的例子，继续说明什么样的是真隐士。严光年少时曾与汉光武帝刘秀同游学，有高名。刘秀称帝后，严光改姓换名隐居山林。刘秀派人寻访，征召到京，授谏议大夫，严光不受，退隐于富春山。其他诗文，大多对归隐持肯定的态度，而在作者看来，如果严光是真隐士，就应该像巢父那样远离朝廷，而不该应召到朝中去逗留，他缺少巢父那种与名利决绝的坚决态度，所以说他只不过是一个徒有虚名的假隐士。然后作者又列举北宋隐士陈抟的例子，他先后隐居武当山、华山修道，每寝处，多百余日不起，故有睡神仙之称。他曾于后唐长兴中举，但进士不第，后来又多次到朝廷受到宋太宗礼遇，被赐号“希夷先生”，又赐紫衣，令有司增葺所止云台观，在朝廷逗留数月，太宗屡与之切磋诗赋。作者对这位归隐华山的“睡神仙”也是不以为然的，批评他依恋朝廷，与名利不能决绝，也不是所谓的“高人”。综合上面所举的例子，作者最后感慨道：“漫纷……隐处！”只要真心归隐，哪里都是隐居之处，何必一定要找那些诸如少室山、终南山那样的名山呢？这就对严光和陈抟归隐的实质产生了质疑。作者将巢父与严光和陈抟作对比，赞扬了巢父的真隐，讽刺批评了严陈等徒有虚名的隐士。

这首曲子用典较多，借古讽今，以议论开头，又以议论结尾，褒贬明确，对比鲜明，真率大胆。

## 〔正宫〕鹦鹉曲

**泣江妇**

**曹娥江主婆娑住，五月五水面迎父[①]。蔡中郎“幼妇”碑阴，古刻荒云深雨[②]。**

**〔幺〕夏侯瞒智肖杨修，强说不多来去[③]。怕文章泄漏风光，谜语到难开口处[④]。**

【注释】

①“曹娥”二句：是歌咏东汉曹娥入江寻父尸的史事。②“蔡中郎”二句：歌咏蔡邕为曹娥碑题辞的故事。③“夏侯”二句：说的是曹操与杨修猜测蔡邕题碑的隐语逸事。曹操本为夏侯家人。④“怕文章”二句：是对蔡邕题辞的评说。

【鉴赏】

这是一首咏史曲作，其中牵涉到一系列的历史人物和事件。开篇破题。“曹娥……迎父”两句，就是歌咏曹娥泣父的史事。曹娥是东汉的孝女，会稽上虞人。其父盱，能弦歌，为巫祝。汉顺帝汉安二年五月五日，盱在县江逆水涛中婆娑（舞蹈）迎神，不幸溺水而死，不得尸骸。其女曹娥年十四，沿江哭号十七昼夜，投江而死，其江故名为曹娥江。汉桓帝元嘉元年，上虞县长度尚改葬曹娥于江南道傍，并为立碑。度尚弟子邯郸淳作碑文，其辞妙绝。其后大文豪蔡邕见邯郸淳的碑文，就在碑的背面又题八字：“黄绢幼妇，外孙齑臼”。三国时，曹操（即夏侯瞒）和杨修曾过曹娥碑下，看到碑阴“黄绢幼妇，外孙齑臼”八个字感到很奇怪，不解其义，但杨修破译了蔡邕题辞的隐语：黄绢，是有颜色的丝绸，那便是“绝”字；“幼妇”是少女，即“妙”字；外孙是女之子，那是“好”字；“齑”是捣碎的姜蒜，而“齑臼”就是捣烂姜蒜的容器，用当时的话说就是“受辛之器”，“受”旁加“辛”就是“辤”的异体字。所以“黄绢幼妇，外孙齑臼”，谜底便是“绝妙好词”，而曹操行三十里后始解其意，因叹曰：“我才不及卿，乃觉三十里。”曹娥泣父的故事在元代颇为流传，元顺帝曾加封曹娥为“慧感灵存昭顺钝懿夫人”。这首曲子标题作《泣江妇》，但重点不在于歌颂曹娥泣父的孝行，而是引出一桩文坛的趣事，重点着笔于邯郸淳、蔡邕、杨修等人的文思上，对蔡邕题词“谜语到难开口处”，略有微词，而对曹操嫉杨修之才但口头上说自己无才思也略有批判。曲子思想蕴含，但能把有关曹娥泣父的历史人物和事迹联缀成曲，典雅富丽，又不失酣畅流利，体现了作者深厚的文学功底。

## 〔正宫〕鹦鹉曲

**感事（二首之一）**

**黄金难买朱颜[1]住，驷马客羡跨牛父[2]。石将军百斛明珠，几日欢云娱雨[3]。**

**〔幺〕趁春归一瞬流莺，万事夕阳西去。旧婵娟[4]落在谁家？个里[5]是高人[6]省处。**

**【注释】**

①朱颜：指青春焕发的脸色。②驷马客羡跨牛父：这句用司马相如“高车驷马”的典故代指达官贵人，用老子乘青牛车出函谷关的典故代指隐者。③石将军百斛明珠，几日欢云娱雨：以晋石崇用百斛明珠买得美姬绿珠，最终被抄家杀身，绿球跳楼身亡的典故，说明富贵如浮云，不能长久，财富会使人丧生的道理。④婵娟：此处指绿珠。⑤个里：个中。⑥高人：指摆脱名利，不求仕进的人。

**【鉴赏】**

这首曲子开头“黄金……牛父”两句点明主旨，感叹朱颜易逝，青春不常驻，感叹人生；接着，用司马相如“高车驷马”的典故代指达官贵人，用老子骑牛隐居的典故代指隐者，说明达官显贵反而羡慕隐居之士。起首这两句可谓全曲之纲，点明了全曲所感喟的仕不如隐的主旨，起到了提纲挈领的作用。三、四两句“石将……娱雨”，承接上两句，言石崇虽然富甲天下，曾经以百斛明珠买得美姬绿珠，却未得几日欢娱，抒发了作者的感叹，说明富贵如浮云，不能长久。五、六两句“趁春……西去”，由豪门之富贵说到世间万事和美景，不过如春归时莺鸟的美妙的鸣叫声和西沉的夕阳，转瞬即逝，表达了对富贵无常的感慨和万事皆空的人生悲叹。最后两句“旧婵……省处”，是对石崇这一典故的感慨，再一次说明富贵如云，暗示了作者“仕不如隐”的人生态度。首尾呼应，点明主旨。

## 〔正宫〕鹦鹉曲

**感事（二首之二）**

**江湖难比山林住，种果父胜刺船父①。看春花又看秋花，不管颠风狂雨。**

**〔幺〕尽人间白浪滔天，我自醉歌眠去。到中流手脚忙时，则靠着柴扉②深处。**

**【注释】**

①刺船父：划船的人。②柴扉：柴门。

**【鉴赏】**

这首曲子开头两句“江湖……船父”总领全曲，把“江湖”比作险恶的官场，而把“山林”比作闲适的隐居场所，以“种果父”喻隐士，把“刺船父”比作官场中人。这种比喻新鲜生动，富有创造性，为下文作好了铺垫。接下来，作者以“看春花又看秋花”“我自醉歌眠去”“靠着柴扉深处”等描写比喻隐者的怡然自得，而以“颠风狂雨”“尽人间白浪滔天”“到中流手脚忙时”等比喻宦海中人所处的险恶环境。作者就是在这种形象的比喻和鲜明的对比之中，突出了“江湖难比山林住”的主题，也就是所谓的“仕不如隐”，照应了开头，强化了主题。

这首曲子语言通俗易懂，明白晓畅，句式变化多端，灵活自如，通篇的比喻又使全篇韵味无穷。

# 王实甫

## 〔中吕〕十二月过尧民歌

别情

**自别后遥山隐隐①，更那堪远水粼粼②。见杨柳飞绵③滚滚，对桃花醉脸醺醺。透内阁④香风阵阵，掩重门⑤暮雨纷纷。**

**怕黄昏忽地又黄昏，不销魂怎地不销魂⑥。新啼痕压旧啼痕⑦，断肠人忆断肠人⑧。今春，香肌瘦几分，裙带⑨宽三寸。**

**【注释】**

①隐隐：隐约，含糊。②粼粼：水波闪动的样子。③飞绵：飞絮。④内阁：内室，深闺。⑤重门：这里指院门与闺门。⑥销魂：即失魂落魄的样子。⑦啼痕：这里指泪痕。⑧断肠人：指伤心至极的人。曲中前面一个“断肠人”是思妇自指，后一个“断肠人”指被思念者。⑨裙带：即腰带。

**【鉴赏】**

这是一首“带过曲”，描写闺中思妇怀念远人的情景。全篇按写法可划分为两层。〔十二月〕六句为前一层，描写女主人公面对春景睹物思人的心绪，句法对仗工整。远山近水，杨柳桃花，香风暮雨皆能勾起女子的思念。视角由远及近，由表及里的转移，实质上是对思念的描述，主人公那寂寞的心情溢于言表。〔尧民歌〕为第二层，直接表现女子的相思情态。前四句说明主人公肝肠寸断的相思之情，这种日复一日的相思的结果就是玉肌销减、衣带渐宽。末尾以一个局外人的口吻询问，更突出了主人公的纯情坚贞。全曲大量运用叠字、叠词，含情脉脉，如泣如诉，哀婉动人。

开头“自别后”，点明了曲的主旨——离别相思之情，为下文奠定了感情基调。接着作者运用了对仗的手法，展现了一幅凄清孤凉的景色。山是遥山，水是远水，由远及近，写了杨柳、桃花、内阁、重门。运用“隐隐”“粼粼”“滚滚”“醺醺”“阵阵”“纷纷”这些叠音词来修饰“遥山”“远水”“杨柳”“飞棉”“醉脸”“香风”“暮雨”起了两方面的作用：一是“隐”和“粼”、“滚”和“醺”、“阵”和“纷”押韵，增加了作品的音韵之美，读起来琅琅上口；二是加强了凄清冷落之感，表达了希望的渺茫，情景交融。

## 《西厢记》第二本第四折

**〔越调·斗鹌鹑〕云敛晴空，冰轮[①]乍涌；风扫残红，香阶乱拥；离恨千端，闲愁万种。夫人那，“靡不有初，鲜克有终。[②]”他做了个影儿里的情郎，我做了个画儿里的爱宠[③]。**

**【注释】**

①冰轮：指月亮。②“靡不”二句：语出《诗经·大雅·荡》：“天生烝民，其命匪谌。靡不有初，鲜克有终。”郑玄笺：“鲜，寡；克，能也。”《广韵》：“靡，无也。”是说人生之初无不具有善性，但很少能把这种善性保持到底。用作不能善始善终的典故。③画中爱宠：《闻奇录·画工》：“唐进士赵颜，于画工处得一软障，图一妇人甚丽。……遂呼之百日，昼夜不止，乃应曰：‘诺。’急以百家彩灰酒灌，遂活，下步言笑，饮食如常。曰：‘谢君召妾，妾愿侍箕帚。’终岁，生一儿。儿年两岁，友人曰：‘此妖也，必与君为患。余有神剑，可斩之。’其夕，乃遗颜剑。剑才及颜室，真真乃泣曰：‘妾南岳地仙也。无何为人画妾之形，君又呼妾名，既不夺君愿。君今疑妾，妾不可住。’言讫，携其子，却上软障，呕出先所饮百家彩灰酒。睹其障，唯添一孩子，皆是画焉。”（《太平广记》卷二八六）

**【鉴赏】**

《西厢记》全名《崔莺莺待月西厢记》。写书生张珙在蒲东普救寺遇相国之女崔莺莺，两人一见钟情，通过侍女红娘的帮助，终于冲破封建礼教约束而结合的故事。

这一折，张生唱的曲词，堪称是一篇优美的披之管弦的叙事诗。

〔斗鹌鹑〕开始写月夜的良辰美景勾勒了一幅月夜清明图，接着写张生在花阴里悄悄地去看莺莺前的行动、神态、心情，该折化唐代诗人元稹的《明月三五夜》“待月西厢下，迎风户半开。拂墙花影动，疑是玉人来。”一诗的诗境，张生在月下热切地等待莺莺的到来，表现他追求莺莺的迫切和热烈的爱情。

## 《西厢记》第四本第三折

**〔正宫·端正好〕碧云天，黄花[1]地，西风紧，北雁南飞。晓来谁染霜林醉？总是离人泪。**

**〔滚绣球〕恨相见得迟，怨归去得疾。柳丝长玉骢[2]难系，恨不得倩疏林挂住斜晖。马儿迍迍的[3]行，车儿快快的随。却告了相思回避，破题儿[4]又早别离。听得道一声“去也”，松了金钏；遥望见十里长亭，减了玉肌。此恨谁知！**

**〔叨叨令〕见安排着车儿、马儿，不由人熬熬煎煎的气；有甚么心情花儿、靥儿[5]，打扮得娇娇滴滴的媚。准备着被儿、枕儿，则索昏昏沉沉的睡；从今后衫儿、袖儿，都揾[6]做重重叠叠的泪。兀的[7]不闷杀人也么哥[8]！兀的不闷杀人也么哥！久已后书儿、信儿，索与我凄凄惶惶[9]的寄。**

**【注释】**

①黄花：即菊花。②玉骢：毛色青白相杂的马。③迍迍的：行动迟缓的样子。④破题儿：唐宋人诗赋的起首称破题，引申为事情的开头。此二句谓相思才了，别离又起。⑤靥儿：古代妇女面部的一种装饰。⑥揾：揩，擦。⑦兀的：怎么，表感叹。⑧也么哥：元明戏曲中句末常用的语气词。⑨凄凄惶惶：悲伤不安的样子。

**【鉴赏】**

《西厢记》的第四本第三折，通常被称作“长亭送别”，讲的是，张生在崔老夫人的逼迫下，即将离别莺莺赴京赶考；莺莺、红娘、老夫人等在十里长亭为张生饯行送别，张生与莺莺挥泪相别。这一折戏情节比较简单，沿袭《西厢记诸宫调》关于这段情节的描写，主要是写莺莺和张生的离别之情。作者将场景安排在深秋的长亭古道边，以整套优美感伤的曲辞表现这对恋人离别时的痛苦和悲伤，抒情气氛浓厚，充满诗情画意。此折主唱者为莺莺，通过莺莺所唱的曲词，刻画莺莺和张生别离时的痛苦心情和怨恨情绪。

开头〔端正好〕〔滚绣球〕〔叨叨令〕三支曲子，为莺莺赴长亭途中所唱。首曲〔正宫端正好〕，渲染出了暮秋的凄凉气氛，通过莺莺对暮秋郊野景色的感受，衬托出莺莺为离愁别恨所烦恼的痛苦压抑的心情。作者选取了几种典型的意象，“碧云天，黄花地”，借景抒情，情景交融，营造了寥廓萧瑟、黯然销魂的境界。“晓来谁染霜林醉”这种反问语气的运用，使得大自然的景色，带上了离人的主观色彩。一个动词“染”，把这种主观色彩渲染得更加形象突出，更加赋予了在离愁的重压下不能自持的人的情态。紧接着两支曲子，是莺莺的内心独白，从不同的侧面展示主人公复杂的内心世界，真实可感，细腻动人。

《西厢记》“长亭送别”一折以优美精湛的语言，对人物心灵的深层刻画和真实描摹，多侧面、多色彩地再现了人物的情感节奏，是我国古典戏曲中的杰作，具有无穷的艺术魅力。

# 李好古

## 《张生煮海》第三折

〔正宫·端正好〕一地里受煎熬，满海内空劳攘，兀的不慌杀了海上龙王。我则见水晶宫血气从空撞，闻不得鼻口内干烟炝。

〔滚绣球〕那秀才谁承望，急煎煎做这场，不知他挟着的甚般伎俩，只待要卖弄杀手段高强。莫不是放火光，逼太阳，烧的来焰腾腾滚波翻浪。纵有那雷和雨，也救不得惊惶。则见锦鳞鱼活泼刺波心跳，银脚蟹乱扒沙[1]在岸上藏。但着一点儿，就是一个燎浆[2]。

〔倘秀才〕这秀才不能勾花烛洞房，却生扭做香水混堂[3]，大海将来升斗量。秀才家能软款，会安详，怎做这般热忽喇[4]的勾当？

〔滚绣球〕俺也不是化道粮，也不是要供养，我则是特来相访。（张生云）我是个穷秀才，相访我有甚么化与你。（正末唱）俺本是出家人，便乞化何妨。（张生云）若得见那小娘子，肯招我做女婿，便有布施。（正末唱）则为那窈窕娘，不招你个俊俏郎，弄出这一番祸从天降。你穷则穷，道与他门户辉光。你那里得熬煎铅汞[5]山头火？你那里觅医治相思海上方？此物非常。

〔脱布衫〕俺实丕丕[6]要问行藏，你慢腾腾好去商量，将这水指一指翻为土壤，分一分步行坦荡。

〔小梁州〕直着你如履平原草径荒。（张生云）到那海底去，莫不昏暗么？（正末唱）却正是日出扶桑[7]。（张生云）小生终是个凡人，怎敢就到海中去？（正末唱）虽然大海号东洋，

**休谦让。（带云）去来波！（唱）他则待招选你做东床。**

**〔幺篇〕便休提弥漫弱水三千丈，端的是锦模糊水国鱼邦。（张生做望科，云）我看这海有偌般宽阔，无边无岸，想是连着天的，好怕人也！（正末唱）你道是白茫茫如天样，越显得他宽洪海量。我劝你早准备帽儿光[8]。**

**〔笑和尚〕去去去，向兰阁，到画堂。俺俺俺，这言语，无虚诳。（张生云）是真个么？（正末唱）你你你，终有个酸寒相[9]。他他他，女艳妆。早早早，得成双。来来来，似鸳鸯并宿在销金帐。**

**〔尾声〕则为你佳人才子多情况，唬得他椿室萱堂[10]着意忙。你貌又轩昂才又良，他玉有温柔花有香；意相投，姻缘可配当；心厮爱，夫妻谁比方。似他这百媚韦娘[11]，共你个风流张敞。（带云）去来波！（唱）须将俺撮合山的媒人重重赏。（同张生下）**

**【注释】**

①扒沙：爬行。②燎浆：被水烫过或火烧，皮肤上所起的亮泡。③香水混堂：浴池，澡堂。④热忽喇：就是热。忽喇，语助词，无义。⑤铅汞：道家炼丹用的两种原料。⑥实丕丕：实实在在。⑦扶桑：神木名，神话传说，日出其下。⑧帽儿光：古代民间赞贺新郎衣帽整洁的谐谑语，也指新郎。⑨酸寒相：旧时对贫穷读书人的形容词。⑩椿室萱堂："父、母"的代词。⑪百媚韦娘：即杜韦娘，唐代一个有名的歌妓。

**【鉴赏】**

《张生煮海》，全名《沙门岛张生煮海》，李好古著。全剧四折无楔子。主要剧情写的是：瑶池会上的金童玉女有思凡之心，罚往下界，金童脱生为潮州张家之男，名张羽；玉女脱生为东海龙王第三个女子，名琼莲。张羽虽深通儒术，但功名不遂。一日，张羽寓居石佛寺，清夜抚琴，招来东海龙王三女琼莲，两人生爱慕之情，约定中秋之夜相会。结果到了约定的时候，因龙王阻挠，琼莲无法赴约。东华仙姑送他银锅一只、金钱一文、铁勺一把，用勺舀海水于锅中，放金钱在水内，用火煎煮。龙王存坐不住，不得已将张羽召至龙宫，与琼莲婚配。最后经东华仙姑点化，"返本朝元""还归正路"。这部剧作虽然神仙道化气息较浓，但主要还是反映青年男女勇于反抗封建势力和对幸福爱情的大胆追求。

李好古的《张生煮海》和尚仲贤的《柳毅传书》，都是描写龙女和人相爱的故事，可以称得上元代神话剧中的双璧。《张生煮海》第一折是“听琴约会”，第二折是“遇仙得宝”，第三折是“煮海允婚”，第四折是“入海团圆”，虽然每一折都给下一折留下悬念，引人入胜，线条比较单纯，张生与琼莲结合道路上的两重障碍——人神相阻、龙王凶狠，经过煮海这一举动便迎刃而解；张生每遇困难，不是东华仙姑指迷帮助，就是石佛寿和尚作媒导引，戏剧冲突显得一般化，不如《柳毅传书》那样大起大落，显得比较松散和平淡。

这里选的“煮海”一折，集中表现张生这个温文尔雅的秀才，为了实现与琼莲的自由姻缘，煮海不止，不达目的决不罢休的坚毅精神。这折戏还带有喜剧色彩，石沸寺行者开场时一段饱含讽刺的有趣独白；海水滚沸，龙王派人劝化；石佛寺长老对张生始而恐吓，继而乞求，最后领路作媒的“三部曲”；还有张生家童的插科打诨，都起到渲染喜剧气氛的作用，更衬托出张生的敢作敢为，最终实现了幸福姻缘的美好结局。

# 朱帘秀

## 〔双调〕寿阳曲

**答卢疏斋**[1]

**山无数，烟万缕。憔悴煞玉堂人物**[2]**。倚篷窗**[3]**一身儿活受苦，恨不得随大江东去。**

**【注释】**

①卢疏斋：卢挚，号疏斋。②玉堂人物：指卢挚，他做过翰林学士，宋代称翰林院为玉堂。③篷窗：船窗。

**【鉴赏】**

朱帘秀是元代著名的杂剧女演员。她不仅演技绝佳，还是一个很出色的散曲作家。《青楼集》中说她："杂剧为当今独步"。当时的文人如关汉卿、卢挚、冯子振等都与她有交往，关汉卿有［一枝花］《赠朱帘秀》之作。这首曲子是她存留至今的唯一一首散曲，是为赠答著名散曲作家卢挚而作的。卢挚的原作为"才欢悦，早间别，痛煞煞好难割舍。画船儿载将春去也，空留下半江明月。"（见955页）根据曲意推测，他们俩分明有一段情缘，因为双方的社会地位相差悬殊，感情得不到社会的承认，于是含恨而别。"痛煞煞好难割舍"一句便透出了其中的消息。朱帘秀的这支曲子充满深情与怨恨，表现了对卢挚的一往情深。这支曲子以景写起，境界十分开阔，"山无数，烟万缕"两句，渲染了一种凄凉的气氛：无数青山将成为隔离情人的障碍，屡屡云烟犹如纷乱的情丝，虚无缥缈，缠绵不觉。第三句由景到人，描写送别之人的悲凉情绪，反衬出自己的感伤。卢挚曾为翰林学士，而翰林院在宋代以后往往就被称为"玉堂"，所以这里"玉堂人物"指卢挚。"憔悴煞"与卢挚"痛煞"相呼应，表现出卢挚对自己的一片深情，同时也形象地表现了别离的苦痛。四、五句又从卢挚写到了自己，据卢挚原作中“画船儿载将春去也”一句可知，朱帘秀将乘船离去，也许是一去不返，成为永诀，因而双方的心情都很沉重。行舟将发，作者想到自己将要面临的会是不尽的孤独与寂寞，只有那滔滔的江水与悠悠的离恨与自己做伴，这样的处境实在令人难以忍受，因而说是“活受苦”。由此而想到了死，一死了之，岂不万事都得到了解脱，“恨不得随大江东去”一句就是这种心愿的表白。至此，作者的感情达到了高潮，全曲也在悲慨沉痛的调子中结束，暗含了作者对等级森严的封建社会的控诉。

全曲语言质直，感情强烈，节奏明快。

# 邓玉宾子

## 〔双调〕雁儿落过得胜令

**闲适**

**乾坤一转丸，日月双飞箭。浮生[①]梦一场，世事云千变[②]。**

**万里玉门关[③]，七里钓鱼滩[④]。晓日长安近[⑤]，秋风蜀道难[⑥]。休干，误杀英雄汉。看看，星星两鬓斑！**

**【注释】**

①浮生：即人生。②世事云千变：出于杜甫《可叹》诗："天上浮云似白衣，斯须改变如苍狗。"③万里玉门关：借用班超弃官求归的故事。玉门关，在今甘肃省敦煌县西北，是通西域的古道。④七里钓鱼滩：是写东汉严子陵弃官归隐，渔钓于富春江的故事。⑤晓日长安近：这里以"晓日"比喻君王，以"长安近"表示官运亨通仕途得意。⑥秋风蜀道难：这里是作者借李白诗意，抒写文人学士怀才不遇的悲愤。

**【鉴赏】**

这首带过曲展现了诗人对古人所了解的几个基本哲学命题——空间、时间、生命和社会的宏观思考和判断。无限的宇宙空间只如小小的转丸，永恒的时间也如飞箭一般稍纵即逝；浮生若梦虚妄无定，世事如云变幻无常。这种观念，乃是中国历代文人人生和政治体验长期积累所获得的"共感"。"浮生梦一场"引用庄子的思想表达出人生的虚无，作者在曲中基于这样的思考和判断，肯定了虚无恬淡、闲适归隐的处世态度。这种消极的处世态度产生于元代这个特定的社会历史土壤之中。元代统治者对汉族知识分子猜忌防范，一般文人士子不免都有世事难测、朝不保夕的心理，于是常常感叹祸福的难测，从而赞赏急流勇退之举。［得胜令］一曲便十分深刻地表现了作者复杂矛盾的心理。文中“万里……鱼滩”两句，引用东汉名将班超和隐士严光的故事，表现了作者功成身退、隐居田园的思想。在这里，“万里玉门关”表示仕进，“七里钓鱼滩”表示隐退，“晓日长安近”表示官运亨通仕途得意，“秋风蜀道难”表示仕途坎坷。这两个典故并列，一表示顺境，一表示逆境，含蓄地表达了作者的感情倾向：否定征战事功而肯定隐居闲适。

综上所述，这首曲子通过对闲适的处世态度的肯定，抨击了元代统治者的刻薄寡恩，否定了当时险恶的政治。

# 张养浩

## 〔双调〕沽美酒兼太平令

**叹世**

**在官时只说闲，得闲也又思官。直到教人做样看，从前的试观，那一个不遇灾难?**

**楚大夫行吟泽畔，伍将军血污衣冠，乌江岸消磨[1]了好汉，咸阳市干休[2]了丞相。这几个百般[3]，要安，不安。怎如俺五柳庄逍遥散诞[4]。**

**【注释】**

①消磨：消除，消灭。②干休：白白地葬送。③百般：意思是各式各样。④怎如俺五柳庄逍遥散诞：此处化用东晋诗人陶渊明的故事。

**【鉴赏】**

这首曲写于作者辞官回家之时，表达了作者的处世态度及方法，以隐居来躲避祸患。

开头“在官时只说闲，得闲也又思官”两句，写出了作者此刻的矛盾心理。官场生活繁琐劳累，再加上仕途险恶，不但无法实现自己的理想与抱负，更是朝不保夕，整日提心吊胆，于是便想过一种悠闲自在的隐居生活。而现在隐居回家，过上闲散自由的生活时，又不能完全忘却世情，还想着能成就一番大事业，名留青史。

针对这种世人在所难免的心态，作者接下来展开了激烈的思想活动：“直到教人做样看，从前的试观，那一个不遇灾难？”他回顾历史，寻找解决这种矛盾心理的办法。从前当官的，哪一个有好下场？此刻作者的语气已由平铺直叙转向感慨愤激了。

紧接着，作者连续摆出了四个历史事实：楚国三闾大夫屈原忠贞爱国，却遭小人谗言，被楚王放逐，最后自沉汨罗江；吴国大将军伍子胥，曾协助夫差成为“春秋五霸”之一，使吴国国富兵强，但终被太宰所谗，被夫差赐以属镂之剑，自刎而死；项羽推翻秦朝的暴政，成为西楚霸王，但最后兵败垓下，自刎于乌江岸；秦朝丞相李斯，为秦加强封建中央集权的统治出谋划策，但最后被赵高诬蔑，腰斩于咸阳。

这四个当年声名显赫的风云人物，到头来都下场凄惨，想到这里，作者的入世之心大大削减。“这几个百般，要安，不安”，写作者幡然醒悟，伴君如伴虎，所以只能走“得闲”这条路了。于是结尾一句“怎如俺五柳庄逍遥散诞”表达自己已经完全顿悟，不再有投身官场的念头了。最后用陶渊明的故事也与前面所引的四个历史典型形成鲜明对比，一个是血淋淋的悲剧，一个是自由自在的“散诞”，作者在这也是要告诫人们，还是过轻松自在的隐居生活为佳。

曲子白描铺叙，明白流畅，语言不事雕琢，风格和谐奔放。

## 〔双调〕胡十八（七首）

**正妙年[①]，不觉的老来到。思往常，似昨朝，好光阴[②]流水不相饶。都不如醉了，睡着，任金乌[③]搬废兴[④]，我只推不知道。**

**从退闲，遇生日。不似今，忒稀奇。正值花明柳媚大寒食[⑤]。齐歌着寿词，满斟着玉杯。愿合堂诸贵宾，都一般满千岁。**

**客可人，景如意。檀板敲，玉箫吹。满堂香霭瑞云飞，左壁厢唱的，右壁厢舞的。这其间辞酒杯，大管是不通济[⑥]。**

**试算春，九十日。屈指间，去如飞。三分中却早二分归。便醉的似泥，浑都有几时。把金杯休放闲，须臾间日西坠。**

**人会合，不容易。但少别，早相离。幸然有酒有相识，对着**

**这般景致，动着这般乐器，主人家又海量宽，劝诸公莫辞醉。**

**人笑余，类狂夫。我道渠，似囚拘。为些儿名利损了身躯，不是他乐处，好教我叹吁。唤蛾眉酒再斟，把春光且邀住。**

**自隐居，谢尘俗[7]。云共烟，也欢虞。万山青绕一茅庐，恰便似画图中间里着老夫，对着这无限景，怎下的又做官去。**

**【注释】**

①妙年：青壮年时光。②好光阴：指当年还是满怀抱负的年华。③金乌：古代神话中的神鸟，代指太阳。④废兴：盛衰，兴亡。⑤寒食：传统节日之一，在清明节前一、二日。⑥大管是不通济：大管，保管，肯定。不通济，行不通，不管用。⑦谢尘俗：谢绝尘世间一切的来往。

**【鉴赏】**

这七首曲子通过对宴会场面的描写，抒发了作者不愿为官、及时行乐的思想情趣和对人生离别容易相会难的感慨。

第一首感慨自己往常出仕的无聊，表明了一种不问世事的态度。开头四句，以夸张的手法表现光阴似流水一去不复返的深沉感慨，对自己华年已逝惆怅不已，流露出作者一丝丝的感慨和悲伤。“都不如醉了，睡着”，一句道出了往日在官场耗费光阴的无聊与悔恨。最后两句“金乌搬废兴，我只推不知道”，表达了作者壮志难酬而又矛盾的复杂心情，表明不问世事的决心。曲子明白晓畅，用浅显的语言表现了复杂的人生感慨，在平淡中蕴藏着厚重的悲情。

第二首，作者笔锋一转，开始正面写自己生日宴会上的情形，侧重写寿筵的开始。开头“从退闲，遇生日。不似今，忒稀奇”，交代自己退隐之后过了好几次生日，但是这一次尤为稀奇。接下来作者交代“稀奇”的原因：“花明柳媚花明柳媚大寒食”。作者的生日在寒食节，也就是农历清明前一、二日，一般天气不如人意，而这次却“花明柳媚”，连作者也感到“忒稀奇”，表现出了在隐居落寞中难得的兴奋和愉快。“齐歌着寿词，满斟着玉杯。愿合堂诸贵宾，都一般满千岁”，写遇到难得的好天气，嘉宾盛宴、热闹非凡，作者受这种喜庆气氛的感染，心情畅快愉悦。

第三首描写主客同乐的场面，有声有色，其乐融融。开头“客可人，景如意”两句承接上两首，交代了来宾都是自己的亲朋好友，或者还有志同道合的隐士；“景如意”呼应了上首中的“正值花明柳媚大寒食”。接下来“檀板敲，玉箫吹。满堂香霭瑞云飞，左壁厢唱的，右壁厢舞的”，描写了宴会热闹的场面，吹拉弹唱，歌舞俱佳，使人沉醉。

第四首承接上几首，继续写宴会上的情景。面对亲朋们的祝酒，作者不得不喝。“试算春，九十日。屈指间，去如飞。三分中却早二分归。便醉的似泥，浑都有几时”是作者的设想，一年中美好的春光也就九十天，到了寒食自己生日这一天，已经过了三分之二，即使喝得烂醉如泥，也不能享受多少春光了，所以还是“今朝有酒今朝醉”吧！因为“把金杯休放闲，须臾间日西坠”，一天很快又要结束，春光又少了一天，还是把酒言欢吧！作者在曲中感叹青春不再，容颜易老，由此生出尽情饮酒、享受生活的感慨。

第五首感慨人生“别时容易见时难”，劝来宾痛饮，表现了主客之间深厚真挚的情谊。“人会合，不容易。但少别，早相离”，抒发别时容易聚时难的感慨。“幸然有酒有相识，对着这般景致，动着这般乐器，主人家又海量宽，劝诸公莫辞醉”，是说高朋满座，景致醉人，幸好还有酒，还有歌舞助兴，所以作者愿意一醉方休。

第六首进一步深化内容，“人”与作者的对话中表达了及时行乐的思想情绪。“人笑余，类狂夫。我道渠，似囚拘”，是说宴会间有人认为作者这种隐居生活，不拘小节，我行我素，“类狂夫”，而作者则对此进行了巧妙的反驳，“狂夫”和“囚拘”两种人格形象形成鲜明的对比。“为些儿名利损了身躯，不是他乐处，好教我叹吁”，作者对那些被名利拘泥而断送了性命的人深表感叹，从侧面衬托出官场中争名夺利的危险。最后两句“唤蛾眉酒再斟，把春光且邀住”，照应“狂夫”的形象，流露出及时行乐的思想。

第七首是作者对自己隐居生活的概括和评价，表现归隐田园山林的闲适自得。前四句先写作者辞官隐居，“以云共烟，也欢虞”衬托其“谢尘俗”的轻松愉快。五、六两句“万山青绕一茅庐，恰便似画图中间里着老夫”，展现其隐居环境的优美，高雅的环境氛围映衬出作者高洁的志趣。“对着这无限景，怎下的又做官去”，作者表示出再也不会出仕的决心，表现了归隐田园山林的悠闲自得之乐。

整组曲子，紧扣归隐主题，将议论、感慨和形象的描写相结合，以自然质朴的语言，抒发了复杂的人生感慨。

## 〔双调〕雁儿落兼得胜令

**退隐**

**云来山更佳[①]，云去山如画；山因云晦明，云共山高下。**

**倚杖立云沙[②]，回首见山家[③]：野鹿眠山草，山猿戏野花。云霞，我爱山无价[④]；看时行踏[⑤]，云山也爱咱。**

**【注释】**

①云来山更佳：此句化用宋沈辽《初创二山》诗中“雨余山更佳”的句意。②倚杖立云沙：云沙，高远之处。③山家：山那边，山那处。④山无价：化用“清风明月本无价”之句。⑤看时行踏：看时，是衬字。行踏，是自我招呼放慢脚步。

**【鉴赏】**

这是由同属双调的〔雁儿落〕和〔得胜令〕两首曲子联缀而成的一首带过曲。两首曲子相互衔接，对作者隐居后恬淡自适的心情做了细致刻画。

作者在元武宗时曾任监察御史，因“疏时政万余言”而为“当国者不能容”“乃变姓名遁去”，隐居于家乡山东济南。后来又被起用，先后任礼部尚书、陕西行台治书侍御史，英宗即位后又被任命参议中书省事。次年“帝欲于内庭张灯为鳌山”，养浩上书直谏。英宗大怒，后再览奏章，又转而为喜，认为此“非张希孟（养浩）不敢言”，乃采纳其言，并多赐赏品“以旌其直”。不过，张养浩深刻认识到伴君终究如同伴虎，此次虽然侥幸被采纳，但不如归去，乃“以父老，弃官归养”。此后直至文宗天历二年（1329年）“皆不赴”征召。张养浩归居济南云庄别墅，优游林下长达八年之久。

这首〔双调·雁儿落兼得胜令〕就是张养浩归隐云庄时期所作，共六首，这首是六首之二。作者居于云庄别墅，纵情诗酒，寄情山水，过着闲适自由的生活。本曲主要写作者远望云山变幻之景的跃动之情和闲适心境。结尾“我爱山无价；看时行踏，云山也爱咱”，表明了作者已经完全超脱于世俗，一心想过隐居生活。此时，只有“山”和“云”与作者为伴。

这首曲子语言清新，写景动静结合，抒发了纯朴天真的感情，寓情于景，情景交融。

## 〔双调〕水仙子

**中年才过便休官，合共[①]神仙一样看，出门来山水相留恋。倒大来[②]耳根清眼界宽，细寻思这的是[③]真欢。黄金带[④]缠着忧患，紫罗襕[⑤]裹着祸端。怎如俺藜杖藤冠[⑥]。**

【注释】

①合共：同。②倒大来：程度副词，十分，非常。③的是：确实是。④黄金带：达官的佩带，有金玉做装饰，故称黄金带。⑤紫罗襕：显官的官服。⑥藜杖藤冠：此指隐者的装束。

【鉴赏】

张养浩在仕途上曾有过追求，也曾有过卓著政绩。但在经过宦海沉浮之后，他开始怀疑和厌倦官场生活了。由曲意推测，这首曲大概是作者中年辞官归隐后的作品，此曲就是这种心理的真实写照。曲子通过对比官场与隐居的生活，批判揭露了官场的险恶，抒发了对隐居生活的热爱。

元代，统治者实行等级制度非常残暴，曾长时间废除了科举，断绝了汉族知识分子的为官之路。导致知识分子地位的低贱，以致社会上对人分等级用至有“九儒十丐”之说。同时官场的争斗异常凶险，广大官员终日提心吊胆。于是，一些知识分子为了摆脱这种不公待遇，归隐山林。这首曲子中，作者结合自己隐居后的生活，将其与官场做了对比：归隐后，寄情于“神仙”“山水”，悠闲自在，“耳根清眼界宽”，怡然自得；归隐前，虽然紫袍官带加身，但是终日提心吊胆，朝不保夕。“黄金带缠着忧患，紫罗襕裹着祸端”两句可谓是全曲的“曲眼”，这才是作者“中年才过便休官”的真正原因。与其在异常凶险的官场中整日战战兢兢，还不如全身而退，摆脱“黄金带”和“紫罗襕”的羁绊，远离“忧患”和“祸端”，寄情山水，逍遥自在。

全曲语言通俗易懂，质朴自然。作者结合自身的经历，对比了仕隐两种生活，表达了对隐居生活的肯定。

## 〔双调〕水仙子

**咏江南**

**一江烟水照晴岚[①]，两岸人家接画檐[②]，芰荷丛[③]一段秋光淡。看沙鸥舞再三，卷香风十里珠帘[④]。画船儿天边至，酒旗儿风外飐[⑤]。爱杀江南。**

**【注释】**

①照晴岚：照，倒映。晴岚，晴天山林中的雾气。岚，山林中的雾气。②接画檐：美丽的房檐彼此相连。画檐，美丽的屋檐。③芰荷丛：菱荷丛生。芰，菱角的一种。④卷香风十里珠帘：即“十里香风卷珠帘”，化用了杜牧《赠别》中的诗句“春风十里扬州路，卷上珠帘总不如”。香风，散发着芬芳的微风。⑤风外飐：顺风儿飘动。飐，风吹物动的样子。

**【鉴赏】**

这首曲子是对江南水乡的秋色的细腻描写。风格清逸，格调欢快，音律和谐。

首句“一江烟水照晴岚，两岸人家接画檐”为我们展示了一幅天然美景图：江面经晴日照射，更显出烟水迷茫之致。次句“两岸人家接画檐”透露出在这里居住的不是普通人家，因为其房屋是经过精雕而成的。接着作者又把注意力放到自然景物上，“芰荷丛一段秋光淡”，一个“淡”字，把温柔乡的浓郁春光冲淡了，给人几许诗意盎然之感。“看沙鸥舞再三”写的是作者张养浩本人闲适自得之意。“卷香风十里珠帘”暗示了其所在的温柔乡之香艳、富丽，和前面的画檐人家相呼应。“画船儿天边至，酒旗儿风外飐”两句不仅字面相对，所描述的情景也对应，一方频频召唤，一方倦旅来投。最后一句由客观观察转回主观感受，“爱煞江南”总结心得。

这首曲子在艺术上，将近景、远景交错来写，富于变化。在写景的层次上，作者以荷塘为中心，写荷塘堤上起舞的沙鸥，然后又由荷塘延伸到周围，进而延伸到天边，由中间到四周层层展开，以点到面连及整个江南，构思精巧！

## 〔双调〕落梅引

**野水明于月[①]，沙鸥闲似云，喜村深地偏人静，带烟霞[②]半山斜照[③]影，都变做满川诗兴。**

【注释】

①明于月：比月光还亮。②烟霞：指暮霭和霞光。③照：倒映。

【鉴赏】

这首曲子描绘了一幅恬静安适的山村风景画，表达了作者对清新、明静的大自然的热爱，写于作者归隐之后。

开头两句"野水明于月，沙鸥闲似云"，点明了时间、地点，交待了隐居的环境。傍晚时分，夕阳西下，明月升起，倒映在清澈见底的山溪中。描写了作者清幽雅静的居住环境。暮色渐浓，而沙鸥却不着急返巢，仍在悠闲地飞舞，表现了山林生活的清闲自在。这两句表面写景，实际则写出了作者不受拘束、喜好自然的性格，为下一句埋下了伏笔。"喜村深地偏人静"，紧承上两句写景，突出了隐居环境的深幽，也反映了作者的喜悦之情。第四句"带烟霞半山斜照影"，写夕阳西下，落日的余晖倒映在清澈的溪水中，别有一番韵致。至此，作者完成了对自己居住环境的描绘。波光粼粼的溪水，悠闲自在的沙鸥，寂静清幽的村庄，朦胧如带的烟霞，以及夕阳斜照下的山峦，都给人一种闲淡安适之感。作者被这些景致深深吸引住了，不禁陶醉其中，从而"都变作满川诗兴"。一个"都"字，表现出作者对居住环境的满意与喜爱。

这首曲子写景写情，寓情于景，情景交融，语言通俗自然，格调高雅，清新自然。

## 〔双调〕得胜令

**四月一日喜雨**

**万象欲焦枯，一雨足沾濡[①]。天地回生意，风云起壮图。农夫，舞破蓑衣绿；和余[②]，欢喜的无是处。**

【注释】

①濡：湿。②和余：即“余和”，我也和他们一样。余，我。

【鉴赏】

天历二年（1329），元朝出现了全国性的大旱灾，关中地区尤甚，有饥民相食，亲人相互残杀。正是在这种情况下，张养浩被任命为陕西行台中丞。他隐居期间曾几次拒绝朝廷的任命，但这次临危受命，张养浩义不容辞，一改隐居悠闲之态，救民于水火之中。后来因日夜操劳，终于累死于任上。

据《元史·张养浩传》所载，张养浩“道经华山，祷雨于岳祠，泣拜不能起，天忽阴翳，一雨二日”。于是一定程度上缓解了旱情，张养浩也和广大群众一样欢欣异常，先后写下了小令〔双调·得胜令〕和散套〔南吕·一枝花〕，表现了作者无比高兴的心情。

在〔双调·得胜令〕一曲中，首句“万象欲焦枯”，描述当时的实情，表现了旱情程度的严重，与下文的“喜雨”形成对比。第二句“一雨足沾濡”随即转入“喜雨”，前两句形成强烈对比，充分展现了作者由悲到喜的心理变化。三、四两句“天地回生意，风云起壮图”大量描绘了雨后广阔的宇宙空间的变化，为后面写人物活动埋下了伏笔。表现了人们对未来满怀着强烈的希望。“农夫，舞破蓑衣绿”两句，先写广大农民久旱逢甘雨的欣喜若狂，一个“绿”字，表现了作者的喜悦之情。

全曲紧紧围绕着“喜雨”二字，充分表现了作者的忧民爱民之心、与民同乐之情。语言通俗易懂，朴实无华，一气呵成，浑然天成。

## 〔中吕〕喜春来

**路逢饿殍①须亲问，道遇流民②必细询，满城都道好官人。还自哂③，只落的白发满头新。**

【注释】

①饿殍：饿死的人。②流民：因天灾人祸而流离失所的人。③哂：微笑，讥笑。

【鉴赏】

这首曲子是作者在陕西赈灾济民期间所作的，描述了作者赈灾时的情形，“路逢饿殍须亲问，道遇流民必细询”乃是真实直言，丝毫没有夸张的描述。“满城都道好官人”也是事实。他的确是一个爱民如子、为百姓鞠躬尽瘁死而后已的好官。面对百姓的称赞，他理应感到欣慰，但又为什么“还自哂”呢？首先，这是一种严于律己的态度，他并未居功而是对百姓的颂扬自觉受之无愧；其次，朝廷所拨赈灾之物，虽能解一时之急，然而也只是微不足道，并不能解决根本问题。面对着饥民的困厄，他并未因博得了“好官人”的称呼而满足，而是为不能真正救民于水火之中而心急如焚。套曲［一枝花］《咏秋雨》云：“眼觑着灾伤叫我没是处，只落得雪满头颅。”这正是他“还自哂”的原因，下文“白发满头新”的含义即在此。同时，其“还自哂”还包含着更深的自责，不能救百姓于水火之中，枉费了“好官人”的称号，这让他感到不安。

此曲短小精悍，结构紧凑，对仗工整，语言通俗，情真意切。

## ［中吕］喜春来

**乡村良善全性命，廛市凶顽[①]破胆心，满城都道好官人。还自哂，未戮乱朝臣。**

【注释】

①廛市凶顽：这里指的是趁火打劫的奸商、富豪。廛：房屋。

【鉴赏】

这首曲子是作者在陕西赈灾济民期间所作，一方面表现了赈灾工作的艰难，一方面表达了作者的政治抱负，同时也透露出了深深的遗憾。

前两句“乡村良善全性命，廛市凶顽破胆心”，交待了作者救灾一方面是救济善良的百姓，一方面是严惩趁火打劫者和鱼肉百姓的奸商、富豪等。在封建时代，一旦有灾情发生，就会有一些丧尽天良的贪官和奸商趁机巧取豪夺、欺压百姓。所以，作者能使“廛市凶顽”生出“破胆心”，足以表现其赈灾的魄力和才能以及一颗爱民之心。“满城都道好官人”就是对作者努力的最好回报。

最后作者发出感叹，“还自哂，未戮乱朝臣”，充分展示了作者远大的政治抱负。听到满城百姓的赞许，作者只是微微一“哂”，这一“哂”之中蕴含着丰富的意义，既是谦虚的笑，又是无法改变黑暗现实、无可奈何的苦笑，也就是感叹壮志难酬的笑。

这首曲子淋漓尽致地将作者“先天下之忧而忧，后天下之乐而乐”的胸襟和兼济天下、独善其身的高尚品质充分地表现出来。

## 〔中吕〕朱履曲

**那的是为官荣贵？止不过多吃些筵席，更不呵安插些旧相知，家庭中添些盖作①，囊箧②里攒③些东西。教好人每④看做甚的！**

**【注释】**

①盖作：指铺盖，用具。②囊箧：包裹，箱子。箧，小箱子。③攒：积攒。④每：义同“们”。

**【鉴赏】**

这支曲子用尖刻辛辣的笔触，揭示出了“为官荣贵”的实质，无情地鞭挞了官场中一些人的丑恶嘴脸。

曲子以“那的是为官荣贵”一个问句开头，引发读者思考，引起下文。“为官荣贵”冠冕堂皇，只不过是封建统治者为迷惑知识分子为其服务的诱饵和美好的说辞，同时这也是当时社会的共识。

接着，作者又用“止不过”三个字加以否定，生动地传达了作者对其轻视和不屑，在“止不过”之后，作了解释，结果竟然是无实际意义的“多吃些筵席”，语气中透露着鄙夷。“更不呵”更进一步表现了这种鄙夷与不屑。“安插些旧相知，家庭中添些盖作，囊箧里攒些东西”，连续列举了那些为官者的腐败以及可耻、可笑的肮脏行为。他们结党营私，沽名钓誉，贪污受贿，敲诈剥削，无恶不作。这四句将为官者昏庸腐败、中饱私囊的丑恶嘴脸刻画了出来。值得一提的是，作者身为名堂高官，在解释“为官荣贵”时，用上了“止不过”“更不呵”“安插些”“添些”“攒些”等泼辣通俗的口语，把“为官”的看得比乡下的土财主还不屑，表明了作者对官场生活的不屑。

## 〔中吕〕朱履曲

**才上马齐声儿喝道[1]，只这的便是送了人的根苗，直引到深坑里恰[2]心焦。祸来也何处躲？天怒也怎生饶？把旧来时[3]威风不见了。**

【注释】

①喝道：旧时官员出行，仪仗士卒前引传呼，使行人避道。②恰：才，真正。③旧来时：旧时，当初。

【鉴赏】

这首曲子揭露了那些为官者平日里作威作福，不可一世，到最后终究落得天怒人怨的结局，字里行间充满作者的嘲讽，也表达了作者蔑视功名、厌恶官场的思想。

曲子开头“才上马齐声儿喝道”，就对为官者声势显赫、不可一世的气势做了形象的刻画。“齐声儿喝道”，表现了为官者耀武扬威、得意忘形的架势！第二句作者马上变换话题，得出一个结论：“只这的便是送了人的根苗”，这种忘乎所以、得意忘形的做派，便是葬送人的祸根啊。作者在此只是冷眼旁观，作者在官场中历经风雨，这种事屡见不鲜，早就习以为常了。

紧接着，“直引到深坑里恰心焦”与开头对应，骑着高头大马，不可一世，一旦弥足深陷，才会开始“心焦”。“深坑”在这里很显然是指在充满凶险的官场。“祸来也何处躲，天怒也怎生饶”，这两句作者表现方法更加直接，形象地刻画了为官者作威作福的嘴脸，在大祸临头时的狼狈相，与首句所写的神气形成了鲜明对比。

结尾“把旧来时威风不见了”，是对前两句所描写的丑态的概括和评价，与开头呼应，也让人们对现实有了清醒的认识。在这首曲子里，张养浩以一个旁观者的身份，揭露了封建官场的黑暗和险恶。

全曲风格笔调冷峻，语言通俗，明白如话，韵味深长，耐人寻味。

## 〔中吕〕普天乐

**芰荷衣[1]，松筠盖[2]，风流尽胜，画戟门排[3]。看时节采药**

**苗，挑芹菜，捕得金鳞船头卖。怎肯直抢入千丈尘埃[4]。片帆烟雨，一竿风月，其乐无涯！**

【注释】

①芰荷衣：用荷叶裁制成的衣裳。②松筠盖：用松竹制成的车子。此以松与竹之品格来喻己。③画戟门排：即指在官场为官作臣。④尘埃：这里指污浊不堪的官场。

【鉴赏】

这首曲子是对退隐江湖的闲情逸志的描写，表达了作者淡泊名利的高洁情操。

曲子开头四句，概括描写了以芰荷为衣、松筠为盖的山中隐士，其气派风韵，完全超过画戟门排的达官显贵。作者对隐居生活的喜爱之情、对官臣生涯的厌恶之感溢于言表，从而表现了作者高洁的品格以及风雅的气度，语气强烈肯定。

接下来“看时节”三句，进一步刻画隐居生活的“风流”，具体描绘了隐士上山采药、挖芹菜、捕鱼的日常生活，平凡中透露着闲适。“怎肯直抢入千丈尘埃”一句，直抒胸臆，流露出作者的一种心愿，也就是宁可走自食其力的道路，也不愿身处黑暗的官场之中，表现了作者立志超尘出世的决心。

最后“片帆烟雨，一竿风月”两句，表现了垂钓江湖的放浪行为，对自己的渔农生活做了美好的总结，在恬静中寓意着潇洒。末句“其乐无涯”，抒发了自己怡然自得的心情。

整首曲子将对隐居生活的具体描绘和抒情融为一体，刻画意境深邃，语言自然脱俗而又不失清丽，句式错落，别出心裁。

## 〔中吕〕普天乐

**莫刚直，休豪迈。于身无益，惹祸招灾。放的这眼界高、胸襟大，问甚几度江南[1]浮云坏，且对青山适意[2]忘怀。子真谷口[3]，元龙楼上[4]，其乐无涯。**

【注释】

①江南：繁华之地。所以“几度”句，可理解为朝代兴废。②适意：顺

心。作者在此暗用张翰、陶渊明的典故，表明自己要归隐的心迹。③子真谷口：这里作者表示要像西汉郑朴（字子真）一样不屈其志，隐居躬耕。④元龙楼上：元龙为东汉末陈登的字。这里作者运用典故，表示自己要像陈登一样高卧楼上，不问世事。

【鉴赏】

作者通过对自己仕宦生活的回顾，揭露了官场的黑暗与险恶，从中可以看出，作者的归隐完全是出于被迫的。这首曲子从不同角度将仕宦和隐逸进行对比，多方面描写了归隐山林的快乐和悠闲。

开头“莫刚直，休豪迈”两句，直言做人不可刚直、不要豪爽。紧接三、四句道出原因：“于身无益，惹祸招灾”。原来性格刚直、性情豪迈会招来祸患和灾难，这四句表现了作者的激愤。“放的这眼界高、胸襟大，问甚几度江南浮云坏，且对青山适意忘怀。”既然官场容不下刚直、豪迈之气，而自己又不愿意和他们同流合污，于是不得不从消极的一面来总结人生经验，不得不走上归隐的道路。也就是抛弃那高远的志向、博大的胸襟，对于如“浮云”聚散一样的王朝兴替，只好放大眼界和心胸而懒得去过问了。

最后“子真谷口，元龙楼上”两句，紧承上面几句，表明自己的心迹：隐居于青山绿水之间，不问世事。整支曲子情感激愤，泼辣直率，表面上闲适旷达，实则内心苍凉悲壮。

## ［双调］折桂令

**过金山寺**[1]

**长江浩浩西来，水面云山，山上楼台。山水相连，楼台相对，天与安排。诗句成风烟动色，酒杯倾天地忘怀。醉眼睁开，遥望蓬莱**[2]**，一半儿云遮，一半儿烟霾。**

【注释】

①金山寺：在江苏镇江市西北的金山上。②蓬莱：传说中海山三座神山之一，后来泛指想象中的仙境。

【鉴赏】

这首曲子围绕江山楼台，对雄伟壮观的金山寺进行了具体描绘，表现了作者吟诗饮酒、醉心于江山美景的生活状态。

开篇“长江浩浩西来”，写浩浩荡荡的江水由西奔涌而来。接下来“水面云山，山上楼台”，视线由水面而云山，由云山而楼台，视线逐步高仰，表现了山、楼高耸入云的雄姿。“山水相连，楼台相对”两句，不仅写出楼台的繁复，而且将长江、云山、楼台等连接起来，用“天与安排”四个字作了极高的评价与赞美，表现出一派波澜壮阔、雄伟的气势。“诗句成风烟动色，酒杯倾天地忘怀”两句，对置身于壮美的山水之中饮酒赋诗的豪情逸致传神地刻画了出来。“醉眼睁开，遥望蓬莱，一半儿云遮，一半儿烟霾”这四句，是写醉眼朦胧中的金山。当舟行一过，然后强睁开朦胧的醉眼，回望这犹如蓬莱仙境般的金山，带有一种朦胧飘逸之美。

这首曲子用山、水、楼台、云烟，塑造了一幅有山水楼台，风云变幻，还有个诗人吟诗饮酒的画面，令人赏心悦目。

## 〔双调〕折桂令

**中秋**

**一轮飞镜谁磨①？照彻乾坤，印透山河。玉露泠泠②，洗秋空银汉无波，比常夜清光更多，尽无碍桂影③婆娑。老子④高歌，为问嫦娥，良夜恹恹⑤，不醉如何。**

【注释】

①一轮飞镜谁磨：化用辛弃疾“一轮秋影转金波，飞镜又重磨。”的词意。②泠泠：晶莹明净的样子。③桂影：月影。④老子：老年男人的自称，即老夫。⑤恹恹：无精打采的样子。

【鉴赏】

这首曲子是对明月朗照的中秋夜景的描写，表现了作者心中的无限喜悦之情。

首句“一轮飞镜谁磨”一句，从秋月之“圆”与“亮”两方面进行奇妙的想象。下文则侧重中秋之月的亮度，从不同的角度进行铺写。“照彻乾坤，印透山河”两句，写月光照耀的无边无际，使意境更加开阔。“玉露泠泠，洗秋空银汉无波”，通过描写秋露的晶莹和银汉的明净如洗，从侧面烘托出秋月的皎洁。“比常夜清光更多，尽无碍桂影婆娑”，回到明月本身的描写，不仅以桂影“无碍”反衬出月光的亮度，而且增添了浪漫色彩。

最后四句“老子高歌，为问嫦娥，良夜恹恹，不醉如何”，写作者仰首望月，引吭高歌，不禁慨然向月里的嫦娥发问，与其让你这样没精打采，还不如去一醉方休你看如何？极言作者面对良辰美景的无限喜悦之情。

此曲以咏月为中心，将自己置于其中，然后又将神话缀于其中，情景交融，意境空灵，静谧清幽，令人神往。

## 〔双调〕折桂令

**咏胡琴①**

**八音②中最妙惟弦。塞上新声，字字清圆②。锦树啼莺③，朝阳鸣凤④，空谷流泉⑤。引玉杖轻笼慢捻，赛歌喉倾倒宾筵。常记当年，香案之前，一曲春生，四海名传。**

**【注释】**

①胡琴：这里指琵琶。②八音：古代乐器的统称。②“塞上”两句：由于琵琶来自塞北，如今配上新制的歌词和曲调，所以说是塞上新声，琵琶女又弹得当行出色，唱得腔圆字正，音色甜润，正可以说是“累累如贯珠”了。③锦树啼莺：形容乐声犹如绿树中黄莺的啼声。④朝阳鸣凤：此处喻为琵琶声。⑤空谷流泉：写曲调又变，如谷中清泉，流走自然。

**【鉴赏】**

这首曲子是对一位弹奏琵琶的女子的高超技艺的描写，将琵琶的曲调用形象的语言加以描绘，给人深刻的印象。

作者在开头就指出在乐器中最喜爱的是弦乐器，然后从音响效果着笔，通过多个方面的想象和联想，极力表现了琵琶声的悦耳动听，让读者在多方面进行审美的联想。作者运用了比喻的手法，以黄莺宛转的啼声和凤凰难得而又美妙的鸣叫比喻琵琶声，说明声音的绝妙，又将曲调的变化比喻为谷中清泉，顺畅自然，令听者神清气爽。“引玉杖”两句，都是从侧面烘托琴声的美妙，一是写琵琶女弹奏姿态的柔美，一是写琴声赛过歌喉，令人倾倒。以上描写将琵琶女技艺之高超表现得淋漓尽致。最后，作者构思巧妙，进一步从侧面烘托了琵琶声之美。

这首曲子采用倒叙的手法，构思奇特，结构严谨，比喻贴切，行文流畅，风格清新质朴。

## 〔中吕〕朝天曲

**柳堤，竹溪，日影筛金翠。杖藜徐步近钓矶[①]，看鸥鹭闲游戏[②]。农父渔翁，贪营活计，不知他在图画里。对着这般景致，坐的，便无酒也令人醉。**

**【注释】**

①杖藜徐步近钓矶：杖藜，钓矶这里暗用两个典故。杖藜，是宋代王安石所作的《杖藜》诗，为作者晚年诗作，讲虽白日游历，但归来梦中却始终蒙绕着谁是谁非的问题，后世多用此意借比辞官归隐。钓矶，是宋代赵蕃所作《钓矶》一诗亦借喻辞官归隐。②鸥鹭闲游戏：比喻隐者自乐，不以世俗为怀。

**【鉴赏】**

这首元曲歌咏作者辞官归隐后喜悦的心情，表露了作者悠游田园山水的闲情逸趣。

开头三句“柳堤，竹溪，日影筛金翠”，描绘出一个绿柳萦堤、竹影婆娑、溪水潺潺的清幽世界，以此作为人物出场和活动的背景。作者一开始就用轻灵的画笔定下了绿色的基调，给人以安详、宁静之感，但一个“筛”字，顿时使作者描绘的宁静画面鲜活起来，一阵微风吹过，阳光透过茂密的绿叶的缝隙射在地面上留下斑驳的日影微微晃动。“杖藜徐步近钓矶”一句描写作者的活动，表现其悠闲，暗用典故，接下来“看鸥鹭闲游戏”作者将自己的这种心情加在正在嬉戏的鸥鹭身上，表现了作者闲适的心情。

环境的宁静与闲适的心境相互衬托，画面妙趣横生，而农父渔翁在“贪营活计”，又使画面充满了生机。曲子所描绘的是一幅秀美的画卷，碧溪、翠竹、垂柳、日影、钓矶、鸥鹭，而渔翁、农父，仿佛点缀在画卷之中的景色。然而，虽然农父渔翁在“贪营活计”，忙于耕捕劳作，没有闲暇的心境，所以身在画中也并不自知。这里用别人的忙，突出作者的闲。最后数句，作者面对此情此景，也被这“山水”所陶醉了，发出了由衷的赞叹。

此曲采用白描手法，动静结合，语言通俗自然，用典贴切而不露痕迹，用字简练明确，笔力深厚，描绘了一幅闲适悠游的归隐图。

## 〔越调〕寨儿令

**绰然亭[①]独坐**

**白日迟，锦鸠啼，看儿童汲泉浇菜畦。杨柳风微，苗稼云齐，桑柘翠烟迷。映青山茅舍疏篱，绕孤村流水花堤。看蜂蝶高下舞，任鸥鹭往来飞。笑嘻嘻，不觉日平西。**

**【注释】**

①绰然亭，是作者家乡园林中的一座亭子。

**【鉴赏】**

这首曲子对乡村春日的景象进行了细致的描写，展现了一幅和平宁静的田园生活图，表现了作者归隐生活的闲适。

开头三句“白日迟，锦鸠啼，看儿童汲泉浇菜畦”，描绘的是田园近景。春日白天长，正值午后时分，闲暇之时看打水浇菜的儿童，倾听悦耳的斑鸠声，内心涌起一阵喜悦。“杨柳风微，苗稼云齐，桑柘翠烟迷”三句，将目光移向远处，柳枝在微风的拂动下，显得袅娜多姿，桑园地在淡翠的烟霭之中，显得朦胧缥缈。

“映青山茅舍疏篱，绕孤村流水花堤。看蜂蝶高下舞，任鸥鹭往来飞”四句所描绘的景物有远有近，远者如青山、花堤，近者如茅舍、疏篱；有动有静，动者如流水绕孤村、蜂蝶高下舞、鸥鹭往来飞，静者如青山、茅舍、疏篱、孤村。远近相称，动静相宜，使人沉醉。

结尾“笑嘻嘻，不觉日平西”中“笑嘻嘻”三个字正是作者心情的写照，营造了一种恬淡闲适的气氛，通过对动作和情态的描写，使主人公的形象跃然纸上。

此曲清丽淡雅，清新自然，行文如行云流水，字里行间流露出来的感觉令人陶醉。

## 〔中吕〕山坡羊

**骊山怀古**

**骊山[①]四顾，阿房一炬[②]，当时奢侈今何处？只见草萧疏，水萦纡，至今遗恨迷烟树。列国周齐秦汉楚，赢，都变做了土；输，都变做了土。**

**【注释】**

①骊山：在今陕西省临潼县东南。②阿房一炬：指阿房宫被项羽烧毁。

**【鉴赏】**

这首曲子主要描写秦始皇耗费大量财力、物力建造阿房宫，结果却身死国亡，阿房宫也被付之一炬，传达了列国纷争、王朝兴废的徒劳无益、胜败成空之感。

曲子开头以“骊山四顾”为写景的基点，作者登上骊山，极目远眺，只看到荒烟蔓草，而昔日宏伟瑰丽的阿房宫，早已被项羽烧毁。“楚人一炬”写其被焚毁的史实。“当时奢侈今何处”一句反问，构成今昔对比，饱含无限的凄凉。

“只见草萧疏，水萦纡，至今遗恨迷烟树”三句，上承“今何处”，但见衰草残败，冷水萦绕，到处长着荆棘和杂树。作者用满目萧条凄凉的景象，映衬王朝兴废、遗恨无穷的悲凉结局。“遗恨”两字，承上启下，在写景的同时抒发作者的感慨。由阿房宫他想起列国的兴衰。“列国周齐秦汉楚”，这里的列国，仅列出一些国家及朝代的名称，省略了干戈争斗的历史场面，显得凝练概括，而这种国家及朝代名称的排列，大大延伸了历史的纵向。

最后，作者以“赢”和“输”来概括列国诸侯的兴亡，归根到底，“都变做了土”，这两句重复，照应“阿房一炬”，揭示了历朝统治者可悲的下场，令人心寒。这种大彻大悟式的结尾弥漫着一种历史虚无主义的色彩，也暗含批判和醒世的作用。

全曲背景辽阔，画面纵横，感慨深沉，风格悲凉沉郁。

## 〔中吕〕山坡羊

**潼关怀古**①

**峰峦如聚②，波涛如怒，山河表里潼关路。望西都，意踌蹰③。伤心秦汉经行处，宫阙万间都做了土④。兴，百姓苦；亡，百姓苦。**

**【注释】**

①潼关怀古：潼关，古代著名关塞，历来是东西交通要道、军事攻守重地。怀古，意思是凭吊古代遗迹，追怀古人古事，抒发作者的情怀。②峰峦如聚：这儿聚集了众多山峰。峰峦，指潼关西南华山诸峰。③望西都，意踟蹰："西都"，指长安（今陕西西安）。踟蹰，这里是惆怅、郁闷的意思。④宫阙万间都做了土：指华丽的宫殿苑囿，在战乱中被破坏殆尽。

**【鉴赏】**

张养浩的〔山坡羊·潼关怀古〕为元曲名作，把潼关的地形与历史巧妙地结合在一起，寓情于景，触景生情，以潼关作为历史的见证者，发出一声沉甸甸的"兴，百姓苦；亡，百姓苦"的千古奇叹。

全曲分三层：第一层为头三句，写潼关雄伟险要的形势。"峰峦如聚，波涛如怒，山河表里潼关路"，峰峦如聚，形容重岩叠嶂，群山密集，绵亘不断。第一句写重重叠叠的峰峦，潼关在重重山峦包围之中，一"聚"字让读者眼前呈现出华山飞奔而来之势、群山攒立之状，因地势险要，为古来兵家必争之地。山本是静止的，"如聚"化静为动，一个"聚"字表现了峰峦的众多和动感。第二句写怒涛汹涌的黄河，潼关外黄河之水奔腾澎湃，一"怒"字让读者耳边回响千古不绝的滔滔水声。黄河水是无生命的，而"如怒"则赋予河水以人的情感和意志，一个"怒"字，写出了波涛的汹涌澎湃。"怒"字还把河水人格化，"怒"字注入了诗人吊古伤今而产生的满腔悲愤之情。为此景所动，第三句写潼关位于群山重重包围、黄河寒流其间那险隘之处。"山河表里

潼关路”之感便油然而生，至此潼关之气势雄伟窥见一斑，如此险要之地，暗示潼关的险峻，乃为历代兵家必争之地，也由此引发了下文的感慨。

第二层为四到七句，“望西都，意踌躇。伤心秦汉经行处，宫阙万间都做了土。”写从关中长安万间宫阙化为废墟而产生的深沉的感慨。第四、五句点出作者遥望古都长安，凭吊古迹，思绪万千，激愤难平。“望西都，意踌躇”，写作者驻马远望、感慨横生的样子。作为六朝古都，当年是何等的繁华、昌盛。它的繁荣、昌盛的景象也有过记载，可如今眼前只剩下一片荒凉，万千滋味涌上心头，他不禁感慨万千。第六、七句“伤心秦汉经行处，宫阙万间都做了土”，点出无限伤感的原因。“宫阙万间都做了土”，便是这由盛到衰的过程的真实写照，是何等令人“伤心”啊！这一层看起来只是回顾历史，而没有直接提到战争，然而历代改朝换代的战争的惨烈图景读者很容易想象。百姓在战争中苦不堪言，此情此景，让作家沉重地说出第三层“兴，百姓苦；亡，百姓苦”这句千古流传的语句。

第三层为末四句，“兴，百姓苦；亡，百姓苦”。写作者沉痛的感慨。历史上无论哪一个朝代，它们兴盛也罢，败亡也罢，老百姓总是遭殃受苦。一个朝代灭亡了，在战争中遭殃的也是人民。他指出历代王朝的或兴或亡，带给百姓的都是灾祸和苦难。这是作者从历代帝王的兴亡史中概括出来的一个结论。

三层意思环环相扣，层层深入，思想越来越显豁，感情越来越强烈，浑然形成一体。全曲景中藏情，情中有景，情景交融。

## 〔南吕〕一枝花

**咏喜雨**

**用尽我为民为国心，祈[1]下些值玉值金雨[2]。数年空盼望，一旦遂沾濡[3]，唤省焦枯[4]。喜万象春如故，恨流民尚在途。留不住都弃业抛家，当不的[5]也离乡背土。**

**〔梁州〕恨不的把野草翻腾做菽粟，澄河沙[6]都变化做金珠。直使千门万户家豪富，我也不枉了受天禄[7]。眼觑着灾伤教我没是处[8]，只落的雪满头颅[9]。**

**〔尾〕青天多谢相扶助，赤子[10]从今罢叹吁[11]。只愿的三日霖霪[12]不停住，便下当街上似五湖[13]，都淹了九衢[14]，犹自洗不尽从前受过的苦。**

**【注释】**

①祈：此指祈雨。②值玉值金雨：久旱逢甘霖，价如金玉。③沾濡：浸润，浇湿。④唤省焦枯：指使干旱焦枯的庄稼恢复了生气。省，同“醒”。⑤当不的：当不得，受不了。⑥澄河沙：干枯了的河床中的沙子。⑦天禄：即官禄，朝廷官员的俸禄。⑧没是处：没有办法。⑨雪满头颅：指愁白了头发。雪，指白发。⑩赤子：此指百姓。⑪叹吁：叹气声。⑫霖霪：久雨。⑬五湖：此指到处是水。⑭九衢：四通八达的大路。

**【鉴赏】**

这支套曲抒发了救灾时天降甘霖的喜悦之情，表达了作者关心百姓疾苦，与灾民同甘共苦的心情。

首曲〔一枝花〕开宗明义：“用尽我为民为国心，祈下些值玉值金雨。数年空盼望，一旦遂沾濡。”“用尽”“祈下”，表明了是作者一片为民为国的忠忧之心，所以才感动上苍，祈求得珍贵的雨水。“雨”之所以“值玉值金”，是因为无数灾民盼望了它多年，来之不易。面对这场及时雨，作者与灾民一样，喜悦之情溢于言表，接着作者写了自己在雨中的所见所感。“当不的”和“留不住”，两两相对表明灾民之所以“离乡背土”“弃业抛家”，皆是因为灾情的严重，作者不禁忧从中来，为百姓痛心。由此，一个与百姓休戚与共的好官员形象展现在了我们面前了。

〔梁州〕一曲，以“恨”字承接上句，并将恨的内容具体化。在如此大灾面前，百姓最缺的就是粮食和财物，因此恨不得将野草翻为菽粟、河沙变作珍珠。但却加“恨不的”三字作领，表明了作者企图救民于水火的强烈愿望。作者不禁产生了一个狂妄的心愿：“直使千门万户家豪富”，其勤政爱民的人道精神和诚挚深厚的忧乐情怀，令人感动。而现实终究是残酷的，再称之的官员也无计可施，愁白了头发，进一步表现了作者对百姓的深厚感情。

〔尾〕一曲，作者压抑着满腹的悲叹，但对救灾的前景仍然寄予了厚望。久旱逢甘霖，终究可喜，百姓从此可以不必再为灾情长叹短吁了，所以作者向老天拜谢。紧接的四句，作者继续祈祷希望“霖霪”不要就此停住，以冲走数年灾旱带给人们的痛苦。“犹自洗不尽”，欲言又止，意犹未尽，表明作者深感前路漫长，要想扫尽苦难，需要竭尽所能，鞠躬尽瘁，与开头“用尽我为民为国心”遥相呼应。

张养浩的散曲具有高度思想性和强烈批判性，从中可以清楚地看到他对民生疾苦的关怀。

# 狄君厚

## 〔双调〕夜行船

扬州忆旧

忆昔扬州廿四桥，玉人何处也吹箫①。绛烛烧春，金船②吞月，良夜几番欢笑。

〔风入松〕东风杨柳舞长条③，犹似学纤腰。牙樯锦缆无消耗④，繁华去也难招。古渡渔歌隐隐，行宫烟草萧萧。

〔乔牌儿〕悲时空懊恼，抚景慢行乐。江山风物宜年少，散千金常醉倒。

〔新水令〕别来双鬓已刁骚⑤，绮罗从梦中频到。思前日，值今宵，络纬芭蕉⑥，偏恁感怀抱。

〔甜水令〕世态浮沉，年光迅速，人情颠倒，无计觅黄鹤。有一日旧迹重寻，兰舟再买，吴姬还约，安排着十万缠腰⑦。

〔离亭宴煞〕珠帘十里春光早，梁尘满座歌声绕⑧。形胜地须教玩饱，斜日汴堤⑨行，暖风花市饮，细雨芜城⑨眺。不拘束越锦袍，无言责乌纱帽。到处里疏狂落魄，知时务有谁如？揽风情似咱少。

【注释】

①“忆昔扬州”两句：集中笔墨抒写了扬州的繁华景象。②金船：指大的盛酒器。③东风杨柳舞长条：指扬州城河边的很多杨柳，这是扬州的一大特色。④“犹似学纤腰”两句：“学纤腰”是说看见河边杨柳长条的漫舞就仿佛见到昔日殿脚女牵缆时腰身的摆动。⑤刁骚：指头发稀落，这里是说自己年华已逝，只有在梦中频游旧迹了。⑥络纬芭蕉：络纬，是蟋蟀一类的秋虫。芭蕉，借指自己的离愁别绪。⑦十万缠腰：这里指准备大量金钱去扬州挥霍。

⑧“珠帘十里春光早”两句：比喻歌女嗓音的宛转嘹亮。⑨汴堤：即隋朝大运河。⑨芜城：扬州的别称。

【鉴赏】

套曲第一首〔夜行船〕开头就通过极力描写扬州的繁华景象，来赞美扬州的游乐之美。第二首〔风入松〕主要是回顾扬州的历史。隋炀帝时扬州繁盛一时，然而时过境迁，现在一切繁华都已殆尽了。曲中多处引用隋炀帝的典故，借隋亡来抒发对故国的思念。第三曲〔乔牌儿〕又调转笔锋，写为了摆脱这种悲痛，他开始追忆少年的诗酒生涯，试图以此来冲淡心中的悲伤。然而借酒消愁愁更愁，凄凉残酷的现实又把作者从昔日的追怀中拉回，在下一曲〔新水令〕中，作者再一次感今追昔，巧用络纬凄鸣、雨打芭蕉的意象，抒发了自己心中无尽的愁绪与感慨。〔甜水令〕一曲紧承上曲，继续抒发作者的感慨，透露出一种无可奈何之感。尾曲〔离亭宴煞〕通过对今后生活的设想，表达了作者笑傲江湖的情怀。首句也是化用前人诗句，极言扬州之乐。接下来四句写对今后放浪形骸生活的憧憬。“不拘束越锦袍，无言责乌纱帽”两句反映了作者远离官场、淡泊名利的决心。最后三句点题，认为浪迹天涯、享受风花雪月才是最明智的选择，字里行间流露出作者的悲愤与不平。

这首套数借追恋往日的风月繁华来怀念故国，借玩世疏狂来反抗现实，结构合理，层次分明，全曲从描写扬州繁华入手，通过悼古伤今、自悲身世来抒怀言志，耐人寻味。

# 孔文卿

## 〔南吕〕一枝花

禄山谋反

苍烟拥剑门，老树屯云栈。西风吹渭水，落叶满长安①。近帝都景物凋残，伤感起人愁叹。只合在边塞间，则见那白茫茫莎草连天，甚的是娇滴滴莺花过眼。

〔梁州〕不幸遣东归蓟北，更胜如西出阳关。看几时捱彻②相思限？怕的是孤灯荧暗，残月弓弯，戍楼人静，梅帐更阑。思量玉砌雕阑③，消磨尽绿鬓朱颜④。再几时、染浓香翡翠衾温，迷醉魂芙蓉帐暖，解余酲⑤荔枝浆⑥寒。这近间，敢病番，旧时的衣褙频频攒⑦。瘦证候何经惯？那的是从来最稀罕，单出落着废寝忘餐。

〔三煞〕动无喘息行无汗，坐也昏沉睡不安。两行泪道渍成斑。每日家做伴的胡友胡儿，胡舞胡歌，胡吹胡弹。知他是甚风范？偏恁一曲霓裳宠玉环，羯鼓⑧声干。

〔二煞〕拚了教匆匆行色催征雁，止不过拍拍离愁满战鞍。驱兵早晚到骊山。若夺了娘娘，教唐天子登时两分散，休想再能够看一看。四件事⑨分明紧调犯，势到也怎摭拦？

〔尾〕把六宫心事分明的慢，将半纸音书党闭的悭，教千里途程阻隔的难。我因此上一点春心酝酿的反。

【注释】

①西风吹渭水，落叶满长安：作者将唐代吕岩《促拍满路花》诗句之义做了改动，吕岩写的是秋天之景与情，而曲词中安禄山面对的是冬日之景与情。②捱彻：受够了。③玉砌雕阑：指代皇宫内苑。④绿鬓朱颜：乌黑的头发，红

润的脸庞，表示青春的活力。⑤酲：过度的酒醉而致生病。解余酲，消除隔夜的酒醉。⑥荔枝浆：杨贵妃喜欢吃荔枝，唐明皇曾动用驿马运送新鲜荔枝，杜牧《过华清宫》诗有“一骑红尘妃子笑，无人知是荔枝来”之句，此处暗切此典故。⑦衣褙频频攒：衣褙，衣服腋下的缝。攒，聚拢，即把衣缝收小，使衣服改瘦。⑧羯鼓：两面都能打的鼓。⑨四件事：即良辰、美景、赏心、乐事。

**【鉴赏】**

这套元曲以“一点春心酝酿的反”作为主题，用安禄山口吻借历史题材委婉曲折地表达了对异族入侵的嘲讽。

〔一枝花〕首曲从安禄山造反、兵逼长安之时写起。从“苍烟”至“西风”以下一路写来，寥寥数句就描绘出长安一带荒凉破败的景象，再现了安史之乱给昔日繁华的京城带来的巨大的灾难。“西风吹渭水，落叶满长安”两句，化用贾岛《忆江上吴处士》的诗句，点明安禄山谋反的时节。

〔梁州〕一曲采用层层铺排的手法，表现了安禄山对杨贵妃深切的思念情。

〔三煞〕继续描写安禄山得相思病的症状。而在相思病的折磨下，安禄山竟对自己民族的朋友和艺术都产生了厌倦心理，表现了他对杨贵妃的痴迷程度。

〔二煞〕一曲写安禄山起兵造反，着重展现了他欲夺杨贵妃的内心打算，刻画出一幅不可一世、踌躇满志的骄傲神态。

〔尾〕主要剖析安禄山造反的主导思想，也就是安禄山无法将思念杨贵妃的心理传递过去，思念之情在胸中越积越浓，揭示了“冲冠一怒为红颜”式的战争根源。

这套元曲，多用通俗之语为安禄山开脱立言，塑造了一个缠绵多情又蛮横霸道的形象。作者构思新颖，采用了虚构的手法，将战争的根源归结为胡儿对汉女的思念与追索，委婉曲折地表达了对异族统治的不满。

# 沈和

## 〔仙吕〕赏花时北

**潇湘八景**

休说功名，皆是浪语。得失荣枯总是虚，便做道三公[①]位待何如。如今得时务，尽荆棘是迷途。

〔幺〕便是握雾拿云[②]志已疏，咏月嘲风心愿足。我则待离尘世访江湖，寻几个知音伴侣，我则待林泉下共樵夫。

〔排哥南〕远害全身，清风万古，堪羡范蠡归湖。不求玉带挂金鱼[③]，甘分向烟波做钓徒。绝尘世，远世俗，扁舟独驾水云居。嗟尘世，人斗取，蜗名蝇利[④]待何如。

〔那吒令北〕弃朝中俸禄，避风波仕途。身边引着小仆，玩云山景物。杖头挑酒壶，访烟霞伴侣。近着红蓼滩，靠着白蘋渡。潜身向草舍，得这茅庐。

〔三叠排歌南〕我则将这小舟撑，兰棹举，蓑笠[⑤]为活计。一任他紫朝服[⑥]，我不愿画堂[⑦]居。往来交游，逍遥散诞，几年无事傍江湖。旋篘[⑧]新酒钓鲜鱼，终日醄醄乐有余。杯中浅，瓶内无，邻家有酒也宜沽。吟魂醉，饮兴足，满身花影倩人扶。

〔鹊踏枝北〕见芳草映萍芜，听松风响寒芦。我则见落照渔村，水接天隅。见一簇帆归远浦，他每都是些不识字的慵懒[⑨]渔夫。

〔桂枝香南〕扁舟湾住。在垂杨深处，齁齁似鼻息如雷，睡足了江南烟雨。听山寺晚钟，声声凄楚。西沉玉兔，梦回初，本待要扶头去，清闲倒大福。

〔寄生草北〕春景看山色晴岚翠，夏天听潇湘夜雨疏。九秋玩洞庭明月生南浦，见平沙落雁迷芳渚。三冬赏江天暮雪飘飞

**絮，一任教乱纷纷柳絮舞空中，争如俺侬[10]家鹦鹉洲边住。**

**〔乐安神南〕闲来思虑，自从那日赋归欤，山河日月几盈虚，风光渐觉催寒暑。欲求生富贵，须下死工夫，且常教两眉舒。**

**〔六幺序北〕园塘外三丘地，篷窗下几卷书，他每傲人间驷马高车[11]。每日家相伴陶朱[12]，吊问三闾[13]，我将这《离骚》和这《楚辞》，来便收续。觉来时满眼青山暮，抖擞着绿蓑归去。看花开花落流年度，一任教春风桃李，更和这暮景桑榆[14]。**

**〔尾〕悟乾坤清幽趣。但将无事老村夫，写入在潇湘八景图。**

**【注释】**

①三公：泛指高官。②握雾拿云：指作者想干出一番大事业来。③玉带挂金鱼：指职位之高。④蜗名蝇利：形容名微利薄。⑤蓑笠：借代，做捕鱼工作。⑥紫朝服：即做大官。⑦画堂：此处借指宫室官邸。⑧篘：即滤酒。⑨慵懒：闲散，不受拘管。⑩侬：俺，我。⑪驷马高车：显贵的待遇。⑫陶朱：即战国时的范蠡。⑬三闾：屈原，他任过三闾大夫。⑭暮景桑榆：这里指傍晚景色。景，太阳。

**【鉴赏】**

这支套数，描写了湖南潇湘地区的风光，表达了作者避世归隐的心志。首曲〔赏花时〕先阐明作者的人生观与价值观，奠定了全曲避世归隐的基调。“如今得时务，尽荆棘是迷途”两句为全篇的中心，写出了作者看破仕途之心。与其在官场奔波劳累，还不如归隐避世，与志同道合的朋友们吟诗作曲，享受闲适的生活。第二曲〔排歌南〕写作者觉得在这险象环生的时代环境中，要以战国时的范蠡为榜样，远远地躲开危险，保全自己才是最明智的。作者渴望像他一样与尘世决裂，独自驾一条小船，隐居于山水深处，做一个与世无争的渔翁。而隐居的目的其实是“远害全身”。作者感慨道：争那些蜗角虚名、蝇头微利，又有什么用呢？第三曲〔那吒令北〕接着叙写作者计划的隐居生活：他弃官还乡，明哲保身，带着一个小僮儿，到处游山玩水，饮酒访友，在优美的沙滩上筑一间茅庐，过着神仙般的生活。第四曲〔排歌南〕到〔寄生草北〕四曲，作者详细描写隐居的乐趣。〔排歌南〕写作者划着小船，以打鱼为生，自由地交友，悠然自得，生活闲适愉快。〔鹊踏枝北〕描写渔村的景色。此曲写到“潇湘八景”中的两景：夕阳西下，作者在渔村村头闲望，岸边的青草与水中的浮萍互相映衬，山上的松风也在芦苇丛中回荡。远处地平线上，水天相接处，有一片渔船在归航，表现了渔民们生活的无拘无束。〔桂枝香南〕曲主要写了“潇湘八景”中的“烟寺晚钟”，是“一簇帆归远浦”的延续。渔船停泊在垂杨深处，渔夫们悠然地躺在船中。一觉醒来，江南水村，笼罩在濛濛的烟雨之中，带来了一缕轻愁，远处山中寺院内隐约传来黄昏钟声，让人倍感凄凉与伤感。但作者最终还是选择了享受悠游自在的隐居生活，远离蝇头微利。〔寄生草北〕接着写了“潇湘八景”之中的五景：山市晴岚、潇湘夜雨、洞庭秋月、平沙落雁、江天暮雪，是“清闲倒大福”的解释，进一步表现出悠闲快乐的心情来。〔乐安神南〕具体写作者的反思。归隐之后，作者经过较长时间的反思，得出了“欲求生富贵，须下死功夫”的结论。一个人活在世界上要想追求理想中的富贵，就得冒险。但如果冒险之后仍然求不到富贵，那就得不偿失了，所以作者最终选择了“且常教两眉舒”，不必为了富贵而去操心忧虑，还是无忧无虑，心情舒畅为好。〔六幺序北〕写作者彻底抛弃了功名富贵之后的生活。在园塘外面有三丘土地可以耕种，小船篷窗下有几册书可以阅读，功名显贵有什么好羡慕的呢？每天可以像陶朱公那样泛舟游湖，又可以用几支曲来寄托自己满腔的幽愤。“看花开花落流年度，一任教春风桃李，更和这暮景桑榆”，大有参透人生的寓意。〔尾〕可以看作这首套数的结束语。

本篇散套风格清丽明朗，从不同的角度描写了“潇湘八景”的美丽，抒发了作者远离官场世俗、甘于平淡生活的恬淡心境。

# 郑光祖

## 〔正宫〕塞鸿秋

**门前五柳[①]侵江路，庄儿紧靠着白蘋渡[②]。除[③]彭泽县令[④]无心做，渊明老子达时务。频将浊酒沽，识破兴亡数[⑤]。醉时节笑捻着黄花去[⑥]。**

**【注释】**

①五柳：喻隐逸之士的住所。②渡：渡头，渡口。③除：任命。④彭泽县令：指陶渊明。⑤识破兴亡数：看透了兴亡的命数。数，命运，内在规律。⑥醉时节笑捻着黄花去：表现陶渊明嗜酒，又爱菊。黄花，菊花。

**【鉴赏】**

这首曲子作者根据自己的人生态度和对社会的认识，极力塑造了一个自己心目中的陶渊明，表达了对陶渊明清高旷达的品格的赞美和对隐居生活的向往。开头两句“门前五柳侵江路，庄儿紧靠着白渡”，描述陶渊明隐居环境的清幽宁静，表现出一种恬淡闲适、与世无争的心态，同时也奠定了全曲舒适旷达的基调。“渊明老子达时务，识破兴亡数”，这两句写陶渊明辞官归隐，是适时所为。接下来写陶渊明识时务的具体内容：“除彭泽县令无心做，频将浊酒沽。醉时节笑捻着黄花去。”在作者眼中，陶渊明饮酒赏菊是一种遁世逃避现实的做法，这不是真实的陶渊明。其实陶渊明辞官是因为对现实社会的不满，归隐也是出于“性本爱丘山”。作者这样安排，曲折地反映了元代社会的黑暗，反映了知识分子地位的卑贱和处境的艰难。若要改变这种处境，即使整日劳苦奔波，曲意奉承，尔虞我诈，也有可能万劫不覆，更何况作者“为人方直”，所以，要解脱现实社会给予的痛苦，只有逃避现实、隐居田园这一条路，作者借陶渊明的典故抒发了对隐居生活的向往之情，表达了对当时黑暗现实的不满与控诉。

## 〔双调〕蟾宫曲

梦中作

**半窗幽梦微茫。歌罢钱塘[1]，赋罢高唐[2]。风入罗帏，爽入疏棂[3]，月照纱窗。缥缈见梨花淡妆，依稀闻兰麝余香。唤起思量，待[4]不思量，怎不思量。**

【注释】

①钱塘：指南齐钱塘名妓苏小小。世人以"钱塘"或"苏小"代妓女。②高唐：因宋玉《高唐赋》以"阳台"为男女欢会之处，世人以"高唐"或"阳台"喻男女欢会之事，并且多指与妓女欢会。作者用"高唐"这一典故，又含有自比宋玉的才貌双全之意。③疏棂：疏朗的窗格。④待：打算，准备。

【鉴赏】

这首曲子描写作者在梦中与所爱之人欢会，醒来后难以忘怀的心情。"半窗幽梦微茫"，开篇切题，点明是在做梦。"幽梦""微茫"，渲染了朦胧悱恻的氛围。正所谓"日有所思，夜有所梦"，这一句勾起了读者的好奇与兴趣。作者紧接着描述："歌罢钱塘，赋罢高唐"，仿佛是苏小小在向情郎献歌，又仿佛巫山神女迎接襄王。两个"罢"字，表明梦影残存，中间包含着无限的怅惘之情。前面三句都是表现了似梦非梦，半醒不醒，接下来"风入罗帏，爽入疏棂，月照纱窗"三句，则开始过渡到觉醒，迎接作者的是一片现实世界的凄清。微风潜入，吹动着罗帏，窗棂中透进了深夜的阵阵清凉，皓月当空，银色的月光洒向了纱窗，暗含了作者独处、独眠的孤独与寂寞。"缥缈见梨花淡妆，依稀闻兰麝余香"，缥缈的梦境中出现了作者所爱之人的幻象：有着梨花般素净的淡雅仪容，散发着兰香麝香

般的缕缕芬芳。“梨花淡妆”“兰麝余香”，竭力形容梦中所会的女人之美，补充了“半窗幽梦”的内容，表现了作者对幽梦的眷恋。“缥缈”“依稀”表现了作者醒后的追忆与对梦境的感受存在着偏差，现实是极其凄凉的，表达了作者无限的怅惘。最后“唤起思量”不言而喻，“待不思量”是因为思量太重太苦，作者故作强硬，“怎不思量”言这份爱恋的深重。这三处“思量”，经历了一个“有——无——有”的曲折过程，把作者的矛盾感情刻画得淋漓尽致，表现了作者的一往情深。

由于一往情深，相思过度，留梦心切，眼前出现了幻影，所谓“直道相思了无益”，作者把这种幻觉归之于梦。全曲清新婉丽，借幽梦写相思，真挚感人。

## 《倩女离魂》第二折

**〔越调·斗鹌鹑〕人去阳台，云归楚峡[①]。不争他江渚停舟，几时得门庭过马[②]？悄悄冥冥，潇潇洒洒，我这里踏岸沙，步月华[③]；我觑这万水千山，都只在一时半霎[④]。**

**〔紫花儿序〕想倩女心间离恨，赶王生柳外兰舟[⑤]，似盼张骞天上浮槎。汗溶溶琼珠莹脸[⑥]，乱松松云髻堆鸦[⑦]，走的我筋力疲乏。你莫不夜泊秦淮卖酒家[⑧]？向断桥西下，疏剌剌秋水菰蒲[⑨]，冷清清明月芦花。**

**〔小桃红〕蓦[⑩]听得马嘶人语闹喧哗，掩映在垂杨下。唬的我心头丕丕[⑪]那惊怕，原来是响珰珰鸣榔板[⑫]捕鱼虾。我这里顺西风悄悄听沉罢，趁着这厌厌露华[⑬]，对着这澄澄[⑭]月下，惊的那呀呀呀寒雁起平沙。**

**〔调笑令〕向沙堤款踏[⑮]，莎草带霜滑。掠湿湘裙翡翠纱[⑯]，抵多少苍苔露冷凌波袜。看江上晚来堪画，玩冰壶潋滟天上下[⑰]，似一片碧玉无瑕。**

**〔秃厮儿〕你觑远浦孤鹜[⑱]落霞，枯藤老树昏鸦。听长笛一声何处发，歌欸乃，橹咿哑[⑲]。**

**〔圣药王〕近蓼洼，缆钓槎，有折蒲衰柳老蒹葭；傍水凹，傍短槎，见烟笼寒水月笼沙[⑳]，茅舍两三家。**

〔麻郎儿〕你好是舒心的伯牙[21]，我做了没路的浑家[22]。你道我为甚么私离绣榻，——待和伊同走天涯。

〔幺〕险把咱家走乏。比及[23]你远赴京华，薄命妾为伊牵挂，思量心，几时撇下。

〔络丝娘〕你抛闪[24]咱；比及见咱，我不瘦杀，多应害杀[25]。

〔雪里梅〕你振色[26]怒增加，我凝睇[27]不归家。我本真情，非为相唬，已主定心猿意马[28]。

〔紫花儿序〕只道你急前前趱登程路[29]，元来是闷沉沉困倚琴书[30]，怎不教我痛煞煞泪湿琵琶。有甚心着雾鬓轻笼蝉翅[31]，双眉淡扫宫鸦[32]。似落絮飞花，谁待问出外争如[33]只在家。更无多话，愿秋风驾百尺高帆，尽春光付一树铅华[34]。

〔东原乐〕你若是赴御宴琼林[35]罢；媒人每拦住马，高挑起染渲佳人丹青画，卖弄他生长在王侯宰相家：你恋着那奢华，你敢新婚燕尔在他门下[36]？

〔绵搭絮〕你做了贵门娇客[37]，一样矜夸。那相府荣华，锦绣堆压，你还想飞入寻常百姓家[38]？那时节似鱼跃龙门播海涯[39]，饮御酒，插宫花，那其间占鳌头、占鳌头登上甲[40]。

〔拙鲁速〕你若是似贾谊困在长沙[41]，我敢似孟光般显贤达[42]。休想我半星儿意差，一分儿抹搭[43]。我情愿举案齐眉傍书榻，任粗粝[44]淡薄生涯，遮莫[45]戴荆钗，穿布麻。

〔幺篇〕把稍公快唤咱，恐家中厮捉拿。只见远树寒鸦，岸草汀沙，满目黄花，几缕残霞。快先把云帆高挂，月明直下，便东风刮，莫消停[46]，疾进发。

〔收尾〕各剌剌[47]向长安道上把车儿驾，但愿得文苑客当时奋发[48]。则我这临邛市沽酒卓文君，甘休侍你濯锦江题桥汉司马[49]。

【注释】

①人去阳台，云归楚峡：两句比喻两人离散。战国的辞赋家宋玉，在《高唐赋》中，说楚怀王曾游高唐，在梦中与巫山神女相会，临别时神女自称“在巫山之阳，高丘之下，旦为朝云，暮为行雨，朝朝暮暮，阳台之下。”后来便用阳台指代男女欢会的地方。②“不争他江渚停舟”两句：意思是说，要是

不趁他停船岸边时赶上他，谁知道他什么时候才能回来。江渚。指江边。门庭过马，指官归来时，车马过门。③步月华：在月光下行走。④一时半霎：形容时间极短，即片刻之间。⑤“赶王生柳外兰舟”两句：意思是说，王生乘坐的船就像天河中的浮槎那样难以接近。兰舟，用木兰树制成的船，是对船的美称。张骞，汉朝人，汉武帝时出使西域，传说他曾乘着槎到达天河，遇见了牛郎织女。槎，木瓶。⑥琼珠莹脸：琼珠，指汗珠。莹脸，像美玉一样泽润的脸。⑦云髻堆鸦：形容头发乌黑而蓬松。髻，盘结起来成螺形的头发。堆鸦，指头发的颜色像乌鸦的羽毛那样黑。⑧你莫不夜泊秦淮卖酒家：这句话用唐代诗人杜牧《泊秦淮》中“夜泊秦淮近酒家”诗句。秦淮，指秦淮河，在今南京市。⑨疏剌剌秋水菰蒲：疏剌剌，萧疏、零落。菰蒲，茭白和蒲草，都是生长在水边的草本植物。⑩蓦：突然地。⑪丕丕：即扑扑，形容心里紧张而激烈跳动。⑫鸣榔板：渔人夜间捕鱼时，用木头敲打船板发出声音，使鱼惊慌入网。⑬厌厌露华：厌厌，形容露水浓重。露华，露水。⑭澄澄：形容月光皎洁，像水那样清澈。⑮款踏：慢慢地走。⑯“掠湿湘裙翡翠纱”两句，意思是说，在野外行走，沾在腿脚上的露水，比平时在庭院里行走时更多。凌波，形容行动轻盈。凌波袜是水中仙子穿的袜子。⑰玩冰壶潋滟天上下：意思是说，明月挂在空中，照在水里，上下交映，一片清亮。冰壶比喻月亮。潋滟，潮水涨满的样子。⑱远浦孤鹜：浦，水边。鹜，野鸭。⑲橹咿哑：原来形容摇橹的声音，后来成为船夫摇船时唱的歌曲名称。⑳烟笼寒水月笼沙；这是杜牧《泊秦淮》中的诗句，这里是借用。㉑舒心的伯牙：舒心，宽心。伯牙，春秋时的著名琴师。㉒浑家：妻子。㉓比及：等到。㉔抛闪：抛弃。㉕害杀：指害相思病死去。㉖振色：变了脸。㉗凝睇：斜着眼看。㉘已主定心猿意马：意思是说，已经下定了决心，打定了主意。心猿意马，佛教用语，比喻人的内心活动变化不定，就像好动的猿猴和马一样难以把握。㉙趱登程路：趱，赶。程路，即路程。㉚困倚琴书：困倦而靠在琴上和书上。倚，靠着。㉛着雾鬟轻笼蝉翅：意思是，将鬓角梳拢得像蝉的翅膀一样又薄又轻匀。云鬟，形容鬓发像云雾般蓬松。㉜双眉淡扫宫鸦：淡扫，淡淡地画（眉）。宫鸦，比喻眉黛的颜色。㉝争如：怎么比得上。㉞“愿秋风驾百尺高帆”两句：意思是说，但愿你一路顺风吧，我自已只好让青春白白地消逝了。尽，听任。铅华，女子化装用的粉。㉟御宴琼林：皇帝举行的琼林宴。琼林，指琼林苑，因宋代皇帝曾在这里设宴招待新考中的进士，后来便把科举考试发榜后招待新进士的宴会称为琼林宴。㊱你敢新婚燕尔在他门下：敢，可能，也许。燕尔，指新婚夫妻浓厚的感情。㊲娇客：新女婿。㊳你还想飞入寻常百姓家：唐代刘禹锡《乌衣巷》诗有“旧时王谢堂前燕，飞入寻常百姓家。”这里借用原句，用以比喻王生高中之后可能不愿再回来。㊴鱼跃龙门播海涯：鱼跃龙门，比喻科举考试考中。旧时有鲤鱼跳过龙门便可成龙的传说。播海涯，远走高飞的意思。播，迁移。㊵占鳌头登上甲：占鳌头，指考中状元。据说皇宫的石阶前面刻有鳌（大鳖）的头，考上状元的人才可以踏上去。后来使用独占鳌头一语指代考中状元。上甲，指一甲，是科举考试的名次，宋代以后进士分为三甲，一甲三名，为状元、榜眼，探花。荆钗裙布：用荆条作簪发的钗，用粗布作裙，表示生活贫苦。㊶贾谊困在长沙，贾谊是汉代的政治家和文学家，有抱负，但一直不受重用，后来被派任长沙王的太傅，抑郁死去。㊷孟光般显贤达：孟光，东汉时人，她对丈夫梁鸿十分敬重，传说在吃饭时，她总是将摆饭食的盘子举过眉头送到梁鸿面前，后来便把她当作贤惠妻子的代表，把“举案齐眉”作为夫妻相敬的成语。贤达，贤惠，通达。㊸抹搭：怠慢，懒散的意思。㊹粗粝：粝，糙米。粗粝，指粗糙的食物。㊺遮莫：任由。㊻消停：停留。㊼各剌剌：形容车子滚动的声音。㊽文苑客当时奋发：文苑客，读书人。当时，逢时，即走运的意思。㊾濯锦江题桥汉司马：濯锦江，在四川省成都市。传说汉代著名的文学家司马相如，在由成都去长安时，曾在这条江上的桥柱上题词：“不乘高车驷马，不过此桥。”汉司马，指司马相如。

**【鉴赏】**

《倩女离魂》全名《迷青锁倩女离魂》，写的是：张倩女和王文举由父母指腹为婚，可是后来当王生前往长安应试顺路拜望张家时，张母却命倩女同王生以兄妹相称，并借口“俺家三辈儿不招白衣秀士”，告诉王生，要在他“得一官半职”之后才能和倩女成亲，文举被迫进京赴考。而母亲的决定使倩女十分伤心，她在送别王生上京赴考之后便病倒了，后来竟因过度思念王生而灵魂离开躯体，赶上了在泊船江边，以弹琴解闷的王生，于是一起上京。王生到京后，中了状元，即写信给张母，说他将同“小姐”一起回家。倩女在家的躯体得此消息，以为王生已经另外娶妻了，一气之下，病情更加沉重。后来，倩女的灵魂随王生回到家里，同自己的躯体合而为一。最后，张倩女和王文举终于结为美满夫妻。

这里选的第二折——离魂，描写倩女的灵魂在月夜追赶王生的经过，展现了倩女对爱情的热切追求。〔斗鹌鹑〕和〔紫花儿序〕两曲，描写倩女的离魂一路上追赶王生的情景，飘飘忽忽，悠悠荡荡，惟妙惟肖地描绘出了倩女离魂的心情、动作、神态。〔小桃红〕〔调笑令〕〔秃厮儿〕〔圣药王〕四曲，描写倩女的离魂追赶到江边，作者既绘声绘影地描摹了倩女追赶王生沿途所见的秀丽景色，又细致入微地刻画了倩女复杂的心理状态。江边寂静的深秋晚景中传出了人语和琴声，使画面增添了无限的风韵，意境悠远。〔麻郎儿〕〔幺〕〔络丝娘〕〔雪里梅〕〔紫花儿序〕五支曲子，是写倩女离魂和王生“同走天涯”的决心，表现她“做着不怕”的大胆和坚强的性格。经过一路跋涉，倩女终于追上了王生。而迂腐且软弱的王生，见倩女半夜私自赶来，先是十分害怕，说“着老夫人知道怎了”，倩女却十分轻松地告诉他：“他若是赶上咱，待怎么？常言道：做着不怕。”“做着不怕”，这是她对封建礼教的大胆蔑视。后来，王生怒气冲冲地指责倩女“私自赶来，有玷风化”时，倩女更是坚定不移地说：“你振色怒增加，我凝睇不归家；我本真情主为相吓，已主定心猿意马。”为了获得幸福的爱情，倩女义无反顾，勇往直前，这种敢作敢为的精神着实令人佩服。

倩女对待爱情，不但态度坚决，而且心地纯洁，她追求的是真诚的爱情，而不是荣华富贵。〔东原东〕〔绵搭絮〕和〔拙鲁速〕，从两个方面写倩女对王生的“真诚志意”：其一，她不怕王生考不中科举而使自己过贫寒的生活，却担心他一旦考中科举之后另娶贵门。其二，当王生试探地问她“小生倘不中呵，却是怎生”时，倩女十分坚定地回答他；“你若不中呵，妾身荆钗裙布，愿同甘苦。”她向王生表示：“你若是似贾谊困在长沙，我敢似孟光般显贤达。休想我半星儿意差，一分儿抹搭”，表明与王生同甘共苦、矢志不移的愿望。最后，〔幺篇〕〔收尾〕写离魂的忠诚感动了王生，二人同舟赴京。倩女离魂唯恐老夫人派人追来，要求王生带她迅速起程，当王生同意了她的要求，她还是催促开船。作者这样描写，栩栩如生地活画出一个深闺中的少女渴望得到自由的迫切心情。

这一折是《倩女离魂》的重点抒情戏，作者以积极浪漫主义的表现手法，成功塑造了一个热切追求自由幸福，富有反抗精神的少女张倩女的形象，表现了她对炽热的爱恋和自由的强烈追求，文情并茂，情景交融，清词丽句，脍炙人口。《倩女离魂》是郑光祖的代表作，也是元代后期杂剧中最优秀的作品，歌颂了坚贞的爱情，揭露了封建礼教对青年男女自由恋爱的残酷压制，又表达了青年男女冲破封建罗网，争取自由幸福的强烈愿望，具有反封建礼教的积极意义。

# 李直夫

## 《虎头牌①》第三折

〔搅筝琶〕咱须是关亲意，也索②要顾兵机。官里着你户列簪缨，着你门排画戟，可怎生不交战，不迎敌，吃的个醉如泥。情知你便是快行兵的姜太公、齐管仲、越范蠡、汉张良，可也管着些甚的③。枉了你哭哭啼啼。

**【注释】**

①虎头牌：皇帝赐给近臣、文武官员行使最高权力的虎头金牌，这里作剧名。②索：须。③“情知”二句：即使你便是善用兵的谋臣良将，却也毫无用处。情知，明知。姜太公、管仲、范蠡、张官，都是历史上著名的谋臣。

**【鉴赏】**

《虎头牌》全名《便宜行事虎头牌》，描写女真族边将山寿马掌有虎符金牌，坚持军法，责罚贪酒失地的亲叔父的故事，颂扬了山寿马执法如山、公而忘私的优良品德。

第三折写银住马贪酒失地，山寿马拒绝了婶母、妻子和众官员的求情，责打违犯军纪的叔父。主要表现和颂扬了女真族兵马大元帅山寿马执法严明、不以私枉公的优良品德。作者把山寿马置于职责与亲情的矛盾冲突之中，表现他作为元帅对待下属和作为侄儿对待叔父的不同态度。他既以国家利益为重，但又不废亲情，具有中华民族传统的正直、深情的性格，是一个内心世界十分丰富的文学形象。

《虎头牌》情节生动，戏剧性很强，人物个性鲜明，语言幽默风趣，完整细腻，富有生活气息。剧中还描写了一些女真族的风俗习惯，采用了不少女真乐曲，具有浓厚的民族色彩。

# 尚仲贤

## 《柳毅传书》第三折

**〔商调·集贤宾〕则俺那寄书来的秀才错立了身，怎能勾平步上青云。则为他长安市不登虎榜①，救的我泾河岸脱离羊群。他本望至公楼独占鳌头，今日向洞庭湖跳过了龙门。则我这重叠叠的眷姻，可也堪自哂②，若不成就燕尔新婚，我则待收拾些珍宝物，报答您大恩人。**

**【注释】**

①虎榜：龙虎榜的简称，即进士榜。②自哂：自嘲。哂，嘲笑。

**【鉴赏】**

尚仲贤的《柳毅传书》和李好古的《张生煮海》，是元杂剧中两部充满奇异瑰丽浪漫主义色彩的神话爱情剧，在元代杂剧艺苑里宛如并蒂莲花，被誉为元代神话戏中的“双璧”。这两出戏写的都是龙女与书生的爱情，表现对爱情幸福的追求和对封建压迫的反抗，具有进步思想意义和积极浪漫主义的创作特色，相比之下，《柳毅传书》的思想和艺术成就似乎更高一些。《柳毅传书》，全名《洞庭湖柳毅传书》，是根据唐代李朝威的传奇小说《柳毅传》改编而成的。写洞庭龙王之女三娘，嫁与泾河小龙为妻之后饱受虐待，被罚至泾河岸上牧羊，形容憔悴，衣衫褴褛，十分凄凉。龙女修书一封，希望有人替她捎回洞庭求救。恰遇落第书生柳毅路经此地，对龙女的遭遇深表同情，替她将书信及时送往洞庭，她的叔叔钱塘火龙闻讯大怒，率领水卒，打败了泾河小龙，龙女因而得救。为答谢柳毅传书之恩，洞庭龙王欲将三娘许配柳毅为妻，却遭柳毅婉言谢绝。几经波折，最后终于结为夫妻。剧中人物不多，但性格、形象都还鲜明。柳毅的富于正义感和乐于助人、见义勇为，以及细微的心理活动、变化等都描绘得细腻、真实，龙女三娘的善良多情，钱塘火龙的粗鲁暴躁、嫉恶如仇，泾河小龙的蛮横骄纵、暴躁无理等，虽着墨不多，但都各自鲜明、突出。

这里选取的第三折写的是龙王父女答谢柳毅传书之恩的一场戏。它围绕龙女三娘和柳毅的爱情纠葛展开了戏剧冲突，引人入胜。作者惟妙惟肖地刻画出了剧中人物，尤其是女主角龙女的情态和心理活动，楚楚动人。她所唱的八段曲词，语言本色生动，十分口语化和个性化，委婉含蓄、有清丽典雅之美，颇具风韵。曲词活灵活现地再现了龙宫的环境气氛和神话人物的形象特征，充满了浓厚的浪漫主义色彩。虽然此剧被蒙上了一层浓厚的神话色彩，但折射出的仍然是现实人间社会图景。在封建社会，夫权是捆缚妇女的一条粗大的绳索，造成了无数妇女的悲惨命运。这一剧本反映的就是这一现实问题。全剧通过龙女坎坷的生活经历，展示出丰富的生活画面，戏剧情节曲折动人，场面瑰丽奇幻，人物形象和内心世界的刻画鲜明细致，富有极强的艺术感染力。

# 曾瑞

## 〔南吕〕四块玉

**闺情（三首）**

**髻乱窝，钗横堕，膳减愁添怎存活？抽签摆卦为工课。花貌衰，鬼病[1]磨，何日可？**

**孤雁悲，寒蛩[2]泣，恰待团圆梦惊回。凄凉物感愁心碎。翠黛颦[3]，珠泪滴，衫袖湿。**

**簪玉折，菱花缺，旧恨新愁乱山叠[4]。思君凝望临台榭。鱼雁[5]无，音信绝，何处也？**

**【注释】**

①鬼病：即相思病。②蛩：即蟋蟀。③翠黛：即眉毛。颦：皱眉。④乱山叠：形容眉毛皱起来像乱山一样。⑤鱼雁：代指书信。

**【鉴赏】**

这三首曲主题大致相同，都是抒发女主人公的离愁别恨。第一首描写女主人公相思成疾。作者首先着笔于女主人公的头部：发髻蓬松，金钗快要掉下来，是因为心爱的人儿不在身边，无心去梳妆打扮；食欲日减是由于愁情日增，无处排遣；花容衰老是因为遭受病魔的折磨。作者由表及里，一一描述女主人公的日常生活，展现了女子痛苦的内心世界。“抽签摆卦为工课”一句，写她整天地抽签、摆卦，以占卜爱人的归期，并把这种事作为一种功课，表现了她对心上人的担心与惦念，这也是她茶饭不思、坐立不安的根本原因。“膳减愁添怎存活”与“何日可”两句，一前一后，相互呼应，渲染出了空闺生活的无趣。第二首描写女主人公团圆梦惊醒后凄凉痛楚的心情。“孤雁悲，寒蛩泣”两句，采用移情于景的手法，描绘了一幅凄冷悲凉的深秋图景，“孤雁”的意象含有强烈的寓意，暗示了闺中人的孤独。接下来“恰待团圆梦惊回”一句转向写人，是说女主人公正在做好梦，梦中快要和心上人团圆之时，却被雁、蛩之声惊醒了，好梦成空，巨大的遗憾溢于言表。“凄凉物感愁心碎”以下四句直接抒写女主人公梦醒后的悲凉。“翠黛颦，珠泪滴，衫袖湿”三句，具体描绘了“愁”的意境。听着孤雁的悲鸣、蟋蟀的哀泣，女主人公感物伤怀，不禁肝肠寸断，泪水浸湿了衣衫。这首曲子借景抒情，情景交融，感染力强。

第三首表达的内容和使用的手法与第一首大致相似。“簪玉折，菱花缺”，描写女子无心梳妆。其中“菱花镜缺”以圆镜的不完整暗喻夫妻的离散，以物寄情，表达了女子的相思之苦。第三句“旧恨新愁乱山叠”，形象地表现了女主人公内心深处连绵不断的愁与恨。第四句“思君凝望临台榭”，刻画出一个倚楼远眺的思妇形象，揭示了女子恨与愁的原因。最后三句“鱼雁无，音信绝，何处也”，写思妇的心理活动，书信没有，口信也断绝，思妇的心飞向了远方游子之处。“何处也”三个字，表现了女子既担心又不安的焦虑心境。曲子从思妇内心的痛苦着笔，以对游子的牵挂结束，中间贯穿着真挚而又强烈的爱。

这三首曲子用语典丽，语句工整。

## 〔南吕〕四块玉

**警世**

**狗探汤①，鱼着网，急走沿身痛着伤。柳腰花貌斜魔旺，柳弄娇，花艳妆，君莫赏②。**

**【注释】**

①汤：开水，沸水。②赏：这里指上当受骗。

**【鉴赏】**

这首曲子的主题是劝戒世人不要贪恋女色，这女色又非一般的女色，而是花枝招展的风尘女子，所以作者想要表达的是嫖妓的危害，向世间那些爱嫖妓的人敲响了警钟。开头两句“狗探汤，鱼着网”，运用比喻的手法，阐明嫖客与妓院之间的关系。作者把嫖客比作狗和鱼，妓院比作沸水和鱼网，嫖客去妓院，就像狗爪伸进开水里试探，鱼儿闯进了鱼网里。狗儿探开水，即使不死也会烫掉一身毛；鱼儿进网，有去无回，除非鱼死网破。小说中常有“惶惶若丧家之犬，急急若漏网之鱼”，这两则比喻运用了人们熟知的视觉印象，将嫖客的情态淋漓尽致地展现在读者面前。“急走沿身痛着伤”，既显示了所遭遇的危险以及可怕的后果，又是沉痛的教训和警告，作者警告那些爱嫖妓的人们，如果执迷不悟，等待着你的不仅是小小的痛苦，更是巨大的不幸，引出下文。第四句“柳腰花貌斜魔旺”，具体点明了“探汤”和“着网”的所指，原来指的是花街柳巷嫖妓寻乐的危险之事。那些拥有花容月貌的妓女，都是表面好看的不正经的害人妖魔。因为寻花问柳而大吃苦头固然是咎由自取，然而妓女设圈套、行“斜魔”的手段也绝非一般！一个“旺”字，说明了前面“急”“痛”的缘起。“柳弄娇，花艳妆”，描述妓女们卖弄着风骚，打扮得妖娆，表明这些都是表面的假象，呼应了前文的“斜魔”。最后一句“君莫赏”再次发出严重警告告诫世人千万别受引诱上当。

这首曲子篇幅短小精悍，朗朗上口，刻画形象生动逼真，令人印象深刻。

## 〔中吕〕喜春来

**阅世**

**佳章软语①醒时和，白雪阳春②醉后歌，簪花③饮酒且婆娑④。开闷锁⑤，闲看恶风波。**

**【注释】**

①佳章软语：指吟诗唱和。②白雪、阳春：古时楚地名曲，这里泛指讴歌。③簪花：古代佳节、宴会上男女的通习。④婆娑：指舞蹈。⑤闷锁：这里以锁来比喻愁闷。

**【鉴赏】**

开头两句“佳章软语醒时和，白雪阳春醉后歌”，以对仗的形式肯定了醒时吟诗、醉后唱和的生活，豪放自得的心情溢于言表。放浪歌酒，是古时文人学士对抗现实的一种特殊方式。元代前期，政治上的强压统治与军事上的强盛令人瞠目结舌，汉族知识分子与其他老百姓一样备受歧视与残害。所以作者以这种方式作消极抵抗，表达心中的不满。曲子接下来“簪花饮酒且婆娑。开闷锁”，具体描写诗酒生活的闲散狂放，突出了纵情诗酒可以解闷。最后一句“闲看恶风波”切题，以警策之语，说明以诗酒自娱的目的在于避开尘世的险恶。作者的愤慨、哀叹与无可奈何喷薄而出，意犹未尽。

# 纪君祥

## 《赵氏孤儿》第三折

**〔得胜令〕打的我无缝可能逃，有口屈成招。莫不是那孤儿他知道，故意的把咱家指定了？我委实的难熬，尚兀自强着牙根儿闹；暗地里偷瞧，只见他早唬的腿脡儿[1]摇。**

**〔水仙子〕俺二人商议要救这小儿曹。哎！一句话来到我舌尖上却咽了。我怎生把你程婴道，似这般有上梢无下梢[2]。只被你打的来不知一个颠倒。遮莫[3]便打的我皮都绽，肉尽销，休想我有半字儿攀着。**

**【注释】**

①腿脡儿：腿肚子。②有上梢无下梢：比喻做事有始无终。③遮莫：即使，无论。

**【鉴赏】**

第三折是全剧的高潮，剧本围绕着搜孤与救孤，展开了一场场富有戏剧性的冲突，描绘了一个个惊心动魄的场面。整折戏矛盾尖锐，情节紧张，气氛悲壮，处处激动人心。

这一折开头，屠岸贾叫嚷道：若三天之内搜不到赵氏孤儿，就把全晋国的婴儿都杀死！这一开头就营造的紧张气氛，推动了戏剧的新动势。在搜孤与救孤的整个冲突过程中，屠岸贾施出了种种毒计，程婴闯过了道道险关。程婴首先根据他同公孙杵臼商定的计划，向屠岸贾告发公孙老人隐藏赵氏孤儿。奸诈的屠贼开始时认为程婴与公孙杵臼“往日无仇，近日无冤”，故不以相信，并且威胁程婴：“说的是，万事全休，说的不是，令人，磨的剑快，先杀了这个匹夫者。”屠岸贾意外的盘查恫吓，使戏剧之弦陡然一紧，形成本折的第一回冲突。然而程婴在凶恶的敌人面前，沉着应对，镇定地说明了告发的原因，说得合情合理，屠贼从他的话中找不出破绽，只好相信了，但还是有些不放心。

屠岸贾抓来公孙杵臼，在拷打之中，又生出诡计，突然命程婴对公孙施刑，程婴不忍下手，以“草泽医生，撮药尚然腕弱”为理由推辞。屠贼即指责他是怕受“指攀”而不敢打公孙。程婴无奈，只得顺从。起初，他怕打痛老人，只拣用细的棍子行刑，屠贼仍说他用细棍子打，是怕打痛了公孙杵臼，“指攀”到自己。程婴只好忍心拿起粗棍子，不料屠贼又说他用粗棍子打，是想三两下把公孙杵臼打死，死无对证。捉弄得程婴“两下做人难也”“只拿着那中等棍子打”。这一幕别出心裁、啼笑皆非的闹剧形成了第二回冲突，既隐现出屠岸贾怪诞、诡谲的心性，又深化了程婴淳朴敦厚而又机警灵活的品貌，缓冲了前后的紧张气氛，调节了全剧的悲概情调。

在程婴被迫打公孙老人的时候，狡猾的屠贼不仅细心啼察，想从中找出破绽，而且反复对杵臼一再嚷道：“是程婴打你来！”企图挑拨他供出程婴来。果然公孙老人在昏迷之中，发觉打他的竟是自己的合作者程婴，于是十分气愤，一时露出了“俺二人商议要救这小儿曹”的话来，这便引起屠贼的火急穷追：“你说二人，一个是你了，那一个是谁？”这时程婴以为他们的计划要落空了，心里非常紧张，“唬的腿艇儿摇”。幸亏公孙老人一下子又醒悟过来，立刻把已经到“舌尖上”的话咽了回去。这剧情横生波澜，急转直下，激起戏剧的新波澜、新悬念，形成第三回冲突。

就在这情况异常紧张的时候，卫兵抱来了从公孙老人的地洞里搜到的、由程婴的儿子假充的“赵氏孤儿”， 刚才还满脸杀气、几近疯狂的屠贼，马上袭嘴“笑”了。屠岸贾以为搜出的婴孩真的是赵氏孤儿，立即恢复他“恼”“怒”“咆哮”的“狰狞貌”， “一剑、两剑、三剑”，把无辜的婴儿剁死，这就形成了惊心动魄的第四回冲突。程婴就这样目睹自己亲生的儿子在屠刀下悲惨地丧生。此时，他“心似热油浇，泪珠儿不敢对人抛”，虽然悲痛不已，但终于经受住这场考验，闯过了最后一关，保全了赵氏孤儿。全剧由嘱孤、托孤、搜孤、藏孤和殉孤，剧情步步深化，矛盾阵阵加剧，终于发展到这里的杀孤，形成全剧高潮。

杵臼在痛斥屠贼杀婴、高唱绝命之词以后，撞阶而死，以身殉孤，结束了第五回冲突。本来剧已至此，替死、存孤的总体矛盾得到完美解决，然而作者又奇思突起，开创了一派曲水横流的新天地。屠贼认为程婴的告发，使自己解除了心头之患，于是视程婴为心腹，欣喜之下，心血来潮，竟要留程婴做门客，并收养程的假儿为“义子”。迫使程婴在这个本就狐疑诡谲而又心狠手辣的屠岸贾面前，不得不暂且顺水行舟。这就使戏剧矛盾在无风起浪中又推向了新的高潮，这个未脱襁褓的赵氏孤儿，未出虎口又陷狼窝，落于随时暴露、随时被杀的险境。这第六回冲突，又给人们带来了无限惊讶、无穷忧虑的悬念。

整出戏，随着剧情的发展，矛盾越来越尖锐，斗争愈来愈剧烈，人物的性格也越来越鲜明突出。

# 睢景臣

## 〔般涉调〕哨遍

高祖还乡[①]

社长排门告示[②]：但有的差使无推故[③]。这差使不寻俗[④]。一壁厢纳草也根[⑤]，一边又要差夫[⑥]，索应付。又言是车驾，都说是銮舆[⑦]，今日还乡故。王乡老执定瓦台盘[⑧]，赵忙郎[⑨]抱着酒葫芦。新刷[⑩]来的头巾，恰糨[⑪]来的绸衫，畅好是妆幺大户[⑫]。

〔耍孩儿〕瞎王留[⑬]引定火乔男女，胡踢蹬[⑭]吹笛擂鼓。见一彪人[⑮]马到庄门。匹头里几面旗舒[⑯]。一面旗白胡阑套住个迎霜兔[⑰]，一面旗红曲连打着个毕月乌[⑱]，一面旗鸡学舞[⑲]，一面旗狗生双翅[⑳]，一面旗蛇缠葫芦[㉑]。

〔五煞〕红漆了叉[㉒]，银铮了斧[㉓]。甜瓜苦瓜黄金镀[㉔]。明晃晃马蹬枪尖上挑[㉕]，白雪雪鹅毛扇上铺[㉖]。这些个乔人物[㉗]，拿着些不曾见的器仗，穿着些大作怪[㉘]的衣服。

〔四〕辕条[㉙]上都是马，套顶[㉚]上不见驴。黄罗伞[㉛]柄天生曲，车前八个天曹判[㉜]，车后若干递送夫[㉝]。更几个多娇女[㉞]，一般穿

**着，一样妆梳。**

**〔三〕那大汉下的车，众人施礼数㉟。那大汉觑得人如无物㊱。众乡老展脚舒腰拜，那大汉挪身着手扶㊲。猛可里㊳抬头觑，觑多时认得，险㊴气破我胸脯。**

**〔二〕你须身姓刘，您妻须姓吕㊵。把你两家儿根脚从头数㊶。你本身做亭长㊷，耽㊸几盏酒。你丈人教村学，读几卷书。曾在俺庄东住，也曾与我喂牛切草，拽坝扶锄㊹。**

**〔一〕春采㊺了桑，冬借了俺粟，零支㊻了米麦无重数㊼。换田契㊽强秤了麻三秤，还酒债偷量了豆几斛㊾。有甚胡突㊿处？明标着册历[51]，见放着文书[52]。**

**〔尾声〕少[53]我的钱，差发内旋[54]拨还；欠我的粟，税粮中私准除[55]。只道刘三[56]，谁肯把你揪捽[57]住？白甚么[58]改了姓、更了名，唤做汉高祖[59]！**

**【注释】**

①高祖还乡：指高祖刘邦回到沛县。②社长排门告示：社长挨家挨户地通告。③但有的差使无推故：任何差使都不能借故推脱。但有的，即凡是、所有的。④不寻俗：即非同一般。⑤一壁厢纳草也根：一壁厢，一边。纳草也根，指交纳马饲料。⑥差夫：即承担事务的人力，苦力。⑦车驾、銮舆：这里代称皇帝。⑧王乡老执定瓦台盘：乡老，村中年长有地位的人。瓦台盘，陶制托盘。王乡老稳稳当当地抬着陶托盘。⑨赵忙郎：泛指村中那些瞎忙活、遇事瞎起劲、凑热闹的人。⑩刷：刷洗。⑪恰糨：恰，刚刚。糨，指把衣服洗净后刷上米汁熨平整。⑫畅好是妆幺大户：畅好是，真正是。妆幺，即装模作样。大户，指财主一类的大户人家。⑬瞎王留：瞎窜乱闯的王留。王留，虚构的名字。⑭胡踢蹬：虚构的历史人物，胡踢乱蹬的意思。⑮一彪人：一伙，一帮。⑯匹头里几面旗舒：匹头，即劈头，迎头之意。舒，招展、舒展。迎头几面旗迎风招展。⑰白胡阑套住个迎霜兔：是说白色的圆环中画一只白兔。胡阑，即“环”字，取“环”字的反切音而成。迎霜兔，是说旗中兔子毛厚体肥。指日旗。⑱红曲连打着个毕月乌：红色的圈子里有只被打中的乌鸦。曲连，即“圈”字，取“圈”字的反切音而成。指月旗。⑲鸡学舞：在这里指舞凤旗。⑳狗生双翅：在这里指飞虎旗。㉑蛇缠葫芦：在这里指蟠龙旗。㉒红漆了叉：即涂上红色的叉。叉，皇帝出行的仪仗。㉓银铮了斧：指像银子

一样亮铮铮的斧头。斧，皇帝出行的仪仗。㉔甜瓜苦瓜黄金镀：即甜瓜苦瓜被镀上了黄金。这里指仪仗中的金瓜。㉕马蹬枪尖上挑：指仪仗中的朝天蹬。㉖鹅毛扇上铺：指仪仗中的“雉扇”。㉗乔人物：即弄虚作假的人物。乔，装扮，装假。㉘大作怪：极其古怪、非常奇怪。㉙辕条：指车前驾牲口的直木。㉚套顶：指辕条外套绳的顶端。㉛黄罗伞：即皇帝乘舆所用的车盖。㉜天曹判：这里指皇帝身边的扈从人员。㉝递送夫：指皇帝身边的侍从。㉞更几个多娇女：更几个，还有几个。多娇女，在这里指宫女。㉟施礼数：施，行。礼数，礼节，这里指按次序行礼。㊱那大汉觑得人如无物：那大汉，即刘邦。觑得人如无物，看人时就像没看着东西一样，谓目中无人。觑，看。㊲挪身着手扶：挪身，即挪动身体。着手扶，即用手扶。㊳猛可里：即猛地、猛然间。㊴险：险些，差点儿。㊵您妻须姓吕：刘邦妻姓吕名雉。㊶根脚从头数：根脚，根底，底细。从头数，从头儿细细说出来。㊷你本身做亭长：刘邦曾为泗水亭长。㊸耽：沉溺，贪恋。㊹拽坝扶锄：指干农活儿。坝：通耙。㊺采：这里指刘邦偷采或强采。㊻零支：即陆续借支。㊼无重数：即没法再逐一说出，没法再查点其数目。㊽换田契：旧时民间买卖田宅所写的契约叫白契，称私契，向政府纳税以后，换成红色的官契才算得到官方的认可。㊾斛：量词，古以十斗或五斗为一斛。㊿胡突：同“糊涂”。51册历：即账本。52文书：即借据。53少：即欠。54差发内旋：差发，即差务费用。旋，立即，马上。55私准除：即准许私下里扣除。56刘三：刘邦字季，排行老三，故有此称。57揪捽：这里指揪住不放。捽，揪。58白甚么：平白无故（改姓）做什么。59汉高祖：刘邦死后庙号，生前不会出现这种称呼，所以这里是作者的戏笔。

【鉴赏】

这首曲中，作者借一个曾与刘邦为邻的村夫之口，讲述高祖还乡时的所见所闻，描绘了在乡野村夫眼中那个号称“九五之尊”的皇帝滑稽可笑的本来面目。这篇套数是用〔般涉调〕中八支曲子组成的，第一支为〔哨遍〕，第二支为〔耍孩儿〕，第三至第七支为〔煞曲〕，其中五煞四煞等是同曲子的连续用，第八支是〔尾声〕。

首曲讲述了因高祖还乡而在乡间惊起的波澜。先是社长传布消息，说差役有不寻常的差事不能推辞，安排王乡老和赵忙郎执行迎接典礼、恭献酒食。社长布置下的差使，既要清除道路，又要征发夫役，不能推托，也不能当作寻常的差使看待。听说差役们这般忙碌是由于高祖要还乡，人们议论纷

纷，有人说皇帝是乘车驾而来，有人说是乘銮舆，更好笑的是，王乡老和赵忙郎戴着新刷净的头巾，穿着刚糨好的绸衫，装扮成土财主招摇过市。这些都是高祖还乡的前奏。接下来作者用诙谐生动的语言描写村民眼中高祖还乡时的场景。从〔耍孩儿〕到〔四〕描写的是高祖还乡的隆重仪式。〔耍孩儿〕一曲描写的是皇帝的先头队伍——乐队和旗队。在村民的眼中，乐队的领头成了瞎王留，乐师们成了一群装模作样的男男女女，在那儿胡乱吹打。更有意思的是，乡下人不明白仪仗队里各类旗帜所代表的意义，只认得上面的动物，于是就有了不同寻常的滑稽解释。这些有着特殊意义的旗帜在看不懂的人眼里尽是些飞禽走兽，作者多少带有戏谑的意味来写。〔五煞〕一曲描写仪仗队。仪仗队所执的红叉、银斧、金瓜、朝天革登、雉扇等被乡民看作被漆成红色的叉子、被镀了银的斧子、被镀了金的甜瓜苦瓜，枪尖上挑着的马蹬、铺了鹅毛的扇子，在天真的乡民们看来，显得十分怪异。更让人捧腹的是，拿着这些东西的人们都穿着花花绿绿的制服，这些“大作怪的衣服”，和这些“乔人物”让乡民十分疑惑。〔四〕是描写天子的车驾，作者同样运用了化威严为平俗的写法，豪华气派的马车让用惯了驴车的庄稼人很惊异，车上的曲盖、车前的导驾官、车后随行的官员、宫娥，这一切都让乡民们不解。乡民们对这些仪仗的理解让人感到滑稽，表现了他们对天子的地位和礼法的嘲讽。从〔三〕到〔尾〕四支曲子借村夫之口表现刘邦的情况。这位村夫在“那大汉”下车之后“猛可里抬头觑”，发现这个威风八面的大汉天子原来是位旧相识，而且认清了以后，险些儿连胸脯也气破了。这一处制造了悬念，为后面细数刘三的无赖行径奠定了基础。这村夫对于汉高祖的姓名、出身都一清二楚，曾经与他一起放牛耕种，甚至还知道这皇帝“采桑”“借粟”“强秤了麻”“偷量了豆”，尽干些无赖行径，有凭有据。尾曲写村夫的心理活动，村夫向皇帝讨债，已经够滑稽了，还说“差发内旋拨还”“税粮中私准除”都可以，并且说出“谁肯把你揪捽住”，你又何必“改了姓，更了名，唤做汉高祖”。全曲在村夫的质问声中戛然而止，给读者留下了广阔的想象空间。村夫对刘邦的指证解开了封建统治者的神圣面纱，刻画出其丑恶嘴脸，揭露了其丑陋的本质。

# 康进之

## 《李逵负荆》第一折

〔混江龙〕可正是清明时候，却言风雨替花愁。和风渐起，暮雨初收，俺则见杨柳半藏沽酒市，桃花深映钓鱼舟。更和这碧粼粼春水波纹绉，有往来社燕[①]，远近沙鸥。

〔醉中天〕俺这里雾锁着青山秀，烟罩定绿杨州。（云）那桃树上一个黄莺儿，将那桃花瓣儿啗阿啗阿，啗的下来，落在水中，是好看也。我曾听的谁说来，我试想咱："哦！想起来了也，俺学究哥哥道来。（唱）他道是"轻薄桃花逐水流"[②]。（云）俺绰起这桃花瓣儿来，我试看咱，好红红的桃花瓣儿。（做笑科，云）你看我：好黑指头也！（唱）恰便是粉衬的这胭脂透。（云）可惜了你这瓣儿，俺放你趁那一般的瓣儿去。我与你赶，与你赶，贪赶桃花瓣儿。（唱）早来到这草桥店垂杨的渡口。（云）不中，则怕误了俺哥哥的将令，我索回去也。

待不吃呵，又被这酒旗儿将我来相迤逗[③]。他他他，舞东风在曲律竿头。

**【注释】**

①社燕：社，指社日。是古代祭土神的日子，每年两次，在春季举行的叫春社，在秋季举行的叫秋社。社燕，因燕子在春社时飞来，秋社时飞去，故称社燕。②轻薄桃花逐水流：是杜甫《漫兴》中的诗句，这里是借用。③迤逗：勾引、诱惑的意思。

**【鉴赏】**

《李逵负荆》全名《梁山泊李逵负荆》，是一部歌颂梁山农民起义英雄的著名喜剧。主要剧情是写歹徒宋刚、鲁智恩冒充梁山英雄宋江和鲁智深，抢走小酒店主人王林的女儿满堂娇。适逢李逵下山踏青到王家酒店喝酒，听了王林诉说此事，以为是真的宋江和鲁智深干的坏事，一时怒火中烧，立刻赶回山寨，大闹聚义厅，痛骂宋江和鲁智深，并且要砍倒“杏黄旗”。为了弄清事实、教育李逵，宋江同李逵赌下头颅，一起下山对质。真相大白之后，李逵勇敢地承认了错误，负荆向宋江请罪。宋江让李逵下山捉拿两个歹徒，立功赎罪。最后戏剧在一片欢乐和团结的气氛中结束。作者成功地塑造了一个热爱百姓、忠于梁山聚义事业、嫉恶如仇、襟怀坦荡的农民起义英雄李逵的典型性格，既写出了李逵性格的主导方面，又从多个侧面，表现出了李逵性格的鲜明性和丰富性。

第一折写歹徒冒充宋江和鲁智深抢走了王林的女儿，因而造成李逵对宋江的误会，引起他们的一场冲突，主要表现了李逵的鲁莽。在误会发生之前，作者首先通过宋江的定场诗：“杏黄旗上七个字，替天行道救生民”，明确地指出梁山农民武装的行动纲领，正面点明剧本的主题。这两句诗为全剧定下了基调，后面的情节都是围绕这一主题展开的。作者塑造李逵，首先把他的出场安排在了一个美好的时刻，并且用大量笔墨描写他观赏风景的情致，使这个人物更显得亲切可爱。踏青赏玩的李逵，一路上沉醉在周围的秀丽景色之中，童心勃发，追逐着那随波漂流的花瓣儿来到了王林的酒店，这一大段生动地刻画了李逵无忧无虑的心情和天真烂漫的性格，同下折李逵大闹聚义厅，大骂“梁山泊有天无日”的粗暴举动，形成鲜明的对照，表现出了李逵嫉恶如仇的刚烈性格。这同他的事业有着密切的联系，他对梁山泊有着深厚的感情，对他们的正义事业有着深切的热爱，当然也就不能容忍有人做出破坏梁山的纪律、玷污梁山的名誉的行为。所以，当李逵正在酒店里乘兴痛饮时，听到酒店主人王林哭诉自己的女儿“被一个贼汉夺将去了”，李逵上去就打，说“你道是贼汉，是我夺了你女孩儿来？”李逵憎恨“贼汉”，但也还没问清楚，就断定王林骂的是他，因为他也在山林。这里表现李逵莽撞、暴躁，但也表现了他嫉恶如仇，表现了他对梁山名誉的维护。后来王林在李逵的追问下道出，抢走他女儿的正是宋江和鲁智深，并且说出了事情的详细经过，还拿出了红绢褡膊作为“见证”。这下子，李逵气愤极了。这位关心百姓，嫉恶如仇的梁山英雄，首先毅然地答应王林：“只等三日之后，我轻轻地把着手儿，送将你那满堂娇孩儿来家。”当王林对李逵要搭救满堂娇的义举感恩戴德的时候，李逵却气愤至极，原来的游兴、酒兴抛得无影无踪，立意马上回梁山见宋江。李逵在前后感情的变化中，鲜明地表现出了其性格的主导方面。

《李逵负荆》成功地塑造了黑旋风李逵这个艺术典型，具有很高的美学意义。李逵和宋江的冲突，是由歹徒的冒名作恶所引起的，是一场内部的误会，但李逵对宋江的误会，却是出于他对人民的同情和爱护，对梁山聚义事业的坚决捍卫，因而这场冲突又具有极其深刻的社会意义。《李逵负荆》这一出戏也长演不衰，一直活跃在我国戏剧舞台上。

# 唐诗 宋词 元曲

郑红峰 编著

〔第六卷〕

光明日报出版社

# 周文质

## 〔正宫〕叨叨令

**自叹（二首）**

**筑墙的曾入高宗梦，钓鱼的也应飞熊梦[①]。受贫的是个凄凉梦，做官的是个荣华梦。笑煞人也末哥，笑煞人也末哥[②]，梦中又说人间梦。**

**去年今日题诗处，佳人才子相逢处。世间多少伤心处，人面[③]不知归何处。望不见也末哥，望不见也末哥，绿窗空对花深处。**

**【注释】**

①筑墙的曾入高宗梦，钓鱼的也应飞熊梦：此二句为傅说和吕筒的典故。傅说为殷高宗时人，后高宗梦见圣人名说，访求得之，举以为相，使国家大治。吕筒晚年曾垂钓于渭水之滨，周文王出猎遇之。②也末哥：也作“也么哥”，语尾助词，没有实际意义。③人面：多用来形容女性，在此意指佳人。

**【鉴赏】**

这两首曲子，皆名《自叹》，但“叹”的内容并不相同。前者着眼于广阔的社会现实，揭露了现实的黑暗；后者则着眼于自己的感情生活，表现了作者的心理活动。第一首开头两句巧妙地运用了傅说和吕尚因梦得福的典故，说明他们的得志都是因为有贤君的赏识和提拔。三、四两句从历史回到现实，“受贫的是个凄凉梦”，首先说明贫士一生凄凉的事实。贫士之所以凄凉，不是因为缺乏治国之才，而是因为没遇到像殷高宗、周文王那样求贤若渴的圣明君主。元代不仅有种族贵贱之别，而且有职业尊卑之分。作为汉人，本来就低人一等，而作为汉人中的知识分子，就更是被歧视了。所以汉族的知识分子要想凭文章进入仕途，困难很大。面对如此残酷的现实，回想历史上的明君贤相，作者心中的不平油然而生。“做官的是个荣华梦”，为什么作者要把为官也看成作梦呢？那是因为他们没有像傅说和吕尚那样的才能，自然不必说取得像他们那样的丰功伟绩，也就只是为官一场，享受一阵富贵荣华罢了。然而官场随时起波澜，这个“荣华梦”能维持多久，也难以保证。表现了作者内心深处对社会的失望。第二首开头“去年……逢处”两句，从回忆写起，交待了时间、地点、人物和事件。“去年今日”，显示出作者的念念不忘，同时表现出这一回忆令人伤情的悲剧意味。三、四两句“世间……何处”，将作者从回忆拉回现实，在感情上更进一步。“伤心”印证了上面隐而未露的悲伤情感；“多少伤心处”表明令人伤心的地方不止一处两处。“佳人才子”的分离，已经令人伤心了，何况恰恰是在去年的“今日”！倘若知道对方的音讯，心中还能稍作安慰，然而现实却是“人面不知归何处”，这就又添了一层悲凉。五、六两句“望不见也末哥”的重复，表现了作者一往情深和愁肠百结的心境。最后一句“绿窗空对花深处”是“望”的目标，明丽的景致更增添了作者的忧愁，令人惆怅不已。

## 〔正宫〕叨叨令

**悲秋**

**叮叮当当铁马①儿乞留玎琅②闹，啾啾唧唧促织③儿依柔依然④叫，滴滴点点细雨儿淅零淅留哨⑤，潇潇洒洒⑥梧叶儿失流疏刺⑦落。睡不着也末哥，睡不着也末哥，孤孤另另单枕上迷颩模登⑧靠。**

**【注释】**

①铁马：屋檐下挂的风铃。②乞留玎琅：叮当作响。③促织：蟋蟀。④依柔依然：蟋蟀婉弱尖细的叫声。⑤淅零淅留哨：淅零淅留，淅淅沥沥的样子。哨，斜飘。⑥潇潇洒洒：冷冷清清的状态。⑦失流疏刺：沙沙作响。⑧迷颩模登：颩，昏昏沉沉，困倦的样子。

**【鉴赏】**

这首元曲写的是在漫漫秋夜中作者辗转反侧无法入睡的愁苦之情，这一情感主要通过渲染秋天大自然的一系列声响来表现。开头两句先写“铁马”和“促织”的声音，每一句中都有一组拟声词，第一句的“叮叮当当”，是“铁马”在一般情形下发出的声响，是自然的声音，而“乞留玎琅”是“铁马”在响动频繁时的声音，而且有零乱、无休止的意味，包含着作者的感受。与此相同，“啾啾唧唧”为蟋蟀鸣叫的声音，“依柔依然”却有着婉转倾诉的感情色彩，本曲通过单纯拟声词与兼意拟声词的运用，加强了人对声音的理解和情感感悟。三、四两句写细雨与落叶的声响，与前两句略有不同。这两句中的“哨”“落”没有直接写具体声音，仅是通过动态的描写，需要通过人的感觉来理解声音的特点。

铁马声、促织声、细雨声、落叶声，很容易引发人的伤感情绪，同时出现，就更令人无法排解了，于是自然地形成了“睡不着”的结果。作者利用前四句形象细腻地描摹声音，目的就是与伤感的情绪一致。声情密切相关，情景交融。最后一句妙语点睛，“睡不着也末哥，睡不着也末哥，孤孤另另单枕上迷模登靠”，透过两个“睡不着”的迭用，将作者愁苦郁闷的内心情感凸显出来。然后，“睡不着”还“迷颩模登”地向“单枕”上靠，将作者想忘却悲秋，却又迷茫无助的形象生动地展现在读者的眼前。

本曲在形式上运用叠词组成的四字词组和口语的拟声词来写声状物，使文字具有了生动的形象，将抽象的听觉感受变得灵动贴切，使人读起来朗朗上口，余味悠长。

## 〔越调〕小桃红（二首）

**当时罗帕写宫商[1]，曾寄风流况。今日樽前且休唱，断人肠。有花有酒应难忘，香消夜凉，月明枕上，不信不思量。**

**彩笺[2]滴满泪珠儿，心坎如刀刺。明月清风两独自，暗嗟咨[3]。愁怀写出龙蛇字[4]，吴姬[5]见时，知咱心事，不信不相思。**

【注释】

①宫商：这里指代曲词。②彩笺：彩色的信笺。③嗟咨：表示感叹。④龙蛇字：形容草书蜿蜒曲折之笔势，这里比喻“愁怀”。⑤吴姬：指心爱的人，当是吴地女子。

【鉴赏】

这两首元曲描写的是男子的相思之情。第一首从对往事的回忆着手：“当时罗帕写宫商，曾寄风流况。”当初将心事写在罗帕之上还是相恋时，随着时间的流逝，一切都改变了。如今已是物是人非，独留下主人公独自感怀凄凉！作者面对此情此景，无奈至极只能发出“且休唱，断人肠”的沉重慨叹。“有花有酒应难忘”，一个“应”字，将视角转变为设想对方的心境，愁闷的心情与往日的风流快活形成强烈的对比，突出了对当时两情欢悦的难忘。结尾“不信不思量”五个字，用双重否定，加强了语气，表现了主人公相思的记忆犹新。

第二首开门见山，直抒胸臆，继续写难忘的相思。开始就烘托出凄凉的气氛，作者流着泪写信，信纸上沾满了泪水。三、四两句“明月清风两独自，暗嗟咨”，点明时间已经进入深夜，同时暗喻着人物内心情感的深化。愁绪的慢慢堆积，使主人公不禁暗自哀叹。这两句寄情于景，情景交融。“愁怀写出龙蛇字”，由于心中愁苦深重，字体零乱潦草，而字体的杂乱又反映了作者繁杂的思绪和痛苦的情感。作者借助想象，既写出了自己的孤单寂寞，也设想对方的孤独悲哀，展现了双方彼此思念的内心世界，生动刻画了男女双方的相思之情，承上启下，转换巧妙。最后“不信不相思”五个字，又一次运用双重否定，用强烈的语气肯定了自己一片真情的力量，同时对方也必然动情。

两支曲开门见山，直抒胸臆，委婉却包含深情，借助想象，虚实结合，使相思的主题巧妙地展现在读者面前，充满艺术性。

## 〔越调〕寨儿令（十首选一）

**挑短檠[①]，倚云屏[②]，伤心伴人清瘦影。薄酒初醒，好梦难成，斜月为谁明？闷恹恹[③]听彻残更，意迟迟盼杀多情。西风穿户冷，檐马[④]隔帘鸣。叮，疑是珮环[⑤]声。**

**【注释】**

①檠：灯柄，代指灯。②云屏：绘有云朵图案的屏风。③恹恹：精神萎靡的样子。④檐马：檐下悬挂的风铃。⑤珮环：身上佩带的玉环等饰物，走路时碰击出声。

**【鉴赏】**

这首元曲描写一个女子被相思困扰不能入睡的情景，表现了女子浓浓的深情和独自一人的孤寂。

开头三句直接写女主人公在等待心上人，却久不见人影的情景。“挑短檠，倚云屏，伤心伴人清瘦影”，灯光渐渐昏暗，女子又把灯重新挑亮，然后又倚在屏风上。陪伴她的只有灯火中映出的清瘦身影，屋中一切凄凉萧瑟，让她伤心。灯暗了又亮，尽管倚屏久盼，人十分困乏了，腰腿也已经有些麻木，但她仍抱着一丝希望不肯睡去，一如既往地等下去。足见今夜她等待了很久，也许也已经不是第一次了。这三句可以看作全曲的第一层，短短三句一个满心痴情、深深眷恋的女子跃然纸上。

接下来“薄酒初醒，好梦难成，斜月为谁明”，是全曲的第二层，描写女子相思成苦，难以排遣。百转愁肠、女子想借酒消愁，然而酒入愁肠愁更愁。无计可施之时，女子觉得入睡或许能与情人在梦中相见。无奈心中满是浓浓相思，辗转反侧，无法入梦，女子抬头仰望窗外的月光，对月发问：你究竟为谁家而明？女子心中强烈的失望让人不禁内心微微一颤，感同身受。

“闷恹恹听彻残更，意迟迟盼杀多情”两句，为第三层，继续描写女子的愁苦。意兴阑珊，睡眼朦胧，女子仍在等待期盼着，耳中听到的，只有远处的报更声，一声声，一遍遍，为清冷寂静的夜晚增添一点声响，然而却声声都敲在女子孤寂落寞的心上，有着无法言说的伤心。

最后“西风穿户冷，檐马隔帘鸣。叮，疑是珮环声”为全曲的第四层。女子误把窗外的风铃在风中叮当作响的声音当做是心上人佩带的玉环声，以为心上人回来了。这一细节的刻画，将女子的痴情推向了高潮，揭示了女子对心上人的期盼已经到了如痴如醉、无法自拔的程度。

本曲以简练、细腻的笔触塑造了一位痴情女子的形象，细节刻画极其鲜明生动，渲染了环境氛围，给人一种凄清的感觉，衬托人物孤寂冷清的心境。再加上细腻入微的心理描写，充分利用视觉和听觉感受，使本曲拥有了非常好的艺术效果。

## 〔双调〕折桂令

**过多景楼[①]**

**滔滔春水东流，天阔云闲，树渺禽幽。山远横眉[②]，波平消雪[③]，月缺沉钩[④]。桃蕊红妆渡口，梨花白点[⑤]江头。何处离愁？人别层楼，我宿孤舟。**

**【注释】**

①多景楼：在江苏镇江北固山的甘露寺内。②横眉：比喻远山的形状。③消雪：比喻水波的平静、澄明。④钩：形容月缺时的形状。⑤梨花白点：代指一种疏落有致、淡雅清新的神秘境界。

**【鉴赏】**

这首元曲是一支离别之作。开篇以八句的篇幅，多角度、多层次、多方位地描写了登多景楼时所见的景物。首句“滔滔春水东流”，点明时令。多景楼靠长江，春时江水自然是视野中主要的画面。江水滔滔东流，“滔滔”二字，写出了江水奔流的气势，为浩瀚明丽的江水平添了几分灵动。

长江奔流，作者举目远眺，“天阔云闲，树渺禽幽”，天空广阔无边，白云自在悠闲，树影婆娑，鸟儿难觅无踪，“阔”“闲”“渺”“幽”四个字，刻画传神生动，写出了举目远眺的感受。这三句从近到远，从大到小，层次分明。

下面三句“山远横眉，波平消雪，月缺沉钩”，依次描写远山、平波、新月。而且三个倒装句，使“远”“平”“缺”这三个形容词带有了动态的韵味。这三句的描写细腻，而且构思奇巧，以“横眉”比喻远山的形状，以“消雪”比喻水波的平静、澄明，以“沉钩”形容月缺时的形状，刻画形象生动。视野由远及近，由山至水，由平波到新月，也显示了时间的流转。“桃蕊红妆渡口，梨花白点江头”，“渡口”近而“江头”远，“桃蕊”之红，“梨花”之白，表现了色彩的映衬之美。这些景致，暗和了“多景楼”之名。

最后三句作者陡转笔锋，点明了全曲的主旨。“何处离愁”故作一问，引出了后面的原因：“人别层楼，我宿孤舟。”原来“多景楼”是作者与友人分别之处，此处一别，作者将登上孤舟，趁夜出航。离别已是凄凉不已，加上这众多情景的烘托，岂不更让人“黯然销魂”！

## 〔双调〕折桂令

**咏蟠梅**[①]

**梨云**[②]**旋绕东风，谁屈冰梢**[③]**，怪压苍松。绿萼含香，枯根层结，春信**[④]**重封。清味远嫌蝶妒蜂**[⑤]**，老枝寒舞凤蟠龙**[⑥]**。夜月朦胧，疏蕊纵横，瘦影交加，碎玉玲珑。**

**【注释】**

①蟠梅：梅树的一种。②梨云：白似梨花的云。③冰梢：冰棱。④春信：春天的信号。⑤嫌蝶妒蜂：突出蟠梅甘于寂寞、清高孤傲的品格。⑥舞凤蟠龙：比喻老树枯枝那纵横交错、曲折的形状。

**【鉴赏】**

这首元曲通过表现蟠梅耐寒的个性，赞扬了它孤傲清雅的品格。

开头刻画蟠梅生长的恶劣险峻的环境：白似梨花的云在强力东风的吹拂下在空中飞舞盘旋，各种形状的冰凌，沉重地压在苍松之上。“东风”一词揭示了前三句所描绘的是初春时节大雪之后的凄清寒冷的样子，一个“谁”字，明知故问，意为强调；而一个“怪”字，表现出苍松所遭受的沉重压力，为下文正面描写蟠梅埋下了伏笔。

接下来，“绿萼含香，枯根层结，春信重封”三句，描绘了在盘结的根干上所生长的绿色花萼上含香绽放的梅花。花朵绽放在冰雪封锁之后春意盎然的大地上，传神形象地表现了蟠梅不惧严寒、独占鳌头的个性。巧妙营造了“一枝透露春消息”的意境。“清味远嫌蝶妒蜂，老枝寒舞凤蟠龙”两句，“舞凤蟠龙”描绘其形态，比喻老树枯枝那纵横交错的形状，使无限蓬勃的生机跃然纸上。蟠梅的神态描绘极其传神，“嫌蝶妒蜂”突出蟠梅甘于寂寞，进一步展现蟠梅的高雅品格。

最后四句写月夜蟠梅的清雅姿态。“夜月朦胧”，明月斜挂在夜晚凄清的空中，朵朵淡雅的花在树上开放，与地上映着的瘦削树影相叠加，将作者引入奇妙的内心世界，唤起了“碎玉玲珑”的意象。“碎玉”点明本曲赞的是白梅，再次体现出蟠梅的特质，使蟠梅的形象增添了几分高雅的意境。

这首元曲以冰雪冰封的大地为背景，用苍松作衬，刻画中饱含对蟠梅强烈的赞美之情，突出了蟠梅顽强不屈、孤傲高洁的品格，这里蟠梅的特性也可以认为是作者理想人格的投影。

# 乔吉

## 〔南吕〕玉交枝

**溪山一派，接松径寒云绿苔。萧萧五柳疏篱寨，撒金钱菊正开。先生拂袖归去来，将军[①]战马今何在？急跳出风波大海[②]，作个烟霞逸客。翠竹斋，薜荔阶，强似五侯[③]宅。这一条青穗绦，傲杀你黄金带。再不著父母忧，再不还儿孙债。险也啊拜将台[④]！**

【注释】

①将军：此处为泛指。②风波大海：借喻官场的争斗、仕途险恶，令人惊心动魄。③五侯：泛称权贵显要之家。④险也啊拜将台：暗用韩信之典，功高震主，沉溺富贵，落得个悲剧结局。

【鉴赏】

这首元曲描写了隐逸生活，表达了作者的人生志向。全曲一共十六句，分为四层。

第一层，开始四句，对隐居环境的明丽秀美进行了描绘，山水环绕，远处苍松高耸入云，近处霜菊缤纷。短短几句描写便描绘出如陶潜居处般的世外桃源，迷人的山青水秀自然风光，令人赏心悦目，身心舒畅，使人心生依恋。

第二层为第五至八句，面对官场的险恶，作者心生感慨，产生急流勇退之意，决计归隐山林。作者由归隐和仕宦联想到拂袖辞官如陶渊明般名垂青史，“拂袖”二字，形象生动地刻画了毅然弃官时的神态、归隐的潇洒飘然。“将军战马今何在”，以反问的句式，道出作者对理想生活的选择，引人深思。“急跳出”写出了急于脱离浮沉与险恶的宦海，而“烟霞”一词，既表现了作者对山林生活的向往，又描绘了山林的朦胧之美，同时还与险恶官场形成了鲜明的对比。

第九至十二句为第三层，将隐居和仕宦进行对比。作者虽然用笔婉曲，但句意十分明显，点明隐居安做平民远胜过富贵荣华，表达作者恬淡的生活情怀。“强似”“傲杀”既表现出作者的价值观和人生取向，又表现出作者不攀附权贵的高洁品性。

第四层为第十四至十六句，“再不著父母忧，再不还儿孙债”，一语道破前一层的内涵，二句写出隐居山林的轻松安逸。结尾“险也啊拜将台”，道出归隐的必要和急切，再次强调仕途之险恶。此句不仅感叹仕途险恶，还把矛头直指最高领导者，正所谓“伴君如伴虎”，对那些醉心功名、沉迷仕途的人来说，无疑是当头棒喝，一语惊醒梦中人。

本曲成功地运用了对比的手法，使归隐山林和仕宦官海形成强烈的对比，形成鲜明反差，进而突出主旨，警醒世人，给人留下深刻印象。

## 〔中吕〕满庭芳

**渔父词**（**二十首选一**）

**轻鸥数点，寒蒲猎猎①，秋水厌厌②。五湖③烟景由人占，有甚妨嫌④。是非海⑤天惊地险。水云乡⑥浪静风恬。村醪酽⑦，歌声冉冉，明月在山尖。**

**【注释】**

①猎猎：形容寒风刮过的声响。②厌厌：安静的样子。③五湖：指太湖。④有甚妨嫌：甚，一点儿，程度小。妨嫌，阻碍。⑤是非海：谓充满险恶的宦海。⑥水云乡：指隐者居处之地。⑦醪酽：醪，浊酒。酽，指液汁加浓。

【鉴赏】

乔吉的《渔父词》有二十首，这首是第十九首，描写的是作者于太洞庭西山垂钓归来时所见的秋夜景色。通过赞扬渔夫悠闲自在的生活，表现出作者希望归隐的想法。

曲子开头“轻鸥数点，寒蒲猎猎，秋水厌厌”三句，描绘了一幅太湖秋景图。鸥鸟轻飞，蒲草丛丛，寒风习习，秋水静谧，有声有色，动静相对，字里行间充斥着一种闲适恬静之情。优美的情景又为下句的抒情做了铺垫：“五湖烟景有人占，有甚妨嫌”。本应尽情欣赏、遨游在这无边的太湖之上，作者却发出这样的感慨，反衬出了作者内心的难处。“是非海天惊地险，水云乡浪静风恬”两句，强烈对比，鲜明对照。世事无常，是非难辨，官场险恶，浮沉不定，无法自主，令人感到“天惊地险”，命运难测；而大自然却恬静舒适，轻松自在，令人觉得“浪静风恬。”这两句写出作者对人世和自然两种不同环境的不同感受，其包含的厌恶与赞美，也不需另作说明，充分表达出作者高洁的理想和自傲的心情。

最后三句继续写这种情怀的恬适自然：“村醪酽，歌声冉冉，明月在山尖。”明月悄悄地爬上了山头，渔夫饮着乡村独有的陈年老酒，悠悠地哼起渔家小调。巧妙地将渔夫生活的逍遥自在和自然风光的清丽高雅融合于一体，充分展现了作者的理想生活，同时也将厌世情绪进一步升华。

## 〔中吕〕山坡羊

**寓兴**

**鹏抟九万①，腰缠万贯，扬州鹤背骑来惯。事间关②，景阑珊③，黄金不富英雄汉，一片世情天地间。白，也是眼；青，也是眼④。**

【注释】

①鹏抟九万：语出《庄子·逍遥游》，旨在说明人应当抛弃一切俗物，来得到最大的自由。②间关：世道崎岖。③阑珊：零落的意思。④白，也是眼；青，也是眼：魏晋诗人阮籍两眼正视他所尊敬的人，为“青眼”，两眼斜视、露出眼白看他讨厌的人，则为“白眼”。意思是说或许你受到宠爱，或遭受鄙视。

【鉴赏】

这首曲子标题为《寓兴》，但全篇却是作者对世间的嘲讽与感慨。全曲笔调深沉，深刻地揭露了当时世俗的黑暗与险恶。

开头三句“鹏抟九万，腰缠万贯，扬州鹤背骑来惯”，用了两个典故。“鹏抟九万”借用《庄子·逍遥游》中大鹏的形象，作者在这并非是说明人应当抛弃一切俗物，来得到最大的自由，而是反其道而行之，揭露庄子的“自由”脱离了实际，是违反常理的幻想。下面两句是作者利用“商客言志”的故事，用诙谐的语言，对那种争夺名利，还妄想当神仙的贪得无厌的人的险恶内心与丑恶嘴脸进行了辛辣的讽刺，并为后面抒发个人身世做了铺垫。

接下来，作者转换话题，将读者引回到现实。“事间关，景阑珊”两句，寓情于景，直接表达内心想法。作者面对凄零的景象，回想自己的一生，穷困潦倒，饱经风霜困苦，空有大志而一事无成，这种悲苦的心绪与眼前零落的残景使作者大发感叹。紧接着“黄金不富英雄汉，一片世情天地间”，笔锋由凄凉转向豪放。肯定了真正的英雄好汉桀骜不屈的高贵品格，是不会为金钱、名利而折腰的。

结尾，作者发出深沉的慨叹：“白，也是眼；青，也是眼”是作者悟出的人生真谛，在混迹江湖饱尝了人间风霜后自己总结出来的。这也代表了当时知识分子的心声：人生，重要的不是白眼或青眼，而是铮铮的铁骨和凌云壮志。

这首元曲用典独树一帜，并取得了完美的艺术效果，耐人寻味，发人深省。

## 〔越调〕小桃红

**效联珠格**[1]

**落花飞絮隔朱帘，帘静重门掩。掩镜羞看脸儿嬱[2]，嬱眉尖，尖尖指屈将归期念。念他抛闪，闪咱少欠，欠你病恹恹。**

【注释】

①联珠格：即顶真的艺术手法，就是上句的句末和下句的句首用相同的字。②嬱：形容娇美的容貌。

【鉴赏】

乔吉的这首元曲，使用顶真手法来抒发闺中情，利用字的重叠将所要表现的内容层层展开，步步推进，揭露了女主人公相思成疾的痛苦，写出了她内心世界的纷繁复杂、相思的苦涩和爱情的甜蜜相互交织。此曲主要通过描写妇人思夫的心理变化来诠释她思夫之情的真切。

开头“落花飞絮隔朱帘”一句，描绘出暮春时节漫天飞絮的景象，渲染出了伤春的环境气氛。接下来“帘静重门掩”一句，没有正面描写女主人公，却暗含着她的动作。暮春时节，正是感伤的季节，很容易联系到自己的近况。在这花残柳败的季节里，女主人公不忍见这伤春的景致，掩上重重院门，垂下道道朱帘，排除一切触动她心绪的纷扰。然而愈是这样，对丈夫的想念也就愈加严重。

接下来两句转向对女主人公形象的正面刻画。作者细致地刻画了女主人公细微的心理变化，揭示了她痛苦纷乱的内心世界。由于极度思念很久未归的丈夫，想到自己的容貌可能已经变得憔悴了，于是就打开镜子仔细观察。看到自己仍是月貌花容，即便是因相思而憔悴，也别有一番风味。特别是那微蹙的眉角更显得风姿绰约，心中窃喜。然而纵使自己千般娇媚、万般美好，丈夫不在身边，也无人欣赏，于是暗自感伤。

下面一句：“尖尖指屈将归期念”，继续描写思夫妇人的动作来展示其心理变化。她数着手指来算着丈夫的归期。内心由于思念过重，在经历了由高兴到沮丧这种落差很大的心理起伏之后，女子内心的失落和孤独的感觉大大加重了，她心烦意乱，产生了些许疑虑：丈夫会不会将自己抛弃了？想到这，不由得凭空生出一腔怨气来。

结尾三句“念他抛闪，闪咱少欠，欠你病恹恹”，一想到他会抛弃我，就令我控制不住自己，就给你大病一场，气气你。这无疑是女子无可奈何的气话，足见思念到极致的焦躁和恼怒，同时也看出女子用情和思念的深切。

这首元曲语言通俗，音节和谐响亮，极具重叠之美，读起来朗朗上口，自然流畅，雅俗共赏。

## 〔越调〕小桃红

**孙氏壁间画竹**

**月分云影过邻东①，半壁秋声动。露粟②枝柔怯栖凤。玉玲珑，不堪岁暮关情重。空谷乍寒，美人无梦，翠袖倚西风。**

**【注释】**

①月分云影过邻东：月分云，即“云破月来”。影，指竹影。邻东，即“东邻”。②粟：指因寒冷而起的鸡皮疙瘩。

**【鉴赏】**

这首元曲是一首题画之作。题为“画竹”，但全篇却不见“竹”字。

此曲落笔秋声，入手咏物，再加上作者的主观想象，寓情于景，极具特色。作者观察到了“云破月来”的一刹那间竹影入微的变化。“过邻东”三个字，由静及动，用了“东邻”的典故，为下文写“美人”做了铺垫，还迎合了题面“壁”字。“半壁”使用夸张的手法说明画的逼真，交代画之大，竹之多。“秋声动”展现了作者敏锐的感觉和高超的艺术表现力，说出了画中时节，又使用通感将风势为风声，描绘了秋风阵阵、竹涛滚滚的壮观景象。

接下来，“露粟枝柔怯栖凤，玉玲珑，不堪岁暮关情重”三句，作者寄情于景，抒发岁暮的感伤情绪，继续咏竹。“露粟”一句紧承“秋声”。在秋声凄凉的夜晚，栖凤不安于柔枝，分别从侧面和正面写了画中竹之美。凤栖竹枝是作者对画中竹的赞美，与下面的“玉玲珑”三字相呼应，同样为下文写“美人”做了铺垫。

最后三句“空谷乍寒，美人无梦，翠袖倚西风”，时间来到岁末，描写对象变为竹下美人。夜里无梦，美人久立西风中，“无梦”与首句之“月”对照，是因为“不堪岁暮关情重”。全曲结构紧凑，构思布局十分巧妙，字里行间充斥着哀怨、悲切之情。作者用咏画之美人结束全文，道出美人与竹密不可分的联系：竹是人的自然背景，竹的内在品性通过人来展现。美人的高雅不俗与卓尔不群的竹相映成章，形成了深幽意境，空谷带寒传香，给人留下无限遐想的空间，余韵悠长。

## 〔越调〕天净沙

**即事（四首之四）**

**莺莺燕燕春春，花花柳柳真真[①]，事事风风韵韵，娇娇嫩嫩，停停当当人人[②]。**

**【注释】**

①真真：真实存在、千真万确。②停停当当人人：正好、恰好的状态。

**【鉴赏】**

乔吉《即事》四首曲，模仿诗的形式，分别写了春日的离别、别后的相思和再度重逢。本篇为第四首，通过刻画春天的情景，着力表现了作者与女主人公久别重逢时的喜悦。

开头“莺莺燕燕春春，花花柳柳真真”两句，刻画了一幅柳绿花红、莺歌燕舞的春日景象，展现出春日的生机勃勃。第一句的最后二个字点明春天时节，貌似累赘，实则表示强调，内心被喜悦之情填满。而第二句的最后二个字，指出自已与心上人的再遇是千真万确的事实而不是发生在梦境之中，传神地描绘出作者的内心想法。第三句“事事风风韵韵”，既包含了春日动人的景象和别样的风情，又刻画了游春的美女形象。最后“娇娇嫩嫩，停停当当人人”两句，从心理感觉和视觉两方面集中笔墨着力正面刻画女主人公，写了女主人公行为举止的风范和魅力以及娇柔可爱的外貌神情。最后一句写女主人公的美丽娇媚，一切都那么完美，不需任何修饰，宛如天工造化。

本曲在艺术表现形式上，别出心裁，匠心独运。其中最大的一个特点就是使用叠字，可以说是继李清照的七个叠字之后的又一发展。全曲二十八字，全由叠字组成，一脉相承，一气呵成。乔吉的叠字独树一帜，特色鲜明，不仅音韵和谐，而且通过叠加的名词，使画面增加了一分灵动。一个个鲜活的形象，呼之欲出，构成了一幅动态的阳春景图，给读者留下广阔的想象空间和无限的艺术感染力。

## 〔越调〕凭阑人

**金陵道中**

**瘦马驮诗天一涯，倦鸟[①]呼愁村数家。扑头飞柳花，与人添鬓华。**

**【注释】**

①倦鸟：借指欲归不得的倦客。

**【鉴赏】**

这首曲是作者金陵旅途中有感而作，表达作者羁旅的愁苦和思乡的情思。

第一句“瘦马驮诗天一涯”，暗用唐代诗人李贺骑驴觅诗的典故，勾勒出了作者的形象：一位满学诗书之人奔走各处。内容看似平实，但是作者能结合典故将眼前景物的特点与情感巧妙地融合，使曲中充满无限伤感。第二句“倦鸟呼愁村数家”，情景交融，寓情于景，将第一句的意境进一步升华。一方面，通过鸟倦知返的自然规律，反过来表明自己有家难回的悲哀；另一方面，通过移情于物，发泄自己满腹的愁思。“村数家”揭示了冷落凄凉的旅途，与上两句构成一幅凄清、悲切、充满离愁的画面，为全曲再添几分凄清的色彩。

最后两句“扑头飞柳花，与人添鬓华”，匠心独具，手法精妙，语言简练，意象丰富。既以柳花扑头之景表明晚春时节，又借柳花之色表现游子的衰老容颜。日复一日的漂泊、年复一年的思乡，白了作者的鬓发，但作者却用强烈的主观情绪同化外物，将责任怪罪在柳花身上，达到了物我合一的境界，得到很好的艺术表达效果。

本曲在通俗中透着清新，平淡中有着奇巧，景物看似信手拈来，意味却萦回曲折，渲染出浓厚的羁旅漂泊之情。

## 〔越调〕凭阑人

**春思**

**淡月梨花曲槛[①]傍，清露苍苔罗[②]袜凉。恨他愁断肠，为他烧夜香。**

【注释】

①槛：栏杆。②罗：一种丝织品。

【鉴赏】

这首元曲描写的是一女子思念远方情人，题为《春思》已经表明主题。

开头一句“淡月梨花曲槛傍”，描写春夜淡月照梨花，营造了宁静而清雅的意境。“曲槛傍”指出地点是在曲槛环绕的庭院内，使用了极富启示意义和联想意义的“傍”字。第二句“清露苍苔罗袜凉”，早春时节，清莹的露珠打湿了主人公的罗袜，使她感到阵阵凉意，说明这是一个春寒时节寂寥清冷的夜晚，而这样的环境又与主人公此时此刻凄苦、孤独的寂寞心情形成烘托。那又是为什么主人公在这样凄凉的深夜还要久立于外呢？

曲子的结尾给出了答案。“恨他愁断肠，为他烧夜香”，女子独守空闺，因为游子久久不归而思绪万千，肝肠寸断，相思使她夜不能寐。然而，虽然嘴上说“恨他愁断肠”，但表现在行动上却是另一番模样。因为对游子的思念以及无限牵挂难以排遣，每到夜晚女子都会对月烧香痴痴地为他祈祷祝福。其实，无论是“恨他愁断肠”，还是“为他烧夜香”，都是因为爱的深沉的一种表现。

此曲虽只有短短四句，但却将女子复杂矛盾的内心情感生动传神地刻画了出来，并营造出清幽淡雅的意境。

## 〔越调〕凭阑人

**小姬**

**手捻红牙[1]花满头，爱唱春词[2]不解愁。一声出画楼，晓莺无奈羞。**

【注释】

①红牙：伴唱的红牙板，一种乐器。②春词：反映男女之间爱情的情歌。

【鉴赏】

这首元曲描写的是一位小歌女天真可爱的形象。

开头“手捻红牙花满头”，揭露了小姬的身份，勾勒出这位小歌女的亮相和装扮，语言简练，刻画传神。这位小歌女神态楚楚动人，满头都被怒放的鲜花插满，手里捻动的红牙板响声清脆悦耳。“花满头”三个字揭示了小歌女爱美却不知怎样为美、喜欢打扮但又不会打扮的样子，显得俏皮可爱，与小歌女的年龄相符，表现了小歌女的童心和稚趣。

接下来一句“爱唱春词不解愁”，则是对小歌女的性格进行描写。“不解愁”三个字有着丰富内涵，一方面是指怀春的少女心中的躁动不安，进而生出惆怅，可是小歌女的年纪还小，不懂情爱，不解风情，爱唱春词却不明白其中的意思，从而没有悲凉之感。另一方面则指在封建旧社会里，卖唱的生活充满着无奈的辛酸，歌姬属于供人玩乐、被人侮辱的对象，可是这位处世未深的小歌女，并不真正了解自己生活的处境，还在无忧无虑地唱着春词。

结尾两句“一声出画楼，晓莺无奈羞”，集中对小歌女的歌声进行描写，反衬出小歌女歌声的婉转与洪亮，补充上文的“爱唱”，进一步突出小歌女可爱的特点。

这首元曲在艺术上的一个显著特色就是藏而不露，言此意彼。紧扣小歌女的身份和性格进行刻画，感染力强，引人联想。

## 〔双调〕沉醉东风

**泛湖写景**

**干办[①]出苍松翠竹，界画[②]成宝殿珠楼。明玉船，描金柳。碧玲珑凤凰山[③]后。一片晴云雪色秋，白罗衬丹青扇头。**

【注释】

①干办：精确地办到。办，办到。②界画：画家作画时用界尺作直线。③凤凰山：在杭州东南，北近西湖，南接钱塘江，形如飞凤。

【鉴赏】

这首元曲是作者泛舟时所作，以西湖周围景色入画。作者在此基础上进行艺术加工，在曲文中艺术地再现画中之景，将诗情画意巧妙融为一体。

全曲一共七句，前六句写景。开头两句“干办出苍松翠竹，界画成宝殿珠楼”，在船上描绘出远处西湖的山色楼台。“明玉船，描金柳”，描写秋天泛舟湖心的近景，进一步写出秋景。“碧玲珑凤凰山后。一片晴云雪色秋，白罗衬丹青扇头”三句，抒发了他笑傲江湖的胸襟。作者写景的视角，由近及远，将画中的松、竹、殿、楼、船、柳、山、云多种景物条理清晰地展现了出来，一个“后”字，使整个画面的立体感增强。色彩的协调，景致的搭配都自然和谐。松竹的苍翠与楼殿的富丽相对，对仗工整，一个清新淡雅，一个艳丽明快，形成强烈的对比；“明玉船”与“描金柳”，以黄白相对，金玉二色交相辉映，相映成趣；整个画面的色彩十分协调自然，晴空的澄明、秋云的洁白如雪，所有景致都以其特有的清丽衬托出画面的唯美。

这首曲子言辞精雕细琢，语言的典雅清丽，声韵和谐，而且音节铿锵有力，为本曲增添了语言美和音乐美。表现了作者闲适寻乐的思想和笑傲江湖的胸襟。

## 〔双调〕折桂令

**荆溪即事**

**问荆溪溪上[1]人家：为甚人家，不种梅花？老树支门，荒蒲绕岸，苦竹圈笆。寺无僧狐狸样瓦[2]，官无事乌鼠当衙[3]。白水黄沙，倚遍阑干，数尽啼鸦。**

【注释】

①荆溪溪上：荆溪，一条小河，在今江苏省。溪上，地名，在今宜兴。
②寺无僧狐狸样瓦：这里的寺庙没有和尚了，荒凉得只有狐狸在房顶戏弄。
③官无事乌鼠当衙：农民流亡了，官府清闲无事，衙门也是门可罗雀，乌鼠当道。

【鉴赏】

这首元曲描绘了荆溪一带穷困潦倒的乡村景象，是作者来到荆溪时有感而发之作。

开头，作者提出了一个问题：为什么荆溪一带的农民不种梅花？接下来，作者用乡村中随处可见的贫穷衰败景象回答了这个问题："老树支门，荒蒲绕岸，苦竹圈笆。"这里的农民穷得根本连门都没有，只有一棵老树在支撑着。荆溪沿岸更是一片荒凉之景，农民只能用矮小的苦竹当作围墙。"寺无僧狐狸样瓦，官无事乌鼠当衙"两句，描绘出农民流亡了，官府清闲无事，衙门也是门可罗雀、乌鼠当道的景象，进一步揭露了现实，官不理政、吏横行霸道是造成乡村衰败现象的根本原因，表达了辛辣的嘲讽，具有一定的社会意义，抒发了作者对现实的不满的愤懑情绪。最后三句"白水黄沙，倚遍阑干，数尽啼鸦"，景色荒凉得只能细数凄凉的鸦鸣，由此来抒发自己内心的愁苦。

本曲将写景与议论巧妙地融为一体，写景为议论做了准备，议论使景物的描写得到了升华，二者和谐共存，相得益彰。此曲风格纯朴清丽，可以雅俗共赏。

## 〔双调〕折桂令

**风雨登虎丘**[①]

**半天风雨如秋，怪石于菟[②]。老树钩娄[③]。苔绣禅阶[④]，尘粘诗壁，云湿经楼。琴调冷声闲虎丘，剑光寒影动龙湫。醉眼悠悠，千古恩仇。浪卷胥魂[⑤]，山锁吴愁[⑥]。**

【注释】

①虎丘：山名，在今江苏省苏州市西北。②于菟：读如"乌徒"，老虎。③老树钩娄：形容古树的树干弯曲得像驼背的老人。钩娄，弯曲。④苔绣禅阶：指虎丘山寺中的台阶，长满了青苔。⑤千古恩仇，浪卷胥魂：胥，伍子胥。相传春秋时伍子胥为吴王夫差所杀，精魂不散，成了涛神。⑥山锁吴愁：是指吴国灭亡的历史悲剧。

【鉴赏】

这首元曲抒发登临虎丘时的感慨。开头一句“半天风雨如秋”，点明中心，点明秋天登临虎丘，当时风雨交加。“怪石于菟，老树钩娄”，描画山中怪石嶙峋，状如猛虎，古树苍劲，枝虬弯曲的自然景观，简单八个字就点明了虎丘山景崎幽的特点。“苔绣禅阶。尘粘诗壁，云湿经楼”三句，视角由对自然景观的关注转为对人文景观的关注。“苔绣禅阶”说的是因为游人稀少虎丘山寺中的台阶上布满青苔；“尘粘诗壁，云湿经楼”，对虎丘山寺的外貌进行了描写。作者由远及近，渲染了山中古寺的破败荒凉之景。

接下来，“琴调冷声闲虎丘，剑光寒影动龙湫”，引起了作者对往事的追忆。这两句工整对仗，写出伫立在幽静的虎丘，耳边偶尔能听到远处的琴声，更加觉得音调的清冷；又写出了看着脚下的池水，不由得联想到这里曾是一片刀光剑影。作者思绪沟通古今，承载历史的厚重，拓展了作品的发展空间。

最后“醉眼悠悠，千古恩仇，浪卷胥魂，山锁吴愁”，紧承上文联想，笔锋转向千年的反思，抒发登临虎丘的慨叹。纵观历史，随着时间的推移，所有人和事都被卷入历史的洪流之中。曲子字里行间都充满了作者深深的感伤和无处安放的惆怅。

这首曲子条理清晰，结构紧凑，语言考究，对仗工整，风格淡雅清丽，有很好的艺术效果，意境幽深。

## 〔双调〕折桂令

**毗陵[①]晚眺**

**江南倦客登临[②]。多少豪雄，几许[③]消沉。今日何堪[④]，买田阳羡[⑤]，挂剑长林[⑥]。霞缕烂谁家昼锦[⑦]？月钩横故国[⑧]丹心。窗影灯深，磷火青青[⑨]，山鬼喑喑[⑩]。**

【注释】

①毗陵：县名，即今江苏武进。②江南倦客登临：江南倦客，是作者的自称。登临，即登山临水，游览名胜，这儿特指到了毗陵。③几许：在此有“无多时”的意思。④何堪：实指不能忍受。⑤买田阳羡：即归田隐居之意。阳羡，旧县名，在今江苏宜兴县南。⑥挂剑长林：延陵季子曾佩带宝剑拜访徐国

国君，徐国国君十分喜爱这把宝剑，季子虽心知肚明，却因故不能赠送。后来，季子想把宝剑赠给徐国国君，徐国国君却已离开人世。于是，季子就把宝剑挂在了他坟墓边的树上。比喻心许亡友、生死不变的意思。⑦霞缕烂谁家昼锦：霞缕，谓霞丝云片。烂，鲜明。昼锦，衣锦还乡。⑧故国：故乡。⑨磷火青青：磷火，俗谓鬼火。青青，青色，言其盛。⑩喑喑：不成话语的发音。

【鉴赏】

这首曲为乔吉在毗陵游览时所写，抒发自己感怀古今、壮志难酬的感慨。

开篇一句，作者以“江南倦客”自称，说明自己一生漂泊，引出自己游毗陵，语气中流露出一种悲凉的情调。紧接着“多少豪雄，几许消沉”两句，用悠长的历史揭示了历代文人的心路历程。作者在此看上去像是为那些不得志的杰出人物打抱不平，在总结封建时代的历史教训，其实作者只是在抒发自己的慨叹，在宏阔的历史长河中，作者壮志难酬所以一生穷困。

接下来“今日何堪，买田阳羡，挂剑长林”三句，思路由对历史的角度转向对现实的选择。他羡慕归隐田园的苏东坡，效仿挂剑长林的徐君，巧妙地应答了首句“倦客”的提问。古代英杰的遭遇已令人扼腕，多少英雄豪杰都是在有所成就之后无奈选择归隐田园，自己却是在一生贫困、一事无成的情况下归隐阳羡，想到自己与古人相比又望尘莫及，情绪不能自已。

从结构上看，曲子前半部分写的是登临毗陵，抒发人生的悲凉感慨，下半部分写的是毗陵远眺的情景，转向对历史和人生的思考。“霞缕烂谁家昼锦？月钩横故国丹心”两句，揭示了不以人的意识为转移的日月更替、世事沧桑的客观规律。这两句借景抒情，吐露了人生走向悲剧归宿的必然结果。最后三句“窗影灯深，磷火青青，山鬼喑喑”，笔触严峻，生命的灯火转瞬即化为坟间的磷火、地府的游魂。作者所描绘的景色，渲染出一种凄清阴森的意味。至此，前文“倦客”的感慨已不拘泥于自己的患得患失，而隐含着对生命的终极体验。

本曲笔调低沉，感情颓丧，而语言考究，意境幽深。其中最大的艺术特色表现为时空交错、情景交融、虚实结合。

## 〔双调〕清江引

有感

**相思瘦因人间阻①，只隔墙儿住。笔尖和②露珠，花瓣题诗句，倩衔泥燕儿将过去③。**

**【注释】**

①人间阻：实指封建礼教的阻挠。②和：这里指蘸着。③倩衔泥燕儿将过去：即请衔春泥的燕子作为爱情的使者去传递情诗。倩，即请。

**【鉴赏】**

这首元曲描写男女间相思之情。主人公因为各种阻力不能与心上人相会，天涯咫尺，无奈只能望墙生叹。于是异想天开，他在花瓣上写自己的情诗，作为爱情使者的衔泥的燕子，帮他把情诗传到恋人手中，来表达自己对恋人的爱恋。作者利用奇特的想象，使全曲富有诗情画意。

曲子开头第一句“相思瘦因人间阻”，先以一“瘦”字写出相思程度之深，再以一“人间阻”解释“瘦”的原因。传神勾勒出了一个因相思而日渐消瘦的“痴情种”形象。第二句“只隔墙儿住”，言简意赅，出人意料道出一个震撼人心的事实——原来主人公所相思的人儿与他只有一墙之隔，只是因为封建礼教的阻挠才造成咫尺天涯的状态。作者在客观的叙述中暗藏着批判封建礼教的意思，带有讽刺意味。这种只有一墙之隔，却不能与心上人相会的相思固然令人格外痛苦，也是因为主人公这样的遭遇才格外引人同情。

从第三句起，作者充满了对主人公争取爱情的同情，笔调清丽，描写了主人公传情达意的奇特方式。“笔尖和露珠，花瓣题诗句，倩衔泥燕儿将过去”，主人公看到恋人家中的梁上燕子飞过墙头来衔泥垒巢，于是想出了好办法：在花瓣之上题写自己的情诗，而且让作为爱情使者的成双成对的春燕去传递自己的相思之情，真是绝妙！在这里，爱情得到升华，相思得到纾解，作者借艺术的想象超越了现实的桎梏，结尾的圆满充满了喜悦，令人回味无穷。

本曲仅有五句，构思奇巧，极富情趣。

## 〔双调〕水仙子

**吴江垂虹桥**[1]

**飞来千丈玉蜈蚣，横驾三天白螮蝀**[2]**，凿开万窍黄云洞。看星低落镜中，月华明秋影玲珑。赑屃金环**[3]**重，狻猊石柱**[4]**雄，铁锁囚龙**[5]。

**【注释】**

①垂虹桥：吴江县（今属江苏）的一座名桥，俗称长桥。②横驾三天白螮蝀：三天，“天空”的别称。螮蝀，虹的别名。③赑屃金环：指石碑下面龟形的石座，上面有作为装饰物的铜环。④狻猊石柱：指雕有狮子的栏杆。狻猊，像狮子那样的猛兽。⑤铁锁囚龙：指垂虹桥横跨吴江，就像是锁住了一条凶猛的龙。

**【鉴赏】**

这首元曲描写垂虹桥的桥景与水貌，诗人有奇特的想象和雄厚的笔力，创造出一连串精彩的比喻。

曲子前三句开门见山，入笔以奇特的想象，从不同的角度描写垂虹桥的外形，称赞了垂虹桥浩瀚的气势。第一句“飞来千丈玉蜈蚣”，就以动衬静，先声夺人地把地上的长桥比作从天外飞来的“玉蜈蚣”，使画面立刻拥有了动态。这一句不仅形象地写出了桥横卧水上的姿态，也给人带来了“玉”的质感。第二句气势更强，将桥当做横跨天际的白虹，带来白虹降落人间的仙气。“白”与“玉”相照应，不仅突出其质地色泽如玉，而且都强调其动态的特征。第三句继第一、二句刻画桥身的气势雄伟之后，甚至把桥带入仙境，彰显桥洞壮阔恢宏的气势。“黄云”二字用得极其巧妙，形容从桥洞中喷出的波澜飞溅，有如橙黄的烟云水雾。“凿”字如神来之笔，七十二桥洞仿佛刚刚被喷吐着黄云的波澜凿开，宏大壮阔，气势恢宏。

前三句全面地写出了桥的“长”和“高”以及多孔，让人对桥有了一个整体的印象。“看星低落镜中”写星星在桥下江水中明灭的闪烁，江水平如镜，星星映入江波之中。“月华明秋影玲珑”写秋日天空的明月在流波摇曳中辉映的景色。垂虹桥不仅有气势雄伟的一面，也有娇媚温柔的一面。视角远近的不同，作者的观感也不同。最后三句描写垂虹桥桥身的装饰多以狰狞的猛兽为主，增加了桥本身的威严气势。

曲押“东钟”韵，句式整齐、色彩厚重，读起来铿锵有力，极具气势。此曲作者写江苏吴江垂虹桥景色，形容此景雄伟壮观，反映出我国古建桥梁的高度成就；这个画面，也表现了诗人的笔力，气势磅礴，气派宏伟。

## 〔双调〕水仙子

**重观瀑布**

**天机织罢月梭闲[①]，石壁高垂雪练寒，冰丝带雨[②]悬霄汉。几千年晒未干，露华[③]凉人怯衣单。似白虹饮涧，玉龙下山，晴雪飞滩[④]。**

**【注释】**

①天机织罢月梭闲：天机，天上神仙用的织布机。月梭，用月亮做天上织布的梭子。②冰丝带雨：用雨丝织成的布，叫冰丝。③露华：瀑布溅起的水珠。④晴雪飞滩：晴天江中险滩激起似雪的浪花。

**【鉴赏】**

这是一首描写瀑布景观的元曲，想象奇特，描绘出了瀑布飞泻的雄伟壮丽景象。

全曲想象独特、比喻新颖，营造出了雄伟阔大的意境。前四句描绘了瀑布的形状。“天机织罢月梭闲，石壁高垂雪练寒，冰丝带雨悬霄汉”，在广阔的时空背景之下，瀑布仿佛是雪白的长练，它应当是天上的织女在瀑布高垂的石壁上用天机织成的，那白练明晰的经纬线，带着湿漉漉的水气、犹如细雨直从空中垂下，极其传神地描绘了瀑布垂挂悬崖的状态。而且突出了瀑布的壮观，又给了读者广阔的想象空间。接下来“几千年晒未干”一句，沟通历史和现实，使瀑布有了时间存在感。“露华凉人怯衣单”一句，作者的视角由远及近，靠近石壁上飞流的瀑布，感到溅落在身上的水滴，如天降甘露，只让人觉得寒气逼人。

下面则是对瀑布之“神”的刻画。结尾三句“似白虹饮涧，玉龙下山，晴雪飞滩”，连用了三个比喻，描绘了瀑布姿态的变幻。自石壁飞泻而下的瀑布，一头栽入涧底，似乎要吞饮涧水。而瀑布飞泻时，随着山势的变化，蜿蜒曲折。瀑布一落而下，撞击嶙峋的山石，溅起朵朵飞花，飞洒在滩头。短短三句，作者勾勒出了一幅奇异壮丽的图景，可谓飞动流走，精彩毕现。

本曲想象奇妙，妙喻迭出，充分显出作者不愧被誉为“曲中李白”。

## 〔双调〕水仙子

咏雪

**冷无香柳絮扑将[1]来，冻成片梨花拂不开，大灰泥漫了三千界[2]。银棱[3]了东大海，探梅的心噤[4]难捱。面瓮儿里袁安[5]舍，盐堆儿里党尉[6]宅，粉缸儿里舞榭歌台[7]。**

**【注释】**

①将：助词，凑足音节。②大灰泥漫了三千界：形容雪很大。③棱：相当于“打”。④噤：冻得发抖的状态。⑤袁安：东汉汝阳人。⑥党尉：指宋代豪贵党进。⑦舞榭歌台：借用“舞榭歌台，风流总被雨打风吹去”一句。

**【鉴赏】**

乔吉这首咏雪的元曲，虽然无所寄托，但是描绘细致入微、巧妙状物，自有一种风味。开头三句“冷无香柳絮扑将来，冻成片梨花拂不开，大灰泥漫了三千界”，连用三个排比句，着力刻画了一个大雪飘飞的景象。这两句体现了大雪纷飞的气势，作者想象奇特，用“柳絮”和“梨花”比喻雪花，极言雪势的宏大壮阔。“冷无香”“冻成片”使雪的形状生动传神地刻画出来，具有独树一帜的艺术效果。作者匠心独运，别出心裁地咏叹之情无可比拟。

“银棱了东大海”，一句写尽了雪景的白茫茫之状，甚至连大海都被白雪覆盖，披上了银装。这一句照应上文的“拂不开”。在这样的磅礴气势中，作者用“探梅的心噤难捱”做终结，真是有千钧之力。接下来用“面瓮”“盐堆”“粉缸”比拟大雪中房舍，穷困的汉代袁安，富贵的宋朝党进和“舞榭歌台”。这几种人物的排列，在不经意中勾勒出社会的多种形态，曲子的主旨不言而明。

这首小令比喻精当，形象贴切，又不失散曲的俚趣，描摹出了雪景的万千情态。

## 〔双调〕殿前欢

**登凤凰台**

**凤凰台①，金龙玉虎帝王宅②，猿鹤只欠山人债，千古兴怀。梧桐枯凤不来，风雷死龙何在，林泉老猿休怪。锁魂楚甸，洗恨秦淮。**

**【注释】**

①凤凰台：在金陵（今南京）的凤凰山上。②金龙玉虎帝王宅：金陵是三国吴以后的六朝古都。

**【鉴赏】**

凤凰台作为历史的代名词常常成为文人墨客吟咏的对象。乔吉登上凤凰台，思绪自然由现实向历史延伸，抒发了历史兴亡的感慨。

全曲可分为三层，第一层为前四句。首句“凤凰台”三字，开门见山，直抒胸臆。“金龙玉虎帝王宅”，描绘了昔日金陵的繁华兴盛，为下文做铺垫。接下来，作者转换话题，“猿鹤只欠山人债，千古兴怀”二句，说明了金陵的变化。昔日金陵的帝业、六朝的繁华，已随着岁月消逝。从金龙玉虎到猿鹤山人，形成此曲中第一个层次的对比，概括介绍了朝代更迭、社会变迁的历史，引出了作者对历史兴亡的感慨。

第二层为“梧桐枯凤不来，风雷死龙何在，林泉老猿休怪”三句，这一层也是整曲的重点。作者以铺排的方式，描绘出脚下凤凰台的无边荒凉之景。从凤凰台的历史兴盛、写到繁华再到现实的衰败、荒凉，形成了此曲中第二个层次的对比，渲染出一种历史兴衰的凄凉气氛，流露出作者无以言说的悲怆、惆怅的情思。

第三层为最后两句，“锁魂楚甸，洗恨秦淮”，直抒胸臆，表达了作者的感慨。一个“恨”字，强化了前面感伤历史兴亡的感情。如果联想到屈原在流放的途中作赋表达自己恋楚的心情、唐代杜牧夜泊秦淮吟诗感叹商女不知亡国之恨，也许就能感受到作者心中强烈而又深沉的民族感情。

## 〔双调〕殿前欢

**登江山第一楼**[1]

**拍阑干，雾花吹鬓海风寒。浩歌惊得浮云散。细数[2]青山，指蓬莱一望间[3]。纱巾岸[4]，鹤背骑来惯。举头长啸，直上天坛[5]。**

**【注释】**

①江山第一楼：指今山东省蓬莱市蓬莱阁。②细数：表现心专，海大，岛多。③一望间：极言情切，天清，山近。④岸：显露之意。⑤天坛：山名，在河南济源县西。

**【鉴赏】**

这首元曲为乔吉登临蓬莱阁之作，抒发了作者想摆脱尘世，云游四海的情怀。

开头一句“拍阑干”，直接从登上江山第一楼之后的动作写起，从而引起读者的悬念。紧接着“雾花吹鬓海风寒”一句，道出“拍阑干”的原因，刚登上楼，只觉海风袭人，雾气四涌沾湿了鬓角，使人仿佛升入仙境。一个“拍”字，把初见此景拍案叫绝的神态传神地描绘了出来。用“雾”当作“花”，增添了画面的美感，又使雾气迷蒙的特点得到渲染。“海风寒”写出作者登楼之初的感受，说明楼高风急、海涛汹涌的情况。“浩歌惊得浮云散”，作者大声歌唱，这句通过动作效果的夸张描写，充分展示出一位豪放文士的不羁形象，那种豪放不羁、奇崛自傲的情态展现得淋漓尽致。

“细数青山，指蓬莱一望间”两句，由初登的惊叹转为观赏。作者登楼望远，只见青色的海岛在一望无际的沧海之中浮着，蓬莱仙岛应该在其中了。相较前面的纵横豪气，这两句显得悠闲洒脱，缥缈旷远。接下来，“纱巾岸，鹤背骑来惯”，写登楼之后的所思、所感。作者在此点明出世的情怀，只想骑鹤仙去。用一个“惯”字，暗示出先前曾有过一番或仕或隐的矛盾斗争。最后作者忽发奇想：“举头长啸，直上天坛。”作者已融入到蓬莱的仙境中，仰天发出悠长的啸鸣，恍若骑鹤飞升、飘飘欲仙了。作者用极其夸张的描写，将狂放的情绪推向极致。

此曲主要描写行动，形象地展现了蓬莱胜景的浩渺，笔力雄厚，气势壮阔，具有别样韵味。

## 〔双调〕卖花声

**悟世**

**肝肠百炼炉间铁①，富贵三更枕上蝶②，功名两字酒中蛇③。尖风薄雪，残杯冷炙④，掩清灯⑤竹篱茅舍。**

**【注释】**

①肝肠百炼炉间铁：不为任何诱惑所动摇，形容意志坚强。②枕上蝶：庄周曾梦到自己化为蝴蝶的典故。③酒中蛇：杯弓蛇影的典故，此指虚浮的自相惊扰。④残杯冷炙：残酒冷菜。⑤清灯：代指凄凉的生活。

**【鉴赏】**

这首元曲名为《悟世》。悟世，是对历史与现实的思索、是对社会与人生的反思，这首曲子表现的人生态度是作者反思之后的。前三句“肝肠百炼炉间铁，富贵三更枕上蝶，功名两字酒中蛇”，句式整齐，工整对偶，直截了当地表明作者对世俗强硬的、毫不妥协的态度，强调自己不为任何诱惑所动摇，自己的意志坚强，然后用庄周梦蝶和杯弓蛇影的典故，揭示出人们朝思暮想的富贵和功名不过是一场梦而已，作者对现实人生“悟”后的彻底失望，对一般人士热衷追名逐利的行为给予彻底的否定，在这否定中饱含着深刻的批判意义和讽刺意味。

结尾“尖风薄雪，残杯冷炙，掩清灯竹篱茅舍”，作者以强硬的笔调描绘出贫寒之士的生活场景。前两句不仅描绘出贫寒之士凄苦的生活，而且生动传神地写尽了世道人情的尖刻和冷漠。风之“尖”，雪之“薄”，在形式上与杯之“残”，炙之“冷”形成巧妙的对偶，极具艺术表现力。最后“竹篱茅舍”，烘托出一个“清”字，与前面所写的富贵梦等世道人情对比鲜明强烈，突出了作者铮铮的铁骨。字里行间充斥着辛酸愤激之情，但却毫无妥协之意，作者对现实清醒而冷峻的态度描写传神细致。

## 〔双调〕乔牌儿

别情

**凤求凰[1]琴慢弹，莺求友曲休咀[2]。楚阳台[3]更隔着连云栈，桃源洞[4]在蜀道难。**

**〔搅筝琶〕无边岸，黑海也似那煎烦[5]。愁万结柔肠，泪双垂业眼[6]。泪眼与愁肠，直熬得烛灭香残。更阑，望情人必然来梦间，争奈[7]这枕冷衾寒。**

**〔落梅风〕粘金雁[8]，亸[9]翠鬟，想不曾做心儿打扮。近新来[10]为咱情绪懒，不梳妆也自然好看。**

**〔沉醉东风〕风铃响猛猜作珮环，烟柳颦只疑是眉攒；想犀梳似新月牙，忆宫额[11]似芙蓉瓣，见桃花呵似见他容颜。觑得[12]越女吴姬匹似闲[13]，厌听那银筝[14]象板。**

**〔本调煞〕相思成病何时慢？更拼得不茶不饭。直熬个海枯石烂！**

**【注释】**

①凤求凰：司马相如向卓文君求爱时所作的辞赋。②咀：即唱，为当时口语。③楚阳台：暗示男女情爱。④桃源洞：这里指情人理想的幽会之所。⑤煎烦：言其烦如煎。⑥业眼：这里的“业”用如“孽”字，含自怨之意。⑦争奈：怎奈。⑧金雁：是装饰面部的物品。⑨亸：下垂。⑩近新来：近来。⑪宫额：前额。⑫觑得：看得。⑬匹似闲：似等闲。⑭银筝：用银子表示音调高低的筝。

【鉴赏】

这篇元曲共有五支曲组成，分三层抒发了一位男子与情人分离之后的万千愁思。〔乔牌儿〕就是那“凤头”的美丽；〔本调煞〕是“豹尾”的响亮；中间〔搅筝琶〕〔落梅风〕〔沉醉东风〕三曲，便是“猪肚”的庞大。

全曲的第一层为首曲〔乔牌儿〕，写出了有情人因天险阻隔、不得已只好天各一方的状态。首句直抒胸臆，“凤求凰琴慢弹”，道出是恋人的相思；而“琴慢弹”又引发读者寻找其原因——因为两人之间隔着天险蜀道，因此无法相会，只能天各一方。作者简明扼要交代了现状及原因，并用“凤求凰”“莺求友”“梦阳台”“桃源洞”，这些典故与这些无比美丽的形象暗和，表现了分开恋人无法相见的无奈，成为全曲的感情基调。

第二层中间为〔搅筝琶〕〔落梅风〕〔沉醉东风〕三曲，是对别离之情的具体描绘。〔搅筝琶〕一曲描写作者饱受相思之苦的煎熬，仿佛处于看不到一丝光明和希望的又无边无际的黑海。“望情人必然来梦间”，描写男主人公内心的想法；而“必然”，又是透过男方的自信推测出他所相思的女方的想法。这样刻骨铭心的相思，绵绵不断，后句男子的深情，让人感动。“争奈这枕冷衾寒”，怕梦中的爱人受衾枕寒冷之苦。〔落梅风〕一曲，刻画梦中的爱人形象，从对方的角度表现出男主人公思念恋人的状态，充分展示出双方对彼此的牵挂之情与相思之苦。〔沉醉东风〕描写男主人公睹物思人的内心变化，想象着恋人的形象，如“风铃响”的环声，如“柳烟颦”的眉攒，如“新月牙”的牛角梳，如“芙蓉瓣”俏丽的前额，如桃花初开一样美好的容颜。这五处联想将男主人公的相思推向了高潮，表明他的相思无时不在、无处不在。

第三层为全曲的最后一曲〔本调煞〕，揭示了男主人公对爱情矢志不渝的决心和相思的程度。以“直熬个海枯石烂”一句收尾结束。这并不是情人枕边的山盟海誓，而是在饱尝相思折磨之后的自愿选择，使得主人公的形象更加丰满，更加凸显曲子的主题。

# 贯云石

## 〔正宫〕塞鸿秋

代人作

**战西风[1]几点宾鸿[2]至，感起我南朝千古伤心事。展花笺[3]欲写几句知心事，空教我停霜毫[4]半晌无才思。往常得兴[5]时，一扫无瑕玼[6]，今日个病厌厌[7]刚写下两个相思字。**

**【注释】**

①战西风：这里指鸿雁顶风飞来。②宾鸿：指大雁。③花笺：指华美精致的纸张。④霜毫：此指用兽毛做的毛笔。⑤得兴：兴致好。⑥瑕玼：此指缺点，毛病。⑦厌厌：通“恹恹”，形容有气无力、无精打采的样子。

**【鉴赏】**

这首曲子，假托他人之口，抒发了作者久积心底的相思之苦。曲子开始先勾画出一幅萧瑟凄凉的秋景图，为下文作了情感铺垫。萧瑟的西风里几只北雁抖擞着身躯飘回江南过冬，此情此景，令人心寒。一个“战”字，同“颤”，本意为颤抖，在此句中，它既写出鸿雁在西风里飞翔时颤颤巍巍、飘飘忽忽的凄苦景象，又反衬出西风的凛冽、肆虐和无情，给全曲染上了凄冷的色调。本曲写法上先从“悲秋”入手，次句“感起我南朝千古伤心事”，点明主旨。以下各句，都写针对“千古伤心事”“欲写几句知心事”的情景。作者“欲写”，却“半晌无才思”，理不出一点思绪来。五、六句“往常”与上句“停霜毫半晌无才思”形成鲜明、强烈的对比，暗示眼下“无才思”的真实原因：悲伤至极而无法诉说。作品紧扣这一点，巧妙地做到以藏写露、以反写正，用欲写时的“无才思”，来反衬实际上的思如潮涌，用今与昔写作情形的反常，来强调内心深处的悲伤至极。末句说总算勉强写了，但只有“相思”二字。

从欲写但不能写，到写了但又不能多写，迂回曲折，起伏跌宕，令读者回味无穷。

## 〔双调〕蟾宫曲

**送春**

**问东君[①]何处天涯。落日啼鹃，流水桃花；淡淡遥山，萋萋芳草，隐隐残霞。随柳絮吹归那答[②]，趁游丝[③]惹在谁家。倦理琵琶，人倚秋千，月照窗纱。**

**【注释】**

①东君：此处代指春天。②那答：哪里，和下面的“谁家”都是泛指。③游丝：即浮动的蛛丝。

**【鉴赏】**

这首曲子生动地表现了作者在春尽时惆怅和倦怠的心情。曲子本意为送春，开篇却在“问春”，以“问东君何处天涯”总领全篇。春意将退未退时，常常引发人们的惜春赏春之情。接下来五句，是对“问东君何处天涯”的正面作答。“落日……残霞”，连用七个意象，构思了五幅图景，将较抽象的内心活动，表现为具体可感的形象。这些图景动静相宜，远近结合，营造了一派凄清孤寂的意境，仿佛整个宇宙间都透露出一种幽静和凄凉的气氛，将作者笼罩在淡淡的哀伤之中。“随柳……谁家”的追问从侧面照应了“问东君何处天涯”一句，继续写暮春给人们带来的倦意和闲愁。暮春时节，到处飘飞的柳絮游丝，落在人们的身上、脸上，牵牵绊绊，增添了作品的韵致。结尾由写景转向写人，暮春之景容易引发人的伤春之情，“倦理……秋千”将春归时人的慵懒、困顿刻画得淋漓尽致。暮春之景使人困乏，于是冷落了琵琶，一副哀愁的样子。“月照窗纱”又转向写月，人月相伴，人内心的寂寞与月凉如水穿透纱窗的宁静互相呼应，给人一种凄凉之感。

这首曲子通过暮春特有的景象传达春归之意，全曲没有出现一个“送”字，却句句都是在送春归去，没有出现一个“伤”字，整曲却流露出一股淡淡的哀愁。对偶句和鼎足句的运用，再加上富有韵律的语言，更加深了作者对春将归去的惋惜这情。

## 〔双调〕清江引

**三首之二**

**竞功名有如车下坡，惊险谁参破[1]。昨日玉堂[2]臣，今日遭残祸；争如我避风波走在安乐窝[3]。**

【注释】

①参破：即看得破。②玉堂：汉代宫殿的名称，后来指翰林院。③争如我避风波走在安乐窝：怎如我避开了官场的风波走在安乐的地方。这句话是说离开了险恶的官场，回到了安全的地方。

【鉴赏】

这首曲子写于作者辞官隐居杭州之后。开头“竞功……参破”，运用比喻的手法，把追名逐利，官场角逐比作车下坡，新奇生动。车下坡时难以驾驭，身不由己，这种情形犹如身在官场，祸福难测，朝不保夕。追逐功名就是这样，它会在危险里越陷越深，若不及时悔悟，必将不可自拔。第二句以问句来紧接上句，当作者把他在名利场上的人生体验形象地传达给读者，并在读者感到唏嘘不已的时候，紧接着问上一句“惊险谁参破”，既让人感到追逐功名的凶险，又可以看出作者的成熟老练，这是诗人饱经世事沧桑后的人生慨叹。“昨日……残祸”说明了作者辞官的原因——官场的险恶。昨日还是官居高位，今天就遭人迫害，两者的落差使人惊心动魄，元朝上层统治集团争权夺利可见一斑。作者由此发出感慨：“争如我避风波走在安乐窝。”与其这样，还不如隐退返乡，过着自由平安的生活。表现了作者的超脱。

## 〔双调〕清江引

**三首之三**

**避风波走入安乐窝，就里[1]乾坤[2]大。醒了醉还醒，卧了重还卧；似这般得清闲的谁似我？**

【注释】

①就里：其中。②乾坤：指天地。

【鉴赏】

贯云石的这三首〔清江引〕结构紧凑，连接为一个整体，它们在感情上一脉相承。第一首表现的是从功名利禄中解脱出来的轻松之感，表现了作者的自得其乐和自鸣得意；第二首从乐转为叹，揭露了官场的险恶，是脱身险境之后，对危险的再思；第三首从正面表现挣脱功名利禄以后的怡然自得，暗示了作者内心的痛苦。

这首〔清江引〕开头“避风……坤大”两句承接第二首的最后一句“争如我避风波走在安乐窝”。作者在两首小令间运用了顶针的手法，使其上下连贯。第二首在极言“竞功名”的险恶之后，写自己摆脱束缚走进了“安乐窝”，第三首交代了走进“安乐窝”之后的情况，那就是：“就里乾坤大”。这两句既表现了安乐窝的自由快活，又暗含了作者的失意之感。三、四句写作者在安乐窝里的情形。“醒了……还卧”，醒了醉，醉了又醒；整天除了喝酒就是睡觉，生活逍遥自在，以至于作者自鸣得意地向我们炫耀“似这般得清闲的谁似我”。但是终日以酒麻醉精神，用睡觉来逃避现实，这种表面的快活之后隐藏着作者无可奈何的心态。

## 〔双调〕清江引

咏梅（四首之一）

**南枝[①]夜来先破蕊[②]，泄漏春消息[③]。偏宜[④]雪月交，不惹蜂蝶戏；有时节[⑤]暗香[⑥]来梦里。**

【注释】

①南枝：向阳的枝条，一般开花稍早。②破蕊：指花朵微微绽开。③泄漏春消息：梅花于冬末春初最先开放，充当报春使者。④偏宜：正合适。偏，恰巧，正好。⑤时节：时候。⑥暗香：幽香。

【鉴赏】

贯云石这首曲子，赋予梅花“不惹蜂蝶戏”的操守，通过歌咏梅花的高洁芬芳，拓展了梅花意象的意蕴，表现了作者洁身自好、不染尘世的情趣。“南枝……消息”，开头两句写梅花最先绽开，报告春天到来的消息。朝南的梅花争奇斗艳地开放，使梅花显得非常活泼俏皮，充满生机。下句的“泄漏春消息”表明梅花是悄然绽放的，是在无意中把春的消息告诉了人们的，这样写富有情趣。“偏宜……蝶戏”这两句是全曲的主旨所在，在意象的塑造上别出心裁，赋予梅花以高洁的品格。梅花有意在雪月之夜开放，是为了不沾惹那些沾花惹草的蜂蝶，于是梅花被赋予了一种高洁的操守，使梅花意象又多了一层坚贞。作者将梅花与白雪和月光相连，说明梅花只适宜与纯洁的事物联系在一起，只追求高尚的东西。这两句也是作者的自况，表现了作者的高尚情操。最后一句“有时节暗香来梦里”化用林逋名句，写法巧妙，让人感到暗香浮动，沁人心脾。“暗香”也表现了梅之淡泊，不沽名、不张扬。

## 〔双调〕清江引

**咏梅**（**四首之三**）

**芳心对人娇欲说**[①]**，不忍轻轻折。溪桥淡淡烟**[②]**，茅舍澄澄月**[③]**；包藏几多春意也。**

**【注释】**

①芳心对人娇欲说：这里把梅花比喻为风情无限的美人，表现其含情脉脉，对人欲语。②淡淡烟：指像朦胧的青烟。③澄澄月：指皎洁的月光。

**【鉴赏】**

这首曲子通过描写梅花的容姿托物言志，表达了春之将至时作者内心的喜悦。

开头两句，“芳心……轻折”，运用拟人的手法，将梅花写成了一个情窦初开的少女，展现了梅花的娇态。她芬芳美丽，冰清玉洁，天真无邪。“欲说”二字化静为动，生动地将原本并没有感情的梅花写活了，写得非常传神。“不忍轻轻折”，直接写出了人对梅花的怜爱之情。不忍轻轻去折，只能在旁边凝望观赏，但实际上这已经是极大的赏心悦目了。接下来两句“溪桥……澄月”，写初春时节大自然的美好景色，同时也写出了梅花的气质个性。乍暖还寒时节，一座小桥独立在清澈的小溪上，笼罩在水上淡淡的如烟的寒气中。远处茅屋顶上，一轮明月将皎洁的月光洒向大地，充满了大自然的动人魅力。

“溪桥”和“茅舍”两个景象，使一派静谧的大自然中出现了人迹，人与自然和谐统一，为这幅图画增添了情趣。最后一句“包藏几多春意也”，写作者面对盎然的春意，内心充满了激动与喜悦。“包藏”既表示上面的景致中“包藏”了春意，也表现了作者看到这些景所感到春之将至而“包藏”在内心的喜悦。

这首曲子通过精心组织的意象，描绘出了一幅情景交融的早春画卷，惹人喜爱。

## 〔双调〕清江引

**惜别（八首之四）**

**若[①]还与他相见时，道个真传示[②]：不是不修书[③]，不是无才思[④]，绕清江买不得天样纸[⑤]。**

**【注释】**

①若：如果。②真传示：传达真情。③修书：写书信。④无才思：指没有才情和文思。⑤绕清江买不得天样纸：清江，指清江浦，在今江苏清江市的北淮河与运河会合处。此处江水清澈，古代以善于造纸而闻名。天样纸，像天那样大的纸。

**【鉴赏】**

这首曲子写与恋人分离之后的思念之情。开头“若还与他相见时”，直奔主题，说两个人已经天涯相隔，但接下来没有直接写相思，“道个真传示”，话锋一转，说如果再能和他相见，一定向他传达真情。引发读者兴趣，为下文作了铺垫。接着，“不是……样纸”，为我们解释了“真传示”的内容。在古代，向远离的爱人诉说相思之情，唯一的媒介就是书信，而且由于交通不便，书信也很难传到。至于其中原因，作者阐明了不写信不是因自己忘记，也不是因懒惰而迟于动笔，更不是因自己缺少才情文思，为下文做好了铺垫。

最后一句“绕清江买不得天样纸”，道出了不写信是因为整个清江买不到能装下自己满腹思念的像天一样大的纸。一个“天样纸”，运用了比喻和夸张的手法，把主人公对恋人的无尽情丝绵绵不绝地倾诉出来。要用天大的纸才能写尽自己的相思之情，可见这份感情是多么深沉、真挚、热烈，用语言无法表达。此句可以说是全曲的曲眼。

这首曲子通过新奇夸张的想象与含蓄隽永的语言，形象生动地表现了主人公真挚深沉的感情。

## 〔双调〕清江引[1]

**立春[2]**

**金钗影摇春燕斜[3]，木杪生春叶[4]。水塘春始[5]波，火候[6]春初热，土牛儿[7]载将春到也。**

**【注释】**

①清江引：据清人褚人获（稼轩）《坚瓠集》称："贯酸斋（云石号酸斋）赴所亲宴，时正立春，坐客以〔清江引〕请赋，且限于金木水火土五字冠于每句之首，句各用春字，酸斋即云……"他当即写了这首曲，以致"满座叹服"。②立春：二十四节气之一，我国习惯作为春天开始的节气。③金钗、春燕：古代妇女立春戴的首饰。④木杪：即树梢。⑤始：最早。⑥火候：这里指的是气候温度。⑦土牛儿：象征农事的土牛，又称春牛。

**【鉴赏】**

此曲描写立春节气时春到人间，万物欣欣向荣，一派生机勃勃的景象，表现了热闹古朴的民间风俗。首句写人们春游的盛装。作者以点带面，只举出妇女的头饰，然春服之盛可见一斑。据南宋陈元靓编撰《岁时广记》卷八引《荆楚岁时记》载："立春日悉剪彩皆是古代妇女在立春这天所戴的头饰为燕以戴之。"王沂公《春帖子》云："彩燕迎春入鬓飞，清寒未放金缕衣。"又欧阳永叔云："不惊树里禽初变，共喜钗头燕已来。"这都是描写春天的句子。因为立春是春天来临的象征，标志着新的一年的开始，故这天都要盛装出游，这一风俗唐宋时就有。第二句"木杪生春叶"写草木的欣欣向荣。树梢上长出了嫩绿欲滴的叶子。绿色在古诗词中就是青春活力的象征，作者在这里举一反三，令人不难想象出那丰草如茵、花红柳绿、莺歌燕舞的阳春景色。第三句写池塘的碧波荡漾，春风融化了冰雪，吹绿了池水。此时，也许仕女游客们正在欣赏池塘中的鸳鸯戏水、乳燕斜飞，也许他们正在沐浴着雨丝风片……第四句写气候渐渐温暖宜人。这是出现春游、春叶、春波的动因，以上三句分用“生”“始”“初”三词，突出“春”之发端、万象更新之意。末句写土牛鞭春的风俗。古代每逢立春前一日有迎春的仪式，由人扮演“勾芒神”，鞭土牛，由地方官行香主礼，叫做“打春”，以劝农耕。结句回应首句，以写风俗起结，表达了人们除旧迎新的喜悦之情。

此曲用的是嵌字格，每句都嵌同一个字“春”，又要“以金、木、水、火、土”五字之首，是特殊的嵌字格形式。格律严谨，对仗工整，平仄相依，意境生动，语言活泼自然。

## 〔双调〕寿阳曲

**五首之三**

**鱼吹浪，雁落沙，倚吴山[①]翠屏高挂。看江潮鼓声千万家，卷朱帘玉人如画。**

**【注释】**

①吴山：指这一带是古时吴国故址，故山泛称吴山。

**【鉴赏】**

这首曲子描写钱塘江涨潮的圣景和八月中旬杭州百姓观潮的热闹场面。钱塘江是浙江的下游，经杭州由海门流入大海，以潮水浩大、声势壮观闻名。也正因如此，钱塘江成为历代文人墨客争相传咏的对象。

贯云石的这首曲子，从风格和表现手法上都另辟蹊径，自成一格。全曲只写两个场面，用反衬和对比的方法，含蓄地表现了钱塘潮的壮观、雄美。曲子开头为我们展现了潮水到来之前江面上的场景。“鱼吹……高挂”，鱼儿在水中戏浪追逐、自由快活，大雁在沙滩上休憩，一派和谐安详的画面。这样匠心独运的安排，为后面涨潮时的汹涌激荡做好了铺垫，衬托江潮的排山倒海之势。第三句“倚吴山翠屏高挂”，写远远望去，沿江两旁罗列的帷幕仿佛翠屏一样，挂在两边的高山之上。据南宋周密《武林旧事·观潮》中载，每年八月观潮之时，钱塘江两岸十余里全都搭上幕帐，以供人观看。这一句承前启后，以写景暗示观潮人之多，为下面潮涨作了铺垫。“看江……如画”，写潮涨时的场景。潮水奔腾而至，声音宏如万鼓齐鸣，形成排山倒海之势，引得千万百姓争相观望。观潮大军浩浩荡荡，然而作者却将笔力集中在了高卷朱帘观看潮水的玉女身上，出人意料。这温婉可人的江南美女，似乎和钱塘江的狂潮极不协调，然而作者在这里独具一格，用人间的娇柔来反衬潮水的壮观，让人叹为观止。

## 〔双调〕寿阳曲

**五首之五**

**新秋至，人乍[①]别，顺长江水流残月[②]，悠悠画船[③]东去也。这思量起头儿一夜[④]。**

**【注释】**

①乍：刚刚，刚才。②残月：也就是黎明时的月亮。③画船：指华丽的游船。④起头儿一夜：第一夜。

**【鉴赏】**

这是一首写离别之情的曲子。作者用极少的篇幅和笔墨，描写了别后第一夜的情景，给人无限的想象空间，耐人寻味。开头“新秋至，人乍别”点出时间和事件。以草木枯萎、万物衰败的秋天为背景写离别，新秋的凄凉与离别的凄凉彼此烘托，情景交融。“顺长……去也”，从别后第一夜的景色写起，望着爱人乘着船儿远去，只留下主人公一人空对着“逝者如斯”的江水和渐行渐远的画船。“顺长江水流”和“残月”，两个意象，顺着长江无穷无尽的流水与别离之人无穷无尽的忧愁相通，残破感与不幸感相生，意境凄婉，哀怨动人。而“悠悠画船”，一语双关，既刻画了船的悠闲远去，又写了主人公心中的无限惆怅。这一句又与最后一句“这思量起头儿一夜”形成对比，以画船的悠闲与主人公的紧张作对比，突出了难以承受的思念，并且是刚刚起头儿的第一夜得思念，以后这思念还有多久不得而知！主人公的思念之重，感人肺腑。

## 〔双调〕殿前欢

**九首之七**

**隔帘听，几番风送卖花声。夜来微雨天阶[①]净，小院闲庭，轻寒翠袖生。穿芳径，十二阑干[②]凭。杏花疏影，杨柳新晴。**

【注释】

①天阶：此处代指整个天空明净如洗。②十二阑干：语出南朝乐府《西洲曲》“阑干十二曲”，是说栏杆多曲。

【鉴赏】

这首曲子描写一个深闺女子在暮春时节的生活情景，在富贵典雅中透露出一种淡淡的忧愁。曲子开头两句写女子在室内所闻，“隔帘……花声”，写女子听见了春风吹拂之声，卖花的叫卖之声；第三句“夜来微雨天阶净”，写户外所见，又补充交代了时间、天气情况，创造了一种优美、清新的环境氛围。第四、五句写女子处在一个小院之中，感到庭院幽静、春寒料峭。最后四句“穿芳……新晴”，写女子凭栏远眺时心之所感、目之所见。雨后天晴，万象更新，杏花弄影，杨柳摇绿，一派清新。女子的这一连串的活动，连贯地串联在一起，构成一个整体，勃勃的春意与清冷的环境之间造成一种极大的反差，衬托出女主人公寂寞无聊的心情。

这首曲子表现忧愁，但通篇没有一处写愁，只是通过“听”“寒”“凭阑”等动作，把主人公的愁思表现得淋漓尽致。

## 〔双调〕殿前欢

**九首之八**

**数归期，绿苔墙划损短金篦[①]，裙刀儿[②]刻得阑干碎，都为别离。西楼上雁过稀，无消息，空滴尽相思泪。山长水远，何日回归！**

【注释】

①金篦：指金饰的篦子。②裙刀儿：古代妇女腰间挂的金属饰物，形状如刀。

【鉴赏】

这首曲子描写闺中少妇思念远人的愁思。起笔即点明相思怀人，计算丈夫的归期，接着写了思妇的具体行动："绿苔……干碎"，"划损""刻碎"两个细节描写以思妇的痴傻之举强调相思之深。"都为别离"一句，点明以上动作的缘由。曲子的上半部分描写了思妇细数归期的动作，暗含着无限的惆怅。以下"西楼……思泪"三句，将思妇盼望丈夫归来的惆怅进一步加深。大雁已飞尽，可丈夫却杳无音讯。曲子结尾"山长……回归"，将全曲的意境纵横延展，寄予了思妇遥遥无期的痴望和等待，意蕴深长，哀怨动人。

此曲语言浅淡自然，情意绵长，意境悠远，透露出一种清丽的美。

## 〔双调〕殿前欢

九首之九

**夜啼乌，柳枝和月翠扶疏。绣鞋香染莓苔路，搔首踟蹰①，灯残瘦影孤。花落流年度，春去佳期误。离鸾②有恨，过雁无书。**

【注释】

①搔首踟蹰：形容反复徘徊、焦灼万分的情形，引用自《诗经》。②鸾：古代相传一种类似凤凰的神鸟，后人常用离鸾来指夫妻二人相分离。

【鉴赏】

这首曲子也是描写思妇的离愁别绪。曲子开头交代了思妇的活动背景，渲染出一种寂静的氛围。"夜啼……扶疏"，以乌鸦啼叫反衬出夜的寂静，月色朦胧、树影稀疏反衬出环境的幽暗，渲染了思妇的心境。"绣鞋……影孤"，这三句写思妇的活动和一系列情感变化。"香染"二字写出了思妇失望却不愿相信事实的心理，她踏遍了每一条小径，反复"寻找""探求"，以致于平时无心问津的小径如今都染上了绣鞋的香味，即使这样，也改变不了无奈的现实。失望至极，她内心的凄凉和怨恨不自觉地表现在行动上，于是她"搔首踟蹰"，焦灼徘徊于院中。接下来"灯残瘦影孤"反映了更加残酷的现实：女子孑然一身，独自面对着残灯冷夜，顾影自怜。女子无法抑制住心中无限的悲痛，发出了人生无常的感慨：“花落流年度，春去佳期误，”着重表现了内心的寂寞感伤。结尾“离鸾有恨，过雁无书”写思妇的怨恨之情，鸿雁承载着思妇的希望，可大雁是飞回来了，却没有捎回任何书信，愁上加愁，催人泪下。

此曲寓情于景，情景交融，用环境描写来衬托思妇的心理，极富艺术表现力。

## 〔仙吕〕点绛唇

闺愁

**花落黄昏，暮云将尽，专盼青鸾[①]信。宝兽[②]香焚，又到愁时分。**

**〔混江龙〕相思慰闷，绣屏斜倚正销魂[③]。带围宽尽，消减精神[④]。翠被任薰终不暖，玉杯慵举几番温。鸾钗半亸愡蝉鬓[⑤]，长吁短叹，频揾啼痕。**

**〔寄生草〕琼簪折，宝鉴分，今春又惹前春恨。泪珠儿滴尽愁难尽，瘦庞儿[⑥]不似当时俊。思量几度甚时休，相思满腹何年尽？**

**〔金盏儿〕风逼透绣罗衾，风刮散楚台[⑦]云；檐间铁马[⑧]风敲韵，风摇闲阶翠竹不堪闻。风筛帘影动，风传漏声频。风薰花气爽，风弄月华昏。**

**〔后庭花〕兽炉中香倦焚，银台上灯渐昏；罗帏里和衣[⑨]睡，纱窗外曙色分。想情人，起来时分，蹀[⑩]金莲搓玉笋[⑪]。**

**〔赚煞〕捱的到天明，却有谁瞅问？昨夜和衣睡把罗裙皱损，一面残妆空泪痕。日高也深院无人，掩重门，烦恼向谁论，独对菱花整乱云。恰待向瘦庞儿上傅粉，欲梳妆却心困，气长吁呵的镜儿昏。**

**【注释】**

①青鸾：传说中的神鸟，这里比喻男女间的使者。②宝兽：指香炉。③销魂：是指为情所困，失魂落魄。④带围宽尽，消减精神：由柳永“衣带渐宽终不悔，为伊消得人憔悴”的境界化来。⑤鸾钗半亸愡蝉鬓：这里暗示了女主

人公泪流不断。⑥庞儿：脸庞。⑦楚台：指男女欢会之梦。⑧铁马：也叫风铃，是挂在窗檐上的一种响器。⑨和衣：即穿着衣服。⑩蹀：顿足。⑪玉笋：此处指女子的手指。

【鉴赏】

这首套数描写了女子的离愁别绪，从多角度、多侧面将女主人公的离愁别绪表现得淋漓尽致。作者以昨日黄昏到次日天明的时间推移为线索，顺次展开描写。首曲先描写了昨日黄昏时的情景，开始就表现出女主人公的忧愁哀伤之情，引发人愁苦的情绪。“专盼青鸾信”一句，点明女主人公的忧愁哀伤是因为丈夫的离去。“宝兽香焚”一句描写环境，与“又到愁时分”相结合，点明思妇的离愁。从整体来看，首曲相当于这篇套数的序曲，烘托了气氛，交待了事件，为全曲奠定了感情基调。第二曲〔混江龙〕描写女子入睡前相思的情态。此时时间已由黄昏延伸到晚上。作者先表现了思妇形容憔悴、失魂落魄的情状，又描写了她熏被、温酒的行动，以身体冷表现内心的凄凉。最后写女子的感叹伤悲，令人为之动容。第三曲〔寄生草〕是一支插曲，描写了女子思前想后的情状，表明女主人公内心的离愁别恨由来已久，并且将遥遥无期地延续下去。此曲重点表现女子的内心活动，在感情上又加深了一层，在离愁之中平添了些许烦燥。第四曲〔金盏儿〕描写了女子深夜难寐的情景。曲子前两句写凉风惊了女子的好梦，后六句写因风而动之景，以凄清落寞的环境氛围，来衬托女子心境的寂寞凄冷。第五曲〔后庭花〕写女子翌日拂晓倦怠的情形。既注重环境气氛的烘托，又着意刻画女子的行动，女子心中那种难言的痛苦跃然纸上。最后一曲〔赚煞〕写次日天明时分的情景，既写了女子内心的悲伤，也写了女子愁苦的面容以及慵懒的情态，表现了女主人公深深的孤独和哀愁。

这篇套数结构清晰，角度多变，语言自然贴切，不拘一格。着笔于外部环境气氛的烘托和女子心理活动的刻画，将女子满腔的离愁别恨表现得淋漓尽致。

# 苏彦文

## 〔越调〕斗鹌鹑

冬景

地冷天寒，阴风乱刮[1]。岁久冬深，严霜遍撒。夜永更长，寒浸卧榻。梦不成，愁转加。杳杳冥冥，潇潇洒洒。

〔紫花儿序〕早是我衣服破碎，铺盖单薄，冻的我手脚酸麻。冷弯做一块，听鼓打三挝[2]。天那，几时捱的鸡儿叫，更儿尽点儿煞，晓钟打罢。巴到天明[3]，划地波查[4]。

〔秃厮儿〕这天晴不得一时半霎，寒凛冽走石飞沙，阴云黯淡闭日华。布四野，满长空，天涯。

〔圣药王〕脚又滑，手又麻，乱纷纷瑞雪舞梨花。情绪杂，囊箧[5]乏。若老天全不可怜咱，冻钦钦[6]怎行踏。

〔紫花儿序〕这雪袁安难卧[7]，蒙正回窑[8]，买臣还家[9]。退之不爱[10]，浩然休夸[11]。真佳，江上渔翁罢了钓槎[12]，便休题晚来堪画[13]。休强呵映雪读书[14]，且免了这扫雪烹茶[15]。

〔尾〕最怕的是檐前头倒把冰锥挂，喜端午愁逢腊八。巧手匠雪狮儿一千般成[16]，我盼的是泥牛儿四九里打[17]。

【注释】

①阴风乱刮：阴风，指阴天的北风。乱刮，形容北风横冲直撞。②挝：敲打，击。③巴到天明：巴，形容焦急迫切的心情，表现希望尽快结束受折磨过程的心愿。④划地波查：划地，何等，怎样。波查，折磨。意思是，这是何等的痛苦折磨啊！⑤囊箧：袋子与箱子。⑥冻钦钦：冷得发抖的样子。⑦袁安难卧：汉时大雪，袁安僵卧雪中。⑧蒙正回窑：蒙正踏雪回窑的情节。⑨买臣还家：汉武帝时赋家朱买臣，贫贱时曾砍柴卖薪为生。⑩退之不爱：出

自“比心明可烛，拂面爱还吹”。⑪浩然休夸：“不爱”“休夸”皆反其意而用之，是指作者的心愿、乞求。⑫江上渔翁罢了钓槎：暗用柳宗元“孤舟蓑笠翁，独钓寒江雪”。⑬休题晚来堪画：出自“江上晚来堪画处，渔人披得一蓑归。”⑭映雪读书：出自“孙康家贫，常映雪读书”。⑮且免了这扫雪烹茶：出自“吟咏霜毛句，闲尝雪水茶”之句。⑯雪狮儿一千般成：“巧手匠”们塑造的雪狮千姿百态，各尽其妙。⑰泥牛儿四九里打：四九时（鞭打泥牛）就代表立春转暖。

**【鉴赏】**

这篇元曲描绘雪景，描写了贫苦寒士在冬天时生活的艰辛。冬日时节，户外赏雪观梅、屋里围炉夜话，着实是风雅之士推崇之举，但是对于贫苦百姓来说，冬天却是最难熬的时节。

首曲〔斗鹌鹑〕描写了生存环境的恶劣：“地冷天寒，阴风乱刮。岁久冬深，严霜遍撒。”短短四句话渲染出一个严酷寒冷的环境：风雪交加，天寒地冻。紧接着，作者点到正题：“夜永更长，寒浸卧榻。梦不成，愁转加。”床榻上浸透了凉意，床上的人因寒冷不堪无法入睡更觉寒夜漫漫。“梦不成，愁转加”，刻画的是因为寒风凛冽，无法抵御寒冷的寒士愁苦的窘态，而“梦不成”极言寒冷程度之深。“杳杳冥冥，潇潇洒洒”传神地表现出寒士半梦半醒之间恍恍惚惚的感觉。

第二曲〔紫花儿序〕，进一步描写主人公因为寒冷而辗转反侧无法入睡的感受。寒士的生活十分清贫，破碎的衣服、单薄的铺盖根本无法抵御寒冬。由于寒冷，寒士的手脚冻得酸麻、缩作一团，只想着天亮以后天气可以转暖。“天那”一语，发出了寒士内心深处的呼喊，犹然在我们耳边回响。最后三句说的是，虽然盼到天亮，可是天气依然没有好转的迹象，为下一曲描写白天恶劣的天气做了铺垫。

第三曲〔秃厮儿〕写出了突变的天气，由平静霎时变为暴戾。寒士好不容易等到天亮，但仍逃避不了天气的折磨。“寒凛冽走石飞沙，阴云黯淡闭日华”描写生动形象，刻画得细致传神，使画面具有动态色彩。“布四野，满长空，天涯”，文字简练，意味深长，呈现了阴云密布，遮蔽天日的阴霾。天寒地冻，令人无处藏身，同时也标志着寒士的“理想”彻底破灭，也为下曲刻画主人公在天寒地冻环境下的愁苦和窘迫的神情埋下伏笔。

第四曲〔圣药王〕描写了寒士在理想破灭后看到“乱纷纷瑞雪舞梨花”时

的内心情感，表现出了他怨天尤人的内心想法却又无可奈何的复杂心理。

第五曲〔紫花儿序〕侧面表现了雪的来势凶猛，凸显出主人公不求其他唯求御寒的心情。连用一系列“明典”：这雪让高洁之士袁安都难以忍受，让吕蒙正都必须返回窑洞，让担柴谋生的朱买臣放弃担柴而回家，让韩愈不高兴，让踏雪寻梅的孟浩然也没法给予赞叹。接着使用“暗典”，“真佳”是反其道而行之，刻画出主人公万般无奈的心理状态。对于有钱人来说，踏雪寻梅、烹茶赏雪都是雅事，而对于贫穷的百姓而言，这雪只会招来百姓的无奈，绝无情趣可言。

〔尾〕直接道出了主人公的矛盾心理，以“怕”与“愁”和“喜”与“盼”对比，他怕的是屋前挂着的冰凌，喜欢的是端午来临时天气的回暖，愁的是现在正逢寒冷的腊八，盼的是春天回暖；同时也表现出他此刻内心的矛盾与痛苦的挣扎。

这支套曲首从自然环境入手，下笔描写，传神地刻画出了寒士面对寒冷时的反应和心理活动，将寒士在严冬的感受娓娓道来。连用典故，为浅白的曲词增添了文化意味和艺术气息。语言朴实流畅，句句贴切，让人心酸，感慨万千。

# 刘 致

## 〔中吕〕朝天子

**邸万户[①]席上（二首之一）**

**柳营[②]，月明，听传过将军令。高楼鼓角戒严更，卧护得边声静。横槊吟情[③]，投壶歌兴[④]，有前人旧典型[⑤]。战争，惯经，草木也知名姓[⑥]。**

**【注释】**

①邸万户：邸泽之子邸元谦（字明谷）。②柳营：军营的别称。③横槊吟情：写邸万户在席间赋诗吟句，抒发豪情。槊，指长矛。④投壶歌兴："投壶"是古代宴会时的一种娱乐。⑤有前人旧典型：典出《诗经·大雅·荡》："虽无老成人，尚有典型。"⑥草木也知名姓：暗引黄庭坚送范仲淹之子诗，称颂范仲淹"乃翁知国如知兵，塞垣草木识威名"之句。

**【鉴赏】**

刘致共写了两首描写军营、军人生活的元曲，这一主题在多以吟风弄月和感叹归隐为主要内容的元曲中可谓是匠心独运，标新立异。

全曲可以分为三层，第一层为开篇五句，"柳营，月明，听传过将军令。高楼鼓角戒严更，卧护得边声静"，描写了作者在邸万户所戍守的杭州城外军营中所见的情景，赞颂了邸万户治军严明、刚直不阿、名震天下。邸万户纪律严明、治军有方的气度与所率部队威武庄严的场景。而作者在这样的月明之夜赴挚友的宴会，当主人发出夜深戒严的命令时，营中的戍楼立刻传出禁夜的更鼓声，喧闹的人声顿时肃静下来。短短几句，但见主人公的气宇不凡。

第二层为接下来"高楼鼓角戒严更，卧护得边声静。横槊吟情"三句，由此作者的视角由军营外部转向内部，开始描写宴会的场面。作者并没有直接、正面地描写邸万户，而是连用几个富有深意的典故，非常巧妙地对邸万户进行了衬托，写出邸万户既有曹孟德那样的凌云壮志，又是那样的儒雅风流，对其极尽赞美。邸万户在席间赋诗吟句，抒发豪情，与客人在席间投壶对饮，放旷高歌。作者构思精巧细致，化用典故不着痕迹，贴切生动，足见其笔力深厚。

第三层为曲子最后三句。“战争，惯经，草木也知名姓”，巧妙地运用了夸张的手法，并结合典故，彰显出邸万户的文韬武略和丰富的战争经验。

## 〔中吕〕朝天子

### 邸万户席上（二首之二）

**虎韬，豹韬[①]，一览胸中了。时时拂拭旧弓刀，却恨封侯早。夜月铙歌[②]，春风牙纛[③]，看团花锦战袍。鬓毛，木雕[④]，谁便道冯唐老[⑤]。**

【注释】

①虎韬、豹韬：这里泛指古代兵书。②铙歌：短箫铙歌，是古代军乐的名称。铙，一种古乐器。③牙纛：即牙旗，用象牙饰于竿子上的军中大旗。④木雕：应理解为“未雕”。雕，指凋零衰敝。⑤冯唐老：冯唐，汉代人，曾大胆直言汉文帝误罚名将，活到九十多数。

【鉴赏】

这首元曲主要是对邸万户的人物肖像特写，生动形象地刻画了一个老将军的形象：久经沙场，虽然已经老迈，但仍壮心不已。

开头三句“虎韬，豹韬，一览胸中了”，描写了邸万户拥有的深厚军事学识，传神地描摹出邸万户足智多谋的形象。一个“览”字，用得生动形象，极为精巧，引领全曲的基调。接着，作者用“时时拂拭旧弓刀，却恨封侯早”两句，歌颂了邸万户壮怀逸兴、壮心不已的情怀，并从多方位、多角度描摹其丰富的作战经验和高度警惕的特点，层次感分明。“拂拭”“恨”等，用得形象巧妙，准确地写出邸万户对旧日叱咤战场的风云岁月的留恋和怀念，并且深刻地揭示了邸万户的内心世界。

接下来三句“夜月铙歌，春风牙纛，看团花锦战袍”，是俯瞰军营所感受到的严肃豪壮的军营全貌。身着战袍的邸万户，在月光映照下，显示出一派英武雄健的风姿。最后作者感慨道："鬓毛，木雕，谁便道冯唐老。"在这样的情景之下，依然能看出当年驰骋战场的雄风仍在，谁能说他已经衰老无用了呢？这种奔放之情，展现了老将军的豪放之姿，荡人心魄，催人奋起，叫人努力。

这首元曲遣词生动传神，把邸万户的精神风姿、心理活动非常逼真准确地展现了出来。语言苍劲豪迈、粗犷激昂，充满豪情壮志。

## 〔中吕〕山坡羊

侍牧庵先生[1]西湖夜饮

**微风不定，幽香成径，红云十里波千顷。绮罗[2]馨，管弦清，兰舟[3]直入空明镜。碧天夜凉秋月冷。天，湖外影；湖，天上景。**

**【注释】**

①牧庵先生：指姚燧。②绮罗：即细绫，是一种高贵华美的丝织品的名称。③兰舟：构造精细、雕饰讲究的画舫。

**【鉴赏】**

姚燧被人们尊为元代文坛领袖。作者为其弟子，元武宗至大四年，作者跟随七十四岁的姚燧"为中子圻娶焦氏妇"，于闰七月间来到杭州，遂作此曲。此曲虽题为"西湖夜饮"，但作者意不在酒，而在于西湖的美景。

开头三句"微风不定，幽香成径，红云十里波千顷"，简洁地概括出了夜饮西湖的环境和景色。吹拂着湖面的微风习习，令人感到无比的舒心和惬意；

丹桂的清香从远处飘来，仿佛铺引出一条飘香幽远的小径。湖面上闪着点点的波光，湖中绽放的荷花，就如同一片朝霞，倾泻在千顷湖面上。这是展现在我们面前的一幅多么迷人的色彩明媚、令人陶醉的西湖美景。

接下来“绮罗馨，管弦清，兰舟直入空明镜”三句，描写陪同夜饮的歌伎们衣妆艳美华贵，散发出阵阵香气，她们手中乐器也奏出清雅的旋律。这是姚牧庵先生一行人在湖上饮宴的情景。在这种令人心驰神往的意境中，他们乘坐着画舫兰舟向着空明的湖心驶去。“空明镜”一喻，形成了一个非常优美的意境，生动形象地表现出湖水的清澈透明和湖面的平静。

结尾四句“碧天夜凉秋月冷。天，湖外影；湖，天上景”，巧妙的写景，使用十分奇特的想象，将天空和湖面融为一个整体，营造出水天一色的壮阔而悠远的意境。在这里，作者虽然将天和湖结合起来描写，但表现的重点依然是西湖的美景。一个“外”字，突出了西湖的广阔，都把广阔的宇宙纳入了西湖的影中；一个“上”字，充分展现了西湖的魅力，将西湖推进了圣境仙界，是西湖拥有了天上美景无意间落凡间的韵味。作者独树一帜，别出心裁用天来做西湖的陪衬，因此，淋漓尽致地展现出了作者对西湖由衷的热爱之情。

# 刘时中

## 〔正宫〕端正好

上高监司[1]（前套）

众生灵遭魔障[2]，正值着时岁饥荒。谢恩光拯济皆无恙[3]，编做本词儿唱。

〔滚绣球〕去年时正插秧，天反常，那里取若时雨[4]降？旱魃[5]生四野灾伤。谷不登，麦不长，因此万民失望。一日日物价高涨，十分料钞加三倒[6]，一斗粗粮折四量[7]，煞是凄凉。

〔倘秀才〕殷实户[8]欺心不良，停塌户瞒天不当[9]。吞象心肠歹伎俩[10]，谷中添秕[11]屑，米内插粗糠。怎指望他儿孙久长。

〔滚绣球〕甑[12]生尘老弱饥，米如珠少壮荒。有金银那里每[13]典当？尽枵腹[14]高卧斜阳。剥榆树餐，挑野菜尝，吃黄不老[15]胜如熊掌。蕨根粉以代糇粮[16]。鹅肠[17]苦菜连根煮，荻笋芦莴[18]带叶噇，则留下杞柳株樟[19]。

〔倘秀才〕或是捶麻柘稠调豆浆[20]，或是煮麦麸[21]稀和细糠，他每早合掌擎拳[22]谢上苍。一个个黄如经纸[23]，一个个瘦似豺狼，填街卧巷。

〔滚绣球〕偷宰了些阔角牛，盗斫了些大叶桑。遭时疫无棺活葬，贱卖了些家业田庄。嫡亲儿共女，等闲参与商[24]，痛分离是何情况！乳哺儿没人要撇入长江。那里取厨中剩饭杯中酒，看了些河里孩儿岸上娘，不由我不哽咽悲伤。

〔倘秀才〕私牙子船湾外港[25]，行过河中宵月朗。则发迹了些无徒[26]米麦行。牙钱[27]加倍解，卖面处两般装[28]，昏钞早先除了四两[29]。

〔滚绣球〕江乡相，有义仓[30]，积年系税户掌[31]。借贷数补答得十分停当，都侵用过将官府行唐[32]。那近日劝粜[33]到江乡，按户口给月粮。富户都用钱买放，无实惠尽是虚桩[34]。充饥画饼诚堪笑，印信凭由[35]却是谎，快活了些社长知房[36]。

〔伴读书〕磨灭[37]尽诸豪壮，断送了些闲浮浪[38]，抱子携男扶筇杖[39]，尪羸[40]伛偻如虾样，一丝好气沿途创[41]，阁泪汪汪[42]。

〔货郎〕见饿莩[43]成行街上，乞出拦门斗抢[44]。便财主每也怀金鹄立待其亡[45]。感谢这监司主张，似汲黯[46]开仓，披星戴月热中肠，济与粜亲临发放[47]。见孤孀疾病无皈向[48]，差医煮粥分厢巷。更把赃输钱[49]、分例米[50]，多般儿区处[51]的最优长。众饥民共仰，似枯木逢春，萌芽再长。

〔叨叨令〕有钱的贩米谷置田庄添生放[52]，无钱的少过活分骨肉无承望[53]，有钱的纳宠妾买人口偏兴旺，无钱的受饥馁填沟壑遭灾障[54]。小民好苦也么哥[55]，小民好苦也么哥，便秋收鬻[56]妻卖子家私丧。

〔三煞〕这相公爱民忧国无偏党[57]，发政施仁有激昂。恤老怜贫，视民如子，起死回生，扶弱摧强。万万人感恩知德，刻骨铭心，恨不得展草垂缰[58]，覆盆之下，同受太阳光[59]。

〔二〕天生社稷真卿相，才称朝廷作栋梁。这相公主见宏深，秉心仁恕，治政公平，莅事[60]慈祥，可与萧曹[61]比并，伊傅[62]齐肩，周召[63]班行，紫泥宣诏，花衬马蹄忙[64]。

〔一〕愿得早居玉笋朝班[65]上，伫看金瓯姓字香[66]。入阙朝京，攀龙附凤[67]，和鼎调羹[68]，论道兴邦。受用取貂蝉济楚[69]，衮绣峥嵘[70]，珂珮[71]叮当。普天下万民乐业，都知是前任绣衣郎[72]。

〔尾〕相门出相前人奖，官上加官后代昌[73]。活被生灵恩不忘，粒我烝民[74]德怎偿。父老儿童细较量[75]，樵叟渔夫曾论讲[76]。共说东湖柳岸旁[77]，那里清幽更舒畅。靠着云卿苏圃场[78]，与徐孺子流芳挹清况[79]。盖一座祠堂人供养，立一统碑碣字数行[80]，将德政因由都载上，使万万代官民见时节想。

【注释】

①刘时中的《上高监司》共有两套，此为前套，作于公元1330年。②磨

障：一作魔障，本佛家语，这里指灾难。③谢恩光拯济皆无恙：感谢你拯世济民的恩德，使百姓免遭苦难。恩光，恩德的光辉。拯济，救济。恙，病，苦难。④若时雨：及时雨。⑤旱魃：传说中的旱魔，出现在哪里，哪里便大旱无雨。⑥十分料钞加三倒：这是说粮价暴涨，纸币贬值。料钞，元代发行的一种纸币。加三倒，指货币贬值，在购买商品时必须加成计算。⑦一斗粗粮折四量：一斗粮食只折合成四升。折四量，打四折量出。⑧殷实户：富有的人家。⑨停塌户瞒天不当：富户不应该昧着良心囤积居奇。停塌户，囤积粮食的人家。⑩吞象心肠歹伎俩：贪得无厌、恶劣歹毒的手段。⑪秕：不饱满的谷粒。⑫甑：古代煮饭用的炊具。⑬那里每：即哪里，“每”为语气词。⑭枵腹：空着肚子。⑮黄不老：即黄柏，落叶乔木，开黄绿色小花，树皮与果实都是药，味苦涩，亦可食。⑯蕨根粉以代糇粮：蕨根粉，蕨为一种草本植物，其叶可食，称蕨菜。可供食用。糇粮，干粮。⑰鹅肠：一种野菜，又称繁缕。⑱荻笋、芦莴：荻的嫩芽，芦苇的嫩茎。⑲杞柳株樟：杞柳，一种落叶的灌木，枝条可用来编器物。株樟，为数不多的数株樟树。⑳捶麻柘稠调豆浆：把麻籽和柘树的果实捣碎了调在豆浆里，使之稠厚。㉑麦麸：小麦的麸皮。㉒他每早合掌擎拳：他每，他们。掌擎，抱拳作揖。㉓经纸：抄印佛经所用的纸，俗称黄表纸，这里形容人饿得面黄肌瘦。㉔等闲参与商：等闲，这里指一般。参与商，两星名，古人常用来比喻亲人和朋友不得相会。㉕私牙子船湾外港：私牙子，投机买卖的人，指粮食贩子。湾，动词，停泊。㉖无徒：无赖。㉗牙钱：指私牙子在卖主和买主之间抽取的佣金。㉘卖面处两般装：卖面的过秤时暗地里捣鬼。两般装，谓表里不一。㉙昏钞早先除了四两：昏钞，破烂的钞票。除了四两，对一斤（十六两）而言，扣除四分之一。㉚江乡相，有义仓：江乡，江边的乡村。相，当作厢，旁边。义仓，预防饥荒的粮仓。㉛积年系税户掌：历年都由纳税的大户掌管。㉜借贷数补答得十分停当，都侵用过将官府行唐：指掌管义仓的入侵吞了积粮，却又假造了借贷账目，蒙蔽官府。补答，填补。侵用过，侵吞、挪用过。行唐，蒙蔽、搪塞之意。㉝劝粜：官吏到乡下来开仓平价卖粮。粜，卖粮食。㉞无实惠尽是虚桩：穷人得不到实惠，开义仓不过是虚装样子。㉟印信凭由：官府盖有图章的文书。㊱社长知房：社长，即村长。知房，负责仓房的人。一说为族长。㊲磨灭：磨折，消耗。㊳闲浮浪：不务正业的人。㊴筇杖：筇竹做的手杖，这里泛指拄杖。㊵尪羸：身体病弱。㊶一丝好气沿途创：只剩下一口气也还要去逃荒。创，同“闯”。㊷阁泪汪汪：眼眶里含着泪水。㊸饿莩：饿死的人。莩，同“殍”。㊹乞出拦门斗抢：乞民有时为一点食物拦门互相斗抢。㊺便财主每也怀金鹄立待其亡：财主每，财主们。怀金，腰里存着钱。鹄立，像天鹅一样伸长脖子呆立着。㊻汲黯：汉武帝时的名臣，曾在巡视河内时见到灾情严重，不等皇帝诏令便开仓济民。㊼济与粜亲临发放：高监司亲自赈济和卖粮给灾民。㊽见孤孀疾病无皈向：孤，指无父无母的孤儿。孀，寡妇。皈向，归依、依靠。㊾赃输钱：对贪污、盗窃者的罚款。㊿分例米：饥民按规定每份应得的粮食。51多般儿区处：用多种方式和手段处理。区处，处理。52生放：放债。53无承望：没有指望。54无钱的受饥馁填沟壑遭灾障：指死在山沟道边。55也么哥：作衬字用，相当于“啊”“啊呀唉”之类。56鬻：卖。57无偏党：无偏向，公正无私。58展草垂缰：意谓效犬马之劳。59覆盆之下：这里用以赞扬高监司的恩德如同阳光一样照亮了黑暗的角落。60莅事：临事。61萧曹：萧何、曹参，汉初的名相。62伊傅：伊尹、傅说，均为商代名相。63周召：周公旦与召公奭，均为周初的名臣。64紫泥宣诏，花衬马蹄忙：紫泥宣诏，是说高监司将被召回朝，受到升赏。65玉笋朝班：即玉笋班，指英才济济的朝班。66金瓯姓字香：意指高的名字业绩将刻在铜制礼器上流芳百世。67攀龙附凤：辅助皇帝。68和鼎调羹：羹，是一种浓汁的汤，调羹，即调和羹汤，借指治理朝政。69受用取貂蝉济楚：头戴整洁的貂蝉冠，言担任国家重臣。济楚，整齐、华丽。70衮绣峥嵘：衮绣，绣着龙纹的朝服。峥嵘，这里指华贵，有气派。71珂珮：古代官员礼服及所乘马车上佩挂的玉饰。72都知是前任绣衣郎：位列于朝班的匣宰就是前任的绣衣郎官。73相门出相前人奖，官上加官后代昌：这里用来颂祷高的后代荣贵昌盛。74粒我烝民：粒，粮食，这里用作动词，意为使百姓吃上饭。烝民，人民。75细较量：仔细思量。76论讲：讨论。77共说东湖柳岸旁：这里借用南宋隐士苏云卿辞官归田的故事。78云卿苏圃场：隐士苏云卿曾在豫章东湖开辟了一处菜园居住，被称为苏圃。79与徐孺子流芳挹清况：徐孺子，汉代豫章的高士，屡征不就，甘于清贫。挹，引，接。清况，清幽的景况。80立一统碑碣字数行：立上一座石碑。一统，一块，一座。碑碣，这里指石碑。

**【鉴赏】**

刘时中的《上高监司》共有前后两套，是元曲中非常难得一见的触及重大社会问题的作品。元天历二年（1329年），江西等多处遭受严重旱灾，时任江西道廉访使的高监司开仓赈民，减轻灾情，这套元曲就是为他而写。这套元曲揭示了真实的江西大旱的情景，记录了当时灾民流离失所，饿殍满地的灾区，家破人亡惨不忍睹的情景，同时也揭露了一些官吏与奸商勾结，借机发财的丑恶行径与罪恶嘴脸。

首曲即介绍写这篇元曲的初衷。从第二曲〔滚绣球〕到第六曲〔滚绣球〕，对旱灾发生时的场景进行了具体刻画。“去年时正插秧”一曲，简单扼要地对饥荒的背景情况作了描绘，描写灾民痛苦无依的生活。他们因为没有吃的，连平时不能吃的树皮、野菜、黄不老、蕨根粉都成了难得的美味，甚至连鹅肠苦菜、荻笋芦蒿等不能下咽的东西，也被拿来充饥。如果有了些“捶麻柘稠调豆浆”或是“煮麦麸稀和细糠”之类的食物，饥民们简直就像得到了神仙的赏赐，“他每早合掌擎拳谢上苍”，他们“一个个黄如经纸，一个个瘦似豺狼”。为了求得生存，有些饥民只好兵行险招：“偷宰了些阔角牛，盗斫了些大叶桑。”饥荒中偏逢瘟疫流行，“遭时疫无棺活葬”，只好“贱卖了些家业田庄”。更凄惨的是，卖儿卖女，骨肉分离，一家人永难再见。最揪心的还是“乳哺儿没人要撇入长江”。作者饱含辛酸的眼泪，描绘了一幅饿莩成行、哀鸣遍野的饥民百态图。

从第七曲〔倘秀才〕到第九曲〔伴读书〕，作者揭发了一些奸商、富户、有权有势的官僚们趁火打劫、大发横财的恶行，与在饥饿中的广大贫苦民众、挣扎在死亡线上的情况形成鲜明的对比。他们囤积倒卖粮食，哄抬物价，牟取暴利，更有甚者巧取豪夺，化公为私，在“谷中添秕屑，米内插粗糠”，层层盘剥。作者满怀悲愤，以血泪控诉了这些奸商、富户和有权有势者们不顾人民死活，趁机发财的丑恶行径。在〔货郎〕以及〔三煞〕之后几支曲中，赞扬了高监司在救灾中的功德，表达了一片感恩戴德之情，并希望他能高升的美好愿望。

全篇运用了大量的对比和比喻，并结合典故，刻画了灾民的凄苦状态。本曲最大的特色在于元曲的题材范围扩大到将政治题材，让元曲有了更大的表现空间和发展空间。

## 〔双调〕新水令

代马诉冤

**世无伯乐怨他谁？乾送了挽盐车骐骥[①]。空怀伏枥心，徒负**

化龙威。索甚伤悲，用之行舍之弃[2]。

〔驻马听〕玉鬣[3]银蹄，再谁想三月襄阳绿草齐。雕鞍金辔，再谁收一鞭行色夕阳低。花间不听紫骝嘶，帐前空叹乌骓逝[4]，命乖我自知，眼见的千金骏骨无人贵[5]。

〔雁儿落〕谁知我汗血功，谁想我垂缰义[6]，谁怜我千里才，谁识我千钧力？

〔得胜令〕谁念我当日跳檀溪[7]，救先主出重围？谁念我单刀会[8]随着关羽？谁念我美良川扶持敬德[9]？若论着今日，索输与这驴群队！果必有征敌，这驴每怎用的？

〔甜水令〕为这等乍富儿曹[10]，无知小辈，一概地把人欺。一地里快蹿轻跳[11]，乱走胡奔，紧先行不识尊卑。

〔折桂令〕致令得官府闻知，验数目存留，分官品高低。准备着竹杖芒鞋，免不得奔走驱驰。再不敢鞭骏骑向街头闹起，则索扭蛮腰将足下殃及，为此辈无知，将我连累，把我埋没在蓬蒿，失陷在污泥。

〔尾〕有一等逞雄心屠户贪微利，咽馋涎豪客思佳味，一地把性命亏图，百般地将刑法凌迟[12]。唱道[13]任意欺公，全无道理。从今去谁买谁骑，眼见得无客贩无人喂！便休说站驿[14]难为，则怕你东讨西征那时节悔！

【注释】

①世无伯乐怨他谁？乾送了挽盐车骐骥：发现和使用那些有谋略、有才干的人，都需要有“伯乐”的慧眼识别和帮助提携。出自“骐骥负盐车，垂头于太行之坂，见伯乐则喷而长鸣。”骐骥：千里马。千里马拉盐车喻指大材小用。②“空怀”四句：引用了“老骥伏枥，志在千里”和《马记》中王昌落魄遇仙，骑马回去，到家后马化为龙的典故。③鬣：马脖子上的毛。④帐前空叹

乌骓逝：乌骓是项羽的坐骑。⑤千金骏骨无人贵：指当时无人看重千里马。⑥垂缰义：引用了苻坚之马垂缰救主的故事。⑦跳檀溪：指刘备乘“的卢”马脱险故事。⑧单刀会：即关云长单刀赴会的故事。⑨美良川扶持敬德：敬德是唐将尉迟恭的字。⑩乍富儿曹：刚富的暴发户。⑪一地里快蹿轻跑：一地里，一味的。蹿，跳。跑，用脚尖着地走路。⑫凌迟：古代一种刑罚，把罪人一刀一刀割碎。⑬唱道：就是畅道，常道。⑭站驿：驿站。

**【鉴赏】**

刘时中并非是首开先河，借动物之口叙述冤情来抒写人间的不平，但这首《代马诉冤》影响深远，作者以一只千里马的口吻诉说得不到重用的冤屈，实则是为不能得到重视的知识分子们抱不平。

整套曲子用了七支曲牌，首曲〔新水令〕，“千里马常有，而伯乐不常有”，作者抒发了因为没有伯乐的赏识，所以千里马的前途只能被断送在艰困的劳作中。作者借曹操之志和马化为龙的典故，表明这匹老千里马虽有一身卓越的能力，但却无法得到主人的重用，最终被舍弃的结局，怎能不使人感到悲伤？

〔驻马听〕〔雁儿落〕〔得胜令〕三支曲，作者以马的口吻回忆了自己曾经的功绩，并且诉说了自己遭遇的不公待遇，发出自己遭到抛弃的沉重叹息。想当年，自己在三月三日曾载刘备赶赴襄阳之会，而现在将军帐前再听不见也见不到千里马了。在〔雁儿落〕〔得胜令〕两支曲中，作者连用多个典故，并使用了七个反问句，表达了千里马被遗弃的愤懑不平的心情。

〔甜水令〕〔折桂令〕〔尾〕三支曲子则描写了一匹得不到重用的千里马的遭遇。千里马与普通的马不同，他具备特殊的才能，可是待遇却不如普通的马。在马中，那些“乍富儿曹”“无知小辈”只善于做表面文章，而立过汗血功劳的千里马却难逃被卖到农村的命运，甚至被“埋没在蓬蒿、失陷在污泥”，“准备着竹杖芒鞋，免不得奔走驱驰”，供人服役、为人拉车，最后却落个“眼见得无客贩无人喂”的悲惨结局。这些，都是由于那些屠户贪图利益、“咽馋涎豪客”们“思佳味”，才使得千里马得不到原本的待遇，甚至不得善终。面对如此悲惨的结局，千里马发出了警告：“便休说站驿难为，则怕你东讨西征那时节悔！”这是对现状的愤怒，也是对这个黑暗社会的现状发出的不平的吼声。

这篇元曲以千里马比喻人才，借动物来抨击社会的黑暗现实，形象生动，具体贴切，活灵活现地展示出元代社会中知识分子得不到重用，最终沦落悲惨遭遇。曲子语言流畅通顺，描述详细，用字通俗质朴，用坚定的语气表现出了不向世俗低头的精神。

# 阿鲁威

## 〔双调〕蟾宫曲

旅况

**理征衣[①]鞍马匆匆，又在关山，鹧鸪[②]声中。三叠阳关[③]，一杯鲁酒[④]，逆旅新丰[⑤]。看五陵无树起风[⑥]，笑长安却误英雄[⑦]。云树濛濛，春水东流，有似愁浓。**

【注释】

①征衣：本指征战时所用的战袍，这里比喻奔波之急。②鹧鸪：其鸣叫之声凄切，这里指不如意的事。③三叠阳关：送别之曲，曲中充满着无尽的离愁。④鲁酒：薄酒。这里用“一杯鲁酒”的典故，是从反面说愁之重。⑤新丰：汉代京城长安附近县名，在今临潼县东，刘邦为其父所建。⑥看五陵无树起风：五陵，汉代著名的五个皇陵。这里以“树”喻人，“风”指风流。全句说的是京城应为英才汇集之处，但不见英雄，所见皆为纨绔，庸庸碌碌无德无能，令人可笑可叹。⑦笑长安却误英雄：笑，含有耻笑、慨叹双重语义。长安，这里引申为通都大邑。误，并非单纯的耽误，而是包含着对元代统治阶级内部一面互相残杀，一方荒淫奢侈的斥责。

【鉴赏】

这首元曲题为《旅况》，从内容上看，应该作于作者赴长安途中，描写长途旅行中作者的感受，全曲同样可以分为四层，第一层为开头三句“理征衣鞍马匆匆，又在关山，鹧鸪声中”，开门见山，直抒胸臆，简要描述旅途的情况。

第二层为“三叠阳关，一杯鲁酒，逆旅新丰”，作者独自一人，旅途寂寞，思乡之情无以寄托，抒发了下榻旅舍时满怀的愁思。作者听着《阳关三叠》，思乡之情深切，作者满腹郁闷之情，只能借酒消愁，自斟自饮，然而薄酒无味，这情境，怎能不叫人黯然销魂?

第三层为“看五陵无树起风，笑长安却误英雄”，由一个“看”字总起，表明富贵误人，抒发自己对前程十分迷茫的内心。“五陵无树起风”，象征自己时运不济；下句“长安误英雄”，写出了在此地的怀才不遇。“笑”字看似乐观向上，但是依然无法排遣自己内心的凄苦和悲愤之情。

第四层为“云树濛濛，春水东流，有似愁浓”，作者由一个“愁”字着笔，那云海一样无边无际的森林，融化为滔滔江水的春雪，都承载了作者浓厚的愁情。此曲以写景结尾，作者将旅途的艰辛、浓重的思乡之情、对人生失意的感慨、对前程渺茫的忧虑寓情于景，回味无穷。

## 〔双调〕蟾宫曲

**怀友**

**动高吟楚客秋风①，故国②山河，水落江空。断送离愁，江南③烟雨，杳杳孤鸿。依旧向邯郸道中④，问居胥⑤今有谁封。何日论文，渭北春天，日暮江东。**

**【注释】**

①动高吟楚客秋风：楚客，一位楚地的人。秋风，一种豪壮的楚歌。②故国：故土，故乡，指那位友人的故乡。③江南：古代一般指吴越，即今江浙一带。④依旧向邯郸道中：这里用了唐沈既济《枕中记》的典故。⑤居胥：指狼居胥山，西汉名将霍去病大败匈奴，在狼居胥山筑土建坛纪念，后以封狼居胥为建立功业。

**【鉴赏】**

阿鲁威本是蒙古族人，曾任南剑（今福建南平）太守，本曲应为作者赴任途中所作。这是一首触景伤情、怀念故人的元曲。

开头第一句“动高吟楚客秋风”，作者所怀的友人是一位楚地之人，常常吟咏“秋风辞”那样豪放的楚歌。开头就决定了全曲的情感基调。作者刚别故乡，下面两句“故国山河，水落江空”，联想到故乡的秋日景物，也暗含着友人已离开故乡，故乡也人去江空了。“水落江空”虽然只有四字，却将秋天寂寥的风貌一句写尽。

接下来“断送离愁，江南烟雨，杳杳孤鸿”三句，描写的是江南的秋景。作者的思念萦绕着江南的烟雨，可惜“杳杳孤鸿”音讯很少，断送了他的离愁。“依旧向邯郸道中，问居胥今有谁封”两句，引用了《枕中记》中“黄粱梦”的典故，点明追求功名；下句“居胥”用卫青、霍去病逐匈奴于狼居胥的故事，这说明作者曾经也有宏图壮志，表达自己想建功立业、名垂青史，但结果却被现实打败的心情。作者用问句进行指问，现在有谁还想着去封狼居胥山？哪儿还有为国家考虑的人？这既是对友人的劝谏，也表现了对现实的极度不满。

最后三句“何日论文，渭北春天，日暮江东”，作者语气虽然平实，但寓意深厚。由自己的苦闷联想到志趣相同的友人，曾经无论身在何处，什么季节，两人都在一起饮酒作对，畅谈心事，而如今只有悠悠的江水。作者由景生情，层层推进，结尾点明主题，发人深思，耐人寻味。

## 〔双调〕蟾宫曲

**烂羊头谁羡封侯[①]。斗酒篇诗[②]，也自风流。过隙光阴[③]，尘埃野马[④]，不障闲鸥[⑤]。离汗漫飘蓬九有[⑥]，向壶山小隐三秋[⑦]。归赋登楼[⑧]，白发萧萧，老我南州[⑨]。**

**【注释】**

①烂羊头谁羡封侯：典出《后汉书·刘玄传》之“烂羊头，关内侯”。②斗酒篇诗：化用杜甫《饮中八仙歌》的名句“李白一斗诗百篇”。③过隙光阴：指光阴易逝。④尘埃野马：哪怕是像尘土的微粒，像春天田野上的雾气，都是有所凭藉的。⑤闲鸥：鸥，指代隐者，又加上“闲”字，更突出隐居之乐。⑥离汗漫飘蓬九有：汗漫，无边无际，引伸为无休无止。飘蓬九有，在全国各地漂泊。九有，即九州。⑦小隐：隐居到山泽之中去。⑧归赋：表示想辞官归田。登楼：表示思乡之情。⑨南州：泛指南方地区。

**【鉴赏】**

这首曲抒发了作者向往归隐田园生活的心境。

开头三句，作者直抒胸臆，毫无雕琢掩饰，语言质朴流畅。首句“烂羊头谁羡封侯”，断然否定了拜将封侯的生活道路，语出惊人。“谁羡”二字，表明作者不屑的态度，为正面描写自己的人生理想埋下了伏笔。接下来“斗酒篇诗，也自风流”两句，表达了作者倾慕李白纵情诗酒、飘逸的生活态度。

接下来三句，作者连用三个典故，进一步表明作者对自我人生选择的理性思考。时光易逝，哪怕生命如尘土微小，那般转瞬即逝，与其为仕途奔波忙碌，不如自由地在山林翱翔。“离汗漫飘蓬九有，向壶山小隐三秋”两句，正面表明了作者自己的美好理想，希望离开这无尽的四处漂泊的生涯，归隐田园乡间，完全超脱于这世俗之外。

“归赋登楼，白发萧萧，老我南州”三句，现实的残酷粉碎了作者的美好愿望。表现了作者在现实与理想的矛盾中苦苦挣扎的困苦和无奈。虽然自己已经白发苍苍，却必须远离故土，屈任南剑太守，纵使有归隐之心，也只能寄情于诗赋之中。

# 薛昂夫

## 〔正宫〕塞鸿秋

**功名万里忙如燕，斯文一脉微如线，光阴寸隙流如电，风霜两鬓白如练。尽道便休官，林下何曾见？至今寂寞彭泽县①。**

**【注释】**

①“尽道”三句：化用唐代灵澈“相逢尽道休官好，林下何曾见一人”诗意。

**【鉴赏】**

薛昂夫的〔塞鸿秋〕一共三首，这是第一首，这首曲子意在讽刺那些醉心仕途、追逐名利的文人墨客。

曲子开头“功名万里忙如燕，斯文一脉微如线”两句，从正面描写为官者追逐名利，如燕子逐食，忙碌不堪，而对斯文却看得很轻的状态。作者以“忙如燕”和“微如线”形成对比，抒发了对为官者丧失斯文、人心不古的行为的无限感慨，更是鲜明地描绘出了追名逐利者的状态。

接下来“光阴寸隙流如电，风霜两鬓白如练”两句，说出了人生短暂，光阴易逝，多少人为了追求功名白了头！作者以时光如电和“风霜两鬓”对比，时光如白驹过隙，匆匆流逝。人们应当把握每时每刻，实现自己的人生价值，在自然中感受生命的真谛，然而，愚昧的文人们却在争名逐利、尔虞我诈之中将人生虚度，从而造成了他们碌碌无为的生活状态。

接着“尽道便休官，林下何曾见”两句，通过追名逐利者自身的言行矛盾形成对比，口头上无意仕途、假装清高，实际上却善于经营并乐此不疲，从而将他们虚伪的本质进行了入木三分的刻画。最后一句“至今寂寞彭泽县”，推出东晋彭泽县令陶渊明辞官归隐寂寞东篱的史实来证实了之前的观点，同时，又以“寂寞”与开头的“忙如燕”相互照应，巧妙地传达出作者对此所持的褒贬态度。

这首曲子最大的艺术特色就是对比手法的成功运用，通过层层的对比，鲜明地勾勒出争名逐利的文人可怜、可恶、可悲的面目，具有现实代表性。

## 〔中吕〕朝天曲

**董卓①，巨饕②，为恶天须报。一脐然③出万民膏，谁把逃亡照④？谋位藏金，贪心无道，谁知没下梢。好教，火烧，难买棺材料。**

**【注释】**

①董卓：汉献帝时著名的权奸，后被王允、吕布杀死。②饕：贪财。③然：通“燃”。④逃亡照：反用唐人聂夷中《咏田家》“不照绮罗筵，只照逃亡屋”的诗意。

**【鉴赏】**

这首曲子据史而写，作者快意于董卓的下场，以为是其贪婪残暴、作恶多端的必然结果。历史上的董卓是汉献帝时著名的汉奸，后被王允、吕布杀死，曝尸街头。因其体肥多脂，夜晚守尸的士卒于其脐中点灯，据说光明达旦，以至数日。

曲子开头笔锋尖锐，锋芒直指，将其称之为“巨饕”，结合一个“贪”字，列出了董卓的斑斑劣迹，直言其作恶多端，不得好报。接下来“一脐然出万民膏，谁把逃亡照”两句，写出了董卓生前榨取民脂民膏，把自己养得肥硕无比，之后又写出人们在其死后，用他的油脂在肚脐上点灯，光明照亮了流离失所、四处逃亡的百姓。作者在语言上的夸张，还有对比手法的使用，对董卓的种种恶行进行了深刻的揭露。接下来“谋位藏金，贪心无道，谁知没下梢”三句，进一步揭发董卓生前作恶多端，绝不会有好下场。最后三句“好教，火烧，难买棺材料”，作者以幸灾乐祸的口吻，挖苦董卓死后被火焚烧，连棺材也不能买的悲惨下场，真是大快人心。

这首曲子充分发挥了快语直言的特点，嬉笑怒骂，痛快尽兴，酣畅淋漓，抒发了作者对董卓的恨之切，实际也影射了一切贪财残暴的权臣，注定不会有好下场。

## 〔中吕〕朝天曲

**则天，改元，雌鸟①长朝殿。昌宗出入二十年②，怀义阴功健③。四海淫风，满朝窑变④，《关雎》无此篇。弄权，妒贤，却听梁公⑤劝。**

**【注释】**

①雌鸟：指武则天。②昌宗出入二十年：武后的内侍宠臣张昌宗，他是武后二十年荒淫生活中的重要角色。③怀义阴功健：怀义，指薛怀义。阴功，本指“阴德”，这里用指后宫和生活之事。怀义一为武后私宠，出入禁中；二主后宫大事，更得武后信赖，所以讲“阴功健”。④窑变：原指窑中坯体涂上油浆变成灿烂夺目的釉面。这里比喻文武百官，效仿张氏兄弟和薛怀义等人，个个都一变为五彩缤纷的釉面小丑，金玉其外，败絮其中。⑤梁公：指武则天的大臣狄仁杰。

**【鉴赏】**

武则天，唐高宗皇后。高宗死后，于公元690年篡夺帝位，称圣神皇帝，改国号为周，改元“载初”为“天授”。武后于公元705年卒，先后专权二十余年。本曲痛斥了武则天的嫉贤妒能、荒淫无道，同时又对她曾经近贤纳谏予以肯定。

开篇就对武则天专权的罪行进行呵斥。作者出语不敬，肆意辱骂，实乃大胆之举。不尊皇后为凤，却称之为“雌鸟”，接着，作者历数“昌宗出入二十年”，“怀义阴功健”作为“雌鸟长朝殿”的有力证明。张昌宗出入宫中，便是其重要的证据。武后荒淫无度，专权二十年，薛怀义为武后私宠，出入禁中，并在后宫之中主事，肆意妄为。

“四海淫风，满朝窑变，关雎无此篇”三句紧承上文，细数了武后淫乱所带来的影响。朝野上下淫风四起，文武百官，腐化变质，后宫之中更是不见后妃之德。这里，是对武则天淫乱生活的唾骂和无情揭发。最后三句，在归结批判武后的同时，对其尚能听信梁公的进谏，委婉地表示了赞扬。

全曲针对武则天生活上荒淫无度、政治上专权进行无情的斥责，语出惊人，同时又对其能纳谏举贤给予明确的肯定，该扬就扬该抑就抑，拥有客观的视角。

## 〔中吕〕山坡羊

**咏金叹世**

**销金锅[①]在，涌金门外[②]，戗金船[③]少欠西湖债。列金钗，捧金台，黄金难买青春再。范蠡[④]也曾金铸来；金，安在哉？人，安在哉？**

**【注释】**

①销金锅：指西湖。②涌金门：指杭州西城的一个城门，又称小金门。③戗：在器物上填嵌金银饰物。“戗金船”，指填嵌着赤金图案的花船。④范蠡，春秋越国的大夫，辅佐越王勾践刻苦图强，卒灭吴国，自己隐居江湖。

**【鉴赏】**

这首曲子通过描写眼前的景物和剖析了历史人物的命运，揭示了华贵终将逝去的真理，从而咏叹拜金者的可怜命运。

开头三句“销金锅在，涌金门外，戗金船少欠西湖债”，这三句勾勒出了西湖的大致轮廓，决定了全曲的感情基调。联系整体内容，这部分无一不与西湖有关，销金锅是对西湖的昵称，意思是销金锅似的西湖犹在，而金却没了。涌金门外即西湖，其本身意味着视金如水，而“戗金船”行驶在其中。“销”“涌”“戗”三个字相互映衬，渲染了一种无比拜金的社会风气和挥霍无度的处世态度，西湖成为全曲咏金叹世的独特视角。

接下来三句“列金钗，捧金台，黄金难买青春再”，对湖面上的景象做了十分细致传神的描写，写饯金船上头插金钗的女客，手捧金银，富贵无比。然而，作者的意图并不是歌颂湖景的耀眼辉煌，而是直指“黄金难买青春再”，言辞激烈地指出黄金虽然可以买得到荣华富贵，却买不到再一次的青春。最后三句，以曾经辅佐越王勾践的范蠡的例子，说明经商十九年，治产三致千金，显赫一世也难逃逝去的命运。范蠡本人连同他的钱财，于今什么都没有留下，表达作者极深的感慨。最后“金，安在哉？人，安在哉”，作者在描述常理和事实之中不断深化主题，达到了艺术效果强烈的目的。

## 〔中吕〕山坡羊

**大江东去，长安西去，为功名走遍天涯路。厌舟车，喜琴书[1]，早星星鬓影瓜田暮[2]，心待足时名便足。高，高处苦；低，低处苦。**

**【注释】**

①喜琴书：化用陶渊明《归去来兮辞》“乐琴书以消忧”的诗句。②早星星鬓影瓜田暮：早，已经。星星鬓影，言鬓发花白。瓜田暮：《史记·萧相国世家》写秦东陵侯邵平，在秦亡之后，隐居长安城东门种瓜，瓜美味甜，时人称之“东陵瓜”。

**【鉴赏】**

这首曲子道出了一个浮沉于官海的知识分子厌倦功名利禄又未能归隐的苦闷心情，指出无论干什么事业，自有其苦与乐，人们应知足常乐。

开头三句“大江东去，长安西去，为功名走遍天涯路”，便直接道出沿着长江东下，向着长安西去，走遍天涯海角，只为了当官求功名。奔波于“天涯路”之间，既明白了为官的苦累，又隐含了功名难成的忧患。接着四句“厌舟车，喜琴书，早星星鬓影瓜田暮，心待足时名便足”，描写出功名已成之时，却又讨厌当官的生活状态，在宦海浮沉间产生了羁旅困顿之感。在一“厌”一“喜”之间，表达了作者对功名的厌倦以及对归隐的向往。于是作者由衷地感悟：“心待足时名便足”，所以，只要自己心里满足，无论做什么都是高兴的；反之，心里不满足，无论做什么都不高兴。

末尾这四句“高，高处苦；低，低处苦”，作者站在官位高低有无的两个角度分别作体验，使用对比突出事物的两个方面，都以“苦”字作结，既呼应前文，言做官有做官的苦，为民有为民的苦，高有高的苦，低有低的苦，表明了官海沉浮的各种滋味，引人深思，发人联想。

## 〔中吕〕山坡羊

西湖杂咏

薛昂夫

**携壶[①]堪醉，拖筇[②]堪醉，何须画舫[③]笙歌沸。绕苏堤，旋寻题，西施[④]已领诗人意，回首有情风万里[⑤]。湖，如镜里；山，如画里。**

**【注释】**

①壶：指酒壶。②筇：此指竹做的手杖。③画舫：装饰华美的船。④西施：这里用苏东坡诗意，以西施称代西湖。⑤回首有情风万里：化用苏轼《八声甘州·寄参寥子》“有情风万里卷潮来”的诗句。

**【鉴赏】**

薛昂夫《西湖杂咏》共七首，都是对西湖四季的风光进行了描写，此为第六首。全曲描绘了西湖的壮丽景色，同时也将作者恬淡旷达的情怀完全表达了出来。

开头三句“携壶堪醉，拖筇堪醉，何须画舫笙歌沸”，描写作者独自欣赏着西湖的秀美风姿，提着酒壶，拖着筇竹手杖，语言简练，却将这种状态描绘得别有一番韵味。作者沿西子湖畔漫步，领略着大自然的壮美，醉心于西湖美景，连用二个“堪醉”，将作者沉醉于幽静现实的状态淋漓尽致地展现了出来。不仅如此，作者补一笔“何须画舫笙歌沸”，更显示他不喜那喧哗、富贵的生活情趣和价值取向。

接下来四句，“绕苏堤，旋寻题，西施已领诗人意，回首有情风万里”，写诗人沿着苏堤，打算将眼前美景化作诗句，而美丽的西子湖早已领会了作者的意图，“回首有情风万里”，这里，作者将西湖拟人化，使西湖与作者的感情融为一体，寓情于景，情景交融，然后又化用苏轼《八声甘州·寄参寥子》

中“有情风万里卷潮来”的句子，描绘出了长风万里的西湖，烟波浩渺，意向宏伟壮大。末尾四句“湖，如镜里；山，如画里”，连用两个比喻，将“湖”比成“镜”，“山”比成“画”，充满了豪放的情怀，语言概括，笔调恬淡，但还是将西湖风光特色生动地描绘了出来。

## 〔双调〕庆东原

**西皋亭[①]适兴（六首之二）**

**兴为催租败[②]，欢因送酒来[③]。酒酣时诗兴依然在，黄花又开，朱颜未衰，正好忘怀。管甚有监州，不可无螃蟹[④]。**

**【注释】**

①西皋亭：皋亭山在浙江杭县东北，作者即居于西麓。②兴为催租败：《冷斋夜话》载，宋谢无逸写信给潘大临，问有新诗否？潘答曰：“昨日得‘满城风雨近重阳’句，忽催租人至，遂败意，只一句奉寄。”③欢因送酒来：《宋书·陶潜传》写陶渊明九月九日重阳节无酒，出宅边菊丛中坐久，值逢江州刺史王弘送酒至，即便就酌，醉而后归。④“管甚”两句：宋时有钱昆少卿，家杭州，喜食蟹，求补外郡官，人问所欲，他说：“但得有螃蟹无通判处足矣。”监州，官名，宋代各州通判的别称。

**【鉴赏】**

薛昂夫晚年曾在杭县皋亭山一带隐居。《西皋亭适兴》共六首，此曲为第二首，表现出作者忘情诗酒、淡泊功名的生活态度，追求自由豪放乐观的情怀。

开头两句“兴为催租败，欢因送酒来”，用对仗的方式，说明作者的所愁是由租金而来，高兴则是因为有酒送来，内容和格式都非常对应。但这些并不是作者实际的生活方式，而是据此以潘大临，陶渊明自比，突出作者在拮据的生活中情绪上的起伏变化。

接下来“酒酣时诗兴依然在，黄花又开，朱颜未衰，正好忘怀”中间四句，明显可以看出作者虽然情绪消沉但是依然乐观坚强，由于浓郁的酒兴将作者的诗性引了出来，作者诗兴大发，又恰逢眼前菊花开放，而人又朱颜未改，

逸兴尚在，作者希望可以在梦里把眼前一切的不如意统统忘掉。虽然流露出有些消沉的情绪，但也表达了作者豁达、乐观的情怀。正因为如此，作者在最后两句才说出发自肺腑的：“管甚有监州，不可无螃蟹”。作者在结尾用“监州无通判，不可无螃蟹”的典故，表达了作者不想受上司拘管，不求功名利禄，只想追求自由生活的愿望，真是快人快语，痛快淋漓。

本曲随着周围环境的变化写出了人物感情的变化，表现出作者不俗的语言功力，线索分明，层次清楚，出语坦直爽快，字里行间充满了作者的豁达和豪放。

## 〔双调〕庆东原

韩信

**已挂了齐王印①，不撑开范蠡船②。子房③公身退何曾缠，不思保全，不防未然，划地④据位专权。岂不闻自古太平时，不许将军见。**

【注释】

①齐王印：指韩信伐齐，大败二十万援齐的楚军。灭齐，虏齐王。韩信请自立为假齐王。②范蠡船：指范蠡在功成名就之后，乘舟隐退江湖。③子房：指张良，他在功成之后，不接受万户侯之封，而追随仙人赤松子出游。④划地：意思为无端地，怎的。

【鉴赏】

这首曲子通过咏叹汉大将军韩信的悲剧命运，揭示了历史长河中皇帝容不下开国功臣的历史教训。

根据班固《汉书·韩信传》所载：韩信，淮阴人，少时家贫，后来因为萧何推荐，成为了刘邦的大将军，是汉朝的开国功臣。韩信伐齐，打败了援齐的二十万楚军。灭齐，虏齐王。韩信自请立为齐王，汉王很不高兴，骂曰："吾困于此，旦暮望若来佐我，乃欲自立为王！"张良进谏曰："不如因立善遇之，使自为守，不然，变生。"汉王觉得很对，封韩为齐王。此后，汉王"畏恶其能"，最后韩信死在了吕后的策划之下。

开头两句"已挂了齐王印，不撑开范蠡船"，直抒胸臆，表明观点，将韩信居功自傲的性格特点精准地刻画了出来。作者将"齐王印"和"范蠡船"进行对比，写韩信功成名就之后就应该像范蠡那样，隐退江湖，不问世事，而不是居功自傲。

中间四句"子房公身退何曾缠，不思保全，不防未然，地据位专权"，又举了与韩信同时建功立业的张良的例子，写出张良在成功之后，没有接受封号，而是追随仙人赤松子云游，表明了作者的观点，韩信却没有想过如何保全自己，一味地索要权利。

最后两句"岂不闻自古太平时，不许将军见"，抒发作者的感慨，总结了历史教训与经验，说明了一个道理：在漫长的历史中，有多少皇帝在得天下之后，容不得开国功臣。而韩信作为一代名将，却忘记了历史性教训。这首曲子寓意深刻，感情沉重，富有哲理性，意味深长。

## 〔双调〕殿前欢

**夏**

**柳扶疏[①]，玻璃万顷浸冰壶[②]，流莺声里笙歌度。士女相呼，有丹青画不如，迷归路，又撑入荷深处。知他是西湖恋我，我恋西湖?**

**【注释】**

①扶疏：茂密的柳枝，迎着微风轻轻飘荡。②玻璃万顷浸冰壶：玻璃，属于天然水晶石的一种。冰壶，盛冰的玉壶，比喻水之洁清。

【鉴赏】

这首曲子是薛昂夫晚年退居杭州西湖时描写西湖的四季风光而作的，原有四首。这首曲子是对夏游西湖时情景的描写。

开头作者就将自己眼里的西湖两岸绿柳成荫、万顷碧波的美景进行了描绘。描绘了西湖之夏的秀丽景致，美得胜过丹青图。“柳扶疏”写茂密的柳枝，迎着微风轻轻飘荡。“玻璃万顷浸冰壶”一句西湖水变身万顷玉壶中的水晶，写出了西湖的晶莹可爱。第三句“流莺声里笙歌度”，写莺声和歌声。第四句“士女相呼”写游人沉醉在西湖的流莺笙歌、男呼女应的动人情景。面对此情此景，作者发出了“有丹青画不如”的感慨。

曲中，鸟声与呼声相谐和，荷花与绿柳相映衬，玻璃万顷与迷归路相照应，情景交融，共同构成了一幅西湖闲游图。接下来两句“迷归路，又撑入荷深处”，描述作者归途中遇到的趣事，着重对游人之乐做了描写。船在归途迷路，误入了荷花丛中。这与李清照《如梦令》中“沉醉不知归路”，“兴尽晚回舟，误入藕花深处”有着相同的意境，写出了游人对西湖美景的迷恋、陶醉、沉而忘返的乐趣。

结尾“知他是西湖恋我，我恋西湖”，突出一个“恋”字，巧妙地表现了西湖的夏日风光与游人对西湖的依恋之情。

## 〔双调〕殿前欢

**冬**

**浪淘淘，看渔翁举网趁春潮，林间又见樵夫闹①。伐木声高，比功名客更劳②，虽然道，他终是心中乐。知他是渔樵笑我，我笑渔樵?**

【注释】

①闹：樵夫紧张和辛劳的生活。②劳：劳累，辛苦。

【鉴赏】

薛昂夫曾做过江西行省令史，作为封建的统治阶级，在游览湖光山色的同时，能够关注民间疾苦、百姓生活，实属不易。这首曲为游览西湖时所作，这首曲子以即将临春的西湖为背景，赞叹了虽苦忧乐的百姓生活。

开头三句“浪淘淘，看渔翁举网趁春潮，林间又见樵夫闹”，即将临春的时节，西湖波浪滔滔，渔翁举网捕捞，樵夫积极伐木的一幅百姓安居乐业图。一个“趁”字，一个“闹”字，可以看出渔樵生活的辛劳和紧张。

接着两句“伐木声高，比功名客更劳”，从樵夫伐木的沉重呼声中，作者体会到为官比渔樵生活轻松得多。作者设身处地地来体验渔樵生活，把渔樵的生活与为官作对比，指出渔樵更辛劳，同时也将自己内心的辛苦流露了出来。“虽然道，他终是心中乐”，然而尽管如此，对百姓来说，生活虽然贫苦辛劳，但依然是自食其力，所以内心里仍充满欢乐，反映了他们怡然自得、虽苦忧乐的生活状态。

结尾两句“知他是渔樵笑我，我笑渔樵”，在官与民的互笑中，表明了官民的对立关系：官笑民下贱、粗鄙；民笑官，不劳而获，内心肮脏，这也反映了作者对名利这等身外物看得已经很淡泊了。

这首曲子运用朴素的语言勾勒出了渔樵的神情和生活场面，表现出民比官劳，但心比官乐的情趣，风格率直，情感真挚。

## 〔双调〕楚天遥过清江引

**花开人正欢，花落春如醉。春醉有醒时，人老欢难会。一江春水流[①]，万点杨花坠。谁道是杨花，点点离人泪[②]。**

**回首有情风万里，渺渺天无际。愁共海潮来，潮去愁难退[③]，更那堪晚来风又急[④]！**

**【注释】**

①一江春水流：取李煜“恰似一江春水向东流”之句，其着重在“问君能有几多愁”意。②“万点杨花坠”下三句：化用了辛弃疾“似花还似非花，也无人惜从教坠”“细看来，不是杨花，点点是离人泪”的句意。③“回首”以下四句：化用了苏轼“有情风万里卷潮来，无情送潮归”的句意。④更那堪晚来风又急：化用李清照“怎敌他晚来风急”的句子。

**【鉴赏】**

这首带过曲抒发了离愁别恨，同时包含了青春易逝，人生易老的伤感之情。曲子化用了苏轼两首词的词意，〔楚天遥〕化用《水龙吟·次韵章质夫杨花词》；〔清江引〕化用《八声甘州·寄参寥子》。

〔楚天遥〕在咏杨花中写伤春之情。开头四句“花开人正欢，花落春如醉。春醉有醒时，人老欢难会”，作者在大自然的花开花落中融入了时光流逝的体会，开头便为全曲定下伤感的基调，既描绘大自然的春景，又包含对人生的感悟，四句中，“有醒时”关照“花开”，“人老”呼应“花落”，结构严谨，层次分明。然后，作者化用李煜词《虞美人》“恰似一江春水向东流”之句，将愁思的形象具体化了，愁思就像滔滔春水，又将暮春时杨花的飘落，当做离人的点点眼泪。

〔清江引〕换了一个角度描绘海潮。“愁共海潮来，潮去愁难退”海潮带卷来了离人之愁，这愁既是主人公的，可是对方的。可是海潮退了，愁却没有和海潮一起退去。结尾“更那堪晚来风又急”，原本的愁绪难以排遣，却又碰上“晚来风又急”的恶劣天气，于是新愁旧愁一起涌上心头，这使主人公怎么能忍受得了呢？此处用李清照《声声慢》“怎敌他晚来风急”的现成句子，将主人公此时此刻的愁绪描绘的生动传神，同时也暗示读者，前半曲是在伤春中写愁，而这半曲已是在悲秋中写愁了。

这首带过曲前半曲写杨花，后半曲写海潮，看上去没有关联，但都是在“愁”字上下功夫，使得全曲意象一脉相承，一气呵成，浑然天成。

## 〔双调〕楚天遥过清江引（二首）

**屈指数春来，弹指惊春去[①]。蛛丝网落花，也要留春住[②]。几日喜春晴，几夜愁春雨[③]。六曲小山屏，题满伤春句[④]。**

**春若有情应解语，问着无凭据[⑤]。江东日暮云，渭北春天树，不知那答儿是春住处？**

**有意送春归，无计留春住[⑥]。明年又着来，何似休归去。桃花也解愁，点点飘红玉[⑦]。目断楚天遥，不见春归路[⑧]。**

**春若有情春更苦，暗里韶光度[⑨]。夕阳山外山，春水渡傍渡，不如那答儿是春住处？**

【注释】

①屈指数春来，弹指惊春去：春天到得晚而快。②蛛丝网落花，也要留春住：蜘蛛要把春光留住而用蛛丝网住落花。③几日喜春晴，几夜愁春雨：春季，晴天人们可以到郊外踏青，领略大好春光，所以就高兴。而绵绵雨夜，往往给人们增添忧伤的情绪，所以“愁春雨”。④六曲小山屏，题满伤春句：屏风上面写满了伤春的诗句。⑤春若有情应解语：化用李贺“天若有情天亦老”之句。⑥有意送春归，无计留春住：因为没有办法把春留住，所以只能装作有情去送春。⑦桃花也解愁，点点飘红玉：春去了连桃花也懂得忧伤，那红玉般的花瓣纷纷地飘落。⑧目断楚天遥，不见春归路：望着辽阔南天一直到地平线，也没有发现春归去的道路。⑨春若有情春更苦，暗里韶光度：春也不愿离开人间，但非归去不可时，只能悄悄地走。

【鉴赏】

这两首常过曲都是抒发惜春、伤春的情感，沿袭黄庭坚的《清平乐》。原词为：“春归何处，寂寞无行路。若有人知春去处，唤取归来同住。春无踪迹谁知？除非问取黄鹂。百啭无人能解，因风飞过蔷薇。”作者在此基础上进行了创新。

第一曲将怀人之愁融入了伤春之情中。前半曲〔楚天遥〕，八句中用了六个“春”字，娓娓道出作者伤春的情绪，语言质朴，极富韵味。“蛛丝网落花，也要留春住”两句，想象奇特，将人惜春之情移情于物，寓情于景，情景交融。“几日喜春晴，几夜愁春雨”，进一步抒发作者的惜春之情，通过描写春天的日晴夜雨天气状况的变化，写出了这种愁喜无端的伤春之情无法预知和控制，只有在六曲小屏风上写满伤春的诗句，至此写出“伤春”的主题。这种伤春，是感伤春雨浪费了大好春光，是感伤春的来去之匆匆，也是感伤人生的青春流逝。

“春若有情应解语”套用李贺“天若有情天亦老”之句，后曲〔清江引〕连用前人的诗句，点明怀人之愁。主人公写了那么多的伤春诗句，如果春有情的话，应该是能理解这些诗句的。然而“问着无凭据”，看来春天并未“解语”只是徒令人伤怀。

结尾“不知那答儿是春住处？”既是写惜春，也是思念离人。全曲格调清雅婉约，极富韵致，显露了元曲的特色。

第二曲在春离开时写出伤春、惜春之情的悲切。前曲〔楚天遥〕写出了不想春走，没有办法把春留住，却又无可奈何的无奈。所以只能装作有情去送春，“送春归”实属无计可施之举。“桃花也解愁，点点飘红玉”两句，春去了，连桃花也懂得忧伤，那红玉般的花瓣纷纷飘落，与前一首的“蛛丝网落花，也要留春住”有异曲同工之妙，而且“飘红玉”与“网落花”遥相呼应。“目断楚天遥，不见春归路”，作者对着辽阔的天空，找不到春归的痕迹，表现了作者对春的离去的不舍。

后曲〔清江引〕继续抒发春归后的情思。“春若有情春更苦，暗里韶光度”，作者以春的视角为之设想，其实春也不想离开，无计可施只能悄悄溜走。“夕阳山外山，春水渡傍渡”，无奈中作者再次远眺希望找到春的踪迹，只有残照的夕阳，山外有山，水天相接，山间水旁丝毫不见春的气息。于是作者在结尾迫切地喊出“不如那答儿是春住处？”在这感慨中，既有留不住春的伤悲，也有觅春不得时内心的凄凉。全曲写得温婉缠绵，意象深远，清丽感人。

## 〔正宫〕端正好

闺怨

**小庭幽，重门静，东风软膏雨[①]初晴。猛听的卖花声过天街应，惊谢芙蓉兴。**

**〔幺〕残红妆点青苔径，又一番春色飘零。游丝心绪柳花情，还似郎无定。**

**〔倘秀才〕南浦道送春行，多应是抛弃了欢娱，奔逐利名。千古恨短长亭，欲留恋难能。四眸相顾两心同，信佳人薄命。**

**〔滚绣球〕珰玎的掂折玉簪[②]，扑咚的井坠银瓶[③]，分开鸾**

**镜[4]。生来几曾理会害甚么相思病？怎捱这从此后冷清清的光景？别酒慵斟，离歌倦听。俺车儿去也，他上马登程。向晚归来愁闷增，闪的人来孤另。**

**〔三错煞〕金杯空冷落了樽前兴，锦瑟闲生疏了月下声。欲寄音书，空织回文锦字成。奈远水遥山隔万层，鱼雁也难凭。**

**〔二错煞〕料忧愁一日加了十等，想茶饭三停里减了二停。白日犹闲，怕到黄昏睡卧不宁。则我这泪点儿安排下半枯井，也滴不到天明。**

**〔煞尾〕团团黄篆焚金鼎，夜夜浓薰暖翠屏。偏今宵是怎生？乍别离不惯经，睡不安卧不宁，分外春寒被儿冷。**

**【注释】**

①膏雨：滋润作物的霖雨。②珰玎的掂折玉簪：珰玎的，即“玎”，拟声词，玉跌下的声音。掂，跌落。这句是说，玉簪落地，折成几段，比喻美好的爱情，顿时被折散。③扑咚的井坠银瓶：扑咚的，象声词，水桶掉入井里的声音。银瓶，汲水器。这句是说，情人分离，心扑通一跳，就象银瓶掉入井中。④分开鸾镜：比喻情人分别，如饰有鸾鸟的镜子被打破了。

**【鉴赏】**

这支套曲分为三层，描写了女子送别情郎时的离愁别恨。

第一层为第一、二曲，是对离别后愁怨的描写。描写了卖花人的叫卖声，将闺中人从梦境中惊醒了。惊醒之后，看见残红点点，径苔青青，荡漾的游丝，飘零的春色，联想到情郎即将远去。他飘忽不定的心思，就好比那春花，不能长久。第一支曲子用小庭、重门、东风、膏雨、初晴，描绘出了一幅幽静和美的图景，与第二支曲中的残红、青苔、游丝、柳花的飘零之态形成对比，这两曲着重对景物的描写，从侧面进行描写，借景抒情，情景交融。表现了从美好的理想境界到现实的离别的突变。

第二层为第三、四曲，是对离别的场景的追忆。〔倘秀才〕写南浦道送别情郎，在长亭更短亭中铸成了千年遗恨。情郎的离去只是对利益的追求，只能感叹佳人多薄命了。〔滚绣球〕用“折玉簪”“坠银瓶”等比喻对与情人分手时复杂的心境进行了传神的刻画，接着又描写了与情人的分别，女主人公顿觉孤单凄凉，归家后愁闷突增的状态。

第三层为最后三曲，是对与佳人分别后夜晚的愁闷的具体刻画。〔三错煞〕〔二错煞〕写女主人公对离别后的生活的想象：从此以后，两人再也不能共同畅饮、畅谈情思。想寄书信来表达对情郎的思念，可是千山万水，思念难传。即使每晚准备半井泪水，也不够滴到天亮。〔煞尾〕一曲写现实孤零的夜晚，由想象转到现实。今晚无法安睡，分外春寒被儿冷。这三支曲子直接抒发作者情感，对佳人心理活动的具体描写，通过今昔的对比、对未来的想象，突出了异常难耐的愁苦之情。

这篇元曲写离别之情，在对哀婉缠绵的离别的描写中，抒发了女主人公的百转愁肠和沉重的思念之情。

# 吴弘道

## 〔南吕〕金字经

**伤春**

**落花风飞去，故枝[1]依旧鲜。月缺终须有再圆。圆[2]，月圆人未圆。失颜变[3]，几时得重少年[4]。**

**【注释】**

①故枝：去年的旧枝。②圆：这个不仅指团圆，还有循环复归的意义。③朱颜变：指的是容貌衰老。④少年：年轻。

**【鉴赏】**

这首曲子虽然是叫《伤春》，却不是因为春天的消逝感到哀伤，而是通过自然界的季节循环往复，月缺月圆的变化，抒发了对人生无常、青春不再的感慨。

开头“落花风飞去，故枝依旧鲜”，就说落花飘散在风中，春天马上就要过去了，只剩下空枝，却依然显得鲜嫩，生机勃勃；第二句说新鲜的花朵在去年的旧枝上重新绽放，表明了花谢还可以重开，而青春却是一去不回。这二句用了兴的手法，并起了一种对比的作用，又起到以客观景物引起情思的作用。结合题目，用风吹花落来正面比喻青春的消逝，而旧枝依然鲜明则反衬出人无再少年。

接下来“月缺终须有再圆。圆，月圆人未圆”三句，以月亮的圆缺来对比人事的变化无常，而本曲并非正用此法，而是从反面着笔，说明了月缺了还会再圆，来对比人年老就不可再年轻了，在这一正一反的对比中，“伤春”的真正意义就不言而明了。结尾两句“失颜变，几时得重少年”，直接揭示题旨，为人的青春易逝而难再得而伤怀不已。

这首曲子表明对人的青春一去不复返的惋惜之情，通过大自然的变化等意象，衬托出“人无重少年”这个人生哲理，将形象性与理论性巧妙的融合在一起，在受到大自然景物形象的感染的同时，又引起对人生的启迪、自然规律和人生哲理的反思。

## 〔南吕〕金字经

**颂升平**①

**太平②谁能见，万村桑柘烟。便是风调雨顺年③。田，绿云④无尽边。穷知县⑤，日高犹自眠。**

**【注释】**

①太平：有二义，一是指治平，即社会和平；二是指连年丰收。这二义这里都有。②便是风调雨顺年：年成好，天公作美，风雨适时。③绿云：绿色的庄稼。④穷知县：指知县清廉，不贪污。

**【鉴赏】**

这首元曲描绘了社会安定、农业丰收的景象，紧密结合题目《颂升平》，表达了作者希望为官清廉的理想。

开头两句“太平谁能见，万村桑柘烟”，作者欲扬先抑，先说出难见的太平盛世，然后又说自己有幸见到，在这一抑一扬之间，作者刻画了一幅农业兴盛、生活安定的美丽图画，突出了作者笔下的广大乡村的太平景象。绿树环绕千村万落，缕缕炊烟从绿荫中袅袅升起。

中间“便是风调雨顺年”说明当时农村太平的原因：收成好，是上天的赏赐，是因为气候适宜，风调雨顺。“田，绿云无尽边”两句，作者将视角从村落中转移至外面，庄稼茂盛的在田野里生长，放眼望去，满眼新绿，意象越来越开阔，将境界进一步扩大，显得壮美开阔。

结尾“穷知县，日高犹自眠”，写廉洁自律，既写知县官清政简，又写他政绩廉明，从不向百姓征收苛捐杂税，也不去骚扰百姓。结尾这二句，作者点明当时农村太平除了靠天赐之外，第二个原因就是执政者为百姓考虑，实行清明的政策。

此曲语言质朴流畅，将生机无限的农村风光生动的刻画了出来，具有较强的可读性。

## 〔南吕〕金字经

咏渊明

**晋时陶元亮①，自负经济才②。耻为彭泽一县宰③。栽，绕篱黄菊开④。传千载，赋一篇归去来⑤。**

**【注释】**

①陶元亮：指陶渊明。梁朝萧统《陶渊明传》说："陶渊明，字元亮。"②经济才：指经世济民、治理国家之才。③耻为彭泽一县宰：彭泽，县名，在现今江西省北部、长江南岸。县宰，县令，古代称县令为宰官。④"绕篱"句：化用陶渊明"采菊东篱下，悠然见南山"的意境。⑤"赋一篇归去来"："辞"是赋这种文学体裁的别体，故这里用一"赋"字。

**【鉴赏】**

这是一首对陶渊明辞官归隐的赞叹之作。

开头"晋时陶元亮"一句，开门见山，交代了陶渊明所处的时代，不称其名而称其字，表明对他的尊敬和敬仰。"自负经济才"一句，是对陶渊明少壮时有积极入世的抱负与才干的称赞。陶渊明年轻时有强烈的志向，要为国家建立功业。

接下来"耻为彭泽一县宰"，这句写陶渊明辞官的一事和辞官的原因，高度概括了陶渊明清高自负的高洁品格。一个"耻"字，感情色彩浓烈，突出了陶渊明因不愿为五斗米折腰而辞官。"栽，绕篱黄菊开"二句，描写陶渊明辞官后的田园隐逸生活。陶渊明栽菊、爱菊，表现了他辞官后的安逸生活。一个"栽"字，赞美陶渊明归隐生活中劳动的生活情趣，"绕篱"句则是对陶渊明归隐生活中的悠闲舒适的心境的高度赞美。

最后两句"传千载，赋一篇归去来"，曲子字里行间流露出对陶渊明辞官行为的赞许之情。写陶渊明的文章《归去来兮辞》千古流传，深受世人喜爱。

这首元曲歌咏陶渊明的生平事迹，描述了陶渊明辞官、赏菊、赋归几件事，重点突出，主题鲜明。语言简洁质朴，通俗流畅。

## 〔中吕〕上小楼

**钱塘感旧**[①]

**虚名仕途[②]，微官苟禄[③]。愁里南闽[④]，客里东吴[⑤]，梦里西湖。到寓居[⑥]，问士夫[⑦]，都为鬼录[⑧]。消磨尽旧时人物。**

**【注释】**

①钱塘感旧：指在杭州怀念死去的旧友。钱塘，县名。元代，钱塘县属杭州路。旧，指故旧之交。②仕途：原指做官的途径，这里指官场。③微官苟禄：微官，指的是从七品的芝麻官。苟禄，苟且得到的俸禄。④南闽：今福建南部。⑤东吴：今江苏苏州一带。⑥寓居：指寄住的居所。⑦士夫：这里泛指士子，既包括官僚阶层，也包括一般读书人。⑧鬼录：指已死，语出陶渊明《拟人挽歌辞》："昨暮同为人，今旦在鬼录。"

**【鉴赏】**

这首写作者在杭州对死去旧友的怀念的情感，字里行间充满着苍凉，令人悲叹。

开头二句"虚名仕途，微官苟禄"，作者对自己在江西行省的做官经历做了简单概括。作者连用"虚""微""苟"等含有贬义色彩的词语，抒发出他蔑视仕宦的生涯，同时也表达出作者厌恶仕宦的人生，作者将深沉的人生感叹寄寓其中了。

中间三句"愁里南闽，客里东吴，梦里西湖"三句，作者又对自己过去在江浙行省的一段生活作了概括。"南闽""东吴""西湖"，这一"南"、一"东"、一"西"，三个方位词，用词精巧，巧妙排列，虽然是句式整齐相同，但情感上却有所偏重。"愁里""客里""梦里"三个词语，彼此相通，体现了感情色彩的不同，将情感表达重点落在西湖上。"愁"字表现了回忆的不快，"客"字表现了回忆的平淡，"梦"字则饱含深意，既有梦寐之意，言到西湖居住是自己平生梦寐以求，为下文写重遇西湖埋下了伏笔。"梦"字同时又有梦幻之意，叙述过去那段在西湖作为他乡之客的生活，如梦如幻，这又为下文作了感情上的烘托和渲染。

下面三句"到寓居，问士夫，都为鬼录"，在面对旧时的"寓居"时，一一发问，而其旧友都已亡故之悲，令人心酸不已。尾句"消磨尽旧时人物"

借鉴苏东坡《念奴娇·赤壁怀古》词“浪淘尽千古风流人物”的写法，说出被岁月逐渐消耗的旧友都是过去时代的人才，表现了对旧友的极其想念之情。此曲将作者悼念故友的深情表达了出来，其所表达的悲凉的人世沧桑之感、悲切之痛，深入肺腑，震撼人心。

# 赵善庆

## 〔中吕〕普天乐

**江头秋行**

**稻粱肥，蒹葭秀。黄①添篱落，绿淡汀洲②。木叶空，山容瘦。沙鸟翻风知潮候③，望烟江万顷④沉秋。半竿落日，一声过雁，几处危楼。**

**【注释】**

①黄：指“稻粱”。②绿淡汀洲：绿，指“蒹葭”。汀洲，水中的小块陆地。③知潮候：了解潮涨潮落。④烟江万顷：可理解为“万顷烟江沉浸于秋色之中”。

**【鉴赏】**

这首元曲对作者漫步江边所见秋景进行细致的描写，表现出作者心境的复杂。

作者漫步江头，首先映入眼帘的是“稻粱肥，蒹葭秀。黄添篱落，绿淡汀洲”，稻子、高粱和茂密的庄稼结出的累累成果挂满了中间的缝隙，江中沙渚上萧疏而秀美的蒹葭，绿淡黄添。此时，在作者眼中秋景丝毫没有凄凉萧瑟的感觉，而是一派丰收的气象。一个“肥”字和一个“秀”字，将作者的喜悦表现了出来。而“黄”“绿”二字再着“添”字和“淡”字，形象展示了由夏入秋，大自然色彩的渐变过程。

接着，作者的视线转向远处，描绘了另一番景致。“木叶空，山容瘦。沙鸟翻风知潮候，望烟江万顷沉秋”，昔日郁郁葱葱的林木，如今在秋风中凋零，木落千山，使得山峰显露出突兀嶙峋的轮廓。一个“瘦”字，将山拟人化，把山形容成一个女子的身段，因为覆盖在身上的绿色植物的凋残而变得消瘦，这里传神地写出了秋山清癯的容貌。沙鸥在秋风中上下翻飞，它们知道潮汛即将来临而变得不安宁。江面万顷，烟波浩渺，秋色原本是虚的，用一个“沉”字，化虚为实，使它成为有重量、可触摸之物，给作者带来的无疑是沉重的凄清与惆怅。作者描绘了一幅动静互映的图画，从“翻”到“沉”的过程，透露了作者的情感由江头秋行所见之景引起的惊喜进入更深沉的情感。

结尾，“半竿落日，一声过雁，几处危楼”，作者的视线转向空际，但见夕阳西下，红日半竿，秋雁一声长鸣，掠过几处高楼。落日、过雁、危楼，都是颇带悲伤和思乡感情，作者通过这些不同意象的组合，创造了一个层次分明又颇具伤感的氛围。《江头秋行》是写景名作。作者通过对景物不同的形态、色彩和情调的描写，反映了作者感情心路历程的变化，反映出作者面对秋景时心境的复杂。

## 〔中吕〕普天乐

**秋江忆别**

**晚天长，秋水苍。山腰落日，雁背斜阳。璧月词①，朱唇唱，犹记当年兰舟上，洒西风泪湿罗裳。钗分凤凰②，杯斟鹦鹉③，人拆鸳鸯④。**

**【注释】**

①璧月词：泛指艳曲。②钗分凤凰：是“分凤凰钗”的倒文。③杯斟鹦鹉：用海螺雕琢成的酒杯。④人拆鸳鸯：拆散如鸳鸯一般恩爱的情人。

**【鉴赏】**

这首元曲是作者秋天时在江畔漫步，由景生情，在同样的景色中回想起了一次离别从而写下此曲，此曲分为两层。

第一层为前四句，对日暮江边的景象进行了描写。“晚天长，秋水苍。山腰落日，雁背斜阳”，作者用对偶句，描写了眼前的秋江暮景，勾起了作者的回忆。作者面对浩瀚无际的天空，面对秋水苍茫的大地，面对落日余晖的山腰，夕阳斜斜地照在大地上，大雁成群结队地东飞，天地之间一片迷茫旷远，凄清寂寞。作者将落日、斜阳，分别放在山腰和雁背这种特殊位置上，表达了作者在秋天的日落时分时那种不忍离去而且想回去的心情。

第二层为后七句，写忆别的具体内容。此曲从“壁月词”开始，进入一个回忆的空间。“壁月词”出自《玉树后庭花》曲的“壁月夜夜满，琼树朝朝新”。想当初离别之际，在兰舟之上，红唇轻启却还在唱“壁月词”。作者却将团圆的曲子安排给离别的恋人演唱，更加突出两人之间那种感情的悲凉的感觉。离别的泪水在西风中沾湿了衣裙；离别宴上，每人各留一支凤凰钗，让大家多喝一杯。从此一别，将一对恩爱的情人拆散，从此咫尺天涯，不知道什么时间才能再遇！最后三句“钗分凤凰，杯斟鹦鹉，人拆鸳鸯”以凤凰、鹦鹉、鸳鸯描述，结构严谨，包含意蕴。

此曲从现在起笔回溯到以前，采用了倒叙的手法，使曲子表现的空间拓宽了，有很强的艺术表现力，意味深长。

## 〔中吕〕山坡羊

**长安怀古**

**骊山[1]横岫，渭河[2]环秀，山河百二[3]还如旧。狐兔悲，草木秋，秦宫隋苑徒遗臭。唐阙汉陵何处有？山，空自愁；河，空自流。**

**【注释】**

①骊山：在长安附近的临潼县东南。②渭河：环绕长安城。③山河百二：泛指古代秦国的险要之地。

**【鉴赏】**

《长安怀古》为咏史之作。作者在吊古伤今的兴亡之叹中，还夹杂着对封建统治者的责问，以及对人生短暂而又变幻无常的伤感。

开头“骊山横岫，渭河环秀，山河百二还如旧”，先从山河的雄险落笔。这一山一水，用一“横”一“环”，作者居高临下地鸟瞰了长安的险要形势和壮丽风光。而且突出长安的山川形胜一如当年，烘托出了这个历代古都形势之险峻和景色之壮丽，与后面的残破之景与黍离之悲形成强烈的反差。“山河百二还如旧”，而今天长安的形势，山河依旧但人事全非。“还如旧”三个字，铿锵有力，在这相对不变的空间里，时间流逝，演出了多少朝代兴衰的悲喜剧，作者百感交集的怀古伤古之情，尽在其中。

紧接着，“狐兔悲，草木秋”，为作者当时所见之景，与长安一带险峻的地理优势，形成鲜明的对照。倾吐出作者由今思昔而产生的感叹、感伤和悲愤之情。又用激昂的带议论性的语言揭示出：秦始皇、隋炀帝这些暴君役使人民修建起来的宫苑，早已不复存在，只是留下一个骂名；汉陵唐宫阙又在哪里？留下的岂不就是衰败的草木和哀哀狐兔吗？在作者抒发兴亡之感的同时，也夹杂着人生无常、转瞬即逝、无可奈何的消极人生观。

最后两句“山，空自愁；河，空自流”，作者从怀古的感伤转移到现实的景物中来，经过一番遐想，那“横岫”的骊山，“环秀”的渭河，仿佛也因伤古而叹息。

整曲写得含蓄朦胧。作者运用了移情入景的手法，将山水赋予人的感情，由景生情，情景交融，刻画巧妙传神。

## 〔双调〕沉醉东风

**秋日湘阴[①]道中**

**山对面[②]蓝堆翠岫，草齐腰绿染沙洲[③]。傲霜橘柚青，濯雨蒹葭秀[④]，隔沧波隐隐江楼。点破潇湘万顷秋，是几叶儿传黄败柳。**

**【注释】**

①湘阴：在今湖南，是湘江下游、洞庭湖南岸的一座山青水秀的小城。②山对面：指作者“面对山”。③沙洲：水边的沙地。④濯雨蒹葭秀：蒹葭，芦苇。秀，草木开花。

**【鉴赏】**

秋天，作者走在湘阴道上，所见秋色烂漫，从所见的山水景物写起，自然生发出喜悦欢愉之情，于是写下此曲。

开头两句“山对面蓝堆翠岫，草齐腰绿染沙洲”，从选取的意象看，面对着山，只见层峦叠嶂，江中沙洲绿草齐腰。堆满山峦的“兰草”，茂盛生长的绿草，历经寒霜的橘柚，雨水洗濯的蒹葭，这些事物都呈现出勃勃的生机，充满了生命的活力，只用一个“堆”字，就将那郁郁葱葱的生机渲染出来，一个“染”字，形象地描绘出大片沙洲全被茂密的绿草所笼盖。“齐腰”，不仅具体描绘出草的丰茂，而且与前面的“对面”呼应，融入了作者的主观感受，悄悄地流露出了作者的情绪。表达了作者对秋日胜景的赞美。

三、四句“傲霜橘柚青，濯雨蒹葭秀”进一步点明，山上绿得那么深的，原来是“经霜色愈浓”的柚橘；给沙洲染上绿色的，原来是正在扬花的芦苇。从写景的色调看，作者写秋景浓墨重彩，色彩丰富而明丽，“翠、绿、青”等词的运用，一洗秋日的萧瑟，使笔下的江南秋景图高远开阔，明丽鲜妍，令人赏心悦目。

“隔沧波隐隐江楼”一句，由近及远。俯仰之间，这远楼近水，参差错落，色彩纷呈。这句既点出了江，又进一步拓宽了曲子的意味，作者凝神遐思的神态仿佛浮现在读者的眼前。

最后两句“点破潇湘万顷秋，是几叶儿传黄败柳”，表面上仍是写景，真是“见一叶落而知天下秋”！从表现手法上看，运用对比（或衬托），虽然“几叶儿”给人“数叶而感秋”的喟叹，但万顷潇湘美景仍令人赞赏，虽在秋天还是那么明亮而美丽的。正是这一叶传黄败柳，使作者的情感顿生波澜，意识到草木摇落的秋天已经到来了。“点破”二字化静为动，为画面平添了无限生机情趣，同时也为这首元曲增添了悠远的抒情意味。写景有强烈的层次感，远处的山峦，近处的沙洲，橘柚之青，芦苇之秀，更有沧茫碧波，隐隐江楼，画面呈现出一片生机盎然的景象。

## 〔双调〕沉醉东风

**昭君出塞图**

**毡帐冷柔情挽挽，黑河秋塞草斑斑。丹青误写情①，环佩难归汉②，抱琵琶怨杀和番③。比似丹青旧玉颜，又越添愁眉泪眼。**

**【注释】**

①丹青误写情：指王昭君被画工毛延寿丑化，因此没有得到汉元帝的‘召幸’。②环佩难归汉：化用杜甫“环佩空归月夜魂”的诗句。③和番：指王昭君和亲。番，番邦。

【鉴赏】

赵善庆这首元曲是题咏《昭君出塞图》的，既忠实于画面，描写了《昭君出塞图》中出现的荒漠、秋草、毡帐、人物，又根据史书、杂记中有关昭君的传说发挥艺术创造，从画境中拓出曲境，着重表现了昭君的故国之思以及由此引发的悲凉心境。

开头两句“毡帐冷柔情挽挽，黑河秋塞草斑斑”，描写荒野上孤零零的帐篷，使人联想到独宿其中的王昭君，她辞别故国，远出塞外，一定柔肠百转。她看着如同黑河两岸的斑斑塞草，是那样缠绵无尽，于是触景生情，情思驰骋于远在天涯的故国，发出了“丹青误写情，环难归汉”的怨诉，写出了对画工毛延寿的怨恨。历代诗歌都为昭君鸣不平，而作者却没有明确地表明态度，而是将着眼点放在“误写情”的后果“环难归汉”上，直接抒发昭君永别汉地的决绝之心。

最后三句“抱琵琶怨杀和番。比似丹青旧玉颜，又越添愁眉泪眼”，是依据《昭君出塞图》上昭君怀抱琵琶的形象，猜拟她心怀故里，怨恨和番的心思，作者也是借昭君抒发自己怀才不遇的身世之感，发人深省。

## 〔双调〕折桂令

**湖山堂**①

**小窗开水月交光。诗酒坛台，莺燕②排场，歌扇摇风③，梨云④飘雪，粉黛生香。红袖台已更旧邦，白头民犹说新堂。花妒幽芳，人换宫妆，惟有湖山，不管兴亡。**

【注释】

①湖山堂：在杭州西湖的西南面。②莺燕：指歌儿舞女。③歌扇摇风：化用晏几道“歌尽桃花扇底风”的词句。歌扇，古代歌女演唱时的道具。④梨云：本指梨花坠落时纷纷如云，这里指歌舞纷纭。

【鉴赏】

这首元曲描写湖山堂，重点是对堂内的歌舞的描写，并由此生出感慨。

前六句就着重描绘堂内热闹的歌舞。对于西湖夜色的美丽基本没有涉及，仅用开头“水月交光”四个字，概括交代了堂周围的湖光山色，而且“小窗开”巧妙地绾合堂内和堂外。一个“开”字，不仅营造了一种画面内的灵动的感觉，而且准备了一个鲜艳灿烂的背景为下面刻画堂内诗酒歌舞埋下了伏笔。

接着“诗酒坛台，莺燕排场，歌扇摇风，梨云飘雪，粉黛生香”五句，对堂内诗酒歌舞的盛况进行了描绘：堂内的风流之客饮酒赋诗，观赏歌舞排场；舞台上歌莺舞燕洁白的舞衣舞袖和雪白的肌肤，犹如“千树万树梨花开”的舞蹈，舞女们身上散发出阵阵幽香。如此香艳的场面真是让人心驰神往！

接下来，作者在时间上作了大幅度的跳跃。“红袖台已更旧邦，白头民犹说新堂”，红袖飘香的舞榭歌台尚在，但江山却早已易主了；曾在此游乐的少年今已白头，仍对湖山堂念念不忘，乐不知疲地向人诉说当年的盛况。这两对句工整，鲜明对比，从中寄予了作者深沉的反思和感慨。

最后四句“花妒幽芳，人换宫妆，惟有湖山，不管兴亡”，又回到眼前，以变与不变对比：年年岁岁，花儿争芳斗艳，盛衰有时；朝代更迭，人情变迁。面对这一切，人们能只沉浸在眼前的享乐中，让人心生兴衰之感，也暗含着一定的愤慨之情和抨击之意，情感真挚，表达直接，余韵悠长。

## ［双调］落梅风

**江楼晚眺**

**枫枯叶，柳瘦丝①，夕阳闲画阑②十二。望晴空莹然如片纸，一行雁一行愁字。**

**【注释】**

①柳瘦丝：形容柳枝比腰肢瘦削。②阑：阑干，即栏杆。

**【鉴赏】**

这首元曲借景抒情，题目《江楼晚眺》交代了作者是在薄暮时分，在江边楼上，举目远眺。通过描绘所见之萧条秋景，抒发了旅人思乡的愁情。

开头两句“枫枯叶，柳瘦丝”，描绘了一幅江枫枯萎了秀叶的景象。点明时令正逢秋天，而且渲染了一片萧条的气氛。“夕阳闲画阑十二”一句，作者只见夕阳斜照，斜阳无意，作者多情，“闲画”二字，把斜阳的无情转化为有意。“闲画”二字，看似无情，看似漫不经心，但实际上却是作者假装不在意，想要转移心中的凄凉，然而未能达成。

最后“望晴空莹然如片纸，一行雁一行愁字”两句，突出中心。作者仰望天空，看到晴空万里无云，此时心情就如同一张白纸，然而一行行南飞的大雁就像是信纸上的每个字迹，惊起了作者心中的涟漪。作者想象奇特，将归雁看作家书上的字，可见作者心中积郁的深切的思乡之愁，同时表达了作者满心的愁绪。

作者通过描绘所见之萧条秋景，情由景升，情景交融。枯黄的枫叶，细瘦的柳条，正是作者自我心境的写照。高空的过雁，引发了作者沦落天涯的愁恨，将大雁比作家书中的字，从而引起思乡怀人之愁，于是雁行在作者的眼里就变形为“愁”的意象。雁过长空，进一步拓宽了曲子的意境，进一步深化愁思，意境深远，回味无穷。

## 〔双调〕水仙子

**仲春[①]湖上**

**雨痕着物润如酥，草色和烟近似无[②]，岚[③]光罩日浓如雾。正春风啼鹧鸪，斗娇羞粉女琼奴。六桥[④]锦绣，十里[⑤]画图，二月西湖。**

**【注释】**

①仲春：（农历）二月，春季的第二个月，万物开始生长的时候。②“雨痕”两句：化用韩愈“天街小雨润如酥，草色遥看近却无”的句意。③岚：晴天的雾气。④六桥：在西湖，名映波、锁澜、望山、压堤、东浦、跨虹，为苏轼所建。⑤十里：指代西湖。

**【鉴赏】**

这是一首写景之曲，赞美了西湖仲春雨后的风光。

开头两句“雨痕着物润如酥，草色和烟近似无”，化用了韩愈的诗句“天街小雨润如酥，草色遥看近却无”，作者将“小雨”改为“雨痕”，不但将春雨的纤细形象地描绘出来，还带给人若有似无的感觉，呼应了下句的“近似无”。一个“润”字，极言春雨滋润万物，细而无声。春雨过后，小草破土而出，从远处看，纤细而稀疏，地面上浮起一层新绿。这里作者省去了韩诗里的“遥看”二字，用“和烟”替之，又把“却”换成“似”，使句子的含义更加丰富，于是更加恰切、传神地刻画出了春草初萌时那朦胧柔细、若有似无的形态。

“正春风啼鹧鸪，斗娇羞粉女琼奴”，描绘了朦胧、静谧的氛围中的勃勃生机。春风里鹧鸪的叫声，仿佛是在召唤人们趁着美好的春光去追寻幸福。粉女琼奴尽态极妍，怀着对爱情的模糊的憧憬，出来游湖踏青。一个“斗”字，匠心独运，很有新意，既写出了姑娘们之间的争妍斗丽，又使她们和春景相映生辉，将春情渲染得分外浓烈。最后三句“六桥锦绣，十里画图，二月西湖”，点明时间、地点，句式整齐，一气呵成，淋漓尽致。

## 〔双调〕水仙子

**渡瓜洲**[①]

**渚**[②]**莲花脱锦衣收，风蓼**[③]**青雕红穗秋。堤柳绿减长条瘦，系行人来去愁，别离情今古悠悠。南徐**[④]**城下，西津**[⑤]**渡口，北固山**[⑥]**头。**

**【注释】**

①瓜洲：长江北岸大运河与长江交汇之处，隔江与镇江相对，古时候是南北水运的交通要塞。②渚：水中陆地。③蓼：水生的草本植物。④南徐：镇江的别称。⑤西津：即西津渡，和瓜洲隔江相对。⑥北固山：在镇江北长江边上，三面临水，地形险要。

**【鉴赏】**

这首元曲是作者在秋天时乘船渡过瓜州，看到秋景衰败红衰翠减的景象，触景生情而作。

开头三句“渚莲花脱锦衣收，风蓼青雕红穗秋。堤柳绿减长条瘦”，尽情描绘了秋天的景色，选取了“莲”“蓼”“柳”这三种水中岸边常见的花草，通过描写它们的红衰翠减，表现了秋天江边的景象。“蓼”字前着一“风”

字，对蓼草在风中摇曳的袅娜风姿传神地刻画出来，给平静的画面中添加了几分灵动。

顺势看到堤岸，只见弱柳飘黄，翠色削减，丝丝柔条显得瘦损无力。“系行人来去愁”，正是这细弱的层层柳丝，激发了作者在内心郁结的羁旅愁思。柳树在过往的文学作品中往往是象征着离别，“别离情今古悠悠”，这种愁思，曾牵动了多少人的心绪！作者把自己的“来去愁”放在漫长的历史长河中，拓宽了此曲表达意味悠长的情境，影响深远。

南徐、西津和北固山，都在长江南岸，常被诗人用于表现离情的诗篇中，不仅有王安石“京口（镇江）瓜洲一水间”的名句，还有唐代诗人储光羲的“秋涛连沧溟，舟楫凑北固”；中唐诗人张祜《题金陵渡》的“金陵津渡小山楼，一夕行人自可愁。潮落夜江斜月里，两三星火是瓜洲”；元人陈孚《瓜州》的“急鼓西津渡，残灯北固楼”等等。

最后三句“南徐城下，西津渡口，北固山头”，连用三个地名，看似简单，实际上却将离情渲染得越来越浓重，构思奇妙。

## 〔双调〕水仙子

**客乡秋夜**

**梧桐①一叶弄秋晴，砧杵千家捣月明②，关山万里增归兴。隔嵯峨白帝城③，捱长宵何处销凝。寒灯一檠，孤雁数声，断梦三更。**

**【注释】**

①梧桐：夏末秋初就开始落叶的树木。②“砧杵”句：化用李白“长安一片月，万户捣衣声”的诗意。砧杵，捣衣的工具。③白帝城：位于今重庆市奉节县城东白帝山上、瞿塘峡口。

**【鉴赏】**

这首元曲的题目《客乡秋夜》即点明中心，“客乡”指作者所处的地点，“秋夜”指作者所处的时节。点明作者进入蜀地，到秋天了还未回乡之际，作者在月夜听到洗衣声，心里顿生浓浓的思乡情绪。

开头描写秋境，“梧桐一叶弄秋晴”，象征秋天降临的意象通过梧桐来表现出来，作者用一个“弄”字修饰梧桐叶飘然离枝，未落又飞，精细地刻画出了那种依依惜别的情态，其中包含着作者无限的情思。

紧接着一句“砧杵千家捣月明”，化用李白《子夜吴歌》：“长安一片月，万户捣衣声。秋风吹不尽，总是玉关情。”乍起的秋风，引发各家为远在外乡的游子赶制寒衣，勾起了作者对故乡的深切思念。作者构思奇妙，将秋、月、故乡、游子等意象用砧杵声串起，引起它们之间的连锁反应，唤起了人们内心对乡情的一些隐含的内容。

紧接着“关山万里增归兴”一句直接表达情感，点明关山难越，天涯游子也只是陡增归兴。中间两句“隔嵯峨白帝城，捱长宵何处销凝”，点明蜀道难非指此白帝城，于是卧后清宵，绵长无限，此愁无法消除。

最后三句“寒灯一檠，孤雁数声，断梦三更”，作者连用了三个名词词组将自己彻夜难眠的情景形象的刻画出来了。这一“寒”字和“孤”字，正是作者此时的心境，作者长年在外漂泊，而今又值此客乡秋夜，梦醒后只见的一盏孤灯，闻得几声雁鸣，难怪会“断梦三更”了。全篇结构紧密，至此，将一个游子深切的思乡之情深刻地表达出来了。

# 马谦斋

## 〔越调〕柳营曲

**楚汉遗事**

**楚霸王，汉高皇，龙争虎斗几战场[①]。争弱争强，天丧天亡[②]，成败岂寻常。一个福相催先到咸阳[③]，一个命将衰自刎乌江[④]。江山空寂寞，宫殿久荒凉[⑤]。君试详[⑥]，都一枕梦黄粱。**

**【注释】**

①龙争虎斗几战场：指楚汉长达四年的交战。②天丧天亡：公元前202年，刘邦将项羽围困在垓下。项羽突围至乌江，乌江亭长将船靠岸等他过渡，项羽笑曰："天之亡我，我何渡为？"③一个福相催先到咸阳：指灭秦战争中刘邦先于项羽进咸阳。④一个命将衰自刎乌江：指项羽命该衰亡，最后在乌江之畔自刎而死。⑤宫殿久荒凉：指当时建造的长乐宫、未央宫等，后来也随着朝代的更替而荒凉。⑥详：这里是细细评论的意思。

**【鉴赏】**

这是一首咏史元曲，全曲以叙事为主，并对楚汉之争发表了作者自己的看法。

开头三句"楚霸王，汉高皇，龙争虎斗几战场"，作者就直接介绍了楚汉之争双方的领袖，并将视角的重点放在硝烟弥漫的战场之上。将"楚霸王"和"汉高祖"分别比作龙和虎，表明作者对二人的评价都是其极高的，是把两人都当作英雄。"争""斗"二字，积极突出了两人关系的极端对立。

紧接着，"争弱争强，天丧天亡，成败岂寻常"三句，继续对当时楚汉战争的形势"龙争虎斗几战场"进行了高度概括。成皋之战前，项羽处于优势，刘邦处于劣势，项羽曾战胜刘邦，占领成皋。成皋之战后一阶段，刘邦大破楚军，又重新占领成皋。在这次战役中，双方情势的强弱对比发生了转变，最后垓下之围项羽战败。作者并未表明自己对此的看法。作者只是单纯地叙述了战争经过，并将这场战争概括为“争弱争强”。

接下来“一个福相催先到咸阳，一个命将衰自刎乌江”二句，将刘邦和项羽进行比较，“成败岂寻常”，写其一个胜利一个灭亡。通过刘邦“福相催”和项羽“命将衰”的强烈对比，作者对这次的楚汉战争的结局做出了宿命论的解释，作者认为刘邦胜是天命所归，是胜在了运气，天命难违。

“江山空寂寞，宫殿久荒凉”两句，此曲作者先扬后抑，刻画了刘邦虽然夺取了江山，但死后依然什么都没有留下，终究逃不过寂寞和孤独的下场，当年盛极一时的宫殿也随着一个朝代的灭亡而走向荒凉。“君试详，都一枕梦黄粱”，作者将项羽和刘邦的成败归结为是一场黄粱梦。这种宿命论虽代表了元代文人的普遍看法，但是思想略显平庸。

## 〔越调〕柳营曲

**叹世**

**手自搓[①]，剑频磨[②]，古来丈夫天下多。青镜摩挲，白首蹉跎[③]，失志困衡窝[④]。有声名谁识廉颇[⑤]，广才学不用萧何[⑥]。忙忙的逃海滨，急急的隐山阿[⑦]。今日个[⑧]，平地起风波。**

**【注释】**

①手自搓：跃跃欲试的样子。②剑频磨：指多次将剑锋磨快的意思，指磨砺。③蹉跎：虚度光阴。④衡窝：这些有志之士，抱负未能实现，终身只能住在简陋的房屋。⑤廉颇：现在像廉颇那样有声名的人，也得不到统治者的赏识。⑥萧何：西汉初年的名相。这里说现在像萧何那样广有才学的人，也得不到统治者的重用。⑦山阿：山之深曲处。⑧个：在这里作语助词，元曲中常见。

**【鉴赏】**

这首元曲概括了封建社会有抱负的文人一生的遭遇，深刻而生动地写出了封建社会扼杀人才的现实以及处在宦海风波中的凶险，语言冷峭犀利，情节跌宕起伏，具有很高的艺术性和思想性。这首元曲主要是感叹入仕之难以及仕途险恶。

开头三句“手自搓，剑频磨”，仿佛让读者看到天下有志有才的人，他们不断地勤学苦练，待时而动，跃跃欲试，希望有朝一日能有一番大作为。写自古以来天下有许多渴望建立功业的饱学之士。作者紧接着发出“古来丈夫天下多”怀才不遇的感慨。

接下来作者写自己的求仕未遂，于是蹉跎岁月。“青镜摩挲”是作者着意刻画的一个细节，从这句中，我们仿佛可以看到有志之士在屡经挫折、壮志消减后的那种徘徊而又满腔愤怒的表情。“白首蹉跎，失志困衡窝”，写有志之士看到自己鬓发变白而功业未建，时光流逝而抱憾终生。这三句与开头三句形成强烈的对照，客观上反映了封建社会埋没人才的冷酷现实，表达了作者心中的愤懑不平之情。

“有声名谁识廉颇，广才学不用萧何”二句，作者举廉颇和萧何的例子进一步表明，当时连廉颇、萧何那样的人才，也得不到统治者的赏识和重用。作者借古讽今，抒发了自己怀才不遇的愤懑。“忙忙的逃海滨，急急的隐山阿”两句，看似与前面求仕的内容不符，实际作者巧妙设计的跌宕起伏的情节。作者前面是那样的求仕心切，如今却是“忙忙的逃”，“急急的隐”，不禁让人产生疑问。

最后两句“今日个，平地起风波”给出了答案。有志之士在今日不但得不到重用，反而遭受迫害，因此被迫逃避现实，急忙隐居山林。这几句与前面形成鲜明的对照，揭露了元代士子壮志难酬，屡遭迫害，只好隐居遁世的社会现实。

《叹世》流露出作者对现实的不满之意。在元代，许多文人胸怀大志，纵使才高如萧何，声名如廉颇，也得不到赏识重用，还不如赶快去往海滨山里，做一个快活渔樵，又何苦在这险恶的世道上，无端惹风波。作者愤世嫉俗，以辛辣之笔，抨击统治者不能任用人才，反而使他们非逃即隐的黑暗现实。此作言词简短，愤懑之情溢于言表，风格苍劲奔放。

## ［双调］沉醉东风

**自悟**[1]（**二首之二**）

**取富贵青蝇竞血，进功名白蚁争穴。虎狼丛甚日休，是非海何时彻[2]？人我场[3]慢争优劣，免使傍人[4]做话说，咫尺韶华[5]去也。**

【注释】

①自悟：自我觉悟。②是非海何时彻：是说作者早已看透世事。彻，看透。③人我场：社会中的人际关系。④傍人：即旁人。⑤咫尺韶华：指人生短促，光阴易逝。韶华，指美好的时光。咫，周制八寸。

【鉴赏】

《自悟》是一首自省之曲。作者对自己以前的官场生涯作了深刻的反思。

开头两句“取富贵青蝇竞血，进功名白蚁争穴”，用犀利笔锋，揭露当时官场丑态，真是入骨三分。作者用比喻来形容那一群贪婪、卑劣的官僚，有讽刺的意味而又形象生动，可谓是深恶痛绝。作者采用了比喻手法，把富贵比作血，把追求富贵的人比作苍蝇竞血，极言其渺小和腥臭，也就是所谓成语“蝇头微利”；作者又把功名比作蚁穴，把追求功名的人比作白蚁，也极言其渺小和没有价值，也就是成语“蜗角功名”。

接下来“虎狼丛甚日休，是非海何时彻”二句，接下来又作进一步描绘，把官场比作“虎狼丛”“是非海”，再一次表现了对官场的否定，充分说明了官场的复杂凶险和尔虞我诈。作者将官场比作“虎狼丛”和“是非海”，问这种是非颠倒的生活什么时候才能结束?

“人我场慢争优劣，免使傍人做话说，咫尺韶华去也”，三句将描写范围由官场延伸到整个社会，表现了作者对社会一切竞争的否定。在这个是非颠倒、没有正义感的社会中还争什么长短优劣？还是摆脱名利和是非纠葛，摆脱人与人之间的一切优劣之争了，做一个洁身自好、与世无争的人吧！后三句抒写自己的处世态度：摆脱名利羁绊，不与人争长论短，洁身自好，免得旁人非议。

最后一句“咫尺韶华去也”，人生苦短，韶华易逝，作者要幡然悔悟了。深沉地表现了对时光易逝和晚景时日无多的伤怀惋惜，感慨无限，发人深省。

## 〔双调〕水仙子

**燕山[①]话别**

**满斟芳醑别长亭[②]，相送王孙出上京[③]。玉骢且莫敲金镫[④]，听阳关[⑤]第四声。临歧[⑥]执手论情，千古思前训[⑦]，一心怀志诚[⑧]，休担阁半纸功名[⑨]。**

**【注释】**

①燕山：位于今河北省东北部。②满斟芳醑别长亭：芳醑，美酒。长亭，古时设在路旁的亭舍，常用作饯别处。③相送王孙出上京：王孙，贵族子弟的通称。上京，原指上都(今内蒙古锡林郭勒盟境内)，这里指大都，即北京。④玉骢且莫敲金镫：暂且不要骑马走开。玉骢，青白色的马。⑤阳关：即《阳关三叠》，送别的歌曲。⑥歧：歧路，岔路，此指离别之地。⑦千古思前训：记住千古以来前人的教训。⑧志诚：同“至诚”。⑨担阁半纸功名：担阁，即担搁。半纸功名，指微不足道的功名。

**【鉴赏】**

这首元曲描写的是作者送别友人的情景。全曲可以分为两个层次，第一层为前四句，对送别的情景进行描写；第二层是后四句，写的是作者临别时对友人的鼓励。

开头二句“满斟芳醑别长亭，相送王孙出上京”，写出了话别的地点和对象。作者在路旁的亭舍斟满了美酒，写出了与友人话别时的依依不舍。“王孙”二字点明了友人非富即贵的身份。

接下来“玉骢且莫敲金镫，听阳关第四声”二句，对饯别时唱的送别之曲进行了描绘。不要骑马走开，表现了作者的不舍和留恋。“玉骢”和“金镫”，照应了友人的身份。前四句中的“芳”“玉”“金”等字，提升了整个曲子的风情格调，显得华贵精致。

已经到了不得不分别的时候，“临歧执手论情”，作者在岔路口诉说着惜别之情。最后三句“千古思前训，一心怀志诚，休担阁半纸功名”，就是作者与友人“执手”所提到的内容。作者要友人记住千古以来前贤的教训，诚恳地对待仕进；“休担阁”一词，劝友人要以功名前途为重。然而“半纸”一词，表现了作者自己对功名并不重视，反映了作者对待功名的矛盾心理。不过在友情和功名之间，作者的态度明显倾向于对友情的关注。

## 〔双调〕水仙子

**咏竹**

**贞姿[①]不受雪霜侵，直节亭亭易见心[②]。渭川风雨清吟枕[③]，花开时有凤[④]寻，文湖州[⑤]是个知音。春日临风醉，秋宵对月吟，舞闲阶碎影筛金[⑥]。**

**【注释】**

①贞姿：指竹子具有坚守其翠绿永不改变的姿色。②直节亭亭易见心：直节亭亭，指竹节笔直、亭亭而立。易见心，剖开竹子直接看到竹心。③渭川风雨清吟枕：渭川，即渭水，盛产竹子。清吟，竹子的摇曳声。④凤：凤凰，传说凤凰喜欢竹子。⑤文湖州：指文同，字与可，北宋梓潼人，擅长画竹；这里称他为竹的知音。⑥碎影筛金：碎影，阳光与月光照耀竹枝投向庭阶前的身影。筛金，筛遮投向庭阶的金色光辉。

**【鉴赏】**

这是一首咏竹的元曲，多角度、多层次、多方位地描写了竹的坚贞不屈和正直虚心的品质，曲子流露出元代文人风流自赏的特质。表明了自己正直爽朗的性格与节操。

开头二句正面描写竹子的特性，“贞姿不受雪霜侵”一句，写竹子坚守着其翠绿永不改变的姿色，而且不受风雪雨霜的侵蚀，常年翠绿、经久不变。第二句“直节亭亭易见心”，写出了竹子直节直心的特性。竹节笔直、亭亭玉立，而且竹子心直，剖开竹子，便可见到竹心。

接下来，“渭川风雨清吟枕，花开时有凤寻，文湖州是个知音”三句，在渭河沿岸的风雨之晚，会使诗人在枕上神志清爽地构思作品，从侧面交代竹子的高洁品质。作者并没有继续从竹子本身展开描写，而是从与竹子有关系的周围事物去一一描述：盛产竹子的渭川；竹子在风雨中的摇曳声；当它开花结果时就会引凤凰。按相传凤凰为百鸟之王，“非梧桐不止，非练实（竹实）不食，非醴泉不饮”。喜欢竹子的凤凰；善画竹的竹子的知音文湖州等等。作者把竹子放到周围的自然环境与社会环境中去描写，表现了竹子的高洁气质。

最后三句“春日临风醉，秋宵对月吟，舞闲阶碎影筛金”，是描摹竹的不同情态的。意思是说，它们在春风中像醉酒似的摇曳不定，秋夜里则枝叶瑟瑟作响，有似诗人吟唱。描写竹子的风姿，颇具神韵。春日，作者对着临风摇曳的竹子醉酒；秋夜，作者对着月光下的竹子吟诗。竹影斑驳，令人心醉。这三句表现了作者对竹子的由衷喜爱和欣赏。

# 张可久

## 〔双调〕折桂令

**酸斋[①]学士席上**

**岸风吹裂江云，进一缕斜阳，照我离樽。倚徙西楼，留连北海，断送东君[②]。传酒令金杯玉笋[③]；傲诗坛羽扇纶巾[③]。惊起波神，唤醒梅魂，翠袖佳人，白雪阳春。**

**【注释】**

①酸斋：元代散曲家贯云石，自号酸斋。②东君：“太阳神”，此指太阳。③玉笋：指美人的手指，这里代指美人。④羽扇纶巾：刻画酸斋学士的装戴。“纶巾”指官服，“羽扇”指挥人们作诗。

**【鉴赏】**

诗人通过刻画贯云石学士为自己举行的宴会来表现两人深厚的感情。这首元曲是写景抒情的名曲。

前三句“岸风吹裂江云，进一缕斜阳，照我离樽。”从写景起笔，接着由“酒樽”转入文章的主题——宴席。“江岸”点明了宴席的地点，“斜阳”则说明此刻的时间。

可是接下来三句“倚徙西楼，留连北海，断送东君。”则进一步说明宴席并不是从此刻开始，而是已经进行了一天了。这里不直接写太阳，但句句与太阳有关，通过物移影动，描写了时间不知不觉的流逝，通过介绍宴席的时间之久，展示了酸斋学士对诗人的深情厚意。

下半部分从“传酒令金杯玉笋，傲诗坛羽扇纶巾”开始，主要介绍了宴席上的热闹场面。第一句是写主客与美人“传酒令”，第二句是写在酸斋学士的指导下吟诗作曲的场面。“惊起波神，唤醒梅魂，翠袖佳人，白雪阳春。”这四句是对上面的娱乐活动进一步进行补充说明。诗人与歌妓的完美配合，使得整个宴会场面充满着欢乐的情绪。

全曲语言对仗工整，音韵和谐，声调朗畅。全曲五十六个字，既写时间的漫长——从早到晚；又写场面的热烈——诗词、酒令、音乐、歌舞，声色俱全。作者却能将它们安排得井然有序，有条不紊。

## 〔中吕〕满庭芳

**山中杂兴（二首之一）**

**人生可怜，流光一瞬[①]，华表千年[②]。江山好处追游遍，古意翛然[③]。琵琶恨青衫乐天[④]，洞箫寒赤壁坡仙[⑤]。村酒好溪鱼贱，芙蓉岸边，醉上钓鱼船。**

**【注释】**

①流光一瞬：言光阴如流水一般的逝去。②华表千年：华表，古代设在宫殿、城垣或陵墓前的大柱。③翛然：无拘无束、自由自在的样子。④“琵琶”句：说的是唐代白居易作《琵琶行》的故事。⑤“洞箫”句：说的是宋朝苏东坡作《赤壁赋》的故事。

**【鉴赏】**

这首元曲是诗人游山时即兴所作的杂感，从感叹人生的短促。

“人生可怜，流光一瞬、华表千年”起首三句表明作者的人生态度，人生一世，就好像流光一样，转瞬之间就烟消云散了，不像立于宫殿、城垣、陵墓前刻有花纹的石柱——华表那样，可以千年万代传之不朽。

“江山好处追游遍，古意翛然”，这里点题写了山，但是只是总括地写了一笔，并没有对山进行具体细致地刻画。这句紧承前面三句，“既然人生短促，光阴流逝很快，就应该抓紧时间游乐，把山河美好的地方全都游个遍。乐得个自由自在、无拘无束。”这两句是表现诗人见到大好河山的快意。

接下来两句“琵琶恨青衫乐天，洞箫寒赤壁坡仙”。笔锋一转，从反面来写，借唐代白居易和宋朝苏东坡的仕途艰难坎坷的例子为训，意在说明为官为仕不如游山玩水为快。诗人在这首小令中引用这两个故事，不仅仅是为了对比为官为仕和游山玩水的得失之所，同时也是暗示自己仕途不顺的人生经历，进一步表明对官场的厌恶，和愿意寄情于山水的归隐之心。

最后三句“村酒好溪鱼贱，芙蓉岸边，醉上钓鱼船。”是诗人归隐愿望的具体表现。“村子里有酒馆有好酒，小溪中打上的鱼既新鲜又便宜，在开满芙蓉花的河岸边，坐上渔船去垂钓。”此情此景，真有说不尽的乐趣，这也就是诗人想象中的美好的隐居生活图。通过如此描述，我们领略到诗人内心那种迫切厌弃官场的苦闷之情。

此曲语言清丽活泼，词语凝练流畅，声律和谐自然。此曲表面是表现诗人想要归隐的感情，深刻含义在于反映出了元代社会的黑暗，统治阶级压抑人才，给广大知识分子造成的苦闷。

## 〔中吕〕满庭芳

**送别（二首之二）**

**愁春未醒，芳心[1]可可[2]，旧友卿卿[3]。乍[4]分飞早是相思病。几度伤情，思往事银瓶坠井[5]，赋离怀象管[6]呵冰。人孤另，梅花月明，熬尽短檠灯[7]。**

**【注释】**

①芳心：指女子的感情。②可可：美好的意思。③卿卿：夫妻的爱称。④乍：突然。⑤银瓶坠井：比喻离别的痛苦。银瓶，装水的器具。⑥象管：笔。⑦檠：灯柄。

**【鉴赏】**

这首元曲以送别为名，实写离别相思。在元曲中这是极为普遍的主题，作品很多。张可久这首曲子与别人有着不同的表达方式，他一反长吁短叹的直接吐露的方式，改用委婉的方式去抒写表现离情，情思表达委婉深厚。

前三句“愁春未醒，芳心可可，旧友卿卿”是化用柳永《定风波》：“自春来，惨绿愁红，芳心是事可可。”本来春天的景色是十分美好的，可以因为心上人的离别使她感到百无聊赖，作者将大好春色与自己的满腔愁情联系在一起。接下来“乍分飞早是相思”则将刻骨相思的情感推向高潮。

“几度伤情”以下四句，由眼下的相思愁苦心绪，推开扩展，追忆往昔的柔情蜜意和分离的痛苦。即使在冬日严寒的时节，笔砚结冰，还是嘘气暖笔，展纸执笔，情不自禁地倾诉“人生最苦别离”的心情。融情于景，感情真挚深沉，从人物的动作中抒写离情，使离情的抒发显得更加含蓄深沉。

最后两句“梅花月明，熬尽短檠灯”以描写景物来作为结尾，寓情于景，景中含情。心中的离愁千头万绪无法写尽，想念之情也是抒发不完的，并不是“无处写”。灯油都燃尽了可是依然不能入睡。通过对深夜怀人情态的细致的刻画，将真情展现得淋漓尽致。

总而言之，此曲刻画细致，描写传神，融情于景，读来余味深远。

## 〔中吕〕普天乐

### 西湖即事

**蕊珠宫，蓬莱洞[1]。青松影里，红藕香中，千机云锦重，一片银河冻。缥缈佳人双飞凤，紫箫寒月满长空[2]。阑干晚风，菱歌上下，渔火西东。**

**【注释】**

①“蕊珠宫”两句：是传说中的神仙居所。②“飘渺佳人”两句：据《列仙传》载，萧史善于吹箫，能作鸾凤之音，弄玉为秦穆公的女儿，也喜欢吹箫，二人结婚数年之后，有人看到他们飞升上天。

**【鉴赏】**

张可久一生游历丰富，但偏爱的还是江南的水光山色，尤其是杭州西湖，最是让他流连忘返，反复吟咏，此曲即是描绘西湖夜景之作，景色优美朦胧，多姿多彩。

本曲开头别出心裁，意在写西湖，却先写天外仙境，初看令人错愕，原来诗人是将西湖比作如梦如幻的仙境，景色之美自不待言。这两句是总写西湖之美。

以下四句：“青松影里，红藕香中，千机云锦重，一片银河冻。”则开始转入现实，具体描绘西湖之美。树则青翠茂密，光影婆娑，远远看去，红花碧树，分别介绍了西湖十景中的“九里云松”和“曲院风荷”的美景。下面两句，作者将笔墨用在对湖光山色的描写上。这四句，通过奇特的想象，将人引入仙境，令人遐想。傍晚时分，西湖在晚霞的映照下优美如画，就像无数织机绘出的天际云锦一般，精美绝伦。而时光推移，月光升起之后，在点点渔火的映衬下，西湖又似一川冰封的银河，一片晶莹，如梦如幻。

接下来两句“缥缈佳人双飞凤，紫箫寒月满长空”来描写湖上游人翩翩起舞之景，她们的舞蹈，仿佛凤凰飞翔，悠扬婉转的箫声在耳边回响，作者面对此情此景只会觉得犹如身在仙境之中，让人不自觉就沉迷其中。

结尾三句，目光又回到眼前。诗人回过神来，凭栏临风，再来欣赏西湖的夜色，但闻采菱之歌时高时低，只见点点渔火四面闪烁。

诗人在本曲之中从所见、所闻、所嗅和所思等几个方面来刻画西湖之美，景色的动静、远近和谐交织在一起，真让人如临其境，浮想联翩。

## 〔越调〕寨儿令

**道士王中山操琴**

**傍翠阴，解尘襟。婆娑[①]小亭深又深。轸玉徽金[②]，霞佩琼簪[③]，一操《醉翁吟》[④]。野猿啼雪满遥岑，玄鹤[⑤]鸣风过乔林。休弹山水兴，难洗利名心。寻，何处有知音[⑥]？**

**【注释】**

①婆娑：徘徊。②轸玉徽金：即金徽玉轸。金徽，一种古琴的名称。玉轸，玉饰的琴轸，比喻琴轸的华贵。③琼簪：玉簪，插在头发上。④醉翁吟：即醉翁操，琴曲名，苏轼曾据以填词。⑤玄鹤：传说师旷琴艺高超，引来玄鹤鸣舞。⑥知音：典出《吕氏春秋·本味》：“（俞）伯牙鼓琴，钟子期听之。方鼓琴而志在太山，钟子期曰，善哉乎鼓琴，巍巍乎若太山。少顷之间，而志在流水，钟子期又曰，善哉乎鼓琴，汤汤乎若流水。钟子期死，伯牙破琴绝弦，终身不复鼓琴，以为世无足复为鼓琴者。”

**【鉴赏】**

在中国古代的诗词中，有不少写得很出色的描写音乐的作品，张可久这首曲子匠心独运，别出心裁地写听弹琴的种种感受。此曲共分三个层次。

第一层为前三句，写在山中翠阴旁的小亭子里暂时歇息，写出了山中环境的优雅。

第二层为下面五句，对王山人操琴的形态和奏出的声音进行了细致的刻画。第四句写琴的装饰，第五句写弹琴人的穿着打扮，第六句写所弹的曲子。听着这琴声，令人由曲调的优美想到词文的优美，由词文的优美想到“琅琊幽谷，山水奇丽，泉鸣空涧，若中音会”，又由琅琊美景烘托出王中山弹琴处的秀丽风光。接下来很自然地引出了七、八两句，正面写琴声的美妙和效果，时而悲啼，时而清幽。琴声悠扬，琴曲含情，悲哀中有嘹亮，在场空中起伏回荡，余音不绝。

第三层为最后三句，是对听琴时感受的细致描写。从前边的两句来看，王中山弹的都是超尘脱俗的山水兴，弹得再好，对一心追逐名利的人来说，也无异于对牛弹琴。因此，“休弹”的感受是针对世人的利欲熏心，找不到知音而发的，不是真的不叫弹山水兴，而是愤激的话，具有深刻的寓意。

这首曲子既有纯自然景物，又有曲中意象，形象生动，寓意深沉，对仗工整，令人有意犹未尽之感，余韵悠长。

## ［越调］寨儿令

**西湖秋夜**

**九里松①，二高峰②，破白云一声烟寺钟。花外嘶骢③，柳下吟篷，笑语散西东。举头夜色濛濛，赏心归兴匆匆。青山衔好月，丹桂吐香风。中④，人在广寒宫⑤。**

**【注释】**

①九里松：杭州园林古迹，全长九里，两旁云松苍翠夹道。②二高峰：指南高峰与北高峰，西湖十景中有“双峰插云”。③骢：骏马。④中：犹行。⑤广寒宫：月中仙宫。化用“夜深星月伴芙蓉，如在广寒宫里宿”的诗句，而使西湖秋夜的美妙景象涂上一层如同奇幻仙境的神秘色彩。

**【鉴赏】**

张可久后期写过数十首赞颂西湖美景的曲子。这首就是其中之一，写的是西湖秋夜的景色，幽美清丽，让人着迷。

开头三句“九里松，二高峰，破白云一声烟寺钟”，从描写西湖名胜着手，又点明了时间和地点。先描写出了“九里云松”与“双峰插云”，紧接着虽然没有明写具体寺名但熟悉杭州景色的人们很自然地就能想起，“烟寺”指的就是附近著名的灵隐寺。写到这里将作者游览的具体的地点交代了清楚，在苍茫的暮色里，在九里云松附近游览，近看参天的松树，遥看插入云端的山峰，远处突然传来古刹晚钟的声音，回荡耳畔，响彻云霄，更显得黄昏的幽静，人们就会情不自禁地想起这一带的秀丽景色。

下面五句，是对夜游西湖的场景的具体描写。骑马缓行于花间小径，饮酒吟诗于柳下船中，阵阵欢笑声回荡在湖面并向东西飘散。不知不觉时间已经在欢声笑语中偷偷溜走了，夜幕降临，天色朦胧，尽管西湖景色如此迷人，赏心悦目，可是却不能永久停留。

最后几句是对归途中的见闻与感受的细致刻画，“山衔好月”，说明夜已深沉，明月已向西山沉下去。“丹桂吐香风”，点明已是中秋时节，与下一句自然接轨，只有丹桂才能与广寒宫紧密联系在一起，当然广寒宫也突出了湖边秋夜的幽静清凉。至此，人间的西湖与天上的月宫联系在一起，身临此境，不禁有飘然欲仙之感。

此曲气韵流畅，舒展自然，寓情于景，情景交融，曲中景色清丽幽静，飘逸自然。

## 〔双调〕清江引

**秋怀**

**西风[①]信来家万里，问我归期未？雁啼红叶天[②]，人醉黄花[③]地，芭蕉雨声秋梦里。**

**【注释】**

①西风：悲凉的秋风。②红叶天：秋天，树叶尽红。③黄花：菊花，有时也指菜花。

**【鉴赏】**

这是一首抒发游子思家之情的元曲。曲中各句全围绕题目《秋怀》这二字展开。

开篇“西风信来家万里，问我归期未？”在秋风萧瑟的时节，家人给我寄来了信，询问我归家的时间？首先，秋风的萧瑟，就会让人心生悲凉凄惨的情绪，可是偏偏在这萧瑟的秋风中，这个思乡的时节，收到家书，更是加剧作者的思乡愁绪，于是更感秋风刺骨，悲凉之感不觉加重了一层。由家信自然会想到家乡，可是家乡在哪里呢？表明游子离家日久，引得家人思念心切。

接下来三句，“雁啼红叶天，人醉黄花地，芭蕉雨声秋梦里。”红得如火如荼的枫叶，在长空中哀鸣的一行大雁；鲜艳金黄灿烂的菊花，面对此情此景，自己却都在一旁痛饮；自己酒醉沉沉，不觉入梦，可是屋外的秋雨不停地打在芭蕉树叶上，一声紧似一声，搅醒了自己与家人团圆的好梦。这是张可久常用的以乐景写哀情的手法，诗人内心的痛苦惆怅郁结得太多太久，所以满眼所见，无不具有凄凉之感。可是好不容易在梦中与家人团圆，却没想到竟然是美梦难成，是诗人对“问我归期未”的回答，可是诗人却始终没有直接说出自己归家的日期。

这首元曲，缠绵悱恻，情感真挚，语言凝练典雅。本篇之中，西风、北雁、红叶、黄花、秋雨、秋梦等等，均为秋天景象，始终不离题目中的“秋”字。通篇的写景无一不是在抒情，又紧扣题目中的“怀”字。整体通透，委婉含蓄，对仗工整又不失自然。

## 〔中吕〕红绣鞋

**天台瀑布寺**[①]

**绝顶峰攒[②]雪剑，悬崖水挂冰帘[③]。倚树哀猿[④]弄云尖[⑤]。血华啼杜宇[⑥]，阴洞吼飞廉[⑦]。比人心山未险。**

**【注释】**

①天台：天台山。②攒：聚在一起。③冰帘：瀑布。④哀猿：猿的啼叫声听起来十分悲伤。⑤弄云尖：在白云缭绕的山巅嬉戏。⑥“血华”句：杜鹃鸟，啼声凄厉，传说啼到喉咙出血为止。⑦飞廉：风神名，这里指风。

**【鉴赏】**

这支元曲是对天台山瀑布的描写，突出其高峻奇险，作者笔力雄厚，景色描绘十分壮丽，将写景与讽世巧妙结合，意味深刻，发人深省。

开头两句便将天台山的峻峭与瀑布的壮丽之景传神地刻画出来，“绝顶”、“悬崖”将山的险峻呈现到读者面前；“雪剑”“冰帘”，用语新奇，而且令人感到寒意森森，冷气逼人。接着三句，是对山的高奇险峻、水的森寒阴冷、猿猴哀鸣、杜鹃啼血进行了入微的刻画描写，洞中怒吼的阴风，为画面带来了阴森恐怖的气息和氛围。这五句将奇险的天台山瀑布的地势及周围环境描绘的形象生动，将剑锋、冰瀑、哀猿、啼鹃，形成统一的氛围，渲染了一种令人不寒而栗的气氛。

前五句是作者对天台的“险”景的连续的形象描述。由“比人心山未险”，将前面形象的描写化为意象。全曲至此戛然而止，留给人们丰富的想象余地。诗人抓住天台山的景物特征，用重笔浓墨极力刻画，设喻生新，有声有色，生动地表现了山川的奇险，但本曲没有简单地旧事重提，标出“人心”一语，至此，作者想表达的重点才呼之欲出，立意深刻。

这首曲在语言表现上，描写事物，刻画环境形象生动，用语深刻有力，寓意深刻，富于哲理，发人深省。

## ［越调］天净沙

**江上**

**嗈嗈[①]落雁平沙，依依[②]孤鹜[③]残霞。隔水疏林几家。小舟如画，渔歌唱入芦花。**

**【注释】**

①嗈嗈：形容大雁鸣叫的声音。②依依：野鸭子摇摆的样子。③鹜：野鸭。

**【鉴赏】**

此曲描写了一幅渔翁自得图。只是用简洁的语言勾画出了一幅深秋傍晚江上所能看到的美丽图景。虽然诗人没有直接描写渔翁的外表和内心，但是从曲中所描绘的图景之中可以完全体现出诗人想与世俗隔绝、在大自然中悠然自得的心理倾向。

开头“嗈嗈落雁平沙，依依孤鹜残霞。隔水疏林几家”三句，把秋天傍晚几种特有的景物集中描写，创造出一个幽静的意境。描写的是深秋江上傍晚的景色。平沙落雁、残霞孤鹜、疏林人家，构成了一幅极其幽美恬静的图画。

第四句“小舟如画”将晚秋景色转入江面上的一只小船，承上启下，接下来一句“渔歌唱入芦花”，则是写渔翁的歌声，渐渐消失在芦花丛中。诗人之笔触丝毫未及渔人的外表和内心，但他那悠闲自得之态、无忧无虑之心却尽在其中。渔夫是画面中的一动景，由此画面顿觉生动。

此曲寥寥数语，却将江边渔村晚景图描绘得有声有色、栩栩如生，色彩鲜明，风格清丽，语言凝练，具有高度的概括性，几处典型的景色就将深秋江景概括为一体，表达的感情深切真实，妙谛自成。

## 〔双调〕落梅风

**湖上**

**羽扇尘埃外，杖藜[1]图画间。野人[2]来，海鸥惊散。四十年绕湖赊[3]看山，买山钱更教谁办?**

**【注释】**

①杖藜：拐杖，手杖。②野人：古代指乡野之人和平民，此处是诗人自称。③赊：赊欠。

**【鉴赏】**

这首元曲是诗人描绘的杭州西湖之景。

前四句“羽扇尘埃外，杖藜图画间。野人来，海鸥惊散”是作者隐居西湖生活的真实场景的描写：作者悠闲自得地轻摇羽扇，扶杖而行，仿佛置身于尘世之外、天上人间。诗人走近，将一滩海鸥惊散了。本是宁静的西湖，在这一“来”、一“惊”、一“散”之中就使安静的画面中顿时有了动感，有了生机，而这些动态描写反而衬托出了湖山的寂静，静中之动还可以使人的心神越觉宁静。因此，此曲虽然没有对人物的动作神态进行细致的刻画描写，却也在读者的心目中将环境氛围和人物神态展现了出来。

最后两句“四十年绕湖赊看山，买山钱更教谁办？”继续描写西湖隐居的生活，进一步表达诗人湖上隐居的愿望。这两句的意思是：在西湖风景中游览了四十年之久，竟不用花一个钱。西湖本来就是大家的，不存在买卖赊欠的情况，可是诗人偏说“赊看山”，结局还发出“买山钱更教谁办”的疑问，具有很强的趣味性。

张可久是一位“有名”的隐士，可惜他并不阔绰，因此他有了“赊看山”之类的话头，虽然用语调侃，表面风趣，其实心里还是酸楚的。亦官亦隐是古代隐士的理想，但是诗人被生活所迫，只得屈尊于小小官职之间，心里是非常复杂的。总体看来，诗人在貌似轻松的状态下，表现出了一种隐藏的不平怨气。

## 〔双调〕落梅风

**春情**

**秋千院，拜扫天①，柳阴中躲莺藏燕。掩霜纨递将诗半篇②，怕帘外卖花人见。**

**【注释】**

①拜扫天：寒食节上坟扫墓的日子。南宋陈元靓《岁时广记》十五：“清明前二日为寒食节，前后各三日，凡假七日，而民间以（冬至后）一百四日始禁火……谓之寒食，北人皆以此日扫祭先茔，经月不绝。”②霜纨：白丝手帕。

**【鉴赏】**

这首元曲写的就是少女利用家人清明前外出扫墓之机，借口呆在家中，与自己的恋人幽会。

前三句“秋千院，拜扫天，柳阴中躲莺藏燕”点出时间、地点和环境，“秋千院”是事情发生之地，也透露出家有闺中少女的消息；“拜扫天”既是时间，也告诉家人倾出拜扫，四周空空如也。“柳荫中躲莺藏燕”写环境，“躲莺藏燕”以莺燕之动衬托环境之静，也是以比兴之笔写将要出现的情窦正开少女的娇羞情态。

接下来“掩霜纨递将诗半篇，怕帘外卖花人见”两句，是对人的刻画。男女爱情不仅使少女大胆勇敢，而且聪明有心计，同时也是羞涩慌忙的，而且即使毫不相干的卖花人也让她羞恼不堪。此曲将少女紧张的情态和微妙的心理展现得十分生动，引发同感。表现了一个有文化素养的大家闺秀，对爱情尽管热烈、主动，却仍有其心理约束。

此曲是一幅构图完美的风俗画。不论是春日的情景、作者的意兴，还是幽会中男女恋人的情态和心理，刻画描写都十分传神。全曲语言看似平淡无奇，作者却通过人、物的关系和位置，把个别或局部的形象组成艺术的整体，不失为元曲中的一篇佳作。

## 〔中吕〕迎仙客

**秋夜**

**雨乍①晴，月笼②明，秋香院落砧杵③鸣。二三更，千万声。捣碎离情，不管愁人听。**

**【注释】**

①乍：突然。②笼：笼罩。③砧杵：砧，捣衣石。杵，捣衣用木棒。

**【鉴赏】**

张可久的作品题材广泛，而以写景和怀古为大宗。写时节景色的散曲也不拘于即景状物，常常别有寓意，只是借题发挥，故特具耐人寻味的曲折含蕴。

首两句“雨乍晴，月笼明”没有在对景物的描写上多费笔墨，只点出了宿雨初晴，月光隐约迷蒙的样子。

接着“秋香院落砧杵鸣”一句，从对景物的描写转为对人和事的描写。每逢秋季捣练却往往是专为在外的征人赶制寒衣，用砧杵捣衣本是古代妇女极普通的日常生活劳动，用在此处，却别有用意。

接下来“二三更、千万声”两句，这里的“千万声”断不是热闹、嘈杂的“万户捣衣声”，而应该是单调、急促的“千万声”。从捣衣急急的音响，不难想像捣衣妇人的情态与动作，但作者对此绝无形容描摹，也不说一句同情的话，以便读者自己发挥想象，加以补充。这两句将包含着离愁别绪的秋声加以铺染，使接下来一句中的“捣碎”两字更有分量、更加凝重。

最后一句“不管愁人听”，将闺妇的离情益发渲染得淋漓尽致。不仅使曲中有诗人自己在，而且显示出别人听了都会觉得十分痛苦，何况当事的捣衣人，他的离愁只能更深啊。

## 〔南吕〕金字经

偕王公实寻梅

**浩然英雄气，塞乎天地间①。破帽②西风雪满山。顽③，探梅千百番，家童懒。灞桥④驴背寒。**

**【注释】**

①“浩然”两句：化用文天祥“天地有正气，杂然赋流形。在下为河岳，在上为日星；在人曰浩然，沛乎塞苍冥。”的诗句。②破帽：指辽东帽。③顽：玩。④灞桥：桥名，著名的送别之地；唐代著名诗人孟浩然曾骑驴在此踏雪寻梅。

**【鉴赏】**

这首元曲写的是诗人同友人一起寻梅的故事，却未见一句咏梅，想来，此曲实意或许不在咏梅，而是有别的感情。

开头“浩然英雄气，塞乎天地间”两句经过诗人一改，无疑更加精炼、准确了。写到了天、地、人，且在三者之中突出了人。此两句赞叹的是人间的正气，是人的英雄气概。“破帽西风雪满山”旋即给出了答案。原来，正是满山晶莹的雪给了诗人如此之感。风的凄厉、雪的晶莹，使诗人不禁追慕起先贤的昂扬斗志和高尚节操，不知不觉中，一股豪迈英爽之气入于胸间。

第四句“顽，探梅千百番，家童懒”话锋一转，对梅的描写由古转入眼前。此处读者或许不解，漫山遍野地冒寒踏雪，天寒地冻，有什么好玩的呢？一般人确实不解，最明显的反应就是跟随自己的“家童懒”，实乃无趣，这种乐趣不是所有人都能理解和感受的。

最后一句“灞桥驴背寒”则是作答。这一句用典。诗人这里反用其意，正好回答了上一句的疑问。诗人携友寻梅，不为赏梅，也不为别的，只为领略风雪之情，而获“诗思”。在得到“诗思”之余，诗人还领略到了天地间的“浩然英雄气”。同时，“灞桥”二字则将诗人与友人的感情都表达出来了，很是切题。此曲一改张可久的清丽雅正之风格，而显得雄迈豪放，在他的作品中是不多见的。

## 〔中吕〕红绣鞋

西湖雨

**删抹[1]了东坡诗句，糊涂[2]了西子妆梳。山色空濛[3]水模糊，行云神女梦[4]，泼墨[5]范宽[6]图，挂黑龙天外雨。**

【注释】

①删抹：删去。②糊涂：乱涂乱抹，即浓妆艳抹。③山色空濛：引用“湖光潋滟晴方好，山色空濛雨亦奇”。④神女梦：借喻男女欢合。⑤泼墨：是图画的一种技法。用笔饱蘸墨汁，犹如泼上去一样，落笔雄健，气势雄伟。⑥范宽：北宋画家，擅长山水写意。

【鉴赏】

本曲通过形象的描绘，描绘了西湖夏雨的神奇色彩。

前两句“删抹了东坡诗句，糊涂了西子妆梳”，删去东坡的名诗上句，不见了湖光潋滟，像在脸上胡乱涂抹，失去了原本淡妆的秀丽。这句通过去留东坡名句，突出了西湖的雨的神奇。

接下来引出了“巫山云雨”的典故，通过西湖雨的特色，是西湖的雨增添了其神话色彩。“山色空濛水模糊，行云神女梦”这两句，四周的山空濛濛，与水和天连成一片，是巫山神女带来云雨，云雨中有高唐梦的神秘。

紧接着，诗人又利用范宽的画技写出了雨的雄浑气势。夏季时西湖的雨就像是范宽的泼墨写意画，形象生动，气势宏大，有很强的艺术表现力。

最后“挂黑龙天外雨”一句，天边挂着一条黑龙，为西湖带来天外的雨。这里化用苏轼的“天外黑风吹海立，浙东飞雨过江来”意象，给西湖的雨注入另一种新的感觉。

这首元曲通篇是对西湖暴雨景象进行传神的刻画描写，化入自己想象的境界，营造出一种新的意境，使作品中所描绘的景象充满了神奇色彩。

## 〔越调〕天净沙

湖上送别

**红蕉[1]隐隐窗纱，朱帘小小人家，绿柳匆匆去马。断桥西下，满湖烟雨愁花。**

【注释】

①红蕉：又称美人蕉，多生长于南方。

【鉴赏】

此曲字数不多，但字里行间充满了作者想要表达的情感，具有极其深远的意境。

首句“红蕉隐隐窗纱”正是最好的时节，红蕉都绽放了，而透过这一片红蕉，可隐隐地看见纱窗。红色的美人蕉与素色的窗纱在色彩上形成强烈的对比，描绘的恬静的场景与作者的急切心情也有着巨大的反差，别开生面。

第二句“朱帘小小人家”对女子住处的精致和清丽进行了描写，同时也表达了作者的痴情。由此看来，诗人迷恋杭州，依恋西湖，就与女子息息相关，该女子就成了一种象征。这种表达方式，取得了较强的艺术表达力。

第三句“绿柳匆匆去马”作者却转换话题，开始描写自己上路远行。西湖的春天，芳草萋萋，柳色如烟，可就在这美好的春光里，自己却不得不与心上人告别，匆匆启程。“匆匆”两字，包含惜别的痛苦，浓浓的愁情饱含其间。

最后两句“断桥西下，满湖烟雨愁花”，写自己在路途中所见的景物。由断桥向西而行，满眼看见了空蒙湖水和万点水花，诗人把惜别后的凄迷哀痛，借由宛若泪珠的水花描述到了极致。

事实上，此曲体现了作者非常强烈的情绪宣泄，如此凄美动人的爱情，或许只存在于诗人的想象之中，或许只是他排解心头眷恋的假托。表明的只是诗人对于杭州闲适生活的留恋。这就是诗人描绘的方法，让此曲中的每一个字都安置在似与不似之间，以此深化意境，体现其精妙。

## 〔正宫〕醉太平

感怀

**人皆嫌命窘[①]，谁不见钱亲？水晶环[②]入面糊盆[③]，才沾粘便滚[④]。文章糊了盛钱囤[⑤]，门庭[⑥]改做迷魂阵[⑦]，清廉贬入睡馄饨[⑧]。胡芦提[⑨]倒稳。**

【注释】

①窘：困窘，窘迫。②水晶环：比喻品质高贵、淡泊高雅的君子。③面糊盆：喻指不辨清浊、道德败坏的世风。④滚：指合在一起，有心甘情愿的意思。⑤囤：这里暗指人们爱财如命，只知拼命聚敛钱财。⑥“门庭”句：指君子门庭变成坑人害人之所。⑦迷魂阵：比喻圈套、陷阱。⑧睡混沌：为浑噩、糊涂、痴傻之意。⑨胡芦提：糊里糊涂。

**【鉴赏】**

张可久的元曲被公认为清丽派的代表，曲风以清丽典雅著称，此曲就是用俳谐的语调和急切的语气，讽刺了社会中道德沦丧、斯文扫地、盲目崇尚金钱的种种丑态。

开头两句，直接对那些一味追求金钱名利、唯利是图的社会风气进行了辛辣的讽刺，结合下文可以看出，诗人此处讽刺的主要是那些追逐名利、有辱斯文的文人，当然也咒骂了金钱至上的世风。

接下来五句均是嘲讽金钱对士人心灵的腐蚀。“水晶环入面糊盆，才沾粘便滚”：原本单纯清白的文人，终究经不住金钱的诱惑与考验，于是变得和那些唯利是图的人一样，投入到这个污浊的社会之中，以比喻讽刺，生动形象，感叹文人在污浊世风的影响下，不能坚守士为之士的道德准绳，与世共浊，同流合污，令人笑，更令人悲。

后三句“文章糊了盛钱囤，门庭改做迷魂阵，清廉贬入睡馄饨。”语气更为强烈，言辞更为激烈，作者将无限痛恨之意深埋在调侃、诙谐的语言之中，强烈的抨击了那些颠倒黑白、唯利是图的丑陋行径。

结尾一句“胡芦提倒稳”是诗人发出的一声无可奈何的感叹。面对金钱至上的社会风气和奉丑为美的做派，反倒是浑浑噩噩、糊里糊涂地过更加安稳，也莫去计较何为节操、何为清浊了。这句表面是诗人洒脱的话语，其实暗含极为浓厚的愤怒、失望和无奈之情。

此曲用语通俗易懂，几乎不用一个典故，言辞急切透辟，敢怒敢骂，情感宣泄痛快淋漓。

## 〔双调〕落梅风

**春晚（二首之二）**

东风景，西子湖[1]，湿冥冥[2]柳烟花雾[3]，黄莺乱啼[4]蝴蝶舞，几秋千打将春去[5]。

【注释】

①西子湖：指杭州西湖。②冥冥：湿气很浓。③柳烟花雾：形容花木茂盛的样子。④黄莺乱啼：化用唐代金昌绪名诗“打起黄莺儿，莫教枝上啼，啼时惊妾梦，不得到辽西。”⑤“儿将”句：少女们才刚活跃，荡了几下秋千，便把春天打发了。将，语气助词。

【鉴赏】

此曲是对西湖暮春景色的具体描写。诗画交融，文字简洁精炼，引人入胜，可谓“清而且丽，华而不艳”。

开头两句“东风景，西子湖”虽然诗人未作具体的描绘，但是美好的湖光山色已经仿佛呈现在读者面前了。接下来“湿冥冥柳烟花雾，黄莺乱啼蝴蝶舞”，诗人便开始具体描绘西湖美景，春日傍晚，西子湖上薄雾弥漫，昏昏冥冥，柳树花儿都被笼罩在这湿漉漉的雾气之中了；黄莺在柳枝上欢快地啼叫，蝴蝶在花丛中飞来飞去。这两句描写的是西湖春天傍晚的美景。诗人将莺啼蝶舞与柳烟花雾巧妙地结合起来，构成了一幅春日西湖晚景图。

结尾一句，描写在秋千来回悠荡之中，春将归去。造境立意，甚是巧妙。春去秋来，是自然现象，诗人在这里将这种自然现象变成了人的行为，在自然景物中倾注了人的感情，仿佛也在嗔怪那个只知道春日游戏却不知道惜春的少女，为什么将这美好的春天几秋千就打过去了呢？字里行间流露出对春天的无限眷恋和对春天归去的深刻惋惜。

全曲有景，有人，有景，有静，有动；动静结合，情景交融，营造了一个和谐统一的画面。语言清新活泼，富于想象力，感情浓烈却又不浅露于外，实属上乘之作。

## ［越调］天净沙

春情

一言半语恩情，三番两次丁宁[1]，万劫千生誓盟。柳衰花病，春风何处莺莺[2]。

【注释】

①丁宁：同叮咛，嘱咐。②莺莺：指鸟儿莺歌燕舞，或指崔莺莺。

【鉴赏】

这首元曲是对一个被遗弃的女子的幽怨哀愁的具体刻画。从不同侧面描写被抛弃的女子的痛苦遭遇，情感真挚，表达婉转，耐人品味。这类主题在张可久的作品中比较常见。

开头“一言半语恩情，三番两次丁宁，万劫千生誓盟。”使用三个排比句对当年情人对她如何热恋、如何追求的细节进行了描绘。“一言半语”“三番两次”“万劫千生”，这对情侣一见钟情，甜言蜜语，温柔体贴，时间长了，女方自然提出想要情人托媒订亲的要求，可是情人却摆出许多理由，推三阻四。为了让女子相信自己，达到自己的目的，还不惜一切地一而再、再而三地对天发誓、对月发誓，信誓旦旦，却终是不答应女子的要求。此情此景，旁观者一眼就能看出男子的内心，可是女子却因为深陷其中，所以始终没能看清男子的真面目。

结尾两句“柳衰花病，春风何处莺莺”便是对女子结局的揭示。一天天过去了，一年年也过去了，时间流逝，岁月在她的脸上留下了痕迹，刻下了记号，可是情人却一直没有回来。如今，又是一个春风吹拂、阳光明媚、莺歌燕舞的日子，可是当年那幅恩爱的画面再也不会出现，当年那人儿始终不会再露面。此处作者以“莺莺”自比，含蕴深沉，比直写被冷落、被遗弃的艺术效果更为强烈。

此曲短短二十八字，将男女相恋、男子背叛、女子痴情直至被遗弃后的情状都传神地刻画出来了，内涵丰富，情感真挚深刻，引人深思。

## 〔中吕〕山坡羊

**闺思**

**云[①]松螺髻[②]，香温鸳被，掩春闺一觉伤春睡。柳花飞，小琼姬[③]，一声“雪下呈祥瑞”，团圆梦儿生唤起。谁，不做美？呸，却是你！**

【注释】

①云：女子的长发。②螺髻：女子绾的头发。③小琼姬：可爱的小丫鬟。

【鉴赏】

本曲是对伤春闺怨的描写，这类题材在传统诗词中颇为常见，但本曲加入口语，不落旧套，显得新颖别致，独树一帜。

开始三句“云松螺髻，香温鸳被，掩春闺一觉伤春睡”是对主人公慵懒的睡态的刻画。昨日精心梳理的发髻已经明显散乱了，满头黑发堆在绣枕之上，玉肌散发出阵阵幽香，湿透了身上那床鸳鸯棉被，窗户已经透出光亮，而她却紧闭房门，在天亮的时候沉沉睡去。“鸳被”暗示这个女子有丈夫但是此刻却是孤独一人。“伤春睡”则指出她白日困睡的原因乃是“伤春”，是因为心中思念丈夫而不愿去见那迷人鲜艳的春色，引发自己的愁思，这就委婉地点出了“闺思”的主要内容。

接下来“柳花飞，小琼姬，一声‘雪下呈祥瑞’，团圆梦儿生唤起”几句，是写女主人公的睡眠竟被小丫头无意惊醒，美梦无法再圆，天真活泼的小丫鬟看见就像漫天飞舞的雪花般飘飞的柳絮，禁不住欢呼雀跃，跑过来向女主人报告，结果活生生地吵醒了少妇的团员美梦。这里用小丫鬟的天真快乐反衬少妇“相思成梦”，意味深长。

最后四句，全是少妇的语言，将她被惊醒后轻恼娇嗔的神态十分传神地勾画出来。“谁，不做美？”是写刚刚被吵醒时的反应，好梦未完，却被搅醒，可是，等定神一看，还能有谁呢？对这个不谙世事的傻丫头，指责又有何益呢？她哪又能懂得自己的心思呢？于是，气恼责怪也就转为半恼半嗔，甚至是假装气恼；“呸，却是你！”最生活化的一句口语，却最生动形象地画出了少妇娇羞、柔美的神情。至此，张可久笔下的“闺思”也就一反俗套，变成了一种甜蜜的负担。

## 〔商调〕梧叶儿

**早行**

**鸡声罢，角韵①残，落月五更②寒。紫塞③呼白雁，黄河绕黑山，翠袖④上雕鞍，行路比别离更难。**

【注释】

①角韵：指画角的余音。②五更：古代一夜分五更，五更为将要天明的时候。③紫塞：典出“秦筑长城土色皆紫，汉塞亦然，故称紫塞也。”④翠袖：指美人。

【鉴赏】

这首元曲，题为《早行》，实际写的是早行的联想，抒发的是“行路难”的感慨。

开头“鸡声罢，角韵残，落月五更寒”三句，点明时间，并渲染了“寒”的气氛，描绘了一幅有声有色的画面，点出“早行”两字。报晓的鸡鸣声刚刚结束，余音还在耳旁回响，微微晨光中，落月残照，五更天是那么寒冷。“鸡声”“角声”“落月”这些都是“五更天”最有代表性的事物，而最大的特点就是一个“寒”。五更天的寒冷，加上飘荡在寒冷中的画角声、和着那惨淡的月光，作者营造了一个冷清的氛围，让人顿觉身心俱寒。

接下来“紫塞呼白雁，黄河绕黑山，翠袖上雕鞍，行路比别离更难”四句，抒发的是主人公“早行”时的联想和感慨。“紫塞”“白雁”“黄河”“黑山”这些都是意象，都是北方的代表事物，也正是这些事物让作者不禁想起“翠袖上雕鞍”的画面。此曲表达的就是羁旅他乡时失意文人的典型情绪。

此曲最大的艺术特色体现在“紫塞”三句，将北国边塞的河山渲染得如此生动形象，字里行间充斥着荒凉的气息，所表达的情感更加真挚、更加深刻、更加动人，让读者读起来感慨良多。

## 〔双调〕沉醉东风

**气球**

**元气[①]初包混沌[②]，皮囊[③]自喜囫囵[④]。闲田地著此身，绝世虑[⑤]萦[⑥]方寸[⑦]。圆满也不必烦人，一脚腾空上紫云[⑧]，强似向红尘乱滚。**

【注释】

①元气：指阴阳二气混沌未分的实体。②混沌：古人想象中的世界开辟前的状态。③皮囊：此处指古代蹴踘用的气球。④囫囵：完整。⑤世虑：世间的牵挂。⑥萦：环绕。⑦方寸：指心。⑧紫云：指天空。

**【鉴赏】**

张可久的这首元曲借物咏志，抒发了作者看透黑暗的社会现实，宁愿隐居出世的愤世嫉俗之情。

首句“元气初包混沌”是借天地浑为一体，一片漆黑来比喻诗人所处的这个社会，写出了这个社会的无边黑暗，不辨是非，混沌一团。

接下来“皮囊自喜囫囵”一句，有两方面的意思。一指气球为自己的皮没有受到损伤而暗自庆幸，实际上是说自己正是因为采取了不辨是非、颠倒黑白的态度才能免遭迫害，继续生存。

然后“闲田地著此身，绝世虑萦方寸”这两句，作者继续表达自己内心的想法，虽然为了安身立命而在田间奔波，但是萦绕在自己的心间的那超绝世虑的想法早就已经存在。人世间的明争暗斗、尔虞我诈、世态炎凉时刻扰乱我的思绪，如何才能得以超脱，获得清净自由呢？

接下来“圆满也不必烦人，一脚腾空上紫云，强似向红尘乱滚”这三句，便是诗人对这个问题的回答。说的是作为人，远离尘世，修身养性，就可如蹴踘球那样被一脚踢上天，超然物外，无拘无束，自由自在，这要比在世态炎凉、尔虞我诈的世界里苦苦挣扎、跌打爬滚要好得多。这几句表达了诗人只求超尘脱俗，并无意于世俗名利的心态。

此曲的艺术特点是把咏物和写人、言情很好地结合在一起，情景交融，同时，把深刻、严肃的思想内容，用调侃的口吻说出，在轻松的阅读中，发人深省。

## 〔双调〕湘妃怨

多景楼[①]

**长江一带展青罗，远岫[②]双眉[③]敛[④]翠[⑤]娥[⑥]，几番急橹[⑦]催船过。不登临、山笑我，倚阑干尽意吟哦[⑧]。月来云破，天长地阔，此景能多。**

【注释】

①多景楼：名胜，今江苏镇江北固山甘露寺内，北临长江。②岫：山峰。③双眉：此处喻青山。④敛：收，聚集。⑤翠：青绿色。⑥娥：指美女。⑦橹：大桨。⑧吟哦：歌咏、做诗。

【鉴赏】

这首元曲题为《多景楼》，实际上写景的句子并不多，主要写作者终于登上此楼的兴奋之情。

开头“长江一带展青罗，远岫双眉敛翠娥，几番急橹催船过”三句，登上这多景楼啊，放眼望去，只见那山下的长江，象铺展开来的一条青色的罗带；那远处的山峦，象微微蹙起的蛾眉，江中的往来船只，急急驶过。这三句将大江、远山尽收眼底，描绘了大气的场景。

接下来“不登临、山笑我，倚阑干尽意吟哦”三句，是对作者如愿以偿后的兴奋心情的细致刻画。像这样的名山胜景，如果不去登临，恐怕就连山也会笑我。这是一种从急匆匆奔波生活中暂时解放出来的快意，这是一种陶醉于眼前所见风光的快意，“尽意吟哦”四字，淋漓尽致地将作者此时的心情、神态表现出来。

最后“月来云破，天长地阔，此景能多”三句，是抒发他长久在多景楼上徘徊远望后的感慨。月亮穿破那云层，照在广阔无垠的大地上，天空显得那般幽远，地显得那般开阔。“月来云破”这四字巧妙地点出时间已经很晚，突出他在此徘徊的时间已经很长。“此景能多”则用多景楼的名字，将“多”“景”二字，嵌入句中，这样，就写出此楼果然名不虚传，的确景多；植入“能”字，更突出了不仅所见景多，而且这些景致能随时间的变化而变幻出多种多样的形态和色彩。

此曲看上去貌似不是写景的佳句，但细细品味却能发现那些并非实写景致的句子，却好像有景物存在，显示出作者笔力雄浑，功底深厚。

## 〔双调〕燕引雏

别情

**楚云[1]深，花残月小夜沉沉。玉人[2]不见凄凉甚，往事沉**

**吟。香寒茉莉簪，尘冷芙蓉枕，泪淡胭脂添。好因女子，愁似秋心。**

**【注释】**

①楚云：楚天之云。②玉人：美人。

**【鉴赏】**

此曲是一首抒写别离情思的作品，抒发的是一个男子秋夜思人，却不得相见而愁苦难耐的心境。

开头“楚云深，花残月小夜沉沉”两句，是对男子身处的环境的描写。云色深沉、百花凋残、月色朦胧。诗人选用了云、花、月、夜四种景物，用深、残、小、沉沉加以形容，将一幅秋景图自然地绘在读者面前，给人一种寂寞、凄清的感觉。在这样的环境中，独处异乡，让人的寂寞、孤独之感倍增。

接下来“玉人不见凄凉甚，往事沉吟”两句，是直接抒发相思之情。面对如此冷清凄凉的秋夜，本来就够让人感觉寂寞孤单的了，再想起自己心爱的美人此刻却不在身边，更让人觉得凄苦悲凉。孤单一个人的时候，最容易想起当初的点点滴滴，回忆过往，与心爱的人花前月下，卿卿我我，如今却只剩下作者独自满腔相思与孤独。

“香寒茉莉簪，尘冷芙蓉枕，泪淡胭脂添”这三句，是对对方的情景的联想。这三句都是写物，却是以物寓人，对女子陷入相思的困懒与痛苦表现得淋漓尽致。好一对相恋男女，却只能在这寒冷的秋夜里独自对着月夜静静相思。

最后“好因女子，愁似秋心”两句，作者视角又从想象中跳出，表达自己秋夜相思的痛苦之情。作者借字传情，句中以“女”“子”合作“好”字，以“秋”“心”合作“愁”字，岂不就是“好愁”吗？最后两句，不仅点出“好愁”两字，而且点明原因，足可见他愁苦的心情之真之深。

此曲描写别情，不落俗套，以景托情的方法，对此曲的情感抒发发挥了很大的作用，在平静的叙述中表现出了作者细腻的情思。

## 〔南吕〕四块玉

**客中九日**

**落帽风①，登高酒②，人远天涯③碧云秋④。雨荒⑤篱下黄花**

**瘦[6]。愁又愁，楼上楼，九月九。**

【注释】

①落帽风：《晋书·孟嘉传》载，孟嘉重阳节共游龙山，他的帽子被风吹落而不在意，照样与人作诗酬答，后遂成为重阳登高的典故。②登高酒：古时重阳节登高饮菊花酒。③人远天涯：是指诗人自己。④碧云秋：用范仲淹“碧云天，黄叶地”词意。⑤雨荒：雨滴迷乱。⑥黄花瘦：菊花稀少。

【鉴赏】

重阳日登高，饮酒赏菊，自古以来，就是文人的风流韵事。那一天，秋高气爽，骚客雅士们或聚家人，或邀朋友，登高对菊，饮酒赋诗，真乃是良辰美景，赏心乐事。也许，从唐代大诗人王维《九月九日忆山东兄弟》诗中“独在异乡为异客，每逢佳节倍思亲”之佳句起，九月九日登高与客中孤零境况便密不可分了。

此曲以“落帽风，登高酒”起始。这两句借孟嘉的故事和“登高酒”来描写节日的景物，但不仅仅只是应景描写，与下面一句“人远天涯碧云秋”是紧紧联系在一起的。这一句主体是天涯之人，“碧云秋”既是人物所处的客观环境，又可以说是人的一种心理感受。“秋”字，既包括碧蓝澄澈而又漂浮着白云的秋空，也包括黄花、霜林、鸿雁等种种秋色。而秋色无论多美，仍不免要引起人的愁绪，所以说这里的“秋”也是人的一种心理活动——愁。下句“雨荒篱下黄花瘦”，则是回答：因为主人不在，篱下的黄花无人照料，因久雨而荒落，憔悴受损了，抒发“天涯之人”的无限乡思。

此曲描写婉约深致，句中并未出现“愁”字和愁的明显描述，我们是在字里行间认真探索才捕捉到的。而结尾三句，在艺术表现手法上显示出明显的不同。三个短句，句法相同，九个字除去重复的只剩下六个字，看似简单朴拙至极，但试加推敲，其所运用的艺术技巧是极其丰富精湛的。不仅点出了“愁”，而且这三句与前面的语句紧密关合，起着概括、加深的作用。同时，诗人一反常情，以倒叙的方法先提愁又愁，继而是楼上楼，最后以九月九作结，与前面落帽登高点明的九月九遥相呼应，与诗人抑郁的情怀相吻合，可见，诗人是颇费心机的。同时，最后这三句整齐排比的句式，字和韵的反复重迭造成的形式美，以及由此形成的音乐性、节奏感也大大强化了读者的感受。仅仅九个字，就费了如许深心，实在令人叹为观止。

## ［越调］凭阑人

**江夜**

**江水澄澄①江月明，江上何人搊②玉筝③？隔江和泪听，满江长叹声。**

**【注释】**

①澄澄：江水透明清澈。②搊：弹奏。③筝：乐器名。

**【鉴赏】**

这首［凭阑人］只有短短四句，却是元曲中的名作，为世人熟知。此曲描写月夜长江上哀婉的筝声感动一江人的情景。

开头“江水澄澄江月明”开始写景，把读者引入一种空明幽深的境界。月夜里，浩渺清澈的江水，夜空中圆月高挂，月光透过夜空，铺满江面，在江水中投射出一轮明月，从天空到水下，闪烁的都是银色的光芒。作者使用浅显的语言，营造出一幅清幽的画面，让人无法不佩服作者的别出心裁。

第二句“江上何人搊玉筝”，一句则出现了人物——弹筝之人。这句是写景中之人和事，但是诗人和读者都不知道弹筝之人为谁，而且所写的仅仅是筝声，人物并未露面。这一句以设问的形式巧妙地写出了乐声动人，只有筝弹得高超，才能引起诗人注意，从而想知道弹者究竟为谁。

接下来“隔江和泪听，满江长叹声”两句，是对听到筝声的反应的具体描绘。听到筝声，诗人感动落泪，即使含着泪水仍要细细倾听。不是只有我一个人下泪，满江都传出了长长的叹息声，月下的长江都与筝声产生了一种共鸣。

此曲紧紧扣住“江夜”这个题目，展现长江月夜这一典型环境，人、事、情又都与江密切联系，形成了这支小令浓郁的艺术氛围，并使它几百年来受到无数人的喜爱。此曲人与景、景与情都交融在一起，人在景中，景中生情，浑然一体，形成一个感人的世界。值得一提的是，四句中用了五个“江”字，每句中都有，却一点也不让人觉得重复，足见作者功底的深厚。

## ［南吕］一枝花

**湖上归**

**长天落彩霞，远水涵秋镜①。花如人面红，山似佛头青。生色围屏②！翠冷松云径，嫣然③眉黛横。但携将、旖旎④浓香，何必赋⑤横斜瘦影⑥。**

**〔梁州〕挽玉手⑦，留连锦英⑧。据⑨胡床⑩、指点银瓶⑪，素娥⑫不嫁伤孤另。想当年小小⑬，问何处卿卿⑭？东坡才调⑮，西子娉婷，总相宜千古留名⑯。吾二人此地私行。六一泉⑰亭上诗成，三五夜⑱花前月明，十四弦指下风生。可憎⑲，有情。捧红牙⑳合和㉑伊州令㉒。万籁寂，四山静，幽咽泉流水下声，鹤怨猿惊㉓。**

**〔尾〕岩阿禅窟㉔鸣金罄㉕，波底龙宫漾水精㉖。夜气清，酒力醒；宝篆㉗销，玉漏鸣。笑归来仿佛二更，煞强似、踏雪寻梅㉘灞桥冷。**

**【注释】**

①“长天”两句：化用王勃《滕王阁序》“落霞与孤鹜齐飞，秋水共长天一色”的名句。②生色围屏：指景物色彩鲜明的屏风。生色，鲜明而有生机。③嫣然：美好的样子。④旖旎：指婀娜柔美。⑤赋：吟诵，写诗。⑥瘦影：也作“疏影”。⑦玉手：女子洁白柔嫩如玉的手。⑧锦英：盛开似锦的花丛。⑨据：依，靠。⑩胡床：一种可以折叠的坐具。⑪银瓶：酒瓶。⑫素娥：嫦娥的别称，也泛指月宫的仙女。⑬小小：即苏小小，南齐时钱塘名妓。⑭卿卿：夫妻间爱称。⑮东坡才调：苏轼，号东坡。才调，才情风格。⑯“西子娉婷”两句：西子即西施，比喻西湖。娉婷，女子美丽貌。⑰六一泉：是西湖名胜之一，在孤山下，以欧阳修（晚年自号“六一居士”）命名。⑱三五夜：阴历十五的夜晚，常特指八月十五。⑲可憎：对恋人的昵称。⑳红牙：歌唱时用击点板眼节拍的牙板。㉑合唱：齐唱。㉒伊州令：词牌名。㉓“幽咽泉流”两句：指歌姬弹唱的乐曲意境。㉔岩阿禅窟：山中寺庙。㉕金磬：僧人参禅诵经时敲击的法器。㉖精：也作“晶”。㉗宝篆：篆体字曲如盘香。㉘踏雪寻梅：用孟浩然踏雪寻梅的故事。

**【鉴赏】**

这首元曲写西湖行乐情景，无论是景色的旖旎还是语言的雅丽，均达到了很高的水平，被称为元曲中的极品。

〔一枝花〕一曲，先对傍晚时分西湖的美景进行了描绘，画面精致和谐，令人陶醉沉迷。此曲化用他人诗句，却不落俗套，显得活泼清新。“花如人面红，山似佛头青”，西湖繁花似锦，其娇媚的样子更胜于美人。接下来三句，是对山色的重点描绘，群山色彩鲜明，山上绿树成荫，仿佛环抱西湖的屏风，一股幽冷氤氲之气似乎弥漫在周围，而远山横卧，就像美人的眉黛，清新秀丽。最后两句“但携将、旖旎浓香，何必赋横斜瘦影”描绘歌姬体态柔美，香肌散发幽香，堪比香气芬芳的梅花，与家人同赏西湖美景，足令人心旷神怡。

〔梁州〕一曲，是对游赏湖山的逸志雅兴的描写，意境清幽。开头两句“挽玉手，留连锦英。据胡床、指点银瓶”写诗人和美人携手，共同赏花、对饮，流连美景，挥洒豪情。接下来几句“素娥不嫁伤孤另。想当年小小，问何处卿卿？东坡才调，西子娉婷，总相宜千古留名”写两人畅谈西湖佳话，遥想月中的嫦娥，该是多么孤单；昔日才高八斗的苏东坡，也只剩下一句“欲把西湖比西子，淡妆浓抹总相宜”长伴西湖。随后数句“吾二人此地私行。……幽咽泉流水下声，鹤怨猿惊”写两人的游赏活动。诗人吟诗弹唱，抒发自己的情怀，而娇媚的女伴，则手持伴奏的红牙板，缓缓而歌；四周无比安静，只有耳边回响的那婉转的乐声，仿佛泉水幽咽之音。

〔尾〕曲描写的是游后的感慨。夜色已晚，山中佛寺四处回荡着悠扬的钟声，水面上银光闪闪仿佛通透的水晶，反射着波光粼粼。此时夜气清冷，酒力渐醒，熏香将尽，更漏轻鸣。两人言笑晏晏，归来时恐怕已是二更时分，细想此番西湖夜游，与孟浩然灞桥上的踏雪寻梅相比，更加风雅！

此曲将写景、写人和抒情三者紧密结合，勾画出西湖典雅秀丽的景色。语言上音调和谐，善用典故，词藻工丽，显示出了作者非凡的文字功底。

# 任昱

## 〔正宫〕小梁州

闲居

**结庐移石动云根[①]，不受红尘。落花流水绕柴门，桃源近，犹有避秦人[②]。**

**〔幺〕草堂时共渔樵论，笑儿曹[③]富贵浮云。椰子瓢，松花酝[④]。山中风韵，乐道岂忧贫。**

**【注释】**

①结庐移石动云根：在贾岛的诗句“移石动云根”中加了“结庐”二字。②“桃源近”两句：陶渊明在《桃花源记》中曾说其间之人“自云先世避秦时乱，率妻子邑人来此绝境，不复出焉”。③儿曹：指儿孙小辈。④松花酝：指松花酿的酒。

**【鉴赏】**

此曲是对舒情适意的隐逸闲居生活的描写，表现了作者卓尔不群的胸襟，抒发了作者欣然自适的心情。

开篇“结庐移石动云根，不受红尘”两句，将其居住环境描绘得生动传神，点出了作者闲居的原因，“不受红尘”四个字表现了作者想逃脱浑浊世俗、摆脱功名利禄的迫切愿望。接下来“落花流水绕柴门，桃源近，犹有避秦人”三句，继续对隐居环境的恬淡优美进行细致描绘，青山绿水环绕，仿佛陶渊明笔下的桃花源。而作者就生活在这样山青水秀的环境中，作者将自己称为“避秦人”，以此来影射自己所处的时代也是个动荡不安的时代，明显流露出作者对污浊现实的不满情绪，足见作者用意之深。

〔幺〕篇是对隐逸闲居生活的乐趣的具体描述，体现了一种溢于言表的、超脱的愉快心情。“草堂时共渔樵论，笑儿曹富贵浮云”，写出了自己日常生活中的一个场景，自己常常与渔翁樵夫一起闲坐聊天，畅所欲言，富贵就如过眼浮云一样，没有必要在意。“椰子瓢，松花酝”，用椰子瓢饮着那松花酿酒，描写了淳朴悠闲、逍遥自在的生活态度。三字一句，节奏欢快活泼，表现了欢快和心情。最后“山中风韵，乐道岂忧贫”两句，是对隐逸山中生活的总结：前面所描述的山中生活，都是深山之外、名利场中、应酬席上所不能有的，别有一番风韵。

此曲将描述闲居生活与抒发感慨间杂而行，语言简洁明了，曲文明快清丽，让人觉得轻松。

## 〔南吕〕金字经

**秋宵宴坐**

**秋夜凉如水，天河白似银。风露清清湿簟纹[①]。论，半生名利奔；窥吟鬓[②]，江清月近人[③]。**

**【注释】**

①风露清清湿簟纹：露水清清，浸湿了竹席上的花纹。簟，编织着精致花纹的光滑的竹席。②窥吟鬓：作者在澄静的江水中窥视自己的鬓发，不由得感慨万千。③江清月近人：照搬孟浩然《宿建德江》中的原句。

**【鉴赏】**

这首曲子描写的是秋夜宴席的场景，对秋夜里江天的美景进行了歌咏，抒发了作者恬静喜悦的心情。

开头三句对宴席的良辰美景进行了描写刻画。“秋夜凉如水”与“天河白似银”对仗工整，营造了一种空灵清幽的气氛，体现着一种安宁、肃静的美。“风露清清湿簟纹”一句，言明宴散夜深，作者独坐沉思，自然引出作者的感慨。描写清风拂面，露水清清，浸湿了座下的竹席。这句“论，半生名利奔”，是此曲的中心所在。作者回想起自己的前半生为追求名利而奔波仕途，觉得有些可笑。既有对前半生求名逐利生涯的反省与感慨，更有一种看破红尘的大彻大悟。一个“奔”字，饱含情感，既写出了当时无奈奔波于仕途的遭遇，又写出了对这种生活的厌倦和想要摆脱的心态。

最后“窥吟鬓，江清月近人”两句，交代作者所与的宴会是在江边或江中。“窥吟鬓”三个字刻画传神逼真，写出作者奔波半世，一事无成，如今自己已经斑白了鬓发，不由得发出感慨。“江清月近人”这一古人的诗句脱口而出，用得巧妙至极，意境和谐统一，同时也令作者忽然顿悟，人需要精神上的依靠和慰藉。

此曲最大的艺术特色就是将作者的主观感情与所描写的自然之景有机统一起来，让读者在欣赏山水风物的同时，揭示了人生哲理的深奥，同时表达出作者旷达自适的处世态度。

## 〔中吕〕上小楼

**隐居**

**荆棘[1]满途，蓬莱[2]闲住。诸葛茅庐[3]，陶令松菊[4]，张翰莼鲈[5]。不顺俗[6]，不妄图[7]，清高风度。任年年落花飞絮。**

**【注释】**

①荆棘：比喻人生旅途上的种种险恶。②蓬莱：比喻隐居之所若仙境。③诸葛茅庐：指诸葛亮躬耕时住的茅草屋。④陶令松菊：指陶渊明喜爱与松菊为伍。⑤张翰莼鲈：指晋代张翰在外思念享用家乡的莼菜和鲈鱼而辞官还乡。⑥不顺俗：不随波逐流。⑦不妄图：不妄想。

**【鉴赏】**

这是一首歌咏隐居生活、抒发个人情感、赞美清高避世的元曲。

开头“荆棘满途，蓬莱闲住”两句，作者以“荆棘”和“蓬莱”，“荆棘”比喻艰危的时世和险恶的仕途，“蓬莱”比喻风景优美、宛若仙境的隐居之所。这两个比喻对照鲜明，感情强烈，作者的态度十分鲜明。说出了对丑恶的现实和人生的不满以及对与世隔绝的隐居生活的向往，表达了作者愤世嫉俗的态度。

以下“诸葛茅庐，陶令松菊，张翰莼鲈”三句，引用三个历史名人的典故，具体地描绘隐居的主要生活情形，作者用躬耕南亩的诸葛亮、与松菊为伍的陶渊明、用弃官归乡的张翰自比，同时也是表明自己追求生活的标准。

“不顺俗，不妄图，清高风度”三句，进一步表明自己要追寻三人的选择和心态，不仅要学习他们的生活方式，更要学习他们那种不与世俗同流合污、不追逐名利、保持清高自洁的精神。

结尾“任年年落花飞絮”一句，表明了作者高蹈出世的决然态度，其中也流露出作者豁然旷达的胸襟。此曲用典比较通俗易懂，明晓流畅，态度鲜明，情感真挚。

## 〔中吕〕朝天子

村居

**杜门①，守贫，知有归田分。春风渐入小洼樽②，勤饮姜芽③嫩。乡党朱陈④，讴歌尧舜⑤，向东皋植杖耘⑥。子孙，更淳，闲把诗书训⑦。**

**【注释】**

①杜门：不与那些权要豪贵们来往。②樽：酒盅。③姜芽：一种茗茶。④乡党朱陈：乡党，泛指乡里。朱陈，联姻的代称。⑤尧舜：比喻理想中的太平盛世。⑥东皋植杖耘：皋，为田地边的高地。植杖，即拄杖。耘，除草。⑦闲把诗书训：指教导子孙读诗、书等儒家经典。

**【鉴赏】**

此曲歌咏了闲适的村居生活，表现了古朴淳厚的民俗风情。开头三句“杜门，守贫，知有归田分”，直接点出村居的主题，作者杜门谢客，安守贫困，自知自己只有归隐田园之份。作者做这样的选择，也是迫于社会现实的无奈，“归田分”暗含着作者强烈的不满。接下来“春风渐入小洼樽，勤饮姜芽嫩”两句，写村居的闲逸之趣。作者在闲暇之时品茶饮酒，倍感神清气爽，如春风化入酒杯，沁心润脾。曲中流露出作者安享生活的闲情逸致。以下“乡党朱陈，讴歌尧舜，向东皋植杖耘”三句，写自己与乡里和谐相处，讴歌理想的太平盛世，亲自下田置杖耕耘。作者言外之意洋溢着古朴淳厚的民风。最后三句“子孙，更淳，闲把诗书训”，紧承上文，言子孙不晓得仕途的悲酸，更是淳朴憨厚，勤恳劳作，在农闲和休息之时，就教育他们读书识礼。

此曲对村居躬耕的隐居生活以自我欣赏的态度进行了歌咏，表达了厌弃仕途的洒脱情怀，其中也暗含着对统治者的极端不满，表现出一种遗世独立的内心情感。语言朴实简单，语调平淡随意，节奏舒缓从容，风格轻快。

## 〔双调〕沉醉东风

**信笔**

**有待江山信美，无情岁月相催[1]。东里来，西邻醉，听渔樵讲些兴废。依旧中原一布衣，更休想麒麟画里[2]。**

**【注释】**

①“有待江山”两句：化用杜甫《后游》中“江山如有待，花柳自无移”的诗意。②麒麟画里：即指进入麒麟阁的画中。麒麟阁，亦作麒阁、麟阁，汉宣帝下令在阁中画十一位功臣象，以示纪念。

**【鉴赏】**

此曲题为“信笔”，抒发了作者感慨的怨愤之情。元代大多知识分子虽然口头上说着隐居，内心却是渴望建功立业，留名青史。但是由于民族偏见，大部分知识分子心灵上有着巨大的矛盾。任昱在此曲中也常以隐士高人自比，但内心却也一直被仕途不顺，而又不甘心安于平庸的心态所困扰；此句道出了作者最真实的内心情感与想法。

开头“有待江山信美，无情岁月相催”两句，对仗工整，抒发了虚掷光阴的焦灼与悲凉之情。作者将杜甫《后游》中“江山如有待，花柳自无移”的诗句融入自己的意境，以有情的江山对无情之岁月，描写山河的美景美不胜收，而无奈光阴易逝，岁月催人老，让人顿觉凄怆苍凉。

接下来“东里来，西邻醉，听渔樵讲些兴废”三句，作者反其道而行，整日走东里，串西邻，常常喝醉，或者是与渔樵邻里闲话。作者明明是珍惜年华、摈弃平庸的，然而事实却恰恰相反，他常常因纵情山野水滨、空怀壮志而徒感伤悲。

最后“依旧中原一布衣，更休想麒麟画里”两句，作者引用西汉为大臣歌功颂德“麒麟阁”的典故，可见作者晚年对建功立业还是耿耿于怀，于是再也抑制不住自己内心的失望和悲愤。最后两句，尖锐地揭露了元蒙统治者歧视中原汉人、打击汉族知识分子的野蛮政策，同时又表现出作者作为一个汉族知识分子，宁肯做平头布衣也不摇尾乞怜以求高升的气节。

全曲感情基调悲愤沉痛，充满着一种浓郁的悲剧氛围，极富感染力。

## 〔双调〕沉醉东风

**会稽[①]怀古**

**爱望海秦山[②]古色，探藏书禹穴[③]重来。鉴水[④]边，云门[⑤]外，有谁人布袜青鞋[⑥]？休问吴宫暗绿苔，越国在残阳翠霭。**

**【注释】**

①会稽：今浙江绍兴。②秦山：会稽山，又名秦望山。③禹穴：即禹陵，在会稽山，上有禹庙，其旁为禹陵，是大禹葬地。④鉴水：即鉴湖，亦称镜湖，在绍兴。⑤云门：即云门寺，会稽的名胜。⑥布袜青鞋：代指登山涉水。

**【鉴赏】**

此曲是作者游览会稽山水、探访古代文化遗迹时的怀古伤今之作，曲中既有对灿烂悠久的汉民族传统文化的推崇，也有超然于物外的自我赏析，抒发了作者对于兴亡盛衰的历史变迁的深沉感慨。

开头“爱望海秦山古色，探藏书禹穴重来”两句，是对作者重游会稽的描写，描写作者登会稽山、访大禹陵等名胜古迹。“古色”说明“秦山”“禹穴”是文化古迹；一个“爱”字，表明作者对大禹的崇敬，以及对历史遗迹的热爱和向往之情。

接下来“鉴水边，云门外，有谁人布袜青鞋”三句，过镜湖，游云门，只有像我一样摆脱了世俗羁绊的布衣书生，才能领略山川名胜的遗韵古风。“布袜青鞋”既写出了作者跋山涉水的状态，又描写出以“布衣”自比的孤傲不群。

最后“休问吴宫暗绿苔，越国在残阳翠霭”两句，作者着力描绘了今日吴宫越都荒凉幽暗的景象，与往昔的繁盛形成鲜明的对照，抒发了人事瞬息变幻、今昔盛衰无常的感慨。由游览会稽这个春秋时的越国故都，联想到吴越两国争霸南方的历史故事，触发了作者对于历史兴亡的感慨。

## 〔双调〕清江引

**题情**（**二首之二**）

**南山豆苗荒数亩，拂袖先归去[①]。高官鼎[②]内鱼，小吏罝[③]中兔。争似[④]闭门闲看书！**

【注释】

①“南山豆苗”两句：化用：陶渊明“种豆南山下，草盛豆苗稀”和“田园将芜胡不归”的句意。②鼎：古代炊器，三足两耳，多为青铜制成。③罝：捕兽的网。④争似：怎么比得过。

【鉴赏】

此曲《题情》，并不是表现男女之间的恋情，而是抒发了作者鄙夷仕途、向往隐逸的情怀。任昱晚年曾发愤攻读，锐意仕进，然而最终仍是一无所获，因此对仕途的险恶有了更深刻的体会。

开头“南山豆苗荒数亩，拂袖先归去”两句，是对摆脱仕宦羁绊的描写，表明作者急切地想逃离官场、回归田园的心情。作者之所以反复高吟隐逸，是想得到心里的平衡。

接下来“高官鼎内鱼，小吏罝中兔”两句，说出不愿做官的真正原因，可谓全曲的曲眼。作者把高官比作鼎里的鱼，把小吏比作罝中的兔，极为生动、深刻，一语道尽官场的凶险与残酷。曲文精警简约，比喻形象，通俗易懂，同时又发人深省。

结尾一句“争似闭门闲看书”，转换话题，以闲适自在的书斋生活反衬官场的危机四伏。作者以“闲”自许，表面看似高雅旷达，实际上字里行间蕴含着无限英雄失路、壮志难酬的感慨。

## 〔双调〕清江引

**钱塘[1]怀古**

**吴山越山山下水[2]，总是凄凉意。江流今古愁，山雨兴亡泪。沙鸥笑人闲未得[3]。**

【注释】

①钱塘：今杭州。②吴山越山山下水：吴山，春秋时吴国南界。越山，指钱塘江南岸的山。山下水，指钱塘江。③闲未得：没有空闲。

【鉴赏】

此曲与《会稽怀古》一样，也是借凭吊江山名胜抒发历史兴亡的感慨。

开头两句“吴山越山山下水，总是凄凉意”，描写的是作者登山观涛所引起的感伤之情。“吴山越山山下水”，暗点出“钱塘”二字，钱塘江两岸是亡宋的故都。作者站在山巅，放眼望去，山水辽阔壮丽。然而作者心中却“总是凄凉意”。对于充满了民族自尊心的作者来说，挣扎在异族政权的统治之下，满江的流水都渗透着无尽的凄凉与感伤，一个“总”字，高度地概括了作者的这种心情。

接下来“江流今古愁，山雨兴亡泪”两句，进一步深化了古今兴亡的悲慨。那悲泣的江水，悠悠不尽，仿佛承载着古往今来绵绵不绝的忧愁怨恨。这两句富于形象的联想，将山水的“凄凉意”形象化、具体化，揭示了此曲的中心。

最后一句“沙鸥笑人闲未得”，作者选取了江上沙鸥的意象，“沙鸥”常常是作为隐者伴侣的形象出现的，表现出一种跳出世外的姿态，仿佛在嘲笑世人的没有意义的举动。同时又是始终跳不出尘世俗网的作者的自嘲，尽管他愤世嫉俗，对统治深为不满，把隐居作为唯一出路，但实在逃不脱世俗红尘的牵绊。这里如实地反映了元代大多数知识分子厌世情绪，却又无法逃脱的心态。

# 钱霖

## 〔般涉调〕哨遍

看钱奴[1]

试把贤愚穷究，看钱奴自古呼铜臭[2]。徇己苦贪求，待不教泉货周流[3]。忍包羞，油铛[4]插手，血海舒拳，肯落他人后？晓夜寻思机彀[5]，缘情钩距[6]，巧取旁搜。蝇头场上[7]苦驱驰，马足尘中厮追逐，积攒下无厌就。舍死忘生，出乖弄丑。

〔耍孩儿〕安贫知足神明佑，好聚敛多招悔尤[8]。王戎遗下旧牙筹[9]，夜连明计算无休。不思日月搬乌兔[10]，只与儿孙作马牛。添消瘦，不调祻鼎[11]，迯逞戈矛。

〔十煞〕渐消磨双脸春，已雕飕两鬓秋，终朝不乐眉长皱。恨不得柜头钱五分息招人借，架上阜[12]一周年不放赎。狠毒性如狼狗，把平人骨肉，做自己膏油。

〔九〕有心待拜五侯[13]，教人唤甚半州[14]，忍饥寒攒得家私厚。待垒做钱山儿倩军士喝号提铃守[15]，怕化做钱龙儿请法官行罡布气留[16]。半炊儿八遍把牙关叩[17]，只愿得无支有管，少出多收。

〔八〕亏心事尽意为，不义财尽力掊[18]，那里问亲弟兄亲姊妹亲姑舅！只待要春风金谷骄王恺[19]，一任教夜雨新丰困马周[20]。无亲旧，只知敬明眸皓齿[21]，不想共肥马轻裘[22]。

〔七〕资生利转多，贪婪意不休，为锱铢[23]舍命寻争斗。田连阡陌心犹窄，架插诗书眼不瞅。也学采东篱菊，子是个装呵元亮[24]，豹子浮丘[25]。

〔六〕恨不得扬子江变做酒，枣穰金积到斗[26]。为几文赙背钱[27]受了些旁人咒，一斗粟与亲眷分了颜面，二斤麻把相知结下

**寇仇。真纰缪[28]，一味的骄而且吝，甚的[29]是乐以忘忧。**

**〔五〕这财曾燃了董卓脐[30]，曾枭了元载头[31]，聚而不散遭殃咎。怕不是堆金积玉连城富[32]，眨眼早野草闲花满地愁。干生受，生财有道，受用无由。**

**〔四〕有一日大小运并在命宫，死囚限缠在卯酉[33]，甚的散得疾子为你聚来得骤。恰待调和新曲歌金帐，逼临得佳人坠玉楼[34]。难收救，一壁厢投河奔井，一壁厢烂额焦头。**

**〔三〕窗槅每都飑飑的飞，椅桌每都出出的走，金银钱米都消为尘垢。山魈木客[35]相呼唤，寡宿孤辰厮趁逐。喧白昼，花月妖将家人狐媚，虚耗鬼把仓库潜偷[36]。**

**〔二〕恼天公降下灾，犯官刑系在囚。他用钱时难参透。待买他上木驴钉子轻轻钉[37]，吊脊筋钩儿浅浅钩。便用杀难宽宥[38]，魂飞荡荡，魄散悠悠。**

**〔尾〕出落[39]他平生聚敛的情，都写做临刑犯罪由。将他死骨头告示向通衢里甃[40]，任他日炙风吹慢慢朽！**

**【注释】**

①看钱奴：称呼悭吝的人。②铜臭：鄙视那些富有钱财而品质卑鄙的人。③泉货周流：金钱的流通。泉货，钱。④油铛：油锅。⑤机彀：机关，圈套，窍门。这里指求钱财的各种渠道。⑥缘情钩距：随机的意思。缘情，根据不同的情况而变换手段。钩距，得到，到手的意思。⑦蝇头场上：指有可以追求小利的地方。⑧悔尤：祸患。⑨“王戎遗下”句：王戎，晋临沂人，著名的守财奴。⑩不思日月搬乌兔：意说不考虑时光的快过。乌，指太阳。兔，指月。⑪不调裀鼎：意为不顾自己衣食。裀，夹衣。鼎，古代烹饪的器物。⑫阜：贴身衣物。当指当铺中货架上顾客的当物。⑬有心待拜五侯：这里泛指高官。⑭教人唤甚半州：说他占有半个州县的田地。⑮“待垒做”句：等积累了很多钱请军士帮他保护替他守护。倩，义同请。⑯“怕化做”句：怕钱飞走请道士作法留住。法官，迷信活动中耍弄法术的道士。行罡布气，指道士弄法术。⑰半炊儿八遍把牙叩：形容为聚敛钱财而苦苦思索的样子。半炊儿，煮半顿饭的功夫。⑱掊：聚敛。⑲只待要春风金谷骄王恺：只想像西晋富豪石崇那样，斗富能胜过晋武帝舅舅王恺。春风，指得意。金谷，金谷园，石崇所建名园，在今河南洛阳县西北。⑳“一任教”句：据《新唐书·马周传》载，马周未得

志时曾在新丰旅店遭冷遇。李贺《致酒行》："吾闻马周昔作新丰客，天荒地老无人识。"㉑只知敬明眸皓齿：意为只知拿钱追欢买笑。明眸皓齿，指美人。㉒不想共肥马轻裘：意为有好马好衣，不愿借给朋友用。㉓锱铢：锱和铢都是古代极微小的重量单位。㉔"也学采东篱菊"二句：他们也学陶潜的采菊东篱，其实是骗人的。装呵，意指装模作样。㉕豹子浮丘：意说表面装得很清高，骨子里比豹子还凶狠。豹子是宋元时对一些凶狠的人所起的外号。浮丘，指传说中仙人浮丘伯。㉖枣穰金积到斗：积累了成斗的金子。枣穰金，赤金；枣穰即枣肉，形容赤金的颜色。㉗赗背钱：赗，是装书画的卷首贴绫处；赗背钱，蝇头小利。㉘纰缪：错误。㉙甚的是：什么是，哪里是。㉚燃了董卓脐：董卓残暴贪婪，据说死后被守尸者在其肚脐中点灯，光明达旦。㉛枭了元载头：元载，唐凤翔岐山人。枭，古代刑法，斩首。㉜连城富：形容财富之多，价值连城。㉝"有一日大小运"二句：总有一天会倒霉受罪。命宫，古时星命家的词汇。㉞"恰待调和新曲"二句：正准备调和新曲在金帐下歌舞取乐，却不料逼得佳人跳楼自杀。这暗用石崇被抄家，妾绿珠坠楼自杀事。㉟"山魈木客"二句：意说遭到妖魔的侵袭和恶运的追迫。山魈，动物名，猴的一种。木客，是山魈的别名，但当时人们把它看作山林中的妖怪。寡宿孤辰，意是命中注定要孤寡的。㊱"花月妖"二句：意说花月妖媚惑他的子弟，虚耗鬼暗偷了他的仓库。花月妖指娼妓一类人物；虚耗鬼指败家子之类。㊲上木驴钉子轻轻钉：二种酷刑，把罪人钉在四脚凳上凌迟处死，木驴即指这种凳子。㊳使用杀难宽宥：用尽了金钱想买通别人，以便减轻刑法，也难得别人的原谅。㊴出落：显现、表现。㊵将他死骨头告示向通衢里甃：把他的尸骨放在大街上示众。甃，井壁，也指砌井壁，这里借为堆放。

**【鉴赏】**

此曲由十二支曲组成，"看钱奴自古呼铜臭"一句，乃全曲的主旨核心，一个具有多元内涵的"臭"字贯穿全曲。全曲用夸张甚至变形的手法，将满身铜臭气的看钱奴拼命敛财而且奸吝刻薄的卑浊品格，刻画得入木三分，斥骂得痛快淋漓。

首曲主要写"看钱奴"的"贪"。为聚敛钱财，巧取豪夺，挖空心思，不顾一切，不知羞耻，不怕出丑，甚至不顾性命，可以向油锅血海中伸手。〔耍孩儿〕一曲嘲笑其"吝"。守财奴贪鄙吝啬，平生只认得一个"钱"字，为了敛财，甘愿当牛做马，日夜不停地算计，容颜消瘦。

从〔十煞〕到〔六煞〕五首曲子，从不同侧面揭露了“看钱奴”的丑恶灵魂以及卑污行径。他终日不乐，恨不得放高利贷招人来借，恨不得他人典当的货化为己有，恨不得敲骨吸髓，把老百姓的骨肉化做自家的膏油；他为自己升高官、做首富，厚积家资；提心吊胆，请人看守；他发不义之财，全然不顾亲戚朋友；他尽情去做亏心事，尽力聚敛那不义财，就连亲兄弟、亲姊妹、亲姑舅也不放过；他资生利、利滚利，钱财越来越多，土地越来越广；他却还嫌钱少地窄，为了锱铢小利，玩命争斗。作者用铺陈的手法，从为儿孙、为自己，对平人、对亲友，表面上、骨子里等多方面入手，刻画出一个唯利是图、六亲不认、悭吝狠毒、虚伪无耻的看钱奴形象。

〔五煞〕以下，作者深恶痛绝地诅咒了“看钱奴”聚财不散的可耻下场。作者从甘受贫困、清高自许的读书人的立场出发，讽刺了“看钱奴”不诵诗书、假装斯文、跋扈吝啬，却不懂得钱能招致祸端的道理。作者一连举出董卓、元载等因财丧命的例子，诅咒为富不仁者必遭天谴的最终结局。

此曲淋漓尽致地刻画出了“看钱奴”损人利己、六亲不认、巧取豪夺的形象，极其深刻地揭露了剥削者贪得无厌、唯利是图的吃人本质。作者文笔辛辣犀利，情感强烈，一针见血，引人深思。

# 徐再思

## 〔仙吕〕一半儿

**病酒**

**昨宵中酒[1]懒扶头，今日看花惟袖手。害酒愁花人问羞[2]。病根由，一半儿因花一半儿酒。**

**【注释】**

①中酒：因喝酒成疾。②害酒愁花人问羞：自己饮酒过度，对花起愁，别人问起时，却又不好意思回答。

**【鉴赏】**

此曲反映了元代知识分子酒醉赏花的情趣和闲适的生活情怀，颇具代表性。

开头“昨宵中酒懒扶头，今日看花惟袖手”，开门见山，直抒胸臆，描绘出作者这样的生活状态：昨晚贪杯醉酒，今天很晚才起床；信步踱来，今日鲜花耀眼，人却连手都不愿伸出。作者活灵活现地描绘出了一副慵懒倦怠的模样，相当传神。“害酒愁花人问羞”一句，承上启下，作者醉酒醒来，看见花开正好，却生出无限的忧愁情思，别人问起时，却又不好意思开口。那么究竟是什么原因呢？最后一句“病根由，一半儿因花一半儿酒”，进一步切脉问诊，弄清楚愁的由来：作者是因花而愁，因愁而酒，因酒而病。曲子以“酒”和“花”为中心，究竟这“花”指何物，给读者留下了广阔的想象空间。

## 〔仙吕〕一半儿

**落花**

**河阳香散唤提壶[①]，金谷魂消啼鹧鸪[②]，隋苑春归闻杜宇[③]。片红无，一半儿狂风一半儿雨。**

【注释】

①河阳香散唤提壶：河阳，县名，今河南孟县，以花闻名，庾信《春赋》有“河阳一县并是花”之句。提壶，鸟名。②金谷魂消啼鹧鸪：这句意思是说富贵荣华已成过去，绿珠坠楼使人丧魂落魄，只有鹧鸪鸟在啼叫。金谷，象征豪富、比喻华贵。魂消，销魂。鹧鸪，鸟类，群居。③隋苑春归闻杜宇：这句是说春残花落，杜宇的叫声使人倍感惆怅。隋苑，隋炀帝杨广所筑，又名西苑。春归，春去也。

【鉴赏】

这首曲子题作《落花》，实际上是借“落花”写繁华似梦，富贵无常，曲子的主旨一言以蔽之，“流水落花春去也”。

开篇“河阳香散唤提壶，金谷魂消啼鹧鸪，隋苑春归闻杜宇”三句，借潘岳、石崇、杨广的典故，叙述了荣华富贵如烟云变化，幻灭无常。又由“落花”联系到烟消云散。“河阳香散”“金谷魂消”“隋苑春归”都是借典故叙说富贵无常、繁花似梦的道理；而借“提壶”“鹧鸪”“杜宇”悲切的啼声渲染出一片惆怅的春天的愁苦。

在作者看来，荣华富贵只不过是过眼烟云、南柯一梦，都像“落花”一般，到头来化作粪土碾作尘，随风凋零。花落春去，满目凄凉，不禁令人黯然神伤，忧思绵绵，无奈转问苍天：“片红无”，乘上而来，可以看作全曲的曲眼。

最后一句“一半儿狂风一半儿雨”揭示了“落花”的原因。作者表面上说的是落花，是无情的风雨和时间磨灭鲜花，送走了美景。然而在字里行间隐藏的造成“河阳香散”“金谷魂消”“隋苑春归”的根本原因是政治风雨。人世间的风雨埋葬了多少有识之士的青春和理想，留下的只有无尽的辛酸惆怅。

## 〔仙吕〕一半儿

**春情**

**眉传雨恨母先疑，眼送云情人早知，口散风声谁唤起。这别离，一半儿因咱一半儿你。**

【鉴赏】

这首元曲题为《春情》，实际是写“闺怨”，描述了一闺中少女因封建礼教的阻碍，被迫同情人别离的哀愁和感叹。

开头就从一对恋人相爱幽会被旁观者察觉入手写起，用三个排比句极力铺陈渲染这对热恋中情人的浓情蜜意。“眉传雨恨母先疑”，先从家庭着笔，所谓母女连心，女儿的一举一动、一言一语最容易引起母亲的关切和注意。而正处于初恋热恋阶段的少女，在言行举止上总会出现一种异常甚至反常的现象，“眉传雨恨”、“眼送云情”等等，很容易被母亲觉察，从而产生疑心。不仅如此，其实外边的人也早已知道。作者采用由近及远、由内而外的写法，接下来“眼送云情人早知”一句，写约会早被人看见了。第三句“口散风声谁唤起”，是写情人传口信或呼唤女方相会时被人听见了。

曲子前三句都是直接写“这别离”的原因。他们的相爱在当时的封建统治下，触犯了封建道德，触犯了家规家教，于是受到了粗暴的干涉和阻扰，最终是“拆鸳鸯于两下里”的悲惨结局。“这别离”，是全曲表达思想的重点所在，可以说是“曲眼”。徐再思写小儿女的眼去眉来终于被人识破而以分离的悲剧收场，“一半儿因咱一半儿你”，自责与他责之中，蕴含了深沉的相思之情和怨恨之意。

## 〔中吕〕朝天子

### 西湖

**里湖，外湖[①]，无处是无春处。真山真水真画图，一片玲珑玉[②]。宜酒宜诗，宜晴宜雨，销金锅锦绣窟[③]。老苏[④]，老逋[⑤]，杨柳堤梅花墓[⑥]。**

【注释】

①里湖，外湖：苏堤长二点八公里，堤西为里湖，堤东为外湖。②一片玲珑玉：比喻西湖无比美妙的风景。③销金锅锦绣窟：比喻西湖是万物的精华，

天然的宝物，人杰地灵，不可胜数。销金锅，指西湖。南宋时，西湖出现了畸形的繁华艳丽，偏安江南的统治集团一掷千金，花天酒地，因此西湖又有此称号。④老苏：指苏轼。⑤老逋：指宋代隐士林逋，隐居西湖孤山，终生未仕，亦未婚娶。⑥杨柳堤梅花墓：杨柳堤，苏堤。梅花墓，林逋墓。

【鉴赏】

徐再思这首元曲是咏西湖之作，对西湖的美景进行了细致刻画，此曲主要描写了杭州西湖的迷人景色。

开头三句"里湖，外湖，无处是无春处"，曲文高度凝练，总览鸟瞰西湖的总体印象。春日里，"六桥烟柳"，杨柳飘拂，"苏堤春晓"，桃杏吐艳，到处莺声燕语，春意盎然。湖光山色，风景如画，处处皆春。

接下来，"真山真水真画图，一片玲珑玉"，进一步渲染西湖美不胜收的迷人景象，加深了由感官直觉得来的对西湖的第一印象。

"宜酒宜诗，宜晴宜雨，销金锅锦绣窟"，作者由对景物的抒写转入议论，极写西湖秀丽景色中的热闹繁华。作者观赏着西湖佳景，触发了诗思酒兴，浮想联翩。"销金锅"，极言西湖人杰地灵，富贵逼人。"锦绣窟"，形象地诠释出西湖的繁盛之景。作者游赏西湖，自然联想到曾经造福西湖的两位文人雅士。

最后"老苏，老逋，杨柳堤梅花墓"三句，引用典故，用苏轼、林逋的故事表现了超远的意境。

全曲前四句重在写景，后四句旨在抒情。写景采用写意的手法不在小处进行精雕细刻，取其神韵；作者将清高俊逸之情融入简单洒脱的笔墨之中，风格清新典雅，充满诗情画意。

## 〔中吕〕红绣鞋

**雪**

**白鹭交飞溪脚，玉龙①横卧山腰，满乾坤无处不琼瑶②。因风吹柳絮③，和月点梅梢，想孤山鹤睡了④。**

【注释】

①玉龙：被大雪覆盖的群山。②琼瑶：指玉。③因风吹柳絮：由谢道韫“柳絮因风起”而来。④想孤山鹤睡了：林逋隐居在西湖孤山。

【鉴赏】

开头“白鹭交飞溪脚，玉龙横卧山腰”两句，选择高处的角度，从大处着墨，描摹大雪覆盖下壮观的景象，白鹭轻轻地落在溪边，玉龙静静地伏在山间，远远望去，一片银装素裹的世界。“满乾坤无处不琼瑶”一句，以双重否定加重肯定语气，描写漫天飞雪的奇观，突出了雪的晶莹剔透。

接下来，作者别出心裁，匠心独运，对细部近景进行详细的刻画，清新活泼。“因风吹柳絮”，微风袭来，柳絮如雪花一样地轻轻飘舞。“和月点梅梢”，描写雪后放晴，新月初上，皎洁的月光照映着飘落在寒冬怒放的腊梅枝头上的雪，使这幅壮美的雪景画显得分外妩媚。

“想孤山鹤睡了”，作者的思绪飘逸飞越，超出了时间的限制，徜徉在西湖孤山，想到这样静寂的夜晚，作者这里又营造了雪后温馨、静谧的环境。

此曲作者主要围绕雪的两个特征：“洁”和“静”，采用细腻描写的方法，巧设比喻，以动衬静，虚实结合，突出了雪的“洁”和“静”的特点。

## 〔中吕〕普天乐

**吴江八景**

西山夕照

**晚云收，夕阳挂。一川枫叶，两岸芦花。鸥鹭栖，牛羊下①。万顷波光天图画，水晶宫冷浸红霞。凝烟暮景，转晖老树②，背影昏鸦③。**

【注释】

①牛羊下：化用《诗经》“鸡栖于埘，日之夕矣，羊牛下来”的意思。②凝烟暮景：化用“烟光凝而暮山紫”之意。③转晖老树，背影昏鸦：化用马致远的《天净沙·秋思》意。

【鉴赏】

此曲开头“晚云收，夕阳挂”两句，统率全篇，总括傍晚日落云收的景象，后面所写之景都是在夕阳映照之下展开的。“一川枫叶，两岸芦花”两句，视线由广阔的天宇转向山水相接的大地，选取了广角镜头。这两句中，“川”与“岸”暗示出是西山和吴江，为下面的描写作了铺垫；“枫叶”与“芦花”红白映衬，色彩十分鲜明。“鸥鹭栖，牛羊下”两句，抓拍了现实景物的两个特写镜头，分别摹写水中与岸上的动物活动，这在枫叶与芦花构成的静态画面中平添了几许动态的生活气息，表现了勃勃的生机。

接下来“万顷波光天图画，水晶宫冷浸红霞”两句，笔锋一转，开始描写一派浩荡缥缈的烟波云水，在晚照之下红光闪耀、金碧交辉，真是一幅绝妙的天然图画！这美丽的景象不由得勾起了作者更加美丽的幻想，于是由实入虚，由视觉直感化入意觉联想，想起了那些名传千古的神话传说：在这万顷波光的深处，原本冷清的水晶龙宫，此刻也一定被晚霞映照，更加金碧辉煌吧。“凝”“转”“背”这三个动词十分传神，将黄昏表现的灵动玲珑。

此曲生动传神，在浓郁的笔调中寄予了淡泊的心境，别有一番旷远的韵致。

## 〔中吕〕阳春曲

**皇亭①晚泊**

**水深水浅东西涧，云去云来远近山，秋风征棹②钓鱼滩。烟树晚，茅舍两三间。**

**【注释】**

①皇亭：《元散曲选注》中记载，“皇”应为“皋”，疑其因形近而误。皋亭在杭州西北。②棹：船桨，借指船。

**【鉴赏】**

此曲表面上看似纯为写景，但实际上移情入景，通过写一个游子在黄昏泊舟近岸时的所见所感，抒发了漂泊天涯的愁思。

开头“水深水浅东西涧，云去云来远近山”两句，以工整洗练的对句展示旅途远望之景，一句写深涧，一句写高山，立体感很强。写水，突出了其流踪不定，深浅各异；写山，主要摹写其高下参差，远近交错，云起云飞。这依势曲折的山涧水，飘忽不定的浮云，正与游子漂泊无定的行踪和无所依归的心理相契合。游子这种微妙的感受也是借助于淡淡的景物勾勒，含蓄地表达出来。

第三句“秋风征棹钓鱼滩”，既点明了节令和游子自身，也为开头两句的鉴山赏水找到了依托：前面的山水涧云和后面的烟树茅舍都是从这只“征棹”上观察到的。当此萧索凄凉的深秋黄昏，出现了一位寄身于一叶扁舟的天涯倦客，而此时日已暮，游客自己却家难归，孤零零地独立在钓鱼滩上，望着涧水奔流，浮云飘荡，此情此景，让人情何以堪？这一句看似平平道来的话语，其实是全曲的重心所在，可以说是结合主观之情和客观之景的枢纽。

最后两句“烟树晚，茅舍两三间”，不是单纯的写景，而是包含着深厚的意蕴，有着不尽的情味。

## 〔中吕〕阳春曲

### 闺怨

**妾[1]身悔作商人妇，妾命当逢薄倖夫[2]。别时只说到东吴[3]，三载余，却得广州[4]书。**

**【注释】**

①妾：妇女的自称。②薄倖夫：负心郎。③东吴：泛指江南地区。④广州：指今广东、广西一带。

**【鉴赏】**

此曲中作者以一个商人妇的口吻，明白如话地诉说了嫁作商人妇的忧怨和不幸。“商人重利轻离别”，给独守空房的妻子带来了生活上和精神上的诸多困扰；长期行商他乡，难免寻花问柳，喜新厌旧，给倚门盼归的妇人带来一桩桩婚姻悲剧。

开头两句“妾身悔作商人妇，妾命当逢薄倖夫”，直诉幽怀，意思是说，嫁给商人为妻，本来就已经追悔莫及，偏又命运不好，逢上了薄情寡义的负心郎。接下来三句，紧承起首两句而来，一股脑儿道出满腹的愁怨：“别时只说到东吴，三载余，却得广州书”，意思是说丈夫临走时，说是到东吴去。三年过后，却从广州寄来了信。言外之意是，埋怨丈夫负心无义，欺骗了她。至此，丈夫的轻率薄情，女子的痴心坚贞，都包容在坦率浅显的话语中。

此曲语言通俗易懂，感情深挚。

## 〔越调〕天净沙

**探梅**

**昨朝深雪前村①，今宵淡月黄昏②，春到南枝几分？水香冰晕③，唤回逋老诗魂④。**

【注释】

①昨朝深雪前村：清代宋长白《柳亭诗话》中记载："齐己《早梅》诗：'前村深雪里，昨夜数枝开。'郑谷曰：'数枝，非早也，未若一枝。'"此句依此而出。②今宵淡月黄昏：化用了林逋"疏影横斜水清浅，暗香浮动月黄昏"的意境。③水香冰晕：融林逋的诗意写成，加强了傲雪求春的生命力度。④逋老：指林逋。

【鉴赏】

此曲紧扣题目《探梅》二字，展现出一位热爱梅花的高人逸士执著地寻梅、探梅、访梅、赞梅、咏梅等一系列行为方式和心理活动。

开头"昨朝深雪前村，今宵淡月黄昏"两句，化用前人的诗句，鲜活地刻画出作者执着踏雪寻梅的虔诚神态和对梅花的渴望追求。"昨朝深雪"与"今宵淡月"一明一暗，幽雅朦胧，为梅花的出现创造了淡雅高洁的背景。作者为什么如此苦恋梅花呢？因为梅花是报春的使者，作者对梅讯的渴望，就是对春天的向往。"春到南枝几分？"一句询问满怀深情，把盼春的作者与报春的梅花紧紧联系在一起。功夫不负有心人，梅花终于在雪前月下露出她清雅的笑脸。

紧接着，"水香冰晕"的刻画，又一次融入了林逋诗句的意境，既写出了梅花的芳姿，透露其幽香，又显示了其傲雪求春的生命力度。

结尾以"唤回逋老诗魂"一句作结，作者将冰清玉洁的梅花与爱梅成癖的隐逸高士融为一体，同时，将梅看作尘世外的知己，刚直不阿，展现了作者的高洁情操。

## 〔越调〕凭阑人

**九殿春风鳷鹊楼[①]，千里离宫龙凤舟[②]。始为天下忧，后为天下羞。**

【注释】

①九殿春风鳷鹊楼：鳷鹊楼是当年汉武帝所建的三座庞大的观楼之一，显示了封建帝王的极尽奢华。九殿，皇宫的殿堂深九层。②千里离宫龙凤舟：相传隋炀帝与萧后为去扬州赏花，乘舟沿运河南下，舟上装潢富丽，劳民伤财，百姓怨恨。

【鉴赏】

此曲为咏史寄慨之作，讽刺了封建帝王的奢侈生活和挥霍无度的举动，曲意借古鉴今，寓意深远。全曲仅有四句，前两句叙事，后两句议论。

开头"九殿春风支鸟鹊楼，千里离宫龙凤舟"两句，陈述历史事实，拈出汉武帝大兴土木修建鳷鹊楼和隋炀帝乘龙凤舟游玩扬州两件事，描写了封建帝王的奢侈无度与特权享受，揭露了历代帝王口称爱民，而实际却是扰民。汉武帝雄才大略，晚年却穷兵黩武，扩建宫殿，笃信方术，妄求长生不老；隋炀帝大建东都洛阳，还开凿运河，南下扬州，劳民伤财，最终导致江山易主。

"始为天下忧，后为天下羞"，后面两句转向议论。在封建社会中，率民起义的某些领袖人物，开始是以天下苍生的命运为己忧的；而当他们掌握了政权后便只顾自己的荣华和享受，不再关心人民群众的死活，成为天下至为可耻的东西。历史的教训不可谓不深刻！全曲以这两句寓意深邃、冷峻峭刻的警句作结，可谓一针见血，发人深省。

## 〔双调〕沉醉东风

**春情（二首之一）**

**一自多才间阔[①]，几时盼得成合[②]？今日个猛见他，门前过。待唤着怕人瞧科[③]。我这里高唱当时《水调歌》，要识得声音是我。**

【注释】

①一自多才间阔：多才，对情人的称呼。才，指富有文才的人。间阔，即久别。间，离。阔，久。②成合：结合。③科：元曲中指示角色表演动作时的用语。

【鉴赏】

此曲以朴素明快的语气，将一位纯真多情、聪颖机智的少女形象栩栩如生地刻画了出来。她倚门翘首，深情高唱流行情歌的动人场景，足以显示美好的爱情能让人产生冲破封建礼教的巨大精神力量。

开头“一自多才间阔，几时盼得成合”两句，欲扬先抑，说自从和情人相别已经很久了，什么时候才能重聚呢？作者从恋人离别相思写起，既表现出恋人间的感情之深，也为别后乍然相逢造成的情感蓄势。“一自”与“几时”呼应，愈见别离的时间之长，相思之苦；“间阔”与“成合”形成对举，既表现出少女被离思折磨之苦，也表现出少女对美满婚姻殷切的渴望。“今日个猛见他，门前过。待唤着怕人瞧科”三句，是说今日不仅突然看见了他，而且是紧打自己住的门前经过，真是教人不知所措呀！

绝顶聪明的少女急中生智，“我这里高唱当时《水调歌》，要识得声音是我”，这首表达少女心声的歌曲，曾经亲口唱给情哥哥，听到这熟悉的歌声，心上人是无论如何也会停住脚步的。“要识得声音是我”一句，充满自信。这酣畅甜润的歌声，既显现了少女的聪慧和机敏，又透出她率真活泼的个性，充满了挑战和超越封建礼教禁忌，追求美好的爱情婚姻的理想。

此曲把主人公的情感活动、微妙心理与言行刻画得活灵活现，使人感到这位少女亲切、可爱，趣味性很强，简单明快，清新自然。

## 〔双调〕蟾宫曲

**竹夫人**[①]

**湘妃应是前身[②]，不记何年，封虢封秦[③]。万古虚心，百年贞节，一世故人[④]。剖苍璧[⑤]寒凝泪痕，挽潜蛟[⑥]巧结香纹。侍枕[⑦]知恩，入梦无春，两腋清风，满枕行云。**

【注释】

①竹夫人：古代的一种取凉用具。②湘妃应是前身：传说舜南巡不返，葬于苍梧。他的两个妃子娥皇和女英来到洞庭湖南边的潇水和湘水之间，对着苍梧的方向啼哭。她们的眼泪洒在江边的竹子上，就都出现了泪痕一样的斑点。那染着湘妃斑斑血泪的竹子，就又叫作了湘妃竹。③封虢封秦：唐玄宗时，杨贵妃受宠，杨氏兄弟姊妹都因而显贵。杨妃有三姊，封为秦国夫人、虢国夫人等。国夫人，相当于古代列国诸侯的母、妻，是最高的封号。由“夫人”二字，联想到“封虢封秦”，又用“封虢封秦”，来比喻竹夫人的高贵和受人宠爱。④一世故人：即做一世的伴侣。⑤苍壁：指青竹。壁，本来是一种中间有孔的圆形玉。⑥潜蛟：指那能泣珠的鲛人所织出的鲛绡纱。这里引用泣珠鲛人的神话故事：据说南海有鲛人，居水中潜织，其所织名鲛绡纱。鲛人出水，寓人家中卖绢，泣泪成珠，以报主人。⑦侍枕：指宫中嫔妃夜间对皇帝的陪侍。

【鉴赏】

此曲开篇便使用想象，“湘妃应是前身”，作者由竹具联想到娥皇女英泪洒斑竹、死后成为湘妃那个美丽的神话故事，紧扣一个“竹”字，给这首咏物小曲增添了几许神秘、凄艳的色彩。作者由“湘妃竹”生发开去，突发奇想，说不知过了几世几劫，这灵物投胎转世，做了大唐的“国夫人”。在“封虢封秦”前，冠之以“不记何年”四字，从时间上给人以遥远难忆之感；由“竹夫人”跳跃到“国夫人”，设想奇特。

接下来，“万古虚心，百年贞节”两句，由缥缈迷离的幻想转入对青竹特质的歌颂，名为状物，实则写志。“虚心”“贞节”，语义双关，赋予竹夫人以纯洁的品格，因而，作者愿意与它相依相伴，做“一世故人”。作者高洁脱俗的情志，昭然若揭。“剖苍壁寒凝泪痕，挽潜蛟巧洁香纹”两句，写了竹夫人的美。“寒凝泪痕”四字，将剖开的青竹面壁上渗出的水珠再度与湘妃泪洒斑竹的传说结合起来，照应了开头，同时又启迪读者展开丰富的联想，从对“泪痕”的描写上，自然地引出了一个泣珠鲛人神话传说，显示出了作者不同凡俗的艺术才能，意蕴悠长。

结尾“侍枕知恩，入梦无春，两腋清风，满枕行云”，由“夫人”二字生发开去，采用拟人手法，赋予竹夫人风流的情韵，充满了对竹的赞美。“两腋清风”，由竹夫人清凉通风的特点引发联想。“满枕行去”，从竹夫人的作用上，联想到巫山神女的清幽境界，有着一种朦胧的色彩。

## 〔双调〕蟾宫曲

**春情**

**平生不会相思，才会相思，便害相思。身似浮云[1]，心如飞絮[2]，气若游丝[3]。空一缕余香在此[4]，盼千金[5]游子何之？症候[6]来时，正是何时？灯半昏时，月半明时。**

**【注释】**

①身似浮云：形容女子十分不安的样子。②心如飞絮：形容女子心烦意乱的状态。③气若游丝：形容女子相思成疾，极度虚弱。④空一缕余香在此：形容少女孤凄的处境。⑤千金：指身份高贵。⑥症候：指女子的多愁善感，入骨相思。

**【鉴赏】**

此曲描写了一年轻女子的相思之情，读起来缠绵悱恻。全曲可以分为四个层次。

第一层为开头三句，写少女陷入了不可自拔的相思之病。“平生不会相思”一句，说明少女是初恋，情窦初开，才解相思，正切合“春情”一题。“才会相思，便害相思”，道出了相思的个中滋味。

第二层为接下来三句，极言少女处在相思中的病态心理与神情举止。“身似浮云，心如飞絮，气若游丝”，作者用三个比喻，从身、心、气三方面，描写相思之深、相思之苦。少女的痴情与相思的诚笃通过这三句形象的刻画淋漓尽致地展现出来。

第三层为下面两句，点明少女害相思病的原因。“空一缕余香在此，盼千金游子何之”，一个“空”字，一语双关，既指少女独守空房的情形，又与她此刻寂寞空虚的心境相契合。“一缕余香”四个字，若即若离，形象地表明少女飘忽不定而绵绵不绝的情思。少女之所以独守空房、如此凄凉冷落，原来是因为令她心之所牵、魂牵梦萦的一位出游在外的高贵男子迟迟未归，少女日夜思念盼望着他。

第四层为最后四句“症候来时，正是何时？灯半昏时，月半明时”，作者宕开一笔，又是用一组叠韵，既形象又含蓄地透露出少女心中所思。

全曲笔调轻快，细腻传神，淋漓尽致，平易简朴而不失风韵，自然天成而曲折尽致，极尽相思之情状。本曲首尾连环叠韵，更加充分地展示了相思的情态。

## 〔双调〕清江引

**相思**

**相思有如少债的，每日相催逼。常挑着一担愁，准不了三分利[①]，这本钱见他时才算得。**

**【注释】**

①准不了三分利：准，即抵，偿还。三分利，利息的三分。

**【鉴赏】**

此曲别具一格写相思之苦。

开头两句“相思有如少债的，每日相催逼”，作者把相思当作活生生的下层人民所感受到的真切、十分熟悉的东西，说相思之苦如同债务，日日催人、逼人、折磨人，令人无法躲闪。

下面两句“挑着一担愁，准不了三分利”，紧承上两句的“债”，具体写相思者的精神状态。作者将无形的愁具体化，将沉重的愁思形容成如重担在肩，而这重担同样又是卸不下来的，极其传神。而连利钱的三分也无法偿还，自然会利上加利，债务日加沉重了。这又暗中道出相思之苦会随着离别时日的增加而日益加重的感受。

于是作者在结尾说道：只有“见他时才算得”。只有见到所思念的情人时，所受的苦楚才能彻底消除。作者又回到了“相思”一题中来，将曲中女子一往情深、无法解脱而又急切的情态描绘得淋漓尽致。

此曲语言通俗质朴，不加修饰和雕琢，在浅显中见含蓄，通俗中见机巧，饶有情趣。

## 〔双调〕水仙子

**夜雨**

**一声梧叶一声秋，一点芭蕉一点愁[①]，三更归梦三更后。落灯花，棋未收，叹新丰[②]孤馆人留。枕上十年[③]事，江南二老[④]忧，都到心头。**

**【注释】**

①“一声梧叶”两句：描写人生的愁苦。②新丰：在今陕西临潼县东北。③十年：泛指时间。④江南二老：作者远在家乡的双亲。

**【鉴赏】**

这首曲子前两句写深秋夜雨，后七句写雨中愁思。愁字是全曲感情的基调，读起来别具风韵。

开头“一声梧叶一声秋，一点芭蕉一点愁”，就以梧桐雨滴、雨打芭蕉渲染了一种孤寂惆怅的气氛。更为巧妙的是，作者给秋以声，给芭蕉以愁，并使这“一声”对“一声”，“一点”对“一点”，进一步深化了曲的主题。

接下来，“三更归梦三更后，落灯花，棋未收”三句，点明作者愁肠百结、夜不能寐的心理状态。作者连用两个“三更”，点出“归梦”难成，由于万千愁绪，以至辗转反侧，进一步表现了深秋雨夜的凄凉和愁苦。作者想到自己客居异乡，实为天涯飘零之客，于是紧接着一句“叹新丰孤馆人留”，作者由梦中回到现实。

最后“枕上十年事，江南二老忧，都到心头”三句，写深秋夜雨时，心头愁苦的具体内容。雨夜梦醒，勾起作者无限的愁思，回想平生的成败荣辱，作者心绪难平，再也不能入睡。“枕上十年事”，其中包括太多往事的回忆，写尽了作者一生的萍飘蓬转与离愁别绪。“江南二老忧”，说的是自己久客不归，既思念父母，而父母也担忧儿子。所有这些使文意更加婉曲，读起来荡气回肠。“都到心头”四个字戛然而止，孤寂，怨恨，愁苦，忏悔，思亲，各种感情涌上心头，含有无限的悲慨。此曲语言自然朴实，感情真挚，警策动人，发人深省。

## 〔双调〕水仙子

**惠山[①]泉**

**自天飞下九龙涎[②]，走地流为一股泉，带风吹作千寻练[③]。问山僧不记年，任松梢鹤避青烟。湿云亭上，涵碧洞[④]前，自采茶煎。**

**【注释】**

①惠山：在是无锡名胜之一，以泉水闻名。乾隆赞为“天下第二泉”，现亦称“二泉”②涎：口水。③千寻练：寻，古代的长度单位。练，白绢，这里形容泉水。④湿云亭上，涵碧洞前：湿云亭、涵碧洞，都在惠山之上。

**【鉴赏】**

这是一首描绘惠山自然风光的曲子，作者重点描绘了泉水的秀丽俊美，清淡自然。全曲有两部分组成。

前三句“自天飞下九龙涎，走地流为一股泉，带风吹作千寻练”为第一部分，描绘惠山泉的胜景。作者用“九龙涎”“一股泉”和“千寻练”构成鼎足对，描绘出惠山瀑布大气磅礴的轮廓。“飞”“流”“吹”，三个动词的使用，写出了瀑布的气势磅礴，着重表现了瀑布奔流的动态美。首句“自天飞下九龙涎”，以九龙吐出的涎水设比，设置了悬念；第二句“走地流为一股泉”写实，点明上句描写的是瀑布，比喻形象、贴切、自然。第三句“带风吹作千寻练”，又将瀑布比作八尺的白练，大胆夸张，比喻贴切自然。

后面五句为第二部分，着重描写山僧恬静清淡的生活。“问山僧不记年，任松梢鹤避青烟”，表明山闲野居生活远离尘烟的逍遥自在和清幽闲适。“湿云亭上，涵碧洞前，自采茶煎”，语言明白如画，刻画了一幅风格清丽秀雅的山居图，其中也流露出作者的赞赏、羡慕之情。

此曲语言通俗易懂，比喻形象生动，风格清新恬淡。

# 蒲道源

## 〔黄钟〕人月圆

**赵君锡再得雄①**

**君家②阴德多多种，重得③读书郎。掌中惊看，隆颅犀角④，黛抹朱妆⑤。**

**最堪欢处，灵椿⑥未老，丹桂⑦先芳。他年⑧须记，于门高大⑨，车马煌煌⑩。**

**【注释】**

①再得雄：又生了一个儿子。②君家：即赵家。③重得，即再得。④隆颅犀角：新生儿饱满的额头。隆，隆起。犀角，指额上发际隆起之处。⑤黛抹朱妆：眉眼清秀，面色好看。⑥灵椿：古代传说中的神树，长寿，后用以指代父亲。⑦丹桂：比喻科举及第者，桂与贵同音，丹桂，贵人，显要的人。⑧他年：指孩子长成龙后作大官的时候。⑨于门高大：即门庭又高又大。于，发语词，无实意。⑩车马煌煌：地位显赫。

**【鉴赏】**

这首曲子是祝贺赵君锡又添贵子的，既赞美再得之子的相貌不凡，又祝赵家美满幸福。

开头二句“君家阴德多多种，重得读书郎”点题。“重得读书郎”一句，表明赵家已有一个儿子了，这次所生的是第二个。在封建社会，读书、做官是男人的事，生个儿子就意味着生了一个未来可能飞黄腾达的做官人，是值得庆祝的，更何况一连生了两个儿子。所以，在祝贺“重得读书郎”时，作者首先恭维“君家阴德多多种”。

接下来写男孩的相貌。“掌中惊看”，一个“惊”字，引人注目，预示着孩儿相貌的不凡。“隆颅犀角”说明男孩天庭饱满，气势不俗。“黛抹朱妆”言其眉目俊秀，面颊红润。寥寥几笔，描绘得生动传神。这种英俊富贵的相貌，也为后面对孩子的展望埋下了伏笔。后部分更进一步，用“最堪欢处”提起，“灵椿未老，丹桂先芳”，字里行间洋溢着喜庆的气氛，渲染出更加美满，更加欢乐的氛围。

最后三句“他年须记，于门高大，车马煌煌”，祝愿孩子早日登科及第，飞黄腾达，地位显赫。全曲语言简练，活用典故，洋溢着欢快的情绪。

# 孙周卿

## ［双调］沉醉东风

**宫词（二首）**

**双拂黛停分翠羽[①]，一窝云半吐犀梳[②]。宝靥香[③]，罗襦[④]素。海棠娇睡起谁扶[⑤]，肠断春风倦绣图[⑥]。生怕见纱窗唾缕[⑦]。**

**花月下温柔醉人，锦堂中笑语生春[⑧]。眼底情，心间恨，到多如楚雨巫云。门掩黄昏月半痕，手抵着牙儿自哂[⑨]。**

【注释】

①双拂黛停分翠羽：双拂黛，即两叶黛眉。黛，青黑色，古人用以画眉。停分，平分。翠羽，原指翠鸟的绿色鸟羽，这里借以比喻形容黛眉。②一窝云半吐犀梳：一窝云，指鬟发，浓云一般的黑发。半吐犀梳，意思是珍贵的犀角作的梳子，在云雾般的青丝中隐约闪光。③宝靥香：脸上的饰物散发香味。靥，俗称酒窝。④罗襦：锦罗做的衣服。⑤海棠娇睡起谁扶：海棠，指代美人。娇睡，写其意态。谁扶：无人扶，说明孤独的处境。⑥倦绣图：写其失望灰心时的心态。⑦唾缕：杨柳发出的新芽。⑧“锦堂”句：华丽的厅堂里，传来热闹的欢笑声，使人感到春光融融，顿生倾慕之情。⑨哂：讥笑。

【鉴赏】

第一首曲子着力刻画一位年轻美丽的女主人公处在幽深寂寞的后宫感伤春光流逝的惆怅心情。前四句“双拂黛停分翠羽，一窝云半吐犀梳。宝靥香，罗襦素”，分别由两组合璧对组成，刻画女主人公的外貌。后面三句“海棠娇睡起谁扶，肠断春风倦绣图。生怕见纱窗唾缕”，描绘女主人公的情态。作者以一个反问，提起以下二句，进一步揭示其内心世界。“肠断春风倦绣图”一句，道出女主人公内心痛苦，最后一句在此基础上生发出来，补足其内心活动，翠条唾缕本是明媚欢快之景，而女子却“怕见”，足见女主人公感伤春光的深情。作者通过描绘主人公反常的心态，将女子怀春、伤春而怕见春色的心理活动刻画得细致入微。

第二首曲子表现了寂寞的女子在孤独的环境里无可奈何、自怜自嘲的状态。开头两句“花月下温柔醉人，锦堂中笑语生春”，描写了花前月下的良辰美景以及女主人公的所见所闻，由室外到室内，由景到人，勾勒出一幅春宫花月夜锦堂欢乐、春意盎然的热烈图景，与下面所表现的女主人公孤独的处境和心情形成鲜明的对比。接下来“眼底情，心间恨，到多如楚雨巫云”描绘了主人公的青春被锁在深宫，年华白白流逝，于是心头暗恨滋生。一个“到”字加强了良辰美景对愁和恨的反衬。最后两句“门掩黄昏月半痕，手抵着牙儿自哂”，“自哂”二个字，恰当传神地表达出女主人公这种无可奈何的自怜自嘲情状。全曲采用反衬对比的手法，将女主人公对于美好生活的向往和孤寂的愁绪刻画得细腻传神，情景交融。

## 〔双调〕水仙子

### 山居自乐（四首）

**西风[1]篱菊灿秋花，落日枫林噪晚鸦。数椽[2]茅屋青山下，是山中宰相[3]家。教儿孙自种桑麻。亲眷至煨[4]香芋，宾朋来煮嫩茶，富贵休夸。**

**小斋容膝[5]窄如舟，苔径无媒[6]翠欲流。衡门[7]半掩黄花瘦，属东篱[8]富贵秋。药炉经卷香篝[9]。野菜炊香饭，云腴[10]涨雪瓯，傲煞王侯[11]。**

**功名场上事多般，成败如棋不待观。山林寻个好知心伴，要常教心地宽。笑平生不解眉攒[12]。土炕上蒲席厚，砂锅里酒汤暖，妻子团圞。**

**朝吟暮醉两相宜，花落花开总不知。虚名嚼破[13]无滋味，比闲人惹是非。淡家私付与山妻[14]。水碓[15]里舂来米，山庄上线了**

**鸡⑯，事事休提。**

**【注释】**

①西风：秋风。②椽：指房屋间数。③山中宰相：借用南朝梁陶弘景的典故。他隐居，武帝几次礼聘，均不出，时称山中宰相。④煨：用火加热烤熟。⑤小斋容膝：斋，书斋。容膝，仅可容纳双膝的地方，形容书斋之小。⑥无媒：无人来往。⑦衡门：比喻房屋的简陋，后指隐者所居之地。⑧东篱：陶渊明诗有名句“采菊东篱下”。⑨香篝：用熏笼熏茶。⑩云腴：极其名贵少见的云雾茶。⑪傲煞王侯：极其傲视王侯。煞，极。⑫眉攒：皱眉。⑬嚼破：仔细思考之后看穿一切。⑭淡家私付与山妻：说明连家务事自己也不用管，妻子会照料一切的。淡，淡泊。⑮水碓：舂米用的水磨。⑯线了鸡：让鸡长得更好。

**【鉴赏】**

这四首〔水仙子〕，都是对山林隐居生活的乐趣的细致描写，都表达出对功名富贵的不屑和蔑视。此曲充满了生活气息，语言流畅，韵律和谐优美。

第一首写山居的幽静环境与充满乐趣的生活，表现出对富贵荣华的鄙弃。全曲将写景、叙事、抒情融于一体，妙用典故，语言本色，雅俗相宜，声情并佳，格调高雅。开头“西风篱菊灿秋花，落日枫林噪晚鸦”，迎着西风，篱边秋菊绽放着灿烂的花朵，落日的余晖映衬着山间的枫叶，鸦雀归巢在枫林里喧闹。由近看到远眺，从视觉变听觉，勾勒出一幅秋日黄昏山居图。第三句“数椽茅屋青山下”，交代青山旁的茅屋。以青山衬托茅屋，别具神韵。然后点出“是山中宰相家”，作者借“山中宰相”自指，表达其山居的旨趣，更见其豪放潇洒的气度。后四句“教儿孙自种桑麻。亲眷至煨香芋，宾朋来煮嫩茶，富贵休夸”承接“山中宰相家”，铺写山居农家生活的情趣，“教儿孙自种桑麻”，使人自然联想陶渊明“种豆南山下”的躬耕生活；“煨香芋”招待亲戚，“煮嫩茶”以享宾朋，与首句陶渊明采菊东篱一事相呼应，山居自乐，不言而喻。最后以一句“富贵休夸”作结，反衬山居之乐，更见乐在其中。

第二首，则为描写山居中的书斋生活，从另一侧面表现怡然自得的山居乐趣。开头第一句“小斋容膝窄如舟”，承第一首“数椽茅屋青山下”，由室外写到室内，写其书斋简陋窄小仅能容纳双膝。第二句由室内再到室外，“苔径无媒翠欲流”，因无人来访，庭院小路上长满了青翠欲滴的苔藓，别有一番情趣。开头两句用对仗勾勒出了书斋环境与庭院景物。第三句将景物环境补足“衡门半掩黄花瘦”，半掩的柴门、清瘦的黄花，这一切都让淡泊世事而无所追求的主人颇为满足，认为是“属东篱富贵秋”。东篱下的菊花本是清瘦的，不能与富贵的牡丹相比，主人的生活是清贫的，却言“富贵”，表现作者精神上的富有，既领起下文，又突出书斋生活的情趣，可见主人格调之高、语气之豪。接下来“药炉经卷香篝。野菜炊香饭，云腴涨雪瓯”三句，进一步铺写了“富贵秋”：到山中采药，在书斋读书，饭甜茶香，其乐无穷。

第三首写的是山居生活的天伦之乐。本曲先从功名胜败无常、官场互相倾轧入笔，展开简朴而愉悦的山居生活。开头二句“功名场上事多般，成败如棋不待观”，叙写官场里尔虞我诈、明争暗斗的险恶，“不待观”三个字是主人公山居自乐的思想起点。接下来“山林寻个好知心伴，要常教心地宽”两句，正面描写归隐，与功名场上成败如棋形成鲜明对比。第五句“平生不解眉攒”承上启下，表现出主人公对社会生活与人生的一种顿悟，与陶渊明“觉今是而昨非”是同一种境界。最后三句，极力铺写山居生活的场景，补足并渲染了其中的天伦之乐。温暖的土炕，热酒暖汤，亲人们的团聚，本身就令人十分羡慕，又与相互倾轧的官场形成鲜明的对照，山居之乐不言而明，意象深远。

第四首进一步写山居的闲适乐趣，作者为山居生活所陶醉，最终悟透了名利乃虚无的道理，表现出顿悟之后对功名的彻底否决。开头两句“朝吟暮醉两相宜，花落花开总不知”，以合璧对言整天饮酒赋诗，淡忘世事，连“花开花落”时序变化都没有引起注意，就更不用提功名富贵了。三、四两句“虚名嚼破无滋味，比闲人惹是非”，紧承上文，从根本上否定了功名富贵，并且用一个比喻，把争夺虚名比作闲人惹是生非的无聊之举。以上四句，层层递进，否定了功名，也是对当时黑暗现实的鞭挞。后面四句，铺陈山居生活的闲适之乐，家务事全交给勤劳的贤妻照料，生活气息浓厚，引人联想，其中蕴含着无穷的乐趣。最后一句“事事休提”结束全文，说明自己已经得到最大满足，毫无牵挂，怡然自得，其乐无穷。

## 〔双调〕水仙子

**赠舞女赵杨花**

**霓裳一曲锦缠头[①]，杨柳楼心月半钩[②]。玉纤双撮泥金袖[③]，称珍珠络臂[④]鞲。翠盘中一榻温柔[⑤]。秋水双波溜，春山八字愁，殢杀温柔[⑥]。**

【注释】

①霓裳一曲锦缠头：霓裳一曲，霓裳羽衣曲。锦缠头，舞女歌妓多用锦缠头，听歌看舞的人用锦打赏称为缠头。②杨柳楼心月半钩：化用北宋词人晏几道"舞低杨柳楼心月"之句。③玉纤双撮泥金袖：撮，是说舞女的动作。泥金袖，细碎的金屑装饰着舞衣两袖，十分漂亮。④臂：臂套。络：缠绕。⑤翠盘中一榻温柔：翠盘，身着翠绿衣裙旋转起舞的姿态。一榻温柔，充满了温暖与柔情。一榻，全部充满。⑥殢杀温柔：殢，纠缠、招惹的意思。杀，即煞，极的意思，说杨花招人喜爱，十分动人。

【鉴赏】

此曲赞美了舞女赵杨花舞《霓裳羽衣曲》的舞姿优美，舞技高超，姿态动人。

开头二句"霓裳一曲锦缠头，杨柳楼心月半钩"，交代赵杨花在众人拥簇下尽情歌舞直至深夜的情景。"杨柳楼心月半钩"一句，是说一弯明月悬在杨柳掩映的歌舞楼台上空，月已当头照着楼心，而赵杨花纵情歌舞时至深夜，可见场面的热闹。

中间三句"玉纤双撮泥金袖，称珍珠络臂。翠盘中一榻温柔"，描写了赵杨花妆饰的美丽以及高超的舞技和惊人的艺术魅力。一双纤纤玉手撮弄着炫目生辉的泥金舞袖，举起缠绕珍珠臂套的双臂，翩翩起舞。"翠盘"一句比喻鲜明形象，把舞女的技艺和意态同观众感受融合一体。"一榻温柔"，一句形象地再现了赵杨花的舞姿和意态，也是观赏者的感受和评价，赵杨花回旋起舞的优美姿态令观众陶醉沉迷。

最后三句"秋水双波溜，春山八字愁，殢杀温柔"，进一步点画赵杨花的眉眼，揭示其意态神情。作者以秋水形容清澈的眼波，春山比喻微皱的眉，已经让人有无限的联想，而又用一个"溜"字，将美目的羡自流转、顾盼多情写得出神入化。此曲融叙事、描写和抒情为一体，一气呵成。

# 顾德润

## 〔南吕〕骂玉郎过感皇恩采茶歌

**夏日**

**衔泥燕子穿帘幕，早池塘贴新荷，庭槐堤柳鸣蝉和，扇影罗[①]，巾岸葛[②]，花[③]盈座。**

**暑气无多，雨声初过，倚东床，开北牖，梦南柯[④]。灯前恣舞，醉后狂歌，书慵注，琴倦抚，剑羞磨。**

**挂青蓑，钓沧波，世尘不到小行窝[⑤]，笑拥青娥娇无那[⑥]，年来放我且婆娑[⑦]。**

**【注释】**

①扇影罗：表明人多。罗，罗列。②巾岸葛：高戴葛布头巾。岸，高戴头饰，露出前额。③花：指代歌妓舞女。④“倚东床”三句：牖，窗户。北牖，学士院的代称；南柯，代称梦境。⑤世尘不到小行窝：世尘，即世俗。小行窝，远离官场的住处。⑥笑拥青娥娇无那：与歌儿舞女私混，举止放荡，表明作者有意对抗世俗的官场，发泄失意后的不满。⑦婆娑：盘旋，停留的意思。

**【鉴赏】**

此曲由三个曲牌组成，旨在抒写夏日的景致和主人公的闲散放纵，表达对现实不满的愤怒之情。

〔骂玉郎〕前三句“衔泥燕子穿帘幕，早池塘贴新荷，庭槐堤柳鸣蝉和”写景，通过燕子衔泥，池塘新荷，愧柳鸣蝉等物象，景物由近及远，把夏天喧闹活跃的自然景象展现在读者面前，也为下面主人公出场做了铺垫。接下来“扇影罗，巾岸葛，花盈座”三句，写人物活动，仅仅九个字，就勾勒出男主人公扇影罗列、无拘无束的洒脱行为。

中间的〔感皇恩〕曲，描绘主人公纵情作乐的场面。“暑气无多，雨声初过”二句写天气的变化，雨后暑气消散，自然清新。“倚东床，开北牖，梦南柯”三句构成鼎足对，对仗工整，巧用典故，除以“南柯”指代梦外，其余均只取字面含义，巧妙地运用方位词展现了人物活动。“灯前恣舞，醉后狂歌”两句，以“灯前”“醉后”组成合璧对，进一步补足主人公的兴致。最后“书慵注，琴倦抚，剑羞磨”，用三个短句排比，从反面衬托主人公以酒消愁、心灰意冷的消闲生活。

后一部分由〔采茶歌〕完成，写主人公垂钓沧波，笑拥舞女的自由放浪的生活。作者表面狂放颓废，实则是抒发心中积压已久的愤懑之情。“年来放我且婆娑”，可以看出作者心中的感伤怨愤之情，反抗当时的黑暗官场之志。

此首由写夏日景致入笔，清新秀丽；中间写闲散行乐的生活场景，纵横尽变；最后写放浪形骸的生活，悠游洒脱，首尾贯穿，意境清新。

## 〔南吕〕骂玉郎过感皇恩采茶歌

**述怀**

**蛛丝满甑尘生釜[①]，浩然气尚吞吴[②]。并州每恨无亲故[③]。三匝乌[④]，千里驹[⑤]，中原鹿[⑥]。**

**走遍长途，反下乔木[⑦]，若立朝班，乘骢马，驾高车[⑧]。常怀卞玉，敢引辛裾[⑨]。羞归去[⑩]，休进取[⑪]，任揶揄[⑫]。**

**暗投珠[⑬]，叹无鱼[⑭]。十年窗下万言书[⑮]。欲赋生来惊人语，必须苦下死工夫。**

**【注释】**

①蛛丝满甑尘生釜：以范冉自比，说明自己的艰难困苦。甑，木质的蒸笼，釜，锅。②浩然气尚吞吴：浩然气，即正气。吞，吞并。③并州每恨无亲故：并州，九州之一，指河北及山西一带。④三匝乌：化用曹操《短歌行》诗句，比喻世人想寻找归属的状态，符合作者的处境。⑤千里驹：良马，形容年轻有为的少年，这里比喻自己的能力和才能。⑥中原鹿：逐鹿中原的意思。⑦反下乔木：乔木，高大的树木，借喻地位高升。下乔木，遭到贬谪。⑧“若立朝班”三句：朝班，在朝廷任职。骢马，青白色马，桓典为御史，常乘骢马

入朝，丝毫不忌讳宦官专权。⑨“常怀”二句：卞玉，即卞和玉，良玉；和氏璧，也称作卞玉。常怀卞玉，是指自己有美好的品德才华。裾，衣袍。⑩羞归去：指不会因为卑微感到羞耻，以归隐为耻。⑪休进取：不违背自己的意愿追求进取。⑫任揶揄：丝毫不在乎别人的耍笑和嘲弄。⑬暗投珠：比喻自己像一颗被扔到阴暗角落的明珠，才华被埋没了。⑭叹无鱼：抒发自己不遇的感慨。⑮十年窗下万言书：为了是国家发展得更好向皇帝提供一些好的言论主张，长期埋头写作。万言书，多指大臣给皇帝的上书。

**【鉴赏】**

此曲抒发作者怀才不遇、壮志难酬的痛苦愤懑之情和对善恶不分的社会的控诉。

开头〔骂玉郎〕一曲，一共六句，连用七个典故和前人诗意，描绘自己所处的环境以及自己的才干和抱负。后面“三匝乌”三句，形象地展现自己的追求、抱负和理想。“三匝乌”借曹操“绕树三匝，何枝可依”诗句，写作者自己无所归依的处境；“千里驹”比喻自己的才华；“中原鹿”表达自己的理想抱负。这三句，巧妙连用典故，句式精巧工整，奇妙无比。

中间十句〔感皇恩〕，写作者在官场上东奔西走，怀才不遇，不被升迁，反因直言被贬谪，进一步表达主题。描写作者欲进不能、欲退不忍的矛盾复杂的心态，描写细腻传神。

最后部分〔采茶歌〕，作者感慨自己怀才不遇，如明珠投暗，无人赏识，至此，一个怀才不遇，身沉下僚，却勇于坚持自己的节操和政治理想的正直士人形象被塑造得十分饱满。

全曲九十多字，多处用典，将作者的处境、生平、理想抱负、复杂的内心活动作了充分表达，意蕴深邃，排对工整，语言通俗，余韵悠长，发人深省。

## 〔中吕〕醉高歌过喜春来

**宿西湖**

**梅花飘雪漫山，杨柳和烟放眼。画船①稳系东风岸。金缕朱弦象板②。**

**春融南浦③冰澌散，酒醒西楼月影悭④，一天星斗水云寒。**

**名利难，诗酒债且填还。**

【注释】

①画船：高贵的船。②金缕朱弦象板：金缕，曲名。朱弦，代表奏乐。象板，象牙所制用来敲击节奏的。③南浦：南边水面。④悭：悭涩，缺少。

【鉴赏】

这是一首由〔醉高歌〕和〔喜春来〕两个曲牌组合而成的曲子，刻画作者夜宿西湖时所见的景象，抒发了作者因仕途失意而生发的忧愤之情。

开头二句“梅花飘雪漫山，杨柳和烟放眼”，描写作者所见之景，梅花像雪花般漫山飘舞，轻烟笼罩着杨柳丝绦，放眼望去，一派诗意盎然的早春景象。第三句“画船稳系东风岸”紧承上两句，交代自己的立足点。画船平稳地停泊在东风吹拂的湖岸。紧接着“金缕朱弦象板”一句，描写西湖的声色之欢，用金缕、朱弦、象板三种乐器及所奏乐曲传神地表现了长夜歌舞的盛况，主人公沉醉在声色之中，将西湖的繁华美景同个人的安逸与欢乐紧密联系在一起。

后五句是〔喜春来〕，继续描写夜宿的情景。开头三句“春融南浦冰澌散，酒醒西楼月影悭，一天星斗水云寒”，描写早春湖光：春光融融，坚冰融化。最后二句“名利难。诗酒债且填还”，交代因由，点明题旨：“名利难”，意即在名利场上失意，仕进途中坎坷，这正是饮酒作乐的思想缘由；“诗酒债且填还”，为了补偿奔波仕途所耽搁的欢乐生涯，才会沉醉歌舞，以诗酒自娱。

全曲以写景为主，融叙事抒情于写景之中，构思奇妙，以乐景衬出哀情，结尾更是寄托遥深，耐人寻味。作者表面上似乎已经看开释然，实际上幽怨颇深。

## 〔中吕〕醉高歌过摊破喜春来

旅中

**长江远映青山，回首难穷望眼[①]。扁舟来往蒹葭岸[②]，人憔悴云林又晚。**

**篱边黄菊经霜暗，囊底青蚨逐日悭[③]。破清思、晚砧鸣，断愁肠、檐马[④]韵，惊客梦，晓钟寒。归去难！修[⑤]一缄，回[⑥]两字报平安。**

【注释】

①回首难穷望眼：回首，舟中回望。难穷望眼，目光无法穷尽。②蒹葭：芦苇。③青蚨逐日悭：青蚨，钱。悭，缺少。④檐马：屋檐下挂的风铃。⑤修：指修书，写信。⑥回：寄之意。

【鉴赏】

此曲主要抒发了落魄士子在飘泊旅途中的穷愁和乡思。

前四句是〔醉高歌〕，描写作者在旅途中所见之景。开头两句“长江远映青山，回首难穷望眼”，描绘了长江远景，水天开阔，青山倒映，一望无际，含有无限眷恋之情。第三句“扁舟来往蒹葭岸”，扁舟一叶在江中漂泊，正是游子所在。紧接着“人憔悴云林又晚人”一句，云林又晚，加上暮色苍茫，游子憔悴，更加渲染出迟暮悲凉的气氛，为下面的抒情埋下了伏笔，突出了作者迟暮潦倒、漂泊无依的状态，充满凄清苍凉的气氛。

“篱边”以下十一句是〔摊破喜春来〕。前两句“篱边黄菊经霜暗，囊底青蚨逐日悭”，进一步描绘旅途的秋色、刻画旅人的穷愁，表明沉郁的乡思。接下来是用六个句式颠倒的短句，通过听觉，着重抒写游子的思乡之情。“破清思，晚砧鸣”，天气日趋寒冷，人们日夜赶制寒衣，捣衣的砧杵之声，极易勾起游子的乡愁。“断愁肠，檐马韵”，屋檐下铁马声声，更是让游子愁肠寸断，难以入睡。“惊客梦，晓钟寒”，游子刚要入梦，又被寒风中送来一声声报晓的钟声惊醒。游子在这样的一个不眠之夜，不禁长叹“归去难”，把游子思乡又不能归去的复杂心情尽情道出：“修一缄，回两字报平安。”全曲笼罩在漂泊无依、凄凉伤心的心境之下。

此曲最大的艺术特色是情景相融，相互衬托，景中见情，情中有景，情感刻画细腻真挚。

# 曹德

## 〔双调〕沉醉东风

村居（三首之一）

**新分下[1]庭前竹栽，旋篘得缸面茅柴[2]。Y弹[3]鸡，和根菜，小杯盘曾惯留客。活泼刺鲜鱼米换来，则除了茶都是买。**

【注释】

①新分下：刚到手。②旋篘得缸面茅柴：旋，现成。篘，指滤酒。缸面，新酿成的酒。茅柴，劣酒，自己酿的薄酒。③Y弹：Y，方言，鸟类下蛋。弹，通“蛋”。

【鉴赏】

这首曲子是对农村生活的情趣的细致描写，描绘了酒和食物都是自酿自种的情景，表达了作者对村居生活的一种油然而生，发自内心的满足感。

开头两句分别交代了笋和酒是自种自酿的：新分栽下的笋是庭前竹园里的，刚刚滤出的是新酿的村居薄酒，点明“村居”的中心。

接下来写用生蛋的母鸡和刚从地里摘下的新鲜蔬菜招待客人，显示出主人的热情好客。“活泼刺鲜鱼米换来”一句，写招待客人用的活蹦乱跳的鱼，是用米换来的。以上所写都是酒食方面的情况，至于与酒食有关的开门七件事：柴、米、油、盐、酱、醋、茶，在最后的一句“则除了茶都是买”中作了交代——只有茶是用钱去买的。

此曲充满了生活情趣，行文活泼而富于变化。全曲夸耀了村居生活资料的丰富，表现出作者在这方面的满足感。

## 〔双调〕沉醉东风

村居（三首之二）

**茅舍宽如钓舟，老夫闲似沙鸥[1]。江清白发明，霜早黄花瘦[2]，但开樽沉醉方休。江糯[3]吹香满穗秋，又打够重阳酿酒。**

【注释】

①沙鸥：化用杜甫“飘飘何所似，天地一沙鸥”的意境。②“黄花瘦”句：出自李清照词“莫道不消魂，帘卷西风，人比黄花瘦”。③江糯：糯米又称江米。

【鉴赏】

此曲描述作者闲居乡里，无所事事，只能以饮酒聊以自慰，消遣排忧，对作者闲居乡里的生活的描写。

首句“茅舍宽如钓舟”句中，以“钓舟”形容“茅舍”，说明很小，却说成宽。第二句“老夫闲似沙鸥”中的“沙鸥”，意思是说像沙鸥一样在天地之间漂泊无依，表达了杜甫当年孤苦凄凉的心情。本曲在“沙鸥”之前著一“闲”字，看似闲适，但却流露出悲苦愤激之情。

接下来“江清白发明，霜早黄花瘦”两句，是对村景的描写：江水如此清澈，江水之中映出的白发很清晰，而作者报国无门，壮志未酬，就已老去，含着寄托乡居的凄凉和痛苦，道出“但开樽沉醉方休”，作者借酒消愁，只能以醉来寻求解脱，排解心中的痛苦。

最后引出“江糯吹香满穗秋，又打够重阳酿酒”两句，等到籽粒饱满的糯稻发出特有的清香，在秋日的田野上弥漫的时候，作者不禁想到大好收成的糯米足够拿来作重阳酿酒之用了。因而，心情稍得舒畅。作者以糯米丰收、可以用来酿酒为慰藉，意蕴丰富，余味无穷。

## 〔双调〕沉醉东风

村居（三首之三）

**枫林晚家家步锦[1]，菊篱秋处处分金[2]。差将宝剑[3]看，醉把**

瑶琴[4]枕，没三杯著甚消任[5]？若论到机[6]深祸亦深，却不是渊明好饮。

【注释】

①步锦：步，步入。锦，美好的图景。②分金：分别堆着的耀眼的金子。③宝剑：代指为国效劳的工作。④瑶琴：个人消遣的一种方式。⑤消任：消受、受用，这里是抒发作者的无限痛苦，强调多饮才能消受。⑥机：这里指的是能力与智慧。

【鉴赏】

此曲抒发作者怀才不遇，为避祸从而寓情于酒的苦闷心情。

开头二句“枫林晚家家步锦，菊篱秋处处分金”，刻画出了一派醉人的农村景色。在晚霞的辉映下，红艳艳的枫林旁，一户户农家好像是在锦绣的图画之中，令人心醉；在明净的秋色中，篱边菊花一片金黄，好像是到处分堆着的黄灿灿的金子，生气勃勃。

中间“羞将宝剑看，醉把瑶琴枕，没三杯著甚消任”三句，抒发了作者的心情。宝剑是驰骋疆场、保家卫国的武器，而瑶琴则是文人雅士消遣述怀的工具。此处作者运用借代和对比的手法，委婉抒发自己空有报效国家的雄心壮志和才华，而英雄无用武之地的郁闷与忧愁，表达出作者无法为国出力的痛苦，因此羞于再看宝剑，只能饮酒弹琴，消磨时光。

结尾两句“若论到机深祸亦深，却不是渊明好饮”，作者以陶渊明自比，点明自己饮酒是为了避祸，也是说明自己认识了“机”与“祸”的关系后，为了避祸，才饮这么多酒。曹德敢于触犯当朝宰相、正义直言（见下首），可见其正义感和治国安邦的远大理想。

此曲以鲜明的自然色彩来反衬自己的忧愤和苦闷，很有特色，而这种运用借代和对比的修辞方法，渲染了曲子的凄凉氛围，意蕴深长。

## 〔双调〕清江引

**二首之一**

**长门[1]柳丝千万结，风起花如雪。离别复离别，攀折更攀**

**折[2]。苦无多旧时枝叶也!**

【注释】

①长门：长门宫。这里比喻朝廷。②“离别复离别”两句：古代友人分别时相赠柳枝。这里比喻伯颜的滥杀无辜与搜刮民脂民膏的种种恶行。

【鉴赏】

元顺帝初年，右丞相伯颜把持政权，滥杀无辜。曹德当时为衢州路吏，正巧在大都，便写了这两首〔清江引〕，后贴于午门之上以讽刺朝政。伯颜知道后大怒，命人到处缉捕他，曹德避于苏州庙中，直至伯颜死后才回京都。

开头两句“长门柳丝千万结，风起花如雪”，写长门春景，暗喻伯颜把持朝政，独断专横。作者恰当运用“长门”这一典故，使生机勃勃的柳丝带上了一层落寞之感。“离别复离别，攀折更攀折”两句，作者通过咏叹柳树的被攀折摧残，嘲讽朝政的残暴，表达了作者对于滥杀无辜、横征暴敛行为的激愤之情。曲中用了“复”和“更”两个字，足见离别之频，伯颜的罪恶之多，抒发了作者对伯颜横征暴敛的激愤及对被摧残者的同情之情，更好地表达了主题。最后一句“苦无多旧时枝叶也”，在风、离人的一再摧残下，生意盎然的柳树已枝叶无多、奄奄一息，与开头生意盎然形成强烈的对比，突出了主题，增强了艺术感染力。

此曲以物喻人，活用典故，引发读者联想，包含了作者深刻的讽刺意味，增强了曲子的艺术力量。

## 〔双调〕清江引

**二首之二**

**长门柳丝千万缕，总是伤心树。行人折嫩条，燕子衔轻絮。都不由凤城春[1]做主。**

【注释】

①凤城：即京城，凤城春，借指元顺帝。

【鉴赏】

此曲也是借长门柳来讽刺右丞相伯颜专政的。

开头两句“长门柳丝千万缕，总是伤心树”，描写长门柳是伤心树。因为柳丝所在地是幽囚失宠后妃的长门宫，所以即使是有着“千万缕”也总是“伤心”的。

接下来“行人折嫩条，燕子衔轻絮”两句，进一步说明伤心的原因：生长在长门宫，枝条被“行人”攀折，轻絮被“燕子”衔走，被任意糟蹋摧残。

最后一句“都不由凤城春做主”，是说“凤城春”都不能为它做主。这里的“行人”“燕子”比喻伯颜等当道奸佞。朝政在伯颜的把持下，作为京城之春的皇帝，也无权做主。曲中比喻贴切生动，形象传神，表达自然含蓄，讽刺委婉有力，不失为元曲中的佳作。

## 〔双调〕庆东原

**江头即事（三首之一）**

**低茅舍，卖酒家，客来旋[①]把朱帘挂。长天落霞，方池睡鸭，老树昏鸦。几句杜陵诗[②]，一幅王维[③]画。**

**【注释】**

①旋：临时。②杜陵：地名，唐朝诗人杜甫曾住在这里，杜陵诗，指杜甫诗。③王维：唐代诗人、画家，擅长山水画。

**【鉴赏】**

曹德曾经写过两首〔清江引〕张贴在午门，讽刺丞相伯颜的专权滥杀，为躲避缉捕，曾经在吴中某寺院避祸。此曲就是写他在途中江头的所见所感。

开头“低茅舍，卖酒家，客来旋把朱帘挂”三句，作者放眼望去，首先映入眼帘的便是卖酒人家低低的茅舍。集中写江头所见之景。有酒客到来，临时挂上了朱红色的帘子。那朱红色，格外引人注目，不仅为酒家增加了热闹气氛、为画面增添了艳丽色彩，也能引发读者的联想，从而感受到画面景物的动态美。

中间“长天落霞，方池睡鸭，老树昏鸦”三句，作者由内而外，由远及近，充满诗情画意。写从窗户向外所见四周之景：“长天落霞”从大处落笔，意境开阔；“方池睡鸭”则突出细部，显得恬静安谧；“老树昏鸦”一景，在静景中增加了昏鸦归巢时飞的动态及阵阵鸦噪之声。

最后两句“几句杜陵诗，一幅王维画”，作者对眼前景色高度赞美，有所顿悟，把自然之景推到了诗与画的高度，陶醉于诗情画意当中，结尾高雅响亮。

此曲色调明丽，层次分明，写景远近结合，引人入胜，清新自然。

## 庆东原

**江头即事（三首之二）**

**猿休怪，鹤莫猜①，探春偶到南城外。池鱼就买，园蔬旋②摘，村务③新开。省下买花钱，拚却还诗债。**

**【注释】**

①“猿休怪”两句：猿、鹤，指代友人。②旋：现成。③村务：乡村小店。

**【鉴赏】**

此曲以诙谐欢快的口吻，描绘了一个久居城中偶然来到郊外探春的人的喜悦之情。

开头“猿休怪，鹤莫猜，探春偶到南城外”，作者由“怪”和“猜”领起，交代自己为探春偶然来到南城外，同时使“怪”和“猜”贯穿全文。“猿”“鹤”，在这里指君子和友人，作者没有直称“君子”，而以猿、鹤代之，用诙谐的口吻，奠定了此曲欢快的感情基调。

“池鱼就买，园蔬旋摘，村务新开”，这三句通过一连串的动作，生动地表现一个久居城中的人偶然来乡村的见闻，郊外的一切对他来说，都是那样新鲜而具有吸引力。表现作者平时温文尔雅，而见到乡村的新奇事物便东张西望，一切都那么新鲜好奇，作者在这三句中除了具体写出“休怪”、“莫猜”的内容外，还突出强调了一个“偶”字，正因为是平日不常来，今天偶然来到郊外，所以对郊外的一切都充满了新鲜感，才会迫不及待地行动，表现出来到郊外之人的愉悦豪放的心情。

最后两句“省下买花钱，拚却还诗债”紧承“村务新开”，是说宁可不买花，以买花的钱来饮酒，因为饮酒可助诗兴、还却诗债，可见作者畅饮的兴致。

此曲语言诙谐，轻快自然，抒发了作者春游时的欢悦心情。曲子结构严谨，层次分明，前后照应，浑然天成。

## 〔双调〕庆东原

### 江头即事（三首之三）

**闲乘兴，过小亭，没三杯著甚资谈柄？诗题小景，香销古鼎，曲换新声。标致似刘伶①，受用如陶令②。**

**【注释】**

①标致似刘伶：标致，风采，风韵。刘伶魏晋时人，以不拘礼法，豪放饮酒著名。②陶令：即陶渊明。

**【鉴赏】**

此曲描写了作者游乐、饮酒和作诗的豪举，字里行间隐含着作者无可奈何的郁闷心情。

开头“闲乘兴，过小亭，没三杯著甚资谈柄”三句，描摹出作者游乐、豪饮的举动。作者乘着闲兴，穿过小亭子，一边观赏风景，一边饮酒。

中间“诗题小景，香销古鼎，曲换新声”三句，描写酒后题诗作曲的场景。作者豪饮之余，面对美景，思绪万千，诗兴大发，于是提笔而作。

最后两句“标致似刘伶，受用如陶令”，作者以刘伶和陶潜自况，感慨自己迫不得已才会过着纵酒的无聊生活。作者所举的这两人，一个是不合当时统治者的要求的被罢免者，一个是不满当时现实的归隐者。刘伶在被罢免之前，曾在对朝廷策问中提出自己无为而治的政治主张，陶渊明在归隐后描绘田园景色的作品中，常常包含着他对统治集团的不满和憎恶，不愿与之同流合污。可见，他们在被罢免或归隐后的游乐、饮酒，都不是他们的本意，只是一种表现。作者以刘伶、陶潜不得已而为之的纵酒放诞或田园归隐为榜样，这里的“标致”和“受用”都是反语，增加了曲子的内涵，强调了曲子的主题中心，展现了作者的愁苦。

# 高克礼

## 〔越调〕黄蔷薇过庆元贞（二首）

**燕燕别无甚孝顺[1]，哥哥[2]行在意殷勤。玉纳子藤箱儿问肯[3]，便待要锦帐罗帏就亲。**

**唬得我惊急列蓦[4]出卧房门，他措支剌扯住我皂腰裙[5]，我软兀剌[6]好话儿倒温存："一来怕夫人，情性哏[7]，二来怕误妾百年身[8]。"**

【注释】

①孝顺：奴婢对主人的忠诚。②哥哥：借住在主人家中的公子。③问肯：古代男方向女家求亲时的一个环节。④惊急列蓦：惊急列，惊慌失措的样子。蓦，大步走过。⑤措支剌扯住我皂腰裙：措支剌，口语，慌忙的意思。皂腰裙，当时婢女、侍妾的衣着。⑥软兀剌：口语，形容无力困倦，这里为低声下气的意思。⑦哏：通"狠"。⑧百年身：终身之意。

【鉴赏】

此曲截取关汉卿的杂剧《诈妮子调风月》中的一个片段，写婢女燕燕服侍主人家的客人小千户，而这个官家子弟企图诱奸，受到燕燕机智的拒绝，表现了封建社会中处在下等地位的被欺侮者的痛苦心情和对现实的无奈之举。

前四句是〔黄蔷薇〕，第一、二句叙写燕燕注意到自己的婢女身份，无意讨好借住在燕燕主人家中的官家公子，对他不冷不热，不远也不近；而那官家公子因心怀鬼胎，所以一反常态，向小婢女大献"殷勤"。第三、四句继续写官家公子所献"殷勤"以及献"殷勤"的目的。他将玉纳子和藤箱儿送给燕燕，哄骗燕燕说要娶她。寥寥数语，就将小千户贪色的无耻嘴脸传神地刻画出来。

后六句是〔庆元贞〕，主要刻画燕燕对官家公子的卑劣行径的反应。第一句“惊急列”表现出燕燕的惊慌之态，她想大步逃出卧房门，一走了之。第二句紧接着写官家公子的淫心不死，慌忙扯住燕燕的“皂腰裙”。欲走不成，欲喊不能，聪明机灵的燕燕马上改变方式，用软语好话来央求小千户。“我软兀剌”四句具体写燕燕的态度及向对方央求的内容。燕燕一方面以夫人的“情性哏”来警告对方，一方面以贻误自己终身的责任感来提醒对方。

此曲描绘了一个聪慧机智的少女燕燕，在被侮辱时急中生智，巧妙地保护自己的故事，同时也曲折地表现出燕燕内心的痛苦与挣扎，揭示出小千户的卑鄙无耻。曲中用的都是当时的口语，朴实自然，既符合燕燕的身份和性格，也增加了曲子的表现力。全曲以燕燕的口吻行文，亲切感人，而曲末未交待结局，造成悬念，得到了很好的艺术效果。

## 〔越调〕黄蔷薇过庆元贞

**又不曾看生见长，便这般割肚牵肠。唤妳妳酩子里[①]赐赏，撮醋醋孩儿弄璋[②]。**

**断送得他萧萧鞍马出咸阳，只因他重重恩爱在昭阳，引惹得纷纷戈戟闹渔阳[③]。哎，三郎[④]，睡海棠[⑤]，都则为一曲舞霓裳[⑥]。**

**【注释】**

①唤妳妳酩子里：妳妳，指奶妈。酩子里，背地里。②撮醋醋孩儿弄璋：撮醋醋，指妇女怀孕时喜食酸。弄璋，指生男孩，语出《诗经》。③“断送得他萧萧鞍马出咸阳”以下三句：简单交代安史之乱的原因及结果。戈戟，古代兵器，代指安史之乱的叛乱性质。渔阳，郡名，安史之乱的起兵之地。昭阳，汉宫名，汉成帝皇后赵飞燕住处，此代指杨贵妃住处。④三郎：唐玄宗李隆基是睿宗第三子，故称三郎。⑤睡海棠：比喻醉态妩媚娇艳的杨贵妃。⑥霓裳：舞曲名，从西凉传来，后由玄宗改编为“霓裳羽衣”。

**【鉴赏】**

此曲用唐玄宗宠爱杨贵妃导致安史之乱的历史教训，告诫人们不要牵肠挂肚地只盼望生个儿子。

前四句是〔黄蔷薇〕，是写告诫的对象。“又不曾看生见长，便这般割肚牵肠。唤妳妳酩子里赐赏，撮醋醋孩儿弄璋”四句，作者以调侃的语气刻画出一个急切盼望生儿子的人的形象。小孩还没生出来，就急急忙忙请来奶妈，私下里给她许多赏赐，要她照顾好怀孕妇女，以求能生个男孩。口语的运用，为曲子增添了一丝生活气息。

后面〔庆元贞〕，写告诫的具体内容。前三句“断送得他萧萧鞍马出咸阳，只因他重重恩爱在昭阳，引惹得纷纷戈戟闹渔阳”，概述了安史之乱的前因后果。“只因他”“引惹得”把安史之乱与唐玄宗宠爱杨贵妃而误国的因果关系交代清楚。安史之乱的后果十分严重，造成生灵涂炭，使天下百姓不得安生，更导致唐王朝的衰落，强调了悲惨的结局是必然结果。

最后“哎，三郎，睡海棠，都则为一曲舞霓裳”四句，情感复杂沉痛，重复唐玄宗宠爱杨贵妃以致误国的历史教训，尤其一个“哎”字，饱含了多少痛惜、怨讽和哀叹！作者用“睡海棠”“舞霓裳”这两个玄宗与杨贵妃沉浸歌舞的典型事例，再一次指出荒淫误国的历史教训，以此告诫人们不要一味只想生男孩，男孩大了，可能会像唐玄宗一样误国害民。最后四句亲切感人，极富说服力，发人深省，具有很强的警示作用。

# 王仲元

## 〔中吕〕普天乐

**赠美人**

**柳眉新，桃腮嫩。酥凝琼腻①，花艳芳②温。歌声消天下愁，舞袖散人间闷。举止温柔娇风韵，司空见也索销魂③。兰姿蕙魄④，瑶花玉蕊⑤，误染风尘。**

**【注释】**

①酥凝琼腻：柔软的像油凝成的皮肤，润滑的像美玉一样。琼、玉，用来比喻人的美好。②芳：指香气。③司空见也索销魂：反用刘禹锡诗句“司空见惯浑闲事”意赞美女，见惯美女的人物看到这位美人也会销魂。司空，官职名。索销魂，应该销魂。索，应、得。④兰姿蕙魄：兰、蕙，散发香气的香草。⑤瑶花玉蕊：瑶，洁白漂亮美好的意思。玉蕊，像花蕊一样的玉。蕊，花蕊。

**【鉴赏】**

此曲是对歌妓容貌俊美、举止温柔的赞美，同时对这样一位美好的女子沦落为卖笑的歌妓的悲惨遭遇，表达了同情和惋惜之情。

开头四句“柳眉新，桃腮嫩。酥凝琼腻，花艳芳温”，歌妓的眉毛如初生的柳叶，细长清新；红腮似新开的桃花，粉嫩美丽；皮肤像凝成的酥油一样细腻，又像琼玉一样润滑；从外表勾勒人物的形象，点明人物散发着温馨诱人的香气。

接下来四句“歌声消天下愁，舞袖散人间闷。举止温柔娇风韵，司空见也索销魂”，从作者的客观感受描写歌妓的歌声和舞技，称赞其水平之高。歌妓婉转动人的歌声可以消除天下人的忧愁；她举止温柔、惹人怜爱，体态婀娜，风韵娇媚，如此色艺俱佳的美人，就连见惯歌舞的李司空见了也会为之迷恋倾倒。

接下来“兰姿蕙魄，瑶花玉蕊”两句，意思是说歌妓的身姿像春天的兰花一样摇曳生姿，纯洁的心灵像蕙草一样摄人心魄，由外表深入歌妓的心灵，对歌姬其进一步赞美。最后一句抒发了作者对“误染风尘”的感慨。

此曲以花喻人，使用夸张的手法，极力夸赞歌妓的外表姣好，技艺精湛，都是为“误染风尘”埋下伏笔，容易唤起读者的同情与惋惜。

## 〔中吕〕普天乐

旅况

**树杈枒，藤缠挂①。冲烟塞雁②，接翅③昏鸦。展江乡④水墨图，列湖口潇湘画⑤。过浦穿溪沿江汉⑥，问孤舟夜泊谁家？无聊⑦倦客，伤心逆旅⑧，恨满天涯。**

**【注释】**

①挂：柔软的藤萝茎在树上缠绕，从树上垂下来。②冲烟塞雁：烟，烟云。塞雁，候鸟大雁从边塞飞来。③接翅：形容归鸦的数量之多。④江乡：水乡。⑤列湖口潇湘画：湖口，鄱阳湖口。潇湘画，元代画家曾画有为人称道的潇湘八景图。⑥过浦穿溪沿江汉：浦，河流入海的地方。溪，小河。沿，顺着水道。⑦无聊：无以寄托。⑧逆旅：即客舍。

**【鉴赏】**

此曲是对作者在旅途中见到夕阳西下的景色的具体刻画，抒发了羁旅愁思。

开头两句“树杈枒，藤缠挂”，描写的是地面上的静景，树枝舒展地伸杈着，藤萝柔软的茎条缠绕在树上，从树枝上挂下来。

接下来两句“冲烟塞雁，接翅昏鸦”，所写的是空中的动景，从高空中望见的是翱翔的大雁，低空中飞着的是乌鸦。动静结合，展现出旅途倦客所见的种种情景。旅途美景，塞雁归鸿，更容易引发旅人的愁思。

于是接下来两句“展江乡水墨图，列湖口潇湘画”，概括总体的景色，仿佛像水墨画“潇湘八景图”一样美丽。

曲子的后半部分由景及情，抒写游人的愁思。“过浦穿溪沿江汉，问孤舟夜泊谁家”两句，“孤舟”二字显示出旅人的孤独，作者天涯漂泊的愁思跃然纸上。

接下来“无聊倦客，伤心逆旅，恨满天涯”三句，直接抒发情感，抒发了旅人长年漂泊、浪迹天涯的哀怨。旅人由身体疲惫而感到百无聊赖，因无聊而伤心，又由伤心而生恨，展示出游子旅愁的整个过程。

此曲前半部分写景，后半部分直接抒情，写景部分情景交融，营造出耐人寻味的境界。

## 〔中吕〕普天乐

相思

**泪盈波①，眉愁锁②。消香减腻，病鬼愁魔。炉烟飘怨气浮，襟袖湿啼痕污。无限凄凉来着抹③，瘦身躯怎生存活！相思未脱。他愁为我，我病因他。**

【注释】

①波：目光的流转，这里指眼睛。②锁：紧锁，皱。③着抹：招惹，困扰的意思。

【鉴赏】

此曲描写女主人公每日苦苦地思念着心上人，“衣带渐宽”人憔悴，而对方也同样因思念而愁闷万分。全曲紧紧围绕着“相思”展开。

开头“泪盈波，眉愁锁”两句，是从面部形态描写因相思而致病的人的愁容满面。接下来两句“消香减腻，病鬼愁魔”，放大到整个外貌去表现女主人公精神的痛苦。女主人公因相思愁苦，肌肤失去了光泽，身体也消瘦了许多，仿佛像个被病魔缠身的人。

下面“炉烟飘怨气浮，襟袖湿啼痕污”两句，写女主人公因相思而生怨，愁思绵绵不断；而她日日哭泣，那泪水都湿了衣衫，可见情意之深。“无限凄凉来着抹，瘦身躯怎生存活！相思未脱”，是说思妇整日感到满腹的凄凉，无法排解。女主人公思念至极，联想到自己的意中人肯定也在苦苦地思念着自己。这满腔愁绪，病瘦的身体怎么经受得了，这愁思难禁的日子，怎么过得下去？

结尾两句“他愁为我，我病因他”，思妇由己推人，说明两人都处在相互思念之中，表现出思妇因思念心上人而又不能如愿的内心痛苦与挣扎。

此曲从头到尾都紧扣“相思”这一主题，从泪眼、愁眉、身体憔悴消瘦，到那整日愁闷的情绪，凄凉的心境，逼真传神地刻画出一个惆怅满怀的妇人形象。此曲语言凄婉，语调悲凉，与“相思”的主题和谐统一。

## 〔中吕〕普天乐

**离情**

**远山攒①，乌云②乱。分钗破鉴③，单枕孤鸾④。芳心⑤被闷织罗，病躯教愁羁绊。惹肚牵肠相穿贯⑥，上心来痛似锥剜。归期限满，难凭后约，孤负⑦前欢。**

**【注释】**

①远山攒：远山，指眉毛。攒，皱在一起。②乌云：即乌黑的头发。③分钗破鉴：比喻夫妻分离。钗，妇女头上戴的首饰，有的在夫妻分离时，每人刘一部分纪念。鉴，指镜子。④孤鸾：比喻夫妻分离。⑤芳心：指女子纯净的心灵。⑥穿贯：贯穿始终。⑦孤负：同辜负。

**【鉴赏】**

此曲细腻地描写了闺中少妇思念远方心上人的凄凉心境，把她愁苦以至失望埋怨的复杂心情传神地展现了出来。

开头两句“远山攒，乌云乱”，从外貌形象描绘，主人双眉紧皱，头发蓬乱，说明少妇愁绪满怀，无心打扮洗梳。她为什么如此烦闷呢？接下来“分钗破鉴，单枕孤鸾”道明原由，这两句都是比喻夫妻分离。作者以“分钗破鉴”“单枕”“孤鸾”三个物象渲染烘托夫妻分离后的情思。少妇满腔愁绪，无心梳妆，都是因为深深思念远离的爱人。

下面“芳心被闷织罗，病躯教愁羁绊。惹肚牵肠相穿贯，上心来痛似锥剜”四句，极力抒发少妇思念心上人的悲愁与痛苦。女主人公整个心都被忧愁占据，因思念而致病的身体也被愁闷缠绕着。相思的愁情牵肠挂肚，悲痛涌上心头，心痛如锥如挖似的难受。少妇由痛苦而生怨，埋怨远去的心上人“归期限满”而不归。最后三句“归期限满，难凭后约，孤负前欢”，将离别相思之情寓于少妇对远去的心上人的埋怨之中。

此曲结构严密，层次分明，先写少妇的外表之愁，继而写她内心的愁苦，又写因苦而产生的怨恨，心理刻画极为传神，语言清丽工整，用字简练准确。

# 孙叔顺

## 〔南吕〕一枝花

休官

**不恋蜗角名，岂问蝇头利[①]。世情看冷暖，人面逐高低。闲是闲非，僻掉的都伶俐[②]。百年身图画[③]里，本待要快活逍遥，情愿待休官罢职。**

**〔梁州〕谁待想锦衣玉食[④]？甘心守淡饭黄齑[⑤]。向林泉选一答儿清幽地，闲时一曲，闷后三杯。柴门草户，茅舍疏篱。守着咱稚子山妻，伴着几个故友相识，每日价笑吟吟谈古论今，闲遥遥游山玩水，乐陶陶下象围棋。早起，晚夕，吃醉了重还醉。叹白发紧相逼，百岁光阴能有几？快活了是便宜。**

**〔煞尾〕都则是两轮日月搬兴废，一合乾坤洗是非。直宿到红日三竿偃[⑥]然睡，那些儿况味谁知？一任莺啼唤不起。**

**【注释】**

①不恋蜗角名，岂问蝇头利：蜗角名、蝇头利，表现出作者极端鄙视名利的态度。②伶俐：聪明人。③百年身图画：百年，人生。图画，指曲中描绘的那些隐居生活的图景。④锦衣玉食：指华贵精美的服饰和菜肴。⑤淡饭黄齑：粗米饭和黄齑菜。齑，用来下饭的咸菜，用来形容生活的清贫和简朴。⑥偃然：安然。

**【鉴赏】**

此曲讴歌了隐居生活的乐趣，表现了作者隐居山林、超脱尘俗的闲情逸致。

首曲〔一枝花〕抒发了作者对官场名利的厌恶和对人生无常的感慨。开头以“不恋蜗角名，岂问蝇头利”引出，起到了领率的作用。作者把封建社会中知识分子视为生命的功名看作“蜗角”和“蝇头”，足见作者对名利的鄙视。接下来“世情看冷暖，人面逐高低”二句，感慨世态炎凉、官场险恶，也将官场的险恶和世态炎凉表现得淋漓尽致。作者就处于这样险恶的环境之中，因此他认为：“闲是闲非，僻掉的都伶俐。”只有避开这些与自己无关的是是非非，才是真正的聪明人。最后两句“本待要快活逍遥，情愿待休官罢职”，表达作者归隐的决心。

第二曲〔梁州〕紧接上曲的归隐志向，自然的归隐生活，表现了作者归隐生活的无限乐趣。这种逍遥自在、清淡幽静的隐居生活，是上曲厌恶官场、否定名利思想的进一步升华。开头两句“谁待想锦衣玉食？甘心守淡饭黄齑”，进一步表达了作者隐居山林的坚定志向。以下数句铺写归隐生活的乐趣：人生得意须尽欢，在这样闲适逍遥、清淡幽静的环境中，摆脱了现实政治的种种压力，自由自在，悠闲自得又舒心惬意，与官场的劳碌而又受束缚的生活形成了鲜明的对照，情感鲜明。

第三曲〔煞尾〕继续抒写对社会的厌恶与淡薄。开头以“两轮日月搬兴废，一合乾坤洗是非”二句领出，表明了作者对于人世间的一切都看的是十分淡薄。朝代的兴废更替可以不去理会。“那些儿况味谁知”一句设问巧妙，这种悠闲的滋味，整日奔波在官场上的人确实是无法体会的。最后以“一任莺啼唤不起”作结，更加衬托出那种滋味的甜美，意犹未尽。

此曲描写隐逸生活、表现脱尘离俗的闲情逸致时，仍然有消极避世的色彩。语言坦直真切，语调轻快，格调清幽，有较强的艺术表达力。

# 王仲诚

## 〔中吕〕粉蝶儿

**昨宴东楼，玳筵[1]开舞裙歌袖，一团儿玉软花柔。遏行云，回飞雪。玲珑剔透，交错觥筹，捻冰丸暗藏锦绣[2]。**

**〔醉春风〕娇滴滴香脸嫩如花，细松松纤腰轻似柳。有丹青[3]巧笔写奇真，怎的朽、朽[4]？檀口能歌，莲舌轻调，柳眉频皱[5]。**

**〔迎仙客〕露玉纤[6]，捧金瓯，云鬓巧簪金凤头。荡缃裙，掩玉钩，百倍风流。无福也难消受。**

**〔满庭芳〕人间罕有，沉鱼落雁，月闭花羞。蕙兰性一点灵犀透[7]，举止温柔，成合了鸾[8]交凤友，匹配了燕侣莺俦。轻擱就[9]，如弹玉纤粉汗流，佯呵欠袖儿里低声儿咒，一会家把人迤逗。撇不下漾秋波一对动情眸。**

**【注释】**

①玳宴：盛宴。②捻冰丸暗藏锦绣：捻，捏。冰丸，此处应是“冰纨”，即美人鲜艳的衣衫，暗喻美人的纯洁形象。锦绣：指美好的一切。③丹青：作画用的颜料。④朽：腐朽，衰老。⑤“檀口能歌”三句：意思是，美人那粉红色的嘴能唱歌，莲花般的舌头发出那轻调，可两叶弯弯的柳眉却在频频皱着。⑥玉纤：指美人手指。⑦蕙兰性一点灵犀透：比喻自己的心和蕙兰一样纯洁。⑧鸾：鸾鸟是一种雌雄相守，分开则哀的鸟。⑨擱就：温存。

**【鉴赏】**

此曲作者以动人的笔触、细腻而生动的描写，表达了其真挚的感情。

首曲〔粉蝶儿〕描写了豪宴的盛况以及主人公对意中人的爱慕之情。开头三句“昨宴东楼，玳筵开舞裙歌袖，一团儿玉软花柔”，以回忆描绘了一幅流光溢彩的盛宴图。下面“玲珑剔透，交错觥筹”二句，将视角转移到宴席桌上，餐具细致奇巧，发出诱人的光彩，觥筹交错，酒酣人醉。结尾“捻冰丸暗藏锦绣”一句寓意丰富，描绘美人美好的形象时，心中也包含着向意中人表达自己内心的喜爱之情的意愿。

第二曲〔醉春风〕，作者刻画了意中人姣好的容貌和体态。着笔于细节，进一步刻画了美人的美态。第三曲〔迎仙客〕，描写美人的动态美。“露玉纤，捧金瓯，云鬓巧簪金凤头”写美人露出白玉般的纤纤手指，捧着黄金做的瓯，乌黑的云鬓上簪着金凤钗，神采飞扬。接下来二句“荡缃裙，掩玉钩”，描写美人的裙子像碧空中的云霞在飘荡，遮住了那一弯新月。紧接着“百倍风流，无福也难消受”二句，说美人这种姿态正是百般的风韵，却无福消受，暗中透露出作者的遗憾。

最后一曲〔满庭芳〕，写美人的举止以及自己与之相爱的情景。曲子一开始“人间罕有，沉鱼落雁，月闭花羞”，极写美人美妙绝伦，举世无双。下面“蕙兰性一点灵犀透”句，说美人蕙质兰心，与自己心有灵犀。“举止温柔，成合了鸾交凤友，匹配了燕侣莺俦”三句，写作者与意中人心心相印，且她举止温柔和顺，与作者是一对璧人。

此曲大胆地描写了世俗生活中的爱情，不加掩饰，其真挚和热烈跃然纸上。

# 陈子厚

## 〔黄钟〕醉花阴

*孤另*

**宝钏松金髻云蝉[①]，甚试曾浓梳艳裹，宽绣带掩香罗[②]，鬼病厌厌[③]，除见他家可。**

**〔出队子〕伤心无奈，遣离人愁闷多。见银台绛[④]蜡尽消磨，玉鼎无烟香烬火，烛灭香消怎奈何？**

**〔幺〕情郎去后添寂寞，盼佳期无始末。这一双业眼敛秋波，两叶愁眉蹙翠蛾，泪滴胭脂添玉颗[⑤]。**

**〔尾〕着我倒枕捶床怎生卧，到二三更暖不温和，连这没人情的被窝儿也奚落我！**

【注释】

①宝钏松金髻云蝉：宝钏，指手镯。髻云蝉，古代妇女把头发扎成卷曲的发髻，在头上高耸着，像云朵一样，所以以此来命名。蝉，下垂的样子。②香罗：指香罗裙。③厌厌：同恹恹，生病，没有精神的样子。④绛：红色。⑤玉颗：丸状的玉，此处指泪水。

【鉴赏】

此曲抒写了一个女子的思恋和孤独的内心感受，刻画细腻真切。

首曲描写女子瘦削的病体，表现思妇苦苦思恋的煎熬，写出女子消瘦得连手镯都松了许多，昔日高耸的发髻现在也像云一般垂了下来，托出了思妇的愁苦之貌。接下来作者写道：“甚试曾浓梳艳裹，宽绣带掩香罗。”进一步言其形体消瘦、容颜憔悴。“鬼病厌厌，除见他家可”二句，至此，思妇那不可名状的愁苦，表现得淋漓尽致。

第二曲〔出队子〕开头二句“伤心无奈，遣离人愁闷多”，直抒胸臆，抒发了思妇内心深处无可奈何的哀叹。女子见到银烛台上燃尽的红烛，联想到自己可悲的处境，香尽烛灭象征着思妇迫切想见到情人的希望的破灭，进而使她的心情跌倒了低谷。

第三曲〔幺〕直接描绘思妇盼佳期无望的痛苦之状。道出了思妇自己明知道佳期无望，只是空添悲切，心中却还是放不下。最后“这一双业眼敛秋波，两叶愁眉蹙翠蛾，泪滴胭脂添玉颗”三句，着笔从神态上表现思妇的心灰意冷。眼睛疲倦，愁眉紧锁，脸挂泪珠，这一系列凝固的形象，淋漓尽致地表现出了思妇满怀的幽怨和悲伤。

最后一曲〔尾〕，着意刻画了思妇内心无法排解的孤独之苦，怨恨之极。开头一句“着我倒枕捶床怎生卧”，一下子就让人听到了少妇发自肺腑的犹如撕心裂肺般的呼喊。她感到周围的一切都在和自己作对，令人无法忍受，最后表达了她极其强烈和深切的愤懑。

此曲紧扣“孤零”这一题旨，形象悲切地表现了思妇体态的病瘦，用白描手法表现了她的孤苦，淋漓尽致地抒发了她内心的绝望和愤懑情感。

# 吴西逸

## 〔越调〕天净沙

**闲题（四首之一）**

**长江万里归帆，西风几度阳关**[①]**，依旧红尘**[②]**满眼。夕阳新雁**[③]**，此情时拍阑干**[④]。

**【注释】**

①阳关：地名，指古代交通要道，泛指边远地区。②红尘：形容繁华喧闹。③新雁：刚刚飞回来的雁。④此情时拍阑干：化用辛弃疾“把吴钩看了，阑干拍遍，无人会，登临意”的词意。

**【鉴赏】**

本曲是写夕阳西下的江关景色，抒发作者的离情别绪。

开头两句“长江万里归帆，西风几度阳关”，写跟前的景象：远方归来的客船，正沿着万里长江，顺流而下，渐行渐近；这个地方风物依旧，转眼西风，又是一年了，可是曾在这里生活过的人如今又在何处呢？江中归帆引发了作者对离人的怀念。第三句“依旧红尘满眼”，写但见满眼红尘而不见柳色，更不见旧友，怀人的伤感越来越沉重。四、五两句“夕阳新雁，此情时拍阑干”，既写景，又抒情，此种哀景，使满腹的愁绪更添一层。

本曲写离情别绪，融情于景，形成一种悲凉的意境。曲子篇幅短小，但内涵丰富。作者善化用前人的诗、词入曲，但不着痕迹，以凝练之笔，抒深挚之情，表现出了凝练、清丽的风格。

## 〔越调〕天净沙

闲题（四首之二）

**楚[1]云飞满长空，湘江[2]不断流东。何事离多恨冗[3]？夕阳低送，小楼数点残鸿[4]。**

【注释】

①楚：泛指长江以南广大地区。②湘江：长江的支流。③冗：繁，多。④鸿：雁，古人常用以代指书信。

【鉴赏】

此曲描绘了潇湘夕照时的萧瑟景象，通过写景，抒发了羁旅行客的离愁别绪。

开头两句“楚云飞满长空，湘江不断流东”，写眼前所见的景象，抬头望天，然后俯身看水。楚云湘水，历来和许多哀怨、忧愤的神话传说联系在一起。楚天云飞、湘江奔流的图景，更能渲染出悲凉的气氛，更好地抒写愁绪。作者以“飞满”写云，以“不断”状水，实际上都是在写离愁相思的绵绵不绝。这两句表面上看似写景，实为抒情。

第三句紧接上文，设问：“何事离多恨冗？”为什么人生总是离多会少、恨多乐少？这句的“离”字与第一句“飞”字、第二句“流”字紧密相连。在作者看来，云飞、水流、人离都是人世间的恨事，故三者加在一起，自然就逼出一个“冗”字来。最后两句“夕阳低送，小楼数点残鸿”，作者进一步延伸了前面的离愁别恨，从而把主人公的愁绪表现得更为深沉悠远，加强了曲子的感染力。

此曲抒发的是离情别绪，寓情于景，将离愁别绪融进景物的描写之中，展示了作者深沉委婉的风格，达到了完美的艺术效果。

## 〔双调〕清江引

秋居

**白雁乱飞秋似雪[①]，清露生凉夜。扫却石边云[②]，醉踏松根月[③]。星斗满天人睡也。**

**【注释】**

①白雁乱飞秋似雪：白雁，即白色的雁，暗示已经是深秋。乱飞，白雁找不到归处。秋似雪，表明夜色已深而且很冷。②扫却石边云：扫，拂拭。石边云，山势极高的象征。③松根月：月光透过树缝中漏下来洒在松下仿佛月亮藏在松树底下一样。

**【鉴赏】**

此曲描写秋天自然景色，在凄清中透着闲适，字里行间表现出作者远离尘世的精神追求。

第一句“白雁乱飞秋似雪”，一开始就给我们展现出一派肃静、清冷的秋天夜景，营造出抒情的典型环境。第二句“清露生凉夜”，续写秋夜景色，并且融入了主人公宁静淡泊的感受。句中“清露”“凉夜”，照应上句，与“白雁”互相映衬，并为下句人的出场预留地步。第三、四两句对偶接续上句，写秋夜里人夜饮醉归的活动，并用一个“醉”字点出人的精神状态。“扫却石边云，醉踏松根月”，作者企图用衣袖拂去山石旁的雾气，以便躺下睡觉。“扫”这一动作，暗喻醉态，极为传神；而“醉踏”一词，则是明写醉态。“松根月”进一步形容夜深。

正是由于秋寒夜深，人又醉了，所以引出第五句“星斗满天人睡也”的一个动作“睡”，以与上句“醉”字扣紧。“星斗满天”进一步反衬夜深，在这样的情景下，人一头栽倒在山石上，仰面朝天而睡，显现出主人公的达观、脱俗，完全融入了一种返璞归真的境界。最后三句一连串的动作，一气呵成，情景交融，浑然一体。

此曲色彩淡雅，格调清新，极其深刻地表现出了主人公远离尘世、超然脱俗的精神境界。

## 〔双调〕寿阳曲

**四时（四首之三）**

**萦[1]心事，惹[2]恨词，更那堪[3]动人秋思。画楼边几声新雁儿[4]，不传书摆成个愁字。**

【注释】

①萦：围绕。②惹：引起，勾起。③更那堪：又怎么忍受得了呢？堪，忍受，承受。④画楼边几声新燕儿：画楼，有彩绘雕饰的精致楼房。新雁，初次飞来的雁。

【鉴赏】

此曲重点在于抒情，抒发闺中少妇悲秋的思绪。

前三句“萦心事，惹恨词，更那堪动人秋思”，直接抒情，淋漓尽致地抒写了主人公思念远人的悲愁。这三句运用了赋的手法，写秋思无处排遣，直抒胸臆。第三句在前两句写愁的基础上进一步写秋思，实际上也就是写离愁，“更那堪”加强了语气，表明愁的沉重。

第四、五两句“画楼边几声新雁儿，不传书摆成个愁字”，先写景，后抒情，情景交融，是全曲的点题之笔。“画楼”，以居住处点明主人公的身份是一位闺中少妇，她心绪烦躁，放眼望去，但见雁群鸣叫，这些大雁，不仅没给她带来一点信息，而且在飞时摆出了一个“愁”字。雁阵自然不可能排出什么愁字来的，这“愁”字却摆在主人公心上，于是可以看出主人公心绪的波澜陡起，表达了她的怨已经到达了极点。这两句以景寓情，在写景中含蓄地表达出主人公的孤独之感和怀人之愁，更加耐人寻味。

## 〔双调〕雁儿落过得胜令

**叹世（二首之二）**

**春花闻杜鹃[1]，秋月看归燕。人情薄似云[2]，风景疾[3]如箭。留下买花钱[4]，趱[5]入种桑园。茅苫三间厦[6]，秧肥数顷[7]田。床边，放一册冷淡[8]渊明传。窗前，抄几联清新[9]杜甫篇。**

【注释】

①杜鹃：也叫子规，叫声似“不如归去”的凄凉。②人情薄似云：化用“人情阅尽秋云厚，世事经过蜀道平”的意境。③风景疾：风景，即光景时间，泛指社会、朝代的交替更迭。疾，速度快。④买花钱：指为了看花支出的费用，花，也有“花花世界”的意思。⑤趱：赶，快走。⑥茅苫三间厦：苫，把东西遮盖住。厦，大屋。⑦顷：一百亩为一顷。⑧冷淡：形容的是陶渊明的性格和作品风格。⑨清新：此指描绘田园风光的诗。

**【鉴赏】**

此曲描写隐居生活，抒写归隐情怀。

第一曲〔雁儿落〕，写作者的归隐之因。开头两句“春花闻杜鹃，秋月看归燕”，这主要说明大好时光的短促，引出作者的触景伤情。三、四两句“人情薄似云，风景疾如箭”，感叹世态冷暖。这曲概括写了人生无常，世态冷暖，集中表达了作者内心的不满，为下文埋下了伏笔。

第二曲〔得胜令〕，主要歌颂隐居的田园生活。“留下买花钱，趱入种桑园”，说的是离开闹市到宁静的田园中去，表现出了作者归隐田园的急切心情。农桑之余，效仿古贤，读书写诗，悠然自乐。“床边，放一册冷淡渊明传”，是因为陶渊明超尘脱俗，淡泊无为，和作者的志趣相投；“窗前，抄几联清新杜甫篇”，这两句表达了作者对陶渊明、杜甫的仰慕之情，流露出作者处于异族统治下未能积极用世，不得已退居田园的痛苦心理。

此曲语言平易流畅，具有一种天然纯真的美感，与作者隐居生活的闲适心境达到了和谐统一的境界。

# 赵显宏

## 〔中吕〕满庭芳

**渔**

**江天晚霞，舟横野渡，网晒汀沙[①]。一家老幼无牵挂，恣意[②]喧哗。新糯酒香橙藕芽，锦鳞鱼紫蟹红虾。杯盘罢，争些醉煞，和月宿芦花。**

**【注释】**

①汀沙：沙滩。②恣意：纵情，尽情，任性。

**【鉴赏】**

此曲是对悠然自乐的渔村生活的具体描绘。

曲子开篇，“江天晚霞，舟横野渡，网晒汀沙”，作者描绘出了江畔渔村最美丽、最动人的景色：在那夕阳西沉的江水与蓝天相接的地方，天公堆起了朵朵晚霞，像极了盛开的红似火的江花；野渡口处只有渔舟闲系在那里随风摇晃，鱼网在沙滩上铺开，等待着夜风的吹拂。随着夜的到来，江边野外一片寂静，美不胜收。

接下来“一家老幼无牵挂，恣意喧哗”两句，通过动态描写，描绘了渔民在一天紧张的劳动之后，全家老幼其乐融融的场景。新酿的米酒、刚摘的甜橙、新挖的嫩藕芽、闪着锦缎般光泽的鲜鱼、肥美的螃蟹、鲜红的大虾，散发出各自的迷人香味，等待着劳累一天的主人们大快朵颐。这是一组叠句对，“新糯酒”对着“锦鳞鱼”，“香橙”“藕芽”分别对着“紫蟹”与“红虾”，字里行间色香味俱佳，不用再多着墨，渔家丰收之后自给自足的陶然自乐的情景就淋漓尽致地跃然纸上了。

## 〔中吕〕满庭芳

樵

**腰间斧柯，观棋曾朽①，修月曾磨②。不将连理枝③梢锉，无缺钢多。不饶过猿枝鹤窠④，惯立尽石涧泥坡。还参破，名缰利锁，云外放怀歌。**

【注释】

①观棋曾朽：晋朝时有一个叫王质的人误入仙境，当时并不知情的他把砍柴用的斧子放在地上，观看两人下棋。看完后，斧柄已经腐朽了，王质这才知道自己遇到了神仙。②修月曾磨：古代传说月亮是由七宝合成，人间常有八万二千户给它修治。③连理枝：指枝枝相连的两棵树，比喻夫妻之情或手足情深。④猿枝鹤窠：猿猱、飞鹤不在有人居住的地方的禽兽。

【鉴赏】

此曲对避世而居的飘逸不凡、高洁正直的形象的描写和赞美抒发了作者蔑视名利的清高的情怀。

首句“腰间斧柯”开门见山，一个腰间插着斧子、樵夫打扮的主人公直接出场。下面两句“观棋曾朽，修月曾磨”，是说这位樵夫非同一般，他那把斧子曾因为看别人下棋而朽烂。表面上看似写斧，实际上却是喻人，突出了樵夫的不同一般，非凡夫俗子。

以下四句，写这位樵夫的善良质朴和不惧艰险、迎难而上的品德。他不仅勇敢、善良，而且还具有脱俗、高洁的精神境界。作者在平实的叙述之中巧妙地进行了深刻的刻画，“不将连理枝梢锉，无缺钢多”，是说这位观棋修月的樵夫对连理枝十分爱惜，不愿砍削，这绝不是因为斧刃无钢、卷缺迟钝，这是从樵夫的内心活动描写他的纯洁善良；从动作入手，着意于樵夫的性格刻画，显示他刚强正直、不避艰险、知难而进的英雄本色。

最后“还参破，名缰利锁，云外放怀歌”三句，意在突出人物的精神世界。意思是说这位樵夫看破了世情冷暖，从世俗的名利中挣脱出来，甘愿到远离尘嚣的“云外”放开胸怀，放声歌唱，过着自由自在的隐居生活，这是全曲的升华，是作者的社会理想与审美理想的最高境界。

## 〔中吕〕满庭芳

**耕**

**耕田看书，一川禾黍，四壁桑榆。庄家也有欢娱处，莫说其余。赛社处王留[①]宰猪，劝农[②]回牛表牵驴。还家去，蓬窗睡足，一品待何如?**

**【注释】**

①赛社处王留：赛社，指一年收成后，村民们杀猪宰羊，祭祀田神。王留，与下句牛表均为元曲中常用人名。②劝农：指一年春耕之始，在田间地头举行农耕的仪式。

**【鉴赏】**

此曲是对农村世俗生活的乐趣的刻画和描绘，表达了作者悠然自乐的旷达心境。

首句“耕田看书”，揭示出了主人公是位文人农夫。接下来“一川禾黍，四壁桑榆”，真实地描绘出主人公眼中的农村常景。接下来两句重在写情，道出了“田家乐”的主题。寥寥数句就囊括了篇中全部景物，粗线条地勾勒出了一幅速写图，但摄入他眼中的却只是脱尽了书生气的农村常景与乡间俗习，显然作者在这里有意追求的只是“俗”“实”二字，从俗中见乐，从实中求美。最后“还家去，蓬窗睡足，一品待何如”三句，劳累了一天的农夫回到家里，吃饱喝足之后，在柴草编织的门窗下一觉睡足，倦意顿消，这真是神仙般的生活，把农家的欢娱上升到了一个新的高度，使全篇内容突然拔地而起，体现了作者对于王侯将相的蔑视，加深对曲子主题的理解。

此曲夹叙夹议，平凡之中寓真情，表现了作者诙谐幽默、个性达观的特征。

## 〔中吕〕满庭芳

**牧**

**闲中放牛，天连野草，水接平芜。终朝饱玩[①]江山秀，乐以**

**忘忧。青箬笠西风渡口②，绿蓑衣暮雨沧州③。黄昏后，长笛在手，吹破楚天④秋。**

【注释】

①玩：欣赏。②渡口：指河岸水边设有摆渡的地方。③沧州：代指隐者居住的地方。④楚天：南方的天空，因楚国在南方而得名。

【鉴赏】

此曲是对放牧生活的闲适的描写。按常规说法为“渔樵耕读”，这里不写“读”，而写“牧”；更表现了作者对隐居生活的逍遥与乐趣的热爱。

首句“闲中放牛”引领全曲，点出主人公是位农夫，放牧乃是其农闲之事。以下都是放牧时的所见、所感、所为。“天连野草，水接平芜”，是主人公所见之景。青青的牧草和远处的天边连成一片，清凉的绿水衔接着辽阔的原野平滩，境界阔大而清新。“终朝饱玩江山秀，乐以忘忧”，写出了主人公的内心感受。主人公从早到晚沉浸在对辽阔秀丽山河的欣赏之中，为大自然的美景所陶醉，早就忘掉了人世间的一切烦恼。“青蒻笠西风渡口，绿蓑衣暮雨沧州”为一组对仗精巧的叠句对，以箬笠、蓑衣的特定装束，西风、暮雨的特定时节，渡口、沧州的特定环境，将曲中牧人形象塑造得生动逼真、丰满具体，突出了放牧生活的悠然自得。一幅黄昏牧归图至此跃然纸上，淋漓尽致地将隐居放牧生活的闲适情绪表达出来。

此曲画面清秀，形象生动，风格飘逸，情景交融，浑然一体。

## 〔南吕〕一枝花

**怨雪**

**不呈六出[①]祥，岂应三白[②]瑞？易添身上冷，能使腹中饥。有甚[③]稀奇，无主向沿街坠，不着人到处飞。暗敲窗有影无形，偷入户潜踪蹑迹。**

**〔梁州〕才苫[④]上茅庵草舍，又钻入破壁疏篱。似杨花滚滚轻狂势。你几曾见贵公子锦裀绣褥？你多曾伴老渔翁箬笠蓑衣？为飘风胡做胡为，怕腾云相趁相随。只着你冻的个孟浩然[⑤]挣挣痴痴，只着你逼的个林和靖[⑥]钦钦历历，只着你阻的个韩退之[⑦]哭哭啼啼。更长，漏迟，被窝中无半点儿阳和气。恼人眠，搅人睡。你那冷燥皮肤似铁石，着我怎敢相偎。**

**〔尾〕一冬酒债因他累，千里关山被你迷。似这等浪蕊闲花也不是久长计。尽飘零数日，扫除做一堆，我将你温不热薄情化做了水。**

**【注释】**

①六出：因雪的结晶体成六角形，这里指代雪花。②三白：因大雪铺天盖地，天、地、万物都变白了，因此将雪花称为“三白”。③甚：什么。④苫：把东西遮盖住，此指雪盖满房顶。⑤孟浩然：唐朝诗人孟浩然隐居时将雪称为“洛川神女”。⑥林和靖：归隐西湖孤山的宋代隐士林逋，字和靖人称“梅妻鹤子”。⑦韩退之：韩愈，因触怒皇帝、被贬官潮州，在被贬路上在蓝关遭遇大雪。

**【鉴赏】**

此曲是一篇咏雪之作。作者一反过去咏雪作品对雪的赞赏，运用拟人化手法，赋予雪以人物的性格与形象，并通过委婉细腻的刻画，表达了对雪冷酷无情的怨恨。

首曲〔一枝花〕的主要内容是“责雪”。开头两句“不呈六出祥，岂应三白瑞”，“六出”和“三白”均指雪，这种突如其来的指责，使人摸不着头脑，颇似无理，于是自然地引出下文。“易添身上冷，能使腹中饥”，指雪会使人饥寒交迫。接下来“有甚稀奇，无主向沿街坠，不着人到处飞。暗敲窗有影无形，偷入户潜踪蹑迹”，极写雪花四处飘零，漫无定向，狂蜂乱舞的丑态，表现出对雪的鄙夷。

中间一曲〔梁州〕，进一步抒写对雪花凌弱欺贫的怨恨。雪花似杨花般飘飞，也不为隐逸之士增添情趣。雪之所到处，总要雪锁江河。它还依仗风势胡作非为，专与志士为难，使人难以入睡。曲意至此，同是指责雪，但与首曲相比，感情的因素愈来愈浓。作者对雪花的阴冷之性进行了无情的鞭挞，力透纸背。

最后一曲〔尾〕，充满了对雪花的咒骂。作者曾因雪寒而赊钱沽酒取暖，因而负债累累，也曾因雪被阻关山，有家难归。紧接着又咒骂雪是“浪蕊闲花”，不能长久，发誓要将雪花“扫除做一堆”，使它“化做了水”。至此，作者“怨雪”的细腻感情就全部烘托出来。

此曲语言生动、流畅、活泼，以拟人化的手法，在描写雪花飘落的形象特征时，赋予雪花以人的性格，表现了作者愤世嫉俗的情绪。

# 王爱山

## 〔双调〕水仙子

怨别离（十首之二）

**凤凰台上月儿偏，和泪和愁闻杜鹃[①]。恨平生不遂于飞[②]愿，盼佳期天样远，月华凉风露涓涓[③]。攲[④]单枕难成梦，拥孤衾怎地眠。两泪涟涟。**

**【注释】**

①杜鹃：鸟名，其鸣极其悲伤，至流血才休。②于飞：比翼双飞，比喻夫妻美满和谐的状态。③涓涓：细水慢流的样子。④攲：斜倚，斜靠。

**【鉴赏】**

这首是《怨别离》组曲中的第二首，描写了一位盼望心上人回来的女子因佳期无望而终夜孤独难眠的痛苦。作者写女主人公层层递进，逐一写愁多、愁深和愁重。接下来“恨平生不遂于飞愿，盼佳期天样远”，笔锋一转，对主人公遗憾与盼望相交织的复杂心理进行了描写。紧接着“月华凉风露涓涓”一句景物描写，衬托出了主人公这种极度哀苦的心理。月色闪着惨白的光，冷风拂拂生凉，雾汽成露。“攲单枕难成梦，拥孤衾怎地眠”，面对此情此景，女主人倚着单枕，拥着孤被，怎么能睡得着呢？最后一句“两泪涟涟”，所有的愁苦都化作了泪水，簌簌滴落下来不能停止。作者表现女主人公相思难眠的情景，将大自然的月、风、露等景物，床上的铺设枕和被等环境以及孤寂恨别的悲愁心理融为一体，带上了各自“凉”、“寒”、“单”、“孤”的色调，使全曲抒情层层深入，自然爽快，浑然天成。

## ［双调］水仙子

**怨别离（十首之三）**

**凤凰台上月儿斜，春恨春愁何日彻①。桃花零落胭脂②谢，倏忽③地春去也，舞翩翩忙煞蜂蝶。人去了无消息，雁回时音信绝，感叹伤嗟。**

【注释】

①彻：停止，结束。②胭脂：指桃花。③倏忽：刹那间，一瞬间。

【鉴赏】

这首是《怨别离》组曲中的第三首，把离恨和春愁结合起来，表现了思妇感慨青春的老去、时间的流逝，但是情人仍然毫无音信，思妇只能暗自神伤。这里的“春”字一语双关，既指季节时令，又指主人公对远去爱人的眷恋之情。下面“桃花零落胭脂谢，倏忽地春去也，舞翩翩忙煞蜂蝶”三句，表面写景，旨在抒情。第三句中的“桃花零落”与“胭脂谢”是同义词组，既指春天的景物，也暗喻主人公因思春而面色憔悴。作者用意双关，不露痕迹。转眼间，明媚的春天就要离去了，蜜蜂和蝴蝶仍恋恋于飞逝的春光，忙忙碌碌地飞舞着。这两句显然是在借物喻人，借景抒情，感叹丈夫一去不归，分别太久，而青春易逝，相思的忧伤使自己艳如桃花的面色迅速衰退，更加衬托出主人公的春愁与离恨。最后“人去了无消息，雁回时音信绝。感叹伤嗟”三句，意思是说，离人无情无义，一去不回，杳无音信，而指望大雁捎来情书，那只是奢望罢了。这怎能不让人深怨长叹！思妇盼望情人及早归来的急切心情，活灵活现的展现在读者面前。

曲中以“春愁”喻离恨，以“桃花”“胭脂”喻人的容颜，独树一帜，匠心独运，给读者留下广阔的想象空间。

## ［双调］水仙子

**怨别离（十首之四）**

**凤凰台上月儿低，香烬金炉①空叹息。闷闷厌厌②怎不添憔**

**悴，夜迢迢更漏迟，冷清清独守香闺。急煎煎愁如醉，恨绵绵意似痴。泪眼愁眉。**

【注释】

①香烬金炉：香，又名沉香，一种常绿乔木，木材有香味，可制成熏香料。金炉，烧沉香的铜炉。②闷厌厌：心里烦闷，没有精神。

【鉴赏】

这首是《怨别离》组曲中的第四首，写思妇独卧难眠，因思念情人而愁得憔悴不堪，如痴如醉的苦闷心情。

开头两句“凤凰台上月儿低，香烬金炉空叹息”，月儿低挂在上空，金炉里的沉香已经燃尽，描绘了一种凄凉的气氛，在此景的映衬下，女主人在幽幽地叹着气。这两句内涵丰富，能够引起读者的好奇。

“闷厌厌怎不添憔悴，夜迢迢更漏迟，冷清清独守香闺”三句，女主人公独自一人守在香烟袅袅的深闺，冷清空寂，看着漫漫的长夜漫漫逝去，听着报时的铜漏越来越迟，难以排解而又剪不断的苦闷哀思使她变得枯槁萎靡。恨意把人折磨得如痴如醉，加深了曲子表现离愁之苦的氛围。作者运用“闷厌厌”“夜迢迢”“冷清清”“急煎煎”“恨绵绵”叠字的修辞手法，写憔悴的面容、漫长的黑夜、冷清的闺房、如痴如醉的神情。周围的景物，女主人公的形象和情感都因此而极其鲜明。常言道欢乐怨夜短，悲苦恨更迟，“夜迢迢更漏迟”，细腻地表现出了这种心理。最后一句“泪眼愁眉”，浓墨重彩地渲染出了女主人公的感伤。

## 〔双调〕水仙子

**怨别离（十首之五）**

**凤凰台上月儿高，何处何人品玉箫。眼睁睁盼不得他来到，陈抟[①]也睡不着，空教人穰穰[②]劳劳。银台上灯将灭，玉炉中香渐消，业眼难交[③]。**

【注释】

①陈抟：北宋初年的道教大师，以能睡著称。②穰穰：心里烦躁不安。③业眼难交：业眼，口语，指作孽、可恨的眼。难交，指很难闭合上下眼皮。

【鉴赏】

这首是《怨别离》组曲中的第五首，也是写女主人公因为春愁难眠，只能期盼离人归来的情景。

开头两句看着凤凰台上的月亮高高升起了，不知在什么地方，也不知是什么人在吹奏玉箫，那呜呜咽咽、如泣如诉的乐调，更加撩起人的愁思。

接下来“眼睁睁盼不得他来到”一句，清楚地交代了愁思的内容，女主人公是眼睁睁地盼望情人的到来。“陈抟也睡不着，空教人穰穰劳劳”，意思是说，就算是陈抟仙祖，也不能摆脱这揪心的期盼而安然入睡，期望落空，只会白让人烦乱惆怅。这里引用陈抟的典故，为全曲蒙上了一丝幽默色彩，更加重了愁思之重之苦。

下面两句“银台上灯将灭，玉炉中香渐消”，对仗工巧，“银台上”对“玉炉中”，“灯将灭”对“香渐消”，辞藻精雕细琢。夜已深，而女主人却“业眼难交”。作者以月高写夜深，箫声写难眠，业眼难交写疲倦仍不可入睡。这种执著地爱情追求，衬托出了女主人公缠绵多情的形象。

这首曲子也是写思妇的“盼”，直接表露情感，把“盼”字写得十分显露，展现出不同的情趣，别出心裁。

# 李德载

## 〔中吕〕阳春曲

赠茶肆[1]（十首之一）

**茶烟一缕轻轻飏，搅动兰膏四座香，烹煎妙手赛维扬[2]。非是谎，下马试来尝。**

【注释】

①茶肆：茶馆。②维扬：指扬州。

【鉴赏】

此曲内容为盛赞好茶，带有明显的招揽顾客的意味。这首曲子原作共十首，此曲是第一首，意在夸赞茶的味道及制作功夫。

开头“茶烟一缕轻轻飏，搅动兰膏四座香，烹煎妙手赛维扬”三句，写茶味醇香和点茶、煎茶的技术高超。把开水冲入杯中，杯里的茶叶被水柱搅动得上下翻腾，茶面上蒸气袅袅地散开，飘散着诱人的股股清香。这里制茶的技艺，可以与名扬四海的扬州的师傅相媲美。下面“非是谎，下马试来尝”两句，说前面对茶的叙述评价绝不是过誉之词、撒谎骗人的，不信的话，不妨下马进肆来尝尝看吧！这样就加强了其可信度。

这首曲子语言通俗，风格明快，语气沉稳，爽朗干脆。作者写作技巧娴熟，余韵无穷。

## 〔中吕〕阳春曲

赠茶肆[1]（十首之十）

**金芽嫩采枝头露[1]，雪乳香浮塞上酥[2]，我家[3]奇品世间无。**

**君听取，声价彻皇都**。

**【注释】**

①金芽嫩采枝头露：指清晨采摘茶树的嫩芽，连露珠一起采下。②雪乳香浮塞上酥：形容茶香。塞上酥，塞外少数民族饮的奶茶。③我家：指这个“茶肆”。

**【鉴赏】**

此曲侧重描述茶的稀有名贵以及诱人的味道，主要是向人们介绍和盛赞茶的功能与价值。

首句“金芽嫩采枝头露”生动而形象地描绘了采茶时的情景：破晓时分，晨曦方降，枝头的露珠尚存，茶叶的芽很嫩，色泽金黄诱人。茶叶以和露采下的嫩尖最为名贵，作者在渲染物美之中，表现出茶叶的品级档次极高。

紧接着第二句“雪乳香浮塞上酥”，抒写了茶香。烹茶时，茶面上堆起的泡沫，像晶莹洁白的雪乳，香味浮动诱人馋涎。作者以塞外少数民族饮用的奶茶作为比喻，唤起读者的联想，既突出了它的香气，又调动起人们强烈的品茶欲望，符合元代的时代特色。如此珍贵的名茶世上也只有我一家，旨在吸引茶客们快来饮茶。“君听取，声价彻皇都”是对前句的补充，意思是说，你如能听取我的邀请，踏进茶肆尝一尝这稀世珍品的茶，便知道它响彻京都的盛名不掺半点儿虚假。作者用语夸张，口气夸大，字里行间充满了溢美之词。

这首曲子语言流畅，形象生动，言简意赅，风格清新活泼。

# 张鸣善

## 〔中吕〕普天乐

愁怀

**雨儿飘，风儿飏。风吹回好梦，雨滴损柔肠。风萧萧梧叶中，雨点点芭蕉上。风雨相留添悲怆，雨和风卷起凄凉。风雨儿怎当[①]？雨风儿定当[②]，风雨儿难当[③]。**

**【注释】**

①怎当：怎么能受得了。②定当：一定让人承受。③难当：难以让人承受。

**【鉴赏】**

此曲作者抓住了秋风秋雨的凄凉的特征并进行了细致的描写，抒发了哀愁情怀。

开头“雨儿飘，风儿飏，风吹回好梦，雨滴损柔肠”四句，从风雨着笔，写风雨带给人的烦恼与哀愁。人生际遇不顺，再添以风雨的搅扰，不禁更令人愁思绵绵，柔肠寸断。

接下来以风吹梧桐、雨打芭蕉象征着自己内心的忧愁苦闷，渲染了一种凄凉、萧索、清冷、孤寂的意境。这两句景中寓情，生动地表现出作者内心的愁怀。紧接着是从正面直接抒发作者的感受。人生漫长，有甜也有苦，有喜也有悲，而作者此时只感到“风雨相留”“雨和风卷”，人世间的风雨，更增添了他内心的凄凉与悲怆。

结尾三句，“风雨儿怎当，雨风儿定当，风雨儿难当”，进一步借风雨的无情写出愁怀的难遣。作者由“怎当”到“定当”，又由“定当”到“难当”，先设问，继而肯定，最后否定，一波三折，描写出作者内心的愁绪，突出表现了作者的无可奈何。愁怀本无形，化作风雨，可感可触。

此曲语言通俗，反反复复只写了一个愁字，不仅有力地表现了浓厚的忧愁，而且内蕴丰厚，给读者留下广阔的想象空间。

## 〔中吕〕普天乐

**嘲西席**[①]

**讲诗书，习功课：爷娘行[②]孝顺，兄弟行谦和，为臣要尽忠，与朋友休言过[③]，养性终朝[④]端然坐，免教人笑俺风魔。先生道学生琢磨，学生道先生絮聒，馆东[⑤]道不识字由他。**

【注释】

①西席：对老师的称呼。②行：这边，那边。③休言过：不说别人的过失和不足。④养性终朝：养性，修养心性。终朝，全日，整天。⑤馆东：主人，家长。馆，私塾。东，东家，主人。

【鉴赏】

此曲题为《嘲西席》，嘲笑的是封建社会私塾馆里的教书先生。

前八句是写私塾先生对学生的谆谆训导。“讲诗书，习功课”，是要学习四书五经，以下都是诗书里的教条规范：“爷娘行孝顺”，是指要孝顺父母；“兄弟行谦和”，是指兄弟之间要谦和友爱；“为臣要尽忠”，是指要对君主忠心；“与朋友休言过”，就是不要谈论朋友的过错。这四者概括起来就是孝、悌、忠、义，可以说是封建道德和传统教育的核心内容。先生不管三七二十一，把这堆做人的大道理一股脑儿端了出来，结果还嫌不够，“养性终朝端然坐，免教人笑俺风魔”，还要加上修身养性，规规矩矩，以免遭人嘲笑。这些都是迂腐的教室规范，也是束缚学生的教条。

曲子的最后三句“先生道学生琢磨，学生道先生絮聒，馆东道不识字由他”，通过教师、学生和家长的不同看法，对教师的不识时务和顽固守旧提出了调侃和讽刺。结尾巧妙地点醒全篇，褒贬之情尽在不言中，耐人寻味。

## 〔双调〕水仙子

**讥时**

**嘱香醪[1]一醉再休醒，半霎里[2]千般俏万种情。孟郊寒贾岛瘦相如病[3]，刚滴留[4]得老性命。偏今宵梦境难成，做甚么月儿昏昏瞪瞪，阿的[5]般人儿孤孤另另，些娘[6]大房儿冷冷清清。**

【注释】

①香醪：好酒。②半霎里：转眼间，一瞬间。③孟郊寒贾岛瘦相如病：孟郊、贾岛是我国唐代著名诗人，“寒”“瘦”二字本指二人的诗歌风格，险峭瘦硬，因此世人有“郊寒岛瘦”之说。相如指的是汉代辞赋家司马相如，这里此喻司马相如多才多病。④滴留：担心。⑤阿的：指示代词，这。⑥些娘：一些儿，点儿。

【鉴赏】

此曲是对作者酒醉后的情态的描写和刻画，展现了作者痛苦矛盾的内心世界。

前四句描写了作者的醉态。开头两句以拟人的方式，表达作者希望长醉不醒，逃避现实，所以才到醉乡寻求解脱。只有沉醉，才能使他暂时忘却忧愁，抛掉烦恼，感到轻松自如，形象地刻画出了作者醉酒后的情态。接下来“孟郊寒贾岛瘦相如病”一句，作者引用了孟郊、贾岛二人“寒”“瘦”的诗歌风格和司马相如多病的体质，直取其义，说明自身的穷困潦倒，多愁多病。“刚滴留得老性命”一句，生动地描绘出作者醉后眩晕的情态。

第五句“偏今宵梦境难成”，一个“偏”字，笔锋一转，写作者醒来后的情形。接下来，“做甚么月儿昏昏瞪瞪，阿的般人儿孤孤另另，些娘大房儿冷冷清清”三句，是作者内心痛苦的独白，作者本想一醉不醒，却只是单纯地幻想。醒来后还是要继续面对残酷的现实，受伤的心灵感到愈加痛苦难耐。

此曲使用了宋元口语，清丽自然，刻画生动形象且富于感情色彩。

## 〔双调〕水仙子

**咏雪**

**漫天坠，扑地飞。白占许多田地。冻杀吴民[①]都是你！难道是国家祥瑞？**

【注释】

①吴民：指吴地的百姓。

【鉴赏】

此曲是描写雪给人们带来的危害。开头两句，直接叙事，寒冬时节，鹅毛大雪铺天盖地而来，构思精巧，一语双关地道出了曲子的主题，对仗势欺人、强行霸占广大民田的张士德进行了无情的抨击。“白占”二字，妙语双关，这场大雪漫天盖野，望去变成一片银白世界，这是指现实中的“雪”，是表层意义；而张士德仗兄势力，为了自己的享受，强夺民田无数，白白地占据民田，这是作者借“白占”所要表明的真实含义。作者写至此，不禁感情激发，怒火中烧，巧妙地借怨雪之际，发出了“冻杀吴民都是你”这一发自肺腑的愤激之词。张士德强夺了大量民田，农民以种地为生，夺去了田地，就失去了他们的衣食之源。本来就在饥寒线上挣扎的穷苦人民，现在岂不是要冻死饿死！尽管如此，作者还不满足，以“难道是国家祥瑞”一句反诘。民间有“瑞雪兆丰年”的说法，但这对于那些已经失去了土地的农民来说，这种祥瑞又有什么用呢？

# 周德清

## 〔正宫〕塞鸿秋

**浔阳[①]即景（二首）**

**长江万里白如练，淮山数点青如淀[②]。江帆几片疾如箭，山泉千尺飞如电。晚云都变露，新月初学扇[③]，塞鸿一字来如线。**

**灞桥雪拥驴难跨[④]，剡溪冰冻船难驾[⑤]。秦楼[⑥]美酝添高价，陶家[⑦]风味都闲话。羊羔饮兴佳，金帐[⑧]歌声罢，醉魂不到蓝关[⑨]下。**

【注释】

①浔阳：今九江市，长江流经浔阳北的一段称浔阳江。②淀：同靛，一种深蓝色的染料，这里形容山色的深黝。③新月初学扇：初升的新月，也有欲圆之势，所以用团扇它来形容待圆之月，故曰“初学扇”。④灞桥雪拥驴难跨：反用“诗思在灞桥风雪中驴子背上”其意，说明寻诗无门。⑤剡溪冰冻船难驾：反用王子猷雪夜乘舟造访戴逵的故事，说明自己想访友却不成功。⑥秦楼：指妓女的住处。⑦陶家：指陶渊明，清贫度日，性嗜酒，因家贫不能常饮。⑧金帐：华美的帷帐。⑨蓝关：蓝田关，兵家必争之地。

【鉴赏】

此曲一写山水天空的景象，一写冬景，工丽清雅，韵律和谐，极富情致。

第一首写作者伫立浔阳江头所见的壮丽景色。全曲一共七句，几句句比喻。开篇四句连用四个工整的排比句，描写江天的景色，设喻精当形象，可感性强。万里长江静静地向东流去，在月光的映照下，反射出银色的光泽，宛如一条白色的绸带；远处的青山肃穆地矗立在江边，苍茫的夜色把它映衬得更加翠绿。几叶征帆像箭一样向东疾驰，一泓山泉像闪电一样直泻千里，极其壮观。作者徜徉水际，目送征帆，回首北顾，只见一行塞雁隐现天际，它们飞得那样高、那样远，看上去宛如悬在云端的一缕细线。此曲句式规则整齐，用词考究，风格清理俊雅，可感性强。

第二首风格与前一首迥然不同，抒写作者的所感。它一改前一首直笔白描的写法，大量引用典故。开头四个对偶句，句句用典。是说自己也忍受不了陶渊明这种隐居的清苦生活。诗人当不成，名士作不得，妓馆玩不起，隐士当不了。这四样都做不成，走向了放浪形骸的歌酒生活。这首曲子格调清高，音律和谐，工丽清雅，情感真挚。

## 〔中吕〕朝天子

**秋夜客怀**

**月光，桂香，趁着风飘荡。砧声[1]催动一天霜。过雁声嘹亮，叫起离情，敲残愁况。梦家山、身异乡。夜凉，枕凉，不许愁人强。**

**【注释】**

①砧声：捣衣声。

**【鉴赏】**

作者通过秋夜的月光、桂香、砧声、雁声，渲染了一种悲凉的气氛和清幽的意境，表达了游子思念家乡的悲愁心情。

开篇三句，描写了秋夜的月色。作者先写月，表明是在夜晚；然后写桂香，点出秋天的季节。这里，作者首先营造了一个秋夜客怀的清幽静寂而又情意绵绵的环境。

接下来一句，描写月夜砧声的凄凉。夜深人静时，砧声动人心。作者独树一帜，将满天的寒霜说成是由声声砧声催动而凝成的。在如此明月当空，寒霜满天之时，砧声随风送入耳中，倍添游子思乡的愁苦。这一句融情于景，动人心弦。

下面三句，描写游子的离情愁况。秋意凝重，大雁南飞。南飞的大雁嘹亮的鸣声唤起游子的离情，犹如一把重锤，敲在游子的心上，把游子的心儿都敲碎了，点出秋夜客怀的主题。一个“梦”字，点明游子思家的情切。

最后三句，描写游子内心的凄凉是入夜不能眠所造成的。游子思乡心切，辗转难眠，致使床空枕凉，同时也映衬了游子内心的凄凉。末句，是从外界环境对游子内心感情的强制来说的，但是更加表现出了游子秋夜客怀的不由自主，很有分量。

此曲借景抒情，写游子在外的离情愁况，写出了游子急切思家的心情。

## 〔中吕〕满庭芳

**看岳王传**[1]

**披文握武。建中兴庙宇**[2]**，载青史图书**[3]**。功成却被权臣**[4]**妒。正落奸谋。闪杀人望旌节中原士夫，误杀人弃丘陵南渡銮舆。钱塘路，愁风怨雨，长是洒西湖。**

**【注释】**

①《岳王传》：岳飞的传记。②建中兴庙宇：指岳飞率领将士，奋勇杀敌，屡破金兵，收复失地，使敌人闻风丧胆，才使南宋的小朝廷能存下来。南宋人称南宋建立为“中兴”。③载青史图书：指岳飞的功绩名垂青史，流芳百世。④权臣：指奸臣秦桧。

**【鉴赏】**

这是一首歌咏岳飞的曲子。开头三句，对岳飞作了总括性的评价和介绍，气势非常雄壮。“披文握武”四字，称赞岳飞文武双全，塑造了一个气宇轩昂的英雄形象。接着两个对句，高度赞扬了岳飞的不朽功勋：岳飞率领爱国将士，浴血奋战，收复了中原的大片失地，足以名垂青史，永垂不朽。

接下来两句，以“功成”承接前三句内容，以“却”字为反跌，写岳飞悲剧性的结局。高度概括地写出了秦桧与畏敌如虎的宋高宗赵构互相勾结，狼狈为奸，一日降十二道金牌，把岳飞从抗敌的最前线召了回来，最后以莫须有的罪名在风波亭害死了他，十分生动地刻画出了奸贼秦桧的丑恶嘴脸。

“闪杀人望旌节中原士夫，误杀人弃丘陵南渡銮舆”两句，抒发了作者的悲愤，指责南宋王朝误杀忠良，招致严重后果。作者饱含感情，表达了自己胸中如波浪翻滚、难以抑制的悲愤。结尾三句，把对岳飞的深切缅怀和对投降派的愤怒谴责，寓之于形象的画面之中，使愁怨显得更加意味深长。

这首曲子前部分以叙事为主，赞美之词热情洋溢；后部分将写景与抒情融为一体，爱憎分明。两个部分，层次分明，又一气呵成，浑然天成。

## 〔中吕〕红绣鞋

**郊行（三首之二）**

**穿云响一乘山篰[①]，见风消数盏村醪[②]，十里松声画难描。枫林霜叶舞，荞麦雪花飘，又一年秋事了。**

**【注释】**

①篰：同轿。②醪：汁滓混合的浊酒。

**【鉴赏】**

这是一首描写秋天游山所见、所感的曲子。

开头三句，写作者乘轿游山途中饮得村人自酿的酒，听着十里松涛。塑造出一个在深山旷野之中迎风酒醒的微醺的游者的形象。

接下来，写作者酒醒后，忽闻阵阵松涛声，忽见绿郁郁一片松林的喜悦。“画难描”三字，虚括一笔，渲染了山野的一切声响和一切美景，引发读者美妙的联想。

下面两句，描写周围的环境。经霜的枫叶似火，荞麦的小花如白雪，随风飘舞像大片大片的红色的火海、白色的雪浪。这个对偶句，色彩鲜艳，显得生机勃勃。秋天的农作物大都已经耕作好，不久即将收获，一年的耕作，又要结束了。这一“又”字，微微透露作者为生活奔波的艰辛。

全曲通过郊行描写作者所见的景色，抒发了作者欣赏山水田园的情趣，最后也透露出一丝生活上的悲凉。作者善于抓住色彩鲜艳的景物，将动景与静景有机结合，给人一种灵动的美感。

## 〔双调〕蟾宫曲

**倚篷窗无语嗟呀[①]：七件儿[②]全无，做甚么人家！柴似灵芝，油如甘露，米若丹砂；酱瓮儿恰才梦撒[③]，盐瓶儿又告消乏[④]。茶也无多，醋也无多。七件事尚且艰难，怎生教我折柳攀花[⑤]？**

【注释】

①嗟呀：叹息。②七件儿：指日常生活中七种必需用品：柴、米、油、盐、酱、醋、茶。③“酱瓮”句：瓮，瓦罐，这里指装酱的容器。梦撒，无，空。④消乏：消耗殆尽。⑤折柳攀花：寻花问柳。

【鉴赏】

这首曲子写贫士的生活，反映了当时生活用品的昂贵、自己生活境况的拮据以及心情的沉重。

开头一句，就刻画出一个在小茅屋窗边为生活发愁的读书人形象：他倚靠着船窗，愁眉苦脸，无可奈何地凝望着远处，只是无语地叹息。“无语”二字表现出心情的繁重，配合“嗟呀”二字渲染了一种凝重的氛围，为下文埋下了伏笔。

“柴似灵芝，油如甘露，米若丹砂”三句，分别用灵芝、甘露、丹砂为喻，构成排比句，真实地反映了物价昂贵这一现实。物价的腾涨，造成了生活的困顿。酱瓮里刚刚没有了酱，盐瓶里也接着没有了盐，再看看茶也剩下没有多少了，醋也剩下那么一点点，窘迫越来越严酷地逼来。灵芝、甘露、丹砂是有钱人吃了延年益寿、企图长生不老的，而酱、盐、茶、醋等是穷人用来维持生活的，通过如此鲜明的对比，穷不聊生的境况跃然纸上。最后“七件事尚且艰难，怎生教我折柳攀花”两句，富于个性的语言流露出作者的愤怒。连生活都维持不下去了，哪里还会奢想其他的事！

本曲以通俗的口语和浅显的比喻，描述了读书人贫苦的生活。戏谑的语言中饱含愤懑之情。

# 邵元长

## 〔双调〕湘妃曲

**赠钟继先**

**高山流水少人知，几拟黄金铸子期[①]。继先贤既解其中意，恨相逢何太迟！示佳编[②]古怪新奇。想达士[③]无他事，录名公半是鬼。叹人生不死何归。**

**【注释】**

①高山流水少人知，几拟黄金铸子期：化用钟子期能从俞伯牙的琴音中辨识其情思的典故。②佳编：即《录鬼簿》；"古怪新奇"的评语说明它不同凡俗、别树一帜，是文苑的一株奇葩。③达士："达士"和下面的"名公"，指《录鬼簿》收采的戏曲作家。达士为"显宦"，即公卿大夫之类的人；"名公"是政治地位较低、但名声颇大的文学才人。

**【鉴赏】**

这首元曲是邵元长为钟嗣成（字继先）的《录鬼簿》所作的赠言。《录鬼簿》是一本戏曲史著作，书中记录了元代戏剧作家的生平和剧作目录，并写了悼词以悼念部分已故的作家。在这首曲子中，邵元长把钟嗣成视为知己，高度评价了他的《录鬼簿》，并且对人生进行了深沉的感慨。

曲子开头两句"高山流水少人知，几拟黄金铸子期"，作者用"高山流水"的典故，将钟嗣视为自己的知音；又以黄金为钟子期打造肖像为喻，抒发知音难觅的深挚情谊。接下来"继先贤既解其中意，恨相逢何太迟"两句，紧承曲子开头的典故，进一步抒发了作者与钟嗣成心意相通、相见恨晚的深切情意。"示佳编古怪新奇"一句，是邵元长对《录鬼簿》的评价。"佳编"指的是《录鬼簿》；"古怪新奇"则是对《录鬼簿》的评价，意思是说它超凡脱俗、匠心独运，处处洋溢着对《录鬼簿》的高度赞扬。邵元长对钟嗣成及其《录鬼簿》的赏识，也体现了二人互为知音的深情厚谊。而钟嗣成也是视角独特，在《录鬼簿》中收录了元代戏剧作家的生平和剧作目录，为后世留下了珍贵的文学财富。接下来两句中的“达士”“名公”，指的是收录在《录鬼簿》中的戏曲作家。不仅有公卿大夫，还有布衣才子。钟嗣成编写《录鬼簿》，就是为了追思这些戏曲作家，希望他们的作品流传于后世。最后一句“叹人生不死何归”，抒发了邵元长对钟嗣成编书一事的感慨。从古至今，人最终都是要步入鬼途的啊！这句话表面浅显，实则有丰富的内涵，所有人都难免一死，只有通过立德、立功、立言才能不朽。这句话又与钟氏“录鬼”一词相照应，回归了主题。

# 周浩

## 〔双调〕蟾宫曲

题《录鬼簿》

**想贞元朝士无多，满目江山，日月如梭。上苑[①]繁华，西湖[②]富贵，总付高歌。麒麟冢衣冠坎坷[③]，凤凰台[④]人物蹉跎。生待如何，死待如何？纸上清名，万古难磨。**

**【注释】**

①上苑：即上林苑，帝王游玩打猎的场所。这里指元朝京城大都。②西湖：杭州的代指。③麒麟冢衣冠坎坷：麒麟冢，指王室贵族的坟墓。衣冠，指世族士绅。④凤凰台：位于南京，指王公贵族居住的地方。

**【鉴赏】**

《录鬼簿》是一本戏曲史著作，元末钟嗣成所著。书中对元代戏剧作家们的生平事迹和剧作目录作了记录，并为部分已故的戏剧作家写了悼词。本曲作者周浩生平无从考据，从这首元曲来看，他应是与钟嗣成志同道合的朋友。

曲子开头“想贞元朝士无多，满目江山，日月如梭”，开门见山，直抒胸臆。江山常在，但时光飞逝，一去不复返，一些有真才实学的作家虽然为后世留下了名篇佳句，如今也已“无多”了！作者通过满怀慨叹和同情的笔调，抒发了对戏剧家们的哀悼和仰慕之情。接下来的三句，“上苑繁华，西湖富贵，总付高歌”，作者抒发了对“高才博艺”的戏剧家的高度赞扬。作者认为，钟嗣成收录的元代戏剧家的作品，对不同时期的社会现实都有所反映，涉及到了社会各个方面、各个阶层的人民生活，是值得赞扬的。

接下来的“麒麟冢衣冠坎坷，凤凰台人物蹉跎”两句，意思是说杂剧散曲诸家不仅一生曲折，死后也充满坎坷；而王公贵族虽然生前虚度光阴，但死后却拥有显赫的墓冢。“生待如何，死待如何”这两句，一语双关，前者戏剧诸家，后者衣冠人物。对于前者，他们“纸上留名，万古难磨”，名垂千古；而对于后者，则活着就像行尸走肉，跟死没有什么区别。钟氏著《录鬼簿》的目的是要“使已死之鬼，作不死不鬼，得以传远”。这首曲子的最后揭示了作者所要表达的主题，与钟氏著《录鬼簿》的初衷相映和，值得称赞。

# 汪元亨

## 〔正宫〕醉太平

**警世（二十首之二）**

**憎苍蝇竞血，恶黑蚁争穴。急流中勇退[①]是豪杰，不因循苟且。叹乌衣[②]一旦非王谢，怕青山两岸分吴越[③]，厌红尘万丈混龙蛇[④]。老先生去也。**

**【注释】**

①急流中勇退：比喻做官的人在事业高峰之时，为了避祸而隐退。②乌衣：指乌衣巷，位于今天的南京市。③吴越：春秋时的两个相邻的诸侯国。这里借指社会上尔虞我诈、争名夺利的矛盾双方。④混龙蛇：指社会上好恶混杂，不分是非。

**【鉴赏】**

汪元亨的〔正宫·醉太平〕《警世》原作由二十首组成，这是第二首，运用对偶、排比和比喻的手法，揭露当时社会尔虞我诈、黑白混淆、善恶不分的黑暗现实，表现了作者避世绝俗的情绪和坚决不与世俗同流合污的处世态度，但其中的“急流中勇退是豪杰”一句，也显现出作者明哲保身的消极思想。

开头两句“憎苍蝇竞血，恶黑蚁争穴”，作者将世人对功名利禄、权势荣耀的追逐喻为苍蝇竞逐脓血和黑蚁争夺巢宋。这个生动形象的比喻，不仅将争权夺势之徒的丑恶嘴脸揭露了出来，而且将作者对黑暗官场的失望与蔑视生动地表现了出来，与“急流中勇退是豪杰，不因循苟且”一句相呼应。由于作者看透了黑暗官场的残酷本质，于是彻底顿悟，劝人们不要再留恋官场，否则只会耽误自己的终身。下面作者又进一步规劝仍然徘徊在官场的人做出明智的选择，辞官归隐。

接下来，“叹乌衣一旦非王谢，怕青山两岸分吴越，厌红尘万丈混龙蛇”三句，借用典故，说明富贵和权势都只是过眼云烟，最终都会被历史的尘埃淹没，不是永恒的。作者通过叙述富贵、功业的短暂，为执迷不悟的人们敲响了警钟：不退隐的后果必是悲惨的。小令以“老先生去也”作结，说明作者为自保而隐居避世。作者落笔干脆利落，表明了他同黑暗官场绝诀的坚定态度。

这首元曲化用了前人的诗句或典故，简练稳妥，浑然天成，感情丰富，一气呵成，主题鲜明。

## 〔双调〕雁儿落过得胜令

归隐（二十首选二）

**闲来无妄想，静里多情况。物情螳捕蝉[①]，世态蛇吞象[②]。**

**直志定行藏[③]，屈指数兴亡。湖海襟怀阔，山林兴味长。壶觞[④]，夜月松花酿[⑤]。轩窗，秋风桂子香。**

**趋炎真面惭，附势实心澹。志同车有輗，身比舟无缆。**

**随地结茅庵，归梦谢朝参。事业居天上，声名播斗南[⑥]。风潭，百顷青铜鉴[⑦]。云岩，千寻碧玉簪。**

**【注释】**

①螳捕蝉：螳螂正想要捕捉蝉，都不知道黄雀在它后面正要吃它，今指人只顾追求眼前的利益，而不顾身后的祸患。②蛇吞象：比喻充满贪婪、不知满足的人情世态。③行藏：指入仕和归隐。④壶觞：盛酒的器具。⑤松花酿：这里指松花酒。⑥斗南：北斗星以南，犹言中国或海内。⑥青铜鉴：全句以镜比喻湖水。

**【鉴赏】**

汪元亨的元曲《归隐》共有二十首，这里选第二和第二十首。这两首都描写了尔虞我诈、趋炎附势、黑暗肮脏的官场，表明甘愿隐逸山林、淡泊名利的感情。这两首曲子结构基本一致，第二首前四句都表明作者对社会现实的态度，以下写过隐逸生活的决心与乐趣，抒发了作者对现实的憎恶之情以及对自在悠闲生活的向往与追求。

第二首写隐逸，表达了作者摆脱了黑暗丑陋的现实生活的愉悦心情。开头两句“闲来无妄想，静里多情况”，意思是说，闲来无事，仔细思忖社会的各种现象，不外乎令人伤心失望的争夺名利、尔虞我诈，于是对现实世界不再抱有任何幻想。接下来，第三、四两句“物情螳捕蝉，世态蛇吞象”，作者将人世间的互相残杀喻为“螳螂捕蝉、黄雀在后”，将世人的贪得无厌喻为“蛇吞象”。曲子的后半部分写隐逸的决心以及隐逸生活的乐趣。“直志”四句，表明了归隐者的处世态度是由他们刚正不阿的性格决定的，他们宁愿隐居山林，恣意评论国家大事，写出激浊扬清的文章，过逍遥快活的归隐生活。第二十首表达的意思与第一首基本一致。首句“趋炎真面惭，附势实心澹”，意思是说在这黑暗的世俗社会中，唯有趋炎附势、尔虞我诈才能生存。而作者是极其鄙视这种社会现状的。接下来第三、四两句“志同车有，身比舟无缆”，运用比喻，将守信不渝喻为车有车无，以舟船脱缆、随波漂流比喻行踪不定的放荡不羁。曲子的后部分的前四句也是先写隐逸的决心，下面写归隐生活的乐趣。“随地”四句，意思是说放弃上朝参拜、如履薄冰的官宦生活，选择一个幽静的去处，远离世俗凡事，过着悠闲自在的日子。随后，与第一曲一样，也是用逍遥的生活图景表现隐逸生活的乐趣，深化了归隐的主题。月夜饮酒赋诗；在秋高气爽，桂花飘香的时节，尽享逍遥闲适的生活之乐；泛舟于碧波如镜的湖面之上，四周景色令人赏心悦目；于云雾缠绕的千丈高山前欣赏自然的奇秀景色，好不快意洒脱！

这两首元曲用对比的方法，用世俗丑态反衬出归隐生活的美好。比喻新奇生动，意蕴深厚，极具表现力。

# 孟昉

## 〔越调〕天净沙

**十二月乐词（九月）**

**鸡鸣晓[1]色珑璁，鸦啼金井[2]梧桐，月坠茎寒露涌。广寒[3]霜重，方池冷悴芙蓉[4]。**

**【注释】**

①晓：指黎明、拂晓。②金井：古时诗家用以描述井栏雕饰华美之井。②广寒：传说中月亮上的宫殿，即月宫。③芙蓉：在这里指荷花。

**【鉴赏】**

孟昉，本为西域人，寓居大都（今北京），是元末散曲作家。本曲是他描写十二个月景色的《十二月乐词》中描写九月的一首。这首曲子选取了金秋九月的几种典型事物进行描写，寓情于景，情景交融，表达了他对即将逝去的秋天的慨叹和对美好事物的惋惜之情，表现出了作者闲迁淡泊的情怀。

首句“鸡鸣晓色珑璁”，点明作者所描绘的季节是深秋，时间是黎明。第二句“鸦啼金井梧桐”，描写了井边的梧桐，是全曲的点睛之笔，点明作者阴郁的心情。乌鸦往往是不祥之物，秋天的梧桐也给人凄凉之感。而此时，乌鸦在梧桐树上悲鸣，一种悲凄的氛围被衬托了出来，表达了作者沉郁的心境。接下来“月坠茎寒露涌”一句，写到了月亮和草茎露珠。作者对字和句的使用精心雕琢，匠心独运。一个“涌”字在静态中产生了动态美，平添了一种灵动之美，使读者从露水的晶莹剔透中感受到秋晨的明洁清冷。

“广寒霜重”与上一句的“月”和“露”相对应，“霜重”二字更进一步深化了深秋的寒冷。最后一句“方池冷悴芙蓉”，作者将视线聚集于池中的芙蓉。一个“悴”字的使用，委婉含蓄，寓意深邃。常常与“憔”联用的“悴”

字，用以形容人的容貌，而作者在此用于芙蓉，将它赋予了人的形象，使人联想到夏日里婀娜多姿的芙蓉仙子在寒秋的胁迫下逐渐枯萎的情形，匠心独运。作者描写凄清的月光、枯槁的芙蓉这些凄凉的物象，映衬出作者对金秋易逝、美好事物难长存的慨叹和惋惜。

这首元曲篇幅短小，但是作者对深秋典型的物象的描写精准，并将它们融为一个有机的整体，描绘了一幅美好的深秋图景，风格清新脱俗，结构严密自然。

# 倪瓒

## 〔黄钟〕人月圆

**伤心莫问前朝事，重上越王台①。鹧鸪啼处，东风草绿，残照花开。**

**怅然孤啸，青山故国，乔木苍苔。当时明月，依依素影②，何处飞来？**

**【注释】**

①越王台：位于今天的浙江绍兴府山南麓。越王勾践在此“十年生聚，十年教训”，终于打败吴国。②素影：指皎洁的月光。

**【鉴赏】**

这是作者两首〔人月圆〕的第二首，为怀古抒情之作，抒发了作者重登越王台时对故国的怀念、对历史的追忆之情。

这首元曲开篇一、二两句写重登越王台和因此而产生的悲伤心情。“伤心莫问前朝事”，开门见山，引出怀念故国的正题。“重上越王台”，看到破败的历史遗迹，作者的心情难以平静，其忧愤之情显而易见。接下来“鹧鸪啼处，东风草绿，残照花开”三句，寓情于景，表达了作者的惆怅之情。“东风”“草绿”“花开”，表明时值春日，“残照”暗示时间在黄昏。由于心情黯淡，作者眼前本是生机勃勃的景物都染上了一层凄清悲凉的色彩。鹧鸪的悲啼声更衬出了情景之悲凉。“怅然孤啸”三句说明作者由于思念故国，而陷入到这种难解难分的愁苦情绪之中不能自拔。“孤啸”表现了作者情绪的激烈。作者怀念故国昔日的辉煌，看到现在的满目苍凉，不平之情更加强烈了。然而，时过境迁，尽管日夜怀念，但毕竟大势已去，除了“怅然孤啸”，还能做什么呢？就在作者为物是人非，故国已亡而忧思难解之时，忽然看到了空中的明月，不禁问道：“当时明月，依依素影，何处飞来？”

作者追忆故国山川人物的感情也随之迸发了出来。

全曲自始至终充溢着作者浓郁的感情，诚挚真切，令人回味无穷。

## 〔越调〕小桃红

**三首之一**

**陆庄[①]风景又萧条，堪叹还堪笑，世事茫茫更谁料？访渔樵，《后庭玉树》[②]当时调。可怜商女，不知亡国，吹向紫鸾箫。**

**【注释】**

①陆庄：是诗人晚年在五湖三泖避难时经常来往的一个拥有秀丽风景的地方。②《后庭玉树》：即陈后主《玉树后庭花》。

**【鉴赏】**

此为原作三首中的第一首。此曲感叹世易时移，通过对故国的缅怀和对现实的批判，抒发了沉郁的忧思之情。

开头两句“陆庄风景又萧条，堪叹还堪笑”，用“又萧条”三个字描绘了风景优美的陆庄，不仅道出了这里自然景色随时间的变化而不断变化，同时又表现出了作者的悲伤感情。作者在“堪叹还堪笑”一句中寓情于景，抒发了自己心中深厚的感情。“访渔樵”以下几句，作者对残酷的现实进行了批判。“《后庭玉树》当时调”既写出了“访渔樵”的结果，又写出了“访渔樵”的原因。作者化用杜牧批判唐代后期置国家安危于不顾、骄奢淫逸的统治阶级的诗意，表达了愤怒的情感。“可怜”二字，不仅指责了耽于享乐的妓女以及那些不清醒的人们，更是无情地鞭挞了只知贪图享乐的达官贵人和统治阶层。正是当权者的骄奢淫逸，才造成了国家如今的衰亡颓败。这“可怜”二字，字字千钧，将作者胸中的一腔激愤之情淋漓尽致地表现了出来。

## 〔越调〕小桃红

**三首之二**

一江秋水澹[①]寒烟，水影明如练[②]，眼底[③]离愁数行雁。雪晴天[④]，绿蘋红蓼参差见。吴歌[⑤]荡桨，一声哀怨，惊起白鸥眠。

【注释】

①澹：水波澜起伏的样子。②练：白色的丝绢，是对江水颜色的比喻。③眼底：即视线之内的范围。④雪晴天：指明朗的晴天。⑤吴歌：苏州一带的民歌。

【鉴赏】

此为倪瓒〔小桃红〕的第二首。此曲通过感叹世易时移，怀念故国，批判现实，抒发了作者深沉的情感。在这首写景小令中，作者用细腻的笔触描绘了一幅美丽的秋江雪霁图。

首句“一江秋水澹寒烟”，说明了描写对象和时令。一江秋水清澈透明，水面上泛起的淡淡水雾让读者感受到一丝寒意，使整首曲子显得清远明静又略带神秘色彩。第二句“水影明如练”，具体描画江水水量充沛、水流透明徐缓的形象特征。“练”字形象地展现出了江水优美的神韵。在“眼底离愁数行雁”一句，作者描写了天空中的秋雁。北雁南飞的景象勾起了作者深沉的忧思，使他产生无限感慨。“雪晴天，绿苹红蓼参差见”二句，描写了水边的绿苹、红蓼参，把这幅秋江雪霁图描绘得更加典雅，情趣盎然。然而“吴歌荡桨”一句，又使读者感受到了一丝淡淡的怅惘。而“一声哀怨，惊起白鸥眠”这三句，则描写了小舟荡桨而出，惊起滩头白鸥的景象，生动传神。

这首小令，描写细腻，营造了优美的意境，做到了诗中有画，画中有诗。

## 〔越调〕小桃红

**三首之三**

五湖烟水未归身，天地双蓬鬓。白酒新篘[①]会邻近，主酬宾，百年世事兴亡运。青山数家，渔舟一叶，聊且避风尘。

【注释】

①篘：是古代过滤酒水的器具，也指滤酒这一动作。

【鉴赏】

这是倪瓒〔小桃红〕的第三首。倪瓒在这首元曲中描写了自己在元明交替的战乱时期弃家避难时的生活。

开头两句“五湖烟水未归身，天地双蓬鬓”，交待了作者流亡的地点、周围的景色以及自己当时的处境。身逢乱世的作者有家难归，只能四处漂泊。生活的痛楚，让作者心力交瘁、双鬓斑白；曲子刻画出了一位四处漂泊无依、倍受艰辛的文人形象，将作者无尽的辛酸与痛楚表现得淋漓尽致。

“白酒”以下三句，描绘了作者弃家避乱时的生活状况。流浪在外的作者，与一些际遇相同的无家可归者凑在一起，举着美酒相互酬和，畅谈人世间的沧桑变化，悠闲自在。“百年世事兴亡运”则是喝酒时畅聊的话题，表现出了逃难文人面对现实时旷达洒脱的态度。最后“青山数家，渔舟一叶，聊且避风尘”三句，既是对现实生活的描写，也是对未来生活的展望。尽管目前漂泊无依，前途未卜，但作者却对此持乐观积极的态度，仿佛跳脱出了世俗之外。

作为元代遗民，倪瓒饱尝颠沛流离之艰辛，然而在这首小令中，他却表现出了少有的悠闲与旷达。元代后期，政治黑暗、社会动荡不安、战乱频繁，原本就对政治不关心的文人对现实更加心灰意冷。虽然作者在刻意追求所谓的闲适与豁达，但他对漂泊生涯产生的无限感慨还是将其内心深处的痛苦之情表现了出来。

## 〔双调〕殿前欢

**揾啼红①，杏花消息雨声中②。十年一觉扬州梦，春水如空③。雁波寒写去踪，离愁重，南浦行云送。冰弦玉柱④，弹怨东风。**

【注释】

①揾啼红：就是擦拭红泪的意思。②花消息雨声中：借用了南宋诗人陈与义《怀天经智老因访之》中“客子光阴诗卷里，杏花消息雨声中”的一句。花消息，指春天来到的消息。③十年一觉扬州梦，春水如空：这里借用了唐代诗人杜牧《遣怀》“十年一觉扬州梦，赢得青楼薄倖名”中的一句。④冰弦玉

柱：琴的代指。

【鉴赏】

这首〔殿前欢〕是一首描写琴声的作品。曲中通过对前人诗句的引用，借助各种形象，委婉、生动地表现出了琴声中传达出的细腻情感，将作者卓越的艺术才能显示了出来。

全曲可分为三个层次。开头两句为第一层。“揾啼红”一句中抓住了拭泪这一典型动作，描绘出一位悲戚哀怨的女子形象，勾起了读者的怜惜之情和好奇心，使读者不禁想象其哭泣的原因。紧接着“杏花消息雨声中”一句，便点明了拭泪的原因。盛开在绵绵细雨中的杏花预示着春天的到来，然而这美丽的杏花能够盛开多久呢？很快便会落红纷飞了。将这句与“揾啼红”联系起来，作者伤春、惜春的伤感之情便显而易见了。作者移用前人的诗意，抒发了时光易逝、岁月蹉跎的哀叹之情。接下来“十年一觉扬州梦，春水如空”两句，是这首曲子的第二层。作者通过“十年”与“一觉”强烈的对比，表现了对十年漫长生活的突然顿悟。“春水如空”是作者对过去生活的猛然觉醒，也是对逝去岁月的深切感悟。时间慢慢流逝，回首逝去的岁月，不过是一场空，内疚、喟叹顷刻间般袭来。“空”与“梦”相互呼应，既回顾了十年生活中惋惜与失落，也进一步延伸了上一层中伤春情绪。以下为全曲的第三层。“雁波寒写去踪，离愁重，南浦行云送”三句，通过化用前人的诗意，表达了缠绵悱恻的离愁别绪。这组意象群渲染了暮秋时节寒风萧瑟、树叶飘落的凄凉氛围，映衬出作者凄冷痛楚的心境。最后两句“冰弦玉柱，弹怨东风”点明：原来这种种难以言传的情感，全是由琴弦弹奏出来的，实在令人惊叹。

本曲通过刻画典型形象，将寓于声音中的抽象感情表现得形象可感，十分生动形象，极具艺术感染力。

# 杨舜臣

## 〔仙吕〕点绛唇

**慢马**

**四只粗蹄，一条乌尾，棕[①]垂地。搭上鞍骑，二三百棍行三四里。**

**〔混江龙〕怎做的追风骏骥，再生不敢到潭溪[②]？几曾见卷毛赤兔[③]，凹面乌骓[④]？美良涧[⑤]怎敌胡敬德？虎牢关难战莽张飞[⑥]！能食水草，不会奔驰。倦嘶喊，懒*骤[⑦]，曾几见西湖沽酒楼前系？怎消得绣毡蒙雨，锦帐遮泥！**

**〔后庭花煞〕叹梁园[⑧]芳草萋，怕蓝关[⑨]瑞雪飞。为爱背山咏，任教杜宇啼。空吃得似水牛肥。你可甚日行千里，报主人恩，何日把缰垂[⑩]？**

**【注释】**

①棕：同“鬃”。②怎做的追风骏骥，再生不敢到潭溪：借用刘备策马跃潭溪的典故。骏，良马的意思。骥，指千里马。③赤兔：这是吕布的坐骑。④乌骓：这是项羽的战马。⑤美良涧：即美良川，位于今山西闻喜县南。⑥虎牢关难战莽张飞：指民间流传的三英于虎牢关战吕布的故事。⑦骤：奔驰。⑧梁园：即“兔园”，汉代梁孝王刘武所造，也被叫作“梁苑”。⑨蓝关：在今陕西蓝田县，唐代著名文学家韩愈因谏宪宗迎佛骨被贬潮州，途经蓝关时写了《左迁至蓝关示侄孙湘》一诗。⑩缰垂：就是垂缰。在这里借用苻坚马垂鞍救落入深溪主人以脱险的典故，说明要知恩要图报。

**【鉴赏】**

杨舜臣，生平事迹不详。《全元散曲》收录了他的一套套数。这首曲子托物言志，作者通过吟咏慢马，表达出深厚的言外之意。

首曲通过运用白描的手法，细致简练地勾勒出慢马“粗蹄”“乌尾”“马宗”长长地拖曳“在地”的特征。“搭上鞍骑”二句表现出慢马动作的迟缓。

作者在第二曲〔混江龙〕中大量引用历史典故，描写了历史上的名驹快马，通过鲜明的对比慨叹其难以建立功勋。“能食水草”以下数句通过对慢马的习性特征进行描写，来抒发恨铁不成钢之意。尾曲托物言志，作者通过一连串的历史典故，形容“慢马”终日无所事事，碌碌无为。最后三句寄托了诗人对慢马的希冀，期望它能冲破羁绊，日行千里，建功立业，进而向主人报恩。

这篇套数通过题咏慢马来寄托作者的感情。作者生动形象地对慢马、良马的神态进行了描写，用典不着痕迹，给读者留下广阔的想象空间，寓意深厚。

# 高明

## 《琵琶记》第二十一出

糟糠自厌[①]

〔山坡羊〕乱荒荒不丰稔的年岁，远迢迢不回来的夫婿。急煎煎不耐烦的二亲，软怯怯不济事的孤身己[②]。衣尽典，寸丝不挂体。几番要卖了奴身己，争奈没主公婆教谁看取？[③]（合）思之，虚飘飘命怎期？难捱，实丕丕灾共危[④]。

〔前腔〕滴溜溜难穷尽的珠泪，乱纷纷难宽解的愁绪。骨崖崖难扶持的病体，战钦钦难捱过的时和岁[⑤]。这糠呵，我待不吃你，教奴怎忍饥？我待吃呵，怎吃得[⑥]？（介[⑦]）苦！思量起来不如奴先死，图得不知他亲死时。（合前）

〔孝顺歌〕呕得我肝肠痛，珠泪垂，喉咙尚兀自牢嗄住[⑧]。糠！遭砻被舂杵，筛你簸扬你，吃尽控持[⑨]。悄似奴家身狼狈，千辛万苦皆经历[⑩]。苦人吃着苦味，两苦相逢，可知道欲吞不去[⑪]。

〔前腔〕糠和米，本是两倚依，谁人簸扬你作两处飞[⑫]？一贱与一贵，好似奴家共夫婿，终无见期[⑬]。丈夫，你便是米么，米在他方没寻处[⑭]。奴便是糠么，怎的把糠救得人饥馁？好似儿夫出去，怎的教奴，供给得公婆甘旨[⑮]？

〔前腔〕思量我生无益，死又值甚的！不如忍饥为怨鬼[⑯]。公婆年纪老，靠着奴家相依倚，只得苟活片时。片时苟活虽容易，到底日久也难相聚。谩把糠米来相比。这糠尚兀自有人吃，奴家骨头，知他埋在何处[⑰]？

〔前腔〕这是谷中膜，米上皮，将来逼逻堪疗饥[⑱]。这是糠，你却怎的吃得？（旦唱）尝闻古贤书，狗彘食人食，公公，婆婆，须强如草根树皮[19]。这的不嗄杀了你？（旦唱）嚼雪餐毡苏犹健，餐松食柏到做得神仙侣，纵然吃些何虑？公公，婆婆，别人吃不得，奴家须是吃得[20]。胡说！偏你如何吃得？（旦唱）爹妈休疑，奴须是你孩儿的糟糠妻室[21]！

〔雁过沙〕他沉沉向迷途，空教我耳边呼[22]。公公，婆婆，我不能尽心相奉事，番教你为我归黄土[23]。公公，婆婆，人道你死缘何故？公公，婆婆，你怎生割舍抛弃了奴[24]？

〔前腔〕媳妇，你耽饥事公姑。媳妇，你耽饥怎生度[25]？错埋冤你也不肯辞，我如今始信有糟糠妇[26]。媳妇，我料应不久归阴府。媳妇，你休便为我死的把生的受苦[27]。〔前腔〕婆婆，你还死教奴家怎支吾，你若死教我怎生度[28]？我千辛万苦回护丈夫，如今到此难回护[29]。我只愁母死难留父，况衣衫尽解，囊箧又无[30]。

〔前腔〕婆婆，我当初不寻思，教孩儿往皇都。把媳妇闪得苦又孤，把婆婆送入黄泉路，只怨是我相耽误。我骨头未知埋在何处所？

〔玉包肚〕千般生受，教奴家如何措手？终不然把他骸骨，没棺椁送在荒丘[31]？（合）相看到此，不由人不珠泪流，正是不是冤家不聚头[32]。

〔前腔〕不须多忧，送婆婆是我身上有[33]。你但小心承直公公，莫教又成不救[34]。如此，谢得公公！只为无钱送老娘。

【注释】

①糟糠自厌：是这出戏的题目，《琵琶记》原本无，这里是根据剧情所加。厌：在此相当于"咽"。②"乱荒荒"四句：荒乱而又遭灾的年月，遥远而不回家的丈夫，痛苦而不能忍耐的公婆，衰弱而不顶用的自己的身体。不丰稔：收成不好，指荒年。稔，庄稼成熟。迢迢：遥远。急煎煎：焦急而痛苦的样子。不耐烦：此指不能忍耐。软怯怯：软绵绵，衰弱无力。怯，体质虚弱。不济事：不成事，不顶事。己：自己。③"衣尽典"四句：衣服完全典当干净，身上一丝不挂。有几次想把自己卖掉；怎奈公婆没有人照顾。典：典当，抵押。奴：封建时代女子的自称。下面的"奴家"义同。争奈：怎奈，无奈。管取：照顾。④"思之"四句：想起来，命运飘摇不定，几时能有希望？这实

实在在的灾难和危机叫人难以忍耐。期：期望，希望。实丕丕：实实在在。⑤“滴溜溜”四句：滴滴嗒嗒难以流尽的眼泪，乱乱糟糟难以宽解的愁绪，瘦骨嶙峋难以搀扶的病体，战战兢兢难以度过的岁月。骨崖崖：瘦骨嶙峋的样子。扶持：搀扶，服侍。战钦钦：战战兢兢。即提心吊胆的样子。⑥“我待”四句：（糠呵，）我打算不吃你，教我怎能忍受饥饿？我要是吃你呵，可怎能吃得下去？待：将，打算。⑦介：表示人物的动作、表情与舞台效果。相当于杂剧中的“科”。这里表示做吃糠的动作。⑧“呕得我”三句：（吃糠）呕得我肝和肠都感到疼痛，眼泪一滴滴流下来，喉咙还被紧紧地噎住。兀自：还，犹。嗄住：紧紧地卡住，噎住。嗄：当作嘎，即咔，此指喉咙堵塞。⑨“遭砻”三句：（糠呵，你）被磨被捣，用筛子筛你，用簸箕簸你，使你受尽了折磨。砻：磨谷取米。舂杵：捣米。控持：折磨，摧残。⑩“悄似”二句：（这糠的处境）简直就像我自身一样，生活得十分窘迫，经历了千辛万苦。悄似：浑似，恰似。狼狈：指生活窘迫，处境艰难。⑪“苦人”三句：命运苦的人尝着苦味道，两种苦遇到一起，难怪想吞也吞不下去。可知道，难怪。⑫“糠和米”三句：糠和米本来互相依存的，是谁把你（糠）簸扬得往两处飞呢？倚依：相互倚赖和依存。⑬“一贱”三句：（糠和米）一个贱的和一个贵的，好像我同丈夫一样，到最后也没有见面的日期。⑭“米在”二句：（丈夫），你就是米吗？米在远方无处去寻找，我就是糠吗？怎能用糠解除人的饥饿呢？饥馁：饥饿。⑮“好似”二句：丈夫出门在外，好像有糠无米，叫我怎能供养公婆呢？甘旨：美味佳肴。⑯“思量”三句：想一想我活着也没有好处，死了又值得什么呢！不如我饿死变成一个怨鬼。甚的，什么。⑰“谩把”四句：姑且用糠来和我相比，这糠尚且还有人吃，可我的骨头，谁知道将来会埋在哪里？谩：姑且、随便的意思。⑱“这是”三句：这是谷子里的膜，米上面的皮，拿来食用能够充饥。将来：拿来。疗饥：止住饥饿，即充饥。⑲“尝闻”三句：曾经听说过古代的圣贤书上说：“狗彘食人食。”（公公，婆婆）这应该比草根树皮还强。彘：猪。“狗彘食人食”这句话出《孟子·梁惠王》“狗彘食人食而不知俭”，原意是说国王养猪狗，让它吃人的食物，而不知节俭。原意与这里意思恰恰相反。⑳“嚼雪”五句：喝雪水吃毛毡的苏武还能健康地生存下去，吃松柏果实的人，反倒成了神仙的伴侣。即使吃些（糠}有什么关系呢？苏卿：汉朝苏武，字子卿，省称苏卿。武帝时出使匈奴。匈奴逼他投降，他宁死不屈，被关在大窖中，断绝饮食。苏武嚼雪吞毡，得以不死。后被匈奴放逐到荒原上牧羊，历时十九年，终于全节归国。餐松食柏：传说神仙不食人间烟火，以松柏的果实为粮，因此能够长寿。到，通“倒”，反而。㉑“爹妈”二句：公婆不要有疑虑，我是你孩儿的糟糠妻室。糟糠妻室：指贫贱时的妻子。《后汉书·宋弘传》记载：汉光武帝刘秀的姐姐湖阳公主新寡，欲嫁朝臣宋弘。刘秀试探宋弘说：“俗语说：‘贵易交，富易妻’。合乎人情吗？”宋弘答道：“臣闻贫贱之交不可忘，糟糠之妻不下堂。”意谓贫贱时和我共同吃糠的妻，到我富贵时不能遗弃她。这里作者巧用此典，反说糟糠之妻不能抛弃丈夫。㉒“他沉沉”二句：他们昏昏沉沉地迷糊不省人事，白白地教我在他耳边呼喊。㉓“我不能”二句：我不能尽心竭力地伺候你们，反倒让你们为我死去。奉事：侍奉，伺候。番：同“反”，即反而，反倒。归黄土：古代人死后埋在地下，故称人死去为“归黄土”。㉔“人道”二句：人们要问：你们死去的原因是什么呢？（公公，婆婆）你们为什么舍弃了我？缘：因为。怎生：如何，怎样。㉕“你耽饥”二句：你忍饥挨饿伺候公婆，（媳妇）你忍饥挨饿如何度日？耽饥：忍饥。公姑：公婆。度：度日。㉖错埋冤二句：错埋怨了你，你也不进行辩白，我如今才相信果然有书上说的“糟糠妇”。不肯辞：不肯辩白。㉗“我料应”二句：我料想不久就会死去，（媳妇）你不要为我死了的而叫你活着的受苦。归阴府：指死亡。古时迷信传说人死后要进入阴曹地府。㉘“你还死”四句：（婆婆）你如果还想死，叫我怎么支持了你假如死去，叫我怎样生活？支吾：对付，支持。㉙“我千辛”二句：我千辛万苦替丈夫尽孝，如今到了这步田地也难以做到了。回护：维护，袒护。这里是代丈夫尽孝的意思。㉚“我只愁”三句：我只忧愁婆婆死去，公公也难以久留人世，况且衣服已经典卖干净，口袋和箱子都空了。解：典卖。囊箧：口袋和小箱子。㉛“千般”四句：多多有劳（你的周济），叫我怎么办？难道没有棺椁就把他的尸骨送到荒野？生受，古时道谢说的话，“难为”“有劳”的意思。终不然，难道。骸骨，人的骨头，此指尸骨。㉜“相看”三句：看到这里，不由人不伤心流泪，这正是前世没有因缘，不会成为一家人。不是冤家不聚头，元时俗语。照迷信说法，今世夫妻须有前世缘分所以一般指夫妻为冤家聚头。这里泛指一家骨肉。意思是说，今世能成为一家人，无非是前世的因缘造成的。㉝“不须”二句：不需要多忧虑，我身上有钱给你婆婆送葬。㉞“你但”二句：你只要小心侍奉公公，不要也使他变成不可救活的人。承直：同上文“承值”。

【鉴赏】

《琵琶记》是在民间传说、宋元南戏的基础上增饰改编而成，是一部长达四十二出的南戏。剧情大致是：陈留郡书生蔡伯喈，因父母年迈，无意功名，但蔡父本着“做人要光前耀后”的道理，强迫伯喈应试。伯喈告别新婚的妻子赵五娘和双亲上京考试，果然得中状元。当朝牛宰相有女儿未嫁，奉旨招伯喈为婿；伯喈辞婚辞官均未获准，最终还是做了官、做了相府女婿，过起了锦衣玉食的贵族生活。而他的家乡陈留，连年饥荒，赵五娘辛苦侍奉公婆，自己以糟糠充饥。后来，蔡的父母相继死去。赵五娘罗裙包土埋葬了二位老人，又乞食赶京寻夫。蔡伯喈在牛府闷闷不乐，经牛小姐再三追问，才说出真情。牛氏甚为通情达理，经牛相同意，派人到陈留去接蔡氏父母和五娘。这时，五娘已找到牛府痛苦万分，并带着牛氏和五娘一道回陈留为父母守墓。牛相表奏蔡家事迹，于是蔡家得到“一门旌奖”。

第二十一出“糟糠自厌”是全剧情节结构中的一个关键，是戏剧冲突中的一个大波澜。这出戏，从始至终是在表现赵五娘那种坚韧不拔的生活意志和勇于自我牺牲的高贵品质，在具体内容上，分为前后两场。以赵五娘的上下场为界，第一场戏主要写五娘吃糠引起的风波。在饥荒年头，去侍养公婆甘愿自己受苦的五娘，背着两位老人在厨房里以糟糠充饥，并且面对糟糠诉说自己的悲苦命运。第二场戏是，蔡母、蔡父发现儿媳果然以糟糠充饥，觉得平日错怪了她，二人顿时昏厥过去。蔡父醒过来，蔡母却死去了。在这巨大的灾难面前，邻居张太公伸出救援之手，帮助五娘安葬蔡母。全出戏都笼罩着悲苦的气氛，赵五娘的形象是全剧的悲剧主人翁，体现了封建社会下层妇女勤劳、善良、坚韧、勇于献身的精神。

赵五娘的美好品质在“糟糠自厌”中得到了集中表现。首先，戏一开始，在这〔山坡羊〕两支曲子中，使读者看到了赵五娘极为悲苦的处境和她的坚毅、善良和舍己为人的品德。第一支〔山坡羊〕侧重写赵五娘艰难困苦的生活环境。丈夫远去不归，音信全无，又遇上“乱荒荒不丰稔的年岁”，一个弱女子怎能挑起家庭的重担，侍奉“急煎煎不耐烦的二亲”？五娘居然勇敢地承担起来了。她典尽了衣衫首饰，给公婆换来活命的米，而她自己却支撑着“骨崖崖难扶持的病身”，背着公婆咽下糟糠。第二支〔山坡羊〕侧重写赵五娘孤苦无告的心境。五娘这一孝举，却招致婆婆的猜疑和埋怨，以为她“背地自吃了什么东西”，这无疑进一步加深了五娘内心的苦痛；然而，五娘并不在两位老人面前分辩，和着泪水、糟糠强吞下这痛苦。这种行为深深赢得人们对五娘的同情。这两支〔山坡羊〕曲，使用了大量的叠字来揭示赵五娘的心理，渲染了其悲苦的心境。

接下来，作者一连用了三支〔孝顺歌〕曲子，淋漓尽致地描写赵五娘吃糠的情景，生动逼真地表现出了赵五娘的心理活动。第一支〔孝顺歌〕以糠自喻，反复渲染糠的难以吞咽，充分揭示了赵五娘的悲惨遭遇。第二支〔孝顺歌〕以糠和米设喻，表现赵五娘夫贵妻贱、两处分离之苦。第三支〔孝顺歌〕由前面以糠自比，想到了自己的无能为力，表现了赵五娘知其不可而勉力为之的精神。作者采用这种回环反复，起伏跌宕的笔法，把赵五娘刚强的形象鲜明生动地展示在观众和读者面前。后一场戏，着重描写赵五娘设法埋葬婆婆。戏份并不多，只表现了两个内容：一是通过张广才的口，赞扬赵五娘的贤惠；二是表现张广才的急人之难和好义乐施。这一场戏为后面“祝发买葬”的这出戏作了铺垫，从而使剧情步步深入。在这出戏里，蔡婆形象的质朴急躁、蔡公的深沉稳重、张广才的古道侠肠，都刻画得颇为生动，但是这种呕心沥血、浓墨彪炳的人物还是赵五娘。

在“糟糠自厌”这出戏中所塑造的赵五娘的形象是动人的、值得肯定的。通过对赵五娘背地里吃糠时的悲苦心境的刻画以及蔡婆由错怪五娘到悔恨而气绝的戏剧冲突，一方面赞扬了赵五娘的善良、坚韧和舍己为人的品德，同时又对造成这个家庭悲剧的科举制度提出了控诉，深刻暴露出了贵贱不平、苦乐不均的社会现实。

# 汤式

## 〔南吕〕一枝花

### 旅中自遣

锦囊宽闲凤琴，宝匣冷藏龙剑。篆香[①]消闲翠鼎，书卷广乱牙笺[②]。郁闷恹恹。青琐论无心念，紫霜毫[③]不待拈。尫羸[④]似老文园病渴的相如，寂寞如居海岛伤怀的子瞻[⑤]。

〔梁州〕看白云闲出岫[⑥]频移净儿，爱青山正当窗不卷疏帘。客房儿冷落似邯郸店，心滴碎铜壶青漏[⑦]，耳愁闻铁马虚檐[⑧]。肠欲断阶前夜雨，梦初回屋角秋蟾[⑨]。一片心远功名无甚沾粘，两只脚信行藏[⑩]有甚拘钤。经了些摧舟楫走[⑪]蛟鼍鲸窟波翻，行了些坏车轮被虎豹[⑫]羊肠路险，过了些连云梯[⑬]绝猿猴鸟道峰尖。静中，自检。事无成志不遂人情欠。休施呈且妆俭。但得个小小生涯足养廉，甘分鳞潜。

〔尾〕能文章会谈论才高反被时人厌，守清贫乐清闲运拙频遭俗子嫌。有一日际会风云[⑭]得凭验，那时节威仪可瞻，经纶得兼，正笏垂绅[⑮]远佞谄。

【注释】

①篆香：盘香。唐宋时古人将香料做成篆文形状，点其一端，依香上的篆形印记，烧尽计时。②牙笺：即是用象牙制的书签。③紫霜毫：即是用紫兔毛制成的毛笔。④尫羸：颓废瘦弱。⑤子瞻：苏轼字。⑥岫：即山洞。⑦铜壶青漏：古时用铜制的漏壶滴水来对时间进行记测。⑧铁马虚檐：悬于屋檐上的铁片，在风的吹拂下相互击打发出声音。⑨秋蟾：就是秋月。⑩信行藏：自由自在地行动、休息的意思。⑪走：游动的意思。⑫被虎豹：遭遇虎豹。⑬连云梯：

指高山上的栈道，在此比喻仕途艰险。⑭际会风云：在古代诗词中特指明君与贤臣相遇。⑮正笏垂绅：指为官清廉公正。

【鉴赏】

汤式的这支套曲是羁旅抒怀之作。作者身在异乡，对自己的一生进行回顾，借以抒发自己胸怀才学却难以施展的情怀，揭示了官场的黑暗和尔虞我诈，借以述说自己有朝一日能怀宝迷邦、铲除奸佞的理想和志向。

整首套曲由三支曲子组成。第一支曲子概括描绘了羁旅的生活，并借用一些典故表现了作者无限寂寥的心情。全曲共有九句，以“郁闷恹恹”为中心，直抒胸臆，交代了主旨。其中“锦囊”“凤琴”“宝匣”“龙剑”等夸张修饰的套语，向读者展现了作者读书人的身份和幽雅的书斋环境。然而虽然环境优雅，作者却无心读书写字，足见其抑郁苦闷的心态。最后两句，作者用司马相如和苏轼的不幸遭遇来比附自己的境况，可谓寓意深刻。第二支曲进一步深入描绘了羁旅生活，追忆自己的人生际遇，从社会现实和自身性格两方面寻找怀才不遇的原因，并预想了未来的生活。前两句上承前曲，“看白云”“爱青山”，生活看似闲适恬淡，但却不能掩盖作者激愤的情绪。“客房儿冷落似邯郸店……梦初回屋角秋蟾”五句，对环境和细节加以描写，并运用排比、夸张的手法，将诗人旅愁的繁多与深沉烘托了出来。作者反省了自己的心灵和行为的矛盾：只有真正远离官场，才可以无所拘束地生活，人的精神也就随之自由了。“经了些摧舟楫走蛟鼍鲸窟波翻，行了些坏车轮被虎豹羊肠路险，过了些连云梯绝猿猴鸟道峰尖”几句便用自己的生活体验来说明了这个道理，暗喻了他经历过的种种艰难险恶，揭露了黑暗的社会现实。追忆往昔渐渐平复了作者烦躁的心情，他进而开始寻求失败的教训。“静中，自检”，他意识到自己不随波逐流、不去阿谀奉承，是自己得不到权贵们的庇护的原因。“事无成志不遂人情欠”，语言简练，寓意深刻，发人深省。于是作者为自己找到了摆脱困境的方法，说道“一片心远功名无甚沾粘，两只脚信行藏有甚拘钤”“休施呈且妆俭，但得个小小生涯足养廉，甘分鳞潜。”意思是说：自己既然不会阿谀奉承，那就干脆早日远离这个是非之地，在命运的安排下，寻求一份可以全身养命的微薄俸禄，保持高洁的操守，平稳过活吧。作者深谙“达则兼济天下，穷则独善其身”的处世哲学。最后一曲与题目紧扣，并以说明自己的志向作结。“能文章会谈论才高反被时人厌”，承接上文，叙说了“事无成志不遂人情欠”的原因；“守清贫乐清闲运拙频遭俗子嫌”，有力地说明当时知识分子的悲惨遭遇，作者的不满之情也得到了表达。因此，作者希望能做一个威风凛凛、刚正不阿、铲除奸佞的贤臣。

纵观全曲，语言铿锵有力，质朴清新，结构严谨，读来声色兼备，情感细腻动人。

## 〔双调〕湘妃引

旅舍秋怀

**半窗风雨夜潇飕[①]，四壁啼蛩秋闹炒[②]，一篝[③]残蜡人寂寥。海天长归梦杳，最关情行李[④]萧萧。丰城剑消磨了龙气[⑤]，中山笔干枯了兔毫[⑥]，峄阳琴解脱了鸾胶[⑦]。**

**【注释】**

①潇飕：风雨声，也有风急雨骤的意味。②炒：同“吵”。③篝：在这里指灯笼。④行李：在这里指信使。⑤丰城剑消磨了龙气：表示宝物失去了原有的光辉。⑥中山笔干枯了兔毫：中山笔，即笔，曲出韩愈《毛颖传》：“毛颖者，中山人也。”⑦峄阳琴解脱了鸾胶：峄阳，指峄山的南坡，那里出产优质的桐木。鸾胶，传说海上有凤麟洲，生活着很多仙人，以凤喙麟角合煎作膏，名续弦胶，能粘好弓弩断弦，后来也被称作鸾胶。

**【鉴赏】**

这首小令仍是一首羁旅抒怀之作，表现了作者在秋夜旅途中寂寥苦闷的情怀。

全曲由三层组成。第一层为开头三句“半窗风雨夜潇，四壁啼虫将秋闹炒，一篝残蜡人寂寥”，描绘了作者栖息之地的环境。窗外雨大风疾，作者只身一人听着窗外吵闹的虫鸣，伴着灯烛的残光，孤独和寂寞之感油然而生。这三句排比，对一系列景物进行了描写，营造了寂寥、凄清的环境，抒发了作者沉郁苦楚的心情。

接下来“海天长归梦杳，最关情行李萧萧”两句，为全曲的第二层。作者身在异乡，对自己故乡的想念十分殷切。可是山高水远，就连睡梦中也觉得故乡远在天边。然而，羁旅生活的寂寥和凄清才是最令人难以忍受的。这一层对故乡的深切思念和旅途生活的郁闷愁楚进行了进一步说明，感情色彩浓烈深沉。

最后三句“丰城剑消磨了龙气，中山笔干枯了兔毫，峄阳琴解脱了鸾胶”，为第三层，作者通过排比和典故，表现了怀才不遇的感慨。“丰城剑消磨了龙气”，用“龙泉”和“太阿”两把宝剑的典故，暗指自己的郁郁不得志；“中山笔干枯了兔毫”一句，借毛颖笔的典故，暗喻自己年事已高，没有了一展宏图的机会；“峄阳琴解脱了鸾胶”一句，以峄阳琴和鸾胶的典故，比喻自己无处施展自己的才情。字里行间都表现出作者怀才不遇的愤懑之情。

这首小令寓情于景，通过运用贴切的典故和精准的比喻，抒发了含蓄的寓意，艺术感染力强。

## 〔中吕〕满庭芳

**武林感旧二首（之一）**

**钱塘故址[①]，东吴霸业[②]，南渡京师[③]。其间四百八十寺[④]，不似当时。山空濛湖潋滟随处写坡仙旧诗[⑤]；水清浅月黄昏何人吊逋老荒祠？伤情思。西湖若此，何似比西施[⑥]！**

**【注释】**

①钱塘故址：指杭州。②东吴霸业：秦代曾置钱塘县，东汉时为吴郡郡治。东汉末年，群雄争霸，孙策在此地击败严白虎而自领会稽太守，也以此为基础完成了东吴的霸业。③南渡京师：指南宋建都临安。④其间四百八十寺：出自杜牧诗《江南春》：“南朝四百八十寺，多少楼台烟雨中。”⑤山空濛湖潋滟随处写坡仙旧诗：指苏轼的《饮湖上初晴雨后》：“水光潋滟晴方好，山色空濛雨亦奇。若把西湖比西子，淡妆浓抹总相宜。”⑥西湖若此，何似比西施：化用了苏东坡“欲把西湖比西子”的诗意。

**【鉴赏】**

汤式，字舜民，号菊社，生活在元末明初充满变动的社会时期。社会的动乱使他的才情无处施展，只能落魄在江湖间，浪迹南方。在杭州，他看到眼前残破凋零的景象，写下了二首伤今怀古之作，此为其中一首。

曲子开头三句“钱塘故址，东吴霸业，南渡京师”，写出了旧时繁荣的杭州。杭州在东吴、五代吴越和南宋统治者的统治下，曾繁华一时。作者通过叙写当年的繁华，将今日杭州的衰败衬托了出来。朝代更迭，古老的文明遭到损毁。接下来，作者通过借用不同诗人的诗句，抒发了物是人非的感慨。杜牧的《江南春》描写了美丽的江南山水和丰富的物产，“其间四百八十寺”之后，笔锋一转，当年香火旺盛的“四百八十寺”，虽然曾经非常兴盛，而今却已“不似当时”。

下一句“山空湖潋滟”借用苏轼的诗道出了杭州当年的山水之美，同样在后面笔锋急转，“随处写坡仙旧诗”，如今再也找不到苏轼笔下美丽的湖光山色了。“水清浅月黄昏”一句则是从人文精神方面写杭州今昔的变化，如今已没有人悼念林逋这样高洁的隐士了。这三个句子从不同角度描述了如今衰败的杭州。最后，“伤情思”一句直接述说心中所感；“西湖若此，何似比西施”，作者运用典故和反问的手法，紧承上文后作结，形象的表现出了“不似当时”的议论。

这首小令先用三句来写杭州昔日的繁盛，再用四句对杭州今日的衰败进行了描绘，形成了鲜明的对比，通过古诗的点缀，使全曲拥有很高的艺术感染力。

## 〔双调〕沉醉东风

**悼伶女四首**

**讣音[①]至伤心万端，挽歌成离恨千般。蝶愁花事空，凤泣箫声断，丽春园长夜漫漫。懊恨阎罗量不宽，偏怎教可意娇娥命短。**

**铅华树[②]春风甚早，蒺藜花暮雨难熬。楼空燕子飞，巷静鸡儿叫，问香魂何处飘飘？恨杀阎罗不忖度[③]，偏怎教可意人儿命夭。**

**檀板歇声沉鹧鸪，翠盘空香冷氍毹[④]。娇莺唤不醒，杜宇催将去，锦排场等闲分付[⑤]。多管是无常紧趁逐，都不由东君做**

**主。**

**宝镜缺青鸾[⑥]影孤，锦筝闲银雁行疏。拜辞了白面郎，抛闪下黑心母，一灵儿带将春去。从此阳台梦也无，更想甚朝云暮雨。**

**【注释】**

①讣音：指噩耗，不好的消息。②铅华树：形容女子美丽动人，亭亭玉立。③忖度：指考虑，度量。④氍毹：本指一种毛毯，后来逐渐变为舞台的习称。⑤等闲分付：指轻易放弃。⑥青鸾：即镜子。

**【鉴赏】**

作者通过这四首《悼伶女》表现了对身为女伶的恋人的沉痛哀悼，四首曲子相互独立，但内容相互承接，所表达的主题是相同的：通过沉痛凭吊已故的恋人，表现了作者的纯洁感情。

第一首写作者听闻噩耗后的悲哀。“讣音至伤心万端，挽歌成离恨千般”，作者以听闻“可意娇娥”的讣音开篇，作者“伤心万端”，但自己却什么都做不了。只能写一篇“挽歌”表达自己的“离恨千般”。先对自己深切的悲痛之情进行总结，接着用蝶、凤与花、箫的关系作比喻，诉说了了无生趣的漫漫长夜，表明作者的生活已经没有了任何意义。最后两句“懊恨阎罗量不宽，偏怎教可意娇娥命短”，通过对女伶逝世的哀叹表达了痛楚之情，慨叹她“红颜薄命”，怨恨阎王的无情，述说了自己伤心的原因。第一首曲并未告诉我们悼念的女伶究竟是谁，但她的身世际遇却可从只言片语中大致地了解到。第二首对女伶的身世遭际及其所处的环境进行了婉转的交代。作者用“铅华树”比喻女伶面如傅粉，亭亭玉立；由“春风甚早”“蒺藜花暮雨难熬”可知女伶沦落风尘，受尽凌辱，却无法脱离苦海的悲惨命运。“蒺藜花”既表现出了她的美好容貌，又表现出了她的刚烈性格。最后“恨杀阎罗不忖度，偏怎教可意人儿命夭”两句，在感叹她“红颜薄命”的同时，抒发了作者内心激烈的悲痛之情。

在第三首曲子中，作者怀着悲痛的心情对女子的才艺和专情进行了描绘，足见作者对她的悼念之情。开头两句“檀板歇声沉鹧鸪，翠盘空香冷氍毹”，写随着女子的离开，再也听不到打动飞禽的歌声，舞台也不再同原来一样热闹。从“檀板”可知，女伶才貌兼备。“娇莺唤不醒，杜宇催将去，锦排场等闲分付”，写在与作者相遇之后，女伶远离了风月场，拒绝了莺莺燕燕们召唤，过起了独居生活。这种专情，对于“锦排场”里的女子，是非常可贵的。然而世事难料，“多管是无常紧趁逐，都不由东君做主”两句，抒发了作者因女伶的死去所产生的沉痛感情。作者在第四首曲子中交代了他与女伶的爱恋以及女伶的悲惨际遇。女伶与汤式相遇，二人互为人生知己，进而陷入了爱河。女伶将汤式视作“白面郎”，汤式将女伶视作“可意娇娥”，两人过着相亲相爱、相敬如宾的生活，通过锦筝诉说衷情。后来，汤式因故远行，女伶从一而终，在期望汤式早日归来的同时过起了“丽春园长夜漫漫”、远离“锦排场”的生活，然而却未等到汤式的归来，甚至杳无音讯。而黑心的老鸨始终苦苦相逼，欲使其就范。她在无止境的等待中最终绝望了，以至大病不起，最终殉情而死。汤式觉得自己对女伶的死负有责任。由于自己的“辞”别和“银雁行疏”，她成了一只悲凄的孤鸾，正是自己的始爱终弃最终导致了她的早逝。作者难忘旧情，他悲痛地道“问香魂何处飘飘”“从此阳台梦也无，更想甚朝云暮雨”，由于爱人的死，他的爱和幸福也被“一灵儿带将春去”。作者在这里借用楚怀王巫山神女在阳台约会的典故，抒发自己对女伶至死不渝的爱，他决定用久久的追忆和坚贞的专情来弥补自己的过失。

汤式深深地哀叹了女伶的早逝：一叹自己无力救女伶出火坑，使她受尽老鸨残酷的折磨，终至其夭亡；二是反复悲悼，似泣似诉，发出了无限慨叹。

## 〔越调〕柳营曲

**听筝**

**酒乍醒，月初明，谁家小楼调玉筝。指拨轻清，音律和平，一字字诉衷情。恰流莺花底叮咛①，又孤鸿云外悲鸣；滴碎金砌雨，敲碎玉壶冰。听，尽是断肠声！**

**【注释】**

①恰流莺花底叮咛：化用白居易《琵琶行》中“间关莺语花底滑。”一句的诗意。流莺，即黄莺。流，指其鸣声圆转。

【鉴赏】

这首元曲描写了夜晚伴着月光听筝的情景，通过描绘如泣如诉的筝声，表达了作者心中的伤感之情。

开头三句，写作者初闻筝声的情景。“酒乍醒”一句，对人物的情态进行了描绘。作者借酒消愁，此时刚刚醒酒；在月色明亮的夜晚，窗外传来的弹筝声立刻引起了作者的注意，不禁暗自发问：“谁家小楼调玉筝？”引起了读者的无限想象。“指拨轻清，音律和平，一字字诉衷情”，她的纤指轻轻拨弦，如泣如诉的筝声，仿佛在倾诉胸中心事。虽然作者无缘与弹筝之人相见，但筝声却道出了她的心声。作者运用通感和联想的技法，由只可耳闻的“音律和平”，联想到“指拨轻清”的情景，听觉与视觉相通，将无形的音乐变成有形的拨弦动作，将弹筝人的思想情绪表现了出来，意蕴深刻。接下来，作者又通过四个形象生动的比喻，表现了感人肺腑的筝曲。“恰流莺花底叮咛，又孤鸿云外悲鸣”，筝曲好似黄莺悦耳的轻啼，又如孤鸿悲鸣般凄惨；“滴碎金砌雨，敲碎玉壶冰”，筝声如淅沥的雨声，又如玉碎珠裂，道出了筝声的清脆，给读者无限的想象空间。尽管筝声时高时低，缓急相伴，但其主旋律仍是伤感凄婉的。“听，尽是断肠声”一句为全曲的点睛之笔，闻筝者的“断肠”紧承弹筝人的“诉衷情”，首尾呼应，语意贯通，结构紧凑。

曲子全篇通过描绘筝声，将作者内心所感十分形象地传达了出来，令人回味无穷。

## 〔中吕〕谒金门

**落花二令**

**落花，落花，红雨[①]似纷纷下。东风吹傍小窗纱，撒满秋千架。忙唤梅香[②]，休教践踏，步苍苔[③]选瓣儿拿。爱他，爱他，擎托[④]在鲛绡帕。**

**落红，落红，点点胭脂重。不因啼鸟不因风，自是春搬弄[⑤]。乱撒楼台，低扑帘栊，一片西一片东。雨雨，风风，怎发付[⑥]孤栖凤。**

**【注释】**

①红雨：是对落花的比喻。②梅香：元曲中常用以代称婢女。③步苍苔：即踏着苔藓的意思。④擎托：双手捧举着。⑤搬弄：拨弄，摆布的意思。⑥发付：打发，安排。

**【鉴赏】**

这两首曲子，描写暮春时节，落红点点的情景。前一首对一个妙龄女子同女伴惜春爱花、采集落花的场景进行了描绘，画面生动而富有情趣。后一首写女子触景伤春之情。这两首曲子都通过对落花这一自然景物的描写，刻画了闺中少女惜春、伤春的心理变化，笔触细腻，语言清新。

第一首元曲写少女的惜春之情。曲子以“落花，落花，红雨似纷纷下”三句开篇，直接对落红随风飘落的情景进行了描绘。“落花”一词重叠出现，谱写出急促、轻快的曲调；“纷纷”二字表现出落花数量之多，飘落速度之快。接下来“东风吹傍小窗纱，撒满秋千架”两句，描写落花有的被东风吹到了窗纱上，有的撒满了秋千架的情景。一个“傍”字，摹写出落花飘落的无可奈何。“忙唤梅香，休教践踏，步苍苔选瓣儿拿”，站在窗前的少女看到“落花”的情景，心中的爱怜之意顿生，于是连忙让婢女顺着台阶捡起花瓣，千万不要踩踏糟践了它们。一个“忙”字，写出了女子对落花的热切怜爱；一个“休”字，写出了她浓郁的惜花之情。嘱咐之急切，将少女惜花爱花的神态生动传神地表现了出来。最后“爱他，爱他，擎托在鲛绡帕”，重叠出现的“爱他”二字，将女子的天真、纯洁及其在拣到花瓣时激动难捺的心情淋漓尽致地表现了出来。少女将它们用“鲛绡帕”包起来，足见其惜春之心。此曲语言清新，气氛活泼。第二首写少女的伤春之情。这首小令的基调与前一首不同，透出丝丝淡淡的哀愁。曲子开头，“落红”二字再次重叠出现，紧接着“点点胭脂重”一句，点出了落红稍显凝重的胭脂色。此时落红已经失去了初开时的那种清新艳丽。接下来“不因啼鸟不因风，自是春搬弄”两句，表明春天的搬弄是“点点胭脂重”的原因。使用“搬弄”二字，形象传神，写活了春天，少女惜春的哀怨之情充溢在字里行间。“乱撒楼台，低扑帘栊，一片西一片东”，落花东一片西一片地飘落，一片狼藉，这扰乱了少女的心情，无限的惆怅之情油然而生。最后“雨雨，风风，怎发付孤栖凤”，飘零的落花使少女联想到自己同落花一样没有归宿，不禁满怀愁绪。“雨雨”“风风”渲染了愁楚寂寥的气氛。女子将自己比作“孤栖凤”，表明自己对知音的渴望。在这个万籁俱寂、雨打芭蕉、风摇梧桐春夜中，独守闺房的少女，应如何排遣内心的愁苦与郁闷呢？

这两首曲子都对落花进行了描写，却刻画了两个完全不同的少女形象，一个由景生兴，一个触景伤情。曲中对叠字、叠词的使用，对人物的心理进行了细致传神的刻画，有很强的艺术效果。

## 〔中吕〕谒金门

**长亭道中**

**起初，看书，只想学干禄①。误随流水到天隅②，迷却长亭③路。古灶苍烟，荒村红树。问田文④何处居？老夫，满腹，都是《登楼赋》⑤。**

**【注释】**

①干禄：求得俸禄，也就是入仕做官的意思。②天隅：指天边的一角，比喻遥远的地方。③长亭：古时在路旁建造的供来往行人休息的亭舍。④田文：战国时齐国田婴之子，曾为齐国的丞相，号孟尝君。⑤《登楼赋》：“建安七子”之一的王粲在荆州依刘表时登当阳县城楼时所作的赋，抒写胸中不平。

**【鉴赏】**

《谒金门》是唐玄宗时教坊的曲名，后逐渐用为词牌和曲牌。作者被免官之后返乡的途中创作了这首小令，表现了他对官场的失望和对家乡的眷恋之情。

作者在返乡途中，沿途的景色使他感慨万千。“起初，看书，只想学干禄”，回顾从前，作者感慨自己以前读书只为进入仕途。可是自从踏进官场，就身不由己了，只得在天涯海角不断漂泊。“误随流水到天隅，迷却长亭路”，作者用变幻不定的“流水”比喻宦海，自己则随着“流水”飘到了远离故乡的地方。一个“误”字，将作者的后悔之情表露无遗。“迷却长亭路”一句则进一步写出了作者虽已看透官场，却又无路可逃的迷惘心情。紧接着，作者写到了途中所见到的景色：“古灶苍烟，荒村红树”，远处，袅袅炊烟从古灶中升起，在夕阳的照耀下呈青黑色；村庄稀稀落落地排列着，霜雾染红了枫叶，秋意欲显浓重。所有这一切，使作者思绪万千，古人的种种往事浮现在脑海。“问田文何处居”一句，表明了作者对世俗的失望。在这样的时代，已经找不到像田文这样看重贤士的人了。由此不难看出，作者对官场失望的原因是自己的怀才不遇。“老夫，满腹，都是《登楼赋》”，既然找不到名相贤士，那么就只有苦吟《登楼赋》以抒发胸中的不平之情和对故乡的思念之情了。

这首元曲写得自然流畅，看似平淡，但细细品味之后方能感受其深刻的寓意。用典不着痕迹，中间两句，对仗工整，情景交融，感情真挚，表现力强。

## 〔正宫〕醉太平

**约游春友不至（二首之一）**

**芳尘[①]滚滚，香雾氲氲[②]。东风何地不精神？流莺[③]也唤人。柳屯云[④]护城闉两岸黄金嫩；杏酣春映山村万树胭脂喷[⑤]；草铺茵绕湖滨一片绿绒新。不闲游是蠢！**

**【注释】**

①芳尘：对浮尘的赞美之词。②氲氲：烟、云浓重。③流莺：即黄莺。流，形容婉转的叫声。④柳屯云：形容浓密如云的柳荫。⑤胭脂喷：形容红杏盛开的样子。

**【鉴赏】**

汤式的《约游春友不至》，原作有两首，或题作《嘲友人游春不至》，属即兴之作。

曲中描写了美好的西湖春景。开头三句“芳尘滚滚，香雾氲氲。东风何地不精神”，描绘了春风送暖，春回大地，万象更新，万物生机勃勃的景象。“滚滚”二字描绘出游人众多的春游场面；“精神”二字形象传神地点明了春天的特色。一阵春风吹过，花香向游人阵阵袭来，“流莺也唤人”，连黄莺也放开歌喉尽情鸣叫起来，似乎在告诉人们，及时游赏，千万不要错过了这大好春光。作者通过运用拟人的手法，匠心独运地借黄莺之口召唤人们外出春游。

接下来，“柳屯云”三句，运用了鼎足对，对“何地不精神”的景象进行了描绘，为春意之浓、春色之美做了铺垫，写得声色兼备。其中“嫩”“喷”“新”三个字用得细腻妥帖，极富艺术表现力。最后一句“不闲游是蠢”，既写出了景色的无限魅力，又传达出了作者对大自然的热爱之情，同时还写出了戏谑友人的有趣场面，与题中“友不至”一句相照应，用诙谐幽默的语言营造了无限的趣味。

这首元曲是步张鸣善原韵而写，曲中用韵，三句鼎足对都是如此，体现出了匠心独运的形式。全曲采用白描的写法，道出了春景的无限魅力，写得趣味盎然，通俗易懂。

## 〔双调〕庆东原

**京口①夜泊**

**故国一千里，孤帆数日程，倚篷窗②自叹漂泊命。城头鼓声，江心浪声，山顶钟声。一夜梦难成，三处愁相并③。**

**【注释】**

①京口：今江苏镇江。②篷窗：就是指篷船上的小窗。③三处愁相并：即上文所说的“鼓声”“浪声”“钟声”所引起的愁苦情绪一起涌上心头。

**【鉴赏】**

汤式的小令〔双调〕庆东原是一首思乡之作。

“故国一千里，孤帆数日程”，小令开篇便将故乡的遥远和旅途的孤寂述说了出来。作者以“一千里”形容家乡的遥远：乘船得好几天才能到达，故曰“数日程”。此时，作者远离家乡，行至京口，一句“倚篷窗自叹漂泊命”，对羁旅形象作了突出表现，与题目“夜泊”相照应。作者倚着船窗，发出了深沉的慨叹，将无可奈何的苦闷心情表达了出来。

“城头鼓声，江心浪声，山顶钟声”三句，寓情于景，以动写静，将一片寂寥烦闷之情，全寓于在了“鼓声”“浪声”“钟声”之中。作者在万籁俱寂的夜里整夜未眠，只听见京口城头的鼓声、波涛相拍的浪声、山顶佛寺的钟声、相互应和，将他心中的无限愁思引发了出来。此时的作者满腔的思乡之情与羁旅之愁再也无法被压制，冲口而出：“一夜梦难成，三处愁相并。”三种愁绪同时并存，不仅渲染了长夜的漫漫孤寂，而且更加深了对作者漂泊生涯的慨叹。

全篇寓情于景，情景交融，通过描写声音渲染了作者孤独悲凄的心境，将失意惆怅之怀和思乡之情表现了出来，生动形象，构思精巧。作者在对三种声音进行描摹时，如同构成了一曲音调凄清的交响乐章，令人回味无穷。

## 〔越调〕天净沙

**小景**

**翠岩峣天近山椒①，绿蒙茸雨涨溪毛②，白叆叇云埋树腰③。**
**山翁④一笑，胜桃源⑤堪避征徭。**

**【注释】**

①岩峣：山高峻貌。山椒：山陵，亦指山顶，所以“天近山椒”是形容山之高耸，直插云霄，山顶离青天近在咫尺。②溪毛：为溪中水藻。③云埋树腰：形容树木的高大，连白云也只能遮住它们的半腰。叆叇：云浓重。④山翁：山中隐居的老翁。⑤桃源：即桃花源，陶渊明《桃花源记》中所描绘的理想世界。

**【鉴赏】**

这是一首写景小令，对一处悠远寂静的山林小景进行了描绘。

开头三句重在写景，描绘出一幅幽远、奇特的山林小景。首句“翠峣天近山椒”，对苍翠的山色、高耸峻拔的山势进行了描绘。“绿蒙茸雨涨溪毛”一句，描写了草木茂盛，小雨过后，小溪被雨水涨满，溪中长满了浮藻，万物欣欣向荣的景象。“白叆叇云埋树腰”一句，描绘了山林中云雾缭绕，郁郁葱葱的树木高耸向天，林间缭绕的云气遮住了阳光的阴暗景色。这里，作者将山林中的特色景物作为描写对象，为读者营造了一个美妙的神话世界。最后“山翁一笑，胜桃源堪避征徭”，点明主旨，隐居山中是避免官府横征暴敛的好方法，这就是隐居的好处。“山翁一笑”，活跃了全曲的气氛，作者巧妙地比较了桃花源和这里的特殊环境，指出这里比桃花源更加美妙，“堪避征徭”，这也是山中老翁发出了悠然自得、轻松爽朗的笑声的原因，并且含蓄地揭露了当时社会的黑暗。使小令的主题得到了深化。

这首小令用词凝练精辟，干净利落，通过对叠韵字和新颖词组的运用，看出了作者在创作中不断地刻意求新的努力。

## 〔越调〕天净沙

**闲居杂兴**

**近山近水人家。带烟带雨桑麻。当役当差县衙。一犁两耙[①]，自耕自种生涯。**

**【注释】**

①犁、耙：都是农耕的工具。

**【鉴赏】**

这首小令是汤式辞官之后、归隐农村之时所作，表现了辞官归田后悠然自得的生活。

开头一句“近山近水人家”，对田园生活的环境进行了交代，写得优美、自然。“带烟带雨桑麻”，写作者看到自己种的桑麻正在烟雨中顺利生长的情景时，心中不禁生出无限舒畅和欢愉。第三句“当役当差县衙”，笔锋一转，写到了辞官前自己的处所。这一句有承上启下的作用，与前两句形成鲜明对比，使文章气势跌抑，将山水人家、烟雨桑麻的可爱反衬了出来，表现出作者对官场生活的厌恶；同时与下文相连，将作者摆脱公务羁绊后生活的悠闲自在表现了出来，显示出作者蔑视官场、热爱躬耕田园生活的清高自得之情。

最后两句“一犁两耙，自耕自种生涯”，又回到现实，写悠闲自得的田园生活。尽管自食其力的躬耕生活劳累一点，但却与官场上阿谀奉承、尔虞我诈的苦闷相隔，因而足以感到欣慰。两个“自”字，分别有自食其力和融融自得之意。

这首小令篇幅虽小，但却飘逸脱俗，清新自然。

## 〔商调〕知秋令

**秋夜**

**月晃银河淡，庭空珠露湿，天阔玉绳[1]低。觱篥[2]城头奏，蝼蛄[3]阶下泣，络纬[4]井边啼。一弄儿[5]秋声闹起。**

**【注释】**

①玉绳：星名。在玉衡星（北斗星座第五星）北，共两颗。②觱篥：也叫作“筚篥”“悲栗”，又名“笳管”，簧管乐器。③蝼蛄：虫名，今俗称蝲蝲蛄。④络纬：即莎鸡，人们俗称络丝娘、纺织娘。⑤一弄儿：一片儿，一派。

**【鉴赏】**

这首小令描写了秋夜的景色，通过两组鼎足对的使用，将一幅月夜秋声图描绘得形象传神、声色兼备，充满生气，可谓是一首别出心裁、匠心独运之作。

小令开篇三句“月晃银河淡，庭空珠露湿，天阔玉绳低”，以一鼎足对对秋夜之景进行描写。作者描写了三组相互关联且对比鲜明的代表性景物。夜晚的天空晴朗辽阔，银河如白练般悬挂在空中；与月光相比，银河之光稍显黯淡，同往常相比，玉绳星也显得低了；庭院里弥漫着湿露的清新气味，早已没有了人迹。这里，作者没有直接写秋天萧瑟的气象，而是对空阔寂寥的秋夜进行了描绘，运用对比的手法，用银河之“淡”将月光之明反衬了出来，表现了秋夜的晴朗。作者仅通过寥寥十五个字和六个形容词，勾勒出了一幅充满立体感的画面。接下来三句“觱篥城头奏，蝼蛄阶下泣，络纬井边啼”，又一次运用鼎足对的艺术手法，通过描写声音来描摹秋夜的景物，本来非常安静的秋夜在作者的描写下显得十分喧闹，生机勃勃。在月明星稀、天高地阔的秋夜，这三种声音相互交织，丰富多彩，读后令人心旷神怡，毫无悲凄之感。最后一句“一弄儿秋声闹起”，点明秋夜的声音还有很多，而一个“闹”字，使秋夜百虫和鸣的热闹景象跃然纸上。

这首小令表面上句句写景，但是细细读来，作者的思想情绪还是可以被读者感受到的。在凄清的秋夜，听着城头觱篥的悲声和秋虫如泣如诉的鸣叫，作者心绪也变得凄清萧瑟了。

# 施耐庵

## 〔双调〕新水令

秋江送别——赠鲁渊、刘亮[1]

西窗一夜雨蒙蒙，把征人归心打动。五年随断梗，千里逐飘蓬。海上孤鸿，飞倦了这黄云陇。

〔驻马听〕落尽丹枫，莽莽长江烟水空。别情一种，江郎[2]作赋赋难工。柳丝不为系萍踪，茶铛要煮生花梦。人懵懂[3]，心窝醋味如潮涌。

〔沉醉东风〕经水驿[4]三篙波绿，向山程一骑红尘[5]。恨磨穿玉洗鱼[6]，怕唱彻琼箫凤[7]。尽抱残茗碗诗筒。你向西来我向东，好倩个青山互送。

〔折桂令〕记当年邂逅相逢，玉树兼葭[8]，金菊芙蓉[9]，应也声同。花间啸月，竹里吟风。夜听经趋来鹿洞[10]，朝学书换去鹅笼[11]。笑煞雕龙[12]，愧煞雕虫[13]。要论交白石三生[14]，要惜别碧海千重。

〔沽美酒〕到今日，短檠[15]前，倒碧筒[16]，长铗[17]里，掣青锋[18]。更如意敲残王处仲[19]。唾壶痕，击成缝[20]，蜡烛泪，滴来浓。

〔太平令〕便此后隔钱塘南北高峰，隔不断别意离悰[21]。长房缩地[22]恐无功，精卫填波[23]何有用？你到那山穷，水穷，应翘着首儿望侬。莽关河，有月明相共。

〔离亭宴带歇拍煞〕说什么草亭南面书城拥[24]，桂堂[25]东角琴弦弄。收拾起剑佩相从。撩乱他落日情，撩乱他浮云意，撩乱他顺风颂。这三千芥子[26]多做了藏愁孔。便倾尽别筵酒百壶犹嫌未痛。那堤上柳赠一枝，井边梧题一叶，酒中梨倾一瓮。低徊薛

**荔[27]墙，惆账蔷薇拢。待他日鹤书[28]传奉，把两字儿平安，抵黄金万倍重。**

【注释】

①赠鲁渊、刘亮：鲁渊，字道原，淳安人，元代进士。曾任华亭县丞，后任浙西副提举。刘亮，字明甫，吴郡人，亦曾仕于张士诚。施耐庵亦曾参加张士诚农民起义，所以三人之间有很深的战友情谊。②江郎：指的是南朝诗人江淹。江淹擅长作拟古诗歌，所著抒情短赋《恨赋》、《别赋》为六朝文学名篇。晚年仕途显达，文学创作逐渐减少。③懵懂：糊涂，迷糊的意思。④水驿：水路上的驿站。⑤向山程一骑红尘：山程，山间的路程。红尘，灰尘的意思。⑥玉洗鱼：鱼形的玉洗。元代有玉制的小盆，被称为玉洗，大的可以用来洗脸，小的可以用来洗笔。⑦琼箫凤：凤形的玉箫。琼箫，指玉箫。⑧玉树蒹葭：树与苇，比喻不同的人。此处借用了蒹葭倚玉树的典故。⑨金菊芙蓉：菊花与荷花，比喻不同的人。⑩鹿洞：这是宋代著名书院。⑪朝学书换去鹅笼：书法。鹅笼，典故，大意是一人挑鹅笼，在路上遇到一读书人，脚痛，要求用他的鹅笼代步。后来那人从鹅笼出来后，吐出很多美食和美女，女又吐男，男又吐女，一起分享美食游戏欢愉。⑫雕龙：指善于撰写文章。⑬雕虫：对作赋的一种贬称，据扬雄《法言·吾子》载，作赋对物品和景色进行描写，与雕琢虫书、篆写刻符相似，都是童子学习的技术。⑭白石三生：谓前世有缘。此处借用了三生石的典故。⑮檠：灯柄。⑯碧筒：即碧筒杯。一种由荷叶制成的用来饮酒的器具。⑰铗：剑把。⑱青锋：指宝剑。⑲王处仲：晋代人，以豪爽闻于世。曾经用如意敲唾壶放歌，以抒发感情。典见《世说新语》。⑳唾壶痕，击成缝：此处借用击锤壶之典故，指慷慨悲歌。㉑悰：心情。㉒长房缩地：传说东汉时的神仙费长房有缩地术，可将千里缩为咫尺。㉓精卫填波：即精卫填海的神话故事。㉔说什么草亭南面书城拥：草亭，茅草亭屋。是对简陋房屋的泛指。书城，四周堆满了书，有如城墙，比喻书室书多。㉕桂堂：桂木造的厅堂。是对华美的堂屋的泛指。㉖芥子：芥的种子，在这里引申为极微小的意思。㉗薜荔：亦称“木莲”“鬼馒头”，桑科，常绿藤本，在夏秋季节开花。㉘鹤书：即鹤头书。书体名。在这指古时用于招贤纳士的诏书。

【鉴赏】

施耐庵，元末明初小说家，原名耳，名子安，是《水浒》作者。传世散曲有套数一套。

这篇套数本由民间传抄而来，王季思先生主编的《元明散曲选》也将此曲录入《全元散曲》，曲尾署“耐庵施肇瑞谱于秋灯阁”十字。套数由七支曲子组成，通过对往事的回忆、对离愁别绪的描写，将战友间的深厚情意表现了出来，是一篇不可多得的送别套数。首曲〔新水令〕，对施耐庵与鲁渊、刘亮三人一起参加农民起义时的峥嵘岁月进行了描写，慷慨激昂，三人的深情厚谊表露无遗。第二曲〔驻马听〕，描写离别的痛苦。面对水烟缭绕的暮秋景色，人心底的五味瓶仿佛被打翻了，暗潮汹涌。第三曲〔沉醉东风〕，通过对人物离别时的动作以及情感的变化进行细腻的描写，进一步写离别时的情景。第四曲〔折桂令〕，通过用典追忆了当年战友之间的深情厚谊。第五曲〔沽美酒〕，描写如今的生活与离别的痛楚。第六曲〔太平令〕，描写战友离别后相互深切的思念之情。第七曲用了一支带过曲〔离亭宴带歇拍煞〕，描写了宴席上的依依惜别与相互的嘱托叮咛，令人肝肠寸断。

全篇套曲，语言通俗流畅，老少皆宜，格调清丽脱俗，感情深挚淳朴，将散曲“本色当行”的特征体现了出来。

# 宋方壶

## 〔中吕〕红绣鞋

**客况**

**雨潇潇一帘风劲，昏惨惨半点灯明。地炉[①]无火拨残星。薄设设[②]衾剩[③]铁，孤另另枕如冰。我却是怎支吾[④]今夜冷？**

**【注释】**

①地炉：挖地为坑的火炉，坑中熏火以取暖。②薄设设：形容单薄。③剩：剩余。④支吾：也作“枝梧”，有应付、抗过的意思。

**【鉴赏】**

这首曲子以《客况》为题，是对作者行旅中客居时的境况和感受的描绘和刻画。

前三句，描绘了旅店的境况：窗外暮雨潇潇，凄风强劲，一阵阵寒气透过门帘袭人肌骨。旅店内，一盏半明半暗的油灯忽明忽灭地闪着昏惨惨的光。地炉也熄灭了，诗人只能拨着余烬中一星半点的残火，聊以取得一丝温暖的慰藉。这几句属于客观描绘，也渗透着作者的主观感受。潇潇的夜雨使人愁闷；透帘的劲风愈加使人寒冷；也是对主人公心境的刻画，暗淡的灯光使人感到昏沉寂寞和凄凉；无火的地炉，余烬的残星，使人无法取暖，更觉寒气逼人。

后三句直接描述主人公的感受与心境。举目环顾室内，床头只有一张薄薄的被子，而且又脏又硬、僵黑似铁。那孤零零的一个枕头，在这凄风苦雨的寒夜，也益发显得清冷如冰。这种凄凉寒冷的境况汇聚到一点，我怎么能挨过今夜的寒冷寂寞呢？旅店的凄寒苦楚、孤单寂寞，简直使人不可忍受。

这首曲子描述客旅途中的寂寞孤独，浸透着游子思乡、思亲的情怀，景中含情，情景交融，容易引起共鸣。

## 〔中吕〕山坡羊

**道情（二首之二）**

**青山相待，白云相爱，梦不到紫罗袍共黄金带[1]。一茅斋[2]，野花开，管甚谁家兴废谁成败，陋巷箪瓢亦乐哉[3]！贫，气不改；达，志不改。**

**【注释】**

①紫罗袍、黄金带：高级官员的服饰，代指高官。②茅斋：指作者居住的茅屋。③陋巷箪瓢亦乐哉：语出“一箪食，一瓢饮，在陋巷，人不堪其忧，回也不改其乐”。

**【鉴赏】**

这首曲子写作者与青山白云相亲相爱、不求富贵、淡泊明志、贫贱不移、富贵不淫的高尚情操。节奏平稳轻快，“青山”“白云”两个意象色彩柔和，形象鲜明，激起人们的联想，更展现了山林风光的魅力和作者对大自然的陶醉之态。青山与作者互相期待着，白云与作者相互爱恋着。在作者眼里，大自然的一切也都和自己一样，是富有生命、具有感情的，体现了作者对大自然的美趣的发现与再现，这美趣背后的寄托与意蕴，都能得以完满的显现。

接下来“一茅斋，野花开，管甚谁家兴废谁成败，陋巷箪瓢亦乐哉”四句与前三句比照，结构一样，同样是先写景后抒情，但在意境上又有新的开拓，在节奏上有着新的变换。前三句抒的是由当前现实所产生的厌恶官场之情，而这四句所抒的是对朝代更替和历史人物成败所产生的安贫乐道之情。虽然所居之处是一陋室，但由前三句可知，一定是在白云缭绕的青山之间，其清幽可以想见。野花在四周烂漫地开放着，充满了生机和野趣，表现了作者与世无争的态度。“陋巷箪瓢亦乐哉”，作者以古代贤人颜回自况，进一步表现了安贫乐道的志趣，说明他并非真正的忘世，而是守道而已。

最后的排比句，斩钉截铁，器宇轩昂，收煞全篇，掷地有声，将思想的高度和情感的强度有力地向前推进了一层，表现出作者崇高的气节。

## 〔双调〕清江引

托咏[①]

**剔秃圞[②]一轮天外月，拜了低低说：是必常团圆，休着些儿缺[③]。愿天下有情底都似你者[④]。**

【注释】

①托咏：托物言志。②剔秃圞：圆的形容词。剔，语助词，无义。秃圞，团的分读。③休着些儿缺：不要让月亮缺损一点儿。着，使、让。④者：语助词。

【鉴赏】

此曲借拜月而咏情怀。

第一句，用了当时民间的口语词，新颖别致地描写出中秋之夜一轮圆月高悬碧空的壮丽景色。明月已升到中天，在这样的环境下，拜月方可“细语人不闻”。

紧接着第二句“拜了低低说”，颇有情致，表现力极强，从这寥寥的五个字背后，我们仿佛可以看见一位妇女虔诚拜月的神态，听见她默默祝祷的声音。她的娴静、温柔和善良，似乎都可以从这寥寥数字中感受到。

接下来三句“是必常团圆，休着些儿缺。愿天下有情底都似你者”，是女主人公拜月时的祝祷之辞，也是她内心深处最深藏、隐秘、强烈的声音。“是必常团圆，休着些儿缺”语义双关，既是眼前月亮形象的写照，也是她对理想愿望的形象的表达。祝愿月亮常圆，却用了“是必”二字，语气似乎由祈求变成了命令，其实不然，作者只是想表现主人公专一的要求和迫切的心情。永远不让月亮有一点儿缺损，显然不符合实际情况，但是这不情之请，也表现了主人公发自内心的美好愿望。

最后一句袭用《西厢记》结尾“愿天下有情的都成了眷属”之意，以“愿天下有情底都似你者”收束全篇，很有力量，它已经超出了自我的狭隘圈子，推己及人，在情感的深厚之外寓含了博大的内容。

此曲篇幅短小，但颇具艺术感染力。语言生动活泼、口语化，充分显示了元曲的“本色”。

## 〔双调〕水仙子

**居庸关[1]中秋对月**

**一天蟾影映婆娑[2]，万古谁将此镜磨[3]？年年到今宵不缺些儿个。广寒宫[4]好快活，碧天遥难问姮娥[5]。我独对清光[6]坐，闲将白雪[7]歌。月儿你团圆我却如何？**

**【注释】**

①居庸关：长城的要塞之处，在大都（今北京）北。②蟾影、婆娑：蟾影，即月影。“蟾”为“月”的代称。婆娑，指月中桂树树影舞动的声响。③此镜磨：以新磨之镜比明月，以“飞镜”代月。④广寒宫：传说中月中仙宫之名。⑤姮娥：即嫦娥，传说中的月宫仙女。⑥清光：指月光。⑦白雪：古代高雅的曲名。

**【鉴赏】**

恰逢中秋佳节，作者登居庸雄关，面对皓月晴空，不禁心潮起伏，浮想联翩，于是写下此曲。

开篇三句描绘了中秋明月的形态美。描绘出一个天无纤尘、月光皎洁、月影摇曳的中秋之夜的独特境界，引人入胜。第二句，写明月的晶亮。作者驰骋想象，对月产生联想，忽然由眼前思及“万古”，把时间推向了无限遥远，诱人深思。以新磨之镜比明月，古已有之，但此曲以设问语气，将大自然人格化，仿佛冥冥之中有一双磨镜的巨手，方使明月如此皎洁，想象大胆、合理，又十分新颖。第三句，写月亮之圆，憨直真挚，突出浑然天成之美。

第四句“广寒宫好快活”，转向即景抒情，作者展开想象的翅膀，驰想广寒宫今夜快活的情景，羡慕之情，溢于言表。然而究竟如何快活，接下来“碧天遥难问姮娥”一句，引出了广寒宫与嫦娥的故事，委婉道出无限的遗憾，妙趣横生。所欲问的是什么内容，作者没有具体说明，给读者留下了广阔的想象空间，抒发自己的情怀。

最后三句，作者引入自身，与前面的写景加以比照，突出了一个孤独者的自我形象，与在广寒宫中过快活生活的仙女们形成鲜明的对照：孤独地对着清冷的月光吟唱着一支和者盖寡的歌，其寂寞凄怆的情怀可以想见。面对团圆月，诗人情不自禁地发出“月儿你团圆我却如何”的感叹。最后一句怨气冲天，响亮传神，集中抒发了作者漂泊江湖，孤独寂寞的情绪。

## 〔南吕〕一枝花

**蚊虫**

**妖娆[①]体态轻，薄劣[②]腰肢细，窝巢居柳陌，活计傍花溪。相趁相随。聚朋党成群队，逞轻狂撒蒂嫦[③]。爱黄昏月下星前，怕青宵[④]风吹日炙。**

**〔梁州〕每日穿楼台兰堂画图，透帘栊绣幕罗帏，帐嗡嗡乔[⑤]声气，不禁拍抚[⑥]，怎受禁持[⑦]？厮呜厮咂，相抱相偎，损伤人玉体冰肌，殢人[⑧]娇并枕同席。瘦伶仃腿似蛛丝。薄支辣翅如苇煤，快稜憎[⑨]嘴似钢锥。透人，骨髓，满口儿认下胭脂记[⑩]，想着痒散散那些滋味，有你后甚是何曾到眼底，到强如蝶使蜂媒。**

**〔尾〕闲时节不离了花香柳影清阴里睡，闷时节则就日暖风和叶底下依，不想瘦躯老人根前逞精细[⑪]，且休说香罗袖里，桃花扇底，则怕露冷天寒恁时节悔。**

**【注释】**

①妖娆：形容妖娆的卖弄，有贬义色彩。②薄劣：指其性情轻薄顽劣。③蒂嫦：放肆，刁蛮。④青宵：苍天，碧空。⑤帐、乔：帐，这里作动词用，意思是对蚊子的嗡嗡声不痛快。乔，狡猾、刁钻。⑥不禁拍抚：不禁，忍不住。拍抚，指蚊子对人体的接触。⑦禁持：纠缠、打扰的意思。⑧殢：纠缠。⑨快稜憎：锐利的样子。⑩认下胭脂记：认下，记下。胭脂记，指人的血迹。⑪根、精细：根，即“跟”。精细，聪敏、明慧。

**【鉴赏】**

此曲托物言志，以通俗的语言、诙谐的笔调，讽刺了寻花问柳的无行文人。

首曲〔一枝花〕，主要表现蚊子的形体特征和生活习性，从总体上描绘

"蚊虫"体态轻盈，妖娆多姿。第三四句，说蚊虫巢居于柳陌花野之中，活动于花丛水溪之上。写蚊子互相追逐、互相跟随，成群结队的习性。以下数句，讲蚊子喜欢在昏暗中轻狂放肆的嗜好以及对风吹日晒的畏惧。

〔梁州〕一曲，将"蚊虫"对人的侵扰和人对蚊子的怨恨作了更加细腻入微的描写。作者对蚊虫叮人的观察细致入微，对蚊子的腿、翅、嘴极尽夸张之能事，使之形象生动，呼之欲出。它表面是说蚊虫难拍，怎能将它管住，实际是嘲骂淫棍们的无法无天，他们的禽兽行径不受法律的禁止，又不准人们去反抗，因此他们才会这般肆无忌惮地拥抱着、依偎着人而叮之，损伤人身体，扰人清梦。接下来几句写人被叮之后其痒难当，不能入睡的情态。

最后〔尾〕一曲，主要表现蚊子吸饱人血后，在白天的状况以及作者对它的嘲笑。"闲时节不离了花香柳影清阴里睡，闷时节则就日暖风和叶底下依"两句，"闲"和"闷"，展现了蚊子吃饱喝足后的心态；"花香柳影清阴里睡""日暖风和叶底下依"，描绘了蚊子志得意满的情态，与首曲中"窝巢居柳陌""活计傍花溪"的意蕴相呼应。最后三句"且休说香罗袖里，桃花扇底，则怕露冷天寒恁时节悔"，如同一声丧钟，敲响了害人"蚊虫"覆灭的命运：及至冷露天寒的季节到来，这些作恶多端的害虫也便悔之晚矣！此曲刚中带柔，寓意深刻。

# 无名氏

## 《陈州粜米》第三折

〔南吕·一枝花〕如今那当差的民户①喜，也有那干请俸的官人②埋怨。急切里称不了包某的心，百般的纳不下帝王宣③。我如今暮景衰年，鞍马上实劳倦。如今那普天下人尽言道："一个包龙图暗暗的私行，唬得些官吏每兢兢打战。"

〔梁州第七〕请俸禄五六的这万贯④，杀人到三二十年，随京随府随州县。自从俺仁君治世，老汉当权，经了这几番刷卷⑤，备细⑥的究出根原。都只是庄农每争竞桑田，弟兄每分另家缘⑦。俺俺俺，宋朝中大小官员；他他他，剩与你财主每追征了些利钱；您您您，怎知道穷百姓苦恹恹叫屈声冤！如今的离陈州不远，便有人将咱相凌贱，你也则诈眼儿不看见；骑着马，揣着牌，自向前，休得要捋袖揎拳⑧。

〔牧羊关〕当日离豹尾班⑨多时分，今日在狗腿湾行近远，避甚的马后驴前。我则怕按察司迎着⑩，御史台撞见。本是个显要龙图职，怎伴着烟月鬼狐⑪缠。可不先犯了个风流罪，落的价葫芦提罢俸钱⑫。

〔隔尾〕听说罢，气的我心头颤，好着我半晌家气堵住口内言。直将那仓库里皇粮痛作践，他便也不怜，我须为百姓每可怜。似肥汉相博⑬，我着他只落的一声儿喘。

〔哭皇天〕那刘衙内把孩儿荐，范学士怎也就将敕命宣？只今个贼仓官享富贵，全不管穷百姓受熬煎，一划的在青楼缠恋⑭。那厮每不依钦定，私自加添，盗粜了仓米，干没了⑮官钱，都送与泼烟花⑯、泼烟花王粉莲。早被俺亲身儿撞见，可便肯将他来轻轻的放免。

〔乌夜啼〕为头儿先吃俺开荒剑[17]，则他那性命不在皇天。刘衙内也，可怎生着我行方便？这公事体察完全，不是流传；那怕你天章学士有黉缘[18]，就待乞天恩走上金銮殿；只我个包龙图元铁面，也少不得着您名登紫禁[19]，身丧黄泉。

〔牧羊关〕这厮马头前无多说，今日在驿亭中夸大言。信人生不可无权！哎！则你个祗候王乔诈仙也那得仙[20]？（张千奠酒科，云）我若不救你两个呵，这酒就是我的命。（做见正末怕科，云）兀的不唬杀我也！（正末云唱）唬的来面色如金纸，手脚似风颠。老鼠终无胆，猕猴怎坐禅[21]。

〔黄钟煞尾〕不忧君怨和民怨，只爱花钱共酒钱。今日个家破人亡立时见，我将你这害民的贼鹰鹯[22]，一个个拿到前，势剑上性命捐。莫怪咱不矜怜[23]，你只问王家的那泼贱[24]，也不该着我笼驴儿步行了偌地远[25]。（同张千下）

【注释】

①当差的民户：指负担徭役的老百姓。②干请俸的官人：白领俸禄的官员。③纳不下帝王宣：意思是交不了皇帝所派的差事。纳，交付。宣，指宣布的命令。④请俸禄五六的这万贯：意思是，领受的薪俸达到五六万贯之多。请，领取。“的这”，因唱腔需要而加进的字，无义。贯，古代把钱穿在绳子上，每一千个为一贯。⑤刷卷：古代法律用语，指官吏查看所属官署的案卷和复审案件。⑥备细：仔细。⑦分另家缘：分家。家缘，家产。⑧捋袖揎拳：捋起袖子，伸出拳头。⑨豹尾班：皇帝出巡时的仪仗车队，最后一辆车，上面有武士举着缀有豹尾的红漆竿子，称豹尾车。豹尾班，指职位很高、可以跟随着皇帝的官员们。⑩按察司迎着：按察司和下句的御史台，都是封建社会考察官员的机构。迎着，碰上。⑪烟月鬼狐：指妓女。⑫葫芦提罢俸钱：不明不白地被罢官。葫芦提，糊里糊涂。罢俸钱，取消俸禄，指罢官。⑬相博：即相扑、摔跤。博，当为“搏”。⑭一划的在青楼缠恋：一划的，一味地，专门地。青楼，指妓院。⑮干没了：白白地糟蹋。⑯泼烟花：烟花，妓女。泼，骂人的同语，泼烟花，即贱娼妇。⑰开荒剑：指第一次杀人的剑。⑱黉缘：原指藤本植物缠绕着树干向上生长，这里比喻依附权贵。⑲紫禁：即紫禁城、皇宫。⑳祗候王乔诈仙也那得仙：王乔，古代传说中的仙人。诈仙，伪装成神仙。全句的意思是说，你这个当随从的，想冒充仙人王乔，怎么能真正成仙呢？这是针

对张千标榜自己是“立的包待制”说的。㉑猢狲怎坐禅：坐禅：佛教徒闭目端坐，排除杂念，使心绪安定而集中，叫坐禅，这里用好动的猢狲不能坐禅，来比喻随从冒充不了官员。㉒鹰鹞：一种青黄色的凶猛的鸟。㉓矜怜：同情、可怜。㉔王家的那泼贱：指妓女王粉莲。㉕偌地远：这么远。

【鉴赏】

《陈州粜米》全名《包待制陈州粜米》，是一本著名的公案戏。写的是宋代陈州大旱三年，六料不收，饥荒严重，几乎到了黎民相食的地步。朝廷决定派员前往该地开仓粜米。刘衙内为了谋取私利，乘机举荐自己的儿子小衙内刘得中和女婿杨金吾担任这项差使。刘得中和杨金吾带着敕赐的紫金锤来到陈州，趁开仓粜米的机会，大事搜刮，把朝廷所定五两银子一石细米的价格，改为十两一石，并在米中渗进泥沙，又用小斗量米给百姓，用大秤向他们秤进银子。当地的贫苦百姓张撇古在粜米时揭露了他们的克扣行为，小衙内使用紫金锤将他打死，张撇古的儿子小撇古按照父亲的遗嘱，到开封府向包待制告状。包待制包拯带着随从到陈州私访，探明真相，先将杨金吾斩首，然后叫小撇古用紫金锤打死刘得中，为张撇古报了仇。最后，包拯又用智谋对付了刘衙内，顺利地结束了公案。

第三折写包拯微服私访的经过，一扫前一折戏的悲剧气氛，充满强烈的喜剧感，剧情生动曲折。戏一开始，作者首先为包拯的随从张千安排了一段有趣的独白。张千整日跟着包拯东奔西走，不仅没有得到什么好处，还一直陪伴着这位年迈的大官过着清贫的生活，他虽然佩服包拯，但也不免有些牢骚。在去陈州的路上，张千走在包拯的前面，自言自语道：“你不知道这个大人清廉正直，不爱民财。虽然钱物不要，你可吃些东西也好；他但是到的府州县道，下马升厅，那官人里老安排的东西，他看也不看一日三顿，则吃那落解粥。你便老了吃不得，我是个后生家。我两只脚伴着四个马蹄子走，马走五十里，我也跟着走五十里，马走一百里，我也走一百里。我这一顿落解粥，走不到五里地面，早肚里饥了。我如今先在前面，到的那人家里，我则说：‘我是跟包待制大人的，如今往陈州粜米去，我背着的是势剑金牌，先斩后闻，你快些安排下马饭我吃。’肥草坞儿，茶浑酒儿，我吃了那酒，吃了那肉，饱饱儿的了，休说五十里，我咬着牙直走二百里则有多哩。”作者通过张千这段妙趣横生的独白，从侧面表现了包拯勤政爱民、不贪钱财、清廉奉公的高尚品格。接着，作者又给包拯和张千安排了一段充满戏剧性的对话。张千想借包待制大人随从的名义，倚势敲人一下竹杠，弄些“翻肥草坞儿，茶浑酒儿”饱吃一顿。包拯发现之后并没有呵斥张千，而是幽默地对他说：“如今在前头有的尽你吃，尽你用。”并且还答应要给他“一件厌饫的东西”。张千听了高兴极了，忙问“是甚么厌饫的东西”，包拯要张千猜，张千怎么也猜不着，包拯才说：“我看你吃那一口剑。”张千一听吓了一大跳，恍然大悟，明白包待制是在警告自己，于是连忙说：“孩儿则吃些落解粥倒好。”这段戏，不仅戏剧性很强，而且生活气息十分浓厚，具体表现出了包拯对部下的严格管束，同时又生动地反映了他们主仆之间自然亲和的关系，揭示了包拯严厉中带着风趣的性格，因而使这位清官大人的形象更加鲜活丰满。

包公来到陈州，没有摆出钦差大臣的架势，鸣锣开道，威风凛凛地入城，而是打发唯一的随从张千骑着自己的马，带着势剑金牌先进城，并且嘱咐张千不要轻易暴露自己的身份。他自己呢，却像个不起眼的土老头儿，缓步入城。为了表现包拯的足智多谋，作品还安排了他为妓女王粉莲笼驴和在接官亭戏弄刘得中及杨金吾的一段戏。包拯打发张千进城之后，独自行动，快到接官亭时，只见一个女人从驴上摔下来，“不像个良人家的妇女”， 有意“问她个详细”，便装成一个没有见识的乡下老头，主动地替她笼住驴子，连扶上扶下也在所不辞，从而巧妙地从她口中了解到刘衙内和杨金吾荒淫无耻、同妓女鬼混的情况，摸清他们贪赃枉法，以及擅自将皇帝所赐的紫金锤当给妓女的罪行，充分地掌握了人证物证。

在一种浓厚的喜剧气氛中，包拯轻松愉快地通过“知情人”的口掌握了赃官的罪证。一个堂堂正正、贪官污吏闻之丧胆的包待制，竟被“烟月鬼”当作催家老儿”，在“马后驴前”侍候着妓女，这种滑稽的事，连老包自己也觉得“可笑哩”。包拯想进一步了解刘得中和杨金吾作恶的实情，跟着王粉莲来到接官亭。因为有意地把刘、杨给他的酒肉让驴子吃，而激怒了他们，被吊在树上，为了不致打草惊蛇，包拯不动声色，任其摆布，直至张千赶来，才把他救下。包拯正是通过这一系列的活动，才弄清整个案情的始末，为后来智杀刘得中和杨金吾，作好充分准备。这些出人意料的喜剧处理，既符合戏中包公的性格特点，也符合情节发展的逻辑，于是充分体现了妙趣横生的幽默感和自然流畅的舞台喜剧感。